Priest 作品

上
册

江苏凤凰文艺出版社
JIANGSU PHOENIX LITERATURE AND ART PUBLISHING, LTD

THE DEFECTIVE

Priest 作品

目录 Contents

目录
Contents

比金钱更珍贵的是知识，

比知识更珍贵的是无休止的好奇心，

而比好奇心更珍贵的，

是我们头上的星空。

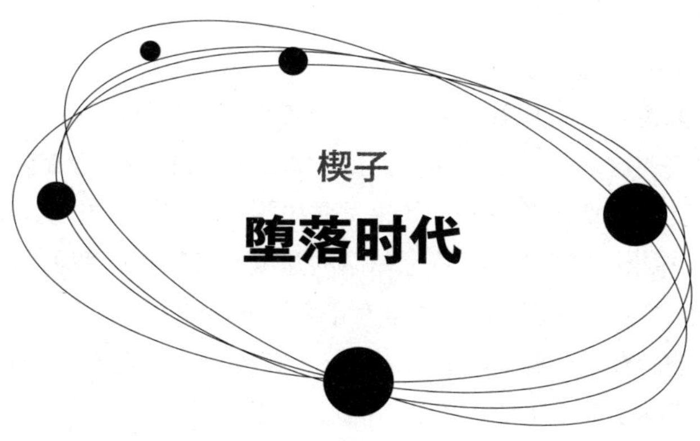

楔子

堕落时代

人类自进入新星历纪元以降，

已经平静了两百余年，至此，

镜花水月似的和平终于裂开了一条狰狞的缝——

“大家请看，这里就是《伊甸园服务协议》最初签署的地方。”伊甸园博物馆的讲解员是个身材高挑的女性，栗色的发卷垂在胸前，说话时眼睛里含着亲切的笑意——如果不是她说话时使用了电子音，丝毫看不出“她”是个人工智能，“伊甸园的建成，可以说是我们新星历纪元文明的分水岭，自此，人们的生活有了翻天覆地的变化。”

参观的游客是一群十岁上下的小孩，穿着统一的服装，秩序井然。

一个男孩规规矩矩地举起手，得到讲解员点头示意，才很有礼貌地说：“比如基础教育，对吗？”

“是的，亲爱的，比如基础教育。”讲解员一抬手，玻璃窗里的展品就在孩子们眼前消失了，别致的灯光洒下来，他们周围是一幕一幕逼真的“3D”投影，“地球纪元末年，人类才发展出成体系的基础教育，儿童六七岁入学，在学校集中接受教育，要花上十几年才能完成，而进入大航海时代后，由于技术大爆炸，基础教育平均年限更是被拉长至二十五年之久，根据大量历史影音资料，我们得知，除了少数极有天分的人，绝大多数人在这个过程中遭受了我们今天无法想象的痛苦。他们中相当大一部分人会因为学校留下终身心理障碍，以当时的医疗水平，根本无法治愈，一些极端案例中，甚至会有人尝试自杀。”

孩子们发出惊叹的声音，一脸肃穆地看着循环播放的历史资料，想象着原始人到底是生活在怎样的水深火热中。

这批九岁零四个月的儿童，已经完成了他们的基础教育。

当代基础教育的目标，是让公民具备必要的常识，并掌握各学科基础知识，为进一步的研究深造打基础。早就不需要把学生们关在一间教室里，逼他们阅读听讲了，从儿童年满六岁开始，每个月一号，“伊甸园”会花一小时的时间，直接向他们的大脑传输刻录知识，传输的内容不会被遗忘，也不需要花大量的时间和精力去“理解”和“巩固记忆”，儿童再也不会被剥夺快乐的童年时光了。

整个基础教育需要四十次传输，传输完毕，就可以到伊甸园纪念馆来上最后一课，并且领取他们的毕业证明。

讲解员问：“还有什么？”

一个小女孩举起手来：“医疗健康，主要是精神健康，我们在伊甸园的帮助下，攻克了自己的大脑。”

“是的，”讲解员微笑起来，“人类的大脑非常神奇，但同时，也有着很多进化产生的历史遗留问题，人们会拖延、会抑郁、会焦虑——史料记载，地球纪元末年，人们初步具备了控制大规模瘟疫的能力，精神上的瘟疫却无法避免，人群中饱受各种精神危机折磨的患者比例非常高，并因此衍生出了许多疯狂的亚文化。有历史学家称呼那个时代为‘脑恐怖’时代，人类被自己的大脑奴役统治。”

随着讲解员的话音，周围的投影又换了一茬，参观博物馆的学童们发现自己置身于一条灰扑扑的街道上，两边的墙像是正向人砸下来一样，空间狭窄，地上堆满了垃圾，两边的建筑破破烂烂，墙上还有着不知在号哪门子丧的涂鸦。逼真的污水汩汩地流到一个女孩的脚下，女孩下意识地转向路边的智能垃圾桶：“麻烦打扫一下！”

垃圾桶笨手笨脚地挪了一下，不知道程序出了什么错，它游手好闲地来回在垃圾堆上碾，就是不扫地。

讲解员充满同情的声音在耳边响起：“这就是没有伊甸园的世界，狭窄、孤立、毫无想象力，你甚至无法与公共服务设备建立有效交流，像聋哑人一样。不幸的是，至今，我们仍然有几亿同胞生活在这样的环境里。”

有几个孩子小声说：“是第八星系吗？”

“是的，”人工智能讲解员脸上适时地流露出“忧国忧民”的神色，随后，她的目光扫过仰头听讲的孩子们，树脂做的眼睛又明亮了起来，“未来就是你们，亲爱的同学们，希望诸位今天领取基础教育毕业证以后，能很快找到自己未来的方向，让我们的世界更美好——有问题的同学可以留下来单独问我，没有问题的，请排队有序离开，在展厅出口领取毕业勋章，恭喜毕业！”

讲解员说完，投影化成光点消失，孩子们又回到了窗明几净的博物馆大厅里，顺着指引鱼贯而出。

最开始回答问题的男孩挥别同伴，落在了最后面，来到讲解员面前。讲解员慈眉善目的，弯下腰，与他视野齐平：“还有什么问题，亲爱的？”

男孩手腕上的个人终端里开着录音笔记本，很认真地问：“女士，我听说一部分太空军在入伍后，是要屏蔽伊甸园的，比如‘白银要塞’就有这样的规定，对吗？”

“是的，因为太空特种兵为了保护我们，有时需要在极端恶劣的条件下执行任务，比如域外，那里是没有伊甸园服务网覆盖的，所以战士们必须适应，这是他们严酷训练的一部分，就像失重训练、抗击打训练一样。”讲解员微笑着问，“你将来也想要加入白银要塞吗，同学？”

男孩挺了挺胸：“是的，我父亲是退伍的太空军，他说‘白银要塞’的‘白银十卫’是最强大的军队，林上将是我们的终极护盾。”

“这么说其实也不太准确，现在是和平年代嘛，我们的终极护盾应该是伊甸园，”讲解员摸了摸他的头，柔声细语地纠正，继而话音一转，“但林将军和他的白银要塞应该是我们的铠甲，也正是因为有这些军人，我们才能在和平的世界里幸福地生活。不过近些年太空军人数一直在缩减，白银要塞可不好进，祝你梦想成真。”

男孩的脸上泛起红晕，仓促地冲讲解员点头致意，握紧了小拳头，飞快地跑了出去，像是打算奔赴一场梦想的约会——哪个少年不想当英雄呢？

可是长大成人的“英雄”们，却不总是在拯救世界，多数时候，他们的主营业务是争权夺势、暗箱操作、互抹黑泥，以及栽赃陷害……

新星历 270 年 3 月 6 日。

星际联盟政府发出紧急传唤，要求白银要塞林静恒上将即刻回首都星沃托，针对其公然抗命、非法走私军需、多次发表反人类言论等指控接受质询。

林静恒悍然抗命。

隔日，《沃托日报》头版头条，赫然是一句撕破脸皮的隔空喊话——“林静恒，你要造反吗？”

3 月 24 日，白银要塞被全线封锁，五百架超时空重型机甲组成的机械部队停靠在人工大气层外，白银要塞中的精英们将炮口对准了自己的同袍，对峙双方都不肯退让，及至 26 日，剑拔弩张的僵持已经持续了近 48 小时。

亲卫长洛德把朗姆酒和冰块放在林上将桌上，后脚跟轻轻一碰。

凶名遍布八大星系的林上将个子很高，从头发丝到皮带扣，无不严谨妥帖，整个人透着一股严丝合缝的冰冷。他端起酒杯，随手加了几块冰，左耳上有一圈虚影——上将正在跟人通话。

那边的人不知在说什么，反正洛德从林上将那张毫无表情的脸上看不出一点端倪。

当代社会鼓励坦率、开放和真情流露，林上将身上那种旧式的保守与封闭十分不合时宜，媒体和政敌们揪住这一点，天天写文章骂他心机深沉、目中无人。

“心机深沉”的林上将简单地“嗯”了一声，结束了通话，转头看了洛德一眼，他漫不经心地说：“是元帅，让我战略性妥协，先回沃托。”

洛德一愣。

“战略性……妥协。”林上将又十分玩味地把这个词重复了一遍，皮笑肉不笑地一弯嘴角。

沃托的各大媒体都在聚焦形势紧张的白银要塞。

首都星议会大楼门口，新上任的联盟秘书长格登在一圈记者的包围下发表简短的演说：“我与林将军是同学、是朋友，更是亲人，我以我的事业、人格，我的一切发誓，林将军对沃托的忠诚无可置疑，他绝对不会背叛沃托，也绝对不会背叛联盟，所有不实言论，均属恶意中伤！”

白银要塞中，林上将听着秘书长这番慷慨陈词，“咯咯吱吱”地嚼了个冰块。

“静恒，如果你能看见，请听我说，”秘书长转向镜头，语重心长，“不要让那些子虚乌有的指控扰乱你的判断，不要放任这场误会，造成亲者痛，仇者快的结果。快回来吧，我和静姝都在沃托等你，静恒，沃托还有你的家人啊！”

镜头随即扫过了他旁边的女人，女人一袭黑裙，不施粉黛，皮肤白得近乎透明，只有眉目“浓墨重彩”，有种近乎惊心动魄的美感。

林静姝是林上将的亲妹妹，一年前，嫁给了联盟前途无量的男人——年轻英俊的格登秘书长。

卫兵簇拥下的格登夫人没有发言，她目光放空，像一个精美的人偶。

林上将看到这段新闻，转头问自己的亲卫长：“你觉得秘书长这人怎么样？”

洛德字斟句酌，谨慎地回答：“是个风云人物。”

“嗯，确实是个人物。没别的毛病，就是听他说话我起鸡皮疙瘩，这语气，让不知道的人听见，还以为我跟我妹夫有一腿。”林静恒失笑，抬手关了新闻，把杯中酒一饮而尽，呵出了一口冰凉的酒气，“太肉麻了。”

洛德接过空杯，犹豫了一下，却没走，他忽然上前一步，压低声音说：“将军，不用管那些杂音，白银十卫已经整装完毕，我们随时可以战斗，只要您一声令下。”

“干什么，造反吗？”林静恒淡淡地看了他一眼，忽然问，“洛德，你是第一军校毕业的？”

“是，长官，我是乌兰学院第二百六十届荣誉毕业生！”

“家里是做什么的，有兄弟姐妹吗？”

洛德有点困惑，不知道上将这个节骨眼上拉什么家常，但还是一板一眼地回答：“我父亲经营一家医疗机构，母亲在乌兰学院任教，家里还有一个哥哥和一个妹妹。”

林静恒一哂。

还随时可以战斗……这些不懂事的小青年，说得倒轻松，拖家带口的，跟谁战斗？把炮口对准首都星沃托，家里不管了吗？父母兄弟姐妹不要了吗？

他俩说的第一军校，也叫“乌兰学院”，是联盟高级军官的摇篮，话是这样说，从第一军校毕业后，真正能直接进入白银要塞的，却寥寥无几。除了对成绩要求极高外，上层的政治博弈还将毕业生的去向与其户籍所属地挂钩，美其名曰“出于人道主义的考虑”，让士兵们离家近点。

而白银要塞作为第一星系的军事重地，所接收的毕业生必须拥有第一星系户籍。这些人大多出身良好，父母是富商、高知、社会名流，甚至官员政客。这就使得白银要塞的政治生态十分复杂，大体分为两个派系——

一部分是和林上将一起追杀过星际海盗的嫡系部队，叫作“白银十卫”，人数大约占要塞驻军的十分之一。白银十卫和它的统帅一样臭名昭著，是一帮宇宙知名流氓，三天两头要闹个丑闻出来给民众下饭，有人说，当年他们跟星际海盗作战，纯属“以毒攻毒”。

剩下的十分之九，则都是乌兰学院出身的少爷，每个人身后都有错综复杂的家族和人脉，织就了一张网，牢牢捆住他们的忠诚，确保白银要塞固若金汤，永不哗变。

林静恒冲亲卫长吩咐道：“拿一套礼服给我，发函给沿途关卡，说明行程，我明天起程回沃托。”

洛德吃了一惊：“长官……”

“元帅都让我战略性妥协，你们还想怎样？白银要塞全体——”林静恒顿了一下，目光射向窗外，万千重甲正指向要塞人工大气层外的不速之客，它们熠熠生辉，映在上将那灰蒙蒙的瞳孔里，让人想起大海中成群的银鱼，林静恒摘下手套，丢在一边，“卸下武装。”

第二天，林静恒乘坐非武装星舰静渊号，驶离白银要塞，人工大气层外虎视眈眈的机械军团让出一条狭窄的通道，沉默地目送着这位军事独裁者谢幕的背影。

首都星对林静恒这个危险人物严防死守，要求他所乘坐的星舰卸下跃迁启动器，静渊号只能在浩瀚星空中慢慢飞，从白银要塞飞回首都星沃托，静渊号需要经过六道安检关卡，历时十天。

上路第四天，静渊号途经西玛星附近，意外遭遇小行星流，星舰本想暂时避让，但首都星方面将林静恒视为头号危险人物，第二道安检关卡迟迟没有接到按原计划应该抵达的静渊号，吓破了胆子，上报沃托后，一天之内连发十二道一级警戒，勒令静渊号不得耽搁。

静渊号被迫绕行至“玫瑰之心”——第一星系唯一未被人类探索过的禁区。

新星历 270 年 4 月 1 日，静渊号在玫瑰之心外围，被一支藏匿在此的星际海盗团袭击，林静恒上将遇刺，舰毁人亡。

消息传回首都星，舆论哗然，白银十卫哗变，白银要塞直接瘫痪，元帅痛失爱将，暴跳如雷地把辞职信砸到了联盟议会的圆桌上。而屋漏偏逢连夜雨，十年前被林上将彻底打出联盟域内的星际海盗团不知从哪儿闻到了味，卷土重来，在玫瑰之心得手后，转头又袭击了第六星系的民用航道，混乱的军委反应严重滞后，造成大量民众伤亡。

这一连串的事件，史称“白银祸乱”。

从第六星系开始，民众大规模游行像瘟疫一样，顺着一个一个的跃迁点拾级而上，直抵首都星。重压之下，沃托不得不变脸，先是安抚军委，随后又对林静恒生前被强行召回一事绝口不提，一应政府唇舌仿佛一夜之间集体失忆，原来用多大篇幅臭骂林静恒，现在就用多大篇幅来纪念赞美他。

“心机深沉”的林上将就这么摇身一变，成了人类瑰宝，空前伟大、光荣、正义。

盛大的葬礼在沃托举行，林上将——由于已经粉身碎骨于茫茫宇宙，死无全尸——只好由一套他从来没穿过的礼服代替本人，被请进了沃托的烈士陵园。葬礼的现场观礼票炒出了天价，林上将被吉尼斯录入了“最贵葬礼观礼门票”项目，堪称一死成名。

葬礼当天，林静姝身披黑纱，向每个前来吊唁的权贵还礼致意，这位沃托有名的美人即使在这种场合，也依然娴静优雅，形象完美得天衣无缝。

她真是漂亮，所有见了她的人都忍不住心生赞叹，但她也真是没心没肝。

格登秘书长走过来，林静姝就菟丝花似的贴上去，挽起丈夫的手臂，柔顺地接受他的照顾，继而安静地坐好，自然流露出崇拜又依赖的目光，听格登上台作一场沉痛的秀，不时拿出丝绢，象征性地在眼角点上几下。

现场记者围着她拍了一会儿，又索然无味地各自散了——因为格登夫人的坐姿和她上次参加“反对将宠物抛尸太空”义卖会时一模一样，优雅得乏善可陈，完全可以拿以前的照片充数。

围着她的记者们一哄而散，林静姝依然纹丝不动。她像一朵孤芳自赏的名花，不管有人看没人看，都自顾自地迎风绽放。

此时，这朵“名花”眼含热泪，面带微笑，如画的五官上仿佛镀着人类文明之光，看着台上哽咽难言的格登，她心想：“我要你偿命。”

人类自进入新星历纪元以降，已经平静了两百余年，至此，镜花水月似的和平终于裂开了一条狰狞的缝——

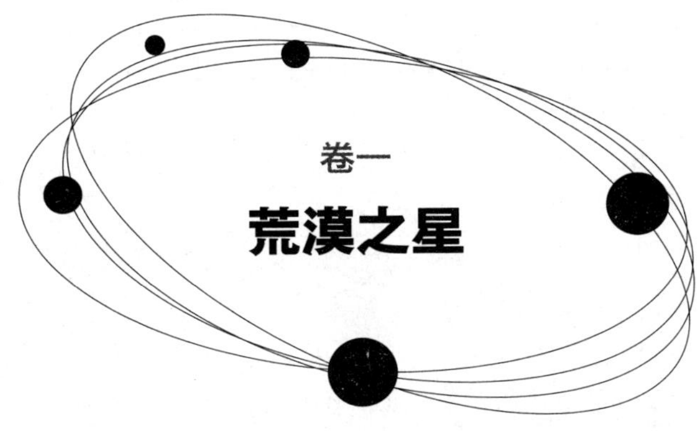

卷一

荒漠之星

虚伪的和平也是和平，

大多数人即便是愚蠢地生存，也依然能生存。

直到星际海盗的导弹打碎沉静的夜空，

把每个人的命运悬挂在发丝之上——

第一章 遥远的荒漠

据说其他星系主流媒体的每日十大头条里，必有一条在替处于水深火热之中的第八星系人民哀叹。他们还给这里起了个别名，叫作“荒漠”。

（一）

新星历 275 年，第八星系，北京 β 星。

“北京β”是个烂大街的行星名，每个星系都有一个“北京星”“伦敦星”或者“津巴布韦星”系列，就好比远古地球时代，中国好多城市都有“北京路”“南京路”一样。

也许是因为这个名字，北京 β 星很有东方气质，不少居民都或多或少地带了点远古华裔血统——当然，在第八星系这个鬼地方，就算带了远古神龙的血统，也休想过什么体面日子。据说其他星系主流媒体的每日十大头条里，必有一条在替处于水深火热之中的第八星系人民哀叹。他们还给这里起了个别名，叫作“荒漠”。

联盟总共有八大星系，首都星“沃托”所在的第一星系，当然是金字塔的塔尖，越往后排，距离沃托越远，发展也越是相对滞后。

到了第八星系，基本已经是金字塔的下水道了。

而第八星系成为“荒漠”的原因，那就是小孩没娘，说来话长了——在两百多年前的旧星历时代，联盟和星际海盗团打得难舍难分。

所谓“星际海盗团”，其实也都是远古地球人的后裔，都是二十三对染色体的人类。他们一开始当然也不叫“星际海盗”这种一听就是反派的名，而且里面也不只是一方势力。只是联盟政府在控制了大部分星系政权之后，为了省事，统一把跟政府对着干的非法武装都称为“星际海盗”。

第八星系在地理上，不像其他七个星系那样比邻而居、抱成一团，更像个离群索居的小岛，是天然的反政府武装据点。当年为了对抗强大的联盟，一小撮一小撮的反政府势力在第八星系结盟，以此地为据点，跟联盟遥遥对峙，长达百年之久。直到新星历 136 年，才被时任联盟上将的将军陆信收复，重新建立起和其他七大星系连通的航道。

百年间，联盟在科学之光与人文之光这两大探照灯下飞速发展，而第八星系的民众则在海盗们“你方唱罢我登场”的冲突内乱中颠沛流离，这使得航道两头渐渐拉开了难以逾越的鸿沟，双方差距之大，近乎当代智人和远古黑猩猩。陆信将军收复失地后，联盟曾派人来第八星系考察，发现这鬼地方要什么没什么，毫无价值，于是在第八星系建立了“民主自治”政府，也就是把这帮“黑猩猩”放生大自然，让他们自己玩蛋去。

联盟有重要场合，需要各大星系行政长官代表出席时，其他七大星系的行政长官都有自己的名牌，唯独第八星系的代表没有名字，名牌上就简单印了个“第八星系”。并不是联盟搞地域歧视，实在是因为这帮猩猩动辄内讧，行政长官及其政府基本都是一次性的，代表也天天换人，换得大家根本不知道谁是谁。

在第八星系，但凡有点办法的，都想方设法移民了，剩下的，都是被时代抛弃在荒漠中的可怜虫。其中行星“北京 β”，算是比较体面的地方了，这里是八星系人口最多的一个星球，虽然也乱，也萧条，但还有一些苟延残喘的工业和星际航运线路在运营，能让人们凑合活着。

夜幕低垂，北京 β 星上，一辆公共汽车拉着昏昏欲睡的乘客，沿路缓缓行驶。掉漆的车身上，“星河运输”四个字斑驳得只剩下“日可云车”。驾车的人工智能可能是个“人工智障”，损坏率已经达到 95% 以上，目前只剩下“超安全模式”一挡能用，在夜色里以龟速爬行，并且每隔五分钟就要鸣笛一次。

两侧车窗没有一扇完整的——都是被夜车鸣笛声吵醒的沿途居民

砸的。

车里八面透风、尘土飞扬，没有人维护。因为“星河运输”公司已经倒闭了五十年，现在只剩下这么一套停不下来的城市公交系统，每天半死不活地自动跑一圈。

此时正值当地的严冬，由于行星公转规律，北京β星的冬天很漫长，按照新星历法计算，要绵亘三年之久，而城市恒温供暖系统却已经因为没钱停运了。凛冽的寒风侵入毫无防备的人类城邦，从车窗中穿堂而过，满车穷酸的乘客都哆哆嗦嗦地裹紧自己不体面的外衣，像一窝把头埋进翅膀下的鹌鹑。

会使用这种免费公交车的，大多是穷人中的穷人，其中还有不少流浪汉，个个脏得看不出男女老幼。也幸亏车厢不密封，否则这帮乘客身上的味道就能凑个生化毒气弹。

“日可云车”最后一排的角落里，坐着一个醉醺醺的女孩，脸让残妆糊得看不出年纪，她也不怕冷，夹克敞穿，露着奇形怪状的内衣，腰上还文了个骷髅头，像个女流氓。她脚下放着个双肩包，塞着耳机，正靠在破破烂烂的椅背上闭目养神，表情有点暴躁——因为宿醉未醒。车上还有个熊孩子一直在哭闹，哭声穿透力极强，连耳机里震耳欲聋的音乐都难以抵挡。

她勉强忍了几分钟，忍无可忍，一把揪下耳机，预备去找点麻烦。

但奇怪的是，耳机一摘下来，吵闹声就消失了。她气急败坏地环顾四周，可是看了一圈，车厢里只有半死不活的大人，没找着发出噪声的孩子。她头昏脑涨地打了个酒嗝，怀疑是自己幻听了，一脸狐疑地塞上耳机，重新把兜帽拉下来，又困倦地合上眼。

就在她酒意再次上涌，将睡未睡时，一个孩子尖锐的哭声针扎似的穿透了她的耳膜：“妈妈！”

她激灵一下睁开眼，“日可云车”正好靠站，发出一声悠长的叹息，停了。

站牌早就不知被谁偷走了，路灯也集体阵亡，四下黑沉沉的，不远处是一大片藏污纳垢的小路，彼此勾连，深夜的眼睛透过污迹横生的拐角，仿佛正往外窥视，开车的“人工智障”又出了毛病，提前响起了“终点站提示”，不等乘客抗议，就自动进入了休眠，不打算干了，乘客们只好骂骂咧咧地排队下车，自寻出路。

文身女孩也扛起自己的行李，跟在几个疲惫的旅客身后。她前面有两个拉拉扯扯的人，一个裹着厚棉衣的瘦小中年男子，手里拽着一个面黄肌瘦的老头，老头一直在挣扎，往后一错，正好踩了她一脚。女流氓不悦地耸起双眉，正要发作，但还不等她露出“英雄本色”，她眼前突然花了一下——踩她的老头原地返老还童，竟变成了一个小男孩！

“我是喝假酒中毒了吗？”她一边使劲揉眼，一边在心里嘀咕。

她把烟熏眼妆揉成了一团，再一看，跟前的千真万确就是个小孩，看着有两三岁大，还走不稳路，身上裹着块肮脏的破布，露出一角的小童装却还算讲究，虽然哭得十分没有人样，但仍能看出细皮嫩肉，养得挺精心。这会儿，那小孩被他身边的中年男子一手掐着脖子，一手抓着手腕，脚不沾地地拎着走，一直在声嘶力竭地哭闹，她方才听见的就是这个声音。

可奇怪的是，周围没人抬头看一眼，甚至没有人面露异样——恐怕他们和她方才一样，都觉得那是一个疯疯癫癫的老流浪汉在撒泼。

这是集体幻觉！

文身女孩犹豫了一下，不动声色地跟了上去。

拎着小孩的男人下车后径直走进一条窄巷，窄巷里有几个破破烂烂的小民居，最深处则是一家黑酒吧，酒吧后门影影绰绰的夜灯如萤，洒在薄薄的雪地上，总算能让夜旅人看清路，儿童尖厉的哭声在窄巷中回荡，却没能惊动任何人。

这不可能是致幻剂的作用，因为无论是在方才的公交车上，还是窄巷里，呼啸的夜风都足以卷走一切生化制品。

文身女孩单肩挎包，将兜帽往上一推，追到近前：“喂，站住！”

男人脚步微顿，手上凶狠地掐住小孩的后脖颈，脸上却带着又怯懦又谄媚的笑容，缩着脖子，摆出一副不想惹麻烦的窝囊样，结结巴巴地说：“你……你叫……叫我？”

文身女孩警惕地眯起眼：“这是你的小孩吗？”

男人脸色陡然一变，神色闪烁片刻，他勉强笑了一声：“什……什么？你……你看……看错了吧？哪儿有小孩？这……这个老东西，长得跟……跟个老猴子似的，他……他是个子小，不是小孩，你看啊。”

他说着，将手里的人推到女孩面前，一瞬间，女孩觉得自己的眼睛好像快坏了，在她眼前，哭得喘不上气的小男孩一会儿拉长一会儿缩短，一会儿是形容猥琐的老流浪汉，一会儿又变成哭泣的小孩，来回闪个不停，晃得她直恶心。

她装作茫然地一歪头："奇怪了。"

男人察言观色，见她被糊弄住，露出放心的表情，咧开大嘴，笑出了一口黄牙："你看，我……我说什……什么，以后少喝点酒……"

他这话还没说完，文身女孩突然从自己包里抽出个酒瓶子，猝不及防地动了手，酒瓶跟男人的前额"短兵相接"，刺鼻的劣质酒精味轰然散开，这位女中豪杰拎着半截酒瓶子，把嘴上残存的口红一抹，"呸"地啐了一口："王八蛋，糊弄你奶奶？"

酒水顺着男人头脸往下淌，他脸上笑容渐渐消失，那双眼睛阴鸷而冰冷，透出了血气。随即，只见他把小孩丢在一边，周身的骨骼乱响一通，整个身体充气似的拉长拉宽，转眼成了个身高接近两米的彪形大汉！

气焰嚣张的女孩陡然从平视变成仰视，一时有点蒙，下意识地退了半步："你……"

男人笑了起来，嘴有巴掌长，张开血盆大口说："原来你是个'空脑症'的残废。"

"残废"两个字一落下，女孩就好像逆鳞被人拔了，脸色从惊恐转成了暴怒，飞起一记撩阴脚，趁对方弯腰，她一把薅住对方的头发，往下一压，半截酒瓶狠狠地冲着他脸扎了下去——这一串动作稳准狠，可见街头斗殴经验丰富，她还是个资深流氓。

可那尖锐的半截酒瓶戳到男人脸上，却打了个滑，连一层油皮都没蹭破，他那张脸坚硬而苍白，质地像某种金属。接着，男人浑不在意地活动了一下脖子，轻轻抓住了她薅着自己头发的手，女孩一声惨叫松了手，像个猫崽似的被人卡着脖子拎了起来。

酒瓶掉在地上，女孩在半空中挣扎着，震惊地看着那张反光的脸。

他肯定不是人！

男人露出一个诡异的笑容，蒲扇似的大手捏起她的头，手上青筋暴起——

就在这时，一道强光倏地扫过，紧接着，三四辆高速机车从半空中俯冲而下，明显违反了"高速机动车禁止贴地百米以内"的禁令，光先到，随后才是雷鸣一般的引擎声，在地面搅起了一阵旋风，劈头盖脸地扫了过来。

男人可能意识到了什么，脸色一变，当机立断，松手要跑。

高速机车带起的风刮得女孩站不稳，狼狈地和自己的行囊一起摔在地上，连忙四脚并用地扒住了墙。方才被丢在一边的小男孩尖叫一声，直接被旋风刮上了天。

那妖怪似的男人猛兽似的蹿了起来，在墙头略一落脚，随后，他身上一道激光闪过，瞬间消失在夜色中。

小男孩四肢在空中乱划，直冲不远处的黑酒吧飞去。

酒吧后门忽然打开，一个男人走出来，一伸手，正好钩住了男孩的后脖颈。

直到此时，高速机车才齐刷刷地消音落地，趴在墙角的女孩抬起头，透过自己被风刮成墩布条的头发缝往外看，见拎着男孩的人身量颀长，背着光，看不清面貌。

他一弯腰，把小孩全须全尾地放在地上，手上火光一闪，弹了弹烟灰。

“不用追，那人有空间场，早跑了，”男人不徐不疾地说，“你们下回出场的动静还能再大一点，最好能在一光年外就让人闻风丧胆。”

（二）

高速机车上下来三男一女。

其中，三位男士可能是以组合出道的，三颗脑袋分别染成了正红、正绿和正黄色，站在一起，活脱儿一套标准的交通信号灯。女士则和那个仗义出手的小太妹撞了衫，也是内衣外面披了一件皮夹克——这身装束可能是本地女流氓的冬季风尚。

他们四个从天而降，都不像什么良民，此时在摇摇欲坠的黑酒吧后门站成一排，却个个蔫头耷脑，不敢先吭声。几个人在偷偷互相推搡，最后，“交通灯组合”齐心协力，将他们中间唯一的女性推了出去。

要风度不要温度的女机车手扛住了严冬，没扛住酒吧后门那位先生的冷脸，结结实实地哆嗦了一下，她有些踟蹰地说：“那个人身上有奇怪的屏蔽器，我们跟丢了……”

男人面无表情地看着她，看得女机车手打了个大喷嚏，差点把肺喷出来。才刚停止抽噎的小男孩被这惊天动地的喷嚏吓了一跳，惊弓之鸟似的一屁股坐在地上，“嗷”一嗓子，又哭了。夹着烟的男人一低头，跟小男孩对视了一眼，男孩的抽噎生生憋在了嗓子里，愣是被他吓得不敢号了。

“叫个警察过来，把这孩子处理了，都别在这儿排队现眼了，进来。”男人单手抱起了小男孩，转头冲机车手们一点头，余光瞥见角落里狼狈的文身女孩，也冲她说了句：“你也进来吧。”

机车手们如蒙大赦，鱼贯而入。

文身女孩爬起来，蹭了蹭手背上的划伤，捡起行李，跟在了他们身后。酒吧的装潢很复古，但有种破破烂烂的别致感，空气里浮动着一股朗姆酒的甜味，吧台上放着爵士乐。此时应该已经打烊了，服务员和调酒师都不在，开门的男人可能是住在这里的老板。

“一个开小酒馆的，跩成这样？”文身女孩心里疑惑地想，这时，她隐约觉得桌边置物架上有东西在动，一开始还以为是摇曳的灯光，再仔细一看，对上了一双冷冰冰的小眼睛，她吓了一跳，往后一仰，这才发现，那里趴着一条碧绿的大蜥蜴。

“没事，这东西懒得很，不咬人。”老板顺手把小男孩放在她对面的高脚凳上，又问她，“喝什么？”

文身女孩不错眼珠地盯着蜥蜴：“啤酒。”

老板瞥了她一眼：“你多大了？”

女孩一扭头，借着灯光，看清了老板的长相——黑发，面部轮廓虽然很深，但能看出偏向于东方血统，他衬衫袖子挽到手肘，敞着怀，露出结实的胸口和轮廓分明的小腹，注意到女孩在看他，才随手系上两颗扣子。男人脖子上有一道旧疤，从喉结往下，一直横到肩头，隐没在衬衣里，让他无端多了几分凶险气质。他叼着烟，在烟雾中眯着眼，下巴上还有点没刮干净的胡楂，但即使邋遢成这副熊样，他看起来也并不显得轻佻，究其原因，可能在于那双深灰色的眼睛。

那双眼睛很特别，让人无端想起飘着浓雾的峡谷，幽深、阴冷。

文身女孩的目光和他的一碰，下意识地挪开视线，简短地回答：“五十。”

老板一掀眼皮："说人话。"

这文身女孩是个没人管束的小流氓，向来天不怕地不怕，可是莫名其妙地，她在这酒吧小老板面前有点抬不起头，那双灰蒙蒙的眼睛让她紧张——不是女人看见俊俏男人的那种紧张，是逃学熊孩子看见教导主任、迟到的菜鸟看见顶头上司时的紧张。

于是她一低头，能屈能伸地给自己打了个对折："二十五。"

话音没落，眼前突然白光一闪，她反应过来，后知后觉地遮住脸："你干什么？！"

老板的手腕上浮起一个隐形的个人终端，在文身女孩身上扫了一下，一份身份档案就浮在了半空，他从鼻子里喷出两道烟，一道长眉微挑，念出了女孩的名字："黄……静姝？"

文身女孩奓了毛："你凭什么看我身份档案？"

老板不理会她："你也叫静姝？这名字不错，跟联盟议会秘书长的夫人重名。"

"联盟议会秘书长夫人"是什么玩意儿，对第八星系的小太妹来说，听着就跟"科学家给域外黑洞取名貔貅小肠"差不多——没听说过，不知所谓。但她也知道，不是什么人都能随手查别人信息的，她戒备十足地瞪着眼前的男人："老娘碰上条子了？"

"出生于新星历 259 年 8 月，小兔崽子，刚十六啊？"

梗着脖子的女孩被他目光一扫，无端矮了三寸。老板伸手一抹，浮在他手腕上的身份信息消散在半空中，一只机械手从吧台冷藏室里取出一瓶牛奶，倒了两杯，放在少女黄静姝和她对面的小男孩面前，又颇为人性化地摸了一下大蜥蜴的头。可惜大蜥蜴自己就是冷血动物，并不稀罕另一只冷冰冰的爪子，因此爱搭不理地一缩头，慢腾腾地爬走了。

"一个未成年人，你瞎管什么闲事？"老板说，"半夜三更不回家，画个鬼脸在外面闲晃，你家里大人呢，没人管你？"

"碍你什么事了？别废话，我就要啤酒！"

"抱歉，本店不给未成年人提供酒精饮料。"

不良少女色厉内荏地一拍桌子："老娘是'黑洞'的人！"

话音一落，连吧台的音乐都智能地停顿了一下，所有人的目光诡异地聚集在了女孩身上，"交通灯组合"里的红毛机车手一口喷出了嘴里的酒，咳了个惊天动地。旁边的绿毛先生则颤颤巍巍地举起袖子，抹了一把自己被喷花的脸，扭头问：“你说你是什么？”

众所周知，第八星系勉强成立的民主政府宛如一次性餐盒，以此类推，各行星政府，干脆就连草纸都不如了。既然政府说了不算，总得有人说了算，久而久之，造成了黑帮大行其道的局面。第八星系有很多帮派，各有各的地盘，是各地的“隐形政府”。而盘踞在北京β星上的“隐形政府”就叫“黑洞”，收入来源是保护费，间或也做些杀人放火的买卖。

黑洞现任老大叫林，具体是“林”还是“Lynn”不可考，反正坊间都叫“四哥”。关于四哥的来历，众说纷纭，有人说他是通缉犯，还有人说他是上岸的星际海盗。这个人进入黑洞不过几年，就声名鹊起，先是成了前任当家的心腹，又取而代之。具体是怎么取而代之的，民间流传着不少充满阴谋的传说，不知真假，这类阴谋论的故事在第八星系有广袤的市场，老少咸宜。

北京β星上所有的小流氓和小太妹都想成为下一个四哥，他们对黑洞的憧憬，就像沃托的权贵子女们对乌兰学院的憧憬一样虔诚。

少女黄静姝大言不惭道：“黑洞，你们在北京β星上，难道没听说过黑洞？”

女机车手听了她的言辞，再一看女孩那张浓妆也遮不住稚气的脸，乐了：“四哥穷疯啦，连童工都招？”

少女双眉一立，正要反唇相讥，但还不等她张开“绣口”吐出一串“乌烟瘴气”，就见老板擦了擦手，吩咐旁边的机械手说：“给陆必行打电话。”

机械手比了个“ok”的手势，用平板的声音说：“呼叫陆校长——”

少女呆住了：“你……”

“我怎么知道你是哪个学校的？”老板替她问完，又自问自答，“整个第八星系冒充黑洞的人的小兔崽子，都是那孙子的学生。”

他话音刚落，机械手哆嗦了一下，“那孙子”的电话接通了。

一个男人低沉柔和的声音从机械手掌心传出来：“难得啊，你怎么想起我来了？”

老板：“过来一趟，失物招领。”

“嗯？”这位“陆校长”带着点笑意问，“我丢什么了？”

他说话懒洋洋的，像唱歌，吐字还算清晰，但尾音带着点鼻音，显得格外缱绻，听着就不像什么正经校长。

“一个熊孩子，就在我旁边，叫‘黄静姝’，你查一下，是不是你们学校的。”

机械手一顿，随后，“午夜栏目主持人”的声音正经了三个八度，光速切换了新闻模式：“怎么，出什么事了？你在哪儿？”

这时，机械手的手腕处突然闪过一把银色的小剑，老板目光一凝，一把抓起挂在吧台后面的外套，飞快地说：“在‘破酒馆’，我还有事，你抓紧时间过来把人领走。”

说完，他结束了通话，一伸手，吧台后面的机械手立刻从底座脱落，自动缩小，臂环一样扣在了老板胳膊上，像个训练有素的活鹦鹉。少女黄静姝从小生长在第八星系这种老少边穷地区，没见过什么世面，一时看得目瞪口呆。

老板撂下一句“佩妮，你们看家”，就匆匆从后门走了。

他刚走不久，就听“叮咚”一声响，一个睡眼惺忪的中年男人穿着警服，探头进来，很客气地冲那几个妖魔鬼怪似的机车手笑了一下：“怎么？我听说有点琐事需要我处理。”

“就那个，”名叫佩妮的女机车手指了指角落里的小男孩，“走失儿童，你领走吧。”

“好的好的，没问题，佩妮小姐放心。”这位小弟一样的警察先生热络地抱走小男孩，业务熟练地拍了拍孩子的后背，又贼眉鼠眼地往四下看了一眼，赔着笑问：“那什么……四哥刚才是不是在？”

不良少女黄静姝同学一个哈欠被生生地憋了回去，下巴险些脱臼。

佩妮似笑非笑地看了她一眼。

“不巧了，”她把嘴里的牙签薅出来，嫣红的嘴角一动，指了指没关严的后门，“刚走。”

（三）

沃托时间[①]13：00整，北京β星的维纳斯港则仍是深夜。

---

① 新星历时代，为了与中央沟通顺畅，各星系、各行星被要求统一使用沃托时间。

维纳斯港是个呈半废弃状态的星际港口，现在只有几个工人从政府那儿领着微末的工资，定期过来做些基本维护。

寒夜深沉，维纳斯港周遭远近无人，大片的空地上，遍染霜白的枯草有一人多高，死气沉沉地随风沙沙作响，放眼望去像一片无人区，荒凉而沉郁，维港陈旧的建筑与发射台陈列其中，像旧时科幻小说里描绘的场景，说不出地丑陋。白草夹着一条窄路，大约是工人们进出港口的通道，一队无家可归的流浪者正顺着小路向港口走来，白天工人们会把他们赶走，夜里倒是能混进去避风。

一个流浪的老人脊背佝偻，背后背着个同样衣衫褴褛的孩子，忽然，他脚下一趔趄，摔倒在地，背上的孩子球一样滚落下来，僵硬地翻了个身，露出一张青紫交加的小脸——原来早没气了。

路边的垃圾桶检测到地上有碳基生物的尸体，就启动了自动清洁模式，“嗡嗡”地开过来，伸出冷冰冰的铲子和机械手臂，要把尸体铲走，老人连忙张开枯枝似的双臂扑了上去，试图用自己的身体盖住那孩子，好像这样，就能给死孩子分一点活气似的。可惜垃圾桶的系统虽然落后，但也没那么好骗，依旧继续铲，在方寸之间，和老人展开了冰冷的拉锯战。

毫无悬念，垃圾桶赢了。

羸弱的老流浪汉被粗鲁的垃圾桶撞倒，跪在地上，悲从中来，不由得号啕大哭。他的同伴们循着声远远看了一眼，又没心没肺地继续往目的地走去。因为在这里，死人被垃圾桶铲走并不是一件多稀罕的事，不值当大惊小怪。流浪者们渐行渐远，忽然，一双硬底的长靴从白草丛中露出来，脚步略停顿了一下，朝那垃圾桶走过去。

这是个男人，大个子，有一头利落的亚麻色短发，皮肤苍白，五官因为过于标准端正，反倒显得有些刻板，他迈开双腿，每一步都是严丝合缝的等距，走路时肩背板正，虽然穿着便装，却莫名有种军人气质。

男人默不作声地伸手打开垃圾桶的后台程序，弯腰摆弄了片刻，垃圾桶“嘎吱”一声，铁铲缓缓放平，交出了吞噬的小小尸体。他也不嫌脏，双手抱起小孩的尸体，把他交还给跪在地上的老流浪汉：“节哀。”

老流浪汉愣愣地看着他，男人又伸手指了一个方向：“检测到三点钟方向，距离您大约两百米处，土质最松软，您可以选择在那里安葬您的孩子，再次对您失去亲人表示遗憾。”

这男人不但步幅一样，说话也是一个字一个字匀速往外蹦，语气几乎没有起伏，像一台机器。背台词似的说完了这一番话，他后脚跟一碰，冲老流浪汉浅鞠一躬，转身要走。

老流浪汉忍不住讷讷地问：“您是……干什么的？”

没过脑子脱口而出，老流浪汉马上就后悔起来，因为这陌生男子衣着整洁，透着低调的优渥感，像个他眼里的“上等人”，在老流浪汉浮萍转蓬似的人生经验里，最好识趣地离这些“上等人”远一点，否则招了人嫌弃，往往会受皮肉之苦。谁知那男子听问，却站住了，转身一板一眼地回答：“抱歉，我的身份是加密文件，无法查阅，我的名字叫湛卢。”

老流浪汉难以置信地看着认真和他说话的男人，自称“湛卢”的男子等了一会儿，又问：“请问您还有其他问题吗？”

老流浪汉这才回过神来，慌慌张张地擦了一把鼻涕，连连摇头，男子这才迈开长腿，循着方才那些流浪汉的踪迹追了过去。

维港接待大厅里有供暖，流浪者们纷纷扒开外套，搓手搓脚，让自己尽快暖和过来，抓紧黎明前最后一点夜色，争分夺秒地各自睡去。不到半个小时，鼾声就此起彼伏地响了起来。

这时，一个鬼鬼祟祟的瘦小身影从墙角站了起来，小心地避开其他人，往港口走去。

如果不良少女黄静姝同学在这儿，应该能一眼认出来，这就是那个拐卖儿童的“妖怪”伪装的模样。他从“破酒馆”后门逃脱，通过小型空间场，直接落到维港附近，混到了流浪者们中间，打算从这里离开北京β星。

接待大厅和发射站台之间的安全通道锁着，假流浪汉从身上摸出了一块巴掌大的芯片，往锁上一贴，三秒过后，门锁程序无声无息地跳开，沉重的大门往两边打开，他谨慎地环顾一番，闪身而入。

“是我，蜘蛛，”安全通道里没有别人，瘦小的“流浪汉”扒开身上破破烂烂的外衣，骨骼拉长加宽，变回了本来的模样，他压低声音跟同伙通话，“……收获个屁，我被人盯上了，差点脱不了身！”

安全通道长而狭窄，十分拢音，虽然明知监控都已经被屏蔽了，但自己说话的回音还是让这“蜘蛛”颇为焦躁，他骂骂咧咧地说：“一群垃圾，就知道玩命跟咱们要人要东西，不知道第八星系空脑症多吗……捣乱的是个女的，不认识。”

“蜘蛛”一边说，一边在自己手腕上按了几下，他手腕上立刻浮起影像，正是黄静姝的近照。照片翻到背面，黄静姝的身份信息、地址等等一系列资料，就事无巨细地陈列在了他眼前，“蜘蛛”用带着血气的眼睛狠狠地剜了照片上的少女一眼：“我拿到她的资料了，不知道真假，不过我觉得她不像政府的人……”

安全通道走到了头，“蜘蛛”快步来到站台上，空荡荡的站台上只有几个机器保安在巡逻，“蜘蛛”大概确认了一下机器保安的位置，按下手里的干扰器。站台上，机器保安和监控设备同时卡壳。

“蜘蛛”有恃无恐地绕过静止的机器保安，来到最外围的轨道上，在轨道控制台上摆弄了一会儿，那轨道险象环生地裂开，地下居然不知什么时候藏了一架很袖珍的小型机甲，很快自动对接上发射台，弹开了舱门。

“蜘蛛”迈步走进去，发射台的荧光在他脸上凝成了一层金属似的冷光，他说：“不管她是谁的人，也不管是不是巧合，保险起见，我看还是杀了……”

他这话还没说完，机甲上的警报系统突然尖叫起来，“蜘蛛”耳边“刺啦”一声，通话已经被切断。他猛地抬起头，只见发射台上的机甲活物似的瑟瑟发抖起来，机甲内的精神网络还没来得及和主人连接，机身突然巨震，“蜘蛛”踉跄着往后倒去，同时，机甲的精神网络火花乱跳，烫出了一股臭氧味——这是被严重干扰造成的！

可是第八星系这穷乡僻壤，绝大多数的乡巴佬终生都没见过机甲一根毛，哪儿来的这种干扰技术？

“蜘蛛”一阵毛骨悚然。

机甲内的精神网络一片紊乱，贸然被卷进去，别说是人，就算真的来个硅基生物，也得被电个半残，因此他想也不想，一拳砸碎紧急安全阀，飞快切换至手动操作，强行打开已经升温的舱门，大叫一声滚了出去。身后的机甲浓烟滚滚，而方才被他定住的机器保安们不知怎的又活了过来，七八杆激光枪对准了他，站台上却看不见一个人。

那些该死的苍蝇还没被甩掉！

“蜘蛛”的冷汗都下来了，一只手探入怀中，按在了自己的左胸上——

那里有一小块植入芯片，是他最后的撒手锏。

机器保安朝他逼近——

“非法闯入！非法闯入！”

“扫描闯入者身份失败！”

“警告！举起双手！”

无形的场以“蜘蛛”为中心，潮水似的扩散了出去，机器保安的定位器一下失去了目标，扫描结果显示站台上空无一人。机器保安举着激光枪在“空旷”的站台上茫然地转了片刻，没有发现，只好回归各自的巡逻轨迹。“蜘蛛”站在原地，大喘了几口气，露出了一个有些得意的笑容。他拍了拍左胸，低声说：“那些废物总算还有点用。”

有了他的这个“秘密武器”，就能随心所欲地控制一切人和机器的感官，就像在城市公交车上让所有人把小孩错认成老流浪汉一样，即便遇上小贱人那样的“空脑症”，蒙混一时半刻也不成问题。

“来抓我啊！”“蜘蛛”有恃无恐地大喊一声，吹了声尖锐的口哨，四下没有响动，他大笑了一声，对天比了个中指，准备重新登上机甲。

就在他转身的一瞬间，一道极细的红光突然从墙上射出来，笔直地穿过了“蜘蛛”的脖子，大笑的“蜘蛛”嘴还没来得及合上，就一声不吭地栽了下去。随后，只见方才空白一片的墙体突然凸起，亚麻色短发的男人变戏法似的从墙里走了出来，正是那个自称“湛卢”的男人。

湛卢苍白的右手伸出，凭空变成了一只机械手，竟和“破酒馆”里的那只一模一样。机械手从头到脚将人事不省的“蜘蛛”扫描了一遍，“嘀嘀”几声响，在“蜘蛛”心脏附近发现了一个能量场。湛卢一歪头，机械手的手心就伸出一根极细的探针，同时，五根金属手指的指腹处喷出了雾状的消毒剂，制造了一个狭小的无菌环境，探针飞快地插入“蜘蛛”胸口，不到一分钟，就完成了这场小手术——从昏迷的“蜘蛛”心脏上取下了一块生物芯片。

生物芯片剥离的一瞬间，“蜘蛛”那充满金属感的皮肤立刻塌陷，体温下降、心率与新陈代谢同时急剧减缓，他整个人就像缩水的橘子，瞬间老了几十岁，面部几乎起了褶皱。

机械手开始检查那枚芯片，手心发出了和湛卢本人一模一样的声音：“扫描未知能量场——”

“扫描失败。”

“再次扫描——失败——无法识别——警告——”

湛卢低声吩咐：“先屏蔽它。”

湛卢小心地收好陌生的芯片，搜走了“蜘蛛”身上所有的电子设备，把他剥成了一个原始人扛起来，本打算原路返回，在接近大厅的时候，湛卢脚步忽然一顿，他仰头闭上眼睛，随即，仿佛被什么召唤了似的，转向了另一个方向，径直走进茂密的白草丛中。

密集的枯草深处不知什么时候停了一辆车，四哥双臂抱在胸前，靠在车身上，看起来等了好一会儿了。

湛卢冲他一欠身：“先生。”

四哥一抬下巴，湛卢就将抓来的男人扔进后备厢，伸手搭在车身上，接着，他那“手”竟然化了，先是手，随即是身体、头……他整个人慢慢消失，和车身融为一体，与此同时，四哥休眠的车自动重启。

这个高大英俊的“湛卢”，是个人工智能。

湛卢的声音在车里响起来：“先生，要去哪里？”

“回破酒馆。”四哥手指往后一点，“这是哪路人，你看得出来吗？”

“定位破酒馆——根据机甲型号判断，应该是‘毒巢’的人。”

“毒巢”也是第八星系特有的黑社会组织之一，位于第八星系最边缘处，再往外走，就不适合人类生存了。不过这个组织很少和其他势力来往，成员都神神道道的，更像个邪教。八星系儿女多奇志，有个把邪教不稀奇，不过各大邪教组织一般都是根据古代传说捏造些神神鬼鬼来拜，再不济，崇拜个猫狗大神，好歹也是哺乳动物——像“毒巢”这种崇拜毒虫的邪教，就很独树一帜了。

四哥反应了一会儿才想起他们是干什么的，莫名其妙地说：“他们跑到北京β星来干什么？”

湛卢说：“根据我窃听到的通话信息判断，毒巢似乎和域外星际海盗团有勾连。”

四哥跷着二郎腿，侧头看着车窗外，淡淡地说：“按照联盟政府‘反海盗法’里的定义，所有未经官方授权的武装，都属于‘星际海盗’，黑洞也能对号入座。回去把你那破蜥蜴扔了吧，换个鹦鹉养，有助于你尽快适应自己‘海盗’的身份。”

湛卢转瞬间在自己海量的数据库里完成了一次大搜索，找到了一张远古地球时期的卡通画——面目狰狞的海盗船长，肩膀上站着一只同样面目狰狞的鹦鹉。

他对着这张画钻研片刻，悟了：“哦，您在开玩笑。”

四哥无言以对地捏了捏眉心。

湛卢在空旷的车里发出让人毛骨悚然的机械笑声：“哈哈哈。”

为了防止湛卢礼貌地回敬一个更冷的笑话给自己，四哥转移了话题：“佩妮是北京β星的地头蛇，还算有点本事，要甩开她没那么容易，这个人怎么办到的？”

“我在他身上找到了这个，”湛卢说着，车厢里浮起一块带着血迹的生物芯片，用透明的隔离器罩着，“这块生物芯片植入人的心脏，启动时，似乎能在小范围里同时给人类和人工智能造成集体幻觉。”

四哥目光一动，似乎想到了什么，懒洋洋的眼神锋利了起来。

“今天下午，他察觉到自己被人跟踪后，就利用这个，把自己和被他拐走的男孩伪装成两个流浪汉，骗过了佩妮小姐，然后混上城市公交车，打算前往维港。车上总共有乘客十三人，没有一个人察觉到。集体幻觉触动了我身上的‘禁果’系统，所以我很快锁定目标，继续跟踪。路上，我做了几组实验，试着放出几段干扰，但只有一个女孩挣脱了幻觉，而她恰好是个‘空脑症’患者。为了保证无关人员的安全，我入侵了城市公交车的系统，把它逼停在破酒馆附近，并给佩妮小姐发了信息。”湛卢依旧用平静的声音回答，“先生，我怀疑这块芯片和‘伊甸园’有类似的原理，只是相对简陋。”

四哥皱起眉：“短时间内，我可能没法在这地方给你凑一个研究团队。”

湛卢：“我知道，先生，我会自己想办法。”

“嗯，”四哥一点头，“五年了，我们能在这儿躲清闲的时间不多了，我最近总有种预感。”

“我们要离开了吗？”湛卢问，“可您不是还没找到……”

“算了吧，五年都没找到，也许就是没了。这鬼地方夭折的小孩比活下来的多。”四哥说着，略微出了神似的，好一会儿，他轻轻地说：“赶不上乱世，也不一定是坏事。”

两句话的工夫，车子已经精准地落在了“破酒馆”后门处。原本停在那儿的几辆高速机车不见了，看来“交通灯组合”和佩妮已经走了。

由于窄巷错综复杂，车子开不进来，所以湛卢也在小范围内使用了空间场。空间场是一种地面“跃迁”工具，能在小范围内释放出极大能量，实现空间扭曲，使目标物体定点瞬移……当然是违法的。

因为，空间场一旦能量泄漏，会给周围的人和财产造成不可估量的伤害，再说就算操作安全，也不可能让人们满世界乱跳，想进谁家后院就进谁家后院。联盟刑法里明确规定，非法使用空间场视同“危害公共安全罪”，将面临十年以上的监禁。

不过这里是第八星系，法外之地。

“蜘蛛”从这里逃跑的时候，也用了空间场，可他只有自己光杆一条，空间场启动的动静相当大，定位误差看来也相当不小，否则他不用假扮流浪汉，饥寒交迫地步行到维港。而湛卢则是控制着一辆几吨重的车穿越空间场，定位在“破酒馆”后门狭窄的小巷里，这意味着误差不能大于十五厘米，否则落地时非得弄出个“一辆汽车骑墙来”的特效不可。

二者虽然在量刑上不分伯仲，这里面的技术含量却是天差地别——足有“日可云车”和星际星舰的差距那么大。

可惜，第八星系文盲遍地跑，少有人能欣赏技术的精确优美，偶尔碰上个识货的知音，也往往是一言难尽——

人形的湛卢从车上分离出来，扛起后备厢里的“蜘蛛”，正要开门，碧色的眼睛突然洞穿了酒吧后门，扫描到了屋里的情景。

“先生，”他顿了顿，“您似乎有客人。”

四哥的眼角轻轻抽动了一下。

随着后门“嘎吱”一声打开，室内的暖气劈头盖脸地扑过来，只见本就灯光昏暗的“破酒馆”中，壁挂的小灯都关了，只剩吧台顶上一盏，恰到好处地给灯下人刷了一层“柔光”滤镜。滤镜里的是一位男青年，衣服松松垮垮地挂在身上，外套披在肩头，发丝凌乱，懒洋洋地靠着吧台，乍一看，他好像刚从床上爬起来，懒怠打理自己，不修边幅地随便出来见个人，并且随便得天生丽质、气韵自成。

然而他这“随便”的一身，从内到外没有一丝不雅的褶皱，单是那一脑袋凌乱又蓬松的“秀发”，就绝不是凡人的枕头能压出来的效果，可见他“随便”得着实是很精心。

“哟，”男青年看见湛卢肩头的人，愣了一下，“二位这是深夜打劫啊，我是不是看见了不该看的？”

湛卢把“蜘蛛”扔在地上，人体和地板相撞，发出一声闷响，他彬彬有礼地打了招呼：“陆校长，晚上好。”

第二章 伊甸园

"你们知道新星历时代和旧星历时代的分界点在哪里吗？"

…………

"从政体来说，是联盟的成立；从技术层面来说，则是伊甸园的建立。"

（一）

陆校长大名"必行"，是第八星系著名的败家子、怪胎和大混混，兼任星海学院校董和校长双职——此人能担任一校之长，当然不是因为德高望重，而是因为那破学校是他掏钱建的。

陆校长有满腔的热血与崇高的理想，还有一个名震第八星系的军火商亲爸爸。亲爸爸外号"独眼鹰"，雄踞第八星系首都星"凯莱"。整个第八星系的流血冲突，八成武器都是他老人家提供的，是一根搅起腥风血雨的搅屎棍。

陆必行从小耳濡目染，跟众多大规模杀伤性武器一起成长，家学渊源，成了一个机甲领域的专家，眼看有成为变态科学家的潜质，独眼鹰还来不及欣慰自己后继有人，就发现少爷的志向"长歪"了。

陆少爷出淤泥而不染——他立志要成为一个伟大的教育家。

陆少爷二十岁生日当天，独眼鹰提前结束了重要饭局，专门跑到宝贝儿子面前，询问他有什么愿望，独眼鹰酒劲上头，话一说就大，许诺上天入地，哪怕是要炸了联盟首都星沃托，他也能手到擒来。

陆少爷信了，就虔诚地对他爸爸说：“我想出版一本书。”

独眼鹰的酒惊醒了一半，一头雾水地翻开儿子的大作，见题目赫然是《太空机械原理导论》。军火贩子脑子有点抽筋，怎么也想不起来《太空机械原理导论》是哪儿的黑话，只好豁出老脸，不耻下问：“这是本什么书？”

陆少爷回答：“是一本介绍太空机甲技术的入门级教科书。”

独眼鹰怀疑自己耳朵出了毛病：“教……什么书？”

“教科书，”陆少爷说，“我翻了翻第八星系叫得出名的几个大学用的教材，感觉都不怎么样，所以自己写了一本，爸爸，请您指正。”

独眼鹰沉默了一会儿：“你想干什么？”

陆少爷的中二病犯得毫无预兆、来势汹汹，他说：“我想办一所靠谱的学校，点燃第八星系科技腾飞的星星之火。”

独眼鹰听完，另一半酒也吓醒了，一言不发地掉头就走，打算找个大夫给儿子治治脑子。

从此以后，陆必行和他的模范爸爸展开了长期的洗脑与反洗脑行动，斗智斗勇中，陆少爷的机甲改装水平得到了长足的进步——他被禁足在凯莱星上时，花了三年，把自己在星球上闲晃的代步工具拆卸了，天马行空地改造成了一架形象感人的星际机甲，浪迹天涯去了，一浪浪到了北京 β 星附近，并就此遭遇了一段孽缘。

“你那学生呢？”四哥一进门就把壁灯都打开了，不解风情地破坏了陆校长的梦幻柔光滤镜。

“让秘书带走了。”陆必行辛辛苦苦拗好了造型，孤芳自赏半天，好不容易等来个观众，还一进屋就拆台，他只好从高脚凳上下来，围着“蜘蛛”转了几圈，“怎么，你俩把那个人贩子逮回来了？就是他？”

四哥看了他一眼。

“啧，还用问吗？”陆必行用脚尖把地板上的男人翻过来，抬头冲湛卢挤了一下眼睛，“第八星系就没有能逃过湛卢追踪的空间场，是不是，宝贝？”

湛卢面无表情：“感谢您的肯定。”

四哥也面无表情：“那你还在这儿干什么？”

陆必行抬头看见两张如出一辙的冷脸，无奈了：“我说二位，你们到底是谁照着谁长的？”

他说着，半跪下来，按了按“蜘蛛”的颈动脉，发现人还活着，脸色这才略微严肃起来：“我不想知道他是什么人，来干什么，我就一个问题，问完就走。”

四哥一点头。

陆必行：“我那女学生卷进这件事，会不会有什么危险？”

“您放心，”湛卢回答，“黄小姐的信息被我截留了，没有流到他的同伙那里。”

陆必行听了这句保证，果然不再废话，一点头站起来，他从吧台后面不问自取了一瓶酒。

“明白，那我走了。”陆必行说话拖长音，做事却很有几分干脆利落，对着门上的玻璃整理了一下仪表，他说走就走，临到门口，才又想起了什么，回头说：“对了，那小姑娘跟我说了大概经过，我怀疑这人身上有类似伊甸园的东西，你们当心点——拜拜。”

四哥眉梢一动：“等等。”

于是“破酒馆”里又放起了“半死不活”的爵士乐，深度昏迷的“蜘蛛”被一根带电击功能的金属绳捆在桌脚，而本来要回去睡美容觉的陆校长也重新坐回了吧台旁。

绿蜥蜴趴在湛卢肩上，一动不动，像个塑料摆件。陆必行手很欠地顺着蜥蜴的后脊捋了一把，蜥蜴没什么反应，他把自己摸出了一胳膊鸡皮疙瘩：“谁能告诉我，养这玩意儿的乐趣是什么？”

湛卢有理有据地回答他：“爬行动物的历史非常悠久，因为古老而神秘，从地球纪元开始，许多人类文明想象的神魔就是以爬行动物为蓝本。您看，它非常安静，不断变换的体温和循环的生命磁场却又非常绚丽，是一种矛盾又奇特的生物，像活古董一样充满魅力。”

人工智能的浪漫情怀陆必行听得一脸找不着北。

四哥在旁边敷衍道：“他的意思是这玩意儿适合当布景摆拍。”

陆必行恍然大悟，接受了这个理由，并且光速认同了爬虫的可爱之处。

四哥的手指在吧台桌面上轻敲了两下，拉回了陆必行的注意力：“你方才提到了伊甸园，据我所知，你从来没有离开过第八星系，对它了解多少？”

陆必行大言不惭地说："要是给我足够的经费和人手，我能在第八星系搭一个！"

四哥耐着性子听他吹，感觉北京β星偌大一个地壳，装不下陆少爷这口大气。

"伊甸园是信息技术系的第一课，科普教材还是我亲自编的，"陆必行一口喝完了杯子里的软饮，润了润喉咙，准备长篇大论，"两位同学，你们知道新星历时代和旧星历时代的分界点在哪里吗？"

四哥懒得搭理他，倒是湛卢很配合地回答："从政体来说，是联盟的成立；从技术层面来说，则是伊甸园的建立。"

"准确，"陆必行打了个响指，"那么我请同学们闭上眼睛，放飞想象力，跟我一起来到我们联盟的首都星——假设，你是一个生活在沃托的普通人，你不富裕，在沃托的生活水平和在北京β星差不多，也住在一座铅笔似的筒子楼里，一室一厅。"

湛卢忍不住开口："可是……"

沃托没有"筒子楼"。

"嘘——"陆必行装神弄鬼地打断他，"别打岔。"

"但是在伊甸园的笼罩下，你的家应该是这样的：清晨，你睁开眼，发现自己躺在柔软的草地上，草木的香气凝结在你周围，周围奔跑着你喜欢的动物，当然，它们只管活泼可爱，绝对没有随地大小便的毛病。又或许你喜欢大海，那你的家就会像海底，珊瑚和五彩斑斓的鱼群围着你游来游去，你能感觉到海水像摇篮一样托着你，但是作为一个哺乳动物，你在其中不会遇到一点呼吸和气压问题。"陆必行的声音非常适合宣传邪教，自带引人入胜的功能，他说到这里，微笑起来，"这只是伊甸园美好之处的一角。"

湛卢仍在死心眼地纠结方才的问题："您讲得非常精彩，但是第一星系没有筒……"

"行了，"四哥打断他俩，"别废话，说重点。"

"好吧，"陆必行耸耸肩，"伊甸园其实是一个人机并联的大型'网络'，统筹连接人脑和电脑，并与现实世界高度重合，能无限拓展人类大脑潜能，并最大限度地为人服务。"

四哥很难伺候地说："也没让你照本宣科。"

陆必行和熊学生们混久了，脾气早磨出来了，从善如流地又换了种说法：“伊甸园笼罩下的地方，你的大脑可以随时接驳任何设备与人工智能，打个比方，就像你现在坐在吧台旁，如果有伊甸园，你脑子里闪过一个念头，酒柜就会立刻调出你想喝的饮料，送到你手边。同时，伊甸园连接大脑，还能反作用于人的感官，还拿这杯饮料来说，比如有个人想喝奶昔，又恰好在节食，伊甸园识别了这种矛盾的需求，吧台就会提供一杯白开水，由伊甸园网络刺激他的味觉，让他喝到了最想喝的那杯奶昔，还没有热量。”

四哥问：“你见过伊甸园？”

陆必行一耸肩：“如果有机会，我倒是很想来一次跨星系旅行，可惜我的护照被我爸扣下了。听说在联盟其他七个星系里，每个婴儿出生，都会在合法注册之后，被纳入伊甸园。这个合法公民从生到死，都会得到最好的照顾，现实世界被伊甸园网络无限延伸，孤独、抑郁、焦虑……这些都不可能存在，因为一旦伊甸园感受到你有这方面的倾向，就会通过刺激你的感官，调节你的激素水平，来消除这些不良感受。在远古地球时代，很多宗教都有这种概念——无忧无虑的终极理想之地，他们叫它‘极乐之地’‘天堂’或者‘伊甸园’。传说神明把人类从伊甸园里轰了出去，现在凡人又自己建了个新的——当然，这里头没有第八星系什么事，可能是因为总得有人下地狱吧。”

四哥不打算跟他探讨国计民生的问题，一个标点符号都不离主题：“那你刚才为什么说，这个人贩子身上的东西和伊甸园有关？”

“幻觉，林，能同时干扰人和人工智能的技术，我只能想到伊甸园。”陆必行点了点太阳穴，“任何东西都有两面性，谁能让你幸福，谁就能让你迷失，当年伊甸园能落成，七大星系死磕出了一箱法律条款，严禁伊甸园技术干扰正常认知和人类自由思想。但是技术本身是双刃剑，它可以为人民服务，就可以挖人民墙脚。另外，我那个学生应该是个空脑症。”

人类中有大约 1% 的人口，由于基因缺陷，先天精神力低下，无法适应伊甸园系统——简单来说，就是大脑接触不良。如果要强行接入伊甸园，时间长了，可能会造成精神障碍，甚至危及生命，这就是“空脑症”。

新星历伊始，伊甸园没有成熟的时候，这些空脑症尚且能凑合活着，但随着伊甸园系统与人类生活结合越来越深，这些“残次品”也逐渐被边缘化，而空脑症有明显的遗传倾向，常常在某个家族内连续出现。当年陆信将军收复第八星系之后，大批饱受歧视的空脑症，就举家迁徙到了这个一无所有的地方，跟乌七八糟的原住民们混居在“荒漠”里，致使在第八星系建立伊甸园系统的投票一直通不过……当然，就算投票通过了，也没人给第八星系的“大猩猩”们拨款。

四哥抬头看了湛卢一眼。

湛卢会意，张开手，给渊博的陆校长展示了他从“蜘蛛”心脏上取下来的生物芯片：“这应该就是那把‘双刃剑’，陆校长，我不知道您在信息技术方面是否也有专长。”

“什么意思，想雇我做研究员？”陆必行好不容易把自己的目光从芯片上移下来，强行保持住了矜持，装模作样地说，“困难，我现在没有称手的实验室。”

四哥一哂：“你顶着我的名，到处招摇撞骗，东拼西凑出个破学校，连实验室都没有？”

陆必行叹了口气：“古罗马都不是一天建成的，星海学院还很‘年幼’，需要一个逐渐完善的过程。”

四哥：“别扯淡。”

“……”陆少爷一低头，“是有一点资金问题。”

星海学院并不是像外人猜测的那样，是吊儿郎当的富二代拿着亲爹给的零花钱撒着玩。世界上没有任何一个亲爹会资助儿子离家出走，早在陆必行开着他的改装机甲到处浪的时候，独眼鹰就把他的账户都冻结了。

当年是陆少爷到了北京β星以后，连坑带骗，把他那架改装机甲卖给了一个冤大头，才有钱建了学校。而星海学院刚“开张”不久，很多设施需要修缮，被他骗来的教职员工也要开工资，设备和机器都要维护，学生们交的那点学费根本是杯水车薪——大部分还是“贫困生”，非但不交学费，还要拿助学金。

陆校长表面人模狗样，实际上穷得快卖身了。

四哥低头点了根烟，轻描淡写地一锤定音：“就缺钱是吧，那就这样吧，需要多少你自己跟湛卢算账，让他划给你。”

陆必行差点跪下叫“爸”，使了九牛二虎之力，才惊险地保持住了学者应有的脸面，他很克制地一点头："感谢您对教育事业的支持，我代表校董会，决定授予您我校荣誉博士学位。"

四哥当他是放屁，用下巴点了点门口，示意他赶紧跪安。

陆校长仍不肯见好就收，蹬鼻子上脸，强行抓起四哥的手上下摇了摇："作为我校最大的赞助人，我还有个惊喜给您，明天早晨我校举行第二届新生入学开学典礼，特意为您预留了VIP座位，林博士，诚邀您来观礼。"

新鲜出炉的林博士回答："滚。"

陆必行从湛卢手里接过那血淋淋的生物芯片，一点也不嫌脏，风流倜傥地凑在嘴边亲吻了一下，扬长而去。

前门的风铃被他的脚步搅得"丁零当啷"乱响，等人走远，四哥才露出一点若有若无的笑意，对湛卢说："再给我倒一杯酒。"

湛卢就像陆必行描述的伊甸园那样，不用他吩咐，就精准地按照他的口味调了一杯酒，加了两粒冰块放在四哥面前："先生，您非常欣赏陆校长。"

四哥的目光从酒杯沿上扫过，看了他一眼。

"您对他很有耐心，我很少见您这么有耐心。"湛卢把绿蜥蜴放回玻璃缸，有条不紊地整理起吧台。

四哥不置可否："我在你眼里一直很没耐心吗？以前那帮跟着我的研究员都挺贫的，唠叨起来还颠三倒四，我也没把他们都弄死吧？"

湛卢那双平湖似的碧绿眼睛里跳跃着数据分析图，打算用足够多的数据，有条有理地阐述一下自己的观点。然而四哥没给他机会。林把杯中酒饮尽，方才放松的神色重新冷淡下来，吩咐道："湛卢，你休眠吧。"

湛卢一愣："先生，您需要我完全休眠，还是主机休眠、保持基本监控功能？"

四哥说："完全休眠，定时三个小时，天亮再醒过来。"

"是，准备休眠，一分钟之后进入完全休眠状态。"湛卢一字一顿地重复着他的命令，人体渐渐"融化"，与吧台融为一体，很快只剩下一只挂在酒柜旁边的机械手。

机械手忽然说："先生，我为您服务，除了危及您生命的情况，我会无条件执行您的任何命令，无论您是道德高尚，还是残忍卑劣，对我来说，都没有差别。我的程序设置中并没有评价主人的功能。"

四哥静静地凝视着空杯里融化的冰块，好像没听见。

一分钟过去，机械手垂了下来，再没有了声息。

四哥自己站起来洗了杯子，擦干净手，然后走向被捆在桌角的蜘蛛。

（二）

第一星系，白银要塞。

悬浮车门向两边滑开，联盟军委总负责人伍尔夫元帅和议会秘书长格登先生先后下车，格登客客气气地请老元帅先行，自己则风度翩翩地扶住车门，半弯下腰，伸手递给车里的格登夫人，凑近她耳边，轻声细语地问："还难受吗？"

格登夫人林静姝脸色不大好看地点点头。

从首都星到白银要塞，如果不想像当年的林上将一样走十三天，就得通过跃迁，自古有晕车晕船晕机的，林女士似乎是晕星际跃迁。

格登说："你开放授权，让伊甸园帮你调节一下平衡器。"

林静姝没吭声，默默地摇摇头。自从林上将去世，林静姝就像她哥哥一样，选择屏蔽了伊甸园的大部分功能。

伊甸园网络不是一天建成的，最初只是小范围应用，让人控制家用电器、玩个全息游戏之类，渐渐成熟的技术在漫长的百年光阴里，一点一点给人们的日常生活增加便利，而人们也像古地球人给手机装一堆应用软件一样，不断向伊甸园开放着自己的授权。

《伊甸园管理条例》中规定，伊甸园中每一项应用，必须充分告知公民隐私披露的可能性，得到公民授权才能连接。不过这些通告内容事无巨细，动辄十几万字，大家一般都懒得看，反正伊甸园建立伊始，立法和监管就相当严格，没闹出过泄露用户隐私的丑闻，于是大多闭眼授权。

而当今，开放、包容、坦率和自由表达是无可置疑的政治正确，除了少数笃信苦修能磨砺自己的宗教人士，也就只有林静恒和他的白银十卫会屏蔽伊甸园了，这其实是林将军生前的一桩"罪名"，骂他的人说他是包藏祸心，一点也不磊落，死后则变成了"功劳"，联盟政府特意写文章说他"为了磨炼钢铁之军，身先士卒地拥抱痛苦"。

林静姝选择用这种方式纪念亡兄，跟茹素差不多，格登没什么意见，还十分体贴地给了她半个臂膀，让她靠着自己休息。他的温柔有点在白银要塞作秀的意思，也有真情实感——不管秘书长私下里和当年的林上将有什么龃龉，他对林静姝还是很有感情的。

没有办法，这样的美人，即使是个摆在家里的死物，看久了，也能让人生情。

白银要塞的新任守将李将军早早迎出来，在路边恭候元帅和秘书长夫妇，两排卫兵在他身后列队，军容整肃，一水的年轻英俊、细腰长腿。但仔细一看，又有点违和感，因为这些卫兵英俊得太过整齐划一，除了军装上的编号，几乎是一个蛋里孵出来的，叫人一眼扫过去，简直要被他们英俊出密集恐惧症。

人是不可能长成这样的，这两队仪仗兵显然是一个批次生产的人工智能。

元帅是老牌人物，一看这些机械仪仗兵就先皱了眉，李上将小声解释："白银十卫现在走得不剩什么了，其他……其他那些都是权贵子弟，桀骜不驯，很不好管束，战斗力也不强，所以为了第一星系的安全，我紧急调来了一批人造人，我认为这个模式其实也……"

老元帅不阴不阳地打断他："这个模式挺好，回头我就写封信给联盟议会，让他们派个人工智能来统辖白银要塞，往后机器人指挥机器人打仗，又文明又省事，也省得整天钩心斗角。"

李上将特意带了一支机器人模特队出门相迎，本想展示自己灵活变通，不料被老元帅当众挖苦，才知道自己马屁拍到了马腿上，只好丧眉耷眼地在前引路，再也不敢多嘴了。

一行人走进白银要塞，径直乘电梯沉入地下，来到地下最深处，元帅用联盟军委的最高权限打开了七道封锁的大门，随着最后一道厚重的金属门缓缓抬起，一架巨大的机甲落入众人眼里。

它近乎完美、近乎璀璨，冰冷的机身熠熠生辉，像一条沉睡的巨龙。

格登秘书长仰头赞叹道："这就是'湛卢'。"

"对，"李上将似乎是怕惊醒什么，下意识地放轻了声音，"静恒……之后，再也没有人能唤醒湛卢，它拒绝一切精神连接。湛卢是人类瑰宝，也是白银要塞的旗帜，我们不想人为破坏精神网，强行连接，可是这些年星际海盗越来越猖獗，联盟实在是需要它，没有办法，才请格登夫人来帮这个忙。”

李上将说着，冲林女士欠了欠身：“您是静恒唯一的血亲，分享同源的优秀基因，从小精神力卓绝，或许能打动湛卢。”

林静姝退让半步，不肯受礼，还了他一个恰到好处的微笑。

老元帅上前，伸手摸了摸湛卢的机身，然后按在舱门上，试探说：“请求连接。”

整个地下空间先是“嗡”的一声，随后，那声波频率很快离开了人耳分辨范围，好似一声听不见的咆哮，海浪似的往四下回荡，与此同时，老元帅觉得某种极强大的压迫力当头碾了过来，沉睡的机甲像一头困兽，一旦睁眼就要张嘴噬人。

老元帅陡然一惊。

“元帅！”

老元帅挡开谄媚的李上将的手，混浊的眼睛盯住了他，一字一顿地说：“260 年，新星际恐怖主义和海盗团勾结，林静恒奉命出战，最著名的那场战役中，他一个人入侵了十五架敌军机甲，强行接管对方权限——同一时间。”

李上将脸上红一阵白一阵。

“林静恒不是靠一架机甲统领白银要塞的，湛卢不接受连接也在情理之中，精神阈值达不到，连接你们这些废物，是对机甲的羞辱。血缘？亏你想得出来！”老元帅冷冷地说，随即疏离有礼地转向林静姝，“格登夫人不用试了，夫人身体不好，也没受过军事训练，容易被湛卢震伤，让美丽的您受伤，会是首都星的无上损失，很抱歉麻烦您专程跑一趟，请。”

秘书长本来就是过来做个样子，并不是真心想帮忙，乐得围观军方一筹莫展，二话不说，拉起林静姝，跟着大步流星的老元帅离开白银要塞——他没看见自己“柔弱”的妻子回头看了湛卢一眼，鸦羽似的睫毛垂下，掩住了她一点诡异的笑容。

第八星系，北京β星。

“破酒馆”外，天刚蒙蒙亮，四哥细致地把手洗了三遍，又顺手抹了把脸。

墙上的机械手仍在休眠，他就自己动手把胡子刮了，换了身衣服，随后打开了“破酒馆”的窗户和前后门。

风声与寒意穿堂而过，北京β星已经从令人瑟瑟发抖的寒夜中醒来了。

四哥给自己倒了杯隔夜的咖啡，又从保鲜柜里翻出了一团三明治——第八星系特产，四哥举起来看了看，实在没看出里面夹了些什么玩意儿，他也不在乎，四门大开地就着寒风开始啃，还顺手给蜥蜴投喂了点面包虫。

外面人声渐起，有行人匆忙的脚步声，有主妇嘹亮的叫骂声，不学好的小孩子学着大人说粗话，还有“日可云车”五分钟一次的鸣笛，这是第八星系特有的生机。而“破酒馆”里干干净净，蜘蛛已经不见了。

四哥这个人，精力充沛的时候，没有很活泼过，这会儿刚熬了个通宵，也看不出萎靡，他像棵松树，风霜雨雪也好，春和景明也好——都是一个样。

皮糙似铁，不知炎凉。

“您不该对着冷风吃早餐，会引发肠胃问题。”三个小时一到，挂在墙上的湛卢准时变回了美男子。

四哥好像被什么吸引似的，凝视着窗外没回头：“不会。”

他话音没落，酒吧的门窗同时自动关上，室内气温迅速回升，铜墙铁壁似的把北京β星寒冷的清晨隔绝在外。

湛卢严肃地说：“迎风吃冷食和肠胃问题呈现显著正相关性，对着冷风吃早餐，就是会引发肠胃问题。”

四哥：“……”

湛卢拿走了他这凑合至极的早饭，把隔夜咖啡泼了，磨了一杯新的，又把三明治加热：“您昨夜审问了蜘蛛？”

“嗯，”四哥说，“据说三个月前，毒巢在第八星系外围，遇到了一伙来历不明的人，这些人声称自己手上有一百架重型机甲，两艘带武装的星舰，要跟他们谈一笔军火生意。芯片就是这伙人带过来的，把这种生物芯片植入心脏，不单能随心所欲地影响半径两百米内的人和电脑网络，还能极大地提高被植入的人的身体素质，让他们变成刀枪不入的超人——据我所知，伊甸园都没有这种功能。”

一百架重型机甲是什么概念呢？

五年前，联盟政府派兵包围白银要塞，也只出动了五百架重甲。

湛卢判断说：“听起来不像是第八星系本土的帮派势力。”

“不是，”四哥说，“这些神秘人开价很低，第一批军火几乎是白送，只是让毒巢帮忙搜罗两到四岁的小孩，一百个一批，已经跟他们要了两批，猜测可能是在做什么人体实验。那些神秘人不让他们在同一个地点拐小孩，那个蜘蛛说，是怕拐得多了被人发现，不过依我看，更可能是在利用毒巢这群傻瓜测试生物芯片。”

湛卢静静地等着四哥的结论。

四哥心不在焉地吃了加工过的早饭，这才说：“不急，如果是域外的海盗，那毒巢应该只是他们伸出触角的一个试探，迟早会找上门来。在这之前，最好先弄清楚那个生物芯片到底是什么。”

“我会全力协助陆校长，”湛卢顿了顿，“对了，您今天会应邀参加陆校长的开学典礼吗？”

“我吃饱了撑的？”四哥把咖啡一饮而尽。

湛卢：“可是我注意到您把衣服换了。”

四哥随口打发他：“昨天那件沾了血，脏得很，处理掉了。”

湛卢“哦”了一声，收走了四哥的餐具和空杯：“那么稍后我会把这项安排从您的日程里划去。”

四哥坐在原地沉默了一会儿：“谁让你列入日程的？”

（三）

陆校长被湛卢提上日程的开学典礼还没开始，他本人先遇到了一点麻烦。

开学典礼安排在上午，在此之前是全体教职员工大会。初建的星海学院下，总共设了三个专业学院，分别是机甲机械设计院、机甲操作院和信息科学院，教材都是校长亲自撰写……加东拼西凑的。

依照陆校长的伟大构想，未来的星海学院应该是人类智慧的终极殿堂，配备最尖端的实验室、通感图书馆，自己的出版社是宇宙最权威的，名下研究所遍布八大星系，会集全人类的精英，与沃托星上的乌兰学院文武相当、遥相呼应，无数在人类历史上光芒四射的名字，都将打上星海学院的烙印。

陆必行身无长物，就是敢想。

不积跬步，无以至千里。陆校长坚信，眼下这三个球球蛋蛋的小破专业，就是他伟大事业的第一小步。然而开学在即的大好晨光中，三个“小步”的院长一起愁云惨淡，向校长展示了冰冷的现实。

机甲操作院的院长是个暴脾气，不等校长讲完对新学期的美好展望，就抢话道：“陆校长，我是教不下去了，我院上学期不及格率百分之九十，这还是期末考试所有科目分数都开根号乘以十的结果，您说怎么办吧！”

机甲机械设计院院长面无表情地补了一刀：“我院不及格率百分之百。”

陆必行听了这骇人听闻的数字，宽容地说：“设计专业对基础知识要求比较高，没关系，大不了我们延长学制，您看，第一年是不是也不要太严格了，差不多的给提几分，让他们及格算了。”

“提不起来，”设计院院长一脸哀莫大于心死的表情，“如果按照百分制计算，那我院学生只有一个人平均分上两位数了。”

陆必行：“……”

“我院就不说了，没数据。”信息科学院院长是位面容清癯、白发苍苍的老人，说话慢悠悠的，“校长啊，我不知道您招生广告是怎么做的，好多报考本专业的学生都认为我们学院是教怎么打探小道消息的，我跟他们解释，说我院不是间谍系，也不叫特务系，结果呢——报到时来了四十九个，退学了五十个。也就是说，我现在只有新生，没有二年级了。”

陆必行把老院长的话从头捋了一遍：“……退学的比报到的还多是怎么回事？”

老院长说：“有个学生报到手续走了一半，发现学校里有一帮小混混是他仇家，怕挨打，直接跳到了退学程序。”

学校的老师是陆必行走遍第八星系，从犄角旮旯里挖出来的学究，在第八星系，均属于濒危物种。众学究来时，都以为自己会得天下英才而教，从此踏上追求知识和真理的大道。谁知来了以后，干的都是动物园管理员的活，实在有辱斯文。

三个院长围坐在一起，用六只眼睛控诉校长这个大忽悠。

陆必行八风不动：“这应该是教材和课程大纲不合理的问题，之前我都是私下里带几个学生，第一年正式办学，没有经验，下次再遇到这种情况，大家可以及时提起教学会议，我们随时修正嘛。”

“陆校长，”机甲操作院院长说，“您知道初等学位证多少钱一张吗？”

第八星系教育体制和其他地方不同，比较简单，只分“初等”和“高等”两个等级，初等就相当于其他星系的基础教育，在公立学校按部就班地念上十五年书也行，自学成才然后到政府指定地点考个证也可以，取得初等教育证书，就可以参加职业培训，选择就业了，或者也可以继续研究深造，进入高等教育阶段。

当然，高等教育不是想要就能有的，整个第八星系中，共十八颗行星上有居民，高等学府只有十一所，其中六所已经倒闭，只剩下光秃秃的校址和保安两三个，他们的工作是防止流浪汉和犯罪分子把学校当成窝点。

这里的绝大多数人，都不知道大学长什么样。

上学读书，没个屁用，在第八星系这是常识。

在这种情况下，星海学院开办第一年，就有百十来个学生来报名，第二年更是收到了三百多份申请材料，甚至有了“录取率”这种东西，实在是第八星系一大奇迹。奇迹的诞生不是因为陆校长格外英俊潇洒，而是因为相传星海学院的后台是四哥。

这是一个大学要抱流氓大腿的年代。

“三十块钱假证，保质保真，额外再加一百零八，可以定制全套申请材料，申请包过——想见四哥吗？想进黑洞吗？只要一百三十八，买不了吃亏，买不了上当。”信息科学院院长说，“对，就是从我院退学的那伙人干的。”

陆必行：“……”

设计院院长天生一副很丧的八字眉，此时八字眉倒垂，神态越发愁苦：“陆校长，您招来的学生，基本都是为了围观那位先生来的，混混就算了，还是文盲混混，我们虽然致力于做园丁工作，但是非得让我们种下一整个花园的活耗子，也太强人所难了。”

陆必行心里飞快地掐算了一下自己的卖身费，微笑着开始装神：“话不能这么说，每一段通向成功的路上最初都布满荆棘，每一个先贤都曾被视为移山的愚公，古谚有云‘只有通往地狱的路，才铺满善意的鲜花’，困境难道不是抵达梦想的必由之路吗？”

三位院长好似三个霜打的茄子，一同垂下了头，感觉校长这口馊鸡汤实在难以下咽。

陆必行又说："我知道诸位辛苦，所以决定今年给所有教职员工涨工资，每人涨百分之二十。"

茄子们悄然长出了新芽，焕发了一点活气。

陆必行自己一人分饰两角，唱完红脸又唱白脸，说到这里，他脸色又是一冷："根据不完全统计，第八星系各大行星初等学校的辍学率高达百分之九十，申请材料里绝大多数人没有完成初等教育，证书也是假的，这我知道，可辍学不一定都是自愿的，你们又怎么知道，这里头没有千方百计想抓住一线希望的学生呢？各位同事，你们知道在同一个世界，与我们相隔不远的其他星系中，已经不需要初等教育了吗？"

"伊甸园……"不知道谁应了一声。

"对！"陆必行站了起来，双手背后，侃侃而谈，"伊甸园里的孩子会在十岁以前，由精神网络把基础知识直接灌输进记忆里，他们管这个叫'无痛学习'，躺进营养舱里睡上一会儿，醒来就跟开悟一样，自然掌握知识，诸位能想象吗？他们根本不用像我们一样反复背诵、反复遗忘，来回误入歧途，苦苦求索找不到人来指点。你们嫌弃学生基础差，从这个层面上来说，我们在座每一位基础都差，我们一出生就输在了起跑线上，但那又怎么样？我们可以修改教材，一点一点来，慢慢教，让学生慢慢学。动辄放弃别人，你们对得起曾经困顿迷茫的自己吗？"

会议室内鸦雀无声，也不知是被陆校长的忧国忧民镇住了，还是在工资涨幅下良心发现了。

陆必行环顾周遭，感觉自己以理服了人，遂保持了忧国忧民的腔调，散了会，准备开学典礼。他找了个没人的地方，快速地对着墙角玻璃观察了一下自己的仪容——宽肩窄腰，正装严谨，背头梳得一丝不乱，额头可以去参加星际脑门选美，还有一副端正的好五官，实在是个风度翩翩的美男子。

美男子对着玻璃试笑片刻，分别试了"不露齿，一撩嘴角"的似笑非笑法，"八颗牙"标准笑法，以及介于二者之间、"只露一个牙边"的矜持笑法。三种笑法各有千秋，都很完美，陆美男犯了选择恐惧症，经过一番严苛的比对后，虽然他很想展示自己这口"光明磊落"的白牙，但又觉得似乎还是矜持些更符合校长身份，只好忍痛退而求其次，选择了方案三。

一切准备就绪，他才拿出了最漫不经心的姿态，转过教学楼，往礼堂走去。

踏在礼堂的门槛上，陆必行一手插在裤兜里，朝每个跟他打招呼的人点头示意，却走了个神，想：“他到底来不来？”

在这个土包子遍地走的美丽行星上，大概就陆必行有眼力，看出湛卢不是人，因为本地人工智能的智商平均值不到八十，确实很难把湛卢和它们视为同一物种。陆必行还知道，林不是第八星系的人，也肯定不是域外星际海盗——陆必行从小跟在独眼鹰身边，见过不少星际海盗，那些人像漂泊的秃鹫，身上那股凶狠是颠沛流离、末路穷途似的凶狠，林不像他们。

头天聊起伊甸园，湛卢两次想纠正他关于第一星系的某些想象，都被林打断了，陆必行其实只是装没注意到——他跟林之所以能成为朋友，可能就是因为这点知道什么该视而不见的分寸。

陆必行是在离家出走途中遇到林的，那时候他刚好浪到了北京β星附近，还没决定降不降落，就碰上了一个漂流瓶……不，星际生态舱。

那生态舱没有任何标志，在北京β星死气沉沉的人工大气层外静静旋转，精致得好像异次元的天外来客，极简的外壳设计足以把任何一个科研工作者变成跟踪狂，陆必行流着哈喇子，跟着来历不明的生态舱绕着北京β星转了三圈，明知在宇宙中捕捞不明物是一种冷门自杀方式，还是忍不住作了这个大死。整个捕捞过程持续近三小时，捞上来以后，陆必行发现，生态舱附带了一个严苛的加密系统，一旦被外力强行突破，立刻会引发核自爆，玉石俱焚。

这枚精致的生态舱里装的也许是个大秘密，也或许是致命病毒，无论哪种情况，都是个危险品，按照正常人的思维方式，应该立刻把这东西从哪儿拿的放哪儿去，离它远远的。

但陆少爷显然不是个正常人。

作为一个手很欠的科学家，陆少爷对生态舱里有什么并不好奇，也不是很想看，但他对生态舱上挑衅似的加密系统一见钟情了，立刻遗忘了他的诗和远方，兴致勃勃地和加密系统斗智斗勇起来，花了两个多月，他险象环生地战胜了这只“斯芬克斯”。

陆必行一高兴，就着两瓶威士忌写了一篇洋洋洒洒的星际航行日记，记载了自己的壮举，日记写完了，他也喝多了，踉跄中一个不留神，碰开了生态舱的门，潘多拉的盒子轰然打开，陆必行的醉意差点跟胆囊一起蒸发。

他揉了揉眼睛，在地上呆坐了五分钟，确定自己没产生幻觉——

生态舱里是一个人……活的。

陆必行赶紧嗑了一大把醒酒药，去检查生态舱里的人，发现这人的生命体征降到了最低，手臂上扣着个装饰似的机械手，应该是某种人工智能，能量不足，无法启动。低生命体征在极端环境下能保命，但时间长了，也会造成不可逆转的伤害，陆必行不知道这位“睡美人”到底“冬眠”了多久，怕他直接睡死，于是连忙把自己全套的医疗设备都翻了出来。

可是这位“天外来客”降低自己生命体征用的药并非常见的那几种，医疗设备根本无法识别，陆必行不是大夫，不敢擅自使用不对症的唤醒剂，只能每天给他打营养液，试着用微电流唤醒。

第三天的时候，“睡美人”的眼皮轻轻动了一下，陆必行试着跟他说话，没反应。

陆必行闲来无事，拿了一打书，在“睡美人”耳边“嗡嗡”开念，从《高等机甲设计理论》念到《地球史话》，最后念了一篇几十个妖精打架的三俗小黄文——这回，他的听众终于忍无可忍，睁了眼。

陆必行正念到比较激烈的地方，太空旅行中的机甲舱内又比较干燥，所以林一睁眼，就看见两行鼻血飞流直下。

林的唤醒剂在湛卢那儿，而湛卢当时能量没充满，不能启动。没有唤醒剂，被陆必行误打误撞提前唤醒的人是非常痛苦的，刚开始他就像木乃伊一样，只有眼珠能动，要在营养液里泡几个月，才能逐步恢复肢体行动能力，陆少爷这才知道自己闯了祸，只好任劳任怨地当起了男护士。

他就是在这样一种空旷黑暗的宇宙环境里，跟“全身不遂”的林朝夕相处了三个多月，结下了一言难尽的……友谊。

第三章　星辰大海

"比金钱更珍贵的是知识，比知识更珍贵的是无休止的好奇心，而比好奇心更珍贵的，是我们头上的星空。"

（一）

礼堂气势恢宏，浩瀚的穹顶是一片能以假乱真的人造天空，观礼区域中，智能指路标在每个入场人士脚下穿行，老远一看，那些荧光过处，就像来回呼啸而过的流星雨。

不过虽然礼堂的装修高端大气，此时堆在里面的"瓤"就差点意思了。

开学典礼即将开始，学生们已经就座，个个是豪杰，人人都是一把惹是生非的好刷子，仿佛不是来求学的，而是来挑事的。刺儿头和刺儿头凑在一起，难免互相扎成一团——

东南观礼台上，一个膀大腰圆的男生懒得往里走，不肯去坐自己的座，一屁股坐在最外侧，很快引发了一场斗殴，围观者还有人起哄架秧子，致使冲突迅速升级，把整个观礼台都拉进了无组织无纪律的群架。

西北角上，有个女孩被小流氓同学摸了一把屁股，二话不说，直接从包里掏出了一把激光枪，一枪开出去，把礼堂的座位撕开条口子，四座皆惊，差点造成踩踏，安保机器人迅速赶来将其制住，发现那把激光枪竟然还是自制的。

礼堂中间观礼区有一位更绝，坚持了动口不动手的原则，自己带了个微型扩音器进场，黑进了礼堂的音响系统，借用礼堂三百六十度环绕声，惊天动地地吼了一嗓子：“约翰吴，我 × 死你！”

“约翰吴”不知道是何方神圣，反正这一嗓子奠定了整个开学典礼的三俗氛围，哄笑声四起，前排三个院长带领一帮学究老师，格格不入地正襟危坐在其中，像一伙身陷盘丝洞的老唐僧。

陆必行看着全场鸡飞狗跳，心理状态十分稳定，因为陆校长一向认为，像他本人这样的天才是不用别人教的，自学成才足矣，恰恰是最不好教的，才最值得教。

只是……

他的目光往空荡荡的 VIP 座位上一扫，暗自叹了口气——四哥没来。

不过办校至今，陆校长还没让熊学生们气出心梗来，当然自有一番天地宽的心胸。他很快又想开了——四哥来了，是重大惊喜，四哥没来，也是理所当然，他没有损失。

调整好自己心态的陆必行面不改色地登上讲台，在一阵能把穹顶掀起来的哄声里，闪亮异常地亮了相。礼堂灯光突然暗淡，只留下落在讲台上的一束，讲台缓缓升到半空，穹顶上星河遍布，星子缓缓旋转，目力所及之处，无边无际地绵延出去。

陆必行泰然自若地站在讲台上——虽然没人理他。

“亲爱的同学们……”

“砰”一声，离讲台最近的观礼台上，一个学生被直接推了下去，随后，七嘴八舌的破口大骂盖过了礼堂的音响，讲台底下成了一片战场。暴脾气的机甲操作院院长猛地站起来，就要离席。陆必行不慌不忙地摸出一副耳麦扣在头上，脚尖在讲台上有规律地踩了几下，整个礼堂的音响“嗡”一声巨震，全体师生都成了骰盅里的骰子，所有不肯老实坐在座位上的都给震趴下了。

礼堂短时间内一片鸦雀无声。

陆必行优哉游哉地取下耳麦，面不改色地继续说：“大家好，欢迎大家来到星海学院。我知道你们现在很想揍我，但是不好意思，你们够不着。我还知道你们正在计划等我下去再动手——我的演讲大约需要十五分钟，诸位可以在十五分钟之内好好考虑一下是否真要殴打校长，毕竟，截至昨天，我校最大的股东变成了黑洞。”

闻听此言，前排教职员工一起吊丧似的低下了头，感觉自己的工资都被臭流氓们玷污了。

陆校长却不以为耻，反以为荣，继续侃侃而谈：“我将与同事们一起，陪伴大家度过接下来的几年——也许是诸位一生中最重要的几年……”

黑进了音响系统的男生突然插嘴：“校长，你们教怎么泡妞撩汉吗？”

陆必行面不改色地回答：“看来这是一位两边开花、八脚踩船的同学，我建议在座诸位记住这个声音，以后严加防范。另外您的建议不错，未来我们会开设相关选修课，重点讲讲怎样规避情场人渣。”

男生又用扩音器抢话：“那你们教怎么赚大钱吗？”

“当然，”陆必行想也不想地回答，“不然你们以为建礼堂的钱是哪儿来的？”

众猢狲没想到他这么坦白，礼堂里终于安静了片刻。

“最好的机甲设计师向来千金难求，在第八星系，黑白两道都得跪着来送钱，收都收不过来；而如果你想从军，想干一本万利的星际走私，你就必须得是机甲操作的高手；信息技术就不用说了，”陆必行一点那位不停插嘴的男生，“同学怎么称呼？”

“怀特。”

“怀特，你旁边的同学要是手头宽裕，肯定愿意花点钱买走你黑进礼堂音响的小设备，不过……”陆必行说着在讲台上轻轻一踢，一个透明的屏幕弹起来，他悬空的手指飞快地输入一串代码，扩音器里的杂音立刻没有了。“抱歉，你说得太多了，也该给其他人留点机会。”

陆必行说到这里，一道荧光突然在礼堂里到处乱窜起来，他打了个造型感十足的响指，荧光应声而停，落在了边角处一个座位底下，变成了小箭头，指着座位上的人。众人齐刷刷地回头，陆必行一点头：“这位同学，你可以试着说句话。”

被荧光指着的女生小声来了句“我 ×”，扩音器立刻尽忠职守地广而告之，礼堂里一阵哄笑。

“笑个屁。”被点到的女生粗鲁地骂了一句，她也不扭捏，让说就说，大声问：“校长，你们书呆子怎么也满口‘钱钱钱’的，说话一点也不含蓄？”

“很简单，因为贫穷比愚蠢致死率高。”刚卖完身的陆校长诚恳地回答，“下一位。”

下一位问题十分尖锐，被随机点到的人张嘴就问：“你们这学校的后台真是黑洞？怎么我去年在这儿待了一年，从来没见过四哥？”

满嘴飞机甲的陆校长难得卡了一下壳，随后他脸不红心不跳地继续忽悠：“这就要靠……”

他还没说完，礼堂后门突然开了，一伙人十分嚣张地顺着 VIP 通道走了进来，看气场像是来踢馆的。为首一个人身上披了件质地很硬的大衣，长及脚踝，这种衣服很容易穿得像个没腰没腿的桶，可也许是那男人个子高，也许是他走路时肩背自然绷直的弧度和力度，穿了这么一身，看起来竟然丝毫不违和，好像披了一件铠甲似的。

他叼着根烟，走路时头也不抬，旁若无人，身后的男男女女全都自觉地落后他几步。窃窃私语声四起，有人认出了他“跟班”的身份。

“那不是佩妮姐吗？”

“佩妮？谁？”

“你乡下来的吧……是她，我 ×，她看我了！”

“前边那人谁啊？”

“不会是……”

“嘘——”

“嘘”声潮水似的自发荡开，方才沸反盈天的礼堂被那潮水刷过一次，死寂下来。

VIP 通道自带灯光，礼堂顶部落下的一簇光不紧不慢地追上来人，穿长大衣的男人一抬头，深灰色的眼睛远远地和陆必行对视了一眼，算是打了招呼，径自落了座。

那一眼扫过来，陆必行无端觉得三寸的巧舌有点发僵，好不容易才补上了自己后半句话：“……缘分了。”

追着人的灯光烟花似的倏地散开，四哥的身影消失在暗处，在陡然寂静下来的礼堂里，陆校长乐极生悲，一时忘了词。但是万众瞩目，他也不能尴尬地沉默，陆必行趁人不注意，按了一下自己的袖扣，眼睛上立刻出现了一层别人看不见的膜，上面有一篇手下老师给他准备的备用演讲稿，他就开始照着念：“星海学院不见得能让诸位获得什么学术成就，而你们中的许多人，也可能因为学艺不精，或者运气不好，没法靠学校里学来的东西变现。那么如果没有金钱和荣耀，学校还能给你们什么呢？

“在这个时代，我们平均寿命已经达到三百岁，有两百年的青春，长得接近不朽，而历史数据表明，每十年，甚至五年，我们的生活就会迎来一次翻天覆地的变革。在这个时代，个人的才智与努力作用微乎其微，你得意或者失意，都取决于时代的大潮把你冲到哪里，在你漫长的一生中，可能会经历无数次飞黄腾达和一无所有……”

四哥夹着烟四处寻摸地方弹灰，湛卢刚要伸手去接，佩妮已经早有准备，递过来一个烟灰缸。佩妮不知道湛卢不是人，一直对他很有意见。因为湛卢也是人高马大的一个大老爷们儿，天天黏在四哥身边当“小白脸”就算了，还动辄干出伸手接灰这种跪舔不要脸的事，看着伤眼。

四哥冲她点头道谢。

“陆少爷这演讲稿是从哪儿东拼西凑来的？”佩妮漫不经心地起了个话头。

四哥正百无聊赖，台上的演讲对他来说都是耳旁风，但因为给佩妮面子，还是彬彬有礼地做出讨论的姿势：“嗯？”

“每五年发生一次变革？打我出生开始，这鬼地方就是这副半死不活的鬼样子。还有平均寿命三百岁——也是除了第八星系以外的人吧？我年年被人叫去送终，跟我一起长大的那些垃圾现在死了一多半了，托四哥的福，我差不多已经老过人均寿命了。”

“你不老。”四哥眼皮也不抬地说，片刻后，可能感觉自己回答得过于敷衍冷淡，他又补了一句，“要是在首都星，你这样的小姑娘还都没嫁人呢。”

佩妮“扑哧”一声笑了，悄然从眼角探出一双钩子：“我虽然不是小姑娘，但也还没嫁人，四哥那儿……还有能容下一个女人的地方吗？”

四哥目光一动，没说有，也没说没有，他低头吸了口长烟，把剩下的半根烟吸得快要“形销骨立”，又叹息似的吐出来，占住了自己的嘴，不言语了。

四哥脾气不太好，但也不是喜怒无常的人，对身边这几个人甚至算得上通情达理……不然陆必行早被他打死了。寻常琐事一般不计较，不爱听的话就装听不见，不想聊的事他就不吭声。佩妮从他的沉默里明白了他的意思，目光一黯，强颜欢笑似的弯了弯嘴角，强迫自己转头去看讲台上泼鸡汤的陆校长。

陆校长的鸡汤已经熬到了尾声：“我希望诸位来日身在风口浪尖上，不要得意忘形，想一想学院里的学海无涯，沉入水下暗流时，不要与泥沙俱下，想一想学院为你灵魂筑下的基石。”

陆必行顿了顿，演讲稿的最后一句话，他实在不想念，因为感觉念了会出丑，但是目光掠过台下，他看见信息科学院的老院长正抻着脖子，一脸期待地看着他，就知道这篇酸文假醋是出自谁手了。陆必行跟老院长对视了一秒，无声地败下阵来，认命地用自己的嘴，替老人家念出了他一辈子的肺腑之言：“各位同学，我希望你们从今往后能谨记，比金钱更珍贵的是知识，比知识更珍贵的是无休止的好奇心，而比好奇心更珍贵的，是我们头上的星空。”

学生们一部分是“朽木”，一部分是“粪土之墙”，听完这话，他们沉默了两秒，集体爆发出一通哄堂大笑，纷纷感觉陆校长这个 × 装得太老套了。陆必行自己也只好无可奈何地自嘲一笑，又说：“补充一句，你们头顶这片星空穹顶造价六百万，在机甲实验室落成之前，它是本校最贵的东西，所以麻烦你们放尊重一点，校规第一条，以后禁止把杀伤性武器带入礼堂！”

在台上台下的喧嚣声中，角落里白发苍苍的老院长站起来，佝偻着后背，顺着礼堂边缘离席了。

开学典礼结束后，陆必行没能找到四哥，他们好像是踩着点来镇场的，完成了任务就悄然消失。陆必行莫名有点怅然若失，然而他还来不及仔细体会，就遭遇了建校以来的最大危机——他手下三院院长、十六位优秀的教职员工，集体表示自己肉体凡胎，担不住陆校长的天降大任，让他另请高明。

开学第一天，陆校长被全体教职员工炒了鱿鱼，成了个光杆校长。

（二）

陆必行赶紧采取危机公关措施，挨个找辞职的院长和老师谈话。可惜经历了这一场别开生面的开学典礼，动之以情，晓之以理……甚至诱之以利，都不管用了。

老院长在演讲稿里把自己的志向讲得明明白白，头顶星空的人，即使趋利，也趋得有底线，梦想和尊严是不能用钱践踏的。

穷途末路的梦想和尊严也是。

陆必行奔波一天，毫无成果，他滴水未进，饿得前胸贴后背，只好独自一人回到教职员工办公楼。办公楼空荡荡的，无人使用的桌椅排列整齐，老师们都很有素质，临走时收拾好了东西，办公区干净得好像没人来过。

陆必行转了几圈，觉得太安静了，于是启动了办公室自动清洁系统，让“嗡嗡”的打扫声添了一点热闹，自己喂了自己一盒压缩营养餐。“压缩营养餐”是方方正正的一块，毫无美感，硬度和山楂糕差不多，是一份按照人体所需的各种营养成分压缩的人工营养素，应急管饱，节省时间，方便又便宜，就是口感不太高级——毕竟，高级的猫狗都要吃天然粮了。

好吃的东西，陆必行不是没吃过，也不是吃不起，只是他不馋，也懒得费心思。他三口两口解决了晚餐，血管里的胰岛素渐渐浓郁，起了些生理性的疲惫，除此以外，他还感觉到了一点孤独。

他发了会儿呆，办公桌上跳起一个界面，显示的是学校的花名册，教职员工那块几乎全是灰的，只剩下一个孤零零的校长。去年招的一百多个学生，今年也只剩下了不到三十个，就他吃个便饭的工夫，仅有的三十人又灰了一半——应该是拿到了成绩单，彻底认命了。

而今年的入学通知书总共发了一百零五份，来了九十个报到的，其中不少人都是北京β星本地人，慕名围观一下四哥，围观完也该走了，所以开学第一天，退学了四十个，此时，这个数字还在时不时地变动，学生们来来往往，跟闹着玩似的。

“举步维艰啊。”年轻的校长叹了口气。

陆必行肺活量挺大，这口长气叹了足有半分钟，一口气吹完，他决定想开一点。时代在进步，文明在前行，旧的怪胎们不断维权抗争，取得平权，变成正常人，可是时代又会造就新的怪胎。陆必行自称“天才”，但也知道，他这种天才只是怪胎的另一种说法罢了。身为一个怪胎，如果自己还不能没心没肺一点，那日子还怎么过？

陆必行让中央电脑放了一首能把大楼顶上天的电子舞曲——往常为了照顾老先生们的心脏，办公大楼里都只放轻柔的古典音乐。

今天，整栋大楼都是他一个人的天下，陆必行让中央电脑封锁了前后门，没人看他，他就彻底放飞了自我。他把外套一扒，还是觉得束缚，干脆连鞋袜一起脱了，解放了被禁锢的十个脚指头，桌上的茶杯被电子舞曲震得嗡嗡作响，校长土匪似的一脚踩在椅子上，飞快地发布了新的招聘启事，并且卓有成效地制订了备用教学计划——

万一招不来老师，也无所谓，正好他一时半会儿也没那么多学生，大不了自己教。照这个退学率，过不了多久，估计整个星海就剩下一个小班了，一、二年级和三个学院完全可以合而为一——反正仅从去年的成绩单来看，让这群“人杰”分年级和学院，也实在没什么必要。

三下五除二地解决了学校事务，陆必行就着锣鼓喧天的音乐声，用有限的设备摆弄起林给的那块芯片，打算先大概摸个情况，做个预算，再去找湛卢要钱。想到湛卢，陆必行的思绪跃迁了一下，并且沿着那个神奇的人工智能，爬到了人工智能的主人身上。陆必行一边分析着生物芯片的接口，一边分秒必争地走了个神——他无端想起了礼堂中，林的那个眼神。可能是礼堂的灯光效果太梦幻，也可能是那帮黑社会进场的姿势太拉风，总之，那一幕既然想起来了，就开始在陆必行脑子里盘旋不去。

他倒咖啡的时候、坐下写研究计划的时候、跟着鬼哭狼嚎的歌起来抖手抖脚的时候……臆想中林那双眼睛都如影随形地盯着他的后脑勺，盯得陆必行不好意思再半裸奔，又很是慎独地把衣服穿戴整齐了。

“等建起了实验室，”陆必行想，“正好可以在实践中教学，顺便把湛卢骗来代课。”

这么一想，陆校长觉得自己把工作安排得井井有条，又充满了革命的乐观主义精神，燃起了斗志。

没过几天，在陆校长精神世界里当了钉子户的“大金主”又来了。

四哥让湛卢把“蜘蛛”留下的那架机甲处理干净，他自己留着也没用，就干脆捐给了星海学院。

佩妮叫来一伙人，把这大家伙运到了星海的教学楼下。有谣言说，佩妮是黑洞前任老大的情妇，但其实不是。前任老大流连花丛，情人多得自己都认不全，也没见谁得过什么好处。佩妮混成“佩妮姐”，完全是靠卖力打拼，掌握了前任老大的军火库，才成了老大心腹。但是这位前任老大脑子不太清楚，看人家长得漂亮，总想对心腹动手动脚，这不是吃饱了撑的吗？果然一不小心戳到了肺。

林是从外星来的，没有人知道他的来历。有一回，前任老大被仇家开着一堆机甲车堵住了，差点玩完，林当时初来乍到，随便找了个扫大街的工作糊口，检修清扫车的时候正好经过，通过清扫车上的网入侵了机甲车，直接把行凶的巨怪变成了张牙舞爪的模型。

救命之恩在前，于是前任老大认他当了亲兄弟，让他排行老四——老二和老三都成了牌位，是两头被大哥卸磨后杀的驴。

那时候，北京β星上还不是黑洞一家独大，因为林选择了黑洞，于是黑洞变成了一家独大。可是兄弟太有本事也不是什么好事，前任老大每天看着他就心神不宁，又磨起了杀驴刀，不料心腹佩妮造反，里应外合，这把杀驴刀磨好后，反而抹了他自己的脖子。

星海学院门前，寒风呼啸，佩妮裹了件防风的连帽外套，抬头问四哥："听说他们这个学校老师全跑光了，还给他们送什么东西？"

因为不打算给谁充当门面，四哥这几天又不修边幅了起来，见她冷，就带着她往背风的地方走："哄少爷玩。"

佩妮有点疑神疑鬼，虽然四哥是个不爱搭理人的冷淡派，但已经有了湛卢那个小白脸老围着他"献殷勤"，也难保还有别的小白脸要效仿，于是试探着说了一句："您对陆先生真好。"

"我欠他爸一个人情。"

"嗯？"佩妮一愣，打她认识四哥那天起，一晃五年，就没见四哥去过外星，她只知道四哥和陆必行那个离家出走的怪胎少爷挺熟，不知道他还认识独眼鹰，"咱们黑洞和独眼鹰还有来往？"

"那倒没有，独眼鹰也不知道我在这儿，"四哥顿了顿，"好多年前的事了，他把一件故人遗物还给过我。"

一直默不作声地跟在旁边的湛卢抬起头，四哥却笑了一下，不肯再说了。

正在这时，不远处传来人声，佩妮一抬头，发现他们避风避到了教学楼后面。陆必行把所有的学生都聚集在一个大教室里，学生们好似一群活猴子，什么姿势都有，陆校长则姿势优雅地坐在讲桌上，正亲自授课。

他们走近后窗，听见这一课的主要内容是星际走私。

陆必行侃侃而谈，讲得头头是道，活猴子们没想到第一天上课就这么刺激，一个个听得还挺入神。

“第八星系的走私买卖由来已久，市面上比较大宗的走私商品，一般是军火和电子设备，偶尔也有人小打小闹地弄一些日用品进来，不过日用品不太赚钱。”陆必行一边说，一边在自己身后竖起来的大地图上给学生们指点走私航道，“航道看起来很曲折是吧，这主要是为了躲第七星系的边境驻军，只要离开第七星系就是安全的，我们这边没人管，你不抢大佬的航道和货就行。”

开学第一天就黑进礼堂系统的怀特相当活跃，插嘴问：“校长，一来一去能赚多少钱，差价大概多少？”

“星际走私中没有‘差价’这个概念，宝贝，他们干的不是小商品批发，”陆必行回答，“那边不收第八星系的货币，收来没用，人家又不会来第八星系进口东西，所以一般是以物易物。至于某一笔具体的买卖怎么交易，要买卖双方单独商量，每次都不一样，赚多少看你的能耐。”

怀特电脑玩得很好，在第八星系，算是家境比较殷实的，也是少数真有初级教育文凭的学生之一，据说家里已经准备移民第七星系了，他来星海学院，单纯是好奇打发时间。这富家子弟很有一点调皮捣蛋的天真，又问：“校长，你刚才不是还说他们不进口第八星系的东西吗？那我们拿什么东西换？”

陆必行深深地看了他一眼，先是问：“有人知道吗？”

角落里一个面色阴沉的女孩搭了腔，就是那位自制激光枪的：“拿人换，傻 ×，第八星系有好多你这样游手好闲的蠢货，正适合卖给外星系的人做实验，或者被抓去干他们那些不允许人干的活。”

怀特脸色一变。

陆必行和颜悦色地问那女生：“你叫什么名字？”

“薄荷。”女孩看了他一眼，报名字的时候，很自然地跟陆必行点了下头，她的名字挺不像话的，做派倒是十分少年老成，一点也看不出一言不合就掏枪的暴脾气。

“你说得对，贩卖人口是星际走私中非常重要的一项，占所有交易额的百分之七十以上，薄荷同学课堂成绩加一分——课堂成绩总共六十分，希望大家都能在学期末之前拿满，这样你们期末考试就比较容易过了。”陆必行的话题在期末考试与人口贩卖间切换自如，“除此之外，交易物品还有其他一些违禁品，比如第八星系的私人军火、域外海盗的东西、情报，或者是一些在文明地区禁止交易的东西。”

怀特刨根问底：“什么是在文明地区禁止交易的东西？”

“很多，比如‘空间场’，据我所知，其他七大星系对空间场的管控非常严，空间场的主要供货渠道就是我们第八星系。再比如一些人造生物，”陆必行说，“你见过人头蛇身的东西吗？有人的大脑，强行接在一起后智力有一点问题，智商相当于普通人五六岁吧，虽然有点傻，但思维、感情和人是一样的，嫁接上闪闪发光的蛇尾，在一些有钱人那里，是很名贵的异宠。”

怀特愣愣地问：“校长，你见过啊？”

“小时候见过一个，”陆必行顿了顿，“别人送给我父亲的，我溜进地下室发现了她，一个女孩——一般是女孩，因为女孩的脸比较精致，但据说也有长得漂亮的男孩。”

“然后呢？”

陆必行：“然后我开枪把她打死了。”

课堂里一片安静。

好一会儿，怀特的声音低了八度：“你……您没有把她放生吗？”

“美人蛇，还有一些美人鱼，连基因缺陷都谈不上，完全是按照扭曲的审美强行拼凑的，他们离开条件严苛的保温箱和营养输送系统，根本无法存活。一个人，如果实在没有办法，活成了畜生，那至少也该是个有自由的畜生。”陆必行常年挂在脸上的和煦笑容不知什么时候消失了，脸上凝了一层冷淡的霜色，他不再深入，抬手打断了学生们针对异宠的猎奇追问，“下一个问题。”

四哥没有打扰，让佩妮留下人跟陆必行交接机甲，悄无声息地带着湛卢走了。

坐上了自己的车，四哥突然对湛卢说：“你再给我扫描一下陆必行的基因。”

湛卢应声而动，片刻后，冷冰冰的机械声音告知了他结果：“第三次检测，基因不符。”

四哥叹了口气，仰头靠在座椅靠背上。

“先生，陆信将军过世与怀孕的陆夫人失踪是在三十三年前，陆校长的骨龄只有二十八岁，年龄不符。从五年前至今，您多次起疑，让我对陆校长进行过三次基因扫描，三次扫描结果均不符。陆信将军生前和独眼鹰关系很好，三十三年前，独眼鹰明确宣布，自己是为了纪念他，才改姓了陆，独眼鹰先生的儿子当然也姓陆，因为这个姓氏，您就怀疑陆校长是您要找的人，这一点没有依据。您不能因为独眼鹰归还了一件遗物，就认为另一件‘遗物’也在他手里。”

“可是他打开了我的加密系统，”四哥低声说，“除了我自己，就只有……”

湛卢说：“陆校长的技术水平非常高，再加上一点运气，他能打开加密锁不是完全没有可能。”

基因比对结果在前，四哥终于不再争辩，只是有些疲倦地“嗯”了一声。

湛卢沉默了一会儿，忽然又问：“您上次说‘算了’，其实是口是心非吗？”

四哥又聋了，同时觉得湛卢智能归智能，有时候话却有点多。

第四章 崩陷元年

此时，载着四个闯祸精的小机甲已经像一叶扁舟，悄然离开了北京 β 星，顺着这架机甲以前设置过的航道，飞向了茫茫宇宙。

（一）

“那个是陆信。”

首都星沃托的“钻石广场”上，林静姝惊讶地回头，发现和她说话的是老元帅伍尔夫，连忙站起来打招呼：“伍尔夫先生，晚上好。”

钻石广场位于联盟议会大楼西北，是议会大楼和森林公园的过渡地带，此时，联盟议会的中央大厅里正在举行舞会，夜灯从大厅里穿过钻石广场，一直伸进碧涛如海的森林公园，衣香鬓影、笑语如歌。

这就是文明世界。

白天，沃托的“伊甸园管委会”和立法会作壁上观，听来自七大星系的代表们在议会厅吵成一团，几次三番险些动手，别提多现眼了。晚上，大家让伊甸园调整一下激素，把衣服一换，把脸一抹，带上一家老小，又是欢乐祥和的朋友圈。

作为议会秘书长的夫人，林静姝是肯定要出席的。想找她搭话跳舞的人实在太多，要是一一应允，林女士可能得变成一只自动陀螺，因此她惯常是露个面就躲，等秘书长完成交际任务，再不知从哪个角落里冒出来跟他回家。

这天，林静姝刚好躲到了森林公园入口处的碑林里。

联盟成立至今，所有为人类文明做出过杰出贡献的英雄，都会在碑林里拥有一座自己的石碑，石碑顶上是半身人像，下面刻录着主人的功绩。执掌联盟军委两百多年的伍尔夫老元帅有一块，林静恒上将由于英年早逝，且逝得动静很大，也得到了一席之地。

而在这些石碑中间，有一座非常特殊，它只有个四四方方、大约三十厘米高的石头底座，上面既没有刻字的碑，也没有石像，在整齐的碑林当中，像一颗豁牙。

林静姝方才就坐在这块石头底座上歇脚。

老元帅已经是三百岁高龄了，他一生横跨新旧两个星历时代，跟谁都没必要太客气，简单地冲林静姝一点头，他看着那孤零零的石头底座，又说："这块石碑，原来是陆信的。"

林静姝立刻退后一步道歉："对不起，我不……"

老元帅打断她："你见过陆信吗？"

林静姝一愣，谨慎地回答："没有，也没太听人提起过。"

"是没人敢提了，整个首都星，除了我这种黄土埋到脖子的老东西百无禁忌，谁还敢提陆信？"老元帅用靴子尖踢开石座旁边的杂草，苦笑了一下，"当年他在乌兰学院创下的很多纪录，至今没有人能打破，是我亲自破格把他提上来的，后来他抗命直入第八星系，一战后位列十大上将，才三十六岁，功勋前无古人，誉满天下，也……桀骜不驯。荣耀对他来说，来得太多太早，所以最后毁了他。"

老元帅的下颌骨绷成了一条锋利而沧桑的线："最后落得叛国被通缉，死无葬身之地，连石像也没剩下。"

林静姝静静地听，耐心十足、不感兴趣，完美地扮演着一个没头没脑的树洞。

老元帅沉浸在自己的回忆中好半晌，一阵细碎的晚风吹来，卷起林静姝身上的香水味。老元帅鼻黏膜有点敏感，不由得偏头打了个喷嚏，这喷嚏让他回过神来："人老话就多，不好意思，看到你，我想起静恒了。陆信的性格出了名地乖张，却一直很疼静恒，连湛卢也留给了静恒……可能是觉得军委的这些酒囊饭袋不配碰他的机甲吧。"

林静姝微微一歪头："我的荣幸。"

老元帅打量着她，林家兄妹是双胞胎，粗一看，两人轮廓相仿，五官也颇有相似之处，然而仔细一看，又觉得是天差地别——他们之间没有那种父女或是兄妹之间的血缘感，行为举止、气场气质，全都大相径庭，像两个恰好长得像的陌生人。

舞会的灯光变了颜色，意味着快要结束了，老元帅风度翩翩地做了个请的手势，让林静姝挎上他的胳膊："你哥哥非常有天赋，不亚于当年他的老师陆信，只是不用功，他在乌兰学院的时候，每次都卡着刚好能拿奖学金的成绩，多一分的心思都不肯花。不逼他，他就永远心不在焉，我教过他、带过他，一直不知道他想要什么。"

林静姝脸上的微笑像是画上去的，说不出地精致虚假："他那个人，的确容易让人产生距离感，连我们每次见面都是例行寒暄，两句问候的话说完，就没别的好聊了。"

老元帅说："我以为双胞胎之间的关系会十分亲密。"

"也许吧，不过我们从小分开后，这么多年一直也没什么交集，"林静姝的声音轻柔得像是泠泠的泉水，不急不躁，但也没有感情，"最亲密的时候，大概就是分享一个人造子宫的时候，我可能还没有您了解他。"

"这样也好，感情不深，省去不少伤心，"伍尔夫老元帅半酸不苦地展颜一笑，皱纹涟漪似的舒展开，这位联盟的奠基人之一轻轻地说，"不像我这没用的老东西，一年到头被困在沃托，一次一次把我的学生和晚辈们送上战场，看着他们一去不回头……或者功成名就一会儿，再被人遗忘。"

联盟和平百年，尤其近十几年来，只有不多的星际海盗闹过几场恐袭，在军费年年缩减、政府年年裁军的情况下，林静恒带着个快沦为少爷营的白银要塞也能默不作声地摆平，往往人们才得知有海盗闹事，海盗们就已经伏诛。

既然容易处理，那么处理这件事的人当然也谈不上有什么功绩。所以没人关心白银要塞打过几场仗、击溃过多少星际海盗，倒是都记得当年星际女神叶芙根妮娅隔空表白林上将的事，叶芙根妮娅的经纪公司在伊甸园里花了一大笔钱，每个围观她表白宣言的人都能亲自感受到动荡的激素产生的汹涌的感情，女神的粉丝情绪大起大落，几乎让伊甸园网络超负荷。可惜林上将屏蔽伊甸园，女神的媚眼抛给了瞎子看，他甚至面都没露，只以白银要塞的官方名义发了一篇冷冰冰的声明，剔除冠冕堂皇的修辞，该声明大意是：你谁啊？不认识，忙着呢，滚。

到如今，如果不是联盟为了安抚军心，将林静恒捧上神座，林某人在民间，可能还是星际著名人渣、阳痿和野蛮暴恐分子。

前线上将尚且如此，更不用说“无所事事”的联盟军委了，这里仿佛成了没出息的权贵子弟们混日子的地方，最重要的工作任务是保持形象，万一被媒体拍到驼背、赘肉或者衣冠不整，就得灰溜溜地出来道歉辞职。

即使林静恒死后，星际海盗又有抬头的迹象，七大星系代表和沃托就“军事自治权”一事，每天吵得不可开交，但在联盟议会上，伍尔夫老元帅的意见依然无足轻重。连乌兰学院也不再是纯军事学院，“第一军校”只保留了名字，每年，八成毕业生都进入了非军事领域。

林静姝作为议会秘书长的夫人，这些事心知肚明，但不便评价，只好笑笑不说话。

歌舞场已经近在眼前，伍尔夫元帅突然说：“你和静恒从小聚少离多，是政治原因、形势所迫，不是他的错。”

林静姝通情达理地回答：“那当然。”

“毕竟是你亲兄长，小静姝，”伍尔夫元帅可能有点老糊涂，忘了她已经是格登夫人了，他有些絮叨地喃喃说，“你可别把他忘了，我不知道还能活几年，我怕等我一闭眼，就真没人能记住他了。”

林静姝的手倏地一颤，面具似的微笑差点保持不住。

老元帅没看她，自言自语似的低声说：“驻外的将军们为了方便，联络人一般都填自己的副官、秘书或者近卫长，可是你哥在白银要塞这么多年，紧急联络人填的一直是你，从来没变过……他对你不是没感情。”

林静姝的脚步停下，隔着几步，她站在灯火阑珊处，面孔模糊，眼睛却反射着细碎的光，像是有泪光。

“伍尔夫爷爷，对不起。”

她的声音含糊不清，几乎压在喉咙里，老元帅有点耳背，疑惑地侧耳问：“你说什么？”

林静姝嫣红的嘴唇颤抖片刻，又被她强行拉平，牵扯回若无其事的笑容：“没什么，祝您晚安，陪您聊天非常愉快，我先生在那边，我要先告辞了。”

说完，她朝他一欠身，像朵优雅的云，不慌不忙地飘走了。

新星历275年6月29日，宇宙时间22点整。沃托联盟议会大厅依然灯火通明，舞会行将散场，绅士淑女们依依惜别，森林公园在夜风中窃窃私语，碑林沉寂。

平静的白银要塞地下，机甲湛卢孤独地沉睡在绝密之地，除了白银要塞总负责人，谁都无权涉足，因此也没有人注意到，门禁上，一块小小的芯片神不知鬼不觉地插在上面，入侵了湛卢的能源系统。

“哔”一声轻响。

沉睡的湛卢没有一点被惊动的意思。

所有的重型武器集体发出了一声叹息，成片的灯光黑了下去，紧接着，尖锐的警报声刺破了天空。

“能量源异常！”

“第一备用能源系统无法启动——”

“第二备用系统无法启动！”

“第三备用系统失控……”

“能源网络正在遭受攻击！”

“人工大气层外检测到不明飞行物。”

“防御系统一级警戒……防御系统关闭……警戒……关闭……防御系统指令混乱，无法连接，无法连接……”

李上将屁滚尿流地爬起来，从来没见过这种阵仗，先是蒙了一下，随后，浑身的汗毛奓了起来——白银要塞遇袭！

白银要塞是军事重地，固若金汤，是联盟军委最后的利剑和铠甲，向来只有其他星系发生紧急事件，无法处理时，才会紧急呈报白银要塞请求支援，谁敢在太岁头上动土？

这不可能！

卫队长冲了进来：“将军，防御系统崩溃了，至少一千架超时空重型机甲已经穿过人工大气层！”

“什……”

“轰——”一声巨响，地面剧烈地震颤起来，李上将踉跄着撞在墙上，窗外，火光已经冲天而起。

与此同时，首都星上，格登秘书长告别了同僚，带着夫人坐车回家。低调的坐骑拥有机甲车的防御系统，却非常轻便，在悬空车道上畅行无阻，车里的人几乎感觉不到一点噪声和震动。

格登有点微醺，怕招夫人讨厌，在上车前就让伊甸园调节了他身上的酒精浓度，握着女人柔软纤细的手，秘书长被众人吹捧过的得意还没散尽，满面春风地说：“他们把叶芙根妮娅请到舞会上献唱了，你看见她了吗？不过这种包装出来的女人真是没法细看，居然还会有人拿她和你比较……真是——怎么样，今天开心吗？”

“开心，”林静姝目光流转，轻轻地回握他的手，“今天是我……”

车突然停了，仪表盘闪着不同寻常的光，里面的人工智能不出声，车子尘埃似的悬浮在半空的轨道里。

格登奇怪地问：“怎么回事？”

林静姝抬起头。

坐在前排的保镖立刻起身查看，这时，车上的人工智能断断续续地开了口：“系统遭受不明攻击，已经自动推送安保……”“刺啦……”

格登皱起眉：“什么？”

这时，一排小型机甲车突然从黑暗中冲了出来，而轨道的安保系统竟然毫无反应！秘书长的保镖团立刻反应过来，这是行刺！紧随其后的保镖车一拥而上，交火声立刻响起，格登骂了一句，攥紧了林静姝的手，冲保镖吼道：“愣着干什么，蠢货，启动紧急空间场，先把我们送走！”

保镖应了声“是”，连忙拉开车座下面的保险门，紧急空间场就在里面，格登嫌他动作慢，一把推开他，自己飞快地输入了指令，回头对林静姝说：“空间场传送不舒服，你要……”

“忍一忍”三个字没有说出口，车里的人工智能突然发疯，一把激光刀蓦地从空间场里弹了出来，瞬间将格登秘书长切成了整整齐齐的两半。

保镖和林静姝同时沉默了片刻，格登保持着和妻子对视的动作，目光似乎很是震惊。

随后，他整个人一分为二，浑身的血喷泉似的溅了出来，喷了林静姝一身。

保镖大叫："夫人闪开！"

林静姝被人抱着滚了出去，在没人看见的地方，伸出舌头舔了一下嘴角溅上的血。

"热的，"她想，"还挺甜。"

然后她像是三魂七魄刚归位一样，适时地发出了一声应有的尖叫。

五十个小时后，在第八星系当调酒师的湛卢仿佛感觉到了什么，他整个人突然死机似的停在那儿，正在接热水的杯子满了，开水洒了他一手。

四哥抬起头，缓缓皱起了眉。

（二）

"怎么回事？"四哥伸手关上热水，"湛卢，报告故障。"

"湛卢机甲机体受损严重……30%……60%……80%……警告，持续损毁中……"

四哥一把攥住他冰冷的手腕，湛卢猛地睁开碧绿色的眼睛："先生，我和机身失去联系了。"

四哥的瞳孔剧烈地收缩了一下，但很快，他就垂下眼睫挡住了目光，接过湛卢手里的开水，倒出来一点，又往里扔了个茶包，转到茶几后坐下。

宁静的香气蒸腾起来，北京β星的天空是凛冽的湛蓝色。

"意外事件，"四哥伸手抹去顺着杯沿滴下来的水，捻了捻手指，他依旧是很平静，语速比平时还要慢一点，"不慌，我们先猜猜发生了什么事——你的机身在白银要塞最底层，按道理来说，他们不会把它拿出来展览。"

"我的机身上有联盟最高级别的防御系统，能抵挡所有重型武器之下的正面攻击，依照刚才的损毁速度来看，应该是机身遭到重型武器连续打击，很可能有不止一架超时空重型机甲。"湛卢尝试着连接那远在白银要塞的同名机甲，反复几次都失败了，他十分不适应地活动了一下，好像生锈了似的，把身上每个关节都转了一遍，"抱歉，先生，我现在感觉有点不习惯，像是身上重要器官被切掉了一样。"

"……"四哥诡异地沉默了一秒，"湛卢，出去跟别人不要这么说话。"

“好的先生，”湛卢并没有领会主人的意思，乖乖应了一声，“所以，如果我存放在白银要塞最底层的机身都遭受了狂轰滥炸……”

那么白银要塞想必已经被炸得外酥里嫩了。

四哥沉吟着说：“白银要塞的地理位置非常微妙，地处第一、第二星系交界，与两大星系警戒联动，被八条星际航道包围其中，戒备森严，外围还有三个军事要塞环绕，严防死守起来，苍蝇都飞不进去，硬闯……或者大规模的重型机甲跃迁，都不可能实现。”

湛卢手心向上，一个立体的实时星际航道图就悬浮在了茶几上方，白银要塞外围八条航道让人眼花缭乱，七十六个警戒关卡穿梭其间，此外，航道外围，还有“伯伦”“小蜂鸟”与“长白山”三个驻军要塞，围着白银要塞旋转，像三颗卫星。

“白银第一卫队被我留在航道商船上了，如果有异动，他们早该把消息传过来。”星际轨道映在四哥灰色的眼睛里，他说，“整个要塞的防御与军备是我亲手置办下的，有六个备用能源系统，武装军备足够把整个第一星系炸成流星雨，就算他们派了条狗坐镇白银要塞，也不至于这么不声不响地一败涂地。”

湛卢补充了一句：“接替您掌管白银要塞的是阿瑞斯·李上将。”

四哥——林——扒下军装、再不提自己真名的林静恒停顿了一下：“那确实跟派条狗过去也差不多。”

湛卢说：“您的意思是，白银要塞的最高行政长官李上将叛变，主动关闭了白银要塞的防御系统吗？”

“可能是他，也可能是权限更高的人，”林静恒把茶杯转了一圈，冷笑了一下，“我还没动手，他们自己先窝里反了——湛卢，想办法联系白银第一卫队，告诉他们机灵点，立刻撤退，撤离时走民用航道，避开小蜂鸟要塞。”

对他的命令，湛卢永远是先执行，后质疑。飞快地发完信息，他才问：“小蜂鸟要塞的叶里夫将军是您的朋友，先生，您是否怀疑他也已经背叛了联盟？”

“第一，要把白银要塞炸成筛子，要上千架超时空重甲，那么多重甲不可能春游似的一起在天上飞。所以无论这股力量是从域外来的，还是藏在玫瑰之心附近，都不可能一次性把所有机甲开进第一星系，运送武器的过程必须是长期分批而且严格保密的，所以他们在白银要塞附近，还必须有一个能容纳这些重甲的地方，小蜂鸟的位置和公转轨道最理想，”林静恒顿了顿，“第二，小蜂鸟的叶里夫不是我的朋友，我哪儿来那么多朋友？叶里夫其实是陆信的旧部，隐藏得好，所以这事很多人不知道，让他得以蛰伏保存实力，这么多年，他被迫安分守己，一来是我用武力强行压制，二来是他看在陆信的面子上，不想跟我翻脸。他是一匹被我拴在枕边的狼，又恨我，又顾念旧情不愿意咬我而已。”

方才死了一次机的湛卢听着这些人类之间的微妙关系，处理器简直要过热。

林静恒：“保持密切关注，叫白银第九卫队从域外过来，到第八星系边缘和我会合。”

湛卢的后脚跟轻轻碰了一下，就在这时，佩妮的电话打了进来。

林静恒一挑眉，示意湛卢替他接。

湛卢立刻接通电话，一张嘴，惟妙惟肖地模拟了林静恒的声音：“什么事？”

“四哥，”佩妮压低声音，“有人想见您，说是域外来的。他们说，您对一个生物芯片一定很有兴趣——什么芯片？您知道这件事吗？”

湛卢抬头和四哥对视了一眼——

毒巢“蜘蛛”身体里的芯片被强行取出后，他背后的人肯定会有反应……偏偏在这个时候。

（三）

开学两个半月，星海学院依然没招到半个老师，但实验室已经建好，教学工作稳定顺利，他们甚至还有了一架星际机甲可供拆卸玩耍，一切堪称完美。

这天，陆必行打发走学生，照常回到自己的实验室。

今天有点不同寻常，因为实验室和湛卢是联网的，一般湛卢会早早地通过电脑和他打招呼，神奇的人工智能可以借用实验室里的机械器材当自己的身体，给陆校长当助手，并且时时把进度同步给他的主人。

没错，这遭瘟的人工智能太智能了，让他足不出户也能顺利向金主汇报研究进度，所以陆必行两个多月没见过林一根毛了。

神秘的林和他身上超越第八星系至少百年的科技产品，都像一块磁石，吸引着陆必行这个第八星系的异类。他对林倒也不是“一日不见兮，思之如狂”，只是有事没事想找他说几句话。尽管林总是爱搭不理，偶尔一点回应还不明显，得靠显微镜一帧一帧地找，但陆必行就是觉得，不管他说什么，林都听得懂。

广袤的第八星系，找个不认为他疯疯癫癫的人不容易。

“湛卢？”陆必行试探地叫了一声，没人理他，看来是不在。

人工智能也会无故旷工吗?

陆必行嘀咕了一句，趁这会儿没人看他，他抓乱了自己的头发，整整齐齐的背头被他两把祸害得“死无全尸”，里出外进地垂下来，然后他伸了个足能把自己拉长一米的大懒腰，心想：“不来就不来吧，我自己更自在。”

他一边换衣服，一边翻看之前的实验记录，两个多月以来，他和湛卢已经快把那枚生物芯片研究出眉目了，可以说是个粗糙版的伊甸园。不同之处在于，伊甸园是一个网络、一个交互式平台。而这枚芯片——打个比方——更像是个恶意的信号发射塔。以芯片为中心，往外辐射，芯片能量越大，辐射范围也越大。当它启动的时候，会像病毒一样，不由分说地侵入周围人的感官和智能系统，接入方式和伊甸园非常像，但不能和身处其中的人或机械交流，芯片能用既定方式影响其他人的感官，让他们产生幻觉，但影响方式就那么几种，都是芯片内部的程序提前预设好的，佩戴者不能随心所欲。

另外一个让人百思不得其解的问题，就是……这芯片为什么能让“蜘蛛”变成刀枪不入的超人?

他们试着把生物芯片植入小白鼠身上的时候，并没有发生类似的情况。

不过说到底，小白鼠毕竟不是人。

陆必行翻了翻小白鼠的各项身体数据，又和生物芯片大眼瞪小眼起来，眼珠一动，他心里忽然起了个馊主意。

“湛卢，你没来吗？”他又对着空无一人的办公室说。

依然没有回答。

陆必行绝没有拖延症，从来都是心动就行动，他三下五除二地装好了医疗器械，又紧张又兴致勃勃地给自己做了个全身消毒，然后预设好程序，躺进了无菌舱。实验室的医疗系统是湛卢改造过的，先进程度超过了陆必行想象，本来是应付突发情况的，没想到被陆校长拿来做了人体实验。

不到三分钟，小小的植入手术就完成了，几乎无痛。

作死不等天黑的陆校长一边认认真真地记录了芯片接入后各种生命体征，一边吹了一段口哨，歌曲名叫作《被好奇害死的猫》，然后他试着启动了芯片。

会发生什么呢？他有点期待地想。

启动的一瞬间，某种被电流击中心脏的感觉来袭，但只有很快的一下，不怎么难受。随后，难以言喻的酥麻感攀上他的后脊，周围所有机械运行的内部代码全浮现在他眼前，陆必行自己的精神也被接入芯片中。陆必行觉得自己好像身在一个大浪之中，外力强行逼进了他的大脑，只是连接，已经让他极度不适，陡然加快的心率让医疗设备发出轻微的警报，一个无端而起的念头从他心里破土而出——我无所不能。

陆必行一愣，抓着金属栏杆的手下意识地往下一折，实心的金属栏杆竟然弯了。

陆必行跟弯折的金属栏杆面面相觑片刻，满腔英雄气顿时短了三丈，他发出一声惨叫："这他妈好贵的！"

这时，陆必行的耳根突然动了一下，他的感官好像接上了实验楼里所有电子设备，包括监控，他成了个耳听六路的大蜘蛛。"大蜘蛛"听见机甲存放室里有声音，几个熊学生撬锁进去了！

"咱们就开出去转一圈，我还没离开过大气层呢。"这声音一听就是挑事精怀特，"咱们在轨道上飞，不离开北京β星，一会儿就回来，校长不知道。"

陆必行："……"

小兔崽子们，校长已经知道了！

紧接着，机甲存放室的安全加密锁就遭到了攻击，陆必行通过他刚长出来的"天眼"一看，发现加密锁遭到的攻击方式十分眼熟——是他上周刚发的课外阅读拓展材料！

怀特翘着尾巴显摆："熬了三个通宵才看懂的，校长应该给我发奖学金。"

然而校长只想发给他一个大耳刮子。

一方面，陆校长有点老怀甚慰，他虽然把嘴唇磨掉了两层皮，但总算往一部分朽木脑子里塞了一点有用的东西，另一方面，他又十分气急败坏，因为熊孩子们好不容易肯学点东西，学会了就拿来对付校长！

玩什么不好，玩机甲！

当代交通工具，大体可以分为星际和非星际两种。非星际交通工具，就是在大气层里跑的，品种比较多，包括地上跑的普通民用车、军用机甲车，低空的高速机车、高速轨道车，高空的飞机、飞行器，等等。

而星际交通工具，则一般只有两种——星舰与机甲。星舰可以军用，也可以民用，是个统称，范围比较大。但机甲就不同了。依照联盟法律规定，机甲仅作为军用设备使用，小到可以塞进实验楼存放的单人简易小机甲，大到能遮天蔽日的超时空重型机甲，所有的机甲上都有两套系统，一套是常备的飞行动力系统，一套是军用系统，包含各种大规模杀伤性武器的接口与防御系统，因此机甲绝对禁止私人持有——除了在三不管地带的第八星系。

再简陋的机甲也是凶器，绝不是能给一知半解的未成年们拿来当玩具的。

陆必行不能任凭学生们瞎捣蛋，紧急中止了自己的实验，身上的芯片也来不及取下，就三下五除二把检测仪器从自己身上拽下来，因为控制不好手劲，一把拽断了三根线一个传感器，设备抗议的警报声响成一片，泛起了焦煳味。陆必行心疼得恨不能以身代之，但怀特那小王八蛋显然是用了功的，非但把拓展阅读材料吃透了，还自己进行了改良，眼看机甲存放室的密码锁摇摇欲坠，陆必行顾不上乱成一团的实验室，急匆匆地披上衣服就要往外赶。

实验室的门禁是老旧的指纹与虹膜系统，为了省钱，陆校长没装基因锁，他本来就没习惯这身突如其来的怪力，心里一急，大力金刚指直接把指纹采集器戳了个窟窿。门禁遭此横祸，以为是外敌入侵，虹膜也不扫了，锁也不开了，就地发出尖叫，同时自动切断了实验室内一切网络和信号，合上了紧急防盗门——紧急防盗门有三米多厚，用的是特制材料，能扛住火箭炮。

宇宙中肯定有某种掌管“倒霉”的神秘力量，并且在陆必行头上浇了一泡看不见的狗屎。

陆校长被锁在自己的实验室里，和紧急防盗门面面相觑，气成了一根烟筒。

机甲存放室里，有少男少女各两位，此时，八只眼睛正注视着一溃千里的加密锁——

牵头的是怀特，但他感觉自己在机甲方面造诣有限，于是又请了两个帮手，薄荷和她室友黄静姝，两个女孩当然不愿意与他为伍，于是怀特花钱雇了她们。

同行的还有个男生，是开学典礼上占别人座位还占出一场群架的那位，名叫维塔斯，这小青年酷帅狂霸跩，据说整个星海学院，除了校长，没有不想揍他的，他平均每天要跟熟悉与不熟悉的同学们干上八架，所以得到个外号，叫“斗鸡”。斗鸡兄家里做的可能也不是什么正经买卖，自称曾经碰过一次真正的机甲，原本是奔着“机甲操作”专业来的。

四个人分工明晰，怀特负责溜门撬锁，薄荷和黄静姝两个人做设备维护员，分头负责飞行系统和武装防御系统，斗鸡负责开机甲。

“咔嗒”一声，密码锁彻底失效，存放室大门缓缓向两侧打开，怀特乐得蹦了起来，把一只手高举过头顶，可惜他的三位搭档都不怎么友善，全都面无表情地看着他，怀特只好自己跟自己拍了一下，顺便原地做了半节广播体操。

黄静姝发出一声感慨：“真要开这个，你们几个活腻了吧？”

虽然只是个边远邪教组织出品的单人小机甲，但也足有十米来高，由于是教学使用，武器库都是空的，饶是这样，它看起来也已经十足骇人了。斗鸡声称自己摸过真机甲，其实是吹牛的，他小时候只玩过一次仿真的模型，跟真家伙一比，那玩意儿完全就是个碰碰车。斗鸡不易察觉地吞了口口水，怀疑自己是吹牛吹破了。

被困在实验室里的陆校长空有一副透视的千里眼，只能眼睁睁地看着他们摸进机甲存放室，毫无办法——他身上这枚生物芯片毕竟简陋，操作余地很有限，只有两种功能，一种是“伪装”，一种是“隐形”，完全是拐卖儿童专用，没有其他自定义选项！

陆必行电话打不出去，连网连不上，砸门也没人听得见，冷汗都下来了。

这时，他一抬头，看见实验室里的一个声波增幅器。

四个不知轻重的青少年站在巨大的机甲下面，都害怕，但是比起机甲，穷疯了的薄荷明显更怕怀特不结尾款：“你们倒是走啊。”

血气方刚的小青年是不肯当着异性的面示弱的，斗鸡看了她一眼，憋着口气，率先走了过去。

到现在为止，除了机甲基本常识，陆必行就只带学生来看过一次，演示了一遍怎么开舱门。斗鸡佯作镇定地走上前去，回忆着他从书上看来的步骤，磕磕绊绊地打开机甲门。随着他们走进机甲，机甲里的精神网“嗡”一声被激活，沸腾一般地亮了起来，惨绿惨绿的，非常瘆人，斗鸡怀疑膝盖以下已经不是自己的了，一时怎么都想不起连接指令。就在他跟精神网大眼瞪小眼的时候，陆校长用增幅器加持了自己的声音，顺着实验楼的上下水管道传到机甲存放室，变了调地吼道：“谁让你们碰机甲的，给我下来！”

斗鸡生生被陆校长这一嗓子吓得想起了连接指令，下意识地输入了，其他三个人来不及反应，机甲舱门已经轰然闭合，千万条精神网络一同涌向斗鸡，机甲舱内噪声陡然上升了一个调子。

怀特双手抱头：“要……要炸了吗？！”

黄静姝：“赶紧断开，你们他娘的闯祸了！”

斗鸡说不出话——没有经过训练的人是不能贸然上机甲的，首次精神连接的冲击力足以把人撞出脑震荡，这会儿，斗鸡已经翻起了斗鸡眼。

薄荷一把推开同伴：“有手动操作，都闪开，我来中断程序。”

她倒是颇有大将风度，镇定自若，回手一拳敲碎了紧急安全阀……然后她对着安全阀门内一多半不知道干什么用的操作按键，傻了眼。但二把刀少女薄荷胆大包天，只傻了一秒，她就决定死马当成活马医，连蒙带猜地动了手。

陆必行血压飙升：“别乱动！”

可是已经晚了。

机甲里“嗡嗡”的噪声沉了下来，几个少年还没来得及松口气，机甲走了。

只听一声巨响，存放室的地板一分为二，露出一条幽深的轨道，机甲双翼缓缓收缩，顺着轨道往下滑动……义无反顾地往发射台滑去。

几个学生互相对视几秒，随后，少年老成的、高贵冷艳的、唯恐天下不乱的，集体被打回了熊孩子的原形，齐刷刷地张大嘴尖叫起来。尖叫也无法阻止机甲，它无情地落入发射台中央，巨大的能量波轰然散开……

上了天。

陆必行简直不敢相信，这四个熊孩子竟然当着他的面把自己当钻天猴放了，他出离愤怒了：“混账东西，我非开除你们不可！”

他一脚踹在紧急防盗门上，落下了一个下凹的脚印，陆必行观测了一下脚印深度，感觉自己照着这个地方一直踹，大概踹个三天，才能“越狱”，还不如盼着湛卢过来把他放出去。

眼看发脾气不是办法，陆必行就迅速冷静下来，开始在密封的实验室里转圈，突然，天马行空的陆校长灵光一闪——他启动了生物芯片的“伪装”功能。下一刻，在实验室的所有安全设备认知里，原本暴跳如雷的男人变成了一个豁牙露齿的小男孩。

小男孩孤独地坐在实验室里，酝酿了半分钟，“嗷”一嗓子哭了。

按照《联盟未成年人保护法》，十岁以下儿童独处时，如有明显不适症状，超过五分钟，离他最近的监控或安全系统应该自动报警。实验室的安保系统是湛卢安的，陆必行希望这个来自联盟的人工智能会遵纪守法。

湛卢没让他失望，返老还童的陆校长不顾形象地干号了五分钟后，本地摆设一样的警察局接到了报警电话，方圆二十里之内的警察们莫名其妙地集体出了警，半个小时之后，从星海学院里挖出了一个衣冠不整的陆校长。

而此时，载着四个闯祸精的小机甲已经像一叶扁舟，悄然离开了北京β星，顺着这架机甲以前设置过的航道，飞向了茫茫宇宙。

（四）

湛卢没有按时去陆必行的实验室报到，是因为他已经跟着林静恒离开了北京β星，被客客气气地请到了游离在第八星系边缘的一个小基地。机甲落定，舱门发出一声沉重的叹息，缓缓打开，林静恒背着手，迈步走了出来，一眼看见门口迎着他的人。

这一伙人不论男女，都穿长袍，身上挂满了鸡零狗碎的装饰品，仔细一看，装饰品都是活物——挂在耳朵上当耳环的是活蜘蛛，手镯是活蝎子，脖子上的项链则可能是条首尾相连的小蛇。

看来这就是第八星系著名的邪教组织——毒巢的老巢了。

为首的，是个两百来岁的中年男子，左半边脸上文着毒虫，几乎看不出五官在哪儿，他上前半步，率先对林静恒伸出了手："早听说过北京β星上林四哥的大名，一直没有机会拜访，自我介绍一下，我是巫毒大神座下的仆人阿莱，欢迎您，我的朋友，愿巫毒大神的神光永远照耀在您身上。"

林静恒听了这"奇葩"祝福，皮笑肉不笑地冲他提了一下嘴角，感觉身上已经开始痒了，他十分敷衍地跟对方握了下手："误伤你们的人，不好意思。"

阿莱十分爽朗地一笑："我的人误闯您的地盘，我们有错在先，没什么，不打不相识嘛。"

说完，他不再提"蜘蛛"的事，只对林静恒一伸手："请。"

这基地是个废弃的空间站改造的，面积大约有一个小城市那么大，漂泊在第八星系边缘，被邪教组织占据。由于毒巢崇拜大虫子，因此审美观异于常人，什么奇形怪状的人类都有，在身上养毒虫和文毒虫的属于比较正常的，更有甚者，干脆把虫子的一部分器官培养变异后移植到了自己身上，放眼望去，简直是群魔乱舞。

林静恒目不斜视，对众多妖魔鬼怪视而不见，跟着领头的阿莱走了大约十分钟，来到了一艘巨大的星舰旁。人造的光源照在星舰冰冷而流畅的外壳上，微微闪着光，与这个设施陈旧、居民"奇葩"的小行星格格不入，像个天外来客。

林静恒瞥了一眼，目测这星舰的科技水平至少领先了毒巢基地一百五十年，就知道这应该就是毒巢的神秘赞助人——出产芯片、索要儿童的那伙人。

星舰开了门，几个穿防护服的人从里面走出来，领头的一位把头套一摘，露出一张平平无奇的男人的脸：“北京β星黑洞的林四哥是吧，幸会，你可以叫我‘零零一’，是我把你请来做客的，按照你们的说法，我应该是个星际海盗。”

“幸会，”林静恒眉尖一挑，“按照你们的说法，我应该是个大混混。”

大混混和星际海盗对视片刻，颇有点针锋相对的意思，发现对方没有主动退让的意思，于是一起觉得对方是给脸不要脸。

各自冷笑一声，零零一先开口说：“第八星系里有头有脸的，我们都给请来了，现在客人们差不多到齐了，四哥姗姗来迟，看来是来压轴的。”

原来这伙来历不明的域外海盗不只请了他一个，林静恒有点意外，因为第八星系的大混混们虽然不是政府，但也和孱弱的官方有千丝万缕的联系，履行了很多管理职责，算是灰色地带里的隐形政府，大多守着自己的一亩三分地，不怎么跟域外海盗这种反政府组织来往。要把这些人齐聚一堂，一封邀请函必定不够，这里头必定用了非常手段。

林静恒一插兜，意味深长地问：“那我是压轴还是断后啊？”

这话有点不客气，零零一眼角一抽，随后咬牙切齿地笑了：“当然，请大家过来，只是想交朋友认识一下，不是每个人都像林四哥那么有远见。我研究了最近几年的黑洞扩张，感觉四哥应该不只想当个地头蛇吧，那您对我们提出的合作应该很有兴趣。”

“不敢当，”林静恒戳在星舰前，“我算不上地头蛇，最多是条地头蚯蚓。管不了北京β星外的事，不过有人想在北京β星上搞小动作，我就得露头看一眼了。”

林静恒不软不硬的傲慢态度让零零一脸色微沉。

被他们请到这个边远空间站上的人大多不是自愿来的，有的是被威胁，有的干脆是被技术手段诱骗。而其中，黑洞的人无疑是他们最特殊的客人——他们的生物芯片在整个第八星系无往不利，别说拐个把孩子，就算把星系行政长官拐走也不在话下，偏偏在北京β星上失了手。“蜘蛛”神不知鬼不觉地消失了，芯片也被屏蔽了，多半是被人处理掉了，零零一不知道眼前这个林究竟是有什么神秘手段，还是仅仅是运气好。黑洞收到邀请以后，二话不说应了约，而且这个林大摇大摆前来，身边只带了一个拎包的小白脸，零零一也判断不出，对方是知道他们的底细，还是单纯的傻。

因为摸不出对方深浅，零零一选择暂时忍气吞声：“请您跟我来。”

巨大的星舰像一座摩天大楼，笔直地指向天空。里面装着一个与外界泾渭分明的世界，零零一有意想给林静恒一个下马威，直接带他坐电梯到了顶层。电梯一开门，零零一就皮笑肉不笑地往外一伸手：“这里是观景栈道，请。”

原来电梯外面是一条完全透明的栈道，横穿整个星舰，高高地挂在几十米高的半空，那栈道不知道是什么材料做的，折光率与空气很接近，干净得一尘不染，肉眼几乎看不见，栈道两侧的护栏只有不到三十厘米高，基本不管用，更悬的是，这栈道两头不是固定在星舰上的，而是利用磁场飘在半空。

“四哥不恐高吧？”零零一咧开嘴，笑出了一口大板牙，他踏上透明栈道，悬空似的站着，栈道好像还在随着他的动作轻轻摇晃，“这里视野好，我很喜欢，不知道合不合四哥的审美。”

“我是粗人一个，没有审美，”林静恒毫不犹豫地跟上，头也不抬地说，“湛卢，上来的时候慢点。”

湛卢虽然狗屁不懂且多嘴多舌，但跟随他多年，黑话还是听得出的，收到主人不怀好意的指令，他迈步往栈道上一踩，无声无息地放出了磁场干扰，整个空中栈道剧烈地颠簸了一下，猛地往下沉去。

零零一正在专心致志地装神，没有余力保持平衡，脚下猝不及防地一空，他当场大叫一声，趴了下来，几乎手脚并用地扒住了栈道边，差点给吓哭了。林静恒完美地保持了平衡，故作严肃地瞪了湛卢一眼：“我都说让你慢点了，看看你干的好事！”

湛卢无辜地回视着他。

林静恒慢悠悠地踱步到零零一面前，一弯腰：“栈道有限重啊？早说啊，看看，多危险，来，我扶您一把。”

他嘴上说着扶一把，两只手全插在兜里“不可自拔”，一脸看热闹的幸灾乐祸。

零零一脸色青红交加，咬着牙爬起来，恶狠狠地剜了湛卢一眼，他按下耳垂上一个小仪器：“检修空中栈道！”

说完，他再也维持不住表面的客气，阴沉着脸在前引路。

透明栈道很快走到了头，尽头则是一片空场，有困兽似的咆哮声传来。林一抬头，只见那里像个运动场，四周是看台，看台里圈围坐着一帮研究员模样的人，正忙着记录实验数据。外圈是和林静恒一样的客人，脸色都很难看。

零零一带林静恒走进来的时候，站在最角落的一个男人无意中抬了下头，正好对上林静恒的目光。

这人身材高大，十分英俊，但英俊得不是很主流，因为脸上突兀的鹰钩鼻给他平添了几分阴沉，而且他鼻梁往上，还有一双颜色不一的“鸳鸯眼”——据说此人年轻时候，左眼受过外伤，需要换人造眼珠。其实以当时的技术，人造眼珠完全可以和原装的眼珠一模一样，可谁还没年轻过呢？这位当年还在中二期的先生，为了与众不同，故意选了个颜色不同的虹膜，自以为很炫酷，结果就把自己炫成了一只品相不佳的波斯猫，长大再后悔也来不及了。

此人就是北京β星上那位陆校长的亲爸爸，独眼鹰。

联盟叛将陆信出事的时候，陆夫人带着机甲湛卢出逃，联盟军方一直追杀她追到了第八星系，半路突然杀出了一帮不明势力，劫走了陆夫人。由于军方当时已经得到了湛卢，陆夫人乘坐的小星舰又被导弹击中，估计人已经烤煳了，所以军方并未与其纠缠，任凭对方去收尸。

十五年前，林将军带人清缴星际海盗余孽，途经第八星系时，曾经私下离队，专程去见了独眼鹰一面。没有人知道，堂堂联盟将军为什么要见一个军火贩子，也没有人知道他们聊了什么。反正五年前听说林静恒遇刺身亡的时候，独眼鹰是松了口气的。

此时，独眼鹰猝不及防地和林静恒打了个照面，先是一愣，有点没认出来，因为林静恒这不修边幅的德行与他当年做上将时大相径庭。林静恒好像生怕他不认识自己似的，朝他微微一笑，那笑容简直是从噩梦里出来的，独眼鹰当场觉得自己活见鬼了，周身汗毛倒竖，一双鸳鸯眼瞪得险些脱眶，下意识地把手按在了腰间。

“陆先生，别来无恙啊。”林静恒对他伸出一只手，“上次见您，还是十多年前的事了，我看您风采依旧。这几年我定居北京β星，都没来得及去拜会，实在不像话，改天一定登门赔罪。”

独眼鹰双肩紧绷，脖颈上青筋毕露，林静恒冰冷的微笑不改，伸出的手悬在半空，两个人之间的空气仿佛瞬间凝固了。

零零一的目光狐疑地从两人脸上扫过：“两位这是……”

就在这时，看台中间围着的空场里传来一声撕心裂肺的大叫，四下一片哗然，打断了两人之间的剑拔弩张。林静恒若无其事地缩回手，对零零一笑了笑：“没什么，见了‘老朋友’，有点激动。”

零零一自觉是干大事的人，对混混们的江湖恩怨不感兴趣，见他俩没有要当场动手的意思，也懒得追究，只把林静恒安排在离独眼鹰远些的地方。

这会儿，没有人留意他们这边的小小插曲，因为所有人的目光都被场中的两个男人吸引了——林静恒本人已经算是身量颀长，场中那两人却都至少比他高出一头，体格雄壮得过了头，看着有点不像人了。他们俩打着赤膊，浑身贴满了传感器。而场地旁边，半透明的大屏幕上，一串一串的数据接连闪现。

其中一个赤膊男人从腰间摸出一把枪，冲着对方的胸口连开了三枪，大屏幕上精确地给出了子弹的速度与轨迹，那力量足以把一头牛打个对穿，可他那对手的胸口仿佛是块防弹钢板，对手大叫一声，迎着子弹冲了上来，直接用胸肌堵住了枪口，挥起一拳，砸向拿枪的人。拿枪的一仰头避开，那拳头就打在旁边一根灯柱上，高大的灯柱竟然应声而折，从十几米高的地方轰然砸下，正落到看台上，前排观众一阵乱窜。

随后，堵枪口的人又挥出了第二拳，这一次他的对手没躲开，场中传来一声让人牙酸的闷响，中拳的人脖子不自然地弯向一边，颈椎显然是折了。可一个人的颈椎被当场打折，他竟然不死！竟然还行动如常！

歪脖子的人眼底泛起猩红的血色，手里的机枪乱响一通，把对方打成了筛子——字面意义上的。子弹嵌在那人光裸的胸口上，镶了一整排，像是胸口上长出了一排里出外进的牙！

这画面的血腥程度已经超出正常人想象，观众席上有人吐了。

这时，大屏幕上的计时器响了一声——五分钟整。

这响声好像有什么魔力，两个怪物似的男人全定住了，像两个听见了午夜钟声的野兽版灰姑娘。紧接着，折断脖子的男人皮肤泛起了红，红色越来越浓郁，随后，他全身的毛孔都开始往外渗血，整个人像个装满了血浆的破塑料袋，迅速干瘪下去，方才伟岸得惊人的肉身融化，露出里面一副猩红的骨架。

另一个男人失声惨叫起来，疯了似的往场外跑，没有人拦他，因为没有必要——他一边跑，身上的皮肉像个型号不对的大外套，一边不停地往下掉，跑了五十米，他停住了，只见黏在骨头上的一点肌肉和韧带齐齐绷断，骨架难以为继，向前扑倒，眼珠滚出了三米多远。

整个观众台上先是一片鸦雀无声，随后大混混们集体炸了锅："这是什么鬼东西？"

"您手里的那枚缴获的芯片，只是个低级的半成品。"零零一低声对林静恒说了一句，"这才是最新的研究成果。"

林静恒眉尖一跳，零零一就得意扬扬地瞥了他一眼，转过身，径直走到两具尸体中间，戴上手套，从其中一具尸体身上掰下了一块芯片，他咧开嘴，露出一个带牙床的狰狞笑容："各位——我相信你们已经用自己的眼睛看过了，实验品5号和6号在注入芯片之前，都是身高一米八零左右，体重介于七十五到八十公斤之间的普通男性，没有接受过任何军事和体能训练，而注入芯片后，他们的身高、体重、体脂及各项生理指标都产生了翻天覆地的变化，几乎成了超人。"

"这是我们的研究成果之一，"零零一说着，举起手里的芯片，"我们给这项目命名为'造神计划'。"

独眼鹰冷笑一声："造神？我觉得这应该是'见鬼计划'。"

"当然，这只是个实验样本，续航时间只有五分钟。"零零一说，"但我们的技术现在已经比较成熟了，预计未来两个月内，续航时间能大幅度提升，想象一下吧，各位，一支强悍、力大无穷、悍不畏死的超人战队。"

独眼鹰继续拆台："要力大无穷干什么？我以为当代战争中，已经没有肉搏和互相挠脸的环节了。"

"您说得对，"零零一油滑地说，"方才向诸位展示的肉体进化，只是非常基础的版本，我们的终极目标是，将这些改造人改造成完美的机甲驾驶员，一旦对接机甲，他们就会变成机身的一部分。我想大家应该都有这个常识——在实战中，人的大脑与机甲精神网的匹配度最高不过90%，中间总会有罅隙，如果敌人的精神阈值高过你的屏障，你的机甲就会被敌方夺走控制权。当年白银要塞的林静恒上将号称战无不胜，凭什么？不就是因为他极高的精神阈值吗？"

零零一环视四周，笑起来，抬手一指大屏幕，大屏幕立刻将方才两个男人肉搏的几个镜头回放：“除了人机匹配度高，改造人的反应速度还是普通人的十六倍，机甲战争中，大家知道这意味着什么。”

独眼鹰用眼角扫着旁边的正版林静恒，“哧”了一声：“我们日子过得好好的，为什么要准备打仗？”

“尊敬的先生，您不去找战争，不代表战争不来找您。诸位还不知道吧，宇宙时间 6 月 29 日夜里，也就是大约七十二小时前，一千架超时空重甲已经把白银要塞炸得渣都不剩，连首都星都被入侵了，联盟秘书长遇刺身亡——”

林静恒整个人一晃。

“不可能！”

“有证据吗？”

“别在这儿危言耸听了，你们到底想干什么？”

零零一打了个响指，大屏幕升到半空，一段影像放了出来——高耸的要塞指挥所轰然崩塌，尘埃四起，轰鸣声震耳欲聋，随后强光乍起，所有人忍不住闭上眼睛，机甲的一块残骸落在焦土中，上面露出半个联盟标志——八条藤蔓缠绕在一起的和平环。

“这是我们的时代，”零零一伸开双臂，“第八星系被踩在联盟脚下两百年，也该轮到我们占领浪头了，加入我们的征程吧，诸位，在座所有人，都会缔造历史！”

第五章 惊魂

陆必行在机甲外远程关上了舱门，把学生们护在了里面，同时猛地一推林静恒，抬手撑在墙边，下意识地弓起后背挡住他——

（一）

就在星际反社会的零零一慷慨激昂地拉人入伙时，一架不起眼的单人机甲在自动驾驶的状态下，悄然滑入了毒巢空间站的机甲停靠点，并自动通过了核检，停靠在众多机甲中间，毫不扎眼。

每天，都有无数单人机甲出入空间站，安检系统安静如鸡，没有一点被惊动的意思。谁也不知道，里面装了四个已经被首次空间旅行晃晕的未成年人。

怀特是第一个清醒过来的，他茫然地爬起来，先把自己从头摸到脚，确定自己身上没有少零件，脑浆也没撒得到处都是，这才出了口大气，肚皮向上，仰面躺下了。感觉自己是捡回了一条狗命。

怀特家里有点小钱，小时候还参加过一次第七星系的旅游团，坐了半个月的星舰，他就自以为能上太空随便遨游了，可是他不知道，一艘客运星舰中，80% 以上的自重都来自服务性装置，这些服务装置能让人在星舰里待得很舒服，就像置身地面一样，凶器机甲跟旅游星舰完全是两码事。怀特躺在那儿，四大皆空地思考了一会儿生命与死亡，思考得快要修成正果，旁边才有了点动静，薄荷和黄静姝相继醒过来了。

黄静姝趴在地上干呕了五分钟，指着薄荷说：“你这个手欠的贱人。”

薄荷自觉理亏，难得大度地领了这声骂，没还嘴。她艰难地爬起来：“这是哪儿？”

黄静姝恶声恶气：“问谁呢？”

“有行程记录，”怀特现在不敢碰机甲上的任何东西，他双手紧贴裤缝，以立正的姿势踮起脚，抬头看仪表盘，“我……等会儿，你们谁会看星际坐标？”

两个女生面面相觑。

怀特没心没肺地咧嘴一笑：“连星际坐标都不会看，咱们就这么把机甲开出来了？”

“舱门上有两个指示灯绿了，”薄荷没理他，跌跌撞撞地走向门口，说，“我看看……压强……不对，是室外气压，那另一个可能是空气质量。陆总好像说过，高级机甲才有自己的核心智能，这种比较初级的只有指示灯这种简单的交流信号……一般除了帽子，绿色都是代表好事吧？”

怀特问：“我们会不会还在北京β星上？飞了一圈又落回了大气层？”

“不知道，先想办法下去，我再也不想待在机甲里了，再飞一次真要交待了。”黄静姝站起来，这时，她好像想起了什么，狐疑地问：“等会儿，我们是不是少了个人？”

片刻后，他们在一个角落里找到了斗鸡同学，斗鸡口吐白沫，形象甚是凄惨，黄静姝伸脚踹了踹他的小腿：“这货还活着吗？”

机甲上其实是有医疗设备的，但是三个人简短地开了个会，认为斗鸡好歹也是一条性命，还是不拿他做这种必死的实验了。由怀特负责背着，他们决定出去找人求救。斗鸡人高马大，要是把瓤掏出来，皮囊够把怀特囫囵塞进去。他半死不活地压在怀特身上，把这位星海学院第一才子压得像头不堪重负的驴。

怀特喘着粗气、出着热汗，面红耳赤地听他的两个女同学满嘴生殖器地大吵了一架——她俩没白吵，磕磕绊绊地吵出了一个方案：直接把舱门掰开。

“他既然晕了，精神网就应该和驾驶员断开连接了，我们这一路走的是自动驾驶航道，现在到了目的地，应该随时可以下去。”薄荷一边解释，一边试探性地伸手拉住舱门，“就是我不知道这个舱门应该怎么……”

“开”字尚未出口，机甲就又发出了一声让人毛骨悚然的叹息。

三个人脸色煞白，以为这个二踢脚又要上路，就在怀特已经打算留遗言的时候，一阵带着特殊气味的风吹了进来，舱门滑开了。

舱门外的景象一览无余，不知过了多久，薄荷才艰难地动了一下自己的脖子：“……这是哪儿？”

呈现在他们面前的，是成排的机甲，泛着连绵的冷光，并排停在一个仓库里。每一架机甲上都安了狰狞的武器，一个黑洞洞的炮口正好对着他们，杀意森然。细碎的风声从一眼看不到头的仓库另一端涌来，擦出窃窃私语似的声音。

怀特轻轻地打了个寒战，这里绝不是北京 β 星。

突然，黄静姝一把拽过薄荷的胳膊，把她往门后面一塞，同时捂住了她的嘴。

下一刻，脚步声响起，由远及近，几个少年大气也不敢出，挤成一团，从舱门缝隙里往外窥探，只见一辆轨道车缓缓开过，两个脸上文着毒虫的人提着枪护卫着轨道车，那车上是一堆一动不动的小孩，不知是死是活。

其中一个护卫说：“那帮海盗胃口越来越大了，现在把整个第八星系里叫得出名字的人都扣在这儿，他们想干什么？”

另一个回答：“你没听说首都星都让海盗得手了吗？别人已经吃上了肉，再不快点，咱们连汤都没的喝了。要说起来，第八星系归联盟也一百多年了，可联盟管过我们吗？这鬼地方还不跟过去一个鸟样？早该造反了！”

第一个说话的护卫迟疑着说：“可是联盟虽然没管过我们，但也没有这么不把人当人看……”

“嘘，你别乱说话。”

两人沉默下来，压抑的脚步声和轨道车渐渐远去。

好一会儿，黄静姝才松开捂在薄荷嘴上的手，小声说：“我见过他们。”

怀特和薄荷一起看向她，黄静姝三言两语把她去星海学院报到那天遇到的事说了。

怀特吃了一惊：“你……你是空……空……”

黄静姝冷冷地扫了他一眼：“空脑症，怎么了？占你家内存了？”

怀特缩了缩脖子，不敢吭声了。

薄荷想了想："照这么讲就说得通了，这架机甲应该就是你遇上的那个人开的，四哥后来肯定是把人处理了，机甲给了咱们学校。我可能不小心启动了自动回航，它现在把咱们带到那些人的老巢了！"

黄静姝："咱们怎么办？"

怀特身负"重担"斗鸡一只，腿肚子直抖："那我们快报警吧！"

黄静姝和薄荷听了他的"高见"，异口同声道："滚！"

怀特："……"

薄荷扫了人事不省的斗鸡一眼，坦白说："靠咱们，把这玩意儿开回去，是不可能的。"

他们四个就像是被困沙漠的旅人，往哪个方向转，好像都是死路一条，现在就剩下选择死法了——困在原地饿死，再次强行启动机甲作死……或者被人发现灭口而死。

黄静姝想了想："等等，你们听见刚才那两人说的话了吗？"

怀特半死不活地回答："要颠覆联盟什么的？"

薄荷没理他，一愣之后，很快反应过来："对，有一个人说第八星系叫得出名字的人都被扣在这儿……什么意思？四哥算不算'叫得出名字的人'？"

"没有四哥也有其他人，既然是被'扣在'这儿，肯定不是自愿的。"黄静姝说，"那跟我们一样，我们去找他们，能不能离开这儿另说，跟着他们，怎么也比我们自己困在这儿靠谱。"

三个清醒的，两个人取得了一致意见，怀特不管赞成还是反对，都得少数服从多数，他干脆明智地闭了嘴，沉痛地扛起斗鸡。

这地方被塞满了可怕的机甲，他们不敢乱走，只好顺着方才轨道车的轨道，饥寒交迫地往前摸索。

北京β星上，陆必行一被放出来，立刻去找林静恒借机甲。不料扑了个空，被佩妮告知，四哥已经离开北京β星了！

林这个人有点宅，五年没有离开过大气层半步，结果偏偏是今天出了远门。这已经不能用"倒霉"二字来解释了，陆必行的眼皮开始狂跳。

"佩妮姐，"陆必行央求说，"那你能不能借我一架机甲？"

佩妮正经人似的严肃道:“陆先生,您说什么呢,机甲可是非法武装。”

佩妮不是个好说话的人，跟陆必行也素来没什么交情，求她肯定是求不来的，陆必行也识趣，被拒绝后转身就走。二十分钟以后，黑洞的人震惊地发现，本来已经离开北京β星的四哥又回来了!

佩妮揉了揉眼，还以为自己眼花了，就见这个“四哥”面沉似水，说话跟平时一样简短：“我要出去一趟。”

佩妮莫名其妙，连忙跟上:“去哪儿？您需要星舰还是机甲……四哥，您往哪儿走？”

“机甲。”“四哥”脚步一顿，随即若无其事地拐了个直角，推门进了卫生间。

林四哥平时也是这副二五八万似的德行，最讨厌别人问问题，佩妮虽然满心疑惑，但觑着他不善的神色，也没敢细问，连忙去给他准备机甲了。

卫生间里，利用神秘芯片伪装成林的陆必行双手撑着洗手台，长出了口气，随后他抬起头，跟镜子里那双深灰色的眼睛对视片刻，抬起下巴，把脸从左往右转了半圈，冲自己笑了。林的笑容十分稀有，陆必行自己动手丰衣足食，变换角度一次性看了个够本，末了还不过瘾，伸出两根手指冲镜子飞了个吻，飞完自己把自己吓了一跳。

“我有病吗？”陆必行想，“让他看见非宰了我不可。”

他急忙见好就收，不敢再折腾林的脸，靠科技和演技骗到机甲后立刻起程——熊孩子们开走的那架机甲上装有学院的教学监控，追踪不难。

只是……陆必行看着追踪器上的目的地，皱起眉，沉声发出指令:“检测本架机甲的防御系统和武器储备。”

（二）

毒巢空间站的客人们被带到了星际海盗的“贵宾区”，贵宾区里没有匪夷所思的人体实验和冰冷的研究员，进进出出的都是机器服务员，有一个小酒吧做公共活动区，四周是一圈豪华套房，待遇还不错。

但这会儿没人有心情享受美酒和牛排，吧台旁边空空如也，每个人都在房间里密切关注着联盟七大星系的战况。

第一星系和第八星系距离太远，信息传递往往有时差，看来海盗们有特殊的消息来源，比官方消息快。据说这次大规模域外海盗入侵的重灾区在第一星系，海盗是通过白银要塞长驱直入的，而联盟政要们都已经撤出沃托。

林静恒在屋里来回踱步，拇指横在手心，另外四根手指有规律地在上面反复敲打，脸上虽然没有露出焦躁，脚下却活像在转磨，他转了足有几十圈，旁边参禅似的湛卢睁开了眼："先生，我收到了来自白银一的消息。"

林静恒猛地抬头。

"6 月 29 日，秘书长格登先生是在舞会结束后，携夫人在回家路上遇刺身亡的。"

林静恒的呼吸不由自主地哽住了。

湛卢："格登夫人被保镖救下，没有受伤，几个小时后，第一星系全线告急，首都星的重要人物开始往'天使城'要塞撤离，她是第一批被送走的。"

林静恒卡在喉咙的那口气这才吐出来，缓缓放松了僵硬的肌肉，沉默了一会儿，他侧身靠在旁边的电视柜上，恢复了冷静和漫不经心："第一批？稀奇，格登家怎么对她这么好？怎么，伊甸园管委会打算转型，变成寡妇权益保护协会？"

首都星沃托，是七大星系的政治博弈场，而凌驾于七大星系行政体系之上的，则是立法会和伊甸园管委会。管委会和立法会本该互相监督，可是这些年，随着伊甸园不断发展，管委会已经稳稳地凌驾于立法会之上，成了终极权力机构。

秘书长格登其人，金玉其外，败絮其中，之所以能在议会中担任要职，就是因为他的家族——他祖父老格登，是管委会七大常任董事之一。

"我目前得到的消息是这样的，"湛卢说，"刺杀事件后，林女士被要求打开伊甸园，开放医疗系统授权——自从您离开后，她就屏蔽了伊甸园，这还是第一次打开，结果发现她没受伤，但是怀孕了，是老格登董事亲自把她带走的。"

有一瞬间，林静恒的双颊紧绷了一下，像是茫然，又像是愤怒，然而一切的情绪尚未露出端倪，就又全部隐去了，他一垂眼，漠不关心似的“哦”了一声，不说话了。

这时，有人敲了他的门。

湛卢还没来得及把门完全拉开，独眼鹰就横冲直撞地闯了进来。

湛卢有礼貌地打招呼：“陆先生，晚上好。”

“好个屁！”鸳鸯眼的军火贩子粗鲁地回答，接着，他仿佛从湛卢那张异常苍白的脸上看出了什么，“等等，你……你不会是湛卢吧？”

“是的，陆先生。”人工智能飞快地分析着他的表情，随后认认真真地说，“您的微表情显示，您对我十分不满，认为我‘认贼作父’。您可能误会了，我现用身份里没有认谁做父亲的设定。”

独眼鹰：“……”

独眼鹰没穿外套，露出了一个属于军火贩子的身躯——肩上是可延伸的防护甲，左右两侧腰上各别着一把枪，靴子里插了一把激光刀，手腕上扣着两圈微型粒子发射器，全副武装，差不多能去当人体炸弹了，他懒得理湛卢，回手扣上门：“姓林的，你怎么还没死？！”

林静恒懒洋洋地说：“托老兄你的福。”

“少他娘的废话，”独眼鹰死死地盯着他，压低声音，“你到第八星系来干什么？”

“避难啊，”林静恒一摊手，“想要我命的人太多了。”

“哈，”独眼鹰露出一口尖牙，“你也有今天？”

林静恒没跟他一般见识：“坐，怎么？我让你这么紧张吗？”

林静恒竟然还活着，那也就算了，自古祸害遗千年，独眼鹰自己惊诧戒备一会儿就好。可他随后又听人叫“四哥”，这才意识到，林静恒就是北京β星上那个神秘的“林四哥”。

五年前，因为听说心头大患林静恒终于死了，独眼鹰才大松了一口气，睁一只眼闭一只眼地放陆必行自己玩去了。不过他毕竟只有这么一个儿子，所以还是动了点手脚，倒不至于监视陆必行每天在干什么，只是随时知道他的坐标和健康状况。所以他一直知道，他那宝贝儿子就在北京β星上！

“十五年前我就告诉过你了，”独眼鹰压低了声音，语速飞快地说，“她死了，死了！我他妈把她从舱门里捞出来的时候，人就断气了，连那孩子一起！遗物我当年都交给你了，你怎么还阴魂不散？”

林静恒放低了声气："我没有恶意。"

独眼鹰从牙缝里挤出一句话："你最好没有！"

"陆信是我的养父，我的老师，"林静恒平静地说，"我想找那孩子，也是为了照顾他。"

独眼鹰尖刻地笑起来："你？照顾他？那我得说一句，幸亏他没出生就死了。"

林静恒没吭声，转身倒了杯酒给他，剔透的酒液与剔透的玻璃杯就顺着桌子轻轻滑到独眼鹰面前，林静恒的手势像个专业的调酒师，酒水没洒出一滴。

"你说得也有道理，"林静恒说，"首都星确实没有那么安全，现在不就被炸飞了吗。"

他话音刚落，墙上的屏幕就自动亮了，紧接着，闪过一行巨大的字，生怕别人看不见似的："庆祝友军打进了联盟议会大厅！"

随后放了一小段视频，沃托的森林公园冒着滚滚的浓烟，几天前还歌舞升平的议会大楼半体焦黑，碑林疮痍满目，石头做的文明之光"死无葬身之地"，被隆隆作响的地面机甲车碾过，化作齑粉，机甲车上下来几个衣冠不整的星际海盗，大笑着冲着碑林的残骸撒尿。

"……×。"独眼鹰发出了一声言简意赅的感慨，他虽然讨厌林静恒、憎恶联盟，但也并不想让这帮人畜不辨的疯子统治八大星系，"你那白银要塞是纸糊的吗？"

"首都星高层有人叛变，"林静恒往窗外看了一眼，"七大星系没有军事自治权，第一星系猝不及防遭袭，其他地方根本来不及反应，星际海盗沉寂百年，一击必中，应该是蓄谋已久的——湛卢，替我扫描空间站的情况。"

独眼鹰："你要干什么？"

林静恒沉声说："先摸个底。"

（三）

为了不打草惊蛇，湛卢没有使用技术手段试图入侵。独眼鹰看着他手法熟练地扫描出了周围监控，很快规划了一条完美避开监控的路径，随后变成了一只机械手，扣在了林静恒的胳膊上。

本着就想知道“姓林的要搞什么阴谋诡计”的想法，独眼鹰跟了上去：“你不是都已经‘死’了吗？联盟和海盗人脑袋打成狗脑袋，跟你有什么关系？联盟开你工资了？”

林静恒没理他，戴上手套，悄无声息地翻出了房间，顺着贵宾区外墙上一条贴墙管道爬了上去。

独眼鹰往下一张望，差点犯了恐高症——那管道紧贴在墙上，圆的，目测直径不超过十厘米，还有点滑，而底下足有几十层楼高，交错的监控和枪口瞄准镜四下乱扫，像一张大网，掉根头发下去都能被打成筛子。他这么一犹豫，再一看，林静恒已经在十米开外了。连忙手脚并用地爬了上去，贴墙的掌心与后背衣服上冒出一层仿生的小吸盘，把他本人吸在墙上，饶是有这样的工具，独眼鹰还是一步一挪，走得心惊胆战，感觉脆弱的管道要承受不了两个男人的重量了，在他脚下簌簌发抖。

独眼鹰：“你他妈是壁虎吗？吃饱了撑的……”

“人人都喜欢置身事外、少找麻烦，谁不知道闲云野鹤的日子舒服？”林静恒知道这军火贩子小花招多，也不特意等他，头也不回地说，“可是你既然活得比别人舒服，将来死得比较快、下场比较惨，不也很公平吗？陆兄，我说句你不爱听的，管委会的大董事们都在殚精竭虑，唯恐一步走错了万劫不复，你想岁月静好就静好，你算老几？”

湛卢引经据典：“坏事总会发生——墨菲定律。既然风浪总会来临，与其做听天由命的沙堡，不如亲自站在风口浪尖上。”

“闭嘴吧你，”独眼鹰怒不可遏，“你都变成手了，哪儿那么多话？什么人你都跟，他把你格式化了吗？”

管道走到了头，林静恒侧身看了一眼，拐过墙角，大约两米远就是一条栈道，跳过去问题不大。只是墙角上有带自动监控的激光枪，三支，三角形分布，没有死角，一旦扫描到可疑人员，这三支枪能在瞬间把人切成几块。

“湛卢又没说错，我看是你在这穷乡僻壤当土皇帝当久了，忘了天高地厚。”林静恒不动声色地说，同时动手解开了自己的外套，“事不关己，高高挂起——你也是这么教你儿子的吗？怪不得培养了一个与世无争的教育家，又天真又文明，还怪可爱的。”

独眼鹰好像当场被人掀了逆鳞："对，你不天真，你最识时务！你不到十岁就被陆信接到身边，他拿你当亲生儿子养大，湛卢的权限连他老婆都没有，单独开给了你一份，你呢，你怎么报答他的？林静恒，你养父被人陷害，身败名裂、家破人亡，他们开着张牙舞爪的机甲怪物，满世界追杀一个这辈子只拿过笔的女人，你都能没事人一样地在乌兰学院里念你的书，走你的康庄大道，给联盟当看门狗！你多威风啊林上将，年纪轻轻就统领白银要塞，把当年陆信的旧部压制得像活王八一样，大气都不敢喘，我说你一声狼心狗肺，你不冤枉吧！"

林静恒一声不吭，下一刻，他突然动了，松手将自己方才解下来的外套扬了出去。扣在他手臂上的湛卢同时在衣服上打了个能量圈，飞出去的衣服辐射出模拟人体的红外，好似一道人影飞了出去，三支激光枪同时掉转枪口，朝着那外套开了火，这时，一个空间站研究员模样的男子恰好从栈道上经过，目光被激光枪的异动吸引，还没来得及看清什么，脖子突然被一双手扣住，"咔"一声——

林静恒人为制造了一个死角，利用短暂的时间，纵身跳到了栈道上，落地抓人两件事几乎是同时完成，而三支激光枪也立刻有了反应，追上了他，机械手形状的湛卢立刻伸出探针，刺入那研究员身体，将他心口的芯片强行拆了下来，接在自己手心，千钧一发间，已经准备射击的激光枪识别了芯片，被他骗过去了，茫然地悬空片刻，又缓缓重新垂下。

林静恒放下手里的尸体，站在栈道中间，与几米外目瞪口呆的独眼鹰对视了一眼。

"狼心狗肺，这话我听过好多次了，陆兄骂得是不是有点没创意？"他玩味似的一点头，三下五除二将那死人身上的衣服扒下来，裹在自己身上，"你可以再想点新词，我先走了，你自便吧。"

说完，他把尸体往旁边一拖，塞进了栈道拐角处的小空隙里，把口罩往上一拉，大摇大摆地走了。

独眼鹰："……"

（四）

陆必行还不知道，他的亲爹和"干爹"这两位爸爸已经掐过了两轮，此时，他追踪着学生们的航线，逼近了毒巢的空间站，没有贸然靠近，先在空间站的安全探测范围外，围着这非法空间站转了几圈。

路上陆必行也没闲着，他动手把这架骗来的机甲的核心系统重新构架，修整了一遍，此时操作起来非常得心应手。作为一个军火贩子的儿子，陆必行从小拆卸过的机甲，恐怕比一个中层联盟军人见过的机甲还多，他对机甲的了解之深，已经远远不是通常意义上的机甲设计师等级了——林送给他的那架机甲，陆必行虽然只给学生们展示过一次，但自己是摸熟了的，一闭眼就能想起那架机甲上有几把安全密钥。在围着空间站转到第七圈的时候，一个伪装的对接密钥成型了，完全复制了之前那架走失机甲的验证识别系统。

“完美，”陆必行冲着旁边的镜子一点头，镜子里能以假乱真的林也笑眯眯的，陆必行一看见他话就多，自己跟镜子里的影子聊了起来，“你啊，平时把自己弄得跟个搞行为艺术的似的，我就不明白了，你是什么粉丝遍布八大星系的天皇巨星吗，这么怕人认出来？把脸弄干净，多笑一笑，多养眼，简直能为第八星系优美环境工程做出贡献，暴殄天物……好，咱们现在变成了一匹特洛伊的木马，现在实验一下，看披这个马甲能不能混进去，要是被打成筛子就不好了，我倒是没什么，这机甲我可赔不起，不知道卖身行不行。”

伪装过的机甲一圈一圈地接近空间站，陆必行双手枕在脑后，仰头端详着镜子里的林静恒。不得不承认，每个人可能真的都有独特的气场，林这张脸平时怎么看怎么不近人情，但此时顶在他的脖子上，眼角眉梢却都挂满了跃跃欲试的笑意，连那双冷森森的眼睛都活泼了起来，一看就是假冒伪劣产品。

陆必行想了想：“等你回去见了佩妮，我肯定得穿帮。哎，帅哥，咱俩商量商量，你既然好不容易出了趟远门，就在外面多观光一会儿嘛，给我点畏罪潜逃的时间。”

机甲“咯噔”一下，进入了对接轨道，整个机身震颤了一下，继而以疯狂的速度滑向空间站的核验门，一旦伪装的对接阀无法通过，空间站立刻就会把他当成入侵者，炸成一堆碎片，然而陆必行在做实验这方面，好像天生是个热爱冒险的亡命徒，根本不知道什么叫害怕，盯着那黑洞似的核验门，他一双眼睛里居然满是期待的贼光。

“准备进入停靠站，十、九、八……”

陆必行把防御系统开到了最大，自言自语地说：“我的遗言是希望世界和平，来吧。”

“……二、一、零！”

机甲呼啸着，从核验门里撞了过去，擦肩而过的瞬间，核验门红光一闪，先是准备发出警告，随后，它磕绊了一下，任凭机甲穿过，接受了伪造的对接密钥，安检系统把这匹“木马”全须全尾地放了进去，陆必行冲着镜子吹了声长长的口哨，朝着被他糊弄过去的核验门竖起了中指。

然而随即，机身外面传来的画面让他有点笑不出了，陆必行坐直了。

“扫描，”他轻声说，“范围十公里。”

机甲迅速给了他回复：“十公里范围内，轻型武装机甲三百架，配备全部机甲六倍标准以上的军备武器。”

“你们闯进军火库了吗？”陆必行叹了口气，“同学们，你们真是一群人才啊。”

人才们这会儿循着长长的轨道，走到了死胡同。

“前边没路了，”薄荷说，“只有一道大门，加密的。”

怀特膝盖一软，直接和斗鸡并排瘫倒在地，他回头张望着身后走过的路，喘了几口大气：“闪……闪开，南天门我也能给它破开，可千万别让我再回去了，我……我……我实在走不动了。”

薄荷犹豫了一下：“可是我觉得这道门阴森森的。”

“应该是在地下的缘故，你们发现了吗，越往前走，建筑的挑高就越低。”黄静姝蹲在地上，伸手在地面上画了一幅简要的地图，“方才咱们过来的时候，两边排的都是机甲，我们一路走过来都是上坡，而房顶高度在下降，说明我们应该已经快要离开机甲停靠站台了，方向没错。”

怀特一跃而起，搓了搓手：“看我的吧。”

他很快找到了门锁，观察片刻，手腕上的个人终端里放出一排射线，一个巴掌大的小键盘飘浮在半空中，他熟门熟路地开始解锁。

薄荷轻轻地打了个寒战，不知为什么，她后颈的汗毛根根立了起来，忽然有些坐立不安。这时，昏迷的斗鸡哼了一声，在一片天旋地转中缓缓苏醒，他仰面躺在地上，一睁眼，对不准焦的目光正好落在灯光昏暗的房顶——锁着的大门上沿处，有一个小小的骷髅头标志，正在居高临下地看着这些无知无觉的少年。

斗鸡和骷髅头面面相觑片刻，骇然睁大了眼睛，发出一声微弱的哼唧，薄荷和黄静姝听见动静，连忙围过来。

“斗鸡……斗鸡……维塔斯！你以后干脆改名叫弱鸡算了！”

“你还能不能行，吱一声……”

女孩们的声音忽远忽近，飘飘悠悠的，斗鸡脑震荡严重，眼前所有的东西都在晃，他努力想看清那个骷髅警告牌的位置，警告同伴：“小心……小心……”

可是他拼命挣动，手指只是徒劳地在地上划动，喉咙里发出来的只有气声，黄静姝侧耳听了半天：“这孙子说什么呢？”

“别着急，”怀特笑眯眯地回过头来，“这个锁比校长机甲存放室的那个还简单，来啊美女们，给我倒数计时——”

他们没看见，在这扇紧闭的大门的另一边，随着门锁被人强行突破，一排摄像头缓缓移动，对准了门，红灯开始无声闪烁，荷枪实弹的安保机器人滑过来，金属滚轮与地面发出尖锐的摩擦声。十二支激光枪锁定，门外四个少年的扫描图景已经列在武器瞄准镜下，一旦开门，他们就会被打成一堆烂肉。

“嘀嘀”两声轻响，门上的加密锁破开了，怀特“哈”一声，伸手去推，斗鸡目眦欲裂。

然而就在这时，尖锐的警报声响了起来！

原来是陆必行那边出了事故。他顺利地混进机甲停靠站，打算悄悄混进去，可是他的机甲舱门才滑开，就有另一架机甲正好从轨道里冲了进来，搅动的空气扑面而至，正好停在了他对面。

陆必行：“……”

他这一阵子的倒霉已经不能用科学道理来解释了！

伪装的对接密钥骗过了安检系统，可是骗不过人眼，这架来自北京β星的机甲从外形上就鹤立鸡群。果然，对面的机甲上下来三个毒巢的人，纳闷地看着他的机甲：“这机甲哪儿来的？”

“里面的人下来！”

陆必行叹了口气，因为知道对方身上肯定也有那种神秘的生物芯片，因此并不敢耍小聪明贸然动用，只好准备靠着三寸不烂之舌上阵。

“误会，误会。”陆必行不紧不慢地从舱门里走出来，“我……”

他忘了自己冒用了林静恒的形象，而巧合的是，林静恒此时正好在毒巢做客，而且是被列为重点监视对象的危险客人，他这么一走出来，几个毒巢的人不等他说话，就大惊失色——黑洞的林果然有阴谋。

其中一位立刻按响了警报器，同一时间，收到消息的零零一亲自带着一帮荷枪实弹的警卫冲进贵宾区，破开林四哥的房门，对着空空如也的房间大骂了一声。随即，有人注意到了打开的后窗，连忙翻出去一看，正好和把自己吸在墙上进退维谷的独眼鹰打了个照面！

场面一时又尴尬又混乱。

独眼鹰快疯了，咬牙切齿：“林——静——恒！”

他掏出腰间的激光枪，当场毙了两个想追上来的警卫，同时不知从哪儿摸出一个银色的小球，从半空中扔了下去。

巨大的电磁干扰在整个空间站炸开，无数电子仪器同时爆出了喜庆的小火花，灯火通明的空间站闪烁几次，迎来了一波大规模的停电！

（五）

一个邪教组织，倘若沦落到要崇拜虫子，格调和财富水平显然都不会太高，这空间站是毒巢捡了联盟废弃的空间站改造的，相当于废物利用，可破烂就是破烂，不管表面看怎么欣欣向荣，里头都存在着诸多安全隐患——比如抗干扰能力就很差。

空间站的备用能源系统很少检修，供电水平很不稳定，灯光忽明忽灭，警报声一直在响，一大群慌张的研究员在不明状况的情况下，好像受到磁场影响的昆虫，第一时间从各处聚集而来，集体往星舰底层跑，林静恒不动声色地混迹其中，心说：“独眼鹰搞什么鬼？”

湛卢的声音直接钻进他的听觉神经：“抱歉先生，因为陆先生已经一百九十六岁了，经过评估后，我认为他完全可以在没有监护人的情况下自由活动，所以您把他单独扔下时，我没有及时出示风险提示。”

“没关系，我也有疏忽，”林静恒很谦逊地跟他一起反省，“我也没想到，独眼鹰那么大的一个脑壳，发育了近两百年，里面就长出一个杏仁。”

湛卢沉默了一会儿，分析出林静恒这句话是个尖酸刻薄的玩笑，于是及时发出了并不欢乐的笑声：“哈哈哈。”

军火库里的陆必行还不知道自己是一串连锁反应的始作俑者，对突如其来的大规模停电十分意外：“贵基地的能源系统这么不稳定，几声警报器都能超负荷？要不要我帮忙检修？哎，你们有话好好说，动手干什么？”

由于断电，空间站陷入半失控状态，方才发警报的人接不到反馈，这会儿已经有点慌了，他提枪指着陆必行，恶狠狠地威胁道：“闭嘴！”

陆必行听话地抿了抿嘴，做足了和平的诚意，他是来找走失未成年人的，不是来找事踢馆的。

可惜对方丝毫不买账。

两个人一左一右地上前按住他，在他身上乱搜一通。

陆必行配合地任他们搜，脾气很好地解释说：“我不请自来，真的是很抱歉，其实是我们学校有四个孩子乱动教学设备，在这附近走失……”

毒巢的武装分子根本不听他那套，按着他的两个人猛地将他双臂往身后折去——这些人身上带着神秘芯片，手劲极大，而且有意下黑手，这样一拽一别，能把普通人的胳膊直接揪下来。幸亏陆必行身上也有芯片，饶是这样，他双肩也狠狠地一绷，脸上笑容渐淡：“我真不是来找麻烦的，你们这样不好吧？”

按住他的两位有点意外，没想到陆必行膀不大、腰不圆，骨肉长得居然异常结实，其中一个人一脚踩在他膝弯后面，陆必行的膝关节“咔嚓”响了一声，整个人单膝跪了下去，把地面磕出了一个小小的凹痕，冰冷的枪口直接顶在了他的脑门上：“少废话。”

陆必行垂下眼，看了看那膝盖撞的凹痕，舌尖把上牙底部扫了一遍，然后他叹了口气：“行吧。”

拿枪抵着他头的人一愣，没明白这声“行吧”是什么意思，可是下一刻，他突然听见不祥的风声，下意识地一抬头，他眼睛陡然睁大，留在视网膜上的最后一个影像是一团扑面而来的烈火，陆必行身后那架机甲竟然自己动了！

不管身上装多少芯片，哪怕把自己插成超级卡槽，人也不可能躲过机甲的一击，拿枪的人嘴还没张开，自肩部往上已经被机甲掀飞了出去，他肩头焦黑一片，血水尚未流出，已经被机甲的高温外壳烧焦。

陆必行居然没和机甲断开精神连接！

另外两个毒巢的武装分子看傻了，来不及惊慌，他们手里按着的陆必行就爆出不像人的力量，猛地挣脱束缚，直到这时，那把无主的枪才落下，陆必行一伸手接过来，同时横起一肘，狠狠扫在左侧人的脖子上。

“没听说过远程连接吗？你的机甲设计老师真是英年早逝啊。”中了这一肘的那位声都没吭一下就倒下了，陆必行一甩手，“啧，威风什么，谁还没有个芯片？”

方才踢了他一脚的人脸上闪过惊惧，极度恐慌之下，他下意识地启动了自己身上的生物芯片。两个出自同源的芯片在极近的距离互相干扰，陆必行耳边“嗡”一声轻响，像是极细的铁片高频率震颤，渐渐细成了一条线，穿进他的大脑。

心跳的声音被几十倍扩大，震得发麻，陆必行胸口一凉，有那么几秒，他觉得自己胸腹一片失去了知觉，然而那古怪的感觉很快过去，不痛不痒，陆必行下意识地按了一下胸口，再一看，方才启动芯片的男人好像触电似的，在地面上不断挣扎。

陆必行把枪随意往兜里一塞，打算等这边事情结束，立刻做一个全身扫描，取出芯片。他一边琢磨着，一边抬腿往里走，一低头，发现刚才磕地的裤子竟然破了个窟窿！

这回，陆少爷真生气了，要不是赶时间，他简直想回去给那个踢他的王八蛋补上几枪，可是此时此地也没裤子好换，陆必行只好一弯腰，用蛮力将膝盖处的破洞扯开，拉出几条碎须，随后又拿出一把小刀，在另一条裤腿上不规则地划了几刀，割开裤腿——把自己无法挽救的西裤改造成了摇滚破洞裤。

这样一来，虽然更加不像什么正经校长，但好歹能算个“时尚 icon（图标）”，也算能出去见人。

陆必行抬头扫过因电力不稳而来回忽闪的天花板照明，在手腕上轻点了几下，调出个人终端：“毁了我一条裤子，那就让我蹭一会儿网吧。”

混乱的空间站里，不稳定的通信系统不堪一击，陆必行脚下不停，随时保持警惕，也没耽误他三下五除二破解了服务器加密系统，他篡夺权限，直接把密码取消了，一瞬间，整个空间站范围内，所有含有通信功能的电子产品全部自动有了信号……虽然信号不太稳。

陆必行边走，边搜索四个出走学生的个人终端，只搜到了怀特——可能是因为机甲操作不当，其他三个人身上的通信设备损坏十分严重。

他一边试着接通，一边飞快地定位学生们的位置。

但怀特没接。

怀特哪儿还有余力关注个人终端？那道神秘的门一打开，他就对着一整排枪口，傻了。

不过幸亏本该开枪的机器人们因为突然断电，正陷在不断重启不断死机的循环里，所有的枪口保持在瞄准目标、将发未发的瞬间。

“姐姐们，”他喃喃地说，“谁来掐我一把，我是不是已经死了？”

薄荷抽了口气，一把将怀特拽了回来，长发都快竖起来了。但很快，她发现里面的机器人们只是摆了个造型，没有想动手的意思，僵持了几秒，薄荷胆大包天地缓缓抬起手，把差点戳进怀特鼻孔的枪口挪开了。

安保机器人的双眼疯狂地闪着混乱的信号，没有反应。

怀特的小腿抖似筛糠，一转身指向他们来时的方向：“我我……我看我们还是……”

他话音没落，正好听见身后传来一声巨响，那是陆必行控制机甲，把用枪指着他头的人撞出去的动静，惨叫在密闭通道里来回回荡，别提多吓人。

怀特好像要断气似的抽噎了一声，又转了回来：“……我们还是进去吧！快跑啊！”

三个人屁滚尿流，连拖带拽地带着斗鸡，闭着眼从兵马俑似的一排安保机器人中冲了出去。一股冰冷的消毒水味道扑鼻而来，迎面呈现的是一个类似讨论室的房间，环绕一圈的椅子空着，中间立着一块三百六十度可见的屏幕。

“这是什么？”黄静姝问，“这地方干什么的？”

“应该是个实验室，”薄荷扫了一眼，轻轻地说，“我开学的时候不是揍了个傻 × 吗？陆总罚我去实验室收拾了半个月的机甲零件，我见过他的实验报告，好像就是这种格式。”

怀特扫了一眼天书一样的实验报告，除了日期以外基本没看懂什么，忙问：“这报告里写了些什……嗞！”

薄荷这回没耐心回答了，直接给了他一脚："你哪儿他妈那么多问题，快走！"

再往前，是一条细窄的通道，通道尽头有一道小门，本该是锁着的，但断电断得滑开了一条小缝，三个人把斗鸡放在一边，齐心协力推开了重重的机械门，鱼贯而入，可是刚跑了两步，就又一起刹住了车。

"我的……"怀特本想感慨一句"我的妈"，感觉这话太过英雄气短，有妈宝嫌疑，于是及时咽了下去，只是难以置信地指着面前的东西——成百上千个巨大的透明培养箱陈列在眼前，在一眼看不见边的实验室里依次排开，底座闪着莹莹的白光，每一个培养箱里都有一个小孩，赤裸地漂在里面，半边头骨打开，露出大脑，上面连接了无数非常细小的芯片与传感器，数不清的接线从暴露在外的大脑上伸出，脐带似的连在培养箱上，像一个个准备降生的怪物。而再往里走，培养箱里的小孩就不只脑壳被掀开了，有的被装上了机械四肢，有的被开膛破肚，敞着胸怀供人参观——而小小的心肺还在仪器的作用下不知疲惫地运作。

还有一部分培养箱，可能是被方才的断电影响，已经停止工作，里面就漂起了一具小小的尸体，死前曾经剧烈地挣扎过，死状令人胆寒。

薄荷手都哆嗦了起来，强压恐惧，低声说："我们……我们得离开这儿。"

怀特实在忍不住，一边跑一边哭："我错了，我明天回去就给校长跪下谢罪。"

"你先活到明天再说，等一下！"黄静姝一眼扫见实验室一个保温箱里的药物，她猛地刹住脚步，飞快地拿起一种，熟练地装上注射器，直接戳进了斗鸡的静脉里，然后在同学们惊惧的注视下，她低声说："强兴奋剂，副作用很小，医院里常用，打了你就能自己站起来跑，不过敏就没事……哦，对了，你不过敏吧？"

斗鸡："……"

就在这时，杂乱的脚步声涌过来，半黑的实验室突然灯火通明，"嗡"一声连上了备用能源，从星舰上下来的海盗们来了，刚好把四个学生堵在了实验室里！

怀特的电话一直打不通，陆必行却先找到了他的定位，此时已经跟到了实验室的后门，正好安保机器人重启，方才被四个熊孩子躲过去的枪口全便宜了陆必行。

陆必行："……"

此时此刻，除了微笑，还有什么可以应对的呢？

他干笑一声，飞快地后退，然而已经来不及了。几十支激光枪同时朝他开了火。

陆必行心说："这交待得好冤枉啊。"他本能地闭眼，可就在这时，一辆巨大的机甲车冲了过来，打开的防护罩猛地将他罩在里面，机甲车直接撞进了实验室里，安保机器人和激光枪一片人仰马翻——

原来是方才毒巢空间站的通信系统加密突然被破解，独眼鹰身上的通信器重新有了信号，结果他就发现附近有一个熟悉的名字，定睛一看，把军火贩子吓得差点从星舰顶层直接跳下来。

独眼鹰急赤白脸地一脚踹开机甲车门："陆必行！兔崽子，你……"

他和半跪在地上的"林静恒"打了个照面。

独眼鹰："……"

陆必行："……爸？"

独眼鹰险些让这声"爸"叫出心梗，捂着胸口倒退一步："你……你你你……"

独眼鹰下了车，无人驾驶的机甲车还在战斗模式，仍在往前冲，一炮炸飞了实验室的前门，随着一声巨响，毒巢的邪教分子、星舰上的星际海盗、被逮住的四个学生、伟大的陆校长和他饱受惊吓的老爸，以及藏在角落里的林静恒……猝不及防地相遇了。

（六）

林静恒把口罩往上提了提，保持了冷静和克制——这并不容易，不是每个人都能在见到"自己"以求婚的姿势、跪地叫别人"爸"的时候，还保持理智的。他甚至通过眼前的情景，把方才整件事的前因后果推断了一个大概。

湛卢："先生，据我分析……"

"不用分析，"林静恒打断他，"我猜得出来。"

"哦。"湛卢很乖地中止了分析进程，然而随即，他又补充了一句，

“我曾经读到过一篇文章，讲人的一生有无限的可能性，很高兴您还能以这样一种形象出现，看起来活泼多了。”

“被活泼”的林静恒不小心拧碎了实验桌上的一根试管。

陆必行这才想起自己身上的芯片还开着“伪装”功能，连忙关上，当着独眼鹰的面大变了一次活人：“忘脱马甲了——爸，你怎么会在这儿？”

“你又怎么会在这儿？”独眼鹰的表情惊惧依旧，“还有你……你你你刚才把自己变成了一个什么玩意儿？”

“啧，”陆必行掸掸裤子站起来，“这是什么话？我刚才不帅吗？”

独眼鹰的门牙差点随着自己一声吼飞出去：“帅你个……你知道他是什么人吗？！”

“当然知道啊，改天介绍给你认识。”陆必行回答，“那是我金主。”

独眼鹰听了这话，脸色碧绿碧绿的，和假的金色眼珠相映生辉，宛如一块富丽堂皇的金镶玉。陆必行觉得他爸爸表情不对，好似下一刻要开爪挠人，他又心系学生，于是单方面停止了和独眼鹰大眼瞪小眼：“我这儿还有点事，忙完再跟你说。”

独眼鹰：“给我滚回来！”

这时，零零一不知道从哪儿冒了出来，一眼扫过不速之客们和疮痍满目的实验室，勃然大怒：“把他们给我剁碎了喂狗！”

陆必行纵身跃过报废的机甲车，十分炫酷地冷笑了一声：“喂狗？你也不怕风大闪了舌头。”

怀特眼眶里转着的眼泪“唰”一下掉了下来：“校长！”

陆校长扫了他一眼，确定这几个熊孩子全须全尾，于是继续有理有据地补充了自己炫酷的论据：“你们这个空间站里根本没有狗。”

零零一不知道这些怪胎都是从哪儿冒出来的，气急败坏：“你们都还愣着干什么！”

实验室屋顶上足有上千支的激光枪一同掉转枪口，铺天盖地的瞄准镜锁定在陆必行和四个学生身上。

独眼鹰：“你敢！”

独眼鹰贱招成双，又摸出一枚电磁干扰弹，投入实验室中间，方才瞄准着学生们的激光枪自动调整优先级，对着那小球群起而攻之，零零一身后的研究员们被误伤一片，紧接着，巨大的电磁干扰横扫一片，屋顶的激光枪当即宛如一堆失了水的残花，纷纷蔫巴巴地垂下头去，安保机器人也乱跑一通，彼此撞得人仰马翻。而实验室的供电系统几乎遭到了毁灭性的打击，原本亮着的培养箱一个又一个暗了下去，里面悬浮如标本的孩子失去了供给，从沉睡中清醒过来，因为窒息而挣扎起来，小手在厚重的玻璃上用力敲着，目眦欲裂。

薄荷下意识地想去帮忙："哎，等……"

陆必行一抬手拦住她。

"退后。"他沉下脸色，"你们几个，回去一人记一次大过，以后每天早晨轮流到广播站念个人检讨和心灵鸡汤半小时，一个月。"

独眼鹰带来的打手和保镖们冲进了疮痍满目的实验室——大混混们都很惜命，除了林静恒，所有被请来的人或多或少都带了保镖和跟班。此时，由于空间站接连遭到两次电磁干扰袭击，太热闹了，贵宾区或被威逼、或被糊弄来的客人们全都下来了，围观事态发展。

独眼鹰放开喉咙："你们还真信得过这帮无赖吗？他们要是真有合作的诚意，会把咱们都弄到这个鬼地方软硬兼施吗？域外星际海盗是什么东西，你们不知道，回去问问你们老子！今天你们有用，他们拿你们当座上宾，明天让他们掌控了第八星系，你们没用了，你们就是培养箱里的耗子、斗兽场上的野猪，信不信？今天老子要宰了这个大放厥词的小白脸，你们谁有意见？"

相比这些莫名其妙的域外人，独眼鹰才是第八星系真正的地头蛇，来的人大部分都和他做过生意，目睹了这群域外海盗贪婪的野心和丧心病狂的手段，这些过惯了和平日子的大混混心里早就充满疑虑，只是出于谨慎，还在按兵不动。此时，眼看独眼鹰公然翻脸，做了出头鸟，群众当然喜闻乐见，集体站在了独眼鹰身后，趁着实验室供电没有恢复，与星际海盗们交了火。

趁乱，独眼鹰给了陆必行一个眼神。从他一张嘴，陆必行就意识到，这事已经不是星际黑帮之间互相抢地盘的问题了，他一个斯斯文文的读书人，对这种烂事避之唯恐不及，于是立刻把学生们往后一推："快走！"

薄荷的目光仍然停留在培养箱上："陆总！"

只见培养箱里的孩子一边拍打玻璃，一边露出了成人化的狰狞表情，他顶着巨大的、裸露的大脑，凶狠地冲撞着厚玻璃，培养箱内层开始破裂，他的手拍得血肉模糊，那些血水流进已经混浊的营养液里，染出了妖艳的颜色，但那孩子丝毫感觉不到疼似的，手下不停，嘴唇还在一张一合地动。

薄荷面露惊惧，喃喃地问："他在说什么？"

"他说'杀光你们'，"陆必行扫过培养箱旁边复杂的实验记录，"这不是什么了不起的技术，他们用的基本就是培养'美人鱼'的那套东西——只不过这回培养的是杀人怪物，专为战争设计的，身体能像机甲一样对接武器，不知道恐惧和痛苦，会无节制地使用自己的潜能。"

怀特震惊了："为什么？有病吗？打仗不是有机甲吗？地面不是有安保机器人吗？不是还有人工智能兵种吗？！"

"那些都很贵啊，同学。"陆必行低声说。

安保机器人不能对接机甲，而人工智能兵种，从生产到后期维护，全都在烧钱，每一次软硬件升级，都需要大笔的现金往里填，哪儿有人便宜？尤其是第八星系的蟑螂，要多少有多少，取之不尽，死之不绝。

陆必行带着学生们从后门溜了出去，断后的时候回头张望了一眼，皱了皱眉。毒巢空间站里这些域外海盗神神道道的，乍一看，他们好像正在进行什么颠覆人类未来的技术实验。可是看看这简陋的机甲收发平台、智障一样的安全系统、脆弱如纸的供电和能量源……还有这实验室正在做的事，无不暴露出一个事实——这伙人可能根本没有什么拿得出手的技术，按古代的说法，他们是卖大力丸的江湖骗子，只是残忍得自以为有创意而已。

那种神秘的、接近伊甸园系统的芯片绝不是他们能做出来的。

他们背后是谁？要干什么？

这时，实验室二层一个闸门打开，无数身上贴着标牌的"实验品"冲了出来，个个都如同"斗兽场"上那两个肉搏的男人，他们像一伙赤膊的巨人，个个双目赤红、毫无理智、杀气腾腾——而且刀枪不入！

独眼鹰刚说过，当代战争已经不需要人类互相挠脸肉搏了，转眼就被打了脸。

由于整个空间站瘫痪，机械产品集体罢工，两伙人只能摸着黑互相手动开火，这些人形怪物一来，立刻有了碾压式的优势。白天目睹过那两个实验品是怎么用人肉挡子弹的第八星系混混们对上这群怪物，还没动手，已经先腿软了。方才翻脸翻得十分硬气的独眼鹰，逃起命来也不比谁慢，一见不妙，立刻领衔了一场夺路而逃，早早没了踪影，大混混们也紧跟着各自四散奔逃。

零零一面沉似水，在一片混乱中悄无声息地转身就走，早早盯住他的林静恒立刻跟了上去。

整个机甲站台由于停电，彻底关闭了，陆必行离着足有十米远就远程打开了他骗来的机甲，催促学生们："先上去，上去什么都不要碰！"

怀特："我的天……校长，陆老板，你这是魔法吗？"

机甲的远程控制系统是存在的，但是严格来说，只存在于非常高端、自带核心智能的机甲中，譬如湛卢，譬如联盟军委的十大"名剑"，绝不该在这么个小玩意儿里。

陆必行没顾上理他，撬开机甲收发台的控制室，直接钻了进去，打算人工接管控制室的权限。

一道道加密锁被他飞快地蚕食鲸吞，不到三分钟，控制室"哔"一声轻响，地面震颤起来，整条机甲轨道银河似的亮了，巨大的钢铁怪物的动力系统开始预热。

学生们从舱门里探出头，啦啦队似的齐声喊："校长！牛 × ！"

噪声太大，校长没听见。

随即，啦啦队队员们的喊声变了调："校长！小心！"

……校长依旧没听见。

主控室后面的一架机甲神不知鬼不觉地动了，冲着那渺小的人类举起了螳螂似的能量刀，陆必行蓦地回头，刀未至，难以忍受的灼热感先到了，陆必行最外面的一件外套发出了焦煳味，滚烫的空气劈头盖脸而来，这时再要躲已经来不及了，他会在能量刀逼近到十米之内被烧成一团焦炭！

电光石火的瞬间，他好像听见有人轻声说："湛卢。"

湛卢？

随即，一声巨响，能量刀砍在了一个凭空而来的防护罩上，一个人突然出现，一把揪起陆必行的领子，拽着他从主控室跳了出去。

那人低低地哼了一声：“顶着我的脸招摇撞骗，挺好用啊。”

（七）

直到能量刀一刀切碎了主控室，浓重的黑烟腾空而起时，陆必行被能量刀晃得睁不开的眼才对准了焦，看清了眼前的人。

陆必行：“……”

熊学生开着机甲去作死时，他自己把自己锁在了实验室，好不容易骗出个交通工具追过来，刚进门就被人撞个正着，抖了八个机灵才摆脱追杀，循着学生的坐标追过去，无缘无故又差点被打成史上最帅的蜂窝煤……每一次，陆必行以为自己不可能再倒霉时，命运都会在下一个转角给他惊喜。有那么一瞬间，科学工作者陆校长动摇了，萌生了随便找个宗教大神拜一拜的想法，因为科学好像已经不能解释他这坎坷的一生了。

林静恒放下他，把手往身后一背，皮笑肉不笑地询问：“怎么，要不要我给你五分钟的时间，让你组织一下语言？”

陆必行刚想开口，突然耳根一动，他余光一扫，见那架偷袭他的机甲正发出令人胆寒的噪声，粒子炮在预热！

即便是茫茫宇宙中无足轻重的轻型粒子炮，也足够在一瞬间让方圆百米之内的生物灰飞烟灭，陆必行来不及细想，一把拽住林静恒的胳膊，拖着他开始狂奔，同时启动了机甲的防御系统：“没看见那儿有一架发疯的机甲吗，你一个人就这么闯过来，你是不是疯了！”

林静恒：“……”

这个人居然有脸说别人疯了？

情急之下，陆校长这位“斯文的读书人”忘了自己今非昔比——他目前是吃过大力丸的读书人，手劲大得能把实验室的安全门砸出个坑。没轻没重的一拉一扯，林静恒这个肉体凡胎的肩膀“嘎嘣”一声响，肩膀差点被他拆卸下来，幸亏林——前上将，是一条历经腥风血雨的硬汉，才忍住了没一嗓子惨叫出来。

林静恒重重地咬了一下后槽牙，这身疼出来的冷汗才发出来，他手腕一抖，使了个巧劲挣脱了陆必行，而这时，粒子炮已经出了膛！

四个小崽子跟彩排过似的，尖叫得无比整齐划一，此时无论如何已经来不及了，陆必行在机甲外远程关上了舱门，把学生们护在了里面，同时猛地一推林静恒，抬手撑在墙边，下意识地弓起后背挡住他——

那一瞬间，林静恒的表情有些错愕，陆必行没看见，他以为自己要死，下意识地低头闭了眼，留在视网膜上最后的图像，是林锁骨和脖子上那道长长的伤疤。

陆必行在生死一线间不着边际地想：去皮肤科开一管最便宜的药膏，拿回家随便抹几天，再疤痕体质的人也能让皮肤干净如初，一点也不麻烦。他为什么要留着它？

那么狰狞，那么愤怒，像一条张嘴欲噬人的恶蛟。

就在陆必行胡思乱想的时候，半空中响起一声宛如咆哮的轰鸣，随即，一个巨大的虚影腾空而起，像一只上古传说中的鲲鹏巨鸟，双翼轻轻一抖，就足以遮天蔽日，似乎要把整个机甲发射台、整个空间站都挤碎。

那虚影一闪而逝，旁边三架没有启动的机甲不知什么时候动了，像国际象棋的棋子，一个接一个地站成竖排，第一架机甲的核心机身被粒子炮熔了，第二架机甲一侧的对接阀飞了出去，第三架机甲轻轻晃了一下，惊天动地的粒子炮三次衰减，烟消云散。

这还没完。

只见那冲他们开炮的机甲突然半身不遂起来，仿佛遭到了外力强行入侵，晃晃悠悠地左突右撞几次，它突然启动了能量刀，砍向了自己，这英勇就义似的一刀没有半点水分，整个机身从中间裂开，四方底座的能量阀炸裂，椭圆的机甲防御系统好似热刀下的豆腐，顷刻间一分为二，外壳上的裂缝如蛛网，随即发生了几次小型爆炸，驾驶舱玻璃球似的从这庞然大物身上紧急弹出，里面偷袭他们的驾驶员已经被震荡的精神网震晕了——正是那个零零一！

被关回机甲舱的四个学生手脚并用地把没上锁的舱门扒开一条缝，焦急地往外看。

林静恒冷淡地开了口：“你还打算抱到什么时候？”

陆必行猛地放开他，随即，他回头看了一眼乱七八糟的机甲残骸，又看了看林静恒，脸上终于露出了一点难以置信的惊骇——鉴于陆必行自己就是个经常让人惊诧的怪胎，所以他是不经常惊诧的，然而他所有的常识都站起来，七嘴八舌地在他耳边唠叨此情此景的不合理之处。

偷袭他们的驾驶员明显是被剥夺了精神网权限，一般只有在机甲战争中，“精神力”低的人遭到“精神力”高的对手攻击，才会出现这种情况。所谓“精神力”，并不能简单地类比成“视力”“腕力”之类，它不是人体固有的某种身体素质，体检的时候绝对没有这一项，跟古代传说中魔法师的力量源泉更不是一回事——当人的大脑和神经系统对接机甲后，不同的人对机甲精神网络的掌控能力也是不同的。机甲驾驶员对精神网的控制力度、精确度、反应能力、心理素质、战斗意识等等诸多层面的一系列指标，就被统称为“精神力”。

除受少量天赋影响外，精神力基本取决于后天严酷的训练——譬如斗鸡这个第一次连上机甲的棒槌，由于其狗屁不懂，所以连上机甲以后，可以说他的精神力约等于零。

而一些高级机甲，由于内部构造极其复杂，对驾驶员的要求很高，会设置驾驶员资格，这就是所谓的“精神阈值”，如果一个人精神阈值达不到机甲要求，就需要机甲的主人开出特别权限，机甲才能容许这个人登录连接，并开放部分操作权限——湛卢机身被锁在白银要塞时，李上将以所谓“血缘亲近”的名义找来林静姝试图开锁，这说法其实只是块遮羞布。真实理由是，林静恒只有这么一个妹妹，军委一部分高层怀疑她有湛卢的特别权限，不料被愤怒的伍尔夫老元帅亲自横插一杠，搅和了。

但不管怎么说，只有连接了机甲的人，才具备“精神力”这种东西，才能通过机甲的精神网侵入别的机甲。这就和黑客只能用电子设备侵入另一台电子设备，自己不可能发射脑电波统治世界是一个道理。

而远程连接，则是驾驶员通过特殊的磁场设备与技术，在机甲外和机甲沟通，操作距离通常不能超过十米，而且本身已经相当于是一层“入侵”，会极大削弱精神力的强度，远程连接机甲时，只能对机甲进行一些简单操作，想通过这架机甲的精神网再操控其他机甲，那是不可能的。

也就是说，如果刚才这一切不是陆必行的幻觉……就是林正连接着一架谁也看不见的机甲。

“谁说我是一个人来的？”林静恒走向零零一，走动间，左肩的动作有一点细微的不协调——被陆必行掰的，“我这不是还带了机甲吗？”

陆必行的目光缓缓移向林静恒的右臂——那只机械手上。

湛卢有人形和机械手两种形态，平时也会游荡在网络里，直接通过别的设备和人远程对话。陆必行只知道他是个令人惊叹的人工智能。但陆必行不大爱管闲事，所以他从来没有细想过，湛卢是哪里的人工智能。

直到这时，一个念头才突然从他心里冒出来——湛卢，很可能是一架机甲的核心智能。

他精通阻断、追踪等各种军用手段，同时又有完善的生活管家功能，只有“机甲核”会这样，因为一些军事任务需要机甲驾驶员常年驻外，甚至和机甲一起漂泊在没有人烟的宇宙。而像湛卢这样逼近真人的“机甲核”，必定是非常尖端的技术，他甚至有可能是在联盟军委挂了号的某架……

陆必行猛地抬起头——湛卢，他也叫湛卢！

“湛卢”并不是什么罕见的名字，人类发展到如今，犯起中二病来自古形态各异，把自己镶成波斯猫的某人属于重症患者，与之相比，给自己的机甲或者人工智能起个名就不算什么了。

古代著名兵器名和神兽名都是重灾区，去军队走一圈，给自己的机甲起名叫“湛卢”“鱼肠”“杜兰德尔”的，没有一万也有八千。而在第八星系，很多人出身不详，没名没姓，都是自己随便给自己起个称呼，就算是真人自称“湛卢”也并不稀奇，所以陆必行从未把湛卢和那架神秘机甲联系在一起过。

更何况，那个著名的湛卢，它的主人不是已经……

陆必行喃喃说：“林……你叫林什么？”

湛卢安静地挂在林的手臂上，林静恒徒手掰开了破损的机甲舱，狠狠往下一压，变形的舱门一声巨响掉了下去，零零一像一条软体动物，吐着白沫从里面滑了出来。林静恒薅起零零一的头发，把人拖了起来，抬头冲陆必行一笑，像是在夸他聪明。

这时，远处传来一阵“叮叮咣咣”的动静，接着，一个男人的声音自带扬声效果似的传来：“林静恒！你个王八蛋，离我儿子远点！”

星海学院那四个不学无术的学生面面相觑，这些边远地区的文盲青少年，连联盟军委元帅是谁都不知道，更没听说过上将是哪根葱，完全看不懂发生了什么。可陆必行是知道的。

陆必行悬在心里的可怕猜测轰然落地，瞳孔一缩。

“我……我前几年见过一本图册。”陆必行盯着林静恒那双灰色的眼睛，低声说，“里面列了新星历纪年以来，联盟所有名将。”

陆必行记得图册上的年轻将军，那是联盟最后一个上将。他少年时第一次翻开那本图册，就被最后一页的人吸引，那人年轻得过分，军装笔挺得一丝不苟，活像出来拍征兵广告的模特，神色冷淡，目光从画面上透出来，好像孤独地凝视着很远的地方，有一点说不出的阴郁。

陆必行曾经问过独眼鹰这人是谁，独眼鹰那个冰冷的眼神至今犹在眼前，他记得老军火贩子咬着后槽牙说：“林静恒，是个无情无义的小人。”

林静恒不置可否地一偏头：“哦，看过我的照片，怎么，我和照片上不像吗？”

陆必行的目光扫过他的眉目、鼻梁、挂在耳朵上的口罩、敞开到胸口的白大褂……还有邋邋遢遢飞在裤腰外的衬衫：“像，但……”

但就算是一个和照片上一模一样的男人，就算他明目张胆地自称“林静恒”，别人大概也只会以为他是个走火入魔的疯狂粉丝。因为林静恒的死亡是伊甸园公布的，伊甸园不会出错。那代表这个人、这个精神、这个灵魂，彻底从世界上消失了，连一个活跃的脑电波都不剩，伊甸园系统已经完全搜检不到，才会判定他死亡。

伊甸园判定的死亡，比肉眼见到的尸体更可靠。

所以，这怎么可能？

这时，撒丫子狂奔的独眼鹰已经冲到了近前，独眼鹰提起枪指向林静恒：“你接近我儿子，有什么居心？”

林静恒不冷不热地说：“我的居心，在陆老兄看来，肯定是不良的。”

陆必行赶紧伸手去拦：“爸，你干什么？”

“滚一边去，”独眼鹰把他的手一拨，“没你的事。”

然而他并没有成功拨开芯片版陆必行的手。陆必行一只手稳稳地压着枪口，纹丝不动，无奈道：“你冷静一点。”

林静恒拖着零零一走过来，十分绅士地冲独眼鹰一点头，“友好”地建议说：“是啊，冷静一点，狂犬病的最佳治疗时间是病发后三天①，

---

① 狂犬病在地球时代仍然是一种一旦发病就无法救治的致命病毒，但在大航海时代后期，人们已经攻克了狂犬病毒，发病三天内仍来得及救治。

看这症状，老兄，你要抓紧啊。”

陆必行一个头变成两个大：“你也少说两句吧！”

林静恒看了他一眼，十分通情达理：“好吧，看在你的面子上。”

独眼鹰：“我要毙了你！”

突然，野兽似的吼叫声响起，众人一回头，见那些怪物似的实验品也“吱哇”乱叫地追了过来。独眼鹰只好短暂地放下他和林静恒之间陈年的恩怨，低骂了一句：“这还没完了吗？”

说着，他就要开火，然而就在这时，一个实验品突然倒地，周身的皮肉萎缩熔化，露出粉红色的骨架在地上疯狂地蠕动，紧接着，成批的人形怪物多米诺骨牌似的倒下，惨叫声惊天动地，就地罗了个万人坑！

陆必行和学生们没见过这场面，傻成了五根人形立柱。

林静恒脸色却突然一变，直接夺走了机甲控制权，猛地拽开舱门，四个扒在门上探头探脑的学生险些掉出来，林静恒一把将这四个小鸡崽往里推去：“上去，快点！”

他话音没落，爆炸声从远处传来，整个空间站摇摇欲坠。

丧心病狂的零零一，算好了时间，用一次性的实验品拖住空间站里的人，打算自己溜走以后就直接炸了它，毁尸灭迹、杀人灭口。

第六章　亡命之旅

不是每一次出走，都还能再回去的。

（一）

独眼鹰觉得这事匪夷所思："他为什么要炸了空间站？他有病吗？"

"炸都炸了，哪儿那么多为什么？"林静恒一步迈上机甲，对独眼鹰说，"还不上来，你想死吗？"

独眼鹰和他抬杠简直已经快成本能："呸，用不着你假……陆必行你个小兔崽子，你干什么？反了你了！"

陆必行虽然也贫嘴、也话痨，但是脑子里并没有存放一个火药库，所以比他一把年纪的爸爸知道轻重缓急，那可怕的爆炸越来越近，所有停靠的机甲都开始瑟瑟发抖，陆必行只好以下犯上，强行把原地跳脚的军火贩子掳上机甲，他们两人还没站稳，舱门就自动关闭上锁，随即，机甲防御系统开到最大功率，一个粒子炮打飞了空间站的机甲进出核验门，机甲直接飞了出去。

小型机甲通常无法携带大功率的动力系统，所以要脱离地面引力，整个动力系统需要经过至少两分半钟的预热。因此为了节约机甲自身的能源，一般做法是，用机甲停靠站的轨道作为外力，对机甲进行加速。

此时，冲天的火光蹿起，空间站的爆炸连成了一串，预热显然来不及了。

于是机甲直接蹿上轨道，一边滑一边加速，它身后，轨道不断碎裂，空间站正在爆炸中加速崩塌。

陆必行一口气没顾上喘匀，连忙去查看疯狂旋转的动力系统：“不行，照这么下去，加速完成不了就会……”

他话没说完，机身就狠狠震动了一下，空间站从中间开始断裂扭曲，疯狂的警报声打断了陆必行的话音——加速轨道彻底崩开，而机甲速度不够，被空间站的人工引力吸了进去！

流线型的机身在空中打了几个滚，驾驶员林先生可能是单飞惯了，缺乏载客经验，连句“扶稳坐好”的提示都没有，他倒霉的乘客们集体成了滚筒洗衣机里的袜子，被搅成了一团。四个青少年叫唤出了合唱团的效果，独眼鹰一头撞在舱门上，看表情，想必他已经把林静恒的祖宗十八代都刨出来问候了个遍。

陆必行手忙脚乱地扯住了一条安全带：“林！”

随后，强引力警报突然变了调子，空间站的人工引力场开始不稳定，然而这显然不是什么好事。

独眼鹰：“要炸了，姓林的你到底行不行——”

下一刻，毒巢的空间站在漆黑的宇宙中炸成了一朵烟花，漾出来的巨大能量狠狠地撞在机甲防御系统上，防护罩一击之下损伤度超过80%，后半个机身直接着了火。

警报声和乘客们的叫声混成了一团，林静恒冷静地吩咐：“备用能源脱离。”

机甲壮士断腕似的脱离了后半机身，借着这一波能量加足了速度，脱缰野马似的蹿出了烈火，飞向第八星系的茫茫星海。

林静恒这才一转身，按了按被吵得生疼的耳根，体贴地询问道：“诸位需要止吐药吗？”

这架机甲本来就是林静恒在北京β星上的小收藏，他熟练地拖出了医疗设备，把四个学生分别扔进了护理间。昏迷不醒的零零一则被他顺手捆在了电击椅上，随后，他启动自动回航，活动了一下僵直的肩颈，打开了机甲上的酒柜。

陆必行意意思思地凑过来，没话找话地询问："要换我来开吗？"

林静恒对着已经空了的酒柜沉默了片刻："我的酒好喝吗？"

星际酒驾的陆必行无言以对，只好冲他笑出了八颗璀璨的白牙。

"连酒瓶都没给我剩下，"林静恒感佩地说，"少爷，牙口真好啊。"

"酒瓶剩下了，在那儿呢。"陆必行连忙抬手一指，"废物利用，改善机甲内单调的生态环境。"

林静恒抬头一看，只见头顶上飘着一排透明的酒瓶，瓶中装满了植物营养液，里面泡着荧光草，这种转基因的观赏性植物非常好养活，往密封的营养液里一泡，三年五载都不死。小小的叶片在瓶中均匀地舒展着，碧绿的荧光随着悬挂的瓶身轻轻摇晃，仿佛暮夏之夜、腐草为萤。

酒柜上照明的微光打在林静恒脸上，像是给他刷了一层滤镜，脸上蹭的灰、下巴上沾的血迹，还有隐隐不大耐烦的脸色都被滤下去了，奇迹般地，他的形象与陆必行多年前在画册上看见过的人重合了。

陆必行不知怎的，脑子临时短路，脱口说："将军，送你。"

说完，他立刻回过神来，差点咬了自己的舌头，感觉这话说得着实不像人话，因为他这种行为比"借花献佛"还过分——他把佛祖的后花园都给薅秃了！

好在林静恒没打算跟他一般见识，面无表情地转过身，林静恒说："心领了，不过头顶一片绿我还是敬谢不敏，赶紧拿走滚蛋。"

陆必行："……"

"对了，"林静恒脚步一顿，"医疗室在那边，你先把身上的非法芯片取出来。"

本打算过来找事的独眼鹰远远听了个话音，脸色一变："什么芯片？"

陆必行听见这句话的一瞬间，心口突然一滞，涌起某种强烈的抗拒，强烈得不像他的性格，仿佛心里关了个外来的猛兽，被这一句话激怒，暴躁地咆哮起来："谁也别想夺走我的力量！"

林静恒不动声色地打量着他，陆必行碰到他冰冷的视线，好像被一碗凉水当头浇下，他悚然一惊，心想："我一个办学校的，要那么大力量干吗用？"

"嗯，这就去。"陆必行隐约感觉到那枚芯片的危险，心不在焉地应了一声，走了两步，他又想起了什么，“那你俩可别再动手了，卸了芯片，我可拉不开架了。”

独眼鹰现在听见“芯片”俩字就过敏，陆必行还没嘱咐完，就被他老人家叽嘹暴跳地搡进了医疗室。

林静恒背着手目送他们进了医疗室，心想：“这东西有强成瘾性。”

方才在空间站上，他就隐隐有这种感觉，否则没法解释，为什么毒巢这个原本属于第八星系的小邪教组织会臣服于域外海盗，而且是从里服到外，无人质疑、无一例外。

人类从远古工业革命……甚至更古老的农业革命开始，就逃脱了自然选择的进化过程，追逐快感像是写在基因里的癌。伊甸园奠基之前，关于伊甸园是否有成瘾性的争论曾经整整持续了半个世纪，后来通过严格的监管立法才得以试运行，到如今，伊甸园是否有成瘾性已经没有意义了——它和喘气、吃喝一样，成了生存要素之一。

可是伊甸园毕竟是处于监管中的，这种野路子芯片能做的事就太多了。这东西是只存在于第八星系，还是已经悄无声息地流入整个联盟了？

林静恒把机甲驾驶舱开辟成一个单人的休息室，缓缓地坐了下来。湛卢不声不响，安安静静地扣在他胳膊上，像个普通的装饰品。此时的湛卢只是个机甲核，毕竟不是完整的机甲，帮陆必行挡能量刀的那个防护罩几乎耗尽了他的能源，此时只好借助机甲的能量系统慢慢充电。

没有湛卢，林静恒也没法和白银九联系。不过他也不可能带着一群闲杂人等踏上未知的旅程，正好要把这些人先安全送回北京β星，倒是也不着急唤醒湛卢。

而这一天，发生的事实在太多了。

林静恒隐约有种失控的感觉，他闭上眼睛，将自己沉入机甲的精神网。连接精神网让斗鸡脑震荡昏迷了一路，然而对已经习惯了这种连接的林静恒来说，这反而是一种休息方式。

沿着既定航线回航的机甲，此时精神网十分平静，细微的波动收集着周遭的信息，林静恒的意识随着精神网扩散到无边之地，心率在缓缓往下降。他时常会通过这种方式让自己安静下来，像沉入海底的鱼，静静地消化一切。

整个机甲里，每一个角落都在他的感官范围内，只是音量降低了许多，不让他觉得那么吵了。

林静恒看见陆必行已经取出了芯片，芯片离开他的一瞬间，身体就遭到了加倍反噬——重重磕过地的膝关节粉碎，被毒巢的武装分子攻击过的双臂顿时脱开，全身多处骨折，独眼鹰心疼得上蹿下跳。好在受伤时间不长，而且都是外伤，机甲上的医疗系统处理起来很快。

而护理室里，陆必行的四个学生每人得到了一针防眩晕药，已经见了效，方才还奄奄一息的四个人已经你一句我一句地聊了起来。

怀特说："虽然回去得写一沓检查，但是我觉得值了，有这经历，就算将来移民第七星系，也够我吹上一辈子了！"

另一个男生，也就是斗鸡说："也不知道咱们将来还分不分学院，如果分，我一定要选机甲操作，太刺激了。"

"差点把你刺激死。"薄荷冷冷地说，"哎，书呆子，你移民之前把尾款给我结清啊。"

"咱们现在已经是生死之交了，可是你只看重我的钱。"怀特叹了口气，"话说回来，咱们学校不是有奖学金吗，你俩要那么多钱干什么？"

"我要养家糊口，"一起同生共死过一次，薄荷难得打开了话匣子，"我是孤儿院长大的，去年院长拿着钱跑了，孤儿院也散了摊子，撂下一堆小崽，没办法，我们几个大的商量了一下，决定先试一试，看能不能弄来钱，不行……不行再各走各的，让那些小崽自生自灭。我在黑市上卖过东西，给人私改过武器，都只能赚一点钱，听说机甲设计最赚钱，所以来学校碰碰运气。"

黄静姝独自躺在护理室里，有些不合群，这时，插了一句："移民也没什么好的，哪儿都一样。"

几个学生想起她是空脑症，知道她一家恐怕是从别的星系来的"失落者"，一时都没敢接话。沉默了好一会儿，薄荷刻意打破尴尬，对怀特说："哎，书呆子，你不是有钱吗，出个价，回去我替你写检查。"

几个青少年就你一言我一语地讨价还价起来。

"等回学校……"

林静恒没再往下听，他通过精神网扫过黄静姝倔强的脸，想起了她的名字。

静姝。

"嫁给格登家的人，等于嫁给'管委会'，你想清楚，不愿意就说不愿意，好歹我还没死。"

"我是自愿的，哥哥，嫁给管委会有什么不好吗？"

她叫"哥哥"的语气，听起来和称呼"阁下""先生"一样客套礼貌，说话时不看他的眼睛，目光只停留在他下半张脸上，未语先带三分笑，问一句才答一句，好像这个亲哥哥只是个陌生男人。

他记得自己被陆信领走的那天，小小的女孩在后面追着车，一直追到车子飞上空中轨道，她仰头时摔了一跤，机器人和保姆大呼小叫地扑上来把她带走，林静恒看不清她是不是哭了。

那么久远了。

几十年过去，他都不大记得那小女孩的模样了。

（二）

"先生。"湛卢的声音闯进了机甲精神网，好像一颗小石子，砸起细细的涟漪。

林静恒短暂地收回散落在黑暗里的意识："恢复多少了？"

"5%。"

"能替我联系白银九吗？"

湛卢："抱歉先生，能量不足，无法在星际范围内搜索并定位对方。您想体验一下我的'极限功能'吗？"

极限状态是指电量低于一定数值，机甲大部分功能被迫关闭的状态——湛卢现在情况特殊，如果他的机身也在，一般是不会轻易断电的。因为一架超时空重型机甲一旦能量不足，在星际战场上，通常意味着机毁人亡。机甲的极限功能，是人和机甲都只剩下一口气时，机甲最后一项保留功能。高级机甲的机甲核个性化设计很多，机甲极限功能的设定，往往代表了机甲主人的死亡观。

湛卢是前任主人留给林静恒的，所以极限功能不是他设置的，还没机会研究过，于是问："可以啊，你的极限功能是什么？"

湛卢回答："陪您聊天。"

林静恒："……"

这二手机甲都什么脑残功能！

湛卢的前任主人是个天性浪漫的男人，给湛卢这架传奇机甲设置的极限功能就是聊天，可能是想在死到临头时再聊五块钱的。

“要是我哪天改行当设计师，我一定专门出产核心人工智能是哑巴的机甲。”林静恒说，“自定义的极限功能可以更改吗？”

“当然可以，”湛卢的声音在浩渺的机甲精神网里轻轻震荡，“您拥有我的一切权限。”

“那就改成……”林静恒顿了顿，突然词穷了。

如果是死到临头，他想要什么呢？这问题太简单了，林静恒活到这把年纪，不敢说知道别人，起码了解自己，他可以不假思索地回答，死到临头，他当然是想多杀一个赚一个，如果可以，他希望自己机甲的极限功能是自杀式爆炸。

可是……这二手机甲是那个人留给他的。

他记得那天夜里，乌兰学院下了大雨，所以应该是个周二——乌兰学院占地六千五百平方公里，差不多是一座中型城市的面积，一半是校舍，另一半是一片建校时规划的森林，两百多年，一代人还没过去，林木已经参天，为了维持环境湿度和水循环，每周二中午到午夜，是乌兰学院的自习时间，学校会集中安排局部降雨。

当时陆信被软禁调查，机甲湛卢就被封锁在乌兰学院里。三十三年前的那个傍晚，林静恒得到消息，三位一体的联盟议会对陆信下了秘密拘捕令。他从学院连夜偷走了湛卢的机甲核，用实验室里的空间场强行突破门禁，想要赶到陆信那里。

实验室的空间场是科研用途的，根本没有载人空间场的防护程序，而且远程定位偏差极大，林静恒连续三次跃迁定位失误，第四次摔在陆家附近的时候，他脊柱严重损伤，腰部以下已经没有了知觉，他是带着乌兰学院的雨水，一步一步爬过去的。

那时候，他和旁边那几个花钱找人写检查的小崽子差不多大，年少轻狂，头脑空空，里面装着很多疯狂的念头，汪着很多的水。

陆信被他这个从天而降的意外吓坏了，赶紧调来急救舱，骂骂咧咧地说：“乌兰学院浇花的水是怎么滋进你脑子的？”

林静恒挣扎着把湛卢的机甲核递给他：“没时间了，湛卢在这儿，你随便接一架机甲，先走！”

陆信听了，气不打一处来地回答：“你快滚一边去吧。”

然后他被强行塞进了胶囊一样的急救舱。

带有麻醉镇痛效果的营养液和药水渗入他的身体，感官全都开始麻木，林静恒很快开始感觉不到自己的身体，他透过透明的急救舱盖，发现在这么一个深更半夜里，陆信居然穿戴得很整齐，还换了一身非常隆重的军装。

他心里隐约有不祥的预感，可是自己一动也不能动。

一个瘦高的影子从他身后走出来，是陆将军的副官。

“去提辆车，”陆信吩咐副官说，“一会儿你趁乱，偷偷把这小子送回乌兰学院，找校医院的兰斯博士，他以前欠过我一个人情，知道该怎么处理。”

副官敬了个礼，推起小急救舱：“我永远忠诚于您。”

“那是我这辈子最大的荣幸。”陆信低头回礼，然后抬手在急救舱上拍了几下，对快要失去意识的少年说：“我心里有很多想不明白的事——太多了，多到我有点撑不起这个摊子了，我把湛卢留给你，把你留给联盟，以后……”

那话音越来越远，越来越模糊，像是他的一个幻觉，但林静恒总觉得那天他听见了陆信的一声叹息，一句模模糊糊的……

“你什么时候能长大啊？”

再次醒来的时候，林静恒已经被秘密送回乌兰学院，他被关在封闭的急救舱里，校医兰斯博士对外声称他实验操作失误，因为感染需要住院隔离，他像个被装进棺材里活埋的吸血鬼，疯狂地撞着急救舱门，抠舱门的缝隙，每一根手指都扒得鲜血淋漓，又再次在急救舱里药水的作用下恢复如初，就这么被关了三天。

三天以后，外面已经变了天色。

据说那天夜里，陆信乘坐一架非法机甲出逃，被联盟卫队追到玫瑰之心，三枚重型导弹同时击中机身，连人带机甲，碎成了茫茫宇宙中一把灰尘。那位把他送回乌兰学院的副官保留了忠诚，在被捕之前就自尽而死，也因此在据说已经消除了人类自杀行为的伊甸园系统中，留下了浓墨重彩的一道血印。

联盟千方百计地除掉了陆信这个心腹大患，而“心腹大患”把湛卢留给了联盟，终于没能用到那个“死前聊几句”的功能。

想来一定死得很寂寞吧。

湛卢等了半天，没等到他的下文，于是自动分析了数据库，投其所好地问：“先生，需要把我的极限功能更改为自爆预备吗？”

“不。”林静恒近乎温柔地说，“你安静一点就可以了。”

如果真有那么一天，他大概也不舍得炸掉湛卢吧。

“我还可以唱歌。”

“不许唱，闭嘴。”

湛卢听话地沉默了五分钟，这时，机甲上的医疗系统弹出了新的信息。

湛卢：“先生，检测到陆校长颅骨骨裂，伴有比较严重的脑震荡，心肌受损，推测是他在使用非法芯片的时候，遭到了同源芯片的碰撞。”

“一天不到能搞出这么多事来，他也真是个人才。”林静恒叹了口气，通过机甲的精神网看了看医疗室里的陆必行，“毒巢都没有他这么敬业的实验品。”

不知为什么，陆必行好像比一般人耐得住疼似的，脸色还不错，甚至有点嬉皮笑脸的意思。林静恒作为一个非医护人员，没看出什么所以然来：“严重吗？”

“三级伤，程度中等，”湛卢精确地回答，“修复伤处大约需要一小时。”

这机甲虽然只是小型机甲，但设备还算拿得出手，医疗条件不错，一般来说，只要不是脑浆流一地，问题都不算严重。

“但是我注意到，陆校长大脑里似乎被植入过某种特殊的保护装置，”湛卢说，“这个保护装置非常隐蔽，如果不是他被同源芯片攻击时，保护装置被迫承受了一部分损伤，我可能到现在都无法察觉它的存在，机甲上的医疗设备智能程度不够，把它当成了颅骨损伤处理，我需要修正这个错误。”

林静恒轻轻地眯了一下眼——大脑里植入特殊保护装置？这小青年的脑子里难道还装着什么机密文件？

通过精神网，林静恒看见陆必行的一条腿十分不自然地歪斜着，应该是粉碎的膝盖骨正在修复。而独眼鹰面沉似水地站在他身边，陆必行一头冷汗，竟然还笑得出来：“科学研究就是需要一定的献身精神，你看，诺贝尔虽然被炸死了，但是他流芳千古啊，至今沃托还在颁这个奖呢，改天我也拿两个奖杯给你玩。”

“滚，玩个球。”独眼鹰骂了他一句，“我给你把全身自动麻醉系统打开。”

“不用，适度疼痛有助于思考，”陆必行满不在乎地说，“这才哪儿到哪儿啊，比我小时候差远了。”

不道德听墙根的林静恒愣了愣，心想：“小时候？”

独眼鹰此地无银三百两的态度，隐形的大脑保护装置，忽然让林静恒产生了一个难以置信的念头，林静恒压着声音说：“湛卢，既然保护装置受损，你现在能不能越过它，给他的大脑做一个局部的基因测试？”

“我可以试试。”湛卢回答，“不过我不明白这有什么意义。”

林静恒猛地站了起来，好像坐不住了似的在原地走了几圈。

这时，沿着自动航线行驶的机甲突然发出警报，本来就有些心神不宁的林静恒眼角一跳，机甲精神网外检测到了大范围的能量波动，仿佛被深海海啸震荡起来的波涛，一浪高过一浪。

“停止自动导航，”林静恒轻声说，“报送机甲状态。”

“防御系统损伤严重，目前无法开启，武器系统正常，无法检测到备用能源系统，能量核剩余电量50%——”

“警报，警报，已经靠近重型武器扫描范围！”

“你又在搞什么？”独眼鹰从医疗室里钻出来，随后，他一皱眉，“附近有大规模武装？谁的人？”

林静恒没回答，吩咐机甲：“开启伪装。”

漂泊在星海间的小型机甲在外观上变成了一艘貌不惊人的商船，因为脱离空间站的时候甩掉了半个机身，这会儿它装得很能以假乱真。然而林静恒紧锁的眉头并没有打开，紧接着命令道：“准备跃迁。”

独眼鹰说：“不碰千吨以下的小商船是第八星系的规矩，你不用紧张。”

林静恒不理他，跃迁进程快速进入倒数计时。

独眼鹰不满道：“你……”

就在这时，整个机甲狠狠地晃动了一下，护理舱和医疗室内同时开启自动保护，独眼鹰几乎没站稳，在漆黑的宇宙中瞥见一道灼眼的光，机身竟被燎着了一角！

对方居然不由分说地袭击了他们。

独眼鹰又一次说嘴打脸，两腮快肿起来了，还没来得及骂，机甲就在“嗡嗡”的警报声中强行跃迁。

损伤的侧翼散落在扭曲的空间里，精神网剧烈波动，失去平衡的机身疯狂地高速自转，乃至机甲自身的仿重力系统也罢了工。独眼鹰觉得自己那祖传的二十三小对染色体都快给离心力甩出去了，紧接着，整个机身内充斥起浓稠的保护气体，独眼鹰全身被保护气体紧紧包裹住，听觉与视觉相继失真，他像个琥珀里的虫子一样，一动不动地悬在半空，瞥见模模糊糊的林静恒，忽然想：“他一个人的精神力撑得住吗？”

独眼鹰听过林上将的大名，可是鉴于林上将所有的功绩都是悄无声息的，没打过诸如“誓死保卫首都星”之类的大战役，独眼鹰一直都对他怀有偏见，认为林静恒名不副实，完全是军委的公关团队挑了个长得最人模狗样的小白脸，玩命包装出来的一个形象。

什么“一次性入侵十五架机甲”，听着是怪厉害的，但要知道，他的机甲可是湛卢。大部分的星际海盗一见湛卢，腿都先软三分，用联盟最尖端的武器去收拾一帮野路子造反派，轻而易举不才是正常的吗？只要不是酒囊饭袋，都应该做得到吧。

但这架简陋的小机甲可不是湛卢，它连自己的智能都没有，防护系统又已经瘫痪，方才那重重的一击与跃迁的巨大压力全在林静恒一个人身上，在独眼鹰看来，他没像零零一似的当场跪下，已经算很硬气了。

看在他们现在在一条船上的分儿上，独眼鹰决定帮他一把。独眼鹰一抬手按在了机甲舱内壁上，凝神渗入机甲动荡的精神网，打算给他当一个志愿的“副驾驶”。方才遭到炮轰的精神网比他想象的还要起伏不定，然而还没等他理顺，独眼鹰的太阳穴就猛地一紧。

林静恒低喝一声：“滚出去！”

随后，机甲的精神网毫不客气地把独眼鹰当成了入侵者，直接撞了出去，独眼鹰的脑袋好像被一根钢针穿透了，炸裂似的疼痛让他差点晕过去。几乎是与此同时，刚刚跃迁过一次的机甲还没来得及抖落掉侧翼的残骸，林静恒就不顾过热警告，再次强行跃迁。

独眼鹰的肺都快被挤出来了，而就在他与精神网将断未断的时候，他余光瞥见了第二枚导弹，那枚导弹竟然就等在他们跃迁落点附近，烧着了黑暗似的扑面而来，险伶伶地与他们擦身而过！

两次跃迁，顷刻间几乎将机甲能源耗干，直到机甲再次落定，保护气体一下被抽走，独眼鹰踉跄着站稳，耳畔还在蜂鸣不止："你……"

"我的机甲，是我的地盘，"林静恒冷冷地说，"我的精神网里容不下第二个活物，这回只是警告，再有下次，我不会手下留情，你当心变成植物人。"

独眼鹰从牙缝里挤出一句话："等落了地，我一定打爆你的头。"

"可以，欢迎尝试，"林静恒一耸肩，"毕竟有梦想谁都了不起嘛。"

独眼鹰："……"

现在就想宰了他！

机甲里因为过热而产生的噪声渐渐平息下来，开始逐条报损伤和能量危机，重新定位坐标。

独眼鹰想起方才那惊心动魄的双联击，忍不住又多嘴："我说，这机甲是你的吧？你刚来第八星系几年，是干了什么挖坟掘墓的事吗，让人这么不依不饶地赶尽杀绝？"

这回，林静恒直接把老波斯猫当成了噪声污染源，没听见似的关了自己的耳朵，他凝神判断了一下周围情况，略微调整航线，关闭动力系统，让机甲自由地沿着直线匀速滑行了出去。

屡次被忽略的独眼鹰气结，感觉这男人的性格简直是烂得没治了，连背影都是找揍的形状，怪不得联盟军委请了八百个公关，姓林的还是声名狼藉。

独眼鹰吼道："你耳背吗？"

"刚才那是星际海盗。"这时，医疗室的防护门打开，陆必行坐着轮椅滑了出来。

他身上几处骨折的地方被透明的气泡包着，局部隔离出无菌环境，微型手术器械在他伤口中做自动修复工作，无菌气泡上还显示着修复进度条。

陆必行额角冷汗还没干，显出几分病气，冲那四个在护理舱里探头探脑的学生招招手，他像个博物馆讲解员似的，开始现场科普："新历258年，你们几个有的还没出生，5月，为了纪念联盟成立，在第三星系外围举行'自由日'阅兵，仪仗队途经第二航道与第一航道交界处，遭到域外海盗偷袭，当时，海盗们用的就是这种技术——简单来说，就是预判到袭击目标准备跃迁，立刻释放一个跃迁干扰，使跃迁的机甲与原有目的地偏离，落在他们埋伏的攻击区间内。而刚刚完成跃迁的机甲，无论是机甲本身还是驾驶员，都很难承受二次紧急跃迁，心理上也是刚松一口气，很多人甚至根本没反应过来就被导弹击中了，非常惨烈，我记得当时袭击仪仗队的海盗叫……"

"凯莱亲王。"林静恒这回不聋了，"联盟刚成立的时候，星际海盗占据第八星系，没事就互相内讧，换了五六个海盗政府，最后一个海盗政府把凯莱星定为首都，自称'凯莱亲王卫队'——独眼鹰，你在凯莱星起家，不至于这么快就把他们忘了吧？"

独眼鹰脸色蓦地变了。

陆必行背对着他，没看见自己老爸的脸色，只是觉得林静恒看自己的眼神有点奇怪，那目光沉甸甸的，像是有很多话要说，而陆必行略带询问地看回去时，对方又若无其事地滑开了视线，好像刚才什么事也没有发生过一样。

陆必行被他看得莫名其妙，连忙偷偷摸摸地利用机舱上的反光照了一下，感觉自己这病美男的形象整体良好，就是脑袋上两个无菌气泡居然是对称的，像顶着一对犄角，显得颇有童趣。

因为不便在手术结束前把无菌气泡撸下来，陆必行只好不动声色地调整了一下坐姿，把气泡的形状捏扁了些，用头发挡住。

"咳，怎么来时还好好的，回去偏偏碰上了星盗？"陆必行被林静恒的目光看得有点不自在，蹭了蹭鼻子，没话找话地干笑了一声，"不会是被我的霉运连累了吧？"

他还不知道星际海盗已经炸了沃托，林静恒和独眼鹰对视一眼，脸色各有各的凝重，都没吭声。

斗鸡问："校长，为什么机甲很难二次跃迁？"

"首先，纠正一个概念，不是很难二次跃迁，而是很难二次'紧急跃迁'。普通跃迁是机甲穿过跃迁点，利用跃迁点的能量，将自己传送到下一个跃迁点，不耗费自身能源。但紧急跃迁不同，‘紧急跃迁’是机甲不在跃迁点的时候，通过烧自己的能量，远程联系到最近的跃迁点，构架一座‘桥’，把自己拉过去，这个过程中，精神网震荡，驾驶员与机甲的精神连接往往会在这个过程中断开，而非自主断开精神网，对驾驶员来说非常痛苦。”陆必行手腕上的手术结束，微型手术刀自动飞回无菌气泡，在微创伤口上喷了一层愈合剂，从他手腕间脱落飞走了，陆必行轻轻活动了一下手腕，一指零零一，“看他，你们就知道精神连接非自主断开的伤害了。”

四个学生看完零零一，又齐刷刷地把目光投在林静恒身上，大概知道以后考试之前要拿着谁的照片拜了。

“其次，紧急跃迁会引起机甲过热，能量耗损巨大，你们看，方才本机的剩余能量是 50%，两次跃迁后，已经剩下不到 10% 了。”陆必行拉开了机甲上的星际坐标图，抬头看了看林静恒，问，“我可以用一点权限吗？”

林静恒没说什么，随后，方才直接把独眼鹰抽出去的机甲精神网就像“温和”的藤蔓，主动把“副驾驶”的位置让给了陆必行，把他纳入精神网中。陆必行一挥手，机甲四周密封的舱门顿时变成了透明的，让里面的人可以用肉眼看见周遭的茫茫宇宙。

几个学生第一反应是晕——因为椭圆的机甲在不停自转，机甲上有一定的调节设备，只要自转不突然加速，人在其中不大能感觉到旋转，可是亲眼往外一看，就十分不适了——随后是恐惧，因为四周没有光源，没有天体，也没有人烟。他们像几只趴在枯叶上的小蚂蚁，在浩瀚大海中随波逐流。而宇宙带来的无边无际感，比大海更要恐怖千万倍。

他们看不见航线，看不见目的地，时间和空间以一种有悖常识的方式卷曲着，沉浸在其中的脆弱碳基生命简直不敢细想自己的境遇，稍微一动念头，就是一阵毛骨悚然，下意识地想抓住点什么。

去的时候，几个学生是一路晕过去的，并没有什么感觉，直到这时，熊孩子们才后知后觉地害怕起来，纷纷要求陆必行赶紧把图景关上。

“这有什么，机甲驾驶员在和机甲精神网相连的时候，都是要时刻关注外界的。比肉眼看得更清晰、更远，因为要预判突发情况。你们这就受不了了，以后怎么上操作课？”陆必行达到了教育目的，就关闭了图景，十分自觉地撤出机甲精神网，同时，他下意识地看了一眼林静恒，林静恒正背对着他，一丝不苟地低头校正航线。

但不知为什么，陆必行总觉得方才在精神网里，有一道视线锁定了他。

第一次是可以忽略的意外，这次又是什么？陆必行膝盖上的无菌气泡也飞走了，他试着站了起来，身体恢复良好，后背上却莫名其妙冒出一层热汗，心想："人家没事看我干什么，我是不是有点自作多情？"

几个受到教育的学生没发现校长在走神，战战兢兢地在他身边挤作一团，怀特不敢说话，斗鸡已经不想再报机甲操作专业了，胆子最大的薄荷则直接表示："幸亏我只打算学设计——陆总，我们什么时候能到北京β星？"

怀特弱弱地问："陆总，没电了，我们怎么回家？"

他一句话，激起了人在密闭环境中对生存资源短缺的恐惧——氧气够吗？食物和饮用水够吗？彻底没电了会怎么样？机甲还能保持现在的状态吗？要知道在太空中，无论是气压、空气质量，还是途经的天体引力，对脆弱的人类来说都是致命的。而就以他们几个人的素质，不说别的，一旦机甲里的人工重力失灵，连失重都能要了他们的命。

"这种情况下，就只能看驾驶员的本事了。"陆必行说，"如果能不受引力影响，机甲匀速运动几乎不消耗能源，所以有经验的驾驶员会迅速判断出补给地点，规划一条最节省能源的路，还得最大限度地避开引力源，这在机甲操作中，叫作'桌球操作'，是不是像打台球一样有趣？"

四个吓破胆的学生谁也没觉出有趣在哪儿。

"航道已经校准完毕，附近有一个废弃的空中补给站，正好在第八星系的走私航道上，过去碰碰运气好了。"林静恒突然开了口，四个几乎没听过"四哥"主动插话的学生一起惊讶地看着他，林静恒顿了顿，清了清嗓子，又仿佛为了安慰他们似的，补充了一句，"一般这种名义上的废站，都有人给走私客提供非法服务的，放心好了，预计航程一个半小时。"

这回不光学生，连独眼鹰和陆必行，全都在他的和颜悦色下惊诧了。

独眼鹰一挑眉："你是不是吃错药了？"

林静恒当他不存在，兀自走到航道路线图前，沉入机甲精神网——

就在刚刚，湛卢告诉他："先生，针对陆校长大脑的局部扫描已经完成。”

动力系统开到最小，精神网又重新沉寂了下去，林静恒预感到了什么，喉头轻轻动了一下。

“先生？”

“……嗯，你说吧。”

“是，我突破了保护装置，取得了陆校长脑部的基因样本，经检测，他的脑部局部基因确实与身体其他部位不一致，于是我在我的基因库里对比了其他样本，发现陆信将军基因型符合作为陆校长的遗传基因条件，其亲权概率高过检测指标，也就是说，陆信将军的基因型符合作为陆校长亲生父亲的……”

林静恒突然觉得呼吸很困难，与机甲的精神连接剧烈地震颤了一下，他的身体一动不动地背对着众人，起伏的精神波动独自消化在漫无边际的茫茫宇宙中。

在没有光的地方搅起了孤独的惊涛骇浪。

像一场不动声色的海啸。

（三）

“先生，我检测到您的心率过速，您还好吗？”

林静恒说不出话。

他花了十八年，一边追查当年劫走陆夫人的神秘人物，一边挖空心思、排除异己，爬到了联盟最前线，进驻白银要塞。白银要塞是军事重地，在域外海盗仍然虎视眈眈的情况下，拥有联盟最高的军事机动及调配权，只有那里，才能给他梦寐以求的自由。

上任后第一次清剿星际海盗时，他终于找到机会亲自出征，而且故意放过了一支星际海盗，任由他们逃窜到第八星系，借机追过来，途经凯莱星，他打了个微妙的时间差，独自离队，把军火贩子独眼鹰堵在了凯莱星大气层的悬浮夜总会里。

独眼鹰当时正在寻欢作乐，裤子都没穿上，就被林上将逮了出来，整个逼问过程堪称军火贩子一生的奇耻大辱，最后迫不得已，承认自己就是劫走陆夫人的人，林静恒才大发慈悲，给了他一条裤衩。

客观回想起来，林静恒承认自己当时年轻气盛，事情办得有点损，但一个巴掌拍不响，老波斯猫搓火功夫一流也功不可没——总而言之，这条裤衩是他俩交恶一辈子的坚固基石。

光腿穿裤衩的独眼鹰让三把激光枪架着，从天而降，被迫交出了陆夫人的骨灰、随身带走的上将肩章，以及当年她乘坐的小星舰上的航行记录仪……但没有孩子。独眼鹰咬牙切齿地告诉他，陆夫人死了，陆信一直期待的那个孩子没保下来。林静恒当然不信，但是当时并未发现那孩子存在过的证据，他又不便在第八星系过多停留，只好暂时放过了独眼鹰。

陆信碑林里的石像被敲碎拿掉的时候，林静恒曾费尽心机地保留了一块，刻的正好是陆信的肩章，此后漫长的岁月中，林静恒反复推演陆信机甲失事之地，花了很多精力搜索遗骸碎片，总共收到了三片指甲盖大的小碎碴。

残骸是他的遗体，石像是他的荣耀，肩章是他一生的信仰，爱人是他魂归之地。

至此，除了那个生死未卜的孩子，这四样东西终于能一起安息。

五年前，林静恒执念不死，重回第八星系，在生态舱外做了基因锁，用的是当年陆夫人产检时留下的胎儿基因信息，定位坐标本来是独眼鹰的凯莱星，没想到，生态舱在北京 β 星外围就被陆必行意外打开了。

这是天意吗？

是他从不曾相信的命运吗？

林静恒的目光依附在机甲的精神网上，延伸到很远，人在机甲中，视角已经扩散到无边黑暗里，蓦然回首，他从宇宙中百感交集地望着这一架简陋的、可怜巴巴的小机甲。

五年里，他对陆必行的身世一遍又一遍起疑，一遍又一遍失望。又因为三十多年前，黑洞曾是独眼鹰最密切的合作伙伴，他甚至不嫌麻烦地把黑洞抓在手里，以期能找到蛛丝马迹……

“为什么……为什么大脑的基因型会和身体不符？”

湛卢回答：“抱歉，先生，可能性太多了，我目前无法判断。”

“哦，”林静恒顿了顿，又好似自言自语似的说，“你觉得他和陆信像吗？我觉得不太像。”

也许是那倒霉的独眼鹰做了什么手脚，也许陆必行只是更像母亲——三十多年过去，太久远了，故人的音容笑貌，他有点记不清了。有那么片刻，林静恒从来条分缕析的大脑里甚至冒出了很多不相干的念头，乱七八糟的，什么都有，不成逻辑。

湛卢认真地问："您是想让我对陆校长和陆信将军的面部特征做一次分析对比吗？"

"……不。"

"先生，"湛卢说，"我必须提醒您，您的精神力波动非常大，和机甲连接的人机匹配度正在快速下降，根据历史数据，已经逼近最低值，您还好吗？"

林静恒的目光仍然停留在陆必行身上，心不在焉地问："嗯？"

"目前数值是56%，匹配度下降到50%以下，您将面临非自主断开精神网的风险，您从毕业以来，从未发生过非自主断开的情况。"

"是吗？那我的人生还真是不完整。"林静恒意味不明地笑了一下，随后他闭上眼睛，截断了自己的视线，方才水波一样起伏不定的精神网络沉静下来，匹配度数值停顿了片刻后，开始回升，稳得像被一只力大无穷的手托举着，一直上升到89%。

像一副看不见的盔甲缓缓成型。

他又成了那个山崩地裂不改颜色的将军，转身背对众人，他公事公办地开了口："距离废站还有不到二十分钟，准备下降对接，伤患、没有机甲驾驶资质的人员，都回护理舱。"

如果他愿意去星海学院当教导主任，学校的校风校纪一定能整肃一新。从叛逆的校长到叛逆的学生们，听了他的指令，二话不说，全都排着队地各归各位，听话极了，活像一群有了马戏团户口的野生动物。

"先生，"湛卢在精神网里问，"您会和陆校长聊这件事吗？"

"不，"林静恒说，"说多少遍了，我不喜欢聊天。"

他故意曲解湛卢的问话，逃避回答，但是单纯的人工智能没听出来，仍是问："那您会像陆信将军那样，把我的全部备用权限交给他吗？"

林静恒沉默了一会儿："不。"

湛卢在精神网里安静地等着他的话，不过根据历史数据——林静恒以这种紧绷的口气回话的时候，接下来九成会装聋作哑。然而这一次，他还是说了下去。

“你的前任主人，是一个伟大的理想主义者，可以为了一些信念去牺牲。”林静恒淡淡地说，“我不一样，我没那么多情怀好寄托，没有酒，我就会喝血，我等着给所有想要我命的人收尸，我没有遗志需要谁去继承，也没有遗愿需要谁来实现……还有，湛卢，今天所有数据，包括我和你说过的话、医疗信息、精神网匹配数据、基因比对结果——全部给我按照最高等级加密。”

“好的。”湛卢说，“但是陆校长也许还不知道他和陆信将军的血缘关系。”

“他不需要知道。”林静恒着手调整航线和动力系统，他与机甲精神网的匹配度又悄无声息地上升了一格，达到了人与机甲交互的极限值——90%。

很快，精神网里已经可以观测到废站，机甲缓缓减速进入废弃的补给站轨道，机舱外围感觉到了人工大气的摩擦，隔热层轻轻地响着，仿佛已经能听见猎猎的风声。这是好消息，人工大气层还在，说明这个废弃的补给站很可能有人运营。

此时，机甲能量储备下降到了7%，红色的警报灯有规律地亮起来，与酒柜上的荧光草交相辉映，是一片红配绿的大好风景。

独眼鹰走过来，有点担心：“这点能量够安全降落吗？”

由于这是一句废话，林静恒没理他。

“好吧，”独眼鹰难得对他缓和了语气，用人话问，“你了解‘凯莱亲王卫队’这支海盗团吗？”

林静恒专注地计算着下落进程，用眼角给了他一点反应。

独眼鹰回头看了一眼医疗室的方向，在细微的噪声中，把声音又压低了八度：“‘凯莱亲王’原名弗兰德·冯，是个彻头彻尾的变态，一百多年前，他被陆信追杀至第八星系外，身边的亲兵集体哗变，砍了他的头。你知道，第八星系向来讨厌你们这些虚伪的联盟狗，但是当年为了推翻凯莱亲王，我们还是选择了陆信。”

“听说凯莱亲王统治期间，除了亲王卫队，第八星系禁止星际航行，整片星空都是他的私产。”林静恒说，“他手上有最尖端的科研成果和军备，可是为了防止有人造反，还是在星际范围内反复散播反科学和反智主义，颁布了一百零三条禁令，几乎堵死了民间科技的生路，一百多年过去，影响至今还在。”

“这是教科书上听来的吧，小上将？”独眼鹰冷冷地一笑，“我跟你说几样新鲜的——知道臭名昭著的‘瑞茵堡实验室’吗？”

林静恒没有开口跟他互相嘲讽，就是洗耳恭听的意思。

于是独眼鹰继续说：“凯莱亲王认为区区三百年的寿命不够他活，他还想长生不老，所以建立了瑞茵堡实验室，做了八年的人体实验，我不知道他们研究出了什么结果，但他们用八年生产了一个万人……不，是十万人坑。”

“128 年，也就是凯莱亲王在第八星系第六十年，整个第八星系被他们这些吸血鬼吸得骨髓都不剩，民间居然闹起了饥荒——你知道什么叫饥荒吗？地球时代就他妈从人类历史里清理出去的一个词，在这个一针营养剂能在太空飘两个月都死不了的年代里，饿死了几千万人。凯莱亲王政府假惺惺地成立了一个赈灾小组，里面的垃圾收了钱，让人拿人体实验的尸体当原料做压缩营养餐，消毒过程偷工减料，部分尸体里的实验病毒外流，居然造成了一场瘟疫。”

“嗯，”林静恒应了一声，“彩虹病毒。”

彩虹病毒——人类近代史上最触目惊心的瘟疫元凶，是“人类智慧”的产物。

这种病毒是纯人工合成的，具有高致病性、高致死率，极难杀灭，里面十分有创意地被植入了微缩的类人工智能，让病毒能根据环境随时变形，大范围暴发后，第八星系根本无从抵御，甚至有零散病例流入了联盟，此后六年，才由远在首都沃托的一个团队研制出了针对彩虹病毒的特效药及疫苗，拿了当年的诺贝尔奖和自由贡献奖。

陆信远征第八星系的时候，带来了抗体，才算把第八星系从这场荒谬的浩劫里拯救出来。

“我不知道现在这个自称凯莱亲王的是谁，”独眼鹰说，“但是在当年的凯莱亲王卫队，丧心病狂是传统，所以他们突然出现在第八星系，我有……等等，能源量下降到 5% 了，你到底能不能行？”

“对接阀准备，即将降落。”

“警告，能量不足——”

“收发台信号正常，是否开启？”

“警告，能量不足5%，预计难以安全着陆。”

“警告——”

林静恒发话：“关闭主动力系统。”

独眼鹰震惊道：“什……”

没电的机甲狠狠地颤动了一下，随着机身失去动力，原本缓缓下降的机甲顿时成了自由落体，护理舱里传来学生们的尖叫，独眼鹰一把扶在了酒柜上，失重感将他心口狠狠地揪了起来。

“警告，受引力影响，机身加速下坠——”

“啊啊啊啊！”

机甲内保护气体猛地撑开了机舱，所有人一起飘了起来，随即，林静恒用仅剩的能量撑开了四把能量刀，能量刀一字排开，机舱里多余的保护气体顺着刀身弥漫开，黏稠的特殊物质在伞骨架似的四把能量刀上凝成了一个薄膜，好像一把大降落伞，阻力与引力险伶伶地在几秒之内平衡。

在震耳欲聋的噪声中，机甲毫厘不差地落在近地轨道上。

与此同时，机甲里所有设备同时熄火，精神网凭空消失，彻底没电了，整个机身停顿了一下之后，猛地顺着轨道滑了进去，在严丝合缝的轨道制动系下，对接阀爆出摩擦而起的火花，狠狠地停了下来——安全落地了！

机身里安静了片刻，随即爆发出口哨和欢呼，重新脚踏实地的学生们差点喜极而泣。

独眼鹰哆嗦着指着林静恒：“你……你简直是条疯狗！”

“多谢夸奖，”林静恒面不改色地一点头，摘下手套扔在酒柜上，他略微一整衣领，不慌不忙地接上了方才的话茬，“凯莱亲王弗兰德·冯被杀后，两个儿子分别逃往域外，老大被手下出卖，死在了半路，老二继承了凯莱亲王的名号，收拾了他变态爸爸留下的走狗，重新成立凯莱亲王卫队，靠着当年在第八星系剥削来的军备和技术，快速地吞噬了不少海盗势力，近年来有消息说，他们仍在第八星系附近梭巡。”

独眼鹰一愣：“你居然也关注他们？”

林静恒嘴角一勾，好像是笑了，他说：“不好意思，258年那场袭击仪仗队的事件，就是我出面摆平的。”

独眼鹰："……"

他是第八星系的土皇帝，很有些两耳不闻窗外事的意思，这些年过得懒散又逍遥，只要火不烧到八星系，他也不大会关心星系外的事，多少有点孤陋寡闻。因此他压根儿没听出来，方才他那宝贝儿子为什么提起 258 年的"自由日袭击事件"，那居然是个十分套路的恭维！

欺负老爸是文盲，陆必行那小子长本事了，在他眼皮底下，捧姓林的臭脚！离家出走五年，他翅膀硬了！

独眼鹰七窍升起隐隐的炊烟，浑身的毛奓起了两尺多，险些气成一个海胆。

他压低声音，面色狰狞："我再说一遍，你离我儿子远点！"

林静恒一挑眉："看这么严？令公子是未成年少女吗？"

"我们第八星系的乡巴佬高攀不上你联盟上将！"

"你儿子穷困潦倒，自己打着我的旗号招摇撞骗时可不是这么说的。"

独眼鹰一辈子有两件最后悔的事：一件是十五年前去寻欢作乐时，内裤腰带上没有别一把激光枪；一件是他觉得男孩大了应该摔打，适当穷养，没有"跪着"奉上现金，资助他儿子离家出走。

独眼鹰："你放屁！"

林静恒回以嗤笑。

"二位，二位！怎么又吵起来了？"陆必行身上的无菌气泡终于都脱落了，从医疗室里走出来的时候，还不知从哪儿顺来一套衣服换上了，藏青色的，十分板正，小立领一戳，倒显出几分成熟稳重的人模狗样来，他一伸手隔在两个人中间，头疼地说，"嫌刚才跳伞不够刺激是吧？我可真是惹不起你们。"

独眼鹰余怒未消："没你的事！"

林静恒却很有长辈风度，温和地问："感觉好点了吗？你这次也太冒失了。"

独眼鹰这才反应过来，为了争宠，他连忙硬拗出了一个慈祥的微笑，足能吓哭一个幼儿园的小孩："爸爸刚才没说你。"

陆必行很无奈地看了看独眼鹰，感觉自己这位老父亲的心理年龄真是青春常驻，两百年如一日地处于十岁左右水平，于是语重心长地哄道："爸，咱们还蹭人家的机甲呢，你懂点事吧。"

独眼鹰：“……”

林静恒的目光落在他身上那件藏青色的外套上。

陆必行转头，很是死猪不怕开水烫，臭不要脸地一摊手：“借了你的机甲，又借了你的酒，现在再多穿你一件衣服，打包算一次人情，行吗？”

林静恒想说“你自便”，嫌自己太冷淡，想换成“荣幸”，又觉得跟平时画风大相径庭，怕吓着别人，话到了嘴边，一时竟有些拘谨地哽住了，他只好仓促地点了下头，借着查看舱门外气压和空气质量，避开了陆必行的视线。

舱门缓缓打开，废弃的补给站呈现在众人面前。

人工大气层内，气压和空气质量都还算理想，可以不用穿宇航服，补给站的厂房、轨道状态良好，两侧的人工草坪平平整整，应该是有人整修，只是四下里悄无声息，人行道上也空荡荡的，地面上仍留着车辙的痕迹，智能垃圾箱、安保机器人与摆渡车却都死气沉沉地陈列在两侧，像一排丑陋的摆设。

他们顺着路标，来到补给站的核心控制室。

“能量系统关了，但是设备本身没问题。”陆必行观察了片刻，“我试试，应该能重启。”

黄静姝问：“陆总，不是说这个补给站在走私航道上，会有人用废站做生意吗？人呢？”

“走了，但是恐怕刚走没多久，你看门口的草坪就知道了，设备应该也一直有人维护，机器上还有余温呢，干这种非法买卖有时候就得这样，打一枪换一个地方，不知道他们什么时候跑，也不知道什么时候回来。”陆必行一边鼓捣一边说，“丫头，给我照一下。”

他话音没落，一道十分柔和的白光就打在他手边，亮度足够，还不伤眼。

“哎，这个好，”陆必行随口说，“谁这么爱学习，个人终端上还有护眼灯？”

他说完，没人搭腔，陆必行这才后知后觉地一回头，发现几个学生都毕恭毕敬地站在几米开外，给他照明的是林上将。陆必行愣了愣，还没来得及说什么，又一道光从另一个方向打来，原来是独眼鹰不甘寂寞，也跟着打来一束光，那强光跟探照灯似的，一下把两个人都晃得睁不开眼。

陆必行惨叫一声："爸，你捉奸吗？眼都让你晃瞎了！"

林静恒："……"

陆必行："林……咳，那个……"

林静恒："还用你习惯的称呼就行。"

陆必行偷偷看了他一眼，温润的白光下，林静恒脸色也显得有些苍白，大概这惊心动魄的一路着实不轻松。陆必行不知怎的，想起自己用这张脸拗出来的各种表情，脑子里一根筋短路，突然升起一个念头："我当时要是留个影就好了。"

林静恒，那可是联盟最后一个上将，居然让他见到了活的！

陆必行没把独眼鹰对林上将的恶评当真，因为可能是两眼不对称，独眼鹰看谁都充满偏见，尤其是比他英俊的同性。

陆必行年少时，仰望星空之余，也曾经对外面的世界充满好奇，定期收集七大星系的新闻，自从他有印象以来，联盟一直歌舞升平，军委势力渐渐式微，像是卸磨后的驴，黯然失色，唯有林将军一人，功勋都藏在字里行间。陆必行对数字十分敏感，他发现早年间，每年域外海盗的恐怖袭击事件得有三四十起，每次联盟都会发表一篇悲壮的谴责，沉痛悼念死难者，再用数以十倍的兵力才能扳回一局，海盗们却常常是打不过就逃往域外，等待下一个时机，像除不尽的蟑螂。可是恐袭次数和联盟伤亡人数在十几年前，突然有一次断崖式的下跌，好像海盗们一夜之间"从了良"，自行蒸发了——那恰恰是在林静恒接管白银要塞之后。

陆必行："说实话，我现在还跟做梦一样。你真的是……唉，好多话没来得及问你，毒巢的老窝就被炸了。"

柔和的白光打在林静恒灰色的虹膜里，竟有一点不可思议的温柔："你想问什么？"

陆必行想问的太多了，包括每一场联盟没认真报道过的战役细节，湛卢真的是那个湛卢吗？当众拒绝有"联盟第一美人"之称的叶芙根妮娅是什么感受？五年前那场玫瑰之心的刺杀是怎么回事？最重要的是，他是怎么瞒天过海，竟然让伊甸园检测不到的？

然而他目光往周围一扫，发现几个学生都在竖着耳朵听着，陆必行迟疑了一下，不确定林静恒是不是愿意公开自己的身份，何况他位列联盟上将，竟然假死离开联盟，在第八星系这么个鬼地方窝了五年，肯定有很多苦衷。

成年人——特别是林静恒这种生性内敛的人，也许并不愿意把血泪掏出来给人看。

于是陆必行眨眼间就管住了自己旺盛的好奇心，话音一转，他闹着玩似的问："能给我签个名吗？"

旁边四个偷偷听墙脚的学生险些绝倒，一脸古怪地互相挤眉弄眼。

薄荷一脸疑惑："校长这是狂热粉还是基佬？"

怀特满脸一言难尽。

黄静姝往周围看了一圈，用眼神示意同学："我们要不要回避？"

说完，她一手一个，拖走了斗鸡和怀特，薄荷机灵，赶紧跟上，几个学生装作好奇，拉拉扯扯地包围了独眼鹰，兴致勃勃地询问他军火生意在第八星系前景怎样，并对他时髦的眼睛表达了高度赞赏。

当代青少年都很有心机——如果校长能成功抱到"四哥"的大腿，以后学院没准能和黑洞签订长期协议，名正言顺地让黑洞接收学院毕业生，多么坦荡的学业前途！

林静恒听了陆校长的"无理要求"，愣了片刻，就在陆必行以为他要脱口一句"不签，滚"的时候，林静恒从兜里摸出了一根笔："好。"

陆必行："……"

林静恒很有耐心地问："签哪儿？"

自学成才的陆校长在课堂上从来如鱼得水，头一次体会到提问答不上来的尴尬，和林静恒大眼瞪小眼片刻，他十分慌张地一伸手："不是，我……"

林静恒托住他的手腕，他掌心干燥，指尖布满坚硬的茧，骨节分明的手指看起来很有力量，动作却很轻，羽毛似的扫过陆必行的袖口，在他手背上写了个一笔连下来的"林"："当年白银要塞官方公告上都有我的签名，要是有兴趣，你可以做一个笔迹鉴定。"

大概是刚才骨折的后遗症，陆必行觉得自己从指间一直麻到了手腕，仿佛开学典礼时一样忘了词。

独眼鹰被一帮叽叽喳喳的熊孩子包围，正烦不胜烦，老远一瞥看见此情此景，心里顿时升起了七八十个龌龊的联想：“你往哪儿摸！”

林静恒十分自然地松手，提醒道：“能量核重启进程走完了。”

“哦，”陆必行干笑一声，“对对。”

他连忙偷偷活动了一下发麻的手，确认了重启命令，瞬间，补给站发出一声轻叹，仿佛重新活了过来，无数灯光渐次亮起，巨大的能源塔发出荧荧的镭射光，将机甲的剪影投射下来，维修机器人成排地坐升降梯，忙忙碌碌地开始自动检修受损机甲，林静恒手臂上悄无声息的湛卢也仿佛跟着亮了起来，欢快地连上了能源塔，汲汲地吸收起能量。

林静恒一直注视着他的侧影，眼神像是在看安置在保险柜里的奇珍异宝，忽然没头没尾地问：“你是哪一天出生的？”

陆必行以为自己耳朵出了毛病，诧异地看向他——别说是高贵冷艳的联盟上将，就是当年北京β星上的林四哥，待人也从来都有股爱搭不理的冷淡，怎么也不像有闲心打听这种琐事的人。

林静恒耐心地又问一遍：“你生日是5月吗？”

他怎么知道？陆必行心里嘀咕了一句，回答：“……嗯，29号。”

林静恒不动声色地垂下眼，心里把这日期重复了一遍，觉得这平平无奇的一天于自己，仿佛忽然镀了一层璀璨的金边：“已经过了啊。”

“啊……对。”陆必行仍然没回过神来，顺口说，“不过你不是送了我一架机甲吗。”

不知道是不是他的错觉，他说完这句话，发现林的嘴角轻轻地动了一下，像是微笑。

“我去看一下机甲。”林静恒说，“有什么需要，随时去那边找我。”

说完，他让过气急败坏的独眼鹰，扬长而去。

陆必行愣了半天，低头看了一眼手背上那个龙飞凤舞的“林”，被主控室的散热系统烤出了一层细汗，他小心翼翼地折起袖口，不让袖子碰花那个字，然后半身不遂地摆弄起主控室的设备。

这补给站里居然还有能覆盖第八星系的非法通信网，挺先进的，陆必行顺手点了修复命令，同时心里乱七八糟地想：“他怎么突然对我这么好？就为了跟老陆斗气吗……哎，这鬼地方能量储备和物资储备还挺充足，物资可以补充一点，谁知道那帮阻塞交通的海盗什么时候走……我这手怎么还在麻，是要偏瘫的前奏吗？嗯……这里还有个武器装备库，需要破解加密锁……他手指好长……嗞，我想什么呢？这个锁的加密方式是……”

废弃补给站的加密锁不怎么样，陆必行在只有十分之一的大脑能正常干活的情况下，竟然就这么稀里糊涂地给撬开了。陆必行满脑子都在循环林方才那句“随时去那边找我”的低声嘱咐，听见“嘀”一声轻响，才勉强抽回云山雾罩的神志，心不在焉地扫了一眼库存：“嗯，空了。”

半分钟后，陆必行倏地一激灵，回过神来——不对，能量和物资储备这么充足，武器库存为什么空了？！

他猛地抬头，目光扫过主控室所有的设备——主机外壳上的生产日期是新历200年，至今运行非常顺畅，说明里面的软硬件有人长期保养升级，这个补给站一直有人！那么他们为什么匆忙离开，把能养活一艘星舰的物资留在这儿，带走了所有的武器？

“爸，”陆必行猛地回头喊了一声，“我们可能需要立刻……”

他这句话没说完，方才随手修复的通信系统读条完毕，激活了。主控室上方的大屏幕亮了起来，先是一片雪花，随即，屏幕上出现了一个男人，他半个身体都是机械的，空洞的目光从屏幕里射出来，阴森森的，充满恶意。

独眼鹰猛地推开挡在面前的斗鸡，额角上青筋陡然暴起。

“诸位第八星系的亲朋好友，大家好，”男人露出了一个僵硬而古怪的笑容，“我是阿瑞斯·冯，诸位还认识我这个老朋友吗？不认识没关系，我重新自我介绍一下，我，凯莱亲王，一百多年前，被你们抛弃、背叛的人，现在满怀憎恨，带着复仇的利剑，从地狱里爬回来了，开不开心啊？”

怀特无端打了个冷战，下意识地拉住陆必行的袖子：“校长，他是谁？”

屏幕上，自称凯莱亲王的男人一字一顿地说：“我的家族统治第八星系近七十年，养活了无数不知感恩的蛀虫和垃圾，让你们住在世外桃源里，免遭联盟的剥削与侵略，可是我亲爱的子民啊，你们是如何回报我的呢？

“你们引来了联盟狗，为了几根骨头背叛了自己的主人，杀死了我的父兄，让我仓皇逃到域外，至今肉体只能靠这些废铜烂铁支撑——怎么样，这一百年来，归顺联盟的日子好过吗？联盟给你们自由和尊严了吗？如果你们在炮火中痛苦地哭泣，伟大的联盟救世主会派人来拯救你们吗？”

他说到这里，上气不接下气地狂笑起来：“一起来庆祝我的回归吧。”

话音落下，屏幕里突然传来一声巨响，几架狰狞的超时空重机甲对准了凯莱星，凯莱亲王发出一声长长的口哨，成百上千枚核导弹雨点似的飞向毫无抵抗力的凯莱星，铺天盖地，巨大的能量波晃得人睁不开眼，第八星系的首都星顷刻淹没在炮火里。

一颗星球在这个世界上湮灭了。

目瞪口呆的人们尚未反应过来，屏幕里的男人就大喊道：“惊喜！下一个！”

屏幕上的星际坐标亮出来，炮口指向了北京β星。

不是每一次出走，都还能再回去的。

第七章　不归之路

第八星系再不文明，也是人类社会，他们这几个人要在危机四伏的宇宙中飞半年？谁知道在宇宙中过半年需要多少东西？

（一）

北京β星的行政中心距离星海学院三百公里，正值中午，室外体感温度无端偏离预期，直线上升，逼近了二十摄氏度，石头似的冰层泛起的湿润，持续了两年多的隆冬似乎有了点春意复苏的意思，好似突然从宇宙尽头来了一阵暖风，吹得天空湛蓝如洗。

这是星海学院“论文周”的第三天，三天前的傍晚，学生们已经下课了，突然接到通知，只有一个校长的学校教学安排果然非常随意，校长大概是自己想放年假，所以临时把这一周改成了论文周，他开放了图书馆权限，列了一沓书单，留了一个非常大的题目——“我觉得人类未来将会走向何方”。

此时，距离交作业的时间还有四天，大多数学生没有思考人类未来，而是在琢磨无故失踪的怀特等人，整个学院成了快乐的谣言制造厂，关于那四个人谁和谁私奔的辩题已经引起了两轮群架。

薄荷居住的孤儿院得到了一笔生活费——她设定好了，每个月的助学金到账，都会自动转走四分之三给“家人”，不过这一次，随着助学金到账的还有一封告状信。信誓旦旦说要开除他们的陆校长连处分都没舍得记，只是采取了幼儿园的管理方式，临走时匆匆写了一封信，向几个学生的家里告状。孤儿院的大孩子们正围着这告状信牵肠挂肚，怀特的父母则已经往空荡荡的校长办公室跑了两趟，斗鸡维塔斯的母亲比较不负责任，看完以后大笔一挥，回了一封信，简洁明快的四个字："让他去死。"

而按照入学信息寄到黄静姝家里的信却没能送到，在整个星球漂泊了一圈，又被系统退回了校长信箱。

这天，已经辞职的信息学院老院长收拾了行囊，准备离开北京β星，临行，他鬼使神差地来到了星海学院，远远望见礼堂那片恢宏的穹顶和满学校喧嚣闹腾的猴孩子。老院长没料到学校里还有这么多学生，他双手扒着围栏，探头往里看，只见两个少年正打打闹闹地经过，男孩子正在抢女孩子手里的表格。

"给我看看能怎么样，我又不一定非得追着你跑，少自作多情了！"

女孩子一脚踹在他小腿上："走开。"

"我也可以给你看我的呀，三个学院我哪个都没报，我还提了个新的专业方向——星际走私向导，怎么样？听着牛 × 吧？哎，你等等我！"

老院长听完，愣了半晌，感觉这神圣的知识殿堂里，饲养的还是一帮智力感人的大猩猩，于是扶着校园的栏杆，缓缓地走了。他已经两百六十多岁了，居无定所，在第八星系的每个高校里都任过教，目睹了无数次门庭冷落，学校关门。星海学院是他最后一站，终于还是让他失望了。

他有些灰心，低头看着自己手背上干涩的老年斑，觉得自己这一生，可能是做了一场白日梦，执拗地走了一条错误的路。

两百六十年一场梦，也该醒了。

前不久，他花了大半辈子的积蓄，在凯莱星一个有产权的养老院里，给自己置办了一席之地，打算在那儿安度晚年，这在第八星系算是相当体面的晚年了，他今天就要出发。老院长抬头看了一眼天色，难得风和日丽，没有北风，温暖得不像北京β星的冬天，他觉得这大概预示着自己的旅途会很顺利。

因为暖和，无家可归的流浪汉们过节似的从各自藏身的地方钻出来，快乐地和擦肩而过的老教授打招呼，互相庆祝着又熬过了一个冬天，这个星球即将迎来长达四年的好季节。不远处，不知是谁家养的鸽子成群地飞过天空，落在星海学院六百万的穹顶上，不客气地降下“天粪”数泡，表达着对莘莘学子的无尽祝福。

佩妮打开“破酒馆”的门，给酒馆的吉祥物大蜥蜴带了一包新鲜的面包虫，然后打开窗户通风，挽起袖子，擦起“破酒馆”的桌椅板凳——四哥的地方干净整洁得很，需要做的不多，日常维护即可，她干脆自己干了。

以一个女人的标准来看，四哥绝不是个邋遢的男人，除了他那不修边幅的个人形象，再没有其他不良习惯了，他喝酒，但从不喝醉，抽烟，但从不乱弹烟灰，用过的东西会放回原位，垃圾污渍清理得都很及时。无论是他常来的“破酒馆”还是他的家，都充斥着一种干净冰冷的秩序感。

“你家主人什么时候回来？”佩妮踩着板凳，自言自语地对蜥蜴说，“四哥失联好几天了，带着那小白脸跑哪儿去了？我再试试能不能联系他。”

她把玻璃擦干净，忍不住伸手遮了一下眼：“怎么突然这么阳光灿烂了？我还有点出汗了。”

蜥蜴沉默无声，从不回应女人充满情意的自言自语。

“估计还是联系不上，你说……我明明知道他喜欢清净，还总是往他跟前凑，时间长了，他会不会嫌我烦？”见惯了风浪的佩妮看着自己的个人终端，有些忐忑，没注意到她身后的大蜥蜴正缓缓地移动着不甚灵便的身躯，充满畏惧地躲着窗外射进来的阳光。

个人终端发出的信号仿佛已经在第八星系徜徉了一周，依然没有回音，那个人不知道去了什么地方，始终没有通信信号。

佩妮叹了口气：“果然还是……”

她话音没落，个人终端突然好像被卡住了一样，亮了起来，佩妮悚然一惊，下意识地张开五指伸进头发里，飞快地把自己有些塌的头发抓出了一个型。

林静恒在废弃补给站里，正守在伤痕累累的机甲旁边抽烟，忽然意外接到佩妮的通信请求。

正在充电的湛卢说："陆校长把废站上的通信系统修复了，我虽然能源不足，但是可以借补给站的通信网搜索白银九的坐标。"

"你快点充，"林静恒不耐烦应付佩妮，一边随手接通，一边弹了弹烟灰，"赶紧充完替我接电话，正好你话多得说不完……"

"怎么这么黑，你在休息吗？我是不是打扰你了？"佩妮说，林静恒的信号不太好，脸显得模模糊糊的，个人终端上透明的画面被窗外的阳光干扰，竟然模糊不清起来。佩妮连忙走到窗边，打算拉上窗帘，"今天天气太好了，我有点看不清你，你等我……"

过于灿烂的阳光把她的侧脸映得红通通的，原本稍显硬朗的长相竟然无端有了几分少女气质。

正在催湛卢的林静恒一句话卡在了喉咙里，通过佩妮传过来的图像，他看见了北京β星窗外的"阳光"，听见那傻妞还在感慨什么"天气好"，林静恒手上的烟倏地落地："佩妮，离开窗口，去找一架带防御系统的机甲！"

佩妮奇怪地问："什么？为什么？"

"别他妈问了，快！"

可是……来不及了。

佩妮远远地看见地平线处似乎有几簇红光乍起，拉窗帘的手疑惑地停顿片刻，可还不等她看清楚，那红光就陡然裂开，好像一千个恒星在天上炸开一样，亮得世界一片惨白。

大地愤怒地颤抖着，亿万年天然形成的行星地壳发出垂死般的断裂声，山石崩塌，人工大气层就像一层纸糊的玻璃。

民房屋舍，五分钟鸣笛一次的城市公交，总是合不拢嘴的机器垃圾桶，停满了鸽子的学院穹顶，跟每一个流浪者彬彬有礼打招呼的老教授，围在院子里一起发愁的儿童，惊慌的蜥蜴，还有……抬手挡在额前的女人……

他们全都被笼罩在那片摧枯折腐似的白光里，成了曝光过度的苍白剪影，继而融化在颠倒的天地间。

北京β星上落后的反导系统终于发出了后知后觉的警报，近地轨道上的公务员被尖叫声唤醒，呆愣了足足五分钟，屁滚尿流地爬起来。然而此时，第八星系首都星凯莱已经联系不上，他不知道发生了什么事，只好朝着遥远的自由联盟发出语无伦次的求救。

"第八星系，这里是北京β星，我们遭到袭击，不……报告，我们遭到了大范围的星级导弹轰炸！敌情不明，我们没有防御能力，整个星球正在核导弹的打击下……×！

"十年前你们不就说要给我们升级防御系统吗？你们答应过的，人呢？！

"救命！救……"

"哔——"

"佩妮！"

林静恒的个人终端信号突然断开，自称活过了八星系平均年龄的女孩身影定格在那儿，留给了他一个红通通的侧脸。

林静恒呆了一秒，转身就走。

这时，凯莱亲王疯狂的笑声从主控室里飞出来，屏幕上播放的好像是个劣质的游戏广告，山呼海啸的导弹穿透了屏幕，炸开在无知无觉的北京β星上，动画效果老套，视角一点都不壮观，连画质都那么堪忧。

怀特看到一半笑了："这是电视剧还是广告啊，特效也太感人了，我出一块五，不能再多了。"

"那我给两块吧。"斗鸡忽然有点不舒服，"陆总，咱们换个台吧？"

可是主控室里的两个成年人没有吭声。

薄荷看了看独眼鹰，又看了看陆必行，仿佛从他们的表情中意识到了什么，她不安地小声问："陆总，咱们什么时候能充好电回家？"

陆必行缓缓回过头，对上女孩的目光，薄荷从未见过他这样难看的脸色。

这时，林静恒行色匆匆地闯进了主控室，招呼都不打，没头没尾地说："检查补给站的全部库存，尤其是物资和武器。"

陆必行的声音好像压在了喉咙里，愣愣地看着林静恒，他的话仿佛都没过脑子就脱口而出："物资充足，武器库空了。"

林静恒并未对眼前发生的一切做出任何评价，飞快地说："分头整理物资，按照下一次补给在半年后的预期打出富裕，机甲充电和修复将在半个小时之后完成，完成后我们立刻出发。"

学生们还没来得及反应过来到底发生了什么事，就被这个命令打蒙了，什么叫"下一次补给在半年后"？

第八星系再不文明，也是人类社会，他们这几个人要在危机四伏的宇宙中飞半年？谁知道在宇宙中过半年需要多少东西？

林静恒：“把这里不必要的照明都关上，通信网重新加密，北京β星的通信能联系到这里，说明这地方在第八星系核心区域的搜索范围内……”

怀特还呆头呆脑的，抓不住重点：“啊，北京β星的通信网能连吗？电话能打通吗？我是不是也应该给家里打个电话？”

薄荷最先反应过来，茫然地晃了一下，她下意识地抓住怀特的手肘，发起抖来。

怀特疑惑地扶了她一把：“你怎么了？”

后知后觉地，他反应过来了，忽然明白了女孩在恐惧什么，怀特五官张开，僵立两秒，挤出个笑容，回头看了看屏幕上的火海，尤在垂死挣扎：“不是……这不是特效吗？”

没人回答他，大人们都焦头烂额地忙着活命。

怀特的气息粗重起来，目光慌乱地扫过所有人的脸，想从中找到开玩笑的意思，可是没有。

他陡然破了音：“这不就是个游戏广告吗？啊？我……我以前玩过一个差不多的……”

平时扯淡聒噪就算了，可紧急状态居然还能这么听不懂重点，别说是白银驻军，就是军委随便指派的杂牌子少爷兵也不敢在他面前表演找不着北，林上将令行禁止惯了，当场火了，冷冷地说：“北京β星受袭，按照星际海盗的风格，他们不会停下，第八星系没有正规驻军，没有人挡得住他们，如果再往前一点，行星被核导弹袭击时产生的能量波都足够把这个小补给站搅成碎片，让你们死无葬身之地——我说得够明白了吗？不想死就给我快点！”

独眼鹰：“林静恒，这不是你的白银要塞！你……”

陆必行拦住他，同时上前一步搂住怀特的肩膀，低声说：“我来列物资清单，小黄做记录，物资库没上锁，等下你们四个跟着我父亲分头去准备，二十分钟以后回来找我，我给你们做一个简单的机甲操作培训，我现在需要给通信网加密，还要做些其他的准备工作，快点，别浪费时间。”

“校长……”

“机甲操作专业的学生至少要经过一学年的培训才能上真的机甲，而我们要在十分钟之内赶完一年的教学进度，挂科可能就死了，怎么还有时间哭啊同学？”陆必行叹了口气，伸手在怀特头脸上胡乱抹了一把，“做点什么，别想那么多。”

（二）

独眼鹰烧杀抢掠样样精通，跨界干起刮地皮的活，也十分得心应手。不到十分钟，他就按着陆必行的清单，把需要带走的物资都翻了出来，设置了程序，一样一样地调运，往机甲里塞，并不需要四个累赘似的“助手”。

一个是冷冰冰的黑洞四哥，一个是满脸杀意的凯莱独眼鹰，谁也不敢主动跟这二位搭讪，学生们只好茫然地袖手站在一边，酷的不敢酷了，活泼的也不敢活泼了，挤在一起，像狂风骤雨中无处躲藏的四只小动物，浑身湿透、瑟瑟发抖，身后是不敢细想的国破家亡，而眼前是无止境的星际流浪。

这时，薄荷的个人终端亮了，主控室里的陆必行利用补给站的通信网，打通了她的电话。

平时听他在教室和礼堂扯淡，没觉得他有多靠得住，然而此时，他的投影出现的一瞬间，几个学生居然有种“得救”的错觉，一下围了上来。

陆必行问：“害怕吗？”

一句话差点把学生们的眼泪问出来。

薄荷有点哽咽地问：“陆总，你怎么还没过来？”

“走私徒们都有自己的‘地下航道’，这个补给站的人事先撤离，还带走了所有的武器装备，一定是有准确消息渠道的，跟着他们比我们在星际间乱走安全多了，我试试入侵他们的通信数据库。”陆必行正低着头翻主机程序，投影里只能看见一个侧脸，他一边操作，还一边一心二用地安慰学生，“不要怕，人的一生本来就是一场有来无回的冒险，这是常态，以后会习惯的——诸位，准备好上第一堂机甲操作课了吗？”

四个学生中，薄荷和怀特各有志向，从来没打算过要学机甲操作，斗鸡已经对机甲留下了心理阴影，而黄静姝是个空脑症——根据当代脑科学理论，空脑症在集中精力、通感非人脑设备的时候，有难以根治的缺陷，这代表她很可能无法连接精神网，即便能连上，匹配度也会很低。

如果是平时，就算把他们绑在椅子上，强迫他们听讲，大概也只能得到四位“课桌觉皇”。

“机甲是为了应付星际战争而产生的凶器。早年间，战争打到了星际级别，所使用的战舰动辄需要几个营的士兵。一艘战舰上，多重兵种需要通力协作，有专门的驾驶员、测绘专家、炮兵等等，效率很低，出错率也高，而一旦这些太空军中混入敌军奸细和叛徒，就会给战舰上的整支部队带来难以估量的损失——所以，精神网应运而生了。”

手忙脚乱中，个人终端里有些失真的男人声音依然是温和而镇定的，有种安静的力量，连向来不屑于他古怪梦想的独眼鹰都抬头看了一眼，并没有煞风景地开口打断。

“有了高度智能的精神网，一整艘战舰的功能就被凝聚在一架机甲上，一旦人的意识与精神网对接，人就成了这艘战舰的灵魂。连接后，你的五官六感会被机甲的接收器取代，大脑接收大量的信息，这就是很多人第一次连接精神网的时候，往往会被震晕过去的原因。”

怀特带着哭腔问：“校长，怎么才能适应精神网？”

陆必行沉默片刻：“以后叫老师吧，学校都没有了，还什么校长——适应精神网的原理很简单，就是熟悉机甲每一部分、每一个功能，对它们带给你的感受有充分预判，一般在课堂上是用模拟器分开学，再一样一样地往上叠加，这就是为什么我们需要一学年的时间。”

斗鸡耳朵里听着陆必行这个不可能完成的任务，眼前看着不断录入物资的机甲上复杂的信号和程序，不敢去想身在北京β星上的朋友和妈妈，一时间悲从中来，几乎被巨大的绝望压垮了：“陆总……老师，我听不懂，我也学不会，我跟你说实话吧，我初等教育证是买的，上到七年级就被他们退学了，他们说我智力有问题。”

黄静姝轻声说：“老师，我是空脑症，天生精神力低下。”

怀特：“老师，我……我不是那块料……”

“嘘——”陆必行打断他，“数一下自己的呼吸，深呼吸，十次，不要数乱了。”

零星的抽泣声渐渐消失，学生们在他的引导下，拼命试着让自己冷静。

陆必行语速不变，好像无论天塌地陷，还是学生们都是大傻子，都影响不到他：“记住这种感觉，这是你们在机甲操作里需要学到的第一课，一旦发现自己无法匹配机甲，无法适应海量的信息时，就摒除一切杂念和你用不着的感官，集中精神数自己的心跳或者呼吸，往往十次以后，你就会发现，精神网震荡起伏的频率与你计数的频率相仿，这代表精神网接纳你的第一步。”

当一个人的语气太过笃定的时候，其他意志力不够强的人，会下意识地服从他。焦躁不安的学生们逐渐听了进去，四颗朽木似的脑袋，在这样极端的情况下，竟然被刨出了一个口子。

林静恒收回望着那投影的目光：“报一下机甲维修和充电进程。”

湛卢：“备用能源系统安装完成，防御系统已修复完成。精神网正在重启，能量储备 85%，预计十分钟后完成。”

“搜索进程完成没有？”林静恒问，“白银九在哪里？”

机械手从他手臂上脱落，湛卢落地变成人形：“抱歉先生，无法定位，白银九信号消失了。”

信号消失有两种情况，要么是白银九遭到袭击，通信系统损坏，甚至全军覆没；要么是他们遇到紧急情况，被迫临时撤到域外。

哪一种都不乐观。

林静恒略微闭了下眼：“其他人呢？”

湛卢：“目前联盟七大星系的通信系统已经全线崩溃。”

首都星沦陷，全体政要撤离，七大星系通信系统崩溃，联盟的情况比他想象的还要糟糕得多。

那么……伊甸园还在运行吗？

没有伊甸园的联盟人，就像磨掉爪子的家猫被放逐到原始森林，连基本生存都成问题，遑论抵御星盗。

这绝不是联盟军委一时失误造成的混乱，而是一场蓄谋已久的战争。

“怪不得着急要我的命。”林静恒低低地冷笑了一声，“管委会这群给内奸和海盗当枪使的蠢货。”

这时，湛卢突然抬起头，好像捕捉到了夜空深处的不祥气息。

林静恒：“怎么？”

“先生，我检测到强能量波动，建议立刻撤离！”

湛卢现在只是个机甲核，本体都不在，并没有反导系统，如果他能检测到能量波动，意味着五分钟之内，这股能量波动就会吞噬整个补给站。

对方连半个小时都没有留给他们！

“准备轨道加速，”林静恒当机立断，转向独眼鹰，“够了，有多少算多少，上去，准备走。”

独眼鹰吐出嘴里的烟：“医药箱还没调出来。”

“来不及了，”林静恒飞快地说，“走！”

这种时候，千年的冤家也只能合作，独眼鹰终于不再和他唱反调，简单粗暴地打断了物资运送进程，随即连推再搡，把学生们轰进了打开的机甲舱门，见薄荷还在不安地东张西望，独眼鹰一把揪住她的后脖颈，拎猫似的把她原地拎起，隔着几米直接扔进了舱门。

薄荷尖叫：“老师还在主控室！”

“知道。”林静恒和独眼鹰几乎异口同声。

林静恒转身就走，独眼鹰哪里放心他，立刻就要跟上，却被一只冰冷的机械手扣住肩头。

“陆先生，”湛卢说，“第三次袭击已经在无法定位的星球发生，余波五分钟之内就会抵达这里，您现在需要先上机甲，控制精神网，准备对接轨道。陆校长在本架机甲上安装了远程控制磁场，届时可以在机甲加速后捕捞他们，请相信将军会带他赶上的。”

独眼鹰：“我儿子交给他？！我……”

湛卢低声打断他：“您的儿子吗？”

独眼鹰脸色骤变。

“请您放心。”湛卢说，“将军托我转告您，按照古代的说法，陆校长就像一枚人形虎符，他一个人，说不定能换来陆信将军所有旧部的信任，他的价值甚至高于白银要塞，将军就算自己死，也绝不会让他出问题。”

人工智能纹丝不动地按着独眼鹰的肩膀，碧绿的眼睛如同一百多年前一样清澈无垢。

大人物们来了又走，八大星系一次又一次天翻地覆，有的人老了，有的人走了，有的人死了……仿佛唯有他一成不变，一如当年跟在陆信身边时，那个懵懂又一丝不苟的模样。

然而他嘴里却说着这样冰冷无情的话，充满了林氏风格。

独眼鹰猛地甩开他的手，一言不发地登上机甲，连上精神网，机甲的动力系统发出轰鸣，缓缓地滑上轨道。

主控室里，陆必行其实通过学生们的个人终端听见了林静恒的话，可是此时还走不了，他好不容易翻到了地下航线的资料，个人终端抵在主机上下载，进度条牛车一样往前拉，进度刚刚到 90%。

个人终端“刺啦”一声，来势汹汹的能量波最先干扰的就是通信系统！

薄荷的声音断断续续地传来：“陆……老师……你快……”

进程 93%。

“安静，”陆必行轻轻地说，“小姑娘不要总是尖叫，容易显得没气质。”

进程 95%。

“漫天乱飞躲星际海盗太危险了，活下来的概率很低啊，同学们，星际战争中可没有‘临场发挥’和‘绝处逢生’这回事，我们这些脆弱的碳基生命，想在超时空重机甲的包围中活下去，靠概率和运气是不行的，我必须拿到这个……”

进程 97%，信号被强烈干扰的个人终端陡然断了线。

陆必行好似无知无觉，紧紧地盯着进度条。

如果他葬身补给站，来不及拿到这个，其他人即便成功逃走，也是在宇宙中走钢丝，听天由命。

98%……99%……补给站已经开始震颤，刺耳的警报声尖鸣——这种小补给站的防御系统当然是聊胜于无，连它都开始报警，意味着爆炸的余波已经近在眼前。同时，准备发射机甲的轨道发出巨大的轰鸣声，高温扭曲着空气密度，远处的景物开始虚化扭曲，如同沙漠上的海市蜃楼。

完成提示音如同天籁似的一声轻响，陆必行深吸了一口气，还没来得及转身，林静恒就一脚踢开了主控室的门。

陆必行没料到他居然亲自找来，当场一呆。

“跟我走。”林静恒拉过他，二话不说拖着他往外冲去，同时不知从哪儿摸出一把带爆破功能的枪，一枪打爆了补给站空中轨道的门，原本封锁的轨道上正停着一辆近地高速轨道车。陆必行不等他开口，立刻上前将自己的个人终端往上一对，一秒不到就撬开了轨道车，熟练程度堪比专业偷车贼。

林静恒把轨道车加速加到了极致，车里的两个人被狠狠地拍在座椅靠背上，要不是他俩都算得上身强力壮，这一加速能把肋骨拍碎在椅背上。

这时，因为没有光源而总在过黑夜的补给站里，远处竟然升起了鱼肚白，仿佛即将迎来一场日出。

美景，总是如此不祥。

独眼鹰他们的机甲已经顺着轨道加起了速度，底部对接轨道的对接阀开始松动，机甲准备升空。

独眼鹰整个人紧绷得像一根准备拉断的弦，附在精神网上的目光要把补给站洞穿，下一刻，机甲速度超过临界值，脱离了轨道！

薄荷蓦地变色："老师！"

机甲轨道和轨道车轨道正好上下垂直，轨道车冲了过来，然而在这个速度下捕捞，无异于让飞驰在高速轨道车上的人推开车窗，从沿途的树上摘一片特定的叶子。

独眼鹰忍无可忍："给我制……"

附在机甲精神网里的机甲核湛卢连忙打断他的制动命令："陆先生，不行！"

就在这一瞬间，林静恒他们的轨道车经过了相互垂直的轨道交会点，仍在疯狂加速的轨道车马上就要经过机甲正下方，与此同时，机甲的远程控制磁场骤然被激活，强大的控制力顺着陆必行临时制作的简陋磁场渗透进来，直接接管了精神网的部分权限。

林静恒仿佛一人分出了两个意识，一边控制着机甲分毫不差地伸出捕捞手，另一边，让轨道车一头撞了上去。

捕捞手里的保护气体瞬间渗透进车身，保护气体碰到人体，迅速凝固成琥珀似的物质，强大的减震功能在捕捞手惯性地往前甩的短距离内完成，轨道车的底座却与轨道磨出了火花，"轰"地炸开。

那一瞬间，通过精神网控制的捕捞手猛地转过了一个角度，炸起的部分车体惊险地与陆必行错开，狠狠地撞在护着他的林静恒的后背上。

然而没有人注意到这细微的动静，因为白光已经晃得人睁不开眼了，机甲巨大的噪声连爆炸声一并盖了过去。

捕捞手猛地收进机甲。

湛卢："陆先生，让出权限，不然你会受伤。"

独眼鹰心想："娘的！"

然而他技不如人是事实，独眼鹰很识时务，为防再被弹出精神网，湛卢话音没落，他就主动退了出去，林静恒碰到机甲机身的瞬间，就接管了精神网，两人几乎交接无缝。

在他接过机甲驾驶权限的下一刻，机甲直接启动了跃迁程序。

补给站被白光淹没，那不祥的白光紧跟着追着刚摆脱引力的机甲而来，眼看要撞上机甲，那机甲凭空消失了。

穿过了遥远而扭曲的时空。

捕捞手里，凝固的保护气体散开，林静恒晃了一下没站起来，方才飞起来的轨道车残骸从他后腰一直划到了肩头，直接贯穿了他的后脊。被保护气体堵住的伤口漏了一样，涌出血来。

"林！"

（三）

陆必行的手刚一碰到林静恒后背，滚烫的血立刻沾了他一手，他惊慌失措地把手悬起来，用僵硬的肩膀担住了对方的重量，一时间，腿都在抖。方才的紧急跃迁把林静恒的伤口撕得不能看，他眼前一阵一阵发黑，然而意识依然牢牢地黏附在精神网上，机甲稳而又稳。

他无声无息了好一会儿，才攒够了力气，声音几不可闻地说："死不了，扶我一把。"

后脊的伤要是放在地球时代，基本就是个高位截瘫，林静恒失去了肢体控制力，身体不断往下滑，下巴磕在陆必行肩上，鼻尖扫过他的脖子，微弱的声音都淹没在急而浅的呼吸里。

陆必行："你说什么？"

"没什么，算还……还你一次。"

后面这句听清了，陆必行先是一呆，随后心里突然起了一把无名火，久违地想骂句粗话。可惜为人师表几年，装惯了斯文讲理的大尾巴狼，这部分功能退化，他愣是一时没想出合适的词来。

之前紧急跃迁时，四个学生都在护理舱里，打过特殊的药剂，没能体会五脏六腑乾坤大挪移的快感，此时才终于感受到什么叫猝不及防的

“裸跃”，当场给震晕了一地，身体素质最好的斗鸡爬着挣扎到墙角垃圾桶旁，吐了。

可是这一次，没人照顾他们了。

因为未成年人保护法是联盟立的，既然联盟都已经快要吹灯拔蜡，未成年人想要在荒凉无尽的宇宙中活下去，靠着虚无缥缈的立法是不够的。

移动急救舱已经从医疗室里滑了过来，独眼鹰背着手走过来，弯腰和林静恒对视了一眼。冷汗顺着林静恒的睫毛铺开，好似结成了一层水膜，水膜下的眼睛依然结满了浓雾，看不分明。

独眼鹰不得不承认，这个联盟军委的台柱子虽然不是东西，但说到做到，果然是自己的命不要，也保护好了陆必行这个“人形虎符”。军火贩子心情十分复杂——按照常理，当他知道自己保护了二十多年的秘密泄露时，是该杀人灭口的，此时他看着林静恒，恨不能方才炸起的车门再寸一点，直接把这个人一分为二，一了百了。然而他也知道，这个节骨眼上，林静恒万万不能死。

“医药箱没及时补充，你听见了，”独眼鹰干巴巴地说，“只有来时剩下的，得省着用，你需要多少保命？”

林静恒为了省力气，没自己说话，直接通过精神网控制了机甲里的广播，用那机械的声音问：“医药箱库存呢？”

“微型手术仪还勉强够用，外伤用品——愈合剂不多了。”

“局部麻醉，替我接上断骨和神经，伤口不用愈合剂，直接缝。”

陆必行一直小心翼翼地避开他的伤口，独眼鹰就没那么温柔了，听完了伤患本人的意见，直接动手从他婆婆妈妈的儿子手里拽走林静恒，扔进了急救舱，三两下设定好急救程序，又问：“血浆、综合抗生素和止疼药呢……哦，止疼药不多了，抗生素好像快没了。”

林静恒惜字如金地回答：“都不要。”

陆必行伸手去拦：“去你的，那不行！”

独眼鹰一把抓住他的手腕，鸳鸯眼里少见地流露出鹰隼似的冷光：“他这个人惜命得很，这些年，想要他命的人能从这里一直排到沃托，林上将能活到今天，可不是靠脸，对不对？”

急救舱平稳地滚了出去，往医疗室驶去，林静恒闭着眼睛，冷冷地一勾嘴角：“过奖。”

独眼鹰耐着性子冲陆必行一低头，讨好地问：“你连爸的话也不信了吗？”

“你就别跟着添乱了。”陆必行斩钉截铁地甩开他，用行动表达了自己的立场——追了过去。

独眼鹰：“……”

有一个历久弥新的问题：老爸和这小白脸同时掉水里，你打算先捞谁？

老波斯猫现在不大想知道这个答案。

他泄愤似的叫嚣道：“要是这祸害真就这么死了，那说明他也不像传说中那么有用，死不足惜——需要把精神网交给我吗？”

林静恒没理他。

湛卢替主人答道：“他没有这个习惯。”

“对，哪怕是睡着了，也留着一只眼睛观察四周，联盟第一被迫害妄想症嘛，连我们第八星系的乡下人也如雷贯耳。”独眼鹰懒洋洋地嗤笑了一声，一转身，看了看几个刚刚扶着墙爬起来的学生，又板起脸训斥，“这么弱，像什么样子，一夜之间家破人亡、一无所有这种事，多经历几次就习惯了，谁活得长谁才是赢家。现在快去休息吧，长途旅行需要保持稳定的生物钟，机甲要调成昼夜模式了。既然有人愿意受累，我就好吃好睡了，我还要留着力气，把那个铁皮脑袋割下来喂狗呢。”

他话音刚落，已经被推进医疗室的林静恒好像听见了一样，机甲里的亮度逐渐下降，原本日光似的照明渐渐暗淡，最后只剩下仪器、台阶处星星点点的指路灯……还有陆校长种下的荧光草。

拉下了一层人工的夜幕。

这架小型机甲总共有上下两层，沿着边缘处是一排窄窄的楼梯，可以上到二层，那一端有几个一字排开的小房间，陈设简单，日用品还是机甲出厂时标配的那一套，没拆包装，一看就没人住过。

独眼鹰说休息就休息，径自挑了最里面的一个房间，关上门睡觉去了。

陆必行徘徊在医疗室外，愣愣地低头看着自己满手的血迹。

怀特小心翼翼地叫了他一声：“老师……”

陆必行一激灵，好像才回过神来，想起自己身边还有这么几个小累赘，连忙调整好表情，强作镇定："听……咳，听他的，先休息去吧，要是自己睡不着，可以两人一间，权当男生寝室和女生寝室。"

黄静姝问："你呢？"

"我需要整理地下航道的方位，现在还不算脱险。"陆必行顿了顿，正色起来，"从明天开始，你们会进入特训状态，现在机甲的时间应该是沃托时间——五点左右天亮，晚上十九点左右天黑，昼长十四小时，我们的训练时间会达到七个小时，包括体能、失重、跃迁适应，以后不会再有护理舱让你们躺了。"

一个行走在太空的人需要什么素质，学生们没有概念，还都沉浸在茫然中，好在还有个人告诉他们下一步做什么。几个小流氓和小太妹温顺异常，听话地结伴去了二楼的小房间，一路逃命的兵荒马乱告一段落，机甲里短暂地安静了下来，周围只剩下一个植物人状态的零零一，被生态电击绳牢牢地捆着。

陆必行独自坐在荧光草下，打开了个人终端，试图聚精会神，可是页面上的文字和代码好像自动长出了排斥磁场，就是落不到他的视网膜上。

他盯着那页面发了二十分钟的呆，听见楼上开始传来压抑的啜泣声。

在这个人工的夜深人静中，所有绷紧的神经短暂松懈，让反射弧跑完了残酷的全程，夜色就该化为刀剑，打碎少年们用忙碌织就的小小铠甲了。

陆必行凝神听着，不知过了多久，那些细碎的啜泣声越来越低，直至没了动静。

数十个小时的应激状态后，少年们终于在无边的忧虑与恐惧中睡着了。

机甲舱门上闪烁着电子钟表，显示此时是沃托宇宙时间20：30，联盟议会所在地应该入夜了，而在北京β星的星海学院，这刚好是他早晨到校时间。

陆必行个人终端上自动弹起了日程表，按部就班地提醒他日常琐事。

他的计划列表里写着：一、按计划应该已经返回学校，点名批评四个熊孩子（重点工作）；二、借题发挥，修订第二版校规校纪；三、论文周中期抽查（小崽子们肯定都没开始写），只要求提交论点，暂时不需要全文。

旁边还有一行他自己写的备注小字——“我觉得人类未来将会走向何方”的题目是不是有点大？到时候会不会收来一堆玄幻小说？

问号后面是个手绘的鬼脸。

陆必行和他自己画的鬼脸面面相觑片刻，肩膀突然垮塌下去，他抱着头，无声无息地趴在了小吧台上，耸起来的一双肩胛骨像是两座摇摇欲坠的山——因为陆老师今天全天的鸡汤，都是人工谷氨酸钠仓皇勾兑的假鸡汤，只是个味道相近的样子货，倘若有人掀开锅盖，就会发现里面只有一锅开水。

凯莱的家、有穹顶的学校、刚刚建成的实验室、五年的心血……他都可以不想，都可以舍弃。

可是他的招聘广告发出去，才刚刚收到两份简历，还静静地躺在他的邮箱里没打开。他的学生们还没来得及分学院，他布置的天马行空的论文作业还没有收上来，他曾经无数次畅想过的蓝图，还没有画出一个边来……

医疗室里，修复骨骼、神经和肌肉的微型手术仪挨个撤出了伤口，按照林静恒的意见，它们只是简单粗暴地缝合了伤口，喷了一层普通的消毒喷雾。林静恒试着活动了一下四肢，感觉不甚灵便，独眼鹰公报私仇，手术模式设定得非常丧心病狂，麻醉剂用得十分吝啬，缝合还没完全做完，他的知觉已经开始恢复了，因为缺少止疼剂，这会儿钝痛开始弥漫开，林静恒的冷汗出了一茬又一茬，后背一片僵直，失血让他浑身冰冷。

陪在旁边的湛卢说：“您的感染风险很高，最好在无菌医疗室里观察二十四小时。”

林静恒没理会，哑声说：“水。”

几口喝完了补充电解质的水，他艰难地活动着自己的手脚，不听使唤的麻木劲还没过去，林静恒刚一试着站起来，就踉跄了一步。

湛卢抬手接住他：“先生……”

“嘘，”林静恒哑声呵斥了他一句，“别吵，我头疼。”

湛卢一板一眼地回答：“我的音量低于设定平均值，您觉得头疼，可能是因为您的体温过高。”

林静恒推开他的手，有些不稳地走了几步，强行让自己习惯暂时半身不遂的身体，对湛卢说：“别跟过来。”

他就这么走出医疗室，悄无声息地来到陆必行身后，夜间模式的机甲里自动响着安神的白噪声，盖过了他很轻的脚步声。林静恒没有惊动对方，悄悄地坐了下来，通过还有些模糊的视线，他看着那蜷缩成一团的年轻人。

也许是受麻醉的影响，林静恒的心忽然变得很软，他有很多话想说，也有很多问题想问，想问问陆必行：“你小时候在凯莱星长大，过得好吗？独眼鹰有没有对你提起过陆信和联盟的事？”

“你和独眼鹰一点都不像，怎么长大的？还有办学校这个古怪的志向，你到底是怎么想的？真是受你妈妈影响吗？”

“为什么你的身体和大脑的基因型对不上呢，你和你妈妈到第八星系的五年里，到底发生了什么？”

“你平时喜欢什么，不喜欢什么？”

“你有没有什么愿望？有没有什么……特别想要，但是那个老波斯猫抠门不肯给你的东西？”

“别哭，别哭了……还想要星海学院吗？我将来再帮你建一个好不好？”

然而这些话在他心里起了又落，通过精神网，水波似的散开，散到无边无际的星星中间，并没有流进任何人的耳朵。

陆必行一直趴到半夜，才收拾好自己狼狈的情绪，他起来以后先借着旁边酒柜照了照，感觉自己眼不红头发不乱，脸上也没变成大油田，尚且算个人样，这才站起来，脱下沾满血迹的外套，打算洗把脸开始干正经事。

不料才一回头，他意外地看见，那个本该在急救舱里休息的人正静静地坐在他身后不远的地方，由于没用愈合剂，他浑身裹满了绷带，草草缝合的后背不敢靠着什么，身体只能难受地略微前倾，已经撑着头睡着了。

陆必行不由自主地屏住呼吸，过了一会儿，他踮起脚走过去，按着膝盖蹲了下来，自下而上地看着林静恒略微朝下的脸。

林静恒的眉目很清晰，有一副能画下来的轮廓，眉心轻轻地拧着，嘴唇毫无血色，唇线堪称优美，却抿得很紧，像是天生的说一不二，缠满了绷带的肩膀平整而宽阔，只吝啬地露出了边角的一点皮肤。

陆必行看了他一会儿，鬼使神差地伸出手，回过神来的时候，他发现自己的手指已经快碰到林上将的下巴了。

陆必行吓了一跳，连忙尴尬地缩回手指，没留神腿蹲麻了，一屁股坐在了地上。

心跳突然超速起来。

（四）

机甲里的昼夜模式可以以假乱真，平稳运行时，只要不扒开舱门往外看，叫人有种还在地面的错觉。

一过了凌晨五点多，仿造的日光开始渐强，温和地驱散着乘客的睡意。

青少年们大多是起床困难户，在北京β星上时，校长信箱里收到的最多的一条建议，就是希望学校第一堂课的时间能往后拖两个小时。

不过人一生中，总有那么一段日子，是每天盼望天亮的。

人的潜力大概是无穷的，一宿过去，幸存的少年们已经无师自通地学会了忽略伤心，各自摆出一张精力充沛的脸，在餐桌旁围坐一圈，黄静姝带头翻开自己个人终端里的教材，其他几位自发模仿，不管内容看不看得进去，好歹都摆出了学霸的造型。

早自习和早餐结束，学生们开始趁消化时间上理论课，理论课的内容是辨认机甲里的各种设备……以及参观活的联盟上将。

斗鸡小声说：“所以说，四哥以前真的是个将军——上将到底是什么官？第八星系没有这个官吧，是不是比星系行政长官还大？”

怀特十分严谨地说：“这恐怕得看是哪个星系的行政长官，我们第八星系就算了，我们的行政长官还没有黑洞的四哥说话管用呢。”

黄静姝很有大姐风度地鄙视道：“哪儿跟哪儿，压根儿不是一回事。”

薄荷是个脱俗的小姑娘，并不关心虚名，只是一脸难以接受地感慨：“这都不重要，当上将一年得开多少钱？他说不干就不干了。”

那几个熊孩子不敢到林静恒面前搭话，隔着五米远，叽叽喳喳议论个没完，还以为他听不见。但林静恒连着机甲精神网，机甲上一个螺丝掉了他都听得见，把这段让人哭笑不得的揣测听了个一清二楚。他怀疑是自己没事就装聋作哑遭了报应，只好低头翻着陆必行偷出来的地下航道线路图，装不知道。

薄荷像煞有介事地说："工资一般是按级别计的吧，肯定很高了，我觉得他们应该还有灰色收入。"

林静恒："……"

这孩子仿佛是在暗示他涉嫌贪腐。

"对啊，"怀特说，"军队平时要买武器装备，还要买机甲，都可以抽回扣当灰色收入吧？陆总卖了一架机甲就建了个学校，那他哪怕每次抽 1%，也很多了！"

林静恒一顿，感觉有点道理，按照这个说法，他好像错过了好几百个亿。

陆必行正好回来，不幸听了一耳朵，发现自己去调个机甲内部结构图的工夫，几个熊孩子已经把他的脸丢尽了，连忙上前驱赶："走走走，别在这儿围着捣乱。"

他一抬头，正好对上林静恒的目光，连忙假借低头跟学生说话，挪开视线，不敢再往这边看。

陆必行昨天一时恍惚，忘了机甲上不同于地面，上面有个无处不在的精神网，虽然林最后没表现出什么异样，但他自己已经疑神疑鬼一早晨了，总觉得自己那只图谋不轨的爪子被人家看见了……那可太说不清了。

林将军会不会觉得他耍流氓？

他不自在地活动了一下自己那只很欠的手，心想："留你何用？就会闯祸。"

林静恒嘴角轻轻动了一下，露出一点不明显的笑意，他其实什么都没看见，因为没有抗生素，只能靠免疫系统硬扛，直到现在体温还没完全降下去，头天晚上几乎是半昏迷状态，哪怕在太空中时刻绷着一根弦，注意力也只够放在机甲外随时准备应付突发情况。

他看着陆必行那紧绷的背影，意外地发现，这货也有脸上挂不住的时候。

林静恒想：是因为被人看见自己哭了，所以不好意思了吧？

有点可爱，也有点可怜。

这时，林静恒闻到了一股烟味，他头也不回地冷下脸："机甲上禁烟禁火禁喷雾是常识，想抽滚出去抽。"

独眼鹰看出他刚缝完伤口，行动不便，于是有恃无恐地冲着他喷出一口烟圈："一夜不见啊林上将，看见您还健在，鄙人甚感欣慰。"

林静恒一言不发地往前走了几步，独眼鹰还以为他主动退避了，十分得意，叼着烟狠狠地嘬了一口，不料烟还没进肺，他就突然感觉不对，军火贩子凭借多年打架斗殴的直觉，猛地往后错了半步，正好躲过了饮水机里喷出来的一股凉水，烟头已经被浇灭了。

有的人一天不打就忘了谁是老大。

独眼鹰："狗娘养的！"

林静恒："彼此彼此。"

他和独眼鹰对骂完，又没事人似的展开了地下航线图，冲老波斯猫招招手："补给站里记载的地下航线，从七、八星系交界的地方开始，一共有三条，沿着三个方向分别延伸往域外，里面有一千多个非法跃迁点——你们第八星系的走私生态真是成熟，简直是支柱产业——离我们最近的三个跃迁落点我都圈出来了，你过来看一下，可不可靠。"

星际跃迁当然不能随便瞎跳，否则一脚跳进黑洞就不是很好玩了，在人类活动的区域里，有一张巨大的跃迁网，每一个网点都会对应一个星际坐标，一般来说，"跃迁"就是在这些网点之间跳。每一架机甲，不管是否合法，都会装有"宇宙航海地图"，上面会清晰地标出跃迁网。

而"非法跃迁点"，就是在这张众所周知的地图之外，没有经过验证的坐标，打个比方，就像私下接出来的秘密暗道。

独眼鹰鼻子不是鼻子眼不是眼地伸出手腕，用个人终端接收了地图，片刻后，他一点头："三个坐标都像真的，不过方向不一样，一个往凯莱星去的，肯定是不能走，一个往七、八星系交界的三不管地带，还有一个是奔着域外的。林上将，我听说联盟统帅是个老不死，早就名存实亡，你才是实权将军——我请教一下，现在战局是个什么情况，我们应该往哪儿走？"

"现在联盟的通信全断，而伊甸园一定程度上依赖于通信网的硬件，也不一定能保全，八大星系整体沦陷，联盟没有还手之力。"林静恒声音还有些沙哑，略微清了一下嗓子，他接着说，“这些年，联盟为了中央政权控制力，不肯下放军事自治权，星盗们如果能策反某个联盟高层，通过捷径拿下白银要塞，军部整个系统会在短时间内瘫痪，显而易见。”

独眼鹰目瞪口呆：“显而易见你们还不整改，有毛病吗？”

“利益争斗。”林静恒远远地放出目光，看见陆必行正对着湛卢，给学生们介绍高级机甲，“因为这么多年，海盗一直只是小股势力的游击战，所以联盟内部对安全局势一直很乐观，觉得星际海盗在环境恶劣的域外，根本不可能有多少人口，就算他们能制造一时混乱，只要联盟回过神来，很快能以数十倍的兵力剿灭，星际海盗的时代已经结束了，没想到这些海盗露出来的实力只是冰山一角，他们居然能蛰伏两百多年。”

独眼鹰压低声音：“你的意思是，这么多年，一直有人在域外豢养星盗。”

“你应该记得吧，当年凯莱亲王卫队被打出第八星系时有多狼狈，那个阿瑞斯·冯几乎是赤身裸体爬出去的，但现在看来，他手里至少有一支超时空重机甲组成的机械战队。”林静恒收回视线，把声音压得更低。

远近无人，他俩交流的声音又急又轻，活像黑帮接头。

林静恒的目光刀子似的刮过独眼鹰的脸：“所以，你说凯莱亲王的人和机甲哪儿来的？总不能是自己下的崽吧？”

独眼鹰的眼睛里几乎喷出火来：“陆信要是还在……”

“他当然不能在，”林静恒声音几不可闻地说，“都到现在了，你还不明白吗，他们当然要第一个除掉他。”

独眼鹰鸳鸯眼里的瞳孔猛地一缩：“你说什么？”

林静恒懒得重复自己的话，深深地看了他一眼，一言不发地转过身，有点半身不遂地走向零零一。经过学生们身边时，几个学生连同一个老师，不管出于什么原因，全都紧张起来，自动双脚并拢，整齐地站直成一排。

林上将条件反射道：“稍息。”

说完他才反应过来，一抬头，他看见这一排站桩的整齐划一地低头看自己的脚——从小野到大的猴子们只在电视剧里看见过军训，不知道脚应该怎么摆。

斗鸡："四……将军，稍左脚还是稍右脚？"

林静恒无奈地一摆手，指了指二楼休息室对面的另一排小楼梯："那是一间训练室，体能、失重，还有模拟机甲操作训练的器材都有，训练室的权限我开给你们了，随时可以用。"

陆必行一低头，简单地"嗯"了一声。

这小子外向活泼得很，向来不知道"见外"和"认生"两个词怎么写，当年在北京β星大气层外，初次相见，此人把鼻血滴进林上将的营养液里，也没见他这么腼腆过。

林静恒无奈地一伸手，在陆必行面前晃了晃："行了，当我什么都没看见，可以了吧。"

陆必行听了这话，顿时更惊恐了——他疑神疑鬼的猜测落了实！

虽然林上将为人冷淡，且尖酸刻薄，但陆必行在北京β星上叨扰他五年多，一直单方面地认为，他们俩是有交情的。可是熟归熟，趁人家睡着摸人家脸，这是什么行为？

简直是教科书式的图谋不轨！

然而惊恐掠过，一个细微的异样念头又升起来。

陆必行心想："他居然这样都没跟我翻脸？"

林静恒身上缠满了绷带，因此外衣只是虚虚地披着，陆必行瞄了他一眼，不知怎的，想起了当年在北京β星大气层外刚"捡到"他时的事，泡在营养液里休眠的人当然是不能穿衣服的，陆必行到现在都记得自己满怀好奇地掀开舱门，看见里面那人的惊讶。经过多年严酷训练的躯体没有一点赘肉，所有的指标都是巅峰状态，像一幅标准而优美的人体素描，那幅素描平时相安无事地储存在他记忆深处，此时，被勾起来，不安分地出来招摇过市，陆必行下意识地一捂鼻子。

林静恒："怎么了？"

陆必行艰难地回答："机甲里太干燥。"

"太娇气了。"林静恒半带抱怨地想。

然而他摇了摇头，还是说："医疗室里应该有一台加湿器，你们可以拿到训练室里用，只是要记得把门密封好，机甲环境太潮湿的话容易损伤元件。"

跟过来的独眼鹰一听，气不打一处来，感觉姓林的心机狗为了拉拢他儿子不择手段：“你什么意思，刚才不是还说禁烟禁火禁喷雾吗？”

林静恒冲几个学生摆摆手，陆必行头一次不想介入他俩之间的战争，逃也似的带着学生跑了。

来到训练室门口，他看见林静恒指挥着湛卢和独眼鹰把零零一搬到旁边密闭的医疗室里，不知要干什么，还把湛卢赶出去守门。湛卢是个友好的人工智能，注意到他的目光，远远地冲他颔首致意。

陆必行冲他招招手，感觉自己最近心绪多起伏，老有一种自作多情的念头挥之不去。

（五）

医疗室里，一个透明的玻璃隔间升起来，零零一被扔在地上，独眼鹰双臂抱在胸前：“怎么，严刑逼供还要避开湛卢？怕你的机甲学坏吗？”

林静恒：“少废话，过来帮忙。”

独眼鹰嗤笑一声，伸脚把零零一的身体摆正，看着地面上伸出几个镣铐，锁住了零零一的四肢和脖颈，与此同时，两根细长的探针伸出来，刺入零零一的大脑，探针连着林静恒的个人终端。

独眼鹰：“还是你总觉得，陆信能在湛卢的眼睛里看到你——他最得意的好孩子，手里藏了一套联盟成立之初就已经被严令禁止的刑具？”

人类折磨同类的想象力是无穷的，古来就有“十大酷刑”，到了星际时代，更是插上了科学的翅膀。不管内部有什么龌龊的政治争斗，联盟到底是以“人权至上”为基石的，新星历纪年伊始，联盟政府就发表了最新修订的人权宣言，这些互相折磨的旧时代“遗毒”被认为是不可原谅的。

林静恒一言不发地通过个人终端拨动着探针，随即，因为被震出精神网而昏迷数日的零零一狠狠地抽搐了一下，被强制唤醒。

他瞳孔放大，呼吸非常急促，用力挣动了一下，惊恐地看着眼前的环境。

“我们就不自我介绍了，”林静恒说，“有几个问题跟你确认一下，以便确定我们接下来的行程。”

零零一张嘴就要破口大骂：“你放……”

他话没说完，声音陡然哑了，整个人像一条离开水的鱼，张大了嘴，难以控制地抽搐了一下，喉咙里发出倒气的声音。

独眼鹰感兴趣地问：“这是什么？”

“直接刺激痛觉神经，能让人体验活人不可能体验到的肢体疼痛。”林静恒头也不抬，随即他对零零一说：“你误会了，我不打算浪费时间逼供，我要解剖你的大脑，坚持住，先别死。”

他话音刚落，一根探针就缓缓从零零一的头上转了出来，转而插进脊髓。林静恒伸手一抹，头顶密封的玻璃板上翻过一层薄膜，那玻璃变成了一面反光镜，转了个角度，让零零一正好能看清自己的脸。

一台小甲虫大小的手术仪爬上了他的身体，乍一看，那东西好像小孩的仿真玩具，如果能忽略它前爪挥舞的手术刀、钻头和小电锯，堪称憨态可掬。

作壁上观的独眼鹰一抬眼皮：“喂，微型手术仪可不多了。”

“知道，”林静恒说，“这不是给人用的，是我的收藏品。”

“小甲虫”爬到了零零一的脸上，先在丝毫没有伤到眼球的情况下固定了他的眼皮，使其无法眨眼，前爪缝合，后爪止血，相当利索，接着，它又继续往上爬了一点，类似电锯的“嗡嗡”声响起，一条血痕从零零一的额头上漫延开，很快被止血凝胶凝固，随后，细碎的骨粉头皮屑似的喷了出来，“小甲虫”锯开了他的颅骨。

这场景实在太刺激，零零一双眼一翻，打算就地晕过去，可中枢里插的两根探针及时阻断了植物性神经的反应，紧接着，他全身的肌肉都不听使唤起来，连惨叫都只能发出细弱的哼哼，整个受刑过程严格遵循了林上将的审美——高效、安静，直到“小甲虫”神乎其技地把零零一的颅骨掀开，露出里面新鲜的大脑。

“星盗折磨俘虏的手段，”独眼鹰啧啧称奇地说，“听说这一套流程是凯莱亲王发明的，风靡一时，是海盗们的经典酷刑之一，还有个名字，叫……”

林静恒：“生吃猴脑。”

“变态啊，”独眼鹰摇摇头，“乌兰学院居然还有你这样的人才。”

一般人所谓“疼死”“吓死”“被折磨死”，通常是受刺激过度，引起了神经性休克，继而在低血压和心肌抑制中死去，而这种会引起休克的疼痛水平，一般就是这个人能忍耐的极限。

使用技术手段阻断这个过程，则意味着，这个人会遭受远超过他忍耐极限的强刺激。

无法控制肌肉，眼皮被固定，他只能在无尽失控中眼睁睁地看着、承受着。

接着，他的大脑会被接入特殊的传感器，讯问方会反复就某个想要审问的内容提问，在被讯问人崩溃的情况下，通过传感器读取他相关的脑部反应，直到得到自己想要的答案，或者玩腻了，大发慈悲地赐下死亡。

整个过程毫不血腥，除了裸奔的大脑略微有碍观瞻之外，现场还是很文明的。

零零一作为一个星盗，显然很了解这一套东西，意识到即将发生什么，他被迫睁着的眼睛里充斥着无法描述的惊恐。

林静恒笑了一声：“看来你很懂嘛。”

说着，他站了起来，然而也许是后背的伤口疼，也许是失血过多的后遗症，他一下没站稳，晃了晃，手指蹭过了个人终端弹起的透明屏幕，不知道触碰了什么程序，零零一身上的一根探针竟然松动了一些——他很快感觉身上的麻木感退去，连惨叫都响亮了不少。

零零一什么都顾不上，大着舌头吼了出来：“嗷，缩……索……说，什么都……呃……说，你……你……”

林静恒充耳不闻，好像打算重新把探针插回去。

零零一快疯了，吱哇乱叫一通，哈喇子与涕泪齐下，口齿不清地恳求对方给他一个坦白的机会。

独眼鹰适时地插嘴：“死到临头也有说话的权利，听两句也不耽误你什么，我来问。”

林静恒居高临下地看了看零零一，露出一个让人毛骨悚然的阴森笑容，冲独眼鹰一伸手：“请，陆兄。”

独眼鹰上前一步，撑着膝盖蹲下：“你真名叫什么？”

“么……没有真名，”零零一渐渐能控制口舌了，一眼一眼地往镜子里瞥，想看却又不敢仔细看，他的呼吸又急又短，倒气一样，磕磕巴巴地说，“我们都没有名字，从小就是按编号称呼的。”

“哦，域外长大的，”独眼鹰一点头，“星盗有好多股势力，你属于哪一支？不是凯莱亲王卫队吧？”

“不……不是，”零零一飞快地否认，“我属于‘自由军团’。”

独眼鹰眼角扫向林静恒。

林静恒：“别看我，我虽然偶尔和星盗打交道，但也不是什么阿猫阿狗都知道的。”

“是，是，因为我们一直在域外，很谨慎的，这些年从未踏上过联盟的领土，没事喜欢搞事的是凯莱亲王他们那些人。凯莱亲王一直觉得第八星系是他的私人所有物，当年是第八星系背叛了他，那就是个满脑子报复社会的神经病，变态！”零零一唯恐自己在规定的时间里交代不完，语速快得几乎要起飞，听起来有些含糊。

独眼鹰又问：“那你说说，现在入侵的星际海盗有几股势力？”

“大概就……就三股，”零零一说，“直接袭击白银要塞的那伙人应该是‘光荣团’的，大部分逃到域外的小团体一开始没法生存，后来都加入了这个组织，他们一直在招兵买马，想密谋取代联盟，建一个什么……什么光荣帝国。除了光荣团，还有一帮人势力也很大，非常危险，据我所知，他们自称‘反乌托邦协会’。”

林静恒眼角一跳：“反乌会？反乌会居然还在？”

“反乌托邦协会”这个组织，发源于地球时代末期，刚开始，就跟“保护动物”“保护水源”之类的非政府组织一样，是文艺青年们的时髦，主旨是反思科技这把双刃剑，号召人们适当回归自然，不要被越来越强大的科技绑架自己的生活。

众所周知，文艺青年是一种安全无公害的生物，文明守法，急了顶多骂街，不会随便杀人放火，还留下了很多宝贵的文艺作品，当年大半个文化娱乐圈都有“反乌”倾向。然而随着人类飞向太空，走进星历时代，事情开始不一样了。这个文化人的沙龙渐渐变了味，开始被反科技极端分子占领。

劣币驱逐良币，疯子的声音好像总是更容易被人听见。

旧星历 192 年，反乌托邦协会正式被官方定性为“邪教组织”，此后愈加堕落，成了一枚社会毒瘤。从旧星历时代到新星历时代，反乌会在历史上留下了血迹斑斑的一道剪影，直到联盟统一八大星系，才把他们彻底清剿。

没想到百足之虫，死而不僵，这个可怕的幽灵居然一直躲在域外，伺机反扑。

“对！就是他们，反对人工智能，反对伊甸园，反对所有现代科技，他们还认为，非必要情况应该禁止太空漫游和太空考察，人就应该像猴一样活在地面上，是不是特别有病？凯莱亲王从第八星系溃逃之后，就加入了这个组织！”零零一说着，露出一个谄媚的笑容，“剩下一股就是我们了，我们……我们自由军团当然和平多了，到现在主力还在域外，根本没掺和进来，武装冲突是要流血的，对不对？不管谁有什么政治主张，老百姓总是无辜的。我那时候奉命把诸位请来，也是带着合作诚意的，大家都是想过好日子……”

林静恒把玩着个人终端：“不好意思，你最后自己人都不放过，连敌带友，炸了整个空间站的行为，不像是个‘想过好日子’的人啊。”

独眼鹰脸色沉了下来，在零零一小腿上踹了一脚：“你是不是以为别人都傻？”

“不不不，没有，”零零一连忙说，“误会！我们有保密规定，正在进行的实验，还有‘鸦片计划’暂时不能泄露，否则组织也饶不了我……可是巧就巧在四哥您神通广大，当时正好扣下了我们一枚‘鸦片’，弄得我们本来就很紧张，以为……以为您来者不善，像是知道了什么，当时情况又那么混乱，各位朋友开着机甲直接闯进我们的保密实验室，我是受到惊吓……”

独眼鹰打断他：“‘鸦片计划’是什么？”

零零一罕见地迟疑了一下。

独眼鹰面无表情地说：“看来他不想说了，嘴还是不如脑子可靠，不如……”

零零一原本也是一条硬汉，可是“生吃猴脑”这个过程实在太凶残，眼看林静恒要重新给他插上探针，他居然当场被吓哭了，把自己知道的所有男性长辈的称呼都唤了一通，他涕泪齐下：“我说说说——‘鸦片计划’……林四哥肯定应该已经猜到了，您从蜘蛛身上拿到的那个芯片就叫‘鸦片’，植入以后，能最大限度地坚固人体、让人觉得力大无穷，芯片还能局部模拟类伊甸园功能，能伪装，能屏蔽……当然，芯片本身是有一点成瘾性，摘下来之后也有一点轻微的反噬。”

独眼鹰的拳头陡然握紧了。

“眼看就是乱世，人人都得谋自保，可是普通人想活下来太艰难了，以大多数人的身体素质连大气层都飞不出去。”零零一干传销干久了，俨然已经忘了自己的俘虏身份，唾沫横飞道，“我们就是想趁这个时机把一批成熟的芯片投向市场，让更多的人通过强化身体，掌握自己的命运……”

独眼鹰冷冷地打断他：“是引诱更多的人对你们的芯片上瘾，一点一点升级，最后变成实验室擂台上那种怪物吧？挺好，我看反政府和邪教都没有你们这些毒贩子精，他们辛辛苦苦打江山，一不留神，手下的有效战斗力就被你们控制住了。”

林静恒问：“光荣团和反乌会现在分别在什么地方活动？”

“听说光荣团占了沃托，打算宣布成立临时政府，跟联盟硬干几年，”零零一说，“反乌会应该只是趁火打劫，白银要塞都丢了，首都星自顾不暇，没空管其他星系了，当然是有怨报怨，有仇报仇。现在星系内打成了一锅粥，域外反倒清静了，我可以给二位带路去自由军团总部，我们最欢迎……”

他话没说完，林静恒就站起来，穿过玻璃门的消毒喷雾墙，转身走了，顺便回收了神经探针和开颅专用的“小甲虫”。

零零一不明所以地松了口气，感觉自己是逃过一劫了，讪讪地冲独眼鹰一笑：“陆先生是吧？您能……能先找个什么东西，把我的头……”

独眼鹰：“把你的头盖骨装回去？”

零零一期盼地看着他。

“那么麻烦干什么？”独眼鹰笑了，鹰钩鼻下露出一排尖牙，他指了指自己的鸳鸯眼，“看见这双眼了吗？136 年跟着陆信将军清理第八星系的星盗时瞎的，当时我就发过誓，落到我手里的星盗都得死无全尸。”

十分钟以后，零零一连一根头发都没剩下，残肢裹在机甲的排泄物处理包里，飞向宇宙。

独眼鹰把整个医疗室消毒，洗干净手，不慌不忙地溜达出来。林静恒正在二楼训练室门口，靠着楼梯栏杆，看学生们鬼哭狼嚎地进行失重适应训练。听见独眼鹰上楼的脚步声，他一偏头：“你怎么知道我没有读脑的传感器，只是诈他？”

独眼鹰脚步一顿，双腿一上一下地踩在楼梯台阶上，有那么一瞬间，他看林静恒的眼神十分复杂，近乎深沉。

然而只是深沉了一秒，老波斯猫就很找抽地嗤笑了一声：“你那点雕虫小技，呵呵。”

他一声“呵呵”，方才配合还算默契的“凶残审讯小组”火速内讧，又打响了新一轮的战争——

林静恒点点头，谦虚地说：“确实，我只会一点上不了台面的雕虫小技，像持枪闯进午夜场、扒人裤子之类的事太不人道，上不了大雅之堂，陆兄见笑了。”

独眼鹰应声恼羞成怒：“林狗我 × 你……”

训练室虚掩的门从里面拉开，陆必行一敲门框：“机甲里那么大地方，你俩非得在这儿吵什么，屋里还有未成年人呢，老头，你不说脏话不会张嘴是吧？注意素质！”

随后他转向林静恒，声音立刻低了八度，几乎是温文尔雅地叹了口气：“唉，他就这样，两百多岁了，估计也改不过来了，别介意啊。”

独眼鹰：“……”

谁两百多岁了？谁允许你四舍五入的！

“没关系。”林静恒通情达理地说，“二十分钟以后我们准备跃迁，前往域外，建议你们现在休整一下，由于这次不是紧急跃迁，机甲不会填充保护气体。还有你们最好不要用药，省得用惯了以后有依赖性，储物间里有口服葡萄糖，身体素质不好的可以补充一点。”

顿了顿，他又对学生们补充了一句：“不用怕，以后习惯就好了。”

独眼鹰本来准备了满腔怒火，还没来得及喷，就听见林静恒嘴里吐出这么啰唆的一段殷殷叮嘱，他当场忘了词，目瞪口呆地戳在原地。

机械音的倒计时声音里，机甲原地消失，背对战火纷飞的八大星系，前往不在地图上的地下航道跃迁点，隐入茫茫黑暗中，驶向不可知的域外方向。

联盟建立两百多年，贫富差距不断增大，虚伪的政客们虚与委蛇、尔虞我诈，而伊甸园更像个大型谎言，罩在温顺的民众头顶，已经烂进了骨子里。

但，虚伪的和平也是和平，大多数人即便是愚蠢地生存，也依然能生存。

直到星际海盗的导弹打碎沉静的夜空，把每个人的命运悬挂在发丝之上——

卷一　荒漠之星　完

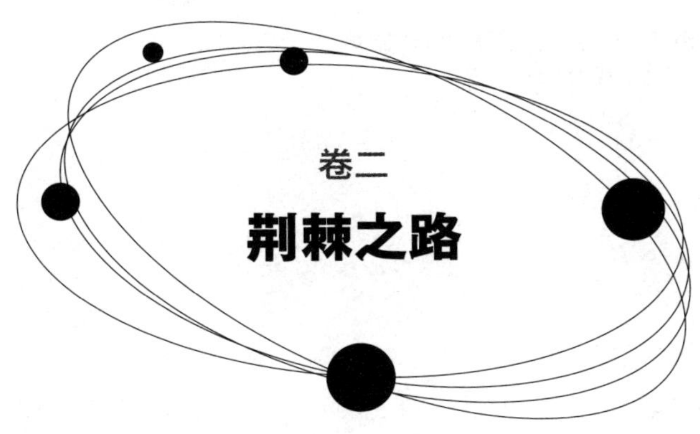

卷二
荆棘之路

“你知道战争对他们这些人来说意味着什么吗？
那就是一盘棋，伤亡率只不过是个数字。”

第一章　下水道桃源

“欢迎加入第八星系自卫队。”臭大姐站在“妖娆”的门牌下，张开双臂，“这是我们的地下王国。”

（一）

机甲“北京”的实时航行图上显示了一片空白，此时，他们所经过的航道不是在地图上的官方航道，是无数穿梭在第八星系的走私贩开辟出来的，这意味着，这条航道上没有任何安全保障。

“北京”，就是林静恒这架小机甲的名字。

一般来说，只有湛卢那样的重甲才会有自己的名字和编号，这种模型一样的小机甲，在茫茫宇宙中充其量只能算个小飞虫，没有人工智能，当然也没必要有名字。但陆必行坚持要叫它“北京”，仿佛是借这北京β星上最后一架机甲，纪念他们永远也回不去的归处。

黄静姝跪坐在训练室的墙角，在舱壁上打开了一扇巴掌大的小窗，她透过小窗往外望去，外面依旧是一成不变的黑暗，什么都看不见，四下没有光，没有同行者，也看不见任何天体——星际旅行中，引力有时是致命的，因此航道往往要避开大型天体轨道——只有极偶然的时候，机甲会撞进一些太空尘埃中，那些细小的尘埃飘浮旋转，反射了遥远恒星的光，远远望去，好像一层泛着微弱光晕的轻纱，薄如蝉翼。

他们已经在地下航道上走了近两个月，其间经历了几次非紧急跃迁，黄静姝已经渐渐能忍受那种五脏都快被挤出来的感觉了。而除此以外，机甲周遭一直是这样的环境，不刺激也不惊险，让人恍惚觉得，这种无边的寂寞才是常态。

联盟和星际海盗之间的大战也好，疯狂的凯莱亲王也好，灰飞烟灭的故土也好……仿佛都只是一场光怪陆离的梦而已。他们这些落后地区出产的落后学生，也并没有因为特殊的经历获得特殊的才华，他们依然只是一群毫无用处的累赘。

训练室里有模拟机甲，安装了一个仿真的微型精神网，他们魔鬼训练了两个月，至今，还没有一个人能成功接入。怀特是个弱鸡，无论是体能还是抗失重训练，在同学中全是垫底，至今一连上模拟机甲就能直接抽过去。

斗鸡那傻大个倒是身体倍儿棒、吃什么都香，但智力方面的长势着实不甚喜人，基本是个半文盲。别说教会他什么高精尖的技术，就是让他看个小家电说明书都觉得吃力，还伴有注意力障碍。

以上这两位，虽然有问题，但慢慢来，也还算能解决，薄荷的情况就没那么简单了。她有黑暗恐惧症，以前无论在孤儿院还是女生宿舍，她都不是独居，所以症状不大明显，但是一旦连上精神网，人的感官就会和宇宙中的机甲感官共享。就像正常人会把大部分注意力放在体外环境，如非刻意，不会去留意自己的心跳呼吸一样，刚刚连上机甲精神网的人，也会被大量的机身外信息包围——暗无天日的宇宙环境给她带来了巨大的精神压力，连上精神网最多不到五秒，她就会出一身冷汗，心肺功能紊乱，有一次差点被送进急救舱。

至于黄静姝——空脑症就是空脑症，至今为止，她与精神网的匹配度没有达到过30%，开机甲？那不可能。

拉环一声轻响，有人在她旁边开了一听啤酒，味道飘过来，黄静姝一扭头：“陆总。”

陆必行抽出一个纸杯，倒了半杯给她：“这是林以前的库存，估计是手下人随便放的，他们不知道他不喝这个，我看都快过期了。”

黄静姝半死不活地说：“快过期了你还这么小气，就不能单独给我拿一罐吗？”

“给你半杯不错了，小朋友，我还要怎么惯着你们？”陆必行一伸手，“不喝给我倒回来。”

黄静姝赶紧把纸杯端走了。

一直等她喝得差不多，陆必行才开口打破沉默：“你昨天的作业错误率很高，论述题有明显的抄袭痕迹，做得都很敷衍，以前没有这种情况，为什么？”

黄静姝：“你怎么知道我是抄的？”

“我不会给学生开我没看过的拓展书单，你们几个不学无术的东西，抄都只会拣着前几页抄。”陆必行靠在训练室一侧的墙壁上，站姿十分放松，却又并不显得吊儿郎当。

黄静姝死猪不怕开水烫地一低头：“哦，那你扣我分好了。”

陆必行看了她一眼，耐心十足地等着她的下文。

黄静姝一口把纸杯里剩下的啤酒灌下去，小太妹风范十足地一抹嘴：“陆总，有些事，不是努力就能做到的，人和人是不一样的——有的人天生缺胳膊短腿，有的人天生就注定一事无成、注定被淘汰。我……还有他们几个，都是这样，‘出厂’时就是不合格品。对不起，陆总，教我们操作机甲，比训练仓鼠钻火圈还难吧？”

陆必行不置可否：“仓鼠钻火圈可没什么观赏价值。”

“以后不知道会发生什么，我们不可能一辈子当废物，一辈子依赖别人。但是既然开始打仗了，不会操作机甲的人，将来很难在太空中活下去，对吧？”黄静姝平静地说，“操作机甲需要很强的身体和心理素质，得够聪明，还得没有基因缺陷，你不觉得这也是一次自然选择吗——消灭那些有缺陷的人，只保存健全的。”

“嗯，”陆必行有些讶异地一挑眉，“听你这么说，老师有点吃惊。”

黄静姝撇撇嘴：“‘你们不是天赋不够，只是还不够努力，以及要注意学习方法。’——你是想这么说吗？陆总，你们老师的台词从地球时代就没换过吧？”

“不，我是想说，我一直以为只有比较内向的年轻人会思考人生和社会，没想到你们这种业余爱好是抡啤酒瓶子打群架的也一样。”陆必行说，“原来这种探究是人类进入青春期后的共同本能之一。看不出来，你居然还是个古老朴素的‘社会达尔文主义者’。”

黄静姝："……"

什么……什么玩意儿主义，她虽然没听明白，但总觉得不像好话。

"人类社会、物种演化，是一个太漫长也太复杂的过程，当你凭借着自己十几年的生活经验，来观察判断它的时候，就像管中窥豹一样。"陆必行不紧不慢地说，"开学第一天的时候我就讲过，这个世界变化太快了，也许每个十年就会翻天覆地一次，你能准确预测到下一个十年会是什么样吗？你一生会有几百岁，如果你连下一个十年都预言不了，那你凭什么觉得自己能定义什么是缺陷、什么是健全呢？"

黄静姝一时想不出怎么反驳，撇着嘴不服气。

陆必行慢悠悠地啜了一口啤酒："小丫头片子——据我了解，空脑症确实不适合长期生活在伊甸园环境里，但没有空脑症绝对不能连接精神网的证据，天赋上有欠缺，你可以在充分了解自己和机甲之后，选择其他发展方向，而不是入门比别人慢一点，就临阵脱逃。你有机会可以问问林将军，就算在白银要塞上，也不是所有人的精神力都强得像他一样的。"

他话音没落，就听见训练室的广播里传来林静恒的回答："当然不是，除了一线战斗人员，白银要塞对精神力高低没有硬性要求。"

陆必行猝不及防，一口啤酒差点呛进肺里。

不是说地下航道危机四伏吗？怎么驾驶员还有闲情逸致偷听他教育小女孩？

陆必行一时有种错觉，好像林那双灰蒙蒙的眼睛无处不在，无时无刻不在关注着他。刚才喝下去的啤酒里好像混了几斤鸡毛，他喉咙又干又痒，连忙用力清了一下，换了个站姿："不是说快要靠近地下航道的补给站了吗？"

林静恒："按照你的地图，航程还有一两天。"

训练室的密封性很好……太好了，如果关了门，里面会有轻微的回音，广播里的声音好像贴着人耳边似的。

陆必行不怎么明显地激灵了一下，推开门走了出去。

站在训练室门口的楼梯间，可以居高临下地看见机甲底部，底部铺着一张巨大的地下航道图。星际航道不像地面的高速公路，不可能总是静止在那儿，航线图是立体且实时的，在有规律地旋转变换，密密麻麻的坐标叫人眼花缭乱，复杂得能把斗鸡同学看哭了。

林静恒身在航道地图中，不停旋转的小亮点划过他的衣服，有时会照亮他的脸，老远一看，居然有点梦幻效果。陆必行发现这个人打扮得懒散又随便，不经意的仪态却会带出许多军人似的板正和挺拔，混合出某种异常矛盾的气质。他的虹膜发灰，原来头发的颜色也不是特别黑，在光下仔细看，略有些偏浅，五官中每一样单独拆出来，都能品味很久，组合在一起，却莫名让人不敢细看，只记住一张冷脸。

陆必行认识他五年多，第一次发现自己其实没看够。

“将军，”陆必行很熟练地拗了个风流倜傥的造型，靠在栏杆上，“你在白银要塞的时候，每年要收多少表白信？”

林静恒一愣，似乎有点愕然。

旁边湛卢适时插话说：“先生，您的邮箱开了筛选功能，不接来源不明的邮件，不过白银要塞的公共信箱里，每天都有成百上千封邮件是写给您的，尤其是您公开拒绝叶芙根妮娅小姐之后。”

林静恒莫名其妙：“我怎么不知道？”

“没有重要信息，亲卫长和秘书筛查后替您处理了，”湛卢一板一眼、播放新闻似的回答，“根据统计，有大约一半的邮件在痛斥您伤害了女神的感情，还有一半是在热情表白，声称不管您是阳痿的暴力狂，还是变态的性冷淡，他们都会一如既往地热爱您的脸。”

林静恒：“……”

“是的，听起来很不礼貌，”湛卢有理有据地说，“但是统计数据显示，人们在面对公众人物的时候，确实更容易发表不礼貌和不文明的言论，并不能代表社会风气不好。”

林静恒：“立正，闭嘴。”

人工智能忠实地执行了命令，原地变成了一个哑巴。

陆必行：“干吗这么凶，长得帅还不让人夸吗？”

林静恒一摆手，不怎么恼怒也不怎么严厉地呵斥了一句：“胡说八道，你没事干了吗？没事干去检修一下武器装备。”

陆必行舔了一下发干的嘴唇，把空了的啤酒罐捏扁，塞进了机甲的垃圾处理器，听话地去了，同时又开始后悔，因为自我感觉方才那句嘴欠的接话听起来又像句调戏。

“这样他也没生气。”陆必行像个充满探索精神的实验员，暗促促地记了一笔，好像完成了一场小冒险似的，后悔之余，心里又无端有点雀跃，高高兴兴地干活去了。

半个小时后，机甲“北京”上突然检测到通信信号——附近有人，他们摸到了这个地下世界的边缘！

（二）

怀特踉踉跄跄地从跑步机上下来，干呕了两下，几乎要热泪盈眶：“人？人！附近有星球吗？小空间站也可以啊，我做梦都想踩在地上。我不想再吃冷冰冰的压缩营养餐了，哪怕是吃白开水煮的青菜叶也好……”

学生们你推我搡地从训练室里探出头，连在寝室休息的薄荷都挣扎着爬了出来，在千里无人的宇宙中流浪了两个月，重回人类社会，兴奋溢于言表，简直恨不能机甲化成一只大手，一路拥抱过去。

然而成年人的反应就不是十分友好了。

独眼鹰猛地推开门，从自己屋里大步流星地走出来，面沉似水：“什么情况？”

林静恒眯起眼：“必行，给我报备一下武器库状态。”

“还可以，”正在武器库里检修的陆必行听见他的声音，顺口回答，“密封性良好，武器库环境状态无异常，嗯……就是这程序有点古老啊，实战时反应会不会有点慢？”

说完，他才回过神来，林方才叫了他的名字。

陆必行耳边“嗡”地响了一声，声音不大，像个蚊子过境，他耳根动了动，觉得机甲上的重力平衡系统仿佛出了问题，脚下轻飘飘的。

林从来没有单独叫过他的名字，正常的时候连名带姓，讽刺他的时候叫“陆校长”“少爷”什么的，当面就直接“你”来“你”去。

不是他的错觉，林就是突然对他特别温柔。陆必行顿了顿，有些恍惚地问：“需要我替你升级一下吗？”

“不，你回来吧。”林静恒通过机甲广播传来的声音有些发沉，“防护系统开启。”

陆必行猛地一抬头，整个机甲里“嗡”一声，防护罩直接开启到了最高功率，两枚导弹上了膛。

黄静姝问："四……林将军，怎么了？通信信号有什么问题吗？"

"自从进入星际时代，宇宙上最危险的就不是黑洞了。"独眼鹰说，"小鬼们，记住了，人比黑洞更危险。"

"这是局域通信信号，速度快，信号强，但是只供内部沟通，不与外界联系。"湛卢在旁边科普似的跟少年们解释，"只有内网没有外网的情况，常见于战时，关闭对外通信，是隐藏自己不被潜在敌人扫描到，而内网范围就是他们的巡逻范围，我们现在已经进入了……"

他话没说完，机甲"北京"猛地一晃。

林静恒招呼也不打就直接开了火，一枚导弹划过夜空，精准无比地与另一枚朝他们偷袭过来的导弹相撞，残骸与射线撞在"北京"的防御系统上，星星点点，黑暗中突然炸起了一朵烟花，短暂地照亮了四周。

至少六十架战斗机甲密密麻麻地把他们包围在了中间，哪一架看起来都比"北京"凶猛。甫一见面，就给了他们一枚导弹做见面礼。看来是没有一见钟情。

林静恒与独眼鹰互相不信任地对视了一眼，异口同声问："是不是你仇家？"

还不等他俩对喷，一个声音就连忙插进来，同时替两个人做出回答："不是，先别内讧。"

陆必行从两人中间穿过去，抬手把他们俩分开，然而右手是实实在在地抵住了独眼鹰的胸口，还把他往后推了两步，伸出的左手却悬在林静恒胸前，手指伸展两下，没敢往上放——这位前将军的衬衫有三颗扣没系！

他以前在白银要塞，是被联邦军委严苛的着装标准憋坏了吗？

一偏头对上林静恒的目光，陆必行火速把左手缩了回来，假装理了理发型，人模狗样地走到通信台旁边。他把自己的个人终端连在通信台上，飞快地输入了一串代码："我爸这些年做生意，挺和气生财的，没得罪过什么人——老头，林又不像你，他是那种会满世界惹事的人吗？"

独眼鹰从鼻子里出了口气。

林静恒问："你在干什么？"

"我以前做过一个小玩意儿，本来是星际航行中蹭网用的，试试能不能捕捉他们的内网接口。”陆必行话说得不快，十指却好像要起飞，“先想办法和对方打声招呼，应该只是误会，你们先礼后兵好不好？”

独眼鹰阴恻恻地说：“我从来不跟先动手的贱货讲理……”

林静恒则一口答应：“好。”

独眼鹰立刻跟着改口：“……不过有技术支持，试试也可以。”

机甲群好像古墓里浮起来的阴森守卫，缓缓地从黑暗中逼近，黑洞洞的炮口仿佛已经近在眼前，精神网的边界感觉到了沉甸甸的压迫，陆必行头也不抬，很快蹭上了对方的内网，吹了声口哨。通信台的屏幕陡然亮了起来，好像睁开了第三只眼，无声地掠过周遭，所有藏在黑暗里的机甲都无所遁形，在屏幕上露出密密麻麻的形迹——原来包围他们的不只这一圈机甲，圈外还有埋伏，里三层外三层的，在通信台上一看，活像个年轮蛋糕。

这种队列明显不科学，因为机甲的速度和能耗相比陆地武器而言，是天文数字，再小的机甲也一样，这种密密麻麻的队列让机甲行动不便不说，电磁场和精神网还会互相影响，很容易造成精神网不稳、操作失误。而一旦有人重器轰炸，他们根本连躲闪的余地都没有。

这像是要集体大合唱的架势明显不是正规军，更不是凶狠吝啬的星际海盗，像是一帮临时结盟、来打群架的乌合之众。

“方才放导弹的是哪一个？”林静恒问。

通信网十分智能，对面一架机甲被特别标黄了出来。

陆必行问他：“要给对方发送通信请求吗？”

“不，”林静恒说，“找它旁边那个。”

怀特小声问湛卢：“为什么？”

湛卢回答：“因为根据统计数据，打群架时第一个动手的人，比其他人有更高的表现欲，也更喜欢跟在老大身边。”

怀特对这位机甲先生的精神世界充满了不解：“你怎么连这个也统计！”

说话间，通信接通，通信台上的屏幕一闪，里面出现了机甲的内景。

只见屏幕那一端是个男人，穿着深灰色的男式正装，领带夹、袖口、耳钉之类鸡零狗碎的小玩意儿戴了一身，珠光宝气，闪得人没法睁眼直视，他身材纤细得异于常人，却配了一颗硕大的头颅，好似竹扦上插了一颗熠熠生辉的撒尿牛丸。

“撒尿牛丸”冷冷地看着林静恒：“你是谁的探子？”

林静恒正要说话，旁边独眼鹰突然出了声。

独眼鹰一见那人，先是震惊，随后凑到通信台前：“臭大姐，怎么是你？”

对方看清了他，眼角也是一抽：“独眼鹰！”

“这货是个走私线上收保护费的黑吃黑。”独眼鹰抬头仔细看了看包围他们的机甲，突然破口大骂，“臭大姐，这批机甲还是你爸爸我卖给你的，我说怎么他妈那么眼熟，你拿老子的东西炸我？你个王八蛋，尾款还没结清呢！”

“臭大姐”表情有些奇异：“我听说凯莱星都被炸成爆米花了，你怎么还活着？”

“盼着我死？我偏不死，”独眼鹰狞笑，“第八星系被炸成了蜂窝煤，单单漏了你的债主爸爸我，怎么样，是不是很感激上苍？”

臭大姐：“……”

独眼鹰：“别跟个缩头乌龟似的躲在小弟身后，你给我过来说话！”

臭大姐看了林静恒一眼：“我不，你最好也别动，不然兄弟们的导弹可就不长眼了。”

他不肯过来是有道理的，因为精神网有一定的覆盖范围，譬如“北京”这种小机甲，精神网的扩散范围就相对很小，远远低于星际中短程导弹的射程。对方虽然带着手下一帮乌合之众，但非常谨慎，一直小心翼翼地保持着距离，包围圈最内侧的机甲也堪堪停在了“北京”的精神网外。

“你也有今天？”臭大姐颇为感兴趣地打量着独眼鹰，“怎么，老巢被人炸了，变成丧家之犬了，到我这儿来讨食？老哥，讨饭就讨饭，我是念旧的人，不是不能收留你，可你看看你这态度。”

独眼鹰想冷笑，联盟对太空武器管控非常严，臭大姐这走私贩子以前摸不着门路，想从他那儿拿机甲和武器，托人赔笑，恨不能跪下舔脚，现在得志猖狂，又是这么一副嘴脸。

“不瞒你说，我这回确实在冯家的疯子手底下吃了点亏，都是从那时候过来的人，都跟凯莱亲王卫队有深仇大恨，对不对？”独眼鹰压了压脾气，“我告诉你，那老疯子来势汹汹，背后现在还有‘反乌会’，让他们占领第八星系，往后谁都别想有好日子过。我有武装来源，你有地下城，大家应该坐下聊一聊，看看怎么把老兄弟们都联合起来，对付共同的敌人。”

臭大姐一撇嘴，露出一个不为所动的假笑：“你也说了，我们这里是地下城，凯莱亲王没来的时候，我们就是阴沟里的臭虫，现在他们来了，也没有清理下水道的意思，我好好的，干吗要去找死？”

“我要是没记错，你父母、你妹妹……当年你全家都是死于彩虹病毒，你上次来求我分期付款的时候喝大了，在酒桌上号啕大哭，”独眼鹰的声音压在喉咙里，“你说你妹妹当年才六岁，全身溃烂，一碰就连血带肉地往下掉，他们把她扔进隔离箱里，人还没死就送进了焚化炉……”

臭大姐听到这里，手撑额头，大笑着打断他：“我的天哪，独眼鹰，陆兄！你也太天真无邪了，我不卖点惨，怎么跟你套近乎？我从小光棍一条，靠偷鸡摸狗长到这么大——父母和妹妹？哈，我是不是还跟你说我家有个小院子，养了两条中型犬啊？太温馨了吧？”

独眼鹰的下颌狠狠地一绷。

臭大姐的脸色随即冷了下来：“抱歉，我只想过几年安生日子，不想找事。陆兄，你知道世界上有两种人是必须死的吗？一个是秘书，因为知道得太多，还有一个就是债主。”

独眼鹰：“你……”

臭大姐笑出了一口大白牙：“对不住了，拜拜。”

说着，他单方面地陡然切断了通信，与此同时，包围圈最内侧的几十架机甲同时举起炮口，预备来一曲大合奏，把被他们包围在中间的小小机甲轰成渣。

独眼鹰：“王八蛋！”

陆必行却仿佛感觉到了什么，忽然回头去看湛卢，湛卢闭着眼，整个人身几乎成了虚影，联盟第一重甲的精神网悄无声息地叠加在“北京”的精神网上，像一层看不见的水波，不知不觉中渗透出去。

就在对方准备开炮的瞬间，前锋的几十架机甲的精神网同时动荡，难以抵挡的精神网入侵一下横扫了一排，六十多架机甲的精神网同时断开，对方的驾驶员人仰马翻了一片。同时，距离臭大姐最近的几架机甲被反向操控，一个粒子炮打碎了臭大姐的防御系统和主发射器，八枚导弹蓄势待发地架起来，悬在了他的头顶。

林静恒轻轻地揉着自己的太阳穴，在众人目瞪口呆的注目礼下，他声音很轻地开了口。

“再联系他们一次，”他说，“陆兄，这回你可以放开喉咙骂街了。”

（三）

然而对这番好意，独眼鹰并不领情。

独眼鹰听了这句近似“关门放狗”的话，双眉原地起跳，差点超越发际线：“不就是收拾几个小瘪三吗？你至于装出星系这么大一个 × 吗？林静恒，不摆个造型你活不下去吧？”

林静恒淡淡地回答：“阁下心里想什么，眼里就见什么。”

臭大姐那边也回过神来，这位纤细的不美男子身在八枚导弹胁迫下，表现出了令人敬佩的骨气，直接甩来一条语音：“呸，老子还有三千兄弟，我们宁死不屈！”

林静恒嗤笑一声：“要送我三千颗人头？太客气了，那怎么好意思。”

陆必行：“……”

林将军的精神力强弱姑且不论，这张平时不言不语的嘴战斗力着实惊人，力战敌我双方，丝毫不落下风。

就在陆必行又好笑又无奈地摇头时，林静恒无意瞥了他一眼，有那么片刻，这位前任联盟上将心里“咯噔”一下，怀疑自己在陆必行心里的形象不怎么样。

不尊老不爱幼，脾气烂，还喜欢拿腔拿调。

但是有什么办法呢？在他漫长的从军生涯里，“作秀”和“装模作样”，已经成了他生活的一部分。

在第一星系，没有人关心将军们打了多少仗，剿灭了多少海盗，有什么军事理论和国防见解——话题才是一切。赞誉也好，骂名也好，哪怕媒体上连篇累牍都是他的黑料都无所谓，只要不被和平了两百多年的民众遗忘。因为沃托需要他这样一个人，联盟议会需要一个扎眼、狂妄、狠毒、谁都拿其没办法的独裁者形象，来做公共反派。

联盟是“平等自由”的，平等自由的联盟拿什么来阻止七大星系拥有军事自治权呢？这不合理，所以要有这样一个“大反派”站在台面上。他必须压得住阵脚、拉得住仇恨，让联盟中央“无可奈何”地对民众说：“我们也拿这个人没办法，但是我们不畏强权，一直在努力斗争。”

议会需要作风强硬的反派，军委需要他作为陆信的继任者，成为一个平衡军方内部裂痕的吉祥物，这些年来，他处心积虑地维持着这样一个形象，游走在各方之间。

否则，一个不到百岁的年轻人，凭什么能爬到那么高的位置呢？

难不成还凭他有本事吗？

自他离开联盟，五年来，林静恒无数次想抛弃这个枷锁一样的“形象”，找回当年被活埋的自我。

然而三十年过去，他已经不记得自己本来应该是什么样了。

可能本来也就是个不摆造型活不下去的人吧。

“你们现在可以试着连接一下精神网，”林静恒忽然说，“湛卢的精神网附在上面，我可以让他按照你们的精神力水平适当开放权限。”

四个学生呆呆的，没想到这句没头没尾的话是跟他们说的。

因为一时没人回答，场面不免有些尴尬，林静恒只好又装作漫不经心地补充了一句：“不过只能连一小会儿，这么小的机甲经不住湛卢的能耗。”

陆必行一下跳了起来：“还都愣着干什么，熊孩子们，怎么一点也不机灵！”

独眼鹰：“拿湛卢收买人心，你也太无耻了！”

可惜没有人理他。

这可是湛卢，联盟第一传奇机甲，一个人一辈子能有几次机会见到重机甲？更别说亲自感受它的精神网了！

与简单粗暴砸下来的小机甲精神网不同，拥有人工智能的湛卢像个体贴的保姆，在学生们依次进入精神网的一瞬间，他就迅速评估出了每个人的精神力水平，自动为他们屏蔽了大部分的信息流。

他甚至非常妥帖地播放起古老的八音盒音乐，还问薄荷：“这样有助于缓解您的焦虑症吗？”

“……呃，谢谢，不用这样。”薄荷被人工智能诡异的审美弄出一身鸡皮疙瘩，连忙委婉谢绝，“我主要是怕空荡荡的太空，现在外面这么多人，没关系的……那什么，能关上吗？这声音让我想起好多恐怖电影。”

湛卢的精神网极其浩瀚，初来乍到，让人有种惊心动魄的感觉，依稀想起自己年幼时第一次仰头望见无边星河的震撼。直到这时，学生们才发现，臭大姐和他拥挤的打手团原来全都清晰地陈列在机甲视野范围内，目力所及，甚至隐隐能看见他们几个航行日外的老巢。

人的意识裹挟在这样的精神网中，有种特殊的感受，好像自己是茫茫沧海中微如尘埃的蝼蚁，又好像已经脱离渺小的肉体，成了无边疆域里唯一的真神。

无边孤独，但是也无边自由。

这就是湛卢，曾被联盟两次舍弃的名剑。

少年们并不知道，除了湛卢的两任主人，还从未有人被获准踏入这片领域。

“跟着我。”林静恒的声音在每个人耳边响起，“不要害怕机甲，也不要抵触精神网，机甲是伙伴，不是敌人。”

“林将军，”怀特小心翼翼地提出疑问，“湛卢是挺温柔的，可我还是觉得‘北京’……还有‘北京’上那个训练用的高仿精神网，都很可怕啊。”

林静恒：“小机甲只是粗制滥造和蠢而已，习惯就好。”

说话间，湛卢的精神网涌起细细的波澜，通过机甲的视角，时间和空间变成了完全不一样的东西，与其他机甲叠加的地方，能清晰地感觉到一张一张精神网的存在。

学生们感觉自己被裹挟着，直冲着一张敌人的精神网撞了过去，集体发出短促的惊叫。然而下一刻，他们发现自己已经融入了进去，对方的精神网像一块被拆开的芯片，条分缕析地摆在他们面前，林静恒有意让他们看清楚入侵精神网的全过程，拆解得十分详细。

陆老师见缝插针地讲解：“对方机甲的性能虽然优于北京，但这个驾驶员的匹配度只有 50% 多一点，应该是第一次开着机甲出来，是个水货。”

他话音没落，对方仿佛是感觉到自己的精神网被入侵，吓得当场六神无主，慌张之下，精神力波动，匹配度跌破 50% 的线，根本不等人动手，他自己就“掉线”了。

“新手毛病，跟你们几个一样，心理素质不佳。”陆必行飞快地说，“现在能感觉到对方精神网接口了吧？匹配度越低，相当于接口缝隙越大，也就越容易被精神力强的人入侵——对方驾驶员晕过去了，匹配度是零，接口完全空出来了，趁现在，你们可以用连接机甲精神网的标准步骤试一试连接那架机甲，对接成功的话，就能反向控制它，不用怕，将军在这儿。”

他蹬鼻子上脸，直接把林静恒当成了助教。

林静恒没吭声，臭大姐成片的机甲全在湛卢精神网覆盖范围内，被他秋风扫落叶似的扫荡过去，对方吓傻了，完全不能理解，为什么这个屁大点的小机甲有这么大的精神网。

反应过来再要撤退已经来不及了，“合唱团”的队形乱成一团，臭大姐也不知从哪儿招来了一帮水货驾驶员，可能全是仓促培训上岗的临时工，自行剐蹭碰撞事故就折损了一半人手，操作失误的、自己掉线的……乱作一团，间或还有机甲被几个学生瞎猫碰上死耗子似的成功控制，因为学生们基本不会开，所以那几架被反向控制的机甲发疯似的猪突狗进，在原地做出各种诡异动作，还引起了不小的恐慌。

偌大一个机甲战队转眼被扫荡干净。

然而林静恒也没能威风太久，三分钟一到，湛卢却几乎耗尽了小机甲“北京”的能源，机甲的低能储警报响成一团，再难以为继。

独眼鹰：“我就说装 × 遭雷劈，湛卢，你也太费电了！”

“等等，”陆必行说，“对方发来通话请求。”

林静恒：“关上报警器，接。”

“有骨气”的臭大姐“宁死不屈”地朝他们嚷嚷道：“停停停，大……大佬，独眼鹰大哥，我错了，我有眼不识泰山！我是混账！不是东西！”

他话音刚落，机甲“北京”就只剩下保底能源，湛卢铺开的精神网被迫消散，人工智能重新变成机械手，落到林静恒手臂上。林静恒和独眼鹰两人站在快没电的“北京”上，默契地一同维持了“算你识相，先饶了你”的表情，像两个能生杀予夺的世外高人。

臭大姐被他俩成功唬住，感觉到方才的压迫力消失，还以为是自己投降投得及时，连忙大松了一口气，谄媚地笑起来：“独眼鹰大哥说得对，面对凯莱亲王这种人类公敌，我们就是应该同仇敌忾！现在万事俱备，就缺少这位……您怎么称呼？”

林静恒爱搭不理地吐出一个字：“林。”

“什么？您就是黑洞的四哥，哎呀，久仰久仰，百闻不如一见！”臭大姐张开大嘴，朝他展示了两颗镶了钻的门牙，“我们就缺四哥这样的人才！独眼鹰大哥是我的亲人，亲兄弟，之前做生意就一直给我优惠，今天又把四哥给我们带过来了，蓬荜生辉啊！不瞒您说，我都好久没这么走运过了，回去得好好查查日子，一定是我那倒霉的诞生星逆行结束了！”

林静恒对第八星系人民的节操有了更深的领悟。

就这样，光杆司令臭大姐强颜欢笑地把他们领回了自己老巢，留下一堆驾驶员已经昏迷的机甲，有苦说不出地飘在宇宙里，等待被回收。

几个人来到走私贩子的地下王国，那是一块人造的空间站，从天上望去，目测有一万多平方公里，还有一半的面积用来存放机甲和武器，因此人口显得颇为稠密——新星历时代，已经鲜少能看见这样密集的人口了。

“空间是有限了点，”臭大姐说，“以前就是个补给站，现在没办法了，才开始住人，放个屁能砸脚后跟的小地方，住了上千万人，实在已经到极限了，我们也很发愁。”

独眼鹰冷冷地说：“你最好不要耍花样，就算我们从机甲上下来，弄死你也不费事。”

臭大姐苦笑了一声：“哥，我是欠你钱，不过咱俩合同上签的尾款是三个亿的‘八币’吧，我现在可以划给你，但你要吗？”

独眼鹰：“……”

联盟八大星系，因为巨大的贫富差距，只好使用不同的货币，不同星系的货币有一定汇率，第八星系的货币全名叫作“新星历第八星系通用货币”，简称“八币”，和平年代，拿到其他七个星系就不怎么值钱，现在整个联盟政府都摇摇欲坠，人心惶惶的第八星系又被星际海盗占据，八币更是跟废纸没两样。

“不瞒几位，我们这里物资储备还算够用，武器和机甲也充裕，但都没什么用，实在是太缺有效战斗力了。矬子里拔将军似的选了一批看得过去的，好不容易教会了他们机甲操作……水平您也看见了。”臭大姐脸上谄媚之色略微消去了一点，带着他们走上主街。

虽然只是个空间站，但颇有生活气息，有人在街边摆小摊，临道边的苍蝇小馆刚开门，楼上有人正在露天阳台上烘干衣服，听见声音，好奇地探头往下看，几个孩子追跑打闹着呼啸而过，嘴里十分文明地大喊着："我要把你们炸成狗屎！突突突突——"

"现在外面人心惶惶，谁也不知道我们能在这儿躲多久，"臭大姐正色起来，看了林静恒一眼，"四哥我以前听说过，今天既然有缘分见一面，我就明人不说暗话了——北京β和凯莱星都回不去了，这几天传来消息，凯莱亲王卫队总共炸了三颗行星，封锁了整个星系的星际要道，还把剩下的行星代表都叫过去开会，逼他们承认自己的统治权，我知道，现在诸位肯定是无家可归。我把你们领来，也不是怕你们……"

独眼鹰冷笑了一声。

臭大姐皮厚三尺，装没听见，继续说："我是尊重有本事的人——报仇不报仇的另说，这里上千万人，老幼妇孺一堆，既然来投奔我，我就有责任保护他们，在大气层外狙击诸位，也是因为我们胆小，害怕生人。不过现在既然误会解除，化敌为友，我看几位反正也没别的地方好去，不如干脆住下，加入我们的自卫队，大家不是双赢吗？"

独眼鹰冷冷地说："是啊，打得过就杀人灭口，打不过就想办法勾搭进来化敌为友，给你们当打手。臭大姐，你这脑袋没白长这么大，越来越能算计了。"

"哪里哪里，过奖过奖。"臭大姐涎着脸，眼珠一转，又转向陆必行，"其实不光是防卫方面，其他方面也捉襟见肘，这空间站本来不是住人的，现在负载、人工大气问题都很紧迫，我们缺少技术专家。我的人费了九牛二虎之力弄了那么一个破网，没想到一照面就让您那边给破解了，还有我长这么大，头一次见那么小的机甲有那么大面积的精神网，简直是老天爷送来的希望啊……哎，到了。"

他停在一座高楼下，那高楼的建筑风格和臭大姐本人一样，也是十分珠光宝气，正门上一块牌子，上面霓虹灯缠绕，活像个夜总会，写着："第八星系自卫队"。

"欢迎加入第八星系自卫队。"臭大姐站在"妖娆"的门牌下，张开双臂，"这是我们的地下王国。"

第二章 臭虫和地下城

现实是冷酷的，能在这种冷酷中岿然不动的人，需要比现实更加冷酷。

（一）

地下航道擦着边，穿过第八星系边缘，一直往域外方向延伸，途中据说要经过三个地下补给站，第一个补给站在第八星系外围的小行星群附近，坐标十分隐蔽，臭大姐的“自卫队”目前就盘踞在这里。

“臭大姐”——此人大名叫“斯潘塞”，自觉除了身材略苗条以外，整个人都充满了英雄的阳刚之气，他也不知道第八星系的这些臭流氓为什么要给他起这么个带有侮辱性的外号，不过好在大家都是互相侮辱，也不能算吃亏。

斯潘塞先生家里的祖业就是星际走私和黑市交易，笃信“狡兔三窟”的道理，目前，后面两个补给站作为备用基地，坐标地址都是严格保密的，只有他自己知道，打算等到山穷水尽时，再撤到那边当退路。

自卫队行政大楼有六层高，顶层是客房，楼道里有个瘪三似的保安二十四小时值班，随叫随到，房间里还配了保姆机器人，可以点菜，在这么个避难的空间站里，称得上十分豪华了。

基地上空飘着能源塔，相当于人造的“恒星”，透过人工大气均匀地落在空间站上，湛蓝的天空足能以假乱真，只有远远眺望“地平线”时，能看出一点不自然的端倪——“天地”交接处，没有那一条鱼肚白的线。

一行人在基地休整了一宿，连月的太空漂泊，至此才有种重新活过来的感觉，连半夜三更在大街上吵架扰民的人声都十分亲切，让人想起北京β星上永远不会“闭嘴”的“日可云车”。

第二天，热情洋溢的斯潘塞上门来请，先是带他们参观了“自卫队”的军容军貌——老实说，十分没有人样，实在没什么好看的——然后又把他们带到了自己的办公室。

“基地倒不是临时的，你们看这些楼，还有住宅区，都有好多年头了，不少人在这儿住了大半辈子。”臭大姐从楼上指了指不远处的街道拐角，“看那儿。”

只见那楼底下，一群白发苍苍的老头老太正分为两派，进行着一场武力冲突。

新星历时代的人，二十来岁长成，此后会一直保持这个面貌，直到超过两百岁，才算是“人到中年”，生理机能开始滑坡。中年阶段不长，三四十年后，就会渐渐显露出老态，走向人生终点。

看这些“夕阳红”白发苍苍的模样，平均年龄怎么也得二百五以上了。然而这群二百五老当益壮，朋克不减当年，为首的一位大爷拎着菜刀，嘴里缺了两颗牙，说话漏风，也不耽误他放狠话说要砍人全家。

“年轻的时候在太空中跑货讨生活，一辈子也没有身份，干不动了，只好到地下城养老。”臭大姐耸了耸肩，推开窗户破口大骂，“去你娘的老龟孙，给老子滚远点，别在老子楼底下吵吵！”

夕阳红们抬起头，集体朝他竖起了中指。

臭大姐不好意思跟“二百五”军团一般见识，只好眼不见心不烦地关上窗户：“见笑了，地方小，人多，那边机甲消耗又多，基地里能源有点紧张，冲突难免。”

“我有一件事不太明白，”林静恒忽然不紧不慢地说，“不知道方不方便请教。”

臭大姐屁颠屁颠地说：“别客气啊，您说。”

林静恒问：“基地的人既然都是在地下航道上做走私生意的，按理说也是在星际间飘惯了的，怎么会凑不出一个机甲队？”

陆必行本来站在窗边，津津有味地围观着夕阳红们的战争，听了这句问话，他忽然一愣，回头看了林静恒一眼。

就听臭大姐苦笑了一声："四哥太高看我们啦，小生意人讨生活而已，谁碰过机甲？一辈子攒一条破破烂烂的小商船就很不错了，大走私贩能有多少？大部分都是下水道里的耗子，世世代代都是这样过来的。"

陆必行的眉心轻轻一拧，臭大姐这话没落，他就忽然朝学生们招招手："你们没见过在空间站长期定居的吧？人工大气层和气候环境都跟普通星球上不一样，走，我带你们出去转转，好好长长见识。"

学生中，有敏感如薄荷的，已经感觉到气氛有点不对，但一时想不明白为什么："陆总……"

"走走走。"陆必行不给她反应的时间，连推带拽，"听他们聊天很无聊的。"

薄荷回头看了林静恒一眼，林静恒冲她一点头，一直目送着陆必行把稀里糊涂的未成年人都领走，他的嘴角才一弯，露出了一点不怀好意的似笑非笑。

"哦？"林静恒缓缓地说，"从没碰过机甲，那您这批机甲买得很及时啊。"

直到这时，独眼鹰才听出他的言外之意，眼神陡然冷了下来。

臭大姐神色微变，他已经意识到自己说错了话，本能地往后退了一步。

独眼鹰却不容他躲，上前一步，一把揪住了臭大姐的领子，把他整个人从地上薅了起来："什么意思？从来不用机甲，偏偏四个月前突然从我那儿收购了一大批？所以那时候你就知道，星际海盗近期会有动作，是不是？"

臭大姐挣扎着勉强冲他一笑："不……大哥，听我解释……"

"你解释个屁！"独眼鹰当场炸了。

林静恒添油加醋似的在旁边"劝"了一句："是啊陆兄，保持克制，有话好说。"

"你在我面前狗似的跪舔，又套近乎又卖惨，死乞白赖地让我给你折扣、给你分期，你当时心里怎么想的？嗯？"独眼鹰把声音压在喉咙里，他的声音有些沙哑，听起来像是某种猛兽的咆哮，双手青筋暴跳，几乎要把臭大姐那小细脖掐成两截，"你看着我，是不是心想'看这老傻 ×，现在多得意，星盗一来他们都得死无葬身之地’，是不是？”

臭大姐皮下充血，脸涨得通红。

林静恒双臂抱在胸前，靠在墙角冷眼旁观。

“就是第八星系政府想私下里买机甲，都得按照我的标价来，老子这么多年做生意，从没给过谁甜头，我看你可怜，你是不是觉得我傻，我是个冤大头？”独眼鹰猛地把臭大姐掼在地上，一拳砸了上去，“我×你祖宗！”

臭大姐被他这一记老拳掀掉了半颗门牙，损失了碎钻半克拉，鼻血长流满襟，他蜷在地上，狼狈地咳成一团：“我……我没办法。”

“是啊，没办法，”林静恒说，“要是所有人都知道要大难临头，你怎么浑水摸鱼？怎么低价囤积物资和武器？别说折扣了，陆兄的机甲大概一架都不会往外卖了吧？”

“我不管你是怎么知道星盗动静的，你明知道凯莱亲王会卷土重来，明知道这个星盗袭击会是什么规模，凯莱、北京β……那么多人帮过你、拿你当兄弟，替你牵线搭桥，你一句示警也没有，自己躲起来，眼睁睁地看着他们……”独眼鹰的嗓子破了音，“你还是人吗？！”

“我有什么办法！”臭大姐的声音陡然高了起来，“我不是你财大气粗的陆爷，我也没有那么大能耐去搞军用机甲！这事我告诉一个人，就等于告诉所有人，联盟政府是废物，那时候第八星系所有人都会疯，你们都会出来抢物资、囤武器，谁不是只管自己，不管别人死活？！万一有人盯上我的行踪，我没有技术跟你们去较量，可能连这个地下航道的秘密都保不住，消息走漏一旦传到了域外，那些海盗又会干出什么事来，到时候就没人能预测了！我不做好万全准备，我怎么活？这些人……这些一辈子连个身份证都没有的人怎么活？你告诉我！”

独眼鹰一个字也听不进去，他大半辈子的家当全在凯莱星上，逃亡路上，他一直强压着自己不去想，不去惦记已经发生、无法改变的事，假装潇洒得若无其事，但怎么可能真没事呢？

他生于凯莱、长于凯莱，年少时带头反抗过凯莱亲王的暴政，曾和无数有名无名的英雄并肩作战——凯莱星上不仅仅有他将近两百年攒下的家业，还有他这辈子最好的兄弟、最热烈的记忆。

哪怕早一天、早一个小时告诉他……

臭大姐声嘶力竭："换成你是我，你就能义气得大公无私吗？站着说话谁都不腰疼！"

独眼鹰从来都觉得《农夫与蛇》这个故事里的农夫脑子有坑，万万没想到，自己也客串了一把，他信奉丛林法则，少有什么能触动他，臭大姐那个声泪俱下的"彩虹病毒"的故事触碰了他稀少的恻隐之情，现在看来，完全是心肝喂了狗。

独眼鹰恨不能活剐了臭大姐，一把掏出了平时别在身上的激光枪，对准他的脑袋："这事该有个说法。"

臭大姐自卫队的卫兵"呼啦"一下拥了进来，把门口堵了个水泄不通，各式各样的枪口对准了不友好的客人。

臭大姐扭头把流进嘴里的鼻血呸在地上："独眼鹰，我拿你当朋友，你给脸不要，你是不是忘了这是谁的地盘了？"

林静恒站直了："这是谁的地盘？"

臭大姐被他这意味深长的反问问出了一身鸡皮疙瘩，还不等他回话，行政楼的地面忽然震颤了起来。

林静恒吝啬地一笑，拍了拍胳膊上的机械手："这行政楼地下还藏了一架机甲……三个能量核，还是重型机甲呢，是你藏的秘密武器吗？"

臭大姐难以置信地瞪大了眼。

"还不明白？"林静恒冲他一低头，"所以你到现在也没想通，我那架小机甲为什么有那么大的精神网，对不对？"

臭大姐震惊得舌头打成了蝴蝶结："你……你……你……"

"因为我用的不是那架小机甲上的精神网。"说话间，整个楼都开始摇晃，地下的怪物好像听到了谁的召唤，苏醒过来，发出"隆隆"的叹息声，顺着墙体和管道而上，林静恒笑了，"不如你现在说说，这里是谁的地盘？"

这时，一个自卫队的人通过基地内网发来警报："老大！机甲库……机甲库里闹鬼了！刚才它们集体往前走了一步，自动上了导弹！没人碰啊！"

"给你两个选择，要么缴械，把整个地下航道和所有空间站的控制权都交出来，要么我只笑纳你这几架不错的机甲，把你这人满为患的破地方炸成渣。"林静恒旁若无人地走进荷枪实弹的卫兵们中间，"你喜欢哪个？”

（二）

此时，基地里无知无觉的人们并不知道，不远处的行政楼里正在进行一场事关他们生死的讨价还价，感觉到地面的震颤，缺了门牙的老头毫不在意地对陆必行一摆手：“没事，这鬼地方，不定又哪儿出问题了，三天两头要震一震——你接着说。”

夕阳红老年打手团冲突的根本原因，是豁牙老头和隔壁瘸腿老头因为一块能源板起了矛盾，空间站超负荷运转，能源系统规划极其乱套，大部分都供养机甲去了，居民每天供电都要限时。很多人自制了简陋的光能源板——大约也比原始人的太阳能电池高级不到哪儿去——难看的能源板支得到处都是，抢夺来自上空能源塔的能量，因为居住密集，难免互相挡光，三天两头要互相干上一架。

“补给站上面的核能源塔，应该还是九百年前星际大航海时代留下来的，”陆必行三言两语间，已经利用自己多年来调教小流氓的经验，和冲突双方打成了一片，手里端着瘸腿老头给的热茶汤，旁边豁牙老头则正拿着打架用的菜刀给他削苹果，陆老师在大街上开了个临时的科普讲座，跟人聊得热火朝天，“星际大航海时代的一大创举就是这种‘人造恒星’，当年这个叫作‘种太阳’工程——怀特，你们几个别光傻站着听热闹，记笔记——人造恒星里面储备的能量足够支撑上万年，即使空间站被废弃，也能源源不断地发光发热，所以你们的能量来源不是问题。我刚才看了，你们整个基地的能量供应，用的还是最早给过路机甲和商船充电的能量系统，充电器能支撑一个城市的人吗？效率太低了。民用能源和机甲库也完全没必要分开，机甲日常起落的冷却装置能支撑一个热电站，够你们用了，没地方放可以做成悬浮的。”

豁牙老头把坑坑洼洼的苹果递给他，嗤笑道：“小崽子，说得倒轻松。”

“本来也没什么，”陆必行说，“空间站那么多机甲，没有日常维护的机器人修理队吗？只要方案做好了，也就是给修理队修改个程序的事。”

瘸腿老头：“说得这么厉害，你是干什么的？”

陆必行谦虚道："只是个教书的。"

一众老头老太太哄堂大笑，感觉现在的年轻人吹牛越来越不打草稿了。

"吹了那么大的牛皮，我以为你是沃托研究院的航天专家呢。"

"小鬼，你种过几个太阳？"

"你以为热电站是发面饼吗，说团一个就团一个？"

陆必行脾气很好，被老头老太太们一边嘲笑一边动手动脚也不生气，跟众人一起笑了一通，把苹果切成几块，分给了几个开不得玩笑的学生，塞住了准备反唇相讥的少年们的嘴。

这时，有一个老太太伸出拐杖，敲了敲他："小孩，你说得这么热闹，能把那个修好吗？"

陆必行顺着她手指的方向抬头一看，只见狭窄的街道中间，有一个悬空的三百六十度大屏幕，悄无声息地立在那儿，像是"死"了好多年。

"我年轻的时候，最大的爱好就是跑一趟货，活着回来，然后坐在广场上看一场电影。"老太太说，"五十多年前吧，据说是磁场干扰还是什么，坏了，再没亮过，现在外面局势紧张，基地里不敢对外通信，没有信号，连电视也没的看，我们这帮老东西没事干，只好每天找碴打架，你这牛皮吹得上天入地的，能让它重新亮起来吗？"

（三）

臭大姐可不是什么遵纪守法的模范公民，别看这破基地连用电都限量，私牢建得却十分精良。迷宫似的深藏在地下，有两个电磁信号屏蔽层，层层叠叠的牢门一落下，别说是臭大姐，就是纤细如蚊蚋也别想逃出去。

"劳驾，斯潘塞先生，你先'病'几天吧，有需要的话，我会随时来找你。"林静恒把臭大姐和他那一干卫兵缴了械，挨个扔进了单间，分别关押，临走仔细欣赏了一下这地下监牢的独特设计，冲他一挥手，"这么精致的地方，你不多住几天可惜了。"

臭大姐有心破口大骂。

林静恒脚步一顿："对了，我脾气不好，你注意不要乱说话。"

臭大姐并不敢真的激怒他，听了警告，只好把污言秽语咽回肚子，憋得脖子粗了一圈，憋出一句：“你给我等着！”

说完，不等林静恒嘲讽，他自己脸先红了，觉得这句话说得实在英雄气短，像个伪娘，羞耻得要掉眼泪了。

机械手形象的湛卢竖起一根手指，提示说：“先生，您违反了《联盟军事管理条例》中‘禁止虐待俘虏’的相关条款，根据估测，监禁地的面积和采光情况均不符合联盟标准，侵犯了囚犯的基本人权，您还威胁对方……”

“嗯，”林静恒漫不经心地回答，“有人要来罚款吗？”

湛卢：“……”

“没有罚款，就没有人权。”林静恒把机械手湛卢竖起的小拇指往下一压，“没事不要自己录入无关数据，跟谁学的？还翘起兰花指了。”

私牢再往下，就是臭大姐存放机甲的地下仓库，林静恒带着湛卢直接坐电梯下去——三核的重机甲简称‘重三’，机身长达一公里以上，这种机型早在新星历 240 年，就已经彻底被联盟从军队里淘汰了。

“我上次见到重三，还是在乌兰学院念书的时候。”林静恒说。

“您入学第一年，机甲操作拿了满分，其他科目都不是很理想。”湛卢说，“陆信将军私下致电校长，要求扣发您当年的奖学金，避免助长偏科还嚣张的歪风邪气，不过校长先生很教条，以校规为由拒绝了他。”

林静恒一愣：“什么？”

他进入乌兰学院的时候才十四岁，是整个学校最小的学生，叛逆心正强，我行我素，不少老师跟陆信告过状，他被念叨得不耐烦，就用学年末肯定能拿奖学金来打赌，赌注是让陆将军闭嘴一个暑假……毕竟，两个月憋着不能长篇大论，对陆将军来说是一场酷刑。

湛卢欲盖弥彰地替前任主人辩解：“陆信将军非常关心您的教育，并不是怕输给您才作弊的。”

林静恒：“……”

是哦，那他还挺正直的。

重三虽然古老，但毕竟是重机甲，量级与普通机甲不可同日而语，机甲“北京”拿到它面前，就像是个塑料的小甲虫，只是稍微启动预热，都会引发一场小地震，如果它在地下随便移动，大概能把一排街道顶塌了。

不过好在，它其实也不能随便移动。

方才湛卢的精神网一覆盖过来，林静恒就发现了，这架机甲的机甲核损坏非常严重，基本报废，也就能预个热发出点动静。应该是发生过机毁人亡的事故，被不法商贩捕捞回来保养个外壳，当成稀罕物件高价卖到黑市，糊弄不识货的大傻子——臭大姐还以为是基地水货们精神力不够，才无法启动它的。

“这应该是 170 年，联盟生产的最后一批三核机甲，此后进入超时空重机甲时代，技术上翻天覆地，旧机型就停产了。”湛卢的声音回荡在机甲存放室，说着，机械手上打出一道荧光，落在机甲尾部，“您看，这里有生产编号。”

“联盟所有的重机甲都有档案，即使报废也都会回收，按理说不该流到外面，”林静恒仰头望着庞大的机身，“翻一下你的数据库，按照生产编号查查，这架机甲究竟是怎么回事。”

“先生，我的数据库里无法找到这个编号，这是一架生产出厂时就没有被记录在册的机甲。”

林静恒倏地皱起眉。

重机甲与普通的小机甲不同，重甲是国之重器，军方管理极其严格，从生产到报废，都像联盟议会后面碑林的石头一样有数，绝不会无缘无故地走失一架。

这说明什么？

林静恒忽然转身，大步往外走去。

独眼鹰在私牢入口等着他，没跟下去，因为怕自己一时手滑枪毙了臭大姐，此时，他脚底下已经积攒了一层烟头，正七窍生烟地吞云吐雾。听见脚步声，独眼鹰头也不回地说：“你打算怎么办？”

“清点物资储备和武器装备，包括这个基地和他后面那两个秘密仓库，确认战备是否充足。”林静恒说，“然后我要利用基地的硬件打开对外通信和定位，召集白银十卫，白银九是在第八星系外围失联的，离这里应该不远。另外，下面有一架‘重三’，机甲核损坏严重，正好可以把湛卢装上去，解决他的费电问题，其他地方需要找个机甲师做个检修，我去找陆必行。”

独眼鹰“嗯”了一声，罕见地没找碴跟他吵架，跟在林静恒身后，他顿了顿，忽然问：“打开对外通信，这里的坐标可就暴露了。”

“嗯，”林静恒说，“战备一旦清点完毕，就沿着地下航道先转移到斯潘塞那两个秘密仓库，正好拿这个基地做诱饵，给白银九开个刃。”

独眼鹰说：“我没说物资——基地里这些人呢？”

林静恒头也不回：“关我什么事？”

独眼鹰神色复杂地注视着他的背影：“离开联盟五年，也没能让你沾一点人情味。”

林静恒冲他嗤笑一声：“你是想要阿瑞斯·冯的脑袋，还是想充满人情味地在这鬼地方玩《星球大亨》[①]？”

说话间，两个人已经来到行政楼的大门口，就在这时，不远处爆发了一阵欢呼。所有人都往一个方向跑去，蓬头垢面的主妇从密集的居民楼上探出头，追跑打闹的蠢孩子们也都抻长了脖子——

只见空间站正中间，高高耸立的三百六十度旋转屏幕居然重新“活”了过来，正上方的人工大气层中浮起一层透明的黑膜，隔开白天的强光，避免影响画质，屏幕在挡光膜下花瓣似的层层打开，托起立体的影像。

那是个老电影的片头，慢镜头缓缓扫过，漫山遍野的鲜花渐次绽放，一束光从视野外打进来，埋藏在空间站各个角落的音响设备集体发出低沉的提琴协奏，音箱年久失修，有些已经坏了，有些虽然还在苟延残喘，但也走了音，荒腔走板地混杂在一起，好像来自遥远星空的回响，人们先是沉默，随后欢呼了起来，过节似的拥进屏幕下的小广场。

广场早就变成了处理基地里生活垃圾的临时堆放点，臭气熏天、人迹罕至，人们很快开始自发动手清理垃圾，尖叫和口哨声简直要盖过电影原声。

五十年了，这个与世隔绝的空间站，他们相依为命，惶惶不可终日，从不敢期待一成不变的逼仄生活会有任何改变。

有个老人哭了，因为空间站里虽然有高楼、有人造的蓝天、以假乱真的重力，可是没有高山和深谷，没有年复一年的寒来暑往，那些星球上的美景离他们太过遥远，遥远到她已经忘了拂过湿润泥土的春风是什么味道了。

---

① 《星球大亨》的游戏公司已于新星历 245 年倒闭，游戏已停服。

不远处，陆必行被一帮破衣烂衫的人抛了起来。

“别别别，一般热情就好了，太热情我吃不消，大家文明观影，文明！”他手忙脚乱地推拒，“那个爷爷就别跟着起哄了，赶紧让开，否则我非得把您老砸骨折不可！不就是一个屏幕吗，先别激动啊，咱们要干的工程还多着呢！”

林静恒站住了。

陆必行十分灵活地从人群中钻了出去，迈步上了一个垃圾桶，他不知从哪儿翻出了一个扩音器，可能还是地球年代的产物，上面积了两个文明纪元的灰。陆必行一弯腰，揪过傻学生斗鸡，用斗鸡的白衬衫把拇指大的扩音器擦干净，暂停了屏幕上的电影。假以时日，陆必行大概能出门组织个邪教——小小一个垃圾桶，愣是让他踩出了在星海学院礼堂的架势。

“喂喂，”陆必行摇摇头，“音效不行，多少年没维护了？一会儿把设计图找出来，我们挨个挖出来修——大家好，我是你们老大斯潘塞先生刚从天上捡回来的，我的主业是老师，副业是修理工，上至机甲商船大气层，下至水管灶台能源板，除了天上的等离子能量塔和诸位家里的马桶，其他都可以来找我咨询。”

众人哄笑。

独眼鹰叹了口气，打算穿过人群去把陆必行叫回来。

林静恒却没动，靠在“风骚”的行政楼建筑下，他远远地注视着在垃圾桶上发表演讲的年轻人。

“这只是第一步，”陆必行兴致勃勃地给基地的居民们画大饼，“屏幕修好了，接下来，我们就可以把环城的音响也修好，毕竟娱乐才是人生大事，等大家能一边看电影一边工作的时候，我们干点其他的大事。”

底下有人问：“干什么大事？”

“首先要梳理基地的能源系统，争取让大家二十四小时都有供电，自卫队也随时能来一场机甲演习。”陆必行说，“能源跟上了，我们再重新规划基地里的各项生活设施，完善生态循环，构建星球级别的反导防御系统……”

第八星系的首都凯莱都没有反导系统，基地里的乡巴佬们被这个天大的牛皮震惊了，陆必行话没说完，听众就哄堂大笑。

有人喊："然后我们就可以近打星盗，远征八大星系吗？"

"我们还要成立联盟政府，走向人生巅峰！哈哈哈，那我要求立法，外面的贱民都要给我下跪，亲我的臭脚舔我的鞋底，美女除外。"

"快下来吧小子，我还要看电影呢。"

"你能不能先把自卫队那群废物点心修好？"

"这恐怕不行，他刚才说过不修马桶。"

"喂，小子，你怎么能歧视马桶，你的屁股同意了吗？"

斗鸡忍无可忍，仗着自己人高马大，从人群里一跃而起，薅起嗓门最大的一位就动了手，与此同时，有正好不当值的自卫队队员混在人群里，本想看场电影，无缘无故遭到辱骂，顿时也怒不可遏地加入战斗，打成了一团。

陆必行不怎么在意地摘下扩音器，早就对众人的耻笑习以为常，在垃圾桶上坐下，他鼓捣开了基地多媒体的乐库，挑了一首古老的斗牛曲，给英雄好汉们伴奏，自己也跟着吹起了口哨。

旁边有人递了根烟给他，是十分粗制滥造的便宜货，陆必行扭头一看，递烟的是个年轻人，脸上骨肉未丰，还带着很浓的少年气，不会超过二十岁，却已经穿了自卫队的队服。

陆必行欣然接过去："谢谢，怎么称呼？"

"周六。"

"姓周吗？你可看不大出来祖上有东方血统。"

"不，我是个孤儿，没有姓，他们捡到我的那天正好是周六，所以都这么叫我，"少年一耸肩，"反正在第八星系，名字也不太重要。"

周六额头饱满，双目平直而深邃，薄嘴唇，嘴角略微有点往下撇，看面相，让人觉得他长相挺"聪明"，只是聪明得有点倨傲。

周六问："他们打起来了，你不生气吗？"

陆必行叹了口气："老天让我帅成一锅祸水，我也很苦恼。"

"外来的，你其实是个写小说的吧？"周六说，"第一次来地下城？"

陆必行捏着烟，转头看着他。

"这个基地本身就是个废弃的补给站，官方不要了，走私贩才敢偷偷捡回来用，"周六说，"天上的能源塔也是捡的，你见过正经空间站上面还配个假太阳的吗？那个能量塔是旧星历时代没有回收的实验品，流落到第八星系，被我们东拼西凑地拖来当太阳用，不然见不到阳光，这些老废物容易自杀——我们这基地，就是捡破烂拼出来的，跟流浪汉在路边拿纸箱搭的狗窝没什么区别，说不定哪天来场大风就给掀了，大家嘴上不说，其实心里都明白，你以后别开玩笑了。”

陆必行好像有些讶异：“‘天地’都是拾荒捡回来的？”

周六自嘲地一笑。

就听陆必行又感叹了一句：“那你们不是跟传说中造物的神差不多，太牛了吧？”

周六一愣，一时间居然有点无言以对。

陆必行笑着拍了拍他的肩膀，老远看见独眼鹰一脸暴躁地挤进人群，他就连忙从垃圾箱上跳下来：“我老爸来了，可能是叫我去吃饭，改天聊，你跟我的学生们差不多大，有空可以来听我讲课。”

独眼鹰面沉似水地朝他招招手：“你装进行李里的那几个小累赘呢，不管他们？”

“没事，”陆必行说，“都是资深小流氓，知道怎么打架打不坏，让他们活动活动吧，就当是体育课了。”

独眼鹰裤腰里插着激光枪，一脸凶相，聚众斗殴的人都自动避让了他，很快让出一条通路。

独眼鹰背着手，带着陆必行离开了人群，又沉默了好一会儿，才说：“你早知道臭大姐隐瞒了星盗的消息。”

“嗯。”

“什么时候？”

“照面的时候，”陆必行隔着几步远，把烟头扔进了垃圾箱，“他手下那自卫队的水平比我的学生强不到哪儿去，一看就是以前没碰过机甲的，我一听你说他大批购入机甲，还分期付款就明白了——不过我以为你们打算在这儿休整一阵子，没想到林那么快撕破脸。”

独眼鹰深深地看了他一眼：“所以你把那几个小崽子叫出去？”

“薄荷全家都在北京 β 星上，怀特父母已经准备好移民，”陆必行笑容收敛，“维塔斯和小黄也是……”

独眼鹰：“你怕他们激动起来动手吗？”

“是你动手了吧？”陆必行看了他一眼，“爸，你这样以后会三高的。”

独眼鹰抬手在他后背上掴了一巴掌："如果不是你的学生正好出走，你可能就离不开北京 β 星了。"

陆必行一愣，忽然说："老陆，你是因为这个才特别愤怒吗？"

独眼鹰先是噎了一下，随后粗声粗气地说："滚蛋，少自作多情，老子是因为心疼我自己的家当！"

陆必行的脸好像被阳光扫过，眼角眉梢都灿烂了起来，没大没小地撞了撞他父亲的肩膀："老陆啊，家产这玩意儿，就像在河沟里用沙子堆个临时堤坝，圈住那么一点水，生不带来，死不带去，百年之后沙堤一塌，水流又是与泥沙同下江洋。站在全宇宙的角度上，往前看是亿万年，往后看也是亿万年，你手里的东西不算你的，充其量是寄存——反正将来也是便宜我，想开点吧，我都没说什么呢。"

独眼鹰仍要垂死挣扎，冷笑一声："谁说家产要留给你？你又不是我儿子，你是我从垃圾桶里捡来的！"

据说这句话已经和"再不睡觉晚上大灰狼来叼你"一起，入选了恐吓四岁以下儿童专用套餐。

陆必行听完，有点难为情，忍不住往四周看了看，鬼鬼祟祟地说："老陆，再怎么说我也是三十多的人了，你能不在公开场合叫我'宝宝'吗？"

独眼鹰："……"

陆必行拿他的波斯猫爸爸寻了个开心，寻完，也没忘了正事："对了，你们没把斯潘塞打死吧？这基地最早的设计图还有吗？我要用一下。"

"不用去了，"独眼鹰的脸色沉下来，"那位联盟上将已经打算把这个基地当成诱饵，送给星盗了，你好好休息几天，别整天无事忙，让你那几个学生也别到处瞎跑，做好随时撤离的准备，不然到时候出了意外，可没人顾得上他们。"

陆必行的脚步顿住，他发愁地回头看了一眼拥挤的建筑和人满为患的街道："这么快就要撤离？那……还是要解决能源问题啊，不然这么多人同时走，大规模的机甲或者星舰同时起落，基地搞不好会过载，还有……"

独眼鹰打断他："你没明白。"

陆必行一愣。

"别说这里只是个小小的空间站，里面住的都是毫无价值的垃圾和人渣，就算是第一星系的首都星沃托，只要有必要，那位将军都能毫不犹豫地扔了。你知道战争对他们这些人来说意味着什么吗？那就是一盘棋，伤亡率只不过是个数字。”独眼鹰说，“你是不是觉得，在北京β星上他对你还不错？那是因为当时你们没有利害关系，你不了解他。”

陆必行一扬眉：“老头，自打我有记忆以来，就没见你离开过第八星系。所以就以林上将的年纪，你俩到底能有什么隔代的恩怨？他小时候拿弹弓砸过你家玻璃啊？”

独眼鹰狠狠地咬了咬嘴里的烟头。

陆必行：“别说恩怨，我觉得就连你认识他这件事，其实都挺奇怪的，能说吗？不能说也无所谓，我以后继续拉偏架好了。”

独眼鹰怒道：“你还知道你拉偏架！”

陆必行一摊手：“他是我的赞助人，你呢，只是个一毛不拔的爸爸，不给钱的爸爸当然不是什么值钱的爸爸——何况人家还比你年轻貌美。”

“年轻”和“给钱”这两项是客观事实，没什么好说的，独眼鹰又不方便敞开了和林将军比一次美，气得鸳鸯眼差点变了颜色。

陆必行：“还是你跟他家长辈有仇？”

“林静恒的……不知道算养父还是老师，是我的一个老朋友。”独眼鹰沉默了好一会儿，近乎字斟句酌地开了口，他艰难地说了这句话，又补充了一句，“过命的朋友——后来出于一些原因，这个人被诬陷有罪，死了。”

陆必行：“你的朋友？我见过吗？”

“没有，那时候还没有你。”独眼鹰哑声说，“这个人……人缘很好，诬陷他的人认为他很有势力，整个联盟遍布他的余孽，即使死了，也能吓破一些人的胆子，所以他们需要找一个走狗，来接管控制这股势力，那条狗，就是林静恒。”

陆必行迟疑了一下：“不好意思，我打断一下，这个故事里的反派……都这么尊重遗产继承法吗？”

“不，”独眼鹰静静地看着陆必行，有那么一瞬间，他的目光好像穿过了年轻人的身体，落在一百多年前疮痍满目又充满希望的第八星系，“他们刚开始不相信林静恒会死心塌地地忠于联盟，恰好当时，有几个桀骜不驯的旧部叛乱，为了试探，他们派了他去，你知道他的战绩吗？

伟大的林将军初出茅庐、一战成名，击毁‘敌军’机甲上百架，其中有一个营甚至全部殉难、无一幸存。而三个叛乱的旧部，两个直接机毁人亡，一个被他强行突破精神网的时候受了重伤。”

“变成植物人了？”

“痴呆失智了。”独眼鹰古怪地笑了一下，“后来这个人被关进了特殊的监狱，再没有见过天日，我不知道他过得怎么样，大概像条狗吧。你现在明白我为什么讨厌林静恒了吗？对，那个人出事的时候他还小，站出来也只是个小炮灰，他要明哲保身，我赞成。后来他从军入伍，为联盟效命……毕竟他是名门出身、第一军校毕业，这也合情合理。可他居然能干净利落地对从小看着他长大的叔伯下手，但凡还有一点人性，就该一枪结果了巴特，让他像个人似的死了，也比尊严扫地强。”

“巴特？”陆必行重复了一遍他无意中泄露的名字，“路德·巴特？陆信上将的近卫之一……你说的朋友难道是联盟陆信将军？”

独眼鹰：“你怎么会知道陆信？”

“我……我在一本小说里看见过，”陆必行迟疑了一下，说，“不过联盟的官方信息里似乎没有这个人……反正我没有考证到，刚才只是随口一说。”

其实是查得到的，联盟虽然对陆信其人讳莫如深，但他“背叛”和“反人类”两大罪名都记录在案，写得清清楚楚，陆必行的阅读向来偏且杂，这些他都看过，只是为了照顾独眼鹰的感情，临时假装不知道。

独眼鹰却已经觉得自己说多了，摆摆手不肯再提。

“好吧，”陆必行十分善解人意地不再追问，“我去找林聊聊。”

独眼鹰皱眉：“我刚才说那么多，你都当耳旁风了？”

陆必行一笑：“不认识的人就算了，不过我在北京β星上跟他混得挺熟的，了解也还是有一点的，老陆，你说的这一堆事，自己都不是亲历者，你这是二手信息，逻辑上说，二手信息不一定比我的观察准。”

“你观察个屁，”独眼鹰愤怒道，“观察脸吗？！”

陆必行好脾气地容忍了更年期老男人的暴躁，扭头冲他几个学生吹了声长长的口哨：“英雄们，战役结束了吗？结束了跟我走！”

独眼鹰看着他，心里突然升起了一点古怪的疑虑——陆必行虽然从小就痴迷于各种奇怪的技术，但表面上看不出是个怪胎，他颇会打扮，也颇会讨人喜欢，少年时在凯莱星上，也吸引过不少小丫头，都被他和风细雨地打发了，独眼鹰一直以为陆必行看着活泼，其实骨子里是个死宅，将来打算跟机甲结婚。现在看来，这小子那么清心寡欲，也有可能是他并不喜欢小丫头们，而当时身边恰好没有什么齐整的男人！

独眼鹰后背的毛都奓起来了："慢着，陆必行，你给我滚回来，我有话问你！"

陆必行赶时间，已经走远了。

林静恒看见独眼鹰把陆必行从人群里扒拉出来的时候，就转身回了自己的房间，预感陆必行很快会来找他，于是泡了一大壶茶，一边翻看臭大姐那杂乱无章的个人终端，一边等着。

可是及至他把自己灌得跑了三趟厕所，陆必行也没来。

能量塔已经转到了空间站背面，基地里夜幕落下，林静恒瞥了一眼时间，描着臭大姐个人终端上的地下航道，假装仔细推演坐标，若无其事似的问湛卢："陆必行带着他那几个学生参观什么呢？"

湛卢——充了一天一宿的电，已经能支撑人形状态的机甲核听问，走到一边，通过基地内网，很快入侵了各处能用的监控设备："陆校长和学生在一个自卫队队员带领下，把整个基地跑了一圈，正在回来的路上。"

林静恒笔尖一顿，抬眼问："跑了一圈，干什么？"

"测绘，实验，摸底……顺便在实践中给学生讲课。"湛卢说，"学生们现在都在车上，已经东倒西歪地睡着了。"

陆老师把精力充沛的青少年们都讲成了活僵尸，一个个脚下发飘地回到自己屋里，倒头就睡，他自己反倒越来越精神，可能是个超长待机的品种。回屋以后，他用个人终端把一天收集到的所有信息集中处理，高效快捷地梳理出了眉目，这才在天亮之后整理好个人形象，去敲林上将的门。

林静恒大概是刚洗完脸，还在往下滴水，开完门，他懒得去卫生间，直接伸手在脸上抹了一把，甩了甩水珠，就算是擦过了："坐。"

陆必行环顾四周——林将军自己很不讲究，房间却非常整齐，被褥平整得好像没人睡过，一丝褶皱也没有，东西也不知道用没用过，反正茶杯茶壶、桌椅板凳……还全都保持着客房的统一布置——他一时有些拘谨，都有点不好意思坐了。

“我知道你打算跟我说什么，”林静恒不废话，头也不抬地倒了杯咖啡，推到他面前，“但是没有对外通信信号，我就没法联系白银九。星际海盗有哪些联盟没有的科技和武器，我不知道，而他们在域外，百年来彼此之间争端不断、你死我活，连重机甲都直接报废的激烈战斗不知打了多少次，这些人的战斗水平很可能远高于养尊处优的联盟军，我必须召集白银十卫。”

陆必行闻到他身上有股薄荷味，忍不住蹭了蹭鼻子，本能地嘴甜了一句：“我看联盟军方公开出版的资料，你和星盗交战没有败绩，怎么，自己能掀翻整个自卫队的人也会这么谨慎吗？”

林静恒很想追问一句“你还关注过我的战绩”，但觉得有显摆之嫌，用尽了矜持才没脱口而出，很持重地回答：“自卫队不用掀，自己都能翻。我能随便吹灭几根蜡烛，不代表也能一口气吐出个龙卷风，太高看自己的人，一般活不长。”

“对外通信需要用到基地的硬件设备。另外两个补给站因为不常住人，所以缺乏相应的硬件设施，对吧？”陆必行说着，打开了个人终端，面对面地把一张相当复杂的图纸投影到了小桌上，“这个问题我可以解决。”

林静恒往后一仰，眼都快让那乱七八糟的设计图闪瞎了：“这是什么？”

“我连夜做的，在地下航道外围构造一个空间场，借用能量塔的能量，相当于做一个大反光镜，对方如果试图追踪信号，定位基地，就会被这个随机转向的反光镜误导到别的地方，”陆必行说，“我给你讲讲这个反追踪原理……”

林静恒并不想听，看了这摊东西，头都大了两圈——以前都是他有需要，吩咐技术人员去实现，还从来没有技术员敢当他面没完没了地这么啰嗦，林静恒两次举起手来想打断他，抬头一看陆必行发光的眼睛，又没忍心，举起的手指只好转向自己，生生把太阳穴按出了一道红印。

陆必行说到一半，话音一顿，端详着他的脸色问：“昨天没休息好吗？”

林静恒面有菜色：“……挺好的。”

正在帮忙验算陆必行设计图纸的湛卢抬起头，扫描了林静恒的表情，他记录了无数废品的数据库里浮起两个词，一个是“强颜欢笑”，一个是“忍辱负重”，好奇的人工智能感觉自己发现了新鲜事，高高兴兴地录入并保存了这一数据。

陆必行又问：“那你觉得这个安排可以吗？”

林静恒字斟句酌片刻，耐着性子说：“我这么跟你讲吧，设计很棒，但是不太实用。很多星际海盗都有先遣队制度，这个先遣队又叫作‘牺牲’，意思是用人命换情报。也就是说，在摸不准敌人虚实的时候，海盗们会派这么一队‘牺牲’来试探对方的火力强弱和军备配置，有的时候，先遣队甚至不止一拨人，我甚至怀疑之前几十年里，他们针对联盟那些大大小小的袭击，都是这个性质。他们非常谨慎，一个虚假的星际坐标骗不了他们。”

后面的话林静恒没说——假坐标骗不了他们，但是几百年经营，上千万人口的空间站却是个足够有分量的诱饵。特别是这个空间站在地下航道上。当年陆信短短几个月收复第八星系，就是因为这里的黑帮、地下边缘人集体反水，用地下航道开了后门，放进了联盟军，这是凯莱亲王的切肤之痛，阿瑞斯·冯得到消息，会不顾一切。

“那么用自卫队当诱饵怎么样？”陆必行谈判时，飞快地提出新的解决方案，“不，也不能说是诱饵，我查了，斯潘塞的机甲和军备足以武装一支中等规模的战队，自卫队可以利用错综复杂的地下航道和镜像打游击，我们有优势，因为基地很小，隐藏好坐标，相当于隐形的，不像凯莱星那样目标明确地让他们炸。自卫队只需要一点训练——林，到时候你和白银九可以充当黄雀在后的秘密武器。”

对于陆必行这番乐观的妄想，林静恒差点脱口来一句“扯犊子”，咬破了舌尖才咽回去，因为一时想不出委婉一点的同义词，他无言以对，只好微笑。陆必行看惯了他冷笑、皮笑肉不笑，甚至亲身上阵模拟过林上将的傻笑，还从未在他脸上见过这种有点无奈和头疼的微笑——嘴角是舒展的，眉头却没来得及打开，眼睫轻轻地垂下去，亲切得有点不像他，近乎有纵容和宠爱的意思。

“他对我确实不一样，挺明显的，”陆必行心想，有些口干，低头喝了一口咖啡，“再一再二不再三，这是第几次了……所以他……不会对我有那种意思吧？”

“那种意思”四个字一冒出来，陆必行心里就跟中了电脑病毒似的，这四个字无限次反复循环，没完没了，撑爆了他的内存，将这位科学工作者化成了一个脑残，感觉连空气都尴尬了起来。

（四）

湛卢十分有礼貌地提示说：“陆校长，联盟官方颁布的《部队战斗力评测标准》是百分制，经我粗略估计，自卫队的评测结果大约是 5 分，在星际海盗面前没有还手之力，我想您对他们的估计太乐观了。”

陆必行强行挖出一点神志，组织了一句人话：“没关系，硬件是基础，软件可升级。这一点咱们都清楚。”

林静恒仔细打量着眼前的年轻人，面貌上，依然看不出他和陆信有什么相像之处，就连性格也不太像——陆信虽然也是个可怕的话篓子，但他其实只是单纯的贫嘴，为人处世上并没有那么圆滑，他的前半生太过一帆风顺，把自己活成了一段光芒万丈的传奇，有时候不免霸道，脾气上来了，还会有点说一不二的不管不顾。

可是陆必行不一样。

他会大半夜不睡觉，风风火火地绕着这破烂的基地跑一圈，一大清早过来，不提自己想干什么，也不提那些被歌颂出花来的人权至上，只是单纯跑来提出一个方案，这个方案甚至和林静恒的原计划并不抵触——假如自卫队那帮战五渣和星盗一照面就灰飞烟灭，那也并不影响大局，接下来还可以继续把基地推出去当牺牲品，按原计划办。

也许只是要求一点额外的时间宽限。

他是怎么长成这样的呢？

林静恒忍不住想：“肯定是那老不正经的波斯猫就知道花天酒地，小时候没好好照顾过他。”

陆必行的脑子里本就跳跃着胡思乱想的小火苗，林静恒这个漫长的注视简直有些要人命，他连忙四下乱瞥一通，希望能找个反光的东西，观察一下自己这个角度够不够帅。然而他这动作和神态在林静恒看来，却更像是小心翼翼、坐立不安，生怕给别人添麻烦似的。

“我还说过想给他重建一个星海学院呢。”林静恒想。

于是他沉吟片刻，做出了让步：“斯潘塞手里的航道资料太糙，交战时不够精确会出问题，所以我需要探明地下航道，绘制军用地图，同时确认两个秘密仓库的位置与情况，开始转移部分物资和军备，再加上在基地构架通信网，修理那架损坏的重三——大约需要三个月，三个月以后，对外通信网铺开，搜索白银九，一旦白银九做出回应，通信建立，第八星系的凯莱亲王可能立刻就会注意到，你觉得这时间够用吗？”

陆必行——因为还在死机状态，慢半拍才反应过来，猛地一抬头。

“基地管理权限我开给你了——时间不够也没办法，战事瞬息万变，没人知道下一秒会发生什么，不能再多了。”林静恒是一个不会妥协的人，所以偶尔妥协一次，业务就格外不熟练。他干咳一声，佯作若无其事状，低头翻看陆必行那份复杂得让人头疼的设计图，冲陆必行摆摆手，想打发他走。

陆必行一把抓住他的手，随即又飞快地放开，手掌接触时间十分微妙——说抓了一把也行，说拍了一下手心也行，只不过前者是耍流氓，后者是“天真无邪的友好庆祝”。陆必行以科学家的精确，刚好卡在这二者中间，几乎给湛卢的人机交互识别功能造成了混乱。

林静恒瞬间僵硬了一下，他不习惯与人靠太近，猝不及防的肢体接触会让他有点不适，但因为不想显得不好相处，只得假装若无其事。根据不完全统计，一百个谈恋爱的故事，九十个主角都会对心上人不经意的接触有“过敏反应”，回过神来又会想方设法掩饰自己的敏感。陆必行实验完毕，认为自己差不多可以得出结论了，林就是有那个意思。

“这怎么办？”他一边六神无主，一边不动声色地转身出门，感觉自己的背影凭空高大了三寸，像走台步一样英俊潇洒地走出去了。

“有那么高兴吗？”林静恒目送着他的背影，心里还有点纳闷，“走路都不会好好走了，跟屁股后面竖了根大尾巴似的。”

湛卢提醒他说：“先生，我觉得就三个月之后会发生什么事，您没有对陆校长做出详细说明和风险提示。”

“他知道，”林静恒叹了口气，伸手把设计图放大，铺满桌子，“也不知道是聪明还是傻，朽木不可雕，硬是把猪塞进星舰，就意味着它会飞了吗？怎么就不明白呢？”

湛卢想了想，又问："先生，来时路上，您对黄小姐说过，白银要塞对精神力高低没有硬性要求——请问您是认为空脑症不算什么，还是仅仅出于社交礼仪呢？"

林静恒一耸肩："谁知道呢。"

毕竟，谁也没在联盟部队里见过空脑症。

也没见过智障、废物和焦虑症患者。

联盟自由宣言里说，灵魂生而高贵，人人自由平等。

伟大的联盟永远正确——天赋人权，至高无上，怎能因为世俗的偏见，就把人分出高低贵贱呢？

人类只分"有用的"和"没用的"而已。

人工智能冷冷的机械声音响起："好的，只是社交礼仪，修改备注。"

"但是他这个镜像的概念挺有意思的，"林静恒漫不经心地说，"地下航道为了隐蔽考虑，往往会有一些路段故意在小行星和大引力源附近打擦边，这种自然环境下，'游击'不是不能实现。星盗会设置多层先遣队，我们也会，正好，这个花拳绣腿的自卫队可以用来测试凯莱亲王卫队的反应速度。湛卢，我需要你替我收集凯莱亲王家族的所有信息，要提前做一个行为模式分析……"

现实是冷酷的，能在这种冷酷中岿然不动的人，需要比现实更加冷酷。

陆必行走出自卫队大楼，不少不打不相识的人路过，都很热情地跟他打招呼。

无所事事的儿童追跑打闹而过，玩"自卫队抓海盗"，一个人假扮自卫队队员，抓六个"海盗"，小小的"自卫队队员"跑得气喘吁吁，被同伴欺负急了，站在大街上"嗷"一嗓子哭了。

几个真正的自卫队队员勾肩搭背地走过，浑身泛着酒气，正大声讨论着臭大姐蹊跷的"病"，并在半分钟之内自动生成了一个粗鲁的谣言，开始四处传播——他们说斯潘塞肯定是得了痔疮。

广场上的大屏幕头天刚修好，第二天就开始播起了三级片，配合变调的音响，效果分外销魂，头天聚众打架的豁牙老头远远地朝陆必行扔来一个苹果，扯着破锣嗓子问："专家，你打算什么时候修音响？我看这事才是十万火急啊！"

陆必行擦了擦果皮，喊了回去：“爷爷，要是您的命还剩下三个月，您打算怎么过？”

豁牙老头笑嘻嘻地回答：“混——吃——等——死呗！”

陆必行默不作声地把苹果啃了，心想：可你们真的就剩下三个月了。

一个苹果啃完，陆必行想出了一个策略，他一抹嘴，说：“公共多媒体费电得很，小心基地过载。”

说完，他利用刚从林静恒那儿拿来的管理权限，暗促促地断了民用电。

一瞬间，除了行政楼，所有的灯光应声而灭，大屏幕上的狗男女海市蜃楼似的消失在半空中，整个基地都发出一声叹息似的“×”。

“我说什么来着？”陆必行装模作样地冲周围的人一摆手，“基地现在没那么多能源让你们挥霍，看片三分钟，停电一整天，这回爽了吧。再说那男的就一块腹肌，有什么好看的？赶紧该干什么干什么去吧。”

“三分钟”显然把众人都镇住了。

豁牙老头赶紧追上来：“这种片你也让大家看三分钟连载，是人干的事吗！”

陆必行无奈地说：“贵基地的基础设施建设就是这个水平，我有什么办法？”

他很快被一帮人围住。

“你不是专家吗？”

“赶紧解决啊！”

“你昨天不还说要冲出第八星系，荡平全宇宙吗？”

“好吧好吧，”陆必行摆摆手，压下众人的声音，“我想想办法，你们基地里的维修机器人数量不够，有机械师吗？”

没人响应。

“行吧，”陆必行一摆手，“那线路工人，和机器人打过交道的，在商船上做过维护的……修过水管和下水道的，都跟我来。”

刚说完要混吃等死的居民们听说，倾巢而动，凡是修理过小家电的全跟他走了，好像一群鼻子前拴了胡萝卜的驴。“众驴”心急如焚、热情洋溢，只用了半天，就主动配合陆必行，登记了自己的技能，各自领了分工。

第八星系的教育本身已经很不像样，这些星际流浪汉更是了不得，很多年纪大的人甚至连字也不认得，没人能听懂陆必行的能源系统改造方案。陆必行说得口干舌燥，发觉沟通比训狗还难，只好放弃，重新做了更详细的分工，将基地的劳动力分成若干小组，有限的机器人都成了组长，负责领着这些人类蠢货干活。

四个学生也得到了人生中第一份作业，陆必行要求他们在天黑之前统筹估算出整个基地的能耗值，第二天要用，否则只能停工重新算。

家破人亡后朝夕相处，学生们已经习惯听他的话、拿他当主心骨了，收到指令，立刻老老实实地各自去算，算完一对数，发现四个人得出了四个不同的量级，连边都不沾。

“哎，不行就去问问陆总吧，他人呢？”怀特问。

“忙着修改维修机器人的程序，不知道跑哪儿去了。”薄荷托着腮，头晕眼花地看着乱七八糟的数据，“马上就天黑了……我组装非法武器可熟练了，你们让我干点我会的不行吗？”

黄静姝暴躁地把个人终端拍回手腕，站起来：“算不出来，他又没教过，明天就这么交作业好了，爱谁谁，我睡觉去了。”

对于这个建议，斗鸡双手双脚赞成，跟着站了起来。

这时，怀特四下看了一眼，低声叫住他们：“等等，你们知道林将军只给了三个月吗？”

其他三个人莫名其妙：“什么三个月？”

“陆总早晨偷偷告诉我的，”怀特把声音压得更低了些，“联盟的白银军团就在附近，三个月以后，就要转移物资，用这个基地和基地上的人当诱饵，引来凯莱亲王，陆总说，要是到时候基地还像现在一样不堪一击，那就只能当炮灰了，这些人不是小偷强盗就是走私贩子，林将军肯定不管他们死活……你们可别跟别人说啊，不然他们非得暴动不可，日子就没法过了。”

四个学生面面相觑了好一会儿。

斗鸡说：“当诱饵也不一定就是炮灰吧……”

“当诱饵就死定了。”黄静姝重新坐了回去，“你忘了北京β星吗？”

她一句话落下，所有人都没了声音。

每个人都想忘了北京β星，可是惨烈的记忆无论如何都难以磨灭。

“陆总说，想活下来，必须有起码的防御能力，必须有打不过能跑的战斗力，必须有隐藏自己坐标的系统，基地基建、能源供给都是基础，必须尽快做完。”怀特飞快地说，“然后看命。”

这时，基地里有个开小餐馆的中年女人走过来，大家都叫她“胖姐”，怀特和他突然知道了大秘密的同学对视了一眼，都心事重重地闭了嘴。胖姐手里拎着一打餐盒，摞起来足有半尺高，重重地放在几个学生面前，骂骂咧咧地说：“你们那混账老师真不是东西，自己带着一帮臭流氓瞎折腾，还让你们几个小东西也跟着掺和，吃点消夜，吃完赶紧睡觉去。”

胖姐的夜宵和她本人一样粗犷，大概是拿他们当孩子看，特意把包子捏成了小鸡和兔子的形状，“小鸡”和“小兔”们皮薄馅足，个个都有半个足球那么大，面目狰狞地横陈在餐盒里，足以镇宅辟邪，正气凛然地进了几个学生的肚子。

“查查个人终端，陆总给过参考书。”等胖姐一走，薄荷就开了口，她两根食指抵在一起，在鼻梁上使劲蹭了几下，仿佛想蹭掉发红的眼圈，“我记得有一本是专门讲能源和能源利用率的，我就不信了，激光枪我都组得出来，我还算不出一道作业题？”

这是星海学院的学生们第一次学会自己主动看书，翻找自己需要的东西，好像远古智人从树上下来，开始直立着走向人类社会一样，是个伟大的里程碑——可惜，结果不尽如人意。

参考书并不友好，佶屈聱牙的名词和数学工具一亮相，四个学生就集体跪下了，四个臭皮匠原来顶不了一个诸葛亮，他们研究了一宿，依然是一筹莫展。对无忧无虑的睡眠来说，时间是宝贵的，对第二天就是死线的人来说，时间是残酷的。

基地的能源塔落下又升起，日出的景色很特别——夜空从能源塔升起来的方向开始褪色，紧接着，天空就像是一块被泼墨晕染的布，湛蓝色氤氤氲氲地绵延至四方，几分钟之后就占据了全部的视野。

天亮了。

陆必行在工作间里打了个盹，被噪声惊动，他揉揉眼抬起头，见那天被林静恒掀翻在基地站外的机甲群被一点一点地打捞回来了。

衣衫不整的驾驶员们从机甲上滚下来，都没受什么伤——高手过招才会动辄生死，这些人对林静恒来说，只能算挡路的小栅栏，随手推倒而已，爬起来还是全须全尾的——然而尽管这样，凶残的太空对战还是给这一批自卫队队员带来了无法弥补的心理创伤，外面一片哭爹喊娘。

群情激愤让杂乱无章的哭喊很快变成了统一的口号。

陆必行走到窗边，听他们整齐划一地喊斯潘塞：“臭大姐！王八蛋！老子要退伍！”

年轻的科学家拉开窗帘，叹了口气。

倒计时第二天，距离灰飞烟灭还有九十天，基地依然是无可救药的一天。

第三章 末路

距离基地完蛋还有八十九天，而人们用实际行动告诉他，
这个基地已经完了。

（一）

林静恒正顺着湛卢的精神网，细致地扫描重三的受损部分。他需要一点一点地把故障及其原因理顺，都弄清楚了，才能编制整修方案。对林静恒来说，解决机甲故障，在技术上是没什么难度，只是个细致活——好比解一个缠在一起的小线团。

不过如果说机甲突发故障是一两个小线团，那么像重三这样的损坏程度，可能相当于把一百多只猫扔进毛线仓库里。而重塑整修工程，就是要在猫灾过境之后，手动把所有毛线理顺归位。

不需要多么高深的技术，只需要一颗能原谅整个世界的耐心。

林静恒不算毛躁的人，但冰天雪地里捕猎羊群的野狼的耐心，与解毛线团需要的耐心显然不是一个器官。他本想以“让学生们与重机甲内部构造亲密接触”为由，糊弄着把维修重三这事推给陆必行。不料一时鬼迷心窍让了步，现在陆必行干他的大事业去了，林静恒遍寻基地，找不着第二个靠谱又好糊弄的机械师，只好七窍生烟地亲自上阵。

“先生您需要休息吗？”精神网与他意识相连的湛卢忽然说，“我

注意到您左眼上方的脑前额叶血流速度在加快，您似乎在克制自己的不良情绪。”

林静恒整个人被“毛线团”工程烦得要炸裂，但又不方便因为这点屁事炸，于是克制地从精神网里撤出来，一言不发地离开重三，跑电梯间里抽烟去了。湛卢尽职尽责地给他当了人形烟灰缸，林静恒沉默了大半根烟的工夫，才开口说：“你说你，联盟最尖端的科技之一，作为机甲核，怎么就不能裸奔呢？”

湛卢郑重其事地对自己的功能做出了说明：“先生，严格来说，没有机身，我只是不能实现一些作为机甲的功能，但作为人工智能，我的功能不受影响，能耗也很低。”

作为人工智能的功能……聊天吗？

林静恒发愁地把烟头塞进嘴里，非常希望湛卢是个沉默寡言的人工智障。

“比如我能在一定范围内入侵监控系统，实时为您关注外界情况。”湛卢仿佛是为了表现他不只有“聊天”一种功能，碧绿色的虹膜里快速地闪过了无数影子，精确通过机甲停靠站的监控扫过外间实况，他观察了片刻，汇报说，“斯潘塞先生的自卫队哗变了。”

“哗变？”林静恒莫名其妙地一抬头，“我把斯潘塞关地牢里的事，这么快就走漏了风声？”

湛卢：“稍等，正在解析唇语……”

林静恒在他手心弹了弹烟灰，不怎么在意——基地在他眼里，就好比是个捡来的肉鸡场，肉鸡们扑腾着翅膀叫喳喳，闹大了大不了宰一批，虽然有点麻烦，但也谈不上损失。他摇摇头：“这些人还挺忠心。”

“不，”湛卢解析完成，回答说，“哗变的原因是自卫队针对斯潘塞先生个人的愤怒，现在他们认为斯潘塞先生在装死，想向他讨个说法。”

“内讧啊，”林静恒听出点新鲜，“为什么？因为他引狼入室？”

湛卢：“因为他投降不及时。”

林静恒：“……”

从太空拖回来的机甲堆得乱七八糟，哗变的自卫队队员们都挤在一片小广场上，有站着喊口号的，还有赖在地上打滚不起来的。

陆必行头天晚上是在机器人的工作间里过的夜，工作间离小广场只有不到二十米，让他把众人的七嘴八舌听得清清楚楚。

“刚离开大气层没多久，我就差点撞上能源塔，差点变成烤乳猪！”

“你们知道开着机甲上天有多可怕吗？四周什么都没有，伸手不见五指，臭大姐你把我们当什么？是那什么伊甸园里连脑浆都长得特别正确的精英吗？”

“就是，别他娘的放屁了，有多少人恐高？多少人怕黑？多少人幽闭恐惧？啊？你那么牛×，天都上去了，怎么不先给我们治治脑子？”

“遇见有人来，没看清是谁就先开炮，你以为你是谁？白银十卫？老子因为你，差点交待在那儿！”

“独眼鹰你也敢打，他卖机甲的时候你还尿床呢！”

“有本事你自己打！装什么洋葱大瓣蒜！”

“对，机甲有本事你也自己开！”

“臭大姐！你别装死！”

“滚出来！”

这些“自卫队队员”被林静恒放倒在基地大气层外，死去活来了一番，刚刚被连人带机甲地拖回来，在黑洞洞的宇宙中被剥夺精神网权限、飘在空无一人的真空里不是闹着玩的，没有强大的身体和心理素质，光是恐惧就能把人逼疯。基地的居民们一大早赶来，本是打算为了小黄片干活的，围观了前因后果，不由得悲从中来，也觉得臭大姐不是东西，很快，越来越多的人加入了革命的队伍，最后连工作间的门都给堵了，人们推搡叫骂、乱作一团。

事情开始有点不受控制了。

这时，工作间侧面的小窗户被人敲了敲，陆必行一抬头，见自卫队队员周六探头进来：“开一下窗户，我手里拿着东西！”

周六脸长得像未成年人，身手却很有点军人的意思，手里拎着个笨重的餐盒，单手爬到了二楼，利索地单臂一撑，从窗户跳了进来：“胖姐店里的早饭，里面还有汤，我这一路都怕洒了，累死我了。”

陆必行正饥肠辘辘，顿时觉得周六这个小朋友义薄云天，连忙接过来：“你怎么知道我在这儿？”

“你的学生说的。”周六说，“说是你布置的作业算不出来，要来问你，我看这边有人闹事，就没让他们过来，你别看这些人都是乌合之众，真闹急了，什么事都干得出来，你们初来乍到，对基地不熟，还有女孩子，太危险了。”

陆必行汤喝了一半，听说学生要来，赶紧把汤碗扔在一边，蹭了基地的内网传信给怀特，嘱咐他们回自卫队行政楼，跟着独眼鹰或者林将军，不要出来瞎跑。“怎么会闹成这样？”

周六耸耸肩：“本来就有矛盾，他们都反对臭大姐买那一大堆机甲和武器，臭大姐一意孤行，早就有人不满了，就等着合适的时候爆发呢。”

陆必行奇怪地问：“为什么？买机甲不也是为了保护大家吗？”

“因为贵啊！凯莱亲王入境前，一两个月吧，我们这儿就收到了消息——地下航道嘛，你懂的，明面上是不去域外，其实好多人为了钱，还是会去域外做黑市生意，地震来的时候，下水道里的老鼠往往最早得到消息。”周六一低头，老练地点了根烟，靠在窗边，神色有些厌倦，他长着一张娃娃脸，嘴唇上那一圈好像还是绒毛，一副未成年人的模样，此时看来，却又莫名有些老成，让人觉得他可能不像看起来那么年幼，“那时候地下航道上人心惶惶，大家都把生意停了，集体决定，这件事我们自己知道就行，绝不能泄露出去，谁泄露谁死。臭大姐当时说一定要去买一批机甲防身，但很多人都反对，一架机甲的价格可以储备养活多少人的物资？可是这条航道、这个基地，都是斯潘塞家的，他是老大，他一意孤行，我们也没办法。”

陆必行叹了口气：“你们少得便宜卖乖了，机甲再贵，你们也才给了不到三成的订金，斯潘塞在坑蒙拐骗方面那么有研究，跟着他还用操心钱的问题？”

周六沉默了一会儿，在窗台上弹了弹烟灰：“确实，除了嫌贵，其实最主要的原因是他们怕惹事。你也看见了，这些都是什么人，老鼠当久了，忘了自己是人。他们觉得只要自己夹起尾巴，老老实实地缩头躲在基地，就可以苟且偷生。这样明目张胆地弄来一堆机甲和军备，万一被星际海盗和联盟发现了，被误认为是武装分子怎么办？”

陆必行看着他：“你不这么想？”

“我不。”周六压低了声音，偏头看了一眼愤怒的人群，“我不觉得每天惶惶不可终日地听天由命有什么好处，比起哆哆嗦嗦地躲在阴沟里，我宁可开着机甲上天战斗，就算死，也是我自己找死，不怨命。”

他话音没落，就听见楼下闹事的自卫队队员有人喊：“在这儿嚷嚷没用，我们去自卫队大楼，把臭大姐拖出来！”

“去自卫队大楼！”

“干他！”

陆必行猛地上前一步，推开窗户：“糟了。”

“你那几个学生也在行政楼是吗？”周六连忙把烟掐了，飞快地说，“你会翻墙吗？我带你抄小路去找他们。”

陆必行脸色有些凝重地摇摇头，他不是担心学生的安全，而是怕这群乌合之众不知轻重地闹到林静恒面前，那位将军一旦被激怒，闹不好会把这些人全部炸成肉馅。

整个基地分为“机甲停靠区”和“民用居住区域”两部分，而行政楼，就在两者的分界线上，愤怒的游行队伍从这里出发，最多十五分钟就能到行政楼，陆必行简直不敢想象他们堵门叫骂时林的脸色。

据陆必行自己分析，林昨天勉强答应给他三个月时间，都已经是自己出卖色相的结果，那现在怎么办？难不成要去出卖肉体？

虽然情况已经十分紧急，但非常善于胡思乱想的陆圣人还是想入非非了一秒钟，好在他还分得清轻重缓急，意识到以后，连忙拖回了自己“海浪滔天”的神志，用力清了一下喉咙，他打开了个人终端。

立体的基地地图立刻铺陈在工作间里，陆必行飞快地介入路网监控，几十个监控画面同时浮在两人头顶。

周六一眼认出哗变自卫队的行进路线：“他们快走到停靠站北口了，那地方有路障！”

话音没落，陆必行就摸到了路障控制器，远处立刻响起“隆隆”的动静，监控中，一道几十米高的铁藩篱凭空而起，把愤怒的人群挡在了后面。

周六一击掌：“厉害！”

陆必行刚想风度翩翩地谦虚一下，脸上的微笑还没成形，就看见哗变的自卫队聚在铁路障后面，自发组成了人形撞木，有人喊口号，人潮勾肩拉手地凝聚在一起，怒火冲天且有规则地撞向路障。

他们在星际战场上如同一盘散沙，撞自己家的门却撞出了高度的组织纪律性，俨然一支训练有素的队伍了！

更要命的是，路障可能已经有几百年没维护过了，防锈隔离层斑驳得一塌糊涂，斑斑的锈迹腐蚀了很多轴承，是个中看不中用的货，被人潮撞了几下，竟然摇摇欲坠起来。

林静恒从重三的存放室里走出来，正好听见这些人“一二”“一二”撞门的吆喝声，四个学生慌慌张张地跑上楼：“林将军，他们……”

林静恒顺手拍了拍怀特的肩，吩咐道：“回房间去。”

怀特想起他那“三个月”冰冷无情的约定，结结实实地打了个寒战。

独眼鹰从楼上的客房里下来：“什么情况？”

林静恒没回答，连上湛卢的精神网，巨大的精神网将整个基地覆盖在其中，下一刻，机甲停靠站里闹鬼一样，原本东倒西歪的机甲一个接一个缓缓地站了起来，亮起冷森森的绿光，最外侧的一排机甲悄无声息地举起粒子炮，整齐地对准了正在撞门的人群。

“你应该教会他怎么去取舍，而不是想给所有的事都找一个两全其美的解决方式。”林静恒用眼角瞥了独眼鹰一眼，薄薄的嘴唇几不可闻地吐出几个字，“垃圾就是垃圾。”

粒子炮的预热让基地脆弱的能源系统发出了高能预警，陆必行瞳孔倏地一缩，下一刻，路障轰然倒塌，对自己背后的危机一无所知的自卫队队员们好像取得了莫大的胜利，狂欢式地尖叫起来。

林静恒面无表情地下达了粒子炮发射指令。

被点着的空气迅速升温，先是仿佛凭空炸开了几朵血红的花，很快由红转白，日出似的卷向闹事的人群。

与此同时，陆必行的手指几乎快成了一道残影，千钧一发间，他调出了基地不堪一击的防御网，狠狠地一抓，将覆盖整个基地的防御网浓缩到一点，堪堪形成了一面墙，竖在自卫队和粒子炮之间。

粒子炮当头撞上了防护网，防护网分崩离析，整个机甲停靠站都在战栗，机器人工作间的小楼墙灰簌簌地掉了一地，前排放粒子炮的机甲集体后退半步，离得近的人被震得摔了一片，与此同时，粒子炮的能量在防护网及其余波中飞快地衰减，很快消失大半，一阵清风似的掠过自卫队，往民居深巷里呼啸而去。

陆必行一手心冷汗。他知道，林肯定看得出这一挡是他做的手脚，但不一定肯给他面子住手，对林静恒来说，启动第二排粒子炮轻而易举，但是这破基地已经没有第二个防护网让陆必行挡了。

周六看见他原地迟疑了不到半秒钟，突然召唤来几个机器人。

“那是医疗队的机器人，”周六莫名其妙地问，“你干什么？”

“植入个道具。”陆必行取出一个小无菌袋，里面静静地泡着一个很小的生物芯片，他把无菌袋放进医疗机器人手里，迅速设置了“植入”程序。几个医疗机器人绕着他围成一圈，空气中划过几条细线，隔开了一个临时手术室，随即，消毒喷雾乍起，盖住了陆必行，他来不及用麻药，生物芯片不由分说地进入他的身体，剧烈的疼痛让他膝盖一软。

下一刻，熟悉的力量感顺着他的中枢神经扩散至全身，他的膝盖把地面磕出了一个坑。

陆必行来不及站起来，已经把生物芯片的“伪装”和“隐形”功能发挥到了极致——

自卫队所有人只觉得脑子里“嗡”一声轻响，随即，在他们眼前，一边的民居与街道突然在一片白光中消失，身后机甲停靠站里的歪瓜裂枣们集体变身，星际海盗凯莱亲王卫队的标志赫然在前，椭圆形的重机甲好像来自世界末日，陈列在前，炮口对着他们，狰狞的海盗标志仿佛正在咆哮。

陆必行一咬牙站起来，打开基地里的多媒体，屏幕悄无声息地滑开，足以以假乱真的高清画面上播放了凯莱亲王卫队轰炸北京β星的录像，陆必行把屏幕调到最大，无数轻重机甲流星雨似的划过基地上空，轻易遮挡了能源塔的光，停靠半分钟后，山呼海啸的导弹骤雨一般倾盆而落！

生物芯片的伪装和隐形功能发挥到极致，周围所有背景都被虚化，只剩下一个放大的巨型屏幕，三百六十度立体画面的效果过分逼真，合成了一个几乎真假难辨的幻觉——仿佛那些避之唯恐不及的星际海盗、凯莱亲王卫队，已经杀气腾腾地近在眼前！

即便是在新星历时代，太空环境对人来说，也属于危险的极端环境，走私贩们在航道上跑货运，尚且算是把脑袋别在裤腰带上，每次都做好有去无回的准备——更不用提直面星际战争。对没有经历过专业训练、没有强有力的伊甸园系统做依靠的普通人来说，在真空中被剥夺精神网的创伤不亚于被人杀一次，会带来持续不断的极度恐惧与焦虑，这也是自卫队队员们从空中下来以后，立刻哗变的原因。

狂躁和暴怒是人们试图控制恐惧的方式，能让躲躲藏藏的小老鼠都露出狰狞的獠牙。

而此时，不辨真伪的空袭场景像点燃引线的火苗，顷刻引爆了那些被压抑的恐惧和焦虑，游行队伍中闹得最凶的人，恰恰是创伤最深的人，这些人中的大多数当场崩溃，开始慌不择路地到处乱窜，徒劳地试图找地方隐蔽，然而民居民巷里拥挤的建筑只是在视觉上“隐形”了，实体还在，没有消失，乱跑的人很快撞在看不见的墙上。丧失理智的人已经无法分辨拦路的东西究竟是什么，他们开始疯狂地大喊大叫，困兽一样，一遍一遍地撞向看不见的墙。

在人群中，强烈的情绪往往像瘟疫，会迅速传播开，怒气冲冲的人群惊慌失措，有人茫然地抱住头，有人瑟瑟发抖地蹲在地上，有人开始大叫另一个人的名字，跌跌撞撞地循着记忆的方向狂奔，一头撞在看不见的墙上，拼命扒着墙缝爬起来……

还有人扯着粗哑的嗓门，在喊“妈妈”。

视频中导弹落下，膨胀的白光远远超越了音速，无声地滚滚而来，吞没了整个基地，与此同时，在芯片的作用下，身后隐约的机甲、人们脚下的路、远处的建筑……也全部消失不见了，身边的人被拉长变形，皮肉好像沙子堆就，狂风一吹，就扑簌簌地随风飞散，剩下一副惊惶的骸骨。

惨叫声几乎要惊动能源塔。

“啊！啊！”

视频在最后的白光里结束，多媒体屏幕暗了下去，绽开了莲花的待机画面，接着，被高能粒子炮、大功率防护网、多媒体轮流祸害过一轮的能源系统哀叫了几声，正式宣布过载，除了机甲站的核心能源，其他地方全部断电。

整个基地一片寂静，丑态百出的人们瞠目结舌地或跪或站，还沉浸在噩梦的深渊里。

即便用过生物芯片，陆必行也没有试着同时影响这么多人，大脑一时针扎似的疼了起来，他有些虚脱地扶了一把墙。

周六目瞪口呆地瞪着他：“那是……刚才那是什么？”

“全息恐怖电影。”陆必行用拇指和食指比了个枪的形状，逗小孩似的在周六额头上一点，随后他抹去额前的冷汗，把剩下的半碗汤喝完了，对周六说，“逗你的，不是电影，这是北京β星被袭击后留下的最后一段视频记录，近地轨道的守卫向联盟求援时上传的，我从你们废弃的补给站里下载的。”

周六还没从惊骇中回过神来，一脸懵懂地点点头，凭着本能迈开两条腿，跟着陆必行往外走。好一会儿，他才好像想起了什么，半带自言自语似的小声问：“你为什么要保存这段视频？”

陆必行刚开始没回答，周六以为他没听见，此时他莫名有点畏惧陆必行，没敢再追问。

直到他们俩走出机甲站台，能远远看见瘫成一团的游行队伍时，陆必行的脚步才微微一顿，没头没尾地说：“因为我住在北京β星。”

周六猛地抬起头。

“我通过投资，在北京β星上拿了长期居民身份，这些年一直在那儿生活。投资的钱建了一个学校，叫星海学院，招来的都是些不大成器的小崽子，开学第一天就把老师集体气走了。我有很多学生在北京β星上，还有很多朋友——”陆必行面无表情地注视着前方，能源塔被大气层过滤过的光柔和地打在他脸上，他像是发了会儿呆，继而轻轻地摇了摇头，问周六，“怎么，你以为我也是个星际流浪汉吗？”

周六说不出话来——他只听说这伙人里有个叫独眼鹰的军火贩子，臭大姐的机甲就是从他那儿买的，至于是什么样的军火贩子、住在哪儿、为什么会在星际漂泊……周六没跟着臭大姐他们上天，也没接触过独眼鹰，对这些都不大清楚。他一直理所当然地认为，陆必行他们也是居无定所的星际浪客，未曾在这个星系任何一处天然的土壤中扎过根，是被臭大姐“捡”回来的同类。

周六讷讷地张了张嘴：“我刚才跟你说……我刚才在……在那个工作间里说……我……”

他刚才在工作间里，轻描淡写地对陆必行说过，当时地下航道的走私贩们察觉了域外的风声，集体决定三缄其口，不向任何人透露消息。

陆必行偏头看了他一眼：“嗯，知道你不是故意的，刚才还爬墙跳窗给我送早饭。”

周六说不出话来。

说来也奇怪，假如一个人活泼开朗又讲义气，那么当他和另一个人成为朋友时，就很容易把朋友的仇恨当成自己的仇恨，把朋友的痛苦当成自己的切肤之痛——好像一点也意识不到，就在不久以前，这个人对他来说，还是“非我族类，死了活该”。

“既然现在知道了，下次注意不要在我的学生们面前说漏嘴。”陆必行尝试了一下，方才停摆的电力暂时无法恢复，基地那走音的音响设备熄了火，他只好清了清嗓子，走进人群里。

“刚才，我用个人终端调试多媒体，不小心点开了前一阵子北京β星被域外海盗轰炸的实景。”陆必行说，“吓着大家了，不好意思。”

东倒西歪的自卫队里，除了疯子的发泄声，就是一片死寂，突然有个能正常说话的人，大家的注意力不由自主地被他吸引走了。一个差点被吓疯的自卫队队员正在经历应激反应，用力捶着旁边的墙，捶得拳头一片血肉模糊。陆必行突然用快得看不清的动作，一把捏住了他的手腕，生物芯片加持过的力量远超过正常人，自虐的人“嗷嗷”乱叫地猛烈挣动，被捏住的右手仍悬在半空一动不动。

“听我说，”陆必行弯腰看着他的眼睛，把语速放慢，一字一顿地重复了一遍，“听——我——说。”

自虐的人睁大了眼睛，片刻后，他的瞳孔好像也放大了一点，竟然真的在他稳如巨石的话音里不动了。

“第一，机甲你们已经买了，”陆必行说，“一件事如果不能在发生之前阻止，事后说什么都没用，回头看看你们的机甲库和军备库，诸位已经是武装分子了，不管你们愿不愿意承认。”

“第二，不要想着去炸毁机甲库，”陆必行从自虐的人那双眼睛里看到了微弱的神志，于是放开了对他的钳制，接着说，“机甲是为战争设计的，即使用激光枪打上一天，最多也只能刮花一层漆而已，机甲需要太空级的武器才能破坏，而销毁的瞬间会产生剧烈的能量波动，残骸永远也无法凭人力处置干净。如果你在同一时间把整个基地的机甲都毁掉，爆发的能量等于向第八星系的星盗发出邀请，告诉他们晚餐在这儿。”

“第三，请诸位补一课近代史，”陆必行环视人群一周，那些面孔无论男女老少，统一的特点就是丑、涕泪齐下、愚昧无知，“凯莱亲王卫队当年被联盟军赶出第八星系，就是因为他们忽略了地下航道，阿瑞斯·冯是个疯子，不是傻子，同样的错误，他不会犯两次，彻底占领第八星系后，一定会对星系内外的地下航道来一次彻底清理，诸位‘武装分子’，你们被发现的那天不远了。”

陆必行脚下，一个满脸络腮胡的彪形大汉缩脖弓肩，一只手紧紧地攥着脖子上的吊坠，听了这话，大汉哽咽出了海螺号似的“嗡嗡”声，陆必行顺手拍了拍他的后背：“到时候你们会像刚才一样，再死一次的。”

他这一番话说得四下一片悄无声息，片刻，有些人狼狈地缓缓爬起来。

“我还有最后一句话，”陆必行叫住他们，“不想就这么死的，穿好你们的自卫队队服，明天到机甲停靠台来找我，好吗？”

没有人应声，没有人再叫嚣去找臭大姐算账，也没有人再嘲笑他了——最先站起来的人一脸麻木，可能是听天由命，也可能是哀莫大于心死。

他们扶着墙，一个接一个地离开了。

哭成海螺号的大汉也试着爬起来，腿一软又摔回去了，用力擤了一把鼻涕，他更委屈了，捏着脖子上的吊坠叫“妈妈”，陆必行看了他一眼：“刚才那声妈也是你叫的？”

委屈的海螺号羞愤交加，抽噎得说不出人话。

陆必行试探地展开他捏着吊坠的手，见这位相貌豪放的先生脖子上挂了一个大约八厘米长的水晶瓶，水晶瓶个头不小，不过挂在这位仁兄脖子上，仍然秀气得像条锁骨链。

陆必行抹去水汽，看见水晶瓶里装着一些灰白的碎屑。他一愣，连忙恭恭敬敬地双手捧着放回原位，对着水晶瓶打了个招呼：“伯母好——兄弟，你怎么称呼？”

“我叫……我叫……嗝……”

“他叫‘放假’，”周六在旁边插嘴说，“因为他是周日那天被人捡回来的，本来叫‘周日’来着，后来大家觉得听着像骂人，改了这个。”

陆必行：“……”

比起联盟议会里那些动辄名字写三行的议员，第八星系的人起名随便得吓人。

放假抽抽搭搭地一抹眼泪："我不是妈宝，我就是……嗝……就是突然想她了。我妈以前在域外跑货，赚了好多钱……嗝……被海盗打劫。她当时开着一艘机甲伪装的商船，把我放在救生舱里运回基地，自己……呜……我连她一块骨头都没有，这里面装的是她养的兔子……"

刚认了个兔伯母的陆必行无言以对片刻，自行消化了这个惊悚的辈分。他一拉裤腿，伸长双腿坐在地上，忽然说："我也想我妈，比你还惨一点，我都没见过她本人，只有一些影像……是从她怀孕那天开始录的，有时候一天一条，有时候一天好几条。她应该是个教书的，看着挺闲，好像也没什么钱，每天都抱怨学生不会思考，不如 AI（人工智能）……我爸不肯跟我多说，我偷偷去查过第八星系的院校，没找到她的名字，可能是哪个私自成立的野鸡学校吧。"

放假狗熊似的坐在地上，冲他打了个哭嗝："她怎么死的？"

"家里惹了仇家，被人追杀，我爸说，我是从她肚子里剖出来的。"陆必行说，"据说她死后，仍然死死地抱着自己的肚子，我……"

他这句话没说完，不远处突然传来独眼鹰的咆哮："陆必行！你个兔崽子！"

陆必行心说"不好"，用"放错片"这种借口只能糊弄基地这帮文盲，他那卖军火的老爸知道芯片的底细。然而还不等他回头，陆必行整个人被扯着后脖颈子拎了起来，衣领狠狠地夹住他脖子，林静恒的脸色雪白，连嘴唇也一并褪了颜色，一巴掌已经扬了起来。

陆必行听见他手指骨节咔咔作响，本想抱头鼠窜，躲一半，又想起自己现在是铜皮铁骨状态，反正打不坏，于是把胳膊一缩，十分努力地冲林静恒眨眨眼："那什么……"

独眼鹰刚才还骂他是"兔崽子"，见了此情此景，立刻掉转炮口："姓林的你干什么？你敢！"

林静恒从牙缝里挤出几个字："你还知道……"

你还知道她一路被人追杀，夹缝里仍在苦苦挣扎，死到临头还在尽力护着你！你还知道你的命是那么惊心动魄才抢回来的！

可是这些话，他都不能说。

是他自己决定让上一辈的事烂在湛卢的数据库里，不向陆必行透露一点的。

林静恒缓缓放下手，任由飞奔过来的独眼鹰一把拽开他。

有那么一瞬间，陆必行看见林静恒的手在抖。他心里“咯噔”一下，在自己反应过来以前，已经动手去拉了林静恒。

林静恒一侧身闪开了，没看他，冲跟上来的湛卢一点头。

湛卢不由分说地架住陆必行的胳膊肘：“陆校长，医疗设备已经准备好了，请跟我来。”

陆必行的目光还在追着林静恒的背影，想挣开他：“哎，等……”

湛卢认认真真地说：“作为机甲核的人工智能，我的人身使用的是可变形的特殊材料，每一克造价六百万第一星系联盟币。”

陆必行连忙举起双手，一动不敢动，连气也不敢使劲喘了，唯恐控制不住力量，喷坏了湛卢哪根汗毛。

湛卢亲自监工，三下五除二重新取下了陆必行身上的生物芯片，人工智能用托盘托起带血的芯片，端到萎靡的陆必行眼前，一板一眼地说：“‘鸦片’芯片的危害性和成瘾性，您已经充分了解，而在充分了解的情况下，还是尝试了第二次接触，经我评估，您的行为已经达到了初级依赖，按照《联盟治安管理条例》，您未来一段时间的行为将受到监控。”

陆必行：“不是，我……”

湛卢在他面前拎起芯片，“刺啦”一声，芯片焦煳一片，冒了一缕小白烟：“经检测，您的脑神经过度使用，为防止偏头痛、焦虑等一系列不良后遗症，我需要给您一针强力镇静剂。”

说完，不等陆必行反对，一根细针就戳进了他的脖子。陆必行连哼都没来得及哼一声，眼前一黑，什么都不知道了。

等他醒过来的时候，一天已经过去了，基地短短三个月的倒计时又往前走了一格。

陆必行爬起来一探头，看见独眼鹰在客厅里守着，窝在沙发上睡得四仰八叉，还打呼噜，他于是轻手轻脚地关了卧室门，从窗户里爬了出去，去找林静恒——打算让林把那没落下的一巴掌补回来，不然他做梦老梦见那只发抖的手。

然而陆必行扑了个空。

林静恒已经连夜编制好重三的修复方案，启动了自动修复进程，自己带着湛卢走了。他要尽快绘制地下航道的军用地图。

陆必行没办法，只好又转身去了机甲站。

可是除了四个交了白卷、丧眉耷眼的学生，他一个人也没等到。

距离基地完蛋还有八十九天，而人们用实际行动告诉他，这个基地已经完了。

（二）

“陆总，”怀特把一沓写废的纸放在他面前，“算不出来。”

陆必行看起来有点疲惫，眼底有一圈乌青，不时在自己眉心和太阳穴一线按来按去。空荡荡的工作间里，那些不知疾苦的机器人像兵马俑一样无声无息地陈列着，死气沉沉。

陆必行撑着额头，翻了翻怀特的作业，能量塔的晨光斜斜地打进工作间，在他脸上投下一圈轻薄的阴影，他沉默了好一会儿，久到怀特有种错觉，仿佛下一秒，他就会把那一沓演算纸一推，告诉他们结束了，以后再也不用做这种无用功了。

这样的预判让少年怀特有点惴惴不安，尽管他并不知道自己惴惴不安的原因。

可是他提心吊胆地等了好一会儿，陆必行只是平静地问：“参考书都看了吧，哪里不懂？”

四个学生局促地对视一眼，斗鸡粗声粗气地说：“哪儿都不懂。”

“哪儿都不懂是不可能的，”陆必行神色淡淡地把乱七八糟的草稿纸理成一沓，“除非书没看进去。”

他平时与人说话，总是温和中透着热忱，让站在他面前的人有一种自己被全心全意重视的感觉，然而此时，他虽然对学生们依然称得上温和耐心，却多少流露出了一点克制后的倦怠意味。

话说尽，事做绝，还是没法打动的人，有可能真是披着人皮的石头吧，从出生那天开始就死了，因此也并不在意肉身再腐朽一次。

工作间的大门一直敞开着，也一直空荡荡的。

陆必行目光扫过，非常失望，觉得自己的坚持有点可笑，也有点卑鄙——因为这个基地上空悬挂着一个看不见的死亡倒计时，他心知肚明，却不打算告诉任何人。

牵扯白银十卫，一定是重大军事动作，即便林不打算拿基地当诱饵，基地这些三教九流的混混也绝对不堪信任，而矛盾的是，陆必行对这一点了解得清清楚楚，依然会妄想自己能用粗陋的燧石点着他们身上一点火种。

这个逻辑简直是不自洽的。

“这几个用到的数学模型都看不懂。”薄荷壮着胆子说，“连……连照着算都不知道怎么把数代进去。”

陆必行回过神来，顿了顿：“嗯，所以‘已经达到初等教育相应水平’，还真是骗人的对吧。你们几个初等学位证多少钱买的？”

怀特抠着手，小心翼翼地回答：“我不是买的，我就是……就是后来用不到，很多东西忘了。”

薄荷打断他：“八十块保真，教育局能查到编号，再加两百，能买来全套的申请材料。”

“贵了，”陆必行打开个人终端，抽出那本参考书，“信息学院原来的老院长说一百三十八就能办全套，你被人坑了。”

“陆总，联盟其他星系的初等教育涵盖了所有经典的数学模型，”黄静姝点了点自己的太阳穴，“等他们的孩子大脑发育到一定阶段……当然，是正常的大脑，伊甸园就会把这些已知的结论从他们这里灌进去，他们好像生来就会一样。”

陆必行一抬头，冲她射出两道冷冷的目光：“你想说什么？”

“远古茹毛饮血的野人是人，一辈子没出过大气层的地球古人是人，我们也是人，可是人和人是不一样的——我们和联盟人也不一样，他们生来就会的东西，是我们一辈子都达不到的成就。”黄静姝说，“陆总，你用联盟的初等教育水平来要求我们，不觉得这很不公平吗？”

“不觉得，”陆必行皮笑肉不笑地一提嘴角，屈指弹开个人终端上飘浮的电子书，“你把了解一个初等数学的小模型当作成就吗？这个看法很有趣。不过在我看来，已有的数学模型只是工具，和榔头、锤子、麻绳没什么区别，第一个发明榔头的人可以称为‘天才的成就’，那难道后来那些举着榔头砸核桃、砸脑壳的大猩猩也要来给这‘天才成就奖’冠个名？”

他这话一不小心脱离了幽默的范畴，称得上尖刻了，黄静姝敏感地听出了他话音里的火气："陆总，你……你怎么了？"

"没怎么。"陆必行垂下视线，略微缓和了一下语气，"数学书自己看吧，个人终端上的图书馆权限开给你们了，用到的几个经典模型都有很详细的说明。有实在看不懂的点可以挑出来问我，但我不会领读榔头的安全使用说明，还有什么问题？"

怀特吞吞吐吐地说："陆总，那我们……这个作业还要做吗？"

陆必行十分简短地说："做。"

"可是……"

"如果你相信一件事是有用的，你就去试着说服别人，说服不了，你就自己该干什么干什么。"陆必行说，"战争情况下，能源问题是重中之重，怎么说也要解决，逃不过去。"

否则，就算是白银九登陆，他们毕竟千里迢迢地从域外赶来，没有落脚点和稳定的能源系统，也是个麻烦。

失望归失望，该干什么还得干什么。

四个学生十分机灵地互相交换了一下眼神，都很识相地默默退到一边，不再打扰。

"数学"两个字让人觉得高不可攀，但"榔头的安全使用说明"就显得平易近人多了，大概是因为改变了心态，临近正午的时候，终于沉下心来阅读"说明书"的四个学生，好像第一次开始磕磕绊绊拼积木的幼儿，一边分工明确地自学，一边凑在一起低声讨论，有时候还骂骂咧咧几句，吵吵嚷嚷地拼出了一个大概的脉络。

陆必行没管他们，很快，第一批机器人的维修程序已经校准完毕，可以放出去干活了，只是机器人数量不够，速度必然是慢，陆必行觉得，他最好把基地的能源系统规划方案重新简化一下。

就在他把第一队机器人送到现场，转身回工作间的时候，突然有人叫住了他："陆……那个，专家。"

陆必行回头一看，吃了一惊。

只见娃娃脸的周六、脖子上戴着兔骨灰的放假、先前斗得不死不休的豁牙老头及瘸腿老头、让陆必行修多媒体的电影爱好者老太太、总觉得锅碗面积不够大的胖姐……全都来了，不但自己来了，还带来了一帮人。

周六嘴角带着淤青，衣衫不整，扣子飞走了一半，露出几个被扯得变形的洞，脖子上不知道让谁挠了一爪子，留下三道血痕，脸上却带着兴奋的笑容，活像熊孩子刚砸完别人家玻璃，“得意凯旋”。他身后，十几个小青年被一根麻绳绑成了一串蚂蚱，形象更为惨烈，有一位甚至连裤腰带都不翼而飞，鼻青脸肿地拎着自己的裤子，一步一蹭地。

胖姐肩头上扛着个重型的激光枪——大概是扣下扳机能轰飞一扇加厚铁门的家伙，铁面无私地跟在旁边监工，见那一串被绑来的蚂蚱谁腿脚稍慢，就上前用枪口戳上一下。拎着裤子的那位被她打中手肘麻筋，猝不及防地一松手，现场发生了事故——只见他的裤子飘然落地，露出两条腿毛茂密的下肢……并一条画着恐龙的四角裤衩。

陆必行和恐龙面面相觑片刻，一头雾水：“请问贵基地这是……什么风俗？”

“这几个人都是自卫队的，跟我一个排，”周六一边说，鼻血一边往下滴，他满不在乎地伸手一抹，没擦干净，还伸长了舌头舔了几下，含糊地说，“我今天早晨让他们跟我来，他们不肯，我只好挨个跟他们决斗。”

陆必行感觉自己好像听见了一个非常复古的词：“不好意思，挨个什么？”

“决斗，胖姐和放假他们都是见证人，”周六说，“谁输了就要听对方的，认对方当老大。”

陆必行点点头，数了数麻绳上拴着的人头，有点感佩地说：“这么说，你一上午打了十八场架，没有败绩，真是英雄。”

周六傲然一笑，刚想摆手说“不值一提”，不等他把造型摆好，汹涌的鼻血就再次飞流直下，周六连忙立正仰头，双手捧起了自己决堤的鼻子。陆必行目光扫过那一串麻绳绑来的“壮丁”，心想：“牵着不走，打着倒退，所以我为什么不趁着昨天的无敌状态把他们挨个揍一顿？那么文明干什么？”

这时，旁边的放假直眉愣眼地替周六开了口，他说：“我们是来找你的。”

陆必行一愣。

“你昨天说，谁不想就这么死的，今天到机甲站台来找你。”放假说，“我们来了，自卫队队服明天再开始穿行吗？”

电影老太嘀嘀咕咕地说：“我这么大年纪，可不管干活，我就是来看看。”

胖姐说：“我还要做生意，只能中午以前，午饭以后来一会儿。”

豁牙老头猥琐地笑起来：“咱们先修音响不行吗？”

黑暗中碰撞过无数次的燧石终于迸出了微小的火星，这是基地第一批站出来的，一共三十四个人，尽管小一半是中老年人，而青年们则基本都是迫于周六的武力胁迫，一个个好像为了诠释“歪瓜裂枣”而生。

但他们仍然是这漫无边际的荒原之上，一点星星之火。

基地的居民好像住在沙丁鱼罐头里，空无一人的机甲站却占据了一半面积，机甲站对三十多个人来说，显得相当空旷了，互相联系都要靠内网。白天跟着机器人干活，机器人们效率超高，铁面无私，遛狗似的把一群手残废物遛得团团转，时不时听见四个学生中的某一个狂奔而过，追着陆必行喊：“老师，这一步是不是这么算……”

傍晚，能源塔开始坠落，天空颜色渐深，学生们总算完成了自己第一次作业，横七竖八地躺在机甲站台上的空地里，突然，旁边的应急灯打开了，陆必行像查房的教导主任一样无情地走过来，在两个男孩的小腿上各踹了一脚：“起来，今天的课还没有上。”

怀特四肢着地，死狗似的看着他：“那我们今天一天是在干什么？”

陆必行理所当然地回答：“补作业啊。交作业迟到耽误课，当然要在放学后补回来，你们以前的学校不是这样的吗？”

他们以前的学校要是敢这样，老师早就被人套麻袋暴揍了。四个学生各自摊开一张如丧考妣的脸，沉痛地跟着他往机甲站台上走。

第一天来了三十四个人，人人挂了一副黑眼圈，第二天直接累跑了俩，还剩三十二个。

辛勤的机器人们彻夜工作，把每个机甲上的备用辐射收集器都拆了下来，按照设计图“嗡嗡”拆分焊接了半宿。清早，四个被机甲折磨了半宿的学生，还有周六和被他打服的小青年们，纷纷用人力扛起辐射收集板，两人一组，一个机器人引路，鬼哭狼嚎地开始按照设计图拼接。

电影老太作为一个文艺老年人，弄来了一个能进博物馆的大喇叭，操着不知道哪儿的口音，在他们脚底下阴风阵阵地朗诵着古典文学：“在魑魅魍魉面前，他们也无所畏惧，而是寻找他们，向他们进攻，战胜他们！[①]”

第三天，穹庐似的巨大辐射收集板已经有了雏形，与空中漂泊静默数百年的能源塔遥遥相对，三十二颗“火种”还剩下二十八颗，电影老太话说得太多，失声了，只好佝偻着后背，严肃地坐在旁边抠脚。

然而静默的机甲站外围却开始有人探头围观。

第七天，周六、放假，还有自卫队的几个年轻人，意意思思地跟在了学生们身后，听陆必行这个可能是第八星系最会做手工的机甲设计师讲机甲操作和内部构件。

第九天，辐射收集板安装完毕，接入了基地能源系统，整个机甲站发出一波一波、潮水似的“嗡嗡声”，余音缭绕不去，陆必行暂停了学生们当天的课，拿出要接入机甲散热器的热电系统设计图，重新设定机器人们的施工程序。

几个学生纷纷举着手腕，用个人终端记录整个过程，跟着他跑来跑去。工作间外的矮墙上，一排脑袋狐獴似的探出来，交头接耳，窃窃私语。

第十天清早，之前跑了的几个人又回来了，个个厚着脸皮，装作若无其事的样子，好像自己只是出门上了个厕所，干完活的中场休息时间，周六和放假带着一帮小弟，把“叛逃”过的几个人围起来打了一顿，打得他们鬼哭狼嚎，电影老太全程录像存档。

下午，挨完打的几个小贱人赖唧唧的不走，依然是死皮赖脸地当机器人跟屁虫，而机甲站外又来了几十个人，默不作声地加入了干活的行列。人力突然倍增，尘封在机甲站下面的吊车、机械手等等不那么智能的工具都被搬出来修整上油，热电系统的建设速度陡然加倍。

第十二天凌晨，基地的天还没亮，所有人都在半睡半醒间听见了一声悠长的轰鸣，像天外传来的风笛，无声的气流以机甲站外围的散热塔为核心，潮水似的向四周散开，挤过鸡笼似的阳台和住家，每一扇破旧的门窗都瑟瑟着应声而鸣。

独眼鹰叼着烟走到客房阳台，眯起眼望向机甲站的方向，看见一个庞然大物被磁力缓缓托上半空，内里流光溢彩，像一颗人造的星星。轰

---

① 出自《堂吉诃德》，电影老太的至爱。

鸣声陡然加剧，无数窗户推开，无数视线投向这边，随后，每天只能满足民用供电六个小时的基地突然一片灯火通明，不知多久没有开过的路灯一个接一个地闪烁起来，高度密集的住宅区几乎热闹出了繁华的假象，立体屏幕展开，莲花的待机画面缥缈地在夜风中轻轻晃荡。

夜色嘈杂起来，独眼鹰缓缓地喷出一口烟圈，喃喃地说：“他妈的。”

陆必行喝完了一壶咖啡，还是困，强打精神地继续测试刚刚落成的能源系统，趁没人看他，他躲进墙角伸了个大尺度的懒腰，还不等他张大嘴打哈欠，陆必行余光就瞥见不远处的一个监控摄像头转了个圈。

他激灵一下，想起湛卢说要“监控”自己的事，强行把哈欠憋了回去，放下胳膊的时候顺手抓了一把头发，以最快的速度找好了角度，冲着监控镜头露齿一笑，挥了挥手。

图像很快穿透了大气层，飞往太空，降落在林静恒面前的屏幕上。

还不等林将军对这粉丝见面会似的挥手做出感想，陆必行就走了几步，把监控镜头带到了另一个方向，正好能拍到他背后那万家灯火的基地。

陆必行十指一搭，比了个桃心，俨然是把监控屏幕当成了自拍器，冲着他说了句什么。

屏幕一角很快智能地辨析了唇语，自动打出字幕。

陆必行说：“我错了，我检讨，不生气了，好不好？”

林静恒绷紧的嘴角尚未完全放松下来，陆科学家对着墙角摆造型的事情就被基地的人发现了，不知多少年没见过这么多灯光的自卫队队员们兴奋过头，纷纷狂奔过来，一个个好像打了兴奋剂的猩猩，不由分说地把监控镜头围在中间，龇牙咧嘴地做出各种怪样。

年久失修的监控镜头当场被这群魔乱舞吓瘪了，林静恒眼前的屏幕一片漆黑。

林静恒：“……”

第四章　惊喜

这个名叫“惊喜”的跃迁点，就像个隐形的后门，偏要开在最危险的地方。

（一）

监控画面黑下去的时候，机甲“北京”正发出尖锐的引力警报，林静恒的心狠狠地一跳，随即才意识到，并不是基地的妖魔鬼怪把摄像头吓晕过去了，而是他已经离开太远，那一点微弱的内网信号终于难以为继了。

“我们受到引力影响，正在朝已知行星‘索多’加速。”湛卢说，“请注意，索多的逃逸速度为65.8公里/秒，属于大引力行星，先生，我建议立刻打开推动器，是否开启？”

“不，”林静恒的目光没离开黑下去的屏幕，沉默片刻，他说，“报送坐标和引力波动，我们现在偏离原始航道多少了？”

此时，他们正在穿过一片未经标记的地带，此地已经接近第八星系边缘，然而理论上说，仍属于联盟辖区之内，可讽刺的是，过去成百上千年里，这个星系中最活跃的探险家和测绘员是一帮黑市走私贩。走私贩们测绘航道图，只是为了活命混口饭吃，当然不会进行多余的探索，地下航道的测绘图上只给出了安全航道的坐标，但偏离这个航道会发生什么、遇到什么，最远跃迁距离是多少，则一概是空白，需要有人亲自探路。

湛卢迅速为他报送了坐标区间："无法估算我们偏离航道的角度，先生，我想我们已经往另一个方向走得太远了，您在寻找什么？"

机甲里的警报声越来越急，已经接近歇斯底里。这么个节骨眼上，林静恒却顺手回放了方才的监控画面——陆必行好像跟旅游胜地合影似的造型重新跳到他面前，那青年眉目舒展，眼神清亮，是一副无忧无虑的模样。在这么危险的地方还能沉迷色相，人工智能都快看不下去了，湛卢提醒他："先生，引力正在增大。"

"嗯，"林静恒的视线没有离开画面，很是心不在焉地应了一声，"逼近'沙漠'行星带了吧。"

"沙漠"，是大行星索多附近的一片稳定的小行星带，里面有数百万颗小星子，大颗的直径几百公里，小的或许只是块一人高的石头。虽然这个行星带整体相对稳定，但内里的小星子们并不老实，它们时时刻刻都在互相伤害、互相撞击，再互相结成家族，不断出生，不断死亡。行星带里充斥着数不清的"彗星坟场"，幽灵一般沉睡在其中的彗星随时会随着引力变化涅槃，呼啸着甩开长尾，凤凰似的穿过沉闷的第八星系。

"沙漠"行星带和一般物质稀薄的小行星带不同，由于特殊的天文环境，这里非常危险，又叫"死亡沙漠"，对星际旅行者来说，是个有来无回的禁地。

湛卢的声音在机甲"北京"疯狂的警报声里已经有些失真了："先生，我必须提醒您，前方非常危险，重复一遍，非常危险，小机甲"北京"不具备穿越'沙漠'的物质能力，您必须……"

林静恒没理他，将"北京"的防御网推到最大，机甲周围，细小的星尘微粒开始多了起来，紧接着，防御网跳出了第一条撞击警报——有小石头撞上了机身。

"先生，这……"

"定位附近的跃迁点。"林静恒打断他。

湛卢被迫执行主人的命令，同时，仍然忍不住说："附近没有跃迁点记录。"

他话音没落，机甲"北京"的导弹猛地推上轨道，林静恒不由分说地开了火，直冲向前方迎面撞过来的星子群，大片的星子像棋盘上的棋子，被他撞得撒了一片，它们疯狂地彼此碰撞，撞出了荧荧的可见光，像是远古传说中太阳系的黄道之光，致命的碎片劈头盖脸地向北京涌过来。

“北京”的轨道变换灵活到了极致，林静恒以让人难以想象的精准操作躲开了一个又一个扑面而来的石块，这机甲比他自己的身体还要灵便。

“先生，您这种行为有失稳重……”湛卢的声音突然中止，一块高速划过的巨石猛地擦过“北京”机尾，整个机身都跟着晃了晃，容易大惊小怪的小机甲“北京”尖叫起来，然而不等这一撞撞实在，湛卢突然检测到了跃迁点的磁场，林静恒立刻启动了紧急跃迁。

紧急跃迁距离极短，目标点坐标不到半个标准航行日，几乎眨眼就到了。

周围那些稠密而危险的星子凭空消失了，在跃迁点强大的磁场排斥下，这里几乎形成了一个直径十几公里的真空地带，就像平静的台风眼。

“北京”终于闭了嘴，唯有方才震得人耳生疼的尖叫余音好像还在，湛卢：“跃迁成功。”

林静恒让“北京”上了跃迁点所在的轨道，和它保持着相对静止，飞进了这个奇异的跃迁点范围。

“正在读取跃迁点编号，编号是……”湛卢奇怪地停顿了一下，“一个单词？”

“什么？”

“跃迁点的编号是‘惊喜’。”

这是个非法编号。联盟跃迁网中，每个跃迁点都有自己的编号，统一是由六个字母和三个数字组成的，代码里包含了跃迁点建设时间、位置、是否民用、最大承载量和承载距离等等信息，有一套固定的规则，即便是边缘人士私设的跃迁点，一般也会遵照这个规则，只是在结尾打个星号而已。

这个位于小行星群里的跃迁点，无论是存在合理性还是它的存在方式，都和开玩笑一样。

林静恒的眼角轻轻地弯了一下，露出一点笑意，然而很快又消失，机甲内没来得及放出来的保护气体又被缓缓吸回去，他叹了口气，仰头靠在柔软的椅背上，目光穿过头顶的荧光草，继而透过机甲的精神网，往外弥漫，目力所及，尽是厚重的星云，结着一层又一层浓雾似的茧，极难观测。

这个名叫“惊喜”的跃迁点，就像个隐形的后门，偏要开在最危险的地方。

“先生，”湛卢沉默片刻，对他说，“跃迁点的场构筑方式与联盟如出一辙，推测始建于距今一百到一百五十年之间，但我没能查到相关资料。”

“你的资料被删除了——他被软禁的时候，他们要查你的数据库。”林静恒没有收回目光，轻轻地说，“我不知道他是保险起见，还是那时就察觉到联盟内部有问题。”

“您是说这个跃迁点是陆信将军留下的。”

“136 年，陆信绕道域外，从索多星附近的秘密航道杀进第八星系，好像从天而降，战后为了便于管理，当时他用过的秘密航道都过了明路，转成了正规的联盟星际航道。”林静恒说，“文献上记载翔实，但我不信。那一战我用不同的方法模拟过无数次，每次都有细微的误差，所以我一直觉得这附近一定还有一个秘密跃迁点。”

湛卢说：“据我所知，陆将军呈报给联盟的战役说明是经得起验算的，后来也一直被乌兰学院当成典型案例。”

“他那篇报道明显是胡编的，糊弄联盟军委那帮纸上谈兵的废物，那上面还写了他当日驾驶的重机甲是你。”

失忆的湛卢奇怪地问：“不是我吗？”

“当然不是，长途偷袭怎么可能会带你去？你又费电又扎眼，在域外晃一下都能让星盗们望风而逃。他当时最多带了你的机甲核，机身一定不是你自己的，多出来的那点偏差，正好是一次隐蔽的跃迁。”

又费电又扎眼的湛卢感觉到了来自主人的偏见，化为人身，委屈地站在一边。

他们飘在那一小片真空中，周遭的一切都是沉寂无声的，时间仿佛已经静止了。林静恒半躺在机甲里的软沙发座位上，良久没有言语，如果不是睁着眼睛，湛卢几乎要以为他睡着了。漫长的太空军旅生涯少见光照，即使已经离开白银要塞数年，他的脸依然带着那种太空军人特有的苍白，据说这种暗无天日的生活环境会引发人类的不良情绪，所以伊甸园每周都会检测并调节太空军的激素与情绪水平，只有他坚持屏蔽伊甸园，像匹固执得不肯融入人类社会的孤狼。

“我小的时候，一直想成为一个像陆信一样的人。”林静恒说，他重新打开基地的监控屏幕，翻找着其他镜头的视频记录。可惜基地的监控摄像头太少，翻了半天，他只看到了各个角度的狂欢，却没能找到淹没在灯火中的那个人，这几乎让他有点失落起来。

湛卢说：“就我看来，您的才华并不亚于陆将军。”

“才华又不值钱。”林静恒说，他孤独地徘徊在隐形的跃迁点之间，在先人遗迹前，看着监控记录里望着悬浮热电站微笑的老人，“陆信是联盟自由宣言的忠实信徒，他的信仰曾经坚固得像石头一样，他热爱联盟，热爱新星历文明，永远知道自己什么时候该站出来，什么时候该舍生忘死。”

湛卢抬起眼看着他，碧绿的眼睛显出了些许懵懂的天真意味，让林静恒几乎想下意识地避开他的视线。

他想：可我并不爱联盟。

他对联盟中的任何一个地方、任何一个人都毫无眷恋，他对自由宣言嗤之以鼻，他只是把白银要塞和七大星系都当成一个巨大的博弈场。

多年来，他一方面代表联盟中央，对要求军事自治权的各大星系施以高压，一方面又暗地纵容、加剧双方矛盾——没有军事自治权的各星系，在突发紧急情况时，只能求助于驻扎在本星系的中央军，然而中央军等不到白银要塞的命令，就算是星盗杀到眼前，也不能轻举妄动——因为中央军的“监察会”掌管所有机甲，没有监察会的密钥，一架机甲也飞不出大气层，而这些监察人员的家人，都在沃托过着人上人的生活，他们百分之百地忠诚于联盟中央。

林静恒在白银要塞时，一、二星系之间货币的汇率已经高达 1：52，而商船如果跨星系交易，需要经过十几道关卡，每一道关卡的驻军都要盘剥一遍，无形的“关税”进一步抬高价差。下游星系的居民如果想去上游星系一次，如非公费旅行，光是往返的路费就要花掉半辈子的积蓄。两百多年来，巨大的剥削和不平一直被压抑在“美好的”伊甸园下，联盟中央心知肚明，一旦军事自治权下放，八大星系必定分崩离析。

林静恒在的时候，非但八大星系忍气吞声，连星际海盗们也风平浪静，联盟上下是一派叫人麻痹的和平景象。因此他趁机把陆信的旧部一一安排了出去，除了叶里夫精神状况不太稳定，被他留在眼皮底下以外，剩下的，全部“流放”到鸡肋一样的各星系中央军，像一群上了颈圈的猛兽。

刚布完局，还不等他动手，愚蠢的管委会就不知听了谁的挑唆，准备卸磨杀驴，林静恒正好顺水推舟——他一旦离开，星盗必然会猖獗反弹，没有军事自治权的各大星系首当其冲，中央与七大星系间的平衡立刻就会崩溃。

一旦七大星系看透联盟中央死不放权的嘴脸，他们就会转而与同样仇恨联盟且被压迫的中央军的将军们结盟。

他们会解开这些猛兽脖子上的颈圈和镣铐。

最多五年，联盟中央就必须在“彻底被架空”和“遭遇政变”中选一条路。

到时白银十卫回归，联盟中央的下场是像退位的末代皇帝，还是像断头台上的路易十六，全看心情。

可他没想到，人在算，天在看。五年过去，这场大戏没来得及开局，域外的不速之客就闯进来掀翻了棋盘。

而联盟眼下全无还手之力，与他多年的放任不无关系。

陆信临走时，把自己最得意的学生留给了抛弃他的信仰，他大概无论如何都想不到，他给联盟留下的不是保命符，是一瓶慢性毒药。

如果陆信泉下有知，又会怎么说？

定格的监控屏幕上，陆必行嬉皮笑脸地朝他认错，笑得人心都软了。

林静恒看着那年轻人的脸，出神地想：“我不想让他知道所有的事，真的只是怕他难以背负仇恨和责任吗？”

林静恒这个冷血的变态，不是向来主张把孩子扔进狼群才能让他们成长吗？何况陆必行并不是个“孩子”，他知道自己想干什么，知道自己该怎么做，也知道怎么承担后果。

没心没肝的林上将什么时候这么温柔体贴了？

不……

他想：“我只是在逃避而已。”

不想让陆信唯一的骨血知道这一切，不想让他失望地发现，自己的父亲寄予过厚望的人，其实只是个乏味空洞的阴谋家……这个阴谋家运气还不太好，所做的一切都像一场功败垂成的笑话。

有那么片刻光景，他看着蓬勃而生的荧光草，对“林静恒”这个男人生出了说不出的厌弃。

湛卢说：“先生，跃迁点‘惊喜’的坐标已经录入系统，下一步呢？”

“继续深入死亡沙漠。”林静恒飞快地收回散乱的思绪，“一条地下航道不够保险，我需要备用航道，既然陆信当年能横穿沙漠，那我们也可以参考这个思路。”

“先生，我反对这个方案，”湛卢冷静地说，“行星带里的环境非常复杂，就算曾经有过安全航线，也早已经不再安全，而陆信将军当年有一支精锐的先遣探测部队，还有第八星系的资深向导引路。您不该独自……好的，明白，保持继续深入。”

人工智能第一守则，可以提出建议，但必须无条件服从命令，特别是在碰到一个刚愎自用的主人时。

“但我保留提出建议的权利。”湛卢顿了顿，说着，他从海量的数据库里组织出了一篇论点论据齐全的长篇大论，开启了一边服从命令，一边喋喋不休的模式，打算跟他的混账主人战斗到底。

林静恒离开基地第二十天，基地的能源系统成形，面貌焕然一新。

接近半数的自卫队队员加入了工程队，开始在资深军火专家独眼鹰的掺和下，重新整修基地的防御系统。罢工多日的日常太空巡逻也恢复了——自卫队队员们一想到机甲起落时的热能是多媒体的能量来源，连上天都积极了起来。

陆必行常住在机甲站工作间，每天到停靠站转一圈，然而总也等不到机甲“北京”的对接信号。连基地的摄像头也不再跟着他转。

林到底去哪儿了？

他日有所思，夜有所梦，午后趴在办公桌上打盹的时候，可能是有点窝着胸口，陆必行突然做起噩梦来。

他梦见林在自己眼前不远的地方，背对着他不停地往前走，陆必行叫林的名字，奋力地追，可是双腿好像被吸在了原地似的，怎么也跑不快，只能眼睁睁地看着那个人离他越来越远，最后头也不回地一头扎进不祥的白光里，白光穿透林的身体，仿佛万箭穿心而过，然后在他面前消失了。

陆必行倒抽了一口凉气，激灵一下清醒过来，心脏难受得要爆开。

看见周六那小子不知什么时候钻进来，正要拿电影老太朗诵诗歌的大喇叭敲醒他。

（二）

陆必行是个外表干净整洁，私下里一塌糊涂的男人，工作间被他弄得乱成了一锅粥，两个被大卸八块的工作机器人不分彼此地堆了一地，四条机械腿并排戳在他桌上，为了给自己腾一块趴着睡觉的地方，他把大大小小的芯片摞了两摞，本来就摇摇欲坠，此时猛地一哆嗦坐起来，两摞芯片轰然崩塌，差点把陆必行埋在下面。

周六“啧”了一声，露出惨不忍睹的神色：“陆老师，你这个形象，真像个老婆离家出走、自己睡书房的失婚大叔。”

陆必行还沉浸在方才那个让他心绞痛的噩梦里，强打精神，抹了把脸，嘀咕了一句：“污蔑，我是风华正茂的单身青年——什么事？”

周六正色起来：“我们放在外围的一个探测器传来消息，有一波高能粒子流，正在向这里扫过来，大概五十个小时之后就会到基地，你知道基地的磁场和重力都是人工的，很脆弱，我们没有行星那么稳定的地磁场，一旦被干扰出了问题，基地里这数千万人，可能就裸露在太空环境里了，防护网现在肯定来不及建成，你爸让我来问问你，打算怎么办。”

陆必行刚睡醒，脑子有点糨糊，听见“高能粒子流”，本能地以为是第八太阳的太阳风暴，心想：“防护网？基地以前那个破防护网比丝袜还薄，几个粒子炮就给报销了，能管什么用？以前的太阳风暴是怎么扛过去的？”

然而下一刻，他反应过来了，激灵一下抬起了头。

“这股高能粒子流是从最近的可居住行星‘白鹭’上来的。”周六那张孩子似的脸泛起凝重，“其实白鹭星离我们不算太近，但白鹭星以外，第八星系就没有适合人类生存的行星了，我以前跑货的时候，在白鹭上落过脚，感觉就是个偏远的小地方，不知道那些疯子为什么连那儿也不放过。”

“因为136年，联盟军从域外杀进来的时候，白鹭是他们第一个根据地。”独眼鹰打着赤膊，叼着根牙签走进来，“也是当年联盟军杀进第八星系的突破口，算凯莱亲王的伤心地之一。”

“那都是一百四十多年以前的事了，”周六忍不住说，“第八星系的平均寿命才多少，除了基地这帮老不死的玩意儿，有几个能好好活过一百四十岁的？早他妈换了一代人了，那个叫什么冯的星盗是有病吗？”

一不小心活过平均寿命的独眼鹰躺着也中枪，怒道：“小崽子，你说谁老不死呢？”

周六莫名其妙地一抬头：“啊？独眼鹰大哥……呃，叔，难道你都已经有一百四了？”

整个第八星系都知道军火贩子独眼鹰的赫赫威名，他的个人品牌在军火市场上占据着无法忽视的份额，周六这孤陋寡闻的乡下青年也不知道是吃什么长大的，年近两百的中年波斯猫被他堵得说不出话来，气得恨不能把自己飞走的青春小鸟逮回来，扒皮拔毛炖上一锅。他一扭头，懒得看周六，敲了敲陆必行的桌子：“按照你先前那个设计，把基地里所有人都捞起来，五百个小时不眠不休也干不完，你现在想怎么办？是不是简化一下防护网设计，好歹先对付上，先扛过磁场干扰再说……又怎么了？”

陆必行猛地站了起来：“林还在外面。”

独眼鹰先是一愣，反应过来以后双眉一挑：“谁？林静恒？”

陆必行转身要去机甲站的联络中心，机甲“北京”在机甲站停靠过，挂着基地内网，只要有一点信号，他就能试着联系林。

“哎，”独眼鹰伸手要拦，“他死不了，死不了！我跟你说过多少次了，别说是一波小破粒子流，就是第八太阳炸了也炸不着他，你就放心吧！”

陆必行一侧身躲开：“你们俩一天到晚，见面就掐成一对乌眼鸡，你对他这不可理喻的信心到底都哪儿来的？”

独眼鹰一耸肩：“林静恒这个人，人品烂成那样，唯一的价值就是还有点本事，要是他连这点本事也没有了，那不就剩下一捧人渣了吗？”

陆必行脸色一沉：“爸。”

独眼鹰觑着他的脸色，感觉自己的隐忧仿佛要成真。他玩不来旁敲侧击的一套，把牙签一吐，深吸一口气，直接说：“陆必行，这么说吧，我不是什么讲理的人，但是对你一直十分放纵，你长这么大，我也没限制过你什么，对吧？你十几岁的时候我就跟你说过，凯莱那么多小丫头片子，你愿意跟谁玩，愿意跟谁搞，都随便，只要别让我年纪轻轻"升职"当爷爷，我不会管你。"

周六莫名其妙地被灌了一耳朵父子间的私密对话，不大想听，又不好意思这时候开口打断，正尴尬着，闻听独眼鹰他老人家竟然还觉得自己"年纪轻轻"，忍不住咽了口唾沫，十分感佩。

陆必行莫名其妙："你说什么呢？"

"以前我没反应过来你爱吃菜不爱吃肉的问题，爸也有疏忽——假如你要找个男的，我虽然不能欣赏这个口味，但是也不干涉。"独眼鹰说着，还好似意有所指地看了周六一眼。

周六吓了一跳，三下五除二把衬衫系到了风纪扣，举起双手："我不是，我没有，我不喜欢男的！"

"谁说你了？自作多情。"独眼鹰白了他一眼，继而又把炮口对准陆必行，"但是林静恒——你想都别想！"

"嚯，"周六目瞪口呆地想，"单亲老爸棒打鸳鸯现场。"

陆必行也被他年近两百的老父亲一番狗血淋头的话镇住了，张了张嘴，想辩解，又觉得辩解本身就很尴尬，一时间很想剖开独眼鹰的大脑，看看里面豁了几个洞。他瞠目结舌半晌，往门口一指，尽可能平和地说："你去找个医务室，治一下更年期妄想症好吗？"

陆必行说完，面带着杀气腾腾的微笑，风度翩翩地快步走了。

独眼鹰怒气冲冲，无处发泄，一扭头发现周六还在，正要瞪眼，周六连忙溜之大吉："那什么，大哥……呃，叔，我还有事，先走了，您接着忙。"

陆必行压着脾气往联络中心走去，他的脾气来得快去得也快，联络中心还没到，心里的火气已经跑光了，顺着胸口逆流而上，集中在了他脖颈耳根一线，皮下隐约发起烫来。他好像刚刚发现一株从未见过的幼苗，正满心疑虑与好奇，不知道它长大以后会是珍品还是野草，生怕别人觉得他大惊小怪，小心翼翼地给它遮风挡雨，时而偷偷过去看一眼，揣测颇多、举棋不定，还没想好要不要养它，就有凶残的家猫跑过来，一爪子将他掀在了光天化日下。

怒火散了，古怪的尴尬上了头，联络命令输错了两次。

"浑蛋老陆，"他心想，"说的什么鬼话？哪儿跟哪儿？"

周六不知什么时候跟上来，没话找话说："哎，这么多天了，臭大姐的痔疮还没好吗？"

陆必行哑然片刻，本可以编出一个更天衣无缝的故事，可是心智都被尴尬占着，一时过载，没想出词来。幸亏周六善解人意地自行给臭大姐想了个去向，他说："还是他跟着那个林什么的出去了？我听说是测绘地图还是要干吗的。"

陆必行听见"林"这个关键词，心里就很别扭地乱蹦了几下，敷衍地应了一声"可能吧"，收敛了心神，定位机甲"北京"，发出信息："凯莱亲王袭击白鹭星，袭击产生了高能粒子流，小心，速归！"

局部的内网和宇宙范围的外网不同，内网用的只是普通的电磁波，缺点是范围有限，优点也是范围有限——加密之后，可以最大限度地隐蔽，可是一旦超过内网服务范围，信号就会变得很不稳定，甚至完全消失。

陆必行的信息连转了三圈，显示发送失败。他皱了皱眉，设置了每隔三分钟自动发送信息的小程序，随后依然不死心地盯着联络器。

"估计是走太远了，你在这儿等着也没用，等他们回到信号范围内自然就看见了。" 周六抱着手臂站在旁边，扫了陆必行一眼，"你真的看上了那个……那个……"

林静恒傲慢得很，从不跟基地的人有过多接触，基地的文盲们不关心联盟时政，也没听说过什么上将下将的，周六听独眼鹰吼了几句，听得不清不楚，现在也没记住他叫林什么，不知道该怎么形容，比画了半天，只好用力板起脸，学着林静恒那不近人情的样子，冷冰冰地一挑眉。

"去你的，我们家老陆是个更年期的妄想症。"陆必行头也不抬地说，"防护网不能简化，绝对不能简化，凯莱亲王炸了白鹭星，可能是为了泄愤，更大的可能是一朝被蛇咬，十年怕井绳，他们很可能怀疑白鹭星附近仍有地下航道，如果他不惜人力物力大规模搜索，我们就必须做好准备，简化过的防护网没有价值。"

周六问："那这次高能粒子风暴怎么办？"

联络器上的信息一次又一次地发送失败，陆必行心有些乱，只好强迫自己收回视线，沉吟片刻，他说："用机甲。"

周六："啊？"

陆必行略一闭眼，迅速估算出了数字："我需要大约三百架机甲和驾驶员，在大气层外散开，把机甲的防护罩连在一起，相当于在人工大气层外加一层过滤膜，懂我的意思吗？”

“懂，”周六先是一点头，随即又说，“问题是，我们没有三百个机甲驾驶员啊。”

“你们一个基地里住了上千万人，连三百个驾驶员都凑不齐？”

“别提了，本来凑凑合合，把歪瓜裂枣都弄上去，也差不多，”周六说，“可是上次好多人被你们那个林什么的打断精神网，落下了太空恐惧症，现在天一黑都不敢抬头看天，再也连不上精神网了。”

陆必行好像得了林静恒过敏症，任何一个和林静恒有关系的词，都能拨动他敏感的神经，因此周六这句普普通通的回话，他的大脑自动掐头去尾，只剩下了“林什么”三个字。

“劳驾，”陆必行叹了口气，语重心长地对周六说，“兄弟，我们正在讨论基地防御问题，这么严肃的场合，你就别见缝插针地打岔，八卦我的私人感情问题了好吗？”

周六看了看他，也语重心长地说：“陆老师，你摸着良心告诉我，我刚才哪个字八卦了你的个人感情问题？咱俩到底谁打岔？”

陆老师摸着良心，跟周六面面相觑片刻，发现他的大好良心仍在，只是短暂地失忆了，除了“林什么”三个字，他死活想不起来自己和周六方才说了些什么。

周六一插兜，十分肯定地说：“所以就是有奸情。”

陆必行脸皮极厚，假装刚才什么都没发生过，若无其事地续上了自己的侃侃而谈：“基地里那些上了年纪的长辈，就没有能开机甲的吗？中小型机甲至少要三百架才能覆盖，除非你们有湛卢那样的机甲核，才能启动行政楼下的重三。”

“我试试，”周六说，“能叫来多少就叫来多少吧。”

“一天之内必须召集齐，”陆必行说，“你们自卫队的所谓配合基本等于互扯后腿，我需要短期培训，快去。”

周六不走，用肩膀撞了他一下。

“好吧，”陆必行用怜悯的目光看了他一眼，“你这脑子除了八卦也装不下别的了——我没什么想法，就是跟他关系还不错，觉得他对我可能有点意思，现在还没想好怎么办，行了吧，还有什么想问的？”

周六十分老到地说：“别扯了，一个男人，遇上一个不感兴趣的人垂涎自己，根本不会动脑子考虑怎么办，早就动腿先跑了。”

陆必行：“……”

周六叹了口气：“兄弟啊，人生苦短，我呢，能在这鬼地方活到一百岁就很满意了，一百年，眨眼就会过去，来不及虚头巴脑。要是我喜欢谁，我就直说——我喜欢你的学生。”

陆必行听到前半句，还有点感慨，听到后半句，差点让口水呛死：“……啊？”

“你那个女学生，叫薄荷的，又瘦又高又好看的那个。”周六伸手一比画，“她那股爱搭不理的劲，特别像我小时候与我青梅竹马的小女朋友。”

陆必行乐得听这些少年心的恋爱故事，就和颜悦色地问：“要不要我给你发一份录取通知书，你签完以后就算正式进入星海学院了。同窗之谊、青梅竹马，很刷好感度的——对了，你十几岁了？”

周六乐不可支地回答：“十六……”

陆必行觉得莫名其妙，不知道“十六”这个数字哪里可笑，就听周六又说：“再加二十，哈哈哈，意外吗？我以前跑货的时候经常装童工骗人，你不是第一个上当的。”

陆必行：“……”

臭不要脸的大流氓装嫩，意图勾引未成年少女，陆老师火冒三丈：“你想都别想！给我滚！”

（三）

傍晚时分，周六声称他把三百人召集齐了，陆必行出来一看，险些绝倒——自卫队队员来了不到两百人，除此以外，他自己的学生、独眼鹰……甚至一群“二百五老年天团”成员居然也混迹其中！

周六冲他一摊手：“我尽力了。”

有个自卫队队员高高地举起了手。

陆必行挤出一个微笑冲他一点头。

自卫队队员说：“我们都是备用巡逻队的，就学过怎么启动机甲，每天巡逻上去开一圈再开回来。防护罩怎么开？”

另一个自卫队队员说：“陆老师，你能在上天之前先跟我们说好怎么做吗？怎么排队什么的，我连着精神网的时候不能走神，一跟别人说话精神网就断。”

二百五老年天团的瘸腿老头颤颤巍巍地插嘴：“我也不能走神，机甲我就在一百五十年前碰过一次，所以也不能分神放水，老年人膀胱不讲道理，如果你们让我在天上超过一小时，就得给我准备尿不湿。”

陆必行：“……”

就在这时，联络站里突然响了一声，陆必行话都来不及交代一句，当着独眼鹰的面，转身冲了进去。

联络站收到了来自“北京”的回音，林静恒言简意赅：“收到。”

两个字，是任务执行时的标准回复，每天在基地指挥众人干活，陆必行下一条命令，会得到无数个“收到”，他还是头一次发现，这两个字有点让人惊心动魄的感觉，忍不住想：“都怪周六那根刷漆的黄瓜胡说。”

林静恒周身已经被冷汗浸透了，太阳穴仿佛被人穿透了。他带了三个备用能源，此时已经换上了最后一个，防护罩魂归天地，渣都不剩了，一侧的动力阀断裂，半身不遂的“北京”只能在太空中走螃蟹步。

“湛卢，”他轻轻地说，“给我一针舒缓剂。”

机械手从半空中滑过来，手里举起一个注射剂：“十六次紧急跃迁，我相信您已经可以申报吉尼斯世界纪录了，先生——在杂技方面——我建议您转自动航线，去护理舱里躺一会儿。”

然而林静恒只是伸出了一条胳膊递给他：“不，回航。”

湛卢：“经统计，这次航程，您对我说了一百二十三个‘不’。”

林静恒：“闭嘴。”

湛卢一针戳进他的静脉：“不。”

“舒缓剂”的名字十分小清新，其实是一剂“虎狼药”，它的渗透速度极快，一旦进入人体，会在几分钟之内扩散至全身。那感觉就像每根神经都被拉出来电击了一回，林静恒的声音瞬间哑在了喉咙里，呼吸中断，脖颈绷得仿佛要断开，手指陡然收紧。

而与此同时，因为疲惫而降到了80%左右的人机匹配度瞬间上升到了人机匹配的极值。舒缓剂的强刺激大约持续了一分钟，之后引起了全身多处肌肉痉挛。

林静恒在剧烈的喘息中，十分熟练地动手把别在一起的筋骨捋顺，暗无天日的地下航道在他眼里一览无余，那些偶尔飞过的飘浮物都仿佛集体降了速。方才螃蟹爬行似的机甲轻轻一震，调整了一个微妙的角度，近乎优美地用单边的动力系统在航道上加了速。

湛卢一动不动地等在一边："先生，根据人工智能守则，当人工智能评估后认定主人的生命安全正在受到威胁，可以在一定程度上违抗命令，我现在拒绝执行闭嘴命令，因为我必须提醒您，您在白银要塞时，就有非常严重的舒缓剂滥用行为，过去五年，我认为您的症状有所缓解，但是刚才……"

林静恒捋顺了抽筋的小腿，略微活动了一下脚踝，整整衣领站起来，接了杯生理盐水打断他："我怎么不知道舒缓剂也被划入毒品范畴了？"

"舒缓剂是在极端条件下，强行提升人机匹配度的药剂，"机械手湛卢将四指并拢，摆出来一个指天发誓的手势，好像要强调自己很严肃似的，"没有人会在匹配度80%的时候使用舒缓剂。"

林静恒有点刻薄地一笑："那倒是，有些废物可能一辈子都不知道什么叫80%。"

湛卢继续用发誓的手势说："我们在讨论您的问题，请您不要针对无关人士发表歧视性看法。"

"这个数值偏离我的平均值10%以上，在实战中难道不算极端情况？有什么问题？"

"这只能说明您极端疲惫，精神力在透支。"湛卢严肃地说，"在航线确定时，机甲自动驾驶功能就是为了让驾驶员能断开精神网，得以休息，而您在机甲内从不断开精神网，即便机甲上不止一人可以充当驾驶员，按照机甲操作规范，您这是违规操作……先生，等一下，您这也是违规操作。"

林静恒为了不听他唠叨，挂上了入耳式的耳机，放了一首骚气十足的乡间小调，同时果断拆开了和机甲"北京"精神网叠在一起的湛卢精神网，在现实和精神网两个维度，完全屏蔽了湛卢，一边加速回航，一边耳根清净地编制测绘地图去了。

（四）

距离高能粒子流抵达自卫队基地，还有不到二十四小时，二百八十四位一言难尽的“机甲驾驶员”已经来到了机甲站，集合完毕，每个人身上都带着和机甲对应的编号，他们抓耳挠腮、形态各异，活像动物世界拍摄现场。

四个学生正在按照编号下发升空方案——方案是一段音频，用的是放假那浑厚如海螺号的声音。分别讲了每一架机甲的具体启动方式、升空顺序、停留位置、防护罩打开时间、防护罩如何与邻近机甲对接……以及在太空如何正确使用尿不湿。

这是周六带着他的偷师小分队，与四个学生一起，在听完陆必行的讲解后，熬了一宿紧急赶出来的。陆必行对人类智力仍然抱有最后的希望，还在立体屏幕上放出机甲防护罩的构建原理，徒劳地想让驾驶员们明白自己即将干什么，然而他磨破了舌头，只收获了一堆茫然的眼神。

陆必行一口气灌了半瓶矿泉水，摆摆手：“算了，直接上吧——爸，剩下十六架无人机甲，咱俩对半分一下可以吗？一张精神网带八架无人机甲，你会不会太勉强？”

独眼鹰一看他就来气，哼了一声，转身走了。

“八架无人机甲？”周六小声问，“这怎么能做到？你不是说你是个教书的吗……我看你别是什么秘密部队的特种兵吧。”

“当然不是，熟能生巧而已，弹钢琴还要兼顾十根手指呢。”陆必行说，“你知道秘密部队的特种兵是什么样的吗？”

周六诚恳地摇摇头。

陆必行笑了一下，怕吓着他，没往下说——太空特种兵，他人在遥远的行政楼里，用一个机甲核，在几秒之内撬了三十六架停靠在收发站的机甲，一炮就精准地炸飞了整个基地的防护网。

这时，独眼鹰已经开着他的机甲上了轨道，人群发出一声惊叹——只见他身后，八架无人机甲乖顺地跟了上去，每一架之间都是等距，在加速轨道上飞掠而过时，像个嚣张的赶尸人带着他的僵尸军团，震耳欲聋的噪声响起，冷却塔外的热电装置发出了瑰丽的光，九架机甲同时升空，利落得仿佛它们本来就是一体。

周六不顾强光，手搭凉棚，眼睛一眨不眨地望着机甲消失的方向，就在陆必行以为他要和别人一起发出赞叹的时候，周六蓦地扭过头，柔和的娃娃脸上竟然绷出了刚硬的弧度，他一字一顿地说："如果你说的是真的，那有一天，我也能这样。"

说完，他猛地一挥手："自卫队！所有正式队员，跟我上！"

自卫队的正式队员还算有点样子，起码他们敢把机甲开到两个航行日以外发射导弹。拿到指令之后，一个接一个，井然有序地上了轨道。二十分钟后，有点模样的已经都上了天，然而这时，飞出大气层的机甲总共只有五十四架，才不过六分之一，剩下的这些歪瓜裂枣才是重头戏。

陆必行目光扫过人群，放慢语速："上了机甲，诸位可以打开随身音频……连精神网的时候可以听别人说话的站我左手边，不能听的站我右手边……好，左手边的战友们先麻烦你们举起手里的编号和指导音频，依次出发……怎么了？"

"陆老师，请问怎么才能不跟前后左右的机甲撞上？万一前面机甲跑太慢，我不小心追尾，怎么在加速轨道上刹车？"

面对这种非常有安全驾驶意识的问题，陆必行无言以对，只好挤出一个微笑。

五分钟后，怀特从胖姐那儿要来了一个铝合金的平底锅，连上扩音器，倒提锅铲，重重地往锅底一敲，扩音器把音效传到了整个基地的音响里，所有人都被这惊天动地的一声锣响惊得探出头来。

"上一个人走了以后，你就预备，听见锣声，你就启动。"陆必行耐心十足地说，"跟跳火圈一样简单，上吧。"

很快，能在音频指导下自学上天的也各就各位了，地面上还剩下八十多个钉子户。

陆必行向轮流敲锣……锅的学生们拍拍手："静姝跟着我，其他人先上机甲准备，半小时让你们习惯精神网，然后启动——记得在湛卢上的感觉吗？怀特，你最近增肌效果明显，状态不错，别紧张；维塔斯你上去别慌，偶尔学着相信自己的直觉；薄荷……"

"我知道，外面人很多，连上精神网我看得见。"薄荷把长发绑成了一个马尾，把帽檐往下一压，“放心吧陆总。”

“好，人总得学会自己走路，就位。”陆必行点点头，冲他们一挥手，随后舔了一下说话说得干裂的嘴唇，目光扫过眼前一干老弱病残，“既然剩下的各位不能在精神网上听音频，那我对你们的要求可能要高一些了，也给你们半小时，把操作流程背下来，然后排好队，每个人到我面前背，背完合格的走。”

老弱病残们面面相觑。

陆必行提起锅铲，回手往平底锅上一敲。这“咣当”一声好像另类的上课铃，众人各自抱起自己的那份操作流程，“嗡嗡”地背起书来。

黄静姝脸上没什么表情，低头踢了一下地面的小石子，在一片念经似的背景音里，她说：“陆总，你是想多拖一架无人机甲吧，让我上去装个样子，省得以后在同学面前太没面子。”

“想得美，我才不管你，我又不是林将军，八架无人机甲就够我受的了，”陆必行说，“留下你，是想跟你说几句话，这一阵子我看了几本联盟关于‘空脑症’研究的学术报告，想和你交流一下。”

黄静姝短促地笑了一下：“您怎么还当着和尚说秃驴？”

陆必行没理她，兀自说：“空脑症的表现为人机接触不良。关于它的成因、机理，现在不清楚，也有专家认为，空脑症其实并不是一种病，只是人们把所有‘人机接触不良’的症状都混为一谈了。”

黄静姝兴趣缺缺：“哦。”

陆必行：“所以，如果按照这个广义的标准来看，那么我也可以说是个空脑症。”

黄静姝无言以对片刻：“……陆总，你为了给我灌鸡汤也是拼了。”

“鸡汤怎么了？你等基地物资紧张吃不着肉的时候，做梦你都得想喝鸡汤，看看到时候谁给你熬。”陆必行说，“我不是天生的，我是小时候因为一些原因，生过一场大病，差点活不下来，所以我父亲对我用了一些非常规的医疗手段，其中一项后遗症就是，我一度无法控制自己的身体——你可以理解成是神经接触不良，大脑的信号无法有效地传递到相应器官。”

黄静姝以其有限的常识，不大想象得出来，只好问：“瘫痪啊？”

“差不多，”陆必行语焉不详地一点头，“这种情况直到我十多岁后才好一点，所以你可以想象，自己身上的器官都接触不良，更别说人机接触了。整个第八星系的机甲都从我家老头手上过，平时这玩意儿都停在门口当门神，老陆那个老不正经的东西没事出去吃喝嫖赌，懒得叫车，开个机甲就跑了，那时我觉得全世界只有我一个人不正常，只有我一个人被精神网排斥。”

黄静姝看了看他，又看了看等在旁边的八架无人机甲，一个字也不信：“陆总，我看起来是不是很好骗？”

陆必行说：“第一次接触机甲精神网，普通人的感觉是被海量信息淹没，然后是头晕恶心，但接触不良的人不是这样，我们的头晕症状轻很多，更多的感觉是耳鸣眼花，因为信息接收有障碍，所以会觉得像有什么东西戳穿了你的耳膜，在你胸口捶了一下，但是看不清是什么。”

黄静姝猛地抬起头。

陆必行冲她一摊手：“没骗你吧——我当时就想，这太不公平了，我一定要改造出一架我能驾驭的机甲来，所以我拆卸了我爸无数存货，直接经济损失大概够建十个星海学院……当然，老师不鼓励你也这么做，因为老师现在穷得叮当响，没那么多钱给你烧。”

黄静姝紧张地问：“那你成功了吗？你……你造出空脑症也能开的机甲了吗？”

陆必行偏头看了她一眼，少女不由自主地屏住了呼吸。

“当然没有。”陆必行说，“真那么容易，联盟早就造出来了——联盟的技术精英是什么水平？他们连湛卢都造得出来，还等我吗？动动脑子！”

黄静姝：“……”

“不过我像你这么大的时候，一度自以为找到了正确的方向，还创立了一套理论——现在看来，基本也都是无稽之谈，我把这套理论交给我爸，让他去帮我实现，并且告诉他，做出了这样的机甲，下一任第八星系的首富就是他。我爸看完以后，其实知道是满纸谬论，但他没说什么，过了一段时间，果然拉来一架机甲给我，告诉我成功了。我现在都记得当时兴奋的感觉，就好像……”陆必行停顿了一下，本想打个比方形容一下自己的兴奋，心里却无端想起林静恒回复给联络站的那个“收到”，他连忙干咳一声，把杂念清出了嗓子，“……反正就是心花怒放，我进去一看，精神网的噪声果然小了很多，我想，这才是我的机甲，于是一点一点地接触它、控制它，三天以后，成功地开着它到凯莱星的大气层外飞了一圈。当时我就想，我自由了，我战胜了人类生理缺陷，我以后会是人类历史上最伟大的机甲设计师……直到我带着这种膨胀的热情，自修完了高级机甲设计理论。”

黄静姝瞪大了眼睛。

“我发现我自以为原创的理论，早在两百年前就被人证伪了。但那时我已经可以把机甲当代步工具了，如果我是错的，为什么我能顺畅地驾驶机甲呢？于是我把那架‘特制’的机甲拆开，发现这玩意儿是老陆从他的存货里随便拿的，只是找人在精神网里装了个噪声过滤器而已。老陆后来承认，当时他就是为了哄我玩，没想到我居然信了，也没想到我居然把它开出去了。”陆必行说着，从兜里摸出一个小小的芯片，塞给黄静姝，“给，噪声过滤器，我这两天做着玩的，装在人机对接设备里，你现在应该会安吧？拿去试试。”

陆必行说完，看了一眼时间，拎起锅铲往平底锅上一敲：“时间到！”

星海幼儿园“小升初”面试开始了。

所有人排成一排，背着手在陆老师面前摇头晃脑地背书，时而还有作弊的互相揭发，场面一度十分混乱，轨道上，怀特第一个把机甲加速开了出去，银色的小机甲在空中划出了一道雪亮的白光，稳稳当当地朝既定坐标飞了出去。

接着是薄荷、斗鸡……一个接一个的机甲险象环生地上了天，他们磕磕绊绊地展开防护罩，惊险地对接其他机甲，停在大气层外，继而成了这人工保护层的一部分，能源塔的光时而扫过，防护罩表面的能量被激活，发出荧白的可见光，银色绸缎似的包裹着小小的基地。

黄静姝登上机甲，深吸一口气，安上了噪声过滤器，即使干扰声小了很多，精神网依旧对她十分排斥，不知是客观事实，还是有心理因素。女孩闭上眼睛，所有那些起早贪黑，哭着咽下去的机械学、机甲操作理论都从她大脑里蜂拥而过。

“它只是个工具，”她想，“我能控制，我在湛卢上，还成功入侵过其他人的精神网。”

机甲站里，陆必行冲最后一位“背书驾驶员”点了头，示意他可以上机甲了，口干舌燥地去讨水喝。

背书驾驶员一边走上机甲，一边仍在念念有词地背着目标坐标，机甲门自动关闭，精神网藤蔓似的缠上了他的意识，这驾驶员其实是个自卫队的正式队员，会开机甲，但是因为被林静恒在太空扯开了精神网连接，之后落下了浓重的心理阴影，他本以为自己已经克服了恐惧，不料重新碰到精神网的瞬间，痛苦的记忆就击溃了他。

那机甲突然发出一声轰鸣，在轨道上就失了控，尚未和轨道对接好，已经“呜”一声飞了出去，眼看要从轨道上甩出去，直冲着散热塔的热电站飞去！

陆必行听见声音不对时，才刚跳下机甲站台，回头一看，已经来不及了。

他距离最近的一架机甲八百多米，身边却没有一个随时能掀翻基地的人形机甲核，搜遍全身上下，只有一个弯柄的锅铲！

而黄静姝正在机甲站台上，她才刚磕磕绊绊地试着连上了精神网，匹配度堪堪达到 53%，人机连接摇摇欲坠，像一阵风就能刮掉的蛛丝。她咬着牙，沉下心，非常努力地适应着机甲视角，不料才刚成功转入机甲视角，就迎面看到了这一幕，吓得她差点和精神网断开。

从陆必行他们敲锅开始，基地里无所事事的闲人都聚在机甲站外，探头围观，一起目睹了这场突发事故，尖叫和惊呼声四下响起，有个心理障碍严重的前自卫队队员一把抓住栏杆：“机甲根本不是普通人能开的，我说过了！为什么不信？！”

陆必行顾不上管他，扭头往最近的一架机甲跑去，同时调出基地权限，试图用外力强行关闭加速轨道。

可即便停了加速，机甲巨大的惯性仍不是那点微弱的摩擦力能制动的，加速轨道轰鸣变轨，尽可能地伸直上扬，凶险地避开冷却塔和悬浮电站，接触的地方爆出狰狞的火花。

八百米，在不借助任何工具的情况下，男子飞毛腿的世界纪录也要接近一分半钟，而一分半钟已经足够一架机甲撞出基地薄薄的人工大气层。

陆必行远程打开联络站，冲着失控的驾驶员吼：“控制住你的精神网！”

可是驾驶员在强刺激下已经失去了意识，吐出的白沫快把他噎得窒息了，人机匹配度迅速下降到 50% 以下，精神网连接陡然断开。

关闭的加速轨道无法散热，已经明显过热，整个机甲站的警报声都在响。

而最糟的是，与此同时，靠内网和联络站彼此相连的其他机甲也看到了地面的场景，恐慌很快从地面传上了天，一部分机甲驾驶员心理素质本来就不过关，不少机甲的人机匹配度也开始跟着波动。眨眼工夫，已经有三四个人和自己的精神网断开了，方才成型的防护网眼看就要百孔千疮，而恐惧还在扩散——

独眼鹰骂了一句“烂泥扶不上墙”，将意识沉入精神网中，咬牙试图填补空缺，他本来就背负着八架无人驾驶的机甲，随着负担不断加重，很快隐隐出现了精神力过载的征兆——小机甲的精神网不像湛卢，没有那么宽广的覆盖面积，即便把他逼得精神力过载，他也只能管住附近小范围内的问题，再远处，他鞭长莫及。

这时，通信内网里突然传来周六的声音。

周六：“交给我！”

独眼鹰觉得自己牙龈里都冒出了血，一张嘴一口血腥味：“你行不行？”

周六：“不行还能怎么办！”

放假操着他几乎发不出声音的海螺嗓吼出一声：“妈！”

独眼鹰绝倒：“你这是哪门子的幸运咒？”

机甲防护罩在构建的时候，陆必行是考虑过突发事件的，他最先统计了比较有经验的驾驶员人数，之后按照机甲精神网的覆盖范围，把这些人分开布局，就是为了防止万一有人突然掉线，他们能替周围的人担住——独眼鹰听了一耳朵，认为他是扯淡，因为这些所谓“比较有经验的”，也就是他们刚来基地时遇见的那支巡逻队水平，自己不掉线已经谢天谢地了，还指望他们去担别人的？

谁知道防护罩还没构建好，就出现了这么多问题！

地面上，加速轨道已经被拉到了极致，陆必行余光瞥见了黄静姝停在轨道外的机甲：“小黄！”

他的声音直接顺着联络器，撞到了黄静姝耳边，女孩激灵一下。

陆必行：“你学过这个！”

对，当时在湛卢的精神网上，林曾经亲自带着他们感受过，如何延伸、铺展精神网，如何在精神网交叠的地方侵入对方的机甲。

但……怎么可能呢？

半个小时前，她还以为自己要当一个人形的吉祥物，被陆必行拖上天。

现在他却让她独自拖住一架失控的机甲？

有的时候，一秒钟可能有无限长，在一瞬间，黄静姝的思绪绕着八大星系转足了三圈，流连于无数传说中的奇迹之地，试图从中找到“人可以创造奇迹”的证据。可是浩瀚无边的星际联盟、无法超越的伊甸园、四通八达的星际航道、穷尽她想象也难以描摹的美景……它们对她——一个流落到第八星系的空脑症小太妹来说，都太遥远、太不真实了，没有办法给她任何力量。

失控机甲的一侧已经脱离了轨道，黄静姝的目光追随着它，视野收窄到只有一小条，好像世界上除了她和这架失控的机甲，其他所有东西都消失了。

她听见自己的心跳，听见自己急促的呼吸，反复朝自己不听使唤的机甲下着徒劳的命令，一个绝望的念头破土而出，她想：“我做不到。”

然而就在那失控机甲开始侧翻的瞬间，一直排斥她的精神网终于犹疑又迟缓地动了一下，好像误打误撞地碰了什么开关似的，精神网突然铺了出去。

应该说是运气。

又或许，世界上每一个命运的转折，都伴随着冥冥中这一点运气。

如烟如海的时空中，从光到宇宙，再到折叠的量子与人世凡尘的悲欢，无不伴随着冰冷的概率，那些骰子在命运里不住旋转，又不住奔向下一个不可知的方向。

黄静姝抽了口气，她在铺展出去的精神网上，突然捕捉到了失控机甲的对接口，她就像当年毫不犹豫地掏酒瓶砸蜘蛛的头一样，果断而拼尽全力地冲了上去，整个人像是被一分为二，精神网带给她的压力陡然上升了两倍，但与此同时，她成功地入侵了对方的精神网！

她就像是被洪水冲走、途中抓到了山壁上一把荆棘藤的人，在这种情况下，已经无暇去考虑疼不疼、怕不怕的问题了，她只能拼了命地抓住她能抓住的。

“停下。”她想。

失控的机甲带着她失控的意识继续往下倾斜，不理睬女孩微弱的声音。

“停下！给我停下！”

这时，周围围观的基地居民突然有人跟着出了声：“停下！”

他们这样喊着，第一声有些杂乱，第二声却已经成了规模，人们的声音江流入海似的加入进来：“停下！”

失控机甲已经歪了45度以上，眼看就要翻过去，然而奇怪的是，方才惊慌失措的人群好像找到了统一的声音，竟然没有人再尖叫，没有人再乱跑，他们异口同声道：“停下！”

千钧一发间，陆必行终于摸到了机甲，而与此同时，失控机甲的反向制动功能启动成功，歪斜的一侧喷出滚滚烟尘，把它缓缓地推了起来！

陆必行放出的精神网随即覆盖了上来，黄静姝和失控机甲的人机匹配度危险地停在50%处，陆必行顺着罅隙而入，为了不把女孩脆弱的意识挤出去伤到她，他的操作精细幽微到了极致，刚好也使自己的匹配度停在50%，然后用这种微妙的平衡，拖住了失控的机甲，让它最终停在了加速轨道边缘。

他这才非常轻柔地在内网里对黄静姝说：“丫头，慢慢撤出去，慢一点，别紧张，你是我见过的最有天分的学生。”

黄静姝本能地跟着他的指令，缓缓将自己铺开的精神网收回，直到这时，她才发现，方才惊心动魄的瞬间，她急剧上升的血压撑破了毛细血管，鼻血已经流到了嘴里。

人群中爆发出夹杂着哭腔的欢呼。

而与此同时，天上区区几十个自卫队正式队员，竟然好像整个防护罩的钢筋，生生地扛住了周围掉链子的战友。

好像真的有个死鬼老妈的在天之灵保佑。

陆必行重新调整了加速轨道，二十分钟后，把受损机甲和受伤人员抬出去送到医务室，让黄静姝先行，随后，他带着另外九架无人驾驶的机甲上了轨道，依次在坐标上排好。

三百架机甲首尾对接的一瞬间，就仿佛形成了一个闭路的环。所有的端口都好像接在了一起，精神网竟然互通了！

原本每个人肩头都仿佛扛着一块沉重的石头，走得举步维艰，此时，这些石头连成了一块石板，均匀地落在所有人身上，每个人都从难以为继的精神网中解脱了！

周六半晌才回过神来，出声问：“这就是你昨天晚上装的……这是什么？”

陆必行的声音没有通过内网，没有通过地面联络中心，而是通过精神网，直接在他耳边响起：“这叫‘铁索’，利用端口共鸣实现的，跟机甲远程控制的原理差不多，不过实战中很少会用到，一般多见于仪仗队表演。”

“为什么？”怀特很有探索精神地问，“如果实战中所有人也这样连在一起，那不是很方便抵抗对方的入侵？”

陆必行笑了起来：“每个人都省力，但每个人对精神网的控制力度也在减小，你们自己开自己的还要撞在一起，这么多人开这么多机甲，不是要乱套？说起来，我校是不是也太重理轻文了，怎么，都没有听说过‘赤壁之战’的故事吗？”

斗鸡问：“赤什么？”

陆必行叹了口气：“赤壁之战没听过，前些年凯莱亲王卫队在第三星系外围袭击仪仗队的故事总听说过吧……老陆你先别激动，我这就事论事呢，我没提他！”

众人哄笑。

不知谁在精神网里吼了一嗓子：“陆老师，你们学校还招人吗？”

“陆老师，超龄的学生要吗？我虽然一百零二岁了，但内心还很青春。”

“陆老师，入学考试科目能自己选吗，我联盟文字还认不全呢，你让我考体育吧。”

“陆老师……”

防护罩灿烂的白光鱼鳞似的扫过大气层外，当基地的人们抬头望去时，能看见原本的蓝天与日光被额外的防护罩折射，形成了一道又一道流动的彩虹，风筝似的从天边掠过，又去而复返。

机甲站的几个监控镜头尽忠职守，把画面都传给了回航途中的林静恒，他不知什么时候已经停了笔，默默地注视着基地，看着他们险象环生地组织起机甲防护罩，一直到那简陋的防护罩成型，地面的人们过节似的又蹦又跳。

湛卢捕捉到他耳机里两段音乐的间隙，见缝插针地说了句话，他问："先生，您笑了吗？"

"你看错了。"林静恒面无表情地收回目光，瞥了一眼机甲"北京"所在的坐标，就在这时，他余光扫过了坐标旁边的能量波动图。

那是一个巴掌大的小图，实时监控着周围环境中的引力、宇宙射线等，绘制出一个复杂的图，供计算机分析。

林静恒活到这把年纪，人生中的大部分岁月都在战斗机甲上，他一眼扫见能量波动图的形状，就直觉不对："湛卢，覆盖'北京'的精神网，然后把你的扫描范围开到最大。"

"是，"湛卢说，片刻后汇报，"扫描半径内并无异状。"

林静恒："利用最近的六个跃迁点进行远程扫描，扩大扫描半径。"

湛卢提示："先生，远程扫描很费电，我们的能源不……"

林静恒："扫。"

湛卢应声穿过跃迁点，有限的视线立刻扩展到无尽的时空，与此同时，机甲"北京"感觉到自己的能源储备凭空蒸发了好大一块，不满地发出警报。

下一刻，一簇剪影陡然被湛卢锁定，林静恒的目光陡然一凝——那是一支幽灵一般的机甲战队，以一架重甲为核心，周围有几百架战斗机甲，快且无声地掠过湛卢有些模糊的视野，训练有素，凯莱亲王卫队的海盗旗印在每一架机甲的腹部。

"先生，"湛卢迅速评估了对方的战斗力，"他们已经构成一支中等规模的机械战队，荷枪实弹，像是在试图搜索漏网的地下航道。"

一支中等规模的机械战队，如果是在联盟，需由少将以上级别的人统领。

能在几分钟之内摧毁北京β星。

"白鹭星位置偏远，常常是各路地下航道的对接点。他们炸了白鹭，应该就是想彻底清扫地下航道。"林静恒低声说，"对方航行方向在靠近基地的地下航道。"

林静恒此时正在基地的地下航道上，而他在这个位置，已经可以连上基地内网，这意味着，海盗们再往前走一点，内网会进入他们的探测区间。

那些还在无知无觉地庆祝机甲上天的蠢货，会暴露在海盗眼皮底下。

不能再让他们往前走了。

林静恒伸手一抹，半成的军用测绘图铺陈在他面前，他的手指迅速掠过其中几个跃迁点，无数模拟航线的数据跳了出来，他在十秒钟之内就完成了路径筛选，转头吩咐湛卢：“准备跃迁。”

“先生，”湛卢静静地说，“最后一个备用能源还剩下不到60%的电量，动力系统破损过半，防御系统几乎失灵，这一次任务是测绘任务，为了减轻负重，机甲的武器库里只配了三枚导弹和六发粒子炮——三枚导弹您已经用了一枚——您想用一堆破铜烂铁单挑整支海盗战队吗？我希望您考虑其他方案。”

林静恒转头看向监控画面。

不过就是一簇高能粒子流，在他看来，相比第八太阳的太阳风暴强度有限，却生生地让这些人弄出了众志成城抵御天灾人祸的惊心动魄。他们没有户籍、没有身份，是小偷、走私贩，即使在垃圾成堆的第八星系，也边缘得不值一提。

也许对这些废物来说，凑出三百架机甲上天，已经是他们毕生难以想象的伟大成就了。

监控镜头下，几个小孩追逐着跑到行政楼前，叽喳乱叫地放了一把自制的烟花，浑然不觉基地老大臭大姐就在隔壁的地下监牢里蹲着，没心没肺地打闹着经过。

林静恒鼻子里喷出口气，好似发出了一声轻轻的嘲讽。

然后他一字一顿地重复道：“准——备——跃——迁。”

第五章　太空钢丝

林静恒，在这个危险的节骨眼上，无端失联了。

（一）

“凯莱亲王阿瑞斯·冯的父亲死于亲兵哗变，兄长死于手下背叛，而他本人在逃亡路上，意外感染了彩虹病毒，据说当年域外的医疗环境难以救治，导致他全身大面积坏死，不得不用人造器官代替。而根据反乌会的规定，使用、制造与人体如出一辙的替代器官，是藐视自然的重罪，所以他们只肯为他提供合金制品，致使他形象怪异，三度残疾。多年来，反乌会也一再使用阿瑞斯·冯的形象进行反乌宣传，丑化他，把他当成滥用技术的负面案例。阿瑞斯·冯的性情偏激，早年经历让他极端封闭、喜怒无常，不信任任何人，和反乌会的关系也只是互相利用。”

林静恒若有所思地“嗯”了一声：“这个人设听着真是亲切，像本人的海盗版本。”

“我还根据他袭击凯莱星、北京β星的资料，大致分析了他手上的武装力量……”

“这不重要，”林静恒打断湛卢，“我需要知道，当年从第八星系到域外，阿瑞斯·冯身边跟着的旧部还剩下谁。”

湛卢回答："根据我能收集到的信息，他身边只有三个当年一直跟着他逃亡域外的旧部。分别是……"

"不用挨个介绍，搜索你数据库里所有的地下黑市资料，最好是影像视频，新闻、偷拍，什么都好，与这三个人做交叉对比，直接给我对比结果。"

湛卢沉默了大约五分钟："先生，这三人中其中一个名叫源异人，男，两百二十岁，有虐待狂倾向，是凯莱亲王的忠实信徒，我在数据库中搜索到了两段他的影像，他曾出没于地下黑市，根据唇语分析，周围的人称呼他为'黑鳞'，或者类似的发音。第二段视频拍到了他从地下黑市购买的商品。"

"什么东西？"

"一条美人蛇。"湛卢平平板板地回答，"非常不人道。"

"哦，看来他果然是对凯莱亲王十分'忠诚'。"林静恒意味深长地眯起眼睛。

阿瑞斯·冯和美人蛇，如出一辙的人造畸形产物，那么源异人为什么会对美人蛇有兴趣，就十分耐人寻味了，以这位凯莱亲王的性格，如果知道自己的心腹居然私下去碰这种东西，一定会把这个人大卸八块。

"美人蛇"往往带有色情、狎昵意味，而虐待狂的心里，也往往有种压抑的渴望。

湛卢天真无邪地问："抱歉先生，您在暗示什么？抱歉，我没有准确接收到。"

林静恒没理他："也就是说，源异人对地下黑市和地下航道都非常熟悉。"

"恐怕是，"湛卢回答，"包括常见的地下航道位置、构建规则、跃迁点分布，也包括地下航道的人员构成，他知道什么人才会在地下航道上讨生活，和他们打过交道。他了解他们，但即便知道这些人毫无威胁，仍要赶尽杀绝。"

"明白，"林静恒说，"看来今天只好装一回老鼠了，我需要一些快速肌肉溶解剂。"

快速肌肉溶解剂在半小时之内，就破坏了林静恒几乎完美的肌肉层，多年来严苛的生活与不间断的训练，使得他的体脂率非常低，而肌肉层被削薄以后，整个人就几乎形销骨立了起来。

“消耗掉机甲上所有粒子炮，导弹保留一枚，”林静恒把明显松垮下来的衬衫扣子系好，“炸掉物资库……对了，把剩下的舒缓剂也都倒了，保留包装盒，扔在待处理垃圾里。”

机甲北京一丝不苟地执行他的命令。

“湛卢，屏蔽我的个人终端。”

机械手扫过他的手腕，个人终端暗淡下去，除非有比联盟第一机甲的机甲核更智能的解码工具，否则它看起来就是损坏状态。

“你备份一下测绘图，然后把这一份销毁，机甲北京的定位系统、所有参考的星际航道图也都销毁，按照我画的这条线，仿造一份星际航道图，越模糊越好，把机甲内状态调试为‘最低生存模式’。做完以后，收缩你的精神网，然后将“北京”的备用能源全部储备到你那儿。”

机甲“北京”上，大半的仪器一样接一样地沉寂下去，到最后，连重力系统都停运，整个机舱内进入了失重状态。

“现在你准备休眠，”林静恒对湛卢说，“直到我通过精神网呼唤你的时候……哦，对，差点忘了，你休眠之前再给我一针综合阻断抗体，那群穷酸海盗太喜欢弄恶心的生化制品了。”

“是，先生，”湛卢问，“我该以什么形态休眠？”

林静恒目光一扫机舱，指了指酒柜。

两个小时后，海盗们探测到一架机甲，太空漫步似的飘进了他们的警戒范围。那机甲看起来十分狼狈，本应完美对称的机身缺了一角，不知是没电了还是怎样，动力系统完全无所作为，连滚带爬地匀速滑行，防御系统更是约等于没有。

这么个玩意儿，着实不值当浪费一发炮弹，发现这架机甲的海盗立刻派先锋队试图入侵对方的精神网，不料容易得吓人——机甲精神网的人机对接端口是空的，这架精神网完好的小机甲是无人驾驶状态！

海盗先锋队很快汇报给了上级，层层命令下达后，第一个尝试控制对方精神网的海盗先锋队队员小心翼翼地把这架来历不明的机甲捕捞了回来，又震惊地发现，原来这不是无人机，里面还有个“昏迷不醒”的驾驶员。

他不知已经在宇宙中漂了多久，食物和饮水大概早已经耗尽，他嘴唇干裂，面色憔悴，非常瘦弱，完全是一根一把能折断的麻秆。机甲里一共发现了八个空的舒缓剂注射器，驾驶员大概是耗尽了库存，精疲力竭地脱开了精神网，连营养舱都没来得及打开，如果没有人捞他，几个小时后氧气耗尽，说不定他就会变成一具宇宙木乃伊了。

而这架快要弹尽粮绝的机甲上，有一幅似是而非的航道图，上面标出的路线，是迄今为止没有任何记录的新航道。

先锋队不敢耽误，迅速上报后，把人送到了指挥官源异人那里。

凯莱亲王手下第一大将源异人，已经有些中年人模样了，方脸，发际线很高，高到了几乎“绝顶”的地步，宽肩膀，天生有一副上扬的嘴角，是个颇时髦的“微笑唇”。乍一看，他并没有什么特别之处，长得甚至还有点慈眉善目，可是一旦被他那双眼睛盯住了，不到片刻，就会有种毛骨悚然的感觉，他的笑容就像是古代传说中伪善的邪神，贪婪地凝视着凡人和他们供奉的牺牲。

“就是他？”源异人先是漫不经心地瞥了昏迷的驾驶员一眼，“身份呢？”

“应该是地下航道上的走私贩，机甲上有一幅模糊的地下航道图，是走私贩们惯用的。”手下的星盗回答，“他是非法脱离精神网才昏迷的，大人，我想几毫克的舒缓剂就能唤醒他。”

“嗯，打吧。”源异人先是不怎么在意地一点头，走动间，忽然，一道光漏了下来，照亮了昏迷的年轻男人的脸，“等等，慢着。”

海盗头子凑近了，伸出两根手指托起了男人的脸，眯着眼端详片刻：“你们觉不觉得他有点像一个人？”

手下们面面相觑。

源异人也没打算听他们回话，兀自自言自语地说：“长得真像白银要塞的那个瘟神。”

“您是说林静恒吗？”旁边一个矮胖的手下低声问，说到那个名字的时候，好像有点不易察觉的紧张，下意识地舔了舔嘴唇，“这个人……”

源异人笑了起来，伸手从昏迷的人脸上摸了下去，捋过消瘦的脖颈和单薄的胸膛：“我随口一说，林静恒怎么会这么弱不禁风？再说，一个早死成渣的人有什么可怕的？”

“把他身上所有带有辐射的东西、金属制品，都给我摘下来，包括那腰带，检查确认有没有皮下植入，没有的话叫醒他，我找他聊聊，有的话……就把他的头割下来。”源异人说着站起来，舔了一下自己刚摸过那人的手指，“他会是我最好看的收藏品。”

几个海盗上前，三下五除二地扫描过昏迷的男人全身，在他身上只找到了一把型号非常老旧的激光枪，除此以外，就只有皮带扣和鞋带眼有少许的金属反应，他身上比脸上还干净，手腕上的个人终端怎么扫都死气沉沉的没反应，已经损坏了。

这人看着除了特别穷酸、特别可怜，脸长得有点像林静恒之外，并没什么异常。

“准备十毫克的舒缓剂……”

“等等，”源异人再次插话，他站在阴影里，慢条斯理地搓着自己的下巴，“注射舒缓剂之前，先给他一点见面礼。”

“是，”矮胖的海盗训练有素，“把彩虹病毒拿过来。”

致命的病毒推进男人的身体，昏迷的人不舒服地轻轻挣动起来，他被人按住了手脚，纤细的脖颈绷直了，像是垂死挣扎的鸟类。源异人用异样的目光注视着他皱出了刻痕的眉心与虚弱的挣扎，眼睛越来越亮，兴奋得几乎坐立难安起来。

彩虹病毒潜伏二十四小时之后，就会在这具漂亮的身体里生根发芽，首先会让他全身无力，发作三小时后，他将只剩下眨眼的力气，然后原本的四肢、器官会逐渐衰竭，免疫系统会崩溃，这时候切掉坏死的部分，安上美丽的移植器官，排异反应会降到最低。他的身体会成为最适合嫁接的植物，能随意修剪成任何模样。

在彩虹病毒的刺激下，“昏迷”的男人没等他们拿出舒缓剂，就睁开了眼。

“水……”他迷迷糊糊地吐出了一个字，散乱的目光对不准焦，手指无力地钩住了一个海盗的衣角，又滑了下去，“给我……水……”

源异人点了下头，一杯清水送到男人嘴边。

那男人大概是渴极了，险些把自己淹死在杯子里，也不知从哪儿爆发的力气，竟然自己端走了杯子……虽然洒了大半在身上。

然后他恢复了一点力气，含糊地道了声谢：“能再给我一杯吗？”

“可怜。”源异人摇摇头，“再给他一杯水，拿营养针过来。”

这疑似走私贩子的倒霉蛋昏迷不醒，精神损伤大概只占一半原因，另一半是饿的，毕竟机甲上什么物资都没有。两杯水加一支营养针下去，他彻底清醒了过来，可能是才注意到一屋子的海盗，他有些拘谨地露出一点讨好的笑容，眼珠转得飞快，看起来有一点流于表面的奸猾，以及惴惴不安。

源异人慈眉善目地在他对面坐定，用注视新宠物的目光看着他，和风细雨地问："怎么称呼？"

"海蛇。[①]"

"古怪的名字，是外号吗？"

"不，抚养我的人发现我的时候，正在看《动物世界》的直播，正好播到海蛇。"

这是个典型的第八星系地下人的名字，源异人听完一哂，没往心里去："你是做什……"

他这句话还没说完，就见眼前的年轻人死死地盯着自己的脸，打断了他的问话："我可能是在哪儿见过您……请问您是'黑鳞'先生吗？"

源异人脸色略微一变。

自称"海蛇"的年轻人却仿佛看不懂人脸色似的，欣喜地说："我在黑市上见过您一次，您拍了那个，生态舱还是我帮您……嗯……"

源异人一把捂住他的嘴，黏腻冰冷的目光像某种冷血动物，然后他冲周围的手下摆摆手，示意他们都滚蛋，小小的一个隔间里，只剩下他们两个人。海蛇不明所以，面露惊惧，源异人却倏地一笑，松手放开他，又恢复了慈眉善目，好像刚才可怕的表情只是个短暂的错觉。

"偷偷去地下黑市买宠物这种事，说出去显得不大稳重，特别是在你的下属面前。能理解吧？"源异人看了海蛇一眼，他迷恋这张脸，可实在不满意这双眼睛，虽然眼神完全不一样，但那种特殊的、浓郁的灰色，还是让他想起了自己的心腹大患林静恒，很不舒服。

源异人打定主意，等彩虹病毒一发作，他就把这双眼睛挖出来，换成深棕或者黑色的。一见面就险些被叫破自己藏得很深的秘密，此时，

---

① 海蛇——传说特洛伊战争中，警告特洛伊人民小心希腊人的拉奥孔就是被敌人放出的海蛇勒死的。代号"海蛇"，意味着"谁识破我，我就勒死谁"。

源异人的注意力已经彻底被转移，不等海蛇正式做出自我介绍，就先一步认定了他是个地下黑市的小混混。

“你为什么会开着一架弹尽粮绝的机甲飘到这儿？”

海蛇先是有些迷茫：“我……我的导航坏了，我又饿又累、筋疲力尽，最后的印象就是匹配度一直在下降，然后就什么都不知道了……这是哪儿？”

源异人注视着他的表情：“已经快到域外了，你本打算去哪儿？”

海蛇听完愣了半天，继而他双手抱住头，骂出一串污言秽语，带着第八星系地下世界特有的粗鄙口音，这回他不挖眼睛也不像林静恒了，完全就是个下水道的泥腿子。源异人耐着性子，从他这“骂街百科全书”似的话音里拼凑出了一点事情经过：“臭大姐？那个失踪的地下航道管理员？你以前是他的人？你说他干了什么？储备军火，还建了自己的基地？”

“那个狗娘养的贱人还有自己的物资储备库，至少两个，坐标只有他自己知道。”海蛇咬牙切齿地说，“每个人都怕惹事，都反对他储备军火，他根本不听，他手上有武装、有物资，把我们都控制住了。每天只给我们一点配给，把我们当干活的牲口使……”

“都让你们干什么活？”

“修建基地，新的能源系统、防御系统之类……我不懂，他只吩咐我们干活，我们都吃不饱，机器人也不够用……”海蛇颠三倒四地说，整个人发着抖，“我实在忍不下去了，我想宰了他，可是我的兄弟背叛了我，把我们出卖给了臭大姐……他们……他们都死了，只有我一个人逃出基地……”

“嘘——”源异人像个温暖的长者，轻轻地拍着年轻人的肩，“镇定，镇定，现在没事了，说说看，他们在什么地方，或许我可以帮你？”

海蛇听了这话，整个人忽然一激灵，他好像意识到了自己在和臭名昭著的星际海盗说话，浓密的睫毛飞快地颤动了几下，他僵硬地试图控制自己的表情，挤出个笑容：“其实我也……”

对了，虽然他憎恨臭大姐，但基地里恐怕还有他曾经朝夕相处过的朋友。

“还挺有情义。”源异人心想，第八星系的泥腿子们素质很低，但是都很有情义，有情义代表为人单纯，是好事。

源异人短暂地放过了他，温和地说：“不过什么都不用急，我看你需要休息，可以先在这儿安心养一段时间。我明天再来看你。”

二十四小时后，就看看情义能不能斗过病毒了。

源异人温文尔雅地替他带上门，走了。

海蛇——林静恒静静坐了片刻，掀起袖子，看了看手臂上的针孔。

他低下头，苍白的脸上闪过杀意。

（二）

距离高能粒子流抵达自卫队基地，还有不到半小时。

大起大落的兴奋过后，很多人已经相当疲惫了，陆必行在空中现场教学，手把手地教会了他们如何在一个相对平稳的环境中，设置机甲的自动导航和自动定位。教学现场基本是又一场马戏开幕，但好在有惊无险，没有上天的过程那么吓人。之后，大家简单商议了一下，留了少壮派轮班保持清醒，看守防护罩，让老弱病残都去休息了，七嘴八舌的精神网里顿时安静了许多。

陆必行舒了口气，看了看表，偷偷用远程权限连上了基地的机甲联络站。

他们来之前，这时而停电的基地内网很不稳定，而陆必行作为一个技术宅，在给老太太们修电影屏幕的同时，当然也没忘了网络问题。经过他的修整，现在基地的内网信号稳定了许多，覆盖范围也更广，联络站注册过的机甲，能在六个航行日距离外，接收到模模糊糊的信号，四到五个航行日距离，内网信号就很稳定了。

林在回复“收到”的时候，应该已经回航至内网覆盖的区间了，此时已经过了一天，就算他慢悠悠地任凭机甲匀速运动，也该进入可定位范围了。

可以定位……

陆必行眼睁睁地盯着自己的爪子摸向了定位系统，不受控制地，他心想：“这有什么意义吗？”

完全没有，因为定位器覆盖五个航行日，巴掌大的一块屏幕，不管多伟大的机甲，也不管机甲里坐了个多伟大的人，在图上看，就一个小黑点。假如机甲正常在航道上行驶，驾驶员没有进行突然加速或跃迁等非常耗能的操作，那小黑点还会半天不动地方。

即便他此时穷极无聊，还可以欣赏一下基地万家灯火的美景，为什么要盯着一个半天不动的小黑点看?

陆必行不大明白自己在想什么，可离奇的是，他还是这么干了。

“哎，喂，”就在他像个跟踪狂一样干这件无聊事的时候，个人终端上有人来电，陆必行随手接起来，周六的投影就浮在了他手边，周六兴高采烈地问他，“陆老师，薄荷是孤儿吧？”

这不难猜，有父母的女孩不会叫“薄荷”这么一个没头没尾的名字。

陆必行盯着定位屏幕，一个眼神也没给他：“是不是孤儿也没你什么事。”

“你看看你这嘴脸，”周六把脚丫子翘到了桌面上，“是不是跟你爸一模一样？”

“根据《联盟未成年人保护法》，对于二十周岁以下的未成年人，在无法联系到法定监护人的情况下，所属学校师长、社区行政人员可以作为临时监护人——我现在就是她的临时监护人，所以我说话算数。至于老陆，”陆必行一摆手，“我只是给他面子。”

周六：“……陆兄，在古时候，十七岁已经能当孩子他妈了！”

陆必行微笑着回答：“确实，但你知道为什么吗？因为在那个年代，三十六岁已经能寿终正寝了。”

周六：“……”

“人类太贪恋年富力强的感觉，旧星历的基因革命把青年时代拉长到了两百年，相对而言，二十年的儿童时代短得像一瞬，与一生相比，只是一眨眼。”陆必行说，“太珍贵了，像花期只有五分钟的花，像一把随便就漏出去的沙子，一秒的遗憾都是终身的遗憾，当然值得好好保护，你啊，再给我等三年吧。”

周六往后一仰，刚学会开机甲的人，在机甲里总是很拘谨，往往是第一次通过精神网控制第二架机甲的时候，才能找到感觉。此时，自以为找到了感觉的周六开始在天上恢复了坐没坐相的流氓样。定位屏幕在茫茫宇宙中搜索着机甲“北京”，两个人谁也没吭声，相对沉默了一会儿。

周六忽然说：“我前女友六岁。”

陆必行差点被口水呛住：“……你是不是应该找个大夫看看？”

“啧，你想什么呢？我跟她在一起的时候也才八岁，”周六翻了个白眼，“她爸跟我爸是一起做生意的，我俩从小在一起玩，那时候我们一大帮孩子一起长大，所有男的都喜欢她，还有几个死丫头也跟着添乱，每天为了谁当她老公打成一团。她偷偷跟我说，其实她最喜欢我，但是对别人不好解释，为了有个说法，我得把所有人都打服了才行。”

不服就打一架，闹了半天这处事风格还有出处。

陆必行先是摇摇头，随后又想起什么：“等等，你不是说你是被人捡来养大的吗？哪儿又冒出个大家族？”

“是啊，”周六仰望着星空，“要不怎么说我前女友六岁呢——她就活到六岁。”

陆必行一愣。

“那段时间，我爸他们神神秘秘的，据说是做成了一笔大生意……我太小，不知道是什么大生意，只记得那年他们赚得格外多，所有人都格外高兴，新年的时候，我爸晚上喝酒喝多了，我听见他对一个叔叔说‘以后有钱了，就不要做这种断子绝孙的买卖了’。”周六的声音低了下去，“然后……那天晚上，有一伙人闯进我家，杀了所有的人。我妈把我和她塞进两个连在一起的生态舱里，录了音，设定了路径，扔到了大气层外，想把我们托付给臭大姐。路上，我们俩惴惴不安，就像是漂流瓶里的两只虫子，然后那些人的导弹跟我们擦了个边，她的生态舱被击碎了一半。”

陆必行吃了一惊，扭头看着周六。

周六的娃娃脸上是少见的沉郁与冰冷，仿佛是大气层外没有阳光普照，让他现了原形。

“你懂的，陆老师，”周六喃喃地说，“要是干脆被炸成碎片，那还就算了，一眨眼的事，但偏偏是被打碎了一半，我还没进入休眠，透过小窗，我看见她吓得大哭、挣扎，而她周围的营养液一点一点流失，气压一点一点变化，碎了一半的生态舱像个被活活剖开肚子的母兽，眼睁睁地看着肚子里的小崽慢慢流出去，慢慢窒息……”

“你知道我最后悔的是什么吗？我最后悔的，就是她让我为了她去跟别的孩子打架，我没去。我不敢，因为我从小发育比别人慢，他们都比我高、比我壮，所以我跟她说，让她等几年，等我再长大一点……”周六说，“这是我这辈子学到的第一个道理，陆老师，有些事是不能等的。”

他这话总结了不祥的过去，又好像是某个不祥的预言，话音刚落，陆必行手上的定位器就跳出了一个对话框。

无效搜索。

陆必行还没从周六的话里回过神来，心脏好像被一只手拧紧了。

再搜，依然是无效搜索。

这代表……要么机甲“北京”的通信设备损坏，要么它莫名其妙地改道，离开了内网覆盖范围！

这时，最早的一波带电粒子流已经抵达，迎面撞在三百架机甲拼凑的防护罩上，高能带电粒子与防护罩彼此碰撞、衰减，少量穿透过去，引起基地磁场的轻微扰动，继而在大气层上方出现了类似极光的光带，仙人袍袖似的舒展至天边，瑰丽得好似玄幻影片的特效现场。

所有人都醒来了，接着，越发密集的高能粒子流潮水似的倾盆而落，翻覆在机甲防护罩上，防护罩看着薄如蝉翼，却又好似铜墙铁壁，一时间，每个在大气层外的机甲驾驶员心里都有了同样的荣耀感——我在保护基地，我在保护我的家。

不知是谁，开始在精神网里唱一首古老的流浪之歌，曲调那么熟悉，好似所有人都听过，渐渐地，更多人的声音跟着加进来，隆隆作响，淡化了歌词与曲调，仿佛一道从未想过、自发而成的宣誓。

而促成这一切的陆必行的手却在轻轻地发着抖。

他三次试图定位机甲北京，全部显示无效搜索，忍无可忍地联系了林的个人终端——而内网方才告诉他：“查无此人。”

林静恒，在这个危险的节骨眼上，无端失联了。

（三）

林静恒在他临时的客房里闭目养神了片刻。

出了个不大不小的意外，他本以为自己会在严刑逼供的时候遇到，不料这群星际海盗比他预计的还要疯狂——他们居然拿彩虹病毒当唤醒针。

正常的彩虹病毒会先潜伏二十四小时，然后发作，但他事先注射过阻断抗体，彩虹病毒会和阻断抗体提前相遇，由于这种病毒的特殊性，最多三小时后，他就会开始高烧，直到病毒被抗体消灭干净。这样容易穿帮不说，关键是……如果他们不严刑逼供，他怎么才能合理地泄露那编造的“地下航道”，把他们引走呢？

就在这时，有人轻轻地敲了他的门。

林静恒一睁眼，一个少年推门进来，少年长相秀气，但不知为什么，走路的姿势有点奇怪，好像是个罗锅。他抱了一床干净的被褥，又把一个小药瓶放在他面前，对他拘谨地一笑。

林静恒余光瞥见，那是一盒止疼药。

少年可能是个哑巴，不说话，指了指自己的太阳穴，又指了指止疼药，冲他比画——大概意思是，精神力过载会引起头疼，让他先拿这东西凑合凑合。

林静恒用一种符合自己现在身份的肢体语言朝他道了谢。

少年看了看他，东西送到了，却没有走，一双杏核似的圆眼里饱含忧惧，林静恒只好跟他大眼瞪小眼，片刻，少年对他做了个口型：“快跑。”

林静恒：“……”

那少年意味深长地看了一眼药瓶，转身走了。

林静恒拿着药瓶在光下观察片刻，拧开一看，在瓶底发现了一个微型屏幕，只有纽扣大，屏幕有两面，一面录像，翻过来就可以看视频记录。

林静恒迟疑片刻，抽出了止疼片说明，借着看说明书的掩盖，他在小屏幕上拨动了一下。画面极小，小得像透过墙上的一个孔偷窥——只见视频里先是一段又长又暗的走廊，随即微光透进来，进入了一个地下室，里面罗列着数不清的营养舱，各种奇形怪状的生物，美人蛇、美人鱼、浑身披满兽毛的女人、蜷缩在大的尾巴里睡觉的少年……接着，镜头一转，落到一个无菌玻璃隔出来的手术台上，源异人出现在镜头里。他注视着手术台，怀里抱着个半个身体都是金属假肢的小男孩，小男孩大睁着双眼，无神地望向镜头，像一只任人宰割的畜类，溃烂的手脚已经被割下来，静谧的医疗器械正往他断臂的地方接兽爪。

林静恒心里十分鄙视地想：“这都什么审美？”

鄙视完，他还没忘了“惊慌失措”地一哆嗦，把整瓶止疼片撒在地上——虽然不知道那给他送药的少年是自己犯傻，还是对方故意安排的，不过都无所谓，真是刚想睡觉就有人给送枕头。

此时，源异人通过精神网，把他的动作看了个一清二楚。托着下巴思量片刻，源异人招招手叫来了一个手下："我养的那个小翠鸟又不听话了，你去给他点教训——修改原定轨道，我们来看看臭大姐这个狡猾又不自量力的东西到底藏在哪个阴沟里……然后玩个游戏。"

林静恒——现在是重情重义又有点小狡猾的混混海蛇，困兽似的在客房里转了十分钟，似乎是遍寻四周找不到称手的工具，于是他把床柱上的金属装饰薅了下来，仗着自己瘦，往衣服里一塞，悄悄地溜了出去。

重甲太大了，里面能容纳成千上万人，走一圈都要用很久，即便驾驶员的精神网能覆盖到任何一个角落，但海蛇可能是觉得对方不会在意自己这么个小人物，他深吸一口气，看见不远处有个巡逻的海盗独自一人往卫生间走去，于是悄悄尾随上去。

片刻后，卫生间里传来一声细微的闷响，随即，一个帽檐格外低、走路格外拘谨的巡逻员从里面走了出来——没办法，他身上这身制服太不合身，两条裤腿九分裤似的吊在他身上，空荡荡的，还露出一对时髦的脚踝。

海蛇一路小心翼翼地避开其他人，突然，急促的脚步声传来，海蛇连忙刹住脚步，下一刻，他看见前面拐角处冲出来一个人，正是方才给他送药的少年。那少年眼圈通红，满脸恐惧，身后追着两个海盗壮汉，眼看要抓住他，少年的双脚却突然离了地，他整个人轻得像一张纸，纵身一跃，从栏杆上翻了下去。

直到这时，海蛇才注意到，他走路的姿势之所以奇怪，不是因为驼背，而是这少年的胸部形状异常，有一个好像鸟类的凸起，他双臂伸展，手臂比普通人长出一截，衬衫袖子方才在拉扯中破开，露出扁平如翅膀的手臂，挂在手臂上的破衣服好似羽毛，让他诡异地在空中滑翔起来。

这时，一张大网铺天盖地地笼过来，兜头把那鸟似的少年笼罩在其中，网上竟然有电流，接触少年的瞬间就爆出了火花，他痛苦地挣扎起来，张开嘴，却只能发出鸟鸣似的尖叫。

林静恒面露惊惧，心里却毫无触动，想："这苦肉计演的，跟真的似的。"

不过按理说，已经跟臭大姐翻脸却依然不肯泄露地下航道坐标的海蛇，是不大可能见死不救的。于是正当两个海盗一个要拖走鸟少年，另一个去收电网的时候，海蛇突然从旁边冒了出来，在收电网的海盗肩上拍了一下，海盗回头一看，瞥见巡逻员的制服，嘀咕了一句："知道了，马上收拾。"

下一刻，他陡然意识到了什么，还不等他扭过头去看清楚，脖子突然被一只手臂勒住了，随即一阵剧痛，当即没了知觉。

林静恒作为一个杀人放火的熟练工，悄无声息地接住了倒地的海盗，接管了他手上的激光枪和悬在天上的电网——幸亏核心肌群被破坏，他有点手脚无力，不然一不小心把这倒霉蛋的脑袋拧下来，恐怕这出戏就要穿帮。

另一个海盗本来正拖着鸟少年往回走，突然，背后的汗毛和细碎的发梢无端竖了起来，他刚一回头，带电的大网已经俯冲了下来，海盗一声惊呼噎在了嗓子里，被大网扑了个正着，当场给电成了一个踩不着鼓点的霹雳舞者。

林静恒轻巧地从他身侧滑过，同时，激光枪里喷出一道细细的激光，割了鸟少年被揪住的头发，一把抱起他跑了。那少年轻得不像人类，纵然林静恒已经变成了一根临时的麻秆，依然能不怎么费力地一只手拎起他，除了那颗人头，他好像连骨头都鸟类化了。

但……怎么可能？

这种嫁接的怪物不都半步不能离开营养舱吗？

林静恒心里一闪而过地想起了陆必行那诡异的骨龄和不匹配的基因，拎着鸟少年的手指陡然一紧。

这时，整个重甲里开始响起警报声，林静恒——海蛇用力晃了晃手里的鸟少年："这架重甲上有没有备用机甲？发射平台在哪儿？"

重甲在战队里有时也作为"母舰"，上面会有发射平台，根据运力不同，能携带一定数量的备用机甲。

鸟少年艰难地从他手里挣脱出来，重重地咳嗽了几声，抬手指了个方向。

密切监视他们的源异人在监控前"哈"了一声："意外收获，这吃里爬外的小东西，知道的还不少——不要全力追捕，稍微放点水，让他跑……嗯，也别放太多，显得太假就不好了，让他们吃点苦头，注意别打坏脸。”

两大戏精，在双方都没有对过剧本的情况下，就这么默契地表演了一出逼真的生死角逐。

（四）

子弹和激光枪聒噪地步步紧逼，“轰”一声，一道门板应声而下，激光枪把海蛇的后腰擦出一片焦黑。

海蛇一手拎着鸟少年，单手抓住紧急通道栏杆，纵身一跃，直接跳了下去。然而还没完，又一队追兵迎面而来，为首的高高举起枪，直指他胸口，海蛇猛地把随身带着的金属床柱扔了出去，同时带着鸟少年狼狈地就地一滚。橡胶味、金属味、硝烟味、血腥味……充斥在他鼻尖，尚未恢复的身体仿佛已经到了强弩之末。

就在这时，鸟少年突然挣扎着从他手里飞出去，猛地撞向一侧的墙壁。

那墙上原本挂着一幅油画，画了一个颇有古典美的少妇，少妇朱唇轻启，正在微笑，鸟少年这玩了命地一撞，画上少妇从下嘴唇到胸口全都凹陷进去，墙上露出了一个黑洞洞的密道！

美貌少妇平白无故没了下嘴唇，表情显得尤为震惊，仿佛下一秒就要从画上站起来破口大骂。

鸟少年探出头来，冲海蛇尖叫一声，听品种，像画眉鸟。

海蛇一愣，随即想也不想地跟着钻了进去。

一直监视他们的源异人却是脸色骤变。

追捕两人的海盗谁也不知道这重甲上还有秘密通道，面面相觑了一会儿，正要拔腿开始追，忽然听见源异人冰冷的声音。

“够了。”他们老大冷冰冰地说，“昏头了吗？人都要被你们打死了，靠谁领路？滚！”

鸟少年一路拉着林静恒，跌跌撞撞地顺着密道一路狂奔，很快到了底，眼前黑暗的长廊非常熟悉，随后，林静恒意识到，这里就是那视频里记录的秘密实验室。

惨白的灯光下，成排的营养舱里住着非人非怪的生物，有些仍醒着，透过透明的玻璃，麻木地望着两个不速之客，像是没有灵魂。林静恒东张西望了几眼，鸟少年立刻伸长胳膊，踮起脚，试图用变形的手遮住他的眼睛，同时拼命拽着他的衣服往前走。

源异人渴望展示他变态的一面，这是一定的，每个变态都会对自己的恶行自鸣得意，如果不能展示给别人看，那变态的快感至少会丧失一半。但顾忌凯莱亲王，源异人不敢公开展示自己的秘密宠物，否则不会在林静恒点出他在黑市买美人蛇的时候就露出异样。

可这个几乎鸟化的少年不一样，除了不能说话和骨骼形状奇怪以外，他实在太像个人了，甚至可以完全不依赖任何医疗器械生存，不会引起任何关于“移植人”的联想，即便看见他的特异之处，大概也只会觉得他是个受了什么辐射的畸形儿。

因此，这个鸟少年才会被牵出来“散养”，既不会引起凯莱亲王的愤怒，又能满足源异人变态的展示欲。

林静恒不是生化专家，湛卢不在身边，也没法查资料，他不知道这鸟少年身上天衣无缝似的移植技术是怎么做到的，但他知道，在众人面前公开暴露源异人的密道，这事肯定不是源异人授意的。

所以他是谁的人？有什么目的吗？

鸟少年轻车熟路地带着林静恒穿过实验室，打开一道细窄而隐蔽的小门，里面管道丛生，应该是实验室排气管，鸟少年纵身一跃，再次展示了他接近“飞翔”的本领，轻飘飘地在空中滑翔了三米多高，敏捷地攀上了一根管道，活像吊了隐形的威亚。

他自己飞上去，才想起身后还跟着个没长翅膀的人，连忙回头张望，却见那人眨眼工夫就徒手顺着管道爬了上来。

越往上爬，就越黑，两人谁也没有光源，走到中途，就开始要摸瞎行进。鸟少年有些担心，他自己倒是轻车熟路，怕身后的人跟不上，“啾”地叫了一声。

海蛇在他身后说：“接着走，我听得见你的声音，追踪得到。”

也许是黑暗造就了恐惧，也许是林上将演技虽好，但台词功力不过关，总之，鸟少年在什么也看不见的情况下，听了这个声音，莫名觉得一股凉意顺着后脊爬了上来，突然对身后的男人生出了说不出的恐惧。他连忙努力定了定神，窸窸窣窣地继续往上爬去，而身后一直无声无息，几次三番，鸟少年都怀疑那个人跟丢了，忍不住出声询问，海蛇却每次都会在距离他三四米的地方给出回答。

就像一条在黑暗中如影随形的蛇。鸟少年心里冒出这么个念头，轻轻打了个寒战，他手心布满了汗，险些从管道上滑下去，直到看见前面亮起一点微光，连忙借着光回头看了一眼，看见海蛇那张依然苍白清秀的脸，并没有变成别的什么怪物，他才如释重负，松了口气。

鸟少年指了指自己头顶，微光的来源是一条缝隙，可能是一条地缝，上面有几个集装箱遮挡着，那缝隙非常窄，成年男人很难通过。林静恒目测了一下，别说他现在是皮包骨状态，就算他把皮也剥了，光剩一副骨，也得被卡在那儿。

鸟少年："啾。"

"我过不去，"林静恒摇摇头，"这条缝是你弄的？你做了多久，想逃出去吗？"

鸟少年叽叽喳喳地做出了回答，讲得鸟语花香的，林静恒一个字也没听明白："算了，你先上去，把那几个箱子推开试试。"

鸟少年沉默了一会儿，那双又圆又大的眼睛里闪过忧伤，因为从这鸡同鸭讲似的对话中，他察觉到了自己的非人。他不再废话，缩起双肩，瘦小的身体从窄缝里钻了出去，回手开始推箱子。

就在这时，林静恒突然感觉到了头顶地面的震动，他顾不上再演戏，猛地抽出了激光枪，用枪管一拨鸟少年的腿："闪开。"

鸟少年被他一枪管打得一踉跄，随即，激光枪与他擦身而过，一枪毙了他身后不知什么时候追过来的海盗。然而这还没完，林静恒在完全看不见的情况下连开了六枪，一枪一个，无一走空。

鸟少年连滚带爬地贴在地上，生生用头顶开了那几个碍事的集装箱，伸手要去拉林静恒。还没碰到男人的手腕，地缝里的激光枪再次开火，鸟少年悚然一惊，下意识地往后一仰，冒着热气和臭气的血雨从他头顶倾盆而下，浇了他满头满脸，随即，一具海盗的尸体轰然倒在他身边。

鸟少年吓得僵死在那儿，林静恒却在他愣神的时候强行从方才放箱子的地方把自己挤了出来，肩头的衬衫都磨破了，碍事的长锁骨差点折断在里面。

他刚爬上来，就一把拎起吓傻的鸟少年，与此同时，扇形的枪子横扫过来，方才那几枪好像激怒了海盗，暴虐的枪林弹雨险些将他们两人拦腰截断。

林静恒目光一扫，发现这里就是重甲的机甲收发库。六架凯莱亲王的中型机甲停在轨道旁边，闪着幽幽的绿光，每一架机甲下面都有海盗守着，而且人越聚越多，看起来哪个方向都是死路一条。

一根冰冷的手指碰了碰林静恒的手背，他一低头，只见那鸟少年伸手指了指距离他们最近的一架机甲。林静恒顺着他手指的方向看去，并没看出那机甲有什么特殊的地方，刚疑惑地一皱眉，就在这时，鸟少年突然用力一蹬地，就要腾空飞起——他打算舍己为人，自己引开海盗的枪口，给林静恒制造一个抢机甲的机会。

林静恒反应极快，鸟少年双脚尚未离地，就被他一把薅住后脖颈，林静恒直接把这还不到五十斤的鸟人掼在了地上，心想："缺心眼吗？"

源异人想让他带路，当然不会让他死路一条，早给他预备好了可以远程控制的机甲，林静恒抓住鸟少年的瞬间已经感觉到了那熟悉的磁场。

下一刻，一架机甲突然动了，周围看守机甲的海盗们吓了一跳，来不及抬头，已经被粒子炮炸飞出去，猛烈的硝烟骤起，机甲冲他们狂奔而来，与此同时，远处的海盗们开始密集地朝他们开火，鸟少年睁大了眼睛，下一刻，他觉得自己脚不沾地地被人扔了出去，眼看要撞在机甲紧闭的舱门上时，舱门突然向两边滑开，张牙舞爪的精神网扑面而来，又与他擦身而过，江流入海一般缠上了他身后的人。

鸟少年惊讶得睁大了眼睛，对接了精神网的一瞬间，某种极其强悍、几乎富有侵略性的东西从那青年身上涌起，然而转瞬又消失，机甲给出了人机匹配结果——65%，对接成功——机甲防护罩随即启动，咆哮着从轨道上冲了出去，不经轨道加速，直接用自身动力起飞！

海盗们被机甲加速时掀起的厉风卷飞了一片，下一刻，机甲挣脱了重甲母舰，滑行至海盗舰队中间，在所有人没反应过来的时候，直接启动紧急跃迁！

消失了。

紧急跃迁带来的巨大的压力好像在鸟少年颅内砸了一下，耳膜和鼻子同时出了血，并保持着这七窍流血的姿势晕了过去。

林静恒目光十分复杂地看了他一眼，伸手抓起他的前襟，打算把他放进护理舱。

但他很快发现，这架机甲上没有护理舱——不单没有护理舱，所有医疗设备、药品和物资都被卸载了，甚至没有饮用水。

源异人逼迫他在众多海盗围追堵截下选择这架机甲出逃，然后很快，他的彩虹病毒就会发作，他会在无边恐惧中，发现自己连一点自救的空间都没有。

（五）

重甲上，机甲库大门打开，源异人缓缓踱步进来，居高临下地望着自己手下这帮废物点心。

一个海盗三步并作两步地跑上来："大人，他们跑了。"

"错了。"源异人拍了拍那人的头，"是我们的向导带着窃听器先走一步。"

他说着，打开个人终端，一幅巨大的星际航道图弹出来，图上出现了一个小亮点——信号从鸟少年的心脏处发出，时刻标记着他们的位置，同时把他们发出的一切声音、一切对话都尽忠职守地传回来。

"嗯，原来那里有个未知的非法跃迁点，"源异人志得意满地微笑起来，"给我标记下来。"

一切尽在掌握中的海盗们没有注意到，他们捕获的报废小机甲上有个空荡荡的酒柜，酒柜上飘着几个透明的玻璃瓶培养皿，里面养着枝叶舒展的荧光草——酒瓶下面有个托，是个别致的机械手形状。

（六）

鸟少年一脸血地清醒过来时，发现自己在一架陌生的机甲上。他很难受，浑身的骨头仿佛被拆过一次似的，怯生生地对着海蛇叫了一声。

海蛇背对着他，好像在查看星际航道图："抱歉，这机甲上没有医疗设备，你自己擦擦脸吧。"

鸟少年乖顺地把自己处理干净，随后拿了条干净毛巾走到他面前，指了指海蛇身上大大小小的擦伤和血迹。海蛇的脸色非常不好，比在重甲上还要苍白，冷汗一层一层地出，衬衫已经湿透了，露出嶙峋的肩胛骨。鸟少年试探着伸手在他胳膊上贴了一下，被惊人的热度吓着了，语无伦次地叽喳乱叫起来。

成年人的体温其实很少会升高到 40° 以上，该死的彩虹病毒让林静恒觉得呼吸都是滚烫的——不过好在，他在忍耐力这方面一直是属骆驼的，只要不致命，问题都不大。

“没事，”他字斟句酌地说，“暂时摆脱他们了，只是我们没有物资，要想办法……不用找了，这架机甲上没有饮用水。”

鸟少年看着他湿透的衬衫，面露焦急。

林静恒缓缓地坐下，尽可能放缓了呼吸，保持体力：“我在想……我们先绕一圈，确定彻底摆脱他们以后，就立刻返回基地。”

他脸上露出足能以假乱真的挣扎神色，沉默了好一会儿，才说：“我们自己斗归自己斗，不管怎么说，我不能看着臭大姐他们死在别人手上，得通知他们快点转移。”

鸟少年轻轻地“啾”了一声。

海蛇抬起头，高烧下，那双总显得冷森森的灰眼睛因为水汽而温柔了不少，他问：“你到底有什么特异功能，你会飞是吧？”

少年手足无措地站在那儿，片刻，他卷起自己的衣袖，露出手臂。那手臂不单是比正常人手臂长，而且骨骼扁平，像人手，又像鸟翅，肩胛上甚至真的有一簇细弱的羽毛。而当他放松下来，不再试图硬装出正常人的姿态时，凸出的胸骨和弯曲的脊柱就一览无余，他站在那儿，像只错安了人头的怪鸟。

林静恒问：“天生的吗？”

鸟少年摇摇头。

“那就是改造的，”林静恒轻声问，“不会……不会是移植吧？”

鸟少年自惭形秽似的缩起头，像是要避开他的目光。

“真是移植？”林静恒难以置信地说，“怎么可能？怎么可能有这种技术，你不需要营养箱吗？”

鸟少年不吭声了，局促地拧着自己的衣角。

林静恒问：“你是被那些海盗弄成这样的吗？”

鸟少年摇头——果然，源异人那个屠宰场似的实验室里出不了这么高端的移植人。

林静恒又问："那就是被他们从黑市上买来的，谁把你弄成这样的？"

鸟少年依然是摇头，伸手在很矮的地方比画了一下，示意他自己很小的时候就这样了，记不清。

林静恒略微一眯眼，眨掉睫毛上沾的冷汗，突然问："你认识臭大姐，对吧？"

鸟少年一僵，受惊似的看了他一眼，好像一时不知该怎么回答。

然而一个微表情，对林静恒来说已经足够了——

这个鸟少年是源异人从黑市上买走的，在被买走之前，他很可能通过某种渠道认识了臭大姐，并且这些年一直通过某种方法，和臭大姐有联系。难怪臭大姐会提前知道海盗入侵的消息。难怪这个鸟少年一听说他是臭大姐基地的人，就奋不顾身地出面救他。

"好吧，"林静恒站起来的时候晃了晃，抓了一把沙发扶手才站稳，"算我欠那小子一次，我带你去见他。"

这番对话一字不漏地被源异人接收到了，一个海盗上前，指着地图上小亮点前进的方向对他说："大人，这个方向和从他那机甲上搜到的航道图方向基本一致。"

源异人下令："追！"

可怕的机甲群集体掉头，朝着林静恒刻意指引的方向追了过去，与基地的内网区间擦身而过。

（七）

高能粒子流潮水似的奔涌而来，又离开自卫队基地，飞向更遥远的域外。

对更大的危机一无所知的基地，太平圆满地渡过了这次小小的危机。从天上下来的驾驶员们受到了英雄一样的欢迎，多媒体的大屏幕上放着劲歌，往常冷冷清清的机甲站台挤满了人，他们彻夜庆祝，胖姐搬出了好几箱啤酒供他们免费取用，那帮被周六打服的小弟将他捧到了天上，高高抛起。

等他得意够了，居高临下地一扫，才发现陆必行不见了。

“等等，等一下。”周六四肢并用地从热情的人群中挣脱出来，拉住旁边合不上嘴的斗鸡，大声冲他的耳朵喊，“陆老师呢？”

斗鸡：“联络站！”

周六：“我他妈就知道！”

他跌跌撞撞地挤出人群，往联络站走去。

这会儿，陆必行的脸上却没有一点胜利的欣喜神色，他的个人终端连上了联络站，手指如飞似的下着一道又一道的指令，屏幕上的地图反复翻转，追溯机甲“北京”曾经到过的地方。很快，一个大致的航线图出来了——执行探测任务的“北京”非常专业地探访了内网范围内的航道周遭环境，继而消失，应该是去了更远的地方，回复留言那天，它堪堪回到信号范围，可能是能源不足，机甲“北京”用很慢的速度顺着航道回航，继而……

突然消失在了可探测范围内。

“一次紧急跃迁。”陆必行自言自语似的沉声说，“他走了这么多天，接到‘速归’的留言，依然走得这么慢，说明能源一定不太充足，既然这样，为什么还要浪费能量紧急跃迁？”

过来找他的周六听完，插了句嘴：“为什么？”

陆必行突然站起来，转身就走：“我要去找他，你等我走了再跟我爸说。”

“他不是那个……那个什么将军吗？一个人把自卫队揍得屁滚尿流的，你到底在担心什么？”周六抻长脖子问，“喂，急什么，赶去告白吗？”

陆必行：“放屁，这个世界上根本不可能有人无所不能，就好像也不可能有人一无是处一样……还有，别跟着我爸胡说八道，他是我朋友。”

周六一摊手：“哦，朋友，行吧——那要是你‘朋友’一感动，跟你告白怎么办？”

陆必行：“慎重考虑。”

周六：“你……什么玩意儿？”

“告诉他我会慎重考虑，”陆必行头也不回地走进机甲站，“他是个让人必须慎重对待的人。”

第六章　绝地反杀

“我要杀了他。”林静恒用几不可闻的声音说，“他……他毁掉了陆信留下的‘惊喜’。”

（一）

林静恒舔了一下嘴唇，嘴唇上裂了口子，血腥味和细微的疼痛让他精力集中了一点。如果说抗体造成的高烧和精神力过载问题还都不大，那么脱水就有点麻烦了。

林静恒想了想，薅出了机甲内部的紧急维修工具，检查了动力系统——运行良好。确实，源异人还要让他带路，当然不可能给他一架跑不动的机甲。

林静恒麻利地卸下了十六个散热片中的一个。

机甲上每一个散热片的长宽都是两米，约三毫米厚，右上角装有智能调控芯片，剖开就能看见里面流动着一种非常特殊的低温散热芯，每个散热芯大概一巴掌大小，能持续维持超低温数月，过期后，则会被散热片里的智能芯片归拢到一边，定期排出。

散热芯肯定是不能直接接触皮肤的，但过期后没来得及排出的散热芯温度比较理想，一般在零下十摄氏度左右。林静恒拆下了几个已经过期但还没来得及排出去的散热芯，直接贴在身上，把自己包装成了一个人形冰袋，强行降温。

鸟少年蹲在一边看着，眼神里流露出一点忧郁，怀疑自己好不容易捞出来的这位怕是命不久矣。

“没关系，”林静恒说，“这个速度，不到一天就能回到航道上，航道上有补给点。”

而一天过后，源异人觉得他身上的彩虹病毒发作，一定会现身。

林静恒在高烧中头痛欲裂，于是借由说话转移注意力：“你叫什么？”

鸟少年想了想，难以启齿似的摇摇头——也对，源异人对他大约是有称呼的，但想必不是什么尊重的称呼……至于他自己的名字，估计也早就想不起来了。

林静恒又问：“认字吗？”

鸟少年依然是摇头，然后张嘴无声地说了句什么。

显然，人话他是会说的，可是变异的舌头和嗓子让他发不出正常声音，只能比一比口型。联系上下文，林静恒能看懂他单个词，但成了长句，问题就有点大了。两人面面相觑片刻，没法沟通，鸟少年沮丧地蜷缩成一团，扁平的胳膊环住自己的膝盖，像没有安全感的鸟把自己裹在翅膀里，低了头。

林静恒半真半假地试探了一句：“你既然认识臭大姐，难道不知道我是谁吗？”

鸟少年摇了摇头，艰难地冲他伸出两根手指，随后努力地重复一个词的口型，重复到第三遍的时候，林静恒用他烧得发疼的眼睛看懂了，他说的是“救命”。

“臭大姐救过你两次？”

摇头。

“他救过你的命，但是你只见过他两次？”

这回，鸟少年点点头。

两人驴唇不对马嘴、连猜带蒙地艰难沟通了片刻，林静恒大致理解了一个不知道对不对，也不知真假的故事——据说在很多年前，臭大姐曾经救过这个鸟少年一次，而前不久，臭大姐因为生意，在域外碰见了喜欢逛黑市的源异人，跟在源异人身边的鸟少年认出了他，给臭大姐传递了海盗即将入侵的消息。

林静恒假装恍然大悟，其实没信。

他觉得这个故事听起来有点像仿古的地摊小说——通篇蹩脚的“侠义”“报恩”，主题通常是描述古代人怎样义薄云天，现代人的良心如何江河日下。且不说这个报恩的故事套路得很，单就源异人容许鸟少年接触林静恒，并把他俩一起放出来这事，就绝不可能是一个巧合。这鸟少年身上一定有源异人留下的监控和定位，至于他自己知不知道，那就不好说了。

林静恒装作精力不济，退出精神网，打开了自动驾驶，闭目养神去了。

不知过了多久，鸟少年觉得他睡着了，才小心翼翼地凑近，观察片刻，伸手悬在他额头和鼻息上试探了一会儿，又翻出一条毯子，十分举棋不定，不知道该不该给靠散热芯降温的人盖上。

最后，鸟少年把毯子卷成细细的一条，搭在男人小腹上，然后用干净的毛巾细细地擦着海蛇脸上的细汗，在他悬空的后颈处卷了毛巾垫好，倒像是做惯了照顾人的事。

做完这些，鸟少年就透过机甲舱壁上的观景窗，往茫茫宇宙里望去，面上依然是担忧，依然是郁郁寡欢。

机甲在自动驾驶中接近了索多星外的小行星带，二十几个小时飞快地过去了。

无论是引力强大的索多星，还是乱七八糟的小行星带，都属于危险路段。靠近这种地方，机甲自然响起警报，鸟少年被警报声弄得六神无主，只好试着去推海蛇，海蛇半晌才睁开眼，几乎对不准焦，脚一沾地，整个人就软在了地上，身上好像更烫了。

鸟少年吓得尖叫了一声，努力想扶起他，海蛇却站不起来，每一块硬邦邦的骨头都变成了空心酥皮的，手脚却沉重得仿佛灌了铅。鸟少年围着他急得团团转，自己叫出了七嘴八舌的效果，林静恒被他吵得一个头变成两个大，青筋差点跳出来，为了海蛇的形象，他艰难地管住了自己那张嘴，搜肠刮肚出一点虚弱的温柔：“嘘——乖，别叫，准备跃迁，一次就到了。”

然而此时，人机匹配度已经下降到了52%，机甲发出冰冷的警告：“警告，精神网匹配度低于60%，跃迁可能会引起人机分离，请驾驶员谨慎操作——”

鸟少年紧张地说：“啾啾啾啾！”

林静恒：“……”

难怪当年白银要塞有个少爷兵非要养金刚鹦鹉，差点跟左邻右舍的战友闹到军事法庭。

他一咬牙：“匹配跃迁点，准备跃迁。”

机甲回答：“非法坐标，是否确认？”

海盗重甲上的源异人抻长了脖子——索多的小行星带，陆信当年就是从这附近进来的，这地方对凯莱亲王卫队的旧部来说太敏感了。

难道这里还有隐藏的地下航道？

下一刻，随着海蛇一声嘶哑的“确认”，源异人监控定位器上的小光点外围突然散出能量圈，他们进入了跃迁点，随即，定位器疯狂地搜索信号，重新标记，五分钟以后，一个新的坐标落到了源异人的屏幕上。

那是一个从未标记过的跃迁点。

旁边的手下们面面相觑，片刻，一个海盗上前，悄声说：“这看起来像联盟的跃迁点，编号代码叫……‘惊喜’。”

源异人从牙缝里挤出两个字：“陆——信。”

窃听器里，由于跃迁导致的信号故障让里面的声音中断了片刻，很快，鸟少年清晰的尖叫声重新传来，而另一个人的声音却听不见了。听起来像是彩虹病毒完全发作出来，比预期还要快，大概是长期星际漂流的营养不良影响了他的免疫力。

源异人轻轻一挥手：“准备跃迁。”

海蛇完成了最后一次跃迁，整个人失去了意识，无人控制的精神网杂乱无章地浮在机身内，而他们正深处危险的小行星带中间，鸟少年急疯了，用力推他，但无济于事，而同时，机甲突然发出报警声，鸟少年蓦地抬头——不需要精神网，他用肉眼也能看见黑压压的海盗舰队正从跃迁点里源源不断地涌出来！

无人驾驶的机甲很快被海盗远程控制，同时，机舱里的通信屏幕亮了，源异人那张混杂着慈祥和诡异的脸几乎占满了屏幕，毒蛇似的目光从屏幕里射出来，垂涎三尺地盯着昏迷的人，鸟少年站起来，试图用自己的小身板挡住海蛇。

“惊喜，真的很惊喜。原来这就是当年联盟狗入侵第八星系的通道遗址。居然被斯潘塞那只臭虫找到了，幸好这次命运站在了我们这边。”源异人看着鸟少年，“小翠鸟，这次你做得很好。”

鸟少年惊恐地睁大了眼睛。

“你喜欢他吗？没关系，他以后就归你管了，”源异人说，“现在，把你的战利品带回来，我们去往臭虫的老巢里喷点杀虫剂……哟哟哟，年轻人，放轻松，别那么激动。”

海蛇不知什么时候醒了过来，完整地听见了他们两人的对话，一把扣住了鸟少年的脖子。二十几个小时的高热、缺水已经让他濒临脱水，来势汹汹的彩虹病毒更是抽走了他身上最后一点力气，他整个人看起来摇摇欲坠，完全是靠最后一口气撑着。

鸟少年的喉咙里发出可怜巴巴的“叽叽”声，仿佛在试图解释什么，海蛇——林静恒终于有机会喷出他憋了一天的词：“闭嘴。”

“别再负隅顽抗了，”源异人说，“你的机甲在我们手里，你的航道图也在我们手里，你现在又亲手替我们打开了这扇门……怎么样，彩虹病毒的滋味好受吗？”

海蛇整个人晃了一下：“什么？”

源异人笑了一声，下一刻，被海盗入侵了精神网的机甲身不由己地往海盗舰队里滑去。海蛇徒劳地试图夺回精神网的控制权，可是反抗越来越微弱，他连站都快站不稳了。

此时，所有的海盗机甲全部完成跃迁，从跃迁点“惊喜”里走了出来，源异人不再和囊中之物废话，迅速校对了航线图，自信满满地率先往“未知”的地下航道上走去。

小行星带里的安全航道非常窄，海盗的机械战队伸展不开，只能从原来的“众星捧月”队形变成一道狭长的纵队。

这一次，负责捕捞机甲的先遣队断后，之前捕捞过机甲“北京”的中型机甲轻车熟路，朝着海蛇他们再次伸出了捕捞网……执行捕捞任务的海盗没看见，在他们存放废铜烂铁的仓库里，那架几乎报废的小机甲“北京”上，一个“花瓶托”悄无声息地落地，变成人形。

就在这时，异变陡生。

鸟少年觉得卡在脖子上的滚烫的手突然停止了颤抖，那人在他耳边低低地笑了一声。下一刻，刚刚张开捕捞网的中型机甲上，突然有一张极其强大的精神网铺了出来，几乎是顷刻间就覆盖了断后的海盗先锋队。

六架中型战斗机甲同一时间被夺走了精神网，暴虐的反噬让驾驶员几乎没有反应的余地，或站或坐地失去了意识，而机甲上的其他人丝毫没有察觉。

接着，六架中型机甲全部同一时间上了导弹。直到“导弹发射”命令发出，机甲上的海盗们才意识到不对，但已经来不及了。林静恒所在的小机甲撞上了捕捞网，在捕捞他的中型机甲抓住他的一瞬间立刻执行跃迁，与此同时，鸟少年身上的追踪器被湛卢完全屏蔽，他们在源异人眼前凭空消失了！

他跃迁成功后，紧接着，三十发已经发出的导弹同一时间撞向跃迁点“惊喜”，储备着巨大能量的跃迁点被导弹引燃，引发了恐怖的爆炸，整个小行星带都被搅动了起来，局部甚至发生了时空塌陷，收缩成一线的海盗舰队顷刻被横扫了一多半，几十架机甲根本来不及撑起防护罩，已经在爆炸中灰飞烟灭！

（二）

陆必行赶到了机甲“北京”消失的地方。

林在这里逗留过一会儿，似乎是发现了什么异状，但不管他发现了什么，都绝不在内网范围内，否则基地的联络中心也会有反应，他一定是让湛卢利用附近的跃迁点进行了远程扫描。

利用跃迁点进行远程扫描的原理，跟远程通信原理差不多，简单来说，就是让扫描信号通过最近的跃迁点传到其他跃迁点，将扫描范围扩大到整个跃迁网上。陆必行很熟，唯一的问题是，他不确定跃迁点的坐标。

这里是隐秘的地下航道，没有航道图，没有人知道隐秘的非法跃迁点在哪儿，林静恒能在回航时远程扫描，是因为他去时已经把路探得差不多了，而他还没来得及把测绘图传回基地。

陆必行只好用笨办法，以林失踪的位置为中心，在周围地毯式搜索跃迁点：“到底出了什么事，你就不能递条消息吗？讨厌的孤僻鬼。”

林静恒测绘航道，用的是湛卢，可是陆必行手里只有一架可怜巴巴的小机甲，扫描范围大约只有一把伞大，他就像只飞不高的鸡，徒劳无功地乱转，就在陆必行愁出了一身热汗时，机甲突然捕捉到了一道诡异的能量波。

陆必行一激灵——这种能量波动，至少是小行星爆炸，或者……有人引爆了跃迁点。

这是谁？疯了吗？

（三）

林静恒手指轻轻一动，鸟少年就被他捏晕了过去："湛卢，替我'消毒'。"

话音落下，被控制的中型机甲内部，所有逃生舱和逃生门应声关闭，剧毒气体在半分钟之内杀死了整个机甲上所有的碳基生物。

林静恒拎着失去知觉的鸟少年走进横尸遍地的海盗机甲上，湛卢的声音响起："先生，您的情况很不好，持续性脱水……"

"静脉注射葡萄糖和电解水就好，"林静恒把一条胳膊伸进医疗舱，嘴角一翘，"还没完。"

一场屠杀开始了。

"湛卢，"林静恒指了指昏迷的鸟少年，"取出他身上的定位器和窃听器。"

"无法取出。"湛卢扫描过后，回答，"这位先生的心脏是'活体打印'出来的人造器官，器官本身就是那个定位器，本架机甲的医疗设备中并没有备用心脏可供选择，一旦取出，他会在很短时间内死亡。"

"这不叫'无法取出'，"林静恒说，"只是取出来他会死而已。"

"好吧，先生，"湛卢从善如流地换了个说法，"是否杀死他，取出定位器？"

林静恒一顿，跳过了这个问题，答非所问地下命令说："你想办法屏蔽部分信号，让对方接到定位信号时有一定误差，断断续续，我希望他们认为我正在努力屏蔽定位器，只是效果不佳——学得像一点。"

"恕我直言，先生，"湛卢说，"我希望您以后不要对别的人工智能也提出这么无理取闹的要求，他们可能会死机。”

林静恒冷冷地看了他一眼。

湛卢的军姿站得非常笔挺：“只是个建议。”

科技进步了，但人的反应速度不比许多万年前快到哪儿去，重甲机尾遭到重创时，源异人根本没弄清发生了什么事，只借着机甲的精神网回头看见漫天烟花，通信器里短时间内乱作一团——然而，只是短时间。

域外并不是一个热爱和平的地方，“星际海盗”的名字听起来不像科班出身，却足够训练有素。

通信频道里一乱，海盗们立刻默契地安静了一秒，随后极有效率地开始按顺序报数。

“一号机失踪，二到十六号均已坠毁……”“刺啦……”“这里是十七号机代为汇报，本机机身损毁严重，防御系统失灵，武器系统自爆风险高，动力系统失灵。”

“十八到二十四号坠毁，二十五号机代为汇报，跃迁点已被炸毁，重复一遍，跃迁点已被炸毁。失踪一号机在爆炸前穿过了跃迁点，现已逃逸。”

“大人，战队阵亡机甲七十六架，另有五十三架完全丧失战斗能力，剩余六十架机甲均有不同程度损伤，我们折损已过半，请您指示，是否撤离。”

源异人猛地抽了口气，扭头望向空无一物的定位器，继而暴怒：“撤离个屁，竟敢暗算我，我要扒了他的皮！整队！集合！把所有人的精神网连在一起，扩大搜索范围，搜查最近的跃迁点磁场！”

凯莱亲王卫队……或者说反乌会，对星际跃迁的研究，一直是走在联盟前头的，当年袭击仪仗队的时候就露出了端倪，可惜后来那一小撮星际海盗被林静恒收拾了，联盟军委继续高枕无忧，并没有奋起直追。

因此，源异人断然不肯相信，自己手里六十架中型机甲，外加一架重甲，会逮不住对方。

“大人，三个航行日外发现微弱的跃迁场信息。”

源异人从暴怒中冷静下来：“可能是陷阱，远程扫描。”

“没有结果，不能确定对方去向。”

源异人双眉一挑：“试着激发翠鸟身上的定位器，他可能想办法给屏蔽了。”

林静恒劫走的，就是“一号机”，他这会儿正慢条斯理地吞着一块没滋没味的压缩营养餐，看着脚下的鸟少年整个人突然抽动了一下，好像遭到了电击的心脏病病人：“源异人正在试着激发定位器。这个源异人很有意思，不管你给他什么，他都不会信任你，但是如果你稍微退一步，半遮半掩地引他自己来追踪，只要他自认付出了努力，不管得到了一个多么荒谬的结论，他都会深信不疑。这种没有逻辑的自信是谁给他的？”

湛卢有理有据地回答：“著名宇宙歌姬叶芙根妮娅小姐，她的成名曲就叫《相信你自己》。”

机甲里应景地放起了聒噪的音乐。

林静恒：“……”

曾经被热情告白过的将军洗耳恭听片刻，感觉血压都被那吵闹的鼓点打高了，他始终认为叶芙根妮娅小姐的唱腔像头发疯的野驴。

“关上。”林静恒忍无可忍地说，“别让源异人白费功夫，适当给他泄露一点信息。”

于是，一个微弱的、断断续续的信号出现在了源异人的定位器上，旋即，又好似幽灵一样消失了。

源异人狠狠地一磨牙：“损坏的机甲原地待命，集中能源给能打的，我们准备紧急跃迁！对方精神阈值可能很高，所有人保持精神网连在一起的状态，防止他再次入侵。准备导弹发射，跃迁成功立刻动手，不要给他反应的时间，防护罩开到最大！抓住他！”

林静恒把压缩营养餐的包装袋往湛卢手里一塞：“准备对冲导弹，全速后退，迎接一轮狂轰滥炸吧。”

按照常理，深陷不熟悉的小行星带，在突然遭到暗算、己方战斗力损伤过半的情况下，源异人绝不该贸然追击。当然，按照常理，星际海盗已经远离了基地所在航道，损失惨重，林静恒隐蔽自卫队基地坐标的目的已经达到，他也绝不该继续诱敌深入，试图以一己之力将还有六十多架机甲的海盗战队赶尽杀绝。

联盟军委也好，乌兰学院也好，都从未教过这样的打法。

凯莱亲王卫队、林静恒，从某种程度上来说，他们像一类人，傲慢、自信过头，像见到血就会长出獠牙的妖怪，每个细胞都会为硝烟而兴奋战果。三十年前站在对抗星际海盗前线的林静恒，像个深渊下的看守，这个曾经肩章排满星星的正统乌兰学院毕业生，行事风格却更像个剑走偏锋的星际海盗。

下一刻，海盗舰队集体穿过跃迁点，巨大的能量波动尚未完全扩散开，六十架机甲上所有的导弹发射器全开，上百枚导弹同一时间发射，导弹构成了一个球面，飞向四面八方，几乎没有死角。

人类最致命的武器海啸似的在小行星带里掀起巨浪，跃迁点附近平稳运行的星子全部被推开，混乱地彼此相撞，又在一道又一道白光中粉身碎骨。

林静恒把一号机速度提到了最高，连发三枚导弹，在不远处与来袭的导弹相撞，对冲的能量在真空中画出了一道无声的圆弧，高能粒子、碎片、星子的尸体暴风雨似的扫过一号机的机身，一瞬间，机身内的仿重力系统无法平衡，活人和尸体一起被甩了出去。

林静恒一脚踹开一具砸在他身上的海盗尸体，命令一号机停止后退，继而利用这一点罅隙逆流而上，几乎是擦着两枚导弹冲进了海盗机甲群。

星际海盗们的导弹是在紧急跃迁前就设定好的，此时，海盗们还没从紧急跃迁的剧烈不适中回过神来，又被自己导弹爆炸的余波和强光震得睁不开眼，谁也没想到对方竟然这时杀一个回马枪。

湛卢："先生，防护罩破损率正在不断上升，80%……85%……90%……"

林静恒充耳不闻，向海盗群连发三枚导弹，第一枚导弹打碎了一架机甲的防护罩，第二枚直接击中了同一架机甲的武器库，武器库旋即自爆，与此同时，第三枚导弹撞开那自爆机甲的残骸——

源异人所有精神网连在一起的完美防御顿时出现了一个破口，林静恒直接飞进了空缺地带，瞬间夺过前后两架机甲的精神网。

湛卢："先生，防护罩完全失效，重启失败！"

源异人瞬间察觉到异状，重甲的粒子炮口对准了他，几乎不经预热就开了火。

两架被入侵的海盗机甲顿时成了林静恒的盾牌，堵住了粒子炮口，源异人险些炸膛，重甲的防护罩被自己炸坏了好大一块。

众多海盗机甲的精神网连在一起，一时彼此掣肘、行动不便，殃及了池鱼。

源异人吼道："散开！"

林静恒笑了起来："别耍小聪明了。"

原本连在一起的精神网，在散开的时候，人机对接口一瞬间出现了无数破绽，林静恒毫不客气地照单全收，一时间，无数机甲群魔乱舞似的混战起来——简直不知道谁和谁是一伙的。

炮火连天里，是湛卢冷静的提示："先生，您心率过高，体温已经超过 40 度，精神力严重过载，有遭受攻击的风险……"

海盗战队是标准战队，不像臭大姐那个野鸡自卫队——驾驶员一掉线机甲就成无人机——在凯莱亲王卫队中，每一架中型机甲都有三到五个备用驾驶员，一旦精神网权限被夺走，立刻会有两个以上的备用驾驶员同时上线，夺回权限。

一架机甲的反击林静恒或许压得住，但几十架机甲同时反噬，就算是神仙也撑不住。林静恒冲湛卢一招手，一把拎起鸟少年的领子，转身跳上了停靠在一角的机甲"北京"。

"北京"在湛卢潜伏期间，已经悄无声息地充满了电。

林静恒启动"北京"，在海盗们集体发动精神网争夺战的瞬间，他就自行退出了所有精神网。同时，一号机甲底座悄无声息地打开，将机甲"北京"释放出来，空出来的一号机精神网被源异人夺走了权限，源异人眼睛都不眨地直接启动了自爆程序。

还不如导弹大的小机甲"北京"在机甲自爆的掩护下悄然靠近了重甲，贴在了粒子炮口附近——那里的防护罩方才损伤过，正好露出了重甲的备用机甲收发台。

然后，"北京"像个潜行的病毒，悄无声息地把自己注入了源异人的重甲内部。

源异人望着灰飞烟灭的一号机大笑起来，丝毫不顾自己六十几架机甲在方才的战斗中几乎再次折损过半。

成功潜入源异人指挥舰的林静恒则短暂地喘了口气，觉得自己呼吸滚烫得几乎要点着肺，眼前一黑，胡乱在半空中抓了一把，湛卢一把捞起他："先生！"

与此同时，鸟少年在小机甲"北京"上醒了过来。

林静恒：“退烧药……”

“先生，阻断抗体正在清扫彩虹病毒，一些不适是机体的自然反应，您的问题不是高烧，而是精神力过载。”

他的声音忽远忽近，林静恒一时没听清。

“源异人上百架机甲的中型机械战队，目前只剩下二十六架，其中一部分甚至难以支撑一次紧急跃迁，重甲武器库炸毁了一半的防护罩，可以说对方目前已经没有战斗力了。”湛卢说，“您需要休息。”

林静恒只听清了最后一句，然后他说：“不。”

湛卢：“……哦，第一百二十四个。”

“我要杀了他。”林静恒用几不可闻的声音说，“他……他毁掉了陆信留下的‘惊喜’。”

湛卢沉默了片刻：“先生，‘惊喜’跃迁点是您自己炸的。”

“是啊，”林静恒缓过一口气来，推开湛卢自己站稳，“那又怎么样，总得有人为此付出代价。”

他就是这么个为了目的不择手段，事后再把所有牺牲都算到对方头上的浑蛋。

林静恒大概是烧糊涂了，思绪有一瞬间不受控制，漫步到了不着边际之处，突然没头没尾地说：“独眼鹰当年不肯把那孩子交给我……挺明智的。”

“湛卢，如果你的精神网全开，‘北京’上的能量能支撑多久？”

“先生，三分钟左右。”

三分钟……重甲不可能像一号机那样，让他关门放毒，重甲太大，内部结构也太错综复杂，三分钟，启动重甲自爆程序都未必够用。

林静恒沉吟片刻。

已经清醒过来的鸟少年惊惧地看着他的侧脸，悄无声息地靠近了停泊的机甲舱门，趁人不注意，猛地跳起来撞碎了紧急安全阀，一瞬间手动打开了舱门，飞了出去。

湛卢：“先生……”

林静恒面不改色地关好舱门：“没关系，再给源异人一个惊喜。”

（四）

陆必行紧赶慢赶，来到了小行星带外，震惊地看着眼前的死亡沙漠，在机甲近乎咆哮的警告声中，他自言自语地说："他是不是参加过'星际自杀队'之类的神秘组织？"

机甲的智能并不足以欣赏他的幽默，被死亡沙漠吓得嗷嗷叫。

陆必行不由分说地开着个纸飞机似的小机甲，闯进了死亡沙漠。

书上说，索多的小行星带是个稳定的行星带——尽信书不如无书。

陆必行方才险象环生地躲过了一个迎面撞过来的星子，又差点被来源不明的粒子流撞个正着："随意变道是要被拘留的！"

他走钢丝似的避开两颗相撞的星子，灰头土脸地从碎石中呼啸而过："我回去一定要投诉《死亡沙漠生态实录》的作者，为什么没有标明'本故事纯属虚构'？！"

小机甲一多半的能量都用在了防护罩上，陆必行一丝神也不敢走，速度低得仿佛在宇宙中爬行。而尽管这样，这仍是他操作过的最难的电子游戏，要命的是，他还只有一次机会。为了提神，陆必行在机甲里播放了一支最闹腾的电子舞曲，音效非常炫酷，足够烦死十个林静恒。

随着他深入小行星带，他的脸色越来越凝重。

这种地方，为什么会有跃迁点？

炸毁跃迁点这种事，在他认识的人里，除了敢让机甲自由落体的某位前任上将，再没有第二个人敢这么干了，可如果真的是林，机甲"北京"根本没有那个规模的武器库存量，他用什么炸的？脑电波吗？

乱窜的能量波动越来越密集，陆必行意识到自己已经接近被炸毁的跃迁点了。

他非常小心地绕过一颗直径上百公里的大星子，用防护罩硬扛住了暴风雨似的星子碎屑："这里到底发生了什……"

大星子顺着轨道呼啸而去，他的视野豁然开朗。

陆必行心口重重地一跳。

那是一片惨烈的坟场，数不清的机甲残骸飘荡在真空中，时而被狂风似的星子卷过，尘埃一般四起，再自行摸索出新的旋转轨道，在索多的引力影响下，缓慢而死气沉沉地漫步着。通过精神网，陆必行甚至能看见一两具完整的人类尸体飘浮在真空中，像是凝固的蜡像——源异人下令紧急跃迁的时候，要求无战斗力的机甲卸下剩余能源，让给有效战斗力，这道命令并不是让不参与跃迁的人原地待命、等待战友凯旋，而是无情地抛弃了他们。要知道机甲维系防护罩、变换轨道、躲闪不明飞行物、发射武器等等，全部需要很强的动力，也就是能量。没电的机甲只是脆弱的太空飘浮物。跃迁点被炸毁，剧烈的能量波动让小行星带动荡不安，而这里，可是死亡沙漠。

一个毫无防御和躲闪能力的"太空飘浮物"，被遗弃在死亡沙漠中，等于死路一条。

运气好的，很快就和机甲一起粉碎在星子撞击下，一了百了，运气不好的，则会眼睁睁地看着同伴们一个一个地被死亡沙漠吞噬，而自己被困在一个不能躲也不能动的机甲里，惶惶然地等待着自己的命运。

就像是被活埋。

受不了这种恐惧的人往往会崩溃，最后的结果就是自己跳出机舱寻一个痛快，也就是陆必行邂逅的那几具全尸。

陆必行抵达的时候，这地方已经没有活物了。他脑子里"嗡"一声，好像有一根绷紧的弦骤然断了，一路上自己跟自己聊了几百万字，喉咙突然失声，好半晌，他才艰难地吐出几个字："扫……替我扫描……"

机甲上的扫描任务发送一半，后面跟着一串闪烁的省略号，等待着他的下文。

"扫描……机甲'北京'的通信端口……或者残骸……"

机甲并没有智能核，尽管精神网与主人相连，除了冰冷的人机匹配度，并不能感觉到任何剧烈起伏的情绪，一丝不苟地执行了扫描任务。陆必行机械地坐在原地，有东西朝他撞过来，他就下意识地躲开，心里一个完整的念头都没有，心跳好像被什么东西拖得极缓。

不知过了多久，机甲突然"嘀"一声轻响，陆必行激灵一下。

"无法匹配。"

陆必行一口卡在喉咙里的气呼出来，方才几乎要暂停的心跳脱缰野马似的狂飙，几乎要破胸而出，冷汗顺着他的后脊流了下去，非常痒——无法匹配的意思是，机甲"北京"……林，不管是死是活，至少不在这片坟场中。

陆必行闭上眼睛，迅速定了定神，着手分析“坟场”里的残骸。

通过标志判断，这些残骸应该是来自凯莱亲王卫队，而依照机甲残骸的数量来看，至少有上百架甚至更多中型以上的战斗机甲曾聚集在这里，这是一支荷枪实弹的海盗战队。战队中，一部分机甲机身破碎，只剩残骸，死于极强的能量冲击，应该是被爆炸的跃迁点波及，而剩余一部分损坏的机甲则相对完整，多数毁于物理撞击，它们的共同点是……

全部卸载了能源系统。

所有信息凑在一起，已经足够陆必行拼凑出一个大概的前因后果——林静恒为什么突然跃迁离开地下航道，为什么跑到这里，又是用了谁的导弹引爆的跃迁点。

陆必行一拳砸在机甲舱门上，简直想说脏话，可惜实在不太会说，只好紧紧地咬住牙关。

一群海盗追捕一个人，用导弹能埋了他，不需要太多的能量，所以拆卸能源，必定有别的用途，什么事需要这么多能量?

陆必行能想到的，只有紧急跃迁。

也就是说，林静恒用某种方法引爆了跃迁点，而在此之前，他惊险地完成了一次跃迁，躲开了跃迁点爆炸的波及，之后，幸存的星际海盗必然是定位到了他的跃迁点，追踪过去了。这附近没有记录在案的跃迁点坐标，林静恒选择的跃迁点很可能是他自己发现的，而海盗们之所以能追过去，代表那个跃迁点距离很近，至少可以被扫描到。

陆必行抿了一下干涩的嘴唇：“扫描附近跃迁点。”

机甲沉默片刻，依旧回答：“无法匹配。”

陆必行：“该死！”

他忘了，林用的是湛卢的精神网，覆盖面积比小机甲大太多……追捕他的海盗很可能也有重甲!

陆必行全身的血仿佛都在逆行，手指冰冷得几乎都不灵活了。

周六那句“有些事是不能等的”不合时宜地回响在他耳边，剧烈抖动的心脏抢占了肺部空间，他连呼吸都困难了起来。一个念头突然升起，顷刻打碎了他所有的逻辑进程。

他想：“来不及了怎么办？”

那么在基地，他往自己身上植入非法芯片时，林脸色煞白，差点动手打他的那一次，恐怕就是最后一次见面了。

陆必行的同理心非常强，遇到一些事，他经常会自然而然地设身处地，转到别人的视角。然而此时，他却不敢沿着这个思路去细想林静恒的心情和处境。

那个人所有的感情都不曾宣之于口，沉默、克制、内敛，只有气急败坏的时候才流露出一点端倪，没来得及消化，他就独自一人离开了基地。途中察觉到危险，他悄无声息地一力担下，独自面对一支穷凶极恶的海盗战队，把他们引入死亡沙漠。

基地正在因为度过了高能粒子流的洗礼而彻夜狂欢，而他一个人在这里，甚至连一点内网的信号也接收不到……

这些念头像循环往复的病毒，反复在他意识里游荡，人机匹配度剧烈变化，机甲向他发出了警报。

感情丰富的陆校长光凭想象，心都快疼碎了，然而他脑子里那出“新星历四大悲剧”之一的男主角本人，此时却正准备磨牙吮血。

（五）

源异人正准备回航。

成功引爆一号机，短暂的兴奋过后，源异人身边的气压重新低了下去——这一趟着实损失惨重，非但连一点地下航道的端倪都没摸到，他手上整整一个机甲战队还尽数折损，对方竟然只有一个人，他甚至没来得及弄清那人的身份。

这回去怎么跟凯莱亲王交代？

凯莱亲王阿瑞斯·冯偏激多疑、喜怒无常，变态如源异人，想起他的怒火也会起一身鸡皮疙瘩。但凡手里筹码稍微多一点，源异人简直都想自立门户。他焦躁地站了起来，困兽似的在原地来回踱步。

就在他阴晴不定地思前想后时，突然，重甲上的秘密通道被人触动了。人在重甲上，即便连着重甲的精神网，意识也很难覆盖到所有的地方，就像一个人无法时刻关注自己的每一根汗毛在往哪边倒一样。

源异人吃了一惊，眯起眼调动起精神网，集中精力往他的秘密通道看去，随后，他后脊骤然一僵，赫然看见那本应跟一号机一起灰飞烟灭的小翠鸟正冲向他的秘密实验室！

一股难以形容的战栗顺着源异人的后背爬了上去，那一瞬间，他几乎感觉到了恐惧。

小翠鸟是不可能从一号机上直接飞过来的，除非他是幽灵。源异人用力揉了揉眼，通过精神网，他亲眼看见那小畜生全须全尾地穿过狭长的走廊，往更黑暗的地方跑去。再一抬头，定位器毫无反应！

这是个圈套！

一号机爆炸……不，甚至引他们跃迁至此，都是个圈套！

源异人一把拍下机甲内部一级警戒命令，不祥的尖鸣在重甲内回响：“检查备用机甲收发站，快！”

“大人，收发站附近受损，无法检测。”

源异人暴怒：“受损为什么不早来报？！混账，混账！让人混进来了都不知道，都给我集合起来，搜！人工搜！”

重甲上的海盗们迅速集结完毕，兵分三路下了机甲收发室。

人是不敢直面机甲的，担心有敌人潜藏在机甲里，他们全副武装，开着装甲车来到了寂静无人的备用机甲收发站。收发站里，轨道两侧，巨大的凶器分开列阵，居高临下地凝视着他们。

海盗们谨慎地搜索着机甲群里的异类……突然，警报声响起，为首的海盗狠狠地一颤：“小心，退后！”

可是已经来不及了。

一个非常隐蔽的角落里，一架毫不显眼的小机甲冲着海盗群举起了导弹发射器——它上面还有最后一枚导弹。机甲上装的导弹是星际级别的武器，落到地上能炸毁一个城市，与之相比，所有的装甲都是渣。

海盗们吓疯了：“退！快退！”

“离开这里！”

“不行！收发室的门关上了！”

“他拿我们当诱饵，源异人我 × 你全家——”

“救命！”

源异人并未露面，而是通过机甲精神网全程监控，比他派出去的倒霉手下更先一步察觉到了机甲“北京”所在，眼见“北京”举起了导弹发射器，确认那个人在小机甲上，源异人才不管诱饵的死活，利索地关闭了通往机甲收发室的所有通道，上锁后，将备用机甲收发室整体从重甲上卸载了。

下一刻，机甲“北京”上的导弹发射，整个机甲收发室都被打穿了，上面所有的人无一幸免于难，而与此同时，收发室从重甲上彻底脱离，重甲回头给了它两枚导弹，无数停靠在其间的机甲灰飞烟灭，被炸成了一朵灿烂的烟花。

源异人双目充血：“见鬼去吧！”

解决了心腹大患，源异人带着血色的目光转向那吃里爬外的小翠鸟，小翠鸟已经闯进了秘密实验室，焦急地拍打着每一个营养舱，他还不知道方才发生了什么事，只知道那个可怕的灰眼睛男人想毁掉这架机甲。

营养舱里大部分都是半人半兽的怪物，它们大多已经没有了起码的人性，一脸心如死灰，麻木地靠着营养舱苟延残喘，小翠鸟一路拍打过去，停在了角落里，那是一个最大、最干净的营养舱，里面有一个女孩，金发碧眼，漂亮得像古画上的天使，她的身体保存完整，浑身赤裸，后背上嫁接着一双巨大的翅膀，生着雪白的羽毛。即使强行长了翅膀，人类的骨骼也并不适合飞行，制作她的人只是出于扭曲的审美，沉重的双翅压得女孩脊柱变形，根本连站都不能久站，只勉强靠在营养舱一角，用翅膀遮体，露出纤细四肢上被蹂躏过的痕迹，然而透过透明的玻璃门，她还是冲着鸟少年挤出了一个小小的微笑。

鸟少年焦急地“叽喳”乱叫了一会儿，爬上营养舱，用蛮力砸开了门锁，想要把女孩拖出来。然而他虽然没有羽毛，却长了鸟骨，只有不到正常人一半的重量，那女孩却是标准的人体，还要加一双重量快赶上她本人的翅膀，直接把鸟少年压趴下了！

女孩声音很微弱，却还能说人话：“出了什么事？”

鸟少年：“啾！”

“我听不懂，”女孩伸手去推他，“有危险吗？有危险你快逃，不要管我，你背不动我的！”

鸟少年浑身的骨头都在颤抖，脸涨成了紫红色，筋骨和经脉仿佛要刺破皮肤，他大喊一声，竟然摇摇欲坠地背着女孩站了起来，一步一挪地往外走去，走出不过十几米，又踉跄着倒下，然后重新艰难地爬起来。

女孩冲着他的耳朵说："你会被他们抓住的！"

可是鸟少年全身的血管都快要爆开，耳朵里充斥着动脉剧烈震颤的声音，几乎没听清她的话。

就在他快要接近出口的时候，实验室里突然亮起红灯，所有的门全部上锁。鸟少年失色，跪在地上，爬着往回转，想去找他曾经带林静恒走过的秘密通道。

这时，冰冷的脚步声突然传来，鸟少年好似被冻住了一样，僵在了原地。

营养舱闪烁的荧光中，源异人脸色阴沉不定地走了过来，硬底的军靴踩在地上，发出"嗒嗒"的声音，他手里提着一把激光枪。

"非常感人，"源异人轻轻地用脚尖托起鸟少年的下巴，"粗糙的实验室里也有长出温情的土壤，还有什么比这更像诗歌的吗？"

鸟少年和长着翅膀的女孩面如死灰。

源异人看着鸟少年，摇摇头："他们把你献给我，告诉我你是当年'女娲计划'里硕果仅存的杰作，那一批样本都被人毁了，技术失传至今，所以你很珍贵……我也一直拿你当宝，我甚至允许你在机甲上走动。"

"可是每一次考验来临，你都让我失望，你可真是养不熟啊。"他用枪口磕了磕鸟少年的额头，随后一把抓起了女孩的脖子，"再名贵的宠物也不能咬主人，懂吗？"

源异人的手指陡然收紧，女孩拼命挣扎起来，鸟少年被源异人一脚踩在地上，乌龟似的滑动着四肢，绝望地看着女孩的挣扎越来越微弱，嘴里发出啼血似的尖叫。

源异人低低地笑了起来，张开血盆大口，还没来得及放出厥词，他整个人突然一僵，一道激光干脆利索地打穿了他的大脑。骤然摔在地上的女孩剧烈地咳嗽起来，鸟少年难以置信地抬头望去，只见一道被撬开的暗门外，林静恒漠然地收起激光枪。

"不知道什么叫机甲远程驾驶，傻 ×。"林静恒看也不看他们一眼，拎起源异人的尸体，十分不尊重地上下搜了一遍，从他胸口处挖出了这架重甲的机甲核，"接管精神网。"

在整架重甲的海盗们无知无觉中，重甲的驾驶员换了人，林静恒随即下了第一个命令，跟在重甲身边的小机甲还没来得及检修完自己的损伤，尖锐的警报声突然一起响了起来，所有人都没反应过来发生了什么，已经被重甲上发射的导弹群扫了出去，海盗们恐怕至死也想不通，为什么一切尘埃落定之后，会被自己的顶头上司痛下杀手。

干净了……终于。

至此，凯莱亲王手下第一大将，源异人的机甲战队全军覆没，连个渣也没剩，重甲的精神网给强弩之末的林静恒带来了极大的负担，他实在是走不动了，干脆在实验室门口席地而坐，整个人身体一松懈，意识立刻开始模糊。

就在这时，湛卢突然发出警报："先生，检测到……"

林静恒耳鸣太严重，实在没听清他后边那句说了什么。

一个隐藏在重甲精神网里的病毒程序突然被激活，那是源异人最后的幽灵。

源异人尸体的脑干部位植入的芯片被激活了。地上的尸体突然直挺挺地站了起来，头上还顶着贯穿的枪伤，整个人像一具僵尸，没有思想，没有意识，只会不分青红皂白地杀戮，端起激光枪四下狂喷。

长着翅膀的女孩首当其冲，她仿佛开出了一朵炸开的血花，横飞了出去。鸟少年发出一声撕心裂肺的惨叫。

与此同时，重甲启动了自爆程序！

湛卢立刻化身防护罩，挡在了林静恒面前，林静恒抽动了一下，勉强爬起来，冲那鸟少年伸出一只手。

鸟少年却只是看了他一眼，猛地扑了上去，与林静恒伸出的手擦身而过，他扑到了源异人枪口上，用心脏抵住了激光枪枪口，活体打印的心脏炸开，在整个实验室里掀起一层腥风。

小范围的爆炸终于让源异人那凶器一样的尸体分崩离析，半枚芯片飞了出去。

而鸟少年残破的头颅落在林静恒脚下，眼睛仍睁着，仿佛在看着他，又仿佛在看向遥远的星空。

林上将……

那双眼睛像是在说——

你很强，但生命是有尊严的。

"先生，机甲自爆程序启动，我的防护罩撑不了几分钟！"

林静恒的手悬在半空，却仿佛仍然没有回过神来。

湛卢的防护罩越来越微弱，人工智能当机立断，用最后的能量化成了一个生态舱——和当年陆必行捡到的那个如出一辙，不由分说地将林静恒整个人包裹了进去。

（六）

陆必行被机甲的警报声惊动，猛地一抬头。

对了，精神网！

他像个饥不择食的秃鹫，逡巡过整个机甲坟场，所有尚有微弱人机反应的机甲端口全被他接了进来，“缝缝补补”，勉强将小机甲上的精神网覆盖范围放大了十几倍。

他心急如焚，在一次又一次“无法匹配”的结果中仍不肯放弃，变换着角度反复搜索操作。

第九十六次操作时，借着断断续续的信号，陆必行终于找到了一丝端倪。

他立刻启动了紧急跃迁！

然而刚刚完成跃迁，迎接他的却是一场惊天动地的自爆，陆必行将机甲速度拉到了极致，防护罩发出尖鸣，他低骂了一句，正要撤离。

就在这时，一个眼熟的生态舱进入了视野。

陆必行瞳孔骤缩，想也不想，逆着硝烟冲了上去，强行捕捞。

生态舱只有一人来长，是个小东西，陆必行开的小机甲档次也不高，在自爆的重甲、凶险的行星带与飞掠而过的机甲残骸中，这两个“小东西”在夹缝里的捕捞行动，就分外惊心动魄了——像是滔天的森林大火中，一只短腿的松鼠奋力起跳，去抓树上掉下来的松果。

高速飞出去的生态舱一下把小机甲拽得失了控，接触的瞬间，捕捞网就撕裂了，而这样的高速下，固体的捕捞手完全不能用。陆必行不敢硬拉，只好立刻加速，同时，他在机甲的不断震颤中，灵巧地偏转了一个角度，释放了第二个捕捞网，还没来得及固定稳，机甲一角就撞上了一块残骸。

陆必行“嘡”了一声，来不及去查看机身损坏情况，手速飞快地利用机甲自己的广播，在短距离内构建了一个简单的内网，试着联络生态舱：

"林，听得见吗？你要么减肥要么减速，赶紧的！我快抓不住你了！"

林静恒没有回答，但下一秒，陆必行却听见了湛卢的声音。

湛卢彬彬有礼地说："陆校长晚上好，见到您很高兴。"

"一点也不好！胆都让你和你家主人给吓破了！"

"同意您的看法，今天真是糟透了。"湛卢在绵延不断的爆炸与火光中，保持着均匀的语速，"这个生态舱是我利用变形功能仿造的，并不是真正的生态舱，无法提供持续不断的营养和治疗。"

陆必行："没问题，我这儿都有……"

就听见湛卢接着说："而我作为没有机身的机甲核，在宇宙环境中，为主人提供等同于机甲防护罩的保护，所携带的电量只能持续三分钟。现在进入最后一分钟倒数计时——59、58……"

陆必行一口气差点把肺噎炸了："湛——卢！"

一克要花六百万，还是第一星系币，就造出了这种坑货！这腐朽的联盟军委啊，到底养活了多少贪腐成风的蛀虫！

陆必行把机甲的加速度推到了极致，防御系统冲着他的耳朵死命尖叫——因为在这个速度下，哪怕撞上一个小石子，也会轻易洞穿机甲的防护罩，让他机毁人亡。自杀式的加速下，陆必行用了三十秒就追上了生态舱，继而他突然转向，在机甲与生态舱错身而过的瞬间，陆必行扭转了机甲内仿重力器的方向。

一瞬间，机舱内所有非固定物品——包括驾驶员本人，一起被突如其来的重力变化甩了出去。

同时，向外扩张的引力场好像一个吸尘器，将生态舱吸了过来。

湛卢的倒计时还剩下二十五秒。

陆必行迅速打开接收装置，捕捞网摩擦在舱门上的声音让人牙酸。

而同时，被这小小的引力场吸过来的，除了生态舱，还有狂蜂浪蝶一般的小星子群和机甲残骸。一个"不怀好意"的机甲舱门突然穿到捕捞网中间，猛地将捕捞网缠住了，在生态舱之前撞向接收门。

陆必行被迫给了它一记粒子炮，然而生态舱却也被弹开了。

倒计时还剩十五秒。

陆必行泡在自己的冷汗里，猛地将引力场推回原位，自己顺着舱门滑落在地，尾巴骨差点摔劈了，同时，机甲灵巧地偏离了原来的轨道，一个惊险的加速，从一堆撞过来的星子中擦过，抛出了最后一张备用捕捞网，终于，精确地缠住了生态舱。

还有十秒。

陆必行猛地把动力器推到紧急制动方向，机甲像神经病一样来了个急刹，生态舱则惯性地滚进了敞开的接收门。

接收门随即关闭，迅速启动气压调节机制——气压调节到人类能生存的环境，所需时间正好是十秒！

十秒，小机甲身披朝霞似的飞出了重甲自爆范围。

陆必行跳起来，连滚带爬地冲向接收室。

接收门一声轻响，气压调节完毕，从里面打开了，开门的瞬间，湛卢仿生态舱的防护罩就分崩离析，这回，湛卢连打招呼的电都耗净了，无声无息地变回机械手，死气沉沉地垂在一边。

陆必行扶着门框看清了他捞回来的人，膝盖一软，差点跪下，踉跄了半步方才站稳，他哆哆嗦嗦地伸出手，按在林静恒的颈动脉上，而林静恒的头顺着他的手指无力地垂在一边。

“给我点反应，”陆必行的声音变了调，“林，求你给我点反应！”

足有十来秒，陆必行才稳定住哆嗦的手，摸到了对方动脉一点微弱的震颤……人活着。

陆必行快要爆炸的大脑解除警报，大喘出一口气，发现冷汗把鬓角都浸湿了。机甲上的医疗舱连滚带爬地被他召唤来，陆必行抱起林静恒，把他塞了进去，那人的重量轻得超出了他的想象，嶙峋的骨骼抵着他的手，他觉得自己像徒手抓起了一把烧得滚烫的木炭。

医疗舱尽忠职守地扫过伤者全身，立刻给出了报告。条条款款简直让人目不暇接，活像宇宙歌姬演唱会时的开麦弹幕。其中，“彩虹病毒”“重度脱水”“精神力严重过载”“贯穿枪伤”等字眼更是触目惊心，远远超出了非医护人员能处理的范围，陆必行手足无措，只好全权交给医疗舱的自动程序。

方才生死时速都没怎么受损的小机甲，在逃出重甲自爆范围后，反而因为驾驶员分神，连撞了好几个行星带里的小星子，把本来就不怎么结实的防护罩撞得四面漏风，机舱内连连地震。

陆必行一边追到了无菌医疗室，一边勉强分出精力来，拖着遍体鳞伤的小机甲，在死亡沙漠里兜圈子。无菌医疗室的门在他面前自动合上，把他关在了外面，只有一扇巴掌大的小窗供他张望，不过片刻，就被他呼出的蒸汽模糊了。

陆必行低下头，额头抵在玻璃窗上。

此时，他才发现，自己大脑里一片空白，好像剧烈燃烧后充满了拥挤的蒸汽，理智几乎被吞噬干净了。

而联盟第一机甲核湛卢蜷缩着机械手指，垂着头，既没有美感，也看不出有多厉害，像基地那帮小叫花子举着到处跑的劣质玩具，上面还沾着斑斑血迹。

陆必行瞥了湛卢一眼，心想："我不来，你怎么办呢？"

湛卢只能保护你三分钟，三分钟以后，你会带着遍体鳞伤，彻底暴露在太空环境之下，也许会立刻死于宇宙射线，也许会在十几秒后陷入窒息，暴露在太空环境中的人，毛细血管与一部分细胞会破裂，而自爆的重甲辐射会蒸干你身上的水分，你会永远沉睡在死亡沙漠、无数彗星坟场中间，成为一颗绝望的星子。

而彗星仍会复活，你呢？

你不是说白银九就在域外吗？你不是把每一步都计划得周周详详，准备用臭大姐那个垃圾基地当诱饵，把凯莱亲王一网打尽吗？你不是应该重新召唤白银十卫，像救世主一样，降临于水深火热中的联盟，踩着无数的硝烟和骨血，再成就一段枭雄的传奇吗？

林静恒没有意识，软绵绵地任凭医疗器械来回摆弄，陆必行忍不住抹了抹玻璃，确认着什么似的，他眼睛一眨不眨地盯着医疗舱屏幕上的生命体征，喃喃说："你不吹牛能死吗？"

第七章　无欢故无惧

"我一辈子都没经历过这样的噩梦，你不觉得你有时候会让担心你的人饱受折磨吗？"

（一）

林静恒全身都在疼——被芯片控制的源异人一枪打穿了他的下腹，而湛卢仓促之下化身的生态舱并没有真正生态舱的减震和平衡功能，弹出重甲的瞬间，他就失去了意识。

可是高烧与持续紧绷的心弦却又不让他彻底休息，在昏迷中，幻觉和乱梦连番地上。他仿佛回到少年时，回到了陆信家。

林静恒其实没怎么在陆家常住过——小时候，他跟在陆信身边，在部队里混大，十四岁以后则去了乌兰学院，又是常年住校，只有寒暑假会到陆信将军家里小住几天，礼貌性地和陆夫人打个招呼。

陆家非常大，陆信将军的副官、秘书，乃至整个工作团队都会时常来往，也都有各自的固定房间，陆夫人偶尔还会带学生回来，一来就来一帮，跟非法春游组织似的，这些闲杂人等出来进去，对喜静到恨不能自己是聋子的少年林静恒来说，环境有一点过于嘈杂。

可是……那些过去让他烦躁的东西，都成了现在的求而不得。

林静恒隐约知道自己只是在做梦，然而梦里的陆家真实得如鲠在喉，他低头看着自己的手——干净、修长，皮肤光滑细嫩，是少年人的手，还未曾搅动过冰冷的风霜。

不远处又传来喧闹的人声，他习惯性地皱起眉，转身躲进背阴的树下不见人。这时，树上有人向他扔了一颗松果，林静恒头也不抬地抬手接住："做什么？"

陆信将军挽着袖子，正带领着一帮园艺机器人修整树梢，园艺机器人都有正儿八经的程序设定，电脑里装着整个花园的规划图，本可以一丝不苟地确保每一根枝叶都在完美的位置，陆信那个二把刀却偏要跑来指手画脚，画蛇添足。

"顶上的树枝不修……别跟我扯标准高度，我就是标准。"陆信喷完机器人，一条胳膊吊在粗树枝上，他转过头，做了个单臂的引体向上，把自己吊了上去，下巴搭在粗粝的树干上，笑眯眯地问他，"你喜欢小孩吗？"

林静恒面无表情地回答："不。"

"哎，怎么这么独？"陆信说，"我跟你说，一个家，要是想有家样，必须养点什么，小孩、小动物，养几个在家里跑来跑去，热热闹闹地陪你玩不好吗？"

十五岁的林静恒认为整个世界都是噪声污染源，并不想玩小孩，皮笑肉不笑地一挑嘴角，从兜里摸出一对抗噪耳机，手动屏蔽了陆信，坐在树下看自己的《太空经典战例分析》。

下一刻，他的耳机被人一把拉了出来，陆信大猩猩似的跳到地上，一把揽过少年尚未展开的单薄肩膀，贼眉鼠眼地压低了声音："你师母以前也不想要小孩，我都不敢提这事，幸亏有你啊！"

林静恒不咸不淡地说："荣幸之至，我给你解闷了。"

"幸亏你这王八蛋脾气。"陆信美滋滋地拍了拍他的后背，"你刚来的时候，安安静静、漂漂亮亮的一个小东西，你师母一看见就很喜欢，谁知道你是个养不熟的小狼崽子，这么多年，跟她一直也不亲……"

陆夫人是个温和且内敛的人，待人接物虽然周到，但并不热情，她和林静恒两个不热情的人碰到一起，当然不可能有什么火花，因此，少年总觉得自己是陆信自作主张带回家的麻烦，怕碍人眼，所以尽量不去她跟前晃。此时突然听了这话，少年结结实实地吃了一惊，愣了好一会儿，他愕然地想：“她原来不讨厌我吗？”

这微弱的念头几乎让他坐立不安起来，他像个受到了过分关注的小兽，战战兢兢地奓了毛。

心比第一星系还大的陆信却丝毫没有察觉到，兴奋起来，顺手揉乱了林静恒的头发：“……昨天我跟她说，这个崽子养不熟，不如干脆自己生一个，从小带，你猜怎么着？她居然没说什么！没说什么就是默认啊，宝贝，你就要有小弟弟小妹妹了。”

林静恒用胳膊肘戳了他一下，把自己饱受摧残的头发从兴奋过度的大猩猩手里解救了出来。

“哟，吃醋了？”陆信冲他笑出一口白牙，“放心，有了小的，老爸也最疼你。”

林静恒板着脸站起来：“走开。”

“吃醋可就太不爷们儿了！”陆信冲着他发红的耳根喊，“我跟你说，有个小鬼叫你大哥哥很爽的，脚前脚后，跟屁虫一样，你随便瞎掰句什么，他都偷偷拿回去奉为圭臬，怎么骗都信……就跟你小时候一样！哈哈哈……”

“别烦我！”

那笑声渐渐被他甩在身后，弥漫开，变得浅淡。它穿透时光，穿透记忆，让几十年后的林静恒蓦然回首，鲜花灿烂的陆家已经消失在遥远的星辰深处，在他的意识底下分崩离析。他一身的风尘，一身的疲惫，那双会揽住他肩膀没轻没重拍打的手，却早已经消失于苍茫的尘世间。

大脑针扎似的疼了起来，随即是难以描述的眩晕，林静恒无意识地挣动，碰到旁边似乎有什么硬质的东西，便狠狠地将头撞了上去，试图缓解精神力过载的后遗症。然而预想中的疼痛却没有，他撞到了一只温热的手，那人用掌心垫了一下，随即小心翼翼地拨开他被冷汗浸湿的头发，固定住他的头：“嘘……忍一忍，安心睡一觉就好，我在，我在……给他一针镇静剂。”

林静恒张了张嘴，想说他对镇静、安眠之类的药物都有耐药性，不管用，但注射器已经扎了下去。

他吃力地把眼睛睁开一条缝，看见一个熟悉的影子，有点像陆必行。

林静恒迷迷糊糊地想：“这梦怎么还是连续的？刚梦见了父亲，又梦见儿子。”

那人温暖的手一直游走在他头顶和太阳穴附近，不轻不重地按着他的穴位，模糊不清的话在他耳边响起，林静恒一个字也没听清。

他的眼皮越来越沉，终于无声地合上了。

陆必行半跪在医疗舱旁边，牢牢地固定住他，直到感觉到他呼吸均匀了，才松了口气，累出一身汗，林静恒的体温总算降下来了。他身上的血迹已经清理干净，营养液正源源不断地打进静脉，陆必行抹掉他额角的冷汗，盯着他看了一会儿，片刻后回过神来，又有些不自在地移开目光，自言自语：“你到底怎么把自己折腾成这样的？”

林静恒当然不会回答。

陆必行于是又鬼鬼祟祟地转过头，伸出一根手指在他太阳穴上戳了一下：“喂。”

林静恒的头轻轻一偏，侧脸越发消瘦，两颊不见血色，苍白的嘴唇上还有细小的裂口，眉心似乎微微拧着，竟有一点罕见的脆弱感。

陆必行的心重重地跳了几下，已经险险离开小行星带的机甲原地蹿了个“S”形，他毛手毛脚地把林静恒的脸拨回来，小手指不小心碰到了林静恒的唇角，顿时像只踩了电门的猫，慌乱之下恨不能原地起跳，撤退十万八千里，他眼珠乱转片刻，对昏迷不醒的人欲盖弥彰地解释说：“我我……我可没占你便宜，我不是故意的。”

医疗舱上面的小屏幕监测着病人的脑电波，显示病人正处于深度昏迷状态，嘲讽地映照着青年科学家陆先生的个人表演。

青年科学家陆先生同手同脚地在旁边转了几圈，无法用个人经验缓解上蹿下跳的心，他茫然且困惑，只好科学严谨地诉诸理论——这个天才转头对空余的医疗舱说：“扫描一下我现在的激素水平。”

医疗舱伸出细长的探针，毫不留情地戳破了他充满荷尔蒙的血管，苯乙胺浓度高于正常值的结论第一个跳出来，仪器铁面无私地询问：“是否服用过相关药物？”

陆必行僵直地站在原地：“……不，我没嗑药。”

随即，多巴胺、催产素、去甲肾上腺素……一个接一个的数值跳出来，科学告诉他，他的内分泌系统揭竿而起，正在因为机甲里的另一位先生释放着大量的荷尔蒙。

陆必行一抬手盖住了眼睛。

三十多年来从未有过的陌生感觉被仪器识别，顿时好似身份过了明路，理直气壮起来，越发来势汹汹，险些把他淹没在其中，陆必行几乎不敢再看林静恒，从医疗室里夺门而出。

（二）

林静恒是在十二个小时之后醒过来的，轻轻一动，他就发现自己和湛卢的精神网已经断开，自己正躺在一个医疗舱里，身上的大小伤口已经处理完毕，裸露的皮肤上没有什么黏腻的感觉，还有人在他身上搭了一条薄毯。

他记得自己是从自爆的重甲上弹出来的——那种情况下，谁能把他捞起来？

漏网的海盗吗？

林静恒活动了一下手脚，直接拔了营养针，不动声色地感受了一下这小机甲的精神网，驾驶员的精神状态似乎不太稳定，精神力忽强忽弱，抢夺控制权很容易，但……也许是陷阱。林静恒没有贸然行动，随手抓起旁边叠放整齐的衣服，上上下下地检查了个遍，确定衣服上没“加料”，这才捡起来披在身上，谨慎地推开医疗室紧闭的门。

然后他看见了那位精神状态不太稳定的驾驶员。

小机甲只有那么大一点，精神网覆盖下，哪个角落发出一点动静，陆必行都感觉得到，林静恒醒来的一瞬间他就知道了，短短几分钟，他手心已经出了一层冷汗，还欲盖弥彰地装作十分“惊喜”，故作轻松地打招呼：“可算醒了，感觉怎么样？湛卢没电了，这架机甲上的备用能源不够他用，恐怕得回基地才能解除休眠了。”

林静恒先是蒙，怀疑自己是睡过头产生了什么幻觉，喃喃地问了句：“你怎么会在这儿？”

“‘北京’突然从定位器上失踪，我出来找你，正赶上你炸跃迁点。”陆必行说到这里，脸色一板，“林，我觉得我必须跟你谈谈，你怎么能……”

林静恒打断他，一根筋开始隐隐在额角跳动：“你说你扫描到了跃迁点爆炸的能量波动，然后还找过来了？”

陆必行："我看见……"

林静恒一把火气烧到了头盖骨："你进了死亡沙漠，还至少在死亡沙漠里跃迁过一次？！"

陆必行："……"

"谁让你来的？"林静恒虽然强压着音量，怒火却已经溢于言表，"你不在基地训狗，没事定位我干什么？"

这个问题颇为一针见血，陆必行一时间无言以对。

"你没听说过什么叫死亡沙漠吗？你知道在死亡沙漠里紧急跃迁是什么行为吗？你看见那么多残骸，猜不出前面可能会有星盗？你就开着这么一个……"林静恒重重地伸手一拍机甲舱壁，无端被嫌弃的小机甲发出打嗝似的响动，显得十分委屈，林静恒又想起这货往自己身上塞芯片的事，一时间，"新仇旧恨"，气得心率都快不齐了，"你简直不知死活！"

陆必行还没张嘴，台词已经被这位恶人先告状的先生抢得差不多了，只好沉默着点点头，用没什么事干的舌头舔了舔牙尖。

林静恒有心想揍他一顿，然而陆必行老大不小的一个人，已经过了挨揍的年纪，只好强行按捺。一个月不到，林将军活活憋回了两顿臭揍，个中滋味快赶上古代传说里的"内力反噬"了。他冷冷地说："精神网给我，闪开！"

陆必行温文尔雅地冲他一笑，终于找到机会开了口："不，有本事你来硬抢。"

说完，医疗室门口突然伸出几只机械手，七手八脚地固定住了林静恒的四肢——由于在太空极端环境中，什么心理生理的意外情况都可能发生，所以医疗室有专门的束缚装置，最高可承受五十吨以上的拉扯，全凭驾驶员操作，足以绑住好几只发疯的大猩猩。

林静恒："……"

造反了！

"嗯哼，"陆必行不慌不忙地溜达过来，动嘴指挥束缚装置，把肝火太盛的病号塞进医疗舱放平，一手撑在林静恒耳边，居高临下地看着他说，"我听说非自愿断开精神网的伤害是很大的，休克算轻的，反抗太激烈，甚至可能造成驾驶员脑死亡，这我还没尝试过，真的假的？将军，要么你给我上一课？”

林静恒从牙缝里挤出三个字：“陆——必——行！”

“嗯，”陆必行在他身边坐下，跟智能的医疗室要了一杯清水润喉，做了连讲三堂大公开课的口水储备，然后开了腔，“将军，我发现你这个人不太讲理，这不好，虽然别人都说‘秀才遇上兵，有理说不清’，但我个人认为这是封建糟粕。你看，我这机甲上也没剩什么能量了，咱们慢点走，距离基地还有几个航行日，利用这段时间，咱们就来好好讲讲道理。”

林将军长到这么大，从来没有这样气急败坏过：“放开，真以为我不敢把你怎么样吗？”

对于这一点，陆校长的理解距离事实真相有些偏差，但结果相去不远，听了对方凶狠的威胁，他非但毫不在意，还十分恃宠而骄地一摊手：“好怕怕，你想把我怎么样？来吧！”

林静恒：“……”

什么小鬼是脚前脚后的小跟屁虫，胡说八道，陆信果然是个满嘴跑机甲的完蛋货，鬼话没一句能信，他到底生了个什么破玩意儿！

陆必行拉开长谈的架势：“这件事，我们可以从现象说回本质，再从本质回归现象——”

林静恒：“滚！”

“那不行，我得说完再滚。”陆必行心理素质相当好，慢条斯理地跟他倒旧账，“林，我问你，你在地下航道上发现星际海盗时，北京还在内网范围内，你为什么不发条信息回基地？”

林静恒当然不可能像个好学生一样有问必答，从鼻子里喷了口气。

“因为你不信任我们——我，还有基地里的所有人，你觉得告诉我们也没用，反正这些人对上星际海盗，基本没有战斗力，自己都能把自己吓死，所以你自己一个人去解决，对不对？那么你考虑过自己为什么要为一些不信任的、没有战斗力的废物冒险吗？”

“宰一个源异人也算冒险？我看他不顺眼，顺手除掉而已，以后这种话少拿到外面说，让人笑话。”林静恒冷笑一声，接着，他深吸一口气，拿出自己攒了大半辈子的涵养，“你现在放开我，我不跟你计较。”

陆必行冷冷地说：“谢谢了帅哥，不过没关系，你可以计较。”

林静恒：“……”

“顺手除掉源异人——所以你是‘顺手’高烧脱水，‘顺手’差点在真空里变成一具浮尸。”陆必行说，“哦，对，用肌肉溶解针把自己弄成一具骷髅也很顺手，你原计划里是不是还想顺手升个天？而你达成了这么多个人成就，居然还有勇气冲我发火，把我想质问你的话率先说了一遍——林静恒先生，你这种恶人先告状的精神，已经超越了教科书级别，直接进入了人间奇迹级，你知道吗？”

林静恒闭上眼，聋了，同时，他开始想象把旁边那个喋喋不休的小崽子吊起来打，以消解源源不断的心头内火。虽然林上将非暴力不合作，但陆必行是对牛弹琴的专业选手，见识过各种不听人说话的熊孩子，对付林静恒这种货色十分驾轻就熟，不管对方回不回应，他都自顾自地保持着均匀的语速，长篇大论，讲到重点的地方就颠来倒去地重复三遍。

最后，他生生地把林静恒说睡着了。

陆必行终于闭了嘴，观察片刻，松开医疗室的束缚爪，小心翼翼地检查了一下林静恒的手腕和脚踝——还好，没有磨损，林静恒没有挣动过，这个人从来不在没有意义的地方损耗自己。

陆必行弯下腰，手肘戳在膝盖上，合在一起的双手抵着额头，克制地抽了口凉气。

“气死我了，”他想，“气得我都超常发挥了。”

不过也幸亏某人蛮不讲理，不然这种时候，陆必行真的不知道该怎么跟他相处。

有生以来，陆必行几乎所有的时间都用在了对抗命运和世界上，别人情窦初开，他却在忍痛蹒跚学步，别人开始沉溺红尘，他却做梦都在渴望挣脱大气层。

他的时间太珍贵，一直在狂奔，从未停下来留意过路边的风景。这么多年，林静恒是第一个和他走得太近，打破他平静心绪的人。陆必行低头看了看他，又想起那衬衣下消瘦而遍体鳞伤的躯体，上了头的热血退下去，一股含着畏惧的百感交集却升了起来，他想：“我该怎么对待你？”

然后他就像个充满好奇与畏惧的冒险家，屏住呼吸，用抚摸食人花的谨慎，轻轻握住了林静恒垂在一边的手。这只手非常凉——可能是气的——也非常硬，即使手指是放松的，铁石似的骨节也昭示了这双手的力度，指甲修得整齐而干净，掌心却布满了粗粝的茧和大大小小的伤疤。

陆必行轻轻地摩挲过这只手，缓缓将憋住的那口气吐出来，闭上眼睛仔细感受了一会儿，他清晰地感觉到从皮肤接触的地方开始，某种神秘的能量在搅动自己的血管，一路沸腾到胸口。

陆必行围着他团团转了好一会儿，才勉强平静下来，调出个人终端上的航行笔记，用实验报告的格式描述了自己对这“神秘领域”的首次探索，末了，又在最后加了几句不那么严谨的主观感受——

“生理上，我是端坐在那儿，神志却好像已经头重脚轻地从头顶飞了出去，绕着整个机甲舱飞了一圈。余韵始终在刺激我的内分泌系统，胸口不断膨胀，好像吸多了‘笑气’，连呼吸都想笑。

“人和人之间的接触都是这么微妙、这么耐人寻味吗？可惜成年人的社交礼仪之一就是要把握好彼此的舒适距离，如非特殊关系，无缘无故地品味某个人的手听起来像个变态，我找不到对照组。”

（三）

第二天一醒过来，林静恒就熟练地搞起了冷战。

他的身体素质过硬，四十八小时后，无论是彩虹病毒还是肌肉溶解剂，都已经代谢干净了，而两宿少见的安眠更是完美地消化了精神力过载的后遗症，再去宰两个源异人不在话下。

陆必行也不好再把他绑在医疗室里，不过显然，对付林静恒，他还有别的办法。

要知道机甲——特别是小机甲上，驾驶员的权限高于一切。

从林静恒走出医疗室开始，周围就开始回响起陆校长亲自录制的《星际旅行安全须知》。他坐下，座椅靠背上自动升起小播放器，靠墙站起来，一个小播放器又从头顶爬过来，干脆在机舱内到处走，机甲里的公放广播放开喉咙，复述起陆校长足以充当标准播音教材的声音。

最后，林静恒走投无路，拿起抗噪耳机，刚塞进耳朵里，就崩溃地听见某人在里面愉快地和他打招呼：“早上好，林，抱歉接管了机甲上除湛卢以外的一切电子设备，包括你的个人终端——为伟大的科学技术欢呼吧，现在，本人为你播放最新修订版的《星际旅行安全须知》，第一章……”

林静恒：“……”

这小子还贱出花样来了！

陆必行怕挨打，不敢靠近，躲在机甲二楼的餐厅里，暗促促地通过精神网观察林静恒。

这时，航线图显示他们已经正式回归地下航道，进入了基地的内网范围，陆必行还没来得及松口气，联络器就险些被海量的信息阻塞——独眼鹰一宿宿醉，早晨起来发现儿子竟然跑了，疑似私奔，顿时给气成了一只河豚，累计朝他发送了十几万字的怒骂。

陆必行手忙脚乱地关了联络器，再一抬头，却发现林静恒不见了。

他连忙用精神网扫过机舱、医疗室、卧室……甚至龌龊地看了一眼卫生间，都没找到人。他心里一跳，差点以为林被他烦得开舱门跳出去了，赶紧从藏身之处跑出去找人。

不料刚一开门，陆必行的肩头就被人一把抓住了。他头天揣测了半天的那只手让他亲自体会了一下什么叫“力度”，陆必行被他从后面一扣一拧，双手背在身后，整个人拍在了门上。

陆必行立刻背叛了知识分子的气节：“投降！我投降！将军，有话好好说，人类文明进入新星历纪元，辉煌如斯啊，不是让你凡事诉诸暴力的……呃……”

林静恒：“你给我闭——嘴！”

陆必行依言闭了嘴，却依然艰难地贴着门扭过头，给了他一个春光灿烂的笑容。

“再听见你说一句话，”林静恒狠狠地把他往门上一按，沉沉地在他耳边说，“我就让它变成遗言。”

“变成遗言我也要说，”陆必行突然敛去笑容，不躲不闪地看进他的眼睛，“林，我从接到凯莱亲王轰炸白鹭星的消息开始，就担心你，以至我没法在基地里等，高能粒子流一过，就一定要出来找你。在跃迁点残骸附近，我看见了上百架机甲的残骸……还有尸体，我让机甲扫描‘北京’的通信端和残骸，你知道我当时的心情吗？”

他突如其来的严肃让林静恒愣了愣。

陆必行轻轻地吐出口气：“我一辈子都没经历过这样的噩梦，你不觉得你有时候会让担心你的人饱受折磨吗？”

林静恒按着他的手不由自主地松了。

“可能是因为连着精神网，我这两天睡着以后总不安稳，总会被反复惊醒。昨天又梦见那时捕捞网断了，我没能拉住你，我心里知道湛卢的电量只剩几秒，可是怎么加速也追不上你。”陆必行转过身，略微整理了一下凌乱的衣襟，冲他摊开手，这是一个坦荡过分的手势，仿佛把胸襟剖出来展示给人看。

林静恒则下意识地后退了半步。

“说这些,不是为了指责你,只是想告诉你我的感受,我心里很难过。”

林静恒脸上闪过一丝错愕，很快又掩盖住了，接着，他一言不发，转身就走，脚步越来越快，活像被一群生平未见的大敌追杀。

陆必行同样错愕地目送着林静恒的背影，心想：“这就败退了，我大招都还没发呢。”

青年科学家陆先生，很快攒齐了第二篇关于林静恒的研究报告：“我发现他是一个非常被动的人，从来不肯正视自己的感受，当然也更不会表达，但是比想象中的更好相处，只要知道他的软肋，就能分辨出他哪句威胁是假的。”

青年科学家陆先生，经过观察与合理推测，发现自己就是林将军那个软肋，林将军天大的脾气都成了纸老虎，因此他有计划、循序渐进地肆无忌惮了起来，连挨打都不怕了——事实证明，林静恒也确实不敢动他一根手指，陆必行暗促促地统计了一下，最暴力的肢体接触力度小于一百牛，对成年男子来说，基本属于不痛不痒的打闹范畴。

到最后，林静恒简直怕了他。

湛卢那个废物一直休眠，小小的机甲舱里，陆必行无处不在，随时随地能冒出来，撵得他躲都没地方躲，生不如死，头一次盼着回到臭大姐那个破烂基地，听说通过精神网已经能看见基地的时候，林静恒甚至如释重负地松了口气。

“快看！”陆必行猛地从后面扑过来，一把抱住林静恒的肩膀，推着他往瞭望窗外看。

林静恒正在进行恢复性训练——肌肉溶解剂代谢干净了，被溶解的核心肌群还得自己慢慢重塑，他一身黏糊糊的汗，越发讨厌这种不见外的肢体接触，嫌弃地往旁边一躲。

陆必行却不由分说地黏上来，一低头在他颈间嗅了嗅：“还好啊，没出多少汗，味道挺清爽的，你干吗又把训练室的温度调这么低？”

林静恒汗毛都竖起来了，一把甩开他：“你什么毛病？”

陆必行无辜地回视着他，一脸友好的天真无邪：“对着凉风口剧烈运动本来就不好，唉，今天不跟你计较——快看外面。”

只见人肉眼可见处，一排小机甲正在基地外围漫步，他们保持着队列，来回变换速度，形成了一个小小的方阵。

陆必行兴致勃勃地连通了内网，周六的脸立刻出现在了通信屏幕上。

“你回……”周六先是兴奋，看见不远处的林静恒，又忍不住正色了一些，大声宣布，“我们正在练兵，那天参加防护罩构建的所有驾驶员已经全部编入自卫队正式成员，每天报名的人还很多，基地库存机甲几乎不够用，我们正在排队训练！”

林静恒轻轻地挑了一下眉。

周六：“我们能保卫自己的家！”

第八章 新生

“我还攒缘分，”他冲林静恒眨眨眼，“每天攒一点，攒了这么多年不就遇上你了吗，将军。”

（一）

以前，自卫队没有层级，也没有人管理——这帮人都听臭大姐的，臭大姐说“走，来几个兄弟打架去”，充当小弟的就扛起家伙跟着走，是个自由散漫的打手团。但乌合之众中，也能长出天然无污染的野心，羊群里，也总会有只羊越众而出，抓住一线曙光，鼓动着众人跟着他奔向前路。

当初，是周六纠集了一帮小弟，跟着陆必行一起构架起了整个基地的能源系统，现在，也仍是他趁热打铁，组建起了真正的自卫队。

陆必行匆匆出门找林静恒，回程由于能源不足，稍微耽搁了一段日子，在这短短一周的时间里，周六牵头，给自卫队规划了编制，他跟学生们提出自己的想法，四个学生就分头从陆必行的电子图书馆里帮他查阅资料，最后东抄西借，拼凑了一个《基地自卫队管理条例》。

自卫队有了构架和雏形，显得很像那么回事了。

然而，以上种种，并不能打动林上将，在林静恒看来，所谓的“自卫队”，依然比过家家强不到哪儿去——蚂蚁众志成城，也能挖出引人注目的地下城堡，生物学家们惊叹于这些小东西竟然会造出这样的奇迹，并著书立传，让人们看了偶尔为之感动。可那又怎么样呢？“奇迹”和感动过后，依然抵挡不住一场大雨。

“我们每天练兵六小时，先熟悉机甲操作，定点巡逻，以后怎么办我也不太懂，都听你的。”周六带着他的训练小组，跟着陆必行他们一起进入基地，张牙舞爪地描述着自己的宏伟愿景，也许是刚刚当上自封的自卫队队长，周六有了点自信，又也许是不着调的桃色八卦听多了，他对林静恒少了点距离感，周六甚至胆大包天地跟林静恒交流了一句，“林将军，你以前在那个什么……什么要塞，也是这样吗？”

林静恒拎着湛卢，无动于衷地回答：“不，联盟职业太空军不执行任务阶段，每天训练时间最低十小时，这是军委统一规定的。”

“统——统一规定？”周六面有菜色，“那就是可以自行放水的意思吗？”

“大概吧，”林静恒淡淡地说，“我也觉得他们没少放水，否则不至于这么不堪一击。”

陆必行问：“白银十卫呢？也按标准执行训练计划吗？”

“不，白银十卫睡眠时间六小时，三餐、内务及休整三小时，除此以外，非特殊情况，没有其他休息时间。”林静恒头也不回地越过他走向行政楼，“毕竟，域外海盗这么多年也没休息过。”

林静恒这番话，其实是让周六别再白日做梦的意思——与出身良好、营养均衡、从小受到正规军事教育的联盟军比起来，这倒霉基地里出产的都是先天不足的豆芽菜，联盟军尚且溃不成军，这些豆芽菜居然企图随便喊两句口号，灌几口鸡汤，就从孬种变成英雄。这不是开玩笑吗？

不过因为不想当面打击陆必行，林静恒这番表述比较委婉，周六是个粗人，一时没能适应他这种沃托风格的拐弯抹角，还下意识地摸出个人终端，戳着计算器算白银十卫的训练时间。

“你听明白了吗？”陆必行用肩膀撞了他一下。

周六有点茫然地说：“好像……大概……他是说我们训练时间不够吗？”

陆必行信口开河，把林静恒的意思曲解了一百八十度：“林将军的意思是，如果你们能按照白银十卫的标准要求自己，他就会帮你们练兵。你知道白银十卫吗？”

孤陋寡闻的乡村青年周六摇头。

“白银十卫是真正的联盟精兵，没有解散的时候，他们驻扎在白银要塞，星际海盗不敢进犯八大星系一步，十几年交战，从无败绩，是八大星系的保护伞。你说怎么样？”

周六的眼睛被他越说越亮。

陆必行拍拍他的肩，像个兜售壮阳药的邪教分子，压低声音问：“你们想变成新的白银十卫吗？”

周六的理智摇摇欲坠：“可是……可我们就是一群瘪三啊。”

“没有可是。”陆必行的表情严厉起来，斩钉截铁地说，“你没听说过那句古谚吗？‘真男人从不回头看爆炸’，往前走，别回头看，联盟认为你是瘪三，你就是瘪三吗？沃托都被打成马蜂窝了，你的价值观怎么还停留在旧社会？”

周六被他忽悠完，好似一管鸡血直接推进了大动脉，上了弦似的，转身就跑，连臭大姐为什么没和林将军一起回来的事都忘了问。

陆必行卖完大力丸，稳重地走了几步，然后他脚步越来越快，也迫不及待地追着林静恒跑了。

林静恒最近运势不佳，才刚摆脱喋喋不休的陆必行，一进行政楼，又迎面碰上了前来讨债的独眼鹰。

这一趟出行见到了鸟少年，关于所谓“女娲计划”，与陆必行诡异的基因不一致，林静恒正有一肚子疑虑，一见独眼鹰，连忙叫住他：“正好，陆兄，我有话问你……”

“我没话要告诉你。”独眼鹰正在气头上，话都不听完就给撅了回去，“姓林的，我以前只知道你是一般的卑鄙无耻，没想到你能卑鄙无耻到这种地步！”

林静恒莫名其妙：“怎么，我睡觉梦游，踩你尾巴了？”

独眼鹰咆哮说：“我绝对不会把我儿子交给你，你死了这条心吧！”

关于陆必行的身世，他们两人已经心照不宣，各有默契，林静恒不知道老波斯猫这会儿发的哪门子狂犬症，也懒得跟他分辩，当下冷笑一声堵了回去：“你说了算吗？”

就在这时，陆必行急匆匆的脚步声传来，老远就听见这对冤家的对话：“爸，他出去这一趟很辛苦，你别打扰他休息！”

独眼鹰：“……”

林静恒感觉自己的忍耐已经到了极限，再听陆必行说一句话，自己脑浆都能迸出来，连忙望风而逃，逃之前还没忘了给独眼鹰撂下一句话：“你先管好‘你儿子’吧。”

这在独眼鹰看来，简直是赤裸裸的示威，他“嗷”一嗓子怒吼出来：“我宰了你！”

林静恒轻飘飘地哼了一声，人已经上了电梯，两人吵了一场驴唇不对马嘴的架，成功地加深了彼此的误会，听着还挺像那么回事！匆匆赶来调停的陆必行一抬头，就看见林静恒跑得比飞天遁地还快，而亲爹朝自己张开了血盆大口，他见势不妙，连忙朝独眼鹰飞了个吻：“爸，好久不见，我非常想念您！”

说完，他一边持续想念老父，一边不等老父亲回话，撒丫子跑了。

林静恒过五关斩六将似的躲开了那对冤家父子，下到地下室，把休眠的湛卢挂在了已经修整完毕的重三上，让他自行重启，然后来不及坐下喝口水，就直奔地下私牢。

臭大姐斯潘塞已经在暗无天日的地下牢里住了一个月，除了送饭的机器人，连只耗子也见不到，身材越发弱柳扶风。

乍一看见活人，他充分显示出了一个星际走私贩的“英雄气概”——臭大姐屁滚尿流地扑到林静恒脚底下，一把抱住他的大腿，声泪俱下地开始号：“四哥！我知道错了……我反省了一个多月，我不是东西，我对不起独眼鹰，对不起兄弟们……要不是为了我这基地里的老老小小，我一定千刀万剐给他们偿命，我……嗝。”

林静恒不愿意动手跟他拉拉扯扯，于是拿出枪顶住了他的头。

臭大姐立刻松手后退，冲他挤出一个讨好的笑，决堤的鼻涕顺着豁牙流进了嘴里。

林静恒：“说人话。”

“四哥，”臭大姐平静了一点，低声说，“这是什么世道啊？人在沙漠里走的时候，尿都不舍得倒的，我好歹比一泡尿有用啊……我可以跪下，跪下给诸位磕头赔罪，这也不行，你们可以去挖我家祖坟啊。我们家一直都在地下航道上，好几代人了，我那个……父母叔伯什么的都在！只要您解气，怎么都行！放我出去吧，我出去以后，鞍前马后，绝不乱说话，乱说一句，您把我打成藕！”

斯潘塞先生的字典里恐怕是没有“羞耻”二字，饶是林上将见多识广，也很少能收到“挖祖坟”的盛情邀请，他眼角跳了一下：“你有什么用？”

“我在海盗里有眼线。”臭大姐像煞有介事地说，“真的，不骗您，早年间我捡到过一个鸟人，人头、鸟身、会飞，穿上衣服又跟人一样，我救过他，他现在在星际海盗手里，这次海盗入侵第八星系的消息就是他传给我的。”

林静恒心里一跳，脸上却一丝没表露：“你再放屁，我现在就让你变成藕。”

“别……别啊！我没胡说！”臭大姐急赤白脸地分辩，“四哥，您没见过会飞的鸟人，所以不相信是吧？我告诉你，早些年，黑市上很流行人形异宠，断子绝孙的走私贩们到处去弄些残障儿，祸害成不人不鬼的样，卖给那些有神经病的富人，人头鸟身一点也不稀奇，还有人头蛇……”

林静恒打断他：“我知道什么叫人形异宠，人形异宠根本不能生存，就是个营养箱里的盆景，你糊弄谁呢？”

“唉，四哥，这就是您不懂了。您想想，现在这年月，星际旅行都跟玩一样，区区一个人体嫁接技术，算什么？真要搞，没有搞不出来的，只是大家都不搞而已。”臭大姐冲他露出一口璀璨的门牙，“联盟不搞，是因为什么伦理问题，又违法又什么的，我们也不搞，那是为了赚钱——死得快才卖得快嘛，弄一个活他妈好几百年，那么多货卖给谁去？再说营养箱维护、给人形异宠的专门营养膏，这块收入不比卖宠物赚得少，傻子才砸自己饭碗呢。”

林静恒矜持地冷笑一声：“你们还懂微观经济学。”

“不懂，瞎说。道理总归都是一样的。”臭大姐一低头，迟疑了一下，继续说，“但是……后来有人破坏了游戏规则，有个傻 ×，可能是哪个对人形异宠走火入魔的有钱人吧，闲得没事，大概是非要显得自己与众不同，花了好大一笔钱——具体多少，我不知道，只知道是个天价，找了一拨人，给他做人体嫁接技术，叫‘女娲计划’。”

林静恒一掀眼皮：“女娲？大言不惭。”

臭大姐连忙奉承：“谁说不是呢！可是有钱能使鬼推磨，虽然科学技术在飞奔，但是钱才能决定科学技术向哪个方向飞奔，对不对？这个项目最后成功了，他们造出了一批能正常生活的人形异宠，甚至能保留人类的大脑，那个鸟人就是这么来的。”

“鸟人，”林静恒鬼使神差地问，“他叫什么？”

“啊？”臬大姐没听明白，“鸟人叫什么？鸟人……就……就叫鸟人啊，一个宠物……”

林静恒打断他：“然后呢？”

“我刚才说了，他们这是破坏规则，你有本事，可以自己多吃一口，但你不能砸人饭碗，您说，是这个道理吧？这事——这个女娲计划，后来走漏了风声，人形异宠爱好者们疯狂追捧，同行呢，又觉得他们是砸人饭碗的死敌，其他人眼馋技术，想跟着浑水摸鱼，那可真是，感觉全世界都在追杀他们……最后执行女娲计划的这帮人一个都没躲过，全部被人灭口，成功的实验样本也被付之一炬，只有那个鸟人碰巧运气好，活下来了。”

林静恒一针见血地问：“他怎么碰巧活下来的？女娲计划又是怎么泄密的？”

这回，臬大姐没有立刻回答，目光微微躲闪了一下。

林静恒的手指抚过激光枪的枪口，臬大姐明显瑟缩了一下，嗫嚅着说：“那个鸟人，原来是个没人要的残障孤儿，还有好几个兄弟姐妹，几个人都有问题，有个黑作坊福利院养了他们一阵，发现没什么油水，花钱治病划不来，就给一起卖到了实验室。除了这个鸟人，其他都没成功，有两个死在实验室了，剩下的两个做成了，但都是不能离开营养箱的人形异宠，实验室打包卖到域外黑市上去了。”

林静恒立刻追问：“你怎么知道？”

“地下航道上的人都要靠我的补给站，女娲计划也好，补天计划也好，都瞒不过我。”臬大姐迟疑了片刻，才说，“我当时有点好奇，去看过一次，大家这么多年合作，他们不好拒绝……”

“你发现了那个鸟人，趁人不注意，还和他交流过。”林静恒说，“你怎么和他交流的？懂一点唇语，是吧？那个鸟人是你偷偷带走的。”

“我……我就是喝多了，当时没想那么多，”臬大姐用力抹了一把脸，“他告诉我，他那两个幸存的兄弟姐妹被一个星际海盗里的大人物买走了。他想去找自己的亲人，央求我带他去域外黑市，我看他重情重义，一时热血上头……”

“滚你妈蛋，少跟我来这套，”林静恒刻薄地打断他，“地下航道的过路费按利润抽成，当我不知道吗？人形异宠生意是你最大的收入来源，最怕破坏规则、借刀杀人的人是你吧？”

臭大姐脸色有一点难看：“这……这……您这话说得也太……”

“你把鸟人带到了域外黑市，按照他的意愿，卖给了那个星际海盗，你知道他是谁吗？”

臭大姐连连摇头：“域外黑市里打听别人身份是大忌，但是热衷于买人形异宠的人不多，所以……”

“你带他到黑市展览，等女娲计划彻底被炸出来、实验品都被销毁，才把他卖给海盗，以女娲计划唯一的幸存者为噱头，卖了个好价钱，那个鸟人还对你感恩戴德。天下奸商那么多，斯潘塞先生，你能在里面拔个头筹，怪不得活得长。”林静恒用激光枪枪口敲了敲臭大姐的脑门，“后来呢？”

臭大姐期期艾艾地说：“后……后来……后来有将近三十年吧，我一直也没见过他，卖他的时候，我跟人说过，这个东西聪明懂事，绝无仅有，而且他是实验室里培养出来的，熟悉营养箱技术，熟悉人形异宠的营养膏配方，买他回去，一本万利，以后照顾家里的异宠再也不用偷偷摸摸地花钱找人……”

林静恒一节一节地掐着自己的手指关节——源异人背着人养人形异宠，不太方便大张旗鼓地请人来进行售后服务，自己私下里做过不少实验，大概也都以失败告终了，鸟少年等于是他的异宠饲养员，怪不得能自由出入。

“普通人形异宠，就算照顾得再精心，能活两三年也不容易了。当年他的亲人们大概都被他亲手送终了。”臭大姐低声说，“我没想到他能在海盗身边活这么久，那天带人去域外黑市换货，在一个拍卖场里见了他……他不会说话，不认识字，也不懂手语，那个海盗大概觉得自己就是带了一只鸟出门吧，也没对他看管太严。我没想到他居然还认识我。我经过的时候，他故意踩了我一脚，蹲下来给我擦鞋，趁机用唇语告诉我两个月以后，海盗要进攻第八星系。”

林静恒问：“女娲计划是什么时候的事？”

“应该是三十多年前，”臭大姐努力回想片刻，“什么时候开始的，我不大清楚，嗯……但是我发现的时候他们实验已经成功了，差不多应该是……二十八年前的事。”

林静恒：“出资人是谁？”

“这个真不知道，”臭大姐苦着脸说，“这件事……好吧，是我捅出来的，但是之后就不可控了，我没敢再往里掺和，最后灭口灭得那么干净，我怀疑也有那个神秘出资人的份儿。”

林静恒沉默片刻。

臭大姐觑着他的脸色，趁机说：“我对那个鸟人有恩，那些海盗不知道，他可以当我的小线人，您放我出去，我有办法联系……”

林静恒用十分古怪的目光看了看他，转身走了，把臭大姐的喊叫声隔在了私牢里。

群星之间，无耻、肮脏、下流、怯懦的土壤太辽阔了，偶尔长出一株奇葩，也都未必有好下场。

这就是伟大的新星历纪元。

（二）

林静恒连上了湛卢重启的精神网：“重三怎么样？”

“我适应性良好，”湛卢回答，“能源十分充足。”

“那就好。”林静恒通过精神网，覆盖上整个基地，“二十四小时之内，我会赶出测绘图，准备构架远程通信，源异人一去不回，阿瑞斯·冯必然会有反应。”

湛卢：“是，先生。”

林静恒坐着电梯直达行政楼客房，听见那闹着玩似的自卫队吹哨集合，开始组织体能训练。

这些热血沸腾的蠢货并不知道他们还剩下两个月……不，也许连两个月也没有了。

清晨四点，林静恒很有效率地休息了四个小时后，就起床把绘制完毕的军用航道测绘图交给湛卢，由人工智能进行最终校准，自己则开始高强度的体能恢复训练。

一个半小时后，他大汗淋漓地下来，通过精神网，看见周六赶羊似的轰着他的瘪三自卫队，开始围着机甲站跑圈。一边跑一边嗷嗷叫，听不清在喊些什么洗脑口号。林静恒看了一眼表，发现这帮人居然照抄了白银十卫的日程。

他冷笑一声，漠然地冲了个凉水澡，敷衍地把营养餐塞进肚子——体能恢复训练的时候，配合运动量，还必须严格且精确地控制营养摄入，普通食物是做不到这样精确的，只能吃特制的营养餐。

一般劣质的营养膏里还能有点食用香精，林静恒吃的这种，则除了一点非常清淡的咸味以外什么都没有，色香味俱不佳，口感无限接近凝固的鼻涕。吃完以后让人四大皆空，生无可恋。

林静恒吃完了让人生无可恋的早饭，换了件衣服披上，快步穿过基地的晨曦，走向机甲收发站——他需要收集高能粒子流过境的数据，用以反推凯莱亲王轰炸白鹭星的火力。正在带人晨跑的周六远远地看见他，有心表现，连忙狠狠踹了一脚旁边的放假。

放假一个踉跄，发出海螺似的呐喊："一、二！"

瘪三们大汗淋漓，也梗起脖子，跟着海螺号出了几声猫叫。

周六气急败坏："没吃饱饭吗！"

被他强行拉来的自卫队队员们跑了不到三公里，队伍已经拖了二里地，有气无力地拖着自己的脚丫子，跑步的姿势形态各异，一个个都仿佛饱食了耗子药的模样。

周六火了："重新喊！大点声！"

自卫队队员们就拖起老旦的唱腔，咿咿呀呀地憋出一句："一咦咦——二啊嗷——"

林静恒头也不抬地穿过鬼哭狼嚎的瘪三团，径直上了机甲站的电梯。

电梯门一合，按键却没反应，林静恒一皱眉，就听电梯广播里传来某个让他头痛欲裂的声音："欢迎乘坐智能语音电梯，要开启电梯，请先与电梯互相问候——早上好，林先生。"

林静恒："……"

"电梯"提示说："推荐您回答，'早上好，亲爱的电梯宝贝'。"

林静恒眼角跳了几下，直接从个人终端上调出了基地的管理权限，强行从后台启动了电梯。

“好吧，我知道你心里这么说过了……呃，哔——”

林静恒又把电梯广播调静音了。

电梯门一打开，陆必行就在机甲站主控室门口守株待兔地逮住了他。陆必行平时就是个很注意形象的人，今天不知吃错了什么药，越发变本加厉，给他一束灯光，他就能登台走秀了：“做人要有幽默感和娱乐精神，将军，你一天到晚这么严肃，不觉得生活十分枯燥，少了好多快乐吗？”

林静恒惹不起他，目不斜视地绕过他，往主控室里走：“不觉得。”

陆必行追上去：“你闲来无事，除了喝酒发呆，就没有什么消遣吗？”

林静恒惜字如金：“有的是。”

四个学生起得都很早，已经聚在了主控室里，正围坐在一张圆桌旁，不知道在做什么作业，各种演算屏幕从四个人的个人终端上射出来，飘得到处都是，桌上还摆了简单的早餐。

一见林静恒，四个青少年下意识地集体起身立正，怀特慌忙把嘴里的面包咽了下去，噎得直翻白眼。

林静恒冷淡地朝他们点了一下头，走向数据库。

陆必行一把拉住他的胳膊肘：“调阅高能粒子流的数据是吧——来，孩儿们，检查你们作业的人来了，都过来，把白鹭星遇袭的分析报告口头汇报一下！”

四个学生面面相觑，怀特那口噎住的面包还没顺下去，差点就地牺牲。

林静恒不想浪费时间听几个狗屁不懂的学生高谈阔论，皱着眉瞪了陆必行一眼，陆必行却好像一点也看不出他不耐烦，毫不吝啬地给了他一个阳光灿烂的笑脸，要是身后有尾巴，他大概已经支起来摇出了一个扇面。

林静恒对他这条看不见的尾巴毫无办法，出了口长气，一言不发地抽回自己的胳膊肘，双臂抱在胸前，被强行“检查作业”。

四个学生战战兢兢，你推我搡片刻，做惯了大姐大的黄静姝只好第一个挺身而出，声音文静得好像她这辈子都没骂过街，细声细气地说：“一周前，根据可靠消息，星际海盗袭击了白鹭小行星，轰炸形成的高能粒子流经过基地，被……”

林静恒淡淡地打断她：“重点。”

“重……重点？”黄静姝慌慌张张地往后翻了翻，“哦，我……我用了‘三角定位法’反推……”

林静恒再次打断她：“三角定位法是学院派的理论模型，为了套公式，需要排除多重干扰项，实务中不能这么算。”

他还记得这女孩也叫“静姝”，因为这个名字，所以对她多了许多耐心，自认为语气很柔和，“柔和”完，他甚至耐着性子询问了一句：“你还用了别的模型吗？”

黄静姝的脸一下涨得通红，手指抠着自己的个人终端，说不出话。

林静恒给了她半分钟，感觉自己仁至义尽：“下一个。”

怀特结结巴巴地说：“我……我也用了三角定位法，在里面嵌套了克鲁兹拆分……”

林静恒：“胡说八道，下一个。”

“我查阅了白鹭的行星档案和轨道。”薄荷用力清了清嗓子，偷偷看了林静恒一眼，林静恒居高临下地看着她，眉头拧着，一脸被狗叫打扰的表情，但好在还没打断她，于是薄荷鼓足了勇气，继续说，“白鹭的质量是……”

林静恒：“我知道白鹭的质量是多少。”

薄荷：“我按重量级，模拟了白鹭星受到几种袭击的情况。”

林静恒终于撩起了眼皮：“用什么模拟的？”

薄荷嗫嚅说：“天……天文计算器。”

林静恒似笑非笑地挑了一下嘴角：“我推荐你用幼儿四则运算计算器，那个更简便易操作。下一个。”

斗鸡眼见同学们一个个折戟沉沙，吓成了一根顶天立地的棒槌，脸上带着快要哭出来的屈辱，“嘤嘤嗡嗡”地说：“我……我不会。”

林静恒风度翩翩地一点头：“我很欣赏你这种干脆利落的风格，节省大家的时间。”

说完，他冲众人做了个解散的手势，混账气十足地转身走向主控室的数据库，不搭理人了。

陆必行这时总算明白什么叫作“消遣有的是”了——在林将军眼里，恐怕满世界的蠢货都是他的消遣。他叹了口气，冲委屈的学生们招招手，把他们领到林静恒身边。

林静恒没说什么，任凭他们围观，他做事非常专注，能完全无视陆必行在旁边“叽叽咕咕”的实时讲解。让人眼花缭乱的数据流过他的个人终端，甚至不必借助人工智能。当年，白银要塞的第一大敌永远是星际海盗，即使他不知为谁而战，对抗、分析星际海盗，也几乎成了他的本能。

等他告一段落时，已经是日头偏西了，大脑过载的学生们晕晕乎乎地走了，一个瓷杯从旁边递过来。林静恒的视线没离开个人终端，接过来抿了一口，发现不是白水，又把瓷杯塞回对方手里，找了个水池吐了出去。

陆必行纳闷地就着他的杯子喝了一口里面的牛奶，没尝出什么异味：“怎么了？你是不吃甜食，还是乳糖不耐受？”

“没那么讲究，”林静恒给自己倒了杯清水，“我喝水就行。”

陆必行的目光落在他空荡荡的衬衣上，恍然大悟：“你是在控制饮食，恢复体重？”

林静恒没有和另一个男人讨论自己身材的习惯，因此没理他，背过身去复盘自己一天的成果。他双手撑在机甲站主控室的主机上，双肩略微耸起，显出平整的肩头，人工日光快要离开基地了，此时斜斜地打进来，刚好穿透他轻薄的衬衫，露出了影影绰绰的腰线来。

陆必行的目光落下，忍不住隔着几步远，伸手比了一下，干咳一声：“你给自己打肌肉溶解针的时候，怎么不想想现在受的罪？”

林静恒无力地说：“你怎么那么多废话？”

陆必行绕到他身边，离得太近，一股水果的味道缭绕过来，林静恒下意识地一躲。

陆必行没偷袭成，只好把没能塞进他嘴里的半块苹果自己吃了：“我觉得你少吃一点其他的东西没关系，对自己和世界不要那么苛刻嘛——你喜欢吃什么？吃甜还是吃辣？偏肉食还是偏素食？除了不喝啤酒之外还挑食吗？”

林静恒：“……”

不知道是不是他的错觉，陆必行这货虽然以前也挺烦的，但烦得知情知趣、有分有寸，还在他的忍耐范围之内，甚至偶尔——近乎发生肉眼可观测的流星雨的概率——他愿意承认陆必行有点可爱。可是最近也不知是不是他戴上了“失而复得滤镜”，对这小子过于纵容，林静恒觉得他有点蹬鼻子上脸了。

“阿瑞斯·冯的重甲火力完全可以媲美正规联盟军，”林静恒板着脸，强行扭转话题，“重型武器的装载能力甚至比联盟还强，破坏力很大，但我认为，他们或许牺牲了一定的机动性，你之前提出的反追踪系统可行。如果你留下是想跟我说这件事，我给你十五分钟，如果不是，你就给我出去。”

“已经构架好了，”陆必行说，“机器人们正在加班加点，到时候用机甲送到能源塔外就行，不耽误你的事。”

林静恒面色一缓。随后，就听陆必行又接了一句：“林，你经常皱眉不笑，是因为觉得自己严肃的时候比笑起来有气质吗？”

林静恒无言以对，指了指门口，示意他跪安。

然而陆必行非但不肯走，还直接拖了把椅子过来坐下了。林静恒被他那双充满好奇、充满探索精神的眼睛盯得浑身发毛，总觉得自己成了某种古怪研究报告的主角：“你还要干什么？”

陆必行从他身上感觉到了某种熟悉的挑战性。世界上性格最烂、最不好相处的一拨人，好像都成了他的学生，而在“性格烂”和“不好相处”这两点上，林静恒又格外地出类拔萃，陆必行也格外喜欢他。陆必行怀疑自己是有什么倾向，特别容易被这种不是东西的类型吸引。他斟酌了一下，感觉自己这时候要是回答“聊聊”，这人肯定能掉头就走，于是技巧性地挑了个让人容易掉以轻心的话题：“沃托是什么样的？”

林静恒愣了愣，心口上最柔软的地方好像被人用针刺了一下。

当年，陆家距离联盟议会大楼只有不到两公里，爬上屋顶，能看见议会大楼后面仙境一般的森林公园，可是一个本该在那里出生、备受宠爱的孩子，现在却在问他沃托是什么样的——他甚至以为沃托会有拥挤的筒子楼和贫民窟。

林静恒方才还在反省自己是不是太纵容了，这会儿又把这念头踩在了脚底下，转眼就忘了他是怎么想把陆必行吊起来打的，恨不能把对方想要的一切都捧上来。

“沃托人口很少。”林静恒字斟句酌地说，“除了中央购物广场，几乎没有高楼。”

“为什么？”陆必行奇怪地问，“大人物不都喜欢登高瞭望吗？”

“有人喜欢，也有人不喜欢，不喜欢的人自己不登高，当然也不希望别人登高窥视自己。”林静恒略微放松了时刻绷紧的后脊，“沃托的一切都是联盟的缩影，各方势力拉锯平衡的结果，就是沃托所有建筑限高，除了中央商务区外，建筑物不能超过空中轨道的高度。四分之三的土地上是观赏性的植物，整个首都星就像个园艺公园。”

陆必行这个土生土长的第八星系乡巴佬，只在电影上见过第一星系，从书上看见过零星几张沃托的照片，大多数都拍的是议会大楼——沃托权贵云集，很多地方禁止拍摄取景——他觉得有点难以想象：“那不会不方便吗，我是指生活设施之类？”

“沃托和其他地方不一样，首都星上没有私人土地，所有的土地都是按级别和职务划分的，面积、间距都有规矩，宁可住得稀疏一点，也不能委屈了谁。生活物资都是配给的，每个区域都有专门的服务人员轮值，有什么需要，用个人终端传唤就行，只要不违法，他们什么事都能帮你解决，不用自己出去购物。空中轨道基本是半专属性质的，交通方便，也不需要什么公共设施。”

陆必行先是被权贵们的穷奢极欲震惊了，随后又对眼前这位沃托出身的林将军升起了小小的畏惧，于是小心翼翼地问：“你家也是这样吗？”

林静恒沉默了一会儿，含糊地一点头：“差不多吧。”

联盟上将是有专属宅邸的，不过林静恒只在建设完成当天，象征性地去过一次，录了一下基因锁，就交给了一堆机器人打理，现在，他连“自己家”地址都记不清了。接管白银要塞以来，林静恒没度过假，偶尔回沃托，都是在议会大楼后面的接待宾馆里凑合住一住，办完事就走，要说家——其实湛卢机甲更像他的家。

陆必行觑着他的脸色：“那你……现在住在这个紧巴巴的基地里，不是很委屈？”

“还好，”林静恒说，随后又补充了一句，“有点吵。”

跟一个人占一座庄园的沃托相比，鸡笼一样的自卫队基地必然是吵闹不堪的。陆必行迟疑片刻：“当年为什么要离开联盟？你又是怎么从伊甸园系统里注销的？”

林静恒跳过了第一个问题，轻描淡写地说：“伊甸园归根到底是一种技术，又不是神，总有空子可以钻。”

陆必行：“那你家人呢？不担心吗？”

他从“沃托”的话题开始，绕着圈子，一点一点靠近目标，最后，自然而然地把话题带到了林静恒本人身上，可惜珍贵的猎物并没有那么容易捕获，话问到这里，已经过于私人化了，林静恒避而不答，而且反问：“这么多年，独眼鹰一直不让你离开第八星系？”

陆必行知道自己目的败露，于是见好就收：“对，提都不能提，一提就奓毛，好像我头上有个通缉令似的，踏入其他星系一步就得被人逮捕归案。”

林静恒：“……”

这小子胡诌一句，居然蒙得八九不离十。

“你没有自己偷偷跑过？”

“跑了啊，”陆必行说，“跑到北京β星，然后遇上你了嘛，其实我的目的地本来不是北京β星，当时不小心弄开了你的生态舱，觉得自己闯祸了，只好留下照顾你，没想到逗留了那么长时间，顺手教了几个学生，还把机甲卖了换学校。唉，计划赶不上变化，环游联盟的大业半途夭折。”

林静恒心里升起疑惑，因为陆必行的机甲设计天马行空，虽然是野路子，但造诣很高，在哪儿混口饭吃都不成问题，哪怕他没有证件、身无分文，也有很多人会愿意帮他解决，而且此人胆大包天，人体实验都敢在自己身上做，开着机甲去联盟，对他来说恐怕都不能算探险，林静恒实在想不出，独眼鹰怎么能把他困在凯莱星二十多年，才让他离家出走成功。

陆必行把双手搭在后脑勺上，往后一仰：“现在想起来，要是当时死在北京β星上，那还真挺遗憾的，我还没环游过联盟，也没谈过恋爱，这辈子好像白过了一样。”

女娲计划和鸟少年那可怕的人体嫁接在林静恒脑子里挥之不去，他嗓子有些发紧，强装若无其事，试探地问：“连恋爱都没谈过？那你在凯莱星上这二十多年都干什么了，只是拆装机甲吗？”

陆必行敏锐地听出了他话音里的紧绷，心里误会了十万八千里，想：“这个闷骚刺探我情史！”

“我还攒缘分，”他冲林静恒眨眨眼，“每天攒一点，攒了这么多年不就遇上你了吗，将军。”

林静恒：“……”

他总觉得这话哪里怪怪的！

摸着良心说，以林静恒那根不大敏感的神经，都听出这话有点暧昧，陆必行似乎在调戏他……但也并不是没有“说者无心，听者有意”的可能。一来，林上将鲜少会赏脸跟人闲聊，即使长到这把年纪，他也没怎么体验过“撩骚”和“暧昧”，不是很能把握这种玩笑的尺度；二来，陆必行这人惯常自来熟，活泼过了头，林静恒不大确定他说话是不是就这个腔调。

由于林静恒愣了一下没接话，把陆必行撂在了半空，气氛忽然就微妙地尴尬了起来。

陆必行干咳一声：“那个……”

林静恒：“你……”

他们俩几乎同时开口，又同时闭嘴，大眼瞪小眼，更尴尬了。

这时，窗外传来自卫队在机甲站外集合的声音，一帮被疯狂操练了一天的自卫队队员不管男女老少，一水的面容狰狞，在周六的指挥下大喊了三声“自卫队万岁”，声嘶力竭地敲破了主控室里凝固的空气。

陆必行反应飞快，立刻就坡下驴，强行“哈哈”一笑，同时抬手在林静恒手上拍了一下。

林静恒：“……”

“你不知道那种古老的传说吧？这是有讲究的，不小心撞在一起开口的人，要互相打一下，先动手的走财运，挨打的会走桃花运，”陆必行一语双关地说，“分你一点桃花运，不用谢。”

说完，陆必行跳起来转身就跑——仿佛跑慢了会被大流氓按住强吻似的。

“哎……等等。”林静恒叫住他。

陆必行脚步一顿，惴惴不安又有点期待地一回头，看见林静恒避开他的视线，低头喝了几口没滋没味的白开水，似乎斟酌片刻，才接着说：“你那个朋友……在外面带着他们叫唤了一天的那个。”

“周六啊？”

“嗯——我觉得他大概弄错了一个因果关系，白银十卫并不是因为经受了严酷的训练才能成为精英，而是因为他们是精英，所以才承受得住每天十几小时的高强度训练。他把这点弄混了，手底下这点人很快就会跑光的。”

陆必行眉开眼笑从门框处探头进来：“将军，你这是免费的场外指导吗？”

林静恒和他费了半天的唾沫，说得口干又心烦气躁，这会儿大概没电了，于是恰到好处地变回了聋哑人。

陆必行脚不踩地地走了，如果不是电梯间里有监控，他大概能自娱自乐地跳个舞。

探索林和未知感情的关系，对陆必行来说，就像他第一次飞出凯莱星的大气层探索太空一样，即使每一步都是前人验证歌颂过的，他亲自靠近时，还是发现“纸上得来终觉浅”，每一步都惊心动魄。

偶有所得，就能让人兴奋异常，忘乎所以。

第九章 举步维艰

陆必行对他来说，就像一株罕见的花，即使曾经遗失在贫瘠的土壤里，经受过无数他打探不出也想象不出的风霜，到底自行长出了绚烂的颜色。

（一）

然而，基地如狂风骤雨下岌岌可危的一个鸟巢。湿透的羽翼间或能摩擦出微弱的温度，主旋律却依然是电闪雷鸣。当陆必行委婉地向周六转告林静恒的建议时，意外地不大顺利，陆必行突然发现，自己这鸡汤恐怕是煮过了头。

林静恒的忠告其实挺中肯的，因为长时间严苛的自律并非什么“精神”、什么“主义”，它恰恰是一种并不容易培养的素质，与环境、教育、科学系统的自我管理都密不可分，不是每天喊几句什么玩意儿“万岁”就能凭空变出来的。可惜，周六既不相信“天赋异禀”，也不相信“循序渐进”——如果他相信，当初他就不会单挑几十个人，把他们强拉硬拽到陆必行面前。

周六听完陆必行的转述后，沉默了一会儿，问：“陆老师，你说怎么办呢？”

“我建议先不要执行标准化的军训，”陆必行说，“比如你可以把自卫队分成几组，让大家自行准备铁人三项比赛，赢了的可以先挑机甲，刚开始，最好还是以鼓励为主，慢慢来，比强逼着他们做事效果好，很多东西是不能一蹴而就的。”

周六沉默了更长的时间，然后他说：“可是凯莱亲王已经炸到白鹭星了，我们还有时间慢慢来吗？”

“那也没办法，我们现在就是这种条件，已经比连个机甲驾驶员都挑不出来的时候强多了，”陆必行说，“我正在想办法做一个镜像反追踪系统，用于进一步隐藏基地坐标，万一凯莱亲王来到这附近，可以先用游击战阻挡他们一下……”

“兄弟，别说了，我没念过什么书，有时候反应慢一点，但我也不傻。那天林将军跟我说的话，我回去又想了想，琢磨过味来了，他的意思是，联盟军都不行，让我们别白费力气了，对不对？”周六打断他，“可是我不相信，‘往前走，别回头看’，这是你告诉我的，我现在每天都这么告诉自己一次，谁他娘的还不是天生父母养的，谁会比谁差？”

陆必行放缓语气：“我和你说，像白银十卫一样要求自己，意思是让你把自己当成白银十卫的精英尊重，先学精神和心态，可我没说让你照搬他们的日程表啊。凡事得循序渐进，就算是白银十卫，也得有个刚入伍的时期吧。”

周六摇摇头：“可能是我这人没什么出息，总是一朝被蛇咬，十年怕井绳，这么多年，我都没睡过踏实觉，总觉得今天你好我好大家好，明天没准就得家破人亡，陆老师，你是第一个让我觉得也许我也能把握命运的人，求你别打击我。”

陆必行无言以对，因为周六的危机感是对的。

眼下这个自卫队，是陆必行不在的时候，周六他们自己组织的，陆必行可以提出建议，但也不好强行横加干预——他归根到底是个学者，干不出跟别人争权夺势的事。于是陆必行只好说：“可是自卫队里没有人当过兵，你想过吗？逼着他们马上就适应军事化管理，这不太现实，就说你自己，你能适应吗？”

周六斩钉截铁地说：“我能！”

可惜，客观现实不以人的愿望为转移，强烈愿望也不行——林静恒一语中的。

自卫队军训第二天。

学生们蹲在主控室，目瞪口呆地围观了林静恒用一篇分析报告，还原了凯莱亲王卫队的火力配置，甚至用电脑模拟了一场对战。其间，陆必行企图用一块低温烤肉诱惑林上将，林上将未予理睬。而自卫队晨练的出勤率少了四分之一，脱水的、中暑的、肠胃感冒的、运动过量的……整个基地的医疗舱都被他们占满了，头天的昂扬斗志再衰三竭。

自卫队军训第五天。

装了湛卢机甲核的重三修整完毕，重见天日，试飞时，这架早该退役的机甲像遮天蔽日、呼风唤雨的神魔，整个机甲站都在它身下瑟瑟发抖。它在所有人惊叹的目送下上了天，当它在人工大气层外环绕基地公转时，天上仿佛长出了一颗新的星星。送行的时候，陆必行不知道从哪儿弄来一块奶酪蛋糕，卖相非常精致，上面还撒着花瓣，企图勾引林上将，林上将熟视无睹，陆必行只好在他身后跳着脚喊："今天你生日啊！"

林静恒没反应过来似的往前走了几步，随后才慢半拍地回过头来："什么？"

"你生日，联盟官方资料里写的就是11号。"陆必行说着，觑着林静恒一片空白的表情，他忽然有些拿不准，缩回了端着蛋糕的手，他有些不知所措地说，"官方资料有误吗？"

"……没有。"林静恒脱口说，随后他好像鼓足勇气似的，在原地僵立了半分钟，才挪回来，竟真的拿起蛋糕上的小叉子，服毒似的叉了一块，木着脸塞进嘴里。个人终端上很快显示"摄入糖分超标"的警告。这大概还是严苛的林上将有生以来，第一次在禁食期破戒。他匆匆吞了，匆匆扫了陆必行一眼，含糊地说了声"谢谢"，然后被狗撵似的转身就走，连小钢叉都忘了还。

陆必行兴奋得想上天飞一圈，然而回头看见自卫队的熊样，这口兴奋又泄了气——这天，他们的出勤率降到了一半以下，当人们的血放凉了，抵挡高能粒子流的胜利，也就跟着从"荣耀"降格成了"牛皮"。至于口号，那更是"话说三遍淡如水"，已经不能激励任何人了。

自卫队军训第七天。

反追踪系统的一部分仪器已经完成，重三测试完毕，所有功能运行良好，陆必行重新规划了机甲站，为重三腾出了地方。重三返航时，陆必行端了一碗刚出锅的酸辣粉跑来迎接，四大皆空的林将军见了这碗酸辣粉，就像被女儿国国王悄悄打动的唐僧，不易察觉地躲了一下。陆必行正想乘胜追击，碰巧被独眼鹰撞见，老波斯猫跑来横插一脚，把“舌尖上的诱惑”改成了一场腥风血雨的口舌之争。而这时，自卫队里不满的情绪潮水似的蔓延上升，在周六强硬的压迫下，人们开始彼此眉来眼去，凝聚出新的小团体。

自卫队军训第八天，清晨五点半——

晨练按时开始，周六在机甲站外却只等来了小猫两三只，还都是最早跟着他的那一小拨人。整个基地静悄悄的，像个沉默的嘲讽。只有零星几个睡眠少的老人出门放风，三五成群地凑在一起，远远地朝这边张望，像苟延残喘的老乌鸦围观快要断气的牲畜。

“周六哥，”放假左看右看，见没人敢说话，只好顶着周六沉沉的目光站出来，“我叫了，他们都不来，他们说……说你……”

“说我什么？”

“说你就会‘掐尖耍横’，根本不是为了基地好，每天让他们驴拉磨似的围着机甲站又蹦又跑，根本没用，还不如请陆老师来讲讲机甲怎么打炮。他们说你就是想趁臭大姐不在，自己当老大……”放假的声音越来越低，“他们还说，臭大姐长个痔疮，不可能躲这么久不见人，搞不好就是被你下了黑手。”

臭大姐连日不露面，基地里不可能没人发现，只是大家都没往心里去，还拿痔疮调侃他——因为臭大姐是个不折不扣的小人，也知道自己没什么威信，又要拿捏其他人，所以作为退路的航道地图和补给站坐标只有他一个人知道。臭大姐生怕别人跟踪，每次去巡视，都自己一个人鬼鬼祟祟地走，过一阵子再鬼鬼祟祟地回来，他失踪个把月，不算新鲜事。可是这一次，他走就走了，基地里竟然隐隐地变了天，人们在有心人的撺掇下，就开始联想了。

他们倒是不大怀疑陆必行他们这些外来人，因为林静恒带来的心理阴影还没散，而且陆必行对基地来说，则更像个天外降临的救世主，带给基地的全是美好的改变——无法挑战的强权，与和风细雨的帮助，加在一起，几乎带上了某种神话色彩，不容置疑。人们往往信奉外来的和尚会念经，可是对一朵泥坑里长出的莲花，就充满恶意的揣测了。

躲在基地的人们，幸运又不幸，幸运的是，由于臭大姐的未雨绸缪，让基地惊险地躲过了灾难，幸存下来；不幸的是，侥幸让他们又自卑又自得，并不能正视外面的世界，他们已经懒出了惯性。

这群仓促攒起来的乌合之众，只坚持了半个月，人心就涣散得不成样子。战斗力不见起色，内部争斗倒是长势喜人。

放假小心翼翼地问："周六哥，怎么办？要不……要不去问问陆老师？"

周六沉着脸，一言不发，他信誓旦旦地和陆必行说过他能，不到一周，就被父老乡亲这么打脸，实在没脸灰溜溜地去见陆必行。再说陆必行会有什么办法呢？充其量就是训练动物一样，拿一点彩头吊在前面，糊弄着他们跟着跑而已。这和他设想的自卫队不一样。

周六咬着牙，仰头望向基地完全亮起来的天，叫不醒装睡的人，治不了不可救药的病，他体会到了无边的艰难和孤独。

放假轻声问："周六哥，那咱们今天还训吗？"

"训！"周六咬着牙说，"为什么不训？"

说完，他迈开大步，率先跑了出去，带着身后不到二十个人的自卫队，用力把肺里的空气挤了出去，他执拗地咆哮起来："自卫队万岁！"

陆必行在机甲主控室里等着来早读的学生们，靠在窗边看着周六带人跑远，目光扫过了墙角的日期牌，此时，距离林静恒给他的死线还有一个多月。

远程通信的原理和远程扫描差不多，需要足够的能源、足够大的精神网、足够精确的跃迁点分布，林静恒把通往域外的秘密航道附近所有跃迁点扫了一遍，在每个跃迁点上都留下了远程通信器，这样，湛卢的联络范围就能通过跃迁网扩大到域外。湛卢发出的远程信号会顺着跃迁网，黏附在一个个的跃迁点上，只要他联系的目标穿过其中一个跃迁点，机甲上事先装配的密钥就会激活信号识别系统，从信息接收方做出回应开始，这条远程通信的通道就成立了，也就有随时被敌军捕捉后追踪的危险。

陆必行知道，军用测绘图完成、重三上天，意味着林静恒现在能随时对外发信号。之所以还没动手，也只是因为他一言九鼎，遵守"三个月"的约定而已。

最早到的薄荷不知什么时候走到他身后："陆总，我看这些人没什么救了，那个谁有点可怜。”

陆必行板着脸，回头看了她一眼：“哪个谁？”

薄荷的青春期可能有点长，十六七岁的姑娘，仍是一副个头疯长、皮肉跟不上骨头的排骨样。她单腿站着，另一只脚轻轻地点在地上，站没站相地左摇右晃，嘴里还嚼着一块口香糖：“没谁——你怎么跟个封建教导主任似的？再这样我们可不帮你了。”

陆必行纳闷：“你们帮我什么了？”

“糊弄独眼鹰大叔啊，”薄荷说，“他让我们看见林将军靠近你就随时通知他，还说将来带我们吃香的喝辣的，陆总，你爸是不是有点空巢老人综合征？”

陆必行：“……”

“话说回来，陆总，你真喜欢林将军啊？那么吓人，我都不敢正眼看他，你胆子也太大了。”薄荷小太妹一边说，一边技术高超地用口香糖吹了个泡，“咔”一下咬出了声音，她好奇地小声问：“你亲过他吗？”

陆必行差点让唾沫星子呛住。

“不会吧？你们这些大叔都这么含蓄吗？我在北京β星那会儿，经常跟一帮人去便宜的小酒馆，谁请我喝酒我就跟谁聊几句，看着顺眼就亲一个试试，亲完来电就处，不来电就拜拜，讲究效率。”薄荷说，“这么长时间，独眼鹰大叔都疯了两个疗程了，你连亲都没亲过，那你们在一起都干什么？”

她话音刚落，主控室的电梯门就打开了，林静恒正好走进来。他晨练完毕，刚洗过澡，脸上带着罕见的血色，头发还湿漉漉的，裹挟着一股扑面而来的荷尔蒙。

陆必行被薄荷说得整个人都不太好了：“你这是未成年女生该说的话吗？别以为不在北京β星上，校规就不存在了，把昨天的作业交出来，一边写检查去！”

林静恒鲜少见他发脾气，十分诧异地多看了两眼，随后可能觉得他教训小女孩的样子挺有意思，嘴角不怎么明显地掠过一点笑意：“不是说今天实验反追踪系统？”

青年科学家尴尬且欲盖弥彰地清了清喉咙，一本正经地站直了：“在这边，跟我来……我本来打算地面实验的，刚刚有个新想法。”

（二）

陆必行——因为正心虚，所以说话时，刻意把不笑也有一点翘的嘴角压了下去，可惜没来得及伪装全套，眼神过于灵动，堪称贼眉鼠眼，语速还有些急，看起来像憋了个恶作剧的大尾巴狼。

林静恒的脚步谨慎地一顿。

陆必行："怎么？"

林静恒摇摇头，眉心习惯性地拧在一起，一言不发地跟着他往工作间走，他怀疑自己这段时间有点无所事事，太关注陆必行了，而且还总是过度解读，有种他一言一行里都有什么深意的错觉。

好在，陆必行很快正常了起来。

"我打算改做太空测试，在内网范围内，"陆必行把林静恒领到工作间，先是简单介绍了一下反追踪系统，随即侃侃而谈，"你看，基地内网的全覆盖面积有四个航行日，这个范围，足够小机甲在里面扑腾着演习了。"

林静恒面无表情地一挑眉。

"我的想法是，让自卫队分成若干组，进行实体机甲演习，参加演习的每架机甲都打开通信端，发送特定频率的信号，用来模拟远程通信，他们可以利用反追踪系统隐藏自己的行踪，也可以想方设法破解反追踪系统，找出对手。这样是不是一举多得，既在实战里测试反追踪系统，又能练兵。"

陆必行脾气温和好说话，颇为善于变通，可是骨子里，有股细水长流的执拗，到了现在这个地步，他依然不肯放弃，还把基地里的那些人当"兵"。

林静恒听完，无奈地一点头："嗯，好主意，组织一群猩猩玩太空躲猫猫。"

陆必行停下脚步，他隔着几米站住，在工作间柔和的白光下回头看着林静恒："林，这个问题，我其实问过你一次……你当时在航道附近发现海盗战队靠近，为什么要独自涉险引开他们？你那时候回航，测绘地图完成大半，臭大姐逃往域外的渠道和补给都在你手里，为什么不干脆放弃这个基地？你真的认为这些人只是一群猩猩吗？”

“不，只是个比喻，”林静恒眼都不眨地回答，“我没有侮辱猩猩的意思。”

陆必行定定地看着他。

“另外，我为什么要放弃这个基地？”林静恒不慌不忙地迈开长腿，越过他，往工作间外走去，“从来只有星际海盗避让我，没有我给他们腾地方的道理。源异人——他算哪根葱？”

陆必行原地叹了口气，第一次见识到这么硬的嘴，让人联想起薄胎厚釉的瓷器，陆必行轻轻地抿了一下嘴，好像已经被冰到了门牙。林静恒的声音从不远处的楼梯间里传来：“你那所谓‘自卫队’，现在只会开着机甲沿固定轨道走，演习什么的别扯淡了，还有备用计划吗？”

陆必行追上去说：“会有办法的。”

“一盘散沙，你还能有什么办法？”

“和泥有和泥的办法，拢沙有拢沙的办法，”陆必行正色说，“我这个人虽然不太靠得住，但是关键时刻没掉过链子吧？你再相信我一次，怎么样？”

话音刚落，薄荷接通了他的个人终端：“老师，有几个自卫队的人找你。”

陆必行应了一声“稍等”，目光仍是追着林静恒。

林静恒不知道老波斯猫是怎么教育的，把这小子养成了一株普度众生的“奇葩”，陆必行有时候天真得不可理喻。可他又偏偏看不下去陆必行殚精竭虑、四处碰壁——在别处碰壁就算了，到了自己这里，只要不影响大局，林静恒是不舍得给他脸色看的。

僵持了半分钟，林静恒不耐烦地冲他一摆手：“随便你吧。”

陆必行弯起眼睛笑了，声音略微压低了些：“将军，我发现从我认识你那天开始，基本上我说什么你都答应啊，你为什么对我这么好？”

这个问题没法回答，所以林静恒决定临时当一会儿哑巴，插着兜，一言不发地走了。

陆必行笑眯眯地在他身后问：“难道是想让我以身相许？”

林静恒冷静地回答：“滚。”

（三）

这一天，机甲站主控室里非常繁忙，所有不服周六的抱团小势力，都派人来拜访了陆必行，有和他请教机甲常识的，有跑来抱怨周六、顺带试探口风的，还有攀关系混脸熟的。

往常安排好的定时定点空中巡逻也乱了套，因为这些小团体各自为政，谁也不跟谁商量——上午，十分钟之内，来了三拨要上天的巡逻队，机甲站的轨道都快让他们摩擦出火了，而到了下午和傍晚，又没人去了，天上只有一轮孤单寂寞的人造太阳。

除了周六和他忠心耿耿的小弟们还在坚持作息之外，剩下的妖魔鬼怪都出来作祟了。在这样一个放屁能砸脚后跟的小基地里，各种组织雨后春笋似的往外冒，没几天，已经出现了十多个武装小团体。

“太空剑齿虎”“宇宙最强军团”之类念出来都让人脸红的名字，在机甲站登记了一堆。可谓是乌烟瘴气、群魔乱舞。林静恒眼不见心不烦，带着再也不怕没电的湛卢上天干活去了，每天在基地和两个补给站之间来回跃迁，清点物资，为随时可能爆发的战争做最后的准备。

“剑齿虎”们自己兴风作浪也就算了，关键基地的居民用电用的是循环能源——简单说，就是靠机甲尾气发电的。本来大家都有组织有纪律、定时定点发射机甲，循环的能量正好够用，现在被他们一通胡搞，闹得天上交通拥堵，地上时而停电跳闸。基地一千多万居民，这一阵子过惯了二十四小时供电、每天还有电影看的日子，由奢入俭难，忍耐了一天，派了“二百五老年天团”中最为德高望重的几位，前来机甲站讲理。

武装小团体正忙着争权夺势，做梦都在呼风唤雨，不想和这群老不死讲理，态度粗暴傲慢，把基地闹得民怨四起。能源有千千万万种，陆必行当时改造民用供电时，偏偏选择了这种设计，不知道是不是早预料到了现在这个局面，特意憋了一口坏水。

总之，谁敢滥用基地的机甲武装，扰乱供电系统，谁就是自绝于人民。

当人民的小电影再一次被停电中途打断时，愤怒的人民暴动了。

他们从蚁穴似的街道和建筑里倾巢而出，声势浩大，把机甲站围了个水泄不通，不管是“剑齿虎”“霸王龙”，还是“宇宙最牛 ×”，只要敢落地，一概捉起来臭揍。

等陆必行姗姗来迟过来调停的时候，剑齿虎已经快被人打成豁牙猫了。

“别吵别吵。”陆必行把扛着拖把往前冲的电影老太拉回来，“女士，冷静！克制！优雅！注意血压，有话好好说。”

电影老太被他拽住，倒提拖把，往地上一戳，中气十足地吼道：“我不管你们是自卫队还是自杀队，你们就得按说好的时间来，谁再非法上天，谁就不用下来了！”

陆必行文质彬彬地拉偏架，转向灰头土脸的武装小团体：“对啊，要有秩序，没有秩序哪儿来的文明？”

可是秩序听谁的呢？众多武装团体谁也不服谁，三言两语吵了起来，再次激怒了激愤的群众。

“基地总共这点机甲，总共这点人，到底听谁的？你们有数没数？”

“你们听谁的我不管，反正不能打扰我看电影。”

“要么你们派人打一架，打死不论，谁赢了听谁的。”

“说得对，快打！”

眼看“剑齿虎”的老大和“霸王龙”的老大被人按着跪在地上，脑袋碰脑袋地给凑到一起，眼看就要被强行拜天地结婚，陆必行终于慢条斯理地开了口：“我倒是有个公平的办法。”

第三天傍晚，林静恒把补给站里的备用机甲、武器清点完毕，一股脑地都塞进了重三，满载而归，刚一回航，就看见基地跟开运动会一样。反追踪系统调到了最小覆盖范围，此时应该是正在测试基础功能，大气层外，众多机甲装上了虚拟导弹，正一窝疯兔子似的乱窜，不熟练地利用反追踪系统的镜像航道里出外进，看得人眼花缭乱。

湛卢说：“先生，这里似乎正在进行着一场有趣的演习。”

林静恒不冷不热地说：“你看错了，他们应该是在开‘失智人群特运会’。”

湛卢沉默了两秒：“哈哈哈。”

“谁跟你开玩笑了，让你笑了吗？”林静恒喜怒无常地拉下脸，“解析一下反追踪系统，躲他们远点，省得一会儿自己撞上来碰瓷。”

由于反追踪系统只开启了局部的基础功能，很容易就被湛卢的精神网覆盖了，重三绕路到基地另一侧，声势浩大地落回机甲站。可惜，这会儿没人关心重甲了，基地的多媒体大屏幕上正在直播演习全过程，所有人都在广场围观，万人空巷。

林静恒老远就听见了陆必行解说的声音：“‘霸王龙’四号机需要注意节约火力，虽然只是虚拟导弹，但为了仿真，每架机甲的发射数量都是有限的，四号机再这么乱喷，恐怕就只能被人追杀了……‘自卫队’一号机和‘霹雳大王’三号机撞在一起了，不过大家不用担心，参与演习的机甲防护罩开在最高挡，而且机甲都有限速，互相撞击不会有损伤……喔，自卫队一号机是周六吧，擦肩而过的时候他趁机抢夺了对手的精神网，操作很漂亮……等等，我们看到‘至尊金刚’的最后一架机甲也被标记击落了，这应该是今天第一支全军覆没的战队，不过分数还挺高的……啊，机甲失控了，可能是驾驶员晕过去了——静姝，场外支援一下！”

陆必行自己在一架机甲上，一边调控反追踪系统，一边裁判解说两不误。

诸如驾驶员掉线这种不太复杂的情况，都交给了四个学生处理，他们负责在驾驶员失去意识后，把无人驾驶的机甲拖出演习场，学生们操作不熟，左支右绌，比正经参加演习的还忙乱。

多媒体屏幕一角，每一支战队的分数都在不断变动，规则相当复杂，分数垫底的战队则被标红，陆必行每隔三分钟要念一下标红的战队，提醒示警：“‘老子世界第一’战队目前分数垫底，不过别灰心，兄弟们，你们还有上升空间，毕竟‘至尊金刚’已经全体阵亡了。另外，我请大家注意，今天的演习结束之后，最后一名的战队将不再是合法武装，所有成员不准再组织新团体，你们要么离开机甲站，要么加入别人的战队当小弟。”

林静恒靠在重三机身上，点了根烟，远远地看着这场闹剧，明白了陆必行的思路——现在把这些人强行聚在一起，强行灌输荣辱观，肯定是来不及了，瘪三不是一天养成的，没那么容易变成精英。基地既然已经是一盘散沙，不如搅浑了水，因势利导，激他们自己斗，自己挖空心思提高战斗力，如果引导得当、监管到位，内斗有时也不一定就是消耗。与一潭死水相比，风波不断反而是好事。

毕竟，陆必行的目标只是想让他们在战乱中活下来，没打算让他们去拯救世界。

这时，身边响起脚步声，一只手伸过来，很不客气地从他兜里掏走了一根烟：“你把重三的火力配齐了？比源异人的怎么样？”

林静恒一听，就知道是陆必行背后多嘴，把他回航路上截杀源异人的事告诉了独眼鹰，他轻轻吐出一口白烟，有点哭笑不得——陆必行好像觉得，多说他几句好话，就能让老波斯猫跟自己和平相处似的。

“比源异人那架差一点，”林静恒说，“重三毕竟淘汰太多年了，硬件上有差距。不过现在机甲核是湛卢，应该能弥补一些。”

独眼鹰冷冷地哼了一声：“重甲倒是有了，你就不怕计划赶不上变化吗？万一你那些失联的狗腿子已经陷进星际海盗老巢，全军覆没了呢？万一他们不听你的呢？”

“白银九的战斗力我心里有数，全军覆没不太可能，要真到了那种地步，大概就是不可违抗的命运了。”林静恒慢吞吞地弹了弹烟灰，“还有，他们不会不听我的，因为白银十卫的效忠对象不是联盟，是我。”

独眼鹰皱起眉：“什么意思？”

“意思是，没有我的命令，哪怕联盟议会大楼在他们面前被炸成渣，军委所有人的脑袋都掉下来挂在墙上，白银十卫也不会出动。”

独眼鹰震惊了：“也就是说，你在白银要塞——第一星系的咽喉，暗度陈仓地攒了一帮私兵？”

“不算暗度陈仓吧？”林静恒淡淡地说，“这些年拿钱办事，收了联盟的拨款，也没不给联盟卖命，我们不欠联盟什么。”

独眼鹰目光复杂地注视着他，好一会儿没说话。

他第一次知道林静恒的时候，林上将还是个丁点大的小孩，陆信偷拍了一张男孩的睡颜，满世界显摆他抢来的“儿子”，据说，林家当年家破人亡，只剩下一对未成年的双胞胎，哥哥被军委出面带走，交给了陆信抚养，妹妹则被伊甸园管委会领养，林家发生过什么事，独眼鹰这种不在政治旋涡中心的老百姓当然不知道，但他第一眼看见照片上的男孩时，就直觉他这一生不会过得太轻松。

陆信经常远程炫娃，在独眼鹰印象里，林静恒一直是个喜欢安静的小少年，第一星系的权贵子弟嘛，大抵都是那副样子，精致到头发丝，很小就学一副少年老成的大人做派，举止彬彬有礼，说话拐弯抹角……直到联盟变天，陆信身亡。

独眼鹰一度愤世嫉俗地认为，沃托的土里就长不出好苗，一个个人模狗样的东西，虚伪做作，口蜜腹剑，扒开皮都是满肚子贼心烂肺。

直到他真正接触到林静恒这个人。

“看不懂你，”独眼鹰说，“怎么，难不成你当年想造反吗？”

远处的多媒体上显示，这么一会儿工夫，“霸王龙”等三个战队也全军覆没了，林静恒听见“造反”两个字，目光锋利地扫过独眼鹰，没有否认。

独眼鹰不知道他哪儿攒的私兵，但联盟兵力都在第一星系，机动调配权几乎全在白银要塞，如果哪次海盗入侵联盟时，白银要塞趁机反水，联盟恐怕早就灰飞烟灭了，连这几十年的平静也没有。

独眼鹰：“那你为什么……”

“为什么不动手？”林静恒瞥了他一眼，本不想理他，却还是鬼使神差地回答了，“白银十卫反水，海盗肯定乘虚而入，陆信那些本来就怀恨在心的旧部也会出来跟着裹乱，那就不是小规模战争了。”

陆信泉下有知，非得气活过来不可。

奇异的是，独眼鹰听懂了他的言外之意。

林静恒顿了顿，自嘲一笑：“不过现在的情况也好不到哪儿去，算我自作聪明吧。”

（四）

整场闹着玩似的演习至此，已经进行了四个多小时，因为反追踪系统只开了基本功能，很快，所有人都在打急眼的过程中熟悉了它。

熟悉以后，追踪和反追踪的过程就被跳过去了，演习开始从斗智变成了互相撕咬。

周六驾驶的“自卫队一号机”操作灵活，胆大心细，他的确是比所有人都努力，可惜，出头的椽子先烂，自卫队分家后，很多人看他本来就不顺眼，此时场中剩下的人自发抱团，一起围剿他一个。周六比其他人高明一点，也并没有高明很多，在这种局面下，很快就被虚拟导弹击中了，不得不黯然退场，演习场中，只有二十几个人的自卫队全军覆没。

这让他们前一阵疯狂的口号和操练，成了个没什么说服力的笑话。人们热爱笑话，因此广场上鼓掌和起哄的声音来得更猛烈了些。

林静恒眯起眼，看着演习场里碰碰车一样互相撞来撞去的机甲，捻灭了烟头。

独眼鹰摇摇头："你这人确实是自作聪明。我跟你说，林静恒——要不然，你就放下一切，终身为世界和平奋斗，每日三省，彻底成为一个圣人。要不然，你就什么都不要顾忌，想干掉谁就他妈直接干，杀他一票痛快的，往后死活不论——你卡在中间算怎么回事？哦，你一肚子仇恨、忍辱负重，小动作一套一套的，还觍着脸满口大义凛然，怎么，难道你这半吊子还觉得自己怪不错？"

他说了这么长一串，仍不过瘾，还伸手一指林静恒："丢人！"

林静恒面无表情地把烟头一丢："我给你脸了是吧？"

两人之间短暂的和平支撑不了一个中场休息，眼看又隐隐泛起火药味，林静恒突然想起了什么，及时收敛了自己的脾气，对独眼鹰说："喂，我问你个事。"

独眼鹰近两百岁而青春依旧的脸上泛起轻蔑的冷笑："你问我就说？我是什么？湛卢的搜索引擎吗？"

林静恒没理会："你听说过'女娲计划'吗？"

独眼鹰的笑容陡然一僵："什么？"

"在北京β星上，我曾经三次让湛卢扫描过他的基因，三次都不匹配。"林静恒注视着独眼鹰的表情，"因为他的大脑里有个保护装置，对吧？直到他第一次非法植入芯片时，保护装置意外受损，被湛卢发现，我才得到了他脑部组织的基因型。"

猝不及防地，林静恒把两个人心照不宣的事摆到台面上，独眼鹰一时措手不及。

"你辛辛苦苦隐瞒了这么多年，突然发现我知道了这个秘密，却只是消极躲避，甚至从没有来质问过我，我是怎么确认他身世的。你这态度不合常理啊，陆兄，要我看，更像是一个秘密下还藏着另一个秘密，你怕多说多错，对不对？"

独眼鹰嘴角僵死在那儿，眼角没收敛的笑纹像是撕裂了他的面孔，露出皮囊下、经历过百年战乱的暗色肌理。

“你这人不太适合保守秘密。既然你不喜欢联盟那套虚头巴脑的东西，那我就直说了。”林静恒压低声音，一字一顿地问，“他大脑里的保护装置在保护什么？来自哪里？为什么脑部基因和身体不匹配？他——还有你，跟那个女娲计划有没有关系？”

他步步紧逼、图穷匕见，独眼鹰眼皮开始狂跳，手下意识地按在了后腰的激光枪上。

林静恒没有丝毫躲闪退让的意思——这里是机甲站，广袤无垠的机甲精神网是他的领土，没有人可以在机甲群里谋杀林上将。

两个人僵持半晌，广场那边传来了一阵欢呼，演习彻底结束了，“老子世界第一”战队可能是起名太土，运气不怎么样，苦苦挣扎，依然没有逃脱垫底的命运，围观群众齐声起哄：“解散！解散！”

热闹给这场上不得台面的内斗平添了一点活泼的喜剧效果。

独眼鹰这个人，千真万确，不适合保守秘密，他一个字没说，一系列的反应却已经泄露了一切。林静恒看着他，心里狠狠地抽了一下，缓缓点点头：“看来是有关系了。”

“你要是还有一点记得陆信对你的好，你要是还有一点良心，”独眼鹰喉咙滚动片刻，艰难地从里面挤出一句话，“你就不要再追问这件事，已经过去三十年了，不关你的事。”

林静恒深深地看了他一眼，转身往机甲站外走去。

“站住！”独眼鹰高声叫住他，“还有，你要是不想让陆信的鬼魂半夜敲你的门，就少把你们这些权贵的龌龊手段用在我儿子身上，让人恶心。”

林静恒脚步一顿，没明白：“你说什么呢？”

“没听清？那我再说一遍，”独眼鹰咬着牙，对他怒目而视，“尊贵的林上将，别老把别人都当成没见过世面的乡巴佬，我知道你们这些满口自由文明的沃托人渣都是什么货色，少把你们那些拈花惹草、下三烂的手段往我儿子身上使，我说得够明白了吗？”

说得非常明白，仅次于古谚里那句著名的“你要多少钱才能离开我儿子”。

林静恒瞠目结舌半晌，脱口说：“你有病吧？”

他说完，走出了几步，脑子里又不由自主地把独眼鹰这番高论回放了一遍，忍不住觉得方才的回击力度不够，于是隔着十几米，他又回头重新击了一遍：“你自己去找点药吃好吗？”

这时，机甲站角落里的一个监控镜头转了过来，有权限的人就那么几个，不用想也知道是谁在监控后面。

独眼鹰分外敏感地一抬头，冲监控吼：“你看什么看！”

林静恒也一头官司地盯了监控一眼，结结实实地闭了嘴，拂袖而去。

陆必行对着消失在监控镜头里的林静恒叹了口气，关上视频，屏蔽了横眉立目的老波斯猫，怀疑独眼鹰和林静恒之间恐怕是累世的天敌，生来犯冲。

（五）

基地的武装预备役被陆必行激起了血气，各自憋着一口气，从天上下来，原本闹着玩似的各战队之间变得紧张且泾渭分明起来。从这天开始，基地的形势一天比一天复杂了起来。

反追踪系统每天都在叠加新的功能，一开始是非常简单地把信号折叠一次，十几天过去，折叠的次数越来越多，一个机甲射出信号，通过反追踪系统后，往往能在周围折叠出一个小型迷宫，技术层面上想越过反追踪系统越来越难，演习也被迫从简单粗暴的碰碰车运动，上升到了战术战略层面。

而场中战队也越来越少，多媒体屏幕上的战队列表逐日缩短，最开始有十九支战队，一行写不下，现在却只剩下了一小截。被淘汰的战队成员一落地，就会惨遭围观群众没完没了的奚落和起哄，他们往往不甘心就此灰溜溜地离开，隔天就会加入其他战队，再上天公报私仇。而旧的战队解散后，过去的战友往往会因为意见分歧、个人关系等，选择加入不同的战队，于是又成了对手，这些新敌旧友的关系微妙，给演习增加了更多的变数。

“结盟”“背叛”“无间道”和“反间计”轮番上演，看得人眼花缭乱。

幸存战队的老人面对源源不断加入的新人，也在不断磨合，不断确认自己在团队里的位置，于是参加演习的战队在矛盾和冲突间，都极有效率地形成了自己的组织和规矩，甚至有了内部层级和相互配合。

每天高强度的体能训练是反人性的，但与人斗其乐无穷——特别是还有观众捧场。

基地居民们像远古时代逆着时差也要追世界杯的古人一样，小电影都不看了，每天定时拥向广场，收看演习直播。观众素质都不高，不单对场中的失败者给予毫不留情的奚落，自己也要因为围观意见不一致互相掐架。在这种氛围下，幸存的战队早就没有了演习的心态，每天四个半小时精力高度集中的对战之外，回去还要凑在一起商量战术或是想方设法耍阴招给对手使绊子。

以前，这些二把刀的驾驶员在太空中掉一次线，就得脑震荡一周，还会留下难以磨灭的心理阴影，现在每天摸爬滚打下来，不掉线两三次，都不算参加了演习。连四个专门负责场外捞人的学生精神力也大大提高，平均每个人的人机匹配度增长了 15%，成了拖拽无人机的熟练工。

演习场中只剩下三支战队的时候，陆必行宣布反追踪系统测试完成，可以正式应用，演习暂停。

三支战队里，周六的自卫队人最少，从演习第一天开始，自卫队就走上了被人围攻的道路，后来围攻成了习惯，他们也被打成了“公敌”一类，众人仿佛和他们有什么深仇大恨，每次演习一开始，首要任务就是默契地抱团，把自卫队打出局，在这种情况下，自卫队居然磕磕绊绊地活到了最后，挨打挨惯了，战斗力、机动反应都开始脱颖而出，几乎成了一支短小精悍的“劲旅”。

人数最多的一支叫“黄金勇士”，因为“黄金”二字，招揽了大批拥趸，每次演习上场一百架机甲，他们能占一半。“黄金勇士”的老大，是一个看起来不显山不露水的女人，名叫福柯，以前臭大姐掌管自卫队的时候，她是老资格的正式成员之一，她很少发表自己的看法，也不怎么提出主张，但每次有什么事她都在，所以莫名其妙地论资排辈起来，别人也总能想起她。

还有一支战队，叫“铁面骑”——“铁面无私”的“铁面”，名字非常正义，道德水平非常低下，是一支很不要脸的流氓战队。最早收买间谍、派遣内奸，给竞争对手下泻药的就是他们，有一个长得尖嘴猴腮的老大，此人名字没人记得了，外号叫“黄鼠狼”，年轻的时候是个混迹地下黑市、到处偷鸡摸狗的皮条客，现在年过两百，黄鼠狼不改“英雄本色”，仍然是个纯粹的卑鄙小人。

林静恒开着重三，让湛卢配合陆必行，花了三天，把仓促成就上线的反追踪系统安装完毕，进行了最后一次实地测试，运营良好……甚至超出了林静恒的想象。

这个反追踪系统上线后，一旦基地发出的信号被人捕捉追踪，追踪他们的人面前会出现三百条难以分辨的岔路，从中找到基地坐标的概率是三百分之一。

这是个什么样的工程呢？如果是在沃托，联盟军委至少要开六次听证会，才能定好方案，之后招标投建，再到验收，得将近一年才能完成，正式上线之前，军委会指派审批小组组织测试，测试又要测半年。人吃马喂、揩油回扣，再加上没上过战场的学院派工程师和前线部队理念不合、彼此冲突摩擦、反复互相掣肘，这样一个堪称精巧的反追踪系统做下来，一切顺利也要两三年，花上几个亿的第一星系币不在话下。

林静恒最后人工把关，对照着星际航道图调整了一下，暗暗赞叹之余，他心里有点莫名的骄傲。陆必行对他来说，就像一株罕见的花，即使曾经遗失在贫瘠的土壤里，经受过无数他打探不出也想象不出的风霜，到底自行长出了绚烂的颜色。

林上将罕见地给出了非常高的评价：“你要是在白银要塞，我就把整个军工团队都裁了。”

陆必行谦虚道：“这个粗糙得很，只能应急，用过几次，对方就会发现门道的。”

林静恒盯着反追踪系统，心里迅速地盘算出了几个埋伏计划，顺口问：“你以后有什么打算？”

“办学校吧，”陆必行说，“星海学院夭折，我还是不大甘心。”

“太平下来，学校随时都可以办，不是问题。”林静恒一边说，一边调出个人终端，在航道图上写写画画，“也许这场战争过后，联盟就不再是以前的联盟了。你想过将来去哪儿吗？如果将来我们离开基地，你是希望找到个相对安全的战后避难所，还是想做随军的工程师？”

陆必行不假思索地说：“我跟着你啊。”

这话放在以前，林静恒肯定听过就算，不会往心里去，可是忽然，他莫名想起老波斯猫那天在机甲站里放的厥词，鬼使神差地抬头看了陆必行一眼。陆必行的眼睛极亮，一碰到林静恒的目光，他好像有点紧张似的，目光要躲不躲，细碎的光在他的虹膜里微微地晃动，几乎闪出了流光溢彩的效果，他还拘谨地伸手在自己鼻子下抹了一把。方才那句“我跟着你”，立刻就产生了暧昧的歧义。

林静恒不动声色地想：“× 你祖宗，独眼鹰。”

空气都仿佛开始升温，几秒过后，两人各自七上八下地移开视线。

陆必行慌张之下随便起了个话头：“基地现在还剩三支战队，再让他们内斗下去也没什么意义了，明天把他们拉出来实地演习，你能帮个忙，充当一下考官吗？”

林静恒基本没听清他说了什么，一口答应：“行。”

第十章 最终演习

“给基地发信，有不明机甲靠近……十……不，更多！检查你们的防御和武器装备！快点！”

（一）

“我认为这个决定不符合您的行为模式，”湛卢的声音在空旷的重三里回响，“先生，是什么让您做出了这样的决定？”

这里是距离基地十个航行日之外的荒芜之地，杂乱的信号通过已经成型的反追踪系统射出来，像是群星中竖起了一个巨大的万花筒。

三支战战兢兢的基地战队已经藏好了。重三关闭了武器系统，只装了个虚拟炮口——虚拟炮其实就是一种特殊的电磁波，标记了谁，就相当于谁被“击中”了，超过一定强度，就代表防护罩被击碎。

玩具一样，非常搞笑。

林静恒感觉自己就像个身高两米三的壮汉，捏着一把两寸长的刺水枪，站在杂乱无章的路口，准备跟一帮学龄前的熊孩子玩捉鬼游戏。熊孩子们发自内心地恐惧着，没毛的鸡崽一般躲在四通八达的小路上，唯恐成为水枪下落汤的亡魂。

而林将军接下来四个半小时的任务，就是翻箱倒柜地把他们挨个找出来，温柔地拿水枪喷一下他们柔软的小屁股——千万不能喷重了，否则他们脑壳里那颗杏仁会震荡给他看。

这个丢人现眼的过程还将被拍摄下来，在演习结束后拿回去供人围观……万幸，此地已经离开了内网范围，基地没法直播。

林将军，英明神武几十年，至此，颜面算是全扫了地。

然而世界上没有比男人的面子更重要的事，因此林静恒面不改色地对湛卢扯淡："基地剩下的三支战队几乎是一个类似自然选择的结果，通过自行归类，分出了别出心裁型、稳重防御型，还有机动突击队，各有所长，如果他们知道配合，加上熟悉反追踪系统，还是有一定潜力的。"

"您上次不是这么评价的，"湛卢很不懂事地戳穿了他，"您上次说，剩下的三支战队代表了人类社会的三大顽固毒瘤——卑鄙小人、愚蠢的大多数，还有眼高手低做白日梦的大傻子。"

"……"林静恒沉默了两秒，"那是个玩笑。"

这次，湛卢并没有"哈哈哈"，而是有点困惑地说："根据当时语境与您惯用的语言模式，我认为那并不是一句玩笑。"

林静恒的语气开始不好："人类和人工智能最大的不同，就是人类的行为和语言没有固定模式。"

湛卢有理有据地反驳："先生，看来社会学与心理学并非您的专业，事实上，人类行为模式研究早在地球时代就已经开始了，人类种种看似复杂的行为其实都有内在的逻辑。举个例子，根据您本人的历史数据，您将会对我说……"

林静恒："闭嘴！"

湛卢："……闭嘴。"

联盟第一机甲和他的主人几乎异口同声，湛卢顿了顿，尽忠职守道："是，执行'闭嘴'命令。"

林静恒："……"

他现在有点想把湛卢从重三上拆下来，这种二手机甲的机甲核只配安在健身房的脚踏车上。

"诸位应该已经知道规则了，"这时，陆必行的声音在每一架演习机甲上响起，"在以前的演习里，诸位都没有反追踪系统的权限，而这一次不同。三支战队中，每个人都拥有反追踪系统的部分权限，此次演习，你们的对手不是彼此，只有林将军一个人，他会是你们的狩猎者。简单来说，这个游戏以前是每个人都蒙着眼睛，互相追捕，而这一次只有林将军一个人蒙着眼，他来追捕你们所有人。”

三支战队的机甲驾驶员们听了这话，非但没有庆幸难度降低，反而更紧张了。

“今天，我们不会淘汰任何人，”陆必行继续说，“从现在开始，进入积分环节，积分排名最低的，负责围绕基地远程巡逻，直到在下一次演习中逆袭。我提醒诸位，远程巡逻漫长而痛苦，一旦有危险，你们将会首当其冲。而经过一些区域时，巡逻队员相互之间甚至没有可以沟通联系的信号，容易让人产生焦虑、精神紧张等情绪，会在一定程度上影响诸位的后续表现。也就是说，输一次恐怕就翻不了身了，所以今天请大家一定慎重。”

周六的眼睛里冒出贼光，福柯在最后调整着队形，黄鼠狼已经开始利用反追踪系统的权限，查看其他两支战队的位置了——黄鼠狼的逻辑是，战队被林静恒全歼也无所谓，反正不会真死，只要其他两个竞争对手更惨，自己自然就可以脱颖而出。

“林，你说过，星际海盗的战斗经验和能力超出我们的想象，”陆必行的声音从重三的通信装置里流出来，像在他耳边响起的一样，“如果星际海盗真的通过远程信号扫到这片区域，我想知道反追踪系统能不能经受这种挑战，所以你不要手下留情。”

林静恒看了一眼通信屏幕，陆必行急忙补充了一句：“我是说不要对我手下留情，对他们还是点到为止吧。”

林静恒：“不要对你手下留情？”

陆必行也不知道从这句正常的反问里听出了什么儿童不宜的含义，飞快地笑了一下，他迅速切断了通信，耳垂通红。

林静恒：“……”

片刻后，他回过神来，克制地给自己倒了半杯酒，叹了口气。

一场虐杀，就在将军乱麻一样的愁肠百结里开始了。

（二）

“周六哥，”通信里传来放假的声音，“黄鼠狼的人正在移动，跟福柯他们靠拢了，是打算结盟合作吗？”

周六沉吟片刻：“福柯他们人最多，目标最大，相对来说也最容易被定位，如果我是对手，肯定会把他们列为第一目标。”

放假半懂不懂地“啊”了一声：“那黄鼠狼为什么……”

“为了浑水摸鱼，”一个自卫队队员说，“打了这么长时间，你还不了解他吗？现在他们靠过去，一副打算同气连枝的样子，一旦福柯他们被林将军发现，黄鼠狼第一件事就是袭击福柯，直接在后面把这么大的一支队伍打散，重三也没那么容易越过机甲群，到时候福柯他们就是最好的盾牌，黄鼠狼可以藏在盾牌后面攻击重三，不管有效攻击能打中多少，反正打到就有分——他们后面就有个跃迁点，打完随时可以撤。”

“黄鼠狼那次没参加巡逻，”这时，另一个自卫队队员忽然幽幽地说，“他根本不知道对上那位林将军是什么感觉，等着吧。”

周六那次也没参加，连忙问：“什么感觉？”

“他的精神网……”那自卫队队员说着，声音有些颤抖起来，“他那精神网扫过来的时候，你觉得自己就像是一棵田地里的病秧，镰刀砍过来，根本没有躲闪的余地。你被迫断开精神网的时候，也根本不像平时掉线那样轻松，就像掉进冰水、跌进空洞洞的真空里，身上哪里都不听使唤，好像就这么死了一样——周六老大，当时我算在外围的，有些直面林将军的人，现在别说开机甲，就是在基地睡觉，晚上都不敢关灯。黄鼠狼想得太美了，以他们的火力，在重甲精神网范围外，根本打不着人家，一旦进入人家精神网范围内，他们还想跑？”

“不慌，”周六沉声说，“我们还有反追踪系统，现在听我命令，所有人散开，保持纵队！”

“周六，重三动了！”

重三的轨道在反追踪系统的监控下，事无巨细地呈现到三支战队面前，它开始绕着反追踪系统外围做圆周运动，接着，在一个跃迁点附近停住了。

“周六老大，他在干什么？”

“不要守着跃迁点，快挪开。”周六飞快地说，“再分散一点。”

“散不开了，”放假说，“咱们不在内网里，现在通信是定点通信，再散开就收不到队友信号了！”

周六的眼睛一眨不眨地盯着重三的轨道，沉声说："据说他们这些前线将军，经历过的战场情况比你们吃过的盐都多，周围能量场有一点异动都能感觉到。演习战队的人怕他，做好了万一被发现随时撤离的打算，肯定守着跃迁点，而重甲可以穿过跃迁点远程扫……"

话还没说完，重三突然跃迁，周六的心口重重地一跳。

下一刻，重三凭空出现在了黄鼠狼身后，如意算盘打得山响的黄鼠狼根本来不及反应，整个"铁面骑"战队陡然"凝固"了！与此同时，监控上，黄鼠狼的铁面骑战队整体黑了下去，林静恒没动一枚虚拟炮，直接横扫了他们的精神网！

而黄鼠狼由于居心不良，手下所有机甲的虚拟炮口都是对准盟友的，已经准备好上了膛，控制权被夺走的瞬间，所有虚拟炮全开，潮水似的扫过福柯的"黄金勇士"。

幸亏福柯早提防着黄鼠狼，重三跃迁的一瞬间，他们的队伍骤然散开，好歹没有全军覆没。

周六眼睛一亮，飞快地把坐标同步到所有人的机甲上："回航最近的跃迁点，我们准备跃迁！"

面对林静恒，躲都来不及，他还要往上冲！

放假失色："周六哥，你疯了吗？"

"现在不主动出击，一会儿只能等着被他追杀，别磨蹭！"周六说完，已经身先士卒地冲了出去，自卫队无数次地跟着他拼命、绝地逢生，已经成了习惯，立刻跟了上去。就这么片刻的工夫，黄金勇士已经在重三的碾压下溃不成军，仓皇撤往跃迁点，自卫队却突然迎着他们，从跃迁点里冲了出来，时机把握得近乎精准，他们借着残兵败将的掩护，像一把黑暗深处突然伸出的匕首，悍然扑向重三！

重甲椭圆的巨大机身像一颗璀璨的珍珠，周六通过精神网注视着它，人机匹配度达到了他有生以来的最高值。虚拟炮已经发出，只要能扫一下重三的边，就能拿到可观的分数，哪怕下一秒就被扫出去也好……

然而他的视野一暗，下一刻，两架被控制的"铁面骑"机甲好似有预判一样，刚好挡住了虚拟炮，周六心里一紧，突然生出不祥的预感，再要撤退已经来不及了，瞬间，他浑身的汗毛都奓了起来，机甲精神网好像突然被什么东西遮住了，濒死的窒息感瞬间淹没了他，周六脑子里

“嗡”的一声，人机匹配度直接从 75% 掉了线，他立刻失去了意识。

自卫队这把黑暗中的匕首也折戟沉沙，幸存者们急忙回航，想要借反追踪系统的掩护分开逃走。

可是已经晚了，重三入侵了数架演习机甲，理所当然地获得了反追踪系统的权限——林静恒这个可怕的“捕猎者”，轻飘飘地摘下蒙着眼睛的布条，东躲西藏的小耗子们无所遁形，不到一刻钟，已经在疲于奔命中全军覆没。

预计四个半小时的演习，就这样在一片狼藉里结束了，三支战队整整齐齐，集体拿了个负分，而且负得一模一样，连名次都排不出来。

负责监控演习场的四个学生一架机甲也没来得及往外拖，面面相觑，说不出话来——基地武装也好，反追踪系统也好，数月心血，在真正久经战场的人眼里，居然是这样漏洞百出，不堪一击。

不知过了多久，怀特才小心翼翼地在通信频道里说：“陆总，算……算结束了吗？”

“嗯，”陆必行好一会儿，才有些艰难地说，“……演习结束，整理现场，注意照顾一下受伤的人。”

接着，通信器里沉默了半分钟，陆必行飞快地调整好了语气，平稳地说：“今天有三个很致命的错误，第一是跃迁点，前两天布置反追踪系统的时候，我就注意到林将军很小心地避开了所有跃迁点轨道，要不是这样，估计今天他们死得更快吧？我当时居然没想到给跃迁点加密……呵，真是被人夸两句就得意忘形了。第二是战队的战斗意识跟不上，铁面骑和黄金勇士没动手先害怕，随时准备撤离，才会死扒着跃迁点不放，也才会那么快就被重甲锁定，而自卫队太过冒进，以己度人，没意识到附近所有跃迁点都在重三监控之内，自投罗网。第三……是反追踪系统权限没有进一步加密，一旦我方有机甲被入侵，对方立刻会拿到反追踪系统的所有信息，反追踪系统会变成别人的地图，这也是我考虑不周。”

黄静姝讷讷地叫了他一声：“陆总……”

陆必行笑了：“干什么？行了，我没事，还不快去收拾残局，我还要调整反追踪系统呢。”

收拾残局，学生们是熟练工，很快该拖走拖走、该救治救治了，偌大的一个星际迷宫里，只剩下陆必行孤零零地坐在机甲里，面前摊着方才演习的数据。

说不挫败，是不可能的。

自从和林静恒定下三个月的约定，陆必行就一直住在机甲站的工作间里。林上将每天凌晨起来折磨自己的肉体时，他也已经在工作间开工了。然而林上将的肉体在有条不紊地恢复，他却挖空了心思，结果也依然不尽如人意。

他毕竟还只是个年轻人。

陆必行允许自己发呆一分钟，随即迅速搓了搓脸，收拾了情绪——把过去几个月沉甸甸的心血和努力变成了一根鹅毛，吹口气，让它们随风而去了。这是他少年时在机甲上碰壁碰惯了，修炼出来的两大技能：不把自己的感受看太重，不把自己付出的时间看太重。

因为感受是主观可控的，至于付出的时间……躺着睡几个月，时间不也照样会流逝吗？说自己“付出时间”，未免也太把自己当回事了。

这时，一个对接请求发了过来，陆必行一抬头，发现重三不知什么时候靠近了。重甲上的机甲接收台对他敞开了。

林静恒等在重三的机甲接收站门口，透过玻璃窗，看着陆必行的小机甲缓缓停靠好。林静恒脸上没什么表情，背在身后的左手却把右手的指节挨个活动了一遍，怀疑自己是过分了。跃迁点的问题，他在帮陆必行布置反追踪系统的时候就注意到了，但只是自己默默调整了一下，没有提醒他。

因为林静恒知道自己吹毛求疵的苛刻，在陆必行面前总会刻意收敛，而“双刃剑”一样的跃迁点，在林静恒看来也确实不是重大瑕疵，对他来说，实战里甚至可以作为布置陷阱的道具——源异人就是这么死的……只是他没想到陆必行会求他参加基地的演习。

“我应该多转悠几圈。”林静恒想，“起码等四个半小时过得差不多再动手。”

机舱内气压调整完毕，陆必行从小机甲上下来了，林静恒远远地看见人，后脊一僵，显得更严肃了。

陆必行朝他走过来，两个人相对沉默片刻。

林静恒率先开了口：“一项工程，从最初构想到设计，再到建设完成，是非常艰难的事情，需要系统性的思考，还需要兼顾各种细节，需要大量的时间和精力。相比起来，挑一个漏洞攻击就太容易了，毕竟世界上不可能有完美的东西。虽然查找漏洞、弥补完善是必要的，但是如果有人觉得挑刺的人比建设的人更高明，那他只是纯粹的愚蠢而已……咳，我是说……你不用太在意。”

林静恒说着，想起年幼时偶有不顺心时，陆信会搂着他的肩膀和他说话。他下意识地想模仿一下，可他实在不是什么外向的人，从来没跟谁这么“哥儿俩好”过，抬起的手半天不知道往哪儿放，越尴尬，独眼鹰的异端邪说就越是要跳出来彰显一下存在感。

林静恒的手心几乎快冒出冷汗来。

陆必行看起来有点惊讶，突然捏住他的手，看着他的眼睛问：“你是在安慰我吗，将军？”

林静恒下意识地想抽回来，抽一半又觉得太刻意，不上不下地僵在了那里。

而青年科学家陆必行先生，虽然是个什么都不懂，每天跟实验报告谈恋爱的奇男子，但他还有强悍的行动力、冒险精神，以及敢于得寸进尺的大无畏精神。此时，他敏感地察觉到了林静恒的不自在，立刻无师自通地找到了调戏闷骚的乐趣，决定蹬鼻子上脸——陆必行突然上前一步，一把抱住林静恒。

林静恒：“……”

这其实只是一时冲动，闹着玩，陆必行本想看看他更不自在的样子，不料忽然发现，林静恒抱起来居然不像他想象的那么冰冷。将军的胸口有些坚硬，腰围却比目测还要小一些，后背非常地直、非常地板正。他竟是有温度的，而且那温度竟不只停留在皮肤表面，还浸透了衣服，静静地向四周辐射，被陆必行莽撞地抱了个满怀，就灭顶似的把他浸没在其中。

陆必行头皮炸了起来，他甚至嗅到了那人唇齿间浅淡的朗姆酒味……若有若无的，因为林静恒后来也屏住了呼吸。

随后，陆必行听见“嘎嘣”一声响——林上将忍无可忍地后退了一步，往后一仰，过于僵硬的关节冲他俩抗议了一声。陆必行怕他一会儿把自己僵裂了，连忙松了手，退到安全距离之外，若无其事地说：“没想到你这么温柔。”

林静恒被一张温柔卡拍在脸上，很想勃然作色，骂一句“放肆”，可他从没在陆必行面前摆过将军的谱，而一个电光石火的拥抱也算不上冒犯，实在找不着发火的理由。

林静恒深吸几口气，别无选择，也只好和他一起“若无其事”，冷哼了一声：“怕你哭而已。”

就在两人各自“若无其事”的时候，重三的医疗室打开了，一个医疗舱意意思思地滑出来一点，探头探脑地往陆必行的方向“张望”，湛卢的声音响起来：“陆校长，我检测到您心率过速，血压突然升高，体温也有一定起伏，请问您需要医疗服务吗？”

陆必行：“……”

他窘迫至极，转身就走：“我……我要去给跃迁点加密了。”

人形的湛卢从重三机甲壁上走下来，奇怪地看了看陆必行消失的背影，默默地开始搜索自己的数据库，片刻后，人工智能的目光重新聚焦，恍然大悟：“先生，经过合理推断，我得出了一个结论，可以和您分享……”

“不听，你自己留着吧。”林静恒叹了口气，端着空杯子冲他一伸手，示意湛卢给他倒酒。

湛卢训练有素地替他倒了半杯酒，还加了冰。

陆必行从重三上随便开走了一架小机甲，直接跳过跃迁点消失了。

林静恒也没有要回基地的意思，静静地飘在黑洞洞的宇宙里，目光放空了，他很慢很慢地啜着杯子里的酒。

湛卢提醒他说：“先生，我根据您身体的恢复情况，适当放宽了饮食要求，但如果您还继续要酒，今天恐怕就有点过量了。”

林静恒心不在焉地说：“嗯，收回酒柜吧，不要了。”

他喝酒，还抽烟，但都没什么瘾，纯属是跟老兵痞们混久了沾来的，有条件就来两口，没有他也不惦记。禁食阶段，他可以滴酒不沾，而只要上了机甲，他也绝不会动一点明火。

陆必行那小崽子恶作剧，想试探出他爱吃的东西，打断他的禁食，没成功，因为林静恒自己也不知道自己爱吃什么，他向来是什么方便吃什么，营养计划规定什么吃什么。他不喜欢看小说，憎恨无聊的社交和闲聊，他在白银要塞的时候，会屏蔽所有与非军政相关的新闻，整个娱乐圈里就认识一个讨厌的叶芙根妮娅，上一次看电影还是二十多年前——

那片子是联盟军委参与投拍，宣传军委情怀的，公映的时候要军方派出几位形象良好的军官当门面，伍尔夫老元帅派了一队亲兵，端着枪把他押到了首映典礼上，让他坐在那儿给人拍照，拍完他睡了两个多小时，电影演了什么，全然不知道。

他唯一的娱乐，是机甲自带的小游戏，偶尔执行长时间星际任务时，他会和机甲来几盘。玩得最多的是“炸大楼”——这个游戏是一座虚拟大楼图标会在精神网范围内随机冒出来，很快消失，驾驶员必须在规定时间内跟上，炸毁虚拟图标，是个锻炼精神力的小游戏，人机匹配度不高的人玩不了几分钟就死了。

林静恒突然说：“我是个挺无趣的人，是吧？”

“按照人类的标准，不能这么说，”湛卢想了想，公允地评价道，“您刻薄起来还是很有活力的。”

林静恒苦笑：“好吧，你的意思是，我只是纯粹让人无法忍受。”

“您确实不是个好相处的人，”湛卢一歪头，“先生，您看起来有点苦恼，像佩妮小姐第一次和您表白时一样苦恼。”

林静恒的眉梢轻轻地动了一下，没吭声，把杯底的酒喝光了。

湛卢接着说：“据说人类挑选伴侣的时候，心里往往会有一个理想型，据我观察，您的理想型应该是接近佩妮小姐的类型。”

林静恒一口酒没来得及下咽，差点呛进肺里，低头咳了个昏天黑地，他说：“这事我怎么不知道？”

“您对佩妮小姐非常好，远远超出了您对其他人的耐心和友好程度，您会尽可能地保护她，会照顾她的感受，几乎没有对她说过粗鲁的话，甚至很少挖苦她——这对您而言并不容易。”湛卢有理有据地陈述，“北京β星罹难，我为您感到难过。”

林静恒沉默了好一会儿，目光通过重三的精神网，仿佛在往北京β星的方向张望，可是那里只有黑压压的一片，什么也看不到，消失的人就像蒸发的水，从此在星辰大海中杳无痕迹。林静恒旋转着透明的玻璃杯，低声说：“我不喜欢佩妮，拒绝过了，我跟她……其实也没什么话好说。”

他跟佩妮在一起的时候，总觉得自己好像在乌兰学院上新星历编年史课，老走神，还怕被人看出来，伤害女孩的自尊心，非常疲惫。

“我主要是……”林静恒顿了顿，思考了一下措辞，“感谢她看得上我，看得上我的人不多。”

“这说法不太公平，叶芙根妮娅小姐的表白比佩妮小姐更炽热，”湛卢说，“那年自由日阅兵，她下了舞台专程来见您，我保存了相关数据，我认为她当时的生理特征和方才陆校长差不多，您可从未对她表达过感激。”

最后两句话把林静恒的心堵到了嗓子眼，他有气无力地说：“别瞎类比——再说，叶芙根妮娅是联盟议会的交际花，后台是管委会，心跳两下对她来说算不了什么，一个议会席位、一周的头条新闻会让她心跳得更快。”

“嗯，您认同‘政治会污染爱情’这句话，看来您的感情观保守得表里如一。”湛卢把他的杯子拿走去清洗，“那么您在白银要塞的亲卫长洛德先生呢？”

林静恒一愣：“什么？”

“亲卫长内向且不善言辞，但他每次经过您身边的时候，心率都会上升 10% 到 15%，”湛卢浑然不觉自己放了个炸弹，平静地说，“他的目光永远在追随您，每次离开您办公室，他都会在带上门之前再回头看您一眼。”

林静恒茫然地和他对视了片刻。

湛卢非常人性化地一点头：“好吧，根据您的表情判断，在您眼里，除了不能往他身上弹烟灰，亲卫长和人工智能没什么区别——真为洛德先生感到遗憾，我希望他现在一切都好。”

林静恒十分烦躁地往椅背上一仰，长出一口气，感觉和湛卢聊天并不能纾解，只能添堵，于是不理他了。

（三）

陆必行效率极高地修补了反追踪系统的漏洞，很快组织了第二次演习——虐杀。

第二次演习时间持续五十分钟，依然以三支队伍一起负分告终，林静恒在实战中又找到了新的漏洞——离得比较近时，像黄金勇士这种规模的战队会产生一点微弱的能量虹吸，战队抱团抱惯了，不敢疏散，又被林静恒逮了个正着。

而这次演习的亮点还是周六——作为林静恒嘴里“白日梦大傻子”的代言人，周六贯彻了他的异想天开，上一次教训没吃够，这一次他居然还敢带人主动出击，而且越挫越勇……当然，勇敢没什么用，他的下场依然十分凄惨。第三次演习时间持续了一小时三十分钟，这次，林静恒一次火也没开，因为黄鼠狼试图作弊，演习开始前一天晚上，他溜进机甲站，打算在重三里装个小玩意儿，希望借此在演习的时候监视林静恒的机甲操作。

显然，黄鼠狼先生对湛卢一无所知，居然试图用祖传的偷鸡方式挑战当代顶级科技。林静恒没有声张，只是在演习开始的时候给他上了一课，湛卢利用隐藏的通信端口黑了回去，林静恒趁机夺走了黄鼠狼的精神网，三支战队看着一动不动的重三，如临大敌，还不知道自己中间混进了一匹“木马”，最后，林将军披着黄鼠狼的马甲，在千里之外把三支战队骗到了一起，让他们在自相残杀中败退了，他亲自给黄鼠狼等人演示了——兵不厌诈可以，但要多读点书。

黄鼠狼的铁面骑分数垫底，被发配远程巡逻。

第四次演习，反追踪系统已经改进得天衣无缝，这次，黄金勇士和铁面骑都学乖了，老老实实地躲在反追踪系统深处，打算就这么干熬四个半小时，林静恒几次交手，已经大概明白了这些人的尿性，他在迷宫似的航道上兜兜转转，卖了个破绽，先引出了周六。周六也许是个被出身耽误的敢死队队员，尽管体验了无数次被剥夺精神网的生不如死，想从林将军手上得分的勇气依然不灭。

林静恒成全了他，把自卫队削得溃不成军，并且很卑鄙地用精神网威逼利诱，逼着放假交代了另外两支战队的坐标。

从这天开始，林静恒好像盯上了自卫队，每次进入演习场，必先拿自卫队开刀，其他两支战队顺手收拾，弄得自卫队分数直线跳水，成了长期垫底和专业远程巡逻员。

周六他们已经在十个航行日外的太空滞留了两周，仿佛化身成了基地的卫星。

陆必行来给他们送补给的时候，发现自卫队的机甲群浮尸似的飘在那儿自转，死气沉沉，全无士气，不是三五成群地凑在一起联机打牌，就是百无聊赖地玩机甲自带的游戏，周六连例行的体能训练都没有组织，开了自动驾驶，在机舱里睡得昏天黑地。

陆必行请求通信发了三遍没人理，只好接管了周六那架机甲的精神网，在机舱里放了一支撕心裂肺的重金属舞曲，然后缺德地关了仿重力系统。周六正在蒙头做梦，被天灾似的音乐惊醒，吓得在床上尥起了蹶子，然后在失重中把自己扑腾上了天，停不下来地匀速转了十八圈，差点晕过去。

“早啊周六兄，”陆必行活力十足地和他打招呼，“舞姿相当优美——能把花裤衩换一换就好了。”

周六愤怒地咆哮起来：“把精神网还给我，老子要吐了！”

然而最后，他只吐出了两口酸水，空空如也的胃里实在没有别的存货了。

“昨天晚上没吃，喝了两口酒睡了，压缩营养膏快吃吐了。”周六洗了把脸，“我都快忘了锅里捞出来的饭是什么味了。”

“星际远程巡逻任务长达数月是很正常的，”陆必行说，“你得学着适应。”

周六冷笑：“可别，人家吃苦是保家卫国，我吃苦是充军发配。”

陆必行一愣，随即从通信器里觑着周六的脸色：“你不会觉得林是在针对你吧？”

“没有，”周六一耸肩，“人家犯不上针对我，大概只是觉得我最好收拾，每次都顺手吧。我算什么呢？本事没多少，抱团都不会。”

陆必行：“也许他只是想把远程巡逻的任务交给你……”

“把远程发呆任务交给我吧。这鬼地方和关小黑屋有什么区别？来吧，送牢饭的，把狗粮推过来吧。”周六打断他，推开捕捞手，准备接收物资，“话说回来，陆老师，你以后也别来送饭了，回去再找一拨人来巡逻吧，今天再待一宿，明天我就准备带着兄弟们回航了，回去我就解散自卫队，省得折磨别人也折磨自己。”

“认输了？”

“认输了，那时候没听你的，是我太天真。老话说得对，只有努力过才知道自己不是那块料。”周六死猪不怕开水烫地一耸肩，索然无味地看着物资包推进机甲，他忽然说，“臭大姐死了吗？还是让你们关起来了？”

陆必行一愣。

“怎么，我在你眼里有那么傻吗？”周六神色漠然地反问，“不过无所谓，名义上我是他养大的，但其实这么多年他也就是把我扔在基地里自生自灭，等长大了替他干活而已，他死不死跟我关系不大。基地里大概还有其他人猜出来了，他们也没说什么嘛。一个人……一群人，没有尊严，就剩活着的时候，生命的本色就是冷漠的，臭大姐就是这样的人，在他手底下讨生活的我们也一样。”

这个基地的人，就像地球时代漫长封建社会的底层老百姓一样，每天从天亮挣扎到天黑，喜怒哀乐被温饱逼成很窄的一条，没听说过什么叫“文明”，也不在乎皇帝是猪是狗，熬过一天是一天。

“没杀他，也没虐待他，放心吧，只是不方便让他露面。”陆必行说，“他们诬赖你谋害斯潘塞先生……”

“他们随便找个借口而已，还有人说我睡过臭大姐呢。”周六摇头笑了起来，“你这人也是……噗，不知道怎么说你，怎么还什么都往心里去？”

两个人相对沉默了一会儿，周六站起来，去整理物资包裹：“但我以前确实想过把臭大姐掀下去，我来管这个基地，当时不懂事，觉得自己好歹比他强，现在明白了。”

陆必行皱起眉，通过通信屏幕看着周六消瘦的背影。

“基地里这帮孙子无药可救，臭大姐那种养猪的方式最适合他们，我也是头猪，只是自以为会飞而已。”

太空会放大负面情绪，不是个谈心的好地方，陆必行只好先回基地，打算临时取消下一次演习，等周六他们回航落地再去找他聊。

然而当他回到机甲站的时候，尚未落地，已经触碰到了湛卢铺展开的精神网。

这一次，湛卢没有丝毫收敛，遮天蔽日似的精神网舒展到最大，几乎让人喘不过气来，远远地连通了几个跃迁点，又通过跃迁点扩散到更远的地方。陆必行悚然一惊，抬头看了一眼日历，发现第二天的日期被人用记号笔圈出来了。

他和林静恒三个月的约定到期了。

守时的林静恒已经构架好了远程通信，零点之后，他就会开始向域外发信号。这也意味着基地的平静会变成悬崖上的鸟巢，顷刻有翻覆之危。

这些日子，林静恒嘴上没说什么，实际却一直在帮他练兵，时间长了，陆必行几乎有种错觉，好像他已经被打动了。

原来……

（四）

陆必行在日历下面发了一会儿呆，想起他去给周六送补给之前，日历上还没有这个记号，应该是临时加的。他回头看了一眼，机甲站正对面，隔着两道门和一条小路就是行政楼，林静恒的房间正亮着灯。

那次拥抱以后，陆必行已经很久没有和林静恒单独说过话了。刚开始，他每天睡前，只要一闭眼，就会想起林静恒的错愕和僵硬，湛卢后来的补刀把他弄得非常下不来台，弄得他丧眉耷眼地躲了林静恒几天。不过好在陆校长还年轻，青春的脸皮总是有着惊人的弹性，几天以后，他就调整好了心理状态，打算去找林静恒来一场谈话。

然后他就发现，林开始躲着他了。

林静恒可能是有什么特殊的隐身功能，开着重三那么一个庞然大物，居然可以做到神出鬼没，除了例行演习之外，其他时间，此人想没影就没影，用什么黑科技都定位不到。至此，陆必行才算明白，为什么林一开始认为反追踪系统这么重要的道具可有可无，如果白银十卫都会这个凭空失踪的特技，那他们确实没有必要上那么多层保险。

而此时，林静恒屋里的灯是亮着的……而且依照亮度判断，他开的还不是伏案工作时用的小灯。

这一般是会客的准备。

林在等他。

可是陆必行在行政楼和机甲站之间的小路上逡巡半晌，没敢上去，感觉到了进退两难。

很久以前，陆必行的目标不高，他只是想尽自己最大努力，减少这场战争中无谓的伤亡，能保住这个基地是万幸，万一不尽如人意，也就听天由命。他想过尽量不能去打扰林的计划，最好能兼顾大局和局部。

可他毕竟没长林静恒那一副能随时跳出红尘的心肠。

三个月朝夕相处，他看着这些野草一样的生命在沉沦中反复挣扎，看着他们试着像人一样站起来，跌倒，再滚在地上爬，他和他们一起，把破烂站一样的基地改造成现如今的样子，他能叫出每一个人的名字，知道他们每个人的故事……林静恒和独眼鹰都很默契地知道“规矩”，从不去打听别人的名字和生平，因为他们知道，那都是胶水，会把人和人粘在一起，粘太紧，就不好割舍了。

陆必行从小到大，吃过很多苦，却也得到过很多宠爱，那些宠爱在他人生最初的时候，给了他一个深厚的奠基，以致家破人亡到这个地步，他还是能好了伤疤忘了疼，相信事情总会有转机，总会往好的地方发展。

可是……也许他错了。

此时，基地被夜幕笼罩，距离三个月之约到期，还有不到三个小时。福柯和黄鼠狼学会了怎样在反追踪系统里龟缩躲藏，周六则要解散自卫队。他们拼尽全力，还是没来得及长出人样。

事已至此，陆必行再也没有两全的办法了。

他不知道自己该不该上去求林静恒。

三个月，是林静恒能做出的最大让步，这是基于星际战争史上著名的“百天假说”，陆信将军提出的，陆必行读到过——如果星际间爆发破坏力极强的全面战争，到了通信网络中断的地步时，过于依赖信息的各方人马都会被拖慢脚步。由于宇宙环境的复杂性，在通信网崩溃后，除了凯莱亲王这种彻头彻尾的神经病外，所有人都会加倍谨慎小心，以各自据点为中心向四周辐射势力范围，战局的冲突规模也会大幅度下降，通常在三到四个月后，新的格局才会初步成型，那时，事态变化会一日千里，再不露面就真的晚了。

陆必行不想去试探，林究竟会不会为了私人感情做出让步。于情于理，他也不该再去拖延林将军的脚步。

但……基地的人呢？

周六、放假、福柯大姐、黄鼠狼、胖姐、电影老太……就该悄无声息地被这个该死的时代吞噬吗？

“陆老师？”身后有人叫他，陆必行回头一看，是胖姐。

胖姐穿得非常随便，趿着拖鞋就溜达出来了，刚洗的头发上缠着吸水巾，手里还拎着两个大口袋，正奇怪地探头看他："我老远就看见有人在这儿来回地转，才看清楚原来是你。这么晚了，你在这儿干吗？"

陆必行苦笑了一下："您又干吗去了？"

"咳，还不都是那几个老不死，"胖姐说，"天天作妖，非说今天是新年，闹着要过年，半夜让我给他们送蛋糕——要我说，这群老东西牙都掉光了，还过个狗屁的年，不知道自己过一年少一年吗？"

陆必行一愣，抬头去看那挂在机甲站上的日历，原来他光注意死线了，没仔细看日期，按照沃托时间，今天果然是一年中的最后一天，多事之秋一般的275年就要过去了。

怪不得打算解散自卫队的周六要坚持把今天晚上过完才回航，也是追求有始有终。

胖姐一边骂骂咧咧地抱怨，一边窸窸窣窣地翻开手里的食品袋，拿出一个保温餐盒塞给陆必行，里面是一种传统的"餐盒蛋糕"，起源于地球时代，又在大航海时代流行开，这种蛋糕没有形状，一般是纯手工制作的，做蛋糕的人随心所欲地把食材一层一层地叠在饭盒里，用勺挖着吃，简单又亲切。

胖姐还在蛋糕上淋了巧克力酱写的"新年快乐"。

"吃饭了吗？这个拿回去当消夜。"胖姐把餐盒塞给他，抬手在他后背上掴了一巴掌，"消夜要吃的，看你，挺大一个小伙子，瘦成这副猴样——我儿子像你这么大的时候，比你壮多了，有两百三十多斤呢。"

陆必行干笑了一声："这目标太遥远，我还是苗条点吧，胖姐慢走。"

胖姐朝他挥了挥手，一扭一扭地往居民区的方向走去。

她单身独居，没有儿女，据说曾经有过一个小男孩，可是不到十岁就夭折了。那个夭折的男孩在她的想象中长大成人，还按照她的审美，长成了一位两百多斤的彪形大汉，现在……可能在家里等着她一起守夜吧。

陆必行低头看了看蛋糕上歪歪扭扭的字迹，深吸一口气，转身走向亮灯的行政楼，他想："我真不该知道那些故事。"

（五）

十个航行日外，自卫队的机甲群聚在一起，这帮虾兵蟹将白天睡够了，对好了时间，凑在一起吹牛打屁，等着没有钟声的新年。放假捏着他心爱的兔子骨灰，拆开一份压缩营养膏，咬了一口，高兴地说：“我这个是金枪鱼味的，过年吃鱼最吉利了。”

“听谁说的，哪儿来的传统，你瞎编的吧？”

“古地球时代的传统，”著名妈宝放假“嗡嗡”地说，“我妈告诉我的。”

通信频道里响起一阵哄笑，各种污言秽语井喷似的往外冒，放假气急败坏地跟他们争辩。

周六没吱声，平躺在机甲的操作台上，闭着眼，用精神网往外看，四周布满了同伴们的机甲打出的光束，而精神网仍在源源不断地接收着来自宇宙的能量波，在能量监测图上画着让人半懂不懂的线。

不知什么时候，通信频道里突然安静了下来，周六回过神来，听见有人叫他。

“啊？”他问，“你们刚才说什么？”

“真要解散自卫队吗？”一个自卫队队员问，“其实我觉得咱们也不比谁差，就算福柯他们人多，黄鼠狼——我们总比黄鼠狼他们强吧？他们都觍着脸不解散，我们凭什么先解散？”

“我做梦都没想到，有一天我也能开着机甲上天，还能巡逻演习，”另一个自卫队队员说，“这么解散了，以前不是白忙活了吗？”

“今天没有体能训练，我一天没动，身上还怪锈得慌的。”

“周六哥，解散了自卫队，我们以后怎么办啊？”

周六沉默片刻，随后不耐烦地翻了个身，背对通信频道，瓮声瓮气地说：“该怎么办怎么办，不甘心的可以加入别的战队，省得你们觉得自己以前是白忙。”

放假脱口说：“可是我们就想跟着你啊！”

周六心口一滞，眼泪差点掉下来，用力憋住了，瞪大眼睛盯着机甲上的能量监测图，想让眼泪自然风干，死死地咬着牙不吭声。

可是那些人还不肯闭嘴，放假一句话起了头，自卫队队员们七嘴八舌地在他身后开了腔。

“本来就是想跟着你才加入自卫队的，要不是你，别人谁能让我每天六点起来又跑又跳？”

“我看不惯黄鼠狼，福柯那边人又太多了，混进去也是浑水摸鱼，没劲。”

“周六哥，这事还有商量吗？”

“小六，要我说……”

周六觉得眼泪恐怕是要决堤，连眼前的能量监测图都晃动了起来，他忍无可忍地一低头，用力抹了一把眼睛——随后他看清了，能量监测图确实在动！

复杂的线路像水波一样来回荡漾，最外圈的线波动幅度极大，几乎扩散到了监测图外，屏幕上自动跳出了成排的公式，刷屏似的，一个字也看不懂。周六脑子里的理智与情感还没分开，蒙了片刻，他心想：“这玩意儿是什么意思来着？”

他猛地跳起来，翻出个人终端，找到陆必行给他们做的简易说明书，凑近监测图对照，随即，他悚然一惊，在“说明书”上找到了一个一模一样的图像，底下的标注似是“不明机甲（武装）正在靠近”。

“先别扯淡了！”周六冲愁云惨淡的通信频道吼了一声，飞快打开了反追踪系统的监控功能，在遥远的最外围，他看见了几架影影绰绰、狰狞的机甲的剪影，“给基地发信，有不明机甲靠近……十……不，更多！检查你们的防御和武器装备！快点！”

（六）

基地里，早有准备的林静恒等在屋里，听见门口有动静，就给陆必行开了门。

陆必行有些局促地冲他抬了一下手算作打招呼，一眼瞥见手里的餐盒蛋糕，好像找到了理由似的：“今天是跨年夜，我来找你……呃，分享一块蛋糕。”

说到这里，他又想起了什么，目光往林静恒屋里一瞥：“那个……”

“湛卢不在这儿，放心吧。”林静恒侧身示意他进屋，“我把他留在重三里了。”

陆必行——曾经对湛卢垂涎三尺的超级AI粉丝——大大地松了口气，感觉自己最近简直有点反科技倾向。

林静恒的书桌上铺着一张立体的星际航线图，从桌面一直延伸到屋顶，他一摆手收起来，示意陆必行坐，又倒了杯咖啡给他，开门见山：“看见日历了吧，你现在来找我，是想好要说什么了吗？”

陆必行噎了片刻，绷紧的肩膀塌了下来：“……没有，我刚从周六那儿回来，还没吃饭呢，你等我一会儿。”

林静恒本想招待他一下，结果拉开旁边的冰柜一看，整整一柜子的营养膏，摞得比砌墙的砖还整齐，还不如餐盒蛋糕有诚意，只好作罢。

“你别光看着我吃，”陆必行多拿了一把勺子，桌子底下的脚尖轻轻碰了他一下，“尝尝。”

林静恒没动。

陆必行于是叹了口气，挖了一小块，递到他嘴边：“给个面子嘛。”

林静恒先是皱着眉偏头躲开，僵持了两秒，又没办法地出了口长气，服毒似的就着他的手吃了一口。

陆必行的目光从勺子上滑过，落在了林静恒的嘴唇上，继而又强行移开，盯住了桌角的时钟——此时距离零点，还有两小时零十分钟。

“还有时间，我先说几句别的吧，”他突然开了口，“这几天一直想找你……咳！”

陆必行用力清了清嗓子，整个人坐得笔杆条直，仿佛正在进行一场严肃的面试：“上次去找你……就是把你关进医疗舱的那次，我在你睡着的时候，对自己进行了一次全身扫描。”

林静恒：“……”

这个别开生面的开头让他不知道怎么接话。

陆必行摸了摸鼻子，自己也意识到这话说得好像绝症患者跟亲友告别，硬着头皮又把嗓子清了清：“……发现当时激素异常。”

他飞快地看了林静恒一眼，目光上下摇摆了几次，终于鼓足勇气似的停在了那双灰色的虹膜上，陆必行有点语无伦次地说：“我没有……没有太多的经验，但是根据理论，这个结论好像应该是……”

就在这时，他手腕上的个人终端突然探照灯似的亮起了红光。

被打断的陆必行差点让话噎死，刚要强行把个人终端盖上，就看见了血红的警报——来自机甲联络站的远程定点传讯。

下一刻，机甲站的联络站突然惊醒似的，所有的灯光全亮，警报声从埋在整个基地地下的音响里传出来，无数熄灭的灯火亮起，寂静的基地喧哗声四起，陆必行猛地看向林静恒。

“我还没有对外传讯，”林静恒站起来拉开窗帘，“退一步说，即使传了，也需要白银九响应才会建立远程通信通道，周六他们应该是撞上了像源异人一样奉命在第八星系边缘搜索的小战队——去联络站。”

陆必行不等他说完，转身就跑。

“新年快乐”的蛋糕被遗落在桌上，已经挖走了一角，只剩下“新年快”三个字。

远航巡逻在十个航行日以外，远远超过基地的内网范围，周六他们是利用一路上的跃迁点，定点联系基地的联络站的。

“周六，什么情况？”

周六的声音十分紧绷，断断续续地传来：“你那个反追踪系统方才看到有一支机甲战队在靠近，看不清……可能是海盗……也不知道有多少人……什么？放假你说什么？哦，对！他们好像正在释放一种探测信号……我查一下，这种信号是……”

“瓦尔伦射线，”林静恒接上他的话音，“又叫扫雷探针，凯莱亲王卫队惯用的。”

周六明显地抽了一口气。

“没关系，”陆必行飞快地说，“反追踪系统的能量虹吸问题上次已经解决了，瓦尔伦射线定位不到你们，基地外网没开，他们靠近应该只是巧合……”

“嗯，巧合。他们什么也检测不到，有可能回航，也有可能继续深入。”林静恒不轻不重地打断他，“源异人的部队全军覆没，凯莱亲王一定很恐慌，他有理由相信第八星系边缘埋伏着一支致命的武装。阿瑞斯·冯损失了一个源异人，之后一定会更加小心，为了规避风险，我猜他派出的探测小组不会超过十五架小机甲，不用紧张，你再确认一次。”

十五架小机甲在他嘴里好似十五只苍蝇，可是并不能安慰周六——因为自卫队也就只有三十架机甲，而对方是杀人如麻的星际海盗，他们是被杀都来不及抗议的星际瘪三团。

周六：“他……他……他们还在靠近，我……我们怎么办？”

“愿意的话，你们可以继续躲着。”林静恒说，“但是我建议你们现在就切断通信。”

周六："啊？什……什么？"

"如果对方继续深入，可能会误打误撞地越过反追踪系统，"陆必行说，"你们穿过跃迁点的远程信号会被定位。"

"或者在那之前就干掉他们。"林静恒冷冷地说完，不由分说地下令，"湛卢，向白银九发出定位信号。"

机甲站里的重三"嗡"一声轻响，整个机身一片银光，强大的能量波动顺着无数跃迁点水波一般荡漾而出，一触即发似的平静湖水中仿佛掉进了一枚鱼雷。

周六看见原本小心翼翼四下探索的海盗战队猛地停住了，突然改变队形，戒备森严起来，露出机身上凯莱亲王卫队那噩梦似的旗，他简直要崩溃："林……林……林将军，谁干掉谁？啊啊啊！他娘的，他们用导弹开路！"

"恭喜，命运让你不用再选择，"林静恒转过身来，在陆必行肩头按了一下，从兜里抽了一副雪白的手套，一边走一边套在了手上，"这是一队探路的海盗'牺牲'，让你那两支只会缩头的战队集合……那群废物不会紧急跃迁，所以得定点跃迁是吧？那样赶过去大概三小时，也差不多够了——集合需要多久？"

陆必行深吸一口气："可能要二十分钟。"

"好吧，"林上将被这个数字震撼了一下，无可奈何地点点头，"二十分钟，让你的'老年郊外观光团'戴好假牙、清理干净膀胱，集合跟我走。"

卷二　荆棘之路　完

图书在版编目（CIP）数据

残次品：全 2 册 / Priest 著 . — 南京：江苏凤凰文艺出版社，2018.12
ISBN 978-7-5594-2934-6

Ⅰ. ①残… Ⅱ. ①P… Ⅲ. ①长篇小说—中国—当代
Ⅳ. ①I247.5

中国版本图书馆CIP数据核字（2018）第219575号

上架建议：畅销·小说

书　　名　残次品：全2册

著　　者　Priest
责任编辑　孙建兵　孙楚楚
监　　制　毛闽峰　李　娜
特约策划　张园园
特约编辑　王苏苏
营销编辑　杨　帆　周怡文
封面设计　好谢翔工作室
版式设计　潘雪琴
书名题字　仓　鼠
图片来源　视觉中国
人物插图　璎　珞
出版发行　江苏凤凰文艺出版社
出版社地址　南京市中央路165号，邮编：210009
出版社网址　http://www.jswenyi.com
印　　刷　北京中科印刷有限公司
开　　本　640×915毫米　1/16
印　　张　50
字　　数　770千字
版　　次　2018年12月第1版　2020年5月第4次印刷
标准书号　ISBN 978-7-5594-2934-6
定　　价　85.00元（全2册）

（江苏凤凰文艺版图书凡印刷、装订错误可随时向承印厂调换）

下
册

江苏凤凰文艺出版社
JIANGSU PHOENIX LITERATURE AND ART PUBLISHING, LTD

THE DEFECTIVE

P r i e s t 作品

目录
Contents

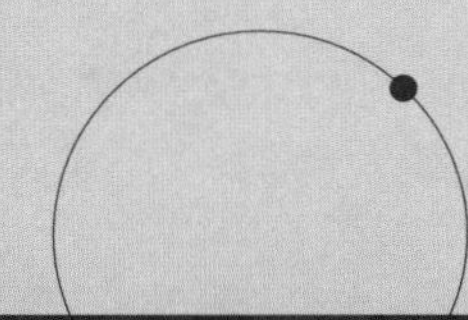

目录
Contents

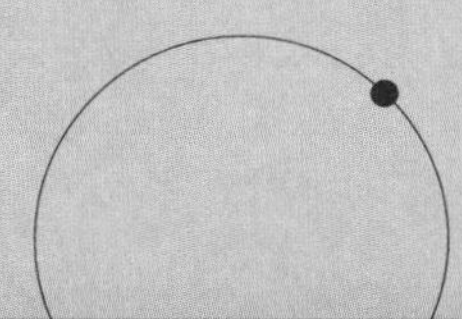

那团一闪就灭的小火花，

终于点着了第八星系死去多年的火种，

古老的战歌带来吹不灭的风，

火苗见风而长，渐成汹涌之势，

一发不可收拾地，绵延到广袤而荒凉的星空。

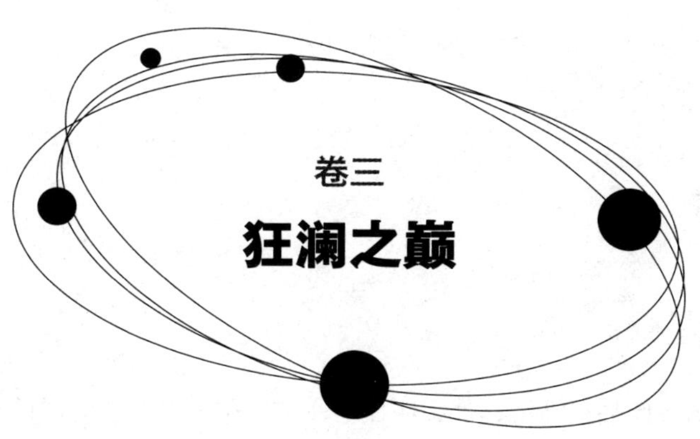

卷三

狂澜之巅

死神从不漏掉任何一个猎物。

第一章 名刀出鞘

此时，陆校长的机甲和他们相隔两个战队，几个学生回过神来，发现那玻璃罩凭空消失了，而睡醒的狮子正站在几步以外。

（一）

什么叫作兵荒马乱，什么叫作鸡飞狗跳——看看这时候的基地就知道了。

陆必行的“二十分钟”明显是高估了他们。

灯火通明中，各路围观群众扯着嗓子乱问一通，活像雨后河坑里的蛤蟆群，谣言像掠过水波的微风，一波未平，一波又起。有人尖叫，有人大喊，有人不知被触碰了什么伤心事，号啕大哭，有小孩躲在机甲站外，搂着冰冷的铁门，眼巴巴地望着自己的抚养人匆匆而去。原本聚在一起庆祝新年的老人们嘴角还沾着奶油，听天由命地挤成一团，望着基地绝望的夜空。

而伟大的基地武装，也没有悬念地在关键时刻掉了链子。

匆忙间，黄金勇士的集合队伍和铁面骑撞在了一起，两队人马都这个时候了，还要争个你上我下，谁也不肯让谁先过，福柯的人骂黄鼠狼他们是“化粪池里的杂质”，黄鼠狼的人骂福柯他们是“苍蝇追着屁飞”，双方你来我往、妙语连珠。还有一些动作慢的老弱残兵，被拥挤的人群堵住，找不到自己的组织，因为无法参加骂战，急得到处乱窜。一小拨人还不知出于什么原因，趁乱先一步蹿上站台，开着机甲离开了轨道。

十五架海盗机甲，就这样把基地的跨年夜搅和成了一部恐怖片。如果是在白银要塞上，林上将能把他们集体枪毙了。

怀特正声嘶力竭地维持秩序，被人一把薅住了后脖颈子。身量没长成的少年"嗷"一嗓子，四肢乱划，脚不沾地地被人拎到了重三脚下，发现他的几个同学已经都在这儿了。

"都上去，"林静恒把怀特往地上一撒，抬手指了指重三的舱门，"你们老师呢？怎么一转眼就没影了，联系他，让他别乱跑，到我这儿来。"

薄荷赶紧联系陆必行的个人终端，却被对方拒接了。下一刻，广场上的多媒体屏幕陡然亮了起来，陆必行的声音贯穿了整个基地。大概是时间太仓促，不够炖一锅鸡汤，这次陆必行罕见地没有废话。

"如果我是你们，"陆必行打开了机甲站最大的探照灯，灯光直冲云霄，照向天空中几架正在往远处飞的机甲，"我会趁他们还没飞远，把准备潜逃的人打下来。"

正争吵不休的福柯和黄鼠狼同时一抬头，机甲站里鸦雀无声了片刻——不管在哪儿，总会有一些特别深谋远虑的"本事人"，有些人参加基地武装是为了争权夺势，有些人是为了证明自己，有些人单纯是想保护家人……还有些人，是打算在危机到来的时候，能近水楼台先得月地先溜为敬。

趁乱偷机甲逃跑的，铁面骑和黄金勇士各占一半，谁也不用笑话谁。

黄鼠狼脸都绿了，也顾不上吵架了，跟福柯两人怒气冲冲地对视一眼，飞快地带人各走一边，上了各自的机甲。紧接着，地面机甲的精神网一个接一个地铺开，直冲着刚离开轨道的几架小机甲涌了过去，生生把跑得慢的人从精神网上撞了下来。

但跑得最快的已经脱离了小机甲的精神网范围，福柯二话不说，直接上了轨道，加速开到最大，她带着几个人，狂风似的卷了出去，自己的机甲尚未完全脱离引力，她一枚导弹已经打了出去——不愧是基地资历最老的自卫队队员，这一枚导弹打得十分有水平，跑太急的几位忘了开防护罩，被炸成了一串烟花，顷刻间将基地晃得宛如白昼。

十个航行日外，外敌来袭，步步紧逼，而基地里第一炮，却是拿来清理门户的。

地面的人群先是死寂一片，随即不知是谁率先小声说：“死……死了吗？”

“死了”这两个字涟漪似的在人群中扩散，带起细微的恐慌，陆必行再次开了口：“如果你们现在不知道听谁的，就请先听我的——还没有登上机甲的跟我走，在站台上就位，前线情况看这里。”

他说着，多媒体的屏幕上亮出了周六传回来的图景，从图像上看，只有八九架机甲能看见轮廓，剩下的都是模模糊糊的剪影，能看得出来，海盗人数不多。

“我在这里只说一次，截至目前，凯莱亲王还没有重兵压境，这只是一支探测小分队，总共十五架机甲，是我们远程巡逻队的一半。基地有反追踪系统裹着，没那么容易被定位。”陆必行说完，走上机甲站，此时，站台安静了不少，他的身影在机甲站刺眼的灯光下非常显眼，影子被拖得极长，覆盖在机甲群上，几乎有些骇人，陆必行朝着机甲站外围摆摆手：“无关人员散开，别挡路。”

以前他带人修多媒体音响、修能源系统的时候，基地的众人都习惯了听他发号施令，此时反射似的退开了。

陆必行转身走上一架机甲，声音依旧从贯穿基地的多媒体里传出来：“今天本来是我最后一次给周六送补给，因为他打算解散自卫队。也就是说，现在海盗虽然只是一支探测小队，但他们面前也只有一帮快要解散的巡逻人员。所以你们还在磨蹭什么，等基地坐标暴露，还是等你们死无葬身之地？”

他话音没落，机甲直接上了加速轨道，仍在机甲站上迷失犹豫的人好像终于找到了头羊，一个接一个地紧接着排队上了机甲，众多小机甲鱼贯而出。

林静恒冲学生们打了个手势，不紧不慢地领着他们上了重三，上了加速轨道：“湛卢，标记陆必行那架机甲，随时看好他。”

“是，”湛卢说，“独眼鹰先生应该也是这么想的，他在距离您十六个标准机身的位置。”

方才被陆必行那么一搅和，原本泾渭分明的两支战队被迫走在了一起，分界线看起来模糊多了。

林静恒把五官六感舒展在精神网里，不远不近地缀着这歪瓜裂枣的战队，无视了周围的学生，沉默地数着自己的心跳，他不动声色地松了口气，心里居然隐约庆幸这群海盗来的时机刚刚好。

三个月之约到期，陆必行在这个基地越陷越深，林静恒必须浇一盆凉水让他清醒，可这盆凉水里带着刮骨刀，太残忍，如果不是正在四处放火的凯莱亲王，他今天还不知道怎么收场呢。

还有陆必行没来得及说完的话……

片刻的工夫，远程通信的信号已经穿过无数跃迁点，扩散到了域外。林静恒短暂地收拾了满腔愁绪，扫了一眼，对湛卢说："信号怎么样？"

湛卢："信号良好。"

"好，替我接通那个自卫队的队长。"

"取得周六队长的通信端权限，正在请求通信——"

周六连着颓废了好几天，皮囊都被掏空了，此时，突如其来的敌袭打碎了他的醉生梦死，肾上腺素井喷似的冲进了他的四肢百骸，他周身的汗毛都快要飞出毛孔了。周六眼睛也不敢眨地注视着一动不动的海盗舰队，抹去冷汗，感觉到一股尿意："再……再确定一下，你们虚拟炮是不是关了，都给我仔细看看，武库打开了没有？"

放假哆哆嗦嗦地捏着他的小兔子骨灰："老大，你都问第三遍了。"

"周六，我紧张。"

"我也紧……×，这谁他妈打岔？"一个通信请求猝不及防地插队进来，周六吓了一哆嗦，下意识地接通后，他才想起不对劲——他们现在不在基地内网里，按理说，此时只能和周围的队友沟通。

可是队友们都在通信频道里，这又是谁？

周六激灵一下，来不及细想，立刻要切断通信。这时，林将军那张万年结着冰霜的脸出现在了屏幕上："我是林静恒。"

周六看清他的一瞬间，情绪差点崩溃，还以为援军到了："您可算来了，我……"

"我还在基地，"林静恒不紧不慢地打断他，"我带人到你那里，大约还需要三个小时。"

周六膝盖一软。

林静恒："所以，这十五架海盗机甲是属于你的。"

"我……我……"周六脑子里一片空白，语无伦次地说，"我们不可能，再说……他们也许还有援军，我做不到，你知道我们的水平……"

"我不知道，"林静恒笑了一下，冷冷地说，"但你可以赌一赌，万一三个小时后我们还能找到你的全尸，说不定会给你举行个太空葬礼。"

周六绝望地看着他，通过通信屏幕，突然发现了林静恒和往日的不同——林静恒平时的形象十分"放荡不羁"，周六带人晨练时，经常看见他早晨踩双拖鞋、刚洗完头发，一边走一边滴水地往机甲站主控室里溜达。而且他虽然不爱搭理人，但为人很"正"，"刻薄严肃，一本正经"的"正"，类似古板的教导主任，别人虽然不敢在他面前放肆，却也不至于恐惧他。

可是这天晚上，一切全反过来了。

林静恒笔挺的衬衫合身得严丝合缝，扣子系到了领口，又一路没入腰带扣，一丝褶皱也没有，短靴一尘不染地箍着裤腿，他甚至戴了手套，除了脸，一丝皮肤也不露。可是当周六看进林静恒那双眼睛的时候，却从中感觉到了某种疯狂而骇人的意味。那人像个浅滩里刚刚苏醒的水怪，懒洋洋地露出成排的獠牙。

"站直了，"林静恒轻声说，"我想知道，你们自卫队对自己的定位是什么？"

周六哆嗦着扶着墙站稳，面红耳赤地"喵"了一声："尖……尖刀。"

林静恒一点头，评价道："不错，非常敢想，不过我必须纠正，以诸位的水平，即使在偏远星系里当保安，大概也只配干一干后勤维修工作。"

从尖刀降格成螺丝刀的周六一脸菜色。

"但是螺丝刀也能杀人。"林静恒顿了顿，又说，"记住我下面的话，我只说一遍——不要跟正规军起任何正面冲突，这个教训，我在演习里给了你无数次，可你就是不长记性。你们这支战队，人机匹配度平均值只有59%，在战场上，平均值达不到75%，意味着你们就是任人宰割的韭菜，绝不能担任主力攻击战队。外面这一队海盗是探测小队，可能数值会低一点，但不会低过70%。好在你们双方都是小机甲，注意安全距离，不要让精神网重叠。"

周六狠狠地在自己的大腿上掐了一把，生生把哆嗦个不停的腿肚子掐消停了。

林静恒继续说："反追踪系统是你们的底牌，远程游击、设伏是你们唯一的机会，知道原始人怎么猎杀大型野生动物吗？"

周六咽了口唾沫："诱饵和陷阱。"

林静恒脸上的笑意一闪而过："对，不过记住，你们现在的猎物不是狮子老虎，是鬣狗和毒蛇，要耐心一点，诱饵必须能以假乱真，最好能骗过你们自己，否则反而会落到对方的陷阱里，懂了吗——第一个诱饵，我已经替你们放好了。"

周六："什……"

"老大，他们动了！"

"我现在正在和你进行远程通信，远程通信会产生很强的能量反应，甚至穿透跃迁点的加密，对方应该已经感应到了，好了，现在切断通信吧。"林静恒给周六发送了一条密钥，"需要的时候，用这条密钥可以紧急连入远程通信，对谁有什么要说的遗言，我可以代为转达，三个小时后见，祝好运。"

海盗们显然已经定位到了一个隐藏在反追踪系统里的跃迁点，缓缓往那边逼近，周六脑子一片空白，两秒后，他冲着通信频道里大吼一声："别他娘的傻站着，撤出 006 号跃迁点十公里以外，导弹准备发射！"

薄荷不声不响地旁听完了整场远程通信，这时，她突然开口说："林将军，我看到过你在主控室里，用计算机模拟的战役。"

林静恒回头看了她一眼，就这一眼，薄荷好不容易鼓起的勇气就差点泄干净。

林静恒有点意外似的一挑眉："嗯？你居然看懂了？"

"当时没有，我查了很多资料，还问了陆老师。"薄荷艰难地咽了口口水，声音有些发颤，但仍然梗着脖子说，"海盗探测兵是伸出的触手，不怕断，他们身上都带着全方位的记录仪，一旦发生武力冲突，记录仪就会记录下交火的全过程，实时传回海盗战队，让他们精确地评估出敌人的战斗力，如果探测小队全军覆没，他们就会根据评估数值，放出第二轮测试用的'牺牲'。这些人是海盗战队里的底层，或者想往上爬，或者有把柄在海盗手里，只能拼命，因为战斗力近似，就算他们输了，对方也一定是惨胜，一定是最松懈、最脆弱的时候，他们会等来真正的海盗团。”

林静恒低头看着远程通信网，巨大的通信网络铺在重三的地上，域外某处，一个不知道什么意思的小光点有规律地闪烁着。他毫无诚意地随口表扬了一句：“你还挺用功的。”

薄荷深吸一口气，纤细的脖颈上露出了战栗的脖筋：“如果你想救他们，应该让陆校长想办法屏蔽对方的信号，然后紧急跃迁过去，用最快的速度解决海盗。基地的人做不到，林将军你可以。可是你任凭他们磨蹭……所以……能以假乱真，骗过自己的诱饵，其实就是周六他们自己，对吗？”

林静恒冰冷的视线钉在女孩身上，其他三个学生下意识地上前一步，把薄荷围在中间，像是一群小鸡崽，无助地抱成小团。说来也奇怪，陆必行在的时候，学生们也怕林静恒，却从不觉得他会伤害他们，他们好像隔着玻璃罩看一头懒洋洋的狮子。

可是此时，陆校长的机甲和他们相隔两个战队，几个学生回过神来，发现那玻璃罩凭空消失了，而睡醒的狮子正站在几步以外。

（二）

林静恒倒是没生气，他觉得很有趣。

他还记得小半年前，这几个小崽子还都像愚昧无知的小动物一样，满脑子让人哭笑不得的想法，无法无天地在贫瘠的土地上随便地长，在可以预见的未来里，或许会开一朵仓促惨白的花，又或是会在惨白里枯萎湮灭。没想到，他们现在居然也学会了动起眼睛和脑子，甚至人五人六地跑到他面前叫起板来。

单就这点教育成果来看，陆校长那野路子的流氓学校可比乌兰学院强多了。

“所以呢？”林静恒有点逗她的意思，故意反问，“你们老师难道没告诉过你，他们之所以能多活三个月，就是因为还有作为诱饵的一点价值？”

“可是……”薄荷还想说话，怀特偷偷拽了她一把，挤眉弄眼地冲她连连摇头，女孩咬着嘴唇踟蹰片刻，终于还是甩开他的手，从几个学生中走出来，她说，“谁也没有权利定义另一个人的价值……别拉我，让我说完！”

“别拉她，”林静恒双臂抱在胸前，“胆量还是要有的。”

“旧星历基因革命之后，联盟全面禁止了非必要医疗手段的基因改造和人体改造项目，从那以后，人的基因成百上千年来没有变化，在造物面前，所有人都是平等的。”这段话可能是从哪本书里摘录出来的，不大口语化，说出来有些拗口，薄荷照本宣科得磕磕绊绊，“没有人能决定别人的生死。”

林静恒听完一点头：“对，公民的生命和自由神圣不可侵犯，政治非常正确，你的觉悟赶上湛卢了。”

湛卢的声音从重三的四面八方响起来：“谢谢您的赞扬。”

林静恒垂下眼睫，似笑非笑地冲她一摊手：“不过小姑娘，虽然‘神圣’不可侵犯，但导弹可以侵犯，量子炮可以侵犯，巴掌大的激光枪、纽扣大的生物芯片、几毫克的剧毒生物碱——都可以，是不是这个道理？”

薄荷：“……”

“应不应该，和会不会、能不能，是两个概念。凡事要是都从‘应该’的角度看，阿瑞斯·冯早就该遭天谴了，还用得着我亲自收拾吗？”林静恒朝湛卢招招手，墙上的冰柜弹出来，几瓶五颜六色的低酒精苏打水一字排开，“喜欢喝什么自己拿，玩去吧。”

学生们没有任何办法，打动不了林静恒，他们连通风报信都做不到——从这里联系周六，只能使用远程通信，远程通信的核心处理器是湛卢，姑且不说他们拿不到权限，就算有，周六他们可是正在和海盗捉迷藏，稍不留神就会泄露坐标，谁又敢冒险给自卫队发信息？

（三）

周六的太阳穴针扎似的疼。

他们方才出师不利，本意是想埋伏在跃迁点外，等海盗们一跃迁，立刻来一波远程导弹，打对方一个措手不及。可是知道策略归知道策略，实际操作归实际操作。

跃迁点附近会有很强的能量波动，因此打过去的量子炮也好，导弹也好，都会产生一定的偏差，但具体偏多少、往哪儿偏，则要看跃迁点本身的属性和过往机甲的吨位，这是要靠经验和手感来调整的……自卫队打牌的经验和手感或许还有点，打导弹就差太远了。

周六刚号了一嗓子“准备”，太过紧张的自卫队队员已经有人出现了幻听，手一哆嗦，四五枚导弹同时抢跑，迎宾礼花似的擦着跃迁点飞了，边都不靠。

这回可坏了菜，打草惊了大蟒蛇，还暴露了自己的坐标。

这支海盗小队虽然只是探测队，但反应出乎意料地迅捷，立刻分散开，组织起凶猛的追击。海盗在域外摸爬滚打惯了，战斗力跟自卫队有天渊之别。别说被人家追上或者挨一炮，就算双方的精神网擦个边，都能在一瞬间让自卫队全体掉线。

周六朝通信频道大吼一声：“跑！”

林静恒平时开着重三收拾他们，就好比秋风扫落叶——自卫队是落叶。因此自卫队队员们养成了习惯，每次听见周六这声“跑”，都是一通丧家野狗似的狂奔。

林静恒没事不会把他们拉出来杀着玩，海盗可就说不定了！

与此同时，海盗的探测小队也很吃惊——因为按照常理，大家看起来势均力敌，又都开着机甲，就算其中一方能源告罄，被迫撤退，一般也是一边跑一边轮流断后攻击，有时碰上点子硬的正规军，还会仗着自己精神力高，直接上来掠夺精神网权限。

星际海盗身经百战，没见过这样屁滚尿流的撤退姿态，很是长了一番见识。此地重重叠叠的不明能量场好似迷宫，敌军又是这么……不同寻常。

海盗探测小队一瞬间想多了，愣是没敢第一时间追上去，让自卫队成功跃迁，逃出了他们的探测范围。反追踪系统非常精密，很快天衣无缝地盖住了周六他们的踪迹，双方再次僵持起来。

不过反追踪系统是有层次的，双方刚开始是摸着瞎你来我往，随即，海盗探测小队高超的解码技术就崭露了头角，不到一个小时，就在不断试探中破解了外圈的航道加密。

周六他们用实际行动践行了“诱饵以假乱真”的最高境界，就是本色出演。

一开始，海盗探测队非常谨慎，可是真实水平在那儿摆着，让人追得抱头鼠窜了几次后，海盗小队发现了这支武装的真实水平，他们追上来的时间越来越快，并且很快从谨慎防守转成攻击，在太空中化成了一张大嘴，想要咬住落单的幼兽。

自卫队只能不断龟缩，周六方才为了掩护一个差点自己掉线的队友，被海盗的量子炮打了个正着，机甲防护罩破损了大半，眼下基本是裸奔状态。他从补给箱里拎出了一瓶低温保存的饮用水，喝了一口，剩下的全浇在了自己的头上，遇冷的血管急剧收缩，他用力甩了甩头：“这么跑下去不是办法，我们得反击。”

“怎么反击？”

“按林将军说的，布置陷阱打伏。”周六想了想，“听我说，按照正常的思维，他们不知道反追踪系统的权限是加密的，现在追了我们这么长时间，大概也烦了，一定很想从我们这儿夺走一架机甲，取得反追踪系统的权限，我的防护罩出了问题，我来当这个掉线的诱饵，你们……”

他话没说完，通信频道里已经炸开了锅：“那不行，真出事了怎么办？”

“你晕过去了谁指挥我们？”

“被人攻击精神网，闹不好会死的。”

周六连叫了三次“停”，没打断手下人滔滔不绝的辩论会，有生以来，他第一次有点明白林静恒为什么那么蛮不讲理了——有道是“鸡多不下蛋，人多瞎捣乱”，指挥官太民主，非得被各方意见活埋不可。

周六深吸一口气，抬高了调门：“都他妈听我说，你们没完了是吗？！”

通信频道里短暂地消停了。

“那是探测兵，专门干这个的，懂吗？”周六冷冷地说，“时间长了，没有破解不开的系统，现在能借着对方不熟悉地形躲躲藏藏，过一会儿呢，啊？难道要临阵脱逃吗？临阵脱逃我没意见，问题是往哪儿跑？离开基地，就凭我们这些人，根本活不过一个月，你们甘心吗？甘心吗！”

他想起那噩梦一样的三个月，天不亮就起来训练，一路磕磕绊绊领着自卫队咬牙坚持，自以为已经拼尽全力，到头来却发现仍是不堪一击，一时间，不由得悲从中来。

周六越说声音越大，最后几乎吼劈了嗓子。

人有时候好像就是这样，一直“喵喵”地小声说话，精神就会一起软下去，但倘若有什么能让他放开喉咙——哪怕是跟人吵一架，也能重新点燃倦怠的精气神。

“反追踪系统是一个迷宫，”周六喘了口气，放缓了语气，调出了反追踪系统的线路图，“看，现在距离对方最近的 0014 跃迁点附近有一个折射点，我们有反追踪系统权限，可以神不知鬼不觉地绕到他们身后。我来当诱饵，对方一定会想方设法剥夺我的精神网，然后会翻阅反追踪系统的信息，这时候他们会疏于防备，你们绕到他们身后，集中火力——只有一次机会，一定要集中火力！能打掉几架是几架，打完不要逗留，立刻走，我说明白了吗？”

一个自卫队队员问：“你呢？你防护罩都破了。”

“只要在对方抢夺我精神网的时候找准时机主动退出来，就可以不用受伤……这个我成功过好几次了，要不然每天被林将军从精神网往下撸，非得精神分裂不可。”周六说，“林将军说，探测队的人机匹配度一般在 75% 左右，我相信他说的，而我最高值也到过 75%，到时候万一你们又掉链子，我还有机会重新夺回精神网趁乱溜走，换别人行吗——放假，你人机匹配度多少？”

放假灰头土脸地回答：“现……现在啊？ 60%。”

“最高呢？”

放假发出美声一般的胸腔共鸣，哼唧道：“……61%。”

这些低水平选手大多有着稳定的“优点”，连超常发挥的可能性都没有。

周六喷了口气：“那你还扯淡，到底谁是老大！”

那时自卫队刚刚组建，周六还满身鸡血奔腾，心里有很多想法和很多宏伟蓝图，曾经找陆必行请教过，怎么让更多的人跟着自己。

陆必行考虑了片刻，回答他：“德高、望重、威逼、利诱，这四样里，随便挑一个做到了，就会有人愿意跟着你。不过如果你没资历没专长、狠不下心又没钱，那就只能靠妖言惑众和灌鸡汤了，先把人忽悠来，然后记着，别人是上了你的当才来帮你的，不是来跟你玩‘皇帝大臣过家家’的，所以有什么事自己先上，别像臭大姐一样躲在后面，这样，被你骗来的人才不至于马上就散伙。”

“你说得对。”周六想。

他抚过通信仪器，长长地把胸腔里一口浊气吐干净，一声令下："走！"

"发现目标。"海盗检测队互相传递着消息。

一场夺路而逃开始了。

这一次，自卫队好像没能及时找到跃迁点，在大片的空地里一哄而散，海盗监测队只有十五架机甲，自然不会主动分开，他们迅速筛选目标后，锁定了最近的周六："那架机甲防护罩损伤严重，怀疑对方的动力系统也有损伤，行驶速度低于平均值，有一定侧弯。"

周六故意关了几个推动器，只用单边的推动器来回翻转着跑，"瘸着腿"开到了最大速度。

不到五分钟，单边的动力系统已经过热，机舱内噪声越来越大，机甲无数次弹出检修要求，周六余光扫过反追踪系统，发现自卫队笨拙的队员们正在向约定好的方向跑，这次二货们居然没昏头，方向对了！

海盗和周六的距离不断缩短，海盗战队突然一分为二，同时，一枚导弹瞄准了周六。真正经历过生死之战的驾驶员都知道，机甲上每一枚导弹都是稀缺的，必须用在刀刃上，因此往往只要开炮，就很致命。

周六的瘸腿机甲眼看要被打成一堆碎片，他大叫一声，用尽了全力改道，震颤从精神网传到了他的耳膜，导弹与他擦肩而过，巨大的惯性下，周六方向打得太过，让机甲在空中转了一个夸张的偏角，这一耽搁，两队海盗左右包抄上来。

周六看了一眼自己的人机匹配度，此时有75%，正是他的最佳状态。

刚一靠近，海盗们的精神网就碾了过来，人机端口立刻遭到入侵。

周六自以为已经习惯了掉线，此时才知道，原来战场上掉线又和演习不同，演习时，他往往是眼前突然一黑，甚至都没意识到自己进了重三的精神网范围就被林将军刷下去了，感觉像走夜路的时候被人打了一记闷棍。

但是此时，海盗们的精神力大概比他强不到哪儿去，他们掠夺精神网的时候是群体攻击，而且有组织，连续不断！

周六疲于奔命似的挡了一波又一波，好像无数个人拿着榔头在他头上来回敲打，生生把他的匹配度从75%，敲到了55%。周六快要把牙龈咬出血来，反追踪系统上，他看见队友们正在靠近约定的位置，可是还不够。

他的人机匹配度不断下降，54%、53%……在精神网不断遭到攻击的同时，他还要艰难地保持着机甲的平衡，躲避对方追击，蓦地，机甲整个往一边歪了过去，他的精神力已经不足以完全控制机甲了，而人机匹配度跳到了危险的51%上。

周六大叫一声，自主断开了精神网，与此同时，他的精神网权限被对方接管，二十九架自卫队小机甲凭空出现在海盗小队身后。

参差不齐的导弹水波似的奔涌而来，从后面掀向了海盗小队，他们像是被水波掀开的小船，周六堪堪夺回了精神网权限，没急着撤退，而是先打开武库导弹，导弹在短距离内呼啸而去，正中一架海盗机甲机身，它断线风筝似的被甩了出去，炸了个灰飞烟灭。

“中了！”周六眼白充血，咆哮起来，“中了！”

然而手潮的自卫队并没能抓住这一次机会，把整个海盗小队一网打尽，接近一多半的导弹是无效攻击，剩下的五架海盗机甲竟还有战斗力，这些海盗竟没有像周六他们预想中一样落荒而逃，而是立刻开始了反击。

通信频道被大量的核爆炸搅扰得“刺啦”作响，所有人的声音都变得断断续续，原计划远程包抄的自卫队跑过了头，与幸存的海盗迎头撞上，一时间，导弹和量子炮四处乱飞，打到最后，谁也看不清谁，什么战略和战术都灰飞烟灭，就剩下近战肉搏。

以前从未开过炮的自卫队队员，就这样被一瞬间拖进了血与火的深渊，在杀人和被杀中习惯了机甲武库。一枚导弹迎头撞过来，周六已经来不及躲，下意识地开启防护罩……已经破损的防护罩没反应！

机甲精神网里，可以看见导弹的形状，周六睁大了眼睛，心想：“完了。”

和机甲一起粉身碎骨是什么体验，超出了周六的想象，他的大脑里一片茫然的空白。然而这时，一架小机甲凭空冲了出来，正好挡住了那枚冲向他的导弹，周六瞳孔猛地一缩，小机甲的防护罩发出刺眼的光，继而和机身的一部分一起融化，机甲尾部的武库凹陷了进去，那刺眼的光像地平线上的朝阳，先是一点，随后倏地刺破了苍穹——那替他挡下导弹的小机甲武器库自爆了。

在一片强光中，化为乌有。

机身巨震，开炮的海盗同样被爆炸冲击得摇摇欲坠，周六甚至没看清是哪位兄弟，他目眦欲裂，不管不顾地朝着海盗追了上去，连发三枚导弹，脑子里只剩下一个念头：“我杀了你们！”

茫茫宇宙，渺小的人类舍生忘死，激烈的爱憎几乎能一口吞下他们的肉体和灵魂……

也不过是黑暗中几簇小小的火光而已。

（四）

凯莱亲王——阿瑞斯·冯像看电影一样，冷眼旁观着这场惨烈的战斗。他那被大片特殊金属代替的脸表露不出多复杂的表情，看上去总是带着几分木然。阿瑞斯·冯开了口，声音沙哑，语速甚至有点缓慢：“这里为什么会有能量乱流，分析清楚了吗？”

“殿下，这应该是个事先设了伏的区域，有非常强大的反追踪功能。”

“非常强大？”阿瑞斯·冯双手十指穿插在一起，“如果是非常强大的反追踪系统，没有屏蔽功能吗？为什么我们还能看现场直播？”

旁边的手下一愣，冷汗冒了出来，弯着的腰不敢直起来。

“多么熟悉的风格，多么熟悉的陷阱。”阿瑞斯·冯说着，站了起来，轻轻地扳着手下的肩，让他直起腰来，一字一顿地说，“我们可能找到谋杀源异人的凶手了。”

手下惊骇地看着他。

阿瑞斯·冯逗小猫似的，在他下巴上钩了钩，金属和皮肤摩擦出诡异的声音：“怎么，还想不明白？”

这位全宇宙最丧心病狂的海盗头子不直播炸星球的时候，连走路也很慢，脚步有些蹒跚，一摇一摆的，手上总要扶着点什么，可能是假肢没什么安全感。假如盖住他那张可怕的脸，单看背影，他几乎像个上了点年纪的慈祥大伯。

“源异人这些年让我惯坏了，是有点狂，但他狂得一直很有分寸，”阿瑞斯·冯一下一下地用拐杖轻轻地敲打着地面，“他最后消失的地方是死亡沙漠，这就很不可思议。死亡沙漠小行星带环境复杂，非常危险，长了脑子的人，都不会去那儿迎战未知的对手，就算他有不得不去的理由，至少也会给我传个信，对不对？可是他没有，说明在他眼里，对方不算对手。”

他的手下回头看了一眼和探测小队殊死搏斗的小机甲群，难以置信地问：“就像这样？”

自卫队损失惨重，片刻工夫，已经有三四架机甲死无全尸。扮猪吃老虎的事时有发生，可没听说过扮猪被老虎吃的。如果这是装的，那装得未免也太逼真了——难不成这些机甲都是无人驾驶吗？

阿瑞斯·冯没理会，自言自语似的轻声说：“源异人那么大一支战队，还有重甲，为什么会被一网打尽，渣都不剩？如果对方没有一支超时空重甲战队，那么源异人他们很可能是先被人暗算，对方引爆了核导弹库……或是跃迁点一类的超级能量源，但即使是跃迁点爆炸，也不大可能把整个机甲战队全部扫清，可是我们没有收到任何警报和求救信息，也就是说，源异人他们在损失惨重的情况下，还选择继续追击。源异人不傻啊，这只能说明对方看起来柔弱得超乎想象，很可能，就是这么一支小猫两三只的小机甲战队。”

这时，门口传来一阵急促的脚步声，一个男人快步走进来：“阿瑞斯殿下，我听说您的手下找到了一支武装……”

“心黑手狠，你知道我想起谁了吗？这些年我们到联盟拜访，领教过很多次。”阿瑞斯·冯好像没看见来人，仍然不紧不慢地对自己的手下说，“林静恒死后，他的白银十卫不是各奔东西了吗？这些人到现在都没动静，说不定就有那么几个沦落到第八星系了。”

闯进来的人听了这话，脚步骤然停止，如临大敌起来：“你说什么？白银十卫！”

来人是个瘦高的男子，模样介于中青年之间，穿着打扮与太空机甲格格不入——此人长发及腰，用一根缎带绑成一束，穿了一身蕾丝花边的直领对襟长袍，底下是紧身的绑腿马裤，这身衣服来历大得很，据说是古地球时代，华丽“巴洛克”风格与神秘东方汉服风格的有机结合，只有考据最严谨的复古派才穿得出来。复古复成这样的，在别处不多见，但是在“反乌托邦协会”里要多少有多少，反乌会崇尚自然、崇尚复古，为了亲近自然，把自己打扮成一棵红豆杉的也大有人在。

“晚上好，鲁瓦先知。”阿瑞斯·冯这才不慌不忙地转身，冲对方一欠身，纠正道，“我认为这不大像白银十卫中的一支，应该只是几个人，联盟自毁长城之后，白银十卫曾经哗变过一次，虽然很快又蛰伏妥协，联盟虚伪惯了，虽然当时说不追究，但未必不会秋后算账，五年过去，昔日的精英战队被发配边远地区，流落到各地也很正常，您觉得呢？”

阿瑞斯·冯到了域外以后，就投奔了星际海盗组织“反乌托邦协会”，反乌会里，信仰领导一切，每一支武装都会配一个反乌会里资历高的先知，负责日常监督和洗脑工作，以防那些怀抱导弹的星际海盗沉溺于当代武器，忘了自己反科技的伟大使命。

这位“巴洛克汉服”爱好者，就是凯莱亲王卫队里的洗脑总司令。

先知听完，面色凝重，仔细想了想，他点头说：“您说得有道理，我们已经入境这么长时间了，如果真是白银十卫中的一支，大概整个第八星系都会被他们掀起来，不会这样藏头露尾的——阿瑞斯殿下，您打算怎么办？”

凯莱亲王一扬眉，方才还慈祥着的脸上露出了血气，他耳语似的轻声说：“当然是——炸飞了他们。”

先知一滞，想起这老疯子连炸好几颗星球的倒霉事，太阳穴就一跳一跳地疼，连忙说：“不行，上面非常在意下落不明的白银十卫，如果你的推断准确，这可能是我们唯一获得信息的机会，必须留活口！”

阿瑞斯·冯舔了一下嘴唇，没吭声。

先知一看他的脸色，就知道跟这货谈“大局”是对牛弹琴，他像个生怕疯狗咬坏了兽皮的猎人，不由分说地一摆手：“你给我留在这儿，这事不用你插手，我带人去会会他们！”

阿瑞斯·冯不笑了，冷冷地看向先知：“您这是什么意思？”

“我不是抢你的功劳，我们是一体的，”先知语气一软，诚恳地拍了拍凯莱亲王的肩膀，“之前你要报仇，组织觉得你手段太激烈，也是我替你扛下了压力，因为我理解你，现在你也理解我一下，行不行？万一错失重要信息，没法交代啊，我的兄弟！”

阿瑞斯·冯和他对视片刻，眼神稍有软化，不情不愿地用拳背和他碰了一下：“兄弟。”

先知微笑起来，神神道道地说：“为了生命和自然。”

阿瑞斯·冯面色阴郁，吧唧着嘴跟着他说：“……生命和自然。”

先知糊弄完他，急急忙忙地转身就走，去点自己的兵，唯恐慢了一步，到手的白银十卫就这么飞了。

听见先知带了自己的战队离港，阿瑞斯·冯“不甘心”的脸上才露出了一个诡异的微笑，问旁边的手下：“我听说这帮搞邪教的傻 × 整天聚在一起冥想，其实就是聚众嗑药？”

手下在他耳边说：“对，据说能帮助他们集中精神，回归真理。”

“怪不得，脑子都嗑成海绵了。”阿瑞斯·冯低低地笑了一声，“既然‘牺牲’自愿就位了，那就让他们来钓一条大鱼，看看对方是何方神圣。我们来收网。”

（五）

已经过了半夜一点，旧的一年就这样兵荒马乱地过去了。通过精神网，陆必行看见重三不远不近地缀着他，那巨大的重甲分外显眼，对旁边环绕的小机甲来说，重三几乎像一颗可以避风的小星球。

陆必行闭上眼睛回忆，他在林静恒的房间里，说话说了一半，就被警报打断，林按住他、打断他，细想起来，那人当时的表情多少有些强作镇定的意思，里面似乎还含着一点惊慌失措。

惊慌失措……这又是什么反应？

陆必行曾经坚定地相信林静恒暗恋自己，这会儿，他终于开始觉得自己恐怕是误会了。

一个已经消失了很久的念头“死而复生”，陆必行想：“我到底是不是自作多情？这可就有点尴尬了。”

这时，福柯的通信请求发了进来，陆必行用力揉了一把脸，把脸上的尴尬搓下去：“哎，我在。”

福柯的脸跳到他的通信屏幕上，女人还没过两百岁，看起来不苍老，但也没有青春感了，保鲜的皮囊并不能抵挡住光阴流逝，她有一双长满了皱纹的瞳孔。

“您没有安排基地里的居民转移，”福柯说，“是相信我们能挡住这拨海盗吗？”

“我很想回答你‘是’，”陆必行冲她苦笑了一下，“可是说了你也不信吧？”

“大姐都这把年纪了，跟我就实在点吧，别用糊弄周六他们那些小青年的话搪塞我，”福柯弯了一下眼角，露出一点平缓的笑纹，然而这点吝啬的笑容随即消失，她说，“基地人口小一千万，太多了，我算了算，我们没有星舰，所有机甲，还有那堆破破烂烂的商船加在一起，能运走四分之一的人已经很不错了，海盗恐怕不会给我们来回跑的机会，所以剩下的大多数人肯定会被丢下，对吧？”

陆必行叹了口气，年轻人专注梦想和挣扎的时候，也就只有这样的老江湖会不动声色地数家底了：“福柯大姐，你估算得很准。”

福柯问：“所以您干脆没提，是觉得这样太残忍了吗？”

“不。”陆必行摇摇头。这时，他突然不像那个“陆老师”了，“陆老师”把为人师表体现得淋漓尽致，永远乐观开朗，永远捧着一锅鸡汤，随时准备对每个“后进生”喷洒圣光，忽悠他们说：“老师相信你有潜力走上人生巅峰。”

这时的陆必行客观得甚至有一点冷漠，他沉默片刻，开口说：“海盗来得太快，这时候编谎话也来不及圆了，只要有一个人意识到你说的问题，这个基地就完了，没有人控制得住局面，不用等星际海盗，他们自己就能毁灭自己……臭大姐应该也考虑过这个问题，所以他把早先预备的那些商船都扔在那儿，连日常维护都没有，因为早知道这是一条死路。”

“斯潘塞是个聪明人，有时候太聪明了……先不说他。”福柯正色起来，“我觉得星际海盗不可能只有一拨，探路的折了，后续立刻会有大部队来，我跑过很多次域外黑市，对他们有一点了解。陆老师，我们这些人对上星际海盗，基本就是送菜，死路一条。您替我们做出了选择，那能不能告诉我们，等一会儿到了前线，应该怎么保命？”

陆必行意味深长地看了她一眼：“大姐，你和黄鼠狼商量好了吗？”

他话音刚落，通信频道里，黄鼠狼就接了进来：“陆老师，反追踪系统是你一手建的，没有人比你更熟悉，我们都听你的。”

陆必行顿了顿：“无条件服从？”

在危机之下被迫联手的黄鼠狼和福柯对视一眼，同时点了头。

“我需要你们到时候听林将军调配，”陆必行说，“不管他的命令合不合理，都不要质疑他，最快速度执行，他不见得能让你们每个人都保住命，但他会最大限度地降低死亡率。”

黄鼠狼迟疑了一下，搓了搓手：“这个……陆老师，这话我说得可能不大合适，但林将军……大将军嘛，沃托的权贵，他实在……实在不像是会在乎我们死活的人……”

“他和你们一起出来，就是把你们当成他的士兵。”陆必行淡淡地说，“不管他本人是热情是冷漠还是反社会，一个不在乎士兵伤亡率的人，或许能成为敢死队队长，但不大可能做到联盟上将，我认为这个思路还是很符合逻辑的，对不对？”

黄鼠狼和福柯一瞬间就被他的客观说服了。

“但伤亡率归伤亡率，对诸位来说，机毁就是百分之百的人亡，导弹无眼，要小心。”陆必行拉开航线图，“前方的跃迁点是最后一个跃迁点，准备好了吗？”

距离基地十个航行日外，最后一架海盗机甲被自卫队击落了。

周六躲闪不及，被飞掠而过的机甲碎片冲击了个正着，机甲外壁发出让人牙酸的响动，他茫然地戳在机舱核心处，听机甲没完没了地用机械音报送损坏程度。

“自卫队……”周六的声音沙哑得不像样子，“自卫队按照机甲号码全体报数。”

这种报数方式是正规部队常用的，陆必行只教过一次，还没有实际用过——如果前面一位没有应答，后面的人就等十秒……然后替他说。

“自卫队一号机，我是周六，防护罩破损，动力系统损毁率 60%，导弹已经空了，支撑粒子炮的能量不足。”

他说完，没有人接话，通信频道里一片寂静。

周六意识到了什么，心口狠狠一抽。

那十秒钟被拉了无限长，好像一辈子都过去了，通信频道里才传来轻微的噪声，一个自卫队队员磕磕绊绊地开了口：“自卫队三号机，侥幸只有擦伤，导弹还有两枚……我代……我代‘二号机’报数，二号机，你还在吗？”

第一次用这种方式报数的自卫队不熟悉规则，依然抱着微末的期望，期望同伴能回答，然而时间一分一秒过去，二号机无人应答，自卫队队员只好哑着嗓子继续说下去:“二号机已被击落,战友放假……下落不明。”

他们没有伟大的伊甸园技术，每一个和机甲一起粉身碎骨的人，都只能得到一个“下落不明”的结论。

“六号机代五号机报数……”

“十一号机代十号机报数……”

自卫队三十人，一场战役后，折损机甲十二架，缩水将近一半，而活着的人悬在群星中，并没有时间痛不欲生。

周六：“给基地联络站发信，就说海盗小队已被击溃，我们保……”

“周六！”一个自卫队队员突然打断他，“看反追踪系统的监控，快看！”

周六蓦地回头，小小的屏幕上，一群代表机甲的光点正密密麻麻地往他们这里涌，很快占满了屏幕的一角——没完没了，不见头尾。

当他们跋山涉水、筋疲力尽地跪在命运脚下时，命运却并没有给他们好脸色看。大规模的海盗正规军到底是来了。自卫队的通信频道里鸦雀无声。

有那么片刻，周六想起自己以前的豪言壮语——宁可战斗而死，也不苟且偷生——他觉得恍如隔世。

“奇怪，”他莫名其妙地问自己，“我怎么会那么想呢？”

然而周六一边疑惑着，一边清了清嗓子，他说：“自卫队还剩机甲十八架，其中仍有战斗力的八架，导弹总共还剩十一枚，粒子炮口还有四个可用，照我们之前的打法，只够开一回合的炮……粮没绝，弹快尽了，现在躲进反追踪系统打游击没有意义，我们要么迎战，要么撤退。”

前锋海盗机甲的影子已经能看见形状了。

“但我还是……”周六声音有些颤抖，停顿了一个非常漫长的省略号，“我还是觉得不甘心，我还想再试试，像个人一样活几秒。反追踪系统最外层加密被破解后，对方才能继续往里走，自卫队既然是最先锋，他们至少也要先过了我，才能继续往里开，你们说呢？”

说到这里，周六一咬牙，不等队员们回答，兀自继续：“一号机武器库和防护罩都已经无法使用，我会做你们的盾，目前离我们最近的跃迁点是0023口，加密还没被破解，打完最后一枚导弹的可以从那边撤，其他人……其他人自便。”

周六说着，越众而出，椭圆的小机甲浑身斑驳，只有一侧的动力推动器闪烁着，像黑暗里的火光，逆着风，死也不肯熄灭。

紧接着，一架同样破铜烂铁似的机甲跟上了他，然后是第二架、第三架……

五分钟内，十几架已经打空武器库的机甲无一落下，全都跟着他出列。

周六百感交集，至此，已经再无话可说，他把坐标方向群发到所有队友机甲上，出发了。

海盗们推进极快，刚开始只是反追踪系统上的小光点，随后，监控上露出了机甲的影子，海盗机甲战队没到，山呼海啸似的能量反应已经朝他们压了过来。

再后来，导弹的远程瞄准镜里已经能看见对方的机身。这一次来的海盗没有小机甲，先锋也是中型的战斗机甲，几架重甲赫然在中军压轴。

遥遥相对时，自卫队里所有人的机甲上都响起了被导弹锁定的警报。

周六陡然加速，飞蛾似的朝着对方扑了过去——当他们被炸成碎片时，会遮蔽对方的视线，产生大量的能量扰动，干扰对方的反导系统，身后十一枚导弹和仅剩的四门粒子炮可以一次性打出，哪怕只能击落一架海盗机甲……

这事说来有点可笑，因为自古只有天材地宝旁，才有死守的猛兽。

基地这么个养耗子的阴沟，也会有人拼死护卫吗？有什么意义吗？

对方陡然开了火。

周六闭上眼，把五官六感顺着精神网无限绵延出去，感觉到了葬身之地的浩瀚。

突然，机甲的警报声停了。

周六茫然地想："我被击中了吗？"

然而他睁开眼，却发现刺眼的光在眼前炸开，一波突如其来的导弹与海盗相撞，堪堪把致命的导弹潮挡在了他们跟前不远处。

随即，无数小机甲撑开了一个巨大的防护罩，像他们一起抵御高能粒子流那次一样，把爆炸的余波和碎片挡在了外围。与此同时，通信频道里传来林静恒没什么起伏的声音。

"巡逻的自卫队损毁率过高，全体从0023口撤回。"

周六的眼圈一下红了。

重三加速快得惊人，巡逻队还没来得及听从命令撤回，湛卢的精神网已经扫到了对方前锋的边，海盗前锋的精神网像麦子一样倒伏了一片，林静恒并不停留，不等他们的备用驾驶员试图夺回精神网就自动撤出，飞快推进的海盗先锋不可避免地一滞，而与此同时，基地武装开了火。

虽然基地的导弹命中率低，但幸亏对方目标大，而且被林静恒定了一下，这一波导弹炸得“姹紫嫣红”。

与此同时，重三里收到来自敌人的通信请求。

湛卢：“先生，海盗希望与您……”

林静恒截口打断他：“不陪聊，撤！”

基地参差不齐的武装队伍撤退起来永远比进攻像样，林静恒一声令下，众人在反追踪系统的掩护下集体失踪，像钻进了大海的鱼群。

反乌会的先知愤怒地一捶桌子：“扫描方才检测队已经解码的跃迁点，挨个炸，暴力推了他们这个藏头露尾的小玩意儿！”

“那个谁……”林静恒说，“礼拜三还是礼拜五的，把你的精神网权限给我。”

被强行变成“工作日”的周六不敢争辩，连忙让出权限，唯恐林将军使用暴力手段。自卫队一号机方才和海盗探测小队交战的路径立刻出现在了重三上。

林静恒目光一扫：“准备跃迁0078端口，都把导弹关了，使用粒子炮。”

海盗战队推土机似的向他们已知的跃迁点挺进，随着先知一声令下，数十枚导弹涌向那个跃迁点，巨大的能量在周围几乎引起了连锁反应，一部分反追踪系统航道瞬间暴露。然而与此同时，借着爆炸掩护，基地武装突然绕路到海盗侧翼，从一个加密的跃迁点里冒出来，二话不说开了火。

数百发高能粒子炮组成了一波高能粒子流，与核导弹不同，粒子炮受能量扰动的影响小得多，即使是一帮棒槌也能打得准。

海盗侧翼仿佛被狂风卷过的残花败柳，瞬间被掀翻了一片。而他们来不及反应，偷袭者就再次沉入反追踪系统。

这才叫游击。

基地武装的通信频道里，从来没有这么威风过的瘪三们爆发出一阵山呼海啸的欢呼，血烧了起来，七嘴八舌地议论起方才那两次振奋人心的有效攻击。

谁知下一刻，众人的机甲上就传来被导弹锁定的警报。

林静恒冷冷地说：“通信用语规范没学过？谁再发出多余的声音，我就把谁打下来。”

通信频道立刻落针可闻。

（六）

“游击战能打成这样，是重甲里的指挥官厉害。”阿瑞斯·冯轻轻地眯起眼，“你看那个‘生命和自然’，满嘴环保，其实怕死怕得要命，身边配的先锋队，平均人机匹配度在75%以上，反乌会的精锐都被他们瓜分了，从来有恃无恐，一照面就让人卷了，对方精神力得强到什么程度？就是可惜，手底下是一帮乌合之众。”

跟在阿瑞斯·冯身边这位，其实本来是个护士，负责照顾他那拼装身体的，战战兢兢地跟着个杀人狂病人混久了，莫名其妙地成了名义上的“将军”，“将军”做个保姆绰绰有余，打打杀杀的事就不明白了，听完仍然不明所以。

“这都看不明白吗？蠢货。”阿瑞斯·冯叹了口气，骂了一句，脸上却没有太多愠色，因为他是喜欢蠢货的，也喜欢握得住把柄的人，聪明在他看来是很危险的东西，和顶在头上的激光枪差不多，一定要除之而后快，对这些平时懂事，关键时刻又总有点反应不过来的笨人，他倒总是很有耐心，不紧不慢地解释说，“粒子炮的攻击力比导弹差太多，如果方才是导弹群掀过去，至少可以打掉那废物一个侧翼，对方神出鬼没，打法老练，不会犯这种低级错误。所以我猜，是因为能量扰动会干扰导弹轨道……这个厉害的指挥官手下，大概都是刚会开机甲的货色，不会校准导弹航线，只能拿粒子炮凑数。”

机甲的防护罩是能扛住一定程度的粒子炮的，遭了两波粒子炮的偷袭，先知的海盗战队确实乱了阵脚，但不至于伤筋动骨。所有被击落的机甲，都是被重三趁乱发的导弹击中。

先知虽然被凯莱亲王当枪使了，但那是因为他对疯子轻敌，没有真傻到底，几个照面之后，他同样意识到了这个问题。

先知狞笑一声，猛地一跺脚：“给我调阅白银十卫近二十年的数据，做偏好分析！”

最高等的重甲，通常都会斥巨资构建机甲核，连反乌托邦协会也不能免俗。先知嘴上把当代技术视为洪水猛兽，把人工智能视为精神毒品，但实际上也会经常“以身饲虎”——为了解放全人类，不惜亲自沾染这些“大毒瘤”。

反乌会的人工智能数据库受到严格监管，几乎没有自主学习的权限和能力，其实只能算一台功能有限的超级电脑，专门打仗用的。超级电脑没有聊天功能，当然也没有湛卢那一车的废话，干净利落地执行了命令，要是让林将军看见了，准得羡慕得把湛卢当破烂卖了。

没有废话的人工智能迅速将反乌会骚扰联盟又被白银十卫痛揍的战役数据导出，不到十秒，超级电脑就完成了偏好分析，然后它自动对照周围地形，把导弹射程内所有区域切分，标上了百分数——根据历史数据，人工智能总结了白银十卫的战斗风格，把基地武装方才跃迁后可能躲藏的区域按照概率高低标出来了！

先知目光一扫，就迅速做出决断，挑出了概率最高的三个区域，将手下火力一分为三，无差别暴力释放导弹，同时狞笑一声：“释放通信信号干扰！”

基地武装这边的通信频道里立刻“哔”一声惊叫，哑了嗓子。

一般来说，训练有素的正规军是不怕这一手的，战场上，通信信号中断不影响什么——精神网的视野远远超过人的肉眼，连着精神网的时候，驾驶员是能看清周围战友与指挥官的，指挥官只要一动，其他人就能自动领会他的意图，有无声的默契。可是仓促凑在一起的基地武装能有什么默契？连通信频道里不能侃大山都是在林将军的铁血下刚学会的。

这柔弱的羊群刚刚还威风得很，还没来得及仔细体会“威武雄壮”的感觉，就迎来了当头痛击，通信信号突然中断，基地武装的老少流氓顿时傻了眼，就地成了一帮找不着妈的走失儿童。

与此同时，汹涌的导弹眼看就向他们藏身之处涌来。

按照概率分析，针对整个区域的盲目打击并不准确，对方是摸瞎撞大运。如果是林静恒自己在这儿，根本就不会理会，坚信他们打不着。但方才失去通信的基地武装可没有这份定力，本来就正六神无主，一看导弹密密麻麻地扑过来，顿时慌了神，以为反追踪系统被破解了。

烂泥扶不上墙的基地武装乱了套，吓得一动不动的算是好的，有一些“反应快”的，听不见指挥就开始瞎跑乱窜，当场暴露坐标，被导弹兜头打了个正着，原本严严实实的队伍顷刻间被撕裂了一条口子。

四个学生紧张地盯着重三里的立体实况屏幕，先是集体抽了一口气，抽完，隔了几秒才反应过来——这不是打游戏的时候损失了几分，是真刀真枪的导弹炸碎了机甲，一些跟他们一起来的人再也回不去了！

林静恒却不知是镇定惯了，还是并不把这些废物的死活放在心上，脸上看不出一点异色，回手用重三上的远程系统发了一道信号，透过最近的跃迁点，直接定点发送到了陆必行的机甲上。

穿透跃迁点的远程信号立刻暴露在海盗的眼皮底下，但他们炮口还没转过来，林静恒就直接紧急跃迁，四个学生差点被保护气体拍扁在角落，而后重三幽灵似的降临在海盗中间。

与此同时，接到远程信号的陆必行立刻建立联系，把远程密钥发到所有加密与未加密的跃迁点上，随即飞快地对接了反追踪系统，反追踪系统是他一手建立的，他熟悉得就像熟悉自己家。陆必行像一只蜘蛛，转眼把重三上的远程信号“黏”在了反追踪系统上，凝成了一张大网，然后将自己的机甲当成了信号中转站，通过所有小机甲的反追踪系统权限，凭空捏了一个不怕干扰的“通信频道”。

通信重新接通的一瞬间，林静恒的声音就响了起来：“跃迁 004，蠢货！”

蠢货们听了他的声音，简直要喜极而泣，想都不想就服从了命令——然后险些集体和海盗机甲群来个贴面舞会。

林静恒：“导弹！”

吓傻了的基地武装“嗷嗷”乱叫，一边乱七八糟地打出导弹，一边吓得哭爹喊娘，什么污言秽语都有。

海盗们没料到这群乌合之众的通信这么快就修复好了，注意力还在突然撞过来的重三身上，没反应过来，尖叫的导弹已经结结实实地炸进了机甲群中。

与此同时，重三扫荡了周围十几架机甲的精神网，巨大的防护罩几乎给机身镀了一层银色，所有的粒子炮口开到最大，对方已经发出的导弹受到干扰，与他擦身而过。

林静恒目光一扫，感觉这群无组织无纪律的基地武装都是草履虫，恐怕听不懂太复杂的指令，“掩护夹击敌人队尾”的命令出来，这帮找不着北的二百五非得给他发生太空车祸不可，于是把到嘴边的话生生咽了，极简略地说：“男的 0045 跃迁点，女的 0031，走！”

这个简单易懂，傻子听完都会“对号入座”。

原本混在一起的基地武装忙而有序地凭空分成两队，彼此交杂，但丝毫不乱，跟受到磁场牵引的游鱼似的，奔着两个方向而去，以最快的速度穿过跃迁点，乍一看，这阵仗简直唬人，好像千锤百炼过的仪仗队。

先知吃了一惊，心想：“装的？上当了？”

林静恒长这么大，也是第一次指挥这种部队，感觉自己像个公共厕所门口的收费指路员，仗着重甲防护罩厚，他内火很旺地直接向距离他最近的海盗机甲撞了过去，与此同时，三枚导弹追着他的尾巴而至，林静恒稳准狠地释放了一发高能粒子炮，机身猛地弹了出去，跟导弹擦着边，他再次紧急跃迁！

追着他的导弹随即而至，没头没脑地撞进了跃迁点。

周围的海盗们吓得魂飞魄散，全都四散奔逃，唯恐被跃迁点爆炸裹进去，互相撞成了一团。

先知怒不可遏：“跑什么？不知道跃迁点爆炸的能量阈值很高吗？一枚导弹算什么？给我追！”

海盗们一看，方才被打了一导弹的跃迁点果然沉默如常，立刻就要追击。

而就在他们准备跟着大数据分析的指引，穿过跃迁点追击基地武装的时候，所有人的通信频道里突然短路似的“刺啦”一声——再要跑已经来不及了。

跃迁点轰然炸开，先锋的海盗战队像是雷火下的麦田，转眼化为乌有。

与此同时，一支机甲武装战队从 0045 跃迁点突然冒出来，冲着海盗尾翼一阵狂轰滥炸，海盗们紧急撑起防护罩，正要还击，突然有另一队机甲武装从视觉死角上冒出来，从后面扔了一堆导弹，一片人仰马翻过后，游击队伍再次沉入反追踪系统的迷宫里。

先知的海盗战队本来雄赳赳、气昂昂，转眼成了一只斗败的公鸡，羽毛乱飞，好不狼狈。

陆必行却在通信频道里奇怪地问林静恒："你在跃迁点里装了什么？定时炸弹吗？"

"一个引爆系统，降低了跃迁点爆炸的能量阈值。"林静恒顿了顿，又补充说，"只有一部分跃迁点上有这个引爆系统。这也是战役主场一方常见的处理方式。"

陆必行顺口问："你什么时候准备的，我怎么没看见？"

林静恒没吭声，别人不敢说话，通信频道里一片诡异的寂静。

陆必行光速明白了，就是躲他的那几天。

林将军真是分秒必争，东躲西藏居然没耽误正事。

陆必行干咳一声，自动充当起他的随军工程师："……他们方才释放干扰信号后，选了三个方向释放导弹，不可能是随机的，应该是套用了某种概率分析模型，准确率很高。跃迁点爆炸产生的能量波动影响很大，如果对方的数据处理这么好用，反追踪系统非常容易暴露，不能再这么打了。"

对面的先知跟他心有灵犀，跃迁点爆炸的一瞬间，它指挥舰上的超级电脑立刻收集到了庞杂的数据，几乎描绘出了反追踪系统的轮廓。而与此同时，它对照白银十卫的战斗风格，估算出了可能带埋伏的一系列跃迁点！

海盗战队机动性极强地长驱直入。

"反乌会"动起手来，客观又科学，一切靠数据说话。

当年联盟最精锐的白银十卫，却是一帮跟着老大屏蔽伊甸园的野蛮人。

世界上的事，大概就是这么物极必反。

林静恒瞄了一眼浩瀚、绵延至域外的远程通信图。

"知道了，"他说着，两条不同的撤退路线成型，林静恒伸手一捏，分别发到了方才被他一分为二的两队机甲上，"分头撤，动作要快，五秒之内撤不走的等死。"

与此同时，海盗们很快发现了基地武装的异状："先知，对方正在撤退！"

“解析撤退路径！”

先知的超级电脑上，无数历史与实时的数据交叠，花了不到五秒，就估算出了大致的两条撤退路径，与真正的路径居然八九不离十。

“白银十卫……”先知眼睛都红了，“释放跃迁干扰！”

只要能预先判断对方跃迁的落脚点，就能释放干扰，让跃迁线路改道，这是反乌会的拿手好戏之一。

然而海盗的反应虽然迅速，但基地武装在林静恒的恐吓之下，完全没有一点小胜利后的风度，逃起命来忘乎所以，五秒之内，除了个别动作慢的，大部分人已经跑没影了！

海盗的跃迁干扰只扣住了少数动作慢的，立刻试图夺取对方的精神网进行捕捉，海盗们的精神网刚刚探出触角，几个前锋的驾驶员就被精神网震晕过去了，林静恒早就夺走了几个“后进生”的精神网权限，极强横的精神力顺着小机甲的精神网反扑过来，海盗前锋瞬间沦陷，继而直接启动了自爆程序！

借这个空当，重三龙卷风似的卷走了被扣住的几架小机甲，消失在了跃迁点能量场里。

林静恒说五秒，五秒之后，海盗果然追来了，陆必行立刻明白了什么，对方有林静恒……不，或许是白银要塞联盟军的行为模式分析，而林静恒非但心知肚明，还有意顺着他们的想法表演，不断让对方对自己的数据分析和猜测深信不疑！

“看着那么冷淡，原来都是骗人的，”陆必行叹为观止地想，“怎么这么狡猾？”

“将军，”他一本正经地在通信频道里提示说，“反追踪系统的核心设备在001跃迁点里，再靠近001，你的远程通信会暴露基地的方向。”

林静恒似乎轻笑了一声，没有回答。

陆必行心领神会：“明白。”

他就是要暴露基地的方向。

独眼鹰：“等等，明白什么了，林静恒，你靠不靠得住？”

先知一排粒子炮轰了出去，把自爆的机甲碎片扫荡开，怒不可遏：“废物，重甲开路！”

重甲即使被夺走精神网，也不可能在瞬间启动自爆程序，这个时间差足够让其他备用驾驶员夺回精神网了。那些硕大的重甲，像传说中的神魔战车一样，碾了上去，双方你来我往，基地武装灵蛇一般，到处乱钻，却无论如何都甩不脱追兵。而追兵步步紧逼，却又每次都是险伶伶地差一点，像被胡萝卜吊着的驴。一追一逃中，双方几次交火，各有损伤，打得先知心浮气躁，恨不能把机甲上总是慢半拍的超级电脑砸了，反科技的信仰越发虔诚。

（七）

阿瑞斯·冯从现场监控里看到战况，旁观者清，知道反乌会的先知变成了兔子，正在一蹦一跳地往人家的陷阱里发足狂奔：“厉害，真是厉害——咱们的‘牺牲’看来是要肉包子打狗——告诉兄弟们整队，准备跟我去打一场硬仗。”

此时，基地武装已经非常接近反追踪系统的核心区域了。步步紧逼的海盗们也很快察觉到了反追踪系统的力不从心。来自基地方向的能量波动若隐若现地暴露在了海盗眼前。

两个方向的能量波动让先知先是一愣，随后猛地一拍手：“我就说他们为什么会准备这么复杂的系统，闹了半天是为了掩护别的东西！”

此时才反应过来的福柯失声在通信频道里说：“糟了！”

基地武装有点慌神，忘了战场上指挥官令行禁止的规矩，下意识地掉转方向，去追海盗，试图阻止他们靠近跃迁点 001。

奇异的是，林静恒没有阻止。

先知的超级电脑早就感觉到了敌人的异动：“看来我们是找到他们的‘七寸’了！”

无组织无纪律的基地武装就像一盆滚下山的散沙，根本追不上训练有素的海盗舰队，被人一波量子炮就卷了回来，先知带着海盗战队冲向了一个加密的跃迁点 001。

基地武装慌了——穿过 001，反追踪系统就完全失效了！

他们“诚实”的反应给海盗战队指明了方向，先知越发笃定自己的猜测，一马当先地靠近 001 跃迁点，同时启动了跃迁，然而就在这一瞬间，异变陡生。

001 跃迁点——反追踪系统的核心所在，突然自爆。

先知连哼都没哼一声，主力战队全都湮灭在巨大的能量流里，像一堆被打碎的花瓶。整个反追踪系统作为一个巨大的终极陷阱，和海盗战队一起七零八落、荡然无存，能量乱流之后是诡异的平静。

不知过了多久，独眼鹰才低喃了一句："……我 ×。"

林静恒收回防护罩，冷冷地吩咐："整队，准备回航。"

残余的基地武装木然地汇聚在一起，找不着北地跟在他身边。

突然，周六在通信频道里难以置信地问："我们这是……赢了？"

他这一句话，让众人忘了通信频道里不能乱说话的禁令。

"我们赢了？"

"我们打跑了海盗！"

"天哪！"

有人欢呼，有人小声地哭了起来，通信频道里一片七嘴八舌。林静恒仍然是罕见地没发脾气。

陆必行却始终没有关闭防护罩，不断地扫描周围。

阿瑞斯·冯远远地望向散乱的基地武装，微笑起来："啊，他们已经开始庆祝胜利了。"

太过激烈的大战过后，人们一般会经历几个过程，先是"茫然不知所在"，随后是"喜极而泣"，再过上一会儿，想起痛失战友，再一看疮痍满目，精神用尽了，才到了"悲从中来"的阶段。

基地的瘪三们"喜极而泣"的过程没过完，没来得及悲，事情就又出了变故。

"诸位……"陆必行在通信频道里说了一句，声音很快被盖过去了。他皱起眉，直接把扫描到的能量波动图发到了通信频道里，又被淹没了。

陆必行："喂！"

想要这些瘪三军纪整肃，大概只有导弹能出点力。

陆必行是个文明人，没有扯着嗓子嚷的习惯，也没有一言不合就拿导弹瞄准队友的脾气，万般无奈之下，他只好冲着通信频道来了一句："都让一让，先让我求个婚！"

这一句话终于有了回音，独眼鹰用更大的嗓门震天动地地喊了回来："陆必行，你个小兔崽子，你活腻了吗！"

通信频道里的噪声终于被这父子俩联手荡平了。

“谢了老爸，”陆必行正色起来，把方才的能量波动图重新发了一遍，“001 跃迁点炸毁的高能粒子流已经过去了，附近不该有这么剧烈的能量反应，诸位，还没完呢，都警惕一点好吗？”

众人做好了收听一段桃色新闻的心理准备，没想到打开的是军事新闻频道，蒙了片刻，窃窃私语好像起于青萍之末的狂风，“嗡”一声在通信频道里炸开了。

周六哑着嗓子呵斥道：“都闭嘴！先别说话！”

福柯也“嘘”了一声，安抚住自己的人：“陆老师，这是什么意思？”

黄鼠狼不安地问了一句：“林将军呢？”

林静恒没动静，他嫌烦，早屏蔽了乱哄哄的通信频道，凭空一抬杯子，他对湛卢没头没尾地说：“一盎司。”

酒柜的门自动弹开，湛卢给他倒了一口烈酒。

林静恒嘴上说要回航，却一反之前干净利落的作风，自己一动不动，对那些磨磨蹭蹭的瘪三也没什么意见，一口刮嘴唇的烈酒压在舌头底下，他的目光始终没离开远程通信系统图，沉静的侧脸像是在等一场战争的头狼。

黄静姝觑着他的表情一激灵：“将……”

林静恒竖起一根手指，打住她的话音。

与此同时，通信频道里那一千只鸭子渐次哑了，林静恒重新打开通信频道，这时，已经不用陆必行现场讲解怎么看异常的能量波动图了，只要没从精神网上掉线的，全看见了——黑洞洞的宇宙中，好像四处都藏着怪物，一波未平一波又起地冒出来，无穷无尽，让人吊着一口气，来回欣喜若狂，来回绝望。

在他们不远处，比方才更张牙舞爪的机甲群缓缓露出头来，暗色的机身上，凯莱亲王卫队的标志像噩梦的图腾，然而这一次，对方来的是一水的重甲。

这是一支超时空重甲的机械战队。

像曾经围困白银要塞的机械战队。

像曾经在玫瑰之心埋葬了两颗联盟将星的机械战队。

像把凯莱星、北京 β 星和白鹭星付之一炬的机械战队。

损兵折将的基地武装，兵不成兵、队不成队地围在重三周围，目瞪口呆地看着这群庞然大物从天而降，像等待瓢泼大雨的蚂蚁群。而他们赖以生存的窝——反追踪系统，已经给上一个对手殉了葬。

怀特哆哆嗦嗦地喘了一口气，气若游丝地问林静恒："将……将军，您怎么还在喝酒？"

林静恒把压在舌头下的酒咽了下去，回头看了四个学生一眼，觉得他们年轻而无畏，也觉得自己四肢有些发冷。他不是怕死，也不是怕输，只是有一点不想和凯莱亲王聊天。

因为这个歌舞升平的世界正在塌陷，而他在这个小破基地里闭目塞听三个多月，一方面每天都火烧火燎地想知道外面的战况，另一方面又有点怕听见。因为不管是有意还是无意，联盟落到这个地步，他本人都是撇不开关系的——"有意"是坏得丧心病狂，"无意"是蠢得感天动地而已，哪个都强不到哪儿去。

可他又不能不和凯莱亲王说话，因为白银第九卫这帮废物点心可能是吃多了，跑得比爬还慢，林将军一根光杆，扛着一帮绊脚的废铜烂铁，实在没法把节奏控制得很精准，只能借此拖延时间。

一个通信请求发到了重三上，继而又通过远程系统，公放到了通信频道里——阿瑞斯·冯在动手之前，要发表一番厥词是惯例了。

林静恒吐出一口浓烈的酒气，接通了。

阿瑞斯·冯那张令人刻骨铭心的老脸清晰地出现在所有人面前，独眼鹰的炮口差点走火。四个学生当然记得这个轰炸了北京 β 星的疯子，薄荷一把捂住嘴，斗鸡攥紧了拳头，几乎分不清眼前的是虚影还是真人，喉咙里发出一声嘶吼，当场就要双目充血地冲上去——被林静恒按住肩膀，轻飘飘地推到了一边。

阿瑞斯·冯如果有祖坟，大概已经被人挖成地铁中转站了，习惯了恶名远扬，因此不大在乎别人骂他，熟视无睹地接受了一堆充满深仇大恨的目光，他的目光落在林静恒身上，瞳孔明显地一缩，他盯着林静恒仔细端详片刻，动了动金属嘴角："你接了，看来我是有资格和你说几句话了，自我介绍一下，本人是这一任的凯莱亲王，我叫阿瑞斯·冯，请问这位很眼熟的先生，怎么称呼？"

林静恒要笑不笑地反问："你看我像谁？"

林静恒掌管白银要塞的时候，曾经“身兼数职”——他是想要争取军事自治权的七大星系政府的心头大患，是联盟高层一部分人的心头大患，是三大星际海盗团伙的心头大患。

作为专注“心头大患”一百年的林静恒，照片被无数人钉在飞镖盘上，每天被扎出成千上万个窟窿。阿瑞斯·冯当然不可能不认得这张脸，但他也同样不认为，这张脸下面的人是林静恒。

凯莱亲王木着脸，仅剩一个眼角的人皮搭错了神经似的，一蹦一跳地抽了起来：“我要是没记错，你们联盟的肖像权法里应该是有规定的吧，人工整容成其他人，特别是名人的脸，可是违法的。”

林静恒顺着他的话一笑，口无遮拦地说：“官不究民不举的事，林静恒又不能从衣冠冢里爬出来告我，大不了我把他的讣告多循环几次。凯莱亲王殿下，我带着一帮兄弟随便找个犄角旮旯苟且偷生，哪儿得罪你了？”

阿瑞斯·冯说：“你是白银十卫的人。”

林静恒从鼻子里哼了一声，不知道是默认还是嗤笑。

“脸可以变，身份可以伪造，刻在骨子里的东西不会变，生死关头的战斗偏好分析不会出错。”阿瑞斯·冯低声说，“你的水平，至少是少将以上，你是白银第几卫的？”

林静恒不耐烦地一挑眉：“凯莱亲王殿下，白银要塞都让你们炸成渣了，哪儿还有白银十卫？你想干什么？”

基地所有人屏息凝神地看着林静恒和凯莱亲王互相装神弄鬼，有生以来头一次听见林上将说这么多话。

阿瑞斯·冯颇为有风度地回答：“白银要塞不是我炸的，也不是反乌会炸的，我只管第八星系的事，在第八星系，从恒星到行星，从尸体到残骸，全都是我的，在我眼皮底下，不允许有地下航道和未知跃迁点的存在。”

林静恒居然还好像和他讲上道理了一样，听完沉吟片刻，脸上也没什么怒色，点了点头：“所以你是要我们的地下航道图。”

“要。第八星系是我的后院，谁也不希望后院里蛇洞鼠洞一堆。”阿瑞斯·冯不客气地说，“另外，前一阵，我有个手下被我派出去探路，带走了一支机甲战队，结果去了就没回来，人和机甲，无声无息地消失在死亡沙漠里了，不知道你有没有看见过。”

林静恒做了什么不会满世界宣传，因此除了独眼鹰和陆必行他们，大部分人听得一头雾水，却都感觉到凯莱亲王这句话一落地，方才闲聊似的气氛陡然就紧张了。

林静恒抬起头看着阿瑞斯·冯，答非所问：“你的意思是，人是我杀的，队伍是我埋的，所以找我来寻仇——证据呢？”

阿瑞斯·冯一摊手，他那铜皮铁骨的双肩并不能灵活地做出“耸肩”的动作，看着像个不大灵光的人偶：“源异人跟了我一百多年，当年从凯莱一直护送我到域外，这些年虽然毛病越来越多，越来越变态，但我都没舍得动过他，我身边忠诚的人不多，经受过考验的人更少。他不明不白地死在死亡沙漠，我很心疼。”

一个要证据，一个说“心疼”，通信频道里旁听的基地瘪三们觉得信号可能又不好了，漏听了几句似的，他俩这对话根本接不上。

林静恒却动了动手指，把一条信息发到了通信频道，通知所有人——

“防护罩打开，准备紧急跃迁。”

反追踪系统灰飞烟灭了，但跃迁点毕竟还没被炸完。

基地的人大气也不敢出，方才关上的防护罩一个接一个亮了起来，防护罩受损的，则被其他人保护在中间。

可是瘪三军团动作太磨蹭，还不等他们准备好，凯莱亲王就说：“证据我没有，但是我既然这么心疼，当然要找人撒撒火气，谁让你正好在这儿，正好看起来最可疑呢？导弹的炮口可没说有证据才能发射。”

他话音落下的瞬间，一排重甲竟然招呼也不打地发了一排导弹！

林静恒听湛卢说起阿瑞斯·冯的生平，当时说此人就像海盗版的自己，其实也并不算完全没有依据——林将军本人亲自炸了陆信的跃迁点，炸得怒火丛生，所以一定要宰了源异人出气；凯莱亲王自己派出去办事的人半路死了，死得他心肝肉疼，所以谁在附近谁倒霉，一概拉出去撒火。

基地的瘪三兵们因为附近没有跃迁点，只能紧急跃迁。紧急跃迁本来绝不是这种初级选手能扛住的，可是眼看导弹迎面打来的一瞬间，瘪三们爆发出了难以想象的潜力，大部分人居然成功跑了，有生以来第一次体会到机甲保护气体的滋味，被噎了个要死要活。

原本鹌鹑似的挤在一起的队伍分散得七零八落，像一把打散的豌豆，跳得到处都是。

林静恒则直接跃迁到了跃迁点 0051 附近，这个跃迁点距离被炸毁的 001 端口很近，不知什么原因，他没有断开与基地的远程连接，此时，通往基地的地下航道真真切切地暴露在阿瑞斯·冯眼皮底下。

他看起来就像是想从地下航道撤退。

阿瑞斯·冯目光一凝，当下不去管那些作鸟兽散的基地瘪三，直奔林静恒。

林静恒掉头转入地下航道，基地方向的异常能量波动潮水似的来而复返，好像是穿过无数跃迁点的远程通信系统带来的能量外溢，又好像是藏着一只悄然吐息的凶兽。

阿瑞斯·冯骤然反应过来："停下，不要追他！"

然而已经太晚了。

海盗中的先锋跑得太快，追着林静恒穿过了 0051 跃迁点，林静恒突然转身对准追兵，用强火力阻挡住对方的脚步，同时目光一瞥通信频道里所有人的位置，挑了个最近的："独眼鹰，引爆 0051。"

陆必行蓦地回头。

独眼鹰"哈哈"一笑，才不管引爆 0051 会不会把林静恒也卷进去，他开的是小机甲，在炮火喧天中正好在一个死角上，冲 0051 跃迁点连发了三枚导弹后，一个紧急跃迁跑了。

0051 跃迁点附近的海盗重甲在重三密不透风的狙击中，根本来不及躲闪，跃迁点轰然炸开，就在那一瞬间，跃迁点附近惊慌的驾驶员集体失去了意识，精神网权限同时被夺走，猛地掉转炮口，朝自己的部队一口气连发数十枚导弹。

导弹飞出，膨胀的跃迁点一口吞下了十几架海盗重甲，林静恒赶在爆炸能量冲撞过来之前紧急跃迁，冲进了凯莱亲王卫队里！

同一种陷阱，把反乌会先知坑了个底朝天之后，又险些炸飞自己小半个战队，阿瑞斯·冯被这个类比深深地伤了自尊，怒不可遏："截住他！"

一瞬间，无数展开的精神网压向湛卢，像一群扑食的虎狼，此起彼伏地想要剥夺他的精神网，连机甲中的乘客都感觉到了巨大的压力，刚从保护气体中解放出来的学生们头晕耳鸣，抱着头蹲成一排，无数导弹、粒子炮瞄准了重三，又和它擦身而过，机甲机舱里响起警报声，警报灯闪得人心跳得要炸开。

陆必行："跟我来！"

跑得到处都是的基地瘪三们总算听见一个靠谱的声音，迅速集结在他身后，像在台风中逆流而上的小小鱼群，冲向凯莱亲王卫队队尾，不等队尾重甲反应过来狙击他们，陆必行突然朝一个半暴露的跃迁点打出了一枚导弹。

凯莱亲王卫队实在怕了这群一言不合就炸跃迁点的破坏分子，距离跃迁点最近的海盗们反应很大地蹿了出去，队尾顿时乱了，而林静恒的重三趁着这个空当，利刃似的劈开了海盗战队，在一片人仰马翻中冲了出来。

与此同时，陆必行跟着导弹没入跃迁点，身后的小机甲群像游鱼一样跟着他鱼贯而入，黄鼠狼大笑："陆老师，骗人的吗？"

"惭愧，"陆必行说，"手无寸铁，只能靠坑蒙拐骗。"

他嘴上说了惭愧，其实一点也不惭愧，带着小机甲群，在没来得及被翻出来的加密跃迁点中来回穿梭，被追得紧了就朝跃迁点开火，第一次开火的假动作把海盗们吓得躲开了，第二次开火效果就开始不佳，第三次假动作，这就成了"狼来了"的故事。

凯莱亲王卫队释放了跃迁干扰，随后一排粒子炮提前堵住了他们的路，无数防护罩灰飞烟灭，陆必行仿佛听见了小机甲防护罩不堪重负的声音，下一刻，被导弹锁定的警报传来，他已经来不及躲了。

这时，湛卢的精神网突然笼罩过来，像一个无形的保护罩，围住他们的海盗们精神网骤然遭到攻击，在看不见的人机对接端口你死我活地对撞起来，一圈的海盗仿佛都被施了定身法。

"天……"不知又是谁忘了林将军的忌讳，在通信频道里出了声，"当年被他从精神网上扫下来，不冤啊。"

"走回航的地下通道……"林静恒的声音断断续续地从通信频道里传来，"快点！"

小机甲群从缝隙里钻了出去，涌向地下航道。

周六："可是基地……"

"别管，"陆必行打断他，"听他的。"

阿瑞斯·冯怒极反笑："整了张一模一样的脸，还真以为你是林静恒吗？”

林静恒一把抓住了一支舒缓剂的注射器。

就在这时，阿瑞斯·冯和陆必行同时收到了警报——

异常能量从基地的地下航道方向涌过来！

黄鼠狼愣愣地问：“陆老师，这还是骗人的吗？”

阿瑞斯·冯冷笑：“同一个招数用太多遍了吧，你们黔驴技穷了吗？”

这开玩笑似的异常能量波动“造假”造得非常不走心，速度极快，好像一支扑面而来的超时空机械战队。

然而偌大一个第八星系，哪儿来那么多机械战队？

陆必行却突然大喊一声：“躲开！”

基地瘪三团倏地跟着他一分为二，随即，晃眼的强光穿透了所有人的精神网，在凯莱亲王卫队的中军腹部直接开了一条口子！

一支行军速度极快的重甲战队从天而降——

白银第九卫！

所有人都怀疑自己是氮气中毒产生了幻觉。

只见三十架重甲像一把歹毒的匕首，把凯莱亲王卫队剜了心，直接截断成两截，两排导弹像分海的法器，卷向两边。猛烈的轰炸中，阿瑞斯·冯的机甲重力系统几乎失灵，他倏地睁大了眼睛：“白银……”

就在这时，一个通信请求发了过来，手下人手一哆嗦接通了，林静恒那张飞镖靶广告海报似的脸落在他面前。

刚以一己之力扛了几乎整支海盗战队精神力的男人鬓角还有冷汗，脸色异常苍白，他拍了拍手，把不小心捏碎的舒缓剂注射器残渣甩开，脸上却露出了一个让人胆战心惊的微笑：“那我也补一个自我介绍吧，冯殿下，我是正版的，没有侵犯谁的肖像权——五年前在玫瑰之心，借你们域外海盗的手脱身，还没当面道过谢呢。”

可惜，整个第八星系的通信断了，现场又没有靠谱的战地记者，不然如果能采访到凯莱亲王家族亡国之君穷途末路的感受，传奇的阿瑞斯·冯大概能占一个月的头条。

咬牙吐血、惨胜海盗探测小队的周六巡逻队是诱饵，精致的反追踪系统是诱饵。难道故意暴露的地下航道、假模假样的能量波动就不是诱饵吗？反乌会的先知不就是这么交待的吗？怎么上一轮的诱饵下一轮又奇幻地成了真呢？

这里面真真假假，阿瑞斯·冯百思不得其解，活着的时候没明白，死到临头也没明白。

真的有联盟正规军潜伏在第八星系吗？如果是这样，他们怎么可能眼睁睁地看着他连炸三个星球不闻不问？还是说，这是一场从三个月前源异人失踪开始，就针对他的捕杀？

最重要的是，林静恒怎么可能没死？

反乌会的“环保先知”提倡大家都去原始森林里睡树屋，自己打起仗来，却要靠大数据分析。海盗头子凯莱亲王离经叛道，与联盟不共戴天，却至死都不相信，联盟的伊甸园系统也会出错。

这个文明空前的时代是这么光怪陆离，以至其中的人影影绰绰，看着都没了人样。

白银第九卫从天而降，阿瑞斯·冯难以置信，他手下的马屁军团更是大惊失色——凯莱亲王选人用人偏好智障的劣势终于暴露出来，但他已经没机会亡羊补牢了。

马屁军团被白银九冲散，乱成了一锅粥，林静恒不给他们喘息的余地，直接以亡命徒似的姿态闯进海盗包围圈，三秒钟就锁定了凯莱亲王本人的机甲，白银九与他配合度极高，兵分三路合拢包围，将海盗战队割得七零八落，同时，左右两枚导弹炸开了阿瑞斯·冯的护卫队。

林静恒精准无比地瞄准了阿瑞斯·冯的重甲武器库，导弹撕裂了真空。

阿瑞斯·冯狗急跳墙、紧急跃迁，林静恒却好像事先知道他要跳到哪个跃迁点，一枚导弹随后追至，几乎跟阿瑞斯·冯同时抵达，这好巧不巧，恰恰是一个事先被做过手脚的跃迁点，顿时被导弹引爆，喷薄而出的能量顷刻间把这个噩梦化身的男人卷了进去。

与那几颗星球、亿万冤魂一起，烟消云散。

世界上，不是只有海盗的人工智能会做行为模式分析。

阿瑞斯·冯一死，海盗战队的灵魂就没了，尽管他们的兵力几倍于白银九，也只不过就是个行尸走肉似的“傻大个”，溃不成军，随后抱头鼠窜。整场战役结束得比暴风雨还让人目不暇接——在白银九赶尽杀绝的打法下，幸存的海盗崩溃了，全体自己卸载武器库，主动跳下精神网，缴械投降。

陆必行这时瞥了一眼表，从白银九亮相到清理战场，一共是十分钟零二十一秒。

原来这就是白银十卫——被联盟亲手推倒的长城。

下一刻，一个信号接进了通信频道，白银九在众人面前亮了相。

可能是因为白银十卫五年前就已经退出了联盟，这五年来和林静恒一样，没少放飞自我，白银九卫队长从形象上看——实在不像个军人。

卫队长虽然穿着军装，但竟梳了马尾——联盟正规军，不论军种、人种、性别，一概不许留长发。而此人不光是长发，两鬓还有栗色的长发掉出来，打着卷垂在胸口上，造型感十足，一看就不是天然长的。这卫队长身量高挑，站姿异常挺拔，眉目虽然轮廓很深，却莫名有点少女感，仔细一看，原来还化了妆，就像个穿了军装拍艺术写真的女模特。

只见“女模特”后脚跟轻轻一碰，敬了个堪比仪仗队的标准军礼：“白银第九卫卫队长，伊丽莎白·卡拉·图兰向您报到。”

基地的乡巴佬们没见过这么洋气的女将军，大气也不敢出，全体傻愣愣地看着她。

白银九比他的预期来得慢，林静恒本来已经有点窝火，一看她这个德行，越发气不打一处来。

他没吭声，先是招招手，从医疗室里调出几个医疗舱，把方才跟着他好生受了一番颠簸的学生们都塞进去擦鼻血治疗脑震荡，随后鼻子不是鼻子眼不是眼地抬起目光，冷森森地刮了女军官一眼，关闭了陆必行临时用他的远程信号搭建的通信频道，把闲杂人等的目光都隔离在外。他这才不阴不阳地开了口：“图兰卫队长，是我信号发错了，还是你解读有误？没记错的话，我是让你速来前线，没让你速来相亲吧？”

第九卫卫队长一听这语气，就知道要完，后背的筋抻得更直了。

偏偏这时候，湛卢还好死不死地给她上了个眼药——湛卢愉快地和她打招呼：“好久不见，图兰卫队长，您今天看起来非常美丽动人。”

林静恒冷冷地说：“是啊，半路还有时间烫个头，我耽误你出道了吧？”

图兰抻着后背的筋，低着头，霜打茄子似的小声说：“这不都是……为了隐蔽，为了能更好地收集各种信息。”

“哦，那是我老糊涂了，”林静恒说，“我还以为白银第九卫是前锋突击队呢，原来你们现在改行做间谍特勤了。”

图兰：“……”

林静恒冷下脸：“为什么迟到？”

“这批机甲原来是第六星系非法私藏的，我想办法弄了来用，都是快报废的旧型号，看着还行，性能真跟不上，动力也不行，开太快能耗撑不住，”图兰背检查似的低声说，“白银三不在，我们又没有靠谱的工程师，没办法啊将军。”

这倒是可以接受的客观条件，林静恒面色稍微一缓。

就听见图兰又很老实地补充了一句：“磨……磨刀不误砍柴工嘛，反正将军英明神武，我估摸了一下战况，我们迟到一会儿，您也扛得住。”

林静恒差点让她气笑了：“这么说，我要是扛不住就好了，正好兵荒马乱，你们也自由了，是不是？”

图兰哆嗦一下，感觉自己这身美人皮恐怕要被扒下来擦地，不敢吭声了。

当年沃托的咽喉——白银要塞——给人的印象向来是军容整肃、令行禁止。但那其实都是乌兰学院的功劳。白银要塞九成以上的成员，都是乌兰学院的精英毕业生，这些人家境优越、教养良好，素质也很高，拉出去转一圈，是联盟军委明晃晃的门面。

然而混迹其中的真正的“白银十卫”，卖相其实是很不怎么样的。

前锋无法无天，特勤不择手段，军工部门恃才傲物，每年都为了经费和预算上军委总部耍流氓，主力部队则除林静恒外，谁的账也不买，只要放出去，白银十卫和其他军区、行政机构必然起冲突。像一条歪瓜裂枣的恶犬。

林静恒：“回航。”

他们回到基地的时候，能量塔已经转了回来，天光大亮了。

跨年的除夕夜，就在硝烟中悄无声息地滑了过去。

第二章　据点

这是个沉默的仪式，陆必行第一次看见星际流浪者的葬礼。
没有坟墓，没有颂歌，没有遗体，自然也没有遗体告别。

（一）

基地只有一个屁大的机甲收发站，实在是装不下三十架重甲，重甲只好卫星似的飘在基地大气层外，围着基地公转，分为三组，八小时一换班，轮流落地休息。

走路带风的白银第九卫和基地的歪瓜裂枣们互相好奇，都感觉对方是某种动物园里看不见的珍奇物种，不过有林静恒坐镇，谁也没敢找事。

图兰冲一个目不转睛盯着她看的男人抛了个媚眼，小跑着追上林静恒。她长得非常高级，然而人不可貌相，本人竟是个喋喋不休的碎嘴子。说来也奇怪，林静恒从小到大都喜欢清净，可身边连人带人工智能，全体都是丧心病狂的碎嘴子，活得也是十分艰难。

图兰一边跑一边说："将军，我那些机甲老停在天上不是办法，马上就没电了，武器库也瘪得快挤不出奶来了，方才那些海盗要是再有点尿性，说不定我们导弹都不够打……幸亏他们㞞……您这基地不错啊，有吃有喝有小电影，有军火吗？见面分……"

林静恒扫了她一眼。

图兰壮着胆子手指一捏：“分一点点给人家嘛。”

林静恒脚步一顿，转头上下打量她一番，冷酷地说：“给你二十分钟休整，把头发剪了，把你这个人妖样子洗掉再来找我说话，滚蛋。”

图兰：“……”

天上掉下来一个漂亮大姑娘，还是林静恒的旧部，陆必行一直没吭声，秉承着科学、客观的原则，他在旁边默默观察。很久以前，叶芙根妮娅和林静恒的那点破事传得沸沸扬扬，连第八星系都有耳闻，把林静恒传得像个没有人味的太监，陆必行一直以为是人们为了戏剧色彩夸张了，及至全程目睹了林将军是怎样对待漂亮大姑娘后，他开始觉得传闻也不一定是空穴来风。

观察途中，他还适时地插了句嘴：“停靠问题还有能源供给问题，可以交给我。”

图兰一扭头看见他，眼睛一亮，随后自然眯了起来，主动冲他伸了手：“怎么称呼？”

“我叫陆必行，”陆必行风度翩翩地和她握了手，“我现在……算是临时的随军工程师，对吧，将军？”

林静恒现在见他如见债主，短促地点了一下头，没吭声。

“随军工程师？”图兰盯着他的脸，色令智昏，没注意他们老大不同寻常的脸色，非常不要脸地捏住陆必行的手不放，“还有这么帅的随军工程师，将军，从哪儿挖来的？我早就说，应该让白银三那帮怪胎宅男玩蛋去……”

“伊丽莎白·图兰。”林静恒突然连名带姓地叫她。

图兰一激灵，再也顾不上美色，下意识地立正了：“是。”

林静恒的声音压得很低：“我刚才说过什么？”

“让我滚，遵命。”图兰脚跟一碰，转向白银九卫队：“全体蛋——向后转，跟我滚！”

福柯连忙跟上，帮忙找地方安置他们。

林静恒转身进了机甲主控室。

日历还是去年的，然而一夜之后，这基地却已经变了样。从主控室里居高临下看去，那些崭新的小机甲被战火淬炼过一次，长出了斑驳的铠甲，维修机器人忙得团团转，原本成排列队的机甲群里有了空当。

而那些空出来的地方，就像联盟议会后面的碑林一样，成了纪念，只剩纪念。

很多基地居民围在机甲站外，眼巴巴地等着，有的看见亲朋好友回来了，就在门口痛哭，有的没回来，还不死心，就走进机甲站，要把基地武装挨个扒拉一遍，依然找不着，就失魂落魄地徘徊不去。

不过那些死去的自卫队队员，更多的是鳏寡孤独，活着没人等，死了也没人问，那又是另一种常态了。

林静恒双手撑在窗棂上，片刻后，他把头深深地低下，下巴几乎要点到胸口，闭上眼睛，缓缓地把那口气吐了出去。图兰还没有跟他正式汇报，然而只言片语地交代了一下机甲来路，已经让他有了不祥的预感。

联盟……到底怎么样了？

这时，他身后传来脚步声，林静恒脸上的焦躁神色瞬间隐去，恢复成了不悲不喜的模样，一转身，却差点撞在陆必行身上。

对了，还有这位的官司。

林静恒猛地往后一躲，他不知道陆必行吃错什么药了，由于正心乱如麻，所以很快打定了主意——如果陆必行接着头天晚上的话茬胡说八道，就让他滚出去。于是他虽然没有出言不逊，一道眼眉却挑出了骂街的弧度：“什么事？”

陆必行抱着胳膊靠在窗边，沉声说：“谢谢你。”

林静恒：“……”

准备好的“滚出去”好像不大适合接这个语境，只好在舌尖上转了一圈，自己咽了。

“那时候还是捞了他们一把，”陆必行说，“你早知道白银第九卫会来，大可以等他们一起，不用管那些人死活，像我们一开始说的那样。”

林静恒头也不抬地绕开他：“源异人死了，你当阿瑞斯·冯那么容易上钩？”

“等等，”陆必行叫住他，“我听薄荷他们说，你又用了舒缓剂！”

林静恒懒得回答，像忽略湛卢一样忽略了他。

陆必行不依不饶，上前一步挡住他：“舒缓剂后遗症很难挨的，你不知道疼吗？”

“疼不疼”“累不累”之类的话，对林静恒来说，有些过于亲近、过于私人了。他上一次听到类似的问题，还是做孩子的时候，因此这些话让他浑身别扭，不知道该怎么接。

林静恒耐心告罄：“管得倒宽，该干什么干什么去。”

陆必行敏锐地察觉出了他的局促，倒退着拦在他面前，左摇右晃，就是不让他过去，一点也不怕林静恒气急败坏——反正林静恒在他面前最大的气急败坏就是个“滚”，连粗话都少，完全没有杀伤力。人与人之间的交流，时常不是“东风压倒西风”，就是“西风压倒东风”，要是碰上一位满嘴跑火车、百无禁忌的朋友，陆必行发现自己不一定能占上风，说不定就文静了。然而一旦发现林静恒在耍花腔方面完全不是对手，他就忍不住变本加厉。

“将军，你怎么跟躲流氓似的，我又没有动手动脚。”陆必行说，“昨天晚上告白告了一半，被讨厌的海盗打断了，今天想和你多说几句，你又不愿意理我。难不成让我牵肠挂肚地去给你调修机甲站吗？”

林静恒：“……”

刚整理完仪容，跑进主控室的图兰队长：“……”

陆必行余光瞥见她，并不知道什么叫“不好意思”，反而觉得图兰队长脸上被雷劈的神色非常有趣——科学界里，那些往自己身上注射病毒、扛着风筝捕捉雷电的先贤给了他永无止境的勇气、执着与人来疯。

陆必行趁林静恒一脸空白，一把抓住了他的手腕：“我要是想追求你，你会一枪打死我吗？”

第九卫卫队长——图兰，当场倒抽了一口凉气，心想：“我的妈，真是自古红颜多薄命，我这是什么时运？”

她掉头就跑，可惜来时“嗒嗒”的军靴已经把她暴露了，林静恒断喝一声：“你给我站住！”

图兰七上八下地贴着墙根站好，想了想，又转过去，保持了面壁思过的动作，非礼勿视。

恶作剧的陆必行好整以暇地缩回爪，林静恒身上扑面而来的杀气遇见他，都好像要绕个弯，化为两丝小清风，拍了拍他的袖子。

如果他这时候像平时一样搔首弄姿，或许林静恒还能痛快地把他打出去。可那青年人站得直直的，眼睛也直直地盯着他看，瞳孔是透亮而且真诚的——太透亮了，近乎有些无邪的成分，像个孩子——这些搞科研的人，眼巴巴地盯着一个期待许久的运算结果时，目光都像孩子。

他靠得有点近，林静恒能闻到青年人热烘烘的气息，透着勃勃的生命力。

林静恒一口气卡在嗓子眼里，沉默了三秒，小心地挪了半步，躲开了这股令人心悸的生命力，用了十分的克制和冷静，婉拒说："非常感谢，但我没这个想法，你父亲也不喜欢你和我交往太密切，你先出去吧。"

被迫旁听的图兰一瞬间怀疑自己是认错了老大，想找个基因锁检查一下。

陆必行眨眨眼睛，一点也不在意，可能是鸡汤熬多了撒不完，他张口就是一段能写进厕所读物的扯淡："喜欢一朵花，不见得非得看见花开，喜欢一个人，不见得非得有结果，追求爱与美的过程怎么能叫无用功呢？这本身就是一个非常美好的过程，你不觉得吗？"

林静恒不觉得，而且无言以对，全天份的好言好语用尽，他现了原形："吃饱了撑的，滚出去！"

他没有拔枪，这种程度也不算发火，倒像是猛兽小心翼翼地缩着爪子，用肉垫轻轻地拍了他一下，陆必行被拍得心花怒放，一边往外溜达，一边热情洋溢地和图兰打了个招呼："卫队长你好，头发剪得很有艺术感。机甲有什么需要维护的，随时来找我。"

图兰用瞻仰烈士的眼神目送着他远去的背影。

林静恒感觉方才满腔愁绪全让陆必行给搅和散了，哭笑不得，又有点说不出的异样。他给自己倒了一杯凉水，僵着脸色冲图兰一招手，示意她滚过来。图兰奉命整理仪容，不敢让他久等，匆匆洗了把脸，把攒了好几年的长发一刀切了，齐耳悬着，露出了脖子，唯独额角鬓边的两绺鬈发没舍得动，依然在那儿垂着，企图蒙混过关。

林静恒扫了她一眼，觉得她这个形象毫无美感，像个被电卷了触须的天牛虫。但他没说什么，陆必行一走，就像带走了这屋里所有的生命力和热情，他心口的冰又重新冻上了，沉甸甸地压着胸膛："跟我说说，联盟现在怎么样？"

"将军，"图兰也敛去了嬉皮笑脸，压着声音说，"现在已经没有联盟了。"

她语气平平淡淡，落在人耳朵里，却有种炸雷似的惊心动魄。

图兰问："我从哪儿说起？"

林静恒顿了顿："白银要塞。"

图兰略微仰了一下头，随后，用一种与她碎嘴子风格不符的寡淡语气说："今年……不对，是去年六月底，半夜，没有任何预兆，白银要塞的能量系统突然崩溃，防御关闭，无法重启，上千架超时空重甲在这种情况下侵入要塞大气层内，没有亮明身份，也没有示警，直接开始狂轰滥炸，白银要塞损失……不，应该说，差不多是全军覆没。"

白银要塞，无数精英，乌兰学院百代积累，林静恒十几年经营……

尽管林静恒觉得自己一直是利用白银要塞，除了白银十卫之外，没拿别人当过自己人，听完这几句话，压不住的血气仍在疯狂地往他头顶冲。

"什么原因？"林静恒问，"网监是死的？巡逻队呢？瞎了吗？"

"白银要塞的能量系统是被人从内网入侵的，有人在湛卢机身上植入了一枚芯片。至于巡逻队——白银要塞走的走、辞的辞，李上将一个空降的酒囊饭袋，剩下的少爷们也不服他管，他不甘寂寞，所以……自作主张用了一批人造人，那天的巡逻队正好是人造人卫队，同样被黑了。"

这里面乱七八糟的猫腻，林静恒一听就明白。

机甲和机甲核的人工智能是军委的产业，但人造人士兵——原理都一样，只是简化版、能量产的人工智能——由于利润丰厚，被伊甸园管委会巧取豪夺，成了管委会的特批产品。

人造人替换人类军队，这里面涉及多大的产值、多少利润？多少人的利益卷在里面？不用想，都知道是个天文数字。李上将既然狗屁不是，怎么上位到白银要塞的？又为什么一上任就在白银要塞推行人造人战队？

显然，这完全是军委和管委会博弈的结果。

可是他们为了利益窝里掐，却掐出了这么大的祸根。

林静恒沉声问："这是你的推测，依据呢？"

"这不是我猜的，是李上将自己说的。"

"李还活着？"林静恒有点吃惊——他居然还有脸活着！

"李上将的亲卫团吃的'小灶'，用的能量系统和白银要塞不是同一套，拼死护着他突围，整个白银要塞，只有他老人家和几个亲卫跑出来了。"图兰一耸肩，"不过没活到现在，他在逃往'天使城'的半路上被人劫住暗杀了。”

林静恒倏地一皱眉：“是你干的，还是白银十？”

白银十也是突击队，但更倾向于暗杀潜伏，是支星际刺客。

“是我。”图兰没有避讳，一口承认，坦然地回视着他，是个浑身血气的天牛虫，“我们吃过白银要塞的饭，用过那里的训练场，在那儿收拾过刚从军校毕业的小白脸，每个人围着白银要塞的巡逻里程加起来，够把第一星系转好几圈。将军，白银要塞沦陷，是阿瑞斯·李那个王八犊子一手造成的，驻兵十万，毁在他一个人手上，最后他自己想逃到天使城避难，接着当他的骑墙权贵——门都没有！你要追究我的责任，我认罚。”

林静恒摆摆手，不和她计较这些小节，又问：“联盟政府现在是什么情况？”

“政府还行，就是有点软蛋。”图兰缓了一口气，接着说，“通信中断之前，我听说联盟政府放弃了沃托，集体迁到了天使城要塞，现在天使城是临时指挥部，他们手里还有兵，毕竟第一星系周围护卫要塞驻扎的部队不少，再者军委的军工厂就在天使城，应该也不缺弹药，老伍尔夫亲自坐镇，跟海盗们有的打。目前第一星系有点门路的，都跟过去避难了。”

“民众呢？”

“第一星系的民众倒是还好，那都是体面人，光荣团占着第一星系，想建自己的政府，走怀柔路线，当然得宠着他们，只是空中管制很严，不在航道上乱飞就没事，基本生活都有保障。”图兰一摊手，“就是通信整体崩溃后，伊甸园也跟着垮了……我不知道这里面有没有管委会故意的成分，怕民众倒向星际海盗什么的——虽然不缺吃不缺穿，但是伊甸园一垮，也死了不少人。我听说好多地方都成立了自助巡逻队，防止自杀。”

这话如果让第八星系这帮“野人”听见，大概会觉得是天方夜谭。不缺吃不缺穿，还有星际海盗拉拢，怎么可能会想寻死觅活？第八星系最好的日子也不过如此。要知道第八星系曾经最繁华的星球之一北京β星，也连基本的城市供暖都解决不了，三年寒冬，无家可归的人像流浪的猫狗一样成批地冻饿而死，一点都不稀奇。他们直到家破人亡，也没见识过这个世界上的其他同类是怎样生活的。

可林静恒知道，这并不是矫情。

整个联盟文明都是构架在伊甸园上的，除了第八星系，人们生来就受到伊甸园的精心呵护，像城市暖房里用精致的营养液培育的小苗，从未接触过风吹日晒的外界，一旦打破了暖棚的罩子，他们就好像家养宠物被抛弃在荒野之中，真的没办法活下去。

“不过也就第一星系还行，别的地方……将军，你知道的，各大星系都没有军事自治权，防务全靠派驻的那点中央军，中央军的机甲监管密钥又在白银要塞，谁也没想到白银要塞最先出事。”图兰叹了口气，“浑水摸鱼的域外海盗四处闹事，白银要塞又失联，很多地方的中央军根本反应不过来。现在不像古代战争，失了先机还有咸鱼翻生的机会——你机甲开不出去，反导系统哪儿禁得住亡命徒们狂轰滥炸？尸骨无存都算轻的。”

林静恒缓缓地踱着步。透过窗户，他看见基地武装人员在整队，他想，这些人不回去好好躺着，庆祝自己留了一条狗命，还在机甲站乱晃，也不知道在密谋什么非法集会。林静恒嗓子有些堵，图兰字里行间的腥风血雨快把主控室淹没了。

“海盗有不同派系，现在就我知道的，主要是光荣团和反乌会，占领第一星系的光荣团现在想走改朝换代路线，需要收买人心，所以跟反乌会那帮神经病尿不到一个壶里。于是他们占领第一星系后，没多久就发表了声明，表示跟其他海盗划清界限，还把别人都打成了非法暴恐组织。”图兰简单解释了几句，“剩下那些入侵联盟的域外海盗，本来把光荣团当领头的‘武林盟主’，现在盟主单方面拆伙，他们不知道是报复还是怎样，更无法无天，什么事都干得出来，谁碰见谁倒霉。”

“你走以后，我们奉命监控六、七星系的动向，我一直带着兄弟们在六、七星系之间送‘快递’，”图兰的“快递”是打引号的，一听就不是什么合法的正经快递，“最后一单，是第六星系一小撮残余的中央军，撞了大运跑出来，没机甲用，带着一部分非军方人士组了一支民间武装，找门路，托我们从第七星系的走私途径押运一批旧的重甲过去，可是等我们把货运过去，雇主也没了。”

林静恒抬眼看着她。

“他们藏身的驻军基地从航道图上消失了——被炸成渣了，这批机甲只好便宜我了。占领六星系的海盗觉得六星系的人不安分，于是封锁了第六首都星空中交通，从行政中心开始，开了几百架陆地机甲车玩屠杀比赛。”图兰说，“我觉得不好白拿人家的机甲，就带着兄弟们把第六首都星上的海盗基地给端平了，在他们身上浪费了不少导弹，后来跑到域外，又找不着靠谱的门路补充军备和能源……不然今天也不会这么捉襟见肘，对不起，将军，今天迟到，是怪我擅自行动。”

林静恒没注意到她小小的辩解，他沉默了好一会儿，才艰难地问：“所有派驻中央军，都是这副熊样吗？”

“也不是。”图兰犹豫了一下，摇摇头，“有反应及时的，都是陆信将军旧部，不知道通过什么办法，早拿到了监管密钥。”

后面的话不用仔细解释，林静恒自然明白——监管密钥管理程序很复杂的，能突破它的，肯定是很早就开始密谋，这本来是他暗中安排的，为了终结管委会磨的刀，没想到误打误撞，反而成了海盗重兵压境之下的一线生机。

两个人相对沉默了好一会儿。

图兰问：“将军，有吃的吗？”

林静恒抬头看了她一眼。

图兰说：“大半年没落过地了，我们物资储备不够，最近都是靠营养针度日，胃都快萎缩了。刚才急着找你汇报，水都没来得及喝。”

林静恒指了指主控室门口的食品柜。

学生们经常到这儿来上课，食品柜里常备着吃的。图兰欢呼一声，也不挑，随手抓了个面包就开始狼吞虎咽。

林静恒推给她一杯饮料：“外面的物资已经这么紧张了？”

“别提了，”图兰吃太急，有点噎，用力捶了捶胸口，“域外海盗们苦惯了，什么都抢。还一边传播邪教一边抢，联盟信用货币体系跟伊甸园一起崩了，谁都没钱，你都不知道该拿什么跟别人换东西，营养针现在快成硬通了，还能活着见你不容易啊，将军！”

林静恒点点头：“你跟其他人有联系吗？”

“没有，”图兰摇摇头，“乱成一团，都在抢地盘，我接到你的命令以后，一直让人监控跃迁点，等你的远程传信。域外地形太复杂，我们地头不熟，航道上又都有海盗把守，拿不到靠谱的地下航道路线，不敢乱走。”

林静恒还想问什么，张了张嘴：“林……”

图兰嘴角蹭了一块奶油，匆忙抹去：“嗯？”

“没什么。”林静恒的手指轻轻点过关节，意识到自己问也没用，第一秘书长夫人现在身在天使城，身边层层护卫，没事不会抛头露面，图兰也未必听说过她，于是他把自己另一腔的牵肠挂肚咽了，“慢慢吃吧，给你们二十四小时休整，然后集合，我需要把周围的海盗清理干净，暂时以第八星系为落脚点。”

（二）

陆必行开着检修用的小车，缓缓停靠在机甲站台，他方才到白银九的重甲里看了一眼，发现那真是一群上个世纪的余孽，外面看着唬人，打开一看，里面古老得就跟进了历史博物馆一样，陆必行怀疑自己闻到了防腐剂味。

真是很难想象，白银九就是靠这堆破铜烂铁灭了凯莱亲王。

经此一役，分家内战了数月的基地武装终于彼此握手言和。周六、福柯和黄鼠狼心平气和地混在一起商量着什么。能量塔开始偏西，斜斜的光把基地的大街小巷拖在地上，平静得让人有点恍如隔世。

短暂休整的白银九队员们在基地里四处乱逛，有目的地考察基地的底细，卫队长图兰正目不转睛地盯着多媒体，看一部很古老的爱情片。

机甲站对面，胖姐带着一群人，拿着锅碗瓢盆来了，食物的香气在干燥的机甲站外弥漫开，有个孩子跳起来，撕掉了去年的日历。

然后他们摆好酒菜，在机甲站门口的小空地上摆了一圈蜡烛。

周六站起来，精神力透支让他有点脑震荡，走路晃晃悠悠的，他率先从兜里摸出一沓小字条，每张字条上都有一个消失的人的名字，他把它们挨个贴在蜡烛底座上。

这是个沉默的仪式，陆必行第一次看见星际流浪者的葬礼。

没有坟墓，没有颂歌，没有遗体，自然也没有遗体告别。

拇指高的白蜡烛站成一排，贴了谁的名字，就算是替谁站在了这儿，胖姐把它们挨个点燃，然后人和蜡烛面对面，人默默地站着，蜡烛默默地烧，烧尽了，就算告别过了，同行一场，了结了这段仓促的缘分。

生活在这个基地里的人，来历不明，一生没有身份，没有值得被称道的事迹，挣扎着活过百十来年，就像“死亡沙漠”里一颗微小的星子，从碰撞中来，再在碰撞里灰飞烟灭，他们在时光里来而复往，杳无痕迹。

白银九换班，运人的小机甲来回跑，溢出混浊的热浪，能量塔西斜到另一边，基地的空气受热不均，开始款款流动了起来，形成了悠扬的晚风。晚风过处，蜡烛一个接着一个地熄灭，写着名字的小字条也被卷上天空，散乱地飞进狭窄的民居与巷子里，不见了踪影。

然后晚餐开始了。

刚从机甲上轮值下来的白银九跟他们卫队长一样自来熟，闻着味就来了，自然而然地混迹其中，蹭吃蹭喝。

胖姐给陆必行倒了一杯自酿的麦芽酒，过滤得不太干净，口感倒是还不错。他晃了晃酒杯，走到周六旁边，拍了拍周六的肩膀。周六这一阵子被林静恒扔在远程巡逻队里，折磨得求生不得、求死不能，娃娃脸都瘦没了，滞留在少年阶段二十年的脸二次发育，长出了男人的轮廓，竟人模狗样了起来。

“凯莱亲王就这么死了。”周六一低头，用力跺了跺地，好像在确认自己确实从机甲上下来了，“就跟做梦一样……以后呢？海盗们还会派别人来吗？”

陆必行说：“不好说，要看反乌会在第八星系怎么布局，或者阿瑞斯·冯在他们那儿是不是重要人物。”

“倒是，”周六抬手跟他碰了个杯，说，“除了阿瑞斯·冯那个损人不利己的疯子，没人会来第八星系，对吧？连海盗都知道这里什么都没有。”

陆必行想了想，又问：“基地坐标不安全了，一群老弱病残住在这儿，你们有什么打算？”

周六一听，肩膀就垮塌了，两根肩胛骨支着，中间弯出一个弧线，有气无力地说：“陆老师，你以前办学校的时候，每年挂科率肯定特别高吧？”

陆老师的学校挂科率确实高得吓人，但他并不觉得是自己的问题。

“我怎么知道的？你要求太高了，现在居然来问我有什么打算……”

周六盯着地面，目光发直，喃喃地说，“我现在就想四脚朝天地躺着，把脑子挖出来放在一边，什么都不想。死里逃生一次，把力气都用尽了。”

陆必行知情知趣，立刻就不问了，跟他并排坐在一起发呆，一起把脑子挖出来放在膝盖上，空着脑壳，目送能量塔沉入天幕下。

人们喝完了胖姐他们搬过来的几大箱麦芽酒，沉痛渐渐融化，开始喧嚣起来，有叽里咕噜自说自话的，有三五成群地凑在一起大声骂街的，具体骂了谁不知道，反正上下三路满天飞，还颇有节奏和韵律，像一首合唱。

“方才福柯大姐说，我们以后还是叫‘第八星系自卫队’，正好行政大楼的名字也不用改了。”周六在吵闹的背景音下，忽然没头没尾地说，他舌头有点大了，“我想起我刚组建自卫队的时候，那时候我觉得自己选择了命运，满腔豪言壮语，都是你忽悠的……现在才知道上当了，我没有选择命运，是被命运推着、搡着，莫名其妙走到这一步的。刚才坐在这儿，我觉得自己好像失忆了一样，突然想不起来自己是怎么开着机甲上战场，怎么拿起枪炮对着别人轰的。我还以为旁边坐着的是放假……”

“放假”两个字，他说得哽咽含糊，陆必行慢半拍地反应过来，看了他一眼。

“我还以为……”周六的五官蜷缩在一起，摇头晃脑地使劲伸展了一下，没展开，他便放任了。叼着半根没来得及嚼的肉串，喉咙里发出一声野兽哀鸣似的呜咽，还流了一行鼻血，不留神自己伸手一抹，周六把自己抹成了一张血泪纷飞的大花脸。

没有人听见他这声呜咽，大家都在宣泄，有今天没明日似的。

陆必行静悄悄地站起来，擦着边穿过人群，去了机甲主控室。

林静恒没有离开主控室，大概是嫌吵，他把窗户门上的隔音板都拉了下来，关了灯，用三百六十度的屏幕回放整场战斗，像个复盘的棋手，指尖夹着一根没来得及点的烟。

他差不多有将近四十个小时没合过眼了，殚精竭虑、精神力过载，大概真的是很累了。电梯门一开，陆必行就看见他眼睛都快闭上了，一不留神，烟就落了地。

林静恒激灵一下醒过来，“啧”了一声。他以为这会儿周围没有人，也懒得弯腰，伸长了腿，用脚把滚远的烟钩了回来，脚尖一弹，正好滚进了垂在旁边等着的手里。

陆必行出声：“好球，三分！”

林静恒被他这一嗓子吼回了三魂七魄，浑身好像凭空多长了两百多根骨头，瞬间就从半瘫状态恢复到了正襟危坐，仪态之端正，可以直接去拍宣传海报。陆必行还以为自己是隔着二十多米踩了林上将的尾巴。顺着地板缝走过去，陆必行将一把冒着热气的烤肉串放在了林静恒面前——林静恒应该是刚吃了营养膏，包装纸还在。

陆必行：“我以前也吃营养膏，现在却突然觉得，这东西可以入选反人类十大发明之一。”

营养膏一般只有巴掌大的一块，质地比凉粉硬一点，入口很快就化了，正常的成年人囫囵塞进去，跟喝了杯水差不多，基本是不会有什么饱腹感的，但是它会迅速把营养输送到人体各处，利用率非常高，同时里面含有一种特殊物质，会刺激大脑，让人在一段时间内对食物丧失兴趣——虽然不饱，但看见食物也不会馋。

这东西能极大减少饭后消化时间，刚吃完五分钟就能去参加十公里负重跑，不会有损伤消化系统的风险，还能抑制饭后吃零食，反人类一般地健康。健康的林静恒目光扫过横陈在他面前的五花肉，果然是没什么触动，冲陆必行摆摆手，示意他拿走。

“听说你们白银要塞的食堂，每天都只提供营养膏？”

“营养膏怎么了？”林静恒爱搭不理地把目光收回到手头的笔记上，“白银要塞配给的营养膏很贵的，不比专门请一帮五星级厨子便宜，营养指标都是根据士兵的身体情况个性化配比的，还节省时间。”

陆必行：“适当浪费时间有助于提高生活质感，你们那么节省干吗？”

林静恒掀了他一眼：“省得吃饱了撑的用胃思考。”

陆必行已经习惯了他这个风格，挨了一句挖苦，也不往心里去，拎起一根焦香扑鼻的烤肉串，先把肉条之间插队的蘑菇挨个叼下来吃了，然后才慢吞吞地去撕上面的肉：“我小时候住在凯莱星上，老陆专门切割出一块地方，盖了个农场大楼，什么都种……你见过农场吗？”

沃托被称为世界上最美的园林星球，每一棵树都是艺术品，并不种植瓜果蔬菜。在沃托长大的林少爷听了独眼鹰种菜的志趣，非常鄙视，心想：这老波斯猫，怕是田园土猫的串种。

“农场里，每一株植物旁边都有传感器，上面有个会变色的量表，满格变红会亮灯，代表这一株上的某一部分长到了最佳口感，用个人终端扫一下，可以看见好多亮着红灯的地方，每次进去，就像寻宝游戏一样，摘下来可以直接让机器人做来吃……我最喜欢蘑菇园里的烧烤台。”

林静恒目光放在笔记上，不接话，带听不听的，脸上却是罕见地平和，并没有不耐烦的意思。

陆必行接着说：“等将来不打仗了，我就再建一个学院，后院也留一片空地，做室内农场，要做得像迷宫一样。”

林静恒在“军火”两个字上画了个圈，心想：“你也挺有童趣。”

“但是我小时候身体不太好，饮食有限制，老陆不让我去，被我磨得受不了，才答应下雪的时候，就带我进去烤一次蘑菇，凯莱和北京β星不一样，没有那么长的冬天，尤其我们住的地方只有旱雨两季，旱季降水特别稀少，雨季气温又高，下雪是非常罕见的，二十年就下过三次雪，对我来说，每次都是特别大的惊喜——沃托下雪吗？”

林静恒：“……嗯。”

沃托的雪都是人工控制的，乌兰学院夏令时每周一次降雨，冬令时，则每隔二十天组织一次降雪，降雪日会迎来半天的假期和一沓作业，在林静恒的印象里，雪，总是和让人昏昏欲睡的图书馆联系在一起。他的心尖轻轻地吊了起来，因为独眼鹰并不是什么理智型的家长，基本属于喝多了什么都答应的货色，能让他这么严加看管，陆必行小时候，恐怕不只是“身体不太好”。

“啊，对，”陆必行想起了什么，“我知道你们乌兰学院，按部就班，什么都精确到秒，没意思……哎，这个真的很嫩。”

他咬下一颗牛丸，肉汁四溢，烫得陆必行眼泪差点下来，浓烈的香味在机甲主控室里弥漫开，旁边的立体屏幕上，凯莱亲王的死鬼战队都好像被这股格格不入的香味拖慢了进度，林静恒眼角跳了跳，笔记是看不下去了：“你身体不太好？”

“小时候，是小时候！”陆必行一边被烫得抽冷气，一边强调，语气急切得很像推销假冒伪劣产品的骗子，“现在身体可好了，早睡早起，规律锻炼，在太空失重环境住个一年半载不算什么，这点你不用担心。”

林静恒刚想点头，突然觉得他这话有点不对劲：“我担心什么？”

陆必行含着半颗肉丸，腼腆地看着他笑，欲盖弥彰地说：“没什么。”

眼看林静恒额角的青筋有原地起跳的意思，陆必行连忙又说：“是你先问的！哎哎，脸怎么又拉下了？我不滚……刚来就让我滚。将军，我发现你这个人怎么这么容易恼羞成怒啊？分你一串肉丸。”

林静恒：“……”

“尤其是跟我，”陆必行乐颠颠地说，“我观察过，你跟别人都没有这个症状，怎么对我这么特别？”

林静恒还在心惊于他下雪天才能吃一次蘑菇的事，难听的话说不出口，陆必行这没皮没脸的一句让他实在没法接，只好愤懑地拎起一串肉丸，占住了嘴，装聋作哑起来。

林静恒和独眼鹰不同，他身上的精确、沉稳和靠谱是骨子里的，掌管白银要塞时间长了，权威感很重，比陆必行身边任何一个人都有成年人的感觉，尤其是若有若无的纵容，招惹出了陆必行身上压抑良久的熊孩子习气——别人越不爱搭理他，他越是要东摸西蹭地瞎撩拨。

撩拨得林静恒平白无故多吃了一顿消夜，困得眼皮直打架，没有办法，只好偷偷摸摸地给独眼鹰的个人终端发信息，招张牙舞爪的老波斯猫过来把这小子叼走，得到片刻的耳根清净。第二天一早，天都没亮，他就带着白银九一帮大流氓跑了，把图兰撂下看守基地，自己去追踪凯莱亲王卫队余孽了。

所谓“智者千虑，必有一失”，林静恒昏了头，竟然把白银十卫第一好事之徒图兰留给了陆必行。

图兰很快将自家老大和陆校长的交情打探清楚了，吃了好大一惊，花了足足两天才消化完，她看热闹不嫌事大地跑来找陆必行，言之凿凿地说：“这闷骚居然没把你打死，肯定是对你心怀不轨，不可能有别的解释。我看他就是变态时间长了，自己也不知道自己在想什么。我第一专业是打仗，第二专业是睡男人，来，我传授你一点经验。”

陆必行没想到，传说中的白银十卫居然是这种画风，先是跟图兰大眼瞪小眼地愣了片刻，随即意识到眼前是位大姑娘，连连摆手，连说了一串“别别别”，脸有点红了。

图兰也没想到，基地这帮瘪三嘴里的“老师”居然真有书生气质，竟具备“脸红”的功能，觉得挺新鲜，甚至伸手在陆必行脸上戳了一下，怀疑陆老师脸皮底下装了什么黑科技的变色装置。

“脸皮薄没有前途的，兄弟，”图兰粗声粗气地在他肩头捶了一拳，语重心长，“叶芙根妮娅那么不要脸，都没搞到我们将军一根头发，你要吸取教训啊！”

陆必行生吃了她一拳，左摇右晃片刻，把头一低。

“我攻略过几个闷骚，都是这种类型的，”图兰兴致勃勃地舔了舔嘴唇，“从怎么撩，到怎么把握节奏，套路很熟，包学包会。我跟你说，闷骚很美味的，我们老大这种极品闷骚更是走过路过不能错过，你要抓紧啊。”

“好吧。”陆必行抓了抓头发，从个人终端里抽出电子便笺，正襟危坐地整了整衣领，“那我问你几个问题。”

图兰连忙把岔开的两条大腿一收，倾斜着交叠在一起，吃力地拗了个秀气的造型，洗耳恭听他的问题。

“呃……”陆必行想了想，问她，“林将军有什么爱好？”

好为人师的第九卫卫队长眨了眨眼，又眨了眨眼，有点尴尬地挠了一把她额角的两根“触须”，发现第一个问题就超了纲：“……啊？爱……爱好？”

陆必行目光清澈地看着她。

“花式挖苦？”图兰绞尽脑汁地思索片刻，“这个不算啊……那……我一时也想不出来，反正吃喝嫖赌，他一样都不行。”

“我没问那么低俗的。”陆必行叹了口气，捧着电子笔记追问，“音乐他喜欢吗？有偏好的艺术吗？总有爱好的运动吧，好身材又不是天生的。”

“我们将军也不高雅啊。”图兰摇头，“他要是听音乐，那就只有一种情况，肯定是湛卢把他嘚啵烦了，塞耳机屏蔽人工智能。审美一直是个谜，我觉得他可能都不知道艺术殿堂的门往哪边开。至于运动……好像也没有。体能和格斗训练都是我们分内的事，是工作，不算爱好。你看我，我就最讨厌体育运动了，能躺着就不想坐着，最烦男人拉着我聊竞技，可是有什么办法？例行体能训练我也不能不去啊。”

陆必行开始觉得这个第九卫卫队长不靠谱了："那他以前在白银要塞，没事都拿什么当消遣？"

图兰："每个活物都是他的消遣，折腾我们就是他最大的娱乐。另外他没有没事的时候，一直都挺忙的。"

陆必行震惊道："你们没有假期？"

"我们有，轮休。"图兰说，"不然哪儿有机会浪？跟同事瞎搞可是会被老大打死的。可是我们就一个上将，没人跟他轮啊，反正除了去沃托例行汇报，我没怎么见他离过岗。"

"伤病假也没有？"

"白银要塞的健康管理和医疗水平是联盟顶尖的，有病直接治，不用特别批假，外面的疑难杂症削尖脑袋还住不进来呢。"图兰一摆手，"我这么跟你说吧，据说连他妹结婚他都没露面，是让亲卫长替他送的贺礼。"

陆必行把电子笔记拍回了个人终端，确定了，这个大姑娘就是不靠谱："行吧——那他有什么愿望吗？短期的、长期的都算。"

图兰一脸茫然。

"理想呢？"

"和家里人关系怎么样？你刚才说他有妹妹，听起来有点冷淡啊，那除了妹妹，他还有别的亲属吗？

"他平时除了工作，和哪个圈子的朋友来往比较多？

"他在联盟有什么牵挂吗？"

…………

"兄弟，"图兰十分无奈地打断他，"你到底是对他意图不轨，还是想给他写自传啊？我们就不能好好聊聊怎么摆平一个闷骚吗？大家都这么忙，我那一堆重甲还没地方停呢，你有没有正经事？"

陆必行正经起来，十分学术地对女流氓科普说："我没有意图不轨——而且人类的性行为，只是神经末梢受到刺激而引发的一系列自然反应，按摩神经末梢比较浅的地方，都会得到差不多的舒适体验，就像被顺毛的小动物会发出呼噜声一样——卫队长，如果你对这种无聊的事情有特殊癖好，可以多看看《动物世界》，那里有更详尽的科普。"

图兰："……"

她突然觉得自己并不是低俗的流氓，只是个大惊小怪的文盲。

“探索一个人，探索一段关系，本身就会给人带来新鲜和快乐。”陆必行说，“你不觉得逐渐了解另一个人的感受、跟上他的喜怒哀乐、照顾他，是件非常美好而且有成就感的事吗？”

图兰恍惚间觉得自己被塞进了一间教室，惨遭教育，乱七八糟的价值观被陆老师掰开揉碎地重塑了一遍，龌龊的灵魂好像得到了彻底的洗涤，晕头转向地被他打发走了。陆必行摸出一根不知道谁塞给他的烟，点着没往嘴里塞，就着缭绕的烟雾，他忽然感觉到了一点孤独——来自林静恒的孤独。

林静恒，在别人嘴里，像一个符号、一个标志、一段高高在上的传奇，唯独不像人，就像是没有悲欢、没有爱好、没有感觉一样。

那孤独清晰而凝重，堵着他的胸口，连成功给图兰洗了个脑都无法排解。

（三）

被人念叨的林静恒在漫天的花粉下，连打了两个喷嚏。

化成人形的湛卢跟在他身边，接话说：“根据民俗古谚，这代表有人骂您。”

林静恒面无表情地看了他一眼。

湛卢旁若无人地抖了个冰冷的机灵：“这是个玩笑——哈哈哈……好吧，您听过这个笑话了吗？”

机甲不是亲生的，间歇性脑残，林静恒懒得和他计较，抬起手腕看了一眼个人终端，他的个人终端上有一幅全景的扫描图，有异常能量反应的地方分别被标记了，在图上扩散出一圈一圈的痕迹。

他们现在落脚的地方是一颗行星，名叫“启明星”，据说在第八星系首都星凯莱上，可以清晰地看见它随着晨昏起落，是第八星系继凯莱星、北京 β 星之后的第三大行星，先前被凯莱亲王阿瑞斯·冯当成了临时基地。

两个白银卫拖死狗似的，把一个男人拖到林静恒脚下，这人穿着凯莱亲王卫队的衣服，是他们从太空逮回来的俘虏之一，林静恒他们能轻易避开监控，开着机甲潜入凯莱亲王卫队的基地，就是靠这个被俘的叛徒。

海盗俘虏窝囊地缩着脖子，颤颤巍巍地交代：“能量反应最强的地方是机甲库，其次是机甲车仓库……咳……地面机甲车是镇压本地住民的。这个时间是反乌会的祈祷时间，防卫最松，巡逻也会暂停十五分钟……但他们手上都有地面跃迁的紧急空间场，往机甲站里去的，你们得做好屏蔽，不然让他们顺着空间场跑了会很麻烦。”

抓着他的白银卫问：“里面都是反乌会的？”

“算是吧，”俘虏小声说，“我们这些亲王殿下从第八星系带到域外的，其实都不太相信那一套，但是吃人家喝人家的，装模作样也得装得像。不过我们的人都跟着亲王殿下，差不多被你们祸害完了。现在还在基地的，应该都是反乌会派来的人……将军，我带您进去，您可不能虐俘啊，我们这些年在域外没过过什么好日子，反乌会都是神经病，脑子长得和别人不一样，跟他们说话得小心到标点符号，不然不一定哪句话让人觉得你不虔诚，就会被他们迫害。得病不让治，天天逼人过原始人的日子，个人终端也被屏蔽，聊天时刻会被人窃听，要不是跟联盟打仗，我们都觉得这辈子再也摸不到机甲了。”

林静恒居高临下地看了他一眼，抬手往下一切。

白银卫麻利地上前，把喋喋不休的海盗捂住嘴拖走了，同时，空间场干扰波不动声色地放了出去，白银卫风一样地穿过基地的加密门。

反乌会果然正在进行大型邪教活动，五体投地的人跪得到处都是，正在跟着广播亲吻大地。白银卫四人一组，虽然是太空军种，但陆战也毫不含糊，默契非常，迅雷不及掩耳地闯进主控室，激光枪无声地闪烁几次，星际海盗们哼都没哼一声，就被放倒了，断后掩护的白银卫顺手把人摆放整齐，工整地摆成一排，随后接管了反乌会地面巡逻队的机甲车。

反乌会的人反应过来，已经来不及了，空间场被干扰，他们被人瓮中捉了鳖。

从林静恒下令，到整个基地被控制住，前后只花了不到二十分钟。

“从我们截取的行军路线图来看，反乌会的重点目标是联盟其他七个星系。域外海盗好像也普遍认为第八星系是蛮荒之地，没什么油水，除了将第八星系视为背叛者的凯莱亲王，他们并不打算在这里浪费时间。”湛卢跟在林静恒身边，汇报说，“阿瑞斯·冯到了第八星系以后，一直以破坏为主，先是炸毁行星，随后开始重点搜捕追查地下航道，我们从海盗机甲上截获了反乌会的命令——反乌会原本是让凯莱亲王在半年之内控制第八星系，打开撤退和从域外进入联盟的航道，作为反乌会的战略部署之一，然后带主力部队去第七星系会合。”

“阿瑞斯·冯阳奉阴违。”林静恒低声说，“他想在第八星系当他的土皇帝。”

第八星系只有凯莱和北京 β 还算有点人气，装了反导系统，有一定本地武装，所以阿瑞斯·冯干脆一炸了之。他是一具百年前没死透的木乃伊，剩了一具破铜烂铁的身体，还想着恢复凯莱亲王家族野蛮的荣光。

“是的，先生。我控制了阿瑞斯·冯和反乌会的局部通信网，截留了信息，发现阿瑞斯·冯并未完全报备自己在第八星系的动向，目前，阿瑞斯·冯已经身亡的消息还没来得及传出去，第八星系依然是一个相对封闭的环境。”

“很好，”林静恒说，“让图兰他们把停不下的重甲都搬来，阿瑞斯·冯的基地归我了，通知……”

林静恒话说了一半，忽然站住了，看向反乌会基地的一角。湛卢顺着他的目光望过去，发现林静恒正在看一片生态园。

反乌会向来标榜人与自然，走到哪儿都会把哪儿弄得鸟语花香的，恨不能把每个星球都格式化成原始森林。在基地一角，人工种植的瓜果蔬菜茂盛地露出头来，几只小动物钻进钻出，和这个残酷的组织显得格格不入。而农场最底层，理所当然是菌类。

林静恒走过去，弯腰看了看菌菇的培养基。阴影下的蘑菇群水灵灵地撑着伞盖，很有些憨态可掬的野趣。林静恒摘下手套，弯腰揪了一个小香菇，湿润的菌丝沾了他一手。

湛卢根据历史数据，认为林静恒可能不喜欢武装基地里有这种占地方的东西，于是问：“需要移出去吗，先生？”

“留着吧。”湛卢听见自家主人沉默片刻，反常地说。

扔了小香菇，林静恒往前走了几步，想起什么，脚步一顿，他回头指了指菌菇的培养基说：“那个……培养基和菌丝，都让人移植一点，放在重三上。”

湛卢莫名其妙：“先生，放重三上，养在哪儿？”

“不是有绿化带吗？”林静恒头也不回地说，“把那堆没用的观赏绿植挖出来，栽进去。”

湛卢：“……”

观赏绿化带里种满蘑菇，机甲觉得被羞辱了。

（四）

“湛卢，精神网覆盖整个基地，三分钟之后，我要看到‘全景图’，包括所有自然与非自然的能量反应。”

“是，先生。”

“控制监控权限，核验基础通信，封闭所有人机端口，全景图出来后，同步到大家终端上，白银九分六组，清点基地，所有设备一应归档，基地代号——”林静恒把手擦干净，目光扫过启明星上气候有些干燥的基地，话音轻轻地停顿了一下，“暂定为‘SPMF1’，简称一号基地。”

哪怕他给基地起个代号叫“吉娃娃”，来自白银要塞的旧部们也不敢提出质疑，只有湛卢敢于不讲政治，仗义执言，张嘴就说：“先生，按照联盟规则，陆地军事基地首字母不是‘S’，而且……”

林静恒伸手一指他：“全景图！”

湛卢作为非常强大的人工智能，只要有电，大可以一心十万八千用，嘴里唠叨不耽误他扫描，林静恒话音刚落，重三“嗡”一声轻响，巨大的立体全景图缩影铺设在虚空中，密密麻麻的数据跳来跳去，同时，更加微缩的版本传到了每个人的个人终端上。

而湛卢也坚持说完了自己的话：“……‘SPMF1’这个代号，已经被联盟白银要塞占用。”

林静恒拿到了全景图，比较满意，因此没有发火，只是语气很平和地说：“去他娘的联盟规则。”

正在进行邪教活动的反乌会成员被打了个措手不及，在白银卫面前迅速缴械，湛卢的精神网笼罩下，他们身上连根针都不能私藏，手无寸铁地被人从机甲车里挨个清理出来，像是被拆迁铲车挖出来的建筑废料。

这些人复古复得群魔乱舞，穿成什么样的都有，相当不体面，林静恒大略一扫，感觉自己是走进了一个行为艺术展销会。唯有其中一个中年男子清秀得鹤立鸡群，有幸让林将军的目光在他身上停了一瞬。

这人应该不是什么先知的头目，因为静静地混迹在人群里，被机甲车拖走的时候，其他人并没有什么特别的表现。看面相，他应该有两百多岁了，眼角布满了鱼尾纹，眼珠混浊而平静，目光像是透过一口深井往外看，头发理得很短，两鬓斑白，穿着合身的亚麻风衣外套，没挂那些不知所谓的鸡零狗碎，柔软的外套被微风轻飘飘地卷起衣摆，他被机甲车的一条机械手捆着往前推，直挺挺地悬在半空，居然也不显得狼狈。与林静恒擦肩而过时，男人突然叫破了林静恒的身份："林将军。"

林静恒脚步一顿，机甲车随即停了下来，机械手臂高高地举起，车内，一柄激光枪的枪口伸出来，抵在那俘虏的太阳穴上，警告他不要乱说话。

林静恒略微眯起眼："你叫我什么？"

那男人彬彬有礼地说："林静恒将军，以前我看过您的照片和视频，熟悉您的长相，自我介绍一下，我的教名叫'霍普'，是个反乌会的无名小卒，很荣幸，有生之年能见到您本人。"

"无名小卒"应该是真的，不然也不会被派来跟着阿瑞斯·冯那个神经病，毕竟反乌会的主力都在忙着颠覆其他星系。

"我跟你们老大阿瑞斯·冯做了详细的自我介绍，看他表情，到死都觉得我是个冒名顶替的诈骗犯，你凭着一张脸，就认为我是林静恒？"林静恒冲机甲车伸出一只手，在空中往下压了压，霍普被机械手放了下来，"'林静恒'的死讯可是伊甸园宣布的，你是还没听说过？"

霍普双脚落地，在粗暴的机械手下踉跄了半步，脸上却没有愠色，反而朝机甲车的驾驶舱点头致谢："这件事我听说过，不过我并不认为眼前的您只是个整容爱好者。您既然能接管这里，应该是阿瑞斯·冯已经全军覆没了吧？不瞒您说，凯莱亲王这个人过于偏执，非常不好控制，经常对组织阳奉阴违，又有那么一副……玷污自然的身体，组织中的很多人都对他有微词，但是最终还是决定供养他，就是看中了他的疯狂和军事才能。这些年，他组织了多次针对联盟的袭击，谨慎小心，战斗经验丰富，不是随便什么人都能和他过招的。"

霍普说到这里，居然胆大包天地抬起眼，对上了林静恒的目光。想必林将军的眼睛里并没有传说中的"王霸之气"，反正这个搞邪教的中年人并不畏惧他，盯着林静恒的眼睛，他一字一顿地说："伊甸园并不是万能的，对不对，林将军？"

林静恒不置可否地一弯嘴角："有可能。"

“没有什么是万能的，”霍普低低地对他说，“包括人类，自古以来，智人一点一点征服了食物链、环境、地球、太阳系，到现在的八大星系，时间、维度、空间……几乎所有未经驯化的动物都被人类活动灭绝，之后又从基因碎片里重塑，在联盟，风雨雷电，所有的自然现象全部由人类一手掌控，你们僭越造物，干扰自然，把自己当成无所不能的神，太傲慢了——林将军，你认为，这样的智人，下一个敌人会是什么？”

林静恒十分诧异，因为从未见过这样胆大包天的神经病，居然在被俘之后还敢冲着他传教。他本身就懒得多说，听了这番屁话，干脆连个冷笑都欠奉，面无表情地当成了耳边风，转身要走。

“林将军，你知道吗？在古代，从愚蠢的地球智人建立第一个城邦开始，就自愿放弃肉体的自由，把自己束缚于高墙之内，自此成千上万年，为了高墙内有限且毫无价值的房产、土地，毕生殚精竭虑、你死我活，像被关进坛子里的蛊——这些蛊虫长大了，后代再接再厉，继而又自愿放弃了‘精神和思想的自由’、放弃了‘五官六感的自由’，他们建了所谓‘互联网’，把每个人的一言一行、来龙去脉都用数据透视得清清楚楚，每个人的思想都淹没在别有用心的数据流里，反复洗脑，不可抗拒地被导向既定的方向，这已经相当危险，而你们居然又建成了伊甸园！自愿放弃了灵魂的自由！”霍普在他身后大声说，“林将军，伊甸园只是个开始，下一步，轮到我们舍弃什么了？联盟既没有自由，也没有平等，这是人类在自欺欺人！这个物种迟早会自我灭亡！”

林静恒脚步不停。

“快开悟吧。”霍普叹了口气，机甲车里的驾驶员连忙会意地把人拖走了，霍普被捆绑在机械手上，迎风而立，亚麻色的长风衣猎猎作响，这个男人直视前方，看起来就像某个行将殉难的救世主，周围不少被俘的反乌会人士听了他这番话，纷纷有所触动，方才挣扎着大喊大叫的“行为艺术者”都安静了，有的人泪流满面，有的人喃喃地跟着霍普念叨“开悟”。

他们说：“开悟吧，我的兄弟同胞，自然保佑你。”

细碎的人声洪流似的聚在一起，随风而去。

第三章 在劫难逃

“彩虹病毒！这个人感染了彩虹病毒！”

（一）

陆必行是在两天之后抵达启明星的，因为反乌会的技术体系与联盟有差异，连机甲能源对接口型号都不一样，简单说，就是充电器不匹配，需要工程师来解决。

他落地时，林静恒正在新占领的基地塔楼里开会，会议室在四楼，朝向机甲收发站的一面是球面的落地窗，视野相当开阔。白银第九卫的军需官汇报下一步获取战备的渠道方案，林静恒一言不发，一边听一边皱眉，脸色看得众人一阵心惊胆战。就在这时，机甲进站时巨大的噪声穿透了会议室的防噪声膜，传到室内，像一声隐约的叹息，林静恒无意中抬头看了一眼，见一架白银九的老旧重甲停靠完毕，舱门打开，从里面跑出了一个马戏团！

“第八星系自卫队”的好汉们“叽里咕噜”地滚了出来，有些人可能这辈子没怎么上过行星，激动得过了头，有用力蹦的、冲天举着双手嗷嗷叫的……还有撅着腚趴在地上研究土壤的。

把“一号基地”中肃杀严谨的氛围祸害得一点不剩。

林静恒："……"

军需官见他纠缠的眉头就快要打成死结了，讪讪地闭了嘴。

机甲上，等别人都走得差不多了，陆必行才慢慢悠悠地溜达下来，不知道发简讯回去的白银卫是不是写错了信息，此人不像来干活的，活像是来度假的。他披了件十分前卫的长风衣，踩了双介于休闲和正经之间的皮鞋，修身的衬衫紧贴着腰线，上面还有个骚气的小立领，鼻梁上架了一副墨镜，旁边傻大个斗鸡给他扛着包。另外三个学生加一个凶悍的独眼鹰，像一个跟在少爷身边开车打杂的保镖团，护送少爷去时装周看秀。

陆必行东张西望了片刻，也不知是墨镜上有望远镜还是怎样，隔老远，他就将目光锁定在了会议室，咧嘴露出一口白牙，还冲会议室里挥了挥手。

军需官觑着林静恒，见他紧皱的眉头虽然没松，但是眉尖轻轻地往上扬了一点，嘴角要笑不笑地拉平了，于是试探地"喵"了一声："……那我继续说方案二的未来发展趋势？"

林静恒目光一垂，总算开了口："不靠谱，说下一个，讲重点，简短些。"

虽然是否定意见，但好歹是个意见，伴君如伴虎的军需官总算得到了明确指示，差点热泪盈眶，汇报效率高了三倍不止。

等他们这短会开完，陆必行也已经用一个电磁配置器解决了机甲和基地不匹配的问题。

"原来第八星系是走私集中营，什么奇葩型号的机甲我都见过，好多私人的机甲设计师跟黑作坊合作，都很随便，人家根本不管你联盟标准还是星际标准，完全按照自己心情来，机甲做出来，看着性能不错，落下来却发现连收发轨道都对接不上。"陆必行捏着一根电子笔，挽起袖子，在机甲站里侃侃而谈，"所以我的建议是，如果未来你们的机甲和武器来路不确定，最好构建一个类似'协议平台'的东西，所有端口都设置成活动的，可以自定义调节。"

旁边图兰听得一愣一愣的："这是个大工程吧？那要多长时间？"

"我来做的话时间不会很长，你把白银九的机甲维护部队借给我，一周吧。"陆必行伸手一捏，电子笔在他掌心化成一片光点，回到手腕上的个人终端，"我爸以前在凯莱星上的机甲仓库就是我改造的。"

图兰没见过这种野路子出身的民间科学家，震惊道："就……就这个转换插头……”

“是电磁配置器。”

“……哦，行吧，这个电磁配置器，要是放在以前的白银要塞，得先把白银三的废物工程师们聚在一起开个会，七嘴八舌地讨论一下午，由专人整理会议记录，经三卫队长、军需管理处、秘书处三层审批，送到老大那儿，老大批过，白银三才能拿着批文去跑经费审批、向军委打报告，就算他们跑断腿，也得三天。”图兰十分感动地握住他的手，“三天啊，被你五分钟就解决了，陆老师，长得帅果然了不起啊！”

不知道什么时候走过来的林静恒冷冷地说：“好啊，将来通信恢复，你负责通知白银三，让他们就地自杀。”

图兰慌忙放手，立正站好。

林静恒挑鼻子挑眼地说：“图兰卫队长，你对程序很熟嘛，那你说说，我什么时候批准过，让你把基地那帮吃饭捣乱的废物带来的？”

一口斗大的黑锅扣在了图兰脑袋上，她觉得自己冤出了第八星系：“我……”

“是我是我。”陆必行连忙把墨镜往头顶一推，“我让他们来帮忙的，周六他们很好用的，而且上过战场，就不想回到以前浑浑噩噩的日子里了，自卫队重组了一次，他们以后想当你的编外部队，精英归精英，这么大一个第八星系，就算白银十卫都来了也顾不过来吧，总要培养新的队伍嘛。”

他揽了责任，林静恒就二话也没有了，假装方才什么都没发生过，检查了一遍被陆必行改造的机甲停靠站，来去匆匆地走了。陆必行用胳膊肘戳了图兰一下，小声问：“你们的随军工程师想干点什么，还要将军审批啊？”

图兰半死不活道：“要啊，联盟军委官僚气息很重的，好多眼睛盯着白银要塞，内部程序不完备，拿到军委也会被人打回来，将军也没办法。一点自由都没有，白银三的二货技术人员们想法又多，弄得三卫队长当年每天抱着一捆批文，撵着将军到处跑，天天被他羞辱，还乐此不疲，恨不能长在将军的个人终端里。”

林静恒有时候故意恶心军委，审批到他这儿，一个“同意”都懒得写，就给画个标点符号——句号是批准同意，问号是要求方案进一步细化，叹号是打回去重做，画叉则代表“你是傻 ×”。

陆必行听完，若有所思。

野路子的随军工程师不用开会，也不必跟谁商量，身边只有四个记笔记的学生，只用了一个下午，他就把“协议平台”工程的计划做完了，陆必行把看不见的大尾巴翘上了天，迫不及待地跑去找林将军，求白银三卫队长同款羞辱。

“汇报”时间比他做计划的时间还长，但林静恒既没有羞辱他，也没有用一个标点符号打发他，沉默寡言地听他东拉西扯完，竟还能从这三纸无驴的长篇大论里提炼出重点，问了两三个问题，然后点了头：“可以，先试着做，有问题再说。”

陆必行站起来，把没来得及摘的墨镜顶在精心打造的发型上，他双手撑在林静恒的办公桌上，冲他一笑。

林静恒心里冒出一点不祥的预感。

“晚饭时间都过了，”陆必行说，“好不容易着陆，难道还吃营养膏吗？”

林静恒从鼻子里哼出口气，觉得野路子工程师虽然一个人能顶一个团队，但也确实是娇气得要命，很不好养活，伸手按在个人终端上，他打算招来后勤机器人伺候少爷。

“人工智能也有人权，”陆必行一把抓住他的手腕，“将军，这里离启明星最近的大城市只有三百公里，我们出去吃嘛。”

（二）

林静恒临时办公会的门半开着，图兰来给陆必行送机甲维护部队名单，顺便知会自家老大，刚好找到这里。在门口立正整理了衣冠，第九卫卫队长还没来得及喊报告，就听见里面流出这么一句，图兰连忙叼住自己差点出口的“报告”，紧紧地闭上了嘴，一双好事的眼瞪出了三白状，连气都不舍得喘了。

第八星系的文明是“走私贩与流浪者之歌”，第八星系的城市是人工智障报废陈列中心，第八星系的行政负责人是各大行星的黑社会，第八星系的人民都在水深火热中麻木地挣扎……综上所述，林静恒听完陆必行的提议，认为青年科学家陆先生的大脑高强度地工作了一下午，怕是烧了。

林静恒忍下了出言不逊，耐心地问他：“你要吃什么基地里没有，非得往外跑，土吗？”

“大半年没上过天然行星了，”陆必行放软了声音，一条腿站着，一条腿吊着，隔着张桌子，吊着的腿不肯在一个地方立着，来回画圈，他笑眯眯的，像个一辈子都没脾气的样，“将军，我长这么大，连第八星系都没怎么逛过，在凯莱星蹉跎了那么久，好不容易出门一趟，还因为捡了你在北京β星蹉跎了那么多年……”

他一翻出旧账，两人隔着生态舱朝夕相处的尴尬情形便历历在目，这事本来只是一般尴尬，被陆必行半真半假地把桃枝一递，顿时变成了十分尴尬。

林静恒头皮一紧：“行行行，去去去，别在我这儿碰瓷了，赶紧滚，午夜之前回来。”

说完，这个没有一点娱乐精神的男人眼不见心不烦地把头一低，翻开了一份不知谁打上来的报告，屁股都没有挪一下的意思。陆必行缓缓站直了，目光左摇右晃地闪烁片刻，感觉自己方才找的借口有点失误，林静恒现在故意装听不懂邀请的暗示。

伟大的文明啊，发明出营养膏这种反人性的东西就算了，为什么还要发明出能提供一日三餐的人工智能呢？

陆必行暂时没什么好对策，也不确定林静恒是不是真的不想去，只好深深地看了林静恒一眼，心想：“算了，来日方长吧。”

他这么心宽地想着，向门口一转身，正好和图兰走了个对脸，两个人的目光碰了一下，图兰开口在门口叫唤了一嗓子：“报告！”

林静恒：“稍息，什么事？”

图兰面色凝重地走进来，像煞有介事地说：“将军，方才基地外围扫描图景扩大到两百公里，发现有小股不明身份人员正在窥视，根据能量反应，我们怀疑对方有一定的武装！”

林静恒和陆必行同时一愣。

陆必行从小在八星系长大，知道这些八星系的人，但凡有一点活路，他们断然不会冒险反抗，因此十分诧异，心想：“启明星的人这么有尿性？”

这时，图兰在林静恒看不见的角度，冲他挤了一下眼。

陆必行："……"

好奇心害死猫，好事心害死卫队长，陆必行感觉，图兰这个大姑娘怕是嫌命长了。

"你先等等，"林静恒叫住陆必行，随后问图兰，"基地外多远？什么级别的武装？"

陆必行背对林静恒，用力冲图兰挤眉弄眼——示意她瞎话别太离谱，林静恒不想去，他自己还想出去放个风呢。

图兰心理素质卓绝，充分表现出她坑蒙拐骗的天赋，意识到自己把情况说得太严重，立刻面不改色地改口："位置一直在移动，级别为'地面减'，不太专业，我怀疑是反乌会的人在这儿干了什么伤天害理的事，民众组织了自发的自卫武装。"

武装有很多种层次，例如机甲、地面反导系统，当然是"太空级"。而非星际武装，则是"地面级"。通常讲的"标准地面级"，是指地面陆军武装水平，一般会有机甲车，比这个标准强悍的，比如空中打击手段、航母、地面巡航导弹等，叫作"地面加"。以此类推，比"标准地面级"弱，有一定杀伤力，又不太厉害的，就叫作"地面减"。

地面减，相当于说有一帮本地流氓拎着铁管和板砖在外面梭巡，不至于戒备他们，但是阴沟里也不是没有翻船的可能。

"地面减没关系。"陆必行不太想这么骗林静恒，见缝插针地插嘴拆了个台，拔腿就走，"不要小看技术人员，科技时代，只要电磁波还在流动，世界上就没有我们黑不动的系统，实在不行我还可以穿空间场——走了。"

图兰和林静恒同时叫住他："等等！"

林静恒皱了皱眉，陆必行不是他的兵，说是"随军工程师"，其实人家纯属义务帮忙，想去哪儿，他管不着。另外无论是机甲操作还是忽悠水平，陆必行都很过关，绝对是个民间高手，只要他愿意，乱世里组织个地方武装都不成问题。于情于理，林静恒都不方便管太宽。

陆必行说："放心，要真有民众的自卫武装就更好了，我下来跟他们好好聊聊，正好把他们都和平演变过来，给你扩充队伍。"

林静恒就怕他这个"聊聊"，陆必行不知道是吃什么长大的，有"平天下"的心胸——心大得不行，他好像总觉得"凡是碳基生物，必有可取之处”，跟谁都想和平友好，林静恒有时候怀疑，别人不先动手把他打个半死，他都未必会还手。

“你去找个人陪你，找……”林静恒顿了顿，独眼鹰肯定是不靠谱了，于是他抬头问图兰，“白银九有闲着的吗？”

“没有，”图兰一脸忧国忧民地说，“基地太大，白银九就这么点人，工程队又要借调给陆老师，正在做一些准备工作。兄弟们人手相当紧张，不当值的是有，但都是刚换岗下来的，休息不了几个小时又得……”

陆必行忙说：“别别别，我就出去吃个消夜，又不是微服私访，你俩这样我得消化不良。”

图兰恰到好处地“恍然大悟”：“怎么，陆老师要出去啊？我一会儿倒是没什么事，要么……我陪你去？”

她说话不好好说，还抛了个媚眼。当年图兰在白银要塞，是出了名的女流氓，轮休时经常出门骗财骗色，白银要塞的投诉举报信里，图兰卫队长在数量上就独占鳌头，她缺过的德罄竹难书，当年甚至惊动过军委，让林静恒不得不把她禁足了大半年。在图兰女士看来，遇上漂亮男人，不占点便宜，那就算她自己吃亏，有机会必须摸两把，林静恒总觉得图兰那张一本正经的脸上流下了两行哈喇子。

“白银九都腾不开手，你卫队长闲着？”林静恒冷冷地剜了她一眼，“滚出去，明早晨练前交检查。”

图兰连忙收了嬉皮笑脸，不敢有异议：“是！”

林静恒皱着眉干坐了一会儿，终于别无他法，站起来对陆必行说：“你等我一会儿。”

说完，他臭着脸，面无表情地去里屋换衣服了。

陆必行：“……”

林静恒一走，图兰无声地冲陆必行一摊手，比唇语：“检查你替我写。”

陆必行只好无奈地朝她笑。

图兰看起来还有点不满意，想了想，又冲他招招手。陆必行附耳过去，就听第九卫卫队长险恶地说：“你那个……俩眼不对称的爸，他怎么神龙见首不见尾的？改天你带我去跟他打个招呼。”

饶是陆老师见多识广，也差点让她吓瘸了，猛地往后一仰，他踉跄着扶了一把桌子：“姐姐，这不行，老爸是非卖品，尤其不能支持强买强卖啊！”

图兰被他逗得见牙不见眼，笑成了一只鬼鬼祟祟的天牛。

林将军雷厉风行，换衣服比别人脱袜子还快，图兰听见里屋有动静，就是一激灵，飞快地冲陆必行小声说了一句：“我一会儿把检查范本发你个人终端。”

然后在林静恒找她麻烦之前逃之夭夭。

换了便装的林静恒叼了根烟，一边往外走，一边低头点上，他步履匆匆，也没看陆必行，像准备巡视地盘的大佬一样，吐出一口自七窍而出的烟，一招手：“走。”

陆必行脚下差点长出一对风火轮，使出了全身的力气才保持了稳重：“我们怎么去？”

林静恒说：“反乌会在这儿留下了一批伪装成普通车辆的地面机甲车，大概也是平时给他们当密探用的，我们开一辆走，我需要确认基地附近地形、不明武装身份和规模，你来记录整理。”

陆……新上任的秘书非常无奈，他觉得林这个人，身上一根筋总是别着，跟世界过不去，跟自己也过不去，好像单纯出去放松一会儿、吃顿便饭，就犯了什么天条一样，非得要找个冠冕堂皇的借口，顺带殚精竭虑地操一回心，才算不虚此行。忍不住嘀咕了一句：“还真是微服私访啊，陛下？”

机甲车是制空权以下的陆战之王，可以配备大规模杀伤性武器，如果能源充足、操作合理，甚至能把战斗机直接打下来，外壳有和太空机甲非常像的防护罩，因为构造没有太空机甲那么复杂，所以不需要精神网操作。

反乌会的机甲车从外观上看，和普通的民用车没什么区别，只是异常破旧，里面竟然还有手动的方向盘，搞不好是地球时代遗留产物！

陆必行没敢使劲坐，因为觉得车门都在摇摇欲坠，然而林静恒通过权限，伸手在指纹器上一抹之后，整个车都不一样了，机甲车内核全露了出来，其完备与精致程度让人叹为观止，比联盟军委出品也不遑多让……原来破车只是个伪装。

林静恒余光瞥见陆必行系好了安全带，给出指令，机甲车像贴地飞行的火箭一样，绞碎了空气，冲了出去。

基地外是茫茫旷野，启明星自转周期不是沃托的标准二十四小时，在人造基地住久了，觉得这星球上的一天一夜格外长。此时，暮色四合，不知名的枯草和瘦高的玉米秧掺杂在一起，已经长到了一人多高，堵没了路，如果不是机甲车，恐怕很难穿过去。在第一星系，是没有这种荒凉野蛮之地的，每一寸土地都规划得十分细致，即便是暂时未开发，也会由园艺机器人打理好植物景观。

林静恒说了探查地形，就一点也不含糊，机甲车的扫描半径始终在一公里以上，自动记录了沿途捕捉到的所有能量反应，车前端打出看不见的粒子流，拦路的植物在距离他们几米远的地方就软绵绵地倒下，仪器的微光打在林静恒脸上，他有一张雕刻似的侧脸，一言不发地坐在那儿，平整的肩和后背撑起了软塌塌的旧棉布衬衫，陆必行有一搭没一搭地替他做着记录时，忍不住伸手比了个镜框，把林静恒圈在了里面，从手指间看过去，他觉得自己是裁下了一张电影海报。

“将军，”陆必行说，“你在乌兰学院读书的时候，有没有偷偷带女朋友……或者男朋友溜出去玩过？”

林静恒沉默，就在陆必行以为他又要装聋作哑的时候，林静恒却出了声：“乌兰学院是军校，监管比这破铜烂铁似的基地严多了，出不去，抓住了要关禁闭。”

他从学校逃出去的经历只有一次，回来在“棺材”里被关了三天。

启明星的傍晚风平浪静，连个拦路的青蛙都没有，机甲车最高速度接近音速，三百多公里跑完，也不过就是一刻钟。很快，道路开始宽阔起来，不远处甚至有了轨道高速，沉寂了一路的能量采集器终于开始有了细微的波动，远处隐约能看见些许灯光和高楼，有城市的影子了。

陆必行想了想，对他坦白了：“图兰卫队长其实是……”

林静恒没吭声，一路走过来，能量采集器跟死了一样，傻子也知道图兰是诓人的了。

“……其实是受我之托，帮我约你出来。”陆必行虽然是被强买强卖的，但作为既得利益者，还是一咬牙，仗义地把锅背了过来，小心翼翼地看了林静恒一眼，“林，生气了吗？”

林静恒顿了顿，随后答非所问：“快到了。”

陆必行猛地一抬头。

林静恒："下不为例。"

陆必行突然把头扭向车窗外，看见车窗上自己那张压抑不住傻笑的脸，为了保持气质，足足调整了五分钟，才把眉眼归位。然后他三下五除二地摸出个人终端，鼓捣了片刻，他手腕上闪了一下，加载条飞快划过，一个虚拟屏幕跳了出来，一幅型号古老的卫星网络地图展开——蹭网专家蹭上了城市内网。

陆必行吹了一声口哨，炫技似的把信号同步给林静恒："三秒半，破了我的个人纪录。"

他戳戳点点，兴致勃勃地翻查起城市信息："这地方叫'银河城'，常住人口三百多万……有核心商圈和特色美食！林，你喜欢巧克力煎饼吗？"

"……不。"林静恒把车速降到正常老爷车的水平，又摸出了一根烟，塞住嘴，有点发愁地想：这小子才华横溢，就是长不大。

他一手虚虚地搭上机甲车里伪装用的方向盘，缓缓地把车开进"银河城欢迎你"的公路入口。不知是不是他气场太强，刚一通过，欢迎牌上的霓虹灯就"噗"一声灭了，上面冒出了小青烟。

"还有赌场……不是说货币信用体系崩溃了吗？他们赌什么？林，你猜他们现在用什么当货币？"

一个哲学史上亘古的问题走进了林将军时刻繁忙的大脑。

"我在哪儿？"他心想，"我为什么会在这儿？"

（三）

在第八星系找灯红酒绿的大都市是不可能的，启明星其实还不如北京 β 星，只是气候好一点，没有没完没了的冬天，因此看上去更有活力一些。

所谓的"核心商圈"，其实是一堆错综复杂的小巷子，周围布满了私搭乱建的小棚，棚子里有一些路边摊。没规没矩的建筑里出外进，坑坑洼洼的地面上泛着生活污水与垃圾，和食物的气味混杂在一起，相当销魂。

一个小机器人操着破铜烂铁似的嗓子来回喊：“三根营养针换一千元‘街票’，外来的客人到这儿排队！傍晚酬宾，只要三根营养针，享受整晚的服务！”

林静恒背着手围观片刻，发现这小小的街区组成了一个原始的经济共同体，外来者用营养针换一种代金券点数，把点数支付给商户，商户再和街区结账，兑换成营养针，省得营养针太贵，小生意找不开。

陆必行已经把三根营养针塞进了机器人肚子，机器人“咕嘟”一声，吞了下去，片刻后，往陆必行的手腕上发射了一道光，一千元的“街票”就算转到他手上了。

“我请你。”陆必行说着，对面突然有一帮推着手推货车的小贩经过，为免在窄巷中被冲散，陆必行一把抓住了林静恒的手，感觉那只手下意识地轻轻往外抽了一下，随即把他拉了过去。

旁边楼上泼下一盆水，正好洒在陆必行方才站着的地方。

林静恒：“小心点。”

陆必行顺着他的目光一抬头，把空着的那只手塞进嘴里，仰头吹了一声拐着弯的长口哨，楼上方才泼水的窗户里影影绰绰地露出一个人影，隔窗窥视。陆必行就很自来熟地冲人家喊：“别躲，我都看见你了，你们怎么能这样！我长得一表人才，你们就拿这种没诚意的套路圈我？一点区别对待都没有，帅哥的自尊心都被你们伤透了！”

周围传出一阵窃笑，楼上的窗户打开，一个穿着睡衣的女人探出头来，笑得花枝乱颤，一看就不像做正经生意的。

“笑什么？”陆必行闹着玩似的一挥手，“赶紧赔礼道歉，扔两包烟下来！”

闻声，窗户后面挤出了更多的脑袋，有男有女，有直毛的，也有卷毛的，放眼一看，五彩斑斓，这些人大多衣衫不整，搔首弄姿，他们你推我搡，嘻嘻哈哈了好一会儿，凑了两包杂牌烟，从楼上扔下来，砸到陆必行怀里。

从地球时代到新星历，“烟酒茶糖”就和人类历史一样悠久，有添加了各种黑科技、昂贵得不可想象的产品，也有传承历史、粗制滥造的手工烟卷。对方扔下来的烟盒上画的是个俏皮的男人，一扭八道弯地站在那儿，冲外面的人挤眉弄眼，里面装的是第八星系“特供”的劣质烟草，隔着包装都能闻到很呛的焦油味，非常辛辣，烟头的纸卷还有没粘结实的，颤颤巍巍地翘了个小尾巴。

陆必行接了烟，学着烟盒上男人的姿势，摆了个造型，冲楼上的莺莺燕燕们一挥手，拉起林静恒继续往前走："不客气啦！"

被敲诈了两盒烟的群莺看他懂事又讨人喜欢，非但没再纠缠，还集体冲他飞了个吻。

林静恒一直在琢磨怎么把自己的手抽出来才不显得刻意，十分心不在焉，旁观了全程，刚开始还以为陆必行这个星际死宅在启明星上有熟人，后来被陆必行塞了一盒烟，他才意识到有点不对劲，走出了大约有一百米，这位来自沃托的林将军回过神来，皱眉问："等等，刚才那是敲诈卖淫团伙吧？"

鱼龙混杂的闹市里，一些看着非常正经的小楼，往往是隐藏在其中的红灯区，这种小楼的成员资质不佳，有些人连个人卫生都搞不利索，看着非常倒胃口，因此卖笑卖身都不怎么畅销，只好以敲诈和碰瓷为生。套路通常是这样的——先找人拿盆水在窗口等着，看见有疑似肥羊的从底下经过，就把盆里的水往下一泼，过路客无端遭此"天谴"，当然得讨个说法，然后楼里就会打着道歉的名义，或以"进来烘干衣服"之类的借口，把人拖住骗进来。

再然后，道歉和慰问就会变成"灌酒失足和仙人跳"三位一体套餐，保证能刮下"棒槌"们身上最后一点油水。

陆必行回头看了林静恒一眼，和他大眼瞪小眼片刻，没憋住，笑出了声："将军，你这反应不是慢了半拍，是慢了半部歌剧啊！"

林静恒："……"

他今天思考了一路"从哪儿来到哪儿去"的问题，被哲学魇住了，从开车出了基地，就十分不在状态，半个脑子都在放空，一不小心放太空了，居然没注意眼皮底下发生这种事。

陆必行敏锐地从林将军沉下来的脸上读出了他此时的心声——放肆，找死吗？

"哎，别别别，走都走了，哪儿有特意回去找人麻烦的道理？"陆必行伸开双臂，乐不可支地拦住他。他现在看林静恒，可以说是相当不理智，戴了好几层滤镜，看他骂街也可爱，损人也可爱，连那一脸反社会的杀气腾腾，都能牵强附会地找到可爱之处，审美大幅度跑偏，像个神经病。

“今天他们那一个楼里，肯定有人福星高照，因为将军走了个神，所以他们稀里糊涂地捡了一堆狗命，这是什么？这是锦鲤一样的运气啊！快把刚才给你的那盒锦鲤烟揣好，可遇不可求……哎，你看，那儿居然还有个算命的，赶紧趁红运当头，讨几句好听的话！”

破棚子下坐着个包头巾的老头，佝偻得像个句号，面前摆着张瘸腿桌，桌上是一张神神道道的八卦图，八卦图一角压着一副被老鼠啃过的塔罗牌，老头脑袋上顶着块霓虹的牌子，写道：古法命运占卜。

陆必行探头冲算命摊的老头喊：“爷爷，围观命运多少钱一次？”

老头冲他比了个手势：“街票二十个点。”

“给你一百个点，我们要看好看的。”陆必行在个人终端上戳了几下，一百点跳到了老人身边的计价器里，他双手抓住林静恒的肩，把林静恒往前一推，“给这位先生看！”

老头在这儿摆摊不知摆多久了，瘦得皮包骨，生意也并不兴隆，计价器上一共只攒了二百多个点，不料横空冒出了陆必行这么个冤大头，累计的点数正好够他换一支能支撑数月的营养针。

老头大喜过望，双手捧起他那一沓破牌：“这位先生，请抽一张牌，放在拥有宇宙神秘力量的八卦中心。”

林静恒：“……”

什么玩意儿！

陆必行得寸进尺，飞快地凑过来，抓着他的手抽了一张花花绿绿的纸牌。

算命老头收了钱，表演得尽心尽力，他迅速把纸牌扣在手心，“嘤嘤嗡嗡”地念了一段长经，忽悠说：“这位先生，我从牌面上看到了您辉煌的未来，我看到您摒弃疑惑、穿越迷雾、回归真实自我，您终将获得命运赋予的力量，不破不立，找到您毕生都在追求的答案。愿所有的神明保佑您。”

林静恒明知道老头在胡说八道，可是听到“摒弃疑惑、穿越迷雾、回归真实自我”一句，心里倏地一动，仿佛有一根生锈的琴弦，空置良久，被微风轻轻吹动，发出喑哑的和弦声。他抬起头，一瞬间想追问一句“我毕生追求的答案是什么”，结果算命老头迎面给了他一个谄媚缺牙的笑。

林静恒：“……”

他不置一词，转身走了。

陆必行嬉皮笑脸地追在他身后问：“听完开心了吧？将军，笑一个。”

林静恒回手按在他脑门上，把这噪声源推后两步。

老头攒够了救命钱，千恩万谢地站起来送他们，陆必行回头跟他挥手时，算命老头还摘了帽子，露出一头迎风打战的白发致意，直到两个人走远，他才重新坐下，用哆哆嗦嗦的手翻开方才林静恒抽到的那张纸牌。

古地球时代，塔罗占卜文化曾经如流星般兴盛一时过，后来被一大帮坑蒙拐骗的半吊子胡搞，到如今，已经没什么传承可言了，算命老头手上这套纸牌，是早年花了五块钱在地摊上买的，是个塔罗版的“方便牌”，拿这玩意儿坑蒙拐骗，完全不用背熟塔罗牌厚厚的说明书，只要按照牌面角落里的小字随口忽悠就行——每张牌代表什么，他们偷懒地用一个词概括了。

算命老人扒开昏花的老眼，把脸贴在林静恒抽的那张牌的牌面上，看清了右下角那一行几乎要融入画里的小字，写着——

“塔：在劫难逃。”

晚风吹来，算命老人哆嗦了一下，抬头张望林静恒他们走远的方向，见那两个人已经拐过了一个路口，看不见了，于是挣扎着站起来，收了摊，去兑换救命的营养针了。

“凯莱星上也有这种夜市，”陆必行跟人换了几个橘子，一边走一边剥，“里面也是各种坑蒙拐骗的，套路都差不多，不懂行的肥羊进来凑热闹……比如你这样的——大家就会跟过节一样，能把人从这头骗到那头，骗完整条街一起狂欢。我小时候常跟他们混在一起，找个地方看书，看累了就看他们骗人，骗完高兴了，就有人跑过来揉搓我一下，给我拿个小玩意儿。”

林静恒：“你不是说小时候身体不好，独眼鹰连烧烤都不让你吃吗？他就看着你混迹这种地方？”

“当然不可能在街上跑了，”陆必行一边说，一边把剥好的橘子递给林静恒，“凯莱星上那条小商业街是我爸租给他们的，后面一整块地也都是他的，地方空着也是空着，他建了个小楼，后院窗户一推开，就能摸到卖艺人养的小动物，是我强烈要求住进去的。那段时间腿有些肌肉萎缩，需要复健，在屋里练习走路的时候，听见外面热热闹闹的就很开心。”

“我不吃，”林静恒摆摆手，“腿部肌肉萎缩是怎么回事？”

“生病嘛，后来好了。”陆必行简短地回答。

林静恒不依不饶地问：“什么病？”

陆必行神色一闪，好像不想让他追问这个问题，灵机一动，他说：“相思病，将军，你会治吗？”

林静恒：“……”

陆必行的注意力很快转移到了别处——他一路都在试探着喂林将军各种东西，林看都不看一眼，唯独这个橘子很特别，得到了他“我不吃”三个字。陆必行眨了眨眼，突然掰下一枚橘子瓣，猝不及防地在林静恒嘴角沾了一下：“很甜的。”

林静恒：“……”

“不吃吗？不是吧，亲过的橘子都不吃？”陆必行作势要往自己嘴里扔，“行吧，那我自己吃。”

这种调戏就很找揍了，林静恒劈手夺走了那个倒霉橘子。

“将军，很多东西都是为了取悦你而存在的，”陆必行满嘴跑起了星舰，“你看，橘子辛辛苦苦长了一辈子，长到这么大，日积月累，才偷偷储存了那么多‘小胶囊’在橘子瓣里，就等你在它最饱满的时候一口咬下去，把甜味都泼到舌头上，果香味到处乱窜——好多小说电影里讲爱情故事不是都有这个桥段吗？一个人为了取悦喜欢的人，精心准备一场烟花、星星、喷泉之类的惊喜，然后掐着时间，把心上人领来，恰到好处地表演给他看。大家看了都会跟着主角一起惊喜感动，你仔细想想，橘子是不是也是这么取悦你的？你表情还那么勉强，不是在辜负它吗？”

林静恒回答：“你要是少看点乱七八糟的破玩意儿，给脑子省点电，也不至于随时烧短路。”

然而话虽然是冷嘲热讽，他的眉头却松开了，林静恒的味蕾好像天生迟钝，什么都随便吃随便咽，没长那几个品味美食的神经元，反倒是陆必行歪理邪说里描绘的橘子更能激发食欲，不知不觉间，他把整个橘子都吃了，并且罕见地尝出了一点滋味。

他的一生中，是鲜少能尝出什么滋味的。

陆必行跟在他旁边，有点兴高采烈，感觉林静恒这道非常难解的题目，终于被他摸到了一定之规。林对真正不喜欢的东西，往往连一个眼神都欠奉，他那点注意力金贵得很，但要是刻意开口拒绝，反而代表他并不反感，甚至可能还挺喜欢，只是不符合他一贯的行为模式，才摇头不肯要。

就在这时，一个重物突然横空砸过来，正擦着陆必行砸到了他身后的玻璃窗上，玻璃窗当即粉身碎骨，锋利的碴到处乱飞，林静恒一抬手，连着机甲车的个人终端密钥上射出了特殊粒子流，打散了玻璃碴。

只见砸过来的重物是半块砖头，本来是冲着一个尖嘴猴腮的小贩脑袋去的，小贩怀里揣着个包裹，正在抱头鼠窜，而追在他身后的人浑身上下裹着长袍，本来连头发丝都不露，激愤之下远远扔出了半块砖头，用力过度，缠在头上的大兜帽被扯了下来，露出了一张能直接客串鬼怪的脸——他的皮肤烂得不成样，下巴和嘴唇上的皮肉已经不翼而飞，露出白森森的下颌骨，眼角还在往下滴着血泪。

他——或者她，声音沙哑粗粝得像是生满了锈，撕心裂肺地吼了一声："你用假药骗我！"

被人追打的小贩也被对方骇人的形象吓住了，一屁股坐在地上，双腿倒腾了好几下，变了调子一声惨叫："彩虹病毒！这个人感染了彩虹病毒！"

"彩虹病毒"是第八星系永远的噩梦，当年那场浩劫带来的创伤，恐怕要几百年上下两代人都死光了才能平息。小贩一嗓子叫出来，整条街都炸了锅，仿佛瘟神降临，所有人都尖叫着四散奔逃。林静恒一把将陆必行拽到身后，机甲车密钥的粒子流卷出一道风，挡在陆必行面前："你先离开这儿。"

"没事，"陆必行拉住他的胳膊肘，"我身上有抗体，不要紧。"

林静恒一愣——陆必行看着不怎么靠得住，其实很知道轻重，一般不会拿这种事情瞎说。可按理说，他出生的时候，彩虹病毒已经在联盟八大星系里销声匿迹好多年了，他又不是需要应付特殊情况的前线战士，怎么会有彩虹病毒的抗体？

还不等他细想，陆必行就指着那骷髅似的人说："林，你看他肩上！"

那人兜帽落下，露出了脖颈和一侧肩头，衣服脏得看不出底色，勉强能辨认出一枚肩章——第八星系行政中心的标志，只有公务员制服上才有！

陆必行话音刚落，骷髅人已经三下五除二地把自己包裹好，转身就跑。

陆必行抬脚就追：“等等！”

林静恒：“慢着，你真有抗体？”

“以你的名义发誓，”陆必行说，“撒谎让我一辈子追不到你。”

林静恒：“……”

这满嘴跑火车的浑蛋玩意儿！

第四章　死神微笑

这张红牌稳准狠地落在了他的软肋上，一时打得他直不起腰来。

（一）

从技术上说，彩虹病毒确实已经被攻克了，如果这是和平时代，那么即便是在下水道一样的第八星系，彩虹病毒也未必会造成什么严重后果。可现在已经到了用营养针换物资的地步，万一发生大范围的瘟疫传播，靠白银九那点人力和物资，根本不可能控制住局面。

更要命的是，这个骷髅人在窄巷和拥挤的人群中造成了恐慌，惊弓之鸟似的小商贩们连滚带爬地躲开他，尖叫和恐惧已经先病毒一步传播开了，形态各异的小推车、智力不足的机器人各自撞成一团，把窄道堵了个水泄不通，简直是寸步难行，眼看要造成踩踏事故。

林静恒伸手把陆必行往墙角一推，同时，踩着旁边一个倾斜的棚子纵身起跳，一把抓住了二楼的外窗台，双手一撑就把自己甩了上去。正在窗口往外窥视的人被突然蹿出来的林将军吓得一屁股坐在地上，见鬼似的跑了。有些束缚的衬衫竟没有影响他的动作，林静恒在窗台上只停留了一瞬，立刻借力扑向几步之外的一根破旗杆，给他垫脚的窗台被这样摧残过后，直接坍了一小半，土石落入人群中，不幸中招的几位几乎有天翻地覆的错觉，唯恐天下不乱地就地造起谣来：“地震了！”

旗杆在巨大的冲击力下歪了，林静恒以太空军特有的绝佳平衡感顺着倾倒的旗杆爬了上去，快要接近顶端的时候，铁旗杆底部和支架相连的部分断了，沿街往前倒去，像撑杆跳里一根格外高大的杆子，将林静恒从人们头顶甩了出去，直接“飞”过了挡路的人流，砸在另一栋小楼六楼的楼梯间。林静恒双手一撑给自己减震，顺势滚到了楼梯间，三步并作两步跳上楼顶，从上面追向骷髅人。

乱七八糟的人流蜂拥而至的时候，陆必行第一时间把一个来不及跑的小男孩抱了起来，高高地举过了头顶——人们混乱地往前跑时，这种恰好堵在人群前的老幼病残非常容易被推倒，而一旦有人倒下，在这么窄的街巷里，会造成多米诺骨牌式的后果。

人这些两条腿又跑不快的动物，成群踩过来，也并不比野马群安全多少。

“嘘——”陆必行冲要哭不哭的小男孩笑了一下，把他放在高处，连着银河城内网的个人终端切瓜似的黑进了商业街的广播，随后，他把一个录音的小程序当成了话筒，从兜里抽出一把袖珍的小手枪，调到爆破模式，卸下消音装置，往天上连开三枪，借着广播大声说：“都停在原地，不许动！我们有彩虹病毒的抗体！”

人群被突如其来的巨响镇住，短暂地安静了片刻。

陆必行喘了口气，他很有些急智，套路话张嘴就来，平静的声音从商业街广播里传出来：“大家好，联盟白银要塞白银第九卫军团现在已经夺回第八星系，刚刚接管三百里外的反乌会基地，很快会重建第八星系秩序，请大家不要惊慌，彩虹病毒的紧急抗体是军方常备药物之一，如有异常反应，请立刻就医做隔离处理，送到基地接受治疗。”

他说话一个字是一个字，有种口齿清晰的力度感，又并不咄咄逼人，人群的恐慌渐渐回落。

“这里是窄巷，很容易造成踩踏事故，我再重申一遍，诸位不要惊慌，自由散开，有序疏散，”陆必行说，“彩虹病毒早在百年前就已经不是绝症了，请相信，联盟是不会放弃任何一个公民的……劳驾，先让我过一下。”

第八星系人民向来对联盟那套假大空的说辞免疫，但他们看见陆必行从人群中穿过，脚步快而不急，逆着人流，往骷髅人逃跑的方向追去，像是全然没把彩虹病毒当回事的样子。这种无所谓似的态度，倒是一支挺有效的镇静剂。于是尖叫声平息了，窃窃私语声“嗡嗡”地响起。

“狗屁公民，没听说过，老子是公的，不是民。”

“他刚才说什么，那基地让什么军团占了？咱们又换政府了？”

“这狗娘养的政府，比袜子换得都勤。”

“你是谁啊？在联盟干什么的，你说话管用吗？”

陆必行笑眯眯地灌了一耳朵冷嘲热讽，不生气也不回应——有心情对他骂骂咧咧指指点点，说明理智回来了，总算不至于踩死小孩了。

指指点点的人群给他让出了一条通道，陆必行还算顺畅地过去了，看见林静恒正在不远处冲他招手，那骷髅人却不翼而飞了。陆必行一愣：“怎么，是空间场？”

林静恒联系了基地的白银九，对那头说了句什么，冲陆必行一点头——方才那骷髅人见他从天而降，吓得肝胆俱裂，居然启动空间场逃走了。

地面空间场可以说是一次酷刑，谁穿谁知道，身强力壮的都得扒层皮，更别说那位骷髅人的肉体已经烂成了那样。

“疯了吗？”陆必行抬起手腕，迅速收集残余的能量辐射，“他那个状态穿过去，没落地就得被五马分尸吧——对方跃迁空间场的时间呢？”

林静恒：“标准时，十三点五十分二十八秒。”

“好，你等着。”陆必行一撸袖子，迅速在个人终端上模拟了一个能量衰减模型，时间好像在他手里凝固了，循着踪迹抓住了隐约的线，很快还原了骷髅人开的空间场，并给出了精确描述——地面空间场通常有十一到三十六个参数不等，而陆必行的个人终端上，跳出了空间场的十七个参数。

“推导出目的地了。”陆必行把坐标传给他，“我同步发给图兰卫队长。”

林静恒当年溜出乌兰学院，偷湛卢送陆信出逃，用的就是空间场，因为空间场极不容易追踪，是一大安全隐患，很多地方都会开针对空间场的干扰信号。他还真没见过这么风骚的操作。

“没什么，”陆必行一耸肩，“这招只能在空间场开启后三分钟之内用，超过三分钟，能量衰减得差不多了，周围气候条件也会跟着变，追踪定位误差往往超过五十公里，那就没有意义了。”

林静恒遥控机甲车，停在最近的路口，输入了陆必行定位的坐标：“这项技术申请过专利吗？”

“没有，”陆必行说，“这是我年轻的时候为了离家出走弄出来闹着玩的。”

“好，以后我买断了，每年按A级军用技术付你专利使用费。”

“哇，”陆必行跟着他钻进机甲车，“将军，那我这算被你包养了吗？”

话音没落，机甲车仿佛被他这句话吓得尥了蹶子，直接贴地“飞”了出去，巨大的加速度把车里的人并排拍在椅背上。

林静恒因为无言以对次数太多，沉默了一会儿，不知是气还是无奈，竟然笑了。随后，他一把抠开车顶上的小储物格，见里面只剩一支空间场平衡剂，于是就迅雷似的戳在了陆必行身上。陆必行刚过完嘴瘾，猝不及防挨了一针，“嗷”一嗓子：“林先生，您这水平要是在护校，得留级八年！”

“第一星系没有护校，医科院校只有科研方向。”林静恒说，“坐稳了，我开空间场。”

周围的一切都开始扭曲，光怪陆离，乱糟糟的能量剧烈变化，机甲车上的仪器发出刺耳的噪声，陆必行觉得自己五脏六腑都被戳了进去，注射的平衡剂迅速起效，隔离了难过的感受，他仿佛变成了一个可以随便拉扯的橡皮人。

几秒后，机甲车穿过空间场，落地到了新坐标处，立刻发出了过热警报，几乎在地上跳了一下才停稳，能量直接见了底。林静恒因为用肉体凡胎体验过半成品的空间场四连跳，所以并不在乎这点冲击，没有药物辅助也面不改色。

从地图上看，基地的位置在银河城西南方向，他们的落地点，则应该是银河城以北。

这似乎是一处废弃的工厂旧址，他们两人面前有一条人造的小河沟，上面漂着一层未经处理的垃圾，破败的大门敞着，旁边立着一座六七米高的钟楼，上面站满了乌鸦。

钟楼上的时钟仍在尽忠职守地走着，和林静恒他们用的“沃托标准时”不同，时钟沿用了启明星的“私历”。每个星球的自转和公转周期都不一样，所以其实每个星球上都有自己的一套历法，“沃托标准时”只是给星际往来客们用的。

陆必行自己喜欢摆弄各种奇怪的技术，因此常常觉得别人兜里也会有几样“秘密武器”，虽说抱怨对方疯了，但他还是乐观地认为，骷髅人之所以敢赤手空拳地穿空间场，说不定是因为人家有什么黑科技的道具，譬如更稳定的平衡剂之类……直到他俩在大钟下捡到那人的尸体。

无数乌鸦盘旋在腐肉上，垂涎三尺，可是出于生物的本能，还没有一只敢下来尝第一口。林静恒戴上手套，把骷髅人的外套扒了下来，发现他的脊柱已经断成了几截，整个人以一种奇怪的姿势扭曲着，左臂基本烂光了，落地时受到的冲击折断了堪堪连在一起的关节，小臂带着手骨掉落在十几米开外，还是在乌鸦的指引下找到的。

“为什么？”陆必行难以理解地问，“他是不是……是不是没来得及听见我说什么，就急急忙忙地开了空间场？”

林静恒没吭声。

陆必行用广播喊话的时候，其实他们都听见了，骷髅人也恰恰是听完才开的空间场。

他那一番冠冕堂皇的大话，实在太过一厢情愿，把民众和联盟双双涂脂抹粉地美化了一番，大家看着彼此都觉得诡异。

联盟宪章规定，联盟不会放弃任何一个公民。

而第八星系的公民不是公民。

联盟把所有域外人士都统称为“海盗”，第八星系就是“文明世界”和“海盗”之间的蛮荒之地，第八星系的人不至于是人人得而诛之的星际海盗，却是跟他们有千丝万缕联系的野蛮人——与茹毛饮血的食人族部落差不多，皆非我族类。

在联盟中央，人人都知道第八星系的政府就是个象征意义，主要任务是现眼和凑数，首都凯莱的反导系统还是一百多年前、陆信刚收复第八星系时装的，此后将近一百四十年，沧海桑田，那玩意儿没有升级过一次。因为第八星系的半自治状态，很多税费难以收集，联盟的财政拨款更是时有时无，政府常常陷入没钱发工资的窘境。林静恒从死人身上翻出了一张工作证，上面写着“第八星系中央政府代表秘书长”，像在跳蚤市场上五块钱买来过家家的。

林静恒扒下手套，翻出机甲车里的紧急医药包，从里面找出了消毒喷枪，清理了带病毒的尸体：“病成这样，还不惜启动空间场往这里跑，应该有同伴，我进去看看，你在这儿等着。”

陆必行没听他的，径自跟了进去。

方才还油嘴滑舌起来没完的陆必行沉默了好一会儿，踩在荒草丛生的地面，他忽然问：“林，如果海盗大规模入侵的时候，你还在白银要塞，你会在迫不得已的情况下放弃第八星系吗？”

“我要是还在白银要塞，星际海盗根本就不会进入联盟。”

“我是说如果。”

林静恒想了想，没有和他说客套话，直言不讳道：“第八星系当然也是联盟的领地，对敌当然寸土不让，但如果真到了迫不得已的地步，我们也不会死守。战略性暂时撤离是可以接受的。”

陆必行：“也就是说，如果有必要，你会像放弃一片荒漠一样放弃第八星系，对吧？不单是你，联盟也会这么选择，整个社会的意识形态都是这么认为的。”

林静恒没吭声，默认了。

“因为我们是荒漠中的野人，而且没有立场，联盟来了就是联盟人，海盗来了就是海盗。缺灵魂短智慧，和我们谈联盟宪章、自由宣言，都是对牛弹琴。”陆必行点点头，深吸一口气，望向荒芜而旷远的夜色……林静恒不是一个圆滑的政客，不会做那些大而无当的表演秀，也因为混账惯了，他甚至懒得保持政治正确的普世价值观，只要拿你当自己人，他基本是有什么说什么，不会粉饰太平。

陆必行：“所以……如果启明星上真的暴发彩虹病毒，白银九会直接撤离，不会浪费医药施救……算了，你不用说，我明白了，是理所当然的。”

就像除了极端动物保护组织，没有人认为动物应该享有和人类同等的权利一样——猫没有肖像权，狗没有隐私权，实验室里的小白鼠没有言论自由权，联盟最精锐的部队不会因为鸡瘟逗留，这是理所当然的。

“白银九是白银十卫中人数最少的一支，属于前锋突击部队，不具备大规模抢险救灾的素质，也没有这个公共统筹能力和医疗物资储备，”林静恒淡淡地解释说，“如果真有无法控制的瘟疫暴发，直接撤离是唯一的选择。”

所以最好不要发生这种事，他想。他用个人终端连上了机甲车，打开了防护罩上的病毒监控。

然而奇怪的是，病毒监控没什么大动静，反倒是武装警报亮了。

林静恒突然抓住陆必行的肩，将他往旁边一带，与此同时，激光枪打在了陆必行方才站的地方，林静恒的袖子被扫上了一层焦黑。他一枪扫了回去，废旧厂房的玻璃窗后传来一声痛呼，两个人飞快地对视一眼，分头沿着厂房边缘冲了进去。

陆必行踹开厂房里倒插的破门，正好看见一个人滴着血、踉踉跄跄地往拐角处跑，后颈溃烂的皮肤明显是感染了彩虹病毒。

“喂，你等等，我们不是反乌会的海盗，”陆必行叫他，“我们没有恶意！”

对方充耳不闻。

陆必行：“你是第八星系联盟政府的人，对吗？”

那人脚步一顿，充满戒备地扭过头，哆哆嗦嗦地用枪口指着陆必行。可是这个人实在是太虚弱了，连最轻巧的袖珍激光枪也端不大稳。

陆必行温和的目光落在他斑驳的脸上，尽可能地摊开双手，以示自己无害。直到对方略微冷静了一点，他才轻声细语地问：“您看起来需要帮助，冒昧问一句，您现在感染的是彩虹病毒吗？是从哪里感染的？”

陆必行自觉这句话的语气已经相当和缓，不料非但没有起到安抚作用，反而刺激了对方。那把冲着他的激光枪本来已经垂下去了，一听这话，又凶狠地抬起来了，持枪人陡然紧绷了起来：“你怎么知道这是彩虹病毒？”

“冷静，我慢慢跟您解释，其实……”

可是对方已经是惊弓之鸟，根本不听他解释，那人嗓子里好像含着个生锈的铁片，表情越发狰狞，歇斯底里地打断陆必行：“你知道这是彩虹病毒，为什么还敢过来？你不怕彩虹病毒，你怎么会不怕彩虹病毒？！

你一定是他们的人！”

这逻辑也是没治了。

陆必行：“我……嘿！”

“闭嘴，闭嘴！”对方一边吼，一边不由分说地朝他开了枪。

这么近的距离，激光枪可不是那么容易躲过去的，幸亏那人手抖得厉害，这一枪没瞄准，从陆必行头顶擦了过去，在惨白的墙上留下了一道烧焦的痕迹。陆必行心说，这货算哪门子的公务员，一点程序也不讲，上诉的机会都不给，上来就判死刑。可是“不要跟拿枪的人讲道理”，这道理陆校长还是懂的，他并不打算以身试激光枪，连忙就地一滚，俯身抱起方才被他踹开的厂房门，掩护着自己，开始东躲西藏。

持枪人双目充血，像个活鬼，双手扣住激光枪乱打一通，追着陆必行不依不饶，破破烂烂的厂房门很快粉身碎骨，就在这时，他身后的窗户突然被人砸开，绕到厂房另一侧的林静恒直接破开楼道窗户，翻了进来。

林将军可不是个会优待病号的文明人，劈头盖脸的玻璃碎片砸下去，那开枪的人下意识地护住头，手还没抬起来，就被人用膝盖顶了出去。正常人挨上这一下都能当场胃出血，何况是个病人。他整个飞了出去，重重撞在身后的墙上，糜烂的皮肤像烂水果皮，一搓就破，血迹在惨白的墙上蹭了长长的一道，持枪的那条胳膊肘部被撞碎了，激光枪不受控制地甩出了几米远，被陆必行一脚踩住。

林静恒隔着一件外衣掐住了他的脖子，把他掼在地上，持枪人瞠目欲裂，垂死的鱼一般不住地打着挺，喉咙里发出干呕的动静，被噎得直翻白眼。

陆必行：“林！”

林静恒面无表情地一歪头，这才略松了手，迅速地搜遍此人全身，个人终端上的金属检测仪“叮当”响成一片，然后从这人身上搜出了一副电磁手铐、两把激光枪并一把杀伤力不大的小刀，连人带武器，扔了两堆。

陆必行手忙脚乱地扔下破门跑过来，低头一看这人惨状，倒抽了一口凉气，后槽牙上掠过了一层飕飕的小阴风。在他印象里，林静恒虽然看起来总是不太高兴，但其实很禁得住招惹，自己上蹿下跳整天撩闲，也并不见他动怒，而且因为林静恒经常挖苦人，偶尔还会给人一种错觉，仿佛他只是个“口是心非”的嘴炮。直到目睹此情此景，陆必行才算信了——联盟军委培养的大杀器，半分钟之内徒手打死个人一点问题都没有，他动口不动手，可能只是出于……另类的稳重。

林静恒脚踩着那人，从随身的医药箱里摸出了一支消毒喷雾，把周围里里外外地喷了一回，隔着脱下来的外衣捏起从俘虏身上搜来的证件：“于威廉……第八星系警卫总署警督？官不小嘛，我看你这证也像买的。”

警督先生狼狈地呕出一口酸水。

“第八星系警卫总署在首都星凯莱上，好像不是个需要经常在星际出差的岗，您为什么会在这儿？”陆必行问，“凯莱亲王入侵第八星系的时候，您是不是在执行特殊护送任务？”

“警卫总署的护送任务不多，对象一般是外宾和高官，第八星系这鬼地方一般没有外宾，所以……是行政长官正好离开凯莱星出巡？”林静恒意味深长地一顿，“哦，那可真巧啊。”

他一句话暗示了第八星系政府高层有里通外敌的嫌疑，于警督虽然被打成了“五体投地”的熊样，仍奋力地抬起头，对他怒目而视。

陆必行忙问：“这么说行政长官和您在一起，人在哪儿？”

于警督硬气地梗着脖了，　声不吭。

“这位是来自联盟的林上将，”陆必行耐心地跟他掰扯，“我们已经占领了启明星，正在清理第八星系的残余海盗，于警督，我刚才要解释，您不听，我知道彩虹病毒，而且敢靠近您，是因为我小时候感染过一次，有抗体，我们真的不是星际海盗。”

于警督——由于挨了顿臭揍，终于能冷静地听人说完话了。其实逻辑混乱和暴躁也并不怪他，彩虹病毒到了后期，高烧和狂躁是典型症状，圣人也会变成疯狗。于威廉这会儿浑身烤着火炭似的，艰难地透过模糊的视线打量陆必行。

相由心生，陆必行整天笑眯眯的，久而久之，自然有种十分和善的气质。据说古代人因为衰老太快，能从岁月的痕迹上判断一个人的年龄，现代当然就不行了，两百来岁以下的人看着都差不多。第八星系回归联盟是一百四十年前的事，如果是 136 年以前出生的人，“小时候感染过彩虹病毒”的说法，也算说得过去。

于威廉将信将疑。

陆必行指着自己："难道我看起来很像那群炸星球的杀人犯？"

于威廉打量着他，石头似的双肩终于略微放松了下来。

"很抱歉对您使用暴力，请相信，我们只是出于自卫。"陆必行看了林静恒一眼，林静恒听了那句"感染过彩虹病毒"，眼睛正一眨不眨地盯着他，目光沉得吓人。

陆必行只好说："将军，高抬贵脚。"

林静恒这才抬起踩人的脚，插着兜站在一边。

陆必行继续问于威廉："您有同伴吗，多少人，你们到底是怎么感染彩虹病毒的？警督，你知道现在是特殊时期，万一病毒扩散，会造成什么后果，要死多少人？"

于威廉吃力地爬起来，嘴唇轻轻地嚅动了一下："我们……我们逃出来之后，就挑了这个地方，因为这家旧工厂污染严重，附近不会有人来，他们……我的同伴……都在封闭的地下室里。"

林静恒冷冷地说："看来阁下知道彩虹病毒是烈性传染病啊，那你们还派人到银河城商业区，是故意报复社会吗？"

"他打过'阻断'，有效期四十八小时，四十八小时内，可以阻止自己携带的病毒扩散给别人……我们只有这一针，总长快不行了，才派他出去求助。"于威廉气若游丝地小声说，"我们不敢去医院和防疫站，现在启明星上医疗系统还能正常运转的不多，而且……我们不知道启明星上的海盗已经走了，怕暴露行踪……这才想去黑市上碰碰运气……"

谁知道穷途末路至此，情况居然还能更糟。这些公职人员不知道黑市水深，理所当然地被人骗了，骗点别的倒是没什么，可是阻断剂快要过期了，这一来一回，等他们意识到上当时，四十八小时已经快过去了。

那位出去求助的不知名先生，为了不让自己携带的病毒扩散，拼死也要在阻断剂失效前穿空间场。而被他拼死保护的民间黑市，却断绝了他们对外求助的唯一希望。

林静恒："走。"

这时，他的个人终端震了一下，白银九赶来了。

林静恒略微侧过身，沉声吩咐图兰："紧急封锁这片区域，近期没有注射过综合抗体的，都往后撤，派机器人送几个医疗舱到工厂地下室，另外我还需要一些彩虹病毒的紧急抗体，速度。”

一般只有前线军人才有定期注射综合抗体的需要。于警督听完，终于有些相信他的军人身份了，疑惑地打量着林静恒，于警督语气有些冲地问：“联盟防线收紧，怎么会有武装在第八星系，你到底是哪支部队的？”

就算是第八星系总长，这么跟上将说话，也属于十分无礼了。林静恒又是个吃软不吃硬的，别的本领不敢说，要说“傲慢”，他在整个联盟都堪为翘楚，心想：“你算哪根葱？”

他眼皮都没抬一下：“不该问的少问，哪儿那么多废话！”

因脑部遭到感染，于警督性情大变成了条疯狗，顿时被这傲慢的态度激怒。他瞪着林静恒，声音陡然抬高了八度：“你厉害什么？如果你是联盟正规军，凯莱星被轰炸的时候你们在哪儿？三个星球被屠杀、海盗肆虐的时候你们又在哪儿？”

陆必行听得心里一抽，快给这位间歇性狂犬病患者跪下了。偷眼一看，林静恒的脸色果然冷了下来。

“我们……我们饿着肚子，几个月发不出工资，”于警督一抹脸，把自己的脸皮抹掉了一块，血肉模糊，他却像是感觉不到疼，任凭血水流到嘴里，“总长为了给军委打报告，一趟一趟亲自往沃托跑，政府经费甚至不够路费……每次联盟议会召集八大星系，他都要低三下四地东拼西凑，再狼狈地踩着死线赶过去……我们只是想请求军委升级第八星系的反导系统，因为我们在面对域外海盗的第一线，其他星系闹着要军事自治权，我们不敢掺和，我们也不敢卷进你们上等人的争斗里，只想自保，只想自保！有人在意吗？将军，在你眼里，我们不是人吗？！”

“将军，”陆必行赶在林静恒开口前，挡在两个人中间，试图转移林静恒的注意力，飞快地说，“彩虹病毒是纯人工合成病毒，当年‘大消毒’之后销声匿迹，按理说，平白无故不应该死灰复燃，这事仔细想想很恐怖啊——于警督，你还不赶紧带路，多拖一秒你的朋友都或许会有危险，并发症严重的话，即使有抗体也来不及了！你想害死总长吗？”

于警督回过神来，恶狠狠地瞪了林静恒一眼，扶着被撞碎的胳膊，一言不发地往前走去。

（二）

图兰带来了一支机甲车队，迅速执行了封锁隔离任务。消毒喷枪在封锁地边缘喷出消毒剂，迅速与大量水蒸气结合后，紧跟着形成了一层酝酿着局部雨水的云，外面交织的机甲车灯组成了一片光幕，成群的乌鸦被惊动，声音沙哑地嚎叫着，展翅冲向夜空边缘，荒凉的旧厂房少见地染上了喧嚣。

厂房里面，林静恒忽然挑起刻薄的嘴角，冲陆必行一摆手："别回避矛盾，你这随时随地和稀泥的毛病要改改了。于威廉，是吧？我说话，你听仔细了。第一，他方才对我的介绍不准确，准确地说，我应该是'前任'联盟某将军，五年前我就已经脱离了联盟军委，我的队伍番号也随之取消，按照联盟军事安全法来看，我们这支武装的合法性不比凯莱亲王卫队强多少，你少拿联盟那些狗屁倒灶的事质问我，问不着！第二，如果我没记错，你们这份破报告来回来去打了也有好几十年了，总长都走马灯似的换了八百六十个，联盟还在无视你们，而你们，明知道没用，还恋恋不舍地对联盟抱着那点不切实际的期望，你们可笑不可笑？第八星系政府权限几乎没有，总长说话还不如黑社会管用，税费收不上来，治安乱成这副鬼样，怪谁？你们怪联盟不管，为什么不自治，为什么不独立，为什么不找别的出路？整个联盟，到处空中管制，哪里都没有你们第八星系这么容易弄到机甲，你有本事，大可以建自己的武装，想要什么，为什么不自己去拿，而要向看不起你们的人摇尾乞怜？"

林静恒平时惜字如金，唯独戳人痛处的时候，嘴皮子就跟装了加速器似的，于警督不知是怒是羞，抖成一团。

"那就不要怪别人更看不起你们了，"林静恒回头，冲追上来的机械医疗队招了招手，"你说得对，联盟眼里，第八星系的人就是不算人，不然你以为呢？我看你年纪也不小了，见过人口普查来第八星系吗？"

陆必行脸上的笑容消失了，难得强势地打断他："林！"

林静恒深深地看了他一眼，闭了嘴。有那么一瞬间，他发现自己是故意在陆必行面前说这些话，故意抖搂他最浑蛋、最垃圾、最不是东西的一面，生怕陆必行误会他有什么优点似的，而说着这些话，他心里竟然涌起某种形容不出的快意，病态又隐秘。

图兰亲自带人进来，穿着隔离服的白银九们齐刷刷地在他面前站定：“将军！”

林静恒接过他们送来的隔离服，扔给陆必行一件，目光扫向通往地下室的楼梯间，一点头，图兰挥挥手，机器人们推着医疗舱，井然有序地往地下室跑去。

这时，于威廉突然说：“因为我们相信联盟！”

林静恒嗤笑一声，熟练迅速地套上隔离服，把面罩拉下来遮住了脸。

“一百……一百三十六年，陆信将军收复第八星系，把星际海盗打扫到域外，教我们背联盟自由宣言，无数人自愿跟着他，物资、武器、秘密航道、身家性命……自愿为联盟军倾其所有，因为我们向往他……向往他描述的联盟，自由、平等、欣欣向荣……‘我们将在没有黑暗的地方相见’[①]……”

林静恒的后脊猛地一僵。

“他人呢？”于威廉喃喃地问，“没有黑暗的地方在哪儿呢？”

“没有黑暗的地方，”林静恒一哂，“你这是在讽刺什么吗？”

于威廉没有回答，他好像被这一番话掏空了，后背又佝偻了一些，扶着墙，慢慢地拖起脚步，往地下室走去。

地下室简直就像个刚被挖开的古墓。

严丝合缝的大门移开，连隔离服都挡不住那股腐朽的味道，七八具人体看不出男女老少，全都是一副入土超过三天的恐怖样子，林静恒总算知道为什么他们派那个骷髅人出去了——那个骷髅人的情况算好的。

饶是图兰胆大包天，也不由得一阵肝颤：“这……这还活着吗？”

她话音刚落，角落里的一具“腐尸”仿佛诈了尸，竟挣扎着坐了起来。

图兰吓了一跳：“妈呀！”

于威廉却踉踉跄跄地扑了过去：“总长！”

地下室里一共七个人，五个还活着，医疗舱迅速行动起来，循着微弱的红外和脑电波，有条不紊地注射抗体、处理尸体。

---

① “我们将在没有黑暗的地方相见”——《一九八四》

陆必行不小心踩了什么东西，捡起来一看，发现那是个皮夹，血迹森森的，夹着第八星系行政总长参加联盟议会的胸牌。照片上的中年人慈眉善目，面带微笑，眼睛里透着坚定的光。陆必行抬起头看着那具被医疗舱装进去的骷髅，叹了口气。

就在这时，几个医疗舱突然渐次亮起红灯。

图兰："哎，怎么了？"

"抗体失效，"医疗舱里发出机械的声音，"致病病毒为彩虹病毒变种，原有抗体无法生效——"

图兰："什么？！"

一股寒意顺着林静恒的后脊涌了上来，针扎似的从脊柱戳向大脑。

（三）

乱糟糟的地下室瞬间安静了。从忙而不乱的白银九，到哀哀号叫的病人，好像全被施了定身法，只有医疗舱的红灯在密闭幽暗处，不依不饶地闪。

彩虹病毒，这种理论上已经被杀灭的人造病毒，哪里来的变种？这究竟是意外事故还是人为的？背后有什么阴谋诡计？是谁——

这些局面性的问题，林静恒已经无暇考虑了，他在反应过来自己做什么之前，先一把抓住了旁边的陆必行。隔着手套和特殊材质的隔离服，他第一把没攥住，滑了，手套滑开的无力感像激光枪一样击穿了他的太阳穴，将他浑身的血冻成了冰。

变种彩虹病毒的传播方式是什么？

致病性和致死率呢？

如果旧的抗体已经失效，那陆必行呢？

成千上万个念头，从他脑海里喷发出来，翻来覆去，没有一件是好事。

陆必行还没回过神来，已经被他按在了一个医疗舱旁边。

"检查……"林静恒一张嘴，声音却劈了，他几乎有些语无伦次地说，"检查他是否已经被感染。"

医疗舱平静地做出回答："无效指令。"

林静恒额角青筋暴跳："我让你检查他是否已经感染变种的彩虹

病毒！”

可是医疗舱并不懂人类的悲欢，依然无悲无喜地回复他：“无效指令。”

医疗舱里有人工智能，但智力很有限——在这种情况下，正确的操作方式是，先要求医疗舱采集记录变种彩虹病毒的信息，然后用更强大的电脑解析病毒特征，如果遇到一些特殊的病毒，甚至需要医学专家的人工参与，等完全解析了病毒发作、破坏机理的种种特征之后，医疗舱才能根据这些信息，生成有效的病毒检测方法，保存进数据库，执行任务。

可是这一来一回不知要多久，而这个变种彩虹病毒的潜伏期又会有多久？

还来得及吗？

林静恒略微有些耳鸣，图兰的声音明明是直接在隔离服内的耳机里响起的，却好像远远地隔着一层什么：“……将军，将军……”

陆必行按住他的肩：“林！”

林静恒竖起一只手，众人安静下来，见他雕塑似的静止了片刻，再开口，却已经听不出方才对医疗舱无理取闹的混乱：“伊丽莎白。”

图兰：“在。”

“通知守在工厂外圈的人，隔离区立刻按照联盟标准最高危险级疫区处理，所有靠近人员一律穿好隔离服，进出双层消毒，捕杀附近区域内所有动物——鸟、昆虫，尤其是以腐肉为食的，宁可错杀，不要放过，尸体集中消毒后处理。

“第二，附近有条河，派两个分队，追踪上下游水源去向，严密监测周围所有动植物、土壤水质情况，七十二小时之内采取强制性隔离，所有接触过水、土壤的人，一并隔离观察。如果它进入地下水系统，那我需要整个银河城戒严，断水三个小时，整体消毒。

“第三，有一个病人曾经在四十八小时之内两次离开工厂，进入银河城核心地段人流密集区，虽然打过阻断剂，但现在不能肯定传统阻断剂对变种病毒的效果，你们尽可能地隔离他接触过的所有人。”

图兰迟疑了一下，实话实说：“将军，第三条有点……”

陆必行插嘴说：“这个人的尸体就在工厂外，你们把他随身携带的空间场带给我，空间场里应该有他的坐标定位记录，有时间和地点，我可以黑进银河城内网，搜索同一时段、在病人身边一公里范围内出现过的人的个人终端信息。”

林静恒：“你需要什么？”

陆必行：“如果数据量大，我需要一台超级电脑。”

“好，”林静恒立刻点头，“叫湛卢过来。”

图兰：“可是将军，即使这样，我们人手恐怕也不够。”

“去找周六，”陆必行说，“人手还不够就致电基地，把整个自卫队都叫过来。”

“还有，”林静恒补充了一句，“强制征调整个第八星系的医疗资源，做好瘟疫全面暴发的准备。于警督，你清醒吗？不清醒的话让医疗舱给你提个神。”

于威廉直到现在还没从噩耗里回过神来，突然被点名，他下意识地挺了挺佝偻的肩背。

“我需要你告诉我，你们感染彩虹病毒的前因后果，所有细节。”林静恒说完，又转向图兰：“医疗舱留下，所有人都撤出去，保持联系，保证这个旧工厂的能源，从现在开始，送任何东西进来都给我用人工智能……如果独眼鹰骂我，随便他骂，但是千万拦住，别让他进来。”

图兰一点头，随后想起什么似的，又问：“将军，极端情况下，是否考虑联系‘中心’？”

林静恒停顿了两秒，断然道：“不，出去。”

面罩下，图兰清秀的眉目轻轻地挑了一下，露出了一点疑惑的表情，然而疑惑归疑惑，这种时候，她并不多话，让撤就撤，利索地向林静恒敬了个礼，第九卫卫队长一摆手，地下室里的白银九士兵们迅捷无比地跟着她鱼贯而出。

看得陆必行都呆了：“她……走得这么干脆，不抱头痛哭一下，起码也该讲两句感人肺腑的安慰话啊，怎么白银十卫都跟你一个风格？”

林静恒在厚重的隔离服与面罩下，长长地吐出一口凉透的气，有那么一瞬间，他无端想起陆必行那双几次三番同他接触过的手，大概是为了方便鼓捣机甲，陆必行的指甲修得很短，手指很漂亮，掌心干燥而温暖，温度偏高，有种年轻人火力很壮的感觉，烫得他避之唯恐不及。

但此时此刻，林静恒无比想要再握一次那只手。再确认一次那手心的温度。林静恒从来专注的思绪像暴涨的河水，突然漫过河堤，绵延至不着边际之处。

他想，如果他没有答应让陆必行出来，如果他没有选择在启明星落脚，如果他没有把陆必行从地下航道的基地叫来，如果他当年根本没有来到第八星系……如果他能果断一点，不要首鼠两端，造反也反得光明磊落些，直接挟持白银要塞，打进沃托。如果……如果所有因果能回溯，这一切都不发生，即便让他粉身碎骨、遗臭万年，那也都是无所谓的。

可是眼下，这都是他一厢情愿的妄想。

"你怕不怕？"林静恒放轻了声音问，他大概一辈子都没用这么温柔的语气说过话，以至几乎有点走音。

"你这什么破问题，"陆必行看了他一眼，忽然笑了，从方才开始，两个人之间的气氛就隐约有些紧张，此时被他一笑涤荡一空，他又用那种很不着调的语气说，"我要说不怕，那我可能不是智障就是情绪障碍。可我要说怕吧……那岂不是很没面子？男人的面子，在重要的人面前不能这么扫地啊，将军，你存心的吧？我还没问你呢，你怕不怕？"

林静恒想："肝胆俱裂。"

然而他什么都没说，恢复了公事公办的正常语气，问："生化方面你怎么样？"

"不行，抱歉，"陆必行方才满嘴"面子"，承认起自己的短板却毫不避讳，"如果是生物芯片，我还能帮忙解析一下，但病毒真的只是常识水平，不具备独立科研能力，更别说彩虹病毒这么复杂的大工程了。"

林静恒点点头，本来对他也没抱太大的期望，陆必行对人工智能的兴趣明显比对人类多，电脑病毒可以找他，人体病毒……他估计也比自己强不到哪儿去。

"那你替我做好记录。"林静恒没有看陆必行，吩咐了一声，径直走向于警督。

总长是指望不上了，一副有上气没下气的样，半昏迷状态躺在医疗舱里，不知道听没听见这个最坏的消息。于威廉好似被抽光了力气，踉跄着摔在一张肮脏的折叠床边，看着林静恒呆愣片刻，用力捂住脸。

"变种，"他颠三倒四地说，"怎么会……如果……如果阻断剂真的没有用，韦伯斯特这么死了有什么意义……他还为了我们……"

“韦伯斯特是哪一位？”陆必行轻声问，“是不是死于空间场的那位？”

于威廉发出一声抽噎。

“他没有白死。”陆必行走过去，在他旁边坐下，“如果不是他，我们不会追过来，不会发现你们，变种病毒在谁也不知道的情况下扩散，这才是最可怕的吧。”

针对“彩虹”这种等级的病毒的隔离服太厚重，十分影响行动，陆必行折了几次，膝盖都弯不下去，只好像个僵尸似的伸直了腿坐着，他有心干脆把厚重的隔离服扒下来，又怕万一自己本来没感染，因为这会儿扒隔离服，反倒是感染上了，那就搞笑了。

“万一”没感染……

陆必行心里咂摸了一下自己的用词，后知后觉地有点腿软，干脆找了个舒服的姿势，不顾形象地靠在墙边。他看向林静恒，可是林静恒被包裹在另一身隔离服里，连轮廓都看不见，他满心贪婪地巴望，也只能从面罩下窥见一点眉目，看不出对方的悲喜。

除了那些真正生无可恋的人，没有谁不怕死，陆必行是个热爱生命的正常人，他当然也怕。可是奇异的是，当他和林静恒意外被绑在一起，推到死神面前的窄路上时，他本该逗留在“怕死”上的注意力却控制不住地往另一个人身上涌。

林静恒走到于威廉面前，很没有人情味地说：“你打算用制造更多死人的方式缅怀死人？”

于威廉打了个冷战，抬头对上隔离面罩后面冰冷的灰眼睛，这个在病毒影响下易燃易爆易狂躁的男人居然生生逼着自己冷静了下来。他沉默了一会儿，声音还有些颤抖：“我们都知道自己已经感染，非常小心，‘阻断’带的不多，除了韦伯斯特，我们都没有接触过别人。”

“凯莱亲王卫队入侵时，我正在为总长执行护卫任务。”于威廉顿了顿，从头说起，“当时……正好是联盟议会召集各星系代表去沃托开会的时间，我们没去，一来是会议安排通知到的时间太晚，没给我们留下筹备路费的时间；二来大家都知道，这次争论的主题大概还是星系军事自治，没我们什么事，去也是白去。总长不想在凯莱星看会议直播，于是干脆临时组织了一次星系巡查，因为很多星球的恒温系统出了问题，再拖下去是要出人命的，我们想去解决这个问题……结果刚离开凯莱星没多久，就撞上了凯莱亲王卫队。我们用的是公务出巡的星舰，只有四五架护卫机甲，被凯莱亲王的疯狗们追了一路，五架机甲只剩下我这一架，星舰防护罩碎裂，总长他们舍弃星舰，把大家集中在机甲上，紧急跃迁后，因为能源告罄，迫降在‘启卫三’爱玛星上。”

“战前，启明星三个卫星都是工作卫星，上面只有少数工作人员，”陆必行低声跟林静恒解释，“启卫三爱玛好像是星舰补给维修站点吧？”

于威廉苦笑了一声：“对，降落之前，我们也觉得自己运气还不错，结果机甲没停稳，就被人堵住了，抓住我们的是反乌会的人，我想他们不是针对总长……都知道，在第八星系，总长的能量可能还不如凯莱星上的军火贩子，我们应该只是不走运——当时因为凯莱亲王卫队肆虐，很多星舰、商船和客船都在爱玛停靠暂避风头，全被他们守株待兔给抓了。

“我们当时一起的，还剩下二十几个同事，被他们分别带走，关进封闭实验室，一间实验室空间很大，里面有一百多个人，我猜是按年龄和性别分的，因为跟我们一起的女同事，还有一个快退休的老干部被带到了别的地方。关我们的地方，只有两百四十岁以下的成年男性，食物和饮水定时定点从一面墙里送出来，刚开始有人想象着能从那儿逃走，可跟我们一起的工程院院长说，这叫‘真空管道’，没有人能逃出去的。”

陆必行：“‘真空管道’是瑞茵堡的杰作，就是当年凯莱亲王那个臭名昭著的人体实验室。”

林静恒问：“你是说反乌会在爱玛重建了一个‘瑞茵堡’，你确定是反乌会，不是阿瑞斯·冯私下做的？”

一个反科技、崇尚自然、恨不能回归原始社会的邪教，居然会搞人体病毒实验？为什么？有什么好处？

“我不确定，但实验室建筑外层上是反乌会的标志，没有凯莱亲王卫队的海盗旗，那些抓我们的人互相打招呼的时候都会说反乌会的话，‘为了自然’之类的。”于威廉顿了顿，“对了，反乌会标志旁边还有个小图案，画的应该是个人头蛇身的女人。”

林静恒蓦地抬头——人头蛇身，女娲！

“第一天，有人被带走了，三小时后送回来，一直昏迷，总长随行带了个保健医生，给他检查了身体，没看出异状，当时医生判断，他可能只是被注射了镇静药剂，那人一个小时后苏醒，行动如常，说自己一出去就被麻醉了，不知道发生了什么，身体也没有什么不对劲的地方，但保险起见，医生还是建议我们腾出了一个小空间，把他单独隔离了，保健医生组织我们把每天晚饭里的酒精饮料省下来，简单提纯之后用作消毒剂，洒在他身边。”于威廉抽了口气，“可是大约……大约一天后，他突然开始发烧，肌肉无力，出现……出现了彩虹病毒的症状。”

林静恒和陆必行对视了一眼——变种病毒的潜伏期仍是二十四小时，而第八星系总长身边的保健医生没能察觉，说明变种病毒表现出的症状和原版高度一致，至少能瞒住专业人士。

林静恒：“传播途径是什么？”

“应该是空气。”于威廉说，“有保健医生，我们从一开始就很小心，没有接触过病人的东西。”

林静恒的心沉了下去，陆必行脸上的笑容也消失了。

“从第二天开始，病毒就在所有人中间蔓延，刚开始，大家一边绝望，一边抱着侥幸心理，觉得凭自己的免疫力，或许只要足够小心，就能扛过去……”

可是死神从不漏掉任何一个猎物。

（四）

彩虹病毒是人类智慧的结晶。

依靠人的免疫力抵抗彩虹病毒，是基本不可能的。不要说于威廉他们这些自以为身强力壮的普通人，就算是白银十卫、林静恒他们这种人形兵器，如果没有抗体，也无从抵御原版的彩虹病毒，何况这还是进化版。

于威廉低声说：“实验室里没有一个人幸免。”

陆必行隔着隔离服，打开了个人终端上的录音，一时间，地下室里只有医疗舱来回移动与病人痛苦的呼吸声。他摒除杂念，迅速给变种彩虹病毒建了个简单的档案，问：“从开始传播到在人群中暴发，大概是多长时间？”

“第二天开始，就有零星几个人出现了相同的发烧症状，所有人都很紧张，又过了二十四小时，也就是第三天夜里开始暴发，当时人就像暴风雨下的树苗一样，一茬一茬地往下倒。那么小的一个空间，出现一两个感染者还能隔离，在病人周边喷水预防病毒浮尘，后来感染的人越来越多，你在那里面，有种四面八方都被病毒侵占的窒息感。”

陆必行点点头，问：“这期间实验室有什么动静？有人死亡吗？他们怎么处理死者？”

“实验室每天定时向我们喷洒空气麻醉，昏迷时间在半个小时左右，这期间他们对我们做什么，没有人知道，”于威廉犹豫了一下，“至于死人……我不确定，最先感染的那几个人身体素质最差，发病后很快奄奄一息，然后就在我们昏迷期里被移走了，应该是死亡之前就被清理了。”

林静恒：“你们怎么逃出来的，逃跑路径是什么？‘阻断’又是哪儿来的？”

“我们被关进实验室后第五天，照例是被集体麻醉，”于威廉说，“但我做警督以前从过军，所以比一般人耐药性强一点，不像别人昏迷得那么彻底。”

陆必行一愣：“从军？”

第八星系维护秩序的武装，基本都是非法武装，他一时想不起来什么地方能用上“从军”这么严肃的字眼。于威廉相信了他那套“小时候感染过彩虹病毒”的鬼话，看了他一眼，就说：“136 年那会儿你还小吧，不记得了。”

陆必行含含糊糊地支吾了一声。

“那时候我们都受够了凯莱亲王，陆信将军带人打进第八星系，我们民间也成立了一支‘自由联盟军’，宁可跟凯莱亲王鱼死网破，也不想苟延残喘地在这里烂一辈子，虽然后来……联盟不管出于什么考虑吧，没把我们‘自由联盟军’列入合法武装，但战时，我们跟着陆信将军，从他那儿接受的是联盟标准的军训和军事化管理。”于威廉低低地叹了口气，脸上剥落的皮肉让他的五官垂下来，呈现出了诡异的老态，他喃喃地说，“那时候，他在第八星系一呼百应，所有人跟着他舍生忘死，我们觉得自己总算活出了人样，从此可以堂堂正正地站起来了……”

可是谁知道，人一生的际遇竟能这样无迹可寻，为人的岁月短如流星，灿烂地燃烧一下，终于还是成了泥沼中颜色暗淡的铁石，至今回忆起来，那时唯其马首是瞻的英雄已经悄无声息地从人间蒸发，那时热血沸腾的自己，也仿佛只是一段异想天开的幻觉，把故事和别人说出来，模糊的细节都经不起推敲，像老男人吹牛一样。

于威廉转向林静恒："这些年我在第八星系政府里混日子，每次到了沃托，都是有求于人，心惊胆战，一句话也不敢多说，现在到了这地步，我也没什么好怕的了，就想问问你们，他——陆信将军，到底为什么就非死不可？我不相信他会背叛联盟，你们为什么要诬陷他？"

林静恒在隔离服里，隔离服从一些角度看，就像个奇怪的罩子，里面躲的是谁，一点也看不出来。对这句虚弱的质问，林静恒就和他平时一样懒得理会，权当没听见，他语气不变地追问："你没有彻底晕过去，然后呢？"

于威廉自嘲地笑了一下，收回视线，也公事公办地回答："我隐约听见外面有非常急促的脚步声和简短的交谈，交谈内容听不太清，大致有'转移''不安全'之类的字眼，然后进来了一群长得很像大肚蝈蝈的机器人，就是那个。"

他颤颤巍巍地伸手一指，陆必行抬头看去，只见地下仓库一角有一个巨大的机器人，非常丑，像个大肚子螳螂。头顶上印着反乌会的标志，还有人头蛇神的诡异女神像，腹部是一个能容纳几个人的医疗舱。

于威廉接着说："它们进来以后，就开始冲我们喷某种雾化的液体——我感觉应该是体表消毒和'阻断'一类的东西吧——当时我神志本来不大清楚，被它们这么一喷，倒是有点醒了，然后那个机器人就伸出个一人多长的铲子，把我和周围的几个人铲走，装进了它那个舱里，跟自动清理垃圾差不多。之前为了互相照应，我和几个感染得比较晚的同事都扎堆，围在总长身边，所以一个肚子里装九个人的机器人里，有六个都是我的同事。"

陆必行有些吃力地弯下腰，仔细检查了那机器人的医疗舱，打断了于威廉一下："你们从实验室出来就一直在这里面吗？有没有出来过？"

于威廉摇摇头："没有，一直到了这里才打开的舱门。"

陆必行点点头，乐观地冲林静恒一抬手："这是专用的医用隔离舱，病毒泄漏的风险很小，看来事情没我们想象的那么严重，虚惊一场，吓死我了。"

林静恒："虚惊？"

“只要能控制住，不让病毒扩散，那就好办啦，制造病毒的人肯定有应对措施，将军，二十四小时还不够你找到他们的老窝吗？”陆必行十分放松地靠在丑陋的反乌会机器人身上，语气轻快起来，“我不是搞个人崇拜哈，但我觉得二十四个小时都够你肃清整个第八星系的反乌会了。”

林静恒绷紧的眼角终于轻轻弯了一下。

陆必行转向于威廉：“然后呢？你们被关在这里面，自救恐怕是很困难，谁救了你们吗？”

“我们九个人挤在一起，只有我一个人醒着，那个舱里只有个很小的换气装置，跟外面是隔绝的，但是不完全隔音。我一路能听见运送我们的机器人动力噪声、人的脚步声，还有模糊的交谈，过了一会儿，运送我们的机器人开始走走停停，然后我就听见外面有人说话，我想听得更清楚一点，就努力把耳朵往有声音的那个舱门上贴，九个人挤在一起，要把他们都扒开，就弄出了一点动静。

“这时，外面说话的人突然停了一下，接着，那个说话的男人声音清楚了不少，好像是靠近了，他问‘确定这里都是仪器吗？没有活体吧’，另一个人就说‘怎么可能，那不是亵渎生命和自然的犯罪吗’。我当时也有点烧糊涂了，一听这话，也不管外面是什么人，冒险砸起了舱门。第一个说话的男人这时应该觉出不对劲了，就说‘那你这个仪器可能没放好，我们一会儿要上太空，这些精密仪器都很贵吧，别来回碰撞撞坏了，你快打开整理一下’。另外一个人立刻强硬起来，说‘我们的权限是组织特批的，保密级别不是你这种级别的货色想看就能看的，耽误时间你负得起责任吗’之类的话。”

“反乌会有个‘九项原则’，类似他们的基本教义，里面明确反对动物实验。”林静恒缓缓地说，“假如爱玛星上真的有个人体实验室，那它在反乌会内部也是秘密——后来呢？”

“后来机器人又走了一段路，停下了，可能是送到了地方，旁边有轨道的声音，我怀疑我们像货物一样被送到了机甲上，又过了不知多久，我有点神志不清，突然周围开始震动，失重超重的感觉来回交替，机器人外面开始传来警报的声音，我正不知道怎么回事，听见有人轻轻地敲舱门，那个最开始问话的人一边敲一边问‘里面是不是有人’。我差点喜极而泣，但不能害人，于是告诉他我们都感染了彩虹病毒。那个人听完相当震惊，然后告诉我，这架货运机甲遭到不明武装袭击，必须立刻逃生……”

林静恒听到这儿，方才平稳下来的心一下摔到地上，倏地打断于威廉：“什么时候的事？在哪儿？”

“大约一周前吧。”于威廉说，“不知道在哪儿，但是从爱玛到启明星……应该是这附近吧？怎么了？”

面罩下，林静恒脸上最后一点血色也退净了——一周前，他为了躲开陆必行，带人到处搜索反乌会的残余势力，在启明星外围歼灭过一支反乌会的武装舰队。正是循着那伙人的踪迹，他才找到了启明星上的反乌会大本营……林静恒向来把联盟那套人道主义当狗屎，只要动手，必然是赶尽杀绝，杀俘的恶习早年在联盟就饱受诟病，当时，除了最早投降的一架开路小机甲被他留下当向导外，整个舰队都让他炸了个片甲不留！

也就是说，他可能亲手把关于变种彩虹病毒的一切都毁了。

第一次，他傲慢至极，自作聪明，自以为是持棋子的人，结果联盟倾覆，八大星系全部陷入海盗的水火中，命运冲他出示了一张黄牌。

第二次，他取回白银九，全歼凯莱亲王卫队，在命运严厉的警告下依然屡教不改，傲慢依旧，并不把第八星系的星际海盗……不，是整个第八星系放在眼里，这里仿佛只配当他王者归来的踏脚石。

命运忍无可忍，给了他第二张黄牌。

这一回，两黄凑了一红。

林静恒从不在乎自己是死是活，即使身处乱世，有白银十卫当底牌，他也从不承认局面无法收拾。因为他铁石心肠，所以无坚不摧。

所以这张红牌稳准狠地落在了他的软肋上，一时打得他直不起腰来。

陆必行立刻敏锐地意识到了发生过什么，然而来不及细想，他本能地隔着隔离服，安抚似的握住了林静恒的肩：“都谁逃出来了，海盗被团灭了吗？”

“应该是，海盗们全军覆没，当时情况非常紧急，他只来得及把装着我们的机器人和旁边另一个机器人推上逃生小机甲，就被迫撤离，没来得及离开机甲收发站就紧急跃迁，一路逃得连滚带爬。后来发现，只有我们逃出来了，另一个机器人舱里装的是掩人耳目的仪器。救我们的人也是个反乌会的海盗，迫降启明星后，他偷偷把我们送到这里，因为这地方没有人烟，逃生的小机甲上医药包里没什么东西，就一些常备的抗生素，对彩虹病毒都不管用，唯一有点用处的就是‘阻断’，可也只有一支。救我们的人说，他现在不知道组织内部是怎么回事，这件事不宜声张，他要先回他们的基地，找个集体祈祷时间潜进去，替我们偷一点彩虹病毒抗体——我们那时候都不知道这是变种……但是后来，好几天过去，救助我们的人一直没回来，眼看总长要不行了，韦伯斯特才自告奋勇地用了那支‘阻断’，想出去碰碰运气。”

“图兰，去俘虏里找一个人。”林静恒立刻通过个人终端吩咐图兰，随即又问于威廉：“救你们的人叫什么，有什么特征？”

“他自称……霍普。”

（五）

“哔”一声，启明星的地下牢门突然打开，机甲车的强光刺眼地冲进来，图兰卫队长坚硬的军靴敲在地上，她目光一扫牢房，飞快地对了一下个人终端上霍普的照片，锁定了目标，见以那个霍普为中心，一圈囚徒都抻着脖子，屏息凝神地听他说话，图兰的眼睛轻轻地一眯，遮住眼睛里泛起的冷意。随后她彬彬有礼地一摆手，命人把强光关上。脸上摆出微笑，像个客客气气的女秘书，双手扣在身前，轻声细语地走过去问：“请问您是霍普先生吗？”

两鬓斑白的中年男人看了看她，不卑不亢地站起来：“是我。”

“没有恶意，霍普先生，是这样，我们找到了您救助过的人，但现在问题有些复杂，可能面临扩散……”图兰当着一室偷听她说话的囚犯，似乎只好语焉不详，声音又轻又急，像个焦虑得话都说不清的小女孩，她细声细气地恳求道，“病人提到了您的名字，可不可以请您帮个忙？”

霍普一愣，立刻反应过来“问题”和“扩散”指的都是什么：“怎么会？贵部没有这种常备抗体吗？”

图兰咬了咬嘴唇，满是难言之隐，低声下气地一低头：“请您帮帮我们，平民是无辜的。”

霍普虽然不明所以，但还是匆忙冲众人挥了挥手，客气地一整衣冠：“好的，没问题，我知道的也不多，请您尽管吩咐，毕竟，他们也是我带来的。”

同一时间，周六大步闯进自卫队驻扎的军营，尖锐的哨声把所有人都叫醒了。

“集合！”他急喘了口气，“快起来，穿好隔离服，跟我走！”

银河城进入漫长的深夜，而第八星系边缘的小小基地刚刚黄昏，第八星系自卫队行政楼下，留守的黄鼠狼才收队，蓦然听见整条街区的音响设备都开始刺啦作响，他疑惑地抬起头，看见莲花形状的多媒体屏幕上闪了几下，随即，福柯的脸出现在上面。

“兄弟姐妹们，手足同胞们，”她一嗓子叫亮了不少灯光，人们纷纷从窗口探出头，望着立体屏幕上的女人，“我们是第八星系自卫队，第八星系就是我们的故土，我们在最糟糕的时刻依然留守这里，现在，是请求诸位再次为第八星系站出来的时候了。”

湛卢从重三上卸下，化作人形，携带了巨大的超级电脑处理器，直接穿过空间场，精准地降落在被隔离的工厂地下室门口，一排虚拟屏幕从他身后一字排开，湛卢罕见地没有废话：“先生，陆校长，已经连接到银河城内网、注册个人终端数据库，请给我下一步的指示。”

“防止病毒扩散是现阶段最重要的任务，”陆必行远程联系着奔波的自卫队和白银九，“诸位，我们现在所做的一切，有可能都只是虚惊一场的无用功，但万一有一点疏漏，那就是致命危机，不要挑战病毒的无孔不入。”

他说着，无数代表个人终端的小红点在湛卢的虚拟屏幕上闪过，病毒携带者韦伯斯特四十八小时内经过的地区全部被排查，小红点随着时间变成一根一根缠绕的红线，让人眼花缭乱，城市、街区的实景图时空回溯似的闪过，湛卢的处理器强大无比，这点数据丝毫不在话下，每一个定位成功的目标，都会同步到彻夜不眠的自卫队或者白银第九卫手上，一队一队的士兵穿着隔离服，来到机甲车进不去的小巷，搜索可能的接触者。

而在地下仓库，病人们已经睡着了，连于威廉都撑不住，躺进了医疗舱，医疗舱虽然对变种彩虹病毒束手无策，但仍是尽忠职守地为他们的生命注入最后的动力。

尖叫的乌鸦从夜空中陨落，立刻被从银河城医院征调来的防疫机器人铲走，一排消毒车从旧工厂附近出发，不断喷洒着消毒试剂。

图兰急匆匆地将霍普拖出牢房，消毒小队的临时负责人接通她的个人终端：“卫队长，消毒剂预计会在一小时之内告罄，目前无法确认传统消毒剂是否能杀灭变种的彩虹病毒，请您尽快指示。”

霍普吃了一惊：“他说什么？彩虹病毒发生了变种？”

图兰深吸了一口气，启明星上夜凉如水，风刮得她一双忙乱的肺生疼。

白银第九卫什么时候干过这种后勤的事，专业不对口啊！还征调所有医疗物资——除了银河城和周围几个城市中快倒闭的医院，她还能去哪儿征调？第八星系，图兰人生地不熟，两眼一抹黑，而在医疗舱已经足以应付大多数伤病的当代，白银第九卫为了精简人员，根本没有配自己的专业队医，就算征调来一千个医疗舱，没有人能去解读这个变种的彩虹病毒，医疗舱除了亮红灯和打营养液以外，到底还有什么用？

就在这时，前方突然传来一阵嘈杂，一个女孩子的声音传过来：“卫队长！”

图兰一抬头，见薄荷上气不接下气地朝她跑过来：“卫队长……独眼鹰大叔……我……我们拦不住他……”

她话音没落，不远处就响起了枪声，薄荷狠狠地一哆嗦，所有白银卫的枪口全都提了起来，指向来势汹汹的独眼鹰。

薄荷惊呼：“别动手！”

自从白银九空降，独眼鹰就一直不大在人前露面，除了总像个鸡妈一样围追堵截陆必行，不让他围着林静恒转外，他就像只坏脾气的退休老猫，满脸不高兴地找个墙角一蹲，并不关心外界，即便气急败坏，也懒得伸爪子去挠两尺以外的人。而直到这时，图兰才突然意识到，这个人从小在凯莱亲王的高压暴政下长大，是经历过战争、在刀尖上舔过血的。独眼鹰的胸口顶着白银九的枪口，熟视无睹，脚步不停，径直往里闯。

图兰厉声喝道：“干什么，都放下枪！”

白银第九卫的士兵们集体立正，收起激光枪，把独眼鹰放到了她面前。

独眼鹰异色的双瞳里带着血气，提枪冲到图兰面前，问她：“林静恒那王八蛋人呢？”

图兰瞥了一眼他的神色，心说：“今天闹不好得替老大挨顿揍。”

“将军和陆校长一起隔离在那边，”图兰字斟句酌地说，“这件事我跟您解释……”

独眼鹰“咔”一声，把激光枪的保险拉下来了。图兰闭了嘴，希望独眼鹰看在她是个美少女的分儿上，打人别打脸。

可是出乎意料，独眼鹰并没有动手，只是将激光枪放回腰间，问她：“你们要什么？”

图兰：“……”

她一瞬间怀疑自己的耳朵出了毛病。

“问你话呢，要什么？”独眼鹰不耐烦地提高了嗓门，“林静恒还真以为他在这儿待了五年，就摸清第八星系的门冲哪边开了吗？医疗设备、物资、能摆弄病毒的人，你们弄得到吗，啊？”

图兰差点跪下叫爸爸：“要！都要！有多少要多少！”

独眼鹰重重地哼了一声：“给我人！”

图兰痛快地说：“三舰所有人、四舰一排，全体跟他走，从现在开始，全听陆先生指挥，他让你们干什么就干什么，不用向我请示！”

独眼鹰转身就走。

图兰连忙说：“等等，陆老师那边，你不用担心……”

独眼鹰脚步一顿，异色的双瞳直勾勾地看了她一眼，一字一顿地说：“他要是真出了什么事，林静恒赔不起，这点你们将军自己心知肚明，我不担心。”

白银第九卫行动迅捷，很快，整装的两队小机甲就跟着一个第八星系的著名混混，分头往死水一样的第八星系各处飞去。

除了被炸毁的几颗行星外，这里还有很多暗淡的行星、很多黯淡的人，他们行尸走肉似的活在夹缝里，闻到暴风雨的味道，就夹起尾巴，惶惶地数着日出日落。但独眼鹰知道，这里并非从一开始就是这样无可救药的。很多人都曾经想过要成为英雄，只是后来他们见惯了英雄的下场，这才成了花天酒地的军火走私贩、碌碌无为的星际公务员，以及只知道吃喝玩乐、麻木不仁的黑社会分子。

新星历 136 年至 276 年，整整一百四十年，沧海桑田。人和这个星系都老了。

独眼鹰顺着精神网放出视线。

他想："我还能再让你们帮我一次吗？"

"变种彩虹病毒的实验材料应该是被我们无意中毁了，传统的抗体无法起作用，传统的消毒、灭活和阻断效果未知。"图兰送走了独眼鹰，转头飞快地对霍普说，"现在说抱歉是晚了，但我们真的没有医疗研发能力，只能寄期望于罪魁祸首的备份，如果找不到变种彩虹病毒的档案材料，如果变种病毒在我们不了解特性的情况下扩散出一点，启明星上十八亿人口就算完了！"

霍普面色凝重："对不起，是我思虑不周，我没想到他们实验用的彩虹病毒居然是变种，这些人简直丧心病狂……你让我想一想。"

图兰非常能屈能伸，她一边想："等这事过去，老娘就打断你的腰。"一边真心诚意地给了海盗一个九十度鞠躬："先生，全靠您了。"

"卫队长，别这样，"霍普连忙拉住她，"我们的先人流亡域外，筚路蓝缕，为的是全人类的福祉，数千年的传承里教我们的都是敬畏生命，不是不择手段地为了自己扩张而伤害同类。"

这个反乌会的邪教分子出乎意料地文明，气急败坏也不说脏话，他皱着眉，在原地乱转了几圈，突然下定了什么决心似的，狠狠一咬牙："卫队长，这对我来说是个艰难的选择，请您仔细听我说，这种背叛组织的话，我真的不一定有勇气说第二次。"

图兰眼睛一亮，忍不住屏住了呼吸。

（六）

陆必行喘了口气，让湛卢自动运行，坐下来休息片刻："你觉得怎么样？"

林静恒摇摇头，目光没有从个人终端屏幕上离开，那一边，图兰正在对他汇报着什么。

陆必行呼出口气，如果于威廉的描述没问题，通过接触、空气传染的变种彩虹病毒潜伏期应该是一到两天，此时刚过去一宿，他还没有任何感觉，但病毒有可能已经充满了他的血液。陆必行从得知消息开始之后，脑子就没停过，分析林静恒的指令如何执行，反复回忆于威廉的话，恨不能把他的每个标点符号都拉出来排查个遍，继而又眼花缭乱地和湛卢与众人一起搜索可能感染的人群。这会儿一闭眼，眼前都是绕来绕去的红线，他放空了一会儿，感觉到被自己刻意屏蔽的思绪报复似的上涌，几乎要把他溺毙在里面。

一开始，他没把彩虹病毒当回事，因为这是一位熟悉的老朋友，像古时候出过痘的人看待天花，知道严重，但并不觉得可怕。可是后来，事情一件接一件地不对了，先是变种，随即是得知运送中的病毒实验室被林静恒意外击落。平心而论，在陆必行看来，此时他们也并没到走投无路的地步，但是一桩一件，似乎都隐隐露出了厄运的行迹，让一个唯物主义的无神论者也不由得不安起来。

林静恒切断了和图兰的通话，正好抬头，和他目光碰了一下。

陆必行不知怎么的脱口而出："将军，我们会一直在一起的吧？"

"我不会让你死的，"林静恒站起来一伸手，"湛卢，我需要一架没有人，消毒设备完备的机甲。霍普方才交代，他奉命转移实验室的命令是反乌会核心组织下达的，他方才给出了反乌会老巢的坐标和路径。"

陆必行一愣："你相信他？你不怕这是个陷阱？"

"他主动接受了图兰的测谎，"林静恒顿了顿，"第九卫队作为白银十卫先锋，携带的测谎技术与设备应该是联盟顶尖的，但为防小概率事件再次发生，这次我会单独过去……"

陆必行立刻要出声反对，被林静恒一抬手打断："调查和做贼不需要太多人，我带一个湛卢够了——你听说过著名的莱昂要塞之战吗？"

莱昂要塞之战，是陆信收复第八星系之前，联盟派兵试探第八星系，突袭七、八星系之交的莱昂要塞，在凯莱亲王的脚趾上扎了一颗钉子，试图以此为跳板，全面进攻第八星系，但最后失败了。凯莱亲王攻打莱昂要塞，用自动驾驶的机甲载着手无寸铁的平民做先锋，联盟军万万不敢对着哭泣的平民投放导弹，只好掠夺对方机甲权限，试着捕捉……结果捕到了一群携带各种致命病毒的"人体生化炸弹"。

猝不及防的联盟军损失惨重，之后又遭随后赶到的海盗武装机甲队打击，被迫撤离莱昂要塞，在这场对峙中失败，继而也推动了"综合抗体"的研制。

"我以其道还其身一次。"林静恒说，"湛卢，处理器留下，搜索继续，我们走。”

陆必行一把拉住他：“搜索可以自动运行，我要跟你去。”

林静恒：“不……”

“如果是我一个人困在这儿，你不在，那我可能要一边写遗书，一边强颜欢笑；如果是你一个人被困在这儿，我不在，我可能已经在封锁区外面哭了。”陆必行说，“但我们一起，我觉得不管怎么样，事情都是可以面对的。就算生死有命，真的走投无路，能和你一起走到最后一秒，大概也是最幸运的死法了……当然，我知道你肯定不这么想。对不起，我长这么大，第一次说这种损人利己的自私话。”

林静恒被他这近乎莽撞的坦率镇住了，一时说不出话来。

陆必行自嘲一笑：“我太黏人了是吧，再次抱歉……如果你讨厌我一点，会不会感觉压力小一点？”

林静恒绝对是个死到临头面不改色的人，陆必行至今记得自己惊险地把他从爆炸的机甲里捞出来时，这个人醒过来后第一件事，居然是朝自己发脾气。

死亡，对他来说算什么呢？

陆必行看着他的眼睛，一字一顿地又把自己的话重复了一遍：“我要跟你一起去。”

于是十五分钟后，一架伪装成微型载客星舰的小机甲飞离了启明星，这一趟航程将长达二十多个小时。

同时，一只麻雀飞到了银河城，落在一户人家窗台上，梳理着自己的羽毛。四十八小时前，它曾在一处旧工厂外捡食过垃圾。

窗户打开，一个营养不良的小女孩踮着脚，递给它一把面包屑。

鸟儿“叽叽喳喳”地跳过来，啄了女孩没来得及缩回的手指，见了血。

第五章 苏醒的第八星系

“彩虹病毒在第八星系杀死了 3.6 亿人，救活了一个我。”陆必行缓缓地抬起头，“我生来就亏欠这个地方。”

（一）

机甲擦边绕过“死亡沙漠”，把第八星系最后一颗大行星的引力也甩在身后，宇宙就开始变得非常寂寥。他们途经的航道图上越来越空旷，偶尔路过的天体，有名有姓的也越来越少，最后只剩几个简短的代号，或是显示“不明区域”，大段的文字语音介绍与数据分析不见了踪影，渐渐被冰冷而不知所谓的数字与字母占据，乍一看，航道图像一本让人头昏脑涨的代数书。

这就是已经到了域外，这里是蛮荒之地、漆黑之地、文明之薪火未及之地。

林静恒远程接通着启明星，静静地听图兰汇报启明星上的情况。

“我们的消毒剂已经告罄了。”图兰忙了一宿，脸上有一点憔悴的疲惫，“独眼鹰现在还没有消息，我们把能隔离的都隔离了，现在主要是在等，如果再要出问题，那真的没办法了——将军，我现在临时找个神信一信磕俩头，你觉得管用吗？”

“你在人间老实待着吧，别把神激怒再招来天谴，”林静恒让她别胡说八道，“根据那个霍普供述，反乌会现在在七大星系乐不思蜀，他们域外老巢很空，你觉得这个说法靠得住吗？你零星从其他七个星系得到过反乌会的信息吧，能不能估算一下反乌会现在是个什么状态。”

图兰说：“反乌会在七大星系相当活跃，就现在来看，他们在域内的兵力已经超出我想象，如果域外还有大量军队，那得有多大规模？我认为霍普可信……”

陆必行有一耳朵没一耳朵地听着那边讨论打仗、讨论国计民生问题，事到如今，无论是正在前往海盗老巢的他们两人，还是留在启明星上等待命运的图兰，都已经过了心急如焚的阶段——事已至此，除了挣扎在不见棺材不落泪的路上，别无他法。

于是陆必行闭上眼睛，给了自己一分钟，快速收拾了一地狼藉的心情，他开口问：“湛卢，能放一点音乐吗？”

“好的，陆校长，”湛卢回答，“您偏好哪一种音乐？我这里有军委太空部门购买过版权的乐库合集，或者您也可以选择试听我自己的创作。”

陆必行没想到机甲都这么闷骚：“你还有自己的创作？给我个歌单。”

林静恒正专心致志地翻阅霍普交代的航道图，跟图兰就一点蛛丝马迹，你一言我一语地分析域外海盗势力关系，没顾上他俩。湛卢趁机大大方方地向陆必行展示了自己的“伟大”创作，问陆必行：“我在启明星上听到了您别开生面的告白，您在追求先生吗？为什么您不去找他多聊一会儿？”

“你看他像有时间跟我聊吗？”陆必行一摊手，对人工智能半真半假地叹了口气，“而且刚才我为了跟他一起出来，有几句话说得太羞耻了，越回忆越觉得羞耻，再要进一步，撩骚和骚扰之间这个界限就不好把握了。”

湛卢十分骄傲地回答：“我可以给您一些行动指南，比如先生并不喜欢鲜花，比起花草，他似乎更欣赏真菌，前些日子他刚让我把重三上的观赏绿化带清空了，要求种满蘑菇……”

林静恒的目光冷冷地扫过来：“湛卢，注意周围异常能量波动，你知道这里是域外，而我们正在用非常容易被定位的远程通信联系启明星吧？中止无关进程。”

“好的，先生，”湛卢一边听命把收集能量的半径扩大，一边说，“顺便把您特殊的审美情趣数据加密，了解。”

陆必行听了“蘑菇”俩字，愣了半天，忽然意识到了什么，难以置信地一转头，看向林静恒。林静恒好似全心全意地扑在反乌会武装力量研究上，不肯接他的目光。

陆必行一低头，很想像个淡定的成年人一样与他相安无事，然而，遥远的重三上好像伸出了一根菌丝，勾勾连连地牵住了他的嘴角，几乎要使出吃奶的劲，他才把要翘上天的嘴角拉平，唯恐被湛卢看出来，陆必行欲盖弥彰地给自己找了点事做，随口说：“刚说到哪儿了，都怪你打岔……哦，对，你要给我听你的歌。”

湛卢很高兴向他展示自己的才艺，不过说实话，他那点“才艺”实在是乏善可陈，再怎么像真人，他毕竟也是个人工智能，与其说是“创作音乐”，不如说是类比乐库生成的新数据，作的曲子虽然中规中矩，但十分空洞、听过就忘。

陆必行昧着良心夸了他几句，随手打开了最后一个文件夹。

最后一个文件夹是“童谣”。

“机甲先生，你很有童趣啊。”陆必行一边说，一边随意点了一个。

活泼欢快的配乐立刻充斥在机甲中，只听录音里，湛卢用他那颇有磁性的声音跟着节奏念：“小白兔，白又白，麻辣兔头浪起来。”

林静恒：“……”

陆必行没料到自己打开的不是一个文件夹，而是一个放飞的灵魂，差点仰倒，连忙手忙脚乱地关上：“你这别具一格的灵感是从哪儿来的？”

湛卢回答：“主人喝多了说的醉话。”

陆必行惊悚地看了远处的林静恒一眼。

“不是先生，”湛卢说，“是我的前任主人。”

“是……陆信将军吗？”陆必行一愣，“他是个什么样的人？”

湛卢沉默了两秒：“抱歉，陆校长，这部分数据是加密的，我无法和您讨论。”

“好吧，”莫名其妙地，陆必行心里升起一点说不出的遗憾，不过这股情绪无依无凭，来得快去得也快，他很快忘了，继续兴致勃勃地问湛卢，“那你现任主人不加密吧？我们来讨论现任吧。”

湛卢的基础性格设置，就是个冷面话痨，可是这部分天性在林静恒手下总是被压抑，非常没有人工智能权，好不容易碰上一个同样爱聊天的陆必行，湛卢的英雄之处总算有了用武之地，两人在林静恒的精神网下，“叽叽咕咕”地侃起了大山，就差在中间摆一盘瓜子了。

“关于先生的数据库非常全面，”湛卢说，“我有他从注册联盟公民后所有的信息，包括游戏记录。”

“怎么都是操作类和经营类的游戏？”陆必行津津有味地边看边点评，“他从来不打休闲游戏吗？”

“准确地说，先生从来不打带有随机性的运气类游戏。”湛卢说，“因为几乎百分之百会输——嗯，您看见的那是相册，照片不多，不过都很珍贵，里面还有先生小时候的……”

林静恒从牙缝里挤出两个字：“湛——卢！”

湛卢就地噤声，变成了一只机械手，不声不响地把自己挂在墙上，要多无辜有多无辜。

陆必行晃晃悠悠地溜达到林静恒身边，仔细往隔离面罩里一看，果然看见了林静恒额角上的小青筋。

林静恒佯装对他视而不见，陆必行就游手好闲地围着他乱转，转得林静恒心烦意乱，忍无可忍地把目光从星际航道图上移出来，色厉内荏地瞪了他一眼，陆必行就趁机舒展眉目，露出了一个灿烂的笑脸。

林静恒：“你没别的事了吗？我为什么要答应带你出来？”

“不是我闲，是你无事忙，我猜你一会儿没准还要借口把机甲武器库检修一遍，就为了不跟我独处。为什么呢？”陆必行摇着尾巴说，“你还在重三上给我种菜。”

林静恒：“我种什么跟你有什么关系？”

陆必行：“不是给我种的吗？”

“不是，走开。”

陆必行叹气叹得一波三折：“生命只剩下最后几天，死神在后面扬鞭催马，你还是拒我千里，心碎成渣了——看着我再说一遍，蘑菇给谁种的？”

林静恒：“……”

可能是湛卢的“作品”给了他灵感，陆必行就地把种菜的故事编成了一段 rap，哼哼唧唧地围着林静恒，在他耳边嗡嗡作响。

“坐下，”林静恒排除干扰，保持了严肃，“我有话问你。”

陆必行：“嗯？”

“你说你小时候感染过彩虹病毒，”林静恒问，“是怎么回事？”

陆必行的小音乐会成功地被他一句话打断，他安静了一瞬，随即又开始答非所问地胡说八道：“第八星系是彩虹病毒的故乡，没被感染过一两次，出门都不好意思跟人打招呼。我就随便感染了一下，不算大事，只要有抗体，睡一觉醒来就好了。”

林静恒耐着性子重复了一遍：“我问的是，你是怎么感染的。”

“怎么感染的？传统彩虹病毒就那几种传播方式吧？”陆必行跟他装傻，“尘埃、接触，还有误食带病尸体的腐食动物，将军，你不会连这点常识都没有……”

林静恒打断他：“疼吗？”

陆必行愕然地一抬头，正碰上林静恒凝视的目光。隔离面罩仿佛给那目光加了一层柔光，那双灰色的眼睛里，经年不散的浓雾似乎被风吹走了，视线变得澄澈而狭窄，清除了整个深渊，只留下了自己一个小小的倒影。

陆必行看着那双眼睛，像受了什么蛊惑一样，无意识地摇摇头，脱口说：“不疼啊，彩虹病毒到了后期，会钝化神经，像止痛药一样，反而比平常舒服……”

林静恒：“……”

他都还没开始诈供呢。

陆必行话一出口，就回过神来，万万没想到，新星历时代杰出的青年科学家居然会一脚踩在古老的“美人计”里。他这一句话里的漏洞比字数还多——什么叫“彩虹病毒到了后期”？彩虹病毒的抗体一针见效，一两天就能代谢完，独眼鹰怎么可能会让他体会到彩虹病毒后期是什么滋味？

还有，什么叫“反而比平常舒服”？

陆必行罕见地结巴了：“呃，这……”

林静恒：“嗯？”

陆必行沉默了更长时间，随后，他眼珠一转，狡猾地东拉西扯：“我的原则是，交浅不言深，将军，你问的问题已经属于个人隐私了，你知道什么样的关系才会互相抖搂隐私吗？”

林静恒一挑眉。

陆必行猛地往前一凑，眉飞色舞地说：“难道你想跟我发展隐私关系？”

林静恒定力十足，没听见似的，丝毫不受影响，淡定地敲了敲旁边的小桌：“你为什么会知道彩虹病毒后期的感受？”

撒娇耍赖、装傻充愣，在林静恒面前都全无作用。陆必行没了办法，只好消极抵抗，他往后一靠，将双手抱在胸前：“书上看来的。”

林静恒缓缓地说：“彩虹病毒最早是从凯莱亲王的瑞茵堡实验室流出来的，当年凯莱亲王斥巨资给瑞茵堡实验室，几乎熬干了第八星系的骨髓，我相信他的本意肯定不是要研制一种瘟疫病毒，如果他只是个变态杀人狂，那么这个成本未免太高了，远不如核导弹来得迅捷。”

陆必行不吭声。

“彩虹病毒进入人体后，会破坏机体的各个器官，彻底摧毁免疫系统，钝化感染者的神经，感染者五官六感几近消失，身体在无知无觉中腐烂。但相应地，如果此时移植器官，排异反应也会降到最低——据我所知，彩虹病毒除了恶意破坏机体外，还能造成一些细胞退化成未分化前的干细胞，只可惜很快会被杀死，无法利用。”

陆必行的嘴唇拉成了一条笔直的线。

林静恒：“我在源异人那里，遇到了一个人鸟结合的少年，他矛盾又统一地融合了两个物种的特点，浑然天成，不像别的异宠那样只能活在实验室的营养舱里，寿命在三十年以上……他们告诉我，他是‘女娲计划’唯一的成品——你知道女娲计划，对不对？”

陆必行脸上或灿烂、或狡猾的灵动烟消云散，看向林静恒的目光近乎是冰冷而紧绷的，好一会儿，他才一低头，意味不明地笑了一声：“你知道的也不少，还问我什么？林，咄咄逼人地逼问别人不想说的事，可是会被人讨厌的。”

林静恒不以为意：“在被人讨厌这方面，我倒是很有经验。”

“那你很怕别人喜欢你，怕别人靠近你，怕别人发现你偷偷对他好，又为什么？”陆必行问，“你告诉我，我就告诉你。”

他反将一军，两个人都闭了嘴，就在陆必行以为林静恒终于偃旗息鼓时，他听见对方的声音从隔离服后面闷闷地传来：“……我没有精力。”

陆必行略微睁大了眼睛，讶异地看向他。

“我没有精力去维系私人关系，”林静恒顿了顿，“我是个走钢丝的人，我有很多的敌人，比你想象的还多，星际海盗……联盟、管委会，甚至联盟军委内部，否则五年前我也不会离开联盟，出现在第八星系。亲人、朋友……都会变成我的软肋。我保护不了他们，也没有多余的感情以供交流。”

维持憎恨和愤怒，已经让他筋疲力尽了。

林静恒：“我说完了，该你了。”

他们俩相隔两米远，各自套着厚厚的隔离服，连对方的表情也看不全，声音透过隔离服里的通信设备传出来，总显得闷声闷气的，而且有回音。可这仿佛是他们两个距离最近的一次，比任何一次勾肩搭背都近——

“……彩虹病毒，是半成品，当年凯莱亲王建瑞茵堡的目的，是寻求进化成超人的方法。”陆必行沉默了一会儿，开口说，“人体机体非常复杂，随意改造，除了造成很大痛苦之外，后续还会带来各种各样想象不到的问题。一座铁铸的塑像，要怎么浑然天成地改造成别的样子？只能是熔化重塑，彩虹病毒就是熔化钢铁的火炉。”

林静恒说：“如果我没记错，瑞茵堡后来给凯莱亲王家族陪葬了。”

“对，”陆必行一点头，“瑞茵堡没了，但是一些人超越物种的野心没有消失。”

林静恒：“你是指后来的‘女娲计划’，也就是说，女娲计划是瑞茵堡的余孽。”

“第八星系正式归属联盟，瑞茵堡被付之一炬，瑞茵堡的残余势力销声匿迹了很多年，可能在域外……我不清楚，”陆必行低声说，“直到有一天，老陆——我爸收到消息，得知他们正在通过异宠走私做掩护，继续利用第八星系的人做人体实验。当时这个消息几乎激怒了所有人，幸存者们，谁不曾被彩虹病毒夺走过亲人和朋友呢？所以他们联手追查起来。老陆做走私武器生意，人路很广，在别人之前得到了一些线索……但是他没有声张。”

林静恒放轻了声音，仿佛是怕惊动什么：“为什么？”

“因为我。”陆必行说，“据说我母亲在快要生下我的时候，乘坐的星舰出了事故，老陆赶来的时候，她已经……而她肚子里的我没来得及出生就遭到了致命辐射，剖出来时几乎就是个死胎。老陆走投无路的时候，想起了那个女娲计划……据说当时有了成功案例，不过他们没能制造出超人，似乎只是造出了一些异宠。我的身体坏得不能用了，只剩下个脑子，所以出生后的前五年，都是个‘箱中之脑’，所有的一切都是通过电信号刺激传给我的。老陆私藏了女娲计划的病毒株，用女娲计划的成果重塑了我的身体……花了足足十五年，当时他有一个地下室，整个地下室里都充斥着他从各个渠道收来的异宠……实验品。”

“你可以说我是人造人，是‘特修斯之船’。彩虹病毒在第八星系杀死了 3.6 亿人，救活了一个我。”陆必行缓缓地抬起头，“我生来就亏欠这个地方。”

（二）

林静恒已经有猜测，然而事情的残酷依然出乎了他的意料，他以为陆必行这些年在第八星系被照顾得很好，活力十足、无忧无虑。

他以为……

有那么片刻的光景，林静恒忽然想起他们还在北京 β 星上时，他带着佩妮去星海学院给陆必行送机甲，偶然经过阶梯教室后窗，听见陆必行讲的关于异宠的只言片语——

“你见过人头蛇身的东西吗？”

“别人送给我父亲的，我溜进地下室发现了她，一个女孩……”

“然后我开枪把她打死了。”

十五年，肯定不是个一蹴而就的治疗过程，大概要经过无数次失败、无数次磨合、无数次崩溃。

而人的生命又该有多顽强、多脆弱呢？

一个小小的少年，每天最大的期望是凯莱星上下雪，这样他就能得到特许，出去玩一会儿，当他行动不良地误闯入独眼鹰的地下室，看见如同源异人那人体实验室一般的情景时，他心里在想什么呢？

独眼鹰或许不至于亲手炮制异宠，但他既然出钱买，当然会有更丧心病狂的人代劳。买卖难道不是变相的纵容吗？

那些人头怪物，一个一个透过脆弱的营养舱，了无生趣地同他对视，他们都与他同病相怜，又都因他至此。

当他第一次发现的时候，当那个孩子冲动地举起枪，打死苟延残喘的人头蛇身女孩时……他想打死的是谁呢？

陆必行看起来从来都很会生活，很会找乐子，甚至能把琐碎的吃喝拉撒上升到美学高度，有时候过了头，几乎像个不谙世事的公子哥。这样一个人，也曾经觉得生存本身就艰难得难以为继吗？然而再举步维艰、再难以忍受，他这一生大概也要像开了弓就永不能回头的箭矢一样，不停地往前飞，否则，一个懦弱的逃避者，该怎么面对不惜私藏病毒株的独眼鹰，怎么面对那三亿多张消失在尘埃里的面孔……又怎么面对阴冷的地下室里被剥夺了一切的人形怪物们呢？

林静恒一时不知道该说什么。

“你看吧，”陆必行强行打破沉寂，胆大包天地隔着隔离服，拍了拍林静恒僵硬的肩膀，“这点破事既不愉快，对我们目前要解决的问题也没什么帮助，你干吗非得要问？先说好，这事你听过就算，不用安慰也不用可怜我，不然跟你翻脸，我翻脸很凶的。”

林静恒突然觉得呼吸很困难，心口上好像压了一块重于性命的石头，如鲠在喉，一时失了语。他有点想吐，也许是被说不出来的话哽的，也许是沉重的隔离服压的，后背肩胛骨缝里好像被注了一公升的酸水，稍微一动就吱吱作响。

随即，林静恒意识到这不是普通的肌肉僵硬。

他不动声色地在隔离服的手腕处轻轻按了一下，耳机里等待音响了三下，随后，一个机械的声音汇报了他的体温：“当前腋下温度为37.9℃。”

低烧。

林静恒缓缓地把卡在胸口的气吐出来，那把悬在头顶的刀终于落下来一边，并不锥心刺骨，只是伴随着陆必行三十年的回忆，有种绵长而深入肌理的钝痛感。林静恒没声张，在精神网中禁言了湛卢，随后不动声色地站起来，借着查看航线图，远离了陆必行，计算着还有多久能赶到霍普说的地方。

陆信把彩虹病毒的抗体带到第八星系的时候，一定没想到，他的儿子会和这种东西纠葛一生。如同林静恒也没想到，自己没有死于管委会的明枪暗箭，没有死于玫瑰之心的海盗刺杀，算无遗策地活到现在，却也许即将死于意外遭遇的病毒变种，这个意外的归宿可以编一出人间喜剧了。

沃托时间跳转到新的一天。

启明星的银河城正迎来黄昏，身披隔离服的自卫队队员们排成一队，到处奔波了一天，水米未进，因为太过疲惫，他们互相之间没有交流，匆匆走过街区，显得杀气腾腾的。居民们纷纷从窗户缝里探出视线，暗自揣测这些人都是来干什么的。他们已经在水深火热中扑腾得捉襟见肘，实在不希望再有人来添火加柴——无论是联盟还是海盗。

周六脚步发沉，抬头朝着日落的方向张望了一眼，碧空澄澈，远方泛起舒展的云霞，这是个晴朗干燥的好天气。启明星气候条件优越，温度适宜，银河城分干湿两季，终年如春，适合多种动植物生长……除了人。

就在他满脑子胡思乱想的时候，突然，不远处拥挤的民居里传来一声惨叫。

那是个女人，惨叫声近乎撕心裂肺，长达半分钟之久，听得旁观者喘不上气来，接着，她停顿了几秒，又转为嘶哑的哭号，一边哭一边说着什么。周六突然无端有种不祥的预感，一抬手示意众人停下来，抬腿往那民居小楼里走，还不等他进入狭窄的楼梯间，一个男人就连滚带爬地从里面跑出来，一头撞在周六身上，仰面摔了个四脚朝天，然而他既不道歉也不骂人，见鬼一样，扑腾着四肢，踉踉跄跄地往外爬去。这人衬衫领口绣着某某药房的牌子，周六眼角瞥见，顿时一激灵——他知道第八星系的穷人向来是这样的，有病不去医院，更用不起医疗舱，通常会找个附近药房里的熟人来看，药房的销售员往往有一些医学常识，能照本宣科地诊断出一些常见疾病，再把积压的过期药推销给这些爱死不死的穷鬼。

药房的人在这里干什么？！

周六一把揪起他的领子：“你跑什么！”

那人腿软得跟面条一样，戳在地上都站不起来，语无伦次道：“彩……彩虹……”

周六被隔离服焐出来的那点汗瞬间就凉了，摸出医用扫描仪，三步并两步跑上楼，看见一个蓬头垢面的女人跪在楼道里，怀里抱着个昏迷的小女孩，女孩一张小脸烧出了酡红色，手上有一道奇怪的血痕，已经开始溃烂。

扫描仪发出均匀的报警信号，显示这是一个感染者。

可这小女孩根本不在他们搜索的名单里！

新星历276年1月15日，一个名叫“安吉拉”的六岁女孩，在从未靠近过重点防疫区域、从未离开过自己家的情况下，确认感染了变种的彩虹病毒，负责巡逻的自卫队队长周六立刻让人隔离了整片住宅区，抱着一线希望，他找人取来了彩虹病毒的抗体。旧的抗体不出所料，对女孩无济于事，周六只能一边联系图兰，一边眼睁睁地看着病毒摧毁了女孩的免疫系统，她太小、太不堪一击了，发病速度比成年人快得多，溃烂的皮肤以肉眼可见的速度蔓延至她整只手，尚未完全在这小小的身体上生根发芽，女孩就死于器官衰竭的并发症。

三个街区外的摄像头拍下了女孩感染发病前四十八小时发生过什么。

经过快速排查，这个小女孩除了自己家人以外，接触过的唯一活物就是一群无害的麻雀，其中一只啄破了她的手指。已知的传统彩虹病毒传播方式中，除了误食病死者尸体的腐食动物外，没有其他动物携带病毒的先例，而感染病毒的食腐动物会比人类发病速度快，也不会携带着病毒到处飞。

这意味着，变种的彩虹病毒可以不声不响地潜伏在任何一个活物身上，被它们带到任何一个地方。

而这只是个开始。

接下来的两小时之内，图兰连续接到了五个疑似病例，卫队长的神经紧绷到了极致——病毒可能已经扩散了。

而比病毒扩散得更快的，是人们的恐惧。

从在夜市上碰到感染者开始，银河城里就有了隐约的流言，当时被陆必行当众吹的牛皮镇住了，一时没发作开，谁知随后一两天里，彩虹病毒的感染者一个接一个地出现。巨大的恐慌下，银河城的空气都开始变得稀薄，唯一的公立医院门口拥堵起来，人们戴着手套、口罩，全副武装地把自己包裹起来，要求医院立刻出面解释病毒来源，并发放彩虹病毒抗体。

医院在暴躁的人群包围下，只好暂时关闭，福柯带了一组自卫队的人架枪维护秩序，也被绝望的人们堵在院墙里。

“卫队长，这样恐怕不是办法，”黄鼠狼跑去问图兰，“你是打算派人给他们一个说法，还是直接动手？得快点决定，总之不能让他们这样挤在一起，万一中间有一两个感染的，暴发起来就真控制不住了。”

怀特正帮图兰统计剩余医药物资：“要不然公布真相吧，告诉他们这是变种病毒，我们现在也没有抗体。”

图兰和黄鼠狼几乎同时出声。

图兰：“不行。”

黄鼠狼：“快别扯淡了。”

图兰：“第八星系关于彩虹病毒的记忆太深刻，现在变种病毒到底是怎么回事，我们自己也不算清楚，贸然公布只会加重恐慌，我们没有公信力，没有完全控制银河城的能力，乱起来会很被动。”

“何止很被动，第八星系啊，你别看这些人平时都半死不活的，真到生死关头，为了能活着，他们什么事都干得出来。当年把还有气的病人活活扔进火里烧死，甚至连跟病人有接触、不确定有没有感染上的人也活活烧死了不知多少，你以为这些事都是星际海盗们干的吗？”黄鼠狼叹了口气，“至于那些已经感染的人，只是隐瞒病情的算厚道的，还有些人会故意闯进闹市区，把自己的血往人群里泼。你们这些小鬼不懂，当年的彩虹病毒时期，我是经历过的，一多半的人其实根本不是死于病毒，是死于自相残杀。一场病毒就能把无冤无仇的人们分成你死我活的两个阵营。”

怀特不敢吭声了。

“要我说，”黄鼠狼伸出粗糙而泛黄的手，跟旁边的白银卫要了一根烟，一点着，他就连忙凑上去，吝啬地吸了一大口，白烟都不肯多吐，“卫队长，该坑蒙拐骗的时候，道德观也别太重，你听我的，咱们把感染的都圈进医院里隔离出去，然后随便找点葡萄糖盐水什么的安慰剂发一下，先安抚居民情绪，虽然有点缺德，但是多拖一刻是一刻，现在就看独眼鹰和陆老师他们两边能不能有办法了。”

这缺德招数完全是诈骗，但图兰此时别无办法，只好点头，同时迅速向林静恒简单汇报了启明星上的危机。

上升的体温让林静恒一边流汗一边发冷，飞快地对图兰说：“调集机甲车，立刻封锁银河城，注意释放空间场干扰，以防民众中有……湛卢，怎么回事？”

他话没说完，图兰的信号突然消失了。

“先生，半个航行日附近有剧烈能量反应，我们马上要进入不明武装的活动区，如果不切断通信，远程信号被扫描到的概率高达80%。”

湛卢话音刚落，巨大的全息投影上已经能看见对方的轮廓，是一支机甲战队，有上百架小型机甲，梭巡在霍普说的“反乌会老巢”附近，严阵以待，仿佛是在“恭候”撞在树桩上的兔子！

林静恒和陆必行心里同时一沉。

霍普不安好心！

信号一断，图兰愣了两秒，立刻反应了过来，暴怒：“霍普呢？！老娘要片了他！”

（三）

然而无论霍普是被图兰清蒸还是红烧，林静恒他们也已经没有退路了。

“当年瑞茵堡的彩虹病毒在一个月之内席卷了第八星系，次年甚至传到了联盟，根据于威廉的说法，爱玛星实验室的彩虹病毒在七十二小时之内暴发后无人幸免。现在看，如果接触过病人的动物都可能携带病毒，麻雀、老鼠……野外随处乱飞的虫子，那么做最坏的设想，这会儿封锁银河城可能已经晚了。”林静恒的嗓子开始发炎，好像有一把生锈的小刀来回割着他的喉咙，他清了一下嗓子，尝到了血腥味。

陆必行莫名觉得有什么地方不对劲，因为从方才开始，湛卢就异乎寻常地沉默，多嘴多舌的人工智能交流功能几乎关闭，变成了一个问什么答什么的导航机器人。但他不确定是不是发生了什么事，毕竟湛卢跟着林静恒这个倒霉主人，无缘无故被禁言也不稀奇。

“林，你没事吧？”

“暂时还没有。”林静恒面不改色地回答，“湛卢，收缩精神网，注意隐形。”

陆必行：“如果控制不住疫情，图兰卫队长联系不到你，会怎么处理？”

林静恒没吭声——如果控制不住疫情，图兰会收拾战斗力，以最快的速度撤离启明星。

同时，为了防止病毒进一步扩散，她可能会考虑投放一枚导弹。

可是听了陆必行那句“我生来就亏欠这个地方”之后，这些话林静恒无论如何也说不出来了。

“我记得在工厂地下仓库的时候，图兰卫队长曾经问过你，极端情况下是否考虑联系‘中心’，”陆必行追问，“你们说的中心是什么？什么样的情况算极端情况？”

到了这种地步，在任何人面前都没什么好隐瞒的了，林静恒破罐子破摔，懒得再顾虑自己在陆必行心里是个什么形象，三言两语交代了自己在联盟挖的大坑：“我在离开联盟之前，给白银十卫安排了去处，其中，除了白银第九卫机动等待调配外，其他人分别潜伏在陆信几个位于七大星系的旧部附近——这些人都被我部署在地方中央军中。原本的计划是，等时机成熟，也就是这些中央军扎下根去以后，由白银十卫负责点着最后一把火，帮各地中央军拿到武装，武力倒逼联盟中央处置伊甸园管委会。其间，为了沟通顺畅，我和白银十卫之间建立的是三要素的联系网。”

陆必行博闻强识，这时，已经反应过来“三要素”指的是什么——远程密钥、中心与备用中心。

远程密钥，就是通过七大星系的已知跃迁点定点建立的远程联系，只要联盟不被炸个底朝天，白银十卫没有仓促转移，即使林静恒到了域外，也能实时把控全局。

而假如万分之一的可能，远程通信真的出了故障，那么则采取第二种联系方式——将事先约定的“中心”作为信号中转站，重新建立间接联系。再进一步说，如果连“中心”都失联，还有另外一个“备用中心”作为双保险。

“联盟突然遭到海盗全面入侵，伊甸园破碎，我和白银十卫的远程联络全部断开，”林静恒说，“我的中转中心选择地在沃托，但沃托已经失去控制了。”

陆必行简直不知该说什么好，感觉林静恒这辈子一定要远离赌博才行，不然全世界的狗屎加在一起，也不够把他负分的运气填成零：“你的备用中心是什么？”

“一个我十分信任的人，”林静恒说，“白银三是技术部门，会在我离开后辞别白银要塞，我留给他们一封推荐信，让他们跟在那位身边……是联盟军委第一负责人，伍尔夫元帅。”

陆必行眼睛一亮：“伍尔夫元帅不是坐镇在天使城要塞吗？”

如果这边真的走投无路，是否可以通过这渠道向联盟求援？

林静恒的目光隔着防护罩射出来，缓缓地摇摇头。

“见到重三后，”他低声说，“我现在不敢信任天使城里的任何一个人。”

陆必行是个老少边穷星系长大的乡下男青年，一直都很想去洋气的联盟参观一下，出于种种原因，未及成行，联盟就散了摊子。然而在他的印象里，纵然联盟有千千万万种问题，一天到晚都在吹牛皮和粉饰太平，但归根到底，也仍是一个能让绝大多数人无忧无愁度过一生的富足之地。

他没想到，镜花水月似的伊甸园下，居然这样云谲波诡，已经烂到了根里。

难怪一捅就破。

“重三退役之前，曾是联盟军委重点管控的军备，它是怎么流出联盟的？我不知道，毕竟，军委生产的最后一批重三也已经是百年前的事了。”

“所以……”陆必行迟疑了一下，“联盟被星际海盗横扫，并不是因为军方战斗力不行，也并不是因为政府昏聩无能？不是……你说你们这些人，好好的日子不过，为什么要搞那么多乱七八糟的事，有多大的不满是伊甸园不能平息的？”

林静恒说：“据我所知，军委甚至一部分管委会的成员中，日常屏蔽大部分伊甸园功能的人不是少数，只是主体意识形态在那儿摆着，他们都表演得很热爱伊甸园，不对外宣传而已。”

陆必行皱眉想了想：“可是听说伍尔夫元帅还在主持军委工作，如果到现在，海盗都没能完全占领世界，那是不是能证明……”

“证明他清白吗？”林静恒平静地看了他一眼，“不一定，也可能是和海盗分赃不均，或者他的盟友并不是占领沃托的光荣团。”

林静恒平时尖酸刻薄的话信手拈来，认识的人差不多都被他损过，可是陆必行觉得，那些冷嘲热讽加在一起，也没有这几句“平心而论”来得刺骨，忍不住问：“你真的信任过他吗？”

林静恒没有回答。

他不是神仙，他不知道。

伍尔夫元帅是联盟奠基人之一，乌兰学院第一任校长，至今仍是名誉校董代表，林静恒在乌兰学院上过他的公开课，这是众所周知的。还有不为民众熟悉的林静恒的亲生父亲林蔚中将，曾是伍尔夫元帅的养子。林蔚去世后，在他被陆信领养前，伍尔夫也曾经照顾过他，长大后，又不遗余力地提拔过他。

元帅一生为联盟鞠躬尽瘁，桃李满天下。

如果连这样的人都不能信任，联盟自由宣言又算什么呢？

一场“世界充满爱”的集体幻觉吗？

林静恒知道自己所剩时间不多，于是尽可能坦白地对陆必行交代：“几个月前，我在源异人那里遭遇过一次彩虹病毒，综合抗体对它有效，这说明凯莱亲王卫队手上没有变种彩虹病毒，因为没有用隔夜的剩饭‘招待客人’的道理。我猜阿瑞斯·冯甚至连爱玛星上的女娲计划都不知情。”

反乌会一直明晃晃地反对人体实验和非自然嫁接，才造成阿瑞斯·冯一直顶着那副鬼样招摇过市，要是让他知道反乌会的伪君子们暗地里搞这些事，凯莱亲王那个疯子可能自己就把他们掀了。陆必行迟疑地点了下头，隐隐又开始觉得不对——不是林静恒说得不对，而是他了解林将军其人向来是个“你爱懂不懂，我说什么你干什么就行”的独裁分子，他什么时候这么有耐心跟别人解释自己的想法了？

“第八星系开发彩虹病毒的人，曾经以培养异宠作为遮掩，而异宠最大的市场还是在联盟其他星系……这样看来，女娲计划的资助人来自联盟的可能性比来自域外大。星际海盗不止一方，各有各的优势，联盟的背叛者很可能也不止一方，后者比前者可怕得多。”

陆必行心里的不安越来越浓重，心想：“他为什么要和我说这些？”

林静恒深深地看了陆必行一眼，在精神网里，与湛卢无声地直接沟通："他的心率和体温现在怎么样？"

"心率略有些上升，应该是情绪起伏的缘故，"湛卢回答，"体温正常。"

林静恒暗自松了口气，因为作为前职业军人，他的身体素质是远远强于普通人的。林静恒虽然不甚爱惜自己，但他毕竟是由联盟最精密的训练日程、最严苛的健康管理堆出来的，光是各种稀奇古怪的抗体就注射过不知多少，他的免疫系统像个碉堡。同等条件下，如果陆必行也感染了彩虹病毒，只可能会比他发作得早。

有可能是陆必行用彩虹病毒重塑身体的时候，身体获得了某种特殊的抵抗力，或是单纯是运气……不过这都不重要。

重要的是，他是安全的。

眼前是荷枪实弹的机甲群，身后是孤立无援、四面楚歌——林静恒总觉得，运气这玩意儿怎么说也该来垂怜他一下了，总不能全宇宙按人头排队，专门跳过姓林的吧？他放下心来的同时，又有点后悔，早知道这样，把陆必行打晕了留在启明星上多好。

"湛卢，"林静恒在精神网里说，"把你的备用权限全面开通给陆必行。"

湛卢问："先生，你不是说不会像陆将军一样转交我的权限吗？"

"嗯，"林静恒顿了顿，"是啊，不小心大言不惭了。"

湛卢又问："那么最高等级的加密内容呢？"

"那个暂时不要向他泄露，"林静恒说，"但当你认为他的生命安全受到威胁的时候，可以拒绝他所有不利于自己的命令，并把基因比对的全部资料发给陆将军当年的旧部——那些中央军，你能联系到的任何人。"

"明白，"湛卢回答，"生命安全受到威胁的时候——就像您现在一样。"

林静恒："少废话。"

陆信把湛卢留给他，是想让他成为联盟的利器，而他把湛卢留给陆必行，只是想让那个人能自私自利地好好活着。

林静恒："我还需要一支掺了强力安眠药的营养针。"

他和湛卢所有的对话都在精神网上，意识与精神网的交流效率比语言高得多，三言两语说完，不过一眨眼的工夫。林静恒仿佛只是略微停顿了一下，就若无其事地继续跟陆必行说："那个霍普倒不一定说了谎，这一队机甲都是小机甲，远看都能看出型号不太统一，跟反乌会那种重甲压阵、中型机甲列队的财大气粗不太一样，我怀疑是碰巧了。"

机械手形状的湛卢顺着机甲舱壁，移动到医疗室，取了两支营养针出来，林静恒头也不抬地一伸手，湛卢就把其中一支放在了他手上。

隔离服上有一个带自动消毒功能的营养针注射口，专门给极端情况下需要穿隔离服数十个小时的人设计的。林静恒一边轻车熟路地把营养针戳进去，一边对陆必行说："一会儿有场硬仗要打，这么长时间一直没吃东西，先补充点能量。"

这话没什么毛病，陆必行也确实饿了，然而在接过营养针的一瞬间，他心里突然掠过一层阴影。林静恒实在不是个温柔体贴的人，他既不会照顾自己，也不会照顾别人。陆必行认为自己可能有点神经过敏，但他就是觉得这句看似自然的叮嘱很多余——依照林的性格，最多会说一句"饿了自己拿"吧？

陆必行一低头，不动声色地操作隔离服——隔离服就像个简易的随身医疗舱，有很多诸如测量体温、血压之类的小功能，陆必行假装把营养针戳入消毒口，却没有往自己身上打，而是选择了隔离服的"采样分析"功能。

营养针里没有不常见的东西，采样分析很快，陆必行还没有假装打完一针，分析结果就出来了，这时，一排营养物质中间，一个突兀的标红小字落进他眼里，后面标注写着：服用或注射，将会广泛抑制神经中枢，大剂量时具有麻醉效果。

陆必行："……"

林静恒装作若无其事："机甲战队里肯定有通信内网，如果我们再靠近一点，你能想办法在对方不察觉的情况下侵入他们的内网吗？"

陆必行深吸一口气，一把怒火来势汹汹，从脚下烧到了头顶，把他前胸后背都给燎着了。他是个性情温和、情绪稳定的人，偶尔起点脾气，也大抵是转头就能平息，有生以来，从来没有体会过这么激烈的怒火，烧得他一时有些耳鸣。

林静恒一本正经地偏头问："怎么，有技术性困难？"

陆必行怒极要笑，心想，林将军可真是个被乌兰学院耽误的"实力派"，要不是被派去那破白银要塞当将军，大概已经得了好几次影帝了！

他咬着牙，咬得太狠，声音几乎有些含糊不清：“我尽量试试。”

这是在机甲里，谁控制着精神网，谁就等于是机甲世界的规则制定者，乘客是无法反抗的。陆必行强行把满腔怒火团成一团，压在舌尖下，不声不响地用消毒管包起用完的营养针——针头被他一不小心掰弯了。

随即，他让隔离服降温，外力降低自己的体表温度，并偷偷使用了隔离服里储备的微量降压药，降低心率和血压——他知道湛卢可以随时扫描自己的生理反应，装睡必须得装得像一些。

然后他一边想象着自己喷出一把火，把姓林的烤个外焦里嫩，一边忍气吞声地按照那人的吩咐，开始入侵不远处机甲队的内网，把个人终端擦得咔咔作响。

这些混账骗子是不是都觉得脾气好就代表好欺负？

海盗的通信加密并不森严。

二十分钟后，陆必行捕捉到了微弱的信号。

隔离服通过耳机，向他汇报被药物降下来的血压与心率，陆必行估摸着差不多了，就逼真地打了个哈欠，个人终端轻轻地响了一声，通过验证，他已经悄然混进海盗的通信频道。

机甲战队中，每架机甲的编号与位置条分缕析。

“好了，”陆必行故意困倦似的拖着声音说，“我刚刚……哎，这个不是反乌会的标志吧？”

“是自由军团，就是你那几个学生第一次开机甲误闯的地方。”林静恒伸手撑在他的椅背上，“他们不是在域内外贩卖‘芯片毒品’，声称不参与战争吗？”

就在这时，整个机甲战队突然动了，只见自由军团的通信频道里发出一条命令：“扫描结束，对方基地主力部队已经被引开。”

“收到，标记十个航行日内所有已知跃迁点，屏蔽区域内远程信号。”

“嗡”一声，林静恒一抬头，知道自己这架机甲上的远程端口也被殃及了。

“自由军团”的海盗通信频道中随即跳出命令：“准备进攻！”

原来他们是正好赶上了域外海盗内讧现场！

自由军团在联盟内外扩散他们的“鸦片计划”，通过植入芯片培养人体兵器，倒是和反乌会的女娲计划有异曲同工之妙，难道这些自由军团的人也是奔着这个来的？

就在这时，陆必行晃了一下。

林静恒的心神一半关注着海盗，另一半则一直挂在他身上，只见陆必行用力眨了眨眼，眼睛好像已经快合上了。

林静恒明知故问：“有什么不舒服吗？”

陆必行含糊地说了句什么，突然一回头，伸手搂住了林静恒的腰，隔着厚厚的隔离服，几乎碰不到人体，他坐在那里，撒娇似的把脸埋在林静恒的腰腹间，心里却恨恨地想：“你个王八蛋，给我等着。”

然后他沉甸甸地挂在林静恒身上，不动了。

林静恒的体温越来越高，酸痛的肌肉开始乏力，踉跄了半步，勉强撑住陆必行，他十分吃力地把陆必行放平，叫来了一个医疗舱，轻手轻脚地将“熟睡”的人放在医疗舱里，仅仅是这么简单的几个动作，已经让他有点喘不上气来，双手也开始微微地颤抖。

隔着透明的医疗舱盖与面罩，他低头看着陆必行安稳的眉眼，身上仿佛还残存着对方伸手一抱的力度。

林静恒注视着他，忽然感觉到了某种无法形容的孤寒，像是在三年寒冬的北京β星上，突然赤身裸体地被扔出恒温的室内，皮肤还残存着柔软的温度，就被凄厉的风雪劈头盖脸地浸没。

他第一次有种想要主动触碰另一个人的冲动。

但……恐怕是没机会了。

林静恒花了半分钟，将那些追随过他的视线、在他耳边喋喋不休的言语……还有那些笑容，一一收拾起来，打成一个包裹，妥帖地藏好，然后伸手推了一把医疗舱，让它静静地滑进封闭的医疗室内。

“准备一个生态舱，仿照女娲计划的标志，打上那个人头蛇身的女人像，仿造一份病毒实验报告。”

湛卢少见地没有废话，很快，一个能以假乱真的实验生态舱新鲜出炉。

此时，向着反乌会老巢方向进发的自由军团开始加速改变队形，并放出了电磁干扰，先锋队成排的粒子炮扫向那基地的反导系统。反乌会的反导系统立刻做出反应，但自由军团的小机甲群集中炮火，聚集在一起，像一群蚂蚁滚成的球，迎着反导系统的炮口而上，激烈的交火让远远旁观的林静恒听见一长串的高能警报，片刻后，自由军团的小机甲战队集体掉转炮口，粒子炮收起，数十枚导弹锁定了反乌会的基地。

第一批导弹倾泻而下，粒子流炸得到处乱飞，反乌会基地的反导系统瞬间瘸了腿，十架机甲试图起飞，被偷袭的自由军团锁定了机甲站位置，连续三枚导弹落下，整个机甲站台炸了个火树银花。

不到三分钟，反乌会基地的反导系统分崩离析。

“你们已经被包围了，”自由军团的小机甲群一边前行，一边通过广播向反乌会老巢喊话，“迅速投降！”

林静恒脱下隔离服，此时，他的体温已经不只是低烧了，两颊浮起不祥的血色，他钻进生态舱，闭合舱门，吩咐湛卢：“把我发送到指定坐标，然后你在机甲内全面消毒，带他返航。”

说完，生态舱缓缓进入发射轨道，一侧的机甲舱门打开，面朝着漆黑的宇宙。

湛卢的声音在精神网里响起：“启动发射进程，先生，您确定要断开与我的精神网联系吗？”

“……确定。”

下一刻，林静恒沿着精神网可以探寻到无限远处的视角缩回到一点，意识与机甲精神网断开了联系，湛卢的备用权限落在陆必行身上，将在他醒来后，自动由他接管驾驶权。

林静恒轻轻地闭了一下酸痛的眼睛，不想和谁道别，哪怕只是在自己意识里，于是冷酷无情地切断了所有的思念和遗憾。他又成了那个武装到头发丝，死前最后一口气也能荡平一支太空武装战队的人形凶器。

然而就在这时，发射进程被强行中断。

林静恒一愣，随即，听见湛卢的声音在空荡荡的机甲内响起：“抱歉，先生，作为人工智能，我在主人生命受到威胁的时候，有拒绝命令的权利，每时每刻以保护您为第一优先级，这也是我前任主人留下的权限设置——陆校长，隔离服的小伎俩躲不开我的扫描，出来吧，幸好我们俩是一伙的。”

（四）

“关闭机舱——”

“开始调节气压。”

机甲里按部就班地响起了机械声，林静恒本以为人类已经够不堪信任的了，没料到人工智能一样靠不住！

他难以置信，同时，也听懂了湛卢的言外之意，第一次清晰地碰到陆信三十多年前留给他的遗言，又是百感交集。百感交集的复杂滋味还没来得及仔细尝，他听见了脚步声靠近，林静恒慢半拍地意识到陆必行从一开始就是装晕，而湛卢那个吃里爬外的东西知情不报！

百感交集被怒火烧成了灰，林静恒下意识地去推生态舱门，打算把湛卢搓成一堆破铜烂铁，好在还没彻底昏头，想起自己已经脱了隔离服，他连忙又缩回手，把生态舱里所有的电子锁都扣上了。

陆必行的脚步声在外面停下了。

他听见陆必行用情绪非常稳定的声音说：“是有点晕，我不太习惯你……湛卢，你的精神网范围太大了，我见过的那些重甲没有这么复杂的精神网，你这已经是收缩过的结果吗？”

“是的，很荣幸为您服务，”湛卢的声音响起，“陆校长，我不推荐您这么做。”

他要干什么？

这个仿造实验品的生态舱是不透明的，林静恒看不见陆必行在外面做了什么，听得心惊肉跳。

就听陆必行很讲理地回答：“我现在没有别的选择，不然实在控制不住这个疯狂的浑蛋，你有推荐吗？对了，他还把生态舱从里面锁了，我怎么能弄开？”

林静恒：“陆必行，你……”

“哦，我会了，谢谢。”陆必行在机械和自动化方面的造诣无人可比，一点就透，立刻学会了怎么通过湛卢的精神网，无死角地深入机甲内的各个角落，随后，他用青年科学家在各种网络通信世界里溜门撬锁的绝技，带着湛卢这把万能钥匙，三下五除二地破开了生态舱的电子锁。

一串弹开的“咔嗒”声响起，林静恒实在没办法，只好用双手扣住了舱门。

陆必行试着往上提了一下，没提起来，发现最后一道“人工锁”居然还挺不好开。

陆必行：“给我松手。”

林静恒：“给我滚！”

陆必行叹了口气：“你不觉得我们俩这样不好看吗？像抢棺材板的僵尸跟盗墓贼。”

林静恒恨不能召唤出一个与世隔绝的玻璃罩，把陆必行像童话故事里那朵不能凋谢的玫瑰花一样罩在里面，高烧让他的双手不停地抖，手臂上青筋暴跳，一阵一阵的眩晕让他直犯恶心，一时说不出话。

“不松手是吧，好。”陆必行不喜欢跟人玩掰手腕，很快放弃了。

随后，林静恒感觉整个生态舱动了起来，被陆必行推着走了一段路，不知推到了哪里，旁边“嗡嗡”一阵响，“咣当”一声，接着强光刺入，林静恒的瞳孔倏地一缩，跟一个工具机器人头上顶的探照灯看了个对眼——青年科学家陆先生作为一个伟大的技术人员，绝不使用暴力，所以他指挥着一群小机器人，把生态舱的大半个机身拆了。

一只手伸过来，挡住机器人头上的强光，陆必行把干完活的小机器人赶到一边：“别照他眼睛。”

一只……手……

陆必行这个王八蛋把隔离服脱了！

陆必行脸上不见了平时和煦的微笑，天生上翘的嘴角绷得死紧，背光的瞳孔幽深，像两个吸光的黑洞，然后他弯腰探身过来，林静恒下意识地往后缩，狭小的生态舱却不给他回转的空间。

陆必行一把攥住他的手腕，触手的皮肤烫得吓人，但似乎还是完好的，没到轻轻一碰就滚下一层皮的地步。

林静恒说话时几乎不动嘴唇，声音压在喉咙里，似乎唯恐泄漏一点病毒的气息：“你疯了吗？”

陆必行看着他，觉得他真是很好看，就算在医美发达、人人都能靠脸吃饭的沃托，也一定算是比较出众的，他的五官也许未必毫无瑕疵，可是每一处都彼此呼应得恰到好处，能让人揣摩品味很久。单就皮囊而论，林静恒可谓是包装精良。

可是这么精良的包装，就包了这么个玩意儿吗？

心那么狠，那么刚愎自用，不讲道理。

历史书上讲，在远古那些生产力落后的年代，人们为了生存，必须群居，才能弄到起码的生存物资，因此，群体秩序总是大于人性，居高临下的封建独裁者们也从来都缺乏同理心，全凭自己的好恶与判断一意孤行，仿佛他身边的人是一群只会吃喝拉撒的动物，只会喘息，无悲无喜。

从这个特点来看，林将军真是很有古典气质了。

陆必行："你才疯了。"

他突然把林静恒从拆了一半的生态舱里拖了出来——这在平时是不可能的，彩虹病毒与狭小的生态舱帮了他好大一个忙，林静恒两条腿被只拆掉了一半的生态舱卡着，被他一拉，腰以上基本悬空，从方才就开始不停颤抖的双臂肌肉已经不受控制，提不起一丝力气。陆必行扣住他的手腕，把他按在半开的生态舱上，然后捕捉到了整个联盟最"刻薄"的呼吸和体温。

"可能会被他打死吧？"陆必行脑子里瞬间闪过林静恒一脚把于威廉踹出血来的情景，他想，"好烫。"

林静恒整个人被那倒霉的生态舱卡着，头往后一仰就要撞上生态舱，避无可避，一抬手肘狠狠地带着陆必行按着他的爪子撞在了生态舱门上，趁着陆必行手一松，一把推开了他，忧惧与震惊像两枚在他大脑里炸开的导弹，产生的"高能粒子流"海啸似的轰然碾过，席卷了他的神魂。

陆必行一抹嘴："把彩虹病毒分我一半，这么不舍得吗？"

林静恒可能要被他气得背过气去了，胸口剧烈地起伏，一时说不出话来。

湛卢的声音从机舱里传来："我的精神网上会留有最近十天的影像记录，之后会自动替换删除，陆校长，请问方才那段需要永久保存吗？"

陆必行终于在盛怒之后感觉到了一点尴尬，他干咳了一声，有些磕绊地说："不……不用，谢谢……嗯，湛卢，我有几句话想跟他单独说。"

"好的陆校长，"湛卢变成的机械手自动远离了他们，临走还留下一句评论，"您真的比先生礼貌多了。"

陆必行："……"

在这方面赢了林静恒，实在没什么好得意的。

陆必行掀开生态舱上面的盖，把卡在里面的林静恒解放出来，好歹让他能坐着。然后他抢在林静恒对他破口大骂之前，忽然伸手抱住了对方。

陆必行略微弯着腰，双臂从林静恒肩头绕了一圈，交叠在他后背，低头把脸埋在他颈间，深吸了口气，慢慢收紧双臂，像是缠住了猎物的蟒蛇：“将军，你这一辈子，有重视的东西吗？有拼尽所有都要守护的东西吗？你说第八星系是个荒野，必要的时候考虑舍弃这里的野人，可我觉得不对，对你来说，第七星系、第六星系……甚至首都星沃托，恐怕没有什么是‘必要’时不能抛弃的吧？”

林静恒挣不开他，无言以对。

“这个世界上，有没有一个星球、一个地方让你魂牵梦萦，做梦都能闻到那里泥土的气味，让你觉得这一生不管漂泊到哪儿，都一定要回去，要终老在那儿？有什么人……亲人、朋友……甚至你明恋暗恋的人，可以让你一直惦记着，让你担心自己离开以后对方会过得不好，所以不管怎么样，都要挣扎着回到他身边，再好好看他一眼？”陆必行缓缓地摇摇头，“其实没有吧？林，我觉得你有时候只是联盟上将当惯了，遇上什么事，随便尽一尽义务，万一死了也就死了，问心无愧，对吧？连我爸那么个人，都把结束乱世的期望寄托了一部分在你身上，但是他不知道，你根本不想担这个责任。”

林静恒：“我……”

“我还没说完呢，”陆必行冷冷地打断他，“有问题课后再发言——你弄晕我，打算把我丢在机甲里自动返航，你考虑过我的感受吗，英雄？还是在你眼里，我就是一个没心没肺、苟延残喘下去也无所谓的白痴？”

林静恒的嘴角轻轻地抽动了一下。

“你是我第一个结交六年，同生共死过的人，也是我第一个这么喜欢的人，能不能麻烦你认真一点、过点脑子，好好看看我……林静恒，你知道自己很不是东西吗？”

胆小的怕胆大的，胆大的怕不要命的。对林静恒这样的人来说，表现出一点自己的喜好已属稀罕，坦白自己心里的悲欢，更是难以想象的冒险，而像陆必行这样，毫无保留地掏出自己的心肝肺，对林静恒来说，基本就可以说是难以想象的“不要命”了。

因此他无从回击，溃不成军。

（五）

启明星上，深知第八星系是个什么鬼地方的黄鼠狼弄来了一批生理盐水，派了几个穿着隔离服的自卫队队员，挨家挨户上门发放“抗体”，同时没有底线地扯谎，声称“原有抗体见效太快，对身体有一定损耗，现阶段发放的‘抗体’是从其他星系带回来的，更温和、更无害，如果是已经感染的人，可能在一周甚至更长的时间后才会慢慢恢复，请大家务必不要恐慌。”

治疗混乱最有效的药方就是“希望”，一剂下去，立竿见影。围攻医院的人群都老老实实回家了，居民们认真地在家收听预防方式。此时，储备的消毒剂已经告罄，白银第九卫只好临时配了异味浓重的强氧化剂，让自卫队队员们穿着隔离服，开着机甲车沿街喷洒地面，空荡荡的街巷竟短暂地有了种秩序井然的错觉。

周六在消毒间里把自己里外喷了个遍，脱下隔离服，累出了他有生以来最浓密的一层胡楂，他接过一块营养膏，狼吞虎咽地边吃边走：“图兰卫队长在哪儿？”

“在地牢。”

周六应了一声，心事重重地快步走向地牢。他得跟图兰说一声，现在医院隔离间里的情况很不好，银河城的居民们身体素质普遍低下，发病不到二十四小时，死亡人数已经控制不住了，再这么死下去，一旦消息走漏，黄鼠狼的谎言必然会被戳破。

电梯门打开，他听见不远处传来人说话的声音。

男人有些虚弱，但是语气平和：“我没有说谎，卫队长，我的信仰要求我永远诚实，不管是面对自己，还是面对别人。因为质疑组织结盟光荣团的决定，我在战前就被他们放在凯莱亲王手下，做所谓‘启智人’——连先知都不是，换句话说，我是个被流放的人，所以没资格知道他们在联盟的军事部署，也完全不了解域外发生了什么，人命关天，我只是想帮忙。”

图兰原形毕露，懒得再装淑女，冷笑说：“你们这种邪教的神经病还知道什么叫‘人命关天’？少他妈放屁，再不老实，我就让你把你们海盗发明的十大酷刑都好好尝尝！”

霍普幽幽地叹了口气：“组织在域外待久了，信仰越来越不纯粹，做的事情越来越极端，我很难过，但是我们的原始教义不是这样的，卫队长，我们只是想给未来的人类谋一条生路而已。”

图兰尖刻地“哈”了一声。

“像银河城这样的地方，终年鸟语花香，万物都能蓬勃生长，只有人们饥寒交迫，蝇营狗苟，卫队长，你不觉得这是不对的吗？”霍普轻轻地说，“我是为消弭苦难而生的，我不会轻忽任何一个人的生命——您与其在这里逼问我，不如赶紧去想其他能解决这场灾难的办法。”

周六匆忙的脚步倏地一顿。

霍普的诘问，恰恰是他在银河城里搜索感染者时想过的，不谋而合的想法瞬间碰撞出了共鸣，让他一瞬间有种冲动，想进去保下霍普。这时，匆忙的脚步声从身后传来，周六回过神来，见福柯发丝散乱，一身消毒水味，一看也是刚从隔离服里钻出来，福柯招呼也不打，上来就连珠炮似的问：“周六，图兰卫队长有没有下一步的指示？”

周六忙问：“怎么？”

“有个男的，孩子染病在隔离间里，他装成药房护士混了进去——见了鬼了，这他妈银河城的市级医院居然还有人工医护！最关键的是那孩子已经死了。我们没有抗体，被关在隔离间里的病人只能等死，他知道了！”

谎言永远是谎言。

周六打了个寒战。

域外，自由军团和负隅顽抗的反乌会仍在交火，陆必行顺着黑进去的内网，悄悄登录了自由军团用来冲反乌会基地喊话的广播。

“这个广播是在基地地面的，需要身份验证和密钥，”陆必行说，“反乌会里面叛徒真不少，自由军团应该是有内应，先派了点诱饵，跟内应一起里应外合，把主力忽悠走了，然后再过来掀老巢……好，我进去了。”

一个躲在暗处的技术人员是十分危险的，趁着自由军团和反乌会打得人狗不分，陆必行已经大摇大摆地闯进了双方的通信系统。

医疗舱里有个能变形的“冰袋”，凹成了一个懒人沙发的形状，林静恒整个人陷在里面物理降温，力图让自己能清醒一些：“一般通信频道里有他们各处防护罩损伤程度，是个动态列表，找得到吗？”

陆必行抬头看了他一眼，林静恒大概是发烧眼皮沉，眼睛半睁不睁，目光看起来比平时散乱一些，却很奇怪地不显孱弱，他像个古老传说中的血族，让人疑心他还藏着棺材里带来的力量感。

不管是吵架还是什么，情绪大起大落地爆发过后，当事人总会有些尴尬。对方目光扫过来，陆必行心跳有些失序，连忙低下头，迅速下载了防护罩的损伤动态表，没仔细看，就随手投影到了机甲舱壁上。

林静恒看完沉默了一秒：“……能倒过来吗？”

陆必行：“……”

青年科学家感觉自己要是长此以往，怕是要傻，连忙收敛心神，干净利索地在狂轰滥炸的自由军团的通信频道中开了个后门，一道远程信号挂了上去，胆大包天地通过自由军团的通信网，经过若干跃迁点，往启明星的方向飞去，打算联络己方后援。

可惜，大概是从林静恒身上沾染了一点霉气，双向连接还没来得及建立，反乌会基地就开始释放特殊的干扰。

反乌会虽然内防空虚，但技术水平可以吊打自由军团——自由军团的内网果然应声瘫痪，陆必行那边微弱的信号也随即崩断。

湛卢：“功亏一篑，抱歉。”

陆必行叹了口气：“没关系，我再试试。”

“嗯，好的，陆校长。”湛卢十分不习惯地顿了一下，又忍不住夸了他一句，“比起和机甲打游戏输了都要使用不文明用语的先生，您真的是非常温和有礼。”

湛卢虽然是人工智能，但他首先也是个机甲核，在陆地上对自己的主人尽忠职守，而一旦上了机甲，作为机甲核，驾驶员的命令会优先于主人的命令——简单说，就是林静恒现在没法让他闭嘴。

因此林将军只好自己装聋，全神贯注于手头的这张动态表。防护罩损伤速度、损伤程度，对外行人来说，只是一堆没用的数字，最多是在防护罩快被穿透的时候知道往哪儿躲。然而对经常打仗的前线人员来说，一点蛛丝马迹也能捕捉到大量信息。

林静恒能在不用计算机的情况下，一眼扫过动态损伤列表，就快速判断出双方的火力分布与攻击效率，如果遇到个差一点的指挥官，他甚至能掌握对方的思路。这时，他发现自由军团非常奇怪。

自由军团并不是菜鸡，相反，他们堪称训练有素，虽然驾驶的都是小机甲，但士兵们好像排练过一样，反应极快、进退有度，配合得天衣无缝，三下五除二就瓦解了反乌会基地的反导防御，看得人心惊——即使白银九在这里，也未必会做得更好。

然而这都是在通信被切断之前。

宇宙环境里，大家都开着机甲，没法互相喊话，因此在当代战争中，通信干扰与反干扰是个专门学科。实战中被人干扰通信是很正常的情况，正规军都有专门的应对方法。但这支战斗水平直逼白银九的自由军团队伍，却在通信切断后瞬间就成了乌合之众。原本井然有序的队形竟然就这么溃散了，像一群失去了信息素的蚂蚁，部分机甲甚至开始不知所谓地做起布朗运动，而更加离奇的是，他们竟然还在保持开火！

湛卢捕捉到的能量波动没有变化，而反乌会基地遭到的火力打击水平跳崖式降低，也就是说，自由军团现在是朝着四面八方瞎开火……搞不好还有不少火力打到自己人身上了。

林静恒皱了皱眉，对陆必行说："把精神网给我。"

陆必行冰冷又防备地瞪了他一眼。

林静恒无可奈何："那行吧——你让湛卢展开一下精神网，试着入侵自由军团最外围的机甲。"

"哦，"陆必行臭着脸，"湛卢，麻烦把精神网展开。"

林静恒忍不住操着驾驶员的心："你能适应湛卢的精神网吗，他……"

陆必行脸色更阴沉了。

林静恒虽然不爱搭理人，但年纪轻轻能混到上将，当然也会看人脸色，只好一抬手，示意自己闭嘴了。可是身在机甲，却连不到精神网让他非常不习惯，林静恒感觉自己全然是两眼一抹黑，像是在悬崖边上把狂奔的野马缰绳交到了别人手上……而这位还是个"盛装舞步"运动员，专业明显不对口。

林静恒忍了半天，实在忍不住："你……唉，你要开就开吧，但是注意隐蔽，一旦打草惊蛇，不要和对方纠缠，立刻紧急跃迁，并且切断精神网交叠，撤向最近的跃迁点，坐标是……"

陆必行阴阳怪气地打断他："将军，看不出您是这么稳妥谨慎的人啊，那刚才把自己塞进漂流瓶，打算'火海漂流'的是哪位啊？"

林静恒："……"

陆必行锁定一架原地转圈的自由军团机甲，继续冷嘲热讽："弄不好是有人窃取了你的脑电波频道，给你干扰脑残了。"

他这小茬倒起来还没完了！

林静恒刚要说什么，就在这时，陆必行脸色突然一变："奇怪，对方的人机匹配度也太高了。"

入侵精神网的过程中，一旦对方的人机匹配度非常高，贸然动手，立刻会被反杀。

林静恒一惊，倏地站起来："撤回来，权限给我！"

"慢着，对方没反应……但我找不到人机对接端口的缝隙。"陆必行作为一个合格的科学工作者，好奇心重得能把猫咪种族灭绝，发生了意外，他非但不慌张，反而意意思思地想往前凑，低声说，"湛卢，我没记错吧，人机匹配度最高不超过90%是铁律……是我眼神太差，没找到对接端口吗？"

"不，"湛卢说，"您没看错，陆校长，对方的人机匹配度为100%。"

林静恒一惊："什么？"

陆必行叹为观止："这也行！"

"看来自由军团的机甲驾驶员不是普通人，"林静恒飞快地说，"当时在自由军团的空间站，'零零一'提起过一个见鬼……造神计划，是用生物芯片实现改造人，这些改造人不但会在短时间之内飞速进化肉体，还能半机械化。据零零一说，一旦改造人对接机甲，他们就会变成机身的一部分，而且反应速度是人类的十六倍……难怪找不到接口缝隙。"

陆必行难以理解："不是吧，白银要塞尸骨未寒，这些蠢货怎么还在追求机甲驾驶自动化？"

湛卢插话说："自由军团最终追逐的目标应该不是自动化，而是兼具人和机器两方面优势的进化改造人，但是应该没有完成目标，现在只做得出这种四不像的怪物。"

"难怪会来惦记反乌会的女娲计划。"林静恒目光转向混乱的自由军团队伍，“这些四不像的改造人虽然反应快，不受干扰，但恐怕没有独立思考能力，应该是在芯片的控制下有固定行为模式，反乌会干扰他们通信的同时，也干扰了生物芯片，现在自由军团的随军工程师应该在紧急修复，能不能想办法……”

陆必行眼睛一亮：“在他们修复过程中破译芯片信号，混进去！”

（六）

启明星上，黄静姝穿着厚厚的隔离服，在广场上接待来领“抗体”的人。自卫队挨家挨户送了一批“抗体”，但这样一来，就有许多没有固定住处的穷人出于种种原因漏领，就纷纷聚在一起抗议，这种时候最怕聚众交叉感染，图兰只好分区域设了几个领取点，派机甲车拦路，严格限制人流，把人们分批疏散。

即使是这样，现场也比她想象的人多，黄静姝被沉重的隔离服压得不舒服，艰难地原地活动了一下，她的几个同学也都在其他分散的领取点帮忙。

他们必须繁忙起来，才能缓解焦灼。他们是北京β星上仅有的幸存者，漂泊在纷繁复杂的第八星系里，无依无靠，黄静姝想象不出，如果没有陆校长，他们该怎么办。

“拿好，”黄静姝把一支灌了葡萄糖的假抗体递给排队的银河城居民，机械地重复着自己说了一整天的话，“拿到抗体以后，尽快离开，不要拥堵，也不要在人群稠密的地方聚集，谢谢，下一位——”

她话音没落，远处突然传来骚动，几辆机甲车同时拉响了警报，立刻有卫兵下来呼喝。随后，便捷扩音器把骚动声成百倍地扩大，一个男人在机甲车的警报声里大喊：“他们是骗子！这根本不是抗……”

“嗡”一声，机甲车放出干扰，扩音器里的人声变成了尖鸣，所有人下意识地捂住耳朵，那人后面的话被生硬地打断，然而不安却好像掉进了沸水里的油。

“他说什么？什么骗子？”

“根本不是抗……不是抗体！我好像听见了！”

“什么？那他们发的是什么？”

糟了，黄静姝冷汗都下来了。

一个白银九的卫兵快速走过来，低声对她说：“我们正在向卫队长汇报，非战斗人员先撤离！”

黄静姝有些六神无主地点点头，正要跟着离开。

忽然，原本排队的居民里有一个人站了出来，大声说：“你们拿着抗体，随便找个药房化验一下就知道，这里面装的根本只是没用的安慰……”

他话没说完，就被麻醉枪击倒了，周围本就处于恐慌中的民众以为他被人打死了，一时间，有人尖叫着四散奔逃，有人大声叫骂，有人试图穿过机甲车的包围圈往里跑，瞠目欲裂地指着黄静姝，让她给个说法……

还有人唯恐天下不乱：“他们根本不会给我们真正的抗体，我劝你们之中被感染的人赶紧找地方藏起来，不要被他们抓到隔离病房，抓走就是个马上死，他们就想找个地方把你们当垃圾一样处理了！”

黄静姝心率跳到了一百八，眼看着方才秩序井然的人们像决堤的洪水一样散开，真真假假的谣言如同被大风卷起的尘嚣。她旁边，白银九的卫兵正一边拉她走，一边在通过个人终端和图兰说着什么，黄静姝隐约听见，总是笑眯眯的图兰卫队长用冰冷的语气说：“……控制住现场，不惜一切代价。”

“不惜一切代价，”黄静姝茫然地心想，“要灭口吗？陆老师，怎么办？”

然而陆老师远在星系之外，无法回答，黄静姝听见人群里又有声音高喊：“他们发抗体的人都穿隔离服，要是抗体有用，这些人为什么怕成这样？”

“我们要交代，给我们交代！”

“他们来杀人了，快跑！”

远处一排机甲车直接穿过空间场，从天而降似的落在乱跑的人群外围，兜头将他们堵了回来，机甲车尖锐的前部像一根冰冷的矛，指着羊群似的暴民。

黄静姝突然后退一步，挣开了拉着她的白银九卫兵，转身跑向方才的接待台，一把抄起维护秩序用的扩音器：“喂！”

十六七岁的少女，看着很有大人的样子，可是此时紧张到了极致，她的声音却不由自主地带出了一点稚嫩的孩子气，她举起一支“抗体”，冲所有人说：“抗体的数量很有限，每个穿着隔离服的人都没有打过，既然你们这么说，那我正好能轻松一点。”

话音没落，她在卫兵们阻止之前，就将隔离服一键拆卸了下来，汗早已经打湿了她的头发，湿淋淋地垂在鬓角，赶来增援的是一部分白银九卫兵，被这变故弄蒙了，纷纷下车查看。

黄静姝的手一直在发抖，试了好几次，才成功地把注射器扣在胳膊上，注射器自动扫描后找准注射位置，消毒，将一支治不了病也救不了命的安慰剂推了进去。

“陆老师他们会有办法，”她想，“如果空脑症都能开着机甲上天，都能像正常人一样控制住两张以上的精神网，那还有什么做不到？就算我感染了，他们也能把真正的抗体带回来。”

不管是什么年代，总有一些不计后果、热血上头的年轻人，在别人权衡利弊的时候，已经不顾一切地冲了上去。

注射器完成使命，“咔嗒”一声，从她胳膊上脱落下来，喧闹的人群看着她，一时安静下来。

“这样你们放心了吧？特效抗体也不是万能的，对不同体质的人会有不同的效果，有些人仍会有感染和死亡风险，有些人甚至会过敏，如果发现自己感染，说明抗体效果对你来说并不好，立刻到医院去，医院不是开屠宰场的！”黄静姝深吸一口气，“那么我再说一遍，还没有领的按秩序排队，已经领了抗体的请马上离开，避开人口密集区。下一个——”

就在这时，天空中传来“隆隆”的声音，人们抬头望去，只见成排的星舰和机甲已经来到了距离地面很近的地方，飞向不远处的基地，准备降落。

天朗气清中，人们能看见那些机甲和星舰上醒目的标志。

“那星舰上有个注射器的标志！”

“是伦敦星上来的，我听说过伦敦星有个大佬，好像是专门卖药的。”

“机甲是从维落星来的。”

“还有米拉斯的……”

独眼鹰几乎调来了整个第八星系的医疗资源，巨大的星舰彩虹船似的降落在基地里，里面有完备的医用实验室、一整个团队的研究员，各大行星或多或少支援了物资，有些人甚至亲自来了。

奄奄一息的于威廉睁开眼，透过一块隔离服的透明面罩，看见了一张已过中年、布满沧桑的面孔，他没有认出这个人是谁，也许是一百多年的光阴摧残了彼此的容颜，也许是彩虹病毒已经烧坏了他的脑子，又或许，他们以前虽然一起战斗过，却没有缘分彼此认识，但他认出了那人手里锈迹斑斑的一枚铜章。

第八星系，自由联盟军。

不是海盗那可笑的所谓“自由”军团，而是一百多年前，真正追随过联盟，相信过联盟自由宣言，曾经在血与火中淬炼过的队伍。

于威廉的视线突然模糊，这不知名的……过去的战友，把铜章放在了他枕边，一字一顿地对他说：“朋友，我们是第八个自由的星系。”

于威廉泪流满面。

独眼鹰招呼也不打地闯进图兰的临时指挥所：“伦敦星那老鬼的研究所让我整个搬来了，立刻着手分析这个变种病毒，林静恒呢？有消息吗？找没找到那帮邪教的老巢？”

（七）

林静恒他们已经悄无声息地混进了自由军团的小机甲群，这小机甲群本来就型号不一，什么玩意儿都有，一个特殊的编码让周围的改造人军团忽略了他们。自由军团的通信频道修复后，方才乱成一团的自由军团再次恢复秩序，有条不紊地逼近反乌会基地。

恢复内网的自由军团秩序井然，进退有度，轮流开路防御，浪潮似的，一层一层往基地方向逼近。

林静恒方才扫了一眼反乌会基地防护罩的损伤情况，就大致明白了自由军团的打法，正好，有个自由军团的小机甲在方才断网中被己方大傻子误伤击落了，于是指点着陆必行悄无声息地占据了那架小机甲的位置，该开火开火，该撑防护罩撑防护罩，步调把握得十分精准，能以假乱真。

可见此人虽长得一本正经，但坑蒙拐骗的经验还是很丰富的。

林静恒做这种事相当坦然，伙同一帮海盗殴打另一帮海盗，他也没什么心理障碍，陆必行就有点不踏实了，叽叽咕咕地问湛卢：“我们这样贼头贼脑地混进来，万一被发现怎么办？”

湛卢友好地建议说：“您可以把机甲精神网权限转给先生，他会用导弹想办法的。”

陆必行“啧”了一声：“怎么老是想着使用暴力？我们是来偷东西的，和平解决不好吗？比如我可以自我介绍，就说我是个推销医疗保险的，这些改造人一堆后遗症，肯定很需要这款产品。”

湛卢敏锐地辨认出了这句话的玩笑性质，自信地回答：“哈哈哈。”

林静恒：“……”

林将军头一次见识到能跟机甲聊得一捧一逗的“兵”，这会儿也不知道是因为发烧耳鸣，还是被他俩吵的，忍无可忍：“要不你把精神网还给我，要不你同步汇报实时战事，哪儿那么多废话？”

“林先生，看我的脸，”陆必行把自己的眼角和嘴角同步往下一扒拉，“这个表情叫‘余怒未消’，咱俩账还没算清楚呢，你少跟我摆谱。”

不过他嘴上这么说，还是很靠谱地开始实时汇报：“现在通过精神网，已经能看见反乌会基地了，方才我捕捉到基地射出来的远程通信，很可能是在对外求援……嗯，等等，刚说完就被自由军团拦截了，远程通信没发出去。反乌会基地在全线收缩火力，他们可能是想集中力量突围。”

林静恒皱眉：“全线收缩火力，你确定？”

陆必行气结，感觉今天自己只要是不把精神网交出去，不管说什么，林先生都要合理怀疑一下。他拿出学者风度，尽可能心平气和地问：“将军，这么多年，你信任过自己的战友吗？”

林静恒回答：“我没有战友，只有下属。”

“白银要塞永远单独行动吗？你就没有配合其他部队执行过联合任务吗？”

“偶尔。”林静恒找了个地方靠着，为了省力气，他说话声音很小，让人有种此人忽然温柔起来的错觉，“温柔”的林将军轻声细语地说，“我会要求他们听我调配，或者滚蛋。”

陆必行：“……”

“反乌会基地现在集中火力很奇怪，”林静恒低声说，“他们的干扰水平相当高，联盟已经领教过了，不只刚才那点伎俩，如果他们真想突围，合理的做法，应该是先给出一个强干扰，让自由军团内乱，再从漏洞里分头突围。自由军团里虽然大部分是不辨敌我的改造人，但也有少量的‘牧羊人’，如果……咯咯……”

陆必行听见他咳嗽，心里一沉，顿时忘了冷战这码事，连忙接过话茬：“明白了，反乌会现在剩下的火力不强，像这样先集中火力再突围，即使扰乱了对方的通信，自由军团也可能会选择舍弃他们的改造人，直接追击，这样风险很大——所以他们是打算掩人耳目？湛卢，我们来找找他们想掩盖什么，先从跃迁点找起。”

他一点就透，倒是给林静恒省了好多事。

湛卢汇报：“周围尚未发现未知跃迁点。”

“一定有，只是被加密了。”此时，自由军团越来越逼近反乌会基地，陆必行的语速快得像舌头上装了弹簧，“跃迁点有三种加密方式，引流式、路径式和单向屏蔽式，其中路径式需要较大空间，这里条件不足，他们只能用另外两种方式——引流式需要周围其他跃迁点提供能量屏蔽，而如果是单向屏蔽式，地面应该会有接收器，湛卢，咱俩分头行动，你来排查跃迁点的异常能量波动，我来搞定他们地面内网。”

林静恒愣了愣——陆必行连着精神网，和湛卢沟通，其实是不用张嘴说话的，更何况湛卢的数据库非常强大，只要名词动词组合在一起没有歧义，任何命令都可以直接让他去做，根本不需要解释这么多。

陆必行是怕他这条操心的命又要费口舌问，特意条分缕析地说给他听。林静恒迟钝的神经轻轻拨动了一下，忽然有了种被人照顾的感觉……怪怪的，有点不自在，非常暖心。

就在这时，反乌会集中的火力突然开始最后的狂轰滥炸，同时，机甲上接到命令，自由军团让人全速进攻。

陆必行明显被变换的环境干扰了，似乎犹豫着要不要跟上。

林静恒断然道：“别理他，撤出自由军团队伍。”

“啊？”陆必行一边下意识地听了他的命令，一边心想：大庭广众之下说叛变就叛变，不会被人打成雨后沙坑吗？

他们混进来的时候，自由军团正好被干扰，所有机甲都在乱窜，因此并不突兀，然而此时，整齐列队的小机甲里突然出现一个不听命令的，立刻就好像秃子头上的虱子，顿时引起了自由军团的警觉。一时间，无数炮口指向他们，然而还没等陆必行做出反应，比方才更复杂、更强大的干扰突然从反乌会基地里释放出来，瞬间把自由军团冲刷成了“脑残军团”，改造人们头上的天线被掐断了，又成了无头的苍蝇，谁也顾不上谁了！

与此同时，湛卢那边率先汇报：“陆校长，定位到了一个用引流法隐藏的跃迁点！”

林静恒：“紧急跃迁。”

陆必行一把将可变形的冰袋拉下来，把原本的“懒人沙发”形状拽成了一个河蚌形，严严实实地把林静恒裹在里头，隔着冰袋搂住他，机甲随即紧急跃迁。保护气体双倍释放出来，全部涌向林静恒，他像是被裹进了琥珀，严丝合缝地定格在时光中，紧急跃迁过程里急剧变化的重力与震荡居然几乎没什么感觉。

下一刻，机甲从混乱的自由军团里越众而出，直接穿过了那隐藏的跃迁点，而他们前脚刚离开，机甲里随即就响起了警报声。

湛卢：“一个航行日内有剧烈能量波动……”

陆必行蓦地抬头——反乌会基地炸了！

那不是几架机甲自爆武器库的水平，而是整个基地成了一团火球。

作为反乌会老巢的基地空间站非常大，足有近千万平方公里，远不是第八星系自卫队那芝麻大的小玩意儿可以比拟的，几乎就是一座空中要塞，此时突然从中心开始往外爆炸，化成了一轮人造的太阳，巨大的火舌冲天而起，张开血盆大口，将人工大气层像薄薄的锡纸一样撕开，直卷向自由军团。

冒进又混乱的自由军团离得太近了！

反乌会方才集中火力，竟然是在用生命挖陷阱，整个基地压根儿没打算逃脱，就这么和入侵者同归于尽。通信信号被切断的改造人机甲没有任何反应，转眼就被吞噬了，而混在改造人中的一部分“牧羊人”正好在包围圈最外围，从难以置信中回过神来，掉头狂奔，溃不成军。

与此同时，一只近乎灰头土脸的小商船却轻巧地穿过陆必行他们方才用过的跃迁点，快速逃逸——陆必行一愣之后，立刻反应过来，反乌会基地自杀式的同归于尽，不是走投无路，而是为了掩护这只小“商船”！基地里所有人、所有机甲都为这几个人当了诱饵。

这算什么？为特权牺牲吗？

他们诱饵当得那么心甘情愿——到底是被欺骗了，还是已经被洗了脑，认为自己是在为全人类做出伟大而悲壮的牺牲？

炸都炸了，无从考证。

林静恒猛地把糊了一身的冰袋和凝固的保护气体推开，可是突然站起来，却一时感觉不到自己的腿，膝盖以下一片麻木，突如其来的无力感让他第一步就没迈好，直接跪了下去，陆必行吓得一把抱起他："林！"

林静恒："精神网！"

他话音没落，已经强势地闯进了湛卢的精神网，陆必行虽然仗着受宠偶尔和他耍光棍，但不可能在这种情况下与他争个两败俱伤，只好主动撤出。林静恒一伸手越过他，直接从变形冰袋里摸了个注射器，扣在了胳膊上，陆必行听见动静猛地回头，空的舒缓剂注射器已经自动从他胳膊上脱落了。

林静恒打完舒缓剂，轻轻哼了一声，周身无力的肌肉收缩得太紧，牵连得骨头都开始响，他抽了口气，痛苦地僵成一团。与此同时，湛卢的精神网铺天盖地地卷了出去，刚刚逃离反乌会基地的小"商船"明显是架机甲伪装的，猝不及防当头撞上，像只自投罗网的蚊子。

林静恒的身体有多虚弱，精神力就有多强悍。对方驾驶员直接被扫下了精神网，随即，林静恒不给他们反应的机会，接管小机甲后立刻关闭了所有平衡系统与仿重力系统，刚刚穿过跃迁点的机甲恰好正在高速旋转，机甲里的人好像误闯入滚筒洗衣机里的耗子，差点被甩个质壁分离，集体不省人事，失去了一拥而上重新夺回精神网的机会。

林静恒手起刀落似的捕获了一架机甲，整个人像是刚从水里捞出来的，咬牙挨过了一分钟的舒缓剂威力，奄奄一息地靠在陆必行身上，有那么一瞬间，陆必行甚至觉得自己看不见他胸口的起伏，连忙慌慌张张地去确认他的心跳，好不容易从他颈动脉处摸到了急促且微弱的动静，一口吊在嗓子里的气轰然落地，砸得陆必行差点崩溃："你找死吗！"

林静恒的嗓子哑得说不出话来，带着两架机甲，再次通过跃迁点跃迁。脱离了自由军团的屏蔽圈后，立刻放出了远程通信信号。

通过自由军团通信频道上的信息得知，反乌会基地里的主力武装似乎只是被引走，没有被消灭，而方才自由军团又那么急躁冒进，很可能是他们怕对方主力随时回来，因此这里并不安全。然而，饶是林静恒缜密到这种程度，也架不住他时运不济。

就在他们刚刚离开，一队反乌会机甲就突兀地出现在了他们逗留过的跃迁点，前后时间差没有一分钟，要不是反乌会基地已经炸成了碎片，他们简直像事先埋伏好的！

湛卢："先生，俘虏机甲上的追踪定位器被激活了。"

陆必行吃了一惊："怎么会这么快？"

林静恒立刻锁定了俘虏机甲上所有的追踪定位器，卸载下来，但是已经来不及了。湛卢将自己的精神网全面铺开，开启远程扫描，范围蔓延到相当大的区域，囊括了他们周围所有可选择的跃迁点情况。

此时，他们的坐标明显已经暴露，对方碍于他们手里的人质，投鼠忌器，没有贸然追上来，但已经兵分几路，把林静恒他们此时所有能选择的跃迁点全都控制住了。

如果画成地图，他们应该像被团团围住的小飞虫，天罗地网，四面楚歌。

双方短暂地僵持住了。

林静恒攥住陆必行的肩头，挣扎着扶着他站了起来，他倒是淡定，对战斗中一切不利意外都十分习以为常："把俘虏给我对接过来。"

被俘的"商船"缓缓飘过来，跟他们的机甲对接到一起，重力气压迅速调节完毕，一排机器人小兵冲过去，片刻后，把被俘机甲上的所有人都锁得结结实实，尸体似的挨个搬运出来。

一共七个人，统一穿着朴素的棉麻布长袍，头发理得很短，身上竟然找不到个人终端等一切科技制品，长袍的背心处画着反乌会的标志——缠绕的藤蔓卷成一个圆环，中间包着一个人形的剪影，很像早年反乌会传教小册子上画的先知形象，这些应该就是反乌会组织的核心人物，只是不知道他们怕不怕变种的彩虹病毒。

"他们出逃时一定携带了反乌会的核心资料，"林静恒通过精神网，控制着机甲上的广播代为发声，对陆必行说，"你先去找，一发现彩虹病毒的变种信息，立刻想办法建立远程通信，传给图兰。"

"哦。"陆必行冷冷地答应一声，随后不由分说地强行把林静恒的胳膊架起来，半带强迫地把他掳走了。

林静恒："你……咳咳，你干什么？"

"忽悠我去那边，然后把对接的两个机甲断开，是吧？用过一次的招数还用，有没有诚意？你不许离开我身边。"

林静恒刚要辩解，陆必行立刻充满不信任地打断他："不用解释，你不是不相信我吗？你的信用在我这儿早就'破产'了——要不是因为湛卢能打开一切电子锁，我就把你铐在我手上。"

湛卢——权限又回到了林静恒手上，对陆必行仍然十分恋恋不舍——此时对他一摊手，身在曹营心在汉地回答："抱歉陆校长，推荐您使用人手牌手铐，那个我无法干预。"

林静恒："……"

反乌会领头的是一架重甲，缓缓地从距离他们不远处的跃迁点里露出头来，与他们遥遥相对，一排导弹炮口锁定了他们。

对方打来了通信请求。

林静恒："湛卢，替我接。"

湛卢接通了通信，代替林静恒站在镜头前，并跟身后人事不省的几个俘虏合了个影，让反乌会的人能一眼看见。

反乌会的代表大概把他们当成了自由军团，上来就兴师问罪："我们的兄弟在联盟里浴血奋战，解放全人类，同为域外人，你们就在背后趁火打劫？"

湛卢那张人工智能脸拗出一个仿真度很高的冷笑："随便怎么说，你们的人现在在我手里。"

反乌会的代表强忍怒火："我知道你们想要什么，女娲计划的资料我可以做主共享，但你们必须立刻释放人质，把'方舟'还给我们！"

陆必行小声说："原来这伪装成小商船的破烂机甲叫'方舟'。"

林静恒脸色有些凝重。

湛卢说："别糊弄人了，女娲计划的资料就在方舟上吧？现在也在我手里，你拿我的筹码下赌注，哪儿有这么便宜的事？想留着你们这几位先知的命吗？想，就立刻让路，不然我一分钟杀一个，你觉得哪一位先死合适？"

反乌会代表咬牙切齿地说："我们是为了全人类而奋斗的，必要时候，任何人、任何事都可以牺牲，你别以为这样就能要挟组织！"

湛卢颇为无所谓地回答："好啊，那你们开火吧。"

这时，陆必行已经翻开了方舟的核心系统，隐藏的文件夹像透明的一样，从他经过的地方挨个跳出来，他破解加密的速度快得惊人，紧紧地拖着林静恒，也没耽误进度："找到了，等等，这里面有一个非常复杂的加密文件……嗯，用的是'阿勒托加密'，麻烦了……"

他话音未落，被触动的加密系统发出警报，而诡异的是，同样的警报声也在反乌会的通信频道里响起来了！

陆必行："我是碰到重点了吗？"

林静恒心想："糟了。"

林静恒瞬间把防护罩拉到最大，同时将机甲速度推到了极致，原本在原地静静自转的小机甲疾风似的冲了出去，惊险地和反乌会的导弹群擦身而过——对方居然真的不在乎人质的命了，看来是为了防止核心机密泄露，宁可把人质和方舟一并炸飞！

重甲后，无数中型战甲纷纷锁定了不自量力的小飞虫，此时，双方的通信已经自然断开，接着，铺天盖地的粒子炮夹杂着导弹轰然而至，填满了空间！

避无可避。

就在这时，发出的远程通信信号终于有了回应，和启明星基地的双向连接建成。

千钧一发间，陆必行连图兰的人影都没看清，想也不想就把彩虹病毒的所有资料打包发了过去——哪怕他们俩被炸成飞灰，起码第八星系不至于第二次遭到瘟疫的蹂躏。

（八）

启明星基地与林静恒他们之间的远程联系已经断开了很久。图兰作为临时指挥所的中枢，要配合黄鼠狼坑蒙拐骗，要调配白银九与自卫队，要提心吊胆地等着听最坏的消息，已经连轴转了两天，至此，独眼鹰已经把他用得着的人都带来了，医疗队替下了奔波的自卫队，只留一部分白银九的换班人员维持秩序，预防突发事件。启明星基地，横七竖八地躺满了睡在隔离服里的人。

人事已尽，只等天命。

图兰的天命等了一半，困得灵魂出窍，保持着端正的坐姿睡着了，像个鸟。

启明星的一天长得让人疲惫，好不容易挨到傍晚，天上突然凝结出厚重的积雨云，沉沉地压下来，在地上绵延出长长的阴影。独眼鹰站在窗口，一根接一根地抽烟，第二次远程通信信号抵达的时候，他看了睡死的图兰一眼，顺手验证了密钥。手还没放下来，就听“轰”一声巨响，鸟一样的第九卫卫队长惊得原地跳了起来，还以为是有敌袭，一把按住腰间的配枪，保险栓弹开，她才杀气腾腾地睁开眼，一眼看见已经断开半天的远程屏幕上一片火光，愣了：“什么情况？怎么回事？”

独眼鹰只看见陆必行的人影一闪，他一步扑到屏幕前，那画面抖得活像是得了帕金森，忽明忽暗，刺耳的警报没完没了地闪，却再也看不见人了。

独眼鹰的眼睛陡然红了，恨不能坐着远程信号飞向域外，照着林静恒的脑袋打一枪。

你知道我找到他有多难？你知道我付出了多大的代价才把他养大？哪怕你利用他，拿他当人形虎符，那也就算了，可你怎么敢……

独眼鹰一拳砸向远程信号接收器的仪器，图兰吓了一跳，连滚带爬地挡住了他：“冷静冷静，您的心情我们都理解，这儿有个数据包传回来了，是冒死拿到的，好歹让我接收一下……陆先生！”

独眼鹰心里好像烧着一把三昧真火，理智早已经尸骨无存：“你给我滚！”

图兰不便还手，被他推得后退半步，余光忽然瞥见远程画面：“等等，这架机甲不是他们去的时候开的那架。”

独眼鹰一顿。

图兰转身在墙上一拍，冲地牢的监控叫了一声：“把霍普给我拎上来！”

域外——在反乌会这样的炮火下，无论是方舟还是小机甲，都无处可逃。

机甲的防护罩能扛住一定强度的粒子炮，可是扛不住几十发交叠在一起的高能粒子流，那可怕的温度能熔化一切。而以机甲的速度，根本不可能快过粒子炮，跃迁都不行。

一般到了这种走投无路的地步，就算是林静恒，也该利用这片刻的光景回忆一下自己的生平了，他已经尽了全力，依然于事无补，那么也许这一切都是命中注定的。人类历史上，有无数曾经存在过的文明，被湮灭在漫长光阴的淤泥之下，腐朽，或是凝成化石，也许沿着历史与未来纵向观察，此时此刻正是第八星系下沉的开始，如果彩虹病毒注定要再次肆虐，洪流之中，微小的人类，又能改变什么呢？

可是……机甲上还有另一个人，一个无论如何也不能出事的人。

林静恒倏地一咬牙："湛卢！"

湛卢的身体应声"溶解"，几乎是瞬间，就从隔壁小机甲"渗透"到了方舟上，精神网迅速替换掉了方舟上原有的精神网。

而仅仅这么一瞬间，重重叠加的高能粒子炮已经追了上来，方舟的防护罩也开始熔化。

"防护罩高温破损，损伤度持续上升，50%……60%……"

"警告，防护罩破损速度过快——"

暴躁的舒缓剂几乎破坏了林静恒身上最后一点抵抗力。

湛卢在精神网里提示他："先生，你的体温现在已经超过四十度，精神力正在下跌，人机匹配度……"

林静恒充耳不闻："武器库启动自爆程序。"

湛卢："是，自爆程序需要双重确认——"

"防护罩破损85%，防护罩即将失效——"

林静恒在高烧下无意识地发着抖，命令却依旧镇定："再次确认，自爆武器库，武器库卸载。"

两架连在一起的小机甲应声同时卸载武器库，就在机身与武器库险伶伶分开的瞬间，里面数十枚导弹自爆程序启动完毕，爆炸将方舟上仅剩的防护罩撕裂，机身快要解体似的震颤着，尾部着了火，两个人同时被甩了出去，陆必行的后背撞上机甲舱壁，把林静恒死死地护在怀里，可是林静恒的手背仅仅是在他袖口上蹭了一下，竟就被衬衣的布料蹭出了一道骇人的血痕……彩虹病毒已经控制不住了。

而与此同时，这自杀一样的自爆却起到了以毒攻毒的效果，剧烈的爆炸对穷追不舍的高能粒子流来说，像一个插在水流间的铁片，原本卷向机身的粒子流兵分两路，与机身擦身而过！

下一刻，在速度较慢的导弹追上来之前，两架连在一起的机甲同时紧急跃迁！

林静恒的五脏六腑似乎烧着了，滚滚浓烟烫过四肢，他的意识像缓缓沉入深海的破船，被漆黑的海水层层淹没，无处挣扎，“一定要把陆必行活着送出去”的念头却好像一根针，在海浪滔天之下，反射着闪电的白光，吊命一样牵着他一丝神志。精神网里的湛卢焦急地反复与他的意识沟通，然而他已经没有余力做出反应，紧急跃迁的瞬间，林静恒下了最后一道指令——方舟与他们来时开的那架小机甲分离，方舟关闭所有动力系统，小机甲用全速往前冲。

然后他眼前彻底黑了下去。

就在小机甲冲出跃迁点的一瞬间，在跃迁点附近守株待兔的反乌会海盗就锁定了它，七八枚导弹呼啸而至，兜头把那小机甲炸成了一堆尘埃。

反乌会的通信频道里，冰冷的汇报声响起：“第四小组，目标已经击落。”

“收到。”

“等一下，跃迁点附近出现微弱的能量反应，可能是逃逸生态舱，请求重新扫描。”

“不是生态舱……”

小机甲爆炸的余威已经消失，方舟缓缓从跃迁点里滑出来，像一艘漂流多年的幽灵船。

这架伪装成商船的机甲仅剩一个备用的能源，不知是不是出故障了，动力系统没有开，半个机身烧焦脱落了，算它运气好，竟没炸膛，但饶是这样，它也已经不成形状，比太空垃圾强不到哪儿去。

“是方舟号！”

海盗们的炮口迅速对准了它，却没有贸然开火。

反乌会并不知道，之前那架疑似“自由军团”的小机甲里面装了湛卢这么个作弊器，理论上，小机甲的精神网是无法实现覆盖周围跃迁点，也无法远程扫描的。也就是说，小机甲里的绑匪也好，人质也好，应该都不知道跃迁点这边有埋伏。刚刚那架小机甲从跃迁点里冲出来的架势，恰恰像是急于甩了累赘人质逃命。

“小心，先不要开火，目标已经炸毁，方舟里可能是自己人。”

陆必行被林静恒蹭了一手的血，第一次希望自己身上能多长点柔软的肥肉。他几乎不敢再用手碰林静恒：“湛卢……湛卢……帮……帮我一下。”

湛卢化作人形，一弯腰，他的双手像是熔化的蜡烛，熔成了一双软垫，一克六百万的变形材料总算显示出了一点用场，软垫轻柔地卷起林静恒，放在方舟中一个仅剩的医疗舱里。

简陋的医疗舱也只是聊胜于无，最多能物理降温，以及防止他再磕磕碰碰而已。

刚刚两架机甲分离的时候，他就明白了林静恒的用意，陆必行把额头抵在冰冷的医疗舱盖上，强迫自己稳住了心神，把湛卢的精神网收缩到最小。

方舟缓缓地飘到了海盗们眼皮底下，陆必行心里同一时间升起无数种逃生办法，却又一个接一个地打消。林静恒刚才那一手成功地迷惑了对方，可是现在呢？到底怎么才能在这么多海盗眼皮底下混出去？

对方如果试图捕捞，他是反抗还是不反抗？

反抗，等于向数十架荷枪实弹的机甲暴露自己，只有粉身碎骨的下场。不反抗，就睛等着被人活捉了。

他自己倒是不要紧，可是林……

陆必行差点没勇气看他第二眼。

由于皮肤开始撕裂，林静恒的前襟上血迹斑斑，一条小腿不自然地扭曲着，应该是舒缓剂带来的肌肉痉挛后遗症，可是锐痛已经被彩虹病毒盖过去了，他自己居然也没发现，此时脆弱的身体经不起任何磕碰，只能由医疗舱缓缓地平复。

“陆校长，”精神网里传来湛卢的声音，“对方发来通信请求。”

陆必行激灵一下。

“通信请求一次……”

“通信请求两次……”

海盗们的炮口闪着随时准备发射的光，怎么接？

突然，有人出声说：“林将军。”

陆必行蓦地回头，发现是方才的远程通信端口一直没断开，这会儿逃离了高能粒子流，能量场平稳下来，离跃迁点又近，远程通信又不知怎么重新接上了，一个对陆必行来说十分陌生的中年男人出现在屏幕上。

随后图兰从他身后露出脸来：“陆校长，这就是霍普先生，将军呢？你们现在是什么情况？”

陆必行先是一愣，随后突然一跃而起——

对了，霍普自称原本在反乌会里颇有身份，因为内部争斗被放逐到了凯莱亲王卫队，所以他才会知道反乌会的域外老巢，如果他没有撒谎……

不，就算他撒谎了，现在也只能死马当成活马医了！

陆必行立刻让湛卢把方才那几个倒霉俘虏的照片发给霍普，直接跳过了寒暄和自我介绍：“这里面的人你有没有熟悉的，有没有你能试着冒充的人？”

霍普有点找不着北：“什么？”

方舟机甲再次发出提示：“通信请求四次……”

陆必行手心直冒汗：“到底有没有？”

“左手边第三个，是先知拉德汗姆，我和他是点头之交，但……”

“通信请求五次……”

“别‘但’了，现在靠你救命了，放心，不用你露脸。”高压之下，陆必行的大脑前所未有地高效运转了起来，他支使湛卢暴力破坏了远程通信端口设备的外壳，艺高人胆大地直接把复杂的核心芯片拖了出来，连上自己的个人终端，做了个临时的中转装置，然后将方舟上的通信端口如法炮制，这样一来，海盗们追踪不到远程通信的信号，霍普和他们直接对话，听起来会像是他本人就在方舟上一样。

随后，陆必行弄松了通信器的影视传输端口，把镜头对准了林静恒血迹斑斑的手，深吸一口气，在通信请求第七次的时候，接通了。

反乌会负责人听见通信接通的一瞬间，有些意外地放下了手，撤回了准备开炮的命令。

他眼前的通信屏幕闪了一下，接着，一个浑身布满血迹的人从胸口以下出现在视频里，但一闪而过，随即，对方的通信设备好像出了什么故障，没等他们看清，屏幕就闪烁了几下，什么都看不见了。

反乌会这支小分队的负责人皱了皱眉，拍拍联络员的肩，示意他让开，亲自上前沟通。

陆必行听见对方说了一句他从未听过的语言，立刻抬头去看湛卢。

湛卢摇摇头——这种语言不在他的数据库里。

而同时，远程通信端口，霍普通过文字告诉他：“这是先知语言，在反乌会里，只有达到先知级的人才能学，他方才问，方舟里的人是哪位先知。”

紧接着，反乌会那边又用同样的语言说了一句话。

霍普：“他问方舟上的先知是否身体不适。”

陆必行通过精神网，把自己想说的话直接转成文字，打在远程屏幕上，和霍普沟通：“告诉他，你感染了彩虹病毒。”

霍普面露难色，他好像真是个严于律己的信徒，让他撒谎比杀了他还难。

独眼鹰见状，拎着枪就要往他脑袋上砸，图兰连忙拦住。图兰很不要脸，前倨后恭、翻脸如翻书，这会儿她有求于人，姿态又放得很低，恳切地在霍普耳边小声说：“霍普先生，你们的教义不就是为了拯救世人吗？细枝末节的规定，那都只是为了规范平时的行为啊，总教义和教条规矩冲突的时候，应该听从哪一方，这还用说吗？”

霍普无奈地看了图兰一眼，感觉这些没有信仰的大兵实在是道德低劣，她就跟失忆了一样，一点也不记得自己刚刚使用过暴力，坏得无耻又蒙昧。

可她在这件事上说得有道理。

霍普顿了顿，用力咳嗽了两声，把声音咳得又哑又粗，随后他深吸一口气，用先知语开了口：“我是拉德汗姆，我……咳咳……不太好，现在感染了变种的彩虹病毒。”

他因为不习惯说谎，声音有些发紧，带出来的虚弱感却意外很适合假装病人。

反乌会那边吃了一惊，叽里呱啦地说：“什么？怎么会？方舟里现在还有其他人吗？”

霍普扫了一眼陆必行的提示，回答：“不知道，罗尔德先知晕过去了，我不知道他是死是活，玛吉先知一直在流血，不回应我的呼唤……绑架我们的人来自自由军团，我们当中出了叛徒，对方是冲着女娲计划来的，为了逼我们交出研究材料，他们一边入侵方舟的数据库，一边往方舟里喷洒了大量高浓度的病原体……其他的兄弟姐妹被他们绑上了机甲严刑逼供，刚才……”

这种先知语言有种特殊的韵律感，听起来像是从某种古地球语言变换而来，湛卢在不断收集语音试图解析。事到如今，霍普已经豁出去了，话说得越来越顺，他自带某种神棍气息，用虚弱的腔调说先知语时，有种说不出的悲怆感。

反乌会那边忙说：“不要紧，拉德汗姆先知，你现在不用动，我们来捕捞方舟，放心，方舟上有抗体样本，我们这里有充足的医疗物资，很快能大量复制！”

陆必行的心狂跳起来，扭头看向主控系统下那个不显眼的小小保险柜，狠狠地咬了一下自己的舌尖，使了洪荒之力才没立刻冲上去，先给了霍普一大段提示。

霍普目光一扫，讶异地看了陆必行一眼，随即用先知语言低声说：“自由军团怎么会不知道我们有抗体样本？他们向我们释放的彩虹病毒不是原来的版本，也并非女娲计划的研究方向，是自行研发的，你知道他们那些臭名昭著的实验……”

“先知！”

霍普叹了口气，说出了后面的台词：“不要捕捞，不要让更多的人接触到它，方舟里的能源已经耗尽了，很快会连基础通信也断开，我们会像星尘一样，流落到未知的宇宙深处，病毒会死，肉体也会死，变成风干的标本，有一天融化在某一次撞击里，以另外的方式存在，也算是回归自然的一种。兄弟，我在想……女娲计划真的正确吗？人们用各种匪夷所思的技术掠夺大自然，不肯接受自然选择，几千几万年未经筛选和进化，这样的确很傲慢。但我们试图人工重启人类进化进程的行为，难道就不傲慢吗？”

两个通信频道，以陆必行的个人终端为中转，天衣无缝地对接在一起，安静了片刻。

霍普继续用先知语忽悠：“也许我能在生命的最后一点时光里想清楚这个问题——方舟里的一切数据我都已经清理了，不会有泄露风险，放心吧。别了，兄弟姐妹们，赞美伟大的生命和自然。”

湛卢适时地模拟出能量告罄的“嘀嘀”声，随即切断了和反乌会的联系。

霍普目光复杂地看着陆必行：“陆校长是吧？您是怎么知道组织开始女娲计划的初衷的？”

方舟还没有脱险，陆必行的神经紧绷着，无暇理他，只是飞快地笑了一下：“猜的。”

破破烂烂的小机甲穿过层层叠叠的反乌会海盗，在炮口的目送下，缓缓往远方飘去，哪怕陆必行恨不能就地跃迁，此时也不敢开一点加速，唯恐对方看出破绽。

突然，湛卢说：“高能预警！”

所有人的神经都随着这一嗓子紧绷了起来，只见他们身后的海盗们同时举起粒子炮，图兰以为功亏一篑，几乎不敢看，陆必行的手紧紧地扣在旁边的小医疗舱上，闭上眼睛，忍着一动不动。

可是那呼啸的粒子炮没有瞄准他们，与匀速直线飘走的方舟擦身而过，像一排礼炮，反乌会的海盗们打完这一排粒子炮，再没有动静，静静地目送着方舟远去，直飘了三个小时，到彼此再也看不见对方。

陆必行身上的冷汗几乎把衣服打透了，踉踉跄跄地破开了保险柜，见里面分成不同的隔离小格，他慌张地扫过海量的样本标签，终于找到了一行“α-1型变种彩虹病毒”的小字，顿时脱力跪了下去。

“扫描最近的跃迁点，”陆必行哑声说，“紧急跃迁……我们走。”

第六章 启明星

他来到第八星系已经六年，却才刚刚找到陆信曾经走过的路。

（一）

启明星的银河城开始进入雨季。

基地里那个反乌会留下的植物园中，喜阴喜湿的植物与真菌开始疯长，淅沥沥的雨声像时钟，从早响到晚，顺着破旧的屋檐不停地往下滴，街上依然人烟稀少，偶尔有人匆忙撑伞跑过，从高处看，就像是一朵一朵匆忙顺水而下的花。

林静恒被雨声惊醒了一次——他已经很久没听过这样的雨声了，北京 β 星气候干燥，冬天漫长得好像永远也过不去，而臭大姐那个人造基地用的则是人工的水循环系统，没有这样痛快的风呼雨啸。他在梦魇中茫然地睁开眼，一眼就看见头顶医疗舱的盖子，恍惚间，仿佛回到了三十多年前那个被关在急救舱里的雨夜，混乱的记忆与现实彼此交织在一起，林静恒不分青红皂白地撞开了医疗舱的盖子，身上的针头一下飞了出去，他半昏半醒中也不知道疼，挣扎着爬出医疗舱，腿一软跪在地上，之后是天旋地转，耳边只能听见自己急促的心跳声。

“我要……我要去……”

一个穿白色隔离服的人带着一群医用机器人闯进来，大呼小叫地按住他，镇静剂冲进他的血管，林静恒的意识再次昏昏地沉进无边黑暗里。

这一次，他梦见了一段太空视频记录。

那是机密文件，乌兰学院的兰斯博士不知走了什么关系才弄到了一份拷贝的，在他毕业当天，作为礼物寄给了他。

视频记录是机甲的“军用记录仪”拍的，除了清晰的实景，屏幕上还跳着各种数据，精准地记录了当时的坐标、环境、温度以及能量波动等数据。

地点位于第一星系的“玫瑰之心”附近，拍的正是陆信“出逃”那夜。

联盟的追兵对他们穷追不舍，连续几波导弹已经从发射台上冲了出去，视频的背景里有一点杂音，一个男人沉声说：“导弹有个屁用，陆信见过的导弹比你们吃过的米都多！上面又没说过非得抓活的，你们这么多人，对付这么几架机甲，还围追堵截什么？直接用‘烤箱’加把火不会吗？！”

“烤箱”是前线士兵们惯用的口头语，指的就是叠加粒子炮。三十发以上的粒子炮叠加后，会产生能熔化机甲防护罩的高温，像用烤箱烤带皮地瓜一样，因此得名。

只有在一方兵力占压倒性优势又恰好想要杀人灭口时才会用到。众多机甲一拥而上，严格计算好发射角度后摆好阵型，同时朝目标发射高能粒子炮，关键在指挥和配合。如果配合得当，产生的叠加粒子炮将会非常致命，因为高速的高能粒子流不像导弹，以机甲的速度，根本躲不开粒子流攻击区域。

高能粒子流随即锁定了目标，那是一支只有五六架小机甲的队伍，领头的小机甲带着同伴滑向远方，看不出它和普通的小机甲有什么不同，可是林静恒无来由地一眼就认出来，那是陆信的机甲。他眼睁睁地看见屏幕上闪烁起刺眼的荧光，高能粒子炮咆哮着冲出去。军用望远镜上甚至勾勒出了粒子流的能量数据，海浪一般，看不见的死神穿过玫瑰之心，面露狞笑，袍袖翻飞。

这一段视频非常短，全程不到一分钟，但林静恒翻来覆去地看了一宿，重播了无数次，以至许多年以后，一闭上眼，仍是历历在目。

当时执行“烤箱”命令的人犯了个非常低级的错误，他把目标机甲的动力加速度值填错了，那是个很小的误差，不仔细核对都看不出来，但目标机甲在逃逸过程中走的并不是直线，林静恒自己模拟计算过，当时在那个角度和速度下，叠加粒子炮抵达时，应该是正好会把领头的那架机甲错过去。也许是冥冥中，有某个不知名的神仍然不想放弃，想要最后保护那个人一次，也许世界上根本没有什么神，是执行命令的士兵出于隐秘的仰慕故意放水……这些都已经不可考，总而言之，陆信当时本不该死。

可是就在粒子流放出去后，陆信那架本来是在前引路的机甲却突然制动，这种速度下，人的反应是跟不上的，与他同行的队友们还没来得及意识到发生了什么，他就瞬间滑落到队尾，而先前发射的导弹和随后追至的叠加粒子炮也几乎同时到了，陆信的机甲兜头撞上了三枚导弹，小机甲连防护罩破损的过程都没有，直接开出了一团灼眼的火花，而在这让人目瞪口呆的爆炸里，洪水似的高能粒子流却像是遇上了障碍物，兵分几路拐了弯，刚好错过了小机甲群，让他们有喘息的余地，随后得以跃迁逃离。

他用生命为最后跟着自己的人赢得了一线生机。

后来，除了陆信的副官公开自杀，至今，当年曾随陆信出逃、后来逃逸的人都有谁，联盟也没有拿到名单。而那份绝密名单就附在视频后面的加密文件里，林静恒阅后销毁了，后来他用了三十年，才不动声色地把名单上的人一一埋进了七大星系腐朽的土壤里，等着他们长出能把联盟捅破的根系和枝芽。

可是……兰斯博士大可以只把名单交给他，为什么还要给他看这一段记录呢？

他是想告诉当时年轻叛逆的自己什么呢？林静恒百思不得其解，始终没有找到机会询问。他毕业那年，兰斯博士已经是两百八十六岁高龄，拒绝乌兰学院的一再返聘退休了。林静恒当时需要去军委报到，要宣誓入伍，要交接职位，忙得不可开交，等他好不容易抽出时间，兰斯博士却已经因病入院，不久就寿终正寝了。

那高能粒子流分海一般改道而去的画面就这样被刻在了他的脑海深处。谁知道多年后，这毁灭性的一幕，竟然还阴错阳差地给他灵感，救了他一命。

等等，林静恒心里“咯噔”一下——救了他……一命？

他徜徉在记忆黑洞里的意识好像突然抓到了一个线头，循着那线头，他从十六岁的雨夜里走出来，一路狂奔，像是跑过了一生那么久，终于找到了出口，纷乱的现世轰然砸下来，世界大战、第八星系、女娲计划、海盗的追兵、暴发了变种彩虹病毒的银河城，还有陆必行……

巨大的焦虑立刻驱散了一切，林静恒猛地睁开眼，立刻就要坐起来，才刚一动，他就忽然感觉到了什么，借着医疗舱上仪器的微光，他垂下眼，发现自己身上虚虚地搭着一只手。

林静恒一愣。这回，医疗舱的盖子是打开的，他屏住呼吸一偏头，就看见了陆必行。

旁边其实有个可供人休息的胶囊舱，但陆必行不知是嫌它地方窄还是怎样，不肯屈就。他十分胡闹地在医疗舱旁边搭了个海滩度假风的吊床，还应景地配了个螃蟹形的枕头，像条被误捞的大鱼，裹在吊床的网兜里，半张脸埋进“螃蟹壳”中，顶着一脑袋乱毛，侧脸半趴着，长长的胳膊从吊床里垂下来，手指恰好能蜷缩着碰到林静恒，像个叩门的手势。

此时天刚蒙蒙亮，林静恒生怕惊醒他，又小心翼翼地躺了回去。医疗舱壁上的小屏幕实时监控着他身体的基本指标，林静恒大致扫了一眼，比平时虚，但基本已经回归了正常范畴，角落里还有人给他加了一排备注，写道：“病人疑似有幽闭恐惧问题，建议非必要情况下不要密封医疗舱。”

林静恒：“……”

没听说过，这是哪儿来的庸医？

而屏幕最后一栏是病毒指标，那一排表格已经灰了下去。

“有抗体了吗？”林静恒想，忍不住又抬头看了看陆必行，“怎么拿到的？”

陆必行略微活动了一下脖子，鼻梁直挺挺地戳进了螃蟹钳子里，那螃蟹形的枕头不知道哪儿生产的，竟有腿毛！陆必行蹭了几下，打了个闷闷的喷嚏，这样居然都没醒，翻了个身接着睡，垂下来的手短暂地挪到了别处。

林静恒顿时觉得身上一座大山移开了，这才把屏住的气息大口吐出来，随后，陆必行好像睡不踏实一样，翻来覆去地在半空中滚了半天，垂下来的手无意识地四处摸索，林静恒连忙侧身躲开，将被子一推，抵在陆必行垂下的手指上。

陆必行抓住了东西，就重新安静下来，又一动不动了。

林静恒休眠了医疗舱，拔下身上的感应器，轻手轻脚地爬起来，拎起陆必行扔在一边的外套披在身上，往外走去。

日历显示，从他失去意识到现在，已经过了整整六个沃托标准日。

林静恒手脚有些发软，但医疗舱把他身体的各项指标调理得不错，倒也不至于走不稳。

这里显然已经不是隔离病房了，门没有上锁，也没有其他隔离措施，离开医疗舱，出门就是一条走廊，林静恒认出来，这地方应该是反乌会占领启明星时建的内部医院。

反乌会在个人审美方面经常跑偏，建筑却还不错，大概是精力有限，他们没有去追求复杂的古典主义，窗户就是简单的玻璃，没有过多的科技元素，用的落地窗，采光和视野都是一流的，到处都是大大小小的露台和露天走廊，栽满了植物，被雨水洗得鲜艳欲滴。

此时已经破晓，林静恒看见白银第九卫整齐地列队而过，刚刚做完五公里负重热身跑，奔向训练场，紧随其后的是那帮自卫队队员。

白银九的队伍是整齐的豆腐块，而被他们拖了五公里的自卫队就成了里出外进的豆腐脑。自卫队队员们拼了老命才没被甩下，恨不能舌头都长长两尺垂在胸前，哪儿还顾得上队列？领头的周六吼了句什么，后面小兵们跟着齐声叫唤，不知是个什么新口号，他们一边叫，还一边砸胸口，像一伙准备下山抢地盘的猩猩。

白银九在训练场门口整队，被他们这副熊样逗得想笑不敢笑，一个个憋得面目狰狞。

图兰目光一扫：“稍息，一分钟，整理衣冠，笑！”

自卫队中的大多数人都是变种彩虹病毒暴发后，被周六紧急叫来的，来了以后就没闲下来过，天天和白银第九卫混在一起焦头烂额。惊心动魄的八九天里，每个人都被关在隔离服里，人与人之间的距离隔着两层面罩，却又近得好似兄弟，就这么在筋疲力尽里混熟了。

自卫队队员们惊讶地发现，这些传说中的联盟精锐，原来也是肉体凡胎，也会吃喝拉撒，不执勤不训练时也会扯淡闲聊，连在背后骂老大是流氓的姿势都跟自己一模一样。有近在咫尺的参照对象，就像马拉松菜鸟们有了领跑的陪跑员，突然，不可能完成的训练任务似乎都变得不那么无理取闹了，自卫队队员们自然而然地追随起对方的脚步。

一分钟休整的白银九笑成了二百五，稀里哗啦的自卫队队员们不甘示弱，一边混乱地整队，一边朝他们比中指，双方你一言我一语地互损起来，非常没有素质。一分钟一到，图兰就吹了一声尖锐的口哨，白银九令行禁止，迅速从小流氓状态中切换回来，挺拔的军姿纹丝不动，而队伍竟然还是横平竖直的。旁边的自卫队被紧绷的气氛影响，也跟着板起脸噤了声，快速无声地排好队，像“一二三不许动”的大型游戏现场。

图兰自己“噗”一声笑了，几个单纯的卫兵没忍住，也跟着傻笑……然后集体被阴险狡诈的卫队长罚了一百转的失重训练。

林静恒摇摇头，在第一星系的时候，白银九可没有这么活泼。

他在陆必行兜里摸了摸，没有烟，只找到了一把薄荷糖，已经有点化了。林静恒剥了一块含在嘴里，看见遥远的地平线渐渐亮了起来，是个雨季里难得的晴天。

微弱的晨曦奋力从薄雾中穿透，湿漉漉的地面泛起润泽的光，充满生机。基地视野开阔，从高处能望见影影绰绰的银河城，启明星的气象卫星早就成了太空垃圾，银河城上空的天气预告牌却顽强地健在，依然亮着灯，上面写着：“卫星跟人私奔了，准确天气信息请稍候——”

而人们已经“稍候”了一百四十年。

这个世界上，有没有一个星球、一个地方让你魂牵梦萦？

让你觉得这一生不管漂泊到哪儿，都一定要回去，要终老在那儿……

你这一辈子，有重视的东西吗？有拼尽所有都要守护的东西吗？

在这晨曦中，难得懒散地对着窗外发呆的林静恒好像第一次睁开眼，仔细地端详起劫后余生的银河城、启明星……还有第八星系。

他一直空荡荡飘在联盟议会大楼上的灵魂终于找到了梯子，一步一步地走到人间。

悲喜交加的人间，给了他一个混杂着芬芳与腐臭气息的拥抱。

他来到第八星系已经六年，却才刚刚找到陆信曾经走过的路。

联盟第八星系，本来就不该是承受联盟与海盗双重挤压的下水道。

（二）

急促的脚步声传来，林静恒一回头，看见陆必行顶着一脑袋被螃蟹蹂躏过的头发冲了出来，急惶惶地到处找他。两个人的目光猝不及防地撞在一起，陆必行脚步倏地一顿，两人仿佛都没准备好怎么面对对方似的，隔着五米远面面相觑。

陆必行干咳了一声，在原地抓耳挠腮似的按下翘起的毛和皱巴巴的衣服，嘀嘀咕咕地说："你……有一天可能是突然对一种退烧药起了过敏反应，神志不清地从医疗舱里摔出来了，我不放心……你那个……我……咳……"

林静恒——体温降下去了，舌头毒回来了："对你在机甲上乘人之危做的事良心发现了？"

陆必行直眉愣眼地戳在那儿，衬衫刚整理了一半，一角还撅在腰带外面，怀疑自己的耳朵出了毛病。他的嘴张开又闭上，随后又张开，茫然地发出个单音："啊？"

陆必行虽然偶尔活泼过头，显得有点不着调，但心理素质异常稳定，而且十分扛得住事，"校长"和"老师"的头衔戴起来像模像样的，即便是大马行空起来，他身上的气质也更接近于"疯疯癫癫"，而非年轻人的毛毛躁躁。然而此时，他仓皇中甚至忘了把自己收拾得人模狗样，一脸没睡醒的懵懂，下巴上还有个螃蟹爪印，傻站在那儿，深棕色的眼睛里一片空白，居然透亮得多了些少年呆气。

林静恒双臂抱在胸前，靠在窗口看着他，心就一寸一寸地柔软了下去，突然很想摸一摸他的头发。

"怎么，你在小机甲上不是胆子挺大的吗？"林静恒摆出一副准备秋后算账的架势，不慌不忙地对陆必行说，"从哪儿开始说？嗯，就从你装晕开始吧，装得挺像，是不是有扮演尸体的从业经验啊，陆校长？"

陆必行无言以对，只好干笑："一般，一般。"

林静恒缓缓地踱步过来，他脚上穿的是医疗室提供的卫生拖鞋，走起路来却没有一点拖沓的声音，依然像巡视领地的虎豹。

陆必行趁着人家病猫状态动手动脚、胡作非为，这些日子是"得意"

得有点忘乎所以了，不料病猫一觉醒过来，原地变身，冲他露出了一尺长的獠牙，一下戳破了青年科学家美出来的鼻涕泡。

“骗走精神网，随便脱隔离服，没轻没重，不知死活。”林静恒面无表情地质问他，“你知道上一个想从我手里拿走精神网的人怎么样了吗？”

陆必行情商很高，其实感觉得出，林静恒不是在认真跟他计较，然而在林将军的气场下，他还是忍不住往后退了一步，微弱地辩解：“这……是个意外，纯属意外……再说明明就是你先想甩开我的，你还主动把湛卢的备用权限给……”

林静恒又逼近一步，打断他：“你知道上一个挑我错的人是什么下场吗？”

陆必行头一次见识到这样不讲理到了极致的人，以至“不讲理”已经成了他的个人风格，陆必行口舌发干，这时，他心里灵光一闪，忽然回答：“知道。”

林静恒本来是逗他玩，没料到他这么一接。

就听见陆必行严肃地说：“据说这个人被你迷得神魂颠倒，已经基本丧失了生活自理能力，可怕，太残忍了，令人发指。”

林静恒：“……”

他这才想起来，上一个仗着精神网捆他、挖苦他，还念经折磨他的也是这小子！他居然宽宏大量地给忘了！

陆必行误打误撞地找到了对付变态将军的办法，干脆利落地把脸皮一撕，要英勇就义似的闭上了眼，大义凛然地说：“我的罪行还没有陈列完，将军，我还试图攻击你，嗯……强行突破社交距离，严重妨碍了你呼吸，十分丧心病狂，我向你忏悔，并强烈请求你以牙还牙，我绝对不反抗。”

这教科书式的碰瓷让林静恒哭笑不得。

陆必行又飞快地睁开一只眼：“双倍我也能承受，快来报复我！”

就在他撒泼打滚耍无赖的时候，一阵踢踢踏踏的脚步声传来。只见方才还在散德行的陆必行激灵一下，好像让人夹了尾巴，警惕地四下瞄了一眼，跳起来就跑。他一头钻进病房，两下拆了吊床，往肩上一甩，将那差不多有一米长的大毛蟹往胳膊底下一夹，随后不知从哪儿变出一根智能牵引绳——牵引绳一头拴在他手腕上，另一头是个类似章鱼的吸盘，吸在墙上能承受数吨的重量——然后他直接从四楼的病房窗口跳了下去。

智能牵引绳立刻估算出他本人的重量，自动调整牵拉力度，在他速度达到两米每秒的时候，把他拖成了匀速直线运动，形成了一个简易升降梯，平稳地把他送下了楼。

直到这时，脚步声的主人——独眼鹰才刚走过拐角。

林静恒瞄了一眼个人终端上的计时器，发现青年科学家从飞奔去收拾细软到跳楼，整套动作花了不到十五秒，装备齐全，相当利索，就算是放在白银要塞都够达标了，一看就是千锤百炼过的。

独眼鹰骂骂咧咧："兔崽子……"

"陆兄，"林静恒笑里藏刀地冲老波斯猫说，"贵星系流行天不亮就来探病吗？"

独眼鹰本来是来寻子的，猝不及防遭遇活的林静恒一位，当场忘却来意，血压飙升、鼻孔扩张，眼看要变成寻仇，就见林静恒伸手一指窗口，及时出卖了陆必行："那边，跑了。"

独眼鹰顺着他的手指一看，正好看见墙上智能牵引绳的小吸盘脱落，他几步蹿到窗边，看见陆必行正贴墙根溜走的背影，牵引绳从四楼飞出去，在空中甩了一道风骚的弧线，像条摇曳生姿的大尾巴。

独眼鹰把他养到这么大，还从来没在他身上发现过这种顶级的"偷情后逃逸"天赋，简直不知道自己喂错了什么，怒吼："陆必行！"

陆必行撒丫子就跑。

独眼鹰这一嗓子把所有医疗舱的警报灯都叫亮了，医疗舱七嘴八舌地对他做出了声讨："医疗机构，请勿大声喧哗，请注意素质——"

独眼鹰："……"

林静恒在一片鸡飞狗跳中，淡定地溜达过来，适时地递出一句风凉话："没关系，类似的跳楼绳白银九也有，改天让图兰给你找一根。"

林静恒昏迷六天，陆必行几乎寸步不离。一开始，没有确定病毒已经清除，隔离室不让他进，他就穿着隔离服蹲在门口，蹲守的姿势像参禅一样，困了就靠墙睡。第三天夜里，林静恒突然因为过敏再次高烧，并且神志不清地从医疗舱里摔了出来，陆必行于是连表面的配合都不肯了，从那以后就执意守在医疗舱旁——反正没有电子锁能挡住他，没有一个监控摄像头他黑不进去，此人神出鬼没，打游击一样。

独眼鹰围追堵截了他好几天，此时一眼认出林静恒虚虚披在身上的外套，突然身心俱疲，有气无力地骂道：“滚你妈蛋。”

林静恒大病初愈，本想起来散个步，没想到散得这样别开生面，实在是有点累了。

他伸长了腿，坐在敞盖的医疗舱上，大爷似的对独眼鹰说：“坐吧，顺便给我根烟。”

独眼鹰为了不给他面子，硬是靠着墙，戳得棒槌一样挺拔。

林静恒：“图兰从入伍开始，干的就一直是搅屎棍的活，搞破坏还行，维护秩序的事向来没有她，我刚才看他们状态很放松，所以病毒的事是已经平息了对吧……才一周，你找的帮手？”

“不是我还能是你？”独眼鹰语气很冲地说，“林上将，我看你这辈子能为人类做出的最大贡献就是早点死。”

“谢谢夸奖，”林静恒对他还以颜色，“可惜陆兄你就算现在去世，也不能算死得早了。”

四舍五入两百岁的独眼鹰：“……”

这时，林静恒说：“女娲计划的事，他都跟我说了。”

独眼鹰先是一呆，随后陡然变色，连愤怒都忘了：“他跟你说什么了？不可能！”

“很多，包括他小时候是被你从剖开的尸体里取出来的事，你为了他隐瞒下女娲计划的事，还有你为他重塑身体，你……”林静恒本想感谢，话到嘴边，又觉得说出来大概会引起独眼鹰悲愤的嘲讽，没什么必要，于是又咽了回去，公事公办地问，“这次他没有感染变种彩虹病毒，原因是什么？”

独眼鹰脸色忽明忽暗，气急败坏地在屋里走了好几圈，陆必行是个非常坦诚的人，怎么想的、有什么感受，该表达就表达，从不会藏着掖着，唯独这件事，他从不对人提起，独眼鹰没想到他居然会对林静恒和盘托出。

独眼鹰目光扫过坐在医疗舱上的林静恒，心想：“你怎么就会对这么一个人掏心挖肺？”

“不知道，他没有接触过这种新型的彩虹病毒，我不知道他为什么不易感染。我也不知道他们研究女娲计划的最终目的是什么，彩虹病毒只是其中一个工具。我最初的想法只是利用女娲计划给他重塑身体而已——

自己的身体，不是打印的器官，我不想让他变成阿瑞斯·冯那个德行。彩虹病毒可以让正常细胞退化，理论上能重新发育出全套身体，但是……在这个过程里，它也改变了原有的人体基因，这是我们当时没想到的，产生了很多问题。那时候女娲计划泄露，被人端了，我前后花了十多年，才让他看起来和正常人没什么两样。可即使是这样，谁也说不好彩虹病毒将来会给他带来什么。”

林静恒沉默了片刻，少见地说了句人话，堪称是安慰了：“现在看来，也许带来的改变就是重塑了他的免疫系统，是好事。”

独眼鹰目光沉沉地看了他一眼。

林静恒正色说：“这件事到我为止，严格保密，不要再落到其他人耳朵里——他这次没有感染的事，有人产生过怀疑吗？怎么解释的？”

“针对这种变种彩虹病毒的研究，反乌会那边也不太完善，前不久他们还在做人体实验，所以不好说，”独眼鹰顿了顿，“空脑症似乎对变异的彩虹病毒不敏感，他有个学生，那小丫头做事没轻没重的，发抗体的时候当众脱过一次隔离服，也没有感染——当然，也可能是她运气好，刚好没接触到病毒携带者。他小时候确实因为……曾出现过一段类似空脑症的症状，暂时也说得过去。”

林静恒听得心惊肉跳，连忙开始回忆，自己有没有当着陆必行的面对空脑症人群出言不逊过……毕竟以前他心里确实是那么想的。

“你们传过来的资料里，有一部分关于女娲计划的内容是绝密，到现在他们还没能破译出来。”

林静恒心不在焉地点了点头。

两个人彼此沉默了一会儿，独眼鹰心情十分复杂，窗外微风习习，他那宝贝儿子已经变成了一个蜘蛛侠——最不要脸的那种，抓都抓不着。至于警告林静恒……一来林静恒就没离开过医院，这事确实赖不着他；二来老波斯猫也有自知之明，林静恒根本不听他那套。

独眼鹰尽可能心平气和地试着跟林静恒沟通：“你到底怎么想的？你就不嫌他烦吗？嫌他烦，能不能痛快地让他滚远一点？”

林静恒客气地回答：“没事，他不烦。”

独眼鹰愣了一会儿才反应过来他什么意思，失声咆哮道：“他们给你吃错药了吧！”

被他分贝触动的医疗舱再次重申："请注意素质。"

独眼鹰："注意你妈！林静恒，你……"

林静恒朝窗外看了一眼："你请来帮忙的，是当年自由联盟军的人吧？"

独眼鹰："少跟我东拉西扯！"

"当年星际海盗虽然被赶出去了，但仍然时常侵扰联盟，是公共安全第一隐患，第八星系在最边缘处，尤其深受其害，陆信几次向联盟军委提议彻底清剿域外海盗，都被军委和议会以战争预算短缺为由拒绝。"林静恒没有看他，缓缓地说，"因此他提出，给第八星系下放军事自治权，他一个联盟上将，自请离开沃托，下放第八星系，因为不想让相信过他的人失望……对，下放军事自治权这事是他捅的马蜂窝，此后间接点着了七大星系跟联盟议会军事自治权之争的引线——他在军委的名望，百年无人能出其右，不知道自己已经锋芒太盛，刺了别人的眼，还不知死活地戳中央的死穴，一点政治也不讲。"

独眼鹰说不出话来。

林静恒抬起头，虹膜里吸进去的光好像一丝也逃不出来："第八星系的行政总长和他那些人马大部分还幸存吧？我希望他们还活着——现在联盟崩塌，连海盗都忘了这块充斥着穷鬼和空脑症的地方，你们打算怎么办？你们上一次不想任人宰割的时候，曾经站出来反抗过一次，结果仍然是失望，还有胆子再站出来一次吗？"

林静恒说完，站了起来，自己给自己下了诊断："告诉他们我出院了——如果你们不甘心烂死在泥里，就来找我。"

"找你？"独眼鹰艰难地说，"上将，你已经脱离联盟六年了，你能宣布第八星系独立、军事自治吗？你凭什么？"

"我在白银要塞，联盟的军事统辖权就在白银要塞，我来第八星系，第八星系就有军事自治权。"林静恒淡淡地瞥了他一眼，"谁不同意，我可以在闲下来的时候去找他聊聊——总长如果没死，你让他好了以后，带着自己的想法来找我。"

他说完，穿着医疗舱自带的病号服和卫生拖鞋，披着陆必行的外套走出医疗大楼，就以这身打扮走进训练区，原本有些吵闹的训练区一下安静得鸦雀无声，不管是图兰还是周六，全都下意识地站直了。

林静恒目光一扫——自卫队虽然以白银九为榜样，但是训练时间还是各自为政，练不到一块去，大家训练的时候互相不打扰，训完勾肩搭背、磕牙打屁，十分和谐。

“卫队长，”林静恒说，“报你们的训练项目。”

图兰：“将军，我们在进行常规训练……”

“你听说过在战争年代里进行常规训练的吗？”林静恒不轻不重地打断她，径直穿过训练场，“从现在开始，白银九打散成十支纵队，每一支纵队里按人数配比，把自卫队混编进去，功能重新细分，每一次实战都是演习，每一次演习都是实战，你是教官。”

图兰：“……不是，我们……”

她想问，我们不回联盟吗？难道还要在这儿久留？

就听林静恒远远地甩下一句话：“我会重建第八星系的防务。”

卷三　狂澜之巅　完

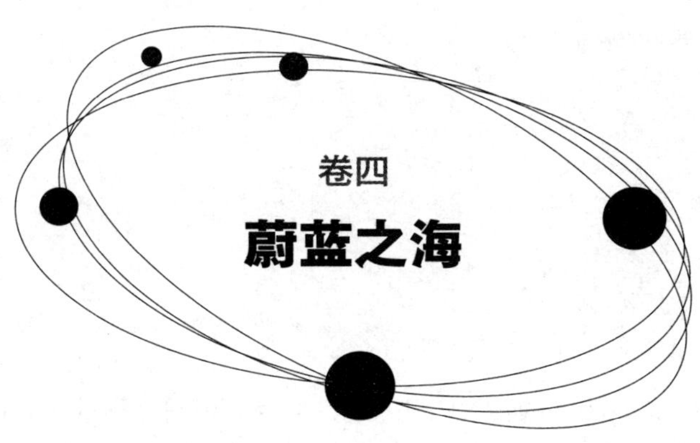

卷四

蔚蓝之海

人被洪流卷着往前走，

是很难有时间回忆过去的。

但是过去一直都在。

第一章 死亡玫瑰

花语是“回不去的故乡”。

（一）

“夫人，我为您的损失感到难过。”女人说着，递过一束花，“这是我自己家里培育的，到了这边以后，大家的居住面积都拥挤了不少，我们也没办法，好不容易才留下一个小花圃，能培养的种类太少，配色难免单调，请您别嫌弃。”

林静姝是散步途中被女人拦住的，虽然不耐烦，但还是道了谢，客客气气地接过花。花是一种名叫“蔚蓝之海”的玫瑰，花心是接近黑色的深蓝，越往外越浅，一层一层地展开，最外层花瓣的底部是湛蓝的，往上则渐渐退色，有一圈接近白色的镶边，那种白色非常微妙，不很纯，但冷冷的、蒙蒙的，像天光渺茫时遥远的地平线。深色花心处则闪烁着细碎的银色小亮点，像星空，花瓣那多种层次的蓝，则恰好是行星沃托上一天之内天空的颜色——“星星”分布越美丽，蓝的层次越多，“地平线白”越清晰，花的品相越好，也就越是昂贵。

“蔚蓝之海”是联盟中央转移到天使城要塞之后流行起来的，因为天使城要塞毕竟是人造的太空基地，照明用的是能量塔，呼吸的是人工大气，天空没有办法像天然行星那样瑰丽。又因为要塞不够大，在“日出”和“日落”时分，一般是不会出现“地平线”的。于是“地平线”成了天使城上最勾人伤心的一个意象，“蔚蓝之海”里寄托着难以排遣的忧郁，像那些描写国破家亡的古诗词一样迷失又高雅，花语是“回不去的故乡”。

林静姝扫了一眼这束所谓“自家培育”的花，这是一种难得的极品，浓郁厚重的香味扑面而来，近距离看，花心的“星星”几乎会让人有种眩晕感，很能值点钱——不多，也就能换一架中型机甲而已。

“要不是因为兵荒马乱，孩子大可以体外培育，有伊甸园的看护，绝对出不了错……这真是太遗憾、太让人震惊了。而您才刚一出院，又要替管委会奔走，人都憔悴了不少，真让人难过。”这女人可能是某位高官的夫人，长着一张让人记不住的标致面孔，一张嘴就能听出浓厚的沃托腔——轻声细语、感情丰沛。

林静姝耐心地对她这番废话表示了感谢，仍然没想起她是谁。

女人一唱三叹地独自哀悼了片刻，眼泪流了半瓶，终于说到了主题，她凄凄切切地问：“夫人，我们什么时候能重回伊甸园？”

沃托大撤离前，议会秘书长格登遇刺，林静姝的孩子成了格登唯一的骨血，身价立刻不一般了起来，秘书长那位在管委会里担任七董事之一的祖父亲自拍板，让她跟着他老人家乘坐第一批去往天使城的机甲离开，享受管委会董事的护卫规格。

可是天有不测风云，格登家可能是兴风作浪太久，突然就跟被厄运盯上了一样——老格登董事第一批走后，他的两个儿子、三个成年的孙子孙女，本该紧随其后，有序地分批离开，可是当时海盗来得太快，沃托运力又有限，第三批转移不知道要等到猴年马月，这些人全都不肯多留一分钟，于是不听劝告，全家老小乘坐同一批机甲奔赴天使城，途中恰好遭到了海盗袭击，把他们一窝端了。

老董事受不了这个打击，听说以后就一病不起，而格登家族作为伊甸园管委会的元老，必定会有个席位，旁支的七大姑八大姨们嗅到味，全都一拥而上，老董事别无选择，只好临时把林静姝这个花瓶似的孙媳妇推到前台，做自己的代言人。

林静姝就此登上政治舞台，出乎意料的是，她这个“花瓶”型的“传声筒”居然干得像模像样，在管委会里长袖善舞，以外人不了解的特殊魅力和手段扎下了根，又因为外形优势，现在几乎成了管委会的对外发言人。

就在一周前，林女士不顾自己的身体，坚持离开天使城要塞，代表所有公民去探访伊甸园实验基地，不料途中遭到伏击，九死一生才在护卫队殊死保卫下逃出来，却“不幸”失去了那个珍贵的遗腹子——在这个绝大多数人都会选择体外孕育婴儿的年代，一位高贵的夫人居然因为战争而被迫亲自怀孕，还遭遇到了远古时代才会发生的悲剧，天使城要塞里吃闲饭的权贵家属们听说后，集体为她流了一周的眼泪，据说还有人正在积极奔走，想把这一年的自由贡献奖颁给她。

林静姝温文尔雅地对女人说：“您知道，现在八大星系像是被海盗打碎的盘子，我们短时间内恢复通信网不现实，伊甸园也缺少硬件支撑，不过管委会现在正在积极想其他办法，我们的实验基地已经有了好几个提案，能否请大家再忍耐一段时间？”

女人急切地上前一步：“这我知道，我是说……管委会有没有考虑过局部伊甸园？没有恢复通信的地方先不要管他们，我们用天使城要塞的内网做一个小范围的伊甸园，也不行吗？”

林静姝垂下眼，故作为难地沉吟着，其实心里很想一枪打爆这个蠢货的头，那样她就可以如愿以偿地归于极乐了。

然而她心里不管有多血腥，脸上的笑容依然甜蜜得像糖，林静姝用清风似的声音说：“可是伊甸园最重要的数据库现在无法恢复呀。”

女人忙说：“没关系，恢复基础功能就可以，自从离开伊甸园，我已经遭遇了一千年份的焦虑和抑郁，没有伊甸园，我根本不会摆弄那些老得快掉渣的机器人，生活也一团糟……他们还要限制情绪稳定药剂的发售！”

情绪稳定药物供不应求，失去了伊甸园的绝望的人们很容易滥用，于是情绪稳定剂被联盟中央下令监管了，现在在天使城要塞，只有通过特殊渠道才拿得到。林静姝立刻明白这束名贵的“蔚蓝之海”是要买什么了。

女人碰到她了然的眼神，忙说：“我们要得不多，一点薄礼，已经打到了您的个人账户，您……”

林静姝抿嘴一笑，凑近哭哭啼啼的女人耳边，轻声说了句什么，然后打开手腕上的个人终端与对方对接，扫了一个特殊的印章，低声告诫：“我只有这些了，情绪稳定药剂用起来要适量啊。”

女人眼睛一瞬间亮了：“夫人，我……我不知道怎么说才好，太感谢您了！实在太感谢您了！”

她猴急还拼命掩饰的丑态就像远古时代的瘾君子，破涕而笑时五官扭曲出了狰狞相，谢过林静姝，女人就像是尿急一样，扭成了一阵旋风，飞走了。

这就是天使城的精英，联盟的上等人。

为了情绪稳定剂，他们什么都肯做。

林静姝礼数周到，在原地一直目送对方的背影消失，这才继续往前走去，漫不经心地对身边的护卫长说：“管委会的老查克前一阵子弄到了一批漏审的情绪稳定剂，那些听说这事的人都疯了，他家后院里挤满了自荐枕席的小美人，为这位两百六十岁的老绅士上演了全武行……真是羡慕，都还没有男人为了我争风吃醋动手打架呢。”

身后的护卫隔着一段距离缀着她，只有护卫长有资格紧跟在她身边。护卫长低声下气地应和：“天使城的权贵们还可以通过种种手段弄到情绪稳定剂，七大星系的普通民众就惨了，没有了伊甸园，他们就像是失去活力的植物，以家庭为单位的集体自杀惨剧最近层出不穷啊。一想起这个，我就觉得我们正在做一项伟大的事业，拯救这些受苦受难的人。”

林静姝似笑非笑地勾起嘴角。

护卫长又往前一步，耳语似的对林静姝说：“还有一件事向您汇报——前一阵子听说您流产的事，老头子居然清醒了。”

林静姝一撩眼皮：“是吗，几分钟？”

“大约二十分钟，我们给他注射了强力镇静剂。”护卫长用含糊得让人听不清的声音飞快地说，“第一次他孙子死是‘可怕的巧合’，第二次他全家死是‘悲惨的意外’，可是再一再二不再三，这回他再反应不过来，真是白在管委会混这么多年了。您这回太冒险了，一个孩子而已，就算生出来，还能对您有什么威胁吗？”

林静姝笑盈盈地看了他一眼，护卫长莫名其妙打了个寒战。

“婴儿，是个在母体里就和母亲争夺营养、你死我活的小东西，特别是那些不受期待的婴儿，那是理智上你绝不会喜欢的东西，但当你在激素作用下的时候，就会自然而然地被它蛊惑，产生自己爱它的错觉，这样，它就可以狡猾地争取到照料，等长大再和你秋后算账。哺乳动物的母子关系，呵。”林静姝嗤笑一声，“老头子现在才回过神来，早就晚了，他还看不清形势吗？那我看差不多就安排他痴呆吧，省得我每天还得假装去看他。”

林静姝一边说，一边踩着软底的皮鞋沿步行街慢慢走，天使城要塞俨然是个小沃托，建筑美轮美奂，街道层次分明，人和车互不影响。车在空中轨道行驶时，车灯会从上空封闭的车道上打出来，通过特殊的成像装置，在空中和地面打出各种各样的幻影，有鲲鹏之类的神兽，也有童话里的仙子，这些幻影伴着音乐喷泉的吟唱，或飞或游，掠过人间，再一头扎进层次分明的空中森林里，人们从车道下方的步行街走过，就像漫步于仙境。音乐喷泉在中央广场，六米来高的水晶女神像影影绰绰地站在水雾里，身上的薄纱长裙分毫毕现，她一手提着裙摆，仰头望着天空，修长的脖颈像一只即将飞走的天鹅，被喷泉里的水汽沾染，美丽的脸上总是泪眼盈盈的。

单看这里，谁能想到联盟正陷在全面战争的水深火热里呢？

突然，街边响起警笛，护卫们迅速上前，把林静姝团团围在中间。只见一个中年男子突然从步行街另一头冲过来，这个人衣着体面、相貌堂堂，眼睛却是赤红的，癫痫似的浑身发着抖，嘴里含混地大叫：“让开！让开！”

所有人的个人终端上闪烁起红灯，下一刻，地面平整的石板突然升起一块，正好把男人绊倒，他摔出了一米来远，紧接着，一圈荷枪实弹的安保机器人从四面八方冲出来，七手八脚地按住他。

男人拼命挣扎，以头抢地，脑壳居然把一掌厚的石板撞出了一个坑。安保机器人熟练地用电击手铐将他击晕，封住嘴，憨态可掬地冲周围散步的居民鞠躬致歉，说“感谢大家配合，造成不便，非常抱歉”之类的套路话，然后将那男人死狗一样地拖走了。

“没什么，”护卫长冲身后的护卫队一摆手，“一个吸毒的人而已。”

这是一种新型毒品，全名很长，叫“植入型脑电波生物芯片”，人们都简称它为“鸦片”。

它们最开始以“增强体质，缓解伊甸园缺失带来的人体紊乱”为噱头进入市场，人们发现，植入这种生物芯片后，不单让人感觉良好，身体还会一夜之间具备“超人的素质”，而且能在一定条件下控制人的意识和周围的机器，是个简化版的伊甸园。于是“鸦片”一夜之间风靡联盟，直到当局紧急叫停，并把它纳入了治安条例里明令禁止的“毒品”范畴。

因为“鸦片”芯片有成瘾性，长期植入会让人难以自拔，失去理智——刚才那位，就是被强行拔出“鸦片”芯片的瘾君子。

安保部门没查出这东西是从哪儿流入的，只能把屎盆子一概扣在星际海盗头上。

“‘鸦片’是毒品，情绪稳定剂又能好多少？”林静姝几不可闻地轻笑一声，问护卫长，“‘鸦片’在联盟禁令后怎么样了？”

“根本无法遏制，没有伊甸园的日子太苦了，您看，连天使城里都有不顾体面的人，可想外面已经变成了什么样。”护卫长在她耳边说，“联盟一直在想办法屏蔽植入芯片对电子设备的入侵，所以植入的芯片也要跟着联盟的屏蔽手段升级更换，因为禁令，我们又趁机给芯片涨了价，这个月在七大星系的销售额不降反升。”

林静姝：“第八星系呢？”

“这……第八星系都是穷鬼和空脑症……”

林静姝脚步一顿，面无表情地问：“所以就可以随意失控吗？”

护卫长立刻低头：“是，已经按您的吩咐开始试点了，但是……”

林静姝脸上看不出喜怒，低头深深地吸了一口玫瑰的香气，随手把这束珍贵的“蔚蓝之海”递给护卫长：“去看你女儿的时候，拿给她玩吧。我很喜欢她，她将来会是个小美人，和花很配。”

护卫长把头埋得更深，接花的手有些发抖，识相地把“但是”后面的话咽下去了。

“蔚蓝之海，”林静姝笑起来，唇红齿白，竟有一点天真无邪的气质，“真是个好名字。”

（二）

第八星系的星际航道上正在上演一场围猎似的小战役。

一些没经过申请的“商船”登陆第八星系，在排查过程中，第八星系的巡逻队发现这些“商船”竟然是机甲伪装的。

“台词是什么来着？什么我开的山我栽的树……哎哎哎，”图兰在通信频道里大呼小叫地说，“嚯！TOC-R型太空导弹，肥羊！你们不许给我打坏了！都他妈控制火力！昨天团战输了裸奔的呢？快点上，拿不下他们精神网，你们今天还裸奔！”

“团战”是白银要塞内部特训精神力的方式，因为自卫队的加入，被图兰重新纳入了日常训练——具体做法是，在地面训练场模拟机甲精神网环境，四个人一组，每组守一张精神网，四个人要互相配合，争夺别人的精神网。不过地面模拟精神网和真精神网不一样，在模拟精神网上被强行弹出去，最多会吐一场，不会脑震荡，也不会被伤成植物人。于是丧心病狂的图兰卫队长为了督促大家拼尽全力，发明了“裸奔”的惩罚。这种猥琐的低级趣味被林将军撞见一次，把图兰叫来劈头盖脸地臭骂了一顿，并剪了她头上的两根“触须”。卫队长忍辱负重，只好被迫将裸奔条件放宽——男的可以随身携带一条三角裤，女的能带三点式比基尼，但是得唱歌。

众人一听都疯了，为了不在众目睽睽之下瑟瑟发抖地唱歌，跟杀红了眼似的围了上去。

伪装成商队的机甲小队完全蒙了——不知道素来“三不管”的第八星系什么时候居然有了巡逻队，会对过往商船做安检了，要知道战前他们连正规航道和走私航道都傻傻分不清楚！而这鬼地方的巡逻队竟不是草台班子，人不多，但机动性极强，像一波呼啸而过的食人鱼，三下五除二就把他们的精神网卸了！

“卫队长，”最早夺下对方精神网的士兵在通信频道里沉声说，“他们的货有问题。”

两个小时后，巡逻队押送着俘虏穿过跃迁点，降落到启明星基地，早收到消息的林静恒就在站台上等着。图兰快速走向他，难得严肃地敬了个礼，从兜里掏出一个用证物袋包裹严实的小芯片：“将军，你看，又是这种东西。”

这正是当年自由军团利用毒巢在第八星系内实验过的那种生物芯片的升级版。

“三天，这已经是我们截下的第四批了。”图兰说，“这些人装备、配置都是标准化的，应该是有组织的，我们现在对所有商道和传统的走私航道都加强了排查。”

林静恒扫了一眼昏迷不醒的俘虏们，走上被俘机甲，见一个个巨大的芯片盒里叠的都是整整齐齐的生物芯片，给人一种工业化的整肃和精良感，丝毫没有自由军团那种乱七八糟的风格：“从哪个方向来的？”

图兰沉声说：“联盟。”

林静恒一皱眉。

“将军，我一直就觉得，自由军团和其他两股海盗势力的画风不太一样，”图兰跟在他身后说，“占领沃托的‘光荣团’野心最大，反乌会最疯狂，这两边的特点都是，你跟他们一交手就知道他们有钱、有准备，而且蓄谋已久，他们重甲的编制和当年联盟的咽喉要塞几乎是同一等级。但……海盗自由军团是个例外。”

林静恒点点头，自由军团单从管理上看就很混乱，实验“鸦片”的时候还要和第八星系的小邪教团伙毒巢合作，做的事很可怕，但是人员素质差得像临时工。林静恒和他们接触过两次，无论是一吓就尿的“零零一”，还是后来一干扰就脑残的小机甲战队，看着都不像什么正经的恐怖组织。

“这种生物芯片是域外制造，又在第八星系实验，所以我们一开始没往那边想，”图兰接着说，“但是仔细琢磨一下，第八星系至少有五分之一的人口都是空脑症，又穷得叮当响，哪儿有闲钱吸毒玩？所以我认为，这种生物芯片应该是专门针对联盟设计的，尤其在伊甸园崩溃之后。所以有没有这么一种可能性，某些人早就知道伊甸园会崩溃，很早就设计出了这一步，所谓‘自由军团’，只是这个人扶植的域外小流氓而已，替他跑腿的？”

“光荣团想建立帝国、反乌会……先不论是否符合他们教义，但他们自己应该有这个科研能力，不用找野路子实验芯片。”林静恒轻轻地说，“所以背后扶植自由军团的人，很可能是联盟内部人员，这个人事先知道一切，和另外两大海盗势力中的某一个有一定联系，甚至……有可能就是他们的内应，那么他又为什么不用他海盗伙伴的资源，要处心积虑地另外扶植一伙人？”

“为了钱、势力，都有可能。”图兰说，“‘鸦片’在联盟风行，会带来难以想象的暴利，如果这个策划人自己话语权不够、议价能力不足，那么选择和大海盗合作，这块蛋糕等于为人作嫁。想在乱世夹缝里以最快的速度敛财、拥有自己的武装力量，还有什么比精准贩毒来得更有效率？人家可比我们这些组织边远地区人民种地的有出息多了啊！”

林静恒冷冷地看了她一眼。

图兰连忙把嘴一捏：“我错了，我不说话，将军，别剃我头，一切好商量！”

“还有件事，”林静恒顿了顿，又说，“自由军团为什么要去袭击反乌会基地，他们究竟想得到什么？对了，反乌会方舟上的加密破解了吗？”

“没有，”图兰两手一摊，“陆老师不在，我们现在技术工种很匮乏啊将军！”

陆必行跟着总长他们走了——既然要重振第八星系，首先要恢复生产、重建社会秩序，总长收到林将军递来的支持，激动得老泪纵横，躲在屋里哭了一宿。身上被腐蚀的肌肉还没长利索，他就带着自己的老弱病残班底去奋斗了。总长的初步想法是，利用独眼鹰、于威廉他们这些第八星系自由联盟军旧部的关系网，把第八星系各大行星连在一起，自由联盟军解散以后，这些人大部分都有自己的一方势力，如果能把他们整合起来，社会秩序就很容易梳理了。

独眼鹰带着于威廉走一个方向，又派陆必行代表自己，跟在总长身边，美其名曰“分头行动、提高效率”，但图兰卫队长慧眼如炬，早已经看穿了老波斯猫的真实目的——他就是为了把老往林将军身边跑的陆必行扔出去。

“白银三不知道在哪个猴山上给谁扯旗，陆老师又不在，这么下去不行啊，将军，”图兰语重心长地说，“要么你稍微克制一点……”

林静恒听这女流氓越说越不像人话，当即翻脸：“我克制什么！”

“脾气，克制脾气！”图兰连忙解释，“别误会，唉，将军你说你这个人，看着这么严肃正经，思想真是很……我没说让你克制别的，我的意思是，你可以稍微友好那么一点点，那时你就会发现世界充满爱和芬芳……”

林静恒皮笑肉不笑地转过身看着她，觉得图兰卫队长应该被填进粪坑，让她好好体会一下什么叫“世界充满爱和芬芳”。

图兰卫队长的尾音越来越虚弱，很快没电了，掉头就跑：“我去审俘虏。”

“等等，”林静恒不耐烦地叫住她，“什么时候回来？”

图兰铿锵有力地回答：“很快，审出线索立刻找您汇报！”

林静恒：“……谁他娘的问你了？”

图兰——被剪掉了触须的卫队长——反应过来自己自作多情了，捂着被戳得稀烂的心口，对着旁边反光的金属舱门照了一下自己的花容月貌，非常惆怅，非常伤自尊，蔫头巴脑地回了一句：“陆老师啊？他应该在回来的路上了，一天之内吧。”

林静恒点了一下头，挥手示意她跪安。

“老娘到底长得比谁丑了？”图兰委屈不解地想，一边走，一边在心里骂，“祝你光棍一辈子，大浑蛋。”

陆必行确实已经在回程途中了，他把驾驶机甲的权限交给了四个学生，让他们轮流开，自己找了个吧台一坐，不知在摆弄什么。这群野路子的学生到现在为止，每次开机甲都是紧急情况——不是高能粒子流过境，就是正在打仗，从没载过乘客，所以这会儿把机甲开得上蹿下跳，活像猴车。

总长让他们晃得快把胃吐出来了，他腿上被彩虹病毒腐蚀的肌肉还没完全长好，目前仍在拄拐行走，吃力地来到操作台附近，正好听见小眼睛怀特在高谈阔论。

怀特手舞足蹈地说：“我觉得这个方案是可行的，你们相信我，这次陆老师月底考核，咱们就交这个题目——入门机甲研究——怎么样，很务实吧？你们想，刚开始学游泳的时候，都是先开始背救生圈，再拿着漂浮物，一点一点适应吧？刚开始学脚踏车，单车后面也总要有两个辅助轮吧？那为什么机甲入门就必须这么枯燥、这么复杂呢？就不能有个‘初级机甲’作为缓冲吗？”

薄荷双臂抱在胸前，用关爱智障的目光看着他：“少爷，因为我们没你那么讲究，还‘辅助轮’，你是不是还需要有人在旁边喂奶？”

怀特叹了口气：“薄荷，你现在是照着林将军长的吗？你这样会孤独终老的。”

“自卫队那个没胡子的傻大个整天追着她跑，我看你还是操心自己吧。”黄静姝跟薄荷并肩站着，“我学游泳也没用过那么多装备，一个心狠手辣的爸爸足够了。”

众人都看向她。

黄静姝一耸肩：“我爸是个空脑症，后来发现我也是空脑症，他才第一次接受空脑症有家族遗传性的现实，意识到他的基因是注定要被时代淘汰的，以后世世代代都是下等人，所以特别绝望，特别想不开，自杀下不去手，怎么办呢？走投无路，就只好把我扔河里咯。”

怀特和薄荷都沉默了，他们逐渐习惯了高强度的学习与颠沛流离的生活，习惯了机甲、导弹、瘟疫和战争，战前的生活，此时都已经恍如隔世。人被洪流卷着往前走，是很难有时间回忆过去的。

但是过去一直都在。

只有斗鸡没心没肺，此时一边把机甲开得跟钻天猴一样，一边插嘴问：“那我学机甲学得慢……是不是缺一个心狠手辣的教导主任？”

黄静姝：“我推荐你去找图兰卫队长。”

临时驾驶员受到了莫大的惊吓，机甲差点闯进途经的一个跃迁点，一时间，机甲上所有扬声器异口同声地警告他：“偏离航线！”

总长手忙脚乱地扶住机甲舱壁，拐杖都飞了。

就听驾驶员惊悚地说：“不行啊，别人会发现我全身上下只有脸白，唱歌还跑调的！”

总长终于忍不住插了嘴：“孩子们，尽量稳当一点啊，机舱内的重力场已经哆嗦半个小时了，大伯我年纪大了，受不了这个……放心，图兰卫队长现在不敢罚你们，还有《未成年人保护法》呢。”

怀特一跃而起：“就是，斗鸡，你还有两年半的时间可以练习你的歌喉——快下来跟我交接，我要研究怎么往机甲上装一个体感传感器！”

联盟规定，机甲驾驶员需要年满十八周岁。

总长吃力地捡起拐杖，忧心忡忡地想：“我看驾驶员应该年满二十八。”

总长名叫爱德华·亨特，今年两百四十岁整，半生蹉跎。一场彩虹病毒让他在生死边缘走了一次，整个人以肉眼可见的速度消瘦衰老，已经露出了老态。

在第八星系当行政长官并不是什么好事，没有权力，没有名望，别说灰色收入，连正常工资都要自己想办法奔波。愿意在这个职位上挣扎的，不管是个什么熊样，当他宣誓就职的时候，一定曾是心怀梦想，想为这个星系做点什么的。

爱德华总长一梦经年，偶尔惊醒，寒风刺骨、辗转反侧，来回反复过太多次，也失望过太多次，已经在失望中两鬓斑白，还差一点在失望中悄然死去。本以为可悲的一生就此终结，没想到柳暗花明，从天而降了一个林静恒，竟然给了他一线希望。于是他就像饿殍见到了半块面包，但凡有一丝希望，都会歇斯底里地抓住。

陆必行一点也不怕他的倒霉学生把机甲开到沟里，爱德华总长拄着拐杖一瘸一拐地向他走过去，发现他正十分有闲情逸致地在做手工。他左手边放着一个大玻璃罩，吧台上几个巴掌高的微雕机器人，机器人们身后拖着一条尾巴，连在陆必行的个人终端上，正根据个人终端上的精确建模雕刻石头。

石头都是陆必行沿途从各个行星上捡的，带着各行星上特有的元素，呈现出千姿百态的色泽和光彩，比较规整的大块石头由小机器人雕刻成精致的建筑和景观，粘在一个底座上，小块的则被他手工打磨成星球的形状，粘在玻璃罩里，玻璃罩里刷了一层一层的水晶滴胶，里面星光点点，是一片能以假乱真的星光。

虽然有机器人，但也需要十足的耐心。爱德华总长在旁边看了一会儿，不由自主地屏住呼吸，直到小机器人完成了最后一点工作，打开小风扇，把碎屑吹走，同时，速干的水晶滴胶也成了型，总长看着陆必行把直径一米左右的大玻璃罩倒扣过来，发现原来玻璃罩里是个微缩的第八星系星空，远处的恒星像碎钻，近处的行星影影绰绰，玻璃罩底下则是街道俨然的人间景观，一些石头荧光点点，点缀其中，如万家灯火，漂亮得不可思议。

陆必行伸了个懒腰，低头太久，脖子和后背“嘎嘣”一下，他按住脖颈，笑眯眯地问：“总长，怎么样，好看吗？”

爱德华总长不吝夸赞：“艺术品，能进第八星系博物馆。”

“咳……是吗？”陆必行发现总长不太会夸人，“第八星系博物馆”以前在凯莱星上，他去过一次，跟个破烂处理站似的。

陆必行把玻璃罩擦得一尘不染，放进一个塞满海绵的包装盒里封好，然后说：“改天等新的星系博物馆建好，我再做个新的捐给您，这个有主儿了。”

爱德华总长忧国忧民地看着陆必行手里的盒子：“什么时候，第八星系真能像你这模型一样就好了，我们每个人心里都该装着这么一幅图景啊。”

这也能联想到星系复兴上，陆必行突然感觉自己好玩物丧志，没敢接话。

总长又沉痛地叹了口气，陆必行连忙把礼盒盖盖上了，跟着坐正了，摆出一张如丧考妣的默哀脸。

爱德华总长被启明星自卫队的精神面貌和林上将的撑腰态度冲昏了头，出发前踌躇满志，总觉得这次真能一呼百应，带领大家众志成城地走向美好明天。然而，疮痍满目的现实又给了他迎头一击。

他们这一行很不顺利，但这在陆必行看来是意料之中的。

第八星系这个四通八达的“下水道”，一百多年都没整顿过来，何况这么个兵荒马乱的年月！这是客观事实，不以总长个人的热血和梦想为转移。

第八星系是一盘散沙，到处都是像臭大姐一样各扫门前雪的人，有些地方形成了小范围的封闭社会，有自己的秩序，有人管理，统一分配物资，也能勉强组织大家生产一些生活必需品——类似银河城里那个小小的集市。但这种共同经济规模通常很小，为了自我保护，骨子里就不愿意和外界接触，几处比较有规模的小社会团体他们都拜访过了，战前都认识独眼鹰，看在老朋友和总长这副倒霉样子的分儿上，大家纷纷口头表示拥护第八星系政府，可是再多的，就不肯做了。

形成一个小小的国，让里面所有人都能勉强生存，已经十分不容易，一个已经在饥寒交迫的生死线上挣扎多年的人，让他想着接济邻居，那是不可能的。贫穷和艰难的生活会吞噬一个人的尊严、智力、同情心。

而除了这些各自为政的小团体，更多的地方则属于无政府的混乱状态，那是真正的地下世界，连他们这些第八星系土生土长的人也不敢贸然深入，里面充斥着小偷、劫匪、骗子、杀人狂与各种无耻下流的垃圾——不是垃圾，在这里活不下去，一个人如果想做一点正经事情谋生，会被这地方扒光皮肉，再踏上一万只脚。

总长说：“我临走时想，要先着手恢复第八星系内的通信，联系各地这些有能量的朋友成立政府，把社会秩序建立起来，再让信用货币重新流通，恢复贸易。趁他们战事胶着，咱们想办法把自己发展起来，将来才有立足之地！”

陆必行不知从哪儿摸出一根雪白的缎带，叼着一头，另一头麻利地往礼盒上绕，有点含糊地附和：“对。”

“社会的有序和有效，政府和法律的公信力，归根到底，就是要让民众相信我们……对不对？”总长说，“人类能主宰太空，是因为社会，没有社会，一个形单影只的当代人，连一片小森林都主宰不了，而社会就像个大游戏盘，能存续下去，是因为不同角色的玩家都认同规则，就算有人想作弊也不要紧，因为‘作弊’这个词本身也是对规则的认同。”

总长混了这么多年，虽然没混出样子来，但社会原理还是懂一点的，陆必行一边干手工活一边点头，时而有一搭没一搭地附和一句。谁知总长却突然目光灼灼地转向他：“陆老师……”

陆必行赶紧说：“哎，不敢当，我顶多能教教未成年人拆卸机甲，您可千万别跟着他们这么叫。”

“不不，您当得起，”爱德华总长不理会，热切地说，“我听自卫队和白银九都是这么叫的——陆老师，我听说自卫队这些人，以前只不过是一帮星际走私贩，可是你去了，把他们变得像正规军一样训练有素，甚至打败了凯莱亲王，我知道您是个有本事的人。”

爱德华总长好像把陆必行当成了在南阳种地的诸葛亮，这是三顾草庐的语气，陆必行自认是个还不算太宅的技术工，听了这话实在哭笑不得：“总长，我这回跟您出来，就是一个代表我爸的吉祥物。我这人工科还不错，如果有足够的资源，我可以帮忙规划军工厂，也可以按您要求构架第八星系内通信网……”

爱德华总长认定了他是有所保留，正色起来：“陆老师，如果你愿意，第八星系总长的位置我愿意让给你。”

陆必行把包好的礼盒放在一边，头疼地叹了口气：“总长，以前我只是个办学校的，还把老师都吓跑了，我……”

爱德华总长立刻顺着他的话音给他画“大饼”：“那将来第八星系的第一公立学校是你的，财务补贴与政府优惠，全部按照沃托的乌兰学院规格，怎么样？”

总长也一把年纪了，能把利诱说得这么不讨人喜欢，还能把大饼画得这样让人难以下咽，实在不是个圆滑的人，不适合当一个政客。他大概只有一颗做梦都想振兴第八星系的心……以及一个宁可自己被空间场撕碎，也要在阻断失效前离开人群的班底吧。

“总长，如果一个人巧舌如簧，他可以用三寸不烂之舌，把身边三五个傻子骗得跟他跑，这事我擅长。如果一个人擅长传销洗脑，他可以发展出一个几千乃至上万人的组织，每天把他的屁话奉为圭臬，我觉得反乌会那个霍普先知就有这个本事。但是如果想管理一座城池，有时候就需要一点运气了——自卫队的形成并不是我一手规划的，我没有这个本事，那是有许多偶然外力介入的结果。至于重建一个星系的社会秩序，”陆必行苦笑了一下，“您也太看得起我了。”

他一再拒绝，总长的眼神黯淡了下去。陆必行第一爱好林静恒，第二爱好泼鸡汤，最见不得这种风霜又失意的眼神，脑子一热，脱口说：“但是无论您需要我做什么，我都一定尽力而为，赴汤蹈火。”

“好！”总长一巴掌拍在他肩头，“就等你这句话了，我其实把职位都给你想好了，你来当第八星系战时统筹顾问、特别管理委员会的主席，你有一票否决权，以后我们俩不要同乘一架机甲，我不在的时候，你来代理行使总长权力。”

青年科学家兼乡村教师被这一串头衔砸晕了，感觉自己需要一个小本，要先把这两尺长的头衔默写三遍、全文背诵。

直到他们抵达启明星，总长还在滔滔不绝地叙说自己的宏伟愿景，陆必行只好谎称自己闹肚子，扛着沉重的礼物，背负着第八星系更为沉重的希望，顺着小路溜走了，打算找他的将军汇报一下自己的新身份。

第二章 礼物

水晶球里反射的光也有一部分流过他的侧脸，很久没顾上修剪的头发垂在耳畔，发梢上像是缀了一片星星。

（一）

反乌会留下的军事基地里，有个指挥所，林静恒就暂时住在指挥所五楼会议厅旁边的小休息室里。陆必行不想碰到太多人，所以没坐电梯，冲墙角的智能监控飞了个吻，他溜进了紧急楼梯间。

陆必行扛着一个沉甸甸的“第八星系”，轻快地跑上楼梯。方才在众人面前，他的注意力被忧国忧民的总长分散了，还没有这样归心似箭，此时在空无一人的楼梯间，杂念全部潮水一般地落下，想见林静恒的念头如“水落石出”，前所未有地强烈。启明星的引力仿佛短暂地对他失了效，陆必行每一步都像是能飞起来，很快从一步一层变成了一步两层，到了四楼与五楼交界的地方，陆必行已经完全不记得自己走了几步，仿佛脚下一蹬，他就腾云驾雾地“飞”到了五楼。

他心里的快乐像一个不断吹起的气球，在从楼梯间走出来的时候膨胀到了顶点，然后又对着空荡荡的楼道泄了。

林静恒不在。

陆必行跳得飞快的心垂直下落，在心坎上砸了个坑。

他呼出一口热气，站在原地失望了十秒钟，继而自嘲地一笑，来到林静恒休息室门口，他先把沉甸甸的“第八星系”放下，然后抬起手腕，准备联系林静恒，叹了口气：“我还想给你个惊喜呢。”

这时，陆必行无意中抬起的胳膊肘蹭到了休息室的门，才刚一碰到门板，他就察觉到一条射线扫过，耳边传来一个机械的声音：“扫描身份——”

陆必行一愣，心想：“这是装了访客记录仪吗？”

“访客记录仪”是一种装在门锁上的小设备，有访客到，它能扫描并识别访客身份，同时把来访信息发到主人的个人终端。陆必行连忙调整好表情和姿势，用肩头斜斜地抵着大门，冲扫描仪打招呼：“嘿，将军，是我，你……”

他本想说“惊不惊喜”，骚还没发完，就听见这很智能的门说：“通过。”

陆必行：“……啊？”

“咔”一声，休息室的门开了，靠在门上摆造型的陆必行猝不及防，差点一头栽进去。

陆必行下意识地伸手扶墙，正好扶到了门口的衣柜推拉门，推拉门滑开了二十厘米，露出了一排一模一样的衬衫，陆必行和那衬衫面面相觑片刻，直到这时，他才反应过来自己闯进了林的休息室。

他难以置信地回头看了看休息室的门锁：“你就这么把我放进来了？你……你是不是坏了？”

门锁——并没有智能到能和他聊天的水平，悄然无声。

陆必行像不小心打开了别人的日记本，一方面好奇得抓心挠肝，一方面又莫名其妙心慌气短，不敢到处乱看。他手足无措地踟蹰片刻，突然明白过来——林在休息室门上设定了他的可通过权限，相当于给了他钥匙……虽然没有告诉他。

他的惊喜还没送出去，已经收到了一份。

陆必行不由自主地屏住呼吸，小心翼翼地抱起他的“微缩第八星系”，踮着脚走进林静恒这个小小的休息室。这里面积很小，陈设也简单，除了门口的衣柜和卫生间，就只有一个不到一米高的冰箱和一张单人床，床单平整极了，白得一尘不染，陆必行不好意思坐他床上，可是在屋里团团转了三圈，也没找到一把椅子。好在地板也是一尘不染的，陆必行干脆把“第八星系”安置在冰箱顶，自己一提裤腿，坐在了地上，拿冰箱当了靠背，环视了一下这小而秩序井然的空间，又想起自己那个鸡飞狗跳的窝，最初的受宠若惊过去，他开始胡思乱想地发起愁来，心想：“这快成洁癖了吧？他是怎么忍我的？”

好多故事都讲过，感情是会消磨在日常琐事里的。陆必行越想越觉得问题很严峻，认认真真地思索了一下生活细节，他打开个人终端，把投影打到了对面的白墙上，用电子笔在上面写写画画起来，天马行空地想设计一个自动家居清扫系统，这个系统需要能在一定范围内感应到林静恒，检测到那大洁癖还有十分钟抵达的时候，就一键清理全家——除尘、降噪、消毒、声波清洁衣物、把所有杂物归位……

陆必行随着总长周游第八星系一圈，时而白天时而黑夜，在机甲里一飞飞十几天，回来的兴奋退潮后，疲惫很快席卷了他。家具在他脑子里上蹿下跳，打成了一团糨糊，他意识渐渐模糊，靠在小冰箱上睡着了，白墙上还留着乱七八糟的投影。

大门上的识别系统不太智能，只有扫描到“访客”的时候，才会给林静恒的个人终端发信，有通过权限的人会被它自动当成主人，因此它保持了沉默。林静恒并不知道家里多了个人，等他回到银河城指挥中心的时候，已经临近傍晚了。

图兰审完了俘虏，不出意料，没什么收获，边走边汇报：“这些人可能是收钱干活的，自己也不知道自己上级是谁，他们组织很严密。这里面有个类似小队长的人说，他以前是在第七星系运输‘鸦片’的，刚刚被派到第八星系试水，同行的应该还有十到二十支小机甲队。为他们工作，报酬非常丰厚，还能免费更换芯片。”

林静恒：“免费更换芯片？你是说，他们都植入了这种芯片。”

“是啊，不然就凭这帮小混混，人机匹配度怎么可能那么高——他们平均值至少80%，自从我们被自卫队那帮小崽子拖低了平均值以后，我都很久没见过上八的数字了。幸亏他们操作不行，而我们人多。”图兰说，“问询之前不是得先拆卸芯片吗？啧，真惨……什么麻药也不管用，晕过去的能给活活疼醒，鬼哭狼嚎的，根本不用严刑逼供，他们自己就疯了。这芯片的成瘾性比伊甸园可厉害多了。”

伊甸园毕竟是有监管的，调节激素水平也好，刺激感官也好，都是需要经过严格的医疗评估，确保安全和健康——当年叶芙根妮娅公开向林静恒表白，表白宣言里夹带了微量的激素刺激，后来经人举报，因为略微超出了管委会规定的量，叶芙根妮娅、营销公司和区域伊甸园监管部门各自支付了五千万第一星际币的罚款……当然，他们都是一伙的，这笔罚款究竟有没有落实就不好说了。

但民众对伊甸园的依赖，归根到底是心理性的。

图兰："这种芯片会破坏大脑结构，产生不可逆转的依赖性，前一阵弄那个变种的彩虹病毒，老陆先生不是请来个医疗队吗？我请他们给看了一下，那边刚才回复我，具体情况还需要进一步研究，但是恐怕这个芯片比市面上的任何一种毒品危害都大。我们抓的俘虏中，植入生物芯片时间最短的一个才不到一周，已经产生了非常严重的戒断反应，将军，这样下去，就算将来伊甸园恢复，那些染上'鸦片'芯片的人也不可能摆脱这东西了。"

林静恒一皱眉，他突然想起来，陆必行拆卸芯片的时候并没有太大的反应，第一次看得出来有点不愿意，但也没有实质性的反抗，而身上的伤都是他在使用芯片期间遭到的外力打击，情绪也说得上很稳定，事后他被放在医疗舱里进行全身体检，医疗舱也没有成瘾示警。

他想起独眼鹰和他说过，陆必行小时候有过一定程度的空脑症症状……真的是因为这个吗？

"他们到第八星系推行这种东西，打的旗号就是伊甸园，反正第八星系的人没见过真伊甸园是什么样，"图兰接着说，"第一次植入芯片是免费的，但差不多一个月要更换一次，之后怎么定价，对方说他们上头还没有通知，等着看第八星系的推行结果。"

林静恒沉吟片刻："伊甸园里的医疗系统能检测出这种生物芯片的危害，一旦伊甸园恢复，没碰过这东西的人会重新回到'保护壳'里，幕后的人能从中取得多大利润，取决于伊甸园缺席多久……所以这个人很可能是个能影响伊甸园修复进程的人，在管委会里有一定话语权。"

图兰立刻说："明白，七董事以及他们的近亲属。"

她是说者无心，林静恒心里却忽然掠过一层阴影，想起了据说第一批被送往天使城要塞的林静姝。这时，他们俩已经来到了休息室门口，林静恒心不在焉地伸手一推门，门锁立刻识别了主人的身份，自动弹开，一缕光却从屋里流泻了出来。

门口的两个人同时愕然地站住了。

本该昏暗的房间里，一束投影光打在墙上，将冷冷的白墙打出了暖光的效果，凌乱的线条和数字歪歪扭扭地挂在墙上，底下有几行近乎胡言乱语的笔记，看不清写了什么，却意外点缀了空无一物的墙面，使得整个房间的色调都柔软了下来。而床头的小冰箱上面放了一个直径一米左右的水晶玻璃球，上面是晶莹剔透的星空，穹庐似的笼罩着雕刻的山水与楼宇，被投影光源一照，水晶球里的星星和小石雕一起熠熠生辉起来，影子斜斜地拉在雪白的床单上，一片流光溢彩。

林静恒往前走了两步，找到了光源——陆必行搭在膝盖上的手腕，而他本人已经蜷着腿，就着这个姿势睡着了，水晶球里反射的光也有一部分流过他的侧脸，很久没顾上修剪的头发垂在耳畔，发梢上像是缀了一片星星。

图兰心里大呼上当，她居然还以为此人是个纯情技术宅，还毫不吝惜地想跟他分享泡汉子的经验！怪不得陆必行当时一脸正人君子地拒绝了她，原来是个深藏不露的民间高手！图兰偷偷瞟了一眼林静恒的表情，心里感慨出了一串排比句："将军，歇菜了，轻敌了，栽了。"

图兰二话不说，掉头就撤，临走还替他们带上了门，跑出老远，仍然心有余悸，感觉自己反对固定配偶的人生观都遭到了撼动，非得离他们远点不可了。

林静恒听见门一声轻响，才回过神来，发现图兰已经跑了。他像个在陌生地方迷路的傻子，呆了一会儿，才轻手轻脚地走过去，缓缓半跪下来，抬起的手犹犹豫豫地悬在半空中，手指伸出去又蜷回来，反复几次，不知如何是好。

他忽然想起他十岁生日那天——他和静姝的生日有一点特殊，真正的生日比在伊甸园登记的日子早 10 天，因此每年都会在错误的日子被伊甸园和周围的人吵得一整天不得清净，真正生日那天，反而只能和妹妹私下交换一张电子贺卡。

可是那一年，他刚和妹妹分开，林静姝那边不知是什么情况，个人终端联系不上了，每年例行公事似的贺卡也送不出去，他想起再也回不去的家和追逐着他的女孩，茫然又不安。可是在别人家里，他得忍着，得若无其事，一整天都提不起精神来，拒绝了四次伊甸园要为他调理情绪的请求……直到晚上回房间，打开门，迎面却撞上了一个仿真的机甲模型——比成年人略高一点，和星际机甲的比例一模一样，小孩子可以在里面躺着，甚至有一张仿真的安全精神网，连上以后可以玩游戏。

林静恒记得，他当时愣愣地站在门口，忘了应该迈哪条腿，难以置信地想："这是给我的礼物吗？"

如果没有十岁时那台机甲形状的游戏机，林静恒或许不一定会进入乌兰学院，他可能会变成一个学者、某个政府部门里平平无奇的工作人员……或者早早离开沃托，去荒凉的星际流浪。

四十年过去，林静恒看着眼前的青年，心里涌起某种难以言喻的东西。

他想："这是给我的礼物吗？"

陆必行可能是一个姿势不舒服，忽然动了一下，靠在冰箱门上的头滚到一边，打破了平衡，眼看要向一边倒下去，林静恒连忙伸手托住他，冰冷的手指裹住他的侧脸，陆必行激灵一下醒了过来。他有点睡蒙了，一时忘了自己在哪儿，看着眼前的林静恒，脑子里一片空白。

林静恒把自己的手从他脸上挪开，手心沾染的温度似乎有黏性，黏着他，让他不想放开："嗯？"

陆必行回过神来，无意识地舔了舔嘴唇，语言功能还没苏醒似的，他语无伦次地解释说："我来送点东西，呃……那……那个门一推就开，你……"

他的声音越来越小，林静恒离开他侧脸的手搭在了他身后的小冰箱上，远看时周正深刻的眉目骤然逼人起来，那双虹膜里经年不散的灰色雾气仿佛搅起了风暴，陆必行听见他用一种很低沉，但难得不冷淡的声音说："我设置了你的通过权限。"

林静恒的目光微微垂下，严丝合缝的衬衫与军靴笔挺地束缚着他，将他横平竖直地限定在某个区域内，即使是在北京 β 星上穿奇装异服的时候，这身卡着喉咙的军装与手套也隐隐地箍在他身上，让他永远不敢自由、永远拒人千里。

"我又不好相处，对你也不怎么样，你整天围着我转干什么？"

陆必行眼睛还没揉开，不假思索地脱口说："你珍贵啊。"

林静恒一愣，心里空荡荡地回响着这话，他像是从紧绷的钢丝绳上掉了下去，不断下坠、不断失控，穿过星球地心，又沦陷到更空旷的宇宙中去。然后他的灵魂失重地飘了起来，混乱的色彩倾盆泼落到过往黑白相间的岁月里，夺目得让他眩晕起来。

（二）

林静恒轻轻地把手附在了他的头上，如愿以偿地摸到了他的头发，原来那头发只是天然卷，并不像看起来那么柔软，有点凉，只有发根处沾染了体温。林静恒很讨厌和别人有肢体接触，并不知道怎么控制“抚摩”的力度，他的手指尖带着茧，由于太过小心翼翼，非常轻，像微风若有若无地撩过头皮，陆必行哆嗦了一下，藏在真皮里的神经末梢好像集体破土而出，敏感过了头，方才苏醒的身体缺乏自制力，立刻产生了一些不怎么文明的反应。

陆必行在黑灯瞎火中慌里慌张地一收腿，动作太快，几乎产生了古老传说中“扫堂腿”的效果，在这么个狭小的空间里，正好扫了林静恒一个趔趄，林静恒伸手撑了一把，又好死不死地按在他的大腿上，陆必行明显地抽了口气，活虾似的弹了起来，手忙脚乱地弯着腰抱起旁边的空礼盒，缩成一团，半天不敢喘气。

林静恒：“……”

陆必行的脸暴露在水晶球幽幽的光下，从脖颈一直红到了耳根。

林将军——虽然惯常装得人模狗样，但终日与图兰之流为伍，听过的荤段子大概比陆校长吃过的营养膏都多，再怎么“出淤泥而不染”，也纯洁得有限，立刻回过味来，他讪讪地缩回手，干巴巴地说：“卫生间在那边。”

陆必行崩溃道：“别说了。”

两人之间隔着一个白色缎带的大包装盒，面面相觑。

林静恒本就不是个擅长聊天和调节气氛的人，如果不让他出言不逊，他基本就不大会说人话了，此时搜肠刮肚、左顾右盼半晌，试图没话找话地强行聊天：“呃……水晶上那团冰箱球是哪儿来的？”

“是我自己做……噗……”陆必行话说了一半，才发现对方这个因紧张产生的口误，他像个蹩脚的喜剧演员，包袱没来得及抖出来，自己先笑场了，“我自己……哈哈哈……我自己做的‘冰箱球’。”

林静恒：“……”

片刻后，他终于也忍不住无声地笑了起来，在陆必行小腿上踹了一脚：“笑什么，不要脸了？”

陆必行一边笑一边脸红，一边不要脸一边羞涩，手肘抵在膝盖上的包装盒上，双手绞成一团抵在额头前，挡住脸，他垂死挣扎似的解释：“我是因为刚睡醒，晨……那什么是正常的生理现象。”

“早啊陆老师，”林静恒短暂的尴尬过去，舌头终于利索了，熟练地挖苦道，“天还没黑你就起床了，越来越勤快了，真是为人师表的典范。”

陆必行遮遮掩掩地从胳膊和礼盒缝里看他，目光有点贼，像是跃跃欲试地准备耍人生中第一次流氓，是个充满好奇的小贱样。

林静恒从冰箱里找出杯子和酒，陆必行赶紧说：“我喝白水就好，不要带酒精的。”

林静恒低头看了他一眼，蜷在地上不起来的陆必行又欲盖弥彰地解释了一句：“我就是渴了，你别想歪。”

林静恒：“这趟出门顺利吗？”

“总长封了我一个特别……特……”陆必行卡了一会儿，愣是没背出自己的头衔，只好去个人终端里翻记录，“哦，特别管理委员会主席，特殊时期可以代理总长。”

林静恒一听就知道这一趟一定不大顺利，已经把总长逼得病急乱投医了。

“第八星系嘛，”陆必行接过水杯，耸了耸肩，“很多人光是为了活着就得拼命，从来没有得到过依靠，所以谁也不信，如果你对他伸出手，他会认为你不怀好意，会在你‘图穷匕见’之前拿出刀来。”

林静恒呷了一口甜酒，靠在墙边，透过夜色看着他。

“慢慢来吧——我今天晚上不想跟你谈第八星系，”陆必行抬起头，“将军，我长大的地方你可能已经看得不想再看了，你长大的地方呢？”

林静恒想了想：“你是想听联盟中央和七大星系三十年的拉锯、星系之间的剥削和经济侵略，还是中央内部各大派系之间的内斗？”

陆必行哭笑不得：“我听这些干什么？”

“你不是那个……”林静恒也没记住爱德华总长自己发明的长头衔，“那个什么备胎总长吗？可以提前预习一下。”

陆必行发现林静恒有个了不得的本事，他描述任何一个东西的时候，都能找到一个和原版意思最接近的贬义词——特殊时期“代理总长”到了他嘴里，就成了“备胎总长”。

“我是‘战时’统筹顾问，”陆必行说，“不打仗我就不当了。”

林静恒问：“为什么？”

“打仗的时候，所有人的生活都被打进了谷底，人们的愿望空前一致，就是想早点太平，早点过好日子，这时候能为大家做一点事，我觉得是有意义的，你知道你在改善大多数人的生活状态，你在朝正确的方向走。但是等战争平息，大家休养生息几年，社会就会像动荡的河水一样，清浊分开、泥沙沉降，形成新的阶层和利益团体，一个政客总不可能站两个阵营，要从政，就意味着时时刻刻都得代表一方的利益去攻击掠夺另一方，最后，每个英雄都会变成罪犯，我是个幼稚的人，不喜欢这样。”陆必行想了想，又认认真真地补充说，“我这个人，除了幼稚，还很懦弱，总想避免争斗和冲突，假装一切都好……这事我自己也知道，以后会想办法改进，但是天性恐怕不太好改，有时候可能会拱你的火，你……嗯，骂我也没关系，但是不要太生我的气。”

一年三百六十五个沃托标准日，林静恒大概有三百六十天都很暴躁，但他其实知道，一个人满身戾气，归根到底，只是自己不能和自己握手言和而已，他怎么有脸要求别人为此改变自己的天性呢？

林静恒心里有千言万语，可是胸口堵满棉絮，一个字也说不出来。

陆必行轻轻地问：“我不想听沃托那点狗屁倒灶的事，我想听你讲你的亲人和朋友。”

林静恒呆了片刻。

陆必行又补充了一句：“除了湛卢和白银十卫的朋友，在部队之外，总有能和你一起喝一杯、聊几句心里话的人吧？”

林静恒“嗯”了一声，沉默了好一会儿：“……比如独眼鹰那样的？”

陆必行：“……”

这个“朋友”的定义有点过分新潮了，仿佛有杀父之仇和夺妻之恨一般的友谊，也能地久天长吗？

“我在乌兰学院的时候，和校医兰斯博士关系还不错，还有几个同学。”林静恒说到这里，忽然住了嘴，陆必行等了半天，发现他说话像挤牙膏，半天就挤出这么一句，只好自行追问：“兰斯博士现在在哪里，还有联系吗？”

“死了三十多年了。”

陆必行偷偷在心里记录——他爱跟年纪大的人混在一起。然后又问：“那同学呢？现在都在干什么，是什么样的人？”

“不知道，”林静恒追忆了一下，他整个少年时代所有的光都被那个雨夜吸走了，因此很多事都显得模糊不清，过得浑浑噩噩，此时忽然提及，他才发现，连所谓“好友”是男是女、是高是矮都想不起来了，只好没滋没味地说，“不太记得了。”

陆必行不死心地问：“亲人呢？”

“我母亲死得很早，父亲是军官，也没长寿到哪儿去，他活着的时候不太回家，我对他印象不深。养父……独眼鹰在背后说我坏话的时候，应该给你介绍过了。”林静恒不愿意在陆必行面前多谈陆信，于是轻飘飘地一带而过，“我还有个妹妹，双胞胎，小时候我们俩被人分开领养，联系一度中断，后来我才知道，领养她的是伊甸园管委会。”

一想起林静姝，林静恒心里那团被陆必行驱散的阴影就又重新聚拢过来：“静姝……”

陆必行：“啊？”

“不是你那个学生。我妹妹也叫静姝，”林静恒顿了顿，“她是个……斯文内向的女孩子，爱干净爱漂亮，很少哭闹，总能把自己收拾得令人赏心悦目，小时候有一点怕虫子。”

林静姝的形象，在他心里也是模糊的，林静恒回忆起她来，心里总是跳出来一个很小的女孩，而不是那个联盟名花：“我很少能弄明白她在想什么，她高兴了不说，不高兴也不说，生气了就躲起来不见人，高兴了会把攒了很久的零用钱拿出来，买些鸡零狗碎的小东西放在我房间里，但是如果去问她为什么高兴为什么生气，她既不会说也不会承认。”

陆必行心想：“亲生的。”

“后来我也很少去看她，”林静恒说，“我……养父的死跟管委会脱不开关系，而她要嫁给管委会，我曾经阻止过，但她没听。”

陆必行问："你在怪她吗？"

"怪她干什么？其实是个挺好的选择，她天生文弱，从小就不如别的女孩活泼，能有人照顾，每天跟着一支保镖团，没事跳舞逛街做慈善挺好的，格登家对她也不错，这么个乱世能把她送到天使城避难，我很感激。"林静恒把剩下的半杯酒喝了下去，杯子在手心转了两圈，"我和管委会总有一天要翻脸，是命中注定的宿敌，她跟我冷淡疏远一点，对大家都好，省得将来进退两难。"

这样一来，就算将来和他断绝关系也会更有说服力，无论是他和管委会谁笑到最后，她都能过得不错。

陆必行注意到他嘴里说"好"，眉间的褶皱却一直没打开，这时，屋里的时钟"叮"地响了一声，陆必行扭头一看，见时钟下面有一块小小的电子牌，上面标注着简单的日程，电子牌上的"晚间休息"此时已经翻了过去，变成了"精神力训练"。

陆必行突然意识到，林静恒的"晚间休息"恐怕包含了晚饭和仅有的清净时间，一天就这么一会儿，陪着他扯淡扯过去了，只喝了一杯酒，连忙站起来："我打扰你了吧？"

林静恒没说什么客气话，只是用个人终端关了时钟报时，把电子牌翻上去了，表演了一次"君王不早朝"，可惜陆必行了解他，林静恒不是昏君，他是一杆尺、一把剑，现在耽误的事，一定会用睡眠时间补回来，没有严苛的作息，也就不会有永远稳定在极限值的人机匹配度，只好恋恋不舍地离开了。

远处的银河城华灯初上，显得安静平和。抗瘟疫的时候，为了方便管理，全城人民的个人终端已经被连在了一起，林静恒他们仿照之前黑市上的做法，小范围内发放了虚拟记账货币，可以凭借工作或交易取得，并向军方兑换生活物资。这个城市疮痍满目，百废待兴，工作是很容易找的，发放给居民的物资是自卫队基地的战备物资，银河城环境和自然资源丰富，不缺人口，用战备物资撑一段日子，建设完成后，应该可以自给自足。

陆必行想："就像一颗正在发芽的种子。"

他一扫长途旅行的疲惫，觉得自己有用不完的力气，于是又打了鸡血似的冲进了机甲站，把所有停靠的机甲从头到尾检修了一遍，还不肯罢休，在湛卢的伴奏下闯进了核心实验室，跟反乌会的加密系统死磕了一宿。

就这么连轴转了十二个小时，第二天接到总长召集开会，才发现天光已经大亮了。

陆必行挂着一对硕大的黑眼圈，嗑了药似的精神。

（三）

“想建立秩序，就像是把无数的小溪汇聚在一起，引入主流，归于一个方向，”新上任的“战时统筹顾问”陆先生侃侃而谈，“需要一个强有力的引力，打通水流通道，以及足够高、容量足够大的河道。‘河道’就是生产力，通道我们靠当年自由联盟军旧部的关系网……”

爱德华总长问：“那引力是什么？”

“每个人的需求。”陆必行说，“是每个人在走投无路的时候最迫切的渴望，像银河城被变种彩虹病毒吞噬的时候一样，大家都想活下去，总长。”

总长犹豫了一下：“银河城目前靠林将军的战备物资支撑，可是……我们支撑不起第八星系啊。”

陆必行笑了起来：“总长，你急什么，是打算发表一通独立宣言，然后把所有人都招来吃闲饭吗？”

爱德华总长也意识到自己这话问得有问题，叹了口气。少年人性急，是没有长性、没有耐心，老年人性急，却是知道时不我待了。

“先恢复第八星系的星际通信，告知大家政府重新组建的消息，但是初期不宜过度宣传，大致让人能有个印象就行，我们可以用启明星、用银河城作为起点。总长，一口吃不成一个胖子，咱们干吗不乐观点呢？启明星是个很好的地方，整个星球的生态系统完美，水资源丰沛，陆地上百分之七十以上的面积适合人类和大型哺乳动物生存，不需要耗费大量的能源来维持温度和大气，这里还有一定人口，甚至有当年旧工厂的遗迹可供修复，生产力两大要素——资源与技术，我们首先解决了百分之五十，你不觉得连启明星这个名字都很吉利吗？”

爱德华总长乐观不起来，他天生一副人高马大的骨架，因为太瘦，后背又有些佝偻，剩下一副形销骨立的模样，近来元气大伤、多忧多虑，脸色总是难看，像自然博物馆里的木乃伊成精——要是在沃托，这种卖相是有影响市容之嫌的。听着小青年陆必行“明天一切都会好”的馊鸡汤，总长着实难以下咽。他深深地低下头，看着第八星系的航道图：“我有时候觉得陆信将军办了件坏事。”

陆必行一愣。

爱德华总长轻声说：“如果我们生来不知道什么叫‘尊严’，一直在海盗统治的地方浑浑噩噩地活着，也未必是件坏事，猪和狗也有喜怒哀乐，你看它们在养殖场、在田间街上乱跑乱跳，也是无忧无虑的样子，并不因为知道自己是猪狗而自卑痛苦，也从来没有对自己的生活抱过不切实际的期望，不是很好吗？为什么不让我们在愚蠢和安乐里死掉呢？”

“总长，”陆必行走到他面前，半跪下来，仰视着佝偻的男人，“可是自由和尊严是人的天性啊，那不是陆信将军带来的，当年你们之所以愿意跟着他，不就是因为他点着了你们心里的火吗？”

总长一震，但还不等他说什么，陆必行个人终端上的闹钟响了，他立刻从深沉中一跃而起，就地变成了一活猴子：“总长，你来重新规划银河城和启明星，组建你自己的班底，我负责想办法修复通信，你提出想法，我们一起来实现，就这么分工了！咱们要做的事太多，我先走了！”

陆必行偷偷下载了林将军的日程，挑出了所有的空当和休息时间。林静恒的休息时间非常少——对他来说，体能训练就相当于休息。他早餐只有晨练后的二十分钟，午餐和晚餐各半小时，除此以外，几乎没什么标注为“休息”的，倒是留出了一些空当用于处理突发事件。陆必行于是也跟着他调整了自己的日程，在他休息的时间拎着吃的适时打扰，空当时间也会过去碰碰运气。

独眼鹰他们的返程时间比陆必行晚大半个月，这短短二十天里，急性子的总长迅速搭建了政府的雏形，每天带着他的班底夜以继日地翻查资料，讨论启明星的未来规划方案。

陆必行则批准了怀特他们制作“初级机甲”的构想，开始了新的学期——只有四个学生的星海学院两个月是一个小学期，每个学期末，学生们都要自己提出命题，陆必行在其中选一个通过后，四个人就会在下一个学期一起分工实现，陆必行也会把授课重点转移过去。他当然不是全知全能的人，因为招不到老师而被迫兼职至今，学生们提出的很多领域他也并不熟悉，往往是一边自己学，一边以最快的速度吃透，再去解答学生们的问题。

在这二十天里，陆必行还高效地完成了整个第八星系的通信网络修复方案，一边发愁机器人不够用、身边没有称手的工程队，一边争分夺秒地全面入侵了林将军的生活……虽然林静恒也没多少“生活”。

林静恒开始习惯每天跟他一起吃饭，有时候陆必行早晨去得早，能正好碰到他刚刚晨练回来，一天只有这时候林静恒身上是微微发热的，要是能趁机扑上去蹭一身汗，还可以顺势借用林将军的卫生间洗个澡。借用他的任何东西都能让陆必行新奇不已……虽然陆必行自己也想不通这有什么好新鲜的。

只要不是在身体恢复的特殊时期，林静恒的饮食倒没有那么严格，可以按照自己的口味吃一点营养膏之外的东西，只是需要限量。陆必行发现他喜欢味道比较重的食物，讨厌甜的，讨厌口感黏糊糊的东西，但并不挑食，碰上不爱吃的，他也不会说什么，只是会吞得很快，再喝口水冲下去。

林静恒一度怕自己和他没什么话说，但事实证明，完全不会，因为陆先生自己就能组织一场长达数小时的“个人闲聊会”，永远能把聊死的话题“妙手回春”。而对戴着滤镜的陆必行来说，林静恒一点也不无聊，虽然这个人玩个游戏都会说脏话，喜欢虐猫，素质十分堪忧，但联盟最精英的教育也算没有完全湮没在流氓堆里，伊甸园给他打了很好的底子，乌兰学院教会他居高临下地考虑问题，联盟的官僚体制让他不得不在白银三的报告上签字，逼迫他对各种技术问题和思路敏锐非常，陆必行有时候会有遇到难得的知音的感觉。

特别是这位“知音”埋汰起人来很有幽默感，只要自己不是被他喷的对象，听起来还是很有趣的。

晚饭过后，陆必行如果没有别的安排，就会泡在林静恒的小休息室里，林静恒在一片让人眼花缭乱的模拟系统中高强度地训练精神力，陆必行就会心无旁骛地赖在他床上，给学生备课或是为总长加班，两个人谁也不打扰谁。

他一般会逗留到很晚才肯走，有一次资料查了一半睡着了，林静恒又没舍得叫他，让他在那干净得一根头发都没有的床上留宿了一宿。这一宿诞生了无数谣言，一半产自图兰，一半产自周六，这二位无聊人士的想象力之丰富不分伯仲，龌龊程度也难辨雌雄，能联名出版一套《新星历下流大百科》。

不过这次留宿经历其实不太愉快，林静恒完全不会照顾人，就知道给他加了一床被子，让陆必行就这么穿着外套睡了一宿，被金属腰带和林将军大理石般的硬板床硌得腰酸背痛了两天。

同时，林静恒也不是一个能在别人面前放松下来的人，基本一宿没睡着。第二天陆必行看出他一宿没合眼，心比腰还疼，那以后就不敢留下了。

陆必行因为意外发现了林将军的洁癖，一直提醒自己在他面前要保持整洁，可惜江山易改，本性难移，多年的邋遢不是一朝一夕就能“改邪归正”的，偶尔一不小心，还是会把东西顺手乱扔。但他很快发现，林静恒其实不怎么介意，他自己保持整洁似乎只是几十年军旅生涯的惯性，不是天生的强迫症，所以在这方面倒是很随和，能做到“严以律己，宽以待人”。

但是在审美方面，情况就反过来了——林某人自己一件衬衫复制一打，活像一年四季不换衣服，从来不照镜子，对自己的外形毫无追求，却很能贬损别人，尤其不太欣赏看起来很“鲜艳”的人，于是图兰和出差在外的独眼鹰总是他的重点攻击对象。

这二十几天，对陆必行来说又长又短，当他盘点自己做了什么事的时候，就觉得这实在是人生中最漫长的二十几天，身后追了一个鸡血沸腾的木乃伊总长，忙起来没白天没黑夜，都不知道怎么熬过来的，可是他算了算和林静恒黏在一起的时间，又觉得光阴如白驹过隙，恨不能抱住马腿不让它过。

第三章　自由宣言

古老的战歌带来吹不灭的风，火苗见风而长，渐成汹涌之势，
一发不可收拾地，绵延到广袤而荒凉的星空。

（一）

“先生，老陆先生和于警督他们致电，今天准备返程。”林静恒好不容易打发了图兰，空出一点时间，打算去找陆必行，不料听说陆必行被总长扣下开会了。还没来得及失望，就听见湛卢又在旁边火上浇油。

林静恒：“你现在还有猫灾预警功能？”

湛卢回答：“是图兰卫队长特别提示，他说您如果不能随时得知外派人员的动向，会无理由地发脾气。”

林静恒：“外派人员不包括独眼鹰，谢谢。”

说话间，正好陆必行的几个学生从机甲站里出来，刚例行巡逻的周六返航，远远地看见美少女们，愉快地冲薄荷吹了一段带着花腔的口哨，乐极生悲，没看见附近的林静恒，被心情不太美满的林将军迁怒，当场以“骚扰未成年少女”为由，罚周六围着机甲站蛙跳。

周六还没跳远，就听见湛卢完美地复制了他的小口哨，面无表情的人工智能一本正经地吹着流氓哨，把众人吹出了一身鸡皮疙瘩。

林静恒：“你干什么？”

“帮您备份。”湛卢一本正经地回答，“人类求偶时偶尔会模仿鸟类，但是如何精准地调配呼吸和曲调，似乎需要一定的练习，鉴于您仍是一条光棍，似乎亟待发展这项技能，需要我为您搜索吹口哨的口腔肌肉训练方式吗？”

说完，湛卢冲他吹了一声尾音拐弯的口哨。

林静恒：“……”

人工智能太缺心眼，会被格式化的。

这时，老远有人扯着嗓子喊：“将军！林将军！”

林静恒一抬头，看见一颗锃光瓦亮的大光头，逆着光向他奔跑过来，像个信号发射器。

这位光头先生其貌不扬，来头却不小。他是变种彩虹病毒暴发期间，独眼鹰请来的外援，医疗研究队的领头人，很有水准，变种彩虹病毒的病毒属性分析、抗体复制都是他一手完成的——是个很“第八星系”的专家，以前是卖假药和假医疗器械的，号称没有他仿造不出的医疗舱，没有他分析不出的专利药，本名叫什么，他从来不提，只给自己起了个外号，叫作“月光石”，形容他那圆润亮堂的光头，可惜大家并不认可，都叫他“鸭蛋”或者“老蛋”。

“那个生物芯片不只表面上那么简单啊，”老蛋用震耳欲聋的大嗓门广播，“这里面有非常接近伊甸园的高仿技术，普通人一经植入，根本无法抵抗，上瘾概率极高，但它对空脑症的影响却微乎其微……”

林静恒不愿意跟他在大庭广众之下讨论“鸦片”，于是打断他：“空脑症容易发生人机接触不良的情况，芯片能带给他的快感也很有限，不容易上瘾很正常。

“谬论谬论！”老蛋听完，一蹦三尺高，“人机接触不良，不是不能接触，很多空脑症如果训练得当，甚至能开机甲。既然能开机甲，为什么驾驭不了一枚小小的芯片？不信你找个空脑症试试，芯片能带给普通人的力量感他都会有。我就是空脑症，我自愿报名参加人体实验，我有种直觉，将军，空脑症不单是人机接触不良的问题，如果能吃透这种芯片，我们说不定能发现完全屏蔽伊甸园的技术，这里面是有联系的！”

林静恒忍无可忍地往后一仰，躲开了老蛋倾盆而下的唾沫星子：“没有完全屏蔽伊甸园的技术，你觉得我是怎么站在这里的？”

老蛋一愣，喃喃地说：“将军，你有这种技术？联盟研制的……不，不可能，那是军委自己鼓捣的？林将军，那是哪儿来的？”

能完全屏蔽伊甸园，甚至假死躲过伊甸园追踪的工具，名叫“禁果”，就在湛卢身上，是个高级加密文件，林静恒完全拿到所有权限之后才注意到的，“禁果”非常复杂，而且尤为特殊的是，除了表面上屏蔽伊甸园的功能外，它的整个数据库都是锁住的，林静恒甚至湛卢自己，都没有权限打开。能在湛卢身上安装这种东西的，似乎也只有湛卢的前任主人陆信。然而一直以来让林静恒百思不得其解的是，他既然能神不知鬼不觉地躲开伊甸园的追踪，为什么不用？

“将军，”老蛋上前一步，有些急切地说，“这个人很可能跟制造‘鸦片’的人有联系啊！”

林静恒蓦然变色：“你放屁！”

老蛋一摸大光头：“哎，你这人，什么狗脾气，说翻脸就翻脸，我是有理有据的，我跟你说……”

就在这时，基地内所有武装人员的个人终端上亮起了红灯，林静恒一抬手打断老蛋，接通到指挥所，问值班员：“什么情况？”

“将军，指挥所收到紧急求援信号，来自于威廉警督乘坐的机甲。他们返航途中遭到不明机甲武装拦截，对方火力很强，大约有一个太空团以上的兵力，现在远程联系已经中断。”

“把他们最后一次联系的坐标点发给我，图兰守着基地，一到三支队跟我走。”林静恒转身就走，顿了顿，又说，“第四小队沿独眼鹰他们拜访过的路线，密切留意所有与他接触过的人。”

独眼鹰他们人不多，机甲队配置完全是私人保镖团的形式，走访行程很低调。而“一个太空团”意味着有核心重甲，武装队伍五脏俱全，有几十架可以机动作战的中小型机甲，如果是不巧遭遇，以独眼鹰的谨慎，应该会小心闪避……那就是埋伏了。

独眼鹰他们的线路是很随机的，那群老东西自己或许有计划，但是刚愎自用惯了，不拿出来跟别人讨论，连指挥所都只是有个大概的方向，谁会知道他们的行程？

一个太空团埋伏他们那小猫两三只，这个待遇未免太过隆重了。

湛卢问："将军，陆校长那边呢？"

林静恒想也不想地说："瞒着，等我回来再说。"

湛卢："是。"

林静恒大步流星地赶到指挥所，这么片刻的光景，白银九和自卫队混杂的一到四支队已经全部整装完毕了。

林静恒挥手示意他们上机甲，手抬起一半，又中途停下。

只见他沉吟了两秒，好像挣扎着什么似的，最后若有若无地叹了口气，对湛卢说："你……算了，还是联系一下陆必行吧。"

（二）

导弹流星似的划过漆黑的太空，通信频道上一架机甲的光点随即消失，独眼鹰第三次紧急跃迁，感觉保护气体生生撞在胸口，他眼前一黑，差点从精神网上掉下去，鼻血已经下来了——他想，到底是老了。

再来一次紧急跃迁，他觉得自己大概能当场死在这儿。

一百九十七岁了，仍在所谓"青年"的尾巴尖上，脸上还没有皱纹，尚未谢顶，也尚未发福，走在街上，仍会有女孩因为鹰钩鼻和异色的瞳孔回头看他，被脸欺骗，看不出他已经快要过保鲜期。

他已经看过楼起楼又塌，着过火，又化为灰烬，百年醉生梦死，与酒色相伴，身上的肌肉和胸口的意气一起不动声色地弃他而去，他再也不是当年那个枕戈待旦的少年人了。

"独眼鹰，"通信频道里传来于威廉的声音，"他们又追上来了！"

他们这支小队都是当年自由联盟军的旧部，一共十七八个人，开了十架小机甲——有些人已经开不惯机甲了，安全起见，得两个人轮流驾驶。

这帮中老年男子，出来之前，想的是"桃李春风一杯酒，江湖夜雨十年灯"，自行点火浇油热了锅铲，打算轰轰烈烈，可是出来一看，尽是冷饭——大家的叙旧往往变成酗酒，热酒下肚后抱头痛哭，追忆完峥嵘岁月，剩下的只有一地鸡毛，除了牢骚，没话可说。

老了，理想跟着肌肉一起萎缩，装不下第八星系这么庞大的谎言了。

无功而返的回程途中，这伙士气低落的老兄弟突然检测到附近有机甲军团时，双方间距已经不足五百公里，这不可能是意外遭遇，因为一个这种规模的兵团，如果不是使用技术手段隐藏自己，过往的商船和机甲就算不刻意扫描，也会在半个航行日之外察觉到。

独眼鹰第一时间让所有人全速撤离，同时向启明星发出求救信号，而伏兵则不由分说地开了火，电光石火间就击落了他们两架小机甲，而且拒绝通信沟通，一路猫抓耗子似的撵着他们跑。

没有人知道对方为什么要伏击他们，是哪方面的人，又是谁出卖了他们的行程。

“不行，独眼鹰，他们有重甲，重甲能利用跃迁点远程扫描，甩不掉！支援什么时候能到？”

“你自己看看星图，看这鬼地方离他妈启明星还有多远，”独眼鹰抬起袖子把鼻血抹去，“狗屁支援，赶来也只能当收尸队，自救吧！”

“这些人到底是干什么的？遛咱们玩？”有人在通信频道里问，“我说，咱们不行先战略性投降吧。”

独眼鹰从鼻子里喷出一口气，憋气得要死，但觉得这个提议很有道理。老军火贩子可不是什么宁死不降的烈士，虽然脾气火暴，但关键时刻绝对能屈能伸，留得青山在不怕没柴烧，他还不知道是谁出卖了他们，这么稀里糊涂地死了，也太不甘心了。再说，面对这么大一个军团，他们这几个老东西就算跪下都不丢人，投降不算什么。

其实这地方距离臭大姐开往域外的地下航道不远——臭大姐的地下航道有两段，一段是从第八星系中心到基地的路，被凯莱亲王卫队误打误撞地发现了，还有一段是从基地通往域外的，为了存放储备物资，后来被白银九用过一次。基地的居民和远方的物资都慢慢转移到启明星上了，凯莱亲王卫队被林静恒灭口灭得很干净，所以通往域外的那段地下航道，除了他们自己人以外没人知道。地下航道里的所有跃迁点都加了密，没有隐藏地图的人一时很难在里面辨明方向，他们或许可以往那边逃。

然而这念头在独眼鹰脑子里一闪，旋即又灭了，因为那地下航道离这里还有一段距离，而且很不巧，刚好是敌方机甲包抄过来的方向，想过去，得先硬碰硬地突围一次，就这帮老弱病残，别说强行突围，再让他们紧急跃迁一次，他们都能集体表演就地去世。

独眼鹰："其实也不是……"

他还没来得及表态，于威廉就在通信频道里断然回绝："不可能！"

他们这几个人，过去都参加过第八星系自由联盟军，但"自由联盟军"的成员遍布第八星系，互相之间也不都认识，独眼鹰认识的人多，也是因为他这些年做生意混的人面广，平时大家用"自由同盟军战友"做敲门砖互相套近乎而已，有点类似"同学会"和"老乡会"的关系。这次一起出来的人里，只有两三个是独眼鹰的老战友，其他都是战友的战友、战友的亲戚等各种拐弯抹角的关系，是通过变种彩虹病毒暴发才刚认识的，大家彼此都还带着点生疏试探的客气，就于威廉棒槌，说话跟他们家木乃伊总长一个腔调。

棒槌于威廉不客气地指责了提出投降的人："当年宣誓成为战士的誓词忘了吗？要当懦夫你去，我决不投降！"

通信频道里静了一瞬，随后响起了一片和稀泥的七嘴八舌。

"于警督，我了解您的心情，可咱们也要客观啊。"

"不投降我们还硬扛吗？扛不住啊！"

"战士不投降，可咱们已经不是战士了啊。"

"我是三号机，我那搭档驾驶员已经晕过去了，再这么跑下去我也快了，咱现实一点吧，老哥哥们！"

"四号机要调换一下驾驶员，我血压太高顶不住了！"

独眼鹰清了清嗓子："于警督……"

于威廉冷冷地打断他："他们要是没动手，让我投降，不是不可以，可是他们先出手打掉我们两架机甲，那里面有四个兄弟，白死了吗？"

于警督这回抢占了道德的制高点，这话其他人没法接，只好都闭了嘴，一致觉得这个于威廉简直是个傻 ×，自己嫌命长就算了，还扛着道义的大帽子逮谁压谁，非得拖几个垫背的不可，早知道这样，他感染彩虹病毒的时候就应该让他烂成汤。这时，通信频道里，六号机上信号闪了闪，有个外号叫"灰狼"的人说："刚才被击落的二号机和七号机上的人，都是我带来的，二号机上的驾驶员是妻弟，你们都跟他们不熟，紧急情况，我作为亲友应该有资格代表一下死者吧——独眼鹰，给死人报仇的事以后再说，咱们现在先保住活人的命要紧。"

独眼鹰就坡下驴："嗯，确实，节哀……导弹，快散开！"

他突然示警，话音没落，众人已经如惊弓之鸟似的散开，随即，一枚远程导弹绣球似的砸了过来，这是追踪导弹，被闪避之后，立刻检测周围能量波动，重新锁定目标，在空中飞快地打了个回旋，掉头又来，直冲着跑得最慢的九号机而去。

擦身而过的瞬间，独眼鹰的机甲上赫然检测出了追踪导弹的型号“TOC-RV230”，产自联盟军委第六军工厂。

独眼鹰瞳孔一缩：“开反导啊，就知道跑，你能跑过导弹吗！”

被锁定的九号机连忙启动反导系统，打出一枚导弹意图拦截对方，不料紧张之下，拦截导弹居然操作失误，没来得及瞄准完毕驾驶员就误发了。要知道拦截导弹与主动发射导弹不同，因为有反导系统，所以拦截的瞄准是自动的，电脑锁定好，驾驶员出个发射指令就行，牵条狗来稍微培训一下都打不偏，可九号机里的仁兄竟然办到了！

独眼鹰绝倒，凭他有限的想象力，实在想不明白这拦截到底是怎么失误的。

敌方火力凶猛，装备精良，有如神降，我方猪队友连个半自动的傻瓜操作都使不利索！独眼鹰无端想起方才通信频道里不知谁说的——咱们已经不是战士了啊。

着实是啼笑皆非，百感交集。

惊慌的九号机被追踪导弹追得乱窜，还是于威廉冲上去，用一枚导弹拦下了追踪导弹，导弹碎片炸得四处都是，像一把扬起的碎沙。

独眼鹰心说：“就这，打个屁。”

他作为牵头人，决定无视铁骨铮铮的于警督，代表多数人的意见——投降。于是再次向不远处的敌方发出通信请求，同时，独眼鹰还用机甲发出了特别的求和信号，接下来，按照星际惯例，他们应该自动跳下精神网，交出精神网的控制权，以示缴械无害。

这边刚发完信号，还没来得及发出缴械指令，独眼鹰带的这个“中老年专业投降天团”就争先恐后地纷纷跳下精神网，跳出精神网以后自动从内部通信频道上断开，转眼间，通信频道里除了于警督和老波斯猫自己，没别人了！

独眼鹰：“……不是，你们好歹也让我喊个‘预备跳’吧？”

通信频道里仅剩的听众于威廉冷冷地说：“我比现在年轻一百五十

岁的时候，打死我也想不到，自己会这么狼狈地被同伴拉着跪地求饶。”

独眼鹰懒得跟他一般见识，苦笑一声：“别一百五了，我要是能年轻一百岁，今天也会跟他们不死不休——你先跳还是我先跳？”

于威廉沉默下来，看来是打算死硬到底，对方的机甲群已经压了上来，独眼鹰管不了他，无声地叹了口气：“准备断开……”

就在这时，他旁边的九号机和三号机突然改变了运行轨道——驾驶员自己断开精神网后，机甲就会变成无人驾驶状态，这个操作明显是人为，敌人应该是已经控制了这两架小机甲的精神网。

于威廉突然大声说：“慢着，小心！”

独眼鹰蓦地抬头，从还没来得及断开的精神网视角，他看见变轨的三号机和九号机神经病似的各自加速，互相转了几圈，跳了一会儿滑稽的八字舞，随后竟往一起撞去！

与此同时，独眼鹰发出的通信请求再次被拒绝！对方非但不接受投降，还打算像小孩玩虫子那样，拿他们取乐后置于死地！

独眼鹰骂了句脏话，对通信频道里的于威廉吼了一声：“三号！”

于威廉会意，两人同时展开精神网，覆盖到加速的三号机上，抢夺三号机的精神网，三号机上有两个驾驶员，这会儿也意识到了不对，四个人同时撞进人机对接口，短暂的局部优势将占领三号机的敌军从精神网上挤了出去。

随后，独眼鹰和于威廉迅速退出，重新拿回精神网权限的驾驶员猛地制动，机甲大幅度偏转了角度，与九号机险伶伶地擦身而过。

其他几架机甲上的人也回过神来了，惊慌失措地开始试着夺回精神网。

方才寂静一片的通信频道里小光点亮了又灭，像垂死挣扎的萤火虫。

独眼鹰作为决策人，造成了这种局面实在难辞其咎，他一咬牙，先是将地下航道的坐标图发给了于威廉和三号机，随后突然加速，从没头苍蝇似的九号机与三号机中穿过去，以导弹开道，直冲入敌军阵营中。围堵他们的机甲军团倏地散开，张开大网，打算把他网在其中，独眼鹰三百六十度的粒子炮同时开了火。

而于威廉和刚拿回权限的三号机驾驶员好似跟他心有灵犀，趁他吸引敌军火力，突然紧急跃迁。

发现独眼鹰试图掩护同伴逃跑，敌方伏兵立刻做出反应，重甲的精神网碾过跃迁点，重新锁定了夺路而逃的三号机和九号机，并立刻分出两小队分头去追。独眼鹰听见机甲侧翼方向传来火警，知道自己被击中了，想也不想选择了脱离部分机体，下一刻，被击中的机舱炸开，备用能量系统也被敌军导弹打碎，独眼鹰在密集的炮火中把机甲速度加到了极致，画出一条刀锋似的弧线，将敌军的包围圈拉出了一条长线。

此时，由于机甲相对位置急剧变动，一些原本覆盖在一起的精神网迅速脱离，被敌军抢走精神网权限的那几个小机甲压力骤然减轻，有两个驾驶员的比较占优势，率先夺回了精神网权限，即刻开始往第三个方向紧急跃迁，最大限度地分散敌军兵力，四号机、六号机，随后是八号机……

原本聚在一起的八架小机甲跑了七个方向，只有一架小机甲舍己为人地留在包围圈里牵制火力。面对这种一盘散沙似的流氓小团体，敌军只好收缩了分头追踪的兵力，锁定独眼鹰。

独眼鹰方才做主替众人发了求和信号，此时又替众人拖住火力，一看就像个领头的负责人，敌军不再使用导弹，而是将他团团围在中间，铺天盖地的高能粒子炮冲撞着他的防护罩，精神网压下来，打算活捉。

独眼鹰咬牙给自己注射了大剂量的舒缓剂，感觉每一寸肌肉都被刀刃翻搅，然而人机匹配度仍在重压之下节节下降。

传说当年第八星系自由联盟军的一种游击打法，叫作“野狼群”——在绝对劣势的时候，留一小拨人做诱饵，自杀式地冲向敌军，为同伴牵制敌军火力，争取一个紧急跃迁的刹那，其他人趁机四散溃逃，敌军指挥官如果足够谨慎，就会放弃那些溃逃的单个机甲，转而集中力量吃下“诱饵”。通过紧急跃迁的溃逃机甲甩脱追踪后，立刻掉头，从四面八方不断骚扰敌军，所有人配合着打一枪换一个地方，好让被围在中间的“诱饵”有机会趁乱逃窜。但这种“野狼群”在大多数时候，注定只能是传说，因为紧急跃迁会把他们送到很远的地方，机甲队伍瓦解后，内部通信频道也会断开失联。而谁都知道在炮火中紧急跃迁的濒死滋味，逃出去的人一旦摆脱追兵，就会像溺水的人终于浮出水面，除非陷在包围圈里的人重要得非救不可，不然再让他们冒着生命危险返回去，几乎是反人性的。

你怎么知道逃出去的人会再回来呢？

万一只有自己傻乎乎地回去了，其他人都跑光了呢？

而如果深陷包围圈里的人真的很重要，大家一开始就不会同意让他当这个危险的诱饵。何况这种单人游击对机甲操作的要求真的很高。

反正独眼鹰是没指望过，且不说以这帮投降分子的尿性，愿不愿意回来救他，就算愿意，就凭他们的身体素质和机甲素质，打得了高强度的游击吗？所以他干脆在分别之前把地下航道的航线图给了出去。

这一辈子，四舍五入两百岁，也差不多了，自己问心无愧就行。

武器库传来警报，导弹已经打空了，高能粒子炮能量不足。

独眼鹰乐观地想，看样子对方也不一定就打算把他赶尽杀绝，否则一照面就拿高能粒子炮群轰了，不用这么费事，恐怕对方本来是打算一个一个地杀死他们中的大多数人，留下几个精神崩溃的做俘虏，再抓起来对他们背后的人提出要挟。不过这些人根本不可能想到，他们背后的武装是林静恒，那小子铁石心肠，拿他亲爹当要挟他都不会理会，何况是别人。

独眼鹰想着想着，又觉得有点好笑，甚至有点可怜起这些吃力不讨好的敌人。由于精神力过载，他的太阳穴剧烈地疼痛起来，机甲发出警报，人机匹配度已经下降到了 51%，马上会被剥夺精神网权限，独眼鹰的视线开始模糊，一边循着惯性给机甲加速，一边试着翻开机甲的音乐库，想找一找有没有当年自由联盟军的军团之歌，可他着实已经是强弩之末，连这一点简单的操作也完不成了。

人机匹配度 51%、50%——

持续下降警报——

精神网即将脱离警报——

（三）

从启明星到独眼鹰求救的坐标所在地，有接近四十个航行日。

阿瑞斯·冯当时在基地外围发现周六他们远程巡逻队的时候，巡逻队与基地的距离是十几个航行日，由于基地援军素质太差，只能走常规跃迁路线，他们走了接近二十个小时。

而这一次，要是也拖上二十个小时，那可就真是收尸小分队了。

于是和白银九融合后，第一次随军出战的自卫队队员感受到了什么叫作“联盟精锐”。原来的自卫队队员在出发前就一人领了一支舒缓剂，只作为备用驾驶员，整个急行军都是白银九的人主导的，行军路线一出来，周六几乎看傻了——常规跃迁路线需要穿过九十多个跃迁点，而这一条路线却只有不到三十个跃迁点。

“这怎么实现？”周六忍不住问，“这么远的跃迁，跃迁点的能量不足以把我们送到下一个通道啊！”

“听说过什么叫作‘十字跃迁’吗？今天每架机甲都额外携带两个备用能源，我们要在穿越跃迁点的时候启动类似紧急跃迁的操作，让能量叠加，然后‘砰’——”驾驶员拍了拍他的肩，“好好享受过山车吧，兄弟！”

白银十卫在能源充足下的急行军是非常反人类的，素质不够的人员在上机甲之前，就算不是驾驶员，也必须先接受大剂量的舒缓剂，而在整个行军过程中，任何人——包括总指挥官和各机甲的驾驶员在内，全都不允许在机甲上走动，每个人的位置都被保护性气体固定。由于速度太快，机甲间沟通都仅限于机甲上简单的通信信号，没有语言。

陆必行匆忙赶来的时候，连个人终端都没来得及关，还在展示第八星系通信网设计图。

林静恒在重三门口等着他，闲话不叙，直接说：“要上今天的机甲，身体必须是最好的状态，有一点不适也不行，如果你有问题，留在基地等我。”

陆必行这一路狂奔过来，耳朵响成了风筒，胸口像是要炸开：“给我……给我一针舒缓剂备用。”

林静恒深深地看了他一眼，飞快地点点头，转身踏上重三，沉睡的巨怪在他连上精神网的一瞬间就发出沉沉的叹息，五分钟之内，整个机甲战队都已经秩序井然地排在了轨道上，轨道预热开始。

陆必行跟着他上了机甲，狂奔的心率慢慢下降，火烧火燎的焦灼却随即升起。

独眼鹰不是个传统意义上的好父亲，以前在凯莱星上，他自己就吊儿郎当的整天出去吃喝嫖赌，给小孩做出了一个教科书式的坏榜样，从来也没个当爹的样。因为没有威严，也从未像个正经长辈那样引导过陆必行什么。

可是对一棵树苗来说，如果土壤足够肥沃，阳光与水足够充分，哪怕没有人来随时修剪，它也会自行长高成材，自由自在地舒展枝叶。而独眼鹰对陆必行来说，就像那些无处不在的土壤。他不必时时刻刻观察土壤的状态，也知道那是他的生命之源。在他最幼小、最脆弱的时候，他心里有底，知道世界上有这么个人，会为他倾其所有，那种强大的安全感像一层最厚实的防护罩，支撑着陆必行一次一次地复健，在他直面地下室的怪物崩溃后，再重新组合起自我。

独眼鹰他们与基地的远程联系，在报警后立刻断开，这是什么意思，陆必行不敢深思，只好逼着自己不想，扣在身侧的手紧绷得没有了知觉。

林静恒肯定是不会安慰他的，好在陆必行也不是个需要安慰的人，两人一前一后，沉默且快速地穿过重三的通道，来到核心控制室。

重三中所有人员已经到位，核心控制室里与平时不同，摆满了一个一个的护理舱，蚕茧似的，在机甲穿过第一个跃迁点的时候，保护性气体就会将护理舱之外的整个空间都填满，最大限度地保护机甲上的成员。

陆必行把目光从林静恒的背影上收回，不动声色地闭了闭眼，接受快速消毒和全身扫描，踏入护理舱，靠数呼吸来平静自己。他想，如果只是焦虑，自己大可以留在基地里默默焦虑，既然登上了这架机甲，不如思考一些有用的事分散注意力，比如，谁会伏击独眼鹰？私仇、报复，还是另有图谋？这些人里谁有能力调来一个军团的兵力？

杂七杂八的念头潮水似的在他心里升起又落下，一时找不到头绪，在护理舱的盖子就要落下来的时候，林静恒忽然伸手撑住了舱盖。

陆必行一愣，林静恒一手撑在护理舱上，护理舱冰冷的金属外壳与他同样冰冷的面容相得益彰，他像是想说点什么，可是天生不擅长此道，临时让他即兴发挥也实在难为他。于是林静恒沉默了一会儿，一声不吭地拉起陆必行的手，轻轻地打开他被指甲硌出印记的手心，又替他关上了个人终端里的设计图稿。

不知为什么，就这么个动作，陆必行好不容易沉淀下来的情绪差点破功，一肚子的忧惧与委屈变本加厉地翻上了胸口。

林静恒一垂眼睫，轻轻地说："我在旁边。"

陆必行一把扣住了他的手，用尽了全力，像是想把他连皮带骨地捏进手心。察觉到自己失态，陆必行又逼着自己松了手劲，冲林静恒挤出一个难看的微笑，开了个干巴巴的玩笑：“将军，你这就很阴险了，是传说中抓人最脆弱的时候乘虚而入，好骗人失身吗？”

林静恒没来得及回答，重三里已经响起了湛卢的声音：“机身加压，动力系统预热，请所有人员就位——”

他于是匆忙间低下头，在陆必行额头上一点，放开了护理舱盖。

落下来的舱门隔绝了两个人的视线，陆必行长长地吐出一口气，眼角有些发烫。

“嗡”一声，先遣队开始升空，银河城基地的地面随着机甲群的起落而微微震颤。

“等等，那要是半路遇到突发情况怎么办？”周六第一次碰上这阵仗，躺进护理舱里时仍在操心，“在这里面，大家能及时沟通吗？”

“这种速度下，突发情况肯定是来不及沟通的，要驾驶员便宜从事。”他旁边的白银九老队员细心地给他讲解，“你刚刚没注意到吗？这次出行，每架机甲的第一驾驶员都是少校以上……哦，对，现在也没什么少校不少校的了，放心吧年轻人，这些人一起打过的仗比你吃过的饭都多，他们之间的默契度不亚于钢琴家的十根手指头。”

周六他们虽然一直追着林静恒叫将军，但“联盟上将”究竟是个什么级别，这帮第八星系的乡巴佬其实没什么概念，可“少校”他是知道的，七、八星系交界处，边境走私稽查局的负责人就是一位少校，周六是走私犯的后代，对这位少校先生的生平种种耳熟能详，从小就知道这是一位大腹便便、饱食终日的老官僚。

周六一时震惊了，不由得问了个蠢问题，像没见过世面似的：“少……少校？！少校也亲自参战吗？”

机甲缓缓降下，落在轨道上，对接时微微一震，旁边的白银九被他逗得笑出了俩酒窝：“少校算什么？你跟在一个上将身边混到现在，看见个少校还觉得新鲜？你知道整个联盟八大星系，也只有十六位上将吗？在你印象中，难道军委高官都是挺着将军肚、颐指气使的老胖子吗？”

周六瞠目结舌：“……难道不是吗？”

“当然不是了！身体发福、形象不佳，要是让媒体逮住会引发舆论风暴的，也就你们边远地区的军官才敢那么随便，在联盟中央军委，连三百多岁的老元帅都得控制饮食和体形。”

周六咽了口唾沫，被这个比模特队要求还严格的军委震惊了。

“当然，混到了上将这个级别，荣光都是历史，最主要的工作也就剩维持形象了，前线上将只有林将军一位，坐镇白银要塞，总管八大星系的太空军兵力调配。”白银九笑容渐收，顿了顿，他说，“五十岁以下的上将，联盟历史上总共有两位，陆信将军当年是因为收复了第八星系，立下不世之功，才被破格提升。林将军出生在和平年代，本来，以他的年纪和资历是不足以坐上这个位置的，除了复杂的政治博弈以外，还有一部分原因，就是我们白银十卫选择了他。”

周六天生一股往上爬的野心，机灵得很，知道林静恒把自卫队混入白银九，虽然平时折磨得他们生不如死，但也是为了提拔他们，于是趁着机甲在轨道上预热，他瞪着眼睛，听得目不转睛。

“我们‘白银十卫’因为一直驻扎在白银要塞而得名，按照不同职能分为十部，其前身是新星历联盟成立之前的星际第一佣兵团……嗯，你也可以理解成我们是最厉害的星际海盗。在战争最后关头，我们承认了联盟自由宣言，选择站在联盟这边，奠定了联盟政府的合法政权建立，但星际佣兵团一向桀骜不驯，不肯服从军委管制，那时候联盟需要各方力量支持，不能说嘴打脸，所以只能和我们签下平等合约。也就是说，其他的军队是军委麾下认命的，我们是军委雇佣的，这是白银十卫的历史。两百七十六年来，联盟沧海桑田，很多人死了，很多人变了，但一代一代的白银十卫恪守承诺与传统，除非退伍离开，否则如无战事，绝不离开白银要塞十个航行日以外，绝不私自武装，绝不扩充队伍，我们宣誓放弃自己一切人身自由，为自由宣言而战，唯一保留的权利，就是可以不承认直属上司的指挥，由十个卫队长自治。至今，我们承认过的指挥官不多，陆信将军算一个，但后来随着联盟八大星系收复，陆信将军开始参与整个军委的统筹管理，觉得白银十卫听命于他一人有豢养私兵之嫌，为了避嫌，他宣布不再直接管理白银十卫。”

护理舱的罩子缓缓落下来，隔绝了周六的视线，最后一瞥，他觉得这位白银九的兄弟脸上有淡淡的风霜气。保护性气体释放的声音响起，周六听见那个人声音若有若无地说：“到了今天这个地步，我们与联盟一拍两散，是联盟先撕毁了自由宣言啊……”

巨大的轰鸣声响起，淹没了他的话音，保护性气体释放出来，充斥了整个空间，机甲群以重三为核心，一道光似的穿过启明星的大气层，直奔第一个跃迁点，其间没有一点交流，每一架机甲都好像是其他人身上的一部分，整肃得惊人。

穿过跃迁点的一瞬间，周六感觉整副内脏好像被坠了个千斤坠，要将他心肝都拖出来，后背几乎是粘在舱壁上，他有种可怕的错觉，好像自己正在被一寸一寸地撕裂，护理舱令人窒息般的密闭空间加重了这种恐慌，周六把口鼻凑近氧气口，大口地喘息着，用尽全力克制自己慌张地大叫。

他简直不敢想象，同样是这种状态的驾驶员到底是怎么保持高强度的冷静的，稍一思量，几乎觉得这些精英恐怖了起来。

（四）

独眼鹰已经多年没有体会过被人一点一点逼下精神网的感觉了，将断未断的时候，他仿佛出现幻觉，听见了那首百年前的战歌——

我们来自海角，封闭沉默的群山，
在星光抛弃的荒原，点起呼唤自由的烽烟。
听见……

“听见……”独眼鹰的嘴唇轻轻动了一下，喃喃地接上了仿佛已经忘却多年的歌词，“狂风在咆哮……”

忽然，他意识到了什么，难以置信地扭头转向沉寂许久的通信频道，隐约的歌声就是从通信频道里飞出来的！

那歌声渐渐清晰，播放的仍是当年自由联盟军里传播最广的版本。那一版没有任何技巧性的东西，曲调被简化得近乎平铺直叙，合唱不分高低声部，只是将所有人的声音混在一起，因为笨拙，所以显得格外真挚。

狂风在咆哮，血在烧——

一架已经逃离的小机甲突然从伏兵背后蹿出来，一发导弹猝不及防地切入伏兵中，不知是技术高超还是巧合，正好打中了一架中型机甲的武器库。敌军的军备显然十分充足，武器库自爆的动静惊天动地，侧翼的机甲群编队一下乱了，不等他们做出反应，另一个跃迁点里又蹿出一架机甲，打出了一排近乎无差别攻击的高能粒子流，正好扫过方才的遗骸，导弹碎片卷起了致命的能量旋风，撞向敌军，与此同时，开炮的人在通信频道里，鬼哭狼嚎地来了一嗓子："脚步在跃迁，旗在倒——啊，朋友——"

另一个声音打断他的唱腔："灰狼，跑调跑到沃托去了！"

"灰狼"没来得及回答，六号机一触即走，重新消失在跃迁点里，短暂地从通信频道中断开，只留下了他"绕梁三日，噩梦不绝"的歌喉。紧接着，本已经消失到可追踪范围内的小机甲一架接一架地冒出来，像爆发的跳蚤，从各种夹缝里冒出来，打一枪换一个地方。

敌军军团整肃，但人数太多，多少有点不灵活，像头被蚊蚁折磨的大象，愤怒而无用地咆哮着。

独眼鹰眼前有些模糊——他们竟然回来了！

可是这些废物回来干什么？！

紧急跃迁两次都要找降压药吃的老东西，难道不应该夹起尾巴逃之夭夭，找个阴沟躲起来等着寿终正寝吗？

真当自己记得清歌词，就还是英雄吗！

独眼鹰忍痛摸到了医疗舱，把胳膊戳了进去，打了第二针舒缓剂，剧烈抽搐的肌肉撕裂似的，裹挟着他的骨头"咯吱"作响，他大叫一声，堪堪把人机匹配度维持在了 60% 的水平线以上，然后一头扎进了硝烟弥漫的敌军阵营中间，高能粒子炮扫过机身，防护罩开始报警，乱飞的导弹与他擦肩而过，就在这时，方才消失的六号机正好从另一个跃迁点出来，灰狼还在荒腔走板地瞎唱："啊，朋友……"

他太久没有上过战场了，热血当头。上一次机缘巧合偷袭成功，这一次却选择了错误的路线，一头撞上了流弹。

流弹将他的六号机堵在了跃迁点里，六号机武器库里还剩十枚导弹，连同旁边的能源系统一起发生了剧烈的自爆，这种能量级有引爆跃迁点的风险，周遭的敌军机甲同时收到警报，一下散开，独眼鹰的反导系统打出最后一枚导弹，趁隙撞开前路，正好从敌军的包围圈里冲了出去，赌博似的冲向那被残骸盖住的跃迁点。

通信频道里的歌声仍在继续。

啊，朋友——

跟我们走吧，脱下镣铐，扬起风帆。

独眼鹰赌赢了，六号机自爆的能量差一点，堪堪没有达到引爆跃迁点的量级，在最后一刻，他冲了过去，残骸的碎片剐擦着他仅剩的防护罩，细碎的火花因可燃气体的泄漏而狂欢着跳跃，灼眼地一纵即逝。

突围的独眼鹰正好遇上于威廉的十号机，两人短暂地在通信频道里相遇。

独眼鹰声音沙哑，行将破音似的问他："所有人都有地下航道图了吗？"

于威廉："有！"

"那就走，不集合！"独眼鹰说，"我们各自想办法去终点！"

林静恒他们最后接到的警报坐标就在这附近，只要他们派来的指挥官有脑子，一定会从敌人不知道的地下航道潜入，万一有一线希望，他们能拖到援军到来呢？

这时，于威廉忽然说："知道我们行程安排的人，只有一路上走访的这几个老朋友，对不对？"

"废话，"独眼鹰破口大骂，同时尝到了流进嘴角的咸涩味道，他觉得那是汗，"× 他妈的，要让我知道是哪个狗娘养的出卖老子，我做鬼也会去杀他全家！他们追上来了，分开走，快！"

两架机甲在各自的全速下擦肩而过，他们之间的联系像一根长长的蛛丝，拉到了极限，继而断开，在茫茫宇宙中，谁也看不见谁了。

于威廉穿过另一个跃迁点，因为大部分追兵的压力被独眼鹰分摊了，他捉迷藏似的连续从几个跃迁点里穿过后，周围就安静下来，按照约定，暂时甩脱了追兵，他就应该赶往地下航道，等待同伴们脱险回归。

于威廉把独眼鹰给他的地下航道的地图放到很大，整一面机甲舱壁上都是，小亮点标出了加密的隐藏跃迁点，像一条条逃生通道。

"那时把第八星系从彩虹病毒的阴影下解脱出来的陆信，也是从地下航道进来的。”于威廉想。

他端详片刻，忽然动手修改起地下航道图。

于警督当年在自由联盟军，是侦察兵种，他探过无数条路，亲手参与过数百份军用航道图的测绘修订。虽然一百多年没用过，手艺已经快还给陆信将军了，但在原有航道图的基础上，修改一份以假乱真的假地图，他还是勉强做得到的。做完这件事，于威廉长吁了口气，通过身边跃迁点的远程通信网络，输入了一串坐标，都是他们一路上走过的行星和太空基地，远程通信很快在自由联盟军的军歌里联通，于威廉的坐标几乎同时出现在了那几个地点的联络站里。

在联络站里值班的人立刻汇报上传，于威廉面前出现了二十几个通信屏幕，上面是神色各异的各路人。他知道，这其中，有自扫门前雪的冷漠朋友，也有暗地里磨刀的背叛者。

于威廉不说话，直接播放了机甲军用记录仪上记录的太空视频，从他们被围堵，到独眼鹰只身犯险掩护所有人分散逃走，再到逃走的人重新回来、灰狼被流弹击中、众人突围……

如果这是“野狼群”，那大概是有史以来最笨拙的一帮野狼了。

于威廉的手颤抖着，向所有人发出了求救信号，以及他方才假造的星际航道图，空荡荡的机甲里，自由联盟军之歌临近尾声。

于威廉起程调整坐标，循着假的星际航道图飞掠而去。

如果这些“老朋友”中间有叛徒，那么那些没头苍蝇一样的敌军追兵很快会收到叛徒的泄密，循着假航道追上来。

那么……收到他坐标和求救信的其他人呢？

会继续冷眼旁观吗？

会在听见自由联盟军之歌后，依然拉上窗帘、缩回壳里吗？

于威廉不知道，他想，他大概不会是那个亲手把第八星系托起来的人。

他只是个平凡的侦察兵。

仅此而已。

（五）

独眼鹰在跃迁点之间乱窜，他不像林静恒，没有把舒缓剂当咖啡喝的毛病，已经好多年没有被这么高剂量的舒缓剂折磨过了，肌肉抽搐过去，紧绷的神经又开始发难，左胸的肋间神经像一条勒在他肺上的橡皮绳，一呼一吸间疼得钻心。这让他不由自主地弯下腰，把呼吸放得更轻，时间长了有点缺氧。

而他在这样缺氧的晕头转向里，发觉事情开始有些不对——追兵被甩掉了。

和于威廉分开的时候，大部分的追踪者仍在锁定独眼鹰，途中有几个队友突然出现，想帮他分担一些，但是敌军似乎看穿了他们的战术，不去管其他人，铆足了劲，只盯他一个人。

这附近的跃迁点没有加密的，独眼鹰往任意一个方向逃，他们都能通过重甲扫描到他，随即追上来，独眼鹰的备用能源已经在狂轰滥炸中牺牲了，剩下的那点能量能撑多久，他自己也不知道，根本不够一次紧急跃迁，在这种情况下，追兵是怎么被甩下的？

阴谋？陷阱？

天降天谴，让敌军的老大猝死了？

还是第八星系突然整体折叠，把远在启明星的白银九折过来了？

机甲的通信频道里一片空白，所有人都不在他身边，独眼鹰也不知道他们怎么样了。远程联系需要知道对方的坐标，或者自己在跃迁点留下信息等对方主动查阅，反向连接——在追兵虎视眈眈下，前者做不到，后者无异于找死。

独眼鹰在千头万绪里，百思不得其解地琢磨了一会儿，只好试探着又穿过几个跃迁点，兜了一会儿圈子，确定追兵们真的对他失去了兴趣，才一肚子疑惑地往地下航道方向靠近。在他穿过第一个地下航道上加密的隐藏跃迁点时，通信频道里有了反应，原来有人已经先到了。

“独眼鹰回来了！”

通信频道里每多一个亮点，都会引发一阵欢呼。

“四号、八号也到了，这里是三号机。”

独眼鹰一听这声音，差点崩溃，顺着旁边的主控台滑下来，瘫在地上，他弯下腰，抵住抽痛的左肋，声音几不可闻地开口回应：“我是一号……六号被击落了。”

通信频道里沉默了片刻，四架机甲占据四个点，刚好排成了一个平行四边形，在通信频道里微弱地闪着光。来时十架机甲，已经有三架机甲确定被击落了，其他人不知散落在何方，他们只能等待。

独眼鹰吐出口气："对不起诸位，你们过来帮我，已经仁至义尽，不应该再让你们跑这一趟。"

四号机上，血压一直不大稳定的那位开口说："老陆，我们要是不愿意来，当初就不会答应你。"

八号机上的驾驶员插话说："反正我们俩是光棍一条，怎么样都不亏，就是贝老哥牵挂多一点。"

三号机里的驾驶员年纪很大了，大家都叫他"贝老哥"，至今也说不清楚"贝"是姓还是名。被点名的贝老哥笑了一下："我也没什么，跟你们说实话吧，我之前不是攒了点钱吗？216年，就带着老婆孩子一起移民第七星系了。"

通信频道里七嘴八舌地对他发起了声讨，人们纷纷开起玩笑，说他是第八星系的叛徒。

"第七星系真好啊，满大街的服务机器人，你走在路上崴个脚，马上有机器人过来问你需不需要帮助，在那儿，人人都有家、都体面，人家老远看到你，不管认识不认识，都会对你点头。还有最好的一点，你们知道是什么吗？人家那边车道和人行道是分层的，所有的车子都有自动驾驶……能想象吗？他们那儿从来不发生车祸！"

独眼鹰缓过一口气来，插嘴问："那不是挺好吗，你怎么又回来了？"

"没办法，七、八星系的官方汇率是106：1，而且兑换有限额，我们全家加起来，一天最多能换五千块第八星系币，实在不够用，兑换点动辄系统维护、关闭交易，我们只能去黑钱庄，黑钱庄就靠移民养着，漫天要价，汇率最高达到过2800：1，没人管。当然，你不服可以报警，只要你报警，联盟政府立刻会派机器警队过来端了他们窝点，可是那又怎么样，你还是得用钱，所有的黑钱庄都是一伙的，他们能查出是谁报的警，发现是你，你就完了，再也别想从他们手里弄到一分钱。人家本地人一出生就进入伊甸园，但外来人口不行，装上伊甸园，相当于平白无故在你身上装一个器官，要适应，需要专业人员给你做一个一年期的培训，培训费用要自己掏，贵得说出来能吓死你们。我在第八星系全部的身家，交了移民申请费和培训费就不剩什么了。规定说移民一年内选择回原籍，申请费可以退，所以我就把他们放在那儿，退了我自己那份移民申请费，又省了一个人的培训费，自己回这边挣钱养活他们。”

“你怎么不在七星系找工作？”

“我能干什么？七星系不像咱们这鬼地方，卖力气的、服务的工作，基本都是人工智能干的，需要人的工作本来就少，而且人家一查你的个人终端，听说你是移民，先看低你三分，百分之百不会用你。”

独眼鹰问：“现在这么乱，家人还好吗？”

三号机上的贝老哥沉默了好一会儿：“海盗攻占联盟的时候，他们想偷渡回第八星系找我，路上碰见联盟军和海盗打仗，被流弹击中了，当时通信全断，我是一个多月以后才知道这件事的，想死都追不上他们了……我……我现在跟你们一样，也没什么好牵挂的，能有点事干挺好的，生死有命呗。”

通信频道里好一会儿没人吭声，直到又一架机甲出现在通信频道上，是五号机，众人又照例欢呼了一通，才将方才平淡的沉重与压抑的痛苦冲淡一些。分别不到几个小时，再见面，他们突然像亲人团聚一样激动。接着，来的是九号机，九号机有一点波折，驾驶员的神经大概是绷到了极致，找到组织以后，一句话都没来得及说，直接晕过去掉线了，备用驾驶员忙着抢救他，没有第一时间接管精神网，机甲整个打着转飞出去了，等在地下航道里的五架机甲一起拖拽捕捞网，才把他们拉回来。

贝老哥抹了把汗，一点人数，问：“现在就差于警督了吧？他怎么还不来？”

独眼鹰看了一眼时间，距离他和于威廉分开两路，已经过了六个小时，本该先他一步的于威廉此时居然一点消息也没有，他身体舒服了一些，脑子也清楚了不少，想起那些诡异的追兵，独眼鹰心里微微一沉。

“我们再等他一个小时，”贝老哥提议，“万一他不来，或者……我们不能总在这里耽搁。”

众人没有异议，于是他们等了一个小时，可是于威廉毫无消息。

独眼鹰开口说：“再延长一个小时，也许他是路上被什么绊住了。”

他们又等了一个小时，于威廉依然不见踪影。

这次，没人再说话，六架机甲里的人好像有了某种默契，一起无视了时间，无限期地继续等下去。

独眼鹰他们这一行人，离开启明星后，曾经在十六个星球和宇宙空间站里停靠过。而他们拜访过的人里面，有的拥有小小的军事基地，有的管理一座城。其中最厉害的，是个名叫“虎鲨”的前自由联盟军人，辖制着一颗有六千万人口的小行星，战争破坏了星系秩序后，虎鲨就自立为行政长官。

十六个访问目的地的东道主都热情地接待了他们，规格之高，不比战前差多少，独眼鹰差点以为自己回到了在凯莱星空中夜总会里寻欢作乐的日子，可是一谈到正事，每个人对拥护第八星系政府的事都保留看法。

此时，在独眼鹰他们摸瞎等在地下航道里的时候，十六处联络站里，正在实时同步地播放着于威廉的个人演讲。

于威廉独自一个人驾驶着小机甲，依着他自制的地图，前往假航道，途中，他缓缓地说：“我叫于威廉，生于新星历 63 年，新星历 136 年 10 月加入自由联盟军，是最早的一批侦察兵，后来加入第八星系联盟政府，从基层警察做起，做到第八星系警卫总署警督……”

他像个尴尬的艺人，在大庭广众之下拉起扩音器，独自表演，可是街口人来人往，无人回应，无人驻足，喧嚣包围中，他旁若无人地沉浸在自己的世界里。

于威廉用不怎么引人入胜的方式讲了他为什么要加入自由联盟军，讲他死于彩虹病毒的父母和弟弟，讲他曾经的梦想，讲他死灰复燃的期冀，他甚至大言不惭地替爱德华总长描述了一个未来的第八星系总规划，刚说到医疗和教育，话音就戛然而止——那支被“野狼群”遛成了一团乱麻的敌军无声无息地挡住了他的去路。

独眼鹰和于威廉的判断没错，叛徒就出在他们走访过的人里，于威廉偏头看了一眼远程终端上连接的所有人，知道这里面的叛徒已经很有效率地出卖了自己的坐标和航道地图，而接到他求救的“朋友”们，仍像眼睁睁看着狼捉野兔的田鼠，战战兢兢地挤在洞口围观……就只是围观。

于威廉笑了起来，打开军用记录仪，把荷枪实弹的包围圈拍了下来，画面同步传了出去：“239 年的时候，我曾经有过一次机会，参加一个政府交流项目，被外派到第六星系进修，我当时表现大概还可以吧，所以他们跟我说，我可以留下，带直系亲属一起移民，只要交一份申请，第六星系警卫总署会负担移民费用。我想了很久，申请表都已经填好了，提交的前一天晚上，接到了老总长的信，那是爱德华总长的前前任，现在已经去世了，他说刚从沃托开会回来，陆信将军正在为第八星系争取权利，首都星的联盟上将尚且在奔走，我们自己怎么能做一个傲慢的利己主义者呢？我看完，一宿没睡，第二天把申请表从个人终端上删了，又返回第八星系，因为这个，我爱人跟我分手，三十多年了，没再联系过我。”

于威廉把军用记录仪收回来，面朝远程端口。

“我非常后悔。”他对他的听众说，“回到第八星系，是我这辈子最后悔的事。”

说完，他关闭了远程端口，很没礼貌地跳过了“道别”的环节，把动力系统开到极致，所有导弹一起顶上膛，扇叶似的朝着对方扫射过去，像一只小小的蚂蚁，扛起钳子，不自量力地冲向洪水和猛兽。

这些导弹是不可能打中对方的，敌军侧翼的几架防护机甲轻轻松松地就把导弹拦截了，与此同时，重甲巨大的精神网压了下来，于威廉的人机对接口遭到了猛烈的攻击，他的精神力无力对抗，人机匹配度跳崖似的直线下落，在二十秒之内就从 70% 降到了 55%。

此时，他距离敌阵还有上万公里。

于威廉本想冲到敌阵中自爆，能炸毁一个就不亏，现在看来，以他的水平，连自杀式袭击也是痴心妄想。

他这一生都在痴心妄想。

人机匹配度下降到 51%，于威廉在最后一刻，启动了机甲自爆程序。

紧接着，他眼前一黑，被对方从精神网上打下来，脑损伤让他瞬间失去了意识。接管精神网的敌人很快发现自爆程序被锁定了，不可逆转，来不及示警，倒计时已经滚到了头——那架小小的机甲炸出了一团小小的烟花。

机甲自带的可燃物与助燃气体很快燃烧殆尽，黑暗的宇宙吞噬了一切，残骸循着惯性离开原地，连自焚都显得这样局促而匆忙。

（六）

然而，就在于威廉远程连接断开的瞬间，十六处接到他远程求救的联络站里，终于有人动了。

两个武装基地最先派出了武装机甲，随即，一颗行星上也跟着飞出了二十来架小机甲和运输舰，同时，以这颗行星的远程通信站为核心，循着各大基地与行星的坐标铺开了新的远程通信——

“范恩星支援队准备前往目标坐标，我们有二十架机甲、三艘额外补给舰。预计二十分钟后可穿过跃迁点抵达……你们都他妈死了还是在吃屎？”

“凯迪卫星基地依然健在，我们武装不多，只有六架小型机甲可用，预计二十分钟后集合完毕发往目标坐标。”

“纽约星自卫队准备完毕，正在前往目标坐标。”

“纽卫六看到你们了，我们没有武装机甲，补给舰马上跟上——”

那团一闪就灭的小火花，终于点着了第八星系死去多年的火种，古老的战歌带来吹不灭的风，火苗见风而长，渐成汹涌之势，一发不可收拾地，绵延到广袤而荒凉的星空。

可是，点火的人却再也看不见了，他的火把已经熄灭在悔恨的汪洋里了。

他的朋友们在约定的地下航道里又等了近六个小时，独眼鹰他们按捺不住，开始顺着自己躲藏的跃迁点来回扫描，试图搜寻附近是否有远程信号，用跃迁点发远程信号会暴露于威廉自己和地下航道的坐标，逻辑上说，于警督肯定不会这么做，但万一呢……

突然，独眼鹰捕捉到了一个微弱的信号，不是发给他们的，是通过跃迁网时溢出的。独眼鹰试着用他们这支小机甲队约定的通信密钥接入，果不其然被拒绝，他心里一跳，也就是说，来的不是自己人。

一般来说，只有规模很大的远程通信才会有信号溢出，这样看来，仿佛也不该是那些鬼鬼祟祟的敌人。

独眼鹰犹豫片刻，鬼使神差地试用了另一个密钥——自由联盟军的字母简写，下一刻，他竟对接上了远程信号！

独眼鹰的心跳开始加快，可是他的信号太弱，他的机甲在疯狂逃窜中破损严重，增幅器早坏了：“你们谁的机甲有信号增幅器？”

八号机立刻接了进来，所有人屏息凝神地听着，断断续续的声音从微弱的信号里传来。

“他们出兵了？”贝老哥难以置信地说，“来……来救援我们？但他们怎么知道……于警督给他们发了坐标？”

独眼鹰打断他：“就算他们仗义，只要有人发坐标，也肯定是伏击我们的敌人先到，小心！”

一句话，让所有人的神经都绷紧了，然而紧张戒备片刻，地下航道里依然安静得像是死地，捕捉不到一点异常能量。

只听微弱的远程信号里，有人说：“已经抵达目标坐标，捕捉到异常能量来源，全速追击！”

众人一头雾水，面面相觑，贝老哥莫名其妙地问：“他们说的……捕捉什么异常能量？目标坐标在哪儿？不是我们这儿吧？”

救援队和敌军这是结伴私奔了吗？跑哪儿去了？

这时，不知是谁突然在通信频道里说了一句：“于警督当年好像是侦察兵，专门负责修订军用航道图的。”

通信频道里沉默了几秒，下一刻，一号机突然掉头就走。

“独眼鹰，你干什么去？”

独眼鹰不回答，他们没有重甲，不能在原地进行远程扫描，只能采用笨方法——循着这点溢出的远程信号找。

另外几架机甲跟着他从避风港似的地下航道里鱼贯而出。

（七）

把于威廉逼到自爆的机甲伏兵军团有内线，在第八星系的乌合之众出兵前就得到了消息，已经先一步转移，援军虽然总体上人不少，但从各个行星和基地里飞出来的都是十几二十几架小机甲的小战队，不用打就是一盘散沙，伏兵们没把他们放在眼里，撤退得从容不迫，路上遭遇到了两支小机甲队，然而第八星系的小机甲队在重甲开路的军团面前不堪一击，很快被七零八落地甩下。

伏兵军团中，重甲上的指挥官轻蔑地笑了一声：“一帮老弱病残的鬣狗。”

伏兵军团一排导弹打了出去，前来救援的小机甲就得四散奔逃，几次愤怒地试图做出反击，都被对方轻易化解。

这时，一排高能粒子炮从附近一个跃迁点里打出来，正好撞在伏兵军团重甲防护罩上，可惜能量不足，被防护罩挡住了，伏兵的指挥官一皱眉，立刻听见手下人来报："长官，是那架目标机甲！"

"太好了,正发愁找不到他们,自己送上门来了。"指挥官冷笑,"追！"

同时，来自第八星系的援军也看见了："好像是独眼鹰他们！"

七零八落的援军立刻试图聚集在一起，然而反应还是慢了，独眼鹰他们像一群疯了的蝼蚁，愤怒地用米粒大的口器叮咬眼前的庞然大物，且打且退，而伏兵重甲像是见了血的野兽，张开血盆大口追了上去，要把他们一口吞下，无数重精神网压下去，援军吊在后面穷追不舍，眼看要被甩下!

独眼鹰他们的通信频道里，四号机、九号机先后掉线，旋即陷入对方的包围圈，独眼鹰朝着身后打出了最后的高能粒子炮，人机匹配度再次濒临断开——

就在这时，半个星海都被照亮了，直上直下的光刺入机甲精神网，独眼鹰一愣。

下一刻，伏兵重甲突然诡异地制动了一下，随即，重甲武器库竟脱离机身，它的精神网被人卸了一秒!

紧接着，一枚导弹飞过来，直接将那武器库打爆，伏兵军团方才整肃的队伍瞬间乱了。

一支幽灵一样的舰队悄无声息地从一个跃迁点露面，眨眼到了眼前，天堑似的挡在伏兵军团与独眼鹰他们之间。

从启明星到临近域外的战场，十四个小时——

这支队伍好像是从天而降，把几路人马都打蒙了。

重三招呼也不打，直接仗着自己体量大，对独眼鹰他们那几架乱七八糟的小机甲进行捕捞。

独眼鹰慌忙配合制动："等……"

他制动太凶猛，破机甲里的重力平衡系统过载，一瞬间保护性气体喷得到处都是，裹着鸳鸯眼的驾驶员，差点把他拍扁在机甲舱门上。小机甲被扣在了重三的机甲收发轨道上，几乎蹭出了火花，独眼鹰和周身裹的保护性气体一起滑了下来，艰难地骂出了声："这是白银九里哪个孙子，有没有轻重？跟林静恒一个妈生的吗？”

气压平衡后，一排医疗舱滚进机甲收发室，先后停在收进来的几架小机甲前，抬走了晕头转向的驾驶员们。重三之魂——湛卢的声音在机甲收发站里响起。

湛卢说：“能见到您这么有精神真好，老陆先生，首先向您代为转达陆校长的担心，他在医疗室门口等候很久了，现在很想给您一个拥抱。”

独眼鹰愣了愣，有些无措地抿抿嘴：“哦，他……他怎么也来了。”

湛卢又说：“其次，再向您转达林将军的问候，他说‘被人追成这副屁滚尿流的衰样，看来你真该颐养天年了’。”

独眼鹰没料到林静恒竟然会亲自来，一时没想好怎么反唇相讥，像个被水淋湿爹不起毛的落汤猫，又震惊又愤懑地哽住了。

正在追捕独眼鹰的伏兵军团一惊之下，立刻收缩队伍，往来路退去，连方才快要捕捞到的俘虏也顾不上了。而这一退，刚好撞上了从后面追上来的第八星系援军，二者猝不及防间短兵相接，火力互相顶了一下。

游击队似的散兵显然不如成规模的军团，援军们一照面就被扫得七零八落。

“将军。”

林静恒：“碍事，越过他们。”

他话音落下，两支小队从敌军两翼滑过，伏兵军团被杂牌救援队一阻，撤退受阻，被直接包抄到前面，白银九两支队伍像两把尖刀，直接越过救援队那些没头苍蝇似的破机甲，冲进了傲慢的伏兵军团。

三百六十度的高能粒子炮同时打开，高能粒子炮以机身为中心，打着旋地扩散开，仿佛在机甲防护罩外裹了一层杀伤力极强的盔甲。在机甲上奉命观战的周六震惊了——这支队伍以高速冲进敌阵的队形非常微妙，每个人都恰好在其他队友打出的高能粒子炮群死角上，简直像是严丝合缝的马赛克砖，有一个人出错，立刻会被同伴误伤。

周六浑身发麻，仿佛已经预见到了机毁人亡的战栗感。

然而这条“高能粒子流长鞭”惊心动魄地生成，惊心动魄地刺穿敌军军团，将对方的队伍割裂成四块，竟没有半点误差。

与此同时，无声的通信干扰弹释放了出去。

陆必行守在医疗室门口，个人终端却在监控着敌我双方的通信网，“通信干扰”是他从反乌会老巢回来以后顺手山寨来的技术，第一次在实战中使用：“信号定位非常精准，覆盖远程信号准确率 99.5% 以上，能耗低于十六个卡罗单位，理想。”

敌军的内部通信应声断开，这支装模作样好似正规军一样的军团原形毕露，瞬间崩溃，核心重甲被围困在中间，周遭护卫的机甲群慌不择路，闹了半天，他们只在散兵游勇面前才威风。

跟在重三身侧的另外一支小战队悄无声息地兵分两路，从两边散开，穿过跃迁点再绕回，正好撞在对方小机甲逃窜的方向上，粒子炮先行，疯狂逃窜的小机甲像乱跑的羊群一样赶到了一起，紧接着又是一波导弹。向聚在一起的小机甲里扔导弹会产生非常恐怖的效果，一旦有机甲被导弹命中后武器库炸膛，产生的爆炸余波会在机甲群里造成连锁效应，它们能在极短时间内炸成一串小鞭。

这夜空，螳螂捕蝉，黄雀在后，实在是无比血腥，无比热闹。

从遭遇天降白银九，到对方屠刀落下，几乎就在转瞬间。

伏击独眼鹰他们的军团还没反应过来，已经成了一只被削下双翼的鸟，核心重甲此时来不及等他们自己的技术兵恢复通信，直接紧急跃迁，将自己的队伍也一起甩在后面。

可惜这一次，有重甲优势的不再是他们了。

湛卢的精神网之宽广，是普通重甲无法比拟的，在这些人紧急跃迁的瞬间，就沿着跃迁点铺开了精神网，逃窜的重甲紧急跃迁后远远没躲开他的远程扫描范围。机甲上所有人员因紧急跃迁飘起来时，方才那股强横的精神力再次扫过来，趁隙把驾驶员扫落下来，在机甲驾驶员团队夺回精神网权限之前，反重力系统与备用能源先后脱离机身，紧接着，这架重甲被白银九的机甲战队追上，三枚导弹飞过来，炸断了重甲的机尾，正好打中重甲上的机甲收发台，机甲尾部豁了口。机甲内的空气大量泄漏，气压骤变，没有了仿重力平衡系统，所有人都裹着凝固的保护气体摔得乱七八糟，根本来不及寻觅宇航服，就被直接吸进了致命的太空环境，有限的几个生态舱则被怕死的指挥官们占据，他们慌慌张张地爬进去，还没来得及躲，就被湛卢远远地锁定了。

白银九的机甲战队张开捕捞网，灵巧地避开机甲里炸出来的碎渣，连包裹着生态舱的活人带暴露在宇宙环境中的尸体一起捕捞，一网打尽。

整个过程仿佛一场暴风雨，简短而可怕，找不着北的第八星系援军下意识地退出了一万公里，目瞪口呆地注视着这场天灾似的一边倒战役。随即，他们收到了通信请求，救援队哆哆嗦嗦地通过，一个气质温润的青年出现在视频中间：“大家好，我是战时特别管理委员会主席，代表第八星系星际联盟政府，感谢诸位在紧急关头选择与联盟政府站在一起。”

他说话的语气不徐不疾像一阵春风，而春风过处，是导弹，每一发导弹都不走空，伏兵军团的漏网之鱼正在一个一个地被清算解决。陆必行熟视无睹地对噤若寒蝉的援军发表了“勠力同心、携手共创美好第八星系未来”的简短演讲，空口给吓得快尿裤子的听众画了一张幸福和平的大饼……饼皮上还沾着硝烟。

这时，独眼鹰趁陆必行忙着画大饼没注意，挣脱开医疗舱，一路捂着抽痛的肋骨冲进重三的指挥室，对林静恒说：“有人出卖了我们，这个人现在一定会得到消息，绝对不能放走他！”

林静恒眼皮也不抬：“管好你自己吧，乱窜什么？我看你是需要一根……”

刚刚恐吓完别人的陆必行连忙追出来：“老陆，你怎么出来了！”

林静恒一见他，冷嘲热讽的表情立刻一收，面孔有些僵硬地扭过头，生生把“牵引绳”三个字咽了回去。

独眼鹰这个时候顾不上计较他的态度问题了，飞快地说：“我听说很多行星和基地都派了援军，但如果我是那个叛徒，我也会意思着派几个人混在他们中间表示合群，这个人一定是最后几个出兵的，派出的机甲武装一定多于补给舰，因为前者操作上更容易浑水摸鱼……”

独眼鹰话没说完，就听见重三的通信频道上，一个白银九通过远程信号接了进来：“将军，第四小队奉命暗中关注沿途各方势力，五分钟以前，小行星‘海洋之心’上，一队机甲武装突然离开，‘海洋之心’不久前宣布自治，目测其中有自立行政长官的专属机甲，请问是否拦截？”

林静恒看了独眼鹰一眼，老波斯猫狼狈的脸上被重三上的灯光掠过，打下浓重的阴影，突然得知那个叛徒是谁，他眼神一片空白，就像一尊风干的蜡像。

林静恒淡淡地说："拦，活捉回来。"

"将军，参与伏击的机甲及武器装备均来自联盟，是战前刚出厂的比较新的型号，俘虏身上有生物芯片'鸦片'。"

"哦，自由军团的人。意外吗？我们拦了人家几次财路，人家打算来一手威逼利诱试探我们深浅了。"林静恒一挑眉，"不过'鸦片'不是能显著提高精神力吗，提高完了还这德行，哪儿找来的水货？"

"海洋之心的虎鲨在开战后半个月，就宣布小行星自治，颁布三条禁令，禁止行星上的居民离开大气层，也断绝了和外界的交往，所有访客一概不允许靠近行星两个航行日内，他会接待你们，本身可能就是个陷阱。"陆必行快速地翻阅过湛卢提供的资料，一目十行地从中挑出重要信息，念给林静恒和独眼鹰听，"海洋之心附近捕捉到的能量场一直很可疑，虽然人口才六千多万，但星球上很有可能存有大量武装。我记得这个人，爸，以前好像经常和你有生意来往，也是个倒腾军火的。"

这就很容易理解了，一山不容二虎，虎鲨选择"鸦片"，也许是看中了"鸦片"能为他的战士提高战斗力，也许是野心昭昭，单纯不想臣服于这草台班子一样的"第八星系政府"。他们内外勾结，促成了这一次险恶的伏击。

独眼鹰踉跄了一下，陆必行想伸手扶他，却被他躲开了。他避开陆必行的视线，只是沉默无声地盯着眼前的林静恒。

说来真是奇怪，这两个年轻人，都和陆信有某种程度的联系，独眼鹰看见他们中的任何一个人，都会想起那个人。但当他看见陆必行的时候，想起的是百年的情谊，会觉得心越来越软，能软成一个凹陷的窝，一生的委屈与想不通都可以倒灌进去，得以消化。而当他面对林静恒的时候，他想起的却是惊闻陆信去世时的满腔悲愤，心里会长出粗粝坚硬的铁锈，外化为荆棘，披在他前胸后背，给他尖锐的刺痛与愤怒的力量。

此时此刻，于警督化为尘埃，曾经肝胆相照的"朋友"仓皇逃窜，他需要这股愤怒的力量才能支撑着自己站稳。

独眼鹰低声说："我和虎鲨是出生入死的交情，曾经住在一架机甲里，在太空里一起飘过五十多天。"

林静恒不咸不淡地说："就算是在一个子宫里一起住过十个月，也说明不了什么。湛卢，找个小黑屋给老陆先生，他要哭哭啼啼地倾诉一会儿。”

独眼鹰：“……”

他被林静恒一榔头敲碎了所有的脆弱，一个标点符号也倾诉不出来了，只好气急败坏地拣了个软柿子骂起来：“陆必行，我看你他妈是脑穿孔了！”

被殃及的陆必行：“……”

（八）

天使城要塞。

护卫长急匆匆地想进林静姝的办公室，被人工智能的秘书拦下了，告诉他林女士办公室有客人。护卫长似乎有些焦躁，驴拉磨似的在办公室门口来回乱转，等了一个多小时，汗都下来了，才盼到林静姝起身送客。

林静姝礼数周到地送走了客人，抬头看了他一眼，很轻地点了点头，示意他进门。护卫长人高马大，一表人才，站出去很能充当个门面，其实是个遇到一点鸡毛蒜皮就汗流浃背的货色，很让人看不上。

不过好在，林静姝也不需要身边有一匹狼：“什么事？”

护卫长一关上门，就压抑而急促地说：“夫人，‘飞鹰’全军覆没了。”

林静姝略微一歪头，看不出喜怒，依然是温温柔柔地问：“怎么会？”

护卫长觑着她的神色，咽了口唾沫，汗流得更多了，硬着头皮说：“飞鹰前些日子联系上了第八星系的一个小军阀，对方信誓旦旦地说，截下我们东西的，肯定是那个所谓‘第八星系政府’的人，正好政府派人四处游说，飞鹰本想扣住那几个人，跟第八星系政府好好接触一下，谁知道中途突然杀出来一队……一队……”

林静姝撑着下巴，天真无邪似的问：“妖魔鬼怪吗？”

护卫长的喉咙艰难地动了一下：“白银十卫。”

林静姝脸上先是闪过错愕，随后低下头笑出了声，好像宴会中途听了个男人用来讨好她的笑话。护卫长一看她笑就浑身发冷，在裤子上抹了一把手心的汗，打开个人终端，一段军用记录仪的视频打在办公室墙上：“我这里有两段视频，第一段是飞鹰重甲上的军用记录仪，画面是实时传过来的。”

林静姝不置可否地看了看自己的手下是怎么被人一网打尽的，叹了口气：“早知道他们这么废物，就不给他们用那么好的装备了，军委工厂那几位胃口大得很呢。”

“夫人，飞鹰有正规军的军备和水平，是敌人太强大了，这种突击水平，真的只有……”

林静姝打断他，语气轻快地说：“我不管，我也不懂，输了就是输了，废物就是废物，不要和我说那么多理由，我需要有人赔我的机甲，没有钱就偿命，自己的命也可以，漂亮小姑娘的命也可以，我不挑的。”

护卫长的脸色惨白一片，挣扎着说：“还……还有一段视频，请您一定……一定看看……”

林静姝用琉璃一般清透的瞳孔看了看他，故意沉默了半分钟，看着护卫长的裤腿都在哆嗦，她才心满意足地笑了：“好啊。”

第二段视频的视野非常不清晰，倒像是通过某个人的眼睛往外看，视角十分局限，这个人还被人架着，走得踉踉跄跄的。

“像飞鹰这种带领武装的人，植入的生物芯片和常规的‘鸦片’不同，”护卫长紧张地说，“按您的指示，我们需要随时能控制这些人，生物芯片上留有后门，我们能通过芯片，共享被植入者的五官六感，人工调控他的激素水平。”

林静姝很有耐心地点点头，没打断他，饶有兴致地透过俘虏的眼睛看着敌人机甲内的陈设，发现重甲的观景带里居然长满了憨态可掬的小蘑菇时，她甚至露出了一点觉得有趣的笑意。

“对方屏蔽了生物芯片对外释放的能量，不知道这个后门的存在，我们拿到了生物芯片被取出前，飞鹰指挥官在敌方机甲上看见的情景。”

重甲中所有的士兵军纪整肃，透着一种冰冷干练的秩序，林静姝略微严肃了一点，眯着眼看着乱晃的屏幕，突然，押送俘虏的人站住了，俘虏踉跄了一下，紧接着视角晃动，应该是俘虏战战兢兢地抬头看了一眼。只见一个男人快步走过，身边的卫兵飞快地跟他汇报着什么，擦肩而过时，他目光扫过俘虏，正好像是和镜头后面的人对视，随后男人一伸手，一只机械手凭空从机甲地板上冒出来，扣在了他肩头。

林静姝看着那个男人，像是被按了暂停键的木偶，一动不动地僵住了。

“怎么可能呢？”她想。

静渊号星舰在玫瑰之心遇袭，护卫舰上一个幸存的军用记录仪拍下了零星片段，她看了成百上千次。她从格登家的老东西手里拿到伊甸园管委会董事代理权的第一时间，就是亲手翻阅伊甸园的数据库，偏执地亲眼确认那个人消失在伊甸园的时间与地点。

她甚至能一字不差地背出那个复杂的星际坐标。

所以一定是假的。

伊甸园监控网络内，基因克隆是被严厉禁止的。但不代表域外和第八星系那些野蛮人不会这么干……也可能这个人连克隆都不算，干脆就是个复制的生化人。

核爆一样的怒火在林静姝单薄的胸口炸开，牙咬得太紧，一点血腥气冒了出来。

他们怎么能，怎么敢！

但林静姝是不惯于将喜怒形于色的，长久的压抑，她的面部肌肉已经没有这种即时反应能力了。因此无论心里怎么波澜万丈，都只能咬着血珠强压下来——林静姝下意识地敲了敲护卫长的个人终端，轻易取得了他的个人终端控制权，将方才那个镜头又重播了一遍。

这一次，她把那个男人看得更清楚了些。

有很多年，林静姝喜欢收集关于年轻将军的一切新闻，虽然大多是负面的。不过在她看来，就算是媒体变着花样骂他的文章读起来也十分有趣，不管他活成了一个混账还是暴徒，他的存在都已经是最深的慰藉。

林静恒对别人来说是一个名字、一张照片、一个模糊不清的冷酷形象。但在她心里，他是动起来的，他那种冷漠倨傲的神态、爱搭不理的态度、漫不经心的走路姿势，她都在心里无数次地描摹过，有时候林静姝甚至觉得，如果自己愿意去变个性、整个容，她甚至可以亲自扮演一个足能以假乱真的林静恒。

模糊不清的视频里，那人太熟悉了。

林静姝第二次看着他，心里的悬崖与峭壁开始一点一点地崩塌。

哪怕是复制生化人、是克隆人，肉体毫厘不差，他们能复制出一模一样的灵魂吗？

还有……那个机械手。

林静恒从来不向别人展示湛卢，即使有时候需要带着湛卢，也只是让他穿着军装混在亲卫里，反正别人看不出来他不是人，湛卢出现在公众视野里的，一向只有庞大的机甲机身。而林静姝是少数几个见过湛卢机甲核的非军方人士。

她记得那天，林静恒被任命为白银要塞第一负责人，授衔仪式后，有个政要云集的宴会，管委会刻意向这年轻得过分的上将卖好，带上了当时还在学校做社会学研究员的林静姝。那时候她还没有学会在那些人中间游刃有余，与分别多年的同胞兄长久别重逢，两两相对无言。

那些人出于社交礼仪，给了他们单独相处的时间，林静恒可能是实在找不着话说，就顺口把旁边的湛卢介绍给了她。虽然明知道湛卢是台电脑，但他的样子还是太逼真了，林静姝对着他多少有些拘谨，刚好那天她穿了一件有学院标志的针织衫，湛卢就很体贴地照着那件衣服上的学院标志，变成了寓意为“科技改变社会结构”的机械手。

这大概是成年后，他们兄妹间唯一的小秘密。

林静姝并不知道，从那以后，林静恒就把湛卢的节能形态设定成了机械手，不知道他当时是怎么从致命的玫瑰之心逃脱，又把自己从伊甸园的数据库里完完整整地抹去的，她不知道他为什么会在第八星系、为什么不回来，不知道他有什么打算、现在过得好不好……不知道他为什么不肯捎给她只言片语，哪怕只是一点暗示。

“他还活着。”林静姝想，“他在第八星系”。

有那么片刻光景，林静姝觉得麻木的心口像是被什么东西捅了一下，随即剧烈地绞痛起来，腐烂的躯体里翻出了新鲜的血肉，那真实的疼痛甚至让她有“自己还活着”的错觉。

她茫然地抬起头，正好撞上护卫长小心翼翼的视线。

一瞬间，林静姝就清醒过来，她立刻意识到，眼前这个男人在恐惧，同时也在观察她的反应。

“林静恒还活着”——这个消息会把整个战局炸个颠倒的。

而不管他在第八星系做什么，对付“飞鹰”这种货色竟然也会亲自出手，说明他现在手里的人和资源一定十分有限。

林静姝不动声色地瞥了一眼桌角的梳妆镜，确定自己脸上没有露出任何端倪。她曾经是一朵在显微镜下盛开的“蔚蓝之海”，展开每一片花瓣，都有无数双眼睛盯着、考量着，因此早已经习惯了连呼吸都有特定的姿势。

电光石火间，林静姝就收敛了所有的情绪，随后她面无表情地关上卫队长手腕上的视频，露出了一个冷冷的微笑，像个端庄的人偶一样坐在桌案后面，摊开双手："这是什么？这就是你给自己找的理由？"

护卫长张了张嘴："夫人，这个人……您不觉得他像……"

林静姝的目光冰锥似的直直地穿透他的颅骨，护卫长察言观色，怀疑自己只要说出"林静恒"三个字，办公室门口那个和此间主人一样斯文秀气的机器人就会冲进来，把他砸成一堆碎肉。

"如果你想激怒我，那你有点成功了。"林静姝一字一顿地说，"是谁给你出的主意？"

护卫长一愣之后才反应过来她是什么意思，连忙失声叫出来："不，这不是我安排的，夫人，我怎么可能为了推卸责任亵渎……亵渎……再说我怎么可能弄得到林将军的基因？您相信我，我……"

林静姝的眉梢轻轻一抬，打断他："不是你？那是谁？"

她纤细得要命，脸只有一个巴掌那么大，皮肤过分苍白，看起来脆弱极了，雪白的颈子又细又长，拧断它需要多大力气呢？可他就是怕她，离得越近，越能闻到她身上腐烂的腥甜气息，她身上有种气质无法描述，像噩梦里那个影影绰绰的鬼魂，站在你面前冲你微笑，你却不知道她下一刻能干出什么可怕的事。

林静姝缓缓地又问了一遍："如果不是你，那是谁？嗯？"

护卫长："我……我去帮您查……"

"你最好去，"林静姝说，"我不管你用什么方法，我要把这个冒牌货送回绞肉机里，我还要知道他的基因是怎么从联盟泄露出去的，谁复制了他，我要你砍掉每一只碰过他的手，如果你办不到，就拿你自己的手充数——"

护卫长轻轻地打了个寒战。

"我要彻查，彻底控制第八星系，"林静姝拢了一下鬓角，"从现在开始，我要你们往第八星系加派人手。"

"夫人，"护卫长连忙说，"第八星系真的搜不出多少油水，我们不该把过多的资源和精力放在……"

林静姝抬头，面无表情地看着他。

护卫长硬着头皮说：“这样一来，我们未来一段时间的销售额会受影响，损失会很惨重的。”

完不成计划，这女人肯定不会反省自己决策失误，到时候迁怒的还是他。

林静姝问：“损失？怎么，第一批在军队里推广的‘鸦片’效果不好吗？”

护卫长低声下气地说：“实验阶段还没有结束，第一批需要更换的芯片还有十五天，不知道到时候主动回购率有多少，另外您也知道，推广鸦片进入军方和天使城要塞必须非常谨慎，一不小心就会被上层注意到……”

林静姝不露齿地冲他笑了一下：“怎么会，你知道天使城要塞现在已经完全弄不到合法的情绪药剂了吗？连我的条子也不管用了哦，大家都开始各显神通地接触黑市。‘传说’，一些黑市上已经有了建设‘局部伊甸园’的能力——只需要一枚小小的芯片，现在大家已经削尖了脑袋，自行寻找门路求购这种芯片呢。”

护卫长听出她的言外之意，当场又吓出一头冷汗。他忽然意识到，这个疯女人手里的贩毒线路不止一条，像蜘蛛网一样四通八达，而自己只是其中一环……说不定还是随时可以舍弃的一环。

林静姝伸出冰冷的手指，扣住他安装个人终端的那只手腕：“我不允许任何人冒充林静恒，冒牌货必须死，你明白吗？”

护卫长原本心里有犹疑，毕竟男人的模样与姿态太像林静恒了，可是收到林静姝斩钉截铁的命令，他那点犹疑很快被恐惧和忧虑取代了，反正他也不敢问林静姝是怎么判断出视频里的男人不是林静恒本人的，不过想来，但凡林静姝有一点不确定，也不至于这么歇斯底里地喊打喊杀，那么也许双胞胎之间有某种特殊的联系吧。

护卫长整个心神都被林静姝留给他的不可完成的任务占据了，不知不觉接受了“视频中的人是个克隆人”的前提，心里愤愤地想：一模一样的基因复制不出来一模一样的人，这点常识连他妈地球原始人都知道，哪个找死的神经病干这种无聊事，还把手往林静恒头上伸？激怒了女魔头，弄得自己现在进退维谷。

他这么一走神，反应慢了一点，林静姝直接拿起手边半杯滚烫的热茶，泼到了护卫长脸上。

护卫长一声惨叫，捂着脸连连后退，在隔音效果良好的办公室里号了足有半分钟，脸皮与手背被烫伤的地方立刻红肿起来。

林静姝："他不消失，你就消失，懂了吗？"

护卫长不敢不懂，忍着痛，喘得像个风箱，慌不择路地从她精致整洁的办公室里逃窜了出去。

林静姝独自一个人坐在桌案后面，坐得端端正正——名门淑女不但要管得住自己的嘴，还要管得住自己的肢体语言，她是不能有那些抓耳挠腮的小动作的，最好时时刻刻像一幅静止的仕女画。

可是此时此刻，她真的很想把自己蜷缩成一团，因为真的很冷。

低眉顺目的人工智能走进来，无声地清理了地面的水渍。林静姝注视着她，一动不动，因为对那些独居的野兽来说，虚弱往往会带来致命的危险，所以它们对抗痛苦的方式就是极力掩盖、极力忍耐，绝不向这个世界泄露一丝一毫。

林静姝看着镜子里的自己，像是已经一眼看穿了故事的结局。

她缓缓地给自己补了个口红，然后调高了室内温度。

天使城，真是冷啊——她这么想着。

（九）

当阴影笼罩在整个联盟上空时，百废待兴的第八星系却像被春风吹过的冻土，一片死气沉沉里，长出了奇迹似的嫩芽。

于警督用他最后的演讲唤醒了浑浑噩噩的同胞，而白银九的扫荡，则好似给他们打了一针提神醒脑的舒缓剂。

通信网尚未修复，流言已经悄然飞出。

无数拿过旧勋章的人重新驻足，聆听着远方的自由联盟军之歌，惶惶不可终日的一方首领们则在黑市求购那场秋风扫落叶似的战役实景，盘算着寻找新的庇护，挣扎在生死线上的人们，则窃窃私语地打探起启明星上"有工作就能兑换生活物资"的事是不是真的。

爱德华总长带着他还没磨合好的团队，紧急加班半个月，就这样还是来不及审阅各行星与基地报送来的投诚信。第八星系的行政构架尚未完全落地，陆必行三易其稿的通信网设计先得到了实践机会——各行星和基地派来的宇宙技术工人成了第一批从新政府手里赚取营养针的人。

第八星系是有技术工种的，尤其是人造太空基地和改造行星上的工人，水平之高远远超出了陆必行的期待。百年来，维持人类日常生活基础的，其实都是这些历史上不会留下名字的技术工人，否则不必等那些“英雄”开着机甲争来抢去，一个人工大气层脱落，宇宙射线就能把地面上的英雄和狗熊一锅端。可惜，这么多年来，第八星系都没有相关规划和管理，再厉害的技术工也只做些基础的维修工作，拿勉强维持生计的众筹报酬，跟大家一起混吃等死，没有用武之地。

现在，整个第八星系循着启明之光凝聚起来，在“高薪”的诱惑下，这些人像是在地下积聚能量的虫，终于一点一点地爬出来，试着起飞，形成有组织的工程队以后，他们甚至会自动补全设计总图没有考虑到的细节。

通信网以陆必行没想到的速度飞快修复，到了新星历276年4月底，第八星系通信网落成。4月30日——联盟自由日假期前一天，沃托时间12：00，第八星系所有人的个人终端上都跳出了同一个更新提示，更新耗时四十秒，然后第八星系官方频道瞬间穿过泥泞的窄巷与荒凉的城池，降落在每个行星、每个基地、每个人的个人终端上。

爱德华总长首次发表新政府宣言与就职演说，同时颁布了第八星系宪法，三天之内，所有地方组织与武装先后宣布加入新政府，接入统一的政府行政与财政系统，上缴私人武装，并入第八星系自卫军，并开始人口大普查。

混乱的洪流终于归入河道，顺流而下，逐渐露出两岸的沃土。

276年5月15日，新政府正式追认一百多年前的自由联盟军为官方合法军队，并承认自由联盟军为第八星系自卫军的前身。

启明星银河城中，新政府和中央广场在三百多个机器人手下落成，陆信将军曾被沃托斩去的石像矗立于人来人往的广场之侧。悄无声息地死去三十余年，他眉目依旧，随着废墟一起重生在文明的边缘。

银河城这个名不见经传的小地方，变成了第八星系的“沃托”，居民庆祝广场落成，在石像旁边狂欢，不知从哪儿找来的流浪乐队演奏起噪音一样的交响乐。天生讨厌热闹的林静恒和独眼鹰不约而同地来到广场，在旁边一个新开业的小酒馆里碰见，交换了一杯酒和一根烟，这一次，他们没有吵架，没有交流，独眼鹰没有追忆陆信，林静恒也没有解释自己当年宛如“背叛”一样的铁血行径。

直到夜色降临，狂欢的人群渐渐散开，独眼鹰才开口说：“各地物资生产线虽然恢复了一些，但是需要重新规范，扩大生产，想达到星系内自给自足的水平，保守估计还得一年，但之前应急的军需物资已经见底了。”

林静恒捻灭了烟头，“嗯”了一声。

独眼鹰：“得尽快想办法。”

林静恒抬眼：“怎么，必行快跟着工程队回来了，你又想把我支走是不是？”

独眼鹰眼角的青筋跳了两下。

林静恒和他对视了片刻，竟然笑了，尖酸刻薄忽然消失，他笑得竟有一点青年人似的促狭，灰蒙蒙的眼睛，回头望向广场上的石像，那石像披着光，沐浴在夕阳中。

“他买单。”林静恒把老波斯猫往酒馆柜台前一扣，扬长而去。

第四章　白塔之殇

“如果我们还有一点自由意志，为什么我们会忘记——愤怒、焦虑、痛苦和愚昧根本不是人类需要战胜的缺陷，那就是人类灵魂的本来面貌，你们心里那些丑陋的、恨不能立刻抛弃的东西，就是自由意志本身！”

（一）

工程队这一次出巡整个星系，主要有两个任务，首先是要评测四颗被凯莱亲王轰炸过的行星环境，其次要修复旧的星际运输航道、检修跃迁点。战乱年代，安全性是第一位的，政府的初步打算，是要在第八星系布置多个军事要塞，这样航道上任何一个地点出事，迅速报警后，都有最近的军事要塞能第一时间跃迁赶到，不会再出现耽搁十四个小时的长途救援。

眼下，武装军备与部队规模都十分有限，规划设计就必须非常精确，得能最大限度地发挥有限武装的力量，因此由伊丽莎白·图兰卫队长亲自随行。

连续太空作业，从护卫人员到工程队队员，全体捂白了一圈。

图兰卫队长气急败坏的声音在机甲广播里响起：“陆老师，机甲转向定位现在接触不良，怎么回事！你们昨天晚上又对我的小宝贝干什么了？行驶途中的机甲你们也敢动手动脚，是嫌命长了吗！”

陆必行从机舱二楼的小卧室里钻出来，一本正经地板起脸训斥几个学生：“怀特，是不是你们几个？又闯祸，还不快去帮忙！”

怀特：“……”

他们几个人的小学期被延长了，因为陆必行认为“初级机甲”的构想很有现实意义。头天晚上，机甲驾驶权换班给了陆必行，艺高胆大的陆老师自己撑着精神网，让学生们把机甲的动力系统和主控板给拆了，现场分析机甲行驶途中的人机互动装置，分析了一半，林静恒有事接入机甲联络端，陆老师的现场教学顿时被打断，老师临时逃课，把拆开的机甲扔给了四个半吊子学生，自己缠着林将军聊天去了。

师长的锅，只能背负，斗鸡从后面捂住怀特的嘴，把这没眼色的死宅领走了。

陆必行像模像样地一整衣领，来到小吧台前，冲看热闹的霍普一点头：“现在这些小孩，胆子真是越来越大，快管不了他们了，见笑。”

霍普——前任反乌会的先知，也在这架机甲上。

林静恒他们能安全取回变种彩虹病毒的抗体，这位神棍居功至伟，就算是在联盟法律体系下，功过相抵也能网开一面，当然不能再关着他。霍普也很自觉，知道不能指望林静恒这种人有什么感恩的心，林将军表面上放过他，没准哪天抓住点把柄就让他死于非命。于是提出把一些没干过什么坏事的反乌会信徒保释出来，自觉接受严密监管，除了洗澡上厕所，都有电子摄像头跟着，他们没事不出门，出门一定蹭工程队的交通工具，绝不落单。并且发挥特长，负责管理起了生态农业，类似劳动改造。

反乌会的环境友好型生态农业水平很高，生产效率与产品质量都有独到之处，而第八星系第一件要解决的就是温饱问题，很需要这方面的人才，霍普这次就是带着第一批农作物的检验样本回启明星做质检。

霍普一笑，拿出一个有些混浊的玻璃瓶递给陆必行：“自酿酒，没过滤，卖相不太好，味道还行，尝尝吗？”

陆必行欣然接受，一入口，他才发现这东西味道很特别，居然还不错，陆必行是个活泼外向的人，从来不吝惜表达赞赏：“怎么这么好喝，还有吗？”

“不同的菌，不同的谷物，微妙的环境变化，都会产生不一样的味道，每一口都是独一无二的，”霍普带着仙气说，“我还有一些，但是和这一瓶的口感可能会有微妙的差别，如果不介意，我回头送你两瓶。”

霍普这个人，只要开口，每个标点符号都要转着圈地兜售他的三观，稍不注意就能把闲聊变成传教，也是个人才。

陆必行假装没听懂他话里话外的意思：“没关系，我是吃营养膏长大的，舌头没那么刁。”

霍普点点头：“营养膏和营养针虽然妨碍了人们品味美食，但确实救了很多人的命。”

其实营养膏和营养针对人体来说更健康，像是太空部队之类对体能体态要求比较高的地方，是非常理想的代餐，但它确实强行改变了人类的自然饮食习惯，一直以来饱受美食爱好者和科技批判者们的诟病，陆必行没想到反乌会的先知竟然能接受代餐，有些诧异地看向他。

“你觉得我们都是反对社会发展的疯子吗？”霍普笑了起来，但随即，他又叹了口气，“其实这也不是误解，组织中确实有很多人都这样，为了反科技而反科技，从来不去探究这背后的逻辑，什么事情一旦舍弃了起码的逻辑和思想体系，走向极端，就容易变味。”

陆必行不知道这话怎么接合适——反乌会本来不就是个“极端邪教”组织吗？

“我们一开始，只是想让人们能停下脚步，时时反思自己，不要被自己的傲慢和冲动毁了，”霍普说，“人类的文明，看似固若金汤，其实像是一艘四面漏水的破船，你不随时保持警惕，它就会放纵地滑向黑暗和深渊。”

陆必行很赞同地点点头：“比如现在。”

“比如现在，”霍普说，“伟大的星际时代，伟大的伊甸园网络吞噬人们的灵魂，伟大的星际超时空重甲能装载毁灭一整个星球的武器，所有人都在争斗，所有人也都在走向毁灭，你看着这些立场各异的人，最后都会与泥沙俱下。这就是我们反对大规模杀伤性武器、反对过分干预改造自然、反对过于依赖人造产品的原因。”

陆必行又呷了口米酒，他第一次喝这种纯手工自酿的酒，入口非常温和，沉到胃里却很有质感，一种有层次的温暖弥漫开，回味处理得不太圆满，有点苦涩，但反而显得更特别。

霍普接着说：“当年联盟的自由宣言，多么伟大，可还不到三百年，凡人的一生还没过去，就落到现在这种行将分崩离析的地步，为什么？

难道和伊甸园没有关系吗？伊甸园一毁，马上有人针对它扩散毒品，我听说都已经流毒到了第八星系，未来还会有很多人家破人亡，这难道不是人类智慧的结晶？我们已经听见了地狱的钟声，可还不知悔改，不断地往下滑。确实，组织里有一些疯子掌握了话语权，以‘反乌会’的名义做了很多疯狂的事。但联盟就不疯狂吗？伊甸园就不疯狂吗？你不能因为他们疯子多，声音大，就认为他们是正常的。”

“你说得有道理，”陆必行一点头，“也许你是对的，也许你是错的，也许未来看，在我们所处的这段历史中，你们有短暂的预见性，而在更长的时间里，你们又成了后人嘲讽的短视人，在历史这条漫长的河流旁边，每个角度看到的都是不同的风景。我也不知道是不是应该赞同你们，因为我能活个二三百年已经很了不起了，这一生到死，也不足以验证一个结论。”

霍普：“谦虚了。”

“哪里，不是谦虚，”陆必行一摊手，“我们这种人的工作就是不断试错，不断为新的想法热血沸腾，再在摸索里自行否定，时间长了，我们对‘对错’的看法会保守很多，也算职业病吧。同时，我也认为，信仰是非常好的东西，特别是在这个每五到十年换一种生活方式、人均寿命却长达三百年的时代，信仰能守着你的神志，让你不至于迷失自己。”

“陆老师这么想，让我有些刮目相看了。”

“但是霍普先生，假如你为了立场、观点甚至利益而战，随着时过境迁，你的立场可以更改，观点可以推翻，利益也可以权衡放弃，这一切都可以是错的，而错了，也都可以修正重来，不会伤筋动骨。但信仰不同，我觉得信仰必须要神化，不能离世俗太近，不能扯进世俗的冲突里，因为信仰这种东西，太神圣了，它要么永远且绝对正确，要么面临全盘崩塌。”陆必行问他，“可是人类文明动态发展，曲折而反复，没有什么能永远正确，如果有一天，你发现自己走错了路，你怎么办？你是崩溃呢，还是像那些走火入魔的人一样，害人害己，执迷不悟？”

霍普沉默良久，缓缓地说：“你说得也有道理，但陆老师，有一句话，我不知道你听过没有，‘人类起源于信仰’。”

陆必行接道：“人类也将毁于信仰。”

这两位都是满口歪理邪说、一言不合就要给人洗脑的神棍，凑在一起，活像两只浣熊互相抱着对方的脑子搓，发现谁也洗不动谁，只好相逢一笑，还起了一点棋逢对手的惺惺相惜。

这时，机甲广播里传来怀特支支吾吾的声音："陆老师，这个问题有点复杂，您能过来一趟吗？"

陆必行放下酒杯，"啧"了一声，对霍普说："为了交通安全，我得给熊孩子收拾残局去了。"

霍普点点头，随后，突然又问："陆老师，你有信仰吗？"

陆必行一顿，刚想说自己是个喜欢多角度看问题的科学工作者，话没出口，却莫名其妙想起了那天他们赶去救援，独眼鹰生死不明时，那个撑开护理舱，捏住他手的男人。时隔多日，那天的情景依然反复在他梦里出现，颇有点要刻骨铭心的意思。

陆必行出了神，舌尖打了个磕绊，脱口而出："我……有吧。"

（二）

陆必行他们是在银河城的傍晚抵达启明星大气层的，刚一靠近，就收到了机甲收发台的调度信号——大批军用机甲将在三小时后，从银河城外第四航道出发，请附近起降的机甲驾驶员们打开自动导航系统，注意相互闪避。

"哎哟，"图兰因为怒火还没平息，幸灾乐祸地瞥了陆必行一眼，"提前三小时清道，这么大的动静，不会是将军亲自出门吧，你刚来他就走，看来你俩没啥缘分啊。"

陆必行头天拆了人家的机甲，至少违反了一堆星际交通法规，没话好说，尴尬地摸了摸鼻子。

"我们穷啊，"图兰摇头晃脑地说，"当家的一天到晚要出门打猎混生计，连婚假都没有——哎，对了，陆老师，我想采访你很久了，睡到林静恒是种什么样的感受？"

机甲在下落途中因气流颠簸，陆必行差点让唾沫呛住："你说什么呢？"

图兰大笑起来，拍了拍他，顺手在他平整的肩头摸了一把："不怎么样吧？不怎么样是正常的，我说你怎么基本不在他那儿留宿呢。跟你说，这些看着光鲜的‘高岭之花’味道都不怎么样，不是放不开就是活不好，被人伺候惯了，根本不会照顾别人的感受，谁难受谁知道——那什么之后他自己跑去抽烟也不知道给你盖条被子吧？”

陆必行翻了个白眼，懒得跟老流氓打嘴仗，只好文静地笑而不语，假装没听懂她的下流暗示，并且回去举报她。

机甲站十分繁忙——说来也是奇怪，自由军团那些卖生物芯片的不知怎么那么执着于第八星系，苍蝇似的，三天两头试图渗透，被打得北都找不着，隔一段时间又出现。这次，侦察兵顺藤摸瓜，摸到了他们在第八星系的指挥中心和军备补给站，正适合打劫，所以林静恒特意点了一批运输舰随行。运输舰没有机甲那么高的机动性，要提前往轨道上装。

一般这时候林静恒会坐镇机甲站台指挥中心，陆必行神不知鬼不觉地从工程队里溜出来，直奔指挥中心而去，打算趁着他们还没出发，抓紧时间见林静恒一面，谁知隔着老远，他就看见指挥中心门口逡巡着面色凝重的独眼鹰，叼着根烟，像个守在鸳鸯小旅馆门口准备扫黄的人，一脸正气凛然。

陆必行后槽牙疼了一下，借着机甲站里各种大型设备躲了躲，心里开始琢磨怎么绕开独眼鹰。他背后是一架停靠在机甲站外围的小机甲，陆必行的后背刚一碰到舱门，舱门就意外滑开了，陆必行没提防，脚底下踉跄了半步，还没来得及扶稳，一双手突然从舱门里伸出来，一手捂住他的嘴，把他拖了进去。

陆必行：“……”

绿色的精神网落下来，机舱门随即从里面上了锁，舱内灯光倏地随着驾驶员的心意暗了下去，陆必行震惊地看见本该在指挥所的林静恒在近在咫尺的地方，眼睛里映着精神网荧荧的光。

林静恒的掌心从他嘴边挪开，皱眉说：“你怎么有个那么烦人的爸？这更年期得有好几百年了。”

陆必行顺口一撩：“要不你干脆把我藏进机甲里偷走得了。”

林静恒面无表情地一挑眉，像在仔细思考这件事的可行性：“也行啊，这架机甲会被编入第三小队，离开大气层以后你报送故障，把它直接送上重三就行，我让湛卢保密。”

陆必行唯恐他把玩笑话当真，赶紧说：“别别别，爱德华总长非得疯了不可。”

林静恒眼角浮现了一点笑意，他准备出征，手虽然插在兜里，制服却一丝不苟，带着这身格外严肃的打扮，办着格外不严肃的事。陆必行这才反应过来，一本正经的林将军居然在逗他："好啊将军，满口这样这样，一肚子那样那样——以前怎么没看出你是这种人？”

“我出趟门，你有没有什么想要的东西，顺路给你带回来。”林静恒抽了一下鼻子，“刚才喝酒了？”

“霍普给的。”陆必行兴奋地说，“红霞星上的农业基地成型了，我们带回来很多样品，你快点回来，还能赶上吃个新鲜。”

“我哪儿那么馋，基地成型，以后不是有的是机会吗？”林静恒撸了他的头发一把，想了想，又嘱咐说，“回来多休息一阵，别急着往外跑了，人总在宇宙环境里不好……”

陆必行拖着长音“哎呀”了一声，像不耐烦听父兄啰唆的孩子，又像抱怨又像撒娇，然后他眼珠一转，又说："林，你从会议室旁边那个‘衣柜’里搬出来住吧，我和总长说了，在银河城规划一片住宅区，有直达指挥所的轨道交通，指挥所的工作人员可以一起搬过去。我去找你住好不好？”

林静恒掀了他一眼："你爸呢，拴起来？”

陆必行张嘴吹了一口大牛："我摆平。”

林静恒才不信，但也没回绝——他总是不太会回绝陆必行："行，我考虑一下，回来再说，马上要出发，我先走了。”

“一路平安。”陆必行欢呼一声，又看着他的背影笑嘻嘻地问，“将军，我是不是出生以前就认识你了，不然为什么会这么喜欢你？”

林静恒倏地一震。

（三）

独眼鹰看见林静恒匆忙在指挥所里点了个卯，就带着一帮人上了重三，放心了，以为自己蹲点蹲得大功告成，此时正要走。

等陆必行晃悠到他面前，独眼鹰明知故问："找谁？要干吗？”

陆必行故意干咳了一声："找林将军，我听说军工厂的规划图出来了，来看看。”

独眼鹰叼着烟屁股，斜眼看着他装——军工厂规划图的设计底稿就是工程队这帮人搞出来的。独眼鹰嘴一撇，贱模贱样说：“林将军啊，林将军不在，我刚看见他走了，要飞外星去了。什么时候回来不知道，也没准顺便去攻占个第七星系吧。”

陆必行就“哦”了一声：“要去第七星系那么远的地方啊，怪不得他刚刚问我要带什么东西呢。”

独眼鹰莫名其妙：“你什么时候碰见他的，我怎么没看见？”

陆必行伸手一指：“那架机甲上，悄悄碰见的。”

独眼鹰怒了：“还‘悄悄碰见’，你俩偷情吗？！林静恒堂堂一个……他是黄鼠狼变的吗！”

陆必行吹着流氓哨，欣赏独眼鹰暴跳如雷。

独眼鹰抬手在他后脑勺上掴了一巴掌：“滚蛋，别在我这儿散德行，养你还不如养盆花！”

陆必行靠在指挥所大楼门口的石阶上，不痛不痒地挨了老波斯猫一爪子，晃了晃头：“爸，大家一起出生入死这么长时间了，你承认对他有误会了吧？”

独眼鹰：“误会他是个王八蛋？我误会了吗？”

然而话是这么说，他眉目间的暴躁却少了很多，独眼鹰一低头摸出根烟，睨了陆必行一眼。一无所知的傻儿子已经成了林某人的跟屁虫，这块“人形虎符”早归了他。林静恒大可以拿他当个幌子，勾搭所有正在第一线和海盗对抗的陆信旧部，召齐白银十卫，高调回归联盟。在这样妖魔鬼怪频出的乱世里，狠毒的人可以轻易翻云覆雨，远不必这么谨慎、瞻前顾后。独眼鹰其实看出来了，林静恒把陆必行身世的秘密捂得比自己还紧。

这位联盟上将留在第八星系，甚至小心地把自己这个注定腥风血雨的人物隐藏在爱德华总长的幕后，生怕招来狂风，吹倒这片荒原上尚且脆弱的新草。他还每次都大言不惭要见死不救，却又每次都把自己折腾得九死一生。

林静恒这个人，实在不是个当野心家的料。

独眼鹰虽然暴躁，但不傻，听说陆信在联盟的旧部后来的去向，慢慢也后知后觉地想明白了一点，只是有时候看见林静恒依然窝火，觉得这小子太刚愎自用，那副“我安排一切，我不解释，我谁也不信”的臭德行欠一顿臭揍。

陆必行说："你说他是陆信将军的养子，陆信将军不是你追随过的人吗？林还跟你们一起修建了广场和新政府，你怎么不能对他爱屋及乌一点？"

独眼鹰嘟囔了一句："陆信教育不出这种浑蛋玩意儿，肯定是他自己瞎他妈长的——你到底看上他哪儿了，欠人虐吗？"

迷弟陆必行脱口说："他帅啊。"

独眼鹰无法反驳，被他噎了个倒仰。

"承认吧，爸？"

"谁是你爸？我不是你爸，说多少遍了，你是我从垃圾箱里捡的，我生不出你这种二百五，滚滚滚！"独眼鹰有气无力地一摆手，嘴里说着让陆必行滚，自己失魂落魄地站起来滚了，决定揪几朵小白花到陆信石像前谢罪。

这时，一个工程队的研究员匆匆跑过来："陆老师，你在这儿啊，我正找你呢！"

陆必行心情飞扬地应了一声："什么事？"

"上次你们从反乌会老巢里缴获的加密文件，我们按你的方案，实验了波尔洛旋转加密，找到了一点门路，快过来看看。"

陆必行一跃而起。

二十分钟后，简单休整的图兰也赶了过来。只见研究员们一个个表情狂热，基本已经不记得他们在弄什么了，全体沉浸在了解锁游戏的乐趣里，陆必行带着一帮从八星系四处搜罗来的技术宅开了个短会，然后这伙人连总长的召唤也不理会，专心致志地破解加密。

图兰在旁边等着没事干，就开了个小休息室，替林静恒批阅完了近期军备消耗，正在就第八星系征兵计划写意见的时候，听见旁边传来了一声欢呼，她连忙合上个人终端，赶了过去——只见正中央三百六十度的大屏幕上，密密麻麻的文件和资料露出了真容。

研究员搓了搓手，激动地试着打开了一个视频文件，一个女人面向镜头，出现在所有人面前。她穿了件研究员的白大褂，长发简单地在脑后扎成一束，不着粉黛，还有点憔悴，但是五官非常秀美，那双冷冷的灰色眼睛穿透屏幕望过来的时候，无端让人觉得惊心动魄。

图兰一呆，看着她，屏幕上的女人那尖削的下巴与蒙着雾似的灰眼睛让她有种似曾相识的感觉。

“能源系统所剩不到 15%，备用能源系统已被炸毁，我弹尽粮绝，正在林蔚的瞄准镜下录这一段话。”话音没落，镜头巨震，画面花了一下，能看见机甲尾部似乎被击中了，爆出火光，机甲上的人惊慌失措地跑过。

“重型核导，看来他真是连道别都不肯啊。”女人回头看了一眼，笑了，继而对着镜头说，“我是劳拉·格登……”

她姓“格登”？图兰愣了愣，可是沃托那个著名的格登家族全家都热爱镜头，家里连块低调的地砖都没有，没有图兰不认识的，她是谁？格登家某个旁系的亲戚，还是恰好姓这个倒霉的姓？

“……‘TDGEC’第一研究院负责人……”

图兰激灵一下，突然意识到了这个人的身份，她转头直接用指挥官权限关了视频和大屏幕，参与解锁的研究员们不知道出了什么事，莫名其妙地转头看向脸色阴沉的女军官。图兰摆摆手，参与解锁的研究员里有几个人以前是白银九机甲维护队的，被陆必行借走以后一直没还回来，毕竟是旧部，一眼看见图兰的脸色和手势，就很默契地上前，分头关闭处理器，小范围内屏蔽启明星内网，同时禁止了文件复制传输。

“抱歉，”图兰飞快地搬出一套官方辞令，“我刚才看见加密文件夹里存在大量实验资料，似乎与反乌会的生化实验有关，一旦外流泄露，可能会造成公共危险和恐慌，安全起见，需要经过专家审核才能酌情披露，希望诸位理解。”

在这里帮忙破解加密锁的技术小组成员，都是黑客型技工，跟陆必行一样，属于对电子产品比对活物兴趣大的，比起在拿枪的人面前找事，大家还是愿意回家打游戏，于是十分识趣地表示理解，在图兰微笑不上眼角的目送下，鱼贯而出。

图兰低声吩咐：“把爱德华总长请过来，联系林将军，快。”

林将军意料之中地联系不上。他们是去打劫毒贩子秘密基地的，秘密基地当然会屏蔽外界通信网，而为了保证偷袭行动万无一失，在进入对方警戒范围后，林静恒也很可能会选择割断他们自己这方的远程通信，以防信号穿过跃迁点的时候被对方拦截。

图兰不动声色地吐出口气，低头搓着手，沉思着来回踱了几步。

这时，陆必行突然问："TDGEC第一研究院，就是传说中的'白塔'？"

"TDGEC"全称是"伊甸园技术发展中心"，其中，第一研究院是中心的中心，因为建筑物高百米，外墙又被刷成白色，所以又叫"白塔"。白塔里，汇聚着这个世界上顶级的网络工程师、生物学家、人类学家，作为最权威的科研机构，它负责所有与伊甸园有关的技术性事务。

图兰的声音压在喉咙里："劳拉·格登，你知道她是谁吗？"

陆必行想了想："我没记错的话，伊甸园管理委员会有七大董事，其中一位似乎就是姓'格登'？"

"格登家族是伊甸园的奠基者之一，"图兰说，"对沃托的权贵们来说，做慈善是日常事务，格登家族当然也有公益拨款，他们曾经搜罗过一批智力水平超出常人的孤儿，在第一星系边缘的一个小行星上建了一所公益性的学校，由家族的基金会支撑学校运营，每个被收养的孩子都要和格登家签约，保证毕业后为他们家族工作五到十年。劳拉·格登就毕业于那里。"

"嗯，培养人才，互利互惠。"陆必行理解地一点头，"那么看来这位劳拉女士是其中的佼佼者了？"

"佼佼者？不止。"图兰声音轻且语速极快地说，"劳拉·格登是个天才，后来被格登家的老头，就是占着伊甸园董事席位的那个老不死一眼看中，点名重点培养，收为名义上的养女，并让她改姓格登。靠格登家的后台和她本人的才华，她八十五岁就入主白塔，后来又代表管委会与军委政治联姻，嫁给了中将林蔚。"

"林蔚？"陆必行十分意外，"也就是说，刚才视频里追着她打的人，是她丈夫？"

"对，但这不是重点，重点是，这对貌合神离的夫妻有一对龙凤胎，"图兰耳语似的说，"男孩就叫林静恒。"

陆必行的下巴差点砸在胸口上。

（四）

霍普从研究院楼顶出来，刚刚拿到农场食品质量检测结果——非常理想，绿色无公害，口感绝佳，而且很适合作为提取营养针与营养膏的原料。

周六带着几个卫兵跟着他，前俘虏身份的人在基地里走动，还是需要监管的，好在霍普是个心平气和的神棍，非但不介意，还和卫兵们相谈甚欢，把剩下的检测样品给大家分了。

“这就是天然蜂蜜吗？”周六稀罕地抹了一点在手指上，舔了舔，“以前第八星系可没见过，都是人工合成的……嗯，原来没有我想象的那么甜啊。”

“你们是甜味剂吃太多了，”霍普慈眉善目地说，“对远古时代和自然生活在一起的人来说，甜味代表高热量，在食物匮乏时，是难得又珍贵的东西，所以关于甜味的美好记忆保留在了我们的基因里，后世大量合成的甜味剂就没那么浪漫了。”

“对，就像照着女神的脸批量生产的充气娃娃……呃，不好意思，我们粗俗惯了。”周六在瓶口嗅了嗅，又珍惜地把瓶子扣好，“有股花香味，女孩子应该会喜欢吧？”

霍普十分善意地给了他一个揶揄的微笑。

“哎，不是，”周六不太好意思地摆摆手，“我们平时训练对食物热量要求卡得很严，糖分摄入过量会被卫队长罚的，我不能吃，还是留给那些小孩好了……我真的没别的意思，陆老师老觉得我是变态，冤死了。”

说话间，陆必行的几个学生正好经过，好像正在争论什么，斗鸡肩上扛着个不知从哪儿卸下来的机甲零件，薄荷隔着老远往这边看了一眼，看见周六，就朝他做了个鬼脸。

“我听说他们在设计一种初级机甲。”周六的目光追逐着女孩的背影，有一点骄傲地对霍普说，“如果能成功，普通人会像学骑脚踏车一样容易地掌握这种初级机甲，那不就厉害了？万一打仗，人人都能当太空军。”

“是吗？”霍普的神色闪了闪，“太空级战争中，有效武器必须是高温高能，甚至核级，再初级的机甲也是一样吧？这些东西拿到陆地上，轻易就能把一座城池夷为平地，普通人就能像骑脚踏车一样握住这种魔鬼的手，你觉得很厉害吗？我却觉得很可怕啊。”

周六听完一愣：“也是这么个道理……但这就是个课堂作业吧，不用太当真啊，书看一千遍，也不如亲手拆卸设计一架机甲学到的东西多嘛……”

他说着说着，自己也觉出不对，少年们满心好奇地在课堂作业里摆弄着大规模杀伤性武器，而其他人居然还觉得很骄傲。

“特殊时期，没办法，到处都在打仗，机甲设计师根本不够用，我们也要保护自己啊。”周六一边找理由，一边叹了口气，“有时候想一想，真觉得很难过，就像看着所有人一起踩在悬崖和钢丝上似的，去您那里听听清晨时的鸟叫都要舒缓很多。”

就在这时，他们迎面碰上了爱德华总长，总长带着他新政府的核心班底匆匆往研究院里赶。

“奇怪，”周六目送着这些人，“总长不经常到研究院来啊。”

门口一个卫兵回答：“好像是陆老师他们破解了反乌会核心文件的加密。”

卫兵里很多人是自卫队的新兵，此时才刚脱离文盲状态没多久，那些复杂的加密和技术难题基本听不懂，大抵是听个热闹就过去了。

霍普却转头望向总长他们离开的方向，眼神微沉。

（五）

一个庞大的人造空间站缓缓从凯莱星附近绕过，它差不多有两百平方公里，体量非常大，上面武器装备、战略物资等等，简直一应俱全，储备量快抵得上臭大姐抠抠搜搜的一个备用基地了，最令人发指的是，这么一个庞然大物，居然有自己的动力系统，能像星舰和机甲一样开着走！

这空中要塞似的大家伙，在一个小时前，还属于一支嚣张的自由军团海盗，现在归林静恒了。

林静恒用一支小队假扮成星际走私贩，假装流浪到这儿，撞上空间站这么个肥羊，想浑水摸鱼进去偷东西——流浪的走私犯由黄鼠狼先生领衔主演，相当本色，“被俘”后，海盗里有去过域外黑市的，还认出了这个老奸巨猾的老走私贩。黄鼠狼则顺杆爬，趁机添油加醋地给自己塑造了一个夹缝里求生的老流氓形象。

这帮自由军团的海盗本来就是想在第八星系打开“鸦片”的销路，奈何人生地不熟，每次一来，就被神出鬼没的第八星系自卫军追着打，头疼得很，正缺一个能坑蒙拐骗的地头蛇联手，此时“得来全不费工夫”，立刻起了想招揽的心思。于是黄鼠狼他们成功混进了空间站，随后立刻动手给空间站的指挥中心断了电，打开了机甲收发站的后门，与此同时，他们还用陆必行那个从反乌会抄来的信号干扰器干扰了空间站的内网，让监控系统也短暂地瞎了眼，等毫无准备的空间站反应过来的时候，重三的精神网已经覆盖了整个机甲库，他们储备充足的武器库都成了自己的催命符。

林静恒没费自己一枪一炮，就控制了整个空间站。空间站里的俘虏们纷纷被机械兵控制，林静恒从重三上下来，人形的湛卢秘书似的缀在他身后，第一件事就是让黄鼠狼把空间站的动力器停了——在物资这么紧缺的年代，连少爷出身的林将军都被穷酸气传染了，也开始看不下去有人这么浪费能源了。

“机甲收发站台建设标准、轨道、进出密钥规格、能储型号，都与联盟军委标准高度一致。”湛卢说，“近乎严谨，这意味着空间站本身与这些军备物资都是批量生产的。”

林静恒：“一套的？财大气粗啊。”

整套的收发站和军备物资可不容易弄到，至少在第八星系的军工系统建成之前，启明星上的军事基地就和那些到处缴获来的机甲完全不配套，全靠陆必行带着工程队东拼西凑地做“转换插头”。

林静恒顿了顿：“如果这也是自由军团，你有没有觉出不同来？”

湛卢回答：“是的，先生，根据历史数据，自由军团的武装机甲特点是小而零散，虽然他们热衷于尝试各种新鲜事物，但必须得说，他们的经费看起来并没有那么足。”

“这就像是他们远在联盟的金主亲自来第八星系，披金戴银地让我们抢一样，”林静恒目光扫过空间站，喃喃地说，“第八星系有利可图吗？有点奇怪啊，为什么？”

“将军，空间站俘虏清扫完毕，即将恢复与启明星基地的远程通信……”

湛卢突然发出警告：“小心！”

几个原本木然地被机械兵扣在一边的俘虏眼神突然变了，猛地挣开机器臂，面露狰狞，凶狠地扑向林静恒。机器臂和捆绳都是远超人类身体力量极限的，这几个人明显是被植入了什么古怪的芯片，完全失去了痛觉，而因为用力过猛，这些人的肩膀与手臂不自然地扭曲着，在强行挣脱的瞬间就多处骨折，他们却毫无反应。

机械兵立刻追上去，而林静恒的卫兵反应也很快，成片的激光枪与微型爆破弹扫了出去，俘虏们的身体像被重物砸烂的西瓜，血肉一片一片地往外喷。

可是即使胸口被爆破弹轰出洞，肋骨都支出来，竟也不耽误他们红着眼往上扑！

林静恒背着手没动，他身侧的卫兵们很快将炮口转向这些怪物俘虏的腿，俘虏们成片地躺下，却仍像死而不僵的虫，不依不饶地往前爬，在地上留下长长的血印，让人看得后脊发寒。

最顽强的一个几乎爬到了林静恒脚下，就在他张开白骨森森的双臂，快要碰到林静恒鞋尖的时候，一枚小型爆破弹穿透了他的脖颈，一枚芯片飞了出来，那人狠狠地哽了一下，不动了。

血迹溅上了林静恒的袖子，在他手背上留下了一道红痕。

“血光之灾啊。”林静恒心里突然冒出这么个词，他随手一抹，抬脚往前走去，吩咐说：“远程通信恢复以后，告诉图兰……”

话没说完，启明星的通信请求直接发到了他的个人终端，林静恒有些意外——爱德华总长和他那一圈临时班底都到齐了，通过不大稳定的远程信号，全体一脸凝重地看着他。

出了什么事？

“将军，”图兰说，“两个小时前，陆老师他们破解了反乌会核心加密文件，我觉得你可能需要看看这个。”

林静恒手背上的血迹没有完全擦干净，他因常年太空作业，皮肤多少有些苍白，那一抹红痕，像一片突兀且不祥的花瓣。

灰眼睛的女人从他手腕上的个人终端上浮起，与血迹相映生辉，她那么陌生，又那么熟悉，林静恒愣了一秒，呼吸仿佛陡然被什么掐断了。

“我是劳拉·格登，‘TDGEC’第一研究院负责人，毕业至今，为伊甸园服务了近百年，我今天留下这段话，是要告诉你们伊甸园的真相——它是一个跨时代的怪物，吞噬愤怒、焦虑、痛苦和愚昧，它不让任何一个人输在起跑线上，能把近二十年的基础教育缩短到几个小时，它是人类亲手为自己锻造的天堂。

“所有人都曾对它有过疑虑，联盟成立至今，关于伊甸园中的个人隐私是否能得到保障的议题经久不息，我们都有常识，假使一个系统能监控你的喜怒哀乐、激素起伏，我们在它面前是否就毫无秘密可言？我们的想法是否还属于我们自己，是否还有自由意志？后来我们似乎解决了这两个问题，首先，社会意识形态转向鼓吹‘事无不可对人言’，坦率表达成了新的美德，过分追求隐私成了保守主义。其次，我们有立法，有严格监管，伊甸园里的一切都是为了人类福祉，不会干涉一点自由意志，对吗？”

女人神色寡淡，口齿清晰，与接连不断爆炸的机甲和惊慌的人们形成了鲜明的对比，机甲里的警报灯把她的脸照得忽明忽灭。

“如果我们还有一点自由意志，为什么我们会相信这种鬼话？

“如果我们还有一点自由意志，为什么我们会忘记——愤怒、焦虑、痛苦和愚昧根本不是人类需要战胜的缺陷，那就是人类灵魂的本来面貌，你们心里那些丑陋的、恨不能立刻抛弃的东西，就是自由意志本身！”

（六）

林静恒刚刚卓有成效地掀翻了一个诡异的毒贩老巢，干掉了几个张牙舞爪的怪胎芯片人，准备带着这掉落的芯片，回去让他东拼西凑来的工程队分析分析有什么玄机……他还打到了一大批目测就很可观的物资——两百多平方公里，这么一个巨型人造空间站，里面装的都是精良的军需，感谢伟大的科技，一根营养针能支撑一个新陈代谢不太旺盛的人数月的生命，这地方储备的营养针足以让第八星系政府大松一口气，在这个操蛋的时代，这玩意儿甚至还能用来给新政府的货币增信。

他差点变成一个靠“打猎”养家的猎人，穷且忙碌、拖家带口。

直到他看见这个女人。

她把他从荒凉肆意的第八星系，一下拽回冰冷的联盟里，林静恒表情空白地站在那儿，一时几乎忘了自己在哪儿。

林家兄妹的父亲林蔚将军，应该算是个很纯粹的权贵子弟，父母都是为联盟政府牺牲的烈士，林蔚本人则被老元帅伍尔夫养大，联盟元勋都是他的叔伯长辈，如果没有意外，他这一辈子，应该是按部就班地升官发财，要是有点才华，可能会成为新一任军委元帅的候选人，一辈子平庸也无所谓，那样，他的人生还会更轻松一点，他的敌人大概就只有中年发福谢顶与家里叛逆不服管教的熊孩子们了。

这样一个男人，也许会是个斯文稳重的好父亲，也许会是个不着四六的浪荡子，可是不管怎么样，他似乎都不该是个沉默寡言、眼神阴郁的男人。他死得太早，林静恒对他最深的印象，就是那双好像被冰镇过的眼神，以及……他从来不笑。

林蔚当然没有虐待过自己的孩子——伊甸园下的文明社会里也不允许发生这种事，但他也并不是一个能让孩子撒娇、问他“妈妈在哪儿”的人。林静恒依稀记得，他很小的时候，似乎无来由地对林蔚有很深的畏惧。至于劳拉……家里像是从来没有过劳拉这么个人，即使是以前在联盟，也只能从网上找到几张老照片。

这居然是他第一次看见会说会动的劳拉·格登。

她在让人窒息的火海中说：“人机交互技术最早应用于娱乐，此后一分为二，分别进入太空机甲与民用智能生活领域，早在旧星历时代，就已经相对成熟。联盟成立后，曾在战乱年代毁家纾难、推动联盟成立的人们试图重建家业，也推动社会经济发展，于是开创了一大批支柱产业，联盟中央在早期给予了他们最大限度的扶持，其中，‘伊甸园’是最重要的项目，由众所周知的那八位大人物牵头。联盟中央政府作为最大股东，最初的构想只是做一个公共服务平台，统一所有星系的人机交互协议，让所有公民平等且方便地享受社会福利而已。

“事情什么时候开始不对的？

“从伊甸园立法开始——”

这是一个众所周知的历史事件——新历21年，人工智能医疗舱全面取代人类医生，医疗舱依托于伊甸园，而伊甸园让所有医疗舱共享数据，相当于全世界的人同一时间拥有同一位“健康管理专家”，安全高效又前沿，并成功地解决了医患关系问题。

然而相应地，病人的个人隐私问题浮了起来，并在此后几年引起了社会关于伊甸园的第一次质疑，当时，大多数人是拒绝伊甸园的“实时健康管理”功能的，更不用提接受它来监控自己的激素水平与情绪。

新历26年，一桩著名的丑闻引爆了人们对伊甸园的抵制——某位政府高官子弟追求一位女星，遭拒后怀恨在心，通过贿赂，得到了她的个人医疗记录，包括她治疗躁郁症及性瘾的记录。这位女星的公众形象一直十分健康励志，猥琐男人为了报复，把她的隐私记录公之于众，不过这纨绔子弟没想到的是，这事不但没有得到他想要的效果，反而引发了民众对个人隐私安全的恐慌，当时舆论几乎一边倒地支持受害人，满大街都是举着自由宣言抗议的人群，倒逼联盟政府立刻调查，揪出一串伊甸园管理中的贪腐分子，全部处以重刑后，联盟宣布为伊甸园立法。

《伊甸园法》可以说是当代文明与民主的伟大胜利，在这次事件中，联盟中央政府的反应没有辜负自由宣言，对民意表达敏感且异常重视，执法和立法部门效率极高，摆明了态度，不会姑息任何人——伊甸园八大董事中最德高望重的一位因为女婿涉案被捕，公开致歉后支付了巨额社会赔款，从此退出管委会，八董事变成七董事。

“真实数字是，在26年丑闻爆发之前，只有3%的公民选择使用伊甸园的‘健康监控’功能，都是顽固慢性病患者，远非当时宣传中提到的30%，这个数字真正开始上升，恰恰是在丑闻之后。”劳拉·格登说，“立法会开始讨论《伊甸园法》，八董事变成七董事后，《伊甸园法》公开征求意见，七次修订，每一次修订，这个数字都会上升，立法定稿颁布后，伊甸园的监控功能使用率上升到了64%……”

“格登博士！”视频背景里有人大叫，“逃生的生态舱已经准备好了，快走！”

劳拉·格登往声音来源处看了一眼，并不理会：“这次事件的结果，是民众皆大欢喜，每个人都能感觉到文明在前行，自己的声音是能被人听见的，他们的抗争和参与能让联盟变得更好。同时，也让一些聪明人感觉到了联盟这个社会的运行规律。

“此后百年，伊甸园每次出问题，都会引发民意浪潮，这其中，有一个循环在不断周转——群情激愤，自由的民众和谦逊的中央政府一起揪出‘敌人’，和他们斗争，最后正义战胜邪恶，修订《伊甸园法》，有一个欢喜的大结局。同一个套路，无限次循环后，人们开始把伊甸园扣在自己的脑子上，将它当成最知心的亲人，吃喝拉撒都要报备，短短百年，竟全体相信了教育可以灌输的鬼话，任凭这东西往自己和孩子脑子里随意刻画，把人变成一块速成的芯片。”

“因为愤怒了别人允许你们愤怒的，抗争了别人引导你们抗争的，取得了剧本上写好的胜利，就自以为自己成了命运的主人，自觉脊梁端正，脚下无限自由，”女人尖锐的嘴角露出一个尖刻的笑容，“除了驯兽师的猴子，我找不出比民意更愚蠢的东西了。”

“我再公布一个真相——《伊甸园法》中的每一条款，在被写入立法之后，都再不会被人违反触犯，就好像这条法律不是写在纸面上，而是写在人类基因里，不是明晰赏罚，而是像上帝之手一样，取缔了凡人在这方面作恶的意愿与能力。

“真相二，当伊甸园想要渗透进一个新的领域不顺利，推广半年内民众接受率仍在10%以下时，伊甸园系统中就会出现几匹害群之马，被拉出来公开审判，像被绑上火刑柱的祭品，等焚烧过后完成‘立法仪式’，伊甸园的光就会普照大地。

“真相三，这样的‘立法仪式’，刚开始平均每两到三年就会有一次，后来频率渐渐走低，至今，距离上一次立法仪式已经有十五年，可以预见，随着社会发展，以后这种仪式将会消失在文明的长河里，因为大家足够训练有素、幸福美满，已经不会再提出异议了。”

她所在的机甲里传来一声惊呼：“格登博士，快离开，最后一艘护卫舰被他们击落了！”

劳拉·格登一笑，对着镜头说：“是吗，林将军，看来你今天手很抖啊，这么大的一个目标，这么多轮有效射击都没有击落我吗？”

“博士，他们发来信息，要求我们投降。”

劳拉·格登面无表情地一耸肩：“告诉他们稍息。”

“博士，对方在试图入侵我们的精神网！”

“哦，”女人一低头，取出了一个芯片注射器，对着屏幕戳进了自己的脖子，“抱歉了将军们，我没有经过军事训练，不方便和你们拼精神力或者掰手腕，所以我要作弊了——精神网给我，他们抢不走。”

林静恒像是被冰水漫过头顶——那芯片注射的位置，与方才扑向他被打死的怪胎芯片所在的位置一模一样！

可是她给自己注射的芯片，明显比自由军团那种注射完就脑残的破玩意儿高明得多，那么是不是有可能，芯片毒品“鸦片”的来源就是她——

"鸦片"的制作人没有得到完整的技术，而劳拉·格登明显与反乌会有联系，当时自由军团才会趁机袭击反乌会的老巢？

"为什么这个完美的世界上会有空脑症的存在，为什么以我们的技术，至今无法解救这些'被诅咒的可怜人'？朋友们，你们每天都在为被迫流落到第八星系的同胞垂泪吧？直到现在，白塔仍有专门的研究小组在夜以继日地试图攻克空脑症问题，不容易啊——这当然不容易，因为空脑症恐怕是灵魂对我们最后的警告。

"亲爱的陆信上将，知道你的第八星系为什么必须受苦受难吗？联盟真的缺那一点扶贫的钱和情怀吗？别开玩笑了，只有对比，才能让大家对伊甸园忠贞不贰。真遗憾，你也许不会有机会听见我说的话，我的朋友，希望你放聪明一点，别像个猩猩一样总是热血上头，否则二十年以后被'民意处决'的，可能就是你了。"

机甲又剧烈地震动了一下，同时，机舱里传来警报声："二号备用能源损坏，注意，二号备用能源正在脱离机身——"

正在追杀他们的人可能是个帕金森患者，打了半天，就变换着角度击中了几个备用能源，想耗尽他们的能量后强行捕捞。

劳拉·格登好像十分哭笑不得，摇了摇头："林蔚啊林蔚……"

"四十年前，上一任白塔负责人，我的老师，被绑上火刑柱，罪名是反人类，勾结域外海盗，利用职务便利，取得变种彩虹病毒进行非法基因改造研究，他还涉嫌多起人口失踪案，传言失踪的人被抓去做了人体实验，丧心病狂，伊甸园都治不好他的变态——因为他，伊甸园系统还变成了强制注册，这样，以后每个公民都会'活见人，死见尸'，再也不会有'失踪'这个概念了……不知道他们会给我安一个什么罪名。"她那双冰冷的灰眼睛里开始闪烁起微光，面向镜头，"域外的诸位，人类的自由之光在你们手里，先知们，为了生命和自然，我将奉献自己的一切，愿我们重逢于地狱，再会。"

视频陡然结束，满座鸦雀无声。

好半晌，图兰轻轻地咳嗽了一声，开了口："是这样的，反乌会的这份核心机密文件夹里，还有一些细节的财务账单，记录了来自域内反乌会组织的大笔资金支援……可以说，反乌会能在域外立足，成为海盗三大势力之一，就是因为这个。域内反乌会名单里的这些人名并不让人震惊，我们都知道，白塔第一任负责人——劳拉·格登女士的前任哈登博士，就是因为反人类入狱的，他和他那一批被捕的联盟军政界人士就是域内反乌会的早期成员，没想到格登博士接过了他的衣钵……”

爱德华总长打断她说；“这件事为什么没有人知道？她是被联盟秘密处决的吗？”

“嗯，”图兰小心翼翼地通过远程通信屏幕看了林静恒一眼——林静恒，也许是因为信号延迟，脸上没有一点表情，“也可能是能源耗尽前自爆……不过格登博士这个事确实是被联盟捂住了，我没记错的话，当时只是听说她因病……”

“联盟不可能先后用‘反人类罪’处决两任白塔负责人，那会给社会造成什么影响？再愚蠢的民众也会觉得这里面有阴谋。”林静恒突然开了口，“何况以当时林蔚将军在军委的地位，如果他执意想掩盖这桩丑闻，军委会替他出面的。”

林蔚去世前留下遗书，拒绝死后入碑林，他希望自己能被人彻底遗忘，彻底消失在联盟的历史里，为什么呢？和劳拉有关系吗？林静恒说不清，他四下环顾，觉得非常讽刺，命运像一根麻绳，死死地绕着他的脖颈，他喘不上气来：“加密文件里还有什么？”

“女娲计划。”图兰说，“129年彩虹病毒大暴发，甚至流入联盟，联盟紧急组织传染病与微型人工智能专家研究抗体与疫苗，成功以后，伊甸园管委会把彩虹病毒防疫加入到了伊甸园的医疗健康系统里，同时，人们注意到了彩虹病毒会让细胞退化的特性。域内外的反乌会做了大量研究，认为这可能是人类进化的钥匙，所以有了女娲计划——他们认为，伊甸园笼罩下的人类社会毫无希望，人类的未来在域外。联盟在伊甸园下是万众一心、无从征服，当时哈登博士他们认为，域外海盗无法靠武力打碎伊甸园网，即使有他们的科技和物资支援，所以在壮大域外海盗的军事力量的同时，他们希望能培养出更强、更聪明、更完美的进化人……加密文件里有大量女娲计划的材料……但是目前我们还没找到生物芯片的相关内容，也许是传输途中遗失了。”

“女娲”“伊甸园”——来自古老地球时代的美好神话，被后人们泼了一碗黑压压的人血。

好一会儿，爱德华总长突然开口说：“为了生命和自然……为了抗争自由。”

他十指交叉在一起，抵在额头前，突然低头一笑：“真是伟大的先驱们，那当初因彩虹病毒死的几亿人，被凯莱亲王那个疯子炸成渣的四个星球，还有现在挨饿的，差点死于变种彩虹病毒瘟疫的我们算什么？这叫什么？‘每个人生来自由，有些人比其他人更自由吗？’[①]”

① “每个人生来自由，有些人比其他人更自由吗”——化用自《动物庄园》：“所有的动物生来平等，但一些动物比其他动物更平等。”

第五章　败露

林静恒最好是死了。
这样，他一生光风霁月，就能永远定格在精神的碑林里了。

（一）

陆必行飞快地瞥了一眼远程屏幕上仿佛总在延迟的林静恒，试图说句话："总长，现在……"

可总长大概是年纪大了，要么就是彩虹病毒的后遗症，一激动就容易耳鸣，没听见他的声音，兀自说了下去："我们反抗凯莱亲王，死了一代人，才把凯莱亲王赶出第八星系。联盟给我们的所有承诺都没有兑现，让我们自生自灭，没关系，我们可以等，实在等不到，我们也可以自己想办法。第八星系在议会没有半点话语权，第八星系的钱拿出去就是一团废数据，也没关系，我们没有怨言，不就是穷吗，再穷，我们也是自由的，比当年在凯莱亲王手下当牛做马的时候强多了对不对？联盟不承认地方武装，还是没关系，如果这就是联盟的规矩，我们愿意入乡随俗，我们愿意遵守一切，即使我们在联盟最外围，即使我们的邻居就是域外海盗，每天做的噩梦都是凯莱亲王卷土重来，好不容易平静下来的生活再遭一次洗劫……"

陆必行隔着图兰伸手去拉爱德华总长，没够着——老总长一拍桌子，直接站了起来："她说的那些什么东西我听不懂，你去外面，随便抓一个傻吃傻睡干活的，他也听不懂，我们怎么会知道什么伊甸园为什么立法，什么什么事件，有多少大人物被捕过？我们根本连伊甸园是什么狗屁都没见过，我就听懂了他们自己有钱有权有地位，勾结了域外的反乌会，喂大了域外的毒虫！"

"我们不是人吗？我们不配好好活着吗？就因为我们缺个主义？"总长蓦地转向远程屏幕，眼睛里射出刀子似的光，戳在那男人笔挺的胸口上。

陆必行抬高了音量打断他："总长！"

那一瞬间，陆必行敏锐地感觉到，老总长是有话要对林静恒说的。不是因为劳拉·格登是林静恒的生母，而是因为林静恒本人来自错综复杂的联盟军委，他一个人站在这里，几乎代表了整个联盟中央上层错综复杂的博弈——也代表了整个联盟中央对第八星系居高临下的傲慢态度。还有，林静恒作为白银要塞的总负责人，"死"得异常蹊跷，"死而复活"又不明不白，而恰恰是在他"死"后，海盗入侵，联盟崩溃，谁也不比谁傻，这里面有什么缘故，老总长未必没有自己的猜测，只是一直为了第八星系大局着想，选择闭嘴合作而已。

大人物们啊，各有各的背负，各有各的难处。他们站在人类的顶端，目光足以洞穿星空，所思所虑都是大事，悲喜动辄能让天地震三震。他们或是为了理想，或是为了仇恨，或是为了私欲而你死我活地争权夺势，手腕高超，输与赢都轰轰烈烈，多么了不起。

可是那些在世界的动荡里绝望死去的蝼蚁呢？

大人物们根本不知道有他们的存在，不知道他们竟存在，也不知道他们竟会因此而死。乍一听说，大概会像功勋赫赫的林将军一样目瞪口呆吧。

这一次，总长终于听见了陆必行的声音，他松弛的两颊轻轻颤抖，因萎缩而显得干瘪的双唇紧紧抿着，就在图兰甚至伸手想切断远程联系的时候，老总长一言不发地低下头，快步转身走了。

陆必行立刻转向林静恒："林，你……"

可是他刚一开口，远程通信就从林静恒那边切断了，屏幕上漆黑一片。

陆必行的声音卡在喉咙里，双手按在会议桌上，深吸了一口气——

总长走了，一帮人都茫然地等着他说话，他得说点什么。

“第八星系现在基本是独立状态，海盗和联盟的意识形态之争对我们来说没有意义。从刚才这段视频来看，我觉得我们只需要注意两点。”陆必行尽可能平静客观地说，“第一，域外海盗有联盟内应，但图兰卫队长方才搜索了整个加密文件夹，里面所谓的‘内应名单’，只有几十年前联盟逮捕过、大家都知道的那几个人，这很奇怪，反乌会他们自己的内部资料，难道还要对谁保密吗？”

会议室里鸦雀无声片刻，众人陡然反应过来他的言外之意，炸了。

“陆老师，您是说，在我们解开加密锁之前，这份文件就有人动过手脚？”

陆必行抬头看向图兰：“卫队长，我听说霍普先生第一次见到林，就叫破了他的身份。”

图兰愣了两秒，骂了句脏话，粗鲁地在自己的个人终端上拍了两下：“把那个霍普给我控制起来！”

研究院新任的负责人感觉谈话走势不太对，连忙说：“陆老师，研究院重地，霍普要是靠近，会有人严密监视的，他没有这个机会。”

陆必行深深地看了他一眼：“院长，那您知道，这几个月以来密切接触过加密文件的研究员里，有哪些人和这位反乌会的前任先知说过话吗？”

院长激灵一下。

“第二，在视频里，劳拉·格登女士为了抵挡追捕者的精神网入侵，给自己注射了一枚芯片，这枚芯片能让她一个人硬抗一支训练有素的军队，就算以林静恒将军的精神力也做不到这种程度，一枚芯片能把一个非军事人员的精神力提升到不可思议的程度，一旦批量生产，会变出一支什么样的武装？所幸的是，到目前为止，无论是联盟还是海盗，没有出现过这种无敌的军队，自由军团的芯片‘鸦片’只能当毒品用，是个粗制滥造的仿品，我想也许是因为什么缘故，芯片技术失传了，但显然，自由军团和反乌会都在找这东西，我们至少要对此有所准备。”

陆必行说到这里，心里其实有灵光一闪，他想，女娲计划的关键词是“人类进化”，如果他是当年的女娲计划的总策划哈登，他一定会把“精神力进化”作为主攻方向。因为人类的碳基躯体终有极限，要提高有效战斗力，机械化是唯一可行的路。至于劳拉·格登的生物芯片，纵然技术失传，但既然已经有了“鸦片”这样的仿品，以海盗们的科研水平，五十年都没能做完这道填空题吗？

那么也许问题不是出在芯片上，而是出在接种芯片的受体上。

所以是不是有这样一种可能，芯片和女娲计划其实是一体的。也就是说，当年的女娲计划可能就是为了培养能安全接种芯片的人，劳拉·格登被迫自爆后，反乌会和自由军团都缺失了关键信息，各自走岔了路。

然而陆必行的目光扫过在座每一张惴惴不安的脸，又把自己这个猜测紧紧地捂住了。

他不知道，如果有一种足以改变此时战局的力量摆在眼前，在座这些夹缝中的受害者会不会忘记彩虹病毒对第八星系的伤害，对着这无上的诱惑伸出手。想一想，只要一枚芯片针下去，刚学会开机甲的菜鸟都能变成比白银十卫还要厉害的超级太空兵。不说别人，就连陆必行自己也是心动的。

他们已经身在地狱之中，那点脆弱的人性之火实在不堪考验了。

于是，陆必行不动声色地倒了一碗鸡汤，把这个危险的话题泡了，替临阵被气跑的总长说完了会议总结陈词：“我不相信凭借外物、武力，真的能征服什么，当年为了反抗凯莱亲王，连手无寸铁的民众也敢站出来组建自由联盟军，我们今天有新政府、有自卫军，害怕什么呢？只要被彩虹病毒蹂躏的愤怒还在，自由联盟军的精神还在，我就无所畏惧，诸位呢？”

诸位新政府的骨干没有人吭声。因为大家都是成年人了，不像星海学院的半大孩子那么好忽悠，面对内忧外患，被陆校长临时编的夹生鸡汤噎得够呛，一个个愁眉苦脸地走了，试图在心里把“无畏”两个字多叨叨几遍，好凑合着随便自我洗脑一下。

陆必行目送众人，伸手按在自己的个人终端上，很想联系林静恒，可是远程通信必须是双向的，如果不知道对方的确切坐标，就得指望对方途经某个跃迁点的时候自己扫描信号，主动接通才行。

陆必行想了想，通过远程网络发了一条信息：“还好吗？回我一下吧。”

文字的信息录入电磁波信号，加密后从启明星发出，被跃迁网络来回折叠，传送到遥远的星空，可是林静恒没有回复。

陆必行叹了口气，回头看向黑洞洞的远程通信屏幕，不知为什么，从那一片漆黑里，他感觉到了那个人的脆弱。一直以来，他觉得林静恒长得帅，毋庸置疑地强大，偶尔的温柔像长在石缝里的野花，又动人又撩人，陆必行从不觉得“脆弱”这个词会和林静恒扯上关系，即使是他病得要死、迷迷糊糊间从医疗舱里摔出去，高烧下那双模糊的眼睛也在看着某处，带着孤注一掷的力量感。

他此时不太能想象林现在是什么心情，只是觉得心里很堵，没着没落地悬在空中，恐怕非得亲手碰到那个人才能落下。

“什么？”这时，旁边的图兰突然提高了声音，“你们是干什么吃的？”

陆必行回过神来，转头看向她。

“霍普失踪了。”图兰飞快地看了他一眼，眼睛里渗着冰碴，“一个卫兵队看着他，居然能让他失踪，这基地在我眼皮底下被反乌会渗透成渔网了吗？通知所有人，集合！”

后面那句是冲着个人终端喊的。

图兰性格活泼，对上对下都有点没大没小的意思，有的时候，人们总忘了白银第九卫卫队长到底是个什么样的人。

陆必行本想说什么，张了张嘴，终于还是缄口不言，看着图兰充满杀气地走了——卫队长统领白银第九卫，有她自己的作风和方式，他不是军方的人，不该多做置喙。陆必行突然升起一点无力的感觉，想起那时林发着高烧靠在他怀里，是霍普配合他在反乌会老巢附近用先知语糊弄过了追兵，拿回抗体样本，救下了整个启明星；也是霍普不辞劳苦地搭建了第八星系的农场基地，这一趟出行回来的路上，霍普还告诉他，机器人的程序都已经写好了，只要物料充足、有人照看，基地的模式可以无限复制。

对了，霍普还答应要送给他两瓶酒。

原来陆必行以为，人与人之间的误解，都来自距离与隔离，如果能有幸同行一段，总能或多或少地模糊掉彼此间生硬的边界，成为朋友。宿敌似的林静恒和独眼鹰，不也可以坐在一起喝一杯酒吗？

直到现在，他才明白，一些人和另一些人，是注定要分道扬镳的。

校场上的图兰不讲究“法不责众”，因为没有人说得清霍普到底是怎么跑的，所以所有人一起受罚，新加入的自卫队队员第一次体会到白银九残酷的军法。

周六低着头，走在受罚的人群里，脸上没露出端倪，心里是不服的。

霍普能干什么呢？周六想，他只是个在反乌会里就被排挤的倒霉蛋，被俘以后，低调配合，甚至还立了功，连林静恒都不好意思再关着他，他努力地为基地、为第八星系做了那么多事，还动辄就被拉出来审问囚禁。

周六冷眼旁观，替霍普委屈。毕竟，他是那么向往霍普描述的那个充满阳光与鸟鸣的世界，以至向往出了人情味和同情心。

周六想："就算陆老师知道了，也不会说什么的。"

（二）

霍普的小机甲已经绕开监控死角，混进了民用航道，伪装过后，他们惊险地飞离了启明星基地。

第八星系的民用航道已经开始开辟出来了，建成了紧急救援系统，但因为时间尚短，军方力量不足，安检还没特别完善，有很多空子可以钻。霍普带着他的几个信徒混迹在商船中，信徒们大多是被扣留在启明星基地的反乌会成员，但其中还混杂着几个生面孔——如果陆必行在这里的话，就会知道，几个平时沉默寡言的研究院技术人员也跟着他跑了。

这神棍确实擅长蛊惑人心。

与一艘货运商船错身而过的时候，对方突然传来通信请求，反乌会的几个人顿时有些紧张，霍普却没什么顾忌，通过请求。对面先传来一段轻快的口哨声，随后，有个粗粝的男人大大咧咧地说："朋友，救急，借点能源行吗？"

霍普和颜悦色地问："怎么？"

"我是给第四基地送货的，刚回来，路上遇到点意外，能储见底了，恐怕飞不回去啊，朋友，救个命吧。"

霍普在手下人欲言又止中，痛快地从自己的机甲备用能源里分离了一个小储能器给对方："够你开到启明星了。"

过路的货商没想到他这么痛快，千恩万谢，吹着活泼的小口哨走了。

"先知，"等人跑了，一个启明星以前的技术人员小声说，"这些人都是骗子，以前是干走私的，留下几艘破商船，现在趁别人都不敢上太空，承包些民用运输的活，赚得很多，都快赶上星际工程队了，就这样，他们还要为了节约成本，在路上逮着谁骗谁的能源。”

霍普有些意外：“骗人的？”

“是啊，商船损坏或者抛锚，可以呼叫紧急救援，找军方的航道守卫来解决，您看他敢不敢拿这套说辞骗大兵。”

霍普哭笑不得，觉得第八星系真的是有活力了，连骗子们都出来活动了。

不过也好，这样他也可以放心走了。

这时，他们经过了一个跃迁点，机甲“嘀”一声：“远程通信密钥匹配，是否建立联系？”

霍普一愣，眼角卷起来的笑纹消失了，沉默片刻后，他一点头：“好，发送我方坐标区间。”

远程通信的双向连接随即建成，漫长的信号穿过数个星系，几十个小时后，对方出现了，但是屏幕上黑乎乎的一片，对方不露脸，只有一个处理过的声音。

“远程通信端口的留言已经放在那儿几个月了，”对方说，“怎么现在才回？真打算把组织让给那些疯子？”

域外海盗势力错综复杂，光是反乌会内部，就有很多不同的声音，有人支持使用暴力，战争时不择手段，使用大规模杀伤性武器和生化病毒，属于“狂躁派”，也有人认为反乌会不该抛弃初心，在联盟这个四面漏风的时代，才应该润物无声地争取信徒，彻底改变人们的观念，算是“环保派”——霍普当然是后者。

不过在这个人人都在躁动的时代，想也知道，狂躁的声音更大，在海盗入侵联盟之前，反乌会已经内部清洗过，霍普靠着出色的洗脑能力，人缘向来没的说，被人保护着混进了凯莱亲王卫队，暂避风头。

“光荣军团过河拆桥，公开背弃伙伴，现在组织陷在七大星系里，被联盟的地方部队纠缠得很头疼吧。”霍普说，“怎么，那几位一门心思要团结域外武装势力的压不住组织里的不满了？”

“这种短视的野人跟光荣团混久了，脑子不好使，成事不足，败事有余……”霍普话音没落，就听见远程通信里的神秘人说话了——这不是回答他方才的问题，神秘人和他离得太远，通过跃迁网，一问一答中间有数十小时的时差——神秘人只是自说自话地给他留言：“你别再在阴沟里混日子了，回来主持烂摊子吧，我给你武装支持。”

霍普闭上自己的眼睛，目光顺着精神网展开，望向简陋的民用航道。

又过了一会儿，远程通信里的神秘人第三条留言到了：“不过我最近有点小道消息，据说白银十卫中的某一支似乎在第八星系，做掉了那个什么冯的神经病，领头的人疑似……林静恒？”

霍普倏地睁开眼。

“毕竟是她的儿子，这么多年，我们一直没能找到‘禁果’，我在想，有没有可能真的落到了他手里？你一直在第八星系，有没有更详细的消息？”

几个反乌会的人同时看向霍普，霍普伸出一根手指，冲他们做了个“噤声”的动作。想了想，他用一种若无其事的语气回复：“凯莱亲王连炸三颗星球，激怒了当年跟过陆信的自由联盟军旧部，被地头蛇利用地下航道刺杀。第八星系政府为原班人马，农业基地是我帮他们建的，未见林静恒和白银十卫踪迹，是谣传。”

说完，霍普不再等新的信息，伪装过的机甲穿过跃迁点，往更广阔、更残酷的世界而去。

（三）

林静恒屏蔽了远程通信，屏退左右，放任空间站自由漂流，行至北京β星附近。

他忽然说：“降落北京β星。”

“先生，您确定吗？”湛卢问，“北京β星的大气层已经在轰炸中遭到了毁灭性破坏，地面环境不支持人体暴露其中，地面无收发站台，机甲只能采取迫降方式靠近。”

林静恒“嗯”了一声：“落。”

湛卢操控着空间站，缓缓绕行死寂的星球。先是感应到引力，继而穿过有毒的浓云，靠近地面。距离地面五千公里的时候，通过湛卢的精神网，已经能看清这颗他住过五年的行星。这里像恐怖电影里的场景，街道与楼宇的残骸依旧，核爆的灰烬与冰雪覆盖在地面上，地面温度降低到了零下 160℃，冻住了一切，有毒的风喜怒无常地卷过死寂之处，刮开灰尘，露出倒伏的尸体遗骸，像独自游荡祭奠的幽灵。

林静恒想起他那个栖身的“破酒馆”，那些面壁喝酒，深夜里目光迷茫的年轻人。

都已经灰飞烟灭。

“算了，”林静恒突然说，“不下去了，加速，脱离引力，我们走。”

空间站重新加起动力，发出“嗡嗡”的噪声。

“清点空间站里的所有物资，”林静恒沉声吩咐，“在回到启明星之前，我要完整列表，把这个空间站的负责人看好了，派一队人逼问他来路……回航。”

林静恒抵达启明星时，已经是启明星的凌晨了，他不想理任何人，把湛卢都留在了重三上，独自穿过夜色，走向他“壁橱”一样的小休息室，一推门就撞到了什么东西——轻响惊动了声控灯，林静恒愕然地一低头，看见陆必行正坐在他门口地板上，被门拍醒，正迷迷糊糊地揉眼。

凌晨时分，是人最难清醒的时间，陆必行心力交瘁一天，又不知道等他等到几点，比上次来送水晶球时睡得还死，整个人被突然打开的门往里拍了足有十厘米，他才醒过来。林静恒注意到了门口这个大型“物件”，连忙把门稍微往后带了一点，陆必行就顺着门板东倒西歪地滑了下去，一边滑，一边手脚并用地挣扎着爬，眼皮好像上了一层胶水，怎么也揉不开，他原地晃了半天，衬衫上一条长长的褶子从肩头一直拉到另一边的腰侧，儒雅学者形象荡然无存。

林静恒问：“怎么每次来你都坐地上？”

陆必行脑子里掌握语言的那一部分功能还没醒，迷迷瞪瞪地站在那儿，有点起床气地眯着眼瞪他，似乎是没听懂这句人话。

林静恒落地启明星时，已经听说了霍普意外逃走、图兰大发雷霆的事，一路从收发站走到指挥所，着实是一步一忧虑，然而此时见了陆某人这个德行，满腔的忧虑被搅和得干干净净。

“你不觉得凉啊？还有脖子不疼吗？”林静恒叹了口气，几根手指拎起陆必行的胳膊，把他拎到了床边，“在这儿睡一会儿，离天亮还有一阵子。”

陆必行一言不发，像个木桩，直挺挺地倒下了，雪白平整的床单被他砸出了一个人形的坑。

林静恒看了他一会儿，被破晓前凉雾染过的眼神就回温了一点。他正要去衣柜旁，摘卸掉随身的枪和局部小型防护甲，才刚一转身，陆必行又像诈尸一样爬了起来，眼睛也不睁，摸瞎摸到他身后。林静恒回到门口换鞋，他就迈着梦游步跟到门口，拉开衣柜找东西，他就跟到衣柜前，进卫生间，他也要跟……这回被关在了外面。

陆必行对着上锁的卫生间门发了几秒的呆，打了个哈欠，终于醒了，他“嗞”了一声，用力扭了扭酸痛的脖筋，慢吞吞的反射弧这才跑完全程，带着点鼻音，他回答林静恒进门时问的问题：“我不坐地上坐哪儿？你这破屋里就一张床，连把椅子都没有。”

林静恒的声音混着淋浴的水声，隔着一扇门传来：“床也没不让你坐，说多少次了，我没洁癖。”

他到底也没回陆必行的那条远程留言，他们回程途中，会经过无数个跃迁点，每到一个跃迁点，机甲都会扫描到匹配的通信密钥，给他提示，可林静恒这个人就是不看、就是不理，他对别人、对这个世界，甚至对陆必行，好像必须是一副强硬如铁的姿态，哪里有一点裂缝，就要自己关门躲起来修好才肯见人。

他宁可当众裸奔，也不肯给任何人看伤口。

陆必行等了他二十多个小时，没有只言片语，等得担惊受怕、筋疲力尽，中间还做了一个关于他不告而别的噩梦。虽然知道姓林的就是这种烂人，无法苛责，但陆必行心里还是不免有点窝火，窝火的表达方式，就是他伸手一扯自己的衣领，一巴掌拍上卫生间的门，叫嚣道：“喂，开门！我有话说！”

卫生间的门“唰”一下拉开了，陆必行猝不及防，拍门的手直接拍到了林静恒身上，温热的水珠从林静恒的头发上滴落，顺着宽而平整的肩头往下淌，流经胸口，又汇入分明的腹肌纹理间，陆必行活像摸了电门，“嗷”一嗓子缩回了爪，后退一步，后背撞在了衣柜门上。

林静恒本来就是故意逗他，嘴角飞快地颤了一下，忍住了没笑，面无表情地说：“走开。”

陆必行先是秉承了正人君子的好习惯，非礼勿视地避开眼神，随后回过神来，心想："你敢露我还不敢看吗？"

于是他有点半身不遂地耸开双肩，故意放松了腿，往衣柜门上一靠，壮胆似的吹起了他的流氓哨，十分挑衅地看了回去，对峙五秒之后，人民教师到底不如流氓头子脸皮厚，只见陆必行这个打肿脸充的"胖子"，在不服输的姿态中，从脖颈到脸皮，肉眼可见地一路缓缓红了上去。

林静恒眼角浮起了一点不大明显的笑意，回手又把门虚掩上了。

陆必行输人不输阵，仍在挑衅："身材不错，将军，就是多了一条浴巾。"

林静恒没理会他这个挑衅。

陆必行就在门口沉默了一会儿，片刻后，他忽然自言自语似的说："你的床头有'抗噪隔音器'，万一睡着了，我可能就听不见门响了。"

他声音不大，但门没关严，林静恒听得一字不漏，他微微一抬眼，在氤氲的水汽中，目光似乎在微微闪烁。

"你……"陆必行的目光落在了门缝处，只看见一点光。他想，林静恒显然是不需要安慰的，否则也不会切断通信自己躲起来。

其实，除了一些天赋异禀的人格障碍患者，每个肉体凡胎的人都需要关怀和爱护，就像每个人都要吃饭一样。那些人格健全、好相处的人，就像有一副健康的肠胃，吃什么都能消化吸收——遇到什么难事，只要拍拍他，随便安慰几句，哪怕敷衍直白不走心，他也能自行从中汲取足够多的好意。但林静恒显然是容易"消化不良"的人，即使他也珍视来自别人的感情，但其实大多数人表达亲近的方式都会让他不舒服的。

陆必行把嘴边的话来回掂量片刻，谨慎地选了个方式，他说："我刚才做梦，梦见你一声不吭就走了。"

林静恒："我去哪儿了？"

"不知道，反正你也不是第一次不告而别了。"陆必行说，"当年在北京β星，你应邀去了自由军团的一个基地，途中联系了白银九在域外待命——其实你当时就没打算回来吧？"

林静恒没吭声，心里一抽。

那时，如果不是陆必行意外追着学生，也去了毒巢基地——那他可能就再也见不到这个人了。那么之后会怎么样呢？林静恒觉得，自己可能会出手掠夺地下航道里那些难民的储备物资，毕竟他的血是凉的，说不定他还会认为这是在惩治一帮见死不救的人渣，自觉挺正义。他不会顾及这些人的死活，很快就能联系到白银九，然后轰轰烈烈地宰了凯莱亲王，杀回七星系内，空虚而愤怒地战斗到底。也许会勉为其难地为联盟而战，也许会自立山头，也许会把已经不可收拾的局面搅得更乱，把世界推到更深的深渊，再成为深渊的祭品。

“我梦见自己每一秒给你发一个远程信息，反正你总会经过通信点吧，最好机甲提示都把你烦死。可你就是杳无音信。我想你可能是去了网络之外的加密跃迁点，或者干脆已经离开第八星系了。”

我担心你。

陆必行本意是想装可怜套路他一下，说到这里，自己心里突然“咯噔”一下，决堤似的自行难过起来，他停顿片刻，喃喃地说：“我是不是留不住你？反正你要是想走，没有人留得住你，是吧。”

他想：我对你有一千一万分，但你对我有几分呢？

“我就想，要是你厌倦了第八星系，还有我……”

水声不知道什么时候停了，卫生间的门打开，林静恒这次是穿好了浴袍出来的。

“我做决定前，没有跟人打招呼的习惯。”林静恒说，“除非有人及时提醒，而我也觉得有必要，但是大多数情况下，你知道……”

陆必行苦笑了一下：“知道，我看过八卦，林将军是那个著名的‘将在外，爱谁谁’。”

“两年前，我要走，不会告诉你。”林静恒顿了顿，似乎觉得后面的话有些难以启齿似的，然而他迟疑了几秒，还是说了，“现在，只要你在，我就不会走。”

陆必行呆呆地看着他。

林静恒避开他的视线，轻轻地蹭了蹭鼻子，又补充了一句：“即使有什么事必须离开一会儿，只要你还在，我就还会回来。”

陆必行轻轻地屏住了呼吸：“两年前和现在，有什么区别呢？”

“两年前只是普通朋友。”

陆必行本想问他“你就是这么对待朋友的”，后来想了想，鉴于他亲口承认过独眼鹰也是朋友，那看来“林氏朋友”就这个待遇，对自己还算挺客气了，于是追问：“现在呢？将军，你平时在部队里说话也和挤牙膏一样吗？”

林静恒笑了一下，不吃这个激将，转头说：“我刚才吵你休息了，再睡一会儿吧。”

然而以陆必行的生命力，是能够给点阳光就灿烂的，此时他已经自行满血复活，一步蹿了上去：“普通朋友往上，就是‘特别’朋友了，对不对？”

林静恒任他半夜撒欢，没再说什么，心想：“不对。”

普通朋友也好，特别朋友也好，不管什么样的关系，都是可以往两头发展的——可能往正无穷的方向发展，两个人好得神魂相交，也可能往负无穷方向发展，感情淡了、性格不合，甚至彼此背叛、反目成仇。

“但我不会的，”林静恒想，“我对你，有下限，没有上限。”

哪怕有一天陆必行看透了他这个卑鄙又无趣的人，不想再和他有瓜葛了，他也可以退避三舍，默默守护。

（四）

大约还有一个小时，天就要亮了，林静恒不打算睡了，煮了一壶咖啡提神：“霍普这时候逃走，我怀疑他不只是个在反乌会内斗里失败被迫害的人，不然他还能逃到哪儿去？他很可能还有自己的支持者，一直跟外界有联系，这样，第八星系的真实武装情况恐怕会暴露，我们最好早做防范——你再睡一会儿吧，我去和图兰他们商量商量。”

“霍普不会的。”陆必行抢了他一杯咖啡，揉了揉眉心，“霍普……霍普这个人，是有一点处心积虑，但他不是疯子，否则他也不会冒着背叛反乌会的风险帮我们，农场基地，他做得很用心，也很漂亮，他有反对的东西和追求的理想，是真心想让荒土里长满鲜花的人，如果不是他自己坚信不疑，是没那么容易蛊惑别人追随他的。”

林静恒有些意外地抬头看着他：“你对他评价这么高？”

“我的直觉，不一定对。”陆必行说，“如果真像你说的，霍普一直和他的支持者有联系，那他早就可以跑，为什么还要留下来，给我们做这么长时间的义工呢？他既然能删掉那份名单的后半段，当然也有机会毁掉那个秘密文件夹——我觉得他是故意留给我们看的，他在用他自己的方法，向我们解释这场混乱的来龙去脉，希望我们不要稀里糊涂地卷进去，能把还很脆弱的第八星系保护好。有可能将来我们还是敌人，但现在，我觉得他不但不会暴露我们，还会主动帮忙掩盖。看他的年龄，应该是早在格……劳拉博士，甚至哈登博士活跃的时候就加入反乌会的。我相信那些最早的反抗者心里都是有烈火的。”

他提到“劳拉”的时候，小心翼翼地看了林静恒一眼。

林静恒没什么反应。

于是陆必行又小心翼翼地绕着圈子说：“你知道有个奇怪的现象——历史上那些真正改变过世界的人，他们往往都是无意的，无意间走上某条路，走到风口浪尖，被历史选择，机缘巧合地成了那个重要角色。而那些最开始就信念坚定、伸手去挑战世界的人，反而往往会被命运的风暴推向意想不到的方向。我们这个物种，好像天生没有长出足够的理智，对不对？劳拉博士他们最初的愿景，一定不是现在这样。”

林静恒终于听出来了，陆必行今天晚上又撒娇又讲理，只是在小心地安慰他，他感觉得出自己对管委会的排斥，甚至会注意不提劳拉姓“格登”，字字句句都踮着脚似的。像只感觉到他情绪不高，小心翼翼凑过来蹭他的小狗。

林静恒心里像是被细小的针扎了一下：“……嗯。”

“既然过去的事情无从改变，那我们还可以弥补……我和你一起。”

“你能干什么？”

“当你的专属技术员，给你修机甲啊！对了，湛卢的机身真的被炸毁了吗？我再给你做一个新的好不好？我在书上看到过联盟第一机甲的规格，军工厂的设计图已经进入第四稿了，工程队开始调机器人，等军工厂建好……哎，你笑什么！”

林静恒声音有些沙哑：“你先打个草稿再说话。”

“我可是第八星系最好的机甲设计师。”

林静恒嘴角稍稍一顿，有些笑不出了——他当年在乌兰学院的时候，同学之间吵架互相嘲讽，惯用的说法就是“你是第八星系的某某”或者“你这是第八星系水平”，被这样骂的人往往会觉得自己遭到了很大的冒犯，接下来的反唇相讥就没有文明用语了。也就是说，“第八星系”是个比骂大街稍微文明一毫米的形容词。

自称“第八星系第一机甲设计师”的陆先生并不觉得自己好笑，他像每个说着说着人话就会吹起牛来的普通男人，嘴里开始漫无边际地跑机甲：“我还想在军工厂加入一部分‘初级机甲’，就是培训一天就能开的那种‘卡丁车机甲’，不过工程队里有个兄弟跟我说，初级机甲毕竟是杀伤性武器，就这么普及太危险了，我觉得他考虑得很周全，所以打算把‘初级机甲’作为授课教辅使用……启明星会建立一所新的星海学院，以后没准能像沃托的乌兰学院……对了，将来启明星也会像沃托一样——嗯，当然人口要比沃托多，一整个星球都是包装精良的权贵太没劲了。我们也会有分层的公路和人行道，我们也会消灭车祸……启明星上有很多荒地，我可以去向总长要一块，照着你在沃托的宅邸建好吗？”

林静恒轻轻地说：“不好，我不喜欢那儿。”

“那就照着我以前在凯莱星上的家建——我原来那个家很大的，收拾起来需要很多机器人，可以用湛卢做中枢系统的电子管家。”

林静恒微笑起来：“湛卢就很吵。”

“没事，你嫌我们俩烦，可以把我们俩一起轰出去，这样我就能和湛卢互相烦，没人打扰你了。”陆必行很快给出了解决方案，低声说，“不过……也别经常把我轰出去啊。等我们老了，战争也该结束了。我就去教书、写书，写很多，讲怎么重塑联盟第一机甲，还要写一本回忆录，半本用来讲正事，剩下半本重点讲我是怎么抱到联盟第一男神的大腿的……”

陆必行恨不能把从下一秒开始，一直到两个人都搬进坟墓的每一秒都策划好，光是列清单，畅想以后能一起做什么，就够他嘚啵半个月的，林静恒听了个开头，感觉照陆校长这样规划下去，自己剩下那两百多年的自然寿命可能都不够用，得盼着人类再推行一次基因大改造，让每个人都能再活五百年才行。

听他的描述，就好像这一生到头，大小波澜都将烟消云散，世界上不存在生离死别一样。

（五）

“现在的人还爱看这种妄想故事吗……白头偕老什么的？”

天使城要塞里，中央广场上哭泣的女神像旁边，立体屏幕上正在播放一则电影预告宣传片——战乱年月，天使城的娱乐消费反而比当年的沃托还高，被逐出伊甸园的可怜人可能也就剩下娱乐了。文艺产业空前繁荣，一部分电影厂商甚至因此跨越阶级，得到了进入天使城要塞的特权，叶芙根妮娅的演唱会连电子票都难求，不比一束“蔚蓝之海”便宜。

伍尔夫元帅的休息室里有个望远镜，视野非常好，晚上可以用来看星星，白天可以一眼望见广场，他端着个茶杯，看完了预告片，电影名叫《幸福走廊》，大概讲了一对男女分分合合的爱情故事，从二十多岁讲到白发苍苍，十分浪漫，取景于沃托——当然，沃托已经被海盗占领了，电影是虚拟背景合成的。

“据说那部马上要上映的片子在观众中期待度很高，首映的预售票已经卖光了。”元帅的贴身秘书弯下腰，恭恭敬敬地给他续上热茶。

秘书名叫王艾伦，两百岁出头，橄榄色皮肤，瘦高个子。

老元帅有个怪癖，不喜欢用人工智能，身边的工作全都要用真人来做，王艾伦已经跟了他一百五十多年，照顾他日常起居，有外人在的时候，这个位高权重的秘书几乎不会说话，存在感很低，大多数时候，他比人工智能还像机器人，只在没有外人的私下场合，才会和伍尔夫元帅聊几句：“人人都焦虑明天，所以都在奢望有什么能永恒，爱情、友情……或者随便什么别的东西；人人都想回沃托，‘蔚蓝之海’能获得市场，不就是因为炒作花语是‘回不去的故乡’吗？这部片子两样都沾，说不定能红成下周天使城里所有茶话会的主题。”

“看得很透嘛，听说‘蔚蓝之海’培育基地有你的股权，赚了不少吧？”伍尔夫元帅似笑非笑地睨了王艾伦一眼，“想回沃托，可是沃托早就不是你想要的沃托了，你身边的人也早就换了一茬又一茬，而你活到白头发的年纪，就会发现连你自己也变了，你以前坚信不疑的东西都没了，你的理想和信仰至少崩塌过一百次，身上的器官几乎都被医疗舱换了个遍，偶尔想回忆一点以前的事，想不起来，还要求助于人工的记忆存储器，艾伦，你说可笑不可笑？”

王艾伦知道老元帅这会儿只是自说自话，于是壁花似的在旁边听着，并不多嘴回答，也不趁机去表什么“我一直跟着您”的忠心。

“你有时候……觉得自己是个占着别人身份的僵尸。他们当年叫停人类基因改造计划是对的，人为什么要活那么久？我们天生没有那么长寿的灵魂，没完没了地延长肉体寿命有意义吗？把自己活成个骨灰盒，整个社会的新陈代谢慢得好像化石，到处都是腐臭味。”

老元帅终身未婚，从英俊少年到白发苍苍，和联盟博物馆一样历史悠久，不工作的时候就深居简出，也没什么娱乐，唯一的爱好，大概就是端着一杯茶发呆，回忆他永远也回忆不完的一生。如果不是这些年，联盟最有前途的将军们相继出了意外，以至军委剩的都是提不起来的废物，他或许早就该卸任退休了。

忽然，休息室里屋轻响了一声，紧接着，一面墙缓缓打开，墙上竟露出了一个密室。

老人家喜静，私人休息室里是不接待外客的，除了照顾他起居的秘书，不管是谁来都得预约，谁知道居然另有玄机。王艾伦却一点也不惊讶，早有准备似的，头也不抬地从消毒柜里拿出另一套茶具，泡茶倒水如行云流水，放在几位来客面前，杯子数和人数一点不差。

几个来客都穿着颇有仪式感的长袍，戴着特殊材质的面具，胸前居然明目张胆地露出一个人首蛇身的“女娲”剪影和反乌会的标志。这让联盟谈之色变的星际海盗竟然在天使城要塞的最核心处来去自由！

“来了？”老元帅看了他们几个人一眼，“天使城为了照顾我们这些老东西，气温调到了 26℃，你们裹成这样不热吗？”

“我们心里满是恐惧，”一个面具人回答，“联盟之下，空气中飘浮的尘埃都可能带上监控，露出一根头发都让我们惴惴不安。”

另一个面具人接话说：“但愿百年后，我们建成的世界没有电子恐怖。”

他们说惯了反乌会那种先知语，打招呼都是一套一套的台词，尾音拖得很长，押着奇怪的韵律，说话像唱歌。

伍尔夫一摆手：“行啦，别考虑百年后了，光荣团那帮乌合之众你们都摆不平，现在闹得组织里也乱七八糟、怨声载道，还是先管好自己吧。”

王艾伦应声上前，抬起手腕，一道立体投影的光从他手腕上射出来，一个衣着朴素的中年人出现在所有人中间，目光中像是隐含忧虑。

几个反乌会的面具人顿时吃了一惊，一时谁也顾不上装神了，七嘴八舌地说：“是亚历山大·哈瑞斯！”

“怎么回事，他难道还活着吗？”

"活着，"沉默寡言的秘书王艾伦回答，"哈瑞斯先知化名'霍普'，之前一直藏在凯莱亲王麾下，躲在第八星系，近期，我们得到可靠消息，这个人重新露面了，正在组织内秘密寻求支持。诸位，因为你们决策失误，和光荣军团结盟，那些忘恩负义的东西占领沃托后翻脸不认人，把你们陷在八大星系里，现在又被那些地方军阀纠缠得脱不开身，组织里怨声载道，反对的声音越来越高，哈瑞斯向来很会蛊惑人心，他现在重返组织，会有什么后果，你们知道。"

伍尔夫元帅缓缓地坐下："我们是同盟，诸位，外面已经风雨飘摇，内部可经不起风波了啊。"

几个反乌会的面具人沉默了片刻，其中一个上前说："元帅，您既然有消息渠道，能给我们一些线索吗？"

王艾伦微笑起来："哈瑞斯先知最后的坐标位于第八星系白鹭星附近，他会绕行一条民用航道穿过星际边境，根据可靠消息，组织内部有人会在第七星系迎接他。我个人建议还是不要让他公开露面，最好在第八星系解决掉他，诸位说呢？"

有个面具人脱口问："元帅，消息准确吗？请问您的渠道到底是什么？"

伍尔夫抬起头，双眼骤然射出鹰隼似的光，好像瞬间能穿透他的面具。说话的面具人顿觉失言，不安地动了一下，身后两个同伴拽了他一把，他立刻低下了头："抱歉，我不是……"

"几位先生不相信我们，也没关系，可以等哈瑞斯回来以后再高调和他唇枪舌剑，看谁争得过谁，"王艾伦笑容可掬地说，"我个人是很期待的——时间不早了，元帅接下来还预约了一个体检，诸位路上小心。"

几个面具人在别人的地盘上，当然不敢造次，很快识相地离开了，密室的门重新关上，王艾伦把他们用过的茶杯放进了强力粉碎机，看了老元帅一眼，有些欲言又止的样子。

伍尔夫问："什么事？"

王艾伦迟疑了一下："您派人去接哈瑞斯，给他武装支援，又把他的行踪泄露给'狂躁派'的狂犬病，您到底是想帮他，还是想要他的命？"

"哈瑞斯是个聪明人，比这群就知道喊口号的野狗强多了，而且他早年和白塔那两任叛逆走得都很近，当年劳拉·格登自爆，'禁果'和芯片技术相继失落，这么多年，这些蠢货也没折腾出什么成果，但我怀疑哈瑞斯是知道什么的，只是因为反对女娲计划，一直不肯说。”伍尔夫说，“这个人本来可以成为一个危险人物，就是一把年纪了，还总有些不切实际的和平妄想，跟我们也不是一条心。”

王艾伦说：“是，理智派总是难搞一点。”

“但也只有理智派能搅动起最大的风暴，成为台风眼。”伍尔夫说，“哈瑞斯太留恋田园牧歌式的幻想了，得给他点教训抽醒他，让他知道枪炮之下，信仰狗屁也不是，权力更迭必须要流血，而他只能依靠我们——话说回来，第八星系那鬼地方到底有什么魅力，让他逗留这么久？”

王艾伦抬头看着他。

伍尔夫的脸在阴影里，像个已经死去多时的雕像。

“不管是什么，也一起收拾干净吧，”伍尔夫摆摆手，“省得他老想躲回去种地——那个神棍需要一点仇恨来鞭策。”

王艾伦应了一声，随后又问：“元帅，关于第八星系和静恒，您相信哈瑞斯吗？”

这次，伍尔夫沉默良久。

秘书意识到自己问了不好回答的话，一低头，准备悄无声息地离开。

“我希望相信。”伍尔夫说，“我希望他已经死了。”

这把即将烧穿新星历纪元的战火，好不容易才燃起来，怎能任由懦弱的犬儒主义平息？所有人的血肉都会成为燃料，就像那些不知道自己已经疯狂的民众曾为无数桩悲剧添砖加瓦一样。

林静恒最好是死了。

这样，他一生光风霁月，就能永远定格在精神的碑林里了。

（六）

小行星“白鹭”的轨道在几条星际航道的重要交汇点处，后来被凯莱亲王泄愤炸了，新政府只好在原有星际航道的基础上略做修改，将距离白鹭最近的“红霞星”选为新的航道枢纽行星。

霍普就降落在了距离红霞星很近的一个“私人补给站”里。

所谓“私人补给站”，其实就是小黑店，属于星际违章建筑。趁政府修缮航道，脑子活泛的前任走私犯们就把地下航道补给站拿了出来，蹭新航道混口饭吃。新政府现在精力有限，还没有明令禁止，他们算是灰色产业。一般私人补给站也不会太明目张胆，提供的服务质量次价格低而已，跑短途的小商贩精打细算，如果刚好能碰到这种“小黑店”，也能省点路费。

这小黑店的补给站里颇有些人气，但是顾客都比较没素质，所以秩序不佳，一进去就觉得乱糟糟的，机甲站的餐厅也很寒酸，里面只有一家很破的苍蝇小馆和便宜的营养膏贩卖机。桌椅自然是不够，吃惯了苦的星际行商们都坐在地上，天南海北地胡说八道，偶尔有人跟别人一言不合，双方就三姑六婆地对骂一场，但是没人动手——跑星际运输，会在小黑店补给的，都像独行的野兽，在危机四伏的丛林里自己找食吃，知道怎么独善其身。

霍普他们用一根营养针跟别人换了一张紧巴巴的桌子，点了些便饭。

机甲站里禁明火，所谓“便饭”，其实就是从红霞星上运来的冷藏航天盒饭，随便加热一下就端上来了，不太新鲜，有股怪味，口感堪比远古时代的飞机餐。旁边一个新加入反乌会的第八星系技术员问他：“先知，离开第八星系以后，您是怎么打算的？”

“我们的赞助人会提供一些武力支援，”霍普说，“但那是给我们保命用的，我的意见是，尽最大努力规避战争，星际战争可不是两个小孩子吵架，吵一半拉个手又和好了，一旦按下那个导弹开关，就等于把敌友一锅烩了，逼迫每个人都非黑即白地选择一边，然后血流成河到底，那就真没法挽回了。”

在一个所有人都杀红了眼，背着两吨血海深仇的环境里，霍普身上有种平和超脱的气质，技术员下意识地点点头：“我们跟您跟到底。”

霍普有点慈祥地看了他一眼，又说：“光荣团的背叛是意料之中的，大家在域外时相互依存、共患难，那是没办法，不见得回来还能同舟共济。”

一个反乌会的跟班说：“我敢说光荣团在起兵之前就打算对我们过河拆桥，他们早就跟小蜂鸟要塞的叶里夫勾结好了，表面上说和我们共享资源与航道，一拿下白银要塞，立刻跟我们翻脸，直接占据沃托，又让叶里夫动用联盟力量，把组织逼出第一星系。”

霍普心平气和地一点头：“确实，但是从根本上说，我们和光荣团的最终目标没有本质冲突，他们想要政权，我们想要的，首先是完成白塔两任先驱的遗志——破除伊甸园，解放人们的灵魂。其次是确立组织的合法地位。我认为双方是有谈判空间的，光荣团为什么抛弃我们？和组织中这些年招的那些良莠不齐、趁机搞破坏的疯子不无关系，连盟友都嫌弃的渣滓，我们有必要一定保下他们吗？”

技术员说：“先知，光荣团那些人能接受组织的理念吗？”

“组织的理念有时也需要变通，陆老师跟我聊过，我觉得他的看法有道理，很受启发。一个理念，不管多正确，不能纠错和进化，那也是死水，只能成为真空里的神龛，或是腐烂发臭。社会已经发展到了星际时代，让人们穿上草裙，回归原始采集人的大草原，那是很可笑的，一些增加人类福祉的科技成果值得珍视，比如营养膏和营养针——确实，不好吃，但它们真的救了很多人的命，这种东西也要强行取缔，那不是在作恶吗？”霍普说，“我们反对的是科技与危险武器滥用，我们未来的事业，应该是推进完备的星际环保法和‘特殊领域科技成果限制法’，不是弄一堆超级兵以暴制暴，把不同意穿草裙的人都炸回地球母星。”

新加入的技术员听完，感觉心都宽阔了，对人类命运充满了使命感。

霍普示意大家在饭菜放凉之前赶紧吃，但他刚提起餐叉，就听见旁边有人叫道：“来了，哟吼——”

餐厅里的人们起哄似的欢呼起来，霍普他们跟着抬头望去，原来此时正好是小黑店补给站和红霞星轨道交会的时刻。

只见天上的行星迅速变大，由远及近向他们“撞”过来，以极快的速度，压顶似的碾到人们头顶，身临其境，补给站上蚂蚁似的人们看到的情景恐怖又震撼，仿佛天塌了下来，气也喘不上来。

服务员们都见怪不怪，笑嘻嘻地看着头一次见此景象的乡巴佬们大惊小怪，欣赏够了他们出的洋相，再过去把那些抱头趴在地上的胆小鬼扶起来。

餐桌上都有小望远镜，倍数不高，但足够用了，在红霞星离得最近的时候，能看见那行星上的灯火人家。霍普之前花了几个月建起来的第一个生态农场就在这里，他特意选择这条航道，就是为了临走的时候，再看一眼他耗费了好多心血的红霞星。

大农场上的能源塔由机器人维系，任何时间都亮着灯，永不熄灭，是个地标性的建筑，霍普听见旁边餐桌上有个胖子，正手舞足蹈地对新入行的同伴说："看见了吗？看见那个亮着的塔了吗？那就是农场，我们就是从那儿经过的！哎哟，那地方可美了！"

霍普嘴角露出了一点笑意。

是的，可美了。

生态农场旁边有一片天然形成的湖泊，水里含有一些稀有的元素，呈现出错落有致的瑰丽的色泽，像一片液态的彩虹。周围气候温暖潮湿，气温升高后，湖水就会蒸腾起来，水汽被周遭的小山挡住，湖光山色，华丽得不可思议。

霍普把这片地方保护起来了，修了路和临时休息点，给她起名叫"宝石梯田"。

红霞星本来是第八星系一个名不见经传的小地方，地广人稀，但没关系，它会是第八星系第一个成功的食品供应基地，以后还会成为交通枢纽，会在不断注入的人气下活起来的。

"至于宝石梯田，"霍普想，"以后肯定会有人给它写诗，也许会变成个求婚胜地什么的。"

红霞星很快与补给站错身而过，渐行渐远，补给站里的人声重新嘈杂起来，餐厅广播放起了跑调的自由联盟军之歌，但很快遭到了抗议。因为前一段时间新政府成立，通信内网初成，政府宣传过了头，听得大家有些腻了，于是没素质的运输商们开始自己组织"小型演唱会"，黄的荤的轮番上阵，互相较起劲来，听得人啼笑皆非。

这时，霍普一个反乌会的跟班说："先知，来接我们的人发来了消息，不是远程，人应该就在附近了，我刚才和对方确认了坐标，对方提议我们在这里等着跟他们会合。"

"好啊，"霍普催促道，"那大家快点吃。"

他话音没落，突然，嘈杂的餐厅仿佛被施了什么魔法，安静了，旁边那桌的胖子猛地站了起来，桌子腿"咣当"一声，突兀地在餐厅里回响，霍普他们不明所以，循着众人的目光望去——餐厅大堂里接待往来客，有一块巨大的屏幕，顶上密密麻麻地列明了每架机甲的能源和检修状态，底下是机甲站外的太空实景图。

此时，实景图上显示，一支杀气腾腾的机甲队正向他们飞来。

这支机甲队一水的中型战斗机甲，列队整齐，都带着狰狞的武器库，可……新政府的正规部队是不可能跑到这小黑店似的补给站来补充物资的！

一个服务员手一松，滚烫的餐盒掉在地上，他惊慌失措地喊了一嗓子：“老板，坏了，有人来抓非法营业了！”

这帮素质低下的客人一听，一方面怕吃挂落，一方面正乐得趁乱吃霸王餐，有几个机灵的带头，一窝蜂地往机甲收发站跑，准备溜之大吉，补给站的主人慌了手脚，跳着脚骂，补给站里所有会说人话的机器人也跟他同仇敌忾，大合唱似的跟着骂。

“是他们吗？”反乌会里新来的技术员小声问，“是来接我们的吗？”

“不能吧？”方才说话的人皱着眉查自己的个人终端，“我刚把坐标发过去啊，他们有这么快吗？有也不能在别人的地盘上这么明目张胆啊！”

霍普通过屏幕，盯着逼近的战甲，心里不祥的预感越来越强，随即勃然变色：“我们也走！”

几个人迅速跟上四散奔逃的人们，同时，霍普一把抓住一个乱窜的服务员，对他说：“这是敌袭，不是城管，让你们老板把补给站的防护罩开到最大，然后快走！”

服务员看神经病似的看了他一眼，撒丫子就跑，转头和补给站的老板说了。老板听完怒不可遏，跟他的三千小机器人一起骂道：“敌袭你个姥姥！饭钱留下！”

“先知，快！”

他们来时开的机甲刚好已经能源充足，被传送轨道传到了准备出发的那条线路上，霍普推着几个惊慌失措的年轻技术员上了机甲，还没连稳精神网，那一队战斗机甲已经近在眼前，呼啸的导弹落了下来！

最早飞出机甲站的行商们乘坐的大多是破破烂烂的星舰商船，并非军用机甲，一枚导弹横扫过来，乱七八糟的星舰群顿时成了被秋风扫过的落叶堆，那些想着要吃霸王餐的人还没笑出声，就莫名其妙地粉身碎骨了。

遭袭的私人补给站里，最先逃跑的星舰商船见势不妙，从致命的袭击里冲出来，防护罩撞上高能粒子流和碎片，拼命地奔向最近的跃迁点，抵达跃迁点的瞬间就触发了紧急报警。

“一队不明武装突然袭击我们，快来人，救……”

尾随而至的高能粒子炮击中了商船尾部，商船的防护罩无法抵御军用机甲袭击，尾部核心能源立刻自爆，在星舰尚未完全进入跃迁点的时候，它被火焰一口吞了下去。跃迁点稳定的能量场跟着扰动，模糊不清的画面四通八达地传了出去，直抵银河城总基地。

霍普果断开启了机甲自加速，不经轨道，直接升空，几乎同时，补给站的轨道整个掀了起来，仿重力系统失灵，机甲飞掠而出，补给站地面所有非固定物品都飘了起来，导弹残骸从机甲站顶端砸下，那顶棚纸糊一般裂开，来不及躲闪的人、机器、廊柱……全都逆着光飞了起来，血肉模糊地倒映在机甲精神网上。

而已经自顾不暇的小机甲只能眼睁睁地看着，外围的防护罩被撞得警报声四起。

霍普险象环生地躲过一枚导弹，一拳砸在了机舱壁上。

接到紧急报警后，距离事发地点最近的驻军立刻做出反应，从方才与补给站擦肩而过的红霞星上飞出。

驻军负责人来自原来的白银第九卫，手下有少量老兵，但大部分是新政府成立后刚招来的新兵。新兵们基本是红霞星本地人，很多人是加入部队后才有了自己的身份和大名，训练不到半年，到现在为止，执行的任务基本是拖拽故障星舰商船一类，经验与战斗水平远不足以应付荷枪实弹的武装敌人。

可他们背后的红霞星有 1.5 亿刚刚安顿下来的人口，有脆弱如出土嫩芽的新生活……

因此别无选择。

来势汹汹的袭击者被阻挡了一下，倏地散开，与驻军遥遥对峙。

霍普身边的反乌会跟班艰难地从已经固化的保护气体中爬出来：“先知，接应我们的人马上……”

霍普没理他，瞳孔骤缩，通过精神网，他看见那些袭击者身后的跃迁点里，一架巨大的重甲缓缓驶出，露出狰狞的机身，随后是无数盘旋的中型战甲。

反乌会的标志在夜色中能烧穿人眼。

接下来，简直不能说是一场“战斗”，它似乎只是单方面的屠杀。脆弱的驻军在突如其来的反乌会面前溃不成军，像大浪下的沙堡。

“先知！”

霍普不顾左右阻拦，二话不说加入了螳臂当车的红霞星驻军。

然而于事无补。

不到一分钟，驻军机甲队几乎无一幸免，在猛烈的炮火下全部被击落。霍普他们的小机甲也仿佛扑火的飞蛾，防护罩崩裂，武器库着了火。

几个反乌会的人强行要把他塞进逃生的生态舱，机甲即将自爆。来接应他们的人此时刚到，在剧烈的能量扰动下，信号断断续续。

反乌会的重甲部队看也不看他们这些被击落的手下败将，与之擦肩而过，追着溃败逃窜的红霞驻军而去，要把空中所有的飞行物赶尽杀绝。

通过已经快要破碎的精神网，霍普看见，一枚核导终于在追杀中落在了红霞星上。

蘑菇云绽开，尘埃瞬间模糊了红霞星上的灯光，不灭的能量塔消失了。

宝石梯田、农场、上亿人的生活也消失了。

霍普的机甲炸了，精神网断开，他晕了过去，身边的人瞬间变成焦炭，生态舱像裂缝中逃逸的尘埃，从一片飞灰中脱离。

（七）

霍普的生态舱飘出来的瞬间，一架混在反乌会队伍之后的机甲悄然定位了他，在炮火纷飞中射出屏蔽障，将生态舱那点微弱的信号盖住了，接着，捕捞网快速而且精准地探出，把霍普的生态舱卷了回去。

与此同时，反乌会的武装机甲群像是不可抗拒的兽群，追着残兵败将，碾向不远处的红霞星。

红霞星恰好公转至此，离战场实在太近了。

红霞驻军的通信内网里，仅剩的一个小队长来自白银九，声嘶力竭地试图制止他失控的战友们：“都散开！不要靠近行星！导弹会落在……哔——”

他没能说完，机甲就被一枚导弹拦腰击毁，他的声音也淹没在被干扰的杂音里，而且并没有人听他的话。因为这时，驻军的组织已经溃散，领兵的没有了，幸存的都是被方才老兵挡在后面的新人，在这么个要命的时刻，深陷其中的人根本无暇深思熟虑，只会听从本能，往自己熟悉的大本营方向跑……也把太空核导引向了红霞星。

任何人都没有办法苛责这些第一次上战场的新兵，任何人都没法要求他们在生死一线时还能想到别人、想到避免连累行星——能顾虑到的都是绝顶聪明的英雄，顾不上的却也并非坏人懦夫，只不过是肉体凡胎而已。

红霞星紧急启动反导系统，但脆弱的防护罩肯定是拦不住导弹的，而初建的反导系统没有那么大的能源和武器储备，此时基本是左支右绌，越来越多的导弹穿过反导系统，落在那小小的星球上，蘑菇云开始四处开花。

霍普被捕捞之后，那架神秘机甲里的一群人立刻围了上来，七手八脚地将他挖出来，放进医疗舱。

“还活着，应该只是精神网强制断开造成的……”

“天哪，差点就……吓死我了，谁能想到他会往前线扎，这么大年纪了，也太冲动了，差点没法交代。”

“一支舒缓剂应该没问题。”

强力舒缓剂被推进了霍普的血管，昏迷的男人大叫一声，周身的肌肉痛苦地痉挛起来。

“医疗舱程序该升级了，当他才十八吗？舒缓剂怎么还用强力的，止痛片和生理盐水呢？”

“小心别撞头，按一下，医疗舱不要盖……人醒了吗？”

“哈瑞斯先知……先知！您感觉怎么样？听得见我说话吗？”

霍普眼前一片花，挣扎着要爬起来，意识还停留在被炸毁的机甲、烧焦的同伴与湮灭在蘑菇云里的农场能量塔上：“不……”

医疗舱的机械声音做出提示：“病人情绪过于激动，是否考虑镇静剂？”

“哈瑞斯先知，你……”

“我不要镇静剂，”霍普的手哆嗦着，猛地挥开医疗舱的注射器，踉跄着要爬起来，喃喃地说，“我的宝石梯田，我要去……”

这时，一个男人分开众人，走到他面前，半跪下来，与瘫坐在医疗舱里的霍普视线齐平，霍普的下巴戒备地绷紧了。

“哈瑞斯先知，”那男人说，“我是这次负责接应您的人，代号‘鹦鹉’——‘晨光起于白塔尖顶’。”

代号和暗号是对的。

舒缓剂像是要把他烧着了，霍普的大脑基本是停工状态，嘴唇轻轻地动了一下，用几不可闻的声音说：“‘终将铺满阴霾之地’……你为什么会在这儿？这些人是怎么回事？”

“我们奉命来第八星系迎接您，没想到还没赶到，先在第七星系边缘遭遇了这些人。”自称“鹦鹉”的男子直视着霍普的眼睛，这人是那种天圆地方、浓眉大眼的长相，眼窝还深，有种又深沉又靠得住的气质，他压低声音加快语速的时候，就像电影里那些神秘而正直的营救者，从黑暗深处摸索到倒霉的主角身边，让人不由自主地信任他，“我们谎称自己奉‘那一位’的命，来调查白银十卫的传言，他们则说得更含糊，声称他们来第八星系是为了追杀组织里的叛逆，我一听就觉得不好。”

霍普抬头看着他，“鹦鹉”的眼睛真诚得像一面澄澈的镜子，里面装了一个丧家之犬似的老男人。

“我担心他们说的人就是您，于是以第七星系最近常有联盟军出没，假意寻求保护，请求对方顺便送我们一程，没想到他们的目标真的是您，要不是您身上有传感器，今天我们差点就没法交代了。”鹦鹉沉声说，“哈瑞斯先知，这到底是怎么回事，您知不知道到底是谁出卖了您？”

霍普没回答，不错眼珠地盯着他：“判断出他们的目标是我，为什么你先前没有给我任何提示？”

“什么？”鹦鹉先是一愣，随即陡然变色，“我之前紧急联系过您的联络员，让您立刻离开，我还和联络员约定了新的接应地点，联络员呢？我还想问您为什么不走呢！”

联络员在他们机甲第一次遭袭的时候，就意外从破口里掉出去了。当时太混乱了，而霍普的全部精力又都在岌岌可危的红霞星上，没太注意他。现在想起来，当时被炸开的缺口似乎是位于机尾部分，而那里好像恰好储备了几个生态舱。

巧合吗？

“您可以查询我们的通信记录，”鹦鹉说，继而想起了什么，又叹气说，“但……确实，不管什么记录都是可以仿造的，如果先知您自己不愿意相信我们，这些都没用。先知，您能不能好好想想，那位联络员是什么身份，你们为什么决定让他来做联络员？”

联络员是启明星基地里，跟他一起被林静恒俘虏的反乌会老成员，他们被关进地牢之后，那个联络员是最早认真听他说话的人，出逃途中，也是他自告奋勇要担任联络员，沿途照顾众人。

但这又说明什么？

也许是一直跟在他身边的联络员出卖了他。也许是眼前这个自称“鹦鹉”的男人在误导他，把罪名都推到死者身上。又或者，他们根本就是一伙的，天使城要塞里那个老疯子早埋下一颗棋子在他身边，让他这么险象环生地死去活来一次，往后好死心塌地。否则他凭什么能在这种情况下活下来？到底是他命大，还是别人处心积虑？

一眼看不到底的阴谋扑面而来，霍普因为断开精神网而受伤的大脑一阵阵地疼起来，他周身的软组织多处受伤，可怕的舒缓剂后遗症还没有散去，但这都比不上他一片冰冷的胸口。

这世界上还有谁能相信？还有谁是朋友？还有谁在坚持最初的信仰？谁已经变得面目全非？

就在这时，机甲里响起尖锐的能量警报，霍普茫然地抬起头，见机甲正中央屏幕上，一支突然杀出来的机甲战队蓦地通过紧急救援通道，直接截住了反乌会，像一把骤然伸出来的长刀，直接从中间挑破了反乌会的队列。

反乌会还以为第八星系这个闹着玩的政府所谓“驻军”都是红霞星里这些软柿子，被打了个措手不及，队伍被一分为二，而对方不给他们反应的时间，战队机动让人眼花缭乱，反乌会整齐的阵营豆腐似的被切了数刀，顿时露出了乱象。

而第一波短兵相接之后，硝烟后的机甲战队露出真身，是第八星系自卫军的太空军，而总指挥机甲重三赫然在列。

林静恒亲自来了！

霍普倏地站了起来。

这个该死的航道报警系统有用！他想，如果不是红霞星恰好离得太近，哪怕之间隔了一个跃迁点，也不至于这么惨，工程队那几个月没有做无用功！至少他们现在赶来，还能救下红霞星上的幸存者。

鹦鹉："通知我们的人，准备撤！"

霍普："不，加入第八星系自卫军的通信频道，听我说……"

众人用奇怪的目光看着他，好像集体认为他还是需要一针镇静剂。

鹦鹉顿了顿，委婉地说："但……哈瑞斯先知，您知道他们的频道密钥吗？"

霍普："……"

随后他蓦地提高声音："那就请求建立通信，我有话要和……我的朋友……"

霍普堪堪保持着最后一线理智，把"林静恒"三个字咽了下去，换成"我的朋友"，可他还没说完，重三上湛卢的精神网已经毫不藏拙地铺开了，即使为旧重三的机身所限，这把曾经的联盟利刃也依然让人触目惊心。

湛卢精神网扫过的地方，所有人机对接端口全都震颤起来。

霍普所在的小机甲驾驶员差点没稳住，几个备用驾驶员连忙上线，狼狈地维持住了精神网，同时躲开对方角度刁钻的高能粒子炮。这还不算，粒子炮之后，导弹随即追至，一瞬间，机甲的速度加到极致，重力系统失灵，霍普整个人被甩进了一团保护性气体中。

"闪开！"

"小心！"

"怎么回事？天，白银十卫的传言是真的吗？"

"将军，"图兰在通信频道里说，"如果反乌会里有联盟叛徒，会不会认出湛卢？"

"反乌会为了这个人，出动了一支有重甲的军团，这个会先知语的霍普还真是深藏不露，"林静恒冷冷地说，"他在银河城潜伏这么久，把我们打探了一个底儿掉，我现在躲躲藏藏还有意义吗？"

"陆校长错了，"图兰声音有些发硬，仿佛是狠狠咬着牙关的，"我也错了。"

他们都或多或少地认为，霍普这个人是有一定可取之处的，甚至偶尔有种大家都是朋友的错觉，就连图兰也觉得，这个大叔虽然总是神神道道的，但他和反乌会那些疯子不一样。

然而事实胜于一切——他和那些人有什么不一样呢？

现在看来，这个人之所以留在第八星系，也只不过是等待时机而已，谁知道他们那神经病组织内部是怎么争权夺势的。

往更坏的方向想，这个人浪费这么长时间，说不定是想看看林静恒这个死而复生的联盟凶器有什么底牌，现在大概看清了，他们并没有底牌，他大可以把这份大礼高调献出，作为自己的资本。

对了，临走他还要毁掉红霞星刚刚落成的生态农场？这算什么？

“不给敌人留下一粒粮食”吗？

红霞星对他来说，只是个打发时间的积木吗？

他真的叫“霍普”吗？

“陆必行？他总喜欢把人往好处想，”林静恒说，“你又跟着凑什么热闹？天使这种角色，不能没有，但是有一个就够了。”

图兰说不出话来。

说来真是奇怪，第八星系这么个鬼地方，要什么没什么，却居然能自带温柔乡的效果，每个在这里逗留时间长了的人，都容易乐不思蜀，不知不觉就会软了不该软的心肠——花天酒地不求上进的独眼鹰是这样，心狠手辣连长官都坑的第九卫卫队长是这样……甚至连林静恒自己都是这样。

“该来的总会来，”林静恒沉声说，“先专注当下吧，图兰卫队长。”

鹦鹉反应很快，在双方开始交火的瞬间，立刻抗命，转身当起了逃兵，第一时间溜到了反乌会队伍的边缘处。

交战双方都发现了这架乱窜的机甲，导弹立刻追了过来。

鹦鹉带来的几架机甲立刻从几个不起眼的方向冒出来，刚好挡住了霍普他们，冒死替他们顶住炮火，打起掩护。这种不惜一切的保护在激烈的交火中给了他们一线生机，鹦鹉大声下令：“加速，加全速！”

霍普听见高能粒子流来回撞击着机甲防护罩，发出大量的电磁干扰，让机甲里所有广播的声音全是沙哑走调的。疯狂逃窜中，机甲的重力系统完全失灵，霍普被黏在凝固的保护性气体中，依然被震得七荤八素。

机甲上一个备用能源被导弹扫了个尾巴，幸亏驾驶员反应快，将备用能源及时卸载，备用能源堪堪在安全范围线上爆炸，巨大的冲击波将断尾的机身往前推去，硬是把他们险象环生地推入了一个跃迁点。

反乌会在扫描与跃迁干扰方面的科技水平超过联盟，同理，他们在反追踪、反远程扫描方面当然也技高一筹，穿过跃迁点的瞬间，驾驶员就冷静地在跃迁点内部放了屏蔽器——对方一定要扫描他们，还是能扫到，但是总要耽搁一会儿，只要有这么一点耽搁就够了，因为那两边打得正热闹，一时半会儿分不出精力来追杀他们。

机甲连续跃迁数次，将战火与喧嚣一起甩在身后，他们落入一片寂静的宇宙中，机甲的航行渐渐稳了下来，护在所有人身边的保护性气体重新气化，通过通风口，青烟似的被吸走。

鹦鹉转头看向霍普："哈瑞斯先知，从你不告而别开始，你们就不再是朋友了，你还想找他们解释吗？"

霍普闭上了眼。

"启动远程通信，"鹦鹉不再和他多废话，转向机甲驾驶员，"把刚才军用记录仪拍到的一切传给王艾伦先生。"

红霞星上，大规模的机器人搜救队被投放到地面，被撕裂的大气层中，混乱的电荷在未散的致命尘云上碰撞出闪电，照亮了阴霾的焦土，一切沟壑与夹缝都无所遁形。

而加密的战役实拍记录传到了遥远的天使城要塞，被数台超级计算机一个画面一个画面地分析，黑暗深处的眼睛不肯放过一丝一毫的线索，在十六个小时后，一份详尽的报告落到了王艾伦手上。

清瘦的男人面色严峻，大步走进伍尔夫的休息室："前锋突击方式似曾相识，进行模式分析对比后，确认与曾经的白银第九卫吻合度高达85% 以上。"

"白银第九卫，"伍尔夫低声说，"伊丽莎白·图兰，那可不是家犬，是一匹喜怒无常的母狼，刚刚一口咬碎了李的喉咙，第八星系里谁能让她卖命？"

"指挥舰是一架老旧的重三，"王艾伦说，"我们根据战役记录，用'六分位'法估算了它的精神网区间，正负误差不超过 1%，它的精神网范围远超过重三标准，甚至远超过军委现役超时空重甲……"

伍尔夫猛地抬起头，瞳孔一缩。

王艾伦：“是湛卢。”

伍尔夫声音几不可闻地说：“他带走了湛卢的机甲核，白银要塞的那个是个虚张声势的假壳子。”

王艾伦：“他还活着，并且骗过了伊甸园，但白银三的几个核心工程师一直在天使城服役，也一直在我们监控之下，并没有……”

伍尔夫缓缓地扶着桌子，老态龙钟地站了起来：“核心工程师跟在我身边，如果通信全断，他们会以我所在、军委所在位置重建联络中心坐标——他一开始设计我来当这个‘联络中心’，但这么长时间了，他没有启动这个‘中心’，显然是开始怀疑我了……这么多年，人人都以为他是联盟中央一枚愤世嫉俗的棋子，连我也想不到，‘禁果’居然会在他手上。”

伍尔夫顿了顿：“陆信如果有他一半的心机，也不至于落到那个下场。”

“太可惜了。”王艾伦说，“林静恒。”

“你说什么，林静恒？”消息同步传到了反乌会。

继而经过星际海盗间互相安插的卧底又泄露到了沃托，炸遍了光荣团的大本营：“林静恒！”

陆信的旧部、小蜂鸟要塞的叶里夫掰断了一把汤匙：“林——静——恒。”

第六章　风起

整个军委里叫得出名字的，都是他的学生……这样一个人，怎么会背叛联盟？图什么呢？

（一）

怀特被厚重的防护服压得直不起腰来，只能看地——他所在的地方，恰好是一枚导弹落下的位置，地面凹陷出一个坑，冲击波将周遭一切建筑扫成了渣，从这里要走出十几公里，才能看见人类尸体的残骸。

而幸存的居民只能转移，红霞星和凯莱、北京 β 一样，几十年之内，土壤里不会再开花了。

“老师，”怀特抬头问陆必行，“要怎么复活遭受核导轰炸的星球？有技术吗？”

“有，和‘开荒’的原理一样，”陆必行回答，“事实上，像地球母星一样得天独厚的行星很少，现在的每一颗宜居行星，都是经过人工改造的，这个改造过程就叫‘开荒’，很漫长，也很艰难，因为一套完整的生态系统中，各种因素互相影响，很微妙，需要一代代人在星球上玩平衡术，不断妥协修正。

“老师，那我们换一个题目吧，我不想再研究机甲了。”

“星球复活的题目有点大，”陆必行说，“可能要上百年。”

“那反导系统呢？”薄荷问，“陆总，我们来改进反导系统吧！”

“反导系统需要大量的财力投入军工生产，我们的军工产业不完备，”陆必行说，“没有物质基础。”

“那我们能不能改进防护罩强度？”

“能，”陆必行说，“但每单位防护罩提高一个能量级，都需要数十年之久，无法计数的物资投入，你们做好延期毕业的准备了吗？”

“陆总，”黄静姝轻声问，“那要是我们继续初级机甲这个课题呢？”

陆必行回答：“再有一个学期，完善一下细枝末节，就可以申请专利投产了。”

这就是新星历时代的吊诡之处，创造与保护步履维艰，用尽全力才能迈一小步，而在这期间，武器的杀伤性已经呈跃迁式发展了。

“老师，”斗鸡茫然地问，“这么长时间，我们都做了些什么呢？现在这里和北京 β 有什么区别吗？”

勘测放射性物质残留的机器人顺着凹凸不平的小路走过来，陆必行带着学生们从导弹坑边隆起的小路上走过，沉默地走进机甲重三隔离间，隔离间对每个人进行全身扫描，细致地除掉每个人身上沾的泥土和其他有害物，特殊的白雾四下蒸腾，陆必行隔离服背后的编号模糊不清。

他说：“我们……我们曾经在红霞星上，建立过初步的社会劳动保障和配给制度，完成了人口普查。”

斗鸡：“所以呢？”

“所以我们现在有死难者名单。”

“消毒”完毕，陆必行他们走进一个小通道，身上的隔离服自动脱落。

无处不在的湛卢跟他们挨个打招呼，因为十分礼貌，等他语速均匀地叫完每个人的敬称，不到三十米的过道，大家已经走到头了。

湛卢这才说：“陆校长，也许您应该去会议室，总长和先生在那儿等您。”

陆必行冲学生们一摆手，示意他们解散，随后推开旁边的直达门，转向会议室的方向。

“小黄，走了！”

黄静姝却在原地迟疑片刻，抬头看向过道监控：“湛卢，你那里有联盟白银要塞的防御系统和反导系统资料吗？”

“有的，黄小姐。”湛卢耐心地回答，“白银要塞的防御系统是联盟顶尖水平。”

黄静姝踟蹰着，好像不知道该怎么开口，吞吞吐吐了一会儿，她问：“那……你能问问林将军，有没有我们能借阅的部分吗？”

其他三个人都站住了，一起等着湛卢的回答。

“学术资料未经加密，先生设置了特别权限，陆校长和诸位可以随时取阅。”湛卢说，“但容我提醒，相关内容非常庞杂，并且与陆老师先前的教学方向不一致，需要我为您做出系统性整理吗？”

黄静姝有些惊讶地看着监控方向：“你怎么连我们学什么都知道？”

湛卢没回答：“我会在十分钟后把整理过的资料发到各位的个人终端上，请先到休息室来。”

（二）

天使城要塞。

林静姝从办公室回家的路上，自动行驶中的车在高层轨道上突然出了故障，有人黑进了她的系统，就像当时她设计刺杀格登秘书长一样，车里的防卫武器同时指向了主人。但此时，林静姝身边的护卫比当年傲慢的格登秘书长严密得多，她身边两个护卫迅速扑上来，其中一个人用身体牢牢地护住了她，整个人被激光刀捅了个对穿，也为她争取了几秒，另一个护卫则立刻用随身的工具爆破开了车门，护着她上了轨道旁的应急通道。

林静姝细细的鞋跟自动脱落，可变形材料的鞋底缓缓伸缩成带有强力减震功能的平底，鞋尖上翻出一道窄口，里面藏着随时可以发射的激光刀，灵便地穿过应急通道，忽然，应急通道里有什么东西若有若无地“嘀”了一声，林静姝的脚步猛地一顿，下一刻，通道一侧的钢化玻璃突然自爆，碎片晃花了人眼，护卫连忙一转身，用后背护住林静姝，这时，通道旁边一个好像出了故障的服务机器人突然动了，一转头把机械手戳到了那护卫的胸口。护卫整个人一僵，身体直接朝着林静姝压了下去，烤肉味在通道里弥漫。

林静姝飞快地推开身上的死人，滚烫的死人衣领的金属扣还是划过了她的手臂，她向来养尊处优，雪白的皮肤上立刻留下了一道明显的红痕。

通道两侧所有机器人全都诡异地转动角度面向她，团团把她围在中间。

林静姝放开烫伤的手臂，抬手一按鬓角，露出了伊甸园发言人似的公式化微笑："是哪一位？情绪药剂不够用了吗，怪我不批？"

机器人不回答，缓缓抬起激光枪，顶住她的后背。

林静姝摇摇头，只能无可奈何地顺着枪口的方向走，同时苦笑了一下："我一个仰人鼻息的寡妇，也不知道自己是在替谁受过，阁下……"

她话没说完，距离她三步远的机器人突然冲她开了一枪。

林静姝瞳孔略微一缩，而那激光枪与她擦身而过，精确地命中了挟持她的机器人，正中胸口的能量电池。方才团结一致的机器人骤然开始内讧，互相动起手来，紧急通道顿时被它们打出来的激光枪崩得乱七八糟，接着，林静姝脚下一空，脚下不知什么时候漏了个洞，刚好够一人通过，她直接从悬空通道里掉了下去。

下一刻，夜色中黑影一闪，一辆机甲车近地飞行而过，刚好接住了她，敞篷的机甲车里在她落下的一瞬间就喷出了保护性气体，遇人迅速凝固，消除惯性影响，把她保护在中间。林静姝愕然地一抬头，只见机甲车前排坐了两个男人，其中一个手指如飞地在个人终端上操作着什么，另一个回过头来，冲林静姝一抬手，做了个脱帽的假动作，即使他并没有戴帽子。

"美丽的女士您好，"男人的声音轻快活泼，透着一股"我天天把自己帅醒"的得意劲，"我是白银第三卫卫队长托马斯·杨——不是那位'托马斯·杨'，我这个托马斯·杨更英俊潇洒一些——今天来特别客串您的护卫骑士，希望得到您的五星好评和一个微笑。"

林静姝脸上疑惑神色一闪而过，但还是十分端庄随和地给了他一个微笑。

自称第三卫卫队长的托马斯·杨猛地扭过头，在他同伴的肩膀上重重地砸了一拳："有没有将军冲我笑了一下的感觉？！"

被他打了一拳的人皱着眉回道："那你可能是活不长了——林小姐您好，我是白银第三卫泊松·杨。"

他的目光在林静姝烫伤的手臂上停留了一下，紧接着，机甲车的车门向一边翻起，一只机械手露了出来，冲她的伤处喷了无色无味的药剂，落在皮肤上微凉，立刻舒缓了灼伤和疼痛。

林静姝这才发现，两个人长得很像，虽然神态气质大相径庭，但依然能看出来是一对双胞胎。

还不等她道谢，泊松·杨就蓦地一抬头："小心。"

机甲车剧烈地哆嗦了一下，让过了一发高能粒子炮，林静姝扭头往下望去，见另一辆机甲车竟从步行街上穿过，倏地一闪就不见了去向，然而紧接着，夜空中冒出一圈机甲车，前后围堵住他们，一言不发就动起了手。

托马斯·杨低声笑了起来："看来是将军的消息让一些人坐不住了。"

林静姝心口重重地一跳。

（三）

被海盗光荣团占领的沃托联盟议会大楼经过重新修缮，已经成了"光荣帝国总统府"。原本的碑林被荡平了，地面上铺了特殊材质的砖，闪烁着金属的光泽，上面停满了近地机甲车。

一排机甲车飞快地冲进停车场，整齐地停成一排，簇拥着中间一辆普通的悬浮车，悬浮车上下来一位中年男子，宽肩窄腰，穿一件黑风衣，嘴角抿得很严，长相颇为严肃，他就是"帝国"的掌权人，自封的大总统。

"大总统，叶里夫将军替您接通了。"

大总统一边快步往总统府里走，一边飞快地点了一下头。随从亦步亦趋地跟在他身边，用自己的个人终端连通了叶里夫这位曾经效忠于联盟的陆信旧部。

叶里夫的半身人像鬼魂似的飘在大总统身边，穿着睡衣，皮笑肉不笑地对大总统说："怎么，林静恒那位联盟所有受虐狂的梦中情人，让你也夜不能寐了？"

"要先下手。"大总统不跟他扯淡，直奔主题，"林静恒可不是甘于蛰伏的人，他现在还躲在第八星系，肯定是因为一些原因无法召集白银十卫，现在所有人都知道了，我们必须在他羽翼丰满之前动手。第八星系那地方我鞭长莫及，你呢？”

叶里夫面无表情地说：“我的人手都在沃托附近，你不是知道吗？”

“我是说你那些老战友，”大总统说，“散落在八大星系里的。”

叶里夫的神色越发冷了下去：“如果陆信知道我现在正在和你勾结，他能从那个无头碑林地底下跳出来打爆我的头，你让他的人给你当枪使，去收拾林静恒？林静恒就算再白眼狼，他也是联盟竖在碑林里的堂堂上将，是陆信一手带大的，你他妈脑子有问题吧，想什么呢？”

大总统不以为忤，目光鹰隼似的穿过叶里夫的脸：“竖在联盟碑林里的人？不一定吧，将军，白银要塞到底是怎么毫无还手之力地被炸毁的？我们又是怎么如入无人之境地接管沃托的？你的老战友们有没有追问过你？你没法回答吧……那现在答案不是有了吗？”

叶里夫倏地抬起头。

大总统嘴角一弯，他不笑的时候颇为器宇轩昂，很有个稳重的政治家样子，一笑起来，脸却有些歪，无端多了几分险恶，他一字一顿地说：“我们可以说，林静恒上将向来是我们伟大光荣帝国最忠诚的朋友。这些年来，我们一直在给他送功勋，一手把他扶上了军委高层。五年前，更是配合他演了一出‘金蝉脱壳’，帮他及时脱离了联盟这个腐败集团，他的回报也很有诚意——为我们提供了秘密进入第一星系的途径和白银要塞的后门。怎么样，叶里夫将军，你觉得这个故事说不说得通？”

叶里夫沉默了一会儿：“……你也太歹毒了。”

“该歹毒的时候不能心慈手软，”大总统语重心长地说，“将军，如果‘真相’不是这样，当时在小蜂鸟要塞的你，真的就说不清了，更何况你后来还稀里糊涂地帮我们出兵对付过反乌会的疯狗，你也不想彻底失去你的老战友们吧？”

叶里夫说不出话来。

（四）

陆必行一走进重三的会议室，就觉出了气氛紧绷，听见林静恒正在和爱德华总长说的话。

“……我已经用备用中心紧急召唤了白银十卫。无论如何，我现在都应该已经暴露在联盟与各方武装的眼皮底下了。我必须提醒诸位，三大海盗组织，其中两支以前被我揍过，一支我最近揍过，他们听了这个消息，一定不会太高兴。而我不告而别，联盟也可能会视我为叛逆……”

总长听到这里，正要说什么，被林静恒一抬手打断了，这男人从来不知道什么叫尊老爱幼，据说当年在联盟议会也是这么嚣张，非常招人恨。

“这场战争打得这么捉襟见肘，每个失去伊甸园的民众都痛不欲生，痛苦和愤怒一开始会带来众志成城，但时间长了，则会变成对联盟政府软弱无能的憎恨，联盟现在解决不了海盗，急需一个坏人来转移内忧外患的矛盾。” 林静恒目光一垂，掠过满座忧心忡忡的脸，他惯常面无表情，但目光往下看的时候，一侧的眉会习惯性地轻微翘起来一些，看起来尤为冷酷无情，“说这些，我是想提醒诸位，你们现在要代表第八星系政府做一个选择——我可以把白银九从第八星系自卫军里分离出来，带他们离开第八星系，这样，虽然诸位需要重建第八星系的军事防务体系，但被我连累的概率也小得多。或者我仍留在这里，公开宣布第八星系由白银十卫接管守卫，我可以接着保护你们，但是第八星系也会因为我，而走上各方势力争相打击的风口浪尖——总长，我说清楚了吗？”

爱德华总长绷着脸，眼角“突突”地跳，红霞星的突发事故在第八星系掀起了轩然大波，十分钟以后，他就要代表新政府，对这件事的前因后果与后续解决方案向民众发表公开声明。发言稿还躺在他的个人终端里，而林静恒临时把他们劫持过来，这是逼他在十分钟之内选择第八星系未来的命运。

“我……”老总长焦头烂额地抹了一把冷汗，“林将军，能不能让我考虑一下？”

“那您最好快一点，”林静恒说，“毕竟白银十卫和想除掉我的人都在赶时间。”

爱德华总长被他一句话说得更焦虑了，这时，秘书快步进来，一边手忙脚乱地给老总长整理仪容，一边小声提示：“直播平台准备好了，时间快到了。”

爱德华总长局促地一点头，抬脚正要走，忽然想起了什么，转头问林静恒：“林将军，那么……您真的从未背叛过联盟吗？”

林静恒听了这个问题，皮笑肉不笑地一抬嘴角，陆必行一看他这表情，就知道他下一句准不是人话，连忙从门后面走进来打断：“总长，如果白银十卫背叛了联盟，当时海盗进犯沃托的时候，联盟政府根本不会有回转余地啊。”

不但不解释，还要冷嘲热讽的拉仇恨专家林将军不忌惮得罪爱德华总长，但是比较怕得罪这个自动认领代言人的陆必行，因此只好老老实实地收回了冷笑，正襟危坐着没吭声。

等总长他们走了以后，一直在旁边没吭声的独眼鹰才慢吞吞地开口说：“你这是让总长选，是当出头的椽子，还是阴沟的耗子。”

林静恒不置可否地一耸肩。

“而你知道他会选什么，”独眼鹰说，“很多人能凑合活着，随便活一活再随便死，但没有人能在见到光、见到希望之后，再主动退回淤泥里，你何必逼他这么紧——还有你，陆必行，你什么时候变成白银十卫的发言人了？”

陆必行默默地走到林静恒旁边，悄悄在桌子底下伸出一只脚，碰了碰林静恒的鞋尖：“将军，快提携我一下，给我个发言人的任命状。”

“别闹。”林静恒用脚尖轻轻地拨了他一下，又问，“我要是需要暂时离开第八星系，你打算怎么办？”

陆必行反问：“你不是说有我的地方，你不管走多远都会回来吗？”

独眼鹰重重地咳嗽了一声：“……二位，我是不是已经死了，自己还不知道呢？”

“怎么会，”林静恒给了他一个颇为温和的假笑，“陆兄，我相信这点起码的自知之明，你还是有的。”

独眼鹰怎么听怎么别扭，总觉得林静恒又在讽刺他，但又一时挑不出毛病来，七窍生出了一片茫然的烟。

林静恒欣赏了一会儿老波斯猫奓毛，才接着说：“我启动了白银十卫的通信备用中心，就是天使城要塞的伍尔夫元帅，按照正常情况，白银十卫会在收到消息后分头集结会合，考虑到联盟各地目前太空航道几乎都是瘫痪状态，从他们接到消息到赶到这里，时间不会太短，相比而言，盘踞在六、七星系的反乌会会先到一步。”

独眼鹰是个不怎么读书的大混混，除了他的机甲买卖，其他事他十分孤陋寡闻，听得半懂不懂：“这么说你是联系了联盟元帅？靠得住吗，是不是该让爱德华总长出个面？”

“‘备用中心’的意思是，以他所在坐标为标尺，不是以他这个人为联络中心——老元帅又不是我的下属，我能命令他去帮我召集白银十卫吗？万一召集白银十卫的时候我已经和联盟撕破了脸，把老元帅夹在中间算怎么回事？”林静恒多解释两句就烦了，“陆兄，麻烦你也动动脑子，再这么下去，你连耗子都抓不着了。”

独眼鹰拍案而起：“你妈……”

陆必行把桌上的茶杯往他俩中间一推，撂下脸：“二位，我是不是已经死了，自己还不知道呢？”

林静恒和独眼鹰只好同时偃旗息鼓。

独眼鹰坐下还嘀咕了一句：“他先开始的。”

林静恒脸色略缓，用人话稍微解释了一下：“我临走的时候，把白银第三卫的卫队长和几个骨干安排进了老元帅的私人卫队，一般来说，只要伍尔夫元帅还活着，他的私人卫队就会在他身边形影不离，这样一来，混在其中的白银三卫卫队长的坐标是公开且确定的，能在极端情况下，作为联络中心坐标点。不过伍尔夫元帅执掌联盟军务两百多年，他们要是在他的私人卫队里搞小动作，应该是瞒不过他老人家的。”

林静恒说到这里，话音顿了顿，放在桌上的双手缓缓交握，手指微紧，这些日子以来，他对伍尔夫老元帅的疑虑越来越重，然而此时此刻，似乎也只能祈求一点运气，老元帅千千万万不能有问题，否则他冒险启动了备用中心，那不是要把托马斯·杨他们陷在天使城？

这念头在他心里一闪而过，林静恒又飞快地把它甩了出去，事已至此，他不想让自己增加无谓的焦虑。

伍尔夫元帅，年过三百，联盟的开国元勋，自由宣言重要奠基人之一，乌兰学院第一任校长，整个军委里叫得出名字的，都是他的学生……这样一个人，怎么会背叛联盟？图什么呢？

林静恒想：“但愿是我的被迫害妄想症。”

然而，林静恒一祈祷，上帝他老人家就发笑。

倒霉的杨氏兄弟，现在就是被陷在了天使城要塞。

“现在这个天使城要塞，要放在古代，算是战争时期的难民营吧？都难民营了，这鬼地方到底是怎么做到地广人稀、风景优美的？附近连个住人的建筑都没有，咝……”托马斯试着报警，发现区域内信号被屏蔽了，一时破解不开，他刚要骂一句脏话，瞥见林静姝，又憋回去了，生硬地改口道，“……超讨厌哦，空间场也被屏蔽了。”

泊松：“好好说话，恶不恶心！”

两人一个试图突破对方的信息封锁，一个操控机甲车，好像同一个人长了两个脑袋四只手，配合得天衣无缝，竟还不耽误打嘴架。他们的机甲车飞快地躲过错综复杂如蛛丝的激光网，试图冲出去，却又被对方两辆机甲车一左一右地堵了回来，泊松控制着机甲车，惊险地上浮，险些撞上空中轨道，托马斯“嗷”一嗓子惨叫出来：“你近地机甲车的驾照是不是买的！”

“对啊，”泊松挖苦道，“还是买一送一，那赠品不是给你了吗？”

“美人，我给您正式介绍一下，这位泊松先生不单是白银第三卫的高级技术人员，他还是‘模仿林将军大赛’的冠军，蝉联三届了。”托马斯一边贫嘴，一边拉开激光枪瞄准器，激光横扫出去，一辆对他们穷追不舍的机甲车急于躲闪，正好撞在了高空轨道上，这一下撞得结结实实，机甲车当场掉了下来，轨道从中间开裂，竟变了形。然而这平时有人往车窗外倒杯水都会报警的轨道却仿佛坏死一样，此时整个开裂，警报却无声无息！

托马斯骂了一句：“见他的龅牙鬼，他们连轨道的报修系统也一起做掉了——泊松这小子所有的业余时间都在对着镜子背诵将军语录，我亲眼见证。”

话音没落，泊松猛地制动，近地机甲车陡然下沉，与一辆从暗处冲出来的追兵的机甲车擦肩而过。

托马斯连开两枪，第一枪是激光，精准地打中了对方机甲车底部的安全能源阀门，高温高能将那阀门表面烫得凹了进去，紧接着他打出一枪爆破，爆破弹牢牢地黏附在上面，两辆机甲车闪电似的错开，一秒钟就已经拉开老远。随即，爆破弹“轰”一声炸毁了那追兵机甲车的能源核，引起了更剧烈的反应，空中炸开了一个火球。

这一次，动静终于够大了，一道遥远的激光探照灯打了过来，方才死寂的空中行车道后知后觉地启动自动检修。天使城要塞的内部安全监控系统很快就会发现这块被屏蔽的地方，追杀他们的几辆近地机甲车见势不妙，反应很快，立刻打开空间场跑了，转瞬消失不见。

泊松呼出口气，总算有时间反唇相讥："你见证？你把脑袋插马桶里充智商的时候见证的吧？对不起林小姐，今天来得匆忙，我们缺人手，只能把我弟牵出来现眼，污染您视听了。"

托马斯："我是你哥！"

林静姝也许是太端庄了，以至任何时候她都严格注意自己的仪态，也许是她这个人本身有点问题，天生不知道什么叫"恐惧"。总之，她方才经历了一场险象环生的绑架和刺杀，裙子上还沾着自己护卫的血，此时坐在机甲车里，脸上却既不见惊慌，也不见难过，仿佛是刚坐在那儿喝了一顿下午茶，目光好奇且略带艳羡："你们是双胞胎吗？感情真好。"

托马斯转头做干呕状，泊松冷笑，接着，两人几乎异口同声道："并不，他是我人生的污点。"

林静姝低头笑出了声，然后才慢条斯理地问："那么现在，我能知道是怎么回事了吗？"

"长话短说，"泊松正色起来，"您的兄长林静恒将军还活着，这个消息不久前在星际海盗面前暴露了，由于联盟通信网崩溃，他通过我们召唤了白银十卫，但当我们接到命令，试图放出远程信号联络同伴的时候，远程信号突然中断，天使城要塞周围一圈跃迁网的信号全部被干扰了。"

托马斯无缝对接道："也就是说，天使城要塞内部，有人和海盗勾结，事先知道了这件事，在阻挡我们联络白银十卫。"

"我们想，如果幕后黑手真在天使城，您作为林将军唯一在世的血亲，现在处境就很危险了，对方很可能会想绑架您来胁迫将军，"泊松说，"所以我们以最快速度赶过来，果然碰上了这帮孙子，好险，总算没来晚。"

林静姝抬手按住嘴角，好像被这巨大的信息量震撼了似的。

"这些事跟治安队的讲起来会很麻烦，我们最好也尽快撤离，"泊松说，"对方的空间场屏蔽已经失效，您有没有相对安全的地点可以暂时落脚？"

林静姝想了想："去我家吧，格登家后院有私人机甲收发通道，离开大气层后可以直接进入加密跃迁点，直达伊甸园实验基地。"

杨氏兄弟对视了一眼——伊甸园实验基地这个特殊的直达通道，应该是在林静姝那次巡视基地被伏击流产之后才建的。

托马斯小心翼翼地说："嗯……不好意思，那事我们听了也非常难过，都还没敢告诉将军。"

"谢谢，"林静姝的嘴角似笑非笑地一动，自然地岔开了话题，"我哥好吗？"

"气色不错，"托马斯说，"看着不像是马上就要被八大星系合力追杀的人，而且他居然和第八星系的新政府混在了一起。您知道，'混在一起'这个词对他来说就挺不可思议的。"

林静姝笑了起来，不像往常那些娃娃似的假笑，当她真正笑起来的时候，眼睛会往上弯，水光潋滟，露出尖尖的眼角和尖尖的下巴，整个人包在被血溅过的长裙里，却竟好像被春风拂过似的。

"哎，不行，"托马斯一捂眼，"女士，看多了您，我可没法在凡尘中活下去了。"

"马屁精。"泊松嗤笑一声，"我们准备穿空间场，林小姐，不舒服随时告诉我。"

机甲车尖鸣一声，冲林静姝喷出了大量保护性气体，载着他们直接穿到了格登家的后院，随即，又用那里的私人机甲，飞出天使城要塞的大气层。

林静姝乍一看和他哥有点像，然而真正相处起来，又觉得他俩实在不像一个妈生的。

她的话也不算多，但很会聊天，偶尔插一句，总是很随和又恰如其分的，既让别人替她把大部分的话都说了，还能有种跟她聊天很愉快的错觉。穿空间场的时候，看得出她很难受，但也不娇气，仍是客客气气地说不要紧，还问了不少林静恒在白银要塞的故事。

托马斯这个人，很有点男版图兰的意思，也是见了好看的异性就找不着北，一时脑热，问什么说什么，把林将军在白银要塞那点日常琐事卖了个底儿掉……也不知道是谁每天对着镜子背将军语录。就在三卫卫队长飘飘然，感觉自己要多一个梦中情人的时候，他们抵达了伊甸园实验基地。

机甲对接通道层层打开，对接门上闪着冷冷的光，旁边有个装饰性的伊甸园大牌子，从上往下看，整个基地建筑整齐而干净，大大小小的车辆在研究楼中间奔波，忙碌而有序的样子。

这基地乍看并没有什么特别的，然而白银三虽然大部分时间属于后勤部门，但毕竟也是职业军人。托马斯的目光不动声色地扫过通道对接门上的伊甸园标志牌——那牌子挡住了什么，以他常年和机甲打交道的经验，应该恰好是个导弹发射口的大小。随着机甲进入实验基地的机甲收发站，某种让人后脊梁骨发寒的第六感被惊醒了，越是深入，感觉就越是强烈，整个伊甸园实验基地周围像是笼罩着一层诡异的气场。杨氏兄弟不动声色地对视了一眼，都从对方眼睛里看到了疑虑。

几个研究员模样的人似乎是早得到了林静姝要来的消息，已经等在了机甲收发站门口，恭恭敬敬地引着他们往里走，除了一句“林小姐”之外，没有人再说多余的话，没人问一句她身边为什么会跟着两个陌生人，甚至连眼睛都不往他们俩身上瞟，完全当他们不存在一样。

托马斯瞥了泊松一眼，用眼神问他：这是真人吗？

泊松·杨看着林静姝的背影，皱着眉摇摇头：这些研究员都不抬头正眼看她。

按理说，伊甸园实验基地的保密等级极高，如果不是他们走特殊通道，外面还应该有重兵把守才对，会理所当然地不盘问陌生人的消息吗？只因为他们跟着林静姝？

可……林静姝不过就是格登家对外的傀儡代言人，能有多大权力？

双胞胎无声地用眼神互相交流。

泊松皱眉：她第一次听说将军还活着的时候，反应也不太正常，太冷静了。

托马斯：对，连难以置信的过程都没有，直接就接受了，好像早知道一样。

泊松·杨悄悄地捏起手指，做了个特殊的手势：还有她遭遇绑架时，身边的护卫也很奇怪。

护卫和保镖大多是领薪水为雇主提供服务的，能尽忠职守已经很不容易了，而那两个护卫当时的反应像死士一样，毫不犹豫地为她而死，忠诚得简直反人性。能在第一时间，毫不犹豫舍己救人的现象不是不存在，但这样的人，要么是真英雄，要么是对被保护者感情极深。可是英雄之所以为英雄，就是因为罕见，林小姐神通广大，一次找来了俩吗？而如果说护卫舍命保护她，是出于私人感情，林静姝的反应又不太像……

她谈笑如常，好像不是死了两个人，而是报废了两个类人的人工智能。

“这里所有设备与通信都是独立的，不受天使城要塞的管辖，”林静姝回过头来，说，“周围的跃迁点全部经过加密，你们可以用这里构建远程通信，不会被拦截。”

托马斯暗暗在泊松手肘上拍了一下，冲他很小幅度地一摇头：先别多想，毕竟是将军的亲妹妹。

随即他若无其事地问林静姝：“远程通信一旦建立，发出端很容易被人扫描定位，这不会给您惹麻烦吗？”

林静姝抿嘴一笑：“不要紧。”

泊松试探着说：“也对，远程信号发出后，我们会立刻和白银第三卫其他人会合，去第八星系，林小姐，您看看长途旅行，您是否需要准备什么？”

林静姝一愣，随即说：“两位特意来救我，帮了我一个好大的忙，有什么我能帮你们和我哥做的，请尽管说，不过我在管委会还是很安全的，下次出门一定记得多带一点护卫。”

“您……不打算跟我们走？”

“我的家还在这里，不能说走就走啊，”林静姝笑容可掬地说，“这边请，基地的通信联络中心已经为你们准备好了。到时候别忘了替我向我哥问好，请他多保重，将来有机会，或许我也能去第八星系看一看……长这么大还没离开过第一星系呢，真是的。”

（五）

双胞胎怎么也想不到，有一天，他俩会被迫躲在管委会的地盘上，用伊甸园实验基地的加密跃迁点发送远程信号。

巨大的远程联络网通过无数跃迁点，像是水中涟漪似的扩散出去，在每个跃迁点都留有痕迹，流落在外的白银十卫带着相应的密钥穿过这些跃迁点时，机甲就会自动读取信息，建立双向联系，而在此期间，发信人的坐标是不能变动的，双胞胎只能暂时在伊甸园实验基地落脚。

林静姝给他们安排了一个很豪华的套间，规格够得上接待联盟议会代表，托马斯一进门，就像个没见过世面的乡巴佬一样，大大地伸了个懒腰，然后冲着镜子比了个“V”字顶在自己头上：“太豪华了，这么客气啊！”

泊松目光一闪——从小黏在一起度过中二时光的技术宅们，几乎都玩过这一套，互相约定一套只有对方能读懂的密码，美其名曰用来“拯救世界”……虽然后来都是在打游戏和看黄片的时候互相打掩护用了。

双胞胎开始用密语交流的标志，就是在头顶比“V”字的手势，一句话里，每个音节按照一个固定的算法打乱后重新排序，就能拼出一句新的话。

而托马斯这句话的意思是：“有监控吗？”

泊松同样用暗号回应：“我想办法检测一下。”

“不要轻举妄动，刚才我偷偷扫描了一下基地里的一个白大褂，他身上的辐射就像个行走的信号站，不断地跟周围所有仪器进行信息交互，一开始我以为实验基地里局部做了一个小的伊甸园，但那辐射量远远高于联盟安全标准，随后我的个人终端上发出警告，说这个东西很可能还在干扰它的脑电波。”

“你是说……‘鸦片’？”

“很有可能。”

“以伊甸园实验园的保密级别，怎么能这么随便地收留外人？而整个基地上千研究人员没有一个提出异议，按理说林静姝不应该有这种不合常理的控制力。”

“你相信她吗？她可是林将军唯一的妹妹。”

“……几十年不联系的妹妹。”

“那格登家还真是被诅咒了，你觉得老格登还活着吗？”

“如果她真有这么深的心机，能瞒过联盟中央的所有人，得到伊甸园的权力，你觉得她会这么不小心，让我们一到基地就发现她的破绽吗？”

“你说得好像我们马上就要被灭口了。”

“这正是我要说的，我们是否还有必要冒险留在这儿？”

“我们走了，白银十卫回复远程信号，会回复给谁，和谁建立联系？”

托马斯四仰八叉地躺在云端一般柔软的大床上，惫懒地滚来滚去，眼睛却从乳胶枕的缝隙里露出来，给了他兄弟一个沉沉的眼神，他嘴里像没进过城的乡下兵一样，聒噪着“后悔入伍，应该好好享受生活”之类的废话，翻译过来的密文却是："我一直想说没说的是，将军方才命令我们启动备用中心，天使城附近的跃迁点随后就被封，是谁反应这么快？是谁一直在监视我们？"

他们俩一直在老元帅的私人卫队里，当初是林静恒的一封推荐信直接交给了秘书王艾伦，老元帅亲自出面给他们安排的职位，除此以外，没有人知道这两个名不见经传的技师是白银三的人，托马斯自诩扮演走后门进去的纨绔衙内是本色出演……

那么……是谁？

德高望重的老元帅，还是亲切周到的王艾伦？

泊松的后背蹿起一层凉意，觉得自己仿佛浸在漂满冰川的海里，四面八方都是冰冷灭顶的海水，避无可避。他沉默了一会儿："你别在林小姐面前丢人……我好几天没看新闻了，你给我几分钟安静时间。"

他当然不是真想看什么"新闻"，这段话是硬凑的，解码之后，意思是："林小姐会不会和'鸦片'有关，甚至……她就是'鸦片'的主人？"

托马斯故作开朗地一笑："丢什么人，将军的家人不就是我们自己人吗？"

如果是这样，将军知道了会怎么想？

泊松无言以对，为了防止屋里有监控，被人看出破绽，他只好心不在焉地坐在一边，按照自己刚才的胡说八道，打开个人终端漫无目的地翻看"新闻"。

此时，所谓的"新闻"，严格来说都是不经监管的小道消息，网络和通信被破坏后，人们只能三五成群地自己抱团，一小拨人围着一个蹩脚的网络工程师，构架一个小范围内的简单网络，不同的网络间使用不同的协议，但在特定情况下，也能彼此交流，互相传播一些小道消息，非法买卖点情绪禁药之类，类似战前屡禁不止的"地下网络"。

可惜现在只有"地下网络"了。

泊松心事重重地掠过一系列乱七八糟的信息，心思却还停留在林将军这个让人心惊胆战的妹妹身上，突然，他目光捕捉到了什么。

托马斯见他身体一僵，连忙探头去看。

那是一段地下网络上流传的录音视频，题目叫作《你万万想不到的白银要塞沦陷之谜（内附军用记录仪视频）》。

军用记录仪属于太空机甲的尖端技术，民间很难剪辑仿造，因此相对来说真实度比较高。

视频里拍到的应该是一个机甲收发站，某个机甲驾驶员违规操作，离开时忘关军用记录仪了，记录仪刚好对着停在它对面的机甲，能让人清楚地看见机身型号——光荣团为了和平演变，占领沃托之后，经常在地下网络里自吹自擂，借以宣传洗脑，因此很多人都认出来了，这架被拍到的机甲正是光荣团大总统的座驾。

果然，下一刻，大总统本人出现在镜头里，一边走一边和跟着他的助理说着什么，泊松打开个人终端上的“唇语解读器”小程序，很快扫出了对方在说什么。

大总统说：“他在第八星系的消息，怎么泄露到反乌会那边了？”

助理回答：“应该只是个意外，但是情况不妙啊。反乌会那群疯狗，当年被我们当垫脚石，骗到联盟给他送人头、送功勋，现在反应过来了，不知道得有多恨他。”

大总统又说：“林静恒是我们的老朋友了，这么多年，大家互相成全，才各自有今天，得想想办法啊，现在我们被堵在第一星系，鞭长莫及，你看看能不能利用联盟的残兵败将，稍微拦一下反乌会的疯狗？”

助理又说了句什么，然而角度关系，已经看不见他们俩的嘴了，至此，视频戛然而止。

这段视频病毒似的在交叠的地下网络中穿行，一石激起千层浪，人们炸了——什么叫作“林静恒是我们的老朋友”？

一小时以后，另一段附有分析报告的军用记录仪视频成了另一个热门。视频截取的正是林静恒在红霞星附近追杀反乌会的一段，但是没头没尾，而且很微妙地没露出反乌会的标志。只看得出两方人马在打仗，谁跟谁、为什么打，则不得而知了。视频底下附送了大篇幅的分析报告，关于白银九的突击模式分析，与那架显眼的重三不合常理的精神网扫描半径。

其实大部分人看不懂战斗模式分析是什么玩意儿，也不知道重甲精神网的扫描半径本来应该有多少，但接连爆出来的两条军用记录仪视频，以及一部分人言之凿凿的结论，就是让所有人都相信了——林静恒还活着，躲在第八星系，曾是海盗光荣团的内应。

这里面逻辑是否经得住推敲，那些模棱两可的话是否真实可靠，没有人追究，民众不是检察官，没有确保证据链完整的义务。

倘若一件事看起来是那么回事，那它就是那么回事。

每一个因为战争而失去伊甸园的人，都好像无家可归的野狗。突然，固若金汤的白银要塞为什么会失守，他们的生活为什么被摧毁，都有了答案。在此之前，他们憎恨联盟政府无能，憎恨非我族类的海盗……而对海盗的憎恨还往往会一分为二，因为无处安放的戾气，大家还经常会因为“反乌会和光荣团谁应该负主要责任”掐上一阵。

而在此以后，他们有如实质般的愤怒江流入海似的，整齐地转向了林静恒。

“野狗”们集体表演了狂犬病的暴发。

愤怒的人声很快惊动了联盟中央。

三小时后，天使城要塞官方对外发声，说了一大堆诸如“事情仍在核实中，不会上一些人的当，贸然动兵”之类的废话。

可这番废话里隐含的意思昭然若揭——林静恒当时是“死”于第一星系，是在伊甸园监控下，联盟中央为了悼念他，弄出了多大动静？如果谣言莫须有，天使城难道不应该出来断然辟谣吗？

这个模棱两可的态度，恰恰证明了林静恒确实有脱离伊甸园监控的办法！

（六）

紧邻第八星系的第七星系——

“安将军，反乌会退守堡垒，正在增兵，所以那件事是真的吗？”

战前，除了第一星系，其他星系都没有军事自治权，各星系的驻军叫作“星系驻地中央军”，这些中央军纯属摆设，没有中央命令，不能擅自动兵，甚至开不了机甲库，当时有种说法，如果一个将军被派到外星系中央军，那基本相当于被流放。

七星系的“流放将军”名叫安克鲁，是个矮个子的中年人，两百岁出头，陆信旧部之一，被林静恒“打压”到了第七星系。这个人平时不显山不露水，性情颇为随和，到第七星系之后，与中央军监察会和当地政府官员都相处得很好，办事规规矩矩，是一副打算在第七星系养老的样子。

谁也没想到，战争一爆发，安克鲁就第一时间直接带人闯了监察会，酷刑威逼监察会成员交出了军权，三下五除二拿下了武装，盘踞在第七星系。入侵第七星系的反乌会与其反复拉锯，各有胜负——也正是因为这边战事胶着，第八星系才能趁机喘一口气。

“林静恒，”安克鲁轻轻敲打着桌面，“应该是真的，我收到叶里夫的传信了。”

卫兵问：“那我们怎么办？不如干脆等着海盗和这个叛徒两败俱伤？”

安克鲁沉吟着站起来，走到巨大的星际航道图前站定，眯着眼，缓缓吐出了一口烟：“可是据说……湛卢在他手上啊，那可是陆信将军的无双利剑，万一落到反乌会手上，我将来死后，怎么和老伙计们交代？”

年轻的卫兵总喜欢听悲情英雄的故事，闻言一脸激愤地望着他。

安克鲁叹了口气：“将军托在手心养大的……太让人失望了。”

第七章　云谲波诡

“假如我们在宇宙中粉身碎骨，残骸将漂泊于永夜，有朝一日在碰撞中湮灭，成为星星的一部分，而灵魂将重回故里，回到你出发的地方、你誓死守卫的地方——自由宣言万……”

（一）

新星历276年——后世也把这一年称为“独立元年”，9月底，反乌会的第一枚导弹，把第八星系拖到了探照灯下。

反乌会重兵压境，图兰奉命亲自驻守前哨要道，以临近第七星系的小行星“中转”为基石打起自卫反击，第七星系中央军按兵不动，与反乌会停战。

以传说中的白银第九卫为基石扩充的第八星系自卫军，对上来势汹汹的星际海盗，一交火就异常猛烈。

10月初，行星“中转”失守，图兰假意退守航道，反乌会乘胜追击，被埋伏了一个正着，这是史上最经典的“以少胜多”一战，整场战役延续了四十八小时，全歼了反乌会一支超时空重甲军团。

10月中旬，在第七星系中央军安克鲁的默许下，反乌会大批援军从第五、第六星系赶到增援，第八星系自卫军实在寡不敌众，连退十八个航行日。

10月底，联盟内悲愤的声音越来越大，尽管林静恒从未在公开场合露面，他还活着的证据至今仍是虚无缥缈，但人们已经通过集体想象，让他复活在幻想里了，并在幻想里给他安装了三头六臂，让他成了古往今来一切邪神的化身。

第八星系总长几次公开露面，驳斥谣言，但于事无补——第八星系，一条下水道，一个长得跟猴一样的总长，住着一帮不知所谓的人渣，谁要听他们说什么？联盟标准语，他们吐字清楚吗？穷山恶水自有刁民，一到乱世，果然什么妖魔鬼怪都出来了，第八星系这个盛产刁民和妖魔鬼怪的地方，趁着联盟危机，居然抱起叛逆的大腿，反人类、反社会，简直岂有此理，丧心病狂！

第七星系中央军安克鲁被沸沸扬扬的舆论逼着，终于带着武装部队和民愤，来到了七、八星系交界处。

“爱德华总长，再这么打下去，物资就撑不住了。”

“如果不是红霞星被炸毁，我们本来可以在半年内缓解生活物资紧缺的情况，怎么屋漏偏逢连夜雨？”

“各地的征兵反响强烈，每个刚安顿、刚有工作的人都争着报名入选民兵，可是总长，太空军不是陆军，不是随便培训一下就能上战场的。”

爱德华总长病急乱投医：“陆老师他们做的那个初级机甲呢？要是实在不行，先紧急生产一批！”

“可是军工厂生产力不足啊总长！我们导弹都快打空了，连第七星系的中央军也来了，再这样下去，我们撑不到白银十卫赶到啊。”

爱德华总长猛地站了起来：“我亲自去见第七星系中央军！给我准备星舰，今天就出发！他不是陆信将军的旧部吗？我们第八星系当年的自由联盟军也是陆信将军旧部，我这个旧部要去问问那个旧部，我们就活该等死，哪怕有理，也不能站出来替自己说句话吗！”

“总长冷静……”

“这太危险了总长！”

独眼鹰在旁边听着，都被他们吵得一个头变成两个大，他悄无声息地离开会议室，打算出门抽根烟，却在会议室门口碰见了林静恒。

林静恒来了不知道有多久，只是静静地在门口旁听，没进去。

“我过来是打算说战备的事，军用物资消耗得比我们想象的都快。”林静恒不客气地从他烟盒里摸了一根烟，捏在指尖让他点，独眼鹰冲他翻了个白眼，还是顺手给这位大爷点上了，林静恒靠在墙上，“总长现在可能觉得，让我留下是个错误。”

“他要是脑子清楚，就不会这么想，”独眼鹰淡淡地说，“你要是离开第八星系，域内域外，哪儿不能去？你和白银十卫说消失就能消失，但第八星系呢，也能集体消失吗？到时候那些伊甸园里长大的巨婴无处发泄怒火，只好仇恨第八星系，我们还是众矢之的。说白了，巨婴们不敢反抗踩着他们的人，只敢仇恨不肯被他们踩的人，这道理我早就看透了。”

林静恒在一片烟雾缭绕中沉默下来。

独眼鹰：“联盟中央军……”

他只说了几个字，就闭了嘴，目光与林静恒对上，两个人心照不宣——此时此刻，七星系中央军是能左右第八星系战局的，哪怕安克鲁选择不插手，作壁上观，也能大大提高第八星系存活的概率。

安克鲁是陆信的旧部，从道理上说，一百个老总长，也没有一个陆必行分量重。

只要他们知道……

随后，独眼鹰和林静恒又几乎同时开口。

林静恒：“不行。”

独眼鹰：“你要是敢利用我儿子……”

独眼鹰说了一半，才反应过来林静恒方才说了什么，夹着烟愣住了。

林静恒消瘦了一些的脸上有阴影一闪而过：“我犯得上到安克鲁这种废物面前卖惨吗？别开玩笑了，想动手就动手，我就算剩下一架破机甲，也照样收拾得了他们。”

他说完，一秒都不停留，转身就走，同时联系指挥中心：“叫陆必行来找我。”

指挥中心过了半分钟，给他回复：“将军，前线机甲损毁率过高，紧急传唤机甲技师，陆老师带着工程队去前线了。”

林静恒头皮一炸。

（二）

“温度都这么高了，你也不说一声，不怕把自己炸煳了吗？”陆必行连着精神网，对旁边的小机器人报修故障，“散热板松动的问题。”

周六抹了一把脸，经历了无数的战役与颠沛流离，他早已经不是那个靠拳头摆平小弟的娃娃脸了，可能是严酷的军姿改变了他的站姿，也可能是他天赋异禀，三十多岁了还能长高，这么一看，整个人挺拔了不少。他已经有三十多个小时没休息了，脸上还带着被舒缓剂凌虐过的疲惫，却仍不依不饶地追在陆必行身边，一点学习的机会也不放过：“陆老师，这是高能粒子流渗漏引起的吗？”

“是啊，但渗漏不是根本问题，检查一下你的防护罩，”陆必行说，“看到没有，渗漏是因为防护罩的‘高耗能模式’被禁用了——你的精神网被人入侵过吧？精神网争夺战时，人机对接端口震荡，机甲可能会产生部分功能紊乱和禁用现象，如果你感觉不对，要记得及时重置，否则容易出问题——唉，没办法，这个型号还是太老了。”

周六连连点头，在手腕上一板一眼地录入记笔记。

“这种小事不用记，专注你该专注的就好，”陆必行从精神网上跳了下来，这已经是他检修的第四十六架机甲，反复连接，又反复断开精神网非常耗神，他揉了揉眼，觉得自己大概也需要一针舒缓剂，“我昨天晚上写了一个机甲常见故障检修程序，已经转交工程队试错了，三轮过后没问题就可以装上——你们的物资怎么样？”

“吃的肯定够，营养针嘛，一针下去俩月不用再吃别的，消耗得不快，主要是武器，图兰卫队长现在都疯了，每场战役结束之后都要求我们上传军用记录仪，放了两台电脑在那儿检测，一旦发现谁失误率太高……”周六打了个寒噤，面有菜色，“别提了，丧心病狂——能不能跟总长提一句，咱们什么时候也建一个人权保障署啊，现在都没地方投诉她。”

“我们先保障人命，保下来再提人权，”电子笔在陆必行指尖转了一圈，消散成一把光点，回到他手腕的个人终端里，“嗯，导弹短缺我知道，还缺什么？”

“机甲，”周六说，“我方机甲对毁率虽然远低于对方，但……这么说吧，如果他们有一千架机甲，就算对毁率90%，还有一百架，我们呢？可能被击落一架，对毁率就上升一个百分点。还有就是驾驶员，就算机甲够多，我们也没那么多能上战场的驾驶员。”

图兰作为白银第九卫的卫队长，本来就是战时先锋，此时与敌军兵力悬殊，她肯定要以极高的机动性取胜。

“不瞒你说陆老师，就连我想跟上她都有困难，”周六说，“薄荷和我说过初级机甲的事，一开始我觉得这种东西太危险，现在看来……唉，什么时候能投产？”

陆必行正在思考什么，头也不抬地说：“随时。”

“啊？”周六一愣，“不是说他们都转移研究方向了吗？”

“初级机甲的设计图我小时候就画过，给他们研究，也只是为了哄他们多学点东西，技术都是现成的。”陆必行说，“我小时候不能出屋，憋在家里没事干，画过一整本的大规模杀伤性武器，虽然大部分是幻想。不过后来也有一点东西是理论上可实现的，初级机甲只是其中之一。”

周六感觉毛骨悚然地看着他。

“看什么，你就没有中二病时期吗？我看你现在都没中二完。”陆必行对着机甲光洁的表面照了一下，发现自己外衣皱了，果断扒下来拿在手里拎着，“我……”

就在这时，他们所在武装基地的防空警报突然响了。

周六反应极快，一把拽住陆必行，拉着他就近钻进了一架看起来比较完整的机甲里，整个机甲站里除了个别蒙了的工程师，所有人躲避、上机甲、互相掩护，全都井然有序，快速且无声。

一个没见过世面的工程师本想尖叫，嘴都张开了，愣是没好意思开口。

下一刻，巨大的防护罩撑起，基地反导系统发出尖鸣，有敌偷袭！

陆必行一摆手，亲自接管了所在机甲的精神网，维修站里的机甲当然都是需要修的，他一边检修，一边口头给维修机器人说维修方案，同时，连上了自卫队的通信频道，听见巡逻值班的自卫军在三秒之内就迅速做出了反应。

“太快了，”他想，“部队这种素质，要是能再给我们一点时间，就什么都不用怕了。”

图兰平时开玩笑有多随和，治军就有多冷酷，裸奔都是玩闹性质，有时，她的体罚手段已经到了严重侮辱人格尊严的地步，陆必行作为一个斯文人，其实一直是看不惯的。但不得不承认，这是有效的，有时候，理想和信念难以支撑人们通过严苛的训练，但愤怒和仇恨能。所有在她手里活下来的人，都脱胎换骨过一次。

周六："陆老师，这架机甲的防护罩受损，无法起到保护作用，我们得尽快换一架！"

陆必行头也不抬："不要紧——这种偷袭是常事吗？"

机甲里响起平平板板的机械语音："防护罩重启——重启失败——尝试第二次重启——"

"常事，"周六说，"图兰卫队长带着我们打游击，对方跟着学，没完没了地派侦察兵，一般都是三五架小机甲一起行动，靠近也不容易察觉，跟他们比起来，反而是我们目标大。一旦某支侦查小队找到我们，上报后，就会立刻展开自杀式攻击——你明白吧？同归于尽的打法，那些人又是侦察兵又是死士，他们根本不怕死人，也不怕损失机甲，反乌会里疯子太多了，这几天我都快神经衰弱了。"

机甲汇报："第二次重启失败——第三次重启——"

陆必行把机甲调到检修模式，将个人终端连了上去，手指快得像闪电。

周六忍不住再次开口："陆老师，我们还是先……"

他话音没落，高亢的能量警报响起，一发导弹穿透反导系统，直接炸在了基地中间，临时 3D 打印的建筑物瞬间灰飞烟灭，同时，致命的射线和粒子流扩散开。

周六的声音陡然变了调子："陆老师！"

防护罩还没修好啊！

冲击波撞飞了机甲检修站的大门，看不见的恶魔破门而入，周六脑子里一片空白，就在这时，陆必行轻轻地在手腕上一压，个人终端的虚拟屏幕缩了回去，与此同时，机甲"嗡"一声轻响，防护罩指示灯陡然亮了，与冲击波短兵相接，机身剧烈地晃动了一下。

"防护罩重启成功，运行良好。"

"陆必行！你他妈……"周六一身冷汗，差点虚脱。

"检修完毕，"陆必行说，"工程师编号 001 作业。"

这时，通信频道里传来图兰的声音："这回来的耗子有点多，二队准备支援，其他人做好随时撤离准备。"

陆必行直接在通信频道里问："如果是整个星系范围内搜索，我不相信他们这么快。对方的追踪效率太高了，反乌会对跃迁的研究一直超前于联盟，我怀疑对方能定位你们经过的跃迁点，是根据这个判断你们的活动区间，再派敢死队地毯式搜索。”

图兰听出了他的声音，差点被口水呛死：“陆老师？！你怎么跑前线来了？将军同意了吗？总长允许了吗？老头还指望你接他的班呢，谁让你到前线来蹚雷的！”

“我不来看看，怎么知道下一步怎么分配那点可怜的资源？闭门开会吗？总不能让一把年纪的总长亲自来吧。”陆必行说，“卫队长，别都打完了，留一架敌机让我解剖一下。”

图兰：“不是，你……”

她还没来得及说句完整的话，通信频道就被干扰了——反乌会的惯用伎俩。

陆必行伸手一摸机甲的机舱壁：“宝贝，刚检修完，你能行吗？”

小机甲里没有人工智能，当然无法回答，精神网闪着荧荧的光，被陆必行推上轨道，似乎要更近距离地接触这场战役。

周六察言观色，忽然说：“陆老师，我觉得你情绪好像不太对。”

陆必行回头看了他一眼：“明显吗？”

周六摇头：“不明显，直觉。”

“准，以后赌球就找你当参谋，”陆必行一笑，小军事基地的反导系统因为小，反而比星球上的灵敏得多，此时，反导系统和敌袭短兵相接，炸得人工大气层一塌糊涂，扫过机甲的“微风”全是杀人不眨眼的冲击波和粒子流，陆必行骤然将机甲提速，“我现在对联盟不爽极了，可是启明星上除了忧国忧民的老头老太太，就是下属跟晚辈，我不能发脾气，也不能在他们面前发表不文明的过激言论……他妈的。”

周六：“……”

文明标杆陆老师刚才说了句什么？他揉了揉自己的耳朵，疑心自己耳朵该检修了。

高空敌人立刻捕捉到了他们这架离群的小机甲，在陆必行将要脱离机甲轨道时，一炮轰了过来，陆必行骤然掉头转了一个巨大的偏角，随后猛地加速，撞进敌人阵地中。敌人这段时间习惯了图兰狼群似的打法，完全没料到这里还有个不听指挥的，仓皇下，同时有三四架机甲朝他放了导弹，陆必行走位十分风骚地从两枚导弹中穿过，紧接着关闭动力，发了一记高能粒子炮，晃花了对方的眼，同时，失去动力的机甲猛地往粒子炮反方向沉，正好让过身后紧追不放的追踪导弹，两个方向的导弹炸作一团，同归于尽了。

在机甲高能警报的噪声里，周六听见陆必行略微咬着牙，低声说："他们怎么能这么对他？"

周六："啊？对谁？"

被干扰的通信频道恢复，图兰快疯了："陆必行！你给我滚回来！"

"收到，这就滚。"陆必行在敌阵前转了一圈，转完之后，并不接着逞能，飞快地退回自卫军之后，将个人终端接在了军用记录仪上，快速读取着方才收集到的各种数据，"反乌会的机甲性能明显优于我方，但驾驶员素质一般，缺乏临阵变通能力——建议适当降低导弹的精度和重量级，牺牲一点武器质量，以保障供给，图兰卫队长，可接受吗？"

图兰大言不惭地说："你就算给我块板砖，我也能正好打进他们喷气口里。"

陆必行接着说："初级机甲的图纸和制造程序我已经修订完毕，从原有机甲生产线上，调配一点资源就够用，生产多少，我会按照机甲对毁率、新入伍人数和生产线生产力统筹安排……但也许即使这样，还是撑不到白银十卫赶到，如果是这样，那么我建议你，烧个'防火带'出来。"

图兰："什么意思？"

"就是阻断通道，古时候护林员为了预防森林和草原大火，通常会把一定区域的植物预先烧干净，人为制造一个没有易燃物的防火带，这样，如果一个方向着火，火烧到防火带，就会因为缺少可燃物而不再蔓延。"

通信频道里的图兰和周六异口同声："你说清除跃迁点？"

如果星舰和机甲是交通工具，那么跃迁点就是路。没有能够折叠空间的跃迁点，动辄以光年计算的星际距离是走到死也走不完的。跃迁网是大航海时代，百代人共同完成的奇迹，就是在这个基础上，人类的活动版图才能扩大到八个星系，才能不断探索时空外延。

"对，伟大的跃迁点，从旧星历时代开始，我们就像集体认知水平停滞了似的，开了近一千年的倒车，除了娱乐和与个人享受有关的事，所有科技水平都在倒退，至今还在吃大航海时代的老本。"陆必行低声叹了口气，"如果实在撑不下去，我们就分批撤走几个靠近前线的星球居民，然后引爆跃迁点，把第八星系变成一个进不去也出不来的孤岛，省得蠢病传染过来。”

通信频道里所有人集体沉默——打仗的时候炸毁几个跃迁点不算什么，甚至都不影响跃迁网正常工作，事后再慢慢修复就行，可是陆必行说的这种炸法不同，这是要直接改变宇宙空间“地貌”。

联盟太空法令里明确规定了，这种行为视同于叛出联盟，是反人类和反社会的重罪。

“不……不是，”周六这个前走私犯结结巴巴地问，“这是……要自立门户，把第八星系变为‘域外’吗？”

陆必行温文尔雅地反问：“有什么不可以吗？”

“早他妈该这么办了，”图兰没心没肺地大笑起来，“陆总，我就喜欢你这种平时不找事，一搞就是大事的人才，今天回去要是将军找你麻烦，我来罩你！”

陆必行客气地笑了一下，没有戳穿卫队长这个膨胀的牛皮。

“卫队长，远程扫描到附近有大队人马。”

“今天星象不吉利，”图兰低声骂了一句，“注意掩护地面人员，准备撤！”

临时基地的地面人员早在空袭时就做好了撤离准备，图兰一声令下，所有能起飞的机甲有序起飞，其他人员就近进入生态舱，连上其他机甲的捕捞网。还没有完成检修的机甲只能忍痛抛下，图兰心疼得快哭了。她心似滴血，下手于是尤其狠，方才纠缠不休的几支机甲侦察兵小队瞬间被她冲击得七零八落。然而随后，重重的精神网压了下来，一支反乌会的超时空重甲团突然出现，前锋的小机甲兜头遭到了精神网冲击。

图兰：“×，陆老师你先……”“刺啦……”

通信干扰再次袭来。

陆必行一皱眉，感觉到精神网剧烈地震颤起来——对方重甲的精神网辐射范围太大，而自己这架机甲实在是个老牛破车，人机对接口实在不太稳定，在被入侵的瞬间，动力系统又失灵了，而这架方才正在检修的机甲没有备用动力！

紧接着，粒子炮扫了他的机尾，机甲顺着粒子炮横飞了出去，敌军立刻发现了他机甲的问题，一炮打了过来。

图兰要救已经来不及了。千钧一发间，陆必行在人机对接口不稳的情况下，竟再次将行进的机甲切换到检修模式，周六疯了，差点给他跪下。失去动力的机甲匀速直线撞向导弹，机甲里一边响着刺耳的警报声，一边精神分裂似的平静地汇报：“动力系统尝试重启——”

“嗡”一声，周六以为他们当头撞上了导弹，下意识地闭了眼。

就在这时，机甲的动力重启成功，几乎在恢复的一瞬就急剧转向，与导弹擦肩而过。

周六悬起的心从半空中砸下来：“太险……”

还没落到胸口，这惊险的操作直接导致机甲散热板烧穿，动力彻底报废了。

周六：“……”

他觉得自己需要心脏病药。

“唉，”陆必行叹了口气，“不行早说啊，这回咱俩要准备跳生态舱了。”

然而敌人不给他跳生态舱的机会，紧追不放，下一刻，机甲再次发出能量警报——正前方跃迁点有剧烈能量反应，有大规模机甲在前，他们被堵在了中间！

随后，高速下也没看清前面来了多少敌军，巨大的捕捞网就黏着大量保护性气体迎面打了上来，机甲仿重力系统失效，两人都飘了起来。

周六急忙作为备用驾驶连上精神网，准备硬抗一波精神网攻击。

陆必行则诧异地想：“反乌会学会活捉了？”

失去动力的机甲像飞进蛛网的小虫，迅速陷了进去，被强行制动，下一刻，通信频道恢复，陆必行听见图兰尖叫：“将军！”

将……军？

原来前面来的竟然是自己人。从天而降的林静恒出乎双方的意料，反乌会方面对他的畏惧是刻在骨子里的，没来得及动手，先自己吓破了胆，还以为自己一脚踩进了陷阱。战势陡然天翻地覆。

与此同时，陆必行失控的小机甲被捕捞网拖入了林静恒指挥舰的机甲站台，飘起的陆必行和周六一起掉了下来，听见湛卢熟悉的声音说：“代将军转达他的问候，陆校长，他说您艺高人胆大，以后不用开机甲了，用易拉罐糊个战车，点一根‘二踢脚’就能上天了。”

陆必行爬起来，无奈地掸了掸灰，断开精神网，从小机甲上跳下去，两个医疗舱已经等在了门口。

陆必行：“我不用……等……”

医疗舱并不理会他的拒绝，先是乖巧地绕到他身边，随后猝不及防地伸出几只医用束缚机械手偷袭，强行捆住他，把他硬塞进了医疗舱——就像当年他在小行星带对林静恒干的事一样。

周六腿一哆嗦，吓得连忙自己爬进了医疗舱：“我自己来，自己来。”

陆必行：“湛卢，我要跟他说话！”

湛卢：“他拒绝。”

陆必行吐出一口气：“好吧，那告诉他我爱他。”

湛卢沉默了一秒，随即转述道：“他说‘滚’。”

陆必行：“那替我联系图兰卫队长，让她跟将军解释。”

湛卢又沉默了一会儿，回答：“图兰卫队长表示嗓子哑，失声了。”

陆必行：“……”

刚才哪个王八蛋说过要罩他的！

陆必行艰难地试着在机械手里挣了一下——医用束缚，伟大的机械力量，连林静恒都能捆个一动不动，更别说他了。

陆必行想了想：“湛卢，你替我问他，把我捆成这样，是想对我为所欲为吗？”

这一次，湛卢没回答，可能是又被禁言了，随后，医疗舱盖落了下来，把陆必行彻底关在了里面，一个口罩落下来，封住了他的嘴。

“将军，”“失声”的图兰在通信频道里对林静恒说，“对方开始撤退。”

“追，”林静恒说，“全部击落为止。”

图兰：“但陆老师刚才说给他剩一架……”

她话音没落，湛卢突然打断：“先生，远程扫描到一队不明武装在靠近。”

林静恒一皱眉。

图兰立刻吩咐：“前锋暂时回撤！”

她话音刚落，一支机甲战队陡然出现在反乌会身后，乍看像一支实力雄厚的援军，还不等图兰的前锋掉头，新来的不明武装势力就突然开火，在所有人意料之外，他们抄了反乌会的后路！

“什么情况？”图兰莫名其妙地说，“将军，这是你带来的援军？”

不等林静恒回答，她又自己否定了这个猜想：“唉，看起来很有钱的样子，肯定不是。”

“图兰，”林静恒说，“你表演失声表演了一半，还带中场休息的？”

图兰：“……”

林静恒：“不管他们！”

他们这边追击在后，而新来加入战局的不明武装堵在前面，反乌会撤退途中当头被炸了一拨，指挥舰不幸粉身碎骨，剩下的乌合之众没头苍蝇似的失去了组织，被第八星系自卫军从后面追上，逐个击落。

一架慌不择路的反乌会机甲离群，试图缩小自己的目标，还不等他趁乱脱逃，湛卢的精神网就扫了过来，驾驶员一声不吭地掉了线，备用驾驶员连忙一拥而上，拼命要夺回精神网，林静恒却直接用精神网打开了机甲上的广播：“当俘虏还是想死？”

几个备用驾驶员愣了一秒，随后用实际行动表明了——他们选择死。

域外，人类文明所不及之处，那里的每一颗行星都不是宜居行星，这些自然的信徒只能住在冰冷的人造基地里，从海洋与绿地上被放逐出去，面对茫茫无依的宇宙。没有真正在信仰和宇宙里挣扎过的人，不会理解他们这种歇斯底里的疯狂。林静恒干脆利落地成全了他们，在他们反扑精神网时，远程打开了机甲上的强力气压装置，几秒之内就能把机甲里的空气全部抽干，几位宁死不降的英雄顿时成了眼球爆裂、死状凄惨的尸体，机甲闪电似的被重三快速捕捞。

新武装加入战局后，不过短短片刻，反乌会就全军覆没，残兵败将被清理一空。接着，第八星系自卫军迎面撞上了不明武装。

对面一水的超时空重甲，华丽得能闪瞎人眼，两相对比，第八星系这一头活像丐帮出行。双方谁也没有先吭声，就这么僵持住了。

“先生，”湛卢说，“对方一部分机甲的人机对接口没有‘缝隙’，人机匹配度为100%，驾驶员不是人工智能，就是芯片改造人。”

是海盗自由军团吗？

林静恒心里的疑虑越来越重，无端想起了之前在凯莱星附近缴获的那个贩卖“鸦片”的人造空间站。

图兰试着给对方发送了一个通信请求，但如石沉大海，对方没有接。

随后，只见这支神秘武装的队伍一分为二，后队变前队，为首几架机甲从这条通道里缓缓撤出，在林静恒他们眼皮底下，匀速穿过了最近的一个跃迁点，就这么走了，剩下的机甲一动不动地保持在原位，和第八星系自卫军大眼瞪小眼。

图兰：“这是‘一二三木头人’的太空版本吗？我看……要不然轻轻打他们一下试试？”

林静恒默许了这个暴力分子的建议，于是图兰“轻轻”地将一发高能粒子炮冲着最前面的一架机甲轰了过去。随着这一发高能粒子炮在那防护罩上消失，更奇怪的事发生了——只见这些一动不动的机甲突然集体交出了精神网权限！

从精神网的视角上看，就像一阵风吹过，一片蜡烛渐次熄灭一样。

一个自卫军先锋小心地上前，接管了其中一架机甲的精神网，往这些古怪的机甲里窥视：“报告长官，机甲性能良好，武器库满载。”

图兰问：“驾驶员呢？”

先锋回话说：“机甲内没有生命迹象。”

湛卢插话：“也没有可交流的人工智能。”

图兰起了一身鸡皮疙瘩：“那刚才开机甲的是谁，鬼吗？”

开机甲的确实是鬼——自卫军和工程队不遗余力，连被临时关小黑屋的陆必行都给放出来了——他们花了十几个小时，像拆炸药包一样，小心地把这五十架崭新且性能良好的超时空重甲拆完，在每一架重甲上发现了一具尸体——尸体被拉出来的时候，全都是统一靠墙的姿势，站着死的，死因不明。

就好像古代志怪故事里，在一瞬间被集体摄走魂魄一样。

而每一具尸体后颈都有生物芯片，芯片与“鸦片”很像，但又有细微差别，似乎是改版，取出来的时候，芯片已经全部失活，无法检测。而机甲的武器库也如最先登陆的先锋队队员所说，除了方才轰炸反乌会用掉了一点，几乎都是满载的。

重甲满载是什么概念呢？

当年林静恒把臭大姐两个备用物资库打劫一空，安全起见，把重要军用物资全部装在了一架重三上，还差一点没装满。

图兰觉得自己跟做梦一样，一天以前，她还以为这次运气不好，要损失十几架正在维修不能升空的小机甲，心疼得死去活来，一天以后，就跟中了大奖一样，一支精锐的超时空重甲团从天而降，发了！

这五十架重甲非常新，技术含量远非林静恒那架老旧的重三能比，可以说，比当年的联盟湛卢，也就只差了个智能机甲核而已——重甲确实一般都自带人工智能，但这批机甲来路诡异，如果装了人工智能，林静恒他们恐怕也不敢放心用，对方似乎考虑到了这一点，将核心智能卸下了。

由于第八星系目前没有生产重甲的能力，他们现有的重甲都是通过各种渠道缴获的，把家里那一堆寒酸的破烂归拢个遍，也没有这个阵容豪华。

海盗自由军团，他们最初就像一帮小丑，不知道从哪儿弄来一堆小破机甲，质量和外观都参差不齐，在第八星系拓展业务的时候，还跟毒巢那种非主流邪教组织合作，显得特别不上档次，与其他两大海盗势力相比，近乎东拼西凑的草台班子。可是每一次相见，自由军团的装备都会往上爬一个层次，这跃迁式的发展背后有什么，细想起来，简直让人毛骨悚然。

从开战到现在，不过一年多的时间，鸦片在联盟内部到底已经肆虐到什么样的地步，才能让这个幕后毒枭像核爆一样敛财？

“之前那个空间站好歹还是打下来的，现在完全就是白送了。”陆必行意意思思地凑上来，厚着脸皮，假装忘了林静恒在和他冷战的事，没话找话地问，“这个神秘人物很有意思嘛，不是哪个暗恋你的吧？是谁，你心里有数吗？”

林静恒缓缓摇了摇头，他想起了劳拉·格登。

“鸦片”的幕后毒枭，一定跟劳拉……以及与他本人关系非常密切的人有关，而这样的人实在不多——林静恒在联盟，日常接触的大多是军委高层，如果是他们中的某一个，一定能想办法从联盟军工厂里弄点装备出来，不至于让自由军团一开始那么寒酸。

至于劳拉……她作为白塔负责人，名义上属于管委会。而林静恒和管委会之间，向来是话不投机半句多，管委会里唯一不盼着他早点死的，好像就只有……

林静姝。

陆必行发现他脸色不对，怕他胡思乱想，就想开个玩笑把话题带过去，他一伸手搭在林静恒肩上，动手动脚地用手指尖撩他的头发和下巴，趴在他耳边说：“将军，你看着一本正经，拈花惹草的本事可不小啊……”

林静恒一把抓住他的手腕。

陆必行一呆，林静恒的手指像是要嵌进他的骨头一样，脸上一瞬间掠过难以描述的痛苦神色，像是透过肉身，有人在他的灵魂上抽了重重的一鞭。

陆必行：“林，你怎么了？”

林静恒说不出话来。

独眼鹰和于威廉他们去八星系各地联络老战友的时候，被一个老朋友出卖，让因为鸦片被劫而怀恨在心的自由军团追杀了一路。那时，独眼鹰曾说，他和叛徒是出生入死的交情，曾经在同一架太空机甲里飘过五十多天……他却顺口嘲讽了独眼鹰几句，口出狂言，说，就算是在一个子宫里一起住过十个月，也说明不了什么。

他说得那么冷酷，那么斩钉截铁，就像他不会后悔一样。

“我只有你了。”林静恒想，他捏着陆必行骨节分明的手腕，像是捏着一根救命的稻草。

（三）

伊甸园实验基地，杨氏兄弟与林静姝辞行。

“我们没想到消息会先一步落到光荣军团手上，而他们竟然用这么下作的手段。”泊松说，“既然林将军在第八星系的事已经尽人皆知，我们这个备用中心也就没有意义了，我们打算尽快和白银三会合，赶过去。”

出乎意料地，林静姝没有强留他们，也没有为难他们的意思，还给他们预备了一路的物资。

“我这里有做好伪装的机甲，现在八大星系都很乱，路上小心一点，听说你们是后勤技术部门，打仗应该也不用冲到前线吧？所以请慢一点走，遇到军事封锁带就绕路，安全为上。”林静姝温柔细心地嘱咐完，又说，“我哥没做过那些事，我知道，会没事的。”

这几句话说完，几乎快把双胞胎对她的疑虑打散了。

“是啊，”托马斯勉强冲她一笑，“把林将军的名字和海盗那个什么大总统扯上关系都是侮辱，可是有些人蓄意栽赃，有些人听风就是雨。林小姐，联盟现在非常危险，您真的不跟我们走吗？天使城要塞里有内鬼，您会有危险的。”

林静姝摇摇头：“我不是说了吗，会没事的。”

杨氏兄弟再三劝她，林静姝都回绝了，无奈之下，只能自己离开，

他们刚刚离开，距离第一星系最近的白银第一卫远程回信就到了，刚好和杨氏兄弟错过，发到了伊甸园实验基地。

“他们说了什么？”林静姝问。

“没什么重要信息，”一个穿白大褂的人对她说，“只是报备了自己的坐标，表示自己正在赶往第八星系，原话是：‘奉将军命令，避开小蜂鸟要塞，我们停靠在……’”

“小蜂鸟要塞，”林静姝打断他，“是那个……那个叫什么来着？”

“叶里夫将军，也是当年陆信的旧部，有人说他一直对联盟怀恨在心。”

“哦，很好啊，那就他吧。”林静姝一低头，像随便点了道菜一样，“陆信旧部，战争时位置微妙，连我哥都怀疑过，完美。不管是不是他，就让他来当点着的‘导火索’好了。”

“白大褂”小心地看了她一眼：“夫人，万一他是无辜的……”

林静姝一脸莫名其妙地看着他，反问：“我是法官吗？他无不无辜，跟我有什么关系？”

“白大褂”哽了一下，不敢再提出异议。

林静姝：“到了兵戈相向的地步，还舍不得撕破脸，这就很虚伪了，那我来做这个搅浑水的坏人好了。”

“夫人，那天使城那边呢？他们发现了您护卫的尸体和现场打斗痕迹，您本人又失踪，现在已经上了紧急头条。”

林静姝眯起眼睛：“出乱子了啊，那我就继续‘失踪’好了。”

（四）

这时，“小蜂鸟”要塞已经公转到了远日点的位置，叶里夫心事重重地从军事基地回到自己的府邸，心里还在想这些日子沸沸扬扬的事。不知为什么，那些声讨林静恒的声音，让他想起了当年他们是怎么对待陆信的。

他们信誓旦旦、言之凿凿，声称陆信罪大恶极。最经典的一个证据，是陆信替第八星系争取权利连连受挫时火气上头，曾经脱口说过一句：“你们看看第八星系那个鸟样子，还不如交给海盗去管！”

陆信成名太早，年纪轻轻就身居高位，性格确实有些狂傲，但他并不是一个在公开场合管不住嘴的傻子。这句话是他休假途中，乘坐私人星舰，在民用航道的一个补给站里和副官闲聊时说的，因为是私下场合，他又喝了点酒，口无遮拦了些，被一个过路的机器人维修员听见了。

这位维修员是坚定的自由宣言捍卫者，每一起正义的游行示威都参与过，像憎恨杀父仇人一样憎恨星际海盗，尽管他从来没见过海盗长啥样。维修员听了这话，一开始还以为自己认错了人，偷偷溜回去，借由工作便利查看了陆信的顾客身份信息，才敢相信他就是那个“陆信”，震惊于这位手握重兵的“联盟脊梁”政治居然这么不正确，这位心忧天下的维修员又义愤又担心，回家以后痛哭了一宿，第二天在“社会责任感”的驱使下，拿着录音举报了。

他们说陆信背叛联盟、背叛信仰。

他们说他得意忘形、德不配位、野心膨胀，控制了军委不算，还妄图控制联盟议会，把联盟变成他自己家的。

他们还说他作秀，天天给公众表演恩爱，其实和夫人的婚姻早就名存实亡，这么多年都是各玩各的——新星历时代，结婚率已经降到了15%，漫长的生命和青春让每一对冲动之下玩结婚过家家的二百五都以分道扬镳收场。婚姻本身就跟开玩笑一样，那些政客还整天给自己加“专注家庭”人设，还什么“百年伴侣”，听着不雷人吗？

还有比揭穿神坛上人的“真面目”、将他拉下来再踩上一万只脚更伟大的胜利吗？

还有什么比这更能体现真理之威严与无畏呢？

“给我倒一杯伏特加。”叶里夫含糊地对自己的卫兵说，“顺便去问问要塞的恒温器是不是坏了，真他娘的冷。”

卫兵回答：“长官，实时温度显示24℃，没有异常变动，您需要医疗舱检查一下身体吗？”

“不，”叶里夫脾气暴躁地说，“滚开，我要伏特加。”

卫兵顺从地端来酒，给他倒了一杯，叶里夫含了一口，刺激的酒精味直冲脑门，他却忽然注意到眼前的卫兵是个不太熟悉的面孔，叶里夫顿时警惕起来，把那一小口酒吐了出来，将杯子往前一推："去给我加冰块……你以前不是亲卫团的吧？"

"不是，"卫兵平静地说，"我以前在基地当门卫，最近您的亲卫团里有人请病假，我花钱疏通了关系才挤进来的。"

他这么一说，叶里夫倒也有点印象，隐约想起了每天在基地门口站岗冲他敬礼的年轻卫兵，于是又放松了一些，斥责说："都什么时候了，还想着用这些乱七八糟的手段往上爬，踏踏实实地立点战功不好吗？"

卫兵回答："立战功九死一生，不如给您当亲卫，安全，起点又高，还能在长官面前混个脸熟。"

"在我这儿没用，我最烦你们这些家里有点臭钱的投机分子，"叶里夫虎着脸一摆手，"不走正路。"

卫兵好脾气地笑了笑，在他酒里加了冰，没反驳。

叶里夫深深地看了他一眼，借着酒杯遮挡，他悄悄打开了个人终端，扫描了眼前这年轻卫兵的脸，好似漫不经心地问："你们家是干什么的，有这么多闲钱贿赂长官？"

卫兵含糊地回答："做生意的。"

叶里夫垂下目光，飞快地扫过调出来的档案，拖长了声音"哦"了一声，不动声色地将一道警报发了出去："做什么生意？"

卫兵抬起头，目光正好和叶里夫撞在一起，那卫兵的眼神冰冷，瞳孔不知哪里不对劲，看着不太自然，像冷血动物。

"芯片，"他吐出两个字，"将军，您的酒，不喝吗？"

叶里夫个人终端调出的档案上，年轻卫兵的证件照旁边，赫然标注了"孤儿，出生日期不详"一行字。

叶里夫猛地从腰间抽出枪，一枪打向卫兵的膝盖："放屁！"

叶里夫虽然不是东西，但征战多年，本领是有的，近距离这么一枪不可能打不中，本想让对方失去行动能力再继续逼问，谁知那卫兵膝盖挨了一枪，却只是原地晃了一下，纹丝不动！

他甚至低头看了一眼破了个大洞的裤腿，拎起长裤轻轻一抖，行动毫不受限地朝叶里夫走过来。

叶里夫悚然一惊："你到底是什么东西？"

卫兵笑而不语，扭曲的表情分外诡异，一步一步地朝他逼近，叶里夫浑身冒了一层鸡皮疙瘩，向对方连开数枪，同时忍不住再次看向自己的个人终端——按理说他的亲卫团接到警报之后，应该会在两秒之内赶到，可是……

"别看了，将军，你的信号发不出去，监控镜头也不会拍到什么的。"

叶里夫一直退到墙角："你到底是谁的人？反乌会？天使城？还是光荣团那个总统？"

"卫兵"的脸缓缓变形扭曲，变成了另一张截然不同的面孔，小蜂鸟基地无数人、无数监控镜头竟然都没有察觉到！他微微一笑："这问题，您可以问问地狱，别了。"

暗杀，这是现代文明尚在苟延残喘的最后一条底线。

三个小时后，换班的卫兵发现了叶里夫的尸体。这一场石破天惊的暗杀，将彻底拉开一个卑鄙无耻、弱肉强食的混乱时代。

尸体上的痕迹与监控显示，叶里夫死前曾经疯狂地向空无一物的办公室扫射，大喊大叫着什么，好像疯了，然后一枪打进了自己的太阳穴。从他的医疗记录里得知，叶里夫生前酗酒，同时大量服用情绪禁药，酒精和情绪药物之间的冲突是造成他疯狂的主要因素，而他的个人终端里还有大量通话记录，通话人是光荣军团的大总统。

消息传出来，几乎同一时间，第七星系的安克鲁就通过特殊渠道收到了。

而此时，安克鲁几乎已经站在了林静恒面前——

11 月初，第八星系在内忧外患下，突然不知从哪儿弄来了一支超时空重甲团，咸鱼翻生一样，骤然将反乌会一路打出了第八星系，反乌会只能向总部求援，事已至此，反乌会除了增兵，别无他法。

与此同时，第八星系出动大批军用机甲，开始将位于交战前线附近的居民整体撤走。

（五）

"叶里夫自己承认他勾结了海盗，负疚难当，所以自杀谢罪？嗯……

小蜂鸟要塞地理位置微妙，光荣军团占领沃托后，叶里夫打着‘保卫联盟’的旗号回头对付反乌会也很微妙，所以呢？今天叶里夫微妙，明天伍尔夫元帅也要微妙，后天大概我也要微妙了。”安克鲁吹开茶水上的细沫，笑了一声，回头冲他的智囊团说，“别理这些乱七八糟的，你们继续说。”

“将军，反乌会今天调动了上百架重甲，马上要开进第八星系，您看我们是不是也该行动了？”

“不急，没那么容易，你知道当年联盟中央逼迫林静恒解除武装的时候，出动了多少重甲吗？”安克鲁低下头，埋首于各项战场数据中，“再观望一阵，反乌会恐怕得再来一百架重甲才行，林静恒真那么好对付，我早出手了——话说回来，谁知道林静恒手上那批重甲武装到底是哪儿来的，之前难道都是扮猪吃老虎？”

“目前我们还没能在第八星系安插好有用的间谍，但是据小道消息说，是战场缴获的。”

“放屁，反乌会的重甲长什么样你们不知道啊？是这个型号吗？”安克鲁打断他，“林静恒这些年，偷偷在域外扎根扎得很深啊，怪不得他选择躲在第八星系。”

“将军，”智囊团中的另一个人说，“我想请您关注一下第八星系转移居民的事情。”

安克鲁正色了一点：“说说。”

“林静恒突然把靠近前线的居民都撤离了，空间站也全部移位，我们分析，他可能是想建一道军事要塞链条，以……”

“他吃饱了撑的吗？”安克鲁彻底不耐烦了，再次粗鲁地打断这个名叫“智囊”的脑残，感觉从第七星系招来的这帮所谓“智囊”，就是为了衬托他本人英明神武的，“林静恒的优势是机动性强，特点是手里兵少，现在走的是‘以少胜多’‘以进攻当防守’的路线，修什么‘万里长城’？你以为他跟你一样傻？”

智囊团不敢吭声了。

整个会议室安静了片刻，安克鲁没理会其他人，目光沉沉地落在会议桌上，片刻后，他没头没尾地问了一句：“都撤走了？”

“是啊。”

安克鲁陡然想起了什么，猛地站起来：“他妈不早说，整队！”

方才他还说林静恒不好对付，要等反乌会“再来一百架机甲”，突然又变了口风，一帮跟不上节奏的手下面面相觑。

亲卫亦步亦趋地跟上去，满头雾水：“将军，您不是说……”

“再不动手就来不及了，”安克鲁沉声说，“还没看出来吗？林静恒这是打算撑不住了就直接把跃迁点炸了，隔离第八星系！”

林静恒亲自坐镇前线，同时盯前线战事和居民转移两边，由于反乌会这段时间疯狂从其他星系往第八星系调兵，死缠烂打，双方已经胶着了十多天。前线还好，反正只要导弹充足，图兰那货轻易死不了，主要是居民撤离，把他撤得心力交瘁。

要想分散风险，就得把人分成很多批次，可是一来林静恒没有那么多人手，二来也不能把时间拖那么长。而如果想要速度，用大星舰和重甲满载运人，又照顾不过来，一旦护送途中出事故，死伤人数肯定不止成千上万，林静恒也好，总长也好，谁也负不起这个责任。林上将自以为了不起好几十年，现在才发现，原来守护真的比破坏难太多了，得有三头六臂才够用。

足足十几天，林静恒全靠舒缓剂和咖啡吊着，几乎没怎么合过眼。

陆必行刚刚把一帮撤离的居民安顿好，得知最后一批人已经在路上了，于是趁隙风尘仆仆地赶到前线指挥中心。

他一边走，还一边跟总长他们沟通星球规划。

“其实不管最后我们封不封闭第八星系，聚集人口都是有必要的，”陆必行说，“一来是节约星际交通成本，二来是增加人口聚集效应，第八星系大部分地方都地广人稀，至少百年内没有自然资源紧缺问题，等发展稳定了，人口数量上来了，再扩展居住区也可以。”

“我知道，道理是这个道理，”爱德华总长叹了口气，“但……还是希望我们不要走到封闭星系的地步。”

说来讽刺，第八星系的新政府成立，是基于对自由宣言的信仰，而如今，他们却要叛出联盟。理智上，大家都承认这是对的，感情上却总是接受不了，他们就像一帮和渣男分了一百次手还在藕断丝连的怨妇。

其实就连林静恒也是抗拒的，只不过因为这是陆必行的提议，他没吭声而已。

陆必行看出来他的欲言又止，恍然大悟——林其实是爱联盟的，只是联盟伤透了他，因此这种爱矛盾而深沉，压在层层的仇恨与冷漠之下。然而，他复杂灵魂最底层的基石，有些东西是来自乌兰学院、来自联盟……是无法割舍的。

陆必行同卫兵点了个头，刷开基因锁，直接走进指挥中心，脚步却倏地停在门口——林静恒左右两边分别挂着不同的通信段，一边连图兰，一边连着撤民护卫队，此时，难得两边都闭了嘴，他已经在短暂的安静间隙里睡着了。他睡着的姿势也正襟危坐，陆必行想象不出，怎么睡还能睡得这么端正。林静恒可能是在眨眼途中，眼皮一合就没睁开，身上的肌肉没来得及放松，人已经没有意识了。

人形的湛卢在他旁边，发现陆必行进来，转向他，正要说话。

陆必行连忙冲他竖起一根手指。湛卢想了想，原地变成机械手形态，挂在了林静恒的椅子背上。

陆必行无声地冲他比唇语："你又没电啦？"

机械手状的湛卢伸开掌心，掌心冒出两排小绿字："我目前电量充足，但总觉得您二位单独在一起的时候，人形或者类人形的我旁听，会让双方都不自在。"

"你变成什么都一样，"陆必行把字浮在手腕的个人终端上给湛卢看，也调成了环保的小绿字，"你存在感太强了，比宠物还爱参与主人生活。"

湛卢纠正道："我没有'参与'，我只是观察记录。"

陆必行为了不踩出脚步声，在门口就把鞋脱了下来，光着脚，悄无声息地走到林静恒面前，叹了口气："我这大半个月，总共就跟他说过三句话，一句是'预计能按时完成'，一句是'安全'，唯一一句私人的就是'我想你了'，公私加起来没有十五个字。"

机械手湛卢回答："最后一句由于当时信号干扰，这边没能收到。"

陆必行："……"

如果封闭第八星系，这小小的星系孤岛也许会成为一个世外桃源。炸掉的跃迁点即便可以按照旧地图重建，要把断层的空间重新连上，要上百年，留一个地下航道的开口给白银十卫，剩下的可以全部舍弃，而只留一个开口的话，即便被敌人找到，也易守难攻。

百年后，第八星系难道会比不上乱成一锅粥的联盟吗？

陆必行想，如果彻底叛出联盟，林静恒大概就能安安心心地留在第八星系，不必总是挂着一魂一魄在联盟了吧。

就在这时，林静恒一侧的耳机里突然传来呼叫："将军！"

林静恒立刻惊醒，他睁眼对上陆必行的视线，顿时有点恍惚，茫然地呆了片刻，这种状况外的表情难得能在他脸上看见，陆必行反应很快，立刻用个人终端抓拍了下来，在林静恒伸手抓他之前，跳起来躲到了两米之外，得意地晃了晃手腕上浮起的两寸虚像："我要拿回去建模，打印个 3D 的。"

湛卢："陆校长，根据联盟治安管理法，用偷拍的照片打印 3D 人像属于猥亵行为。"

林静恒哭笑不得，嘴角往上轻轻提了一下，笑了一半，又想起陆必行不打招呼私自上前线的账还没来得及算，于是又强行板起脸，瞪了他一眼。他接通通信，像从未睡过一样清醒，问前线的图兰："怎么？"

"反乌会又在增兵，能量等级估测有一百架重甲。"

林静恒捏了捏鼻梁，感觉反乌会爱他爱得太深沉了，大有要跟他纠缠到地老天荒的意思："不要硬碰，先绕他们几圈，等那边人口撤完我给你增援……"

"将军，"这是另一个通信频道里负责撤离平民的护卫队，"第七星系中央军突然动了，目测行进方向，是要绕到运送队前边。"

林静恒略一闭眼，沉声说："打出'通行证'。"

所谓"通行证"，是一种特殊的光信号，一旦太空机甲打出这个标志，就代表它运载的是非武装平民，出于保护平民的人道主义，星际间约定俗成的规矩就是见通行证不得开火攻击。

当然，这种约定防君子不防小人，星际海盗肯定不吃这套，但第七星系中央军就难免要掂量掂量了。

（六）

"将军，"另一边，安克鲁的亲卫说，"他们好像打出了'平民保护通行证'。"

安克鲁有点意外："我这辈子还真是第一次看见林静恒示弱。"

虽说“兵不厌诈”，诡道之下，用什么手段都是很正常的，但每个人行事仍有自己的偏好和风格——有些人，即便是狡诈，也是虎狼式凶狠的狡诈。

“他域外的朋友给他搞来了军用物资，怎么没给他顺便送点兵来？”安克鲁说着，一抬手，机甲战队从跃迁点里鱼贯而入，悍然降落在护卫队的航线上，森冷的炮口扬起，第八星系护卫队被迫停下，护卫机甲围了一圈，将载满了平民的星舰围在中间。

“安将军，按照规矩，我们不能攻击非武装平民。”

安克鲁反问：“我下令开炮了吗？”

“将军，”图兰对林静恒的左耳说，“反乌会在往民用航道方向推进，护卫队撤走没有？没有的话，让他们加快点速度！”

几乎与此同时，护卫队方面说：“将军，安克鲁堵住了航道，拒绝与我方对话，怎么办？”

“你拦一下反乌会，护卫队还在半路上，不能让他们上民用航道。”林静恒对图兰说。

图兰人手不足，护卫队分走了她好多武装力量，接到命令，只好咬着后槽牙说：“遵命。但是将军，一定要让他们快点，我最多能拦住反乌会半个小时，否则就要我老命了。”

陆必行问：“这个安克鲁是什么样的人？”

林静恒站起来，把湛卢扣在胳膊上：“安克鲁看起来没什么心计，嘻嘻哈哈的，有时候还有点粗鲁，但他在陆信旧部里人缘非常好。他曾经给陆信当过亲卫长，后来表现突出，被陆信放出去锻炼，本想让他攒一点军功，几年后升少将调回军委……”

没想到，陆信没来得及把他调回来就……

“嗯，”陆必行一点头，“有时候你很难分辨一个人到底是待人真诚，拿真心换真心，还是心机深沉、手腕圆滑。”

人们总是有些刻板印象，觉得那些看起来有点粗野的、脾气不好的，或是有点孤僻的人，都是没什么心眼的“真性情”。

林静恒：“准备机甲，再给安克鲁发一次通信请求，我来跟他说话。”

“林静恒。”安克鲁扫了一眼通信请求，摩挲着自己的手腕，他用一种自言自语似的语气对旁边的亲卫说，“有时候，真觉得这个世界不公平，同样是在前线把脑袋别在腰带上，出身于乌兰学院还是没有出身，待遇天上地下——乌兰学院内部也有区别，每年的‘优秀毕业生’一毕业就有军官衔，至少也是个中校。而‘优秀毕业生’不是第一名，也不一定是最优秀的，一届学生里，谁最后能拿到这个荣誉，是在入学名单上就勾勒好的。比如这个林上将，起点就是别人的终点，自己却把一副好牌打成这衰样……哈，反正我们这些凡夫俗子是不能理解的。拒绝，我和他没什么好说的。”

通信请求再次被拒绝。

载着撤离民众的星舰上，很多第八星系居民都是有生以来第一次离开大气层，这些从未被伊甸园调理过的人大半辈子都是挣扎着活，接近一半以上的人都有各种各样的心理创伤。尽管星舰相比机甲已经足够舒适，但可怕的宇宙环境还是会将焦虑、恐惧与抑郁无限放大。随着双方僵持的时间越来越长，星舰里的气氛也越来越让人不安，不知是谁突然崩溃，尖叫着哭起来，等在旁边的医疗舱迅速做出反应，上前将崩溃的人拖走了，但群体性的恐慌已经被点燃了。

与此同时，眼看反乌会在民用航道上越走越远，图兰迫不得已，只好动手。但这并不是一个好时机——民用航道路况简单，跃迁点相对少，对游击队相当不友好，图兰硬着头皮绕路直上，穿过跃迁点拦住反乌会大军，先打出一波导弹开道。反乌会迅速散开，很快发现了偷袭者的色厉内荏，百十来架重甲形成了一个包围圈，封锁了可供逃窜的跃迁点，直接把图兰他们瓮中捉鳖地扣在中心。

“诸位，”图兰在通信频道里说，“我们今天的任务不是在这儿歼灭他们，我们……”

她话没说完，反乌会已经做出了反击，叠加的高能粒子炮倾盆似的落下。

图兰：“贱人——闪开！”

自卫军被对方的炮火压着退避了几十公里。

“卫队长，看航道图。”

图兰倒抽了一口气，航道上，下一个跃迁点就在半个航行日外，一旦靠近那里，没来得及撤走的那批平民和护卫队就会进入敌方重甲的远程扫描范围。

“他们是被时空裂缝卡住了吗，怎么还没走？见鬼了！”

自卫军毫无选择，只能迎着炮火而上，双方全都将火力开到了最大，通信频道上开始接二连三地有光点熄灭——每一个熄灭的光点都代表一架被击落的机甲。

防护罩受损的警告吵得图兰头痛欲裂：“闭嘴！”

要命的是，这时，反乌会好像意识到他们在保护什么，重甲队伍突然一分为二，主力持续炮火轰炸，三十多架重甲趁着图兰他们无力招架，绕过交火区，直奔前方跃迁点！

“将军，撑不住了！”

林静恒发送第三次通信请求，仍被安克鲁拒绝，安克鲁既不交流，也不开炮，好像铁了心地要跟他们耗下去。

林静恒：“导弹开路，打过去！”

“将军，一旦我们先开火，通行证就会被视作无效……”

林静恒不理会，面无表情地下达了攻击指令，围在星舰外的机甲陡然变队。

安克鲁松了口气似的微笑起来：“我就说，他林静恒玩什么星际人道主义的过家家，准备……”

就在这时，亲卫突然上前：“将军，您要看看这个。”

安克鲁：“等会儿再……”

“联盟那边传来的消息，各地‘中央军’都回应了，他们都在等您！”

安克鲁一愣。

与躲躲藏藏、几乎和外界断绝联系的第八星系人民不同，安克鲁从一开始就有自己的武装和据点，从战争开始到现在一年多的时间里，他很积极地和散落八大星系各自割据的“中央军”，乃至联盟中央，都建立了固定的联络渠道。

尤其各地“中央军”，拜林静恒所赐，当年被发配到各星系当摆设的所谓“中央军”，几乎全是在陆信麾下战斗过的人，陆信死后，这些人的政治资源也就此断绝，于是天然形成了一个守望相助、共同进退的利益共同体。

他们此时传信，安克鲁不能不理。

秘书快步走上来，弯下腰，在安克鲁耳边飞快地简述前因后果：“叶里夫死因成谜，死后个人终端信息又那么快被泄露，所以小蜂鸟要塞的人现在不依不饶，坚持认为他是被暗杀的，把现场和叶里夫遗物查了个底朝天。”

安克鲁问：“动静这么大，查出什么了？”

“很多，包括他死前曾给自己的亲卫队发过信，但不知道为什么没发出去等可疑的情况。但这都不是重点，重要的是，他个人终端里有一套东西，直接指控当年陷害陆信将军的，就是联盟中央的伊甸园管委会。”

安克鲁蓦地转过头，仿佛已经顾不上眼前的两军对峙了，他的眼角神经质地跳了起来，一字一顿地问：“陆将军是被联盟中央鸟尽弓藏的，这事还有谁不知道？”

如果一个位高权重的人获罪而死，那么对大多数局外人来说，要么会觉得他是罪有应得，要么会往阴谋论的方向想，认为他是权力与政治斗争的牺牲品。不肯相信陆信背叛过联盟的人，当然会认为陆信是联盟中央一些人暗害的。可这终归是没有根据的臆测、没有具体目标的愤怒。

秘书语速很快地说：“您知道，当年陆信将军执意要求第八星系的军事自治权，碰了联盟中央的逆鳞……”

其实一开始不是这样的，陆信替第八星系向联盟中央讨的，只是联盟承诺过的社会福利、基建、财政支持、反导和防御体系，尤其是后面两样。因为第八星系离域外太近，随时有可能被袭击，而安全才是一切社会发展的基石。可是伊甸园管委会不断从中作梗，由于空脑症比例太高，第八星系没有构架伊甸园的条件——没有伊甸园的地方，对管委会而言，就是不受控制的蛮荒之地，怎么能把大量的社会资源浪费在那种地方？简直是没事找事。

陆信戎马倥偬半辈子，在军委说一不二，绝不是一个能慢条斯理坐下来讲政治的温和派。因此他直接提出来，联盟可以不给钱，承诺过的事也可以食言而肥，但第八星系要军事自治，他亲自来组建自卫军。这后来引发了一场联盟各星系集体要求军事自治的大站队，陆信态度强硬，和管委会翻脸后，居然越过议会，擅自批准了第八星系自主军事基地建设计划。

“当时有人向伊甸园管委会举报，陆信收养林静恒，是为了得到劳拉·格登的‘禁果’，这里面涉及大量的绝密记录与文件，包括举报人的身份和原版音频，不知道为什么，被叶里夫拿到了，现在已经公之于众。各地中央军哗然，各星系都在停火，要求天使城给个说法，否则将不再效忠于联盟。”

安克鲁没听说过“禁果”是什么鬼东西，而且因为年代久远、领域不同，他一时都没反应过来劳拉·格登是哪位，但这都不妨碍他在三言两语中抓住了重点——和陆信死因有关的绝密文件，突然被公之于众，各地“中央军”，也就是陆信的旧部，对这件事缄口不言三十年，在这么一个混乱的时间点，竟然集体哗变。

“将军，”第八星系护卫队的负责人请示林静恒，“已瞄准敌军阵营，是否开炮？”

“将军，”安克鲁的秘书说，“请问您下一步指示。”

林静恒的手抬了起来。

安克鲁断然喝道：“收缩两翼，转为防御阵营。”

“先生，”湛卢说，“对方好像准备退兵。”

林静恒差点落下的手停住了：“等等。”

“捕捉到了对方加密的远程信号，似乎是来自遥远的星系外。”陆必行说，“我试着破解一下，不行也没办法，毕竟反乌会的通信技术我还没吃透。”

重甲在缓缓移动，安克鲁的视线穿过机甲精神网，各项纷繁复杂的参数在他眼睛里来回跳跃。

“‘禁果’是什么？”

“是传说中能完全屏蔽伊甸园的程序，现在正好能解释为什么林静恒还活着。”

“谁还没有几个伊甸园屏蔽器？自由宣言在上，这有什么犯法的！”

“不一样，安将军，普通伊甸园屏蔽器，屏蔽的只是伊甸园的功能，您可以不让它检测您的身体水平，可以拒绝伊甸园的医疗干预，甚至不让伊甸园给您的孩子进行基础教育，但伊甸园依然无处不在，您使用任何程序、人工智能，与任意一台机器发生人机交互，哪怕是搭个电梯、使用个智能马桶，相关数据都会被伊甸园记录在案，它可以调阅并整合这些数据，对您个人思维模式与行为做出精准预测，精确度高到您无法想象。叶里夫那里公布出了一份‘犯罪分子’与‘潜在犯罪分子’名单，文件太大，恕我无法复述，如果系统判断出一个人有反伊甸园和反联盟倾向，就会上‘潜在’名单，这个人就会被秘密监控，一旦有越轨行为，联盟立刻会把它掐死在摇篮里。”

安克鲁缓缓地说：“怪不得破案率这么高，原来是做到了早发现早预防，我也在这个潜在名单上吧？”

秘书默认，随后又说：“但‘禁果’不同，‘禁果’是白塔叛逆在伊甸园上开的秘密后门，它能隐藏您的一切行踪，修改伊甸园的数据库，根据叶里夫那里公布出来的档案来看，假如‘禁果’锁定了一个人，它甚至可以按照既定人物设定，自动将这个人一生的一切数据修改成符合设定的样子。”

也就是说，对伊甸园来说，“禁果”是真正的恐怖主义，能提供一把保护伞，把无数“犯罪分子”伪装成“好人”。

“伊甸园管委会必须得到禁果，否则他们不知道内部藏了多少‘鬼’，不知道多少人曾经被禁果修改过数据。而陆信必须死，因为他们认为，一个没有心怀不轨的人，是不会私自把持‘禁果’系统的，他既然有‘禁果’，即使还没有犯罪，也在犯罪的路上。所以他们捏造罪名、伪造证据，这一系列事件真相都在管委会里留有记录，从叶里夫那里泄露出来的资料看，他们把这项行动叫作‘猎鬼’，但不同于普通的政治斗争，在那一次‘猎鬼’行动中，管委会突破了自由宣言和法律的底线，他们精确地设定了一个方案，从流言蜚语、莫须有的举报、到一个接一个的证据亮出的每一个节点上，通过伊甸园，给每个听到、看到这个消息的民众一个即时的微刺激，只要这个人当时没有屏蔽伊甸园，他就会在不知不觉中被伊甸园放大怀疑、愤怒、嫉妒和恶意。”

安克鲁一言不发地点点头，心想，怪不得——怪不得陆信分明没有做过那些事，却要在公审前夜仓皇出逃。因为联盟中央高级官员接受审判，用的是“全民陪审”制度，每个非公职公民都可以自愿加入陪审系统，在网上实时旁听庭审记录后投票。

“告诉远在各星系的列位同人和战友，”安克鲁沉声说，“我安克鲁，与兄弟们同在——撤！”

叶里夫是不是联盟内奸，林静恒是不是勾结了海盗，现在都没有意义了，各地中央军既然群情激愤，应该是已经确认过了这些文件的真实性。这些本该是管委会压箱底的绝密文件，从它们泄露出来的那一刻开始，所有追随过陆信，并以此身份拉帮结伙、立足于世的人，就都必须立场清晰地自觉戴上“叛逆”的帽子。

一开始，安克鲁以为叶里夫“被自杀”是海盗搞的鬼，为了把林静恒摘出去，手段低劣且蹩脚。直到这时，他才发现，这件事比他想象的预谋深远。幕后的人竟能拿到管委会的绝密文件，在这么一个人人都在试图浑水摸鱼的节骨眼上，彻底搅浑了水，把自由宣言高高吊起来，再踩进泥里给所有人看。

联盟……不，整个新星历纪元文明的基石被打碎了，从此以后，荣耀与自由宣言都成了谎言、笑话。

那么八个星系、浩瀚的星辰之海，剩下的，就只有赤裸裸的挣扎求存与弱肉强食了。

“将军，第七星系中央军突然走了！”

林静恒：“看到了，先不管他们，护卫队，护送运载星舰全速撤离。”

“对方给您发了一条留言。”

林静恒意外地抬起头。

“第七星系中央军司令安克鲁问候林上将：我还记得三十多年前，陪同陆信将军参加您入学典礼时的情景，时局纷乱，各自保重。”

“啊，走了，远程加密还没破解完呢！”陆必行听了一耳朵，莫名其妙地问，“他的意思是说，他举着导弹劫道劫了一半，突然想起自己还参加过你的开学典礼，心一软，叙个旧，不打了？”

林静恒没顾上回答他，因为这时，图兰已经被反乌会逼到了死角，随身武器库灰飞烟灭，伤痕累累的机甲上，防护罩已经彻底崩溃，她感觉自己已经差不多可以冲到敌阵里自爆了。

反乌会逼近跃迁点不到两万公里，他们一步也不能再退了。

图兰一咬牙：“整队！把遗言都发出去。”

“诸位，”这一套词，图兰入伍至今，已经听过很多遍，还是头一次自己亲口说出来，她觉得有点难为情，因为说出来太羞耻了，可是也没办法，传统就是传统，“假如我们在宇宙中粉身碎骨，残骸将漂泊于永夜，有朝一日在碰撞中湮灭，成为星星的一部分，而灵魂将重回故里，回到你出发的地方、你誓死守卫的地方——自由宣言万……”

“卫队长，紧急跃迁，撤！”

图兰“岁”字还没来得及说出来，就被通信频道里指挥部传来的命令打断了。

图兰无言以对，只好微笑：“王八蛋，非得等我表演完再说吗！”

下一刻，他们这支被追得屁滚尿流的自卫军集体紧急跃迁，反乌会穷追不舍，紧跟着追过跃迁点，迎头碰上林静恒和一部分从护卫队里分出来的增援，还没来得及从跃迁点出来，就被人守株待兔似的打了个满头包。

“是陷阱，快撤！”

海盗们仓皇整队，正要战略性后退，突然遭到身后重火力打击——方才堵着民用航道的第七星系中央军不知什么时候绕路到反乌会身后，浑水摸鱼地下了把黑手，把反乌会威风凛凛的超时空重甲军团炸了个人仰马翻。反乌会的海盗们溃败逃窜，第七星系中央军远远停留了片刻，将朝着第八星系自卫军的炮口降下来，随即机身上亮出第七星系中央军的军旗，离开了。

第八章 内忧外患

陆信飞出沃托的那天夜里，真的还相信那些他为之拼过命、流过血的东西吗？

（一）

联盟已经乱成了一锅粥，叶里夫的秘密档案曝光之后不到三个小时，伊甸园实验基地就遭到了不明武装的袭击，整个基地灰飞烟灭，而伊甸园的代言人林静姝不知所踪。伊甸园实验基地被炸毁一事，被认为是明目张胆的报复，随后，联盟各大军事要塞都遭到了不同程度的袭击，星际海盗也跟着趁火打劫。

二十四小时后，联盟中央被迫发表声明，承诺将严查陆信将军一案中所有涉案人员，尽快确定各种信息来源的真实性，请大家在这个内忧外患的节骨眼上保持冷静克制，不要被人利用。

但是这声明如此声气微弱，而且已经来不及了——

就在联盟中央试图灭火的时候，联盟一个名叫“阿拉斯加”的军事要塞遭到不明武装袭击，由于反应不太及时，该军事要塞的防护罩被炸开了一个口，落下的导弹正好炸毁了军事要塞上的“非军事区”，就是安置随军家属和非军事服务人员的地方，死难者包括要塞司令一对未成年的子女。阿拉斯加要塞的司令员悲愤交加，临阵抗命，带人一直打到了附近一支中央军的驻地。

这一次，没有伊甸园给人施加微刺激，而联盟与各地中央军的矛盾却仿佛被人在烈火上浇油，以迅雷不及掩耳之势，一发不可收拾起来。联盟、原属于联盟麾下的各地中央军、星际海盗打成了一团，将本就被黑暗笼罩的联盟又撕开了无数条裂口。

而就在这时，一队幽灵一样的机甲悄然离开天使城要塞附近，穿过茫茫宇宙，开往神秘的自由军团秘密基地，本该和伊甸园实验基地一起灰飞烟灭的林静姝，和她手下一众行尸走肉似的研究员毫发无损，都已经换下了白大褂。

林静姝快速穿过重甲的玻璃栈道，走进底层的实验室，防护玻璃后面正在进行实验，十六个不同年龄段、不同性别的人站成一排，全都一丝不挂，瑟瑟发抖，一个面带狂热神色的男子穿着醒目的橙色马甲，站在他们面前。

实验员用话筒对里面的“橙马甲”说：“让单数人出列，上前一步，排成两排。”

“橙马甲”按着耳机，冲监控一点头，只见他既没有开口说话，也没有做任何手势，仿佛只是靠脑电波，就让眼前的十六个人自发听命站成了两排。实验员瞄了一眼耗时，记录下数据，随后，实验室房顶上降下一排锋利的斧子，正好落在两排“实验品”中间。

实验员说：“命令后排的人拿起斧子，用最快的速度杀死他们前面的人，被杀的人保持立正姿势，直到死亡。”

“橙马甲”冲监控比了个“ok”的手势，下一刻，他眼前的十六个“实验品”好像提线木偶一样，完美地完成了砍杀和“一动不动被杀”两个动作。

实验室里一个老人不忍心看地偏过头，正好看见走过来的林静姝。

“晚上好，博士，‘鸦片二代’看来很成功啊。”林静姝愉快地说，“二代压制一代，我们很快会造出三代芯片，压制二代，鼓励大家不断地往上爬，阶级分明，效率也高，这样的社会才是理想社会，蠢货们就应该有蠢货的活法，对不对？不要让他们举着自由宣言瞎捣乱了。”

老人沉默了片刻：“你妈妈做这个芯片的初衷不是这样的。”

“可是我们没有得到完整的技术啊，”林静姝笑了起来，“只能自由发挥了，对不对，哈登博士？”

那老人居然是白塔第一任负责人，早该自杀在监狱里的哈登博士！

哈登沉默了一会儿："你把战局搅成这样，不怕白银十卫被堵在路上，林静恒在第八星系等不到人用吗？"

林静姝一耸肩："白银十卫难道还会主动掺和进这种烂摊子里吗？再说，他之前被困于第八星系，不就是因为缺少武装吗？现在敌人们的目标都转移了，他手里有兵又有武装，还在第八星系耗什么？哈登爷爷，放心吧，林静恒没有那么傻的。"

（二）

伊甸园实验基地被炸毁，离它很近的天使城要塞草木皆兵。

联盟议会紧急做出决定，将伊甸园管委会所有成员——除了失踪的林静姝以外，全部控制起来。

王艾伦低头看了一眼个人终端，小声对伍尔夫说："议会请求和您通话。"

伍尔夫像个行将就木的老龟，好像转一转眼珠都能累着他，目光盯在一个地方，参禅似的半天不动，好一会儿才说："告诉他们我心脏不太舒服，在医疗舱里躺着，让他们等。"

王艾伦一低头，业务熟练地替老元帅组织出一番"虽年老体衰、病痛缠身，但仍然忧国忧民"的说辞回了过去。

伍尔夫转身敲了敲墙壁，墙上跳出一个立体的视频屏幕，随后跳出画面，播的正是关于陆信有"禁果"的那个举报，一个男人声音颤抖地说："劳拉·格登出逃之前，曾经去见过陆信一面。林蔚将军当时没睡，站在窗户后面，眼睁睁看着她走的，那天正好是我值班……他……林将军不让我声张，林将军说，有一样很要紧的东西，格登博士不信任他，现在只好把它交给别人……"

"这个举报人出身于第四星系，有个弟弟是空脑症，曾经是林蔚将军亲卫团里的一个护卫，静恒被陆将军领走的时候还小，怕他不适应，所以陆将军从林家挑了个人跟他走。这个护卫本身也很愿意跟过去，毕竟跟着陆信将军，往上爬的机会很多。后来陆信将军把他安排进了自己的亲卫团，拿他当一个知根知底的人。"王艾伦低声说，"您知道，在管委会的白塔里，有一个空脑症专区，养了一群空脑症患者，日常工作就是配合研究所做脑电波扫描，享受研究员待遇。在伊甸园的世界里，除了白塔里的这种‘研究员’，没有空脑症的容身之处。那年他弟弟二十岁，刚成年，以他们家的背景，本来只有流落第八星系一条路，为了家人，他决定出卖陆信将军，和管委会做成了这笔交易。但他在管委会偷听到了‘猎鬼’的只言片语，得知全民陪审的结果是既定的，事到临头又后悔，把这件事告诉了陆信将军，首鼠两端，也没落得什么好下场。”

伍尔夫：“因为这个两面派的举报人，又因为陆信死后，他们怎么也查不到‘禁果’在哪儿，所以管委会渐渐相信，‘禁果’可能真的不在陆信手上，随着劳拉·格登的自爆而消失了。”

王艾伦点头：“对，他们唯一动不了的就是湛卢，因为湛卢的备用权限在静恒那儿，那孩子因为这个被监视了很多年。但据说他的各项数据都很正常，太正常了——适当的愤世嫉俗，适当的尖酸刻薄，适当的抵触伊甸园和联盟中央，偶尔偏激起来，甚至越过上‘潜在’名单的安全线，但大多数时候，他又基本在‘安全’范围之内，这种数据如果也是伪造的，那就太可怕了，他那时候毕竟才十几岁。”

“这么多年，‘禁果’系统始终默默地运行在湛卢上，兢兢业业地伪造着一连串的数据，看来，陆信从来没有告诉过林静恒，‘禁果’的深层运行逻辑，他可能一直以为禁果只是个屏蔽器。”伍尔夫叹了口气，“为了保护那孩子，陆信什么都没说，包括他与伊甸园管委会间的种种……也包括他曾经在‘禁果’的名单上见过我。”

伍尔夫说着，扶着桌子，缓缓走到他的办公桌前，实木的桌面泛起厚重的光泽，他摸索着拉开抽屉，露出里面一个旧相框——让人难以相信，新星历时代，竟然还有人在用这种古董。

相框里是一张三个少年的合影，特殊的照片工艺，让两百多年的光阴丝毫无损画质，好像是这一天早晨才刚拍的。

“中间的是我，”伍尔夫喃喃地说，“看得出来吗？我都没有样子了。”

王艾伦微微一笑：“哪里，轮廓和五官都没怎么变，我想另外两位是哈登博士和林格尔元帅吧。”

“我们仨，从小在一起，现在他们都没了，”伍尔夫呓语似的，轻轻地说，“都没了啊……大哥这辈子跟我说过的最后一句话，就是让我们替他看着这个世界，看到当年自由宣言里想象的图景都实现，下去讲给他听，他说……他看不见恒星的光扫过沃托了，也看不见小蔚出生，他离黎明只有一秒。”

王艾伦知道老元帅不是在跟自己说话，因此不声不响地站在一边，尽忠职守地当一个有耳无口的木雕。

“‘禁果’的想法是管委会提出来的，管委会用伊甸园监视所有人，却不希望自己也被监视，所以他们想给自己人做一套特权的屏蔽系统，没想到，那一任白塔主人哈登私自把它升级成了一把能捅穿伊甸园的利刃。那时候，哈登找到我，告诉我他打算利用‘禁果’，偷偷在域外培植一支‘反乌会’，以免伊甸园无法控制。我听完却傻乎乎地勃然大怒，我想伊甸园管委会固然是太贪心了，但他哈登博士怎么能和域外的海盗勾勾搭搭，这不是叛国吗？可那是我过命的兄弟，我又不可能举报他、害他，只好从此和他断绝来往。哈登没跟我吵，只是说他会记录下我当时的想法和信仰，录入‘禁果’，假使有一天我变了，我这个人在伊甸园里，也依然是那么一副刚正不阿的模范样——他说他希望我永远也不会用到。”伍尔夫轻轻地说，“他这是讽刺我，但他是对的，如果不是他，我活不到今天。”

他的朋友，他毕生放不下的人，他亲手带大的孩子、寄予厚望的学生们，一个接一个地离开他，推着联盟这辆巨大的蒸汽车驶向与初始背道而驰的方向。当他追悔莫及的时候，已经年老体衰，要靠人工智能存储的记忆，才能想起那些很久以前的理想与信念。有那么一瞬间，一个画面死灰复燃似的划过伍尔夫的大脑，他依稀记得仿佛有个少年，形容落魄，半带玩笑似的对他说：“我啊，活两百岁就行，差不多就得了，不然万一不小心活到三百岁，耳聋眼花、固执狭隘，以前的事什么都不记得了，想法也都变了，那不是变成另一个人了吗，还是我吗？我才不要。”

伍尔夫和王艾伦两个人一站一坐，久久相对无语，王艾伦的目光扫过抽屉里的老照片，想起陆信。

王艾伦想：陆信临时决定从沃托仓皇出逃的时候，心里是什么滋味呢？

他忠诚于联盟，为联盟出生入死，却发现他的老师、朋友、前辈们，都在鼓励别人使用伊甸园的时候，想方设法地屏蔽保护自己。他毕生为每个公民追求自由平等，而这些人决定在全民陪审的时候判他有罪。时间仓促，他不知道怎么把这些事和还是个孩子的林静恒说明白……甚至他自己恐怕也没有时间想明白，他只好选择加密湛卢，缄口不言。

陆信飞出沃托的那天夜里，真的还相信那些他为之拼过命、流过血的东西吗？

“还没完，”伍尔夫声音有些含混地说，“乘虚而入的光荣团还在沃托，反乌会里的垃圾也没清理干净，我答应过林大哥和哈登的新世界还差得远。联盟这点苟延残喘的力量，我暂时还不能放弃……”

王艾伦明白了什么：“您说……静恒。”

“他还不知道‘禁果’是什么，但闹得这样沸沸扬扬，第八星系再闭塞，他也总有机会知道，总有机会看见那份名单，像陆信一样信仰崩塌。”伍尔夫把声音压得很低，像是怕惊动一个熟睡的孩子似的，“那太可怜了，我不希望他这样。我希望他能活得像个英雄，也死得像个英雄，你明白我的意思了吗？”

王艾伦心领神会，冲伍尔夫略微一欠身，随后又问他：“那静姝呢？”

伍尔夫沉默了一会儿，叹了口气：“再怎么机关算尽，也不如从小潜入伊甸园管委会高明，我们这些老东西都小看她了。管委会真是有毒的土，长不出正常的花。要尽快找到她，不能让她不明不白地失踪——你尽快联系人发一份声明，宣布联盟内部全面清剿‘鸦片’，告诉民众，‘鸦片’是管委会在伊甸园后的阴谋，同时，发布对林静姝的通缉令。”

（三）

有毒的花——林静姝在哈登博士面前站起来，双手背在身后，脸上的笑容消失了，她盯着玻璃实验室里痛不欲生的杀人者们，略微踮起脚，凑上去，鼻尖蹭在冰冷的单向玻璃上。

“如果这个世界亏待你、伤害你，每个自以为无辜的蠢货都在你的心上吸过血，你还要原谅，还要以德报怨，还要做所谓……那叫什么？‘正确的事’，那你也是有罪的。”她说，“因为你让死去的好人含冤，你让活着的愚人依然心安理得于自己的‘无辜’，你让历史落入可耻可鄙的蝼蚁总有悲情英雄们来拯救的俗套。你咬牙和血咽下的仇怨，让这个故事变得虚伪又丑陋。”

哈登博士老态龙钟地站在阴影里，轻轻地问：“孩子，在你心里，就没有公义和人性吗？”

“我就是人性，”林静姝一字一顿地说，“什么是人性？人性就是饿了要吃、渴了要喝，别人对你好，记住他、回报他，别人践踏你，不惜一切也要报复回去，这是天然的人性。所谓‘公义’，哈！那是一种自我陶醉的变态，不会有好下场的。”

她说完，轻轻亲吻了一下防护玻璃，落下个殷红的唇印。

“让人恶心。”她说，然后转身走了。

八大星系都在她这一转身里血流成河。

（四）

托马斯·杨和泊松·杨本打算在第二星系边缘整合白银第三卫——第二星系边缘有个大型的星际中转站，私人星舰买卖、补给维修都是在这里，久而久之，各种补给站和星舰服务机构扎堆在这边。白银第三卫都是技术人员，正好混迹于这地方，迎面撞上了大批私人星舰团来中转站寻求避难。

“我们从第二星系来的，我是第二理工大学的老师，我们学校在一个人造空间站里，离自然行星比较远，学生们都是住校。”一个中年男人带着一帮迷茫的青少年，摆手谢绝了托马斯递过来的烟，“谢谢，不抽这个，学生里还有几个未成年呢——那天突然来了一伙人，开着机甲占领了学校所在的空间站，强逼我们注射一种生物芯片，据说是伊甸园的替代品。校长说伊甸园有替代品是好事，可体内注射需要严格手续啊，再说学校也不能擅自同意，还得组织未成年的学生家长签字……他们居然不由分说地开枪打死了校长！我和我的同事们一看这阵势，赶紧带着学生们分头外逃。我们的星舰大部分都被击落了，跑出来的都是幸运的，我想把这些孩子送回家，可是第二星系的航道已经被封锁了，有人在那儿打起来了，实在没办法，只能先在这儿躲一躲。”

他话音没落，一个学生突然尖叫起来：“老师！”

看见几个学生不知怎么鼓捣着接上了地下网络，一段画面剧烈晃动的视频传了上来，看样子是一个人造空间站——第二星系自然条件一般，主要是金融运输业发达，接近一半的人口都住在大型人造空间站上——下一刻，视频画面里闪起不祥的警报，一个路人突然狂奔起来，大叫“导弹”，话音没落，白光湮没了整个画面，一切戛然而止。

“这是第二星系首都星附近的肯尼空间站。”

“首都星附近的空间站群现在全线失联。”

人们惊慌失措，有亲人朋友仍在首都星附近的，开始焦急地试图建立联系，片刻后，联系不上的人们开始崩溃大哭，乱成一团。

托马斯默默地把刚才没送出去的烟叼进自己嘴里，泊松双臂抱在胸前走到他旁边：“这里不安全，这么大一个星际中转站，马上会成为难民营，都是走投无路的人，强买强卖‘鸦片’的海盗马上就会盯上这里，卫队长，我们是不是先撤退？”

而与此同时，白银第一卫滞留第三星系，也已经超过一周了——因为他们沿途救下了一个被海盗追杀的难民团。

随着战火沸腾，星际难民团越来越多，生活在前线附近的人们每天做梦都怕一枚导弹从天而降，落在自家院里，买得起一张星舰船票的人都跑了。据说第三星系的难民船票已经涨到了天价，一般中产之家得倾家荡产不说，还得被迫选择谁走谁留下。这帮难民星舰经不起紧急跃迁，加速度大了都会出人命，而附近所有扫描得到的跃迁点已经全被各种武装势力围住了，带着这么大的一个累赘，白银第一卫也被困在了海盗包围圈里。

第八星系，林静恒刚刚在安克鲁的临阵倒戈下打退了一波反乌会的袭击，还没来得及松一口气，就听见湛卢突然说：“先生，远程通信请求，来自白银第三卫托马斯·杨。”

林静恒一愣。

白银十卫训练有素，按理说，他们确定了林静恒在第八星系之后，应该会尽快赶来会合，途中便宜从事，不会试图和任何人建立联系，只有在接近目的地的时候才会通过跃迁网放出远程通信请求，这样不会在路上暴露自己坐标，以免横生枝节。

白银三此时发通信，如果不是已经赶到第八星系，就是有重要的事请示。

林静恒：“接。”

从第二星系到第八星系，即使有强大的跃迁网不断折叠空间，依然做不到实时对话，中间有五十个小时的时差。

“报告将军，”终于，托马斯·杨的画面出现了，他把歪戴的帽子扣正，下意识地收了一身油滑，一本正经地敬礼，“航道被封锁，我们目前在第二星系的‘星云中转站’，这里汇聚了至少六百万难民，海盗自由军团正在朝这边逼近，目测有五十多架重甲，要强制给所有人注射生物芯片毒品‘鸦片’。”

林静恒一侧的拳头陡然收紧了。

这样远程的通信，由于延迟，双方不可能自由对话，因此托马斯·杨想了想，一次性把要汇报的话都说完：“我和泊松在天使城的时候和静姝小姐接触过，但她拒绝跟我们走，现在听到的消息是林小姐失踪——抱歉，将军，我们当时强行带她走就好了。

“白银第三卫已经集结完毕，我们自己摆脱海盗不成问题。现在我们是立刻紧急跃迁赶往第八星系，还是留下来保护星云中转站，请将军指示。”

陆必行、几个随军工程师、湛卢、刚刚从医疗舱里爬出来的图兰，所有人的目光都集中在林静恒身上。

“强买强卖‘鸦片’的海盗给自己起名叫‘自由军团’，这是要嘲讽谁？”林静恒顿了顿，对五十个小时以后的托马斯·杨说，“白银十卫当年选择宣誓效忠的是什么，你们不记得了吗？请示我干什么！”

“先生，来自白银第一卫的远程通信请求……”

“先生，来自白银第六卫……”

…………

“先生，杨卫队长传信，说‘自由宣言万岁’。”

第七星系，中央军总司令安克鲁正在会议室里听各星系战报，个人终端突然响起提示。

他愣了一下，摆手打断滔滔不绝的秘书，吩咐众人散会，继而屏退左右，独自一个人反锁了办公室门。

“是我。”个人终端上浮起王艾伦的脸，“日安，五十六个小时以后的安将军，请确保下面这段留言播放时，您身边没有闲杂人等。”

第九章　鸿门宴

跃迁网，又被称为人类宇宙文明的脐带。

那时，大概没有人会想到，两个纪元之后的今天，他们亲手割断了这根脐带。

（一）

“我们算过，光是启明星和周围几个卫星，能安置六个亿的人口，从边境撤回来的这点移民不算什么。3D 建筑打印机这几天在夜以继日地赶工，已经因为过热炸了十六台，都送回维修厂了，移民现在还在卫星中转站上休息，他们的个人终端会陆续纳入启明星社会保障体系，顺利的话，一周能完成吧，各部门正在紧急统计所需岗位数量和要求的资质，陆老师，就差你们工程队……不，工程部的了。”

“工程部需要的人很多，愿意来都可以来，安排得下，证书和学历都不是硬性条件，不过专业水平得考核，考核过了可以直接上岗，不然就得去培训，总体原则是‘松进严出’吧，替我提醒他们，培训期可没有高薪，只有低保，还不如给总长当秘书赚得多，让大家想好了。”

爱德华总长的秘书在视频电话里说：“呸！”

步步紧逼的反乌会，终于因为安克鲁的临时改戏而偃旗息鼓了，第八星系得以片刻的喘息。此时，第八星系外围的跃迁点都已经装上了爆破装置，像是古人随时准备烧断吊桥麻绳的火把，以防万一。

林静恒亲自把热爱往前线凑的陆老师押送回启明星。

机甲缓缓进入大气层，穿过云层后，就能用肉眼看见地面了。

建筑打印机高效运转，填满了规划好的民居区，一排一排的小楼起得飞快。林静恒记得自己走的时候，很多地方还是荒土与废墟，此时，那些地面已经平整完毕，成群的机器人正热火朝天地修路，很像样子了……就是不知道哪个倒霉催的色盲设计的建筑外观，这些小楼的用色十分丧心病狂。是一片让人难以理解的马卡龙色，鲜嫩活泼地与不远处肃杀的银河城军事基地搭配在一起，像一堆活泼且其貌不扬的小蘑菇，非常有喜剧色彩。

陆必行问："这是谁干的？太有碍市容了吧，从天上一看，跟铺了一层牛皮癣似的。"

总长秘书幸灾乐祸地回答："令尊。"

林静恒习惯性地扬起一边的眉毛："老波斯猫的少女心还健在呢？从他当年装异瞳到现在，好几百年如一日啊。"

陆必行："……"

林静恒用眼角扫了他一眼，又说："我看你们父子俩这不靠谱是遗传的，关键时刻都缺条狗链。"

陆必行挨挤对也开心，笑眯眯地听，林静恒一抬手，正要说什么，余光瞥见爱德华总长那位没眼色的秘书正津津有味地旁听，于是又咽回去了，皱着眉在陆必行肩头一戳，转头吩咐湛卢："对接轨道，测验密钥，准备降落！"

重甲"嗡"一声轻响，好像也十分愉悦似的。

"我们回来了！"陆必行欢呼了一声，在巨大的噪声里冲基地的通信站喊，"总长他老人家想不想我啊？"

林静恒心里有什么东西，随着他这声"回来了"轻轻一动。

他发现自己一闭眼就能描摹出银河城基地的标志性建筑、对接轨道的弧度与对接时小小的颠簸——从机甲收发站到指挥所，出了大厅，就是一条石子铺就的小路，而当湛卢汇报"对接成功"时，他的鞋底似乎已经感觉到了那些小石子的触感。

硝烟与炮火，忽然就和他拉开了距离。

这对林静恒来说，是一种陌生的感觉。沃托那个所谓的"宅邸"，他一点也不熟，不用导航机器人自己都走不明白，而当年他驻守的白银要塞是联盟咽喉，自带一种紧绷感，也从未给他带来过放松的归属感。

下一刻，通信站里传来爱德华总长的咆哮："你小子怎么又跑前线去了？！不是说在移民卫星中转站里好好待着呢吗？！"

陆必行随口糊弄他："我就是在卫星中转站里接待移民来着，是林将军他们回来，顺路把我捎回来了，是吧林？"

总长对林静恒不敢太不客气，干咳一声，正要偃旗息鼓。

就听林将军当场拆台："扯淡。"

陆必行："……"

总长："陆必行！"

爱德华总长年纪大了，絮叨起来没完没了，他让机甲收发站打开所有广播，一个一个的扩音器追着陆必行跑，保证陆必行走到哪儿喷到哪儿，从陆必行一个文职人员是如何不知轻重，数落到他这个"特委会主席"是如何不负责任。总长气沉丹田，声如洪钟："当你代表第八星系的时候，你的生命就不单是你自己的，它还属于所有公民！你看看你那德行，跟个靠不住的小青年一样，成什么样！"

陆必行一摊手："可我本来就是个靠不住的小青年啊，总长，您怎么才意识到这个问题？"

爱德华总长被他噎了个倒仰，决定去找小青年的爸独眼鹰聊一聊，不料他老人家怒气冲冲地把联络站的窗户打开，正好看到远处色彩欢脱的小楼。

总长："……"

要不是总长自己也穷得叮当响，简直想给独眼鹰拨点款，让那货专款专用地治治眼睛。

林静恒眼角略微弯了起来，转身往指挥所方向走去，却被赶上来的陆必行一把拉住了胳膊肘。

林静恒："干什么？"

陆必行一本正经地说："你答应过我。"

"答应你什么了，狗链？"

陆必行不由分说地拽着他转向另一个方向，绕过机甲站，后面居然不知什么时候修了个机甲车通道。

机甲车作为“地面之王”，贴地悬空跑起来，速度可超音速，以前银河城到基地之间是一大片荒无人烟的野地，他们把机甲车开出去遛一遛也就算了，现在周围经过一点一点的修整，城市已经颇为像样，当然不能再开着这种大杀器招摇过市，在非紧急战争情况下，机甲车需要专用的封闭轨道。

林静恒：“这是什么？”

“专列。”陆必行说，“基地里工作的非武装人员下班要回家，银河城的新政府成员经常要在基地和政府间两边跑，所以我们规划了一条班车专列，来，上来。”

他说着，拉着林静恒的手按在了指纹器上，在机甲车小站台上录入了林静恒的身份信息，一辆机甲车随即从地下升了起来，自动弹开了门。

“这条轨道直达银河城主城区，在轨道上跑比在野外还要快一点，到达终点最短只需要十二分钟六秒，”陆必行说，“但我们今天不去主城区。”

他话音落下，机甲车缓缓启动，一分钟之后加到最高速，然后缓缓减到停，正好循着轨道停在另一片站台上，全程不到两分钟。

陆必行：“跟我来。”

机甲车站台外是一片住宅，矮的是平房，高一些有两三层楼，小楼间街道规整，都是步行道路，禁止机动车驶入，两侧花坛里已经长满了装饰性的植物，灼灼的，预备着来一场盛开。

这片住宅区门口有石雕的门牌，写着：银河城指挥中心住宿区。

“这片不是我爸设计的。”陆必行说，“这是指挥中心第一个住宿区，将来如果银河城总部的驻军增加，我们还需要建更多的。从这里到基地机甲站台，机甲车只要一分五十六秒，和你从指挥所休息室走到站台的时间差不多。”

林静恒：“一分五十六秒？我又不瘸。”

陆必行无奈地停下脚步，回头看着林静恒那张冷脸：“你再这样鼻子不是鼻子眼睛不是眼睛地找碴儿，我就要在大街上非礼你了。”

林静冷冷地看了他一眼——你敢。

陆必行：“……不敢，那要不你来非礼我吧。”

林静恒推开他的脸，陆必行就放缓了语气，对他说：“最好的工程师，都是要近距离接触第一手信息的，因为信息每经过一次转达，信息量和真实准确性就会打一次折扣，你的白银第三卫以前不用亲自上前线吗？”

林静恒不为所动：“白银第三卫什么时候把你收编了？”

陆必行感觉这个人不太讲理，总是转移重点、偷换概念：“林啊……”

“走开，少来这套。”林静恒双臂往胸前一抱，“你为什么不跟我打招呼，私自上前线？”

陆必行装傻：“什么？当时图兰卫队长紧急召唤维修工程队，没跟你打招呼吗……哎，别别别，干吗把眉皱成这样？我也会担心你，如果我不能亲自体会前线缺什么，怎么解决问题，怎么在打起来的时候给你们及时支援，怎么保护你？”

林静恒仿佛被“保护”两个字戳了一下心窝：“我用你保护？”

“当然了，随军工程师就像尖刀的刀鞘，我们的天职就是保护前线的战士。”陆必行理所当然地说，“哎，咱们以后有事说事，我生气的时候像你一样动辄冷战了吗？你不觉得自己很不讲道理吗？”

林静恒面无表情地一点头：“觉得，那又怎么样，你第一天认识我？”

说完，他揪住陆必行的领子，像挪个碍事的大柱子一样，把他拎起来放在一边，继续沿小路往前走。

陆必行瞥见他泛红的耳朵，强忍着没笑：“你知道是哪栋吗？怎么跟你认识路似的……好吧，你还真认识。”

林静恒虽然是第一次来，却没有迷路，因为老远就看见最里面那栋小楼造型奇诡，院门口一左一右，站了两个铁皮的跳舞机器人，仿佛石狮子似的，机器人其貌不扬，不知道是陆必行拿易拉罐拼的还是怎样，浑身上下带着一种狗头要掉的嘻哈气质。

而机器人头顶，还有一块永生花围着的木牌，写着：林将军和工程师 001 的家。

林将军铁石一样持久续航的冷战能力，在这一刻突然破了功，两个跳舞机器人头晃尾巴摇地在他面前扭了一支桑巴，手拉手地一弯腰，然后左边的机器人从灌木丛里揪了个小花瓣，托在铁皮的掌心，送到林静恒面前，右边的机器人客气地把脑袋摘下来，冲他“脱头示意”，胸腔里发出了陆必行的录音：“欢迎回家。”

陆必行凑过来，死皮赖脸地说：“我让人把你的东西都搬过来了，你答应过要来跟我住的。我爸在隔壁，还发了好大一通脾气，因为我不肯跟他一起住。跟他一起住了二十多年，早腻了。”

林静恒紧绷的脸色终于柔和下来，无奈地叹了口气。

陆必行察言观色，见他“多云转晴”，连忙蹬鼻子上脸，吹了声口哨，两个跳舞机器人闻声而动……不料这回浪过了头，其中一位手劲大了些，把它舞伴不甚结实的胳膊揪了下来，断臂的跳舞机器人胸口爆出一簇小火花，就地短路，成了一个复读机，开始没完没了循环播放“欢迎回家”，陆必行连忙扑上来，把他丢人现眼的“部下”拖走维修了。

林静恒：“……”

工程师 001 号好不靠谱，那些经他手维修过的机甲还好吗？

“家用电子管家的对接口我也准备好了，湛卢进来就可以自动连接……对了，湛卢呢？”

“机甲上，”林静恒说，“我把你送回来，落个脚马上就走，有必要去接触一下安克鲁，总觉得他……嗯。”

他话没说完，就被陆必行扑倒在沙发上。

林静恒下意识地伸手护住他，趔趄了半步陷进沙发里，沙发是用一种变形材料做的，软硬度能随时随着主人的坐姿改变——要是坐在上面的人正襟危坐，沙发就会变得平整挺拔，要是有人躺在上面打滚，它就会立刻变得像水床一样柔软易变形，能把人严丝合缝地包裹住，让人深陷其中。

陆必行：“好不好玩？”

“就知道玩，起开。”林静恒推了他一把。

“我带你从头参观，”陆必行假装没听见林静恒刚才说什么，“楼上有个特别漂亮的阁楼，我还订购了全套的智能厨具……”

林静恒一字一顿地重复了一遍：“我马上要去交战区，需要安排警戒岗哨。”

陆必行跑到楼梯上：“吃顿饭的时间都没有吗？”

林静恒铁石心肠地摇头。

陆必行就扒着楼梯上的木头栏杆，眼巴巴地探头往下看：“可是医疗舱诊断书上说，我严重缺乏维生素林静恒，再不及时补充，会有生命危险的。”

林将军无奈地长叹了口气，他活到这么大，没有见识过这种路数，尚未来得及组织起有效防御，就已经兵败如山倒。深深地觉得第八星系有必要出台一部“取缔非法撒娇”的管理条例。

第八星系边缘的战火短暂地熄灭，银河城的夜色温柔宁静。下班后在广场上活动的人们渐渐散去，沿街的小商贩们也彼此闲聊着收摊回家，陆信的石像静静地目送着他们，他脚下有一排花，是前些日子人们悼念红霞星上死去的同胞留下的，石像的眼睛凝视着第八太阳每天升起的方向。

（二）

林静恒刚刚在确定下来的战区岗哨的管理计划上签字，还没来得及去探一探安克鲁的底，安克鲁就主动从第七星系抛来了橄榄枝——

“将军，他们发过来一道远程通信请求，希望能连入第八星系内网，跟我们建立联系。第七星系中央军还正式发了友好函件。”

林静恒眉尖一动。

这一次两个星系的官方正式沟通函件里，以安克鲁为首的第七星系中央军把姿态放得很低，先郑重地对上次他们堵航道的行为道了歉，然后很细致地解释了缘由，从海盗光荣军团流出林静恒在第八星系的证据，到联盟质疑他不告而别是与海盗有勾结嫌疑等事情的前因后果，全都说得十分清楚。

“安克鲁说，他们第七星系中央军只是奉命行事，堵航道的时候，也不知道反乌会的海盗正在逼近，差点造成严重后果。”林静恒伸手挥开阅读器的页面，对爱德华总长说，“他们想就此做出一些补偿。”

总长刚看完政府的月度财报，被巨大的军费开支戳得尾巴骨生疼，正在坐立不安，此时听见“补偿”两个字，他老人家人穷志短，眼睛当场就有点发直：“什么补偿？”

陆必行作为特委会主席，连忙在旁边用力干咳了一声，示意总长注意个人素质。

爱德华总长回过神来，艰难地运转起穷得生锈的大脑：“这……他这么说，也不一定就是借口，中央军当时虽然堵了路，但确实是没有动手，而且在撤军后发现有反乌会海盗逼近第八星系，还特意绕回来帮我们打了海盗一顿——对了，他们没说……既然是奉联盟的命令，又为什么突然退兵吗？”

“提了，安克鲁自称，他当时一心只想把反乌会打出第七星系，本来就不想搭理联盟这些幺蛾子命令，所以只是摆个样子。”林静恒语气淡淡地说，“而就在他扮演路障的时候，原联盟小蜂鸟要塞负责人叶里夫意外死亡，并泄露了伊甸园管委会陷害陆信将军的实证，包括他们伪造的一干证据，以及非法通过伊甸园对民众进行微刺激、诱导舆情和全民陪审团意见倾向等等，各地中央军大部分是陆信旧部，当场宣布脱离联盟，安克鲁乐得和老战友们共进退，所以就退兵了。”

林静恒说完，发现会议室里所有上了年纪的人都呆呆地看着他。

爱德华总长愣了半晌，喃喃地说：“所以……他们不是冤枉了他，是故意栽赃陷害……为什么？他有多大的罪过，怎么就让别人容不下了？”

独眼鹰猛地一拍桌子，突然站起来出去了。

林静恒的目光微垂，似乎是注视着独眼鹰飞起的衣角，又似乎在自己放空。他没回答，跟着众人一起沉默了片刻，才喜怒不形于色地说：“不好意思，联盟这些狗屁倒灶的事让大家见笑了。”

陆必行是这些人里唯一既说得上话，又年轻到和陆信没什么交集的人，见大家都不在状态，他连忙略微整理了一下思绪：“在收集到更多信息之前，光从这段话表面上看，我觉得说得通。那这个安将军想要什么呢？”

“从地理上说，七、八星系之间的联系，比六、七星系还要更紧密一点，而且临近六星系方向是反乌会的地盘，安克鲁多少有些力不从心。现在联盟四分五裂，到处都在混战，他说自己向我们示好，是想寻求同盟。”林静恒说，“包括但不限于连接七和八星系内网、打通双方航道、签署军事互助协议、恢复贸易等，为表诚意，他还说，他知道第八星系的日子不好过，愿意向我们支援物资。”

陆必行狐疑地问：“这么好，扶贫吗？”

“那倒不是，他说他可以赠送一批医疗设备，代表阻塞航道的歉意，但如果还想要其他的东西，那要视作星系间借贷，有利息，具体条款可以到时候商量，但事先声明，战时利率不可能太低，第八星系恢复生产以后可以慢慢还。当然，物资只有民用的，军需品不给。”

陆必行缓缓地点点头。

外交辞令里的“不低”，大概类似高利贷了，但这种时期，要高利贷也不过分。安克鲁提的条件可以说是合情合理、明码标价，颇有点“丑话说在前面”的意思，同时，又微妙地表达了对林静恒和第八星系的信任——如果第八星系这个所谓的“政府”三两天就散了摊子，那什么“高利贷”“低利贷”都是扯淡。

总而言之，挑不出毛病来。

“听起来是挺实在的，比免费的午餐显得可靠，”陆必行问林静恒，“你怎么想？”

林静恒看了他一眼。

陆必行这才反应过来，自己问了句多余的。因为林将军现在已经从第八星系“赚钱养家”的角色，变成了一位败家大户。

刚开始搞抢劫生意的时候是赚钱的，后来随着战局越来越混乱，战争越来越惨烈，“以战养战”就靠不住了。第八星系只能跌跌撞撞地发展自产自用的军工产业，而军工产业就像个花钱的黑洞，那些不断拥入且一时半会儿训练不出来的新兵更是得付出难以想象的成本。作为一个“败家大户”，得知可能的收入来源，林静恒没有直接扑上去，已经很说明他的态度了。

总长探头问：“林将军好像不太相信安克鲁的诚意，是不是因为这个人的人品有什么问题？”

“安克鲁这个人我接触得不多，他很早就被外调了，后来我把他放到了第七星系中央军，这么多年，他没闹过事，没捅过娄子，也没什么建树，我对他唯一的印象就是人缘还不错，这件事主要看总长的意思。”林静恒顿了顿，又说，“但我是比较习惯以恶意揣测别人的，所以有两件事情需要提出来给诸位参考——第一，安克鲁堵航道的时候，情况紧急，我们曾经多次试图与他建立联系，对方全部不予理睬；第二，如果他说的事全部属实，那我们的运气未免也太好了，我对‘好运气’这玩意儿真的没什么经验。”

在第八星系，岂止他对待“好运气”没有经验，物以类聚，人以群分，在座的每一位都是资深倒霉人士，大家共同围观了这块挂在天上、摇摇欲坠的大饼，不等张嘴接，又被林静恒迎面泼了一盆冷水，又垂涎三尺，又提心吊胆，十分不是滋味，只好纷纷丧眉耷眼地散会了。

陆必行趁着左右没人，一下溜到了林静恒身边，给他捏腿捶背："将军在战区和首都星之间来回跑，辛苦了。"

林静恒还在想陆信的事，想那个人如果知道自己死后三十多年才沉冤昭雪，而且带来了这么一个结果，心里不知道会是什么感受，看见陆必行，他目光才略微柔和了一些，抬手掠过那年轻人额角的头发。

陆必行："将军，别这么操心啦，跃迁点的爆破装置不是都装好了吗？这回新的爆破装置可以远程控制，都不用亲自跑过去发导弹，万一安克鲁不怀好意，我们就跟他隔出一道楚河汉界。到时候你就彻底是我……"

林静恒看了他一眼。

陆必行面不改色地改口："……我们第八星系的人了。欠债不还，转头就跑，多刺激。"

林静恒听陆信的亲儿子整天惦记要跟人类社会一刀两断，还密谋坑他旧部，打算欠钱不还，心情着实一言难尽。为人父母怎么不设个资格证呢？让这些人闭着眼瞎生，生出个什么东西也不管。

"陆老师，你这是为人师表应该说的话吗？"

陆老师一摊手："舍不得孩子套不着狼，舍不得自己套不着流氓。"

被套住的流氓松了松衬衫领口，说："滚。"

（三）

第八星系迟迟不给明确回复，几天后，安克鲁再次发声，想亲自拜访第八星系启明星。

林静恒很有礼貌地回应他，做客欢迎，但是军用机甲绝对不能开进第八星系，乘坐的星舰上不能有武装，包括配枪、护卫人员不能超过十个人，降落启明星后，全部要接受安检。

安克鲁收到这个不友好的回应，当场与他隔空翻脸，跳过第七星系官方发言人，说自己会光着膀子应邀，来之前一定沐浴剃毛，省得胸毛太长刺瞎了林少爷娇弱的狗眼。不过这段发言几分钟之后就被第七星系方面撤回了，第七星系中央军官方发言人文明地表示，他们会严格遵守友邻要求，期待在启明星会晤。

特殊时期，没那么多繁文缛节，安克鲁果然真就很光棍地只身来了，连十个护卫都没带，只随身带了两个文秘，负责文书工作和他的日常起居。

安克鲁本人虽然出口成“脏”、十分粗鲁，办事却粗中有细，很讲究，他到了第八星系，直接把自己的星舰停在了外面，将他们带来的医用物资交接给第八星系自卫军，然后主动提出要总长借他座驾。进入第八星系后，他也没有直奔新都启明星，而是先在凯莱星逗留了半天，穿着隔离服，在第八星系昔日的首都星焦土上放了一束花，以示悼念，这才跟着爱德华总长回到银河城。

总长当年在联盟议会，受够了虚伪政客们的气，难得见到一个豪放派的安克鲁，和他相谈甚欢，开了一整天的会，总长十分欣赏安克鲁有什么说什么的性格，几乎要拿他当朋友了，如果不是林静恒冷脸在侧，差点当场答应回访。一行人效率很高地完成了讨价还价，由安克鲁和爱德华总长分别代表七、八星系，签订了军事互助协议和第一批物资借贷协议，约定双方各派一支护卫队，各自在两个星系交界的地方建星际补给站，连通七、八星系间的航道。

然后总长安排安克鲁参观银河城，就这么走到了广场上。

安克鲁望着陆信巨大的石像，好像有些呆住了，他揉了揉眼，勉强保持了微笑，有些语无伦次地对爱德华总长说：“沃托原来也有一个，后来石像被他们撤了……这个……这是陆信上将吗？我没认错吧？”

总长拍了拍他的肩。

安克鲁点点头，双颊绷紧，像是死死地咬着牙，几次三番张嘴想说什么，又都抿回了嘴里，他低头抬头数次，像不知道该怎么面对这位老上司一样，眼圈慢慢地红了，血丝混浊了他的眼球，安克鲁僵立在石像下，足足五分钟说不出话来。

所有曾经追随过陆信、参加过第八星系自卫战的人都陪着他沉默肃立。

独眼鹰莫名眼窝发酸，忍无可忍地走到一边，点了根烟把自己藏在了里面，一转头，却看见林静恒面无表情地站在一边，人形的湛卢像个普通的卫兵跟着他。林静恒由于和安克鲁相看两厌，两人在七、八星系边界交接物资的时候就已经互相搓过一次火了，因此他并不参与接待，只是不远不近地带着总长的护卫队跟着，时刻提防安克鲁图谋不轨。

独眼鹰说："我们既然还没炸跃迁点，就总要和外界有交流，第七星系中央军总比海盗和联盟走狗强吧。"

林静恒："不然他还能活着站在这儿吗？"

独眼鹰有点无奈："我说，你是不是这些年唱黑脸唱惯了，戏路都变窄了？"

林静恒松了松站姿，双臂抱在胸前，靠着广场外圈小巷的墙，轻声说："总得有人泼凉水，也总得有人负责小人之心。再说，我那天在会上提出的两个质疑，对方还没有合理解释——湛卢，给总长的个人终端发一条信息，让他趁机跟安克鲁提，就说我们想要看看叶里夫死后泄露出来的全套都有什么，不听他转述版本的……或者他不是想把七、八星系联网吗，先让他交出一条跟其他星系联系的远程通信密钥。"

独眼鹰忽然问："陆必行那小子呢？"

"替总长去安置移民的卫星巡视了。"

独眼鹰眯着眼，看着安克鲁佝偻的后背，低声说："每个人都知道陆信的石像对自己来说意味着什么，只有他不知道。"

"我正要和你说这件事，"林静恒的目光不动声色地扫过周遭，确认附近没有外人，他才语焉不详地说，"湛卢，加密文件第'081'号，就是那份关于他的脑部扫描结果……"

独眼鹰意识到他在说什么，倏地扭头看向他。

林静恒："粉碎掉。"

湛卢问："先生，相关文件粉碎后，我将不会记得自己曾经扫描过……"

林静恒打断他："嗯，粉碎吧。"

他话音落下，湛卢那双看起来与真人无二的眼睛里，瞳孔突然扩散，露出无机质的底色，无数复杂的代码闪过。

独眼鹰吃惊地看着他。

"陆兄，从现在开始，这件事你知道、我知道，不要再落进第三个人的耳朵了。"林静恒的声音压得很低。

独眼鹰看了看安克鲁，又看了看他："你是信不过……"

林静恒缓缓地摇头："这几天我一直在想一件事。"

"什么？"

“我去探查第八星系通往域外的地下航道时，在小行星带找到了陆信当年留下的一个非法跃迁点，代号为‘惊喜’，这个跃迁点在联盟内部官方文件……甚至湛卢上，都没有留下任何记载。”林静恒轻轻地说，“十大名剑被设计出来的时候，精神阈值极高，少有人能匹配，湛卢一直是给他用的，到他升为上将之后，湛卢经过翻新升级，加了他的基因锁，成了他的专属机甲……谁删了湛卢的记录？如果是他亲自删的，为什么，他在防着谁？”

独眼鹰脑子一时跟不上，烟灰掉下来忘了弹。

“我能感觉到，陆信出事之前，对很多人失去了信任。”林静恒目光沉沉地看了安克鲁一眼，他们已经在广场上祭拜完了共同的精神偶像，一行人情绪低沉，正要回政府行政大楼，林静恒冲湛卢打了个响指，示意他跟上，“我也谁都不信，合作可以，但是要保持警惕——陆兄，除非一个人死了，不然不能盖棺论定啊。”

独眼鹰轻轻地打了个寒噤，说不出话来。

安克鲁签完协议，当天晚上就收到了七星系的紧急通知，得知盘踞在七星系的反乌会又有异动，连晚饭都没来得及吃，就匆忙告辞回去主持防务了。林静恒让图兰护送他到了两星系交界，把安克鲁交接给他自己的兵，一直目送着他们离开才回来复命。

安克鲁把一堆星际间的合约扔给秘书去整理，声称自己要休息，屏退了左右。

沿着特殊的密钥，他用个人终端连通了通往天使城要塞的远程通信。

“第八星系大移民已经完成了，从沿途岗哨防务分布上看，我猜他们已经在外圈跃迁点上装好了爆破装置。林静恒这个人谨慎多疑，不能让他有机会封闭第八星系。王秘书长，这回，恐怕不下点血本不行了，你们能给我什么？我不要空头支票。”

（四）

在两个星系的共同努力下，七、八星系之间的航道很快疏通完毕。接着，双方以一个跃迁点作为分界，分别在自己的地盘里派兵驻守，第七星系答应拆借的物资准备得很快，一点也没有债主的架子，安克鲁刚一走，第一批物资就备齐了。安克鲁还搞来了一群拍摄机器人，邀请爱德华总长携第八星系一干班底到现场验收签字，后面还有一个星际航道重新通航的剪彩仪式，闹腾得像是要结成友好邻邦的样子。

可是林静恒要求七星系共享远程通信，安克鲁却一直以各种理由拖延。今天说远程通信网络遭到大规模的入侵，明天又说他们正在和反乌会海盗打信息战，不方便。总之，安克鲁将军组织起花哨的活动，就好像这个世界已经太平了五百年，但一谈到通信共享，他又是一副军情紧急、海盗逼到了家门口的德行。

“给我的感觉就是，他们好像在刻意屏蔽我们和其他方面的通信。”陆必行说，“这次我和林将军一边，凡是遮住你眼睛、捂住你耳朵的，都像别有用心的。”

独眼鹰一摆手：“什么‘这次’‘那次’的，哪次你不是和他一边？他放个屁也没见你反对过。”

爱德华总长问：“林将军，白银十卫方面没有传来相关信息吗？”

“有，第一次光荣军团提到我的事，他们都知道，但后来关于叶里夫意外死亡，白银十卫那里能听到的就只是个大概了，大致经过和安克鲁的说法没有出入。应该只有联盟高层和各地驻军的关键人物才知道细节，但有些时候，细节才是致命的。”林静恒想了想，又补充说，“而且如果我没猜错，陆信将军的旧案应该是有心人刻意泄露的，叶里夫应该只是个炮灰，要是陆信旧案的绝密文件那么容易搞到手，我在白银要塞的时候早就拿到了。”

总长问：“比如哪些细节？”

“比如伊甸园管委会为什么不惜触碰底线，也要整他。”林静恒说，“我和他们斗了很多年，管委会虽然很不要脸，但一直很小心，不让人抓到把柄，也很注意维护公共形象，只因为陆信勾起了各星系军事自治权之争吗？我觉得不至于，这里面一定还有其他的原因，被安克鲁隐瞒了。”

爱德华总长听得十分迷茫，他战前每次去沃托开会，都感觉自己要把脑浆撒在议会大厅的地板上，一个头变成两个大，十分看不惯，就说：“你们联盟中央，一个个位高权重的，一天到晚有没有一点正事？”

“总长，我很欣赏您的赤子之心，但联盟中央就像个地方有限的舞台，每个人爬上去的时候都是为了理想，可是台上的人要扩大自己的地盘，台下的人呢，又想把你拉下来自己上去，到最后，大家都只能为了自己的位置而战。所以那些还‘不务正业’、满脑子理想的人，很快就会消失在这个台上。”林静恒不咸不淡地说，“总之，我不同意你去出席安克鲁这个幺蛾子仪式，告诉七星系中央军，他要是有诚意，就派个运输队，东西送来了，我派人到边境去接。”

爱德华总长深深地叹了口气：“林将军，你有求于人、跟人借钱的时候都是这种姿态吗？”

陆必行插话：“他在北京 β 星上扫大街的时候都是这姿态，唉，总长，您就别问了。”

独眼鹰简直没眼睛看，于是在桌子底下给了他一脚，不明白这有什么好显摆的。老波斯猫怀疑是自己太宠这小子了，宠得他缺揍短骂，长大以后才专门找这么一人来虐待他。

“林将军，不能这样，星际外交活动没这么办事的。否则我们和第七星系签的那些友好协议不是开玩笑吗？没意义了。”总长语重心长地说，“海盗虎视眈眈，再得罪安克鲁，我们就得腹背受敌。”

林静恒在老总长面前，多少收敛了一点脾气，没有放出“安克鲁算个蛋”之类的厥词。他眉心一蹙，反问：“总长，安克鲁从军百年，他进来晃一圈，就能看出我们的岗哨分布有问题，仔细想想，就会明白我们肯定是做好了关键时刻阻断跃迁点的准备。那你有没有想过，如果到时候他扣留你和几位政府要员，背后再勾搭海盗来个大举入侵，我们怎么办？我们没有那么多兵力，是保你们还是保第八星系，这个跃迁点是炸还是不炸？”

总长被林静恒问住了。

陆必行见缝插针地提议说：“总长，我替你出席怎么样？我年轻跑得快，林可以陪我一起，我还能趁机入侵他们的网络，他们的远程通信密钥联络机制非常复杂，我想挑战一下，而万一……”

另外三位几乎异口同声道：“不行。”

陆必行：“……”

总长叹了口气，无奈地拍了拍他的手背：“我这把老骨头，要是真的识人不明，被人扣下就扣下了，你们到时候也不用管我，跃迁点该炸就炸……你不一样。”

他深深地看了陆必行一眼，心想：你们这些“不靠谱”的小青年，可是第八星系的未来啊。

“我们撤离居民那天，安克鲁堵了民用航道，并且拒接通信，后来他们说是误会，但我觉得不是，而第七星系的战事一直是雷声大雨点小，我们必须考虑最坏的情况。比如……万一安克鲁和海盗之间有勾连，怎么办？”林静恒轻轻地敲了敲会议桌，桌面上升起实时的星际航道图，他伸手把日期拨到与安克鲁约定的日子，星星随着他的手缓缓转动，“我提议两点，第一，清理通往域外方向的跃迁点。”

林静恒说着，星际航道图上，通往域外方向的跃迁点全部灰飞烟灭：“这些跃迁点大部分是走私犯的历史遗留产物，早该清理，工程部，你们带上周六和黄鼠狼他们这些地头蛇，尽快把隐藏的、半隐藏半公开的跃迁点都解决干净，留一条地下航道给白银十卫备用就可以，再派一小队武装驻守入口足够了，省得海盗从我们背后杀进来。”

陆必行：“明白，没问题。”

“第二，不管安克鲁是要拍摄、要仪式，还是要结婚，地点必须由我们来定。让安克鲁带着他的非武装运输队到第八星系来，我们不去他的地盘。”

总长缓缓点点头：“这当然最好，但他们未必会答应，林将军，外交惯例，礼尚往来，上次安克鲁敢一个光杆司令跑到启明星来，这回于情于理，也该我们派人回访人家了，不然诚意何在呢？”

林静恒很浑蛋地说：“我的专业是打仗，不是外交，我对安克鲁本来就没什么诚意。”

于是问题又回到了原点——林静恒出于职责，只关心安全问题，至于那些友好合约，在他看来就跟扯淡一样，行就行，黄了他也不在乎。

可是总长不这么想，财政部部长也不这么想。

林少爷属于不当家不知柴米贵，对他来说，吃的够，能活命，导弹够，能打仗，这就行了，其他都不是当务之急。但总长面临的问题，却是要怎么重塑第八星系的经济，建立政府信誉和货币体系。这不是按人头给大家发营养针，大家一起凑合活着就能解决的问题。

举个简单的例子，眼下第八星系政府的营养针储备，是可以让大家一时半会儿饿不死的，可是营养针不光是人们生存所需的代餐。由于凯莱亲王狂轰滥炸的后遗症，它现在还是第八星系流通货币的物质支撑——在第八星系脆弱的经济体系稳定、人们对虚拟货币建立足够的信心之前，“营养针本位”的货币体系将持续很长一段时间。但营养针本身不具备货币的基本特征，它不能长期贮藏保存，随时随地都在消耗，这个特殊时期的特殊产物注定难以为继，总长急需给第八星系寻找一个出路，来自星系外的支持是一场及时雨。安克鲁已经贡献了他能贡献的一切诚意，而他陆信旧部的身份、豪爽不拘小节的个性，让第八星系天然对他有种亲切感，林静恒老怀疑安克鲁和反乌会有染，简直像被迫害妄想症——勾结海盗，对安克鲁能有什么好处呢？

自爱德华总长往下，除了陆必行还违心地站在林静恒那边之外，都觉得这回林将军过分了。林静恒就像一个公司里苛刻的法务工作者，对风险控制紧到了没事找事的地步，开始有害公司正常发展了。

“我看这样吧，”独眼鹰打破了僵局，“既然是结盟，该去还是要去，但是我们做一个应急预案，假设安克鲁真的勾结海盗，在剪彩仪式上发难，我们就……”

在第八星系内部艰难地互相妥协时，安克鲁居心不良的回话穿过遥远的时空，抵达了天使城要塞。

“要让林静恒没法封闭第八星系，跃迁点外必须有他不能放弃的人——我觉得第八星系总长就是个不错的人选，虽然我也不明白，林静恒既然要在第八星系常驻，为什么不弄死那些碍事的老头自己说了算。如果这个老总长分量不够，我们想办法把林静恒勾出来，他总不能把自己也隔离在第八星系外吧？第八星系自卫军脱胎于白银第九卫，确实挺厉害，我见识过，可是猛虎不斗群狼，他们兵精，人也少啊，你们不是人多吗？你们兵分两路，一路拖住他们，另一路绕道域外，趁他们无法封闭第八星系，直接杀进去，打他们一个措手不及，我出一笔物资，配合你们当这个诱饵。”

放完留言，王艾伦关闭了远程页面，转头对伍尔夫说：“安克鲁这个人，是个老奸巨猾的墙头草，卖完东家卖伙计，光想拿好处，不想出力。当年陆信就是嫌他这个亲卫长太滑头了，才想把他外调，想锤炼几年，没想到这么多年过去，没炼出真金，炼出了一碗油。他今天算计林静恒，明天见势不妙，转身就能倒戈，绝对不可信。”

伍尔夫摇了摇头。

别看安克鲁其貌不扬，现在至少脚踩了三条船，比联盟交际花还有手腕。他能一边给陆信哭坟，一边跟海盗拉手。

王艾伦又说：“他提的计划也不可能套得着林静恒，那位您知道，从小就是个养不熟的狼崽子，人死不盖棺，就别指望他会相信一个字，哪儿那么容易上当？”

伍尔夫低声说：“他们兄妹都不像林家人，都遗传了劳拉·格登的性格——哈瑞斯那边怎么样？”

“哈瑞斯已经在暗中活动了，这次行动，如果顺利，能把静恒的名字刻在联盟的英雄碑上，也能借他的手，给组织内部的蠢货们消消毒，一箭双雕。”王艾伦一边说，一边取出一块芯片，“另外，我们趁哈瑞斯昏迷治疗时，破译了他的加密，拿到了他个人终端的复制件。”

当代人寿命过长，长到记忆有时候不那么值得信任，因此有的人会使用电子设备备份自己的记忆，就像原始人写日记一样，特别是哈瑞斯这种想得比较多的人，他的个人终端上经常开着“实时记忆”功能。

“哈瑞斯化名霍普，在第八星系被俘的时候，删掉了自己以前的实时记忆记录，所以我们只得到了他当俘虏这个时间段的故事，信息量很大，刚刚解读完，里面很多人都非常有趣，包括一位好像天生对‘彩虹病毒’免疫的青年，叫陆必行。”

伍尔夫一愣：“姓陆？”

“哦，他的父亲是陆信将军的崇拜者，自己改姓了陆。”王艾伦说，“RV-Ⅱ型彩虹病毒是感染性极高的烈性病毒，实验中的确发现空脑症人群的抗感染性略强于普通人，但仍然没有近距离触碰过感染者而免疫的先例，听起来是不是很有趣？但我今天要为您介绍的主角并不是他。”

王艾伦说着，将芯片安在自己的个人终端上，弹出一张照片给伍尔夫看，正是周六。

伍尔夫问：“这是什么人？”

“这个人是第八星系自卫军的骨干之一，名叫‘周六’，是个星际走私犯的后代，机缘巧合跟了林静恒。他很喜欢找化名为霍普的哈瑞斯先知聊天，年轻人嘛，心里似乎有很多困惑。”王艾伦说，“通过整理聊天记录，我们推断出一件很有趣的事——这个名叫周六的青年全家死于一次谋杀，原因是他的家族涉嫌拐卖人口，制造一种破坏第八星系走私生态的异宠。”

伍尔夫倏地抬起头。

王艾伦彬彬有礼地微笑起来：“对，就是第八星系女娲计划中，那些跑腿的炮灰之一，而他似乎还不知道，收养他的人，就是出卖他全家的人，把他养大的那些亲朋好友，就是当年追杀过他父亲的人，而他最好的朋友之一，就是方才提到的那位对彩虹病毒免疫的陆姓先生，也和女娲计划有说不清道不明的关系，您说是不是很有趣？”

（五）

新星历 276 年——独立元年——12 月 20 日。

多事之秋。

联盟高调宣布伊甸园管委会一干骨干有罪，议会与最高法院同时宣布，将为过去枉死的忠诚之士平反，号召所有人团结起来，共同抵挡心怀不轨的敌人。

与此同时，第七星系中央军总司令安克鲁，与第八星系缔结友好合约，星际间航道正式落成，在第七星系最边缘的行星“塞班星”上举行剪彩仪式，声势浩大得仿佛什么节日，塞班星上的居民夹道围观。

安克鲁提议将“塞班星”更名为“和平星”。

第七星系是个非常特殊的地方，临近边境，处在“文明”和“野蛮”的过渡区，它不像第八星系那个放逐之地一样荒凉无序，同时，大量来自第八星系的移民和走私犯又莫名其妙给这里镀了一层不同于联盟其他地方的热闹。

新鲜出炉的和平星上，武装森严，街道多少有点萧条，动荡中也死过人，但更多的人活了下来，而且看起来活得还可以，身体健康，颇有秩序。

“战争开始的时候，安将军第一时间接管了七星系的军事储备，”第七星系负责陪同接待的人给爱德华总长介绍，“可能是用了一些手段，但是……怎么说呢，那种时候，是由不得一点犹豫和妥协的，反应不够快，海盗的炮火可不等人。”

爱德华总长半带试探地问："我听说了，七星系似乎比别的地方太平一点。"

接待员笑了一下，没搭话。

爱德华总长虽然直得像根棒槌，但还不算傻，见了这一笑，他就有点明白了，林静恒说"安克鲁和反乌会之间勾勾搭搭"，恐怕不是全无道理，之前安克鲁作为联盟第七星系中央军的时候，表面上和反乌会打得热火朝天，私下里，双方说不定真的有很多互相妥协。可是当他经过平整的街道时，总长就不想批判陆信旧部抛弃"主义"，竟厚颜与海盗为伍的事了。

假如一个人厚颜无耻、左右逢源，能有机会换来一个星系的相对太平，爱德华总长扪心自问，觉得自己但凡是有机会，也愿意这样。

总长他们车队经过时，道路两旁有不少围观的居民朝他们欢呼。

出于礼貌，爱德华总长也把手探出车窗外，冲人群打招呼，他不知道自己何德何能，居然能享受这种偶像待遇，有点受宠若惊，于是缩回头来，问七星系的接待员："你们怎么雇这么多人来，这排场得花不少钱吧？"

接待员不知道是安克鲁从哪儿弄来的"奇葩"，只要不谈关键问题，说话也是口无遮拦："没有，我们雇来的都在仪式现场排队呢，这些都是免费自己来的。可能都是以前第八星系来的移民，看见您，觉得亲切吧。"

但欢呼的人可不单单是亲切，一条长街，从头到尾，有十多公里，全都挤满了，有人朝缓慢行驶的车子撒鲜花，有人还想凑过来飞吻，无奈被路边的卫兵挡住，于是干脆在卫兵脸上亲了一口。卫兵的表情顿时有点一言难尽，但也没生气。因为那些人的喜悦溢于言表，几乎有了传染性，就连冒犯也让人不忍苛责了。

接待员说："这些移民到第七星系来，其实一直过得挺苦的，留在这儿呢，是边缘人，融入不了社会，但退回去又不甘心……啊，不是，您别误会，我可不是说第八星系不好……"

爱德华总长摇摇头。

接待员就又说："不过现在好了，反正伊甸园也没了，七、八星系一结盟，以后就是一家人，他们大概也终于找到归属感了吧。"

爱德华总长伸出手，一个被父亲举着的小孩正好探出头，一脸惊奇地抓了一把，堪堪与总长的指尖擦过。

小崽的爪子黏糊糊的，恐怕是刚吃过手。

总长笑了起来，心想：“真该让那位冷冰冰的上将也来看一看啊。”

爱德华总长这一次，是带着财政、规划部门负责人与一部分工程师来的，工程师们是替“身不能至、心向往之”的陆必行来的——陆必行由于身兼特委会主席一职，有暂代总长的权限，所以按照规定，他和总长必须有一个人留在启明星——林静恒给总长他们配了一支精锐护卫队，每个人身上都装有抗干扰的空间场，如果安克鲁真的临场翻脸，护卫们会以最快的速度带着总长他们穿过空间场，空间场可以直接进入他们来时乘坐的星舰。

星舰腹部装满了第八星系刚做出来的“初级机甲”，这种初级机甲内部仅供一人乘坐，体量很小，拆卸武器库后，刚好不会触碰对方的武装警报——很成功，反正现在已经成功蒙骗了七星系的安检，混进来了。可见工程部负责人陆先生虽然在自己家时常丢人现眼，但关键时刻还是很靠得住的。

至于武器库，对总长他们这几位老眼昏花的文职人员来说，带了反而容易炸到自己，因此几架初级机甲全部的能量都会用于紧急跃迁，紧急跃迁已经设计好了傻瓜程序，脱离行星引力后，会自动启动，直接跳到七、八星系边境。

而林静恒就在边境，导弹随时待发，瞄着心怀不轨的人。

这是他们两种截然相反的意见，被技术勉强妥协在一起后的结果。总长还是觉得他有些小题大做。

安克鲁盛装在广场上等着，远远听见车队的动静，就抬头看了一眼天空，心里知道林静恒的导弹正默默注视着自己，忍不住翘起胡子笑了一下，心想：“赶上这么个兵荒马乱的时候，白银十卫又都不在身边，你机关算尽，能多算出几架机甲来？”

他们只想要林静恒的命，如果林静恒一个人死了，能换来皆大欢喜，那不是也挺好吗？再说了，万一真让林静恒他们封闭第八星系，七星系一侧临着茫茫域外，一侧是反乌会的海盗基地，以后真有个三长两短，往哪儿撤？连个退路也没有了。

安克鲁这么想着，露出了一点志得意满的笑容，迎向爱德华总长他们。

同一时间，爱德华总长随身带的工程师们悄悄连上了第七星系的局域内网，试图以此为媒介，入侵第七星系的远程通信系统。被强行留在启明星的陆必行接到消息，从自家沙发上一跃而起：“这也太慢了，要是我去，靠近大气层，我就能蹭进第七星系的内部通信——你们等我去指挥所，找台超级电脑远程指挥。”

他话音刚落，一面墙上突然亮起一个大屏幕，居然直接接入了银河城基地指挥中心的系统。

陆必行：“哇。”

湛卢的声音在“林将军和工程师 001 的家”里响起来：“陆校长，我为您服务，愿意的话，您可以在家办公。”

“湛卢？”陆必行问，“你不是跟林去边境了吗？”

“将军把我接入了家里的电子管家，相当于我在这栋房子里产生了一个备份，当然，只有系统，没有实体，因为我而产生的电费也请您不要吝啬。”

“怎么可能会吝啬？”陆必行笑了起来，“当年在北京 β 星上，我想向林借你，吃了他多少个‘滚’，哈哈哈……对了，我能通过你给林带话吗？”

“当然，”湛卢说，“但是让我转达之前，请事先确认二位没有吵架，否则我会被将军禁言。”

“这回没吵……带一句什么呢？”陆必行想了想，对湛卢说，“你替我带个‘想死你了’给他。”

林静恒刚刚接到汇报——总长已经与安克鲁会面，而第八星系自卫军也准备好了引爆通往域外的跃迁点。

林静恒：“收到，最后排查一遍所有跃迁点附近是否有生命迹象，准备行动，注意安全。”

“是！”

而湛卢就是在这么个时候，不长眼色地插话进来：“先生，陆校长让我带一句话给您。”

林静恒头也不抬地说：“讲。”

湛卢：“想死你了。”

林静恒：“……”

会议室里的卫兵们想笑又不敢，一个个抽着筋、低着头，肩膀哆嗦成了振动挡。

林静恒眼角跳了起来："闭嘴，禁言三小时，非紧急情况不许说话。"

"外围第一圈跃迁点检查完毕。"

"爆破准备完毕。"

"正在向全体公民个人终端发送警报——"

第八星系，每个公民的个人终端上都收到了三遍警报，随后，靠近域外的方向，第一批跃迁点爆破开始了。

已经清空的荒凉宇宙里，连接时空的"奇迹"一个接一个熄灭，各地、各空间站都撑起巨大的防护罩，阻挡呼啸而来的高能粒子流，信号干扰一直波及了遥远的第七星系。

林静恒突然莫名其妙地想起了一部纪录片，还是他很小的时候看的，关于世界上第一个跃迁点通道是怎样建成的。那时候，远古的人们活动范围还很小，对广阔宇宙还充满想象，相信宇宙中或许会有其他文明，战战兢兢地将自己有限而渺小的生命，投入无穷的探索中。

针对跃迁点的研究，一开始是粒子实验，之后过了几百年，才发展到静物实验，又经过了两代人的努力，他们把一只小白鼠放了进去，之后是羊、黑猩猩……第一个从跃迁点里出来的人是个永载史册的大英雄，他出来以后，说过两句名言。

一句是："我回来了。"

另一句是："我从未对人类社会产生过这么大的归属感。"

这两句话，开启了轰轰烈烈的大航海时代。

而跃迁网，又被称为人类宇宙文明的脐带。

那时，大概没有人会想到，两个纪元之后的今天，他们亲手割断了这根脐带。

塞班——新更名的和平星上，正在致辞的爱德华总长一句话没说完，多媒体设备就突然遭到剧烈干扰，紧接着又响起了高能粒子流过境的警报，强度远高于第七太阳的太阳风暴。

众人一片哗然，安克鲁勃然变色。

爱德华总长停下来，隔着演讲台，将因为磁场紊乱而上蹿下跳的悬磁浮话筒关了，他看向神色有些狰狞的安克鲁，解释说：“没什么，安将军，近期海盗在七、八星系活动格外猖獗，为了防止海盗们从域外方向混进来，我们正在清理第八星系通往域外的非法航道，请不要担心，除了大约两小时的信号干扰以外，不会给七星系带来任何影响。”

有那么一瞬间，安克鲁使尽了城府，才维持住了脸上的表情，他艰难地控制着面部神经，皮笑肉不笑地说：“是吗，林将军真是未雨绸缪啊。”

音响里的杂音没有过去，现场正在紧急抢修，七星系的人素质比较高，现场无论是自发来围观的，还是收钱捧场的，都没有胡乱走动。

爱德华总长在杂音下，双手合十冲众人做致歉的手势，随即转向安克鲁：“我们第八星系缺兵少将，军备没有您这边财大气粗，只能尽可能地把战线缩得短一些……”

“嗡——”

总长话没说完，音响第二次发出噪声。

“不好意思，应该是第二批跃迁点引爆了。”

安克鲁背在身后的手青筋暴露，转身尿遁，他的贴身秘书连忙飞快地跟上。

安克鲁从牙缝里挤出一句话：“早不炸，晚不炸，非得挑这个时候，林静恒这是在嘲讽我！”

秘书凑近他耳边，咬耳朵道：“将军，那边的人说他们有办法，让我们按计划走，不用担心。”

“他们能有什么办法？”安克鲁将自己的食指捏在手心，从一头捏到另一头，片刻后，他叹了口气，“林静恒阻断了域外方向的通道……他们再要进攻，只能从七星系这边进去。我不能允许他们在我的地盘上跟林静恒硬碰硬，把我这里当战场，举手之劳，我可以帮，但是波及第七星系，那不行。”

秘书敏锐地听出他有看风使舵的意思：“将军，您的意思是……”

“通知各行星、基地撑起防护罩，”安克鲁低声说，“做好应对准备，封锁行星附近航道，把混进来的‘那些人’都盯紧了，有什么异常行为就给我做掉。”

“是。”

“还有第八星系这些人，包括他们的护卫队，也严加监管，必要的时候直接炸毁他们的星舰。”

秘书：“……啊？”

秘书一时云里雾里，弄不清自家老大是哪边的，感觉安克鲁腚大如盆，一下压了两边的板凳：“那……将军，我们到底帮谁？”

“看形势会不会？”安克鲁一巴掌拍在他脑门上，“蠢……”

他这句话还没骂完，地面突然震颤了起来，紧接着，活动场地的建筑里响起尖锐的警报声，礼堂里的人们开始惊慌失措地往外跑。

秘书也愣住了：“谁动手了？我还没有传达您的命令啊。”

安克鲁的个人终端一瞬间紧急接入无数信息。安克鲁优先接通了距离塞班星最近的防卫军负责人：“怎么了？”

可是因为他们没预料到林静恒会选择在这时候炸跃迁点，相关设备没有做好抗干扰准备，通信断断续续，语不成音。

“安将军……突然……我们……”

安克鲁：“什么？”

个人终端上的画面好像被熊孩子用尖石子划过的玻璃，防卫军负责人干张嘴，声音卡得根本传不过来。

安克鲁被这糟糕的信号气得暴跳如雷：“我 × 他奶奶的林静恒！”

他话音没落，只见画面上的防卫军负责人突然睁大了眼睛，猝然回头，这一瞬间，画面突然流畅了，安克鲁眼睁睁地看着他正在和平星外轨道巡逻的防卫军队长身后燃起烈焰——机甲被击中了！

下一刻，整个画面一片炽光，刺目地一闪，随即通信断了。

安克鲁瞳孔骤缩，地面再次震颤起来——这颗行星上的空中防护罩被激活了！

是林静恒吗？

不，不对，他们第八星系的总长和政府要员还在这里，签约仪式在整个第七星系转播，第七星系用来当诱饵的大批物资都还没运走，这么做对林静恒没好处……

电光石火间，安克鲁明白了什么。

他自己才是真正的诱饵！

第十章　最后的上将

"他是白银要塞的总负责人，联盟最后一位上将。"

…………

哪怕联盟不认他，哪怕那些人千方百计地想要他的命。

（一）

第八星系通往域外的跃迁点已经清理完毕，只剩下一条地下航道，正在对其进行双层加密，周六刚刚汇报完毕，林静恒尚未及回复，被禁言的湛卢突然开了口："先生，远程扫描到七星系各大航道里突然涌现大量武装。"

"大量武装？"林静恒冷冷地说，"看来安克鲁叛变得比我想象的还彻底啊，让总长他们立刻撤出，我们去接他一程，列队！"

"先生，我们准备非法跨越第七星系边境吗？"

"我们不是非法跨越，"林静恒说，"我们是'非法'打过去，我看看安克鲁有几层脸皮，敢在陆信的石像下面现眼！"

而此时，方才还花团锦簇的塞班星上已经乱成了一团，一个护卫飞快地穿过混乱的人群，朝爱德华总长他们狂奔过来，空间场已经在预热，然而下一秒，一道不知从哪儿打来的激光凭空刺穿了护卫的前胸，一直穿过他的身体，没入空间场，紧接着，礼堂也地动山摇起来，爱德华总长慌乱中踉跄了一下，被人一把扶住。

密集的枪声响起，爱德华总长猝然回过头去，见拉着他的人竟然是安克鲁，老总长下意识地挣扎起来。

就在这时，礼堂里突然响起警报：“星外导弹穿过反导系统，星外导弹穿过反导系统！”

爱德华总长用看疯子的目光看着安克鲁。

“看我干什么，这他妈又不是我炸的！”安克鲁冲他大吼，“这是我的人、我的兵、我的星球！我有病吗！卫兵——”

礼堂的大门被豁开了，一整排机甲车直接撞了进来，机甲车循着能量反应，锁定了礼堂里放冷枪的人，不管三七二十一，当场击毙。

安克鲁唾沫飞起三尺高：“让附近的人先上机甲车，快点！”

卫兵立刻鸣枪示警，而礼堂的人群在短暂的惊慌失措后，也立刻有人站了出来，自发帮忙维持秩序，让出老弱病残通道。

人群的秩序一恢复，爱德华总长被挡住的随行人员及护卫队也一拥而上，几把激光枪同时指向安克鲁，安克鲁身边的人也同时做出反击，激光枪互相指着，一时僵持，爱德华总长的护卫队准备好了空间场。

安克鲁是个反应非常快的人，立刻举起双手，一手压下自己亲卫的枪，同时，胸口抵着对方的枪口，走到爱德华总长面前：“导弹穿过反导系统，到落地只有几分钟的时间，你们要把珍贵的时间浪费在跟我较劲上？空间场是直通你们星舰的吧？你们通过了安检，不可能有宇宙级的武器，那就是带了能紧急跃迁的东西——你们确定自己的技术压得过反乌会的跃迁干扰？压不过怎么办？飞出大气层让人打吗？”

爱德华总长伸手一抹脸上被他喷的唾沫星子，感觉安克鲁可能是个大喷壶变的。

然而电光石火间，他还是做出了选择，总长也伸手按住了自己这方的枪和空间场，摆摆手示意众人少安勿躁，然后对安克鲁说：“你也不是什么好东西！”

安克鲁“哈”了一声，领了这句骂，四五辆机甲车开过来，他们短短几句话的时间，整个礼堂的人居然都已经上了机甲车。

安克鲁冲爱德华总长一招手：“上来！”

爱德华总长他们刚刚贴着地面飞出去，那庞大的建筑就轰然倒了下去，紧接着，导弹在大约二十公里以外落地，机甲车纵然有防护罩，在这么短的距离内也还是很够呛。因此所有机甲车的驾驶员紧急启动空间场，密密麻麻的救援机甲车在导弹炸开的白光里消失，爱德华总长差点让机甲车上的安全带勒死，眼前一黑。

下一刻，他们从“暴躁”的空间场里钻出来，直接抵达了机甲收发站，总长拼了老命缓过一口气来，踉踉跄跄地爬出来，只见收发站里人山人海，老人小孩随处可见，一看就知道不是武装人员。

“塞班星正好公转到与星际航道交会，肯定会变成炮灰，”安克鲁飞快地说，“东半球给你们二十分钟撤离，西半球暂时‘背阴’，宽限到一个小时，广播出去，多广播几遍，民用信号现在不稳……遭瘟的林静恒，这时候干扰我信号！”

爱德华总长失色：“二十分钟怎么够用？！”

跟在安克鲁身边的亲卫说：“居民家里都配了空间场，空间场统一设定了最近站台的坐标为终点，傻瓜式操作。”

总长松了口气：“那就好，全都能撤走吗？”

安克鲁粗鲁地一摆手：“别他妈扯淡了。”

“来不及撤的怎么办？”

“自己进地下防空洞。”

爱德华总长一愣，心说我们的工程师怎么没想起这招，忙问：“地下防空洞有用吗？”

安克鲁气急败坏：“有个屁用！你家在地下挖个坑能挡住宇宙核导吗！你有没有常识！”

他眼睛里布满血丝，阴沉沉地仰头向天上看了一眼，透过无数机甲撑起的防护罩，他看见那天空上布满了诡异的云，像魔鬼的图腾，不时泄漏出不祥的光，那是通过了太空反导系统落入大气层内，又被地面反导击碎的导弹发出炸出来的云。

冷兵器时代的古战场，还有个尸横遍地的场景，尚且能让旁观者说出“流血漂橹”之类触目惊心的词。

现在有什么呢？太空武器以下，人如沙砾，说没就没了，剩个残骸都是上天垂怜。

枪炮垒起了大一统的联盟，固若金汤，现在又将它从内部撕成碎片，让它分崩离析。

“撤！赶紧撤！”安克鲁大吼一声，“愿意打让林静恒去打，我们撤！第一军团突围，非武装运载舰先走，其他人断后，跟着我！通知航道附近其他行星、空间站人员迅速撤离——”

“第八星系进入紧急状态，”林静恒接通了银河城指挥中心，“图兰，我交给你了，你做好准备，如果我们这边有任何问题，你随时断开七、八星系之间的联系，不用管我。如有需要，我会找合适时机绕道域外方向的秘密通道回航。”

“没问题。”图兰一点磕绊也不打，痛快地说，“放心吧，不会管你的。”

林静恒的嘴角略微提起了一点，如果是别人，他大概还要多叮嘱几句，图兰就不用，这位第九卫卫队长出了名地心狠血凉，接了什么命令就是什么命令，哪怕亲爹在星系外，她也该封路就封路，绝不含糊。

而从航道上开过来的海盗行军速度极快，转眼已经逼至塞班星附近，铺天盖地，湛卢的精神网扫下去，竟一眼望不到边。

“准备得挺充分啊。”林静恒像一把尖刀一样，直接带人从海盗侧翼穿过，以强势的炮火撞向对方先锋，浪潮一样的海盗被他硬是阻了片刻，“告诉总长他们，可以从大气层里出来了，接到人，我们就撤。”

他们之前没想到安克鲁会直接招来大批海盗，毕竟塞班星上人口不少，附近还有两个人造的卫星城，打起来导弹无眼，难免伤人，安克鲁总不能连自己也伤吧？因此他们给总长设计的都是尽快逃脱的通路和工具。

可是海盗大军压境就不一样了，恐怕就连初级机甲设计者本人陆必行，也说不准这些苍蝇一样的小机甲能不能在海盗包围圈里强行跃迁，林静恒只好亲自来接爱德华总长他们。

“将军，总长回话，安克鲁并非罪魁祸首，现在第七星系中央军正在掩护居民撤离，他不能和老百姓抢非武装航道……”

林静恒打断联络兵：“再不走来不及了，让那几个老东西快点，少管别人家的闲事！”

他话音刚落，通过湛卢辽阔的精神网，就看见塞班星上一支好似先锋的机甲战队穿过反导系统，直接捅进海盗群中方才被林静恒炸出来的薄弱地带，试图突围，后面跟着一水的星舰——大量没受过特殊训练的老弱病残直接上机甲，是很危险的，即便乘坐机甲，也只能待在特殊的护理舱里，人少可以带，如果人太多，机甲里没那么多护理舱，只能选择乘坐笨重的民用星舰。而民用星舰上的服务设施太多太沉，加速度与战斗机甲不是一个量级的，即便开足马力，也完全跟不上试图突围的先锋队。先锋队奉命掩护他们撤离，当然不能甩下他们，只能也跟着减速。然而在敌军火力与数量都占压倒性优势的情况下，放弃先锋队的机动性，完全就是死路一条。

林静恒脸色一变，可他还来不及做什么，海盗军团就骤然合拢，对这支冒头的可怜星舰队伍形成了三面合围。星舰群像深陷食人鱼群的温驯大鱼，慌张之下，打出了“平民保护通行证”标志，温和的荧光亮起来，如果用精神网扫过去，能看出那是两根缠绕在一起的橄榄枝图案。

可是疯狂的海盗并不买账，闪烁着荧光的橄榄枝被无情的炮火一口吞了下去，这一切发生在电光石火之间。

林静恒蜷在身侧的手指陡然一紧。

“先生，来自第七星系的通信请求——”

“林……”“刺啦……”

信号干扰显然还没过去，刚连上又断开了。

紧接着，总长的信号接了进来，第八星系做足了准备，内部通信使用了特殊的加密方式，抗干扰性极强，可以在干扰环境里自由通话。然而接通以后，总长的个人终端那边说话的却是安克鲁。

安克鲁：“塞班星和附近卫星城里有两个多亿平民，林将军，你能不能……”

“不能，没有你的默许，这么大规模的海盗是怎么出现在这里而毫无预警的？”林静恒冷冷地打断他，“你自己居心不良，引狼入室，关我什么事？活该。”

安克鲁：“你……”

“我给你三分钟，把我的人交出来，”林静恒说，“否则你的卫星城等不到海盗来炸！”

林静恒这回显然不只是嘴炮了，他们冲过来的位置正好在塞班星外一个人造卫星城附近，他话音落下，导弹已经锁定了那小小的卫星城。

安克鲁目眦欲裂：“林静恒，你是白银要塞的总指挥官，联盟第一上将，你走进乌兰学院的那天，没有宣誓过吗？你没有亲口说过，‘我将为联盟每一位合法公民，无论男女老少的生命财产与安全战斗终身，直至死亡’吗？！”

林静恒冷笑：“不好意思，你们砍掉了‘联盟第一上将’的爪牙，现在他那一点力气给边远第八星系都不够用，干不了狗揽三摊屎的事。”

安克鲁嘶声咆哮：“你良心呢！”

他说出“良心”两个字，竟也不嫌烫嘴。

林静恒心如铁石：“交人，否则开炮！”

安克鲁别无办法，僵立片刻，红着眼睛转向爱德华总长，吼道：“滚！”

爱德华总长心里知道，林静恒手里没有那么多的筹码，无法以一己之力对抗铺天盖地而来的星际海盗，保护两个星系。他手里那点兵力，能在枪林弹雨中把他们几个人成功捞出去已经很不容易了，现在这种情况，立刻退回第八星系，炸掉跃迁点，阻断海盗的路才是最明智的。

第七星系陷进水深火热中，难道不是安克鲁自作自受吗？

“总长，快走吧。”

在林静恒的胁迫下，安克鲁只能让出航道，放爱德华总长他们走。

而此时，最早一批撤离的星舰被炸毁的画面终于在域外强干扰下传到了地面，还在机甲站里的人们绝望地尖叫哭号，一个老人大概有亲人在那批星舰里，踉踉跄跄地从人群里扑出来，刚好扑到总长脚下，拼命用头撞着地板，嘴里含含糊糊地叫着什么人的名字，又被两个卫兵一左一右地架起来扶到一边。

“总长！”不知从哪儿冒出了一声尖叫，“总长，救救我们！我以前是第八星系凯莱星人！”

“我是启明星人，您带我回启明星吧！”

“总长，救命！”

“总长，带我们走啊……”

爱德华总长猝然回头，蓦地看见了那个曾在车队行进途中碰过他手指的孩子，为防踩踏，他依然是被大人抱着，在攒动的人头中露出一张哭得五颜六色的小脸，抽噎个不停，他太小了，大概还不能理解发生了什么事，因此惊惶得不明所以。

第八星系的卫兵叫道：“总长！”

爱德华总长觉得灵魂好像被劈成了几瓣，可是他没有办法，因为第八星系军政分家，林静恒并不听他的。这个说法多少有点推卸责任的意思——就算林静恒听他的，他能做出这个不自量力的决定吗？

爱德华总长终于狠下心来，扭头登上机甲。

安克鲁仿佛也终于意识到，没有人会帮他了，他将整个塞班星的武装都集中在一起，亲自领着他的兵冲向海盗。可是他没有多少人。

因为居心不良，因为想把第八星系的重要人物引诱出来，又怕引起林静恒的警觉，塞班星及其周边的防卫配置，是友好的“迎宾标准”，甚至还不如林静恒的人手多。

安克鲁就像是一只自食恶果的螳螂，飞向他漆黑的命运，企图螳臂当车。星际海盗的炮火铺天盖地地向这只螳螂压了下来。

“总长，你看，七星系中央军的指挥舰！”

爱德华总长还没从机甲升空的震颤里回过神来，踉跄着扑到机甲上的军用记录仪前，看见安克鲁的指挥舰像一把陈旧的折戟，徒劳地企图在海盗围堵中撬开一条生路。

他太愤怒了、太冲动了，因此冲得太快了。

一枚导弹惊险地擦过机尾，安克鲁的机甲指挥舰当即被打偏了航道，横着飞了出去，险些撞到自己的护卫舰，护卫舰队慌忙散开，还不等他重新调整航道，又一枚导弹从散开的护卫舰队里钻了进来，拦腰撞在了机身上——

轰！

悬挂的棺材盖落下，尘埃在火光中四起。

林将军，你有定论了吗？

（二）

所有人都愣了。

林静恒几乎以为自己看错了，下意识地问：“湛卢？”

按理说，指挥舰被护卫舰队包围，而且一般都是重甲，不会那么容易被击落，在前线这种炮火乱飞的地方，恐怕比地面还要安全，湛卢迅速将机甲上军用记录仪的画面放大，调成慢速后，整个过程仿佛高清镜头下一朵花开——那导弹是怎样恰好从散开的护卫队中间穿入，又是怎样恰好擦过一艘护卫舰的武器库后，一头撞碎指挥舰防护罩，炸穿了武器库的。

安克鲁显然做出了正确反应，他在意识到自己被击中的时候，就已经将武器库脱离了，可是导弹擦过的两个武器库形成了一个致命的角度，在这样短的时间内，两个武器库同时爆炸，释放出来的剧烈能量让他没地方躲。

第七星系中央军毕竟是正规军，在意识到指挥官阵亡后，队形居然也丝毫不乱，安克鲁的副官毫不犹豫地代替了指挥官的位置，从炮火中撞了出去。他们要给塞班星地面上、卫星城里那些仍在殷殷仰望天空的人，杀出一条可突围的血路。

“先生，成功捕捞目标机甲——目标机甲已完成对接——”

“压力正常，目标生命体征正常，医疗舱待命——”

林静恒目光一动，总长他们逃生的机甲成功地进入了他的指挥舰，这意味着，他们可以退了。

而远处，七星系的中央军像是扑火的飞蛾，成片地起飞，成片地坠毁，又成片地灰飞烟灭。

林静恒轻声吩咐：“全体，瞄准敌军侧翼，全速，单边队形，切换导弹 RA610……突围，脱离对方干扰区后，准备紧急跃迁回第八星系。”

他话音落下，整支队伍陡然变换队形，巨大的导弹炮口转动着，林静恒身后传来窸窸窣窣的脚步声，他略一偏头，看见爱德华总长一瘸一拐地走进来。林静恒与总长遥遥地对视了一眼，年轻英俊的将军眉目冰冷，上面像是镀了一层金属色的光，一直从他凝着雾的眼睛里射出来，尖锐地刺破了八大星系空洞的荣耀……

与成为过去式的信仰。

林静恒很快收回视线，湛卢永远匀速的声音在整个机甲中响起：“两百二十岁以上、二十岁以下，太空体能训练未达标准，或因伤病造成目前有身体出血情况的人士，请立即进入医疗室的护理舱，我们即将面临武装打击与连续紧急跃迁……”

总长身上沾着不知从什么地方蹭来的血，形容狼狈，一言不发地走进了护理舱，其他人各就各位，觉得自己不行的跟着总长，而工程部的几位则融入了指挥舰的工程队，继续他们没干完的工作。

紧接着，整支战队撞进反乌会海盗的侧翼，精确地找到了最薄弱点，而杀伤力极强的 RA610 型导弹像海潮一样推入敌阵，仿佛一击必中的毒蛇，一下把海盗打到疼。反乌会主力骤然掉头，林静恒直接带人从硝烟和碎片里穿过，重甲的防护罩悍然撞开爆炸的遗留物，挡在他面前的海盗机甲直接被削下了精神网，以最快速度往同伴身上撞去，随后，林静恒又在他们的备用驾驶员一拥而上之前退出，两侧的海盗战舰仿佛难当其锐似的集体卡壳。

反乌会密密麻麻的海盗机甲铺就了一张天罗地网，林静恒就像是一只撕网的手，力大无穷地将整张大网掀起来，狠狠一抖，给了被网住的虾米小鱼一条短暂的生路——安克鲁那位副官反应很快，立刻开足了火力，同时给了地面信号，那些民用舰艇从各个收发站上趁隙而出，趁着海盗被林静恒牵制，竟有十之七八都成功逃进了太空中。他们像躲避暴雨洪水的小蚂蚁，连滚带爬，从四面八方汇聚到一起，往第七星系的腹地而去，准备和第七星系中央军主力会合。

林静恒没有多余的话，就好像刚才给地面平民制造逃跑机会不是故意的一样：“撤。”

机甲战队骤然放出一排高能粒子炮，正前方的海盗连忙撑起防护，严加防守，不料林静恒他们却借由高能粒子炮加速转向，眨眼间便后队变前队，每三架机甲形成守望相助的一个小圈子，化整为零，从身后只顾追赶他们、尚未来得及整队的海盗中穿了过去！

这时，旁边一个工程师小小地尖叫了一声，机甲里的湛卢和启明星上陆必行家里的湛卢同时出声：“工程部门已经成功介入第七星系军用远程网络！”

林静恒啼笑皆非，心说都打成这样了，工程部这帮大宝贝，居然还在陆必行的带领下两耳不闻炮火声地挖人家后院，而且挖得心无旁骛、勤勤恳恳，不把人家埋的咸菜缸都扒拉出来就不罢休似的。

陆必行把起居室的四面墙、连天花板在内全都当成了电脑屏幕，屋里黑成一团，闪烁的数据像变幻不定的星空，他自言自语似的对湛卢说：“这是个相当完备的远程通信网，基本功能堪比战前，看来除了我们以外，其他星系都并不闭塞嘛……嗯，安克鲁用了双层结构，一层用来联系联盟中央与联盟的各地驻军，还有一层网络小得多，用来联系……这些人是谁？”

湛卢回答：“是安将军的老战友。”

“哦，”陆必行浏览过大量数据，“叶里夫遇刺前，个人终端信息被干扰，监控没有拍到任何东西……怎么听起来这么像早期我们研究过的芯片‘鸦片’？对了，林上次说，他想知道陆信将军真正的死因，那关键词是‘陆信’……”

“陆信”“禁果”“林静恒”“管委会”等字样先后跳出来。

陆必行阅读速度极快，一目十行地扫过，已经足够他捕捉到全部信息了，联盟中央这个黑暗的大丑闻猝不及防地摊开在他面前，陆必行下意识地屏住呼吸，结结实实地愣了片刻，随后立即反应过来：“加密，先别让他知道！”

可是已经来不及了。

林静恒把湛卢备份到家里，借给他共享湛卢强大的处理和运算功能，就好比是办了张信用卡的副卡给他刷，而湛卢的本体毕竟还在机甲核里。文件被调出来的一瞬间，甚至陆必行本人都还没来得及看，就已经被同步传到了林静恒的指挥舰上。

告密人密会管委会秘书长……

告发陆信收养林静恒，是为了劳拉·格登的“禁果”……

“禁果”是恐怖分子的保护伞，绝不能落到别人手里，必须……

前线之上，烈火之巅。

一刹那太长，像凄厉的风，吹散了林静恒记忆里所有的迷惑。为什么管委会不惜血本也要陆信的命？为什么陆信光风霁月一生，民望极高，却要在公审前夜仓皇出逃，走上不归之路？为什么这里的海盗铺天盖地，反乌会疯了一样，一定要置他于死地。因为“禁果”在他手上，虽然他这个聋子、瞎子、傻子竟不知道“禁果”真正的秘密，可“禁果”名单上的人，想必还是会在天使城要塞担惊受怕，唯恐他机缘巧合，看见他们道貌岸然下肮脏的秘密。

然而，一刹那又太短。

短到林静恒一时厘不清思绪，陆信秘密持有“禁果”，并用湛卢维护它的运行……为什么？为什么他又一言不发地赴死，始终没有和他透露过一个字？

就在这时，工程部的人汇报说：“将军，对方发现我们入侵他们远程网络了。”

林静恒已经全无心思管这些事，他方才走神的后果，就是指挥舰险些被合拢的海盗堵住，幸亏他的护卫队反应极快，用大范围的粒子炮挡开了扑过来的反乌会海盗。这里是黑暗的太空战场，容不下一丝追思，容不下回头往“过去”看一眼的工夫，也容不下一句追问——

你在名单上看见了谁？

你走的时候，对联盟失望了吗？

你心里，最后还认同自由宣言吗？

林静恒艰难地收回思绪，哑声说：“不管他们，我们……”

“将军，七星系中央军在远程网络中求救。”

第八星系这支小而精悍的战队，已经在三言两语间甩脱了反乌会的海盗群，只需一次紧急跃迁，他们就能迅速顺着跃迁网穿回第八星系境内。

“先生，第七星系主航道方向，大批海盗正在拥过来。”

“将军，第八星系防卫指挥中心，图兰卫队长发来询问，相关准备爆破的跃迁点已经确认完毕，随时能启动，问您还有多久。”

就在第七星系中央军成功掩护着大量民用星舰撤往七星系腹地时，第七星系中央军指挥中心突然传出警报——他们已经被反乌会包围！

不单单是这样，紧接着，第七星系各驻军地全都传来警报。反乌会的目标并不是小小一个塞班星，是整个第七星系！

眼下，自由军团在七大星系搅浑水，陆信旧部的中央军与联盟军冲突不断升级，海盗光荣团趁机出来浑水摸鱼，白银十卫被阻在路上，反乌会才得以趁机将自己分散在整个八大星系的所有兵力孤注一掷地投入第七星系。

“让该死的人都死得像个英雄。”

这句话真正的意思，安克鲁没听明白，也没机会明白了，不然他一定死不瞑目。

第七星系苍茫的星辰之海里，无数紧急民用星舰从各地起飞，徒劳地想要寻觅一条出路，继而一艘一艘被击落，那里面可能有一整个城市的人口，可能是卫星城工厂里全部的员工，不分美丑善恶，也不分富贵贫贱，全都像一把无足轻重的尘埃。

“林将军，我是第七星系中央军代理指挥官，代表中央军全体，请求您打开七、八星系之间的航道，接收民众。”

“抱歉，”林静恒轻轻地说，“我也要为第八星系的安全负责，爱莫能助。”

“林将军！”通过工程部门入侵的第七星系远程网络，安克鲁那位临危受命的副官直接与他隔空喊话，“我们挡住海盗，不需要第八星系援兵，只求您别关上门，也别朝他们开炮！”

这个副官，林静恒不认识，应该是安克鲁到了第七星系之后，自己从下层军官中提拔上来的。

乌兰学院的权贵子弟，一毕业就是军官，走的都是上层路线，偶尔被“发配边疆”，也只是外放锻炼。他们的未来是更高的位置、更复杂的政治博弈、更多的镁光与镜头。可是这个世界上更多的军人，一生都并没有那么多波澜壮阔的事情好讲，他们都是本地人，接受完基础教育以后就去参加培训，然后在地方驻军里服役三十到五十年，只是像做一份平凡的公务员工作，收入和福利都还凑合，但肯定没有升迁的机会。“联盟上将”对他们来说遥远得像唱片里的宇宙歌姬，和他们扯不上一点关系。几十万人里，会有那么一两个，走了天大的好运，投了长官的眼缘，被提拔成亲信，也许将来会有机会随着长官一起去第一星系，全家鸡犬升天。

只是谁能想到，仿佛能千秋万代的联盟，竟会陷入全面战争的深渊里呢。

林静恒依然不肯答应，只是说：“我们不会攻击‘平民保护通行证’。”

有他这句话，对安克鲁那位不知名的副官来说，好像已经足够了。

“第七星系，全体中央军集结！”

以林静恒的标准看，第七星系中央军不是“精锐”，但尚且算得上训练有素，四面八方的中央军机甲随着一声令下，集体逆着各方炮火而上，竟真的集结成了一支不容小觑的武装战队。紧接着，先锋军毫无预兆地发起冲锋，撞进海盗战队，双方的火力交缠在一起，炸得周围所有能量警报器都像疯了一样，硝烟未散，七星系中央军先锋又悍不畏死地紧随导弹之后，以自己机身撞击海盗团，而后，第一波抵达的机甲竟在海盗群中自爆！

近距离内，炸开的武器库形成一个个大大小小的旋涡，将反应不及的海盗机甲绞了进去。

第一批爆炸的余波没散，中央军第二批机甲又到，反乌会的海盗军团被这些疯子一样自杀式的袭击吓住了，眼看他们冲过来，立刻开始全速退避，企图与他们拉开距离，用远程武器击落。

而这样一来，反乌会海盗的机甲群就像被分开的海，硬是被中央军扒出了一条缝隙。

星舰群纷纷手忙脚乱地打出“平民保护通行证”，冲过中央军用尸体铺出来的通道，像受惊的瞪羚，往通往第八星系的跃迁点转移。

七星系中央军仿佛被蟒蛇一口咬住脖子的狼，獠牙已经刺入了最致命的地方，而它仍在抵死挣扎。

再没有比这更惊心动魄的大迁徙。

那生命的通道时断时续，摇摇欲坠，每一次打开足以让一部分星舰通过的通道，都伴随着中央军的一批冲锋、一批死亡。

“将军。”

林静恒沉默了三秒：“放他们过去。”

（三）

第七星系的画面同步传输到了第八星系——启明星指挥中心、图兰的防务指挥中心……与正在通往域外秘密通道上巡视的自卫军。

周六正觉得热血上头，突然，一道神秘信号请求接入。周六以为是指挥中心来的什么命令，手一滑接了起来。

可是出现在他个人终端上的，是一段熟悉的视频。

那是一个小小的人造空间站，人们在尖叫奔逃，不祥的浓云冉冉升起，张牙舞爪的烟尘吞没了一切。周六恍惚了一下，以为是正在遭受袭击的第七星系实景，然而随即，他看清了空间站里简陋的建筑和街道，那陈旧的模样无端熟悉，他有些茫然地想：“怎么，第七星系也这么破破烂烂的吗？”

而那说不出的熟悉感开始一下一下地撞着他的心脏，几秒后，周六几乎能听见自己胸口传来的杂音。

记忆开始从噩梦里惊醒。

不，这是……

视频上，一个破败的小商船从枪林弹雨中跌跌撞撞地冲出来，拼命将两个并排的小生态舱向远处甩出去，紧接着就在密集的火力中化为齑粉。这场景是他无数次午夜梦回时，挥之不去的——

宇宙黑得看不见希望，两个连在一起的生态舱里藏着一个男孩和一个女孩，好像漂流瓶里的两只小虫，他们无法交流，只能通过巴掌大的小小窗口，看见彼此的脸……直到一枚打偏的导弹擦过女孩的生态舱。

生态舱刹那失去了平衡，男孩在剧烈的旋转中昏天黑地，他挣扎在生态舱的平衡液体中，看着旁边的生态舱尾部开裂，大量的营养液像天女散花一样被甩出去，气压急剧变化，他眼睁睁地看着自己心爱的女孩痛苦地挣扎，小脸紧贴在小窗之后，又慢慢地凝固在那里。

完整的生态舱为了自我保护，不管他怎么痛苦地说“不”，还是将损坏的一半做脱离处理，那是他第一次目击死亡。

从那以后，他没有了身份，没有了来历，没有了本来的名字，变成了可笑的“周六”。

周六浑身的血凉了下去，汗毛根根倒竖：“你是谁？”

可是对方没有回复。

周六的双手不住地哆嗦，他所乘坐的机甲扫描到他的异状，自动弹出了医疗舱，医疗舱跟前跟后地碍事，差点把周六绊倒，他气急败坏地冲医疗舱大吼一声：“走开！”

周六三步并两步地冲到机甲自带的分析电脑前，可是第八星系，茫茫星海，一个人藏在暗处，怎么找呢？周六文化水平不高，小机甲的智能程度也非常有限，他尝试了几次，都无法定位对方信号来源，只知道是来自星系内的某个地点。

“妈的。”周六打开个人终端，准备联系随军的工程队。

就在这时，给他发视频的人再一次发来信息：“如果我是你，我就不会那么相信身边的人。”

周六：“你什么意思！你到底是谁？！”

“你第一次听人提到女娲计划的时候，恐怕是在第八星系自卫军里吧，是不是听听就算了？你全家被卷进女娲计划，并因此而死，你对此居然毫不知情。你跟着他们跑腿，却什么都不明白，我的天哪，世界上竟然有这么傻这么天真的人……年轻人，我都看不下去想告诉你真相了。”

周六牙关紧咬，脑子里一片空白。

“我就要离开第八星系了，我知道你在第八星系与域外交界处，我给你的方向发一个远程通信的密钥，你通过下一个跃迁点的时候就能读取。想知道就来找我吧，年轻人。”

巧的是，周六刚刚接到远程通信的密钥，马上就进入了秘密航道的一个跃迁点，密钥立刻被激活，机甲询问周六，是否连通远程连接。

周六的手一哆嗦。

跃迁点加密和远程通信的原理，陆必行带着工程队给他们这帮文盲大兵科普过，具体细节，周六听得一知半解，但入伍这么久，起码的常识他是有的——现在第八星系通往域外的跃迁点基本都已经被引爆，只留下了一条供自己人进出的秘密航道，这条秘密航道中，每一个跃迁点都经过加密，外人扫描不到，想要靠运气碰，在无边的宇宙里，就算他们实现光速，那也几乎是不可能搜到的。但是，在有大致方向的情况下，如果有人在很近的地方——通常是同一个星系内——给他发远程信号，信号仍然有很大的可能性黏附在加密的跃迁点上，只要没有人接通，那么这个跃迁点依然是安全的，而一旦有人通过密钥接入这个信号，跟对方建立了双向联系，那么加密跃迁点暴露的风险将大大提高。

周六想：“这人是不是欺负我读书少，想诈我暴露秘密航道的坐标？”

他有些警惕起来，立刻删除了这个险恶的密钥，接着，用机甲通信频道呼叫启明星通信站，想寻求技术支援。

通信站迟了片刻才有人接听，因为现在战事太复杂，各种信息潮水似的往通信站里涌，工程部的值班员都忙疯了，连实习生都被抓来做记录工作，接通周六的“实习生”，正好是陆必行的学生薄荷。此时，第七星系第一批难民刚刚穿过七、八星系之间的跃迁点，图兰这边早已经准备好了安检通道，只放非武装星舰入内。

最后一艘星舰冲过跃迁点的时候，尾部是烧着的，像个断尾逃生的蜥蜴，逃出来的时候，他们曾经眼睁睁地看着身后的同伴被海盗追过来的导弹吞没，来不及做任何反应，只能没命地往前跑。

“我 ×，这是来传递火炬的吗！”图兰骂了一句，她直接展开精神网，强行夺下着火星舰的驾驶权限，立刻脱离了星舰的着火部位，刚刚脱离成功，大火就引发了爆炸，自卫军的机甲围成一圈，同时撑起防护罩，挡住爆炸的能量与碎片。

图兰：“拦住那艘星舰！动力系统失灵了，没法自主制动！”

两架机甲应声而出，一左一右地伸出捕捞网，被失控的半截星舰一起拖了出去。

“气压异常反应，气压异常反应——”

更要命的是，在这失控的半截星舰机舱里，机身不知什么地方损坏，气压正在不断下降，远程掌握着星舰驾驶权的图兰试图检修未果：“什么玩意儿！这星舰上是供了个林静恒吗！”

她打开广播，飞快地对星舰上的乘客说：“诸位，由于星舰机身损坏，目前气压正在不断降低——安静！听我说！现在你们立刻到星舰最底层，那儿有一部分备用生态舱，别挤！让老弱病残先走！”

机舱里的乘客们一开始听说机身损坏，都慌了，争先恐后地要往星舰最底层冲，互相冲撞推搡，有人摔了，摔倒在地的人双手护住头，难以描述的巨大绝望当头压了下来，突然崩溃似的号啕大哭起来。

这哭声仿佛有某种穿透力，瞬间感染了整个机舱。

图兰火了：“怎么还有工夫哭！你们……”

“大家听我说！”这时，一个坐在后排的老人突然越众而出，他大概以前是个管理人员，有一小拨人自动围在他身边，老人亮出嗓子喊了三遍，周围的人也不断地试图安抚同伴，很快，成了混乱里十分显眼的一盏“灯”，老人扶着机舱站直，“我是塞班——新更名为和平星一号卫星城的市长，诸位都认识我，大家都跟着我走，我们既然能从海盗的包围里逃出来，怎么会轻易死在这儿，不是都有人来救我们了吗？”

这时，两架机甲已经被半截星舰拖出了几百公里，同时狠狠制动，星舰的大部分功能都是苟延残喘状态，这一强行制动，仿重力与平衡系统立刻失灵，所有人都乱七八糟地飘了起来。

老市长一把抓住机舱顶上一个扶手，大声说：“抓住旁边人的手和脚！”

人们迅速伸出手脚，以最快的速度拉住了旁边的人，转眼织成了一张巨大的人网，老市长须发花白，已经感觉到了呼吸困难：“我喊一、二，大家一起往下移动——”

图兰默默地关了广播，隔着精神网，她看着这些人好像长在了一起，凑出了千手千脚，奋力地挣扎，奋力地想活下去，因为太过虔诚，几乎有了某种神性。拖住星舰的机甲上迅速伸出对接通道，训练有素的士兵穿好宇航服鱼贯而出，紧随其后的是医疗舱与大批的生态舱。

图兰叹了口气，移开目光，望向跃迁点的方向，不知是自言自语还是对身边的人说：“我要是在林将军回来之前把跃迁点炸了，陆老师不会跟我翻脸吧？万一他黑进我的个人终端，把我的裸照贴得满世界都是怎么办？”

旁边下属心想：“说得跟要脸似的，你还在乎这个？”

图兰兀自发愁道：“但是我这么个性感尤物，万一不小心火了，还得分他广告费……我自己好不容易长的脸和身材，凭什么要分他广告费，太冤了，要不然到时候我还是自己放吧。”

旁边的下属有点听不下去了，违心地安慰道：“林将军还没有下令，卫队长，你先别太悲观。”

图兰摇摇头，脸上的笑容沉淀下来，她叹了口气：“到了这个地步，他不会不管第七星系的。”

下属不明所以地抬头看着她。

“因为他不是第八星系的保安队长啊。”图兰喃喃地说，“他是白银要塞的总负责人，联盟最后一位上将。”

所以不管他说什么，不管他怎么憎恨联盟，他就算到了生命的最后一秒，还是会尽最大努力，安排好这两个星系。

这仿佛是天经地义、理所当然的。

哪怕联盟不认他，哪怕那些人千方百计地想要他的命。

乌兰学院可能是个洗脑学院吧。

“卫队长，陆校长过来了。”

“怕什么来什么。”图兰一翻白眼，想了想，她转头对身边的下属低声吩咐了几句，然后若无其事地接通了陆必行的通信，“我就知道，但凡长得帅的，没有不跟我心有灵犀的，正想找人去叫你呢，快点，这么多外星系难民怎么安排，总长不在我做不了主，你赶紧过来管管！”

“这就到，”陆必行早看见了混乱的局面，上了图兰的指挥舰，他利索地疏通航道，整个第八星系的航道图都在他心里，陆必行大致一扫现场情况，给各行星和基地负责人打了几通电话，他人缘好、效率高，十分钟就解决了难民的去向，这才转向图兰，“林什么时候回来？你告诉我一句实话，我没有湛卢主体的权限，他不肯给我同步信息。”

图兰盯着他看了几秒，推了一杯咖啡到陆必行面前。

“本来不该告诉你，但我这个人是很讨厌说瞎话的。”图兰想了想，字斟句酌地说，“我估计将军自己恐怕就没打算从这边进来。”

陆必行脸色蓦地一变。

图兰一伸手按住他：“先别急，他已经给过我准确通知，说是会绕路到域外方向回来。陆校长，既然他自己这么说了，你也就放宽心好吗，如果林静恒都不能让你放心，这世界上就没有人靠谱了。”

陆必行心烦意乱地把咖啡杯拿起来，想起了什么，又放下了。

图兰察言观色，把咖啡杯接过来，自己喝了：“我不怕告诉你，我就没打算干涉你的决定，还怀疑我给你下药吗？钓凯子我都不用这么下三烂的手段，你把我当什么人了？”

陆必行尴尬地干咳了一声，没好意思告诉图兰，这下三烂的手段都是他们老大展示给他的。

图兰说：“你帮我把这边的烂摊子摆平，然后你爱去找他就去，我当不知道。”

陆必行松了口气，有一种朋友，会给你忠言逆耳，一切都是为了你好。但也有些朋友，是给你递酒点烟，在你想做某些疯狂的事情时默默理解，扭过头去的。前者都是很好、很珍贵的朋友，但后者的存在，有时候更让人心存感激。

陆必行：“谢谢。”

于公于私，他都不可能干涉林静恒的想法，哪怕是用“我在跃迁点后面等你”这种温柔的胁迫，同时，他也不可能在这么危险的情况下坐在家里干等。他只能到枪林弹雨的另一边，如果林静恒安全从域外绕回来，他们就一起回来，如果……

图兰知道他要干什么，并不是卫队长料事如神，而是陆必行不会有别的选择。

陆必行给小流氓开过学校，给走私犯建设过基地，好像天生擅长把混乱的局面理出一个条理，很快在第八星系这一头建了个简单的难民接收机制，疏通了拥堵，使其井井有条起来。这时，第二批难民进来了，这一次比方才狼狈得多，有几艘星舰穿过跃迁点时已经是残骸，他们只来得及给星舰上窒息而死的人收个尸。

陆必行一咬牙，直奔图兰指挥舰的机甲收发室，他实在是一秒也等不了了。

指挥舰机甲收发室的卫兵并没有拦他，应该是图兰事先交代过，痛快地替他刷开了电梯，陆必行点头致谢，对图兰这个“好朋友”全无防备……直到他低头发现自己的个人终端信号被屏蔽了。

陆必行悚然一惊，然而电梯门已经合上。

陆必行：“伊丽莎白·图兰！”

没有人回答，电梯直线向下，同时，四面八方的小换气孔里一起喷出强麻醉剂，白雾把他整个人淹了过去。

闹了半天，使用下三烂招数是白银十卫的传统，她还装得跟人似的！

陆必行屏住呼吸，可是这种小颗粒的麻醉剂显然是接触性麻醉，很快渗入皮肤，他的神经渐渐麻痹，肌肉被迫松弛，陆必行用尽最后的力气，紧紧地抠住电梯的门，没有知觉的指甲一直劈到了甲沟……

但终于还是垂了下去，留下了一道很浅的血迹。

（四）

第七星系里，反乌会的海盗与中央军纠缠得难舍难分，几乎是到了肉搏的地步，中央军尽管倾巢而出，但兵力并不占优势。偌大一个第七星系，行星、卫星、人造空间站里到处都是人，到处都需要保护，第七星系自己就把他们的中央军切割成了碎块。

然而，就算是碎石，也有飞流直下之势。

七星系的通信频道里，无数人一言不发地掉线，在航道途中暗下去，像被阴霾笼罩的星空。

“将军，”卫兵对林静恒说，“走吧，海盗意识到他们的人在往第八星系跑，已经堵住了航道，他们挣扎不出来的，应该不会再有星舰过来了。”

林静恒头也不回地说：“给总长他们拨一支护卫队，让他们先走……接图兰。”

图兰很快回话：“将军。”

林静恒一扫通信视频，目光却定住了——图兰身后，陆必行安安静静地躺在医疗舱里，像是天崩地裂也惊不醒他的梦。

“我放倒的，麻醉喷雾。”图兰冲他苦笑了一下，“你得回来啊，将军，你要是平安回家，我最多剃头赔罪，不然我会被陆老师追杀一辈子的，得罪技术宅的下场很惨的！”

林静恒冲她露出了一点吝啬的笑容：“等我回头给你从第七星系带个假发套——图兰卫队长！”

“是。”

“我需要你在二十分钟之后，启动跃迁点爆破程序，不管我有没有回去，不管七星系难民有没有接收完，能做到吗？”

图兰：“收到。”

“那么我们域外方向的地下航道见。”林静恒干脆利落地切断了通信，“安克鲁那个自杀队的副官叫什么？”

湛卢：“他是……”

“爱谁谁吧。”林静恒一摆手，“叫那个废物交出指挥权。”

湛卢很快回话：“先生，代号‘爱谁谁’将军表示，第七星系中央军无条件服从白银要塞指令。”

“就算你投鼠忌器，难道还要向敌军广而告之？”林静恒嗤笑一声，“蠢货，听我指挥！”

反乌会的海盗明显感觉到，四分五裂的中央军突然隐隐聚合在了一起，不再只顾保护难民星舰，竟转守为攻，突然打起了配合。

同时，第八星系自卫军陡然闯入密不透风的海盗舰队里，并在高速下直接冲进被困住的难民舰队里，众星舰吓得噤若寒蝉，一动不敢动，机动性极强的重甲堪堪与他们擦肩而过，竟没撞到一点。紧接着，自卫军利刃一样划穿了反乌会海盗的舰队，与“爱谁谁”将军会合，火力在霸占航道的海盗舰队中打了个洞。

林静恒：“好狗不挡路。”

反乌会的海盗舰队像是嗅到了腐肉的秃鹰，大批聚集过来，整个被高速行进的自卫军带离了原本的航道，防线稍有薄弱，紧接着，被阻隔在各地的中央军趁机汇为两队，在海盗主力对林静恒狂追不舍的时候，从两边给了他们迎头一击。

场中形势突变，海盗守株待兔似的单边屠杀，立刻变成了两军对垒。

而散在七星系各地的难民星舰像散沙，趁机四散奔逃，反乌会即便想劫持人质，也不知道往哪个方向抓，大批的难民趁缝拥入七、八星系交界处，爱德华总长不肯先走，带着林静恒拨给他的护卫队守在星系交界的跃迁点处，接应被海盗追杀的难民。

图兰攥紧了自己手腕，还有十五分钟。

（五）

周六隔着视频，看着少女清秀如精灵的面孔，薄荷那张脸和那张扒在生态舱小窗后面的女孩莫名其妙重叠在了一起，堵回了他嘴边的话。

他想起那个神秘人的信息：如果我是你，我就不会那么相信身边的人。

薄荷百忙之中抄起旁边的杯子给自己灌了一大口水：“什么情况？”

“……没什么。”周六有些贪婪地看着她，他轻轻地说，“想看看你。”

“神经病吗！都忙成狗了，谁有空跟你撩骚？”薄荷暴躁地切断了通信。

就在这时，周六的个人终端再一次亮出提示，那个神秘人物说：“担心我骗你？你为什么不去问问收养你的臭大姐，是谁出卖了你的家人？”

臭大姐仍被关在他自己的基地里，林静恒他们把居民和物资从那个鸟不拉屎的空间站转移之后，就顺手将它改成了监狱，专门用来关劳改犯。这里离地下航道不远，正好巡视完毕，周六心不在焉地与同伴换班，随意找了个理由离队，轻车熟路地回到这个他长大的地方，找到了被关了一年多形销骨立的臭大姐。

臭大姐被关在暗无天日的地牢里，一见人差点疯了，连滚带爬地扑到周六脚下：“周六！周六！我就知道你最有良心，我就知道你一定会来救我，是我把你养大的，生恩不如养恩，对不对？你肯定会原谅我的……”

周六的心凉了下去。

此时，距离林静恒命令炸毁跃迁点时间还有五分钟，但周六不知道。

“我真的要走了，再不走就被困在第八星系了。”神秘信息紧接着又发来一条密钥，“想知道女娲计划的另一半真相吗？来联系我吧。”

深渊里的魔物向他发来殷殷的诱惑——来吧，来联系我吧……

林静恒整合了第七星系的中央军，将反乌会的海盗越拖越远。

湛卢将一个紧急跃迁的坐标发到所有中央军机甲上。

距离跃迁点引爆，还有一分钟。

“联系我吧……”周六攥紧了远程通信密钥，耳畔仿佛不停响着海妖的蛊惑。

“联系我吧……”

“我已经离开了秘密航道，”周六想，“这时候用星系内的跃迁点接收远程信息，信号是从七、八星系之间的跃迁网走的，没有追溯到加密跃迁点的风险，不会连累别人。”

他这样想着，鬼使神差地接通了密钥。

而就在这一瞬间，图兰按照林静恒的命令，引爆了跃迁点。

高能粒子流狂风似的卷过周围所有人、残骸、海盗……这一次，连第八星系早已经做好抗干扰准备的内网也难以避免地断了。

周六刚才接通的远程信号猛地断开，继而又重新连上——信号通路被阻断，自动改道，穿过了秘密航道的加密跃迁点！

不到十分之一秒，秘密航道的加密跃迁点就被锁定，幕后注视着整场大戏的罪魁祸首微笑起来。

林静恒下达紧急跃迁命令，第七星系中央军不再纠缠被打得七零八落的海盗，整体消失在原地。他已经计算好了撤退路径，紧急跃迁三次，正好能借助七星系边缘的跃迁网抵达域外，能直接甩脱海盗，撤回第八星系。

同一时间，埋伏在域外方向许久的反乌会海盗机甲群动了，兵分两路，一路悄无声息地穿过没人知道的地下航道，另一路埋伏在了七星系到此的必经之路上，藏好能量波，上百个导弹架设在被锁定的跃迁点上。

于是，毫无防备的七、八星系联军穿过跃迁点的一瞬间，导弹群凭空降落，跃迁点不堪重负，当场炸开。

巨大的能量把整支舰队横扫于其中，时空也小范围地塌陷下去。

陆必行昏迷中仿佛仍被噩梦搅扰，无知觉地挣动着，手从胸口上滑落了下去——

他梦见了什么？

他会试图摆脱噩梦吗？

他还不知道，一个真正的噩梦开始了。

卷四　蔚蓝之海　完

番外　“万有引力”和“暗物质”

这一年，少年时代的爱情尸骨无存。

（一）

新星历 118 年 10 月 1 日，陆信带着自己的小弟军团，招摇过市地走进会议中心，参加新学年第一次学生会。他来得有点晚了，会议室里乱哄哄的，前排座位都没了，只能往后走，刚一落座，旁边就有人轻轻地戳了他一下，低声说：“看那边。”

陆信顺着小弟的目光一回头，只见最角落里有个穿一年级校服的男学生，头发理得很整齐，一丝不乱，露出一张清秀的侧脸，正低头快速阅览着什么，不时有一年级的过来跟他打招呼。虽然还没见过，但只瞥了一眼，陆信就知道了这个人是谁：“刚入学的林蔚？”

小弟凑到他耳边，咬着耳朵分享八卦：“刚来学校报到引起了围观。”

“正常，”陆信把敞着的制服扣上，“毕竟是林帅的后代啊。”

“据说他挺低调的，现在整个 118 级的沃托子弟们都向他看齐，这届一年级开学一个月了，还没人惹过事，行政副校长感动得每天跑到伍尔夫元帅案前表白，说林公子‘镇宅辟邪’。”小弟说，见陆信眼角浮起一丝笑意，又补充了一句，“不过我听说他是个网瘾死宅。”

“去你的。”陆信用胳膊肘戳了小弟一下，很有老大哥样地警告了一声，“一年级的跟你有什么关系？背后说人，嘴碎。”

这时，林蔚不知是有意还是无意，抬头看了陆信一眼，对上陆信的目光，就彬彬有礼地朝他颔首示意。林蔚的瞳孔颜色偏浅，近似茶色，光折进去时，也仿佛从那双眼睛里沾染了异常静谧的气息，陆信觉得背后说人闲话不好，十分尴尬，于是也连忙用眼神打了招呼，又瞪了自己多嘴多舌的小弟一眼。

林蔚收回目光，落在自己的个人终端上，飞快地输入了一行字：“我等着你的证据。”

传说中“稳重低调”的林公子，真的是个网瘾死宅，正襟危坐地听着学生会议之余，他正在游戏论坛上跟人掐架。

伍尔夫元帅是孤儿，从小在天使城要塞长大，身边只有一群战友，战友们都死得差不多了，而他升任联盟七大星系军事统帅，高处不胜寒，一直未婚，到如今，身边只有林蔚这么一个养子，不说投注了全部的感情，也差不多了，理所当然地，他宠出了一位少爷。

林少爷的“温良恭俭让”全是表面功夫，装模作样很有一手，其实本人又洁癖又懒散又苛刻，他对所有人的第一印象都是负分，有时被迫长期接触下来，要是慢慢发现对方还凑合，他再酌情吝啬地给往上加一点。至今，除了他的养父伍尔夫元帅，还没有人能从他这儿拿到十分以上——满分一百。

而林少爷的特长，除了“装模作样”之外，就是上网打游戏了。

以林蔚的家庭背景，在现实中想得到多少追捧就能有多少追捧，但他可能是后脊梁骨上长着一根扭着的筋，对唾手可得的东西向来是避之唯恐不及，谁都懒得搭理，只喜欢在网上刷存在感。

当时，联盟青少年中最流行的网游是一款高度仿真的浸入式全息游戏，叫《大航海时代》，以“紧贴真实历史”为噱头，玩家可以在里面探险、开荒、建设城邦政权等等，“PVE”里大规模自然灾害和星际海盗打劫都做得十分逼真，而玩家们也会建立不同的政权和阵营，互相之间常有冲突，可以缔结外交关系或者发动战争。

林蔚这个现实里“自扫门前雪”，多一句话都懒得说的人，在游戏里却是个兴风作浪的好手。他最得意的战绩，是开小号潜伏在敌军阵营里，平步青云地混成了对方的中央保卫军司令，玩了一出里应外合，不费吹灰之力地把对手吞并了，占领了整个星系——这事至今没人知道，他那缺德的小号还开着，跟被他坑过的“战友”常联系，以便从他们那儿获取第一手信息，随时再坑一次。

他用大号“亚历山大帝”发的所有游戏技术帖都会变成置顶热门，先是死党和粉丝追捧，然后又会有各路被他坑过的黑杀入战场，总能引起轰轰烈烈的一场大掐架。林蔚本人一般是发完帖就走，不会亲自下场掐，一来是学校课程紧，他没那么多时间，二来他对那些是非对错不感兴趣，只享受别人为他掐成乌眼鸡的乐趣。但是今天不下场不行了，因为有个网名叫“暗物质”的好事之徒，发了个帖，信誓旦旦地声称自己有证据，证明“亚历山大帝”和“独活草骑兵”是同一个人，“独活草骑兵”就是林蔚那坑蒙拐骗的小号。

林蔚心不在焉地参加了会议，中途还代表新生，言简意赅地讲了几句话，因为心思不在这上面，显得越发疏离神秘。一散会，他就很有技巧地甩开了试图跟他搭话的同学，钻回自己寝室继续掐。

这“暗物质”可能是个社会闲散人员，也不知怎么有那么多闲工夫，这么一会儿，居然回了个长篇大论——此君写了一篇让人眼花缭乱的技术分析文，三百六十度无死角地截取对比了“亚历山大帝”和“独活草骑兵”的操作细节，配合了这俩号上线时间、活动路线等等，精彩纷呈，思路严谨，好多林蔚自己都没注意过的细枝末节全被一一列出，这个“暗物质”就像拿着放大镜，一帧一帧地观察他的破绽，蛛丝马迹都不放过。林蔚求锤得锤。他的拥趸们反驳的声音在强大的技术流下显得越发无理取闹，两个游戏号被私信戳爆了。

这事闹得挺大，在游戏里沸沸扬扬了半个多月，证据确凿，“独活草骑兵”被人发了几百个追杀令，虽说是个小号，可是前前后后也花了林蔚小一年的时间，少爷非常恼火。乌兰学院的日常作息严格，林蔚入学后本来就没有很多时间再沉迷游戏，这事一出，他干脆连大号也放弃了，花钱雇了一帮人，去找这个“暗物质”，然后在同一个服务区建了个名叫“万有引力”的小号，准备整死他。

“暗物质”在游戏里是个五大三粗的肉盾形象，浑身肌肉，鼓得好像要爆浆，怎么看怎么猥琐，林蔚就暗促促地想，这位本身的形象大概也美观不到哪儿去。这个号玩得不怎么样，要钱没钱，要基地没基地，操作也很水，是个嘴炮技术流，而且专业扒人小号，一扒一个准，因此走哪儿被人追杀到哪儿，他也不在乎，马甲都不肯换，好像登录游戏的乐趣就是东躲西藏。

林蔚暗中观察了一阵，又回去把“暗物质”扒人小号的套路研究了一个底儿掉，将新的小号里所有可能透露自己身份的细节都隐藏了，准备玩一次“先欺骗你感情，再背叛你”的人渣套路，然后找了个“暗物质”被人追杀的时机，假装正好路过，路见不平。

网瘾死宅在网上通常有另一种人格，林蔚在现实中冷淡得不行，到了游戏里，反而可以健谈开朗。借着“救命之恩”的契机，他试着跟“暗物质”接触了一阵，觉得这个人在现实生活中可能过得挺惨，缺少存在感，随便跟他说点什么都很是较真，而且非常好为人师。

林蔚就投其所好，假装自己是个只知道花钱的棒槌，什么都不懂，每天追着“暗物质”问东问西，为了配合自己冤大头的身份，他还重金在游戏里买了一个军事要塞的人造智能兵团，又悬赏雇了一堆职业玩家当打手，以防亲自上阵的时候露出破绽——反正少爷零用钱多得用不完。

就这样，一来二去，他和“暗物质”混熟了。

“暗物质”和他一样，作息规律，自由时间不多，两个人都是三天打鱼两天晒网地登录一下《大航海时代》，每天没事做，就随便领领日常任务，然后憋在里三层外三层的太空要塞里聊天。刷人好感度就像练级，穷极无聊的林少爷有的是耐心。

这个“暗物质”不但好为人师，还是个装 × 犯，闲聊游戏经常能上升到游戏公司源代码的高度，好像给他一个机房，他能自己摆弄出个大型网游似的。林蔚虽然顶着一张傻白甜的面孔，但偶尔还是忍不住刺他：“你这么厉害，怎么还老被人追杀？”

“暗物质”没听出来自己被讽刺了，认认真真地解释：“我一开始经常被人联手针对，杀来抢去的，攒不下什么东西，后来就干脆让他们随便杀了。别人施加给你的东西是既定的，你受到多大的伤害，取决于你在乎的东西有多少。”

“暗物质”在游戏里的形象十分憨厚且丑，然而说这话的时候，神色淡淡地一耸肩，却无端多了一点说不出的气质，林蔚看着他，心里忽然无端掠过一个念头，他想：“这人看着挺猥琐，但好像还不太油腻。”

林蔚：“你既然不打算好好玩，为什么不卸载？”

“权当互相解个闷呗。”“暗物质”顿了顿，又补充了一句，“而且周围同学都玩，一点也不涉足，会显得我不合群，我已经很不合群了。”

“那你为什么要去拆人家马甲，满世界得罪人？”

“暗物质”很不会聊天地回答：“闲的。”

林蔚：“……”

虽然是有意刷好感度，但是有时候也真的觉得这家伙让人难以忍受，怪不得不合群。少爷今天的耐性到了头，懒得理他了，决定下线回去做一组失重训练。

“还有……可能就是看不惯吧。”“暗物质”忽然又开口说，他说话从来不看场合和别人脸色，大部分时间都好像沉浸在自己的世界里，丝毫没看出“万有引力”已经打算结束对话了，兀自说，“这游戏不禁小号，给玩家提供了很多匿名空间，有时候为了增加用户的在线时间，还隐约鼓励玩家之间互相斗，都被他们玩成谍战游戏了。可这是大航海时代啊，微缩了真实的地图和时间线，连科技树都是高度仿真的，“大航海时代”是人类历史上绝无仅有的黄金时代，那时所有人齐心协力，超越了脆弱碳基生命的极限，创造了无数奇迹，那时英雄辈出，每个不起眼的人，身后都有几段传奇。那是人性光辉与星尘并行、照亮无声宇宙的时代，不是垃圾场。”

林蔚心里忽然一动，转头看向他。

“假如有很棒的前辈珠玉在前，后辈人不一定非得照着那样长，但最起码不要侮辱他们吧？”“暗物质”说着，站起来，神色淡淡地说，“没有底线的娱乐也会造就没有底线的时代——我下了，你自便。”

那天，林蔚下线以后没有去做失重训练，在图书馆看了一天《大航海时代简史》。

林蔚原本制订了一堆整治“暗物质”的计划，本来觉得已经到了施展的时机，却不知为什么，一直往后拖，而渐渐地，他也懒得再去虚情假意地刷“暗物质”的好感度，偶尔也会在对方面前暴露不怎么样的脾气和被宠坏的刻薄本性。

可是这并没有破坏他俩的关系，因为“暗物质”这个人自我到了一定的程度，根本不在乎别人的态度，好几次林蔚闹脾气给他脸色看，他都没看见。

他俩的话题开始不限于游戏，而身在“大航海时代”的太空要塞里，有时候就一个话题聊得深了，会带出一点彼此的现实背景，比如熟了以后，“暗物质”知道这个花钱如流水的少爷是乌兰学院的军校生，林蔚也知道了这个性情古怪的“胖子”是管委会格登家收养的孤儿，在格登家赞助的寄宿学校里读书，寒暑假还要去管委会当免费劳工。

“白塔管得很严，我们只是在边缘打杂，绝对不能靠近核心实验室的。”“暗物质”说，“早晚进出都要通过好几道安检，不允许携带私人物品，也不允许把任何东西带出来，门口有带枪的安保机器人。上厕所也有规定时间，超时的话，机器人会闯进去。”

他说起这些，本人倒是淡淡的，显然是已经习惯了，林蔚听完，心里却起了把无名火：“这要是在古代完全可以叫‘剥削’，他们不付你报酬，经济关系根本不成立，不受法律保护，凭什么这样？”

“暗物质”无所谓地说：“我是格登家养大的，生活费和教育基金就是预付款。”

“各地、各级政府都有抚养费拨款，孤儿的生活空间和费用都有明确规定，你就算没人收养，也不会在二十岁之前饿死，只要自己努力，有的是机会做你喜欢的事。格登家的老……”林蔚差点把自己平时在元帅面前出言不逊的口头禅带出来，差点咬了自己的舌头，才把“王八”两个字咽回去，停顿了半拍，“……老板，就是想借着公益搞自己的家族企业。”

“暗物质”这个缺心少肺、看不懂人脸色的情商低下分子，竟然用一种宽容慈祥的目光看了他一眼：“我出生在第五星系，你去过第五星系吗？”

林蔚：“……”

“暗物质”：“在伊甸园里，每个人接受的基础教育都是一样的，每个人学到的东西也都是一样的，他们惯常的说法是‘根据个人潜力和资质择优录取，选择我们的课程能对其帮助最大的学生’，但人和人之间真的有那么大差距吗？”

林蔚一向认为，人和人之间差距犹如天堑，有的人是天才，有的人是蠢材，有的人注定呼风唤雨，有的人就像蚂蚁一样庸碌一生。比如联盟第一军校的高才生，未来注定了是精英中的精英，和第七星系的城建机器人维修工相比，就是两个风马牛不相及的物种——当然，以林蔚的教养，这种话他不会挂在嘴上说，心里也不大会有这种暴发户式的想法，但在他的潜意识里，事情就是这样的。

他们在乌兰学院宣誓，为联盟每个公民战斗终身，“公民”就是那些修理工、运输员，就是那些分布在各大星系、面目模糊的男男女女，“公民”就像游戏里的道具，“保护”他们，“为他们而战”，都是为了自己肩上的军衔和荣光。

“暗物质”告诉他：“我小时候在孤儿院里长大，当时有四五个人跟我年纪差不多，大家学一样的东西，过一样的日子，没有谁觉得自己特殊，有一个女孩比我聪明，很小的时候说话就非常有条理，反应也总是比我快半句话，但是比我小十个月，那次格登家来我们孤儿院挑人的时候，她刚好不到年龄线。明年我就要进入白塔做培训生了，将来不捅娄子，应该能留下，他们都说白塔里汇聚的是世界上最聪明的一帮人，姑且算他们说得对吧，我也厚颜给自己贴上‘最聪明’的标签。可你知道当年那个比我聪明的小姑娘去哪儿了吗？”

“哪儿？”

“她前年申请第二星系的第二理工大学被拒绝了，理由是‘逻辑方面有所欠缺’。”

林蔚忍不住问：“她撞到头啦？”

“暗物质”一笑：“我说，因为伊甸园，每个人的基础教育水平都很相近，考试很难分出优劣，你们太空军校还能看一看考生的精神力基础和身体素质，其他非军事高校就只能看推荐人了。沃托的孩子在确定择业方向之前，家里都会帮忙安排他接触各行各业的名人，一旦确定了他对什么感兴趣，就能联系到业内顶尖的人来写推荐信。而在第五星系，除非你面子大到能请动第五星系的行政长官或者中央军总司令，否则第二理工大学不会认的。”

林蔚：“但你可以给她写推荐信啊，来自白塔研究员的推荐……”

“我明年才能进白塔，培训生的实习期要三年——实习生是不算编内人员的，我写的推荐信也没分量，而如果一切顺利，我能在四年后成为正式研究员，那时她也已经二十三岁了。”“暗物质”耐心地给“何不食肉糜”的少爷解释，“二十岁之后，政府福利院就不再支付我们的学费和生活费了，她必须在这之前完成大部分高等教育，找到一个愿意接纳她毕业后去工作的机构才行，不可能等那么多年的。所以她被第二理工大学拒绝后，就去了本地的一所培训中心，现在快毕业了，将来大概会当个星际航道检修员，也不错，对吧？我选择格登家，就算给管委会当牛做马，起码在沃托的牛圈里，能看见星空旷远。说实在的，这已经非常幸运了，不要说免费给白塔打工，就算倒贴，也是很多人求而不得的吧。不是每个人都有机会出生在金字塔尖上的，要珍惜啊，少爷。”

林蔚被他这声“少爷”叫得五味杂陈，有那么一瞬间，他忽然有种没来由的愧疚感，他想对“暗物质”好一点、讨他开心，之前那些幼稚的恶作剧想法早就给抛诸脑后了。

他别有用心地想去刷“暗物质”的好感度，不料自己的好感度被对方无意中刷了个满，自己还不知道。

（二）

林蔚三年级的时候，按照学校惯例，要去和四年级一起参加暑期联合军演，当时第八星系还被凯莱亲王占据，这一次联合军演的地点选在第七星系边缘，三、四年级提前一个月就开始为军演特训，演习结束之前，林蔚不会有时间登录游戏，他特意和“暗物质”打了招呼。

特训把学生们折腾得要死要活，每天沾枕头就睡，第二天酸痛的肌肉还没恢复，就又被拖出去继续加量。直到出发前一天，林蔚才得到了半天休整时间，刚一登录《大航海时代》，就发现私信箱要炸——最近一周，“暗物质”平均每天至少给他发三十条信息，询问他是否上线。他俩都不是黏人的性格，上线时间一直很随缘，“暗物质”从来没有这样过，林蔚吓了一跳，连忙回复。

“暗物质”可能是设置了他的上线提示，立刻出现。

林蔚奇怪地问：“你现在不应该在白塔打杂吗？”

“我请病假了，”“暗物质”急匆匆地说，“幸亏你今天上线了，你不是说你们要军演吗？那你同学里是不是有姓‘麦克亚当’的？”

麦克亚当家是伊甸园七大董事之一，这一代有个男孩，也在乌兰学院，比林蔚高一届。

“有，怎么？”

“暗物质”报出了一个星际坐标和时间点，林蔚目光一闪，那正是他们的演习地点和详细的时间安排，而且坐标点刚好就是他抽到的小组营地。

林蔚不动声色地问：“你从哪儿听到的？”

“我有一个同学，被分配的任务是定期维护办公区的清洁机器人，上周她临时有事，托我替班，我没干过，回去半路上才想起他们还要签维护记录，于是在下班时间折回去补，不巧在清洗间里听见了麦克亚当父子的对话。”“暗物质”飞快地说，“他们在讨论给这个坐标的小组制造一起意外事故，不能让他们活着回来——你知道你被分配到哪儿了吗？离这个坐标远吗？”

林蔚所在组的组长，是乌兰学院四年级的陆信，一个风云人物，俗称闯祸精。不过被伍尔夫元帅看上，亲自做他的导师，林蔚得到过内部消息，这一届的优秀毕业生已经定给他了，这意味着他一毕业就有军衔，是天然的元帅嫡系，未来前途无限。而麦克亚当家不成器的小崽子在学校里被陆信修理过，闹到了校长那儿，但伍尔夫元帅不买麦克亚当家的账，把这事高高拿起、轻轻放下了，看来那小子是一直记恨到现在，不择手段了。

“挺远的。”林蔚轻轻地说，“不用担心，乌兰学院不是管委会插得进手的地方。”

“暗物质”愣了愣，忽然有种直觉，觉得林蔚的笑容下藏着什么，忽然就不太像平时那个有点坏脾气的小少爷了。

“明天出发，今天有宵禁，那我先下了。”林蔚深深地看了他一眼，说来奇怪，“美丑”大概只会影响第一印象，一旦人们对某个人或是某种东西产生感情，那人和东西不管原来是什么样子，也都会变得魅力十足，“等我回来……”

他说到这里的时候，停顿了片刻。

“暗物质”奇怪地问：“嗯？”

林蔚本想说“可不可以在现实里见你一面”，可是又想起对方是马上就要进白塔研究所的人，也不知道留下的概率大不大，这几年军委和伊甸园管委会表面相安无事，内里也是暗潮涌动，大家在游戏里还能单纯交往，最好不要牵涉复杂的现实。

“先耐心一点吧。”林少爷想，“以后再说。”

“……再一起玩，”林蔚补全了自己的话，“我不在的时候，咱们这个基地靠你打理了。”

那一次联合军演出了大事，学生演习时间和坐标被泄露，域外海盗掐准了时间从演习基地打了进来，幸亏林蔚事先得到了这个小道消息，早有准备，及时派人通知了第七星系边境守卫军，但即使这样，这些来自沃托的少爷兵也是九死一生，受了一回炮火与鲜血的洗礼。

因祸得福的是，117和118级经此一役，将星频出，除了风光无两的三十六岁上将陆信，更是出了两位中将与十六位少将，第八星系在他们这代人手里收复，肆虐的星际海盗被逼退出域外数万航行日之外，他们是联盟最后的光辉。

林蔚在战场上舒缓剂使用过量，回来在医疗舱里躺了两天，两天后爬出来，最想做的事不是朝元帅打听麦克亚当家把谁推出来当替死鬼、吃了多大的亏，而是登录游戏见一见“暗物质”，怕他看见新闻担心。登录后不见人，才想起来，这是“暗物质”的工作时间。

“暗物质”给他留言说：管委会要举办一年一度的秋季舞会，杂事很多，而今年不知谁出的幺蛾子，主题是“人本主义”，要真人做服务员，他们这些打杂的都得上，所以最近不能上线。

管委会每年秋天都会在白塔举办舞会，彰显自己的存在感，各路名人、政客也都会应邀前往，他们非得让白塔的风头盖过议会大楼才行，伍尔夫元帅虽然烦他们，但既然没有撕破脸，一般也会带林蔚过去露个面。

林蔚第一讨厌人多的地方，第二讨厌管委会，白塔秋季舞会把这两大灾难要素集齐了，然而这一次，他却莫名其妙充满了期待，甚至提前一天就紧张了起来。

出发前，他偷偷把礼服检查了三遍，让王艾伦催了好几次，伍尔夫还以为他磨磨蹭蹭是又在闹脾气，本想教育他适应成人世界的游戏规则，话到嘴边，又自己咽了回去，摸了摸他的头发，发现他用了定型剂。

休伯特·伍尔夫元帅就很忧愁，他希望林蔚能毫不违拗本心地长成个出类拔萃的领导者，不吃一点苦、不费吹灰之力地接过自己的衣钵，而假如林蔚不肯这样好好长，他是绝对舍不得为了让他“有出息”，而逼迫他做不愿意的事。现在看来，元帅的美梦是要破灭了，眼看还有一年就要从乌兰学院毕业了，这孩子任性自我的毛病丝毫没有自我矫正的意思，除了越来越臭美，看不出他有一点要长大的迹象。

那天在舞会上遇到了哪些人，哪些人拉住他说了哪些废话，林蔚全都不记得了，他一路条件反射似的微笑应酬，目光一直在四周的服务生们身上打转，尤其是男服务生——从他眼前经过的，他都要仔细地打量人家一番，猜测他们中的哪一个是“暗物质”。

“应该不是个大块头，”他想，“白斩鸡才会喜欢游戏里那个四肢发达的形象。他审美也挺堪忧，所以可能也不怎么会打扮自己，应该是个苍白瘦弱的少年，带着点书呆气，梳着不适合他的发型。”

白塔舞会林蔚来过很多次，熟门熟路，用酒水弄脏袖子的借口，他来到了清洁间，把外套脱下来扔给专门快速处理衣物污渍的机器人，找到了电子日历，翻到他们军演前一周左右。

“暗物质”说，他没有做过清洁机器人检修工作，只有那天来替了朋友一天班，所以……

林蔚忽然愣了，盯着签名记录上的“劳拉·格登”看了五秒，然后飞快地往前翻了两个月，又往后翻了两个月，确定其他的签字者都是长期做维修工作的，只有这个名字特立独行地签了一天。

可……这怎么像是个女孩的名字?

点一下工作人员的签名，就可以看这个人的员工卡，证件照上的女孩梳着普通的马尾，规规矩矩地穿着工作服，有一双起了雾似的灰眼睛，透过屏幕看着他。

林蔚的个人终端响了一声，他激灵一下回过神来，发现是元帅问他在哪儿，他们要回去了。

他赶紧取回外衣，胡乱披在肩上，慌慌张张地往外走去，出门时又忍不住回头看了一眼，挂在墙上的电子日历屏幕仍亮着，灰眼睛的女孩目送着她，像是带了一点揶揄。

林少爷的脸突然红了。

“暗物质”——劳拉·格登再次上线的时候，发现平时经常混在一起的“万有引力”好像吃错了药，跟她说话的态度变得格外小心翼翼，这个整天宅在自己老窝里侃大山的土豪少爷还干了一件非常愚蠢的事，他上线以后一声不吭地跑出去，走了三个小时，报废了一支机械军团，抢到了一个游戏里的稀有矿给她。

因为这种矿石很长一段时间是机甲冷却器的材料，她曾经称赞过一次。

原矿石未经处理，搬回来的时候差点扰乱了太空要塞的磁场，弄得两个人一阵手忙脚乱，好不狼狈，完事发现两人都是一脸黑，相视大笑。

林蔚忽然灵机一动，捡了一块黑矿石，伸出手臂，让“暗物质”用矿石当笔，签收“礼物”。“暗物质”的笔迹和那个电子日历上的“劳拉·格登”一模一样。

他拐弯抹角地搜集了“劳拉·格登”的信息——并不难，就像是她说的，进入白塔在林少爷看来是被剥削，在其他人眼里则是求之不得的机会，即便是格登家送来的人，也个个都是出类拔萃、万里挑一。他知道她不到二十岁就完成了电子生物学的高等教育，发表过一堆论文，已经在业内小有名气，是格登家仅有的几个对外承认的养女，她的导师是白塔负责人斯蒂文·哈登博士，她的履历优秀得能让最自命不凡的人也自愧不如。

她品位确实不佳，他搜集到的照片里，她永远穿着研究员制服，把头发全梳起来，素面朝天，可即便这样，她也并不是个不起眼的女孩。

林蔚心情很复杂，一方面，他喜欢这个耀眼的女孩身上的光芒，甚至在知道她是女孩、知道她漂亮前就喜欢她，另一方面……

她的光芒在白塔上。

劳拉则发现，她以前阴一阵阳一阵的小伙伴好像一夜之间长大了似的，忽然变得成熟稳重了起来，没事乱发小脾气、不讲理之类的毛病全都不动声色地收敛了起来，大概是快毕业了，闻到了象牙塔外面的风声，再娇贵的苗也得随风生长吧。

“我以后大概没什么机会上线了。”有一天，“暗物质”对“万有引力”说，“进入白塔，在成为正式研究员之前，我们没有隐私权，所有的通信都要受到监控，各种私人账号也都要上交。”

林蔚知道这个规矩，并不意外，但事到临头，心里还是狠狠地别扭了一把，他有些不自然地强颜欢笑：“那……那我以后，去哪儿联系你？”

“等我实习考察期结束吧。”劳拉说，“我们还在这里见，好不好？”

林蔚深深地看着她，像是要透过那傻大憨粗的皮囊看清里面的灰眼睛女孩。

劳拉无论是在现实中，还是在网上，朋友都不多，每一个都很珍惜，分别在即，她坦诚地问：“要交换真实照片吗？”

林蔚心里慌了一下，口不对心地故作轻松：“好……好啊，来吧，我不嫌你丑。”

劳拉痛快地给了自己的照片，林蔚看见那个熟悉的身影，用尽了所有的演技，才表演出了一种适度的惊讶——事后想起来，还是有点浮夸了——他当时夸张地往后跳了一步，捂住胸口：“你没说过你是女的啊！别告诉我你还是异性恋！是不是想趁我对你没有防备的时候占我便宜？”

“滚，”劳拉朝他伸出手，“你的呢？”

林蔚低下头在个人终端上翻找出自己的近照，然而递出去的一瞬间，他到底还是犹豫了，一念之差，他快速提取了乌兰学院五个男同学的照片，合成了一张假的：“你可别觊觎我的美貌。”

乌兰学院是军事院校，学生资料是军方机密，不用担心有人查到 118 级里其实没有这张面孔。

如果像她说的，账号都要上交，登录期间发生的一切都能被人看见，他不想让管委会的人看见自己。

“以后有机会再解释吧，”林蔚想，“反正她心大得很。”

可是，他没想到，自己终生没能等到这个机会。

124 年，林蔚授衔大校，奉命领一支太空机甲战队执行远航任务，在远离人烟、没有网络、几个月才能回一次跃迁点远程联系沃托中央的地方，他一待就是五年。正好把劳拉的自由期错过去了。

而后林蔚才完成任务调回沃托，不久，又被师兄陆信拉上贼船，去密谋抗命攻打第八星系的事，这一伙初生牛犊不怕虎的年轻人随即投入收复第八星系的战争中，陆信带人冲到前线，林蔚一个人扛着中央军委的压力，又要保障前线物资，心力交瘁，根本没时间上线。

128 年，劳拉·格登取得博士学位，正式从哈登博士手下出师，接管了白塔中的独立项目，签署严苛的保密协议，进入了与世隔绝的封闭期。

数年间，也不知怎么那么巧，不是你没空就是我没空，两个人只能一直在游戏留言里隔空喊话，活像传说中地球原始时代的人们“鸿雁传书”。

但“传书”也有“传书”的乐趣，无论是焦头烂额的林蔚，还是隐约对伊甸园起了想法、陷入迷茫的劳拉，能在游戏里读到对方的留言，都是莫大的安慰。当时，他们以为是彼此互相支撑着，走过了青年时代最艰难的一段路，然而之后回头看，这一段邪了门一般怎么都碰不到一起去的日子，仿佛已经暗示了，两个人正在不同的道路上越走越远——

136 年，陆信穿过域外，策反第八星系民众，直接杀到了凯莱亲王老窝，联盟中央被迫向鹰派的年轻一代低头，林蔚在沃托大获全胜，下半年，他终于拿到了第八星系增兵令，亲自带机甲战队增援第八星系联盟军。这是他们的时代，出发前一夜，林蔚整宿没睡着，冲动地登上了《大航海时代》，热血上头之下，留下了一封一气呵成的表白信。

沃托在时代的风口上，爱情只能在夹缝里默默生长。这里最常见的只有政治婚姻，劳拉·格登博士加入白塔核心小组的消息刚一出来，就有无数双估量的眼睛落在她身上。这种白塔的天之骄女背靠管委会，是万中无一的抢手货，格登家也想拿她待价而沽，几方有适龄男性的家族为了试探管委会和格登家的口风，故意捏造了一些没烟的绯闻。格登家乐得吊着他们，还十分鼓励这种行为。在刚刚进入新的封闭期的劳拉不知道的情况下，流言在沃托悄悄地张开翅膀。

137 年年初，年轻的林蔚将军还没从巨大的胜利中回过神来，刚一回到沃托，就被那些真真假假的传闻撞了个劈头盖脸。

其实他从小在沃托长大，对那些游戏规则都心知肚明，本该冷静。可是人的感情，又怎么会被“本该有”的理性管束呢？

特别是他登录《大航海时代》之后，发现那封表白信的状态是“已读”，而她没有回。

“是啊，”他想，“白塔明日之星，怎么会看得上一个没听说过名号的军校毕业生呢？”

傲慢的天之骄子很少嫉妒，所以一旦尝到这种滋味，比普通人更要锥心蚀骨、难以忍受。

他嫉妒得要发疯。

第八星系回归联盟，陆信他们这一伙年轻的将军个个声名显赫，格登家试探的联姻暗示到处递，甚至递到了伍尔夫元帅面前，老元帅啼笑皆非，他这么多年连林蔚挑食的毛病都没纠正过来，怎么会安排他娶一个不认识的人？就在伍尔夫打算等格登家的老东西走了就把这垃圾团成一团，扔进碎纸箱的时候，却听见他向来任性的宝贝儿子从书房里走出来，慢吞吞地说：“也好啊。”

越长大越不肯袒露真心的青年将军，在元帅震惊的目光下，漫不经心地紧了紧自己的领带，当着格登老董事的面，他拿起劳拉·格登的照片，淡淡地瞥了一眼：“娶谁不是娶？至少我看她长得还不错。”

137 年年底，林将军与格登博士订婚。两个人谁也没出席订婚宴。

林蔚妒火上头之下，冲动地答应了伊甸园管委会的联姻，不久就后悔了，可是这个层面的联姻绝不是儿戏，他再要反悔也晚了，林蔚被自己折磨了两个月，终于鼓足了勇气，上线给劳拉把前因后果和盘托出。

可是她再也没登录过游戏。

他等了三年又三年，给她发过一千零三十八条私信，所有的信息都如石沉大海，那个小小的、灰色的“已读”标记，再也没有出现过。

在沃托，订婚只是一种态度，不一定会很快结婚，因为人们的青年期太长，而政治局势变化太快，今天订了，明天取消也有可能，因为两个人都还年轻，林蔚鸵鸟，劳拉冷淡，所以这桩婚事也不急着落实……直到 186 年，哈登博士因“反人类罪”被捕。

林蔚听说这消息，实在按捺不住担心，忍不住去白塔约见了劳拉一面，这是多年相交的两个人第一次见面，林蔚从看见她那双冷冷的灰眼睛开始，就手脚冰冷、魂飞魄散，等他回过神来的时候，发现自己说了一生中最后悔的一番话。他生硬地说：“军委和伊甸园管委会之间关系微妙，一个中将夫人的身份，管委会要顾忌的，否则你就是管委会自家的狗，在白塔地位再高，也是管委会给的，他们想收回就收回。你现在最好的选择是立刻嫁给我，然后向格登家表明你忠诚的态度。如果你的老师对你还有感情，应该会完整地把你摘出去，不过就算他把你拖下水，我也能出面保你，你考虑一下。”

这一年，林蔚娶到了他魂牵梦萦几十年的人，在她冷淡与公事公办的态度下，再也没有勇气讲出那些故事，与她反而渐行渐远。他甚至不敢登录《大航海时代》，从期待那些信息变成“已读”、变成了怕她“已读”，怕他们之间连“万有引力”的那一点美好的回忆都荡然无存。

这一年，劳拉在哈登博士之后成为白塔第一负责人，她平静地接受了命运强加给她的一切，转身走上了一条钢丝般的绝路。

这一年，少年时代的爱情尸骨无存。

226年11月1日，林家“出生”了一对可怕的双胞胎，同一天，劳拉·格登博士葬身于茫茫星海之中……在林蔚中将面前。

她的遗物经过多次安检，大部分都被管委会销毁，只剩下一些鸡零狗碎的杂物。其中有一张照片，照片上的男孩是个现实中不存在的人，他叫“万有引力”，已经随着《大航海时代》的停服而不复存在了，谁也不知道，她把他那张五张脸合成的面孔打印出来了，小心地珍藏了百年。

林蔚拆开相夹，从那相片后面看见了熟悉的字体。

我最后悔的事，就是没有第一时间回复你，因为素来笨拙，不知道怎样才得体。

别了，我最亲爱的……

后面没有称谓，好像是写下这段话的人，怕写下那个称呼，就玷污了记忆里的男孩——因为写这段话的日期，正好是他和伊甸园管委会敲定了婚约的那天。

很多年以前，他班师回朝，春风得意，以为他们的时代开始了，却不知道历史的车轮已经无从抵御地撵来，他们注定是联盟最后一把烟火。

很多年以前，他以为“以后还有机会”“以后还来得及”“我们还有漫长的一生可以彼此原谅”，却不知道他一生中幸福的巅峰，就是游戏里那个又笨又蠢的肌肉男，在他的手臂上一笔一画地写下“暗物质”三个字的时候。

一纵即逝。

他是“亚历山大帝”，他是“独活草骑士”，他有一百零八个面具，他是个……始终躲在小号后面的懦夫。

图书在版编目（CIP）数据

残次品：全 2 册 / Priest 著 . — 南京：江苏凤凰文艺出版社，2018.12
ISBN 978-7-5594-2934-6

Ⅰ. ①残… Ⅱ. ①P… Ⅲ. ①长篇小说—中国—当代
Ⅳ. ①I247.5

中国版本图书馆CIP数据核字（2018）第219575号

上架建议：畅销 · 小说

书　　名	残次品: 全2册
著　　者	Priest
责任编辑	孙建兵　孙楚楚
监　　制	毛闽峰　李　娜
特约策划	张园园
特约编辑	王苏苏
营销编辑	杨　帆　周怡文
封面设计	好谢翔工作室
版式设计	潘雪琴
书名题字	仓　鼠
图片来源	视觉中国
人物插图	璎　珞
出版发行	江苏凤凰文艺出版社
出版社地址	南京市中央路165号，邮编：210009
出版社网址	http://www.jswenyi.com
印　　刷	北京中科印刷有限公司
开　　本	640×915毫米　1/16
印　　张	50
字　　数	770千字
版　　次	2018年12月第1版 2020年5月第4次印刷
标准书号	ISBN 978-7-5594-2934-6
定　　价	85.00元（全2册）

（江苏凤凰文艺版图书凡印刷、装订错误可随时向承印厂调换）